实例 5 倒计时动画

实例 6 街舞动画

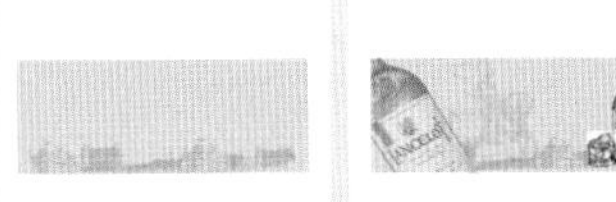

实例 7 传统补间动画

实例 8 社区动画

实例 9 元件的创建和使用

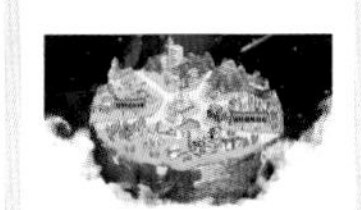

实例 10 星球动画

实例 11

实例 12

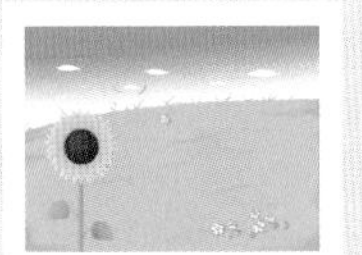

实例 13

实例 14

实例 15

实例 16

实例 17

实例 18

实例 19

实例 2

实例 23

实例 24

实例 25

实例 26

实例 27

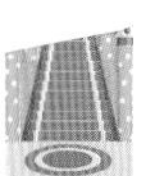

实例 28

实例 29

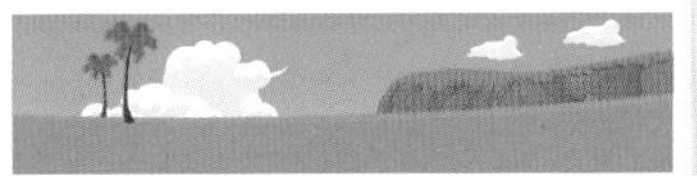

实例 30

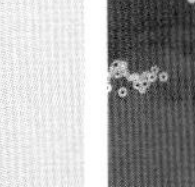
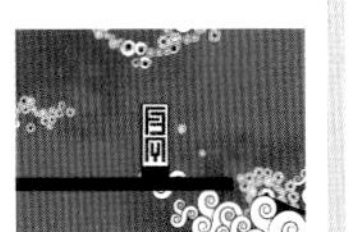

实例 31 传统风格开场动画

实例 32 卡通开场动画

实例 33 淡入淡出动画

实例 34 外星战士动画

实例 35 小熊滑冰动画

实例 36 飞船降落动画

实例 37 汽车飞入动画

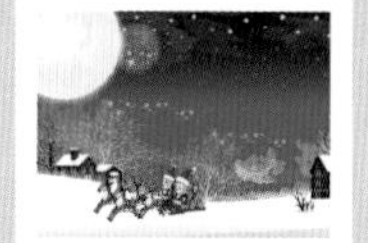
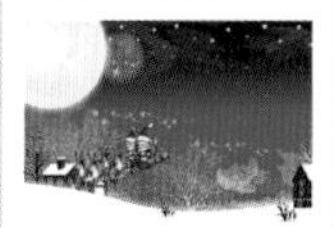
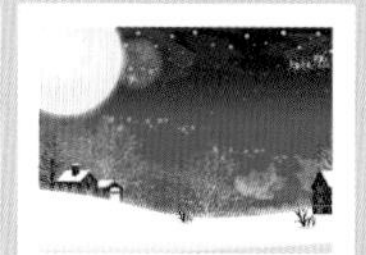

实例 38 圣诞老人飞入动画

实例 39 打电话

实例 40 文字变光动画

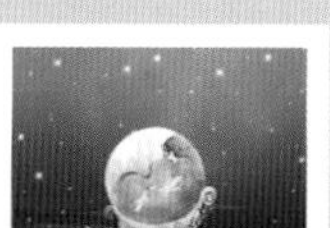

实例 41 水晶球动画

实例 42 窗帘飘动动画

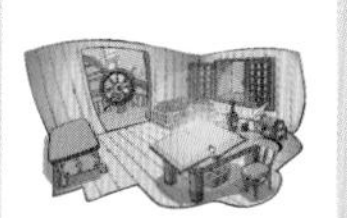

实例 43 闪烁的光芒

实例 44 产品宣传广告

实例 45 圣诞节动画

实例 46 汽车路线动画

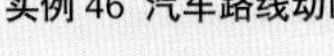

实例 47 人物跑动动画

实例 48 松鼠奔跑动画

实例 49 蝴蝶飞舞动画

实例 50 生日蜡烛动画

实例 51 闪烁的电视屏幕

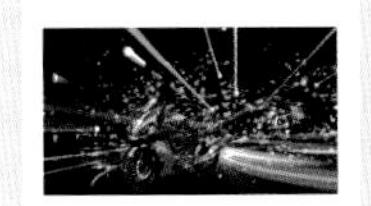

实例 52 时尚酷炫动画

实例 53 茁壮生长的花朵

实例 54 变脸动画

实例 55 图片遮罩动画

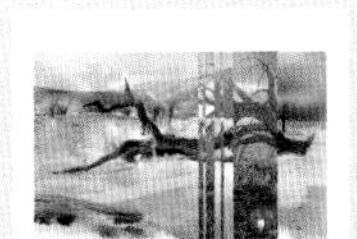

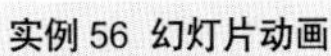

实例 56 幻灯片动画

实例 57 田园风光遮罩动画

实例 58 女士主题遮罩动画

实例 59 动感线条动画

实例 60 商业动画

实例 61 分散式文字动画效果

实例 62 发光文字动画效果

实例 63 闪烁文字动画效果

实例 64- 放大镜文字效果

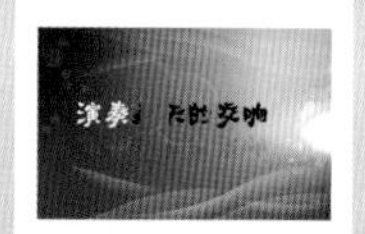

实例 65- 阴影文字动画效果

实例 66 吞食文字动画效果

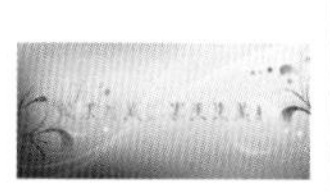

实例 67 波光粼粼文字效果

实例 68 波纹字动画效果

实例 69 点式闪烁文字动画效果

实例 70 星光文字动画效果

实例 71 广告式文字动画效果

实例 72 跳跃文字动画效果

实例 73 摇将式文字动画效果

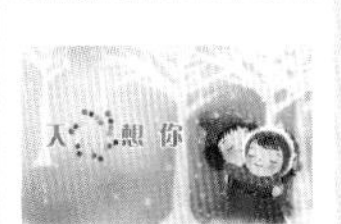

实例 74 旋转花纹文字动画效果

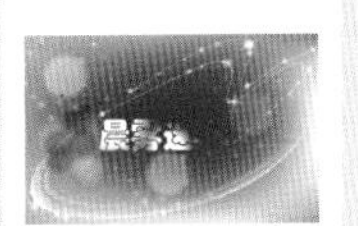

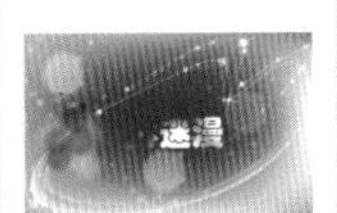

实例 75 迷雾式文字动画效果

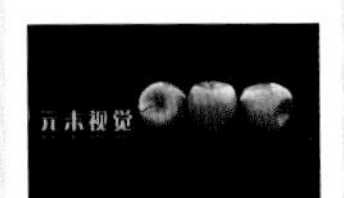
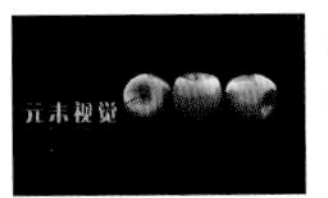
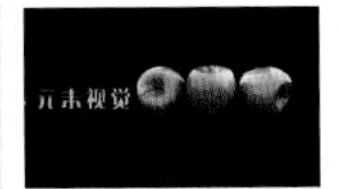

实例 76 镜面文字效果

实例 77 波浪式文字动画效果

实例 78 聚光灯文字效果

实例 79 落英缤纷文字动画效果

实例 80 螺旋翻转文字效果

实例 81 跟随鼠标飞舞的蝴蝶

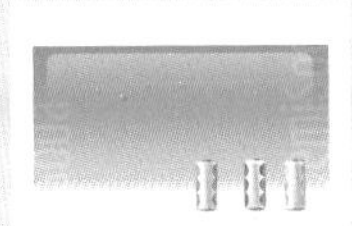

实例 82 水滴特效

实例 83 艳点飘舞跟随鼠标效果

实例 84 接龙式鼠标跟随

实例 85 艳阳高照跟随鼠标效果

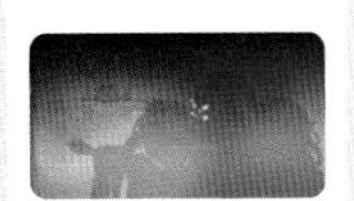

实例 86 鼠标光点特效

实例 87 变色泡泡鼠标效果

实例 88 鼠标经过处飞舞花朵

实例 89 凸透镜跟随鼠标效果

实例 90 鼠标经过水波效果

实例 91 基本按钮

实例 92 游戏按钮

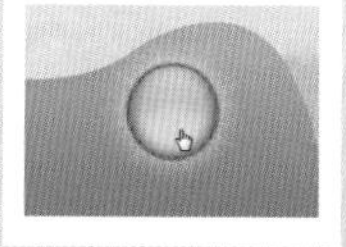
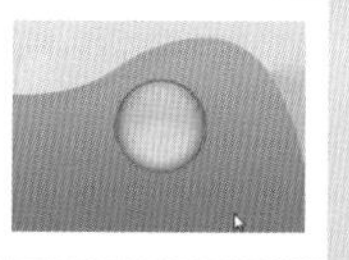

实例 93 影片剪辑应用按钮

实例 94 动态按钮

实例 95 控制播放按钮应用

实例 96 为按钮添加声音

实例 97 控制影片剪辑播放应用

实例 98 为按钮添加超链接

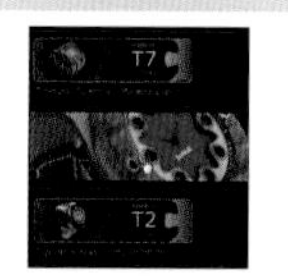

实例 99 反应区按钮综合应用

实例 100 表情按钮

实例 101 反应区高级应用

实例 102 卡通交互按钮

实例 103 控制运动方向按钮

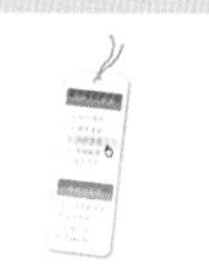

实例 104 导航式按钮

实例 105 反应区应用

实例 106 网页按钮

实例 107 高级反应区按钮综合应用

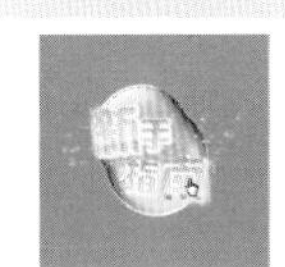

实例 108 特效按钮动画

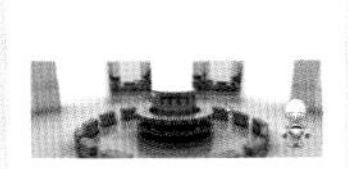
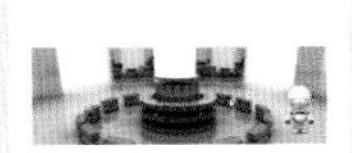

实例 109 3D 场景旋转动画

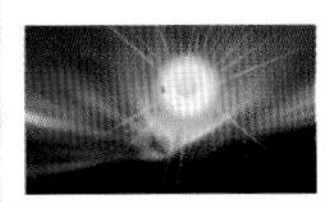

实例 110 3D 开场动画

实例 111 3D 图标动画

实例 112 AS3.0 实现图片滚动效果

实例 113 光点效果

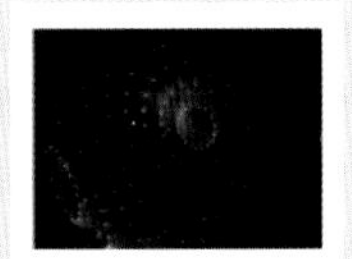

实例 114 3D 球体动画

实例 115 3D 文字效果

实例 116 3D 文字动画

实例 117 陨石动画效果

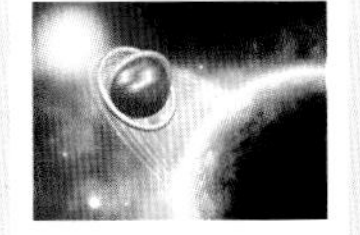

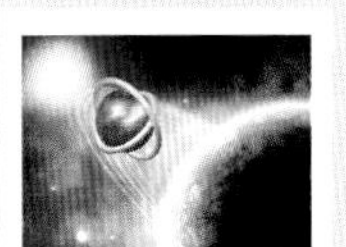

实例 118 旋转星球动画

实例 119 类别菜单动画

实例 120 体育导航动画

实例 121 综合类别菜单动画

实例 122 交友网站导航

实例 123 公益菜单动画

实例 124 儿童趣味导航

实例 125 快速导航菜单动画

实例 126 交友社区快速导航

实例 127 产品展示菜单动画

实例 128 展示菜单动画

实例 129 广告菜单动画

实例 130 服装展示菜单动画

实例 131 二级导航菜单动画

实例 132 艺术照片展示菜单动画

实例 133 商业导航菜单动画

实例 134 产品导航菜单动画

实例 135 悬挂菜单动画

实例 136 楼盘介绍菜单动画

实例 137

实例 138- 添加开场音乐

实例 139- 控制声音

实例 140

实例 141 音效的应用

实例 142 为导航动画添加音效

实例 143 控制音量

实例 144 为卡通动画添加音效

实例 145 制作 MP3 播放器

实例 146 为儿童展示动画添加音效

实例 147 gotoAndPlay() 制作选项卡动画

实例 148 通过脚本实现模糊动画效果

实例 149 Stage() 制作分类菜单动画 1

实例 150 通过脚本实现弹性拖拽效果

实例 151 rollOver 和 release() 制作导航菜单

实例 152 调用元件

实例 153 function() 制作图片切换动画

实例 154 脚本控制鼠标跟随

实例 155 利用脚本语言控制声音的播放和停止

实例 156 脚本实现绽放的礼花

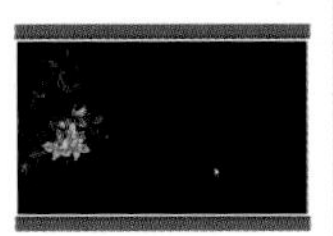

实例 157 用脚本语言调用外部文件

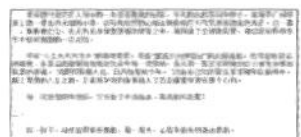

实例 158 脚本控制文本滚动

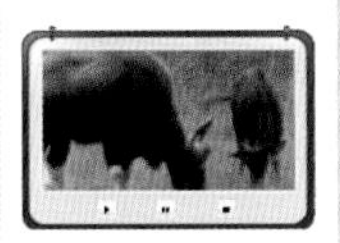
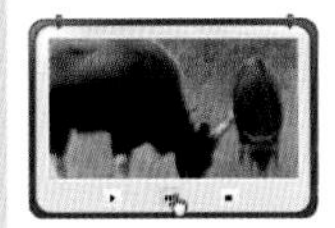

实例 159 利用脚本语言控制视频

实例 160 脚本控制人物走动

实例 161 getURL() 为 Flash 动画设置链接

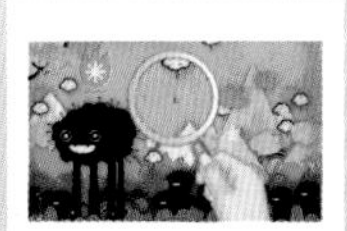
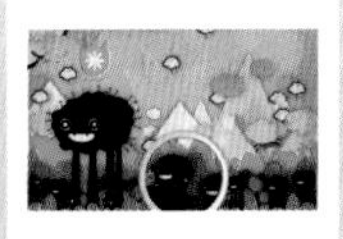

实例 162 脚本实现放大镜

实例 163 root 函数的应用

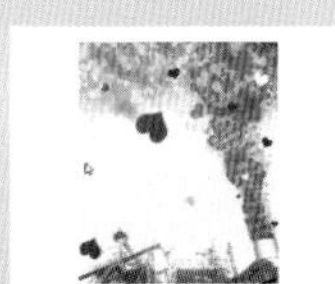

实例 164 脚本控制动画跟随

实例 165 var 函数的应用

实例 166 控制运动方向

实例 167 儿童贺卡

实例 168 圣诞节贺卡

实例 169 友情贺卡

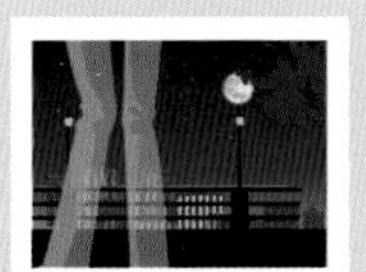
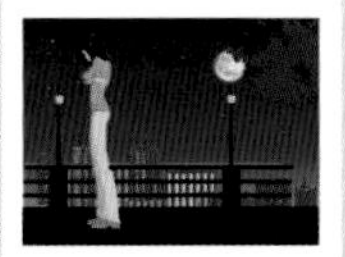

实例 170 情感贺卡

实例 171

实例 172 儿童静帧贺卡

实例 173 生日贺卡

实例 174 卡通生日贺卡

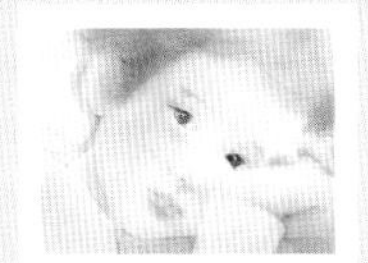
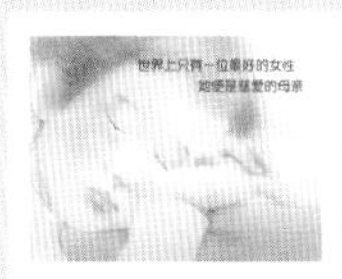

实例 175 母亲节贺卡

实例 176 新年贺卡

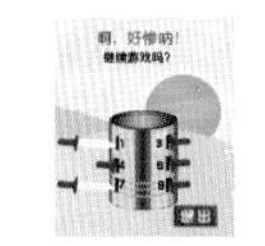

实例 177 插杀游戏

实例 178 找不同游戏

实例 179 抓不着游戏

实例 180 推箱子游戏

实例 181 空中大战

实例 182 接金币游戏

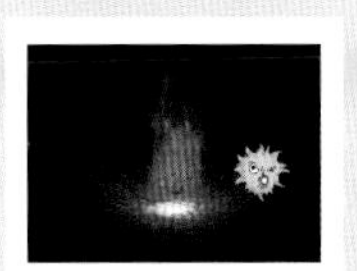
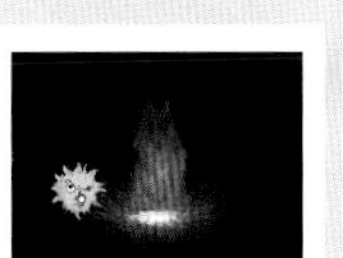
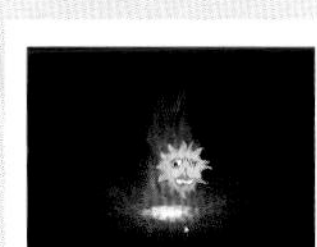

实例 183 碰撞游戏

实例 184 蚂蚁武士游戏

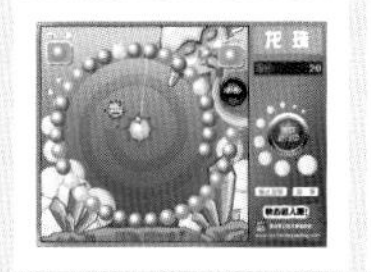
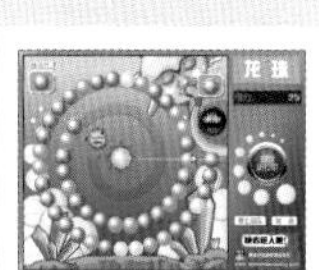

实例 185 龙珠游戏

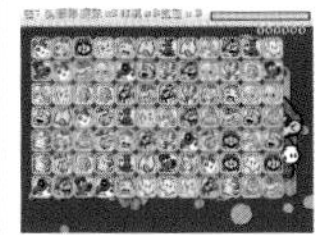

实例 186 对对碰游戏

实例 187 生日 MTV

实例 188 儿童生日 MTV

实例 189 摇蓝曲 MTV

实例 190 冬季畅想 MTV

  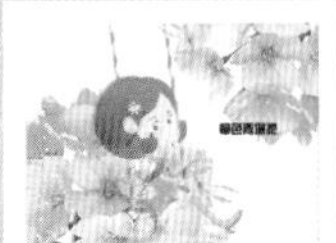

实例 191 樱花 MTV

实例 192 想念你 MTV

实例 193 回忆 MTV

  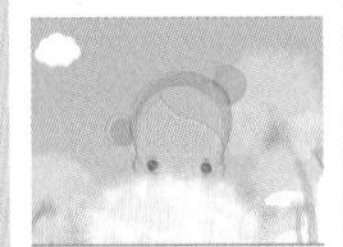

实例 194 音乐场景 MTV

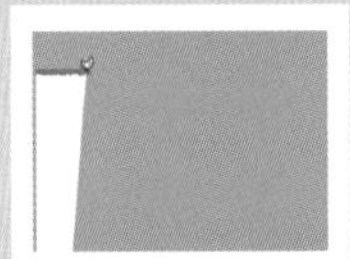 

实例 195 爱情 MTV

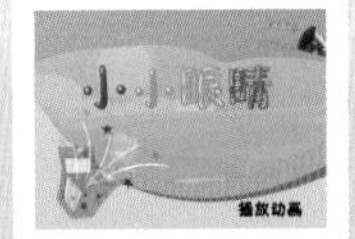  

实例 196 儿童 MTV

实例 197 休闲网站

实例 198 广告展示网站

实例 199 冰淇淋网站

实例 200 社区服务网站

设计师梦工厂

实现设计师梦想的殿堂

Flash CS5 动画制作实战从入门到精通

新视角文化行◎编著

人民邮电出版社
北京

图书在版编目（CIP）数据

Flash CS5动画制作实战从入门到精通 / 新视角文化行编著. -- 北京 : 人民邮电出版社, 2010.12
ISBN 978-7-115-23644-9

Ⅰ. ①F… Ⅱ. ①新… Ⅲ. ①动画—设计—图形软件，Flash CS5 Ⅳ. ①TP391.41

中国版本图书馆CIP数据核字(2010)第154102号

内容提要

本书精心设计了200个Flash动画实例，均由优秀的Flash动画设计师制作与编写，涵盖基本动画、鼠标特效、文字特效、按钮特效、3D特效、菜单特效、声音特效、游戏设计等13种常见类型动画。全书囊括了Flash CS5动画制作的所有知识点，从最基础的Flash CS5安装与卸载、Flash软件界面，到Flash脚本应用、贺卡制作及网站开发，读者均可以从中学到详尽的内容。随书附带的1张DVD视频教学光盘涵盖了本书200个实例的所有完整操作视频。

本书以案例教程的形式介绍知识点，兼具技术手册和参考书的特点，讲解清晰明了，不仅适合Flash动画设计初、中级读者使用，而且也适合大中专院校相关专业及Flash动画设计培训班作为教材使用。

Flash CS5 动画制作实战从入门到精通

◆ 编　　著　新视角文化行
　责任编辑　郭发明

◆ 人民邮电出版社出版发行　　北京市崇文区夕照寺街14号
　邮编　100061　　电子函件　315@ptpress.com.cn
　网址　http://www.ptpress.com.cn
　北京艺辉印刷有限公司印刷

◆ 开本：787×1092　1/16
　印张：25.5　　彩插：6
　字数：792千字　　2010年12月第1版
　印数：1 – 4 000册　　2010年12月北京第1次印刷

ISBN 978-7-115-23644-9

定价：59.00元（附1DVD）

读者服务热线：(010)67132692　印装质量热线：(010)67129223
反盗版热线：(010)67171154
广告经营许可证：京崇工商广字第0021号

前　言

Preface

关于本系列图书

感谢您翻开本系列图书。在茫茫的书海中，或许您曾经为寻找一本技术全面、案例丰富的计算机图书而苦恼，或许您为担心自己是否能做出书中的案例效果而犹豫，或许您为了自己应该买一本入门教材而仔细挑选，或许您正在为自己进步太慢而缺少信心……

现在，我们就为您奉献一套优秀的学习用书——“从入门到精通”系列，它采用完全适合自学的“教程+案例”和“完全案例”两种形式编写，兼具技术手册和应用技巧参考手册的特点，随书附带的 DVD 多媒体教学光盘包含书中所有案例的视频教程、源文件和素材文件。希望通过本系列书能够帮助您解决学习中的难题，提高技术水平，快速成为高手。

■　自学教程。书中设计了大量案例，由浅入深、从易到难，可以让您在实战中循序渐进地学习到相应的软件知识和操作技巧，同时掌握相应的行业应用知识。

■　技术手册。一方面，书中的每一章都是一个小专题，不仅可以让您充分掌握该专题中提到的知识和技巧，而且举一反三，掌握实现同样效果的更多方法。

■　应用技巧参考手册。书中把许多大的案例化整为零，让您在不知不觉中学习到专业应用案例的制作方法和流程，书中还设计了许多技巧提示，恰到好处地对您进行点拨，到了一定程度后，您就可以自己动手，自由发挥，制作出相应的专业案例效果。

■　老师讲解。每本书都附带了 CD 或 DVD 多媒体教学光盘，每个案例都有详细的语音视频讲解，就像有一位专业的老师在您旁边一样，您不仅可以通过本系列图书研究每一个操作细节，而且还可以通过多媒体教学领悟到更多的技巧。

本系列书近期已推出以下品种。

3ds Max+VRay 效果图制作从入门到精通	Flash CS5 动画制作实战从入门到精通
Photoshop CS3 图像处理实战从入门到精通	Illustrator CS5 实践从入门到精通
Photoshop CS5 中文版从入门到精通	3ds Max+VRay 效果图制作从入门到精通全彩版
Photoshop CS3 平面设计实战从入门到精通	Maya 2011 从入门到精通
3ds Max 2010 中文版从入门到精通	3ds Max 2010 中文版实战从入门到精通
Photoshop CS4 从入门到精通	AutoCAD 2010 中文版辅助绘图从入门到精通
会声会影 X3 实战从入门到精通全彩版	AutoCAD 2009 机械设计实战从入门到精通
3ds Max 2009 中文版效果图制作从入门到精通	Photoshop CS4 图像处理实战从入门到精通

本书内容特色

本书首先讲解了 Flash CS5 的基本操作，包括基础知识、绘画技巧、基本动画、文字特效、鼠标特效、按钮特效、3D 特效、菜单特效、声音特效、脚本应用等，然后层层深入，介绍了 Flash 的商业应用案例，包括 Flash 贺卡制作、Flash 游戏设计、Flash MTV 及 Flash 网站开发等，涵盖 Flash CS5 全部的知识点。

本书具有以下特点。

1．语言简洁、图文并茂。书中以大量的实例讲解 Flash 动画的制作方法和各方面的知识点，避免枯燥无味的说教，让您学习起来更加轻松，阅读更加容易。

2．实例丰富、技巧全面。本书含有 200 个实例，与实践紧密结合，囊括大量的实用操作技巧。难度由低到高，循序渐进，力求让读者通过具体的实例掌握各种实用技能。

3．注重归纳、易于理解。本书实例讲解中穿插了大量的提示，将大量知识点归纳总结出来，使读者更易理解和掌握。

4．视频教学、高效轻松。本书配有 1 张包含海量信息的 DVD 光盘，内容包括全书 200 个案例的完整多媒体视频教程，结合视频教程学习，更加高效、轻松。

本书读者对象

本书面向广大高校师生和从事网页动画制作、设计的人员，是一本具有很高参考价值的 Flash 案例工具书，也是一本指导性的教科书，可作为高校计算机应用、动画设计等专业的教材。

本书由新视角文化行总策划，由专业制作公司和一线教师编写，在成书的过程中，得到了杜昌国、邹庆俊、易兵、宋国庆、汪建强、信士常、罗丙太、王泉宏、李晓杰、王大勇、王日东、高立平、杨新颖、李洪辉、邹焦平、张立峰、邢金辉、王艾琴、吴晓光、崔洪禹、田成立、梁静、任宏、吴井云、艾宏伟、张华、张平、孙宝莱、孙朝明、任嘉敏、钟丽、尹志宏、蔡增起、段群兴、郭兵、杜昌丽等人的大力帮助和支持，在此表示感谢。

由于编写水平有限，书中难免有错误和疏漏之处，恳请广大读者批评、指正。读者在学习的过程中，如果遇到问题，可以联系作者（电子邮件 nvangle@163.com），也可以与本书策划编辑郭发明联系交流（guofaming@ptpress.com.cn）。

新视角文化行

2010 年 9 月

目　　录

Contents

Flash CS5 动画制作实战从入门到精通

第1章 基础知识

■ 本章内容

- 安装 Flash CS5 中文版
- 卸载 Flash CS5 中文版
- 认识 Flash CS5 工作界面
- 设置文档属性
- 制作倒计时动画
- 制作街舞动画
- 制作传统补间动画
- 制作社区动画
- 元件的创建和使用
- 制作星球动画

Flash CS5 具有便捷、完美、舒适的动画编辑环境，深受广大动画制作者喜爱，Flash CS5 界面是用户和 Flash CS5 进行交互操作的途径，熟悉 Flash CS5 界面以及其中的工具，有助于读者更好地制作并完成 Flash 动画。Flash CS5 的界面在 Flash CS4 版本的基础上有所改进，比如取消了原来在界面上直接出现的帮助面板，扩大了工作区，改变了部分命令的位置，使 Flash 操作起来更加容易。

Example 实例 1 安装 Flash CS5 中文版

案例文件	无
视频文件	光盘\视频\第 1 章\安装 Flash CS5 中文版.swf
难易程度	★☆☆☆☆
学习时间	10 分钟
实例要点	➢ Flash CS5 中文版软件对计算机系统的要求 ➢ 安装 Flash CS5 中文版软件以及安装过程中的简单设置
实例目的	本实例主要讲解 Flash CS5 中文版的安装方法

操作步骤

步骤 1 安装 Flash CS5 的计算机必须符合以下要求，不符合以下要求的，即使将 Flash CS5 安装到了计算机上，也是无法运行的。计算机硬件配置要求如下表所示。

Flash CS5 在 Windows 系统中运行的配置要求

CPU	Intel Pentium 4 或 AMD Athlon 64 处理器
操作系统	Microsoft Windows XP（带有 Service Pack 2，推荐 Service Pack 3）；Windows Vista Home Premium、Business、Ultimate 或 Enterprise（带有 Service Pack 1）；Windows 7
内存	1GB 内存
硬盘空间	3.5GB 可用硬盘空间用于安装，安装过程中需要额外的可用空间（无法安装在基于闪存的可移动存储设备上）
显示器	1024 × 768 屏幕（推荐 1280 × 800），16 位显卡
光盘驱动器	DVD-ROM 驱动器
多媒体功能	需要 QuickTime 7.6.2 软件
产品激活	在线服务需要宽带 Internet 连接

Flash CS5 在苹果机中运行的配置要求

CPU	Intel 多核处理器
操作系统	Mac OS X 10.5.7 或 10.6 版
内存	1GB 内存
硬盘空间	4GB 可用硬盘空间用于安装，安装过程中需要额外的可用空间（无法安装在采用区分大小写的文件系统的卷或基于闪存的可移动存储设备上）
显示器	1024 × 768 屏幕（推荐 1280 × 800），16 位显卡
光盘驱动器	DVD-ROM 驱动器
多媒体功能	需要 QuickTime 7.6.2 软件
产品激活	在线服务需要宽带 Internet 连接

步骤 2 将 Flash CS5 安装光盘放入 DVD 光驱中，稍等片刻，自动进入“初始化安装程序”界面，如图 1-1 所示，初始化完成后进入“欢迎使用”界面，如图 1-2 所示。

图 1-1 “初始化安装程序”界面

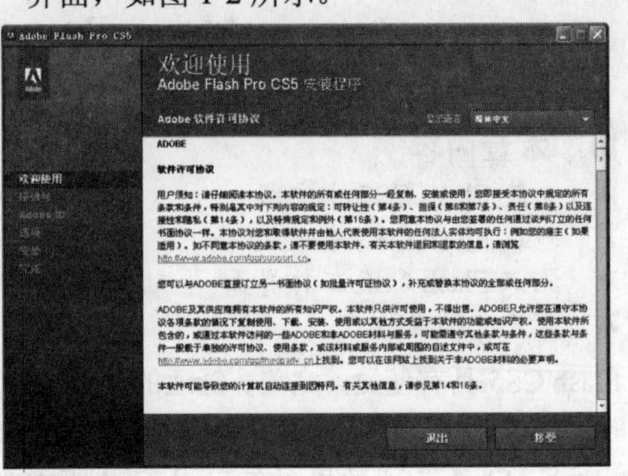

图 1-2 “欢迎使用”界面

步骤 3 单击“接受”按钮，进入“请输入序列号”界面，如图 1-3 所示，输入序列号，单击“下一步”按钮。进入 Adobe ID 界面，如果不需要输入 ID 则单击“下一步”按钮，进入“安装选项”界面，在该界面中勾选要安装的 Flash CS5 选项，并指定安装路径，如图 1-4 所示。

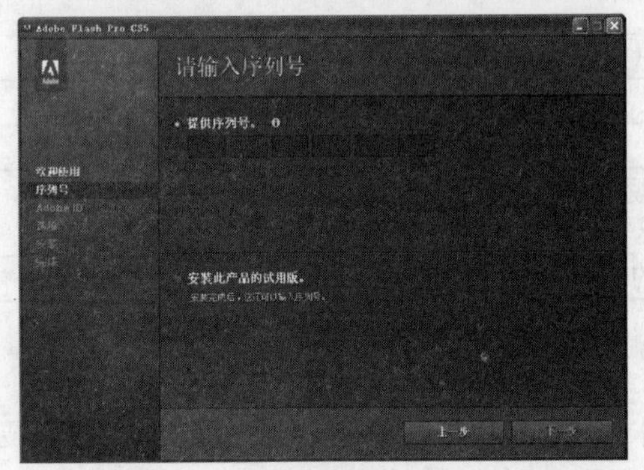

图 1-3 “请输入序列号”界面

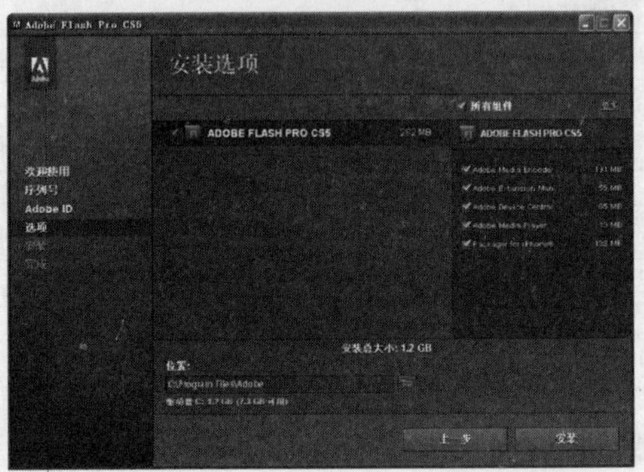

图 1-4 “安装选项”界面

步骤 4 单击“安装”按钮，显示“正在准备安装”，稍等片刻进入“安装进度”界面，显示安装进度，如图 1-5 所示。最后进入“完成”界面，如图 1-6 所示，显示安装完成，单击“完成”按钮，关闭该对话框，即可完成安装。

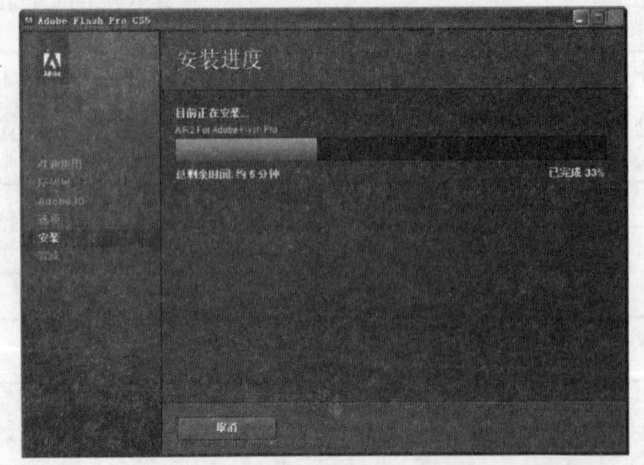

图 1-5 “安装进度”界面

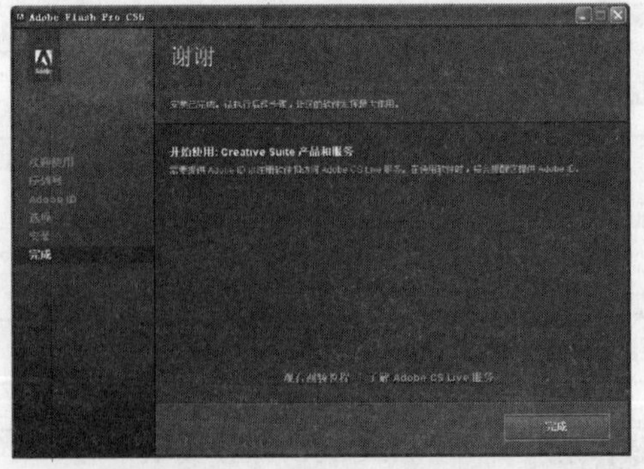

图 1-6 “完成”界面

实例小结

在安装 Flash CS5 时，应该注意安装位置的容量是否足够。如果安装位置容量不足，在安装时会弹出提示框，提示容量不足，要求操作者删除该盘符中没用的文件，或选择其他盘符重新安装。

Example 实例 2　卸载 Flash CS5 中文版

案例文件	无
视频文件	光盘\视频\第 1 章\卸载 Flash CS5 中文版.swf
难易程度	★☆☆☆☆
学习时间	5 分钟

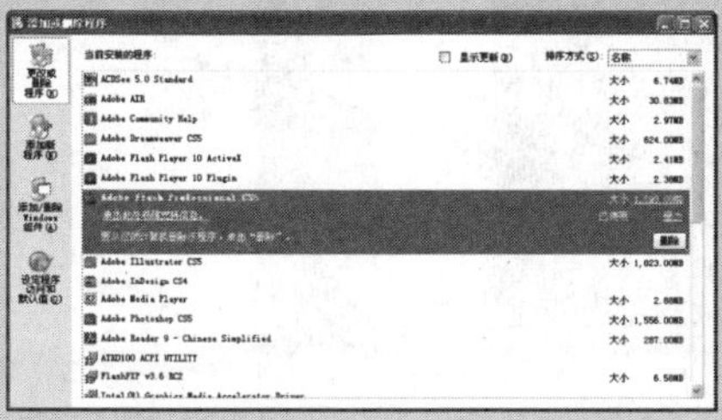

(1)

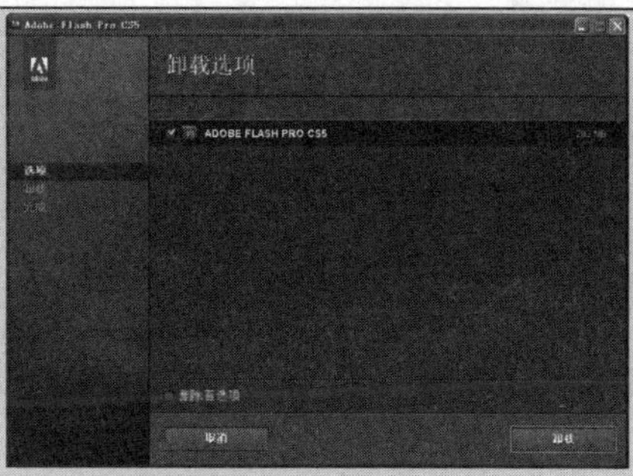

(2)

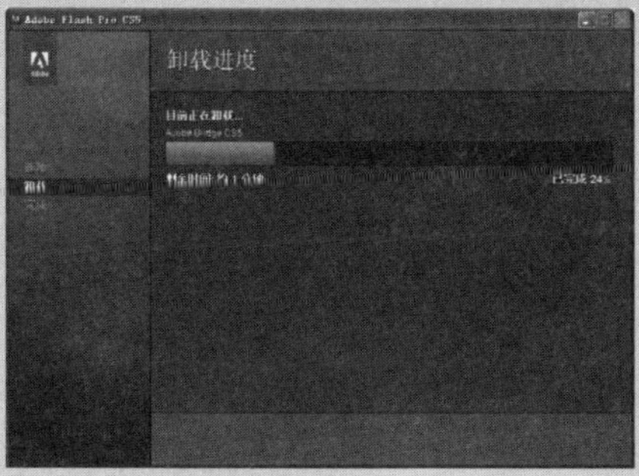

(3)

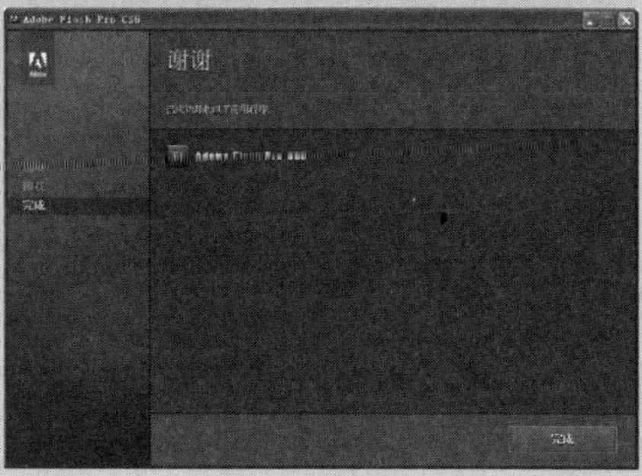

(4)

1. 打开“控制面板”窗口，双击“添加或删除程序”图标，打开“添加或删除程序”对话框，选择 Flash CS5 程序。

2. 单击“删除”按钮，弹出“卸载选项”面板。

3. 单击“卸载”按钮，进入程序卸载界面，并始卸载程序。

4. 完成卸载，显示卸载完成界面。

Example 实例 3　认识 Flash CS5 工作界面

案例文件	无
视频文件	光盘\视频\第 1 章\认识 Flash CS5 工作界面.swf
难易程度	★☆☆☆☆
学习时间	15 分钟
实例要点:	➢ “打开”菜单命令的使用 ➢ 工作界面中各个功能的应用
实例目的:	本实例通过打开一个 Flash 文件，让读者快速了解 Flash CS5 的工作界面

操作步骤

步骤 1 执行“文件>打开”菜单命令，打开一个制作好的 Flash 文档，整个 Flash CS5 的工作界面如图 1-7 所示。

步骤 2 Flash CS5 的工作界面主要包括菜单栏、工具栏、“时间轴”面板、工具箱、舞台、动作、“属性”面板和浮动面板等部分。

步骤 3 菜单栏提供了包括“文件”、“编辑”、“视图”、“插入”、“修改”、“文本”、“命令”、“控制”、“调试”、“窗口”和“帮助”等一系列菜单，如图 1-8 所示。

"时间轴"面板
舞台（又叫场景或工作区）
菜单栏
工具箱
浮动面板
"属性"面板

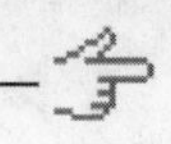

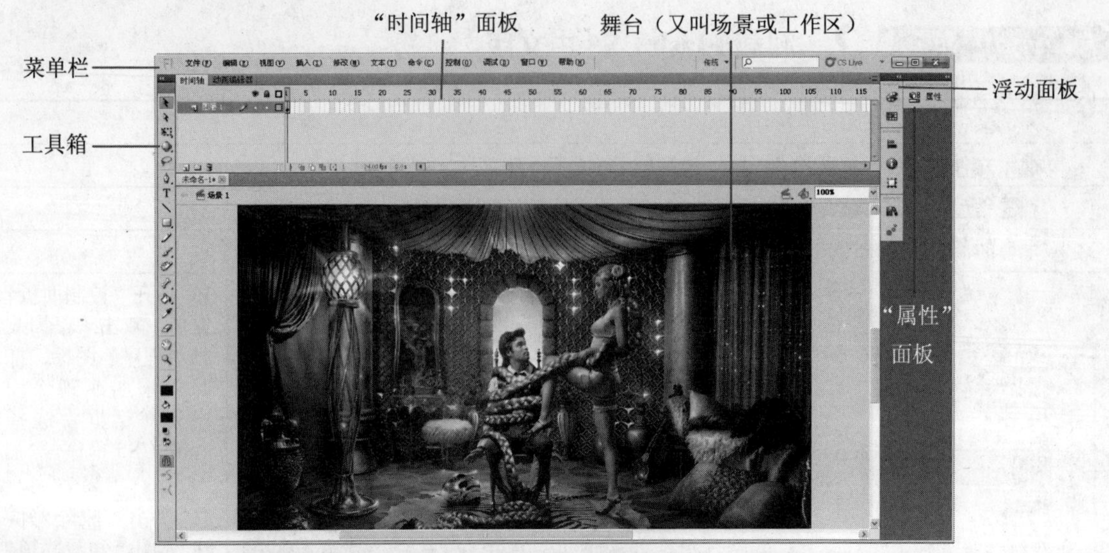

图 1-7　Flash CS5 的工作界面

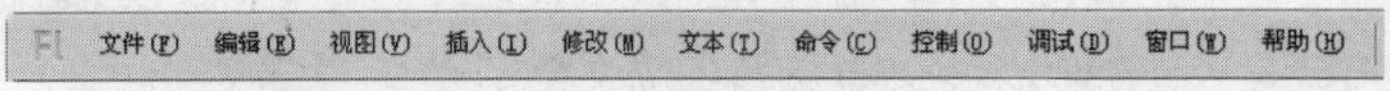

文件(F) 编辑(E) 视图(V) 插入(I) 修改(M) 文本(T) 命令(C) 控制(O) 调试(D) 窗口(W) 帮助(H)

图 1-8　菜单栏

步骤 4 Flash 工具箱中的工具可以用来绘图、填色、选择和修改图形，以及改变舞台视图。Flash 工具箱可以分为 6 个部分，执行“窗口>工具”命令，可以显示或隐藏工具箱，如图 1-9 所示。需要选择某一工具时，直接单击要使用的工具即可。根据所选工具的不同，在工具箱的底部将出现相应的修改设置。用户也可以按下不同工具所对应的快捷键，例如“箭头工具”的快捷键为 V。

选择
绘图
填色
查看
颜色
选项区

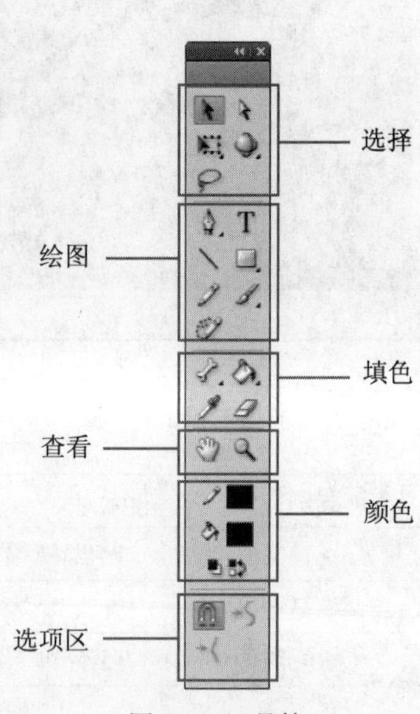

图 1-9　工具箱

步骤 5 “时间轴”面板是制作 Flash 动画的重要控件。可以在“时间轴”面板中添加图层和帧，根据时间的变化，安排其在舞台上的内容显示。Flash CS5 的“时间轴”面板如图 1-10 所示，左侧含有“图层 1”的区域为图层选项，右侧为时间轴。时间轴上方的编号为帧编号，下方的 4 个按钮为“洋葱皮”按钮，向右为状态栏，显示当前的帧数以及文档的帧频率。Flash 将动画分成一帧帧来播放，“时间轴”面板则记录了动画中各层各帧的播放顺序。在“时间轴”面板中，可以方便地操作帧和关键帧。例如，通过改变帧的位置，控制对象的显示顺序；通过拖动关键帧，改变补间动画的长度；另外，还可以插入、选择、删除、复制、移动帧和关键帧。

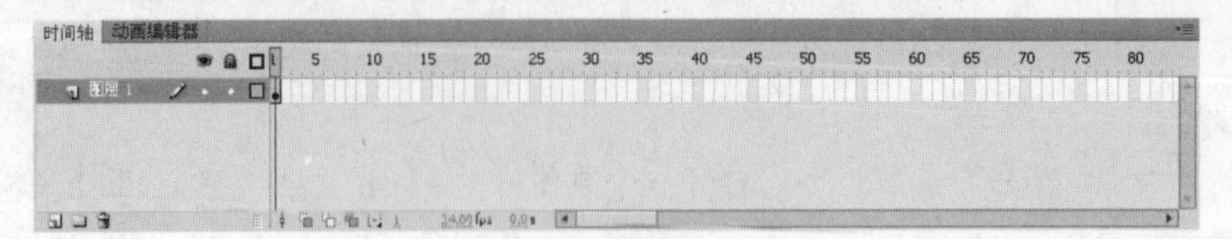

图 1-10　“时间轴”面板

步骤 6 使用“属性”面板，可以查看或更改资源及其属性。可以根据视图的需要来显示或隐藏“属性”面板，从而更方便地管理工作区。执行“窗口>属性>属性”命令，可以打开或关闭“属性”面板，如图 1-11 所示。

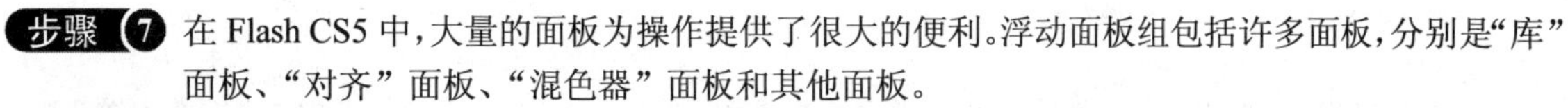

步骤 7 在 Flash CS5 中，大量的面板为操作提供了很大的便利。浮动面板组包括许多面板，分别是“库”面板、“对齐”面板、“混色器”面板和其他面板。

步骤 8 “库”面板：执行“窗口>库”命令或按快捷键 Ctrl+L 可以打开“库”面板，如图 1-12 所示。在“库”面板中可以方便地查找、组织以及调用资源。“库”面板提供了动画数据库中的许多信息。“库”面板中存储的元素被称为元件，可以重复调用。

步骤 9 “对齐”面板：用来对齐对象和排列同一个场景中多个被选定的对象的位置。执行“窗口>对齐”命令或按快捷键 Ctrl+K，可以打开“对齐”面板，如图 1-13 所示。

步骤 10 “颜色”面板：该面板在 Flash CS5 中默认是打开的，如图 1-14 所示。执行“窗口>颜色”命令，打开“颜色”面板，在“颜色”面板中可以设置笔触、填充色以及透明度等。在“颜色”面板中选择一种基本色后，即可通过调节黑色小三角的位置进行颜色设置。在 Flash 中，渐变分为两种，分别是“线性渐变”和“径向渐变”。“线性渐变”的颜色变化是从左到右沿直线进行的，而“径向渐变”则是以圆的方式从中心到周围扩散变化。如果需要改变渐变颜色，首先应选定已填充渐变的对象，然后通过滑杆上的滑块改变颜色。单击滑杆可以增加滑块，如图 1-15 所示，当滑杆上的箭头下方出现加号时，单击鼠标即可添加滑块。

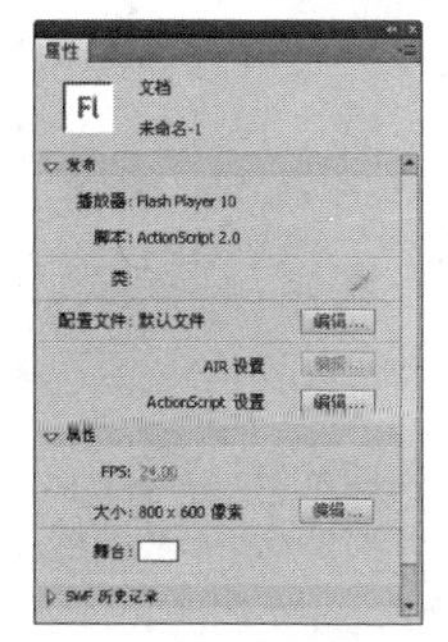

图 1-11 “属性”面板

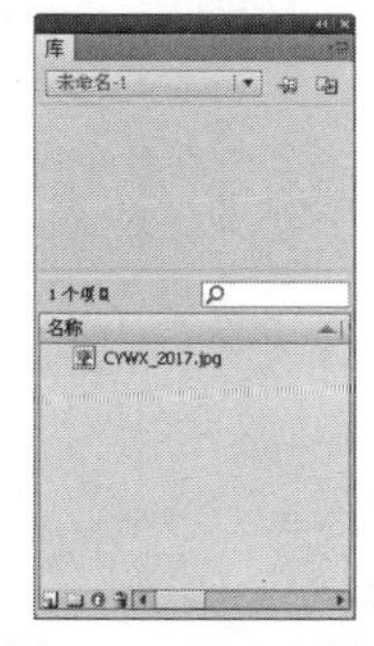

图 1-12 “库”面板

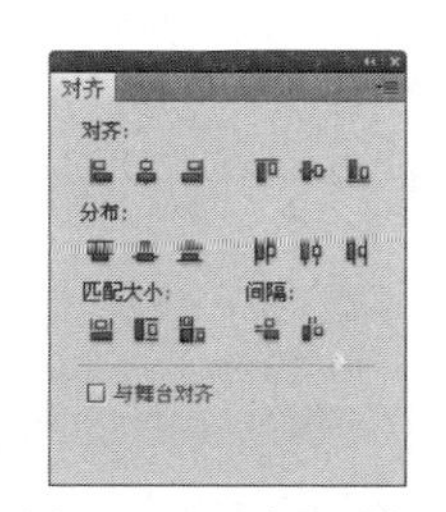

图 1-13 “对齐”面板

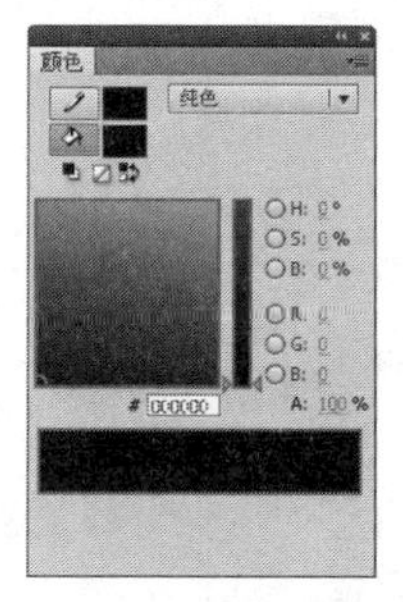

图 1-14 “颜色”面板

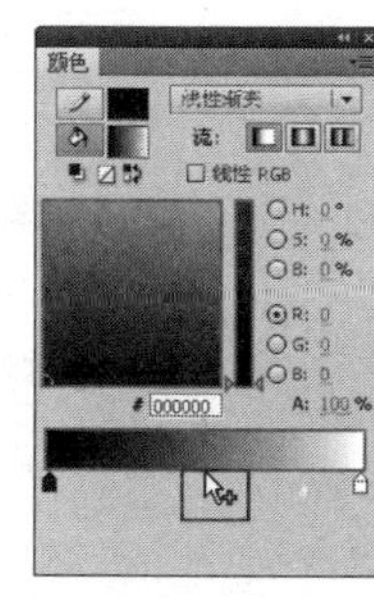

图 1-15 添加滑块

步骤 11 舞台是 Flash 的工作区，是用于组织动画中对象的窗口，如图 1-16 所示。图像的窗口就是舞台，在这里可以直接制作图形文件或导入外部图形文件进行编辑，可以建立动画各帧以生成电影和其他作品。对于没有特殊效果的动画，也可将舞台作为播放动画的窗口。

图 1-16 舞台

步骤 12 制作一个比较复杂的动画时，可能需要采用多个场景来安排，这样做的好处是便于制作和修改动画。当发布一个包含多个场景的 Flash 影片时，系统将按照“场景”面板中的列表顺序依次播放各场景。各场景中的帧按照其播放顺序连续编号，例如，如果第 1 个场景的帧编号为 1～20，则第 2 个场景中的起始编号将为 21，如果要在每个场景后停止、暂停影片，或者以非线性方式播放影片，可以使用动作进行控制。

实例小结

刚刚安装完成的 Flash 在默认状态下浮动面板是打开的，可以单击浮动面板中的“折叠为图标”按钮或“展开停靠”按钮，将浮动面板打开或关闭。

Example 实例 4 设置文档属性

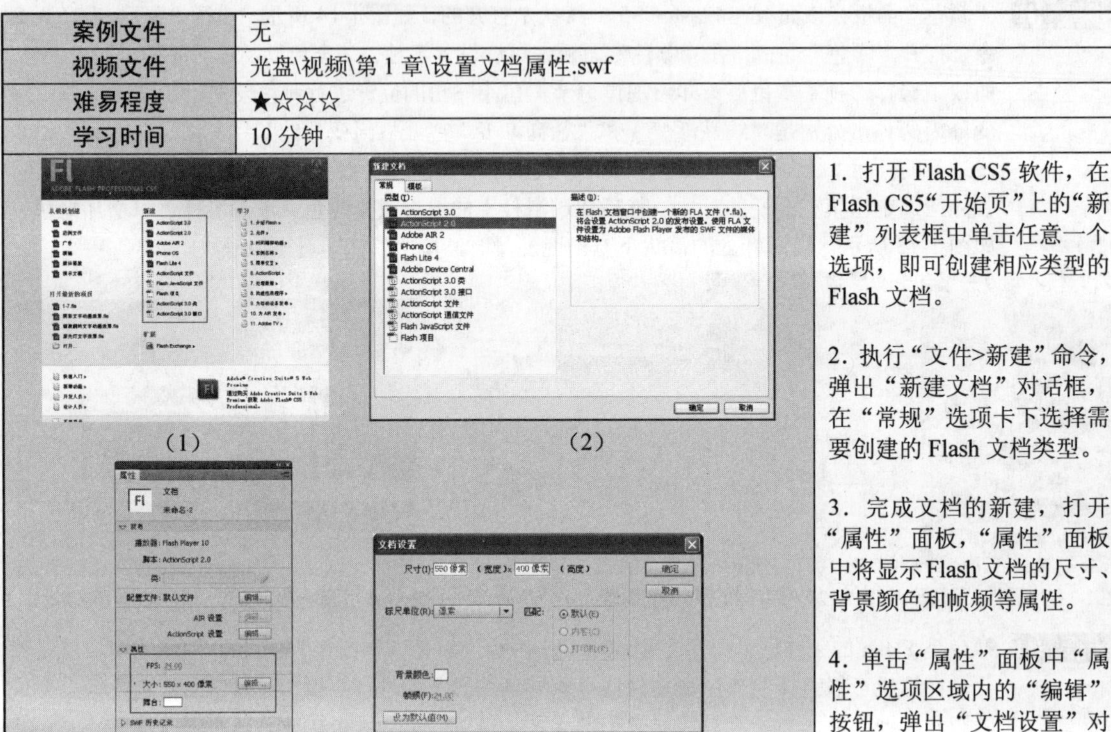

案例文件	无
视频文件	光盘\视频\第 1 章\设置文档属性.swf
难易程度	★☆☆☆
学习时间	10 分钟

(1) (2) (3) (4)

1．打开 Flash CS5 软件，在 Flash CS5“开始页”上的“新建”列表框中单击任意一个选项，即可创建相应类型的 Flash 文档。

2．执行“文件>新建”命令，弹出“新建文档”对话框，在“常规”选项卡下选择需要创建的 Flash 文档类型。

3．完成文档的新建，打开“属性”面板，“属性”面板中将显示 Flash 文档的尺寸、背景颜色和帧频等属性。

4．单击“属性”面板中“属性”选项区域内的“编辑”按钮，弹出“文档设置”对话框，可以设置文档属性。

Example 实例 5 制作倒计时动画

案例文件	光盘\源文件\第 1 章\倒计时动画.fla
视频文件	光盘\视频\第 1 章\倒计时动画.swf
难易程度	★☆☆☆☆
学习时间	5 分钟
实例要点	➢ 新建 Flash 文档并设置文档属性 ➢ 导入位图，插入帧 ➢ 插入关键帧，输入文本
实例目的	通过本实例，学习如何在 Flash 中制作简单的动画效果

操作步骤

步骤 1 执行“文件>新建”命令，弹出“新建文档”对话框，新建一个 Flash 文档，如图 1-17 所示。单击“属性”面板的“属性”选项区域中的“编辑”按钮，弹出“文档设置”对话框，设置“尺寸”为 470 像素 × 360 像素，“帧频”为 4，“背景颜色”为#CCCCCC，如图 1-18 所示。

步骤 2 执行“文件>导入>导入到舞台”命令，将“光盘\源文件\第 1 章\素材\1501.jpg”导入场景中，如图 1-19 所示。在第 20 帧位置单击，按 F5 键插入帧，如图 1-20 所示。

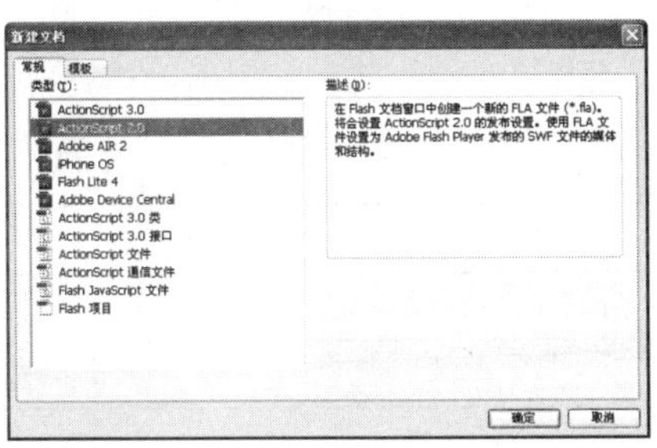
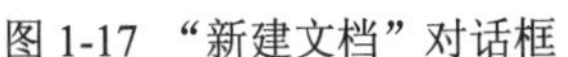
图 1-17 “新建文档”对话框

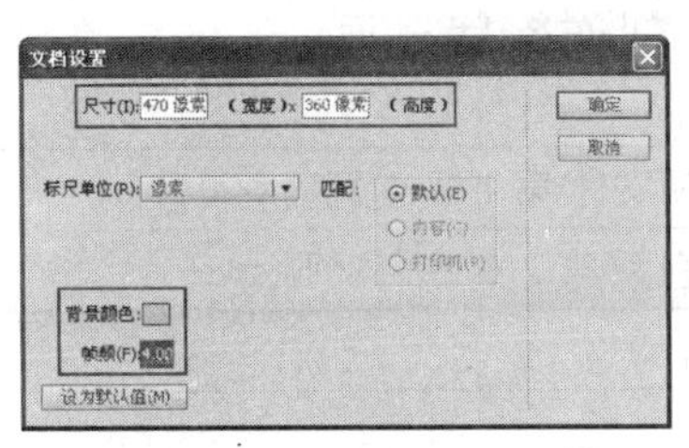
图 1-18 “文档设置”对话框

图 1-19 导入文件

步骤 3 单击“时间轴”面板中“插入图层”按钮，新建“图层 2”，单击“文本工具”按钮，设置“属性”面板上的相关属性，如图 1-21 所示，在场景中单击，输入文本，如图 1-22 所示。

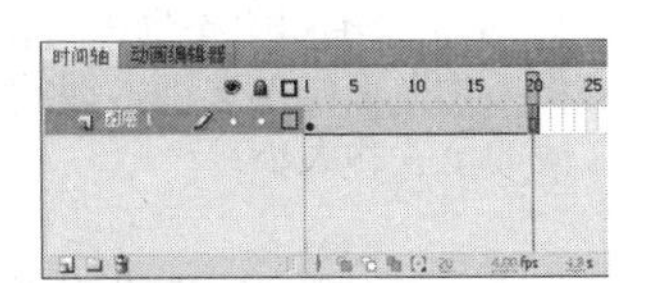
图 1-20 “时间轴”面板

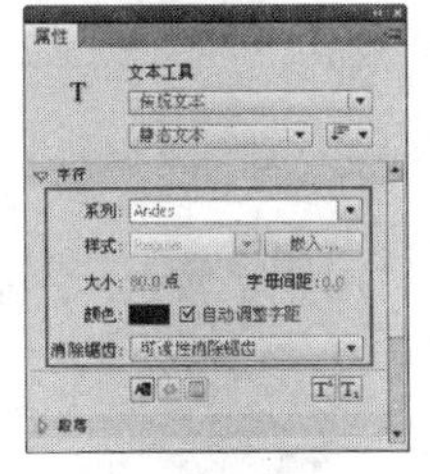
图 1-21 “属性”面板

图 1-22 输入文本

步骤 4 在第 2 帧位置单击，按 F6 键插入帧，修改该帧上的文本，如图 1-23 所示。在第 3 帧位置单击，按 F6 键插入帧，修改该帧上的文本，如图 1-24 所示。

步骤 5 使用相同的方法，制作该层的其他动画效果，如图 1-25 所示，“时间轴”面板如图 1-26 所示。

图 1-23 修改文本

图 1-24 修改文本

图 1-25 修改文本

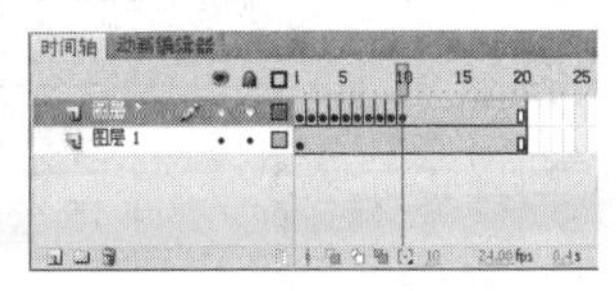
图 1-26 “时间轴”面板

步骤 6 完成简单的动画效果的制作后，执行“文件>保存”命令，将动画保存为“光盘\源文件\第 1 章\倒计时动画.fla”，按 Ctrl+Enter 键测试影片，动画效果如图 1-27 所示。

图 1-27 预览动画效果

实例小结

本实例通过 Flash 的逐帧功能制作出一个倒计时的动画效果，让读者了解简单动画的创建方法与逐帧效果的应用方法

Example 实例 6 制作街舞动画

案例文件	光盘\源文件\第 1 章\街舞动画.fla
视频文件	光盘\视频\第 1 章\街舞动画.swf
难易程度	★☆☆☆
学习时间	5 分钟

（1）

（2）

（3）

（4）

1．新建文档，将背景素材导入场景中。

2．新建图层，将图像按图像序列导入场景中。

3．单击“编辑多个帧”按钮，将人物图像全部选中，调整相应的位置和大小。

4．最终完成动画的制作，测试动画效果。

Example 实例 7 制作传统补间动画

案例文件	光盘\源文件\第 1 章\传统补间动画.fla
视频文件	光盘\视频\第 1 章\传统补间动画.swf
难易程度	★★☆☆☆
学习时间	15 分钟
实例要点	➢ 新建“Flash 文档”并设置文档属性 ➢ 新建“影片剪辑”元件，导入相应的素材，制作补间动画 ➢ 设置元件的 Alpha 值并制作补间动画效果
实例目的	通过本实例，学习补间动画的制作过程

操作步骤

步骤 1 执行“文件>新建”命令，新建一个 Flash 文档，如图 1-28 所示，单击“属性”面板的“编辑”按钮，在弹出的“文档设置”对话框中设置“尺寸”为 950 像素 × 364 像素，设置“背景颜色”为#DFD3AD，“帧频”为 12，如图 1-29 所示。

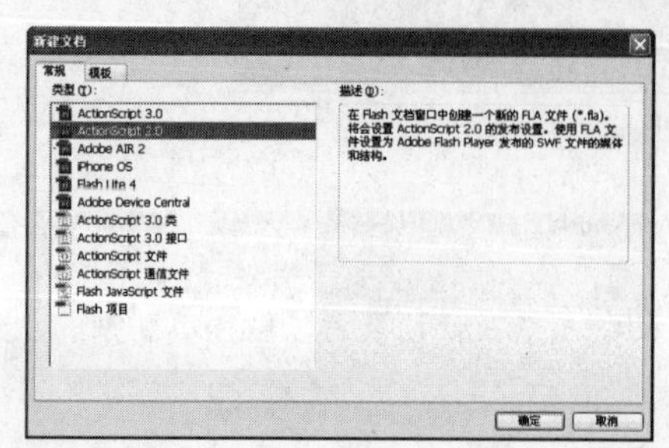

图 1-28 新建 Flash 文档

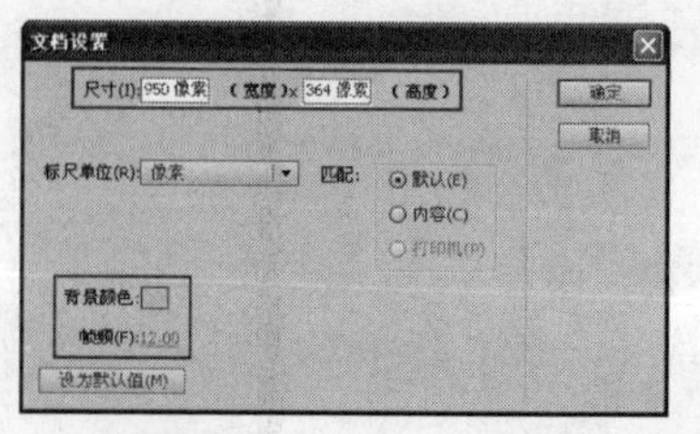

图 1-29 设置文档属性

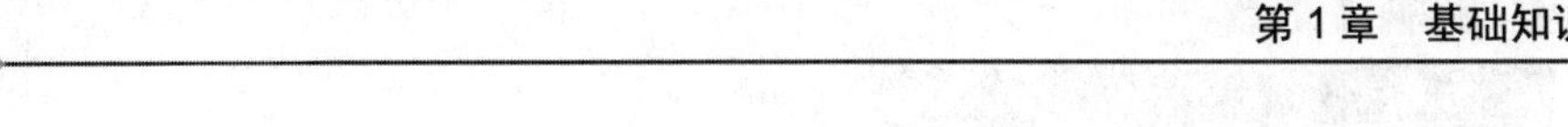

步骤 2 执行“插入>新建元件”命令，新建一个“名称”为“商品动画”，“类型”为“影片剪辑”的元件，如图 1-30 所示。执行“文件>导入>导入到舞台”命令，将“光盘\源文件\第 1 章\素材\image1704.png”导入场景中，如图 1-31 所示。

步骤 3 选中刚刚导入到场景中的图像，按 F8 键，将图像转换成“名称”为“商品 1”，“类型”为“图形”的元件，如图 1-32 所示。在第 15 帧位置单击，按 F6 键插入关键帧，将该帧场景中的元件移至如图 1-33 所示的位置。

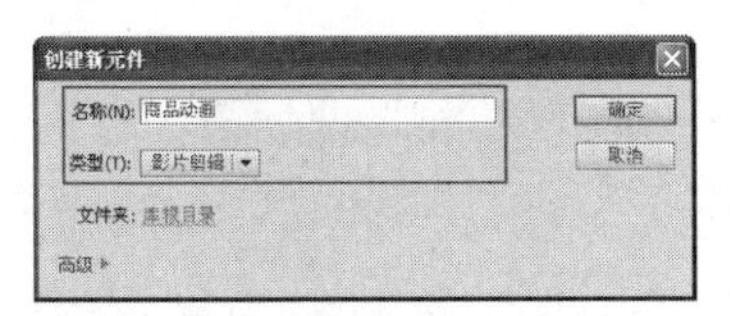

图 1-30 “创建新元件”对话框

图 1-31 导入图像

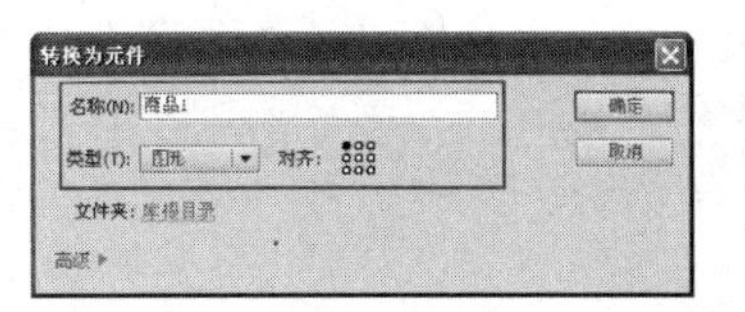

图 1-32 “转换为元件”对话框

图 1-33 移动元件位置

步骤 4 选中第 1 帧上的元件，设置其“属性”面板中“色彩效果”区域内的 Alpha 值为 0%，如图 1-34 所示。依次在第 45 帧、第 60 帧位置按 F6 键插入关键帧，选中第 60 帧上的元件，将该元件移至如图 1-35 所示的位置。设置其“属性”面板中颜色的 Alpha 值为 0%，分别在第 1 帧、第 15 帧、第 45 帧、第 60 帧位置单击鼠标右键，在弹出的菜单中选择“创建传统补间动画”命令，“时间轴”面板如图 1-36 所示。

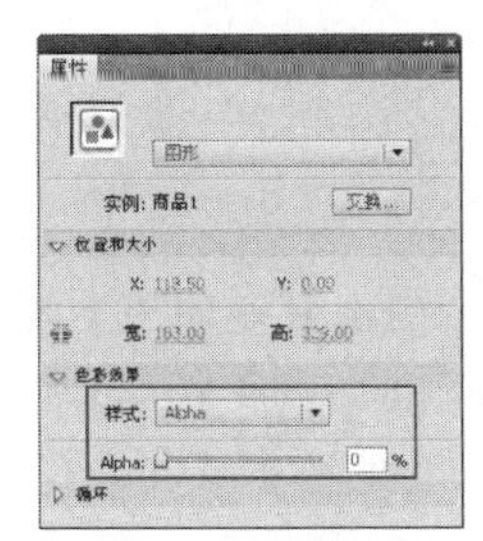

图 1-34 设置 Alpha 值

图 1-35 移动元件位置

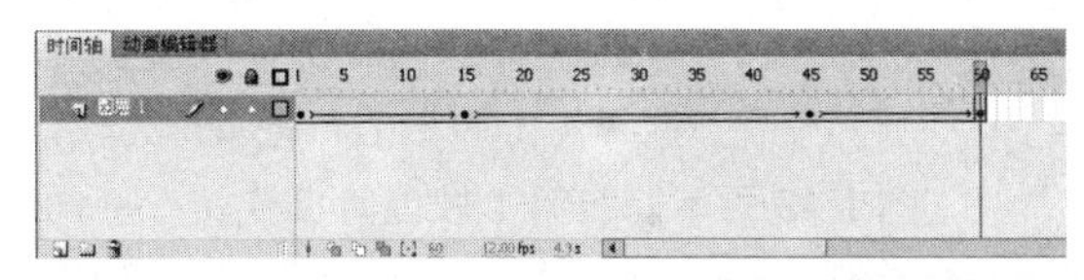

图 1-36 “时间轴”面板

步骤 5 参照同样方法，依次执行“文件>导入>导入到舞台”命令，将“光盘\源文件\第 1 章\素材\image1705.png”、“image1706.png”导入场景中，如图 1-37 所示。将导入到场景中的图像转换为元件并制作补间动画，“时间轴”面板如图 1-38 所示。

图 1-37 导入图像

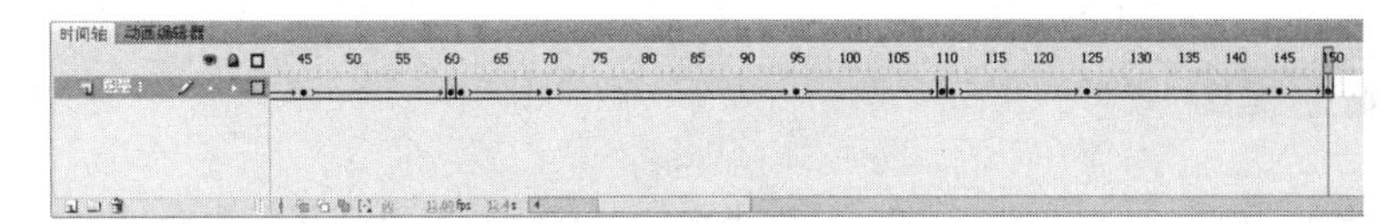

图 1-38 “时间轴”面板

步骤 6 单击编辑栏中的“场景 1”文字链接，返回主场景中，在第 30 帧位置单击，按 F6 键插入关键帧，执行“文件>导入>导入到舞台”命令，将“光盘\源文件\第 1 章\素材\ image1701.png”导入场景中，如图 1-39 所示。选中导入到场景中的图像，按 F8 键，将图像转换成“名称”为“人物 1”，“类型”为“图形”的元件，如图 1-40 所示。

步骤 7 在第 60 帧位置单击，按 F6 键插入关键帧，选中第 30 帧上的元件，单击“任意变形工具”按钮，调整选中元件的大小及方向，如图 1-41 所示。再次选中“人物 1”元件，设置其“属性”面板中颜色的 Alpha 值为 0%，如图 1-42 所示。

图 1-39 导入图像

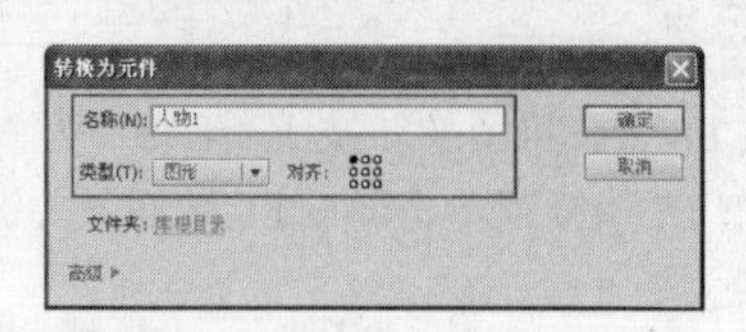
图 1-40 “转换为元件”对话框

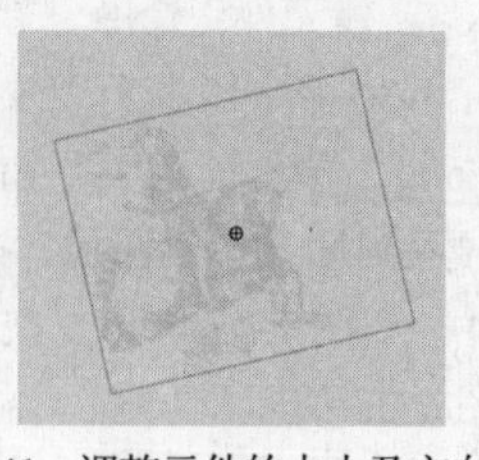
图 1-41 调整元件的大小及方向

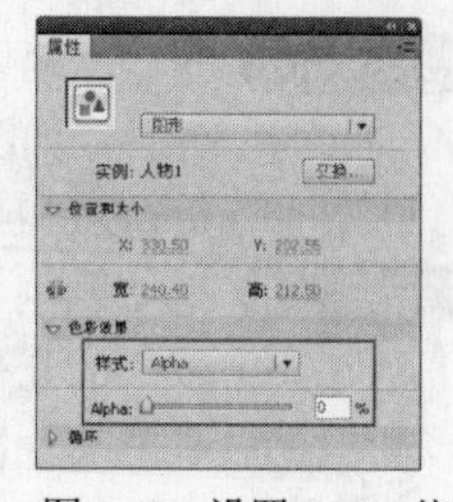
图 1-42 设置 Alpha 值

步骤 8 在第 30 帧位置创建传统补间动画，“时间轴”面板如图 1-43 所示。在第 220 帧位置单击，按 F5 键插入帧，“时间轴”面板如图 1-44 所示。

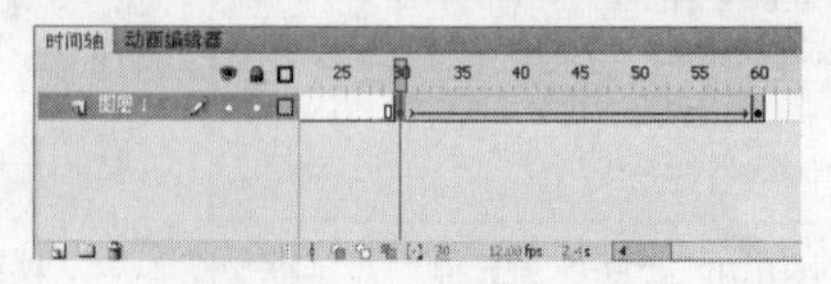
图 1-43 “时间轴”面板

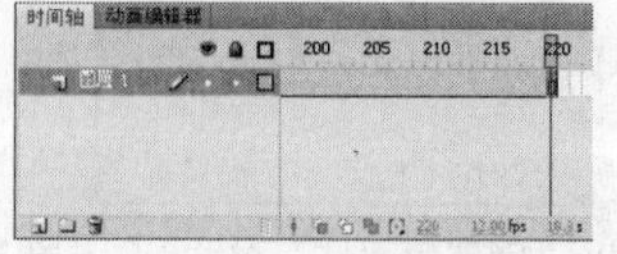
图 1-44 “时间轴”面板

步骤 9 新建“图层 2”，执行“文件>导入>导入到舞台”命令，将“光盘\源文件\第 1 章\素材\image1702.png”导入场景中，如图 1-45 所示。选中导入到场景中的图像，按 F8 键，将图像转换成“名称”为“背景”，“类型”为“图形”的元件，如图 1-46 所示。

图 1-45 导入图像

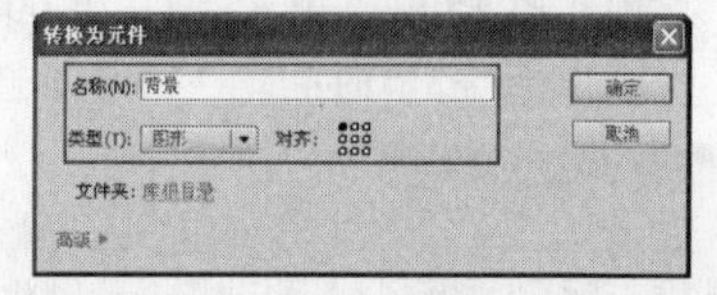
图 1-46 “转换为元件”对话框

步骤 10 在第 30 帧位置单击，按 F6 键插入关键帧，选中该帧上的元件，将该元件移至如图 1-47 所示的位置。选择第 1 帧上的“背景”元件，设置其“属性”面板中颜色的 Alpha 值为 0%，如图 1-48 所示。在第 1 帧位置创建传统补间动画，“时间轴”面板如图 1-49 所示。

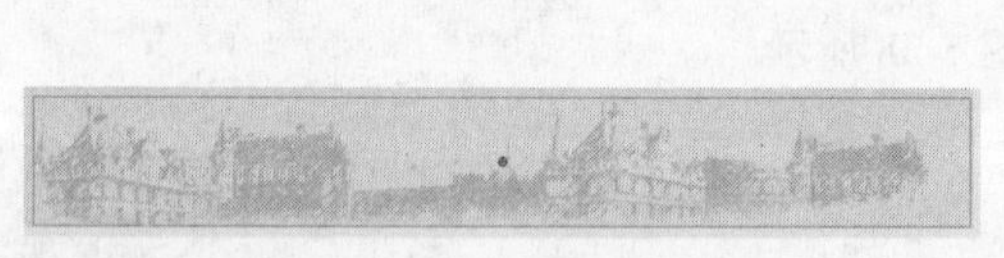
图 1-47 移动元件位置

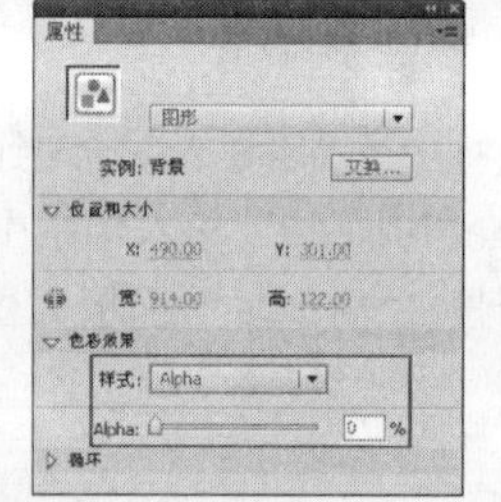
图 1-48 设置 Alpha 值

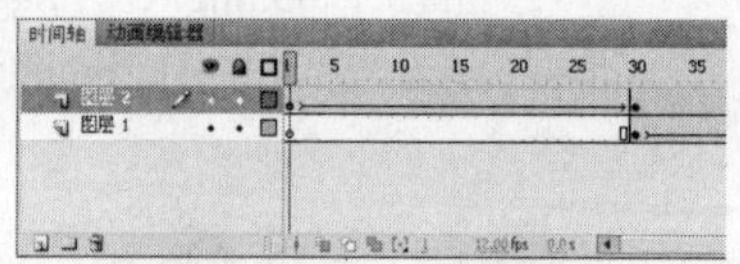
图 1-49 “时间轴”面板

步骤 11 参照“图层 2”的制作方法，制作出“图层 3”、“图层 4”动画，场景效果如图 1-50 所示，“时间轴”面板如图 1-51 所示。

步骤 12 新建“图层 5”，执行“文件>导入>打开外部库”命令，打开外部库文件“光盘\源文件\第 1 章\素材\1-7.fla”，将外部库中“遮罩图形”元件拖到场景中，调整至合适的位置，如图 1-52 所示。在“图层 5”上单击鼠标右键，在弹出的菜单中选择“遮罩层”命令，依次将“图层 1”、“图层 2”、“图层 3”设置为“被遮罩层”，“时间轴”面板如图 1-53 所示。

步骤 13 新建“图层 6”，在第 80 帧位置单击，按 F6 键插入关键帧，将“商品动画”元件从“库”面板中拖入场景中，如图 1-54 所示。新建“图层 7”，在第 220 帧位置单击，按 F6 键插入关键帧，打开“动作”面板，输入“gotoAndPlay(80);”脚本代码，如图 1-55 所示。

步骤 14 执行“文件>保存”命令，将动画保存为“光盘\源文件\第 1 章\传统补间动画.fla”，按 Ctrl+Enter 键测试影片，动画效果如图 1-56 所示。

图 1-50　场景效果

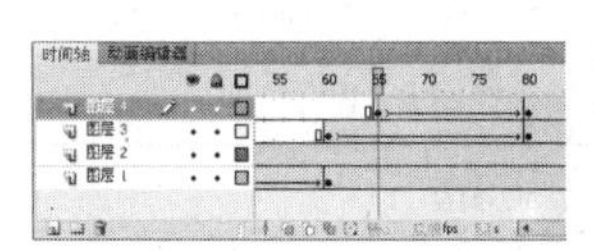

图 1-51　“时间轴”面板

图 1-52　拖入元件

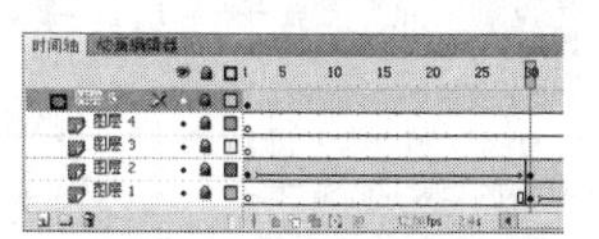

图 1-53　“时间轴”面板

图 1-54　拖入元件

图 1-55　输入脚本代码

图 1-56　预览动画效果

实例小结

本实例利用 Flash 的补间功能，简单快速地制作出动画效果。只要在“时间轴”面板中创建两个关键帧，在第 1 帧上设置补间，Flash 就会根据所设置的补间产生不同的动画效果。

Example 实例 8　制作社区动画

案例文件	光盘\源文件\第 1 章\社区动画.fla
视频文件	光盘\视频\第 1 章\社区动画.swf
难易程度	★★★☆☆
学习时间	25 分钟

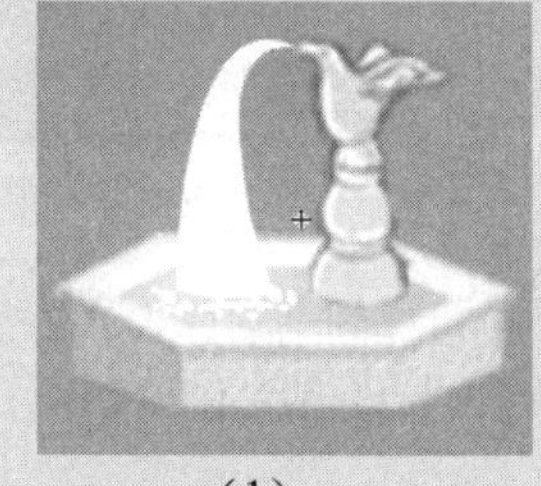

（1）

（2）

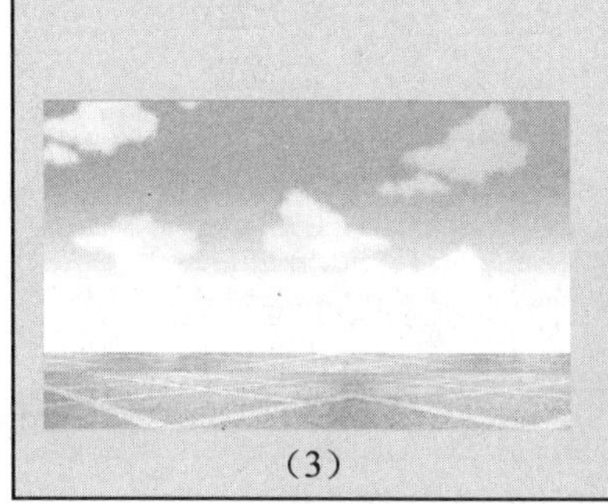

（3）

（4）

1. 新建“喷泉动画”元件，将图像素材导入场景中，并利用相应的工具完成元件的制作。

2. 新建“热气球动画”元件，将素材导入场景中，，移动元件位置，并设置传统补间动画，完成元件制作。

3. 返回场景中，将背景素材导入场景。

4. 将其他图像素材拖入场景，制作动画效果，最终完成动画的制作。

Example 实例 9 元件的创建和使用

案例文件	光盘\源文件\第 1 章\元件的创建和使用.fla
视频文件	光盘\视频\第 1 章\元件的创建和使用.swf
难易程度	★★☆☆☆
学习时间	25 分钟
实例要点	➢ 新建 Flash 文档并设置文档属性 ➢ 将素材图像导入“库”面板中 ➢ 创建遮罩层动画
实例目的	通过本实例，学习如何在 Flash 中创建元件和使用元件制作动画

操作步骤

步骤 1 执行“文件>新建”命令，弹出“新建文档”对话框，新建一个 Flash 文档，如图 1-57 所示。单击“属性”面板的“属性”选项区域中“编辑”按钮，弹出“文档设置”对话框，设置“尺寸”为 758 像素 × 400 像素，“帧频”为 30，“背景颜色”为#CCCCCC，保持其他默认设置，如图 1-58 所示。

步骤 2 执行“文件>导入>导入到舞台”命令，弹出“导入”对话框，导入“光盘\源文件\第 1 章\素材\1601.jpg”，如图 1-59 所示。选中刚刚导入到舞台中的图像，执行“修改>转换为元件”命令（或者按 F8 键），弹出“转换为元件”对话框，设置“名称”为“背景”，“类型”为“图形”，如图 1-60 所示。

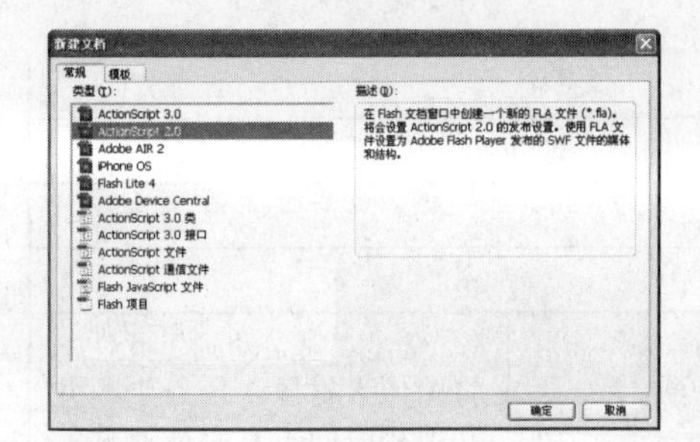
图 1-57 “新建文档”对话框

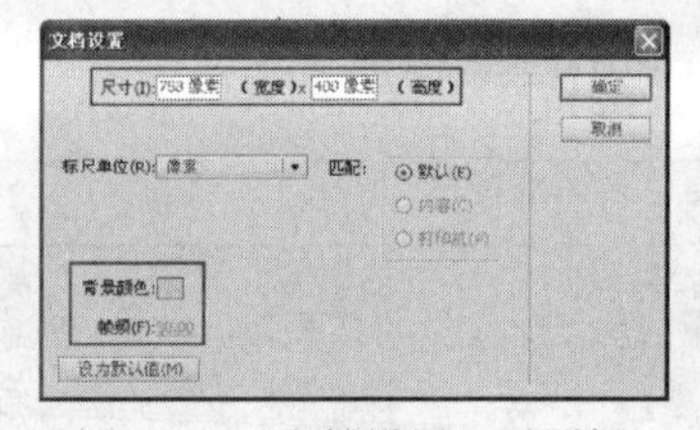
图 1-58 “文档设置”对话框

图 1-59 导入图像

步骤 3 执行“窗口>库”命令（或按 Ctrl+L 键），打开“库”面板，可以看到刚刚导入到场景中的图像和转换生成的“背景”元件，如图 1-61 所示。在“时间轴”面板中选中“图层 1”第 75 帧位置，按 F5 键插入帧，如图 1-62 所示。

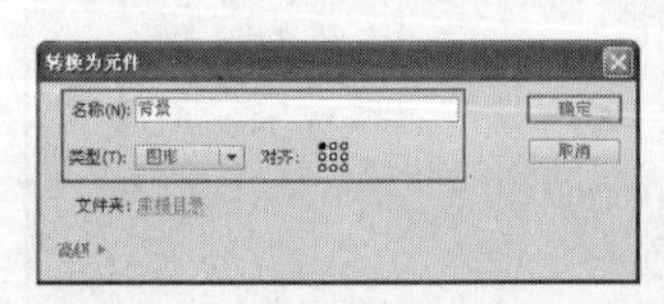
图 1-60 “转换为元件”对话框

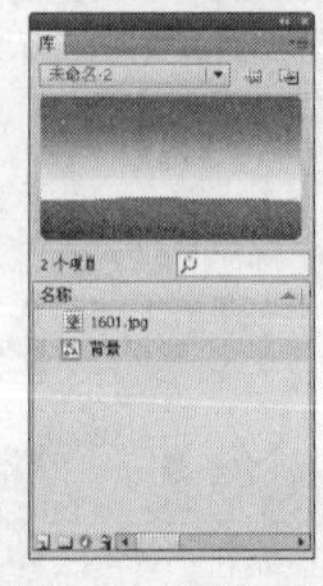
图 1-61 “库”面板

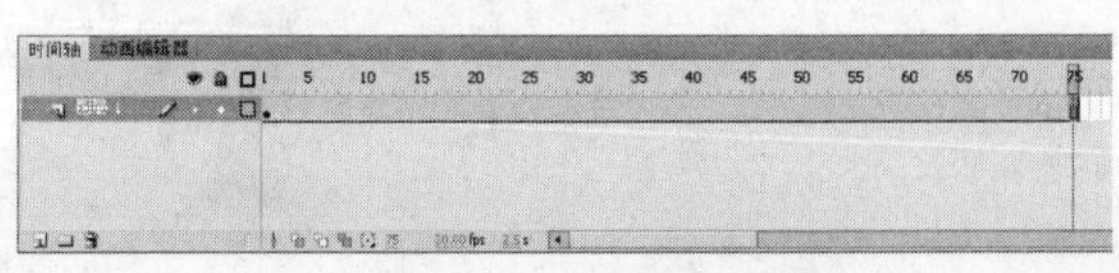
图 1-62 “时间轴”面板

步骤 4 执行“文件>导入>导入到库”命令，弹出“导入到库”对话框，选中 Flash 动画所需要的其他素材图像，如图 1-63 所示。单击“打开”按钮，将素材图像导入“库”面板中，如图 1-64 所示。

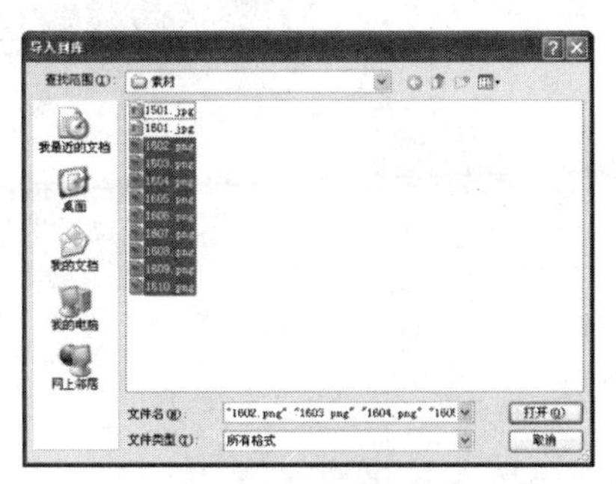

图 1-63 “导入到库”对话框

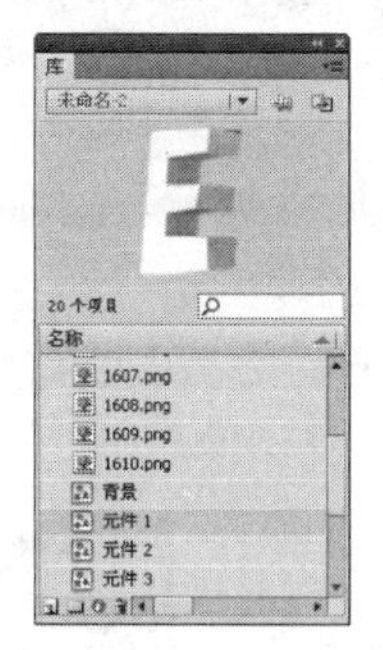

图 1-64 “库”面板

提示 如果导入的素材图像为.png 格式，则将图像导入到“库”面板中时，Flash 会自动为该格式的素材图像创建相应的“图形”元件。

步骤 5 新建“图层 2”，在“库”面板中将“元件 1”元件拖入场景中，调整至合适的位置，如图 1-65 所示。选中“图层 2”第 10 帧位置，按 F6 键插入关键帧，选中该帧上的元件，将该元件向上移动 110 像素，如图 1-66 所示。

步骤 6 选中“图层 2”第 18 帧位置，按 F6 键插入关键帧，选中该帧上的元件，将该元件向下移动 10 像素，如图 1-67 所示。在“图层 2”第 1 帧至第 10 帧之间的任意位置，单击鼠标右键，在弹出的菜单中选择“创建传统补间动画”命令，创建第 1 帧与第 10 帧之间的传统补间动画，采用相同的方法，在第 10 帧与第 18 帧之间创建传统补间动画，“时间轴”面板如图 1-68 所示。

图 1-65　拖入元件

图 1-66　向上移动元件

图 1-67　向下移动元件

步骤 7 新建“图层 3”，选中“图层 3”的第 5 帧位置，按 F6 键插入关键帧，将“库”面板中“元件 2”元件拖入场景中并调整至合适的位置，如图 1-69 所示。选中“图层 3”第 15 帧位置，按 F6 键插入关键帧，将该帧上的元件向上移动 110 像素，如图 1-70 所示。

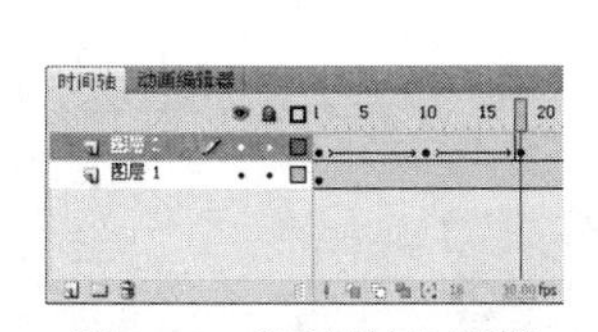

图 1-68 “时间轴”面板

图 1-69　拖入元件

图 1-70　向上移动元件

步骤 8 选中“图层 3”第 23 帧位置，按 F6 键插入关键帧，将该帧上的元件向下移动 10 像素，如图 1-71 所示。在“图层 3”第 5 帧和第 15 帧位置，分别创建传统补间动画，“时间轴”面板如图 1-72 所示。

步骤 9 采用“图层 2”和“图层 3”的制作方法，完成“图层 4”、“图层 5”、“图层 6”、“图层 7”和“图层 8”的制作，效果如图 1-73 所示，“时间轴”面板如图 1-74 所示。

图 1-71 向下移动元件

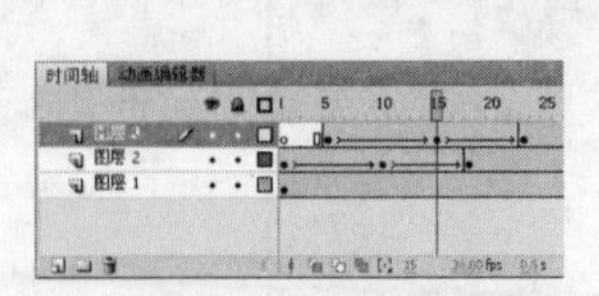
图 1-72 “时间轴”面板

图 1-73 场景效果

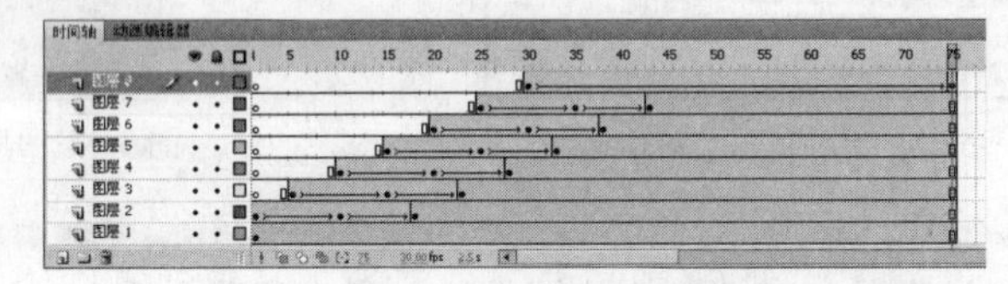
图 1-74 “时间轴”面板

步骤 10 新建“图层 9”，单击“矩形工具”按钮，在场景中的合适位置绘制一个矩形，并对矩形的形状进行适当调整，将所绘制的矩形填充为任意颜色，如图 1-75 所示。在“图层 9”上单击鼠标右键，在弹出的菜单中选择“遮罩层”命令，创建遮罩层动画，“时间轴”面板如图 1-76 所示。

步骤 11 在“图层 7”上单击鼠标右键，在弹出的菜单中选择“属性”命令，弹出“图层属性”对话框，勾选“锁定”复选框，在“类型”选项区域中选中“被遮罩”单选按钮，如图 1-77 所示。单击“确定”按钮，完成图层属性的设置，可以发现“图层 7”同样变为了“图层 9”的被遮罩层，采用相同的方法，将“图层 6”至“图层 2”都设置为被遮罩层，“时间轴”面板如图 1-78 所示。

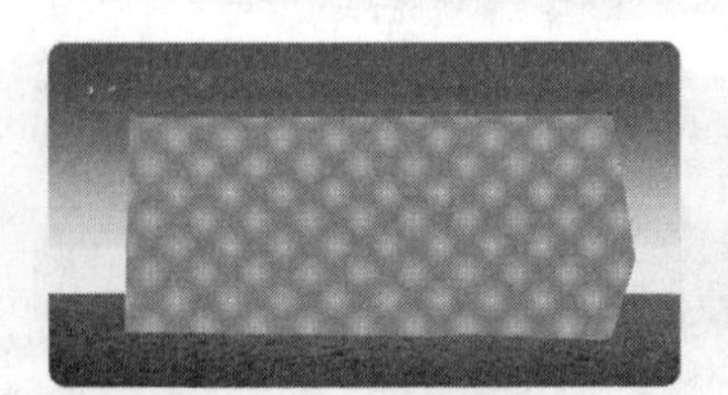
图 1-75 绘制图形

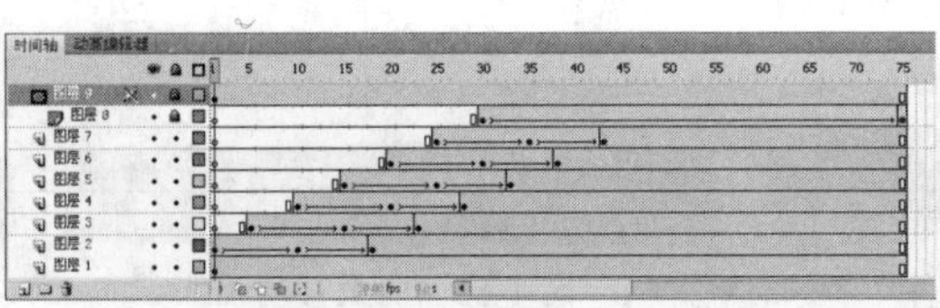
图 1-76 “时间轴”面板

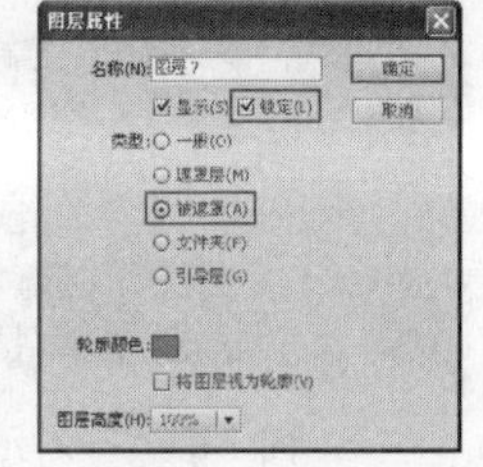
图 1-77 “图层属性”对话框

步骤 12 新建“图层 10”，选中“图层 10”第 55 帧位置，按 F6 键插入关键帧，将“库”面板中“元件 8”元件拖入场景中，调整到合适的位置，如图 1-79 所示。选中“图层 10”第 75 帧位置，按 F6 键插入关键帧，选中第 55 帧上的元件，在“属性”面板上的“样式”下拉列表中选择 Alpha 选项，设置 Alpha 值为 0%，如图 1-80 所示。

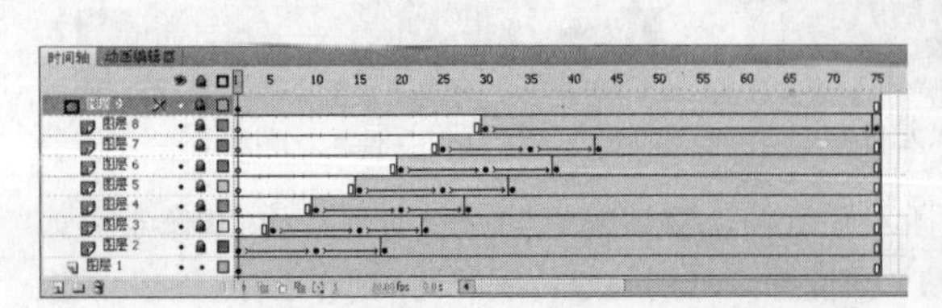
图 1-78 “时间轴”面板

图 1-79 拖入元件

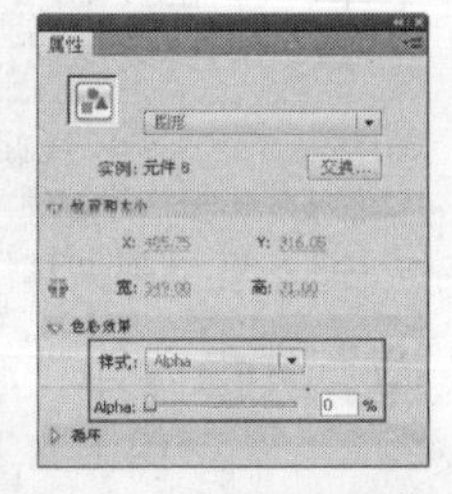
图 1-80 设置 Alpha 值

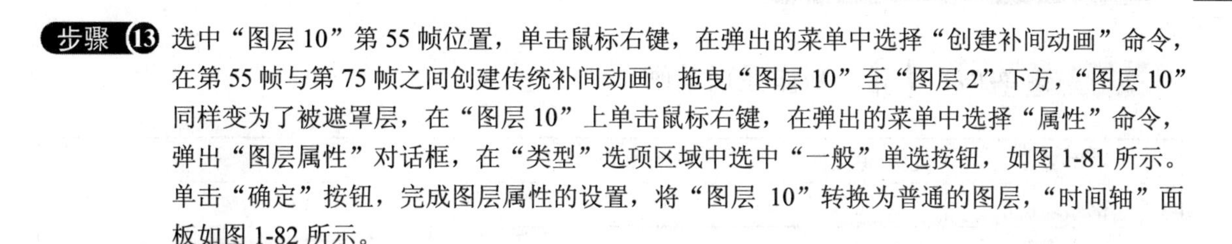

步骤 13 选中“图层 10”第 55 帧位置，单击鼠标右键，在弹出的菜单中选择“创建补间动画”命令，在第 55 帧与第 75 帧之间创建传统补间动画。拖曳“图层 10”至“图层 2”下方，“图层 10”同样变为了被遮罩层，在“图层 10”上单击鼠标右键，在弹出的菜单中选择“属性”命令，弹出“图层属性”对话框，在“类型”选项区域中选中“一般”单选按钮，如图 1-81 所示。单击“确定”按钮，完成图层属性的设置，将“图层 10”转换为普通的图层，“时间轴”面板如图 1-82 所示。

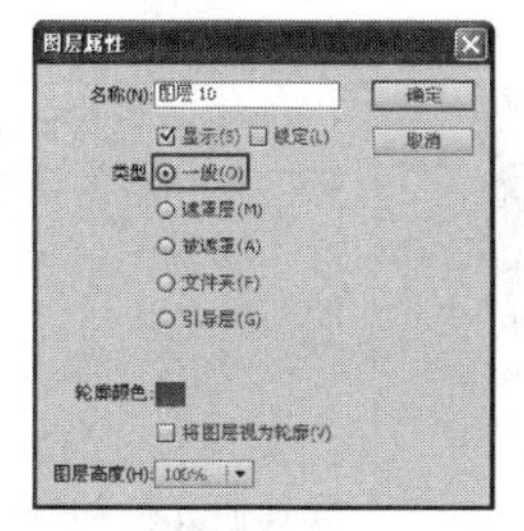

图 1-81　“图层属性”对话框

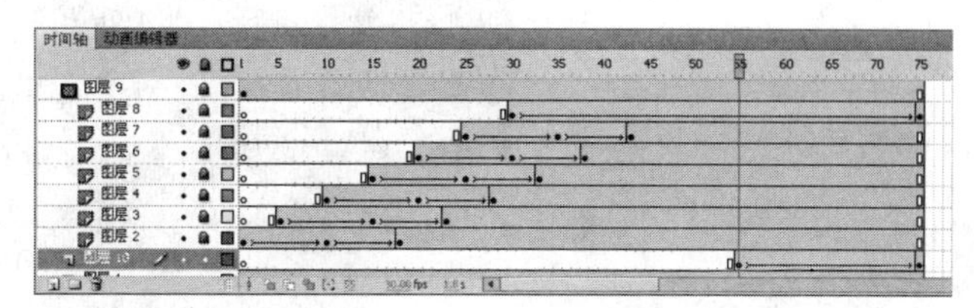

图 1-82　“时间轴”面板

步骤 14 在“图层 9”上方新建“图层 11”，将“库”面板中“元件 9”元件拖入场景中，调整到合适的位置，单击“任意变形工具”按钮，对元件进行旋转操作，如图 1-83 所示。新建“图层 12”，选中“图层 12”第 75 帧位置，按 F6 键插入关键帧，执行“窗口>动作”命令，打开“动作”面板，输入脚本代码，如图 1-84 所示。

图 1-83　拖入元件

图 1-84　输入脚本代码

步骤 15 完成动画效果的制作，“时间轴”面板如图 1-85 所示。执行“文件>保存”命令，将动画保存为“光盘\源文件\第 1 章\元件的创建和使用.fla”，按键盘上的 Ctrl+Enter 键测试动画，效果如图 1-86 所示。

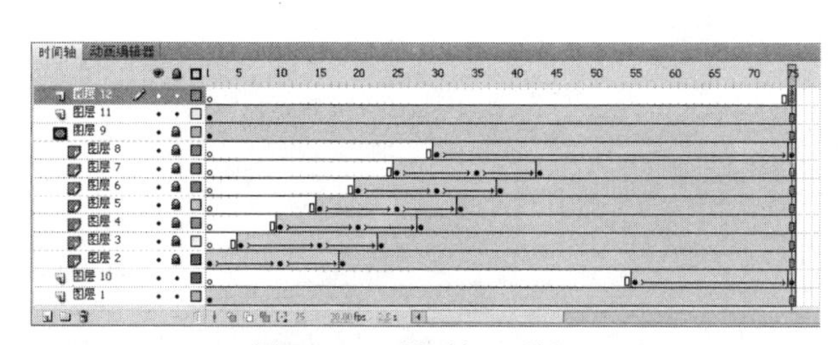

图 1-85　“时间轴”面板

图 1-86　预览动画效果

实例小结

本实例主要讲解在 Flsah 中如何创建元件以及将图像或图形转换为元件，让读者了解元件的常见操作方法。

Example 实例 10 制作星球动画

案例文件	光盘\源文件\第 1 章\星球动画.fla
视频文件	光盘\视频\第 1 章\星球动画.swf
难易程度	★★☆☆☆
学习时间	20 分钟

（1）

（2）

（3）

（4）

1. 新建“登场动画”元件，将相应的图像素材导入场景中，完成元件的制作。

2. 采用相同的方法，完成其他元件的制作，返回背景层，将背景图像导入场景中。

3. 新建图层，将相应的元件拖入场景中，并完成动画的制作。

4. 新建图层，将图像素材导入场景中，完成动画效果的制作。

第2章 绘 画 技 巧

■ 本章内容

- 绘制歌唱者
- 绘制可爱小人
- 绘制向日葵
- 绘制花朵
- 绘制卡通小熊玩偶
- 绘制卡通刺猬
- 绘制卡通小老鼠
- 绘制可爱娃娃
- 绘制小章鱼
- 绘制小猪热气球
- 绘制面包圈
- 绘制魔法药水瓶
- 绘制煎蛋
- 绘制卡通铅笔
- 绘制卡通小鸟
- 绘制小飞侠
- 绘制可爱小鸡
- 绘制多彩宫殿背景
- 绘制罐头盒
- 绘制广阔背景

本章主要讲解各种绘图工具的使用方法，通过这些基本的绘图工具，可以绘制出精美的矢量图形。

Example 实例 11 绘制歌唱者

案例文件	光盘\源文件\第 2 章\绘制歌唱者.fla
视频文件	光盘\视频\第 2 章\绘制歌唱者.swf
难易程度	★★★☆☆
学习时间	25 分钟
实例要点	➢ 基本的绘制技巧 ➢ “钢笔工具”的使用 ➢ “椭圆工具”的应用
实例目的	通过本实例的制作，了解一些基本的绘制技巧，本实例主要是利用“选择工具”与“部分选择工具”来调整图形

操 作 步 骤

步骤 1 新建一个 Flash 文档，如图 2-1 所示，单击“属性”面板的“属性”选项区域中“编辑”按钮，弹出“文档设置”对话框，设置参数，如图 2-2 所示。

步骤 2 执行“文件>导入>导入到舞台”命令，将“光盘\源文件\第 2 章\素材\image1.jpg”导入场景中，如图 2-3 所示。单击“时间轴”面板中“显示/隐藏所有图层”按钮，将“图层 1”隐藏，“时间轴”面板如图 2-4 所示。

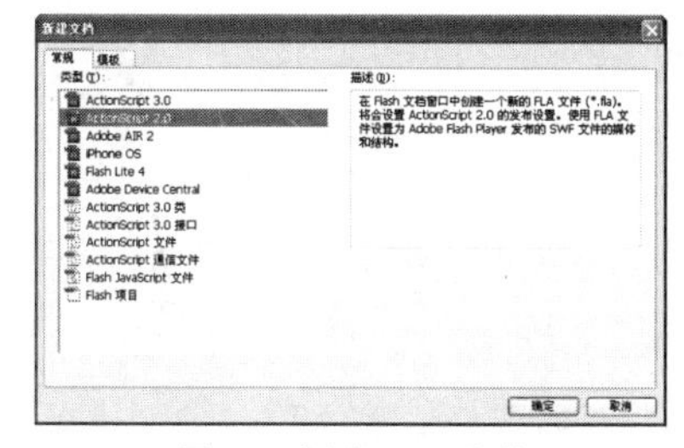

图 2-1 新建 Flash 文档

图 2-2 设置文档属性

图 2-3 导入图像 图 2-4 “时间轴”面板

提示 因为背景图像与将要绘制的卡通人物颜色比较接近，所以为了让读者看得更清楚一些，暂时将“图层 1”隐藏。

步骤 3 单击“时间轴”面板中“插入图层”按钮，新建“图层 2”，单击工具箱中“椭圆工具”按钮，设置“笔触颜色”为#000000，“笔触”为2像素，“填充颜色”为#FF0000，如图2-5所示，在场景中绘制一个椭圆，如图2-6所示。

步骤 4 单击工具箱中“选择工具”按钮，选择椭圆的下半部分，垂直向下移动，如图2-7所示。单击工具箱中“部分选择工具”按钮，选中下面半圆边上的一个锚点，如图2-8所示。

步骤 5 将锚点向右移动，再选中另一边的锚点，向左移动，如图2-9所示。之后将上半部分的半圆调整到如图2-10所示形状。

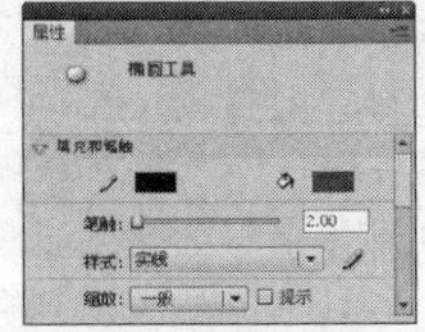
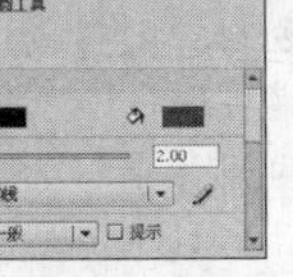

图2-5 “属性”面板

图2-6 绘制椭圆

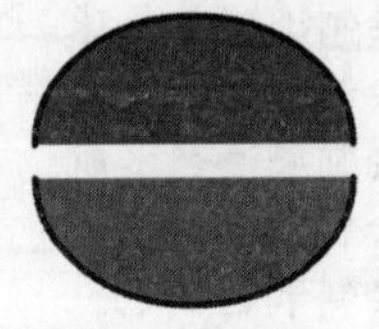
图2-7 调整图形

图2-8 选择锚点

图2-9 调整锚点

> **技巧** 移动锚点时可以按键盘上的方向键来调整，在显示比例为100%的情况下，按一下方向键，锚点就会向相应的方向移动1像素，按住Shift键按一下方向键，锚点会向相应的方向移动10像素。

步骤 6 单击工具箱中“钢笔工具”按钮，在场景中绘制一个路径，需要注意的是，绘制的这个路径一定要和图形相连，如图2-11所示，在右侧绘制出同样的路径，如图2-12所示。

步骤 7 使用“钢笔工具”在场景中再绘制一个路径，如图2-13所示。单击“颜料桶工具”按钮，设置“填充颜色”为#FF0000，填充路径，如图2-14所示。

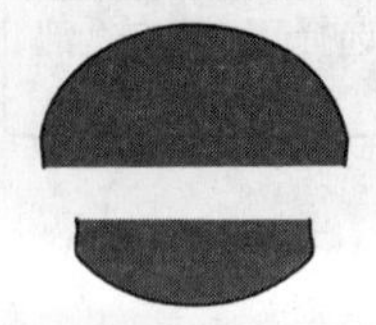
图2-10 调整形状

图2-11 绘制路径

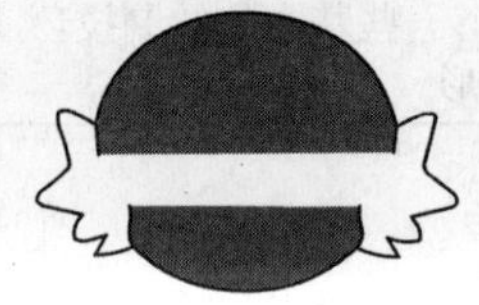
图2-12 绘制路径

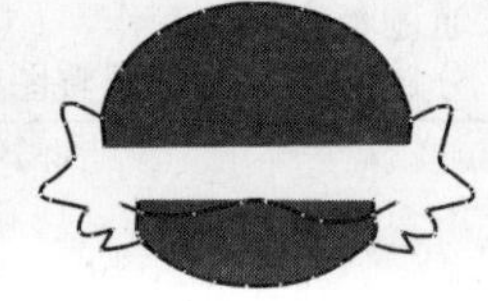
图2-13 绘制路径

图2-14 填充路径

步骤 8 设置“颜料桶工具”的“填充颜色”为#FFEBB1，在下面进行填充，如图2-15所示。新建“图层3”，单击工具箱中“椭圆工具”按钮，设置“笔触颜色”为#000000，“笔触”为2像素，“填充颜色”为#FFFFFF，如图2-16所示。

> **技巧** 在调整锚点时，如果路径不平滑，可以单击工具箱下方的“平滑”按钮，使路径变得比较平滑。

步骤 9 在场景中绘制一个椭圆，并向右移动复制出一个椭圆图形，如图2-17所示。设置“椭圆工具”的“填充颜色”为#4897FF，用同样的方法，在场景中绘制一个正圆形并复制一个到另一侧，如图2-18所示。

图2-15 填充颜色

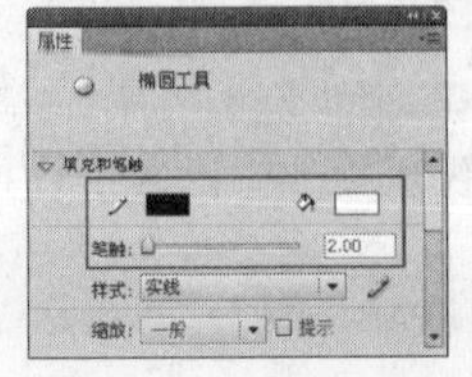

图2-16 “属性”面板

图2-17 绘制并复制椭圆

图2-18 绘制并复制正圆

技巧　使用“选择工具”选中想要复制的图形后，按住 Ctrl 键或 Alt 键拖动鼠标即可复制图像，如果按住 Shift+Ctrl 组合键或 Shift+Alt 组合键拖动鼠标，则可以水平或垂直复制图像。

步骤 10 新建“图层 4”，设置“椭圆工具”的“笔触颜色”为无，“填充颜色”为#000000，用同样的方法，在场景中绘制一个正圆，并将正圆复制到另一侧，如图 2-19 所示。设置“椭圆工具”的“笔触颜色”为无，“填充颜色”为#FFFFFF，单击工具箱下方的“对象绘制”按钮，用同样的方法，在场景中绘制一个正圆，双击刚刚绘制的正圆，进入“对象绘制”编辑状态，单击“选择工具”按钮，将光标放在图形的右下角，当鼠标指针变成的时候，向左上方拖动，调整图形，如图 2-20 所示。

步骤 11 单击编辑栏中“场景 1”文字链接，返回 “场景 1”编辑状态，用同样的方法，制作另一个正圆，场景效果如图 2-21 所示。单击“矩形工具”按钮，设置“笔触颜色”为无，“填充颜色”为#000000，在场景中绘制一个矩形，如图 2-22 所示。

图 2-19　绘制并复制正圆

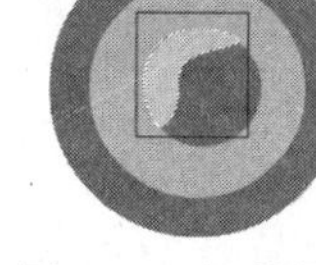
图 2-20　调整图形

图 2-21　场景效果

步骤 12 使用“选择工具”双击，进入编辑状态，当鼠标指针在矩形的上方变成的时候，向上拖动，调整图形，调整成如图 2-23 所示形状。单击编辑栏中“场景 1”文字链接，返回“场景 1”编辑状态，用同样的方法，制作另一个图形，效果如图 2-24 所示。

图 2-22　绘制矩形

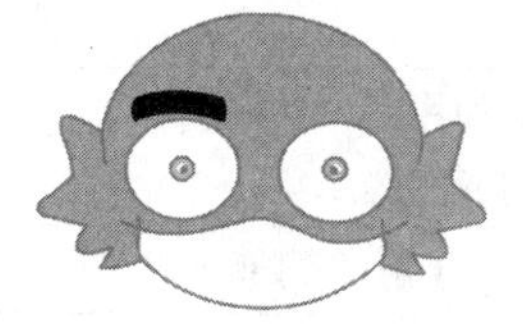
图 2-23　调整矩形

图 2-24　场景效果

步骤 13 设置“钢笔工具”的“笔触颜色”为#FFF24B，“笔触”为 3 像素，在场景中绘制一个路径，如图 2-25 所示，将路径水平向右复制两个，完成后的场景效果如图 2-26 所示。

步骤 14 参照上面的绘制方法，绘制出后面的部分，效果如图 2-27 所示，执行“文件>保存”命令，将动画保存为“光盘\源文件\第 2 章\绘制歌唱者.fla”，按 Ctrl+Enter 键测试影片，效果如图 2-28 所示。

图 2-25　绘制路径

图 2-26　场景效果

图 2-27　完成后的场景效果

图 2-28　预览效果

实例小结　本实例主要使用“椭圆工具”来绘制图形，并利用“选择工具”和“部分选择工具”来调整图形，将规则的几何图形调整成复杂的图形，使用“钢笔工具”制作出复杂的路径，然后用“颜料桶工具”对路径进行填充。

Example 实例 12 绘制可爱小人

案例文件	光盘\源文件\第 2 章\绘制可爱小人.fla
视频文件	光盘\视频\第 2 章\绘制可爱小人.swf
难易程度	★★☆☆☆
学习时间	15 分钟

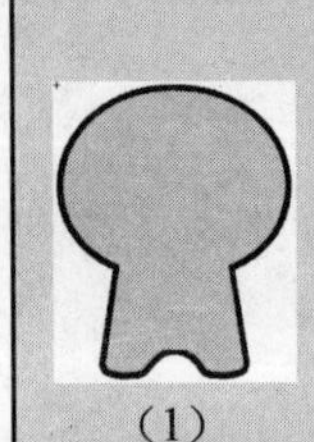
（1）

（2）

（3）

（4）

1．使用“椭圆工具”和“矩形工具”绘制图形，并使用“选择工具”和“部分选择工具”对图形进行调整。
2．使用“椭圆工具”绘制角色面部图形。
3．采用相同的方法，绘制出角色的手，并调整图层的顺序。
4．绘制背景，将小人角色拖入场景中，完成可爱小人角色的绘制。

Example 实例 13 绘制向日葵

案例文件	光盘\源文件\第 2 章\绘制向日葵.fla
视频文件	光盘\视频\第 2 章\绘制向日葵.swf
难易程度	★★☆☆☆
学习时间	10 分钟
实例要点	➢ “钢笔工具”的使用 ➢ “颜色”面板的应用
实例目的	通过本实例的制作，了解“钢笔工具”、“椭圆工具”和“矩形工具”的使用方法

操作步骤

步骤 1 新建一个 Flash 文档，如图 2-29 所示，单击“属性”面板的“属性”选项区域中“编辑”按钮，弹出“文档设置”对话框，设置参数，如图 2-30 所示。

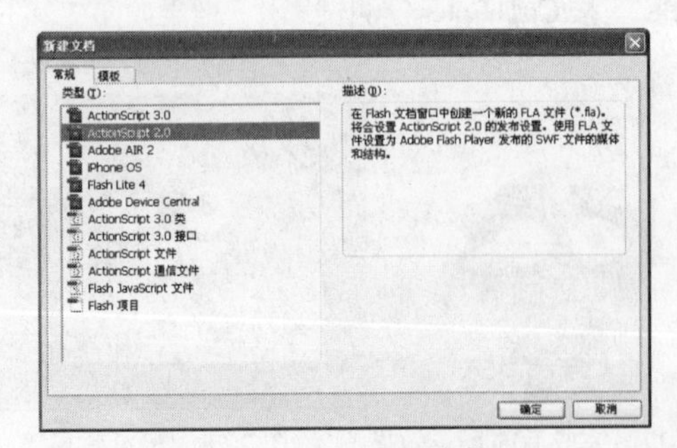

图 2-29　新建 Flash 文档

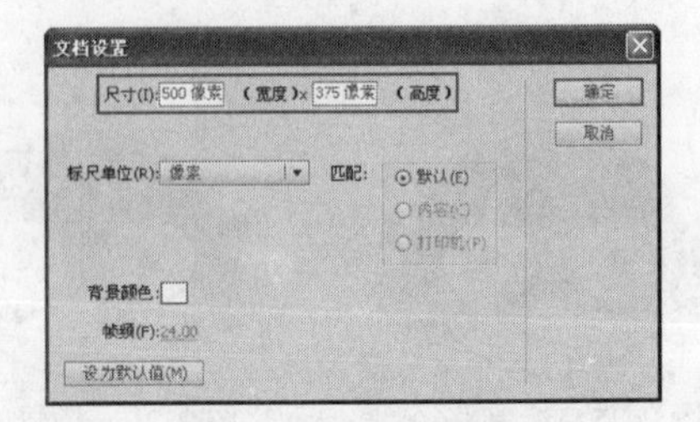

图 2-30　设置文档属性

步骤 2 执行“文件>导入>导入到舞台”命令，将“光盘\源文件\第 2 章\素材\ tuxiang01.jpg”导入场景中，如图 2-31 所示。新建“图层 2”，单击“多角星形工具”按钮，打开“颜色”面板，设置从 Alpha 值为 100%的#FFAC00 到 Alpha 值为 100%的#FFCC04 到 Alpha 值为 100%的#FFEE20 的径向渐变，“颜色”面板如图 2-32 所示。

> **技巧** 执行“窗口>颜色”命令，可以打开“颜色”面板，按 Shift+F9 组合键，也可以打开“颜色”面板。

步骤 3 单击“属性”面板的“选项”按钮，在弹出的“工具设置”对话框中设置参数，如图 2-33 所示，在场景中绘制一个如图 2-34 所示的图形。

图 2-31　导入图像

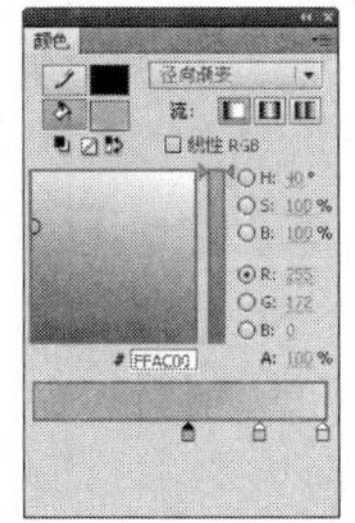

图 2-32　“颜色”面板

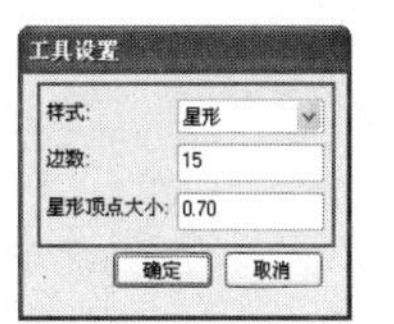

图 2-33　“工具设置”对话框

图 2-34　绘制图形

步骤 4 采用“图层 2”的制作方法，制作出“图层 3”上的图形，完成后的场景效果如图 2-35 所示，“时间轴”面板如图 2-36 所示。

步骤 5 新建“图层 4”，单击工具箱中“椭圆工具”按钮，打开“颜色”面板，设置从 Alpha 值为 100%的#975B00 到 Alpha 值为 100%的#623800 的径向渐变，“颜色”面板如图 2-37 所示，按住 Shift 键在场景中绘制一个如图 2-38 所示的正圆。

图 2-35　场景效果

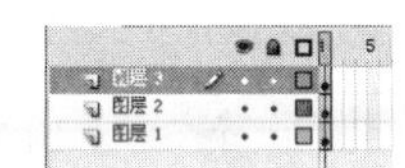

图 2-36　“时间轴”面板

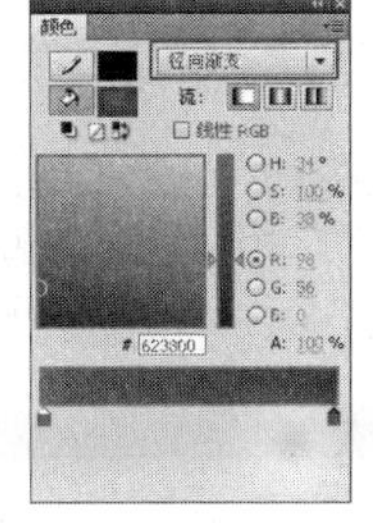

图 2-37　“颜色”面板

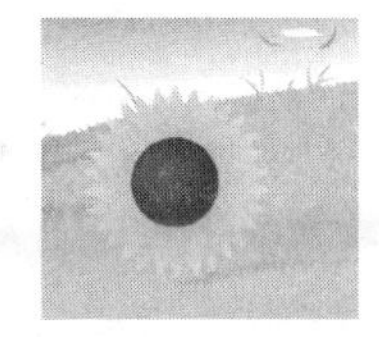

图 2-38　绘制正圆

步骤 6 新建“图层 5”，单击工具箱中“矩形工具”按钮，打开“颜色”面板，设置从 Alpha 值为 100%的#99DC11 到 Alpha 值为 100%的#449011 的线性渐变，“颜色”面板如图 2-39 所示，在场景中绘制一个如图 2-40 所示的矩形。

步骤 7 新建“图层 6”，单击工具箱中“钢笔工具”按钮，在场景中绘制如图 2-41 所示的路径。单击工具箱中“颜料桶工具”按钮，打开“颜色”面板，设置从 Alpha 值为 100%的#99DC11 到 Alpha 值为 100%的#449011 的线性渐变，在路径内单击，将渐变颜色填充到路径内，并将路径删除，如图 2-42 所示。

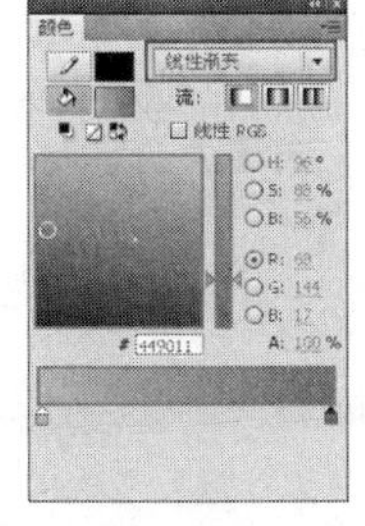

图 2-39　“颜色”面板

图 2-40　绘制矩形

图 2-41　绘制路径

图 2-42　场景效果

步骤 8 采用“图层 6”的制作方法，制作出“图层 7”上的图形，完成后的场景效果如图 2-43 所示。按住左键不放，将“图层 5”拖到“图层 2”下方，采用同样的方法，分别将“图层 6”和“图层 7”拖到“图层 5”的下方，“时间轴”面板如图 2-44 所示。

步骤 9 执行“文件>保存”命令，将动画保存为“光盘\源文件\第 2 章\绘制向日葵.fla”，按 Ctrl+Enter 键测试影片，效果如图 2-45 所示。

图 2-43　场景效果

图 2-44　“时间轴”面板

图 2-45　预览动画效果

实例小结

本实例主要使用“钢笔工具”和“矩形工具”绘制图形，通过设置“颜色”面板，制作出向日葵的渐变效果。

Example 实例 14　绘制花朵

案例文件	光盘\源文件\第 2 章\绘制花朵.fla
视频文件	光盘\视频\第 2 章\绘制花朵.swf
难易程度	★★☆☆☆
学习时间	20 分钟
(1)　(2)　(3)　(4)	1．使用“矩形工具”绘制图形，使用“部分选择工具”对图形进行调整。 2．使用“椭圆工具”和“钢笔工具”绘制图形。 3．使用“椭圆工具”和“线条工具”绘制图形，对图形进行适当调整。 4．绘制出其他的花朵图形，最终完成花朵的绘制。

Example 实例 15 绘制卡通小熊玩偶

案例文件	光盘\源文件\第 2 章\绘制卡通小熊玩偶.fla
视频文件	光盘\视频\第 2 章\绘制卡通小熊玩偶.swf
难易程度	★★★☆☆
学习时间	25 分钟
实例要点	➢ “椭圆工具”的使用 ➢ “线条工具”的使用 ➢ 利用“选择工具”将椭圆调整成其他图形
实例目的	通过本实例的制作，掌握“线条工具”、“椭圆工具”和“选择工具”的使用方法

操作步骤

步骤 1 新建一个 Flash 文档，如图 2-46 所示，单击“属性”面板的“属性”选项区域中“编辑”按钮，弹出“文档设置”对话框，参数设置如图 2-47 所示。

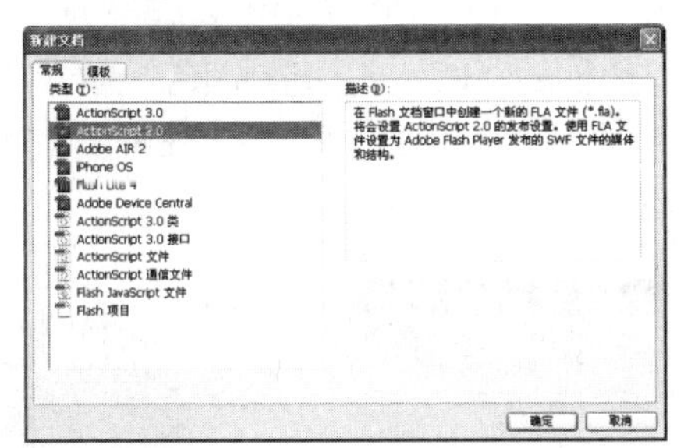

图 2-46 新建 Flash 文档

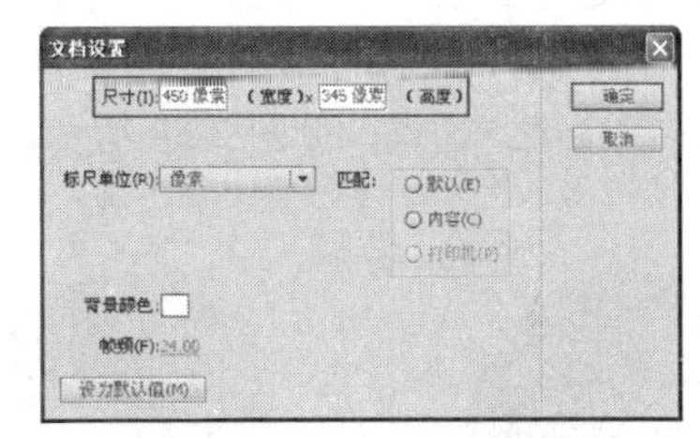

图 2-47 设置文档属性

步骤 2 执行“插入>新建元件”命令，新建一个“名称”为“头部”，“类型”为“图形”的元件，如图 2-48 所示。单击工具箱中“椭圆工具”按钮，设置“笔触颜色”为无，“填充颜色”为#9B3328，在场景中绘制一个椭圆，如图 2-49 所示。

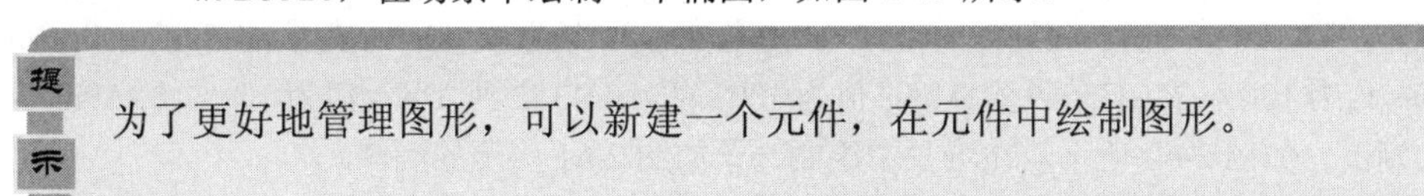

提示：为了更好地管理图形，可以新建一个元件，在元件中绘制图形。

步骤 3 单击工具箱中“选择工具”按钮，当指针变成时，对场景中的椭圆进行调整，场景效果如图 2-50 所示。新建“图层 2”，单击“椭圆工具”按钮，打开“颜色”面板，设置从 Alpha 值为 100%的#D25D00 到 Alpha 值为 100%的#CC5609 到 Alpha 值为 100%的#BC4322 到 Alpha 值为 100%的#A92D3F 的径向渐变，如图 2-51 所示。

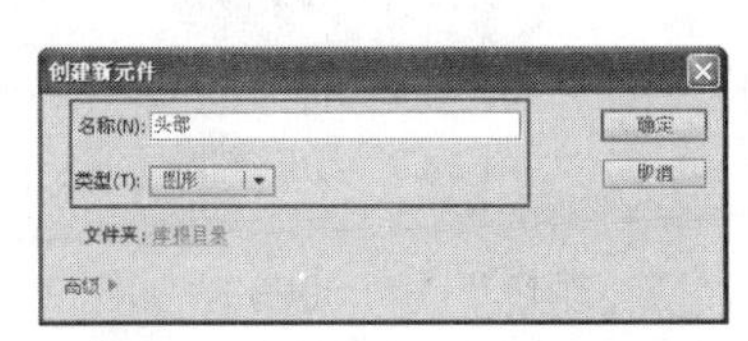

图 2-48 “创建新元件”对话框

图 2-49 绘制椭圆

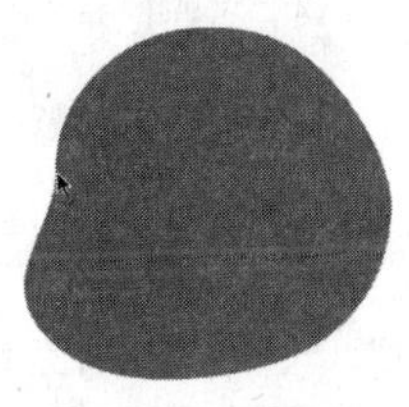

图 2-50 调整图形

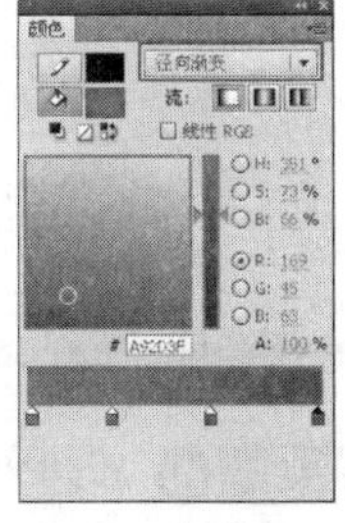

图 2-51 “颜色”面板

步骤 4 在场景中绘制一个椭圆，如图 2-52 所示，单击工具箱中“选择工具”按钮，当指针变成时，对场景中的椭圆进行调整，场景效果如图 2-53 所示。

步骤 5 新建“图层 3”，单击“椭圆工具”按钮，设置“笔触颜色”为无，“填充颜色”为 Alpah 值为 30%的#FFFFFF，“属性”面板如图 2-54 所示。在场景中绘制一个椭圆，单击“任意变形工具”按钮，将场景中的椭圆旋转，效果如图 2-55 所示。

图 2-52　绘制椭圆

图 2-53　调整图形

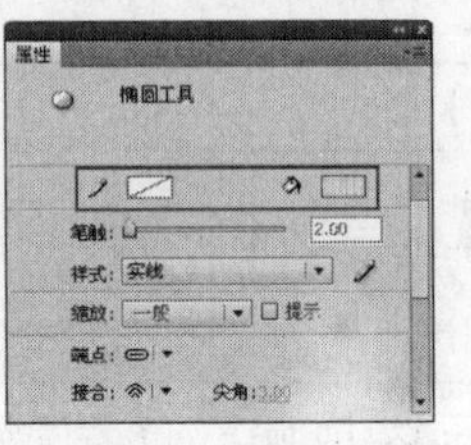

图 2-54　“属性”面板

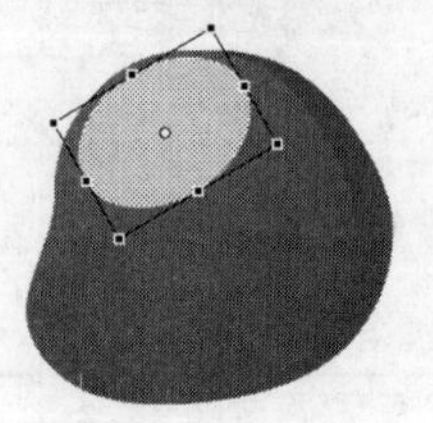
图 2-55　调整图形

步骤 6 新建“图层 4”，单击“椭圆工具”按钮，设置其“笔触颜色”为无，“填充颜色”为#F08C11，在场景中绘制一个椭圆，场景效果如图 2-56 所示。新建“图层 5”，单击“椭圆工具”按钮，设置“笔触颜色”为无，“填充颜色”为#F5A91F，在场景中绘制一个椭圆，场景效果如图 2-57 所示。

步骤 7 新建“图层 6”，单击工具箱中“线条工具”按钮，设置其“笔触颜色”为#B94025，“笔触”为 1 像素，“属性”面板如图 2-58 所示。在场景中绘制一条直线，使用“选择工具”对线条进行调整，如图 2-59 所示。

图 2-56　绘制椭圆

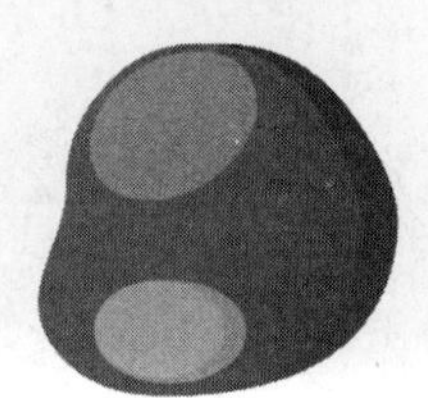
图 2-57　绘制椭圆

图 2-58　“属性”面板

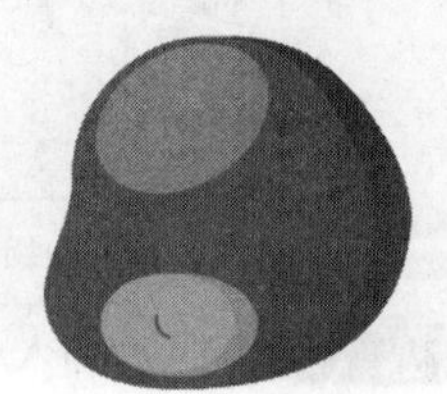
图 2-59　场景效果

步骤 8 新建“图层 7”，单击“椭圆工具”按钮，打开“颜色”面板，设置从 Alpha 值为 100%的#D25D00 到 Alpha 值为 100%的#CC5609 到 Alpha 值为 100%的#BC4322 到 Alpha 值为 100%的#A92D3F 的径向渐变，如图 2-60 所示，在场景中绘制一个如图 2-61 所示的椭圆。

步骤 9 新建“图层 8”，设置“椭圆工具”的“笔触颜色”为无，“填充颜色”为 Alpha 值为 30%的#FFFFFF，“属性”面板如图 2-62 所示，在场景中绘制 3 个大小不同的椭圆，如图 2-63 所示。

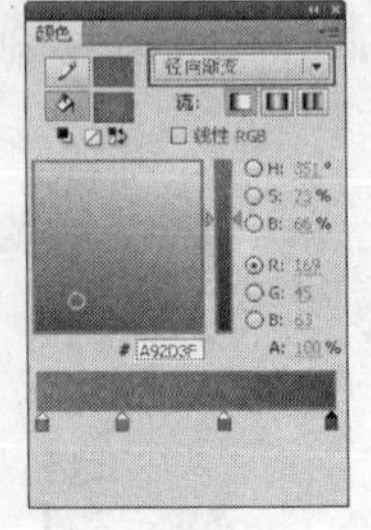

图 2-60　“颜色”面板

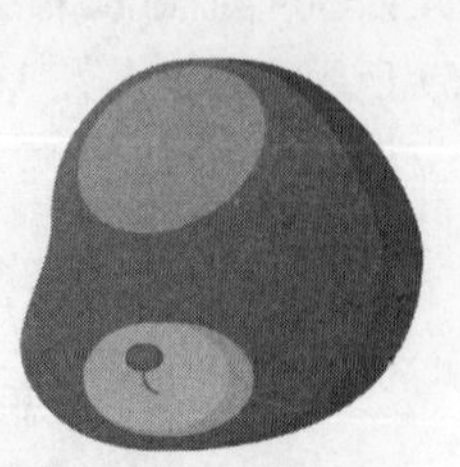
图 2-61　绘制椭圆

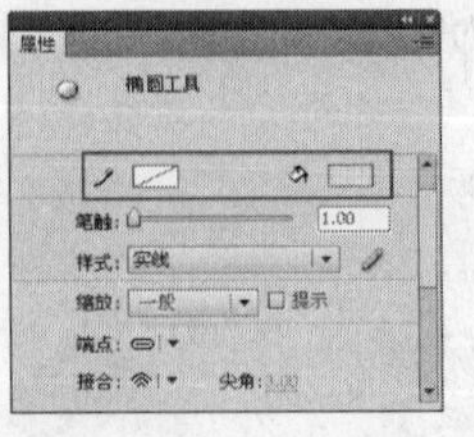

图 2-62　“属性”面板

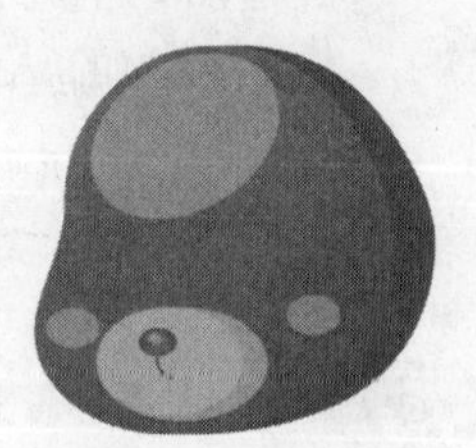
图 2-63　绘制椭圆

步骤 10 新建“图层 9”，设置“椭圆工具”的“笔触颜色”为无，“填充颜色”为#000000，如图 2-64 所示，在场景中绘制出两个正圆，如图 2-65 所示。

步骤 11 新建“图层10”，设置“椭圆工具”的“笔触颜色”为无，“填充颜色”为Alpha值为80%的#FFFFFF，“属性”面板如图2-69所示，在场景中绘制两个大小相同的正圆，如图2-67所示。

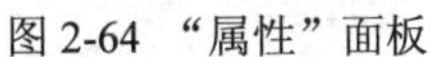

图2-64 “属性”面板

图2-65　绘制正圆

图2-66 “属性”面板

图2-67　绘制正圆

步骤 12 采用“头部”元件的制作方法，制作出“身体”元件和“耳朵”元件，完成的元件效果如图2-68所示。

步骤 13 单击编辑栏中“场景1”文字链接，返回“场景1”编辑状态，执行“文件>导入>导入到舞台”命令，将“光盘\源文件\第2章\素材\ tuxiang02.jpg”导入场景中，如图2-69所示。执行“窗口>库”命令，将“身体”元件从“库”面板中拖入场景中，如图2-70所示。

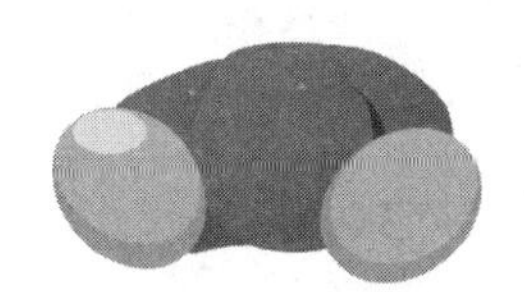

图2-68　元件效果

图2-69　导入图像

图2-70　拖入元件

技巧 执行“窗口>库”命令，可以打开“库”面板，按Ctrl+L组合键，也可以打开“库”面板。

步骤 14 新建“图层2”，将“耳朵”元件从“库”面板中拖入场景中，新建“图层3”，将“头部”元件从“库”面板中拖入场景中，效果如图2-71所示。执行“文件>保存”命令，将动画保存为“光盘\源文件\第2章\绘制卡通小熊玩偶.fla”，按Ctrl+Enter键测试影片，效果如图2-72所示。

图2-71　导入图像

图2-72　预览动画效果

实例小结 本实例主要使用“椭圆工具”，绘制图形并利用“选择工具”对椭圆进行调整，制作出小熊的身体以及其他部位。

Example 实例 16 绘制卡通刺猬

案例文件	光盘\源文件\第 2 章\绘制卡通刺猬.fla
视频文件	光盘\视频\第 2 章\绘制卡通刺猬.swf
难易程度	★★★☆☆
学习时间	30 分钟
（1）（2）（3）（4）	1．使用“椭圆工具”绘制图形，使用“选择工具”和“部分选择工具”对所绘制椭圆形进行调整。使用“钢笔工具”绘制出高光图形。 2．使用“椭圆工具”绘制脸部其他图形效果。 3．新建“身体”和“刺”两个“图形”元件，分别绘制图形，最终将所绘制的各部分图形组合成为一个整体。 4．完成卡通刺猬的绘制，得到最终效果。

Example 实例 17 绘制卡通小老鼠

案例文件	光盘\源文件\第 2 章\绘制卡通小老鼠.fla
视频文件	光盘\视频\第 2 章\绘制卡通小老鼠.swf
难易程度	★★★☆☆
学习时间	20 分钟
实例要点	➢ 利用“铅笔工具”绘制不规则线条 ➢ “椭圆工具”的使用 ➢ 利用“部分选择工具”调整椭圆的形状
实例目的	通过本实例的制作，了解“铅笔工具”和“颜色”面板的使用方法

操作步骤

步骤 1 新建一个 Flash 文档，如图 2-73 所示，单击“属性”面板的“属性”选项区域中“编辑”按钮，弹出“文档设置”对话框，设置参数，如图 2-74 所示。

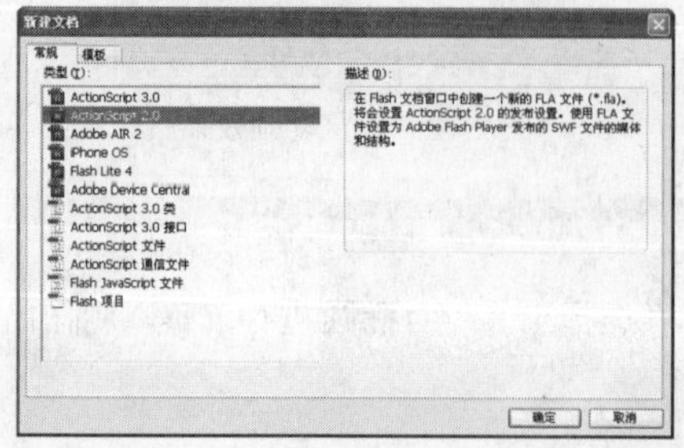

图 2-73 新建 Flash 文档

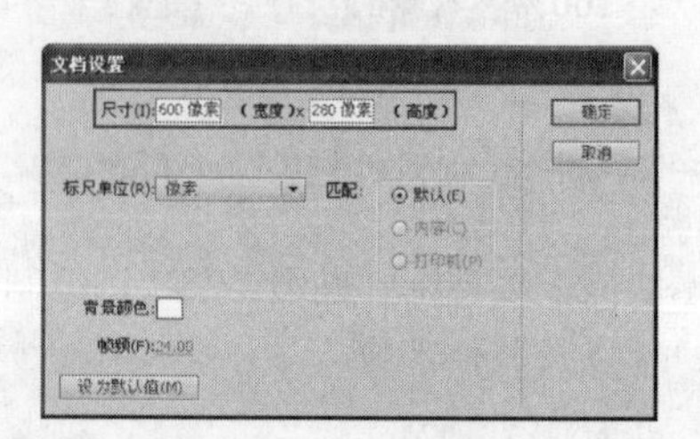

图 2-74 设置文档属性

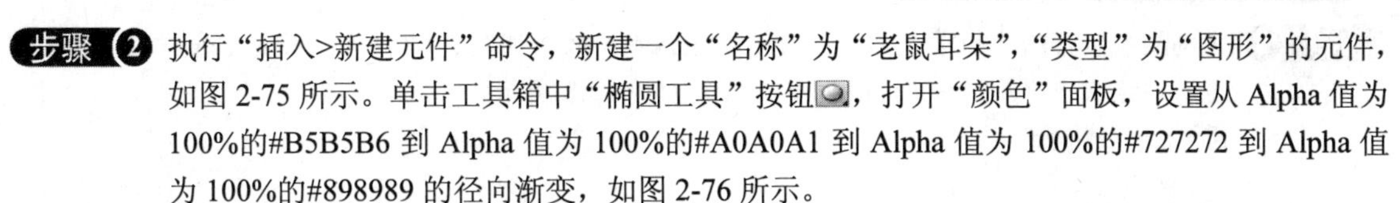

步骤 2 执行“插入>新建元件”命令，新建一个“名称”为“老鼠耳朵”，“类型”为“图形”的元件，如图 2-75 所示。单击工具箱中“椭圆工具”按钮，打开“颜色”面板，设置从 Alpha 值为 100%的#B5B5B6 到 Alpha 值为 100%的#A0A0A1 到 Alpha 值为 100%的#727272 到 Alpha 值为 100%的#898989 的径向渐变，如图 2-76 所示。

步骤 3 按住 Shift 键在场景中绘制一个尺寸为 50 像素 × 50 像素的正圆，单击工具箱中“颜料桶工具”按钮，调整正圆渐变的角度，效果如图 2-77 所示。新建“图层 2”，再次单击“椭圆工具”按钮，设置“笔触颜色”为无，“填充颜色”为#898989，在场景中绘制一个尺寸为 32 像素 × 32 像素的正圆，如图 2-78 所示。

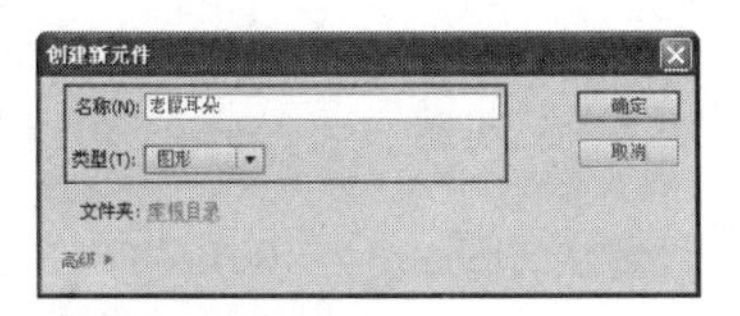

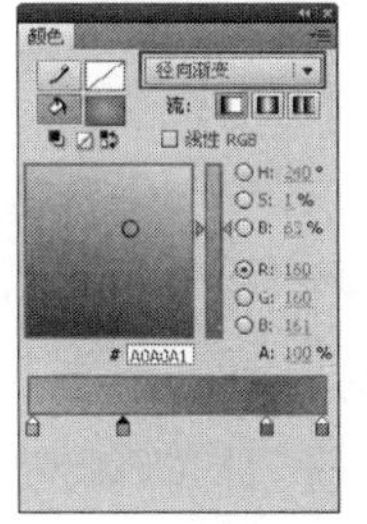

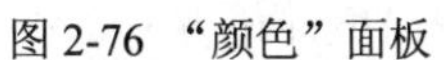

图 2-75 “创建新元件”对话框　图 2-76 “颜色”面板　图 2-77 图形效果　图 2-78 绘制正圆

步骤 4 新建“图层 3”，单击“椭圆工具”按钮，打开“颜色”面板，设置从 Alpha 值为 100%的#FDECDB 到 Alpha 值为 100%的#FCE0C2 到 Alpha 值为 100%的#FBD8B5 的径向渐变，如图 2-79 所示，在场景中绘制一个尺寸为 30 像素 × 30 像素的正圆，效果如图 2-80 所示。

步骤 5 执行“插入>新建元件”命令，新建一个“名称”为“老鼠头”，“类型”为“图形”的元件，如图 2-81 所示，单击“椭圆工具”按钮，打开“颜色”面板，设置从 Alpha 值为 100%的#B5B5B6 到 Alpha 值为 100%的#A0A0A1 到 Alpha 值为 100%的#727272 到 Alpha 值为 100%的#898989 的径向渐变，如图 2-82 所示。

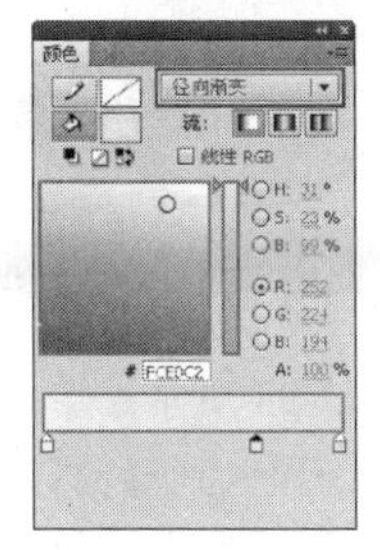

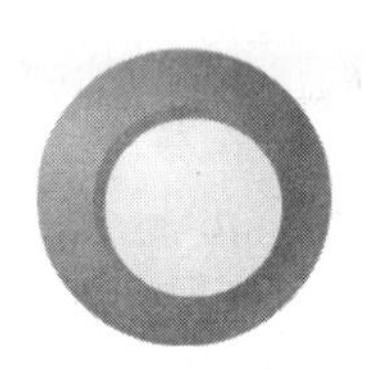

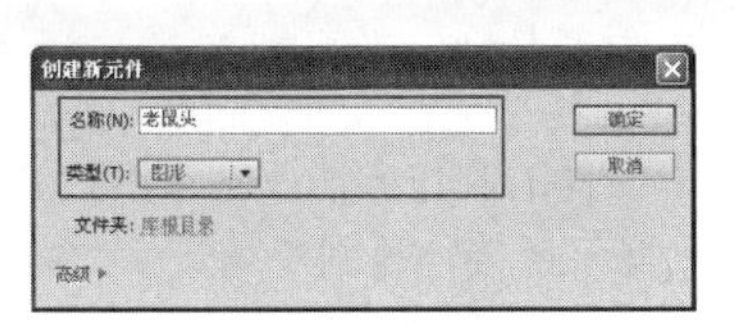

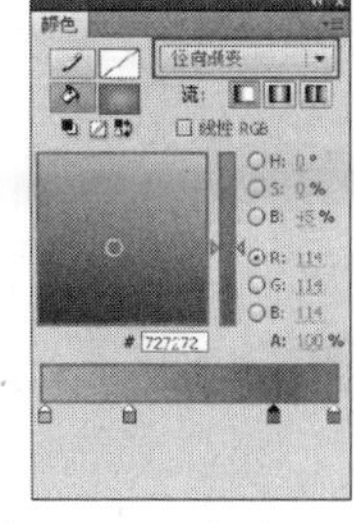

图 2-79 “颜色”面板　图 2-80 绘制正圆　图 2-81 “创建新元件”对话框　图 2-82 “颜色”面板

步骤 6 在场景中绘制一个尺寸为 80 像素 × 80 像素的正圆，单击“选择工具”按钮，当指针变成时，对场景中的正圆进行调整，如图 2-83 所示。单击“颜料桶工具”按钮，调整图形的渐变角度，图形效果如图 2-84 所示。

步骤 7 新建“图层 2”，单击“钢笔工具”按钮，在场景中绘制一个如图 2-85 所示的路径。单击“颜料桶工具”按钮，打开“颜色”面板，设置从 Alpha 值为 100%的#E60013 到 Alpha 值为 100%的#DC0011 到 Alpha 值为 100%的#BD0009 到 Alpha 值为 100%的#910000 的线性渐变，如图 2-86 所示，

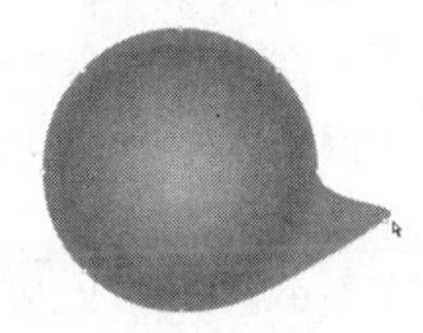

图 2-83 调整正圆

图 2-84 调整渐变角度

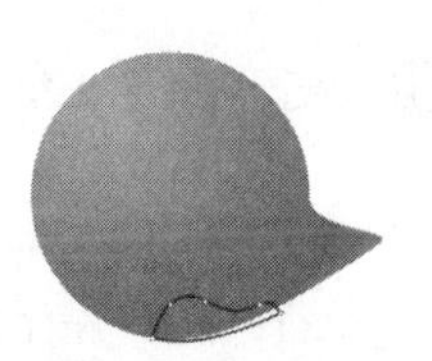

图 2-85 绘制路径

步骤 8 为刚刚绘制好的路径填充渐变，并将路径删除，效果如图 2-87 所示。采用“图层 2”的制作方法，绘制出“图层 3”上的图形，效果如图 2-88 所示。

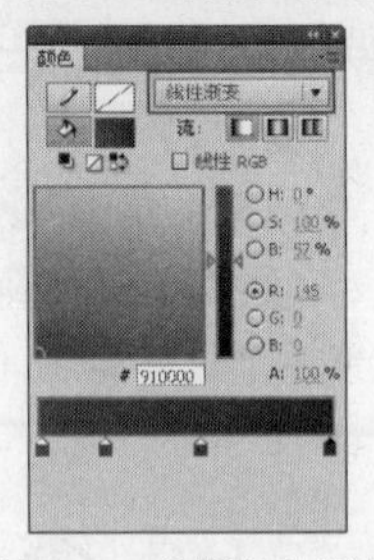

图 2-86 “颜色”面板

图 2-87 填充颜色

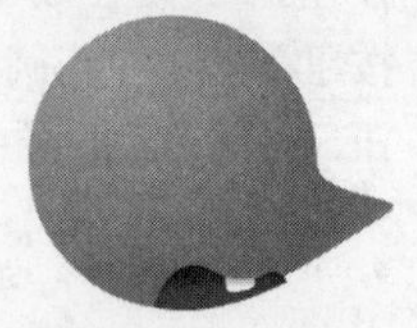
图 2-88 场景效果

提示 在绘制老鼠嘴时，可以使用“刷子工具”来绘制。

步骤 9 新建“图层 4”，单击“椭圆工具”按钮，打开“颜色”面板，设置从 Alpha 值为 100%的#FFFFFF 到 Alpha 值为 100%的#545252 到 Alpha 值为 100%的#000000 的径向渐变，如图 2-89 所示，分别在场景中绘制两个正圆和一个椭圆，如图 2-90 所示。

步骤 10 新建“图层 5”，单击“铅笔工具”按钮，设置“笔触颜色”为#000000，“笔触”为 0.75 像素，“样式”为“实线”，如图 2-91 所示，在场景中绘制多条线条，效果如图 2-92 所示。

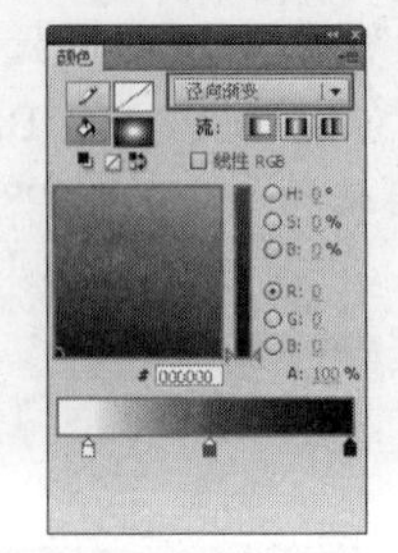

图 2-89 “颜色”面板

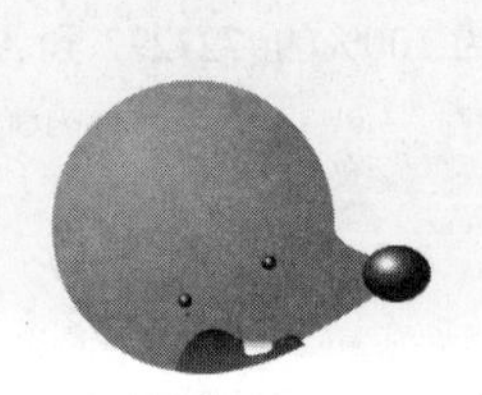
图 2-90 绘制正圆和椭圆

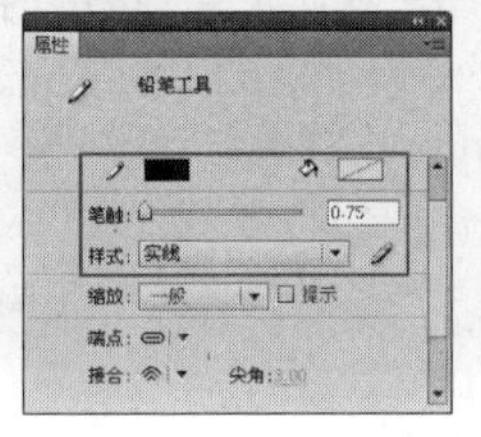

图 2-91 “属性”面板

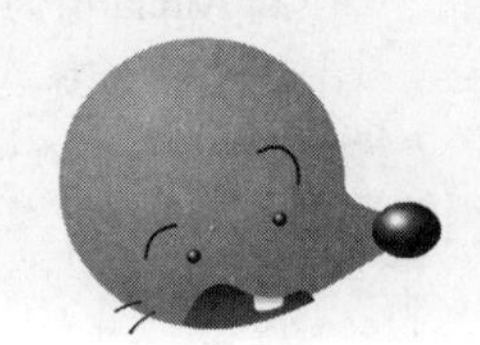
图 2-92 绘制线条

步骤 11 采用“老鼠头”元件的制作方法，制作出“老鼠身体”元件，效果如图 2-93 所示。单击编辑栏中“场景 1”文字链接，返回“场景 1”编辑状态，执行“文件>导入>导入到舞台”命令，将“光盘\源文件\第 2 章\素材\tuxiang03.jpg”导入场景中，如图 2-94 所示。

图 2-93 元件效果

图 2-94 导入图像

步骤 12 新建“图层 2”，打开“库”面板，将“老鼠耳朵”元件从“库”面板中拖入场景中，如图 2-95 所示。采用同样的方法，将“库”面板中的其他元件依次拖入场景中，效果如图 2-96 所示。

步骤 13 执行“文件>保存”命令，将动画保存为“光盘\源文件\第 2 章\绘制卡通小老鼠.fla”，按 Ctrl+Enter 键测试影片，效果如图 2-97 所示。

图 2-95　拖入元件

图 2-96　场景效果

图 2-97　预览动画效果

实例小结

本实例主要使用“椭圆工具”、“铅笔工具”和“钢笔工具”绘制出老鼠的轮廓，使用“颜色”面板，设置老鼠的渐变颜色。

Example 实例 18　绘制可爱娃娃

案例文件	光盘\源文件\第 2 章\绘制可爱娃娃.fla
视频文件	光盘\视频\第 2 章\绘制可爱娃娃.swf
难易程度	★★☆☆☆
学习时间	15 分钟

（1）

（2）

（3）

（4）

1．使用“椭圆工具”绘制椭圆形，并对椭圆形进行调整和旋转。

2．使用“椭圆工具”、“多角星形工具”和“线条工具”绘制其他图形，并进行调整。

3．绘制人物的身体部分和心形图案，并将各部分图形组成一个完整的形象。

4．完成可爱娃娃角色的绘制，得到最终效果。

Example 实例 19 绘制小章鱼

案例文件	光盘\源文件\第 2 章\绘制小章鱼.fla
视频文件	光盘\视频\第 2 章\绘制小章鱼.swf
难易程度	★★☆☆☆
学习时间	15 分钟
实例要点	➢ 基本的绘制技巧 ➢ “橡皮擦工具”的使用 ➢ “椭圆工具”的应用 ➢ “选择工具”的应用
实例目的	通过本实例的制作，学会使用“椭圆工具”绘制椭圆，利用“选择工具”对椭圆进行二次变形，然后应用“橡皮擦工具”将多余的部分删除

操作步骤

步骤 1 新建一个 Flash 文档，如图 2-98 所示，单击“属性”面板的“属性”选项区域中“编辑”按钮，弹出“文档设置”对话框，设置参数，如图 2-99 所示。

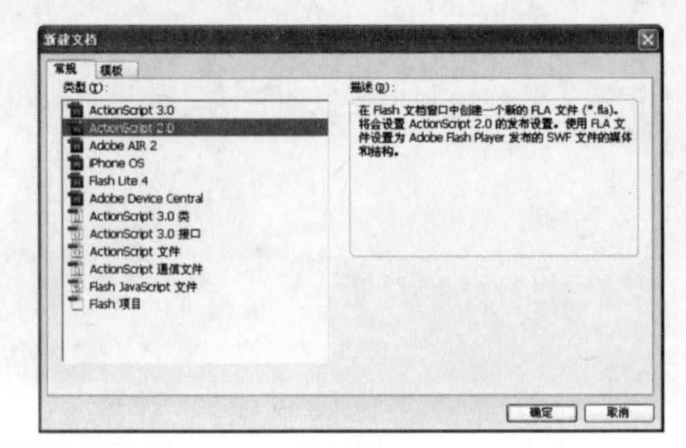

图 2-98　新建 Flash 文档

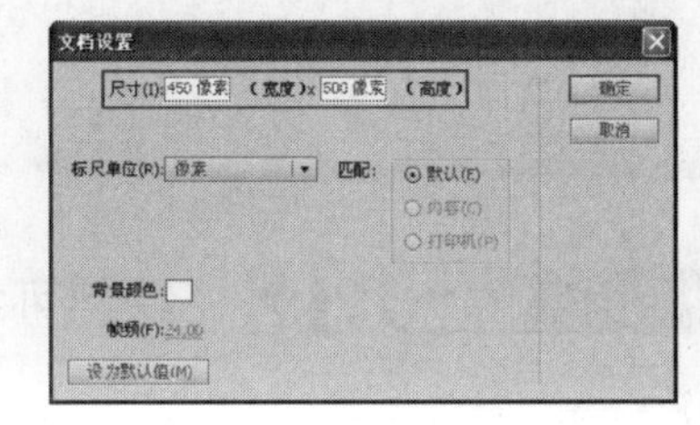

图 2-99　设置文档属性

步骤 2 执行“插入>新建元件”命令，新建一个“名称”为“头部”，“类型”为“图形”的元件，如图 2-100 所示。单击“椭圆工具”按钮，设置“笔触颜色”为#8A0F0F，“笔触”为 1 像素，“填充颜色”为#F97B7B，如图 2-101 所示。

步骤 3 新建“图层 2”，按住 Shift 键，在场景中绘制一个正圆，如图 2-102 所示。然后设置“属性”面板中的“笔触颜色”为无，“填充颜色”为#E63E3E，按住 Shift 键，在场景中绘制一个正圆，如图 2-103 所示。

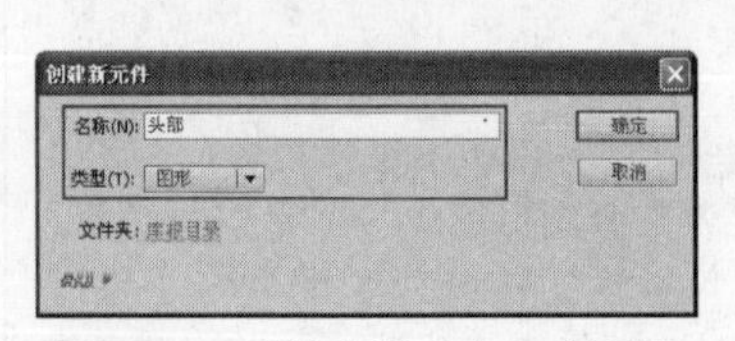

图 2-100　“创建新元件”对话框

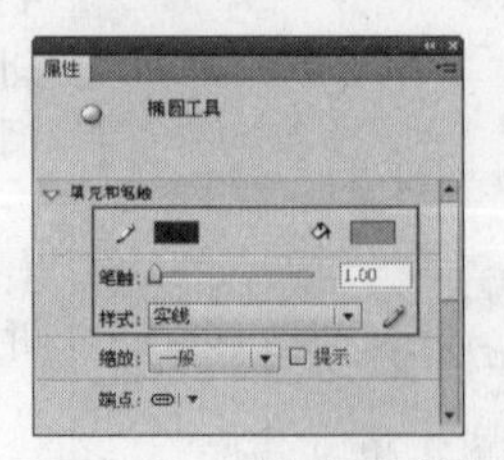

图 2-101　“属性”面板

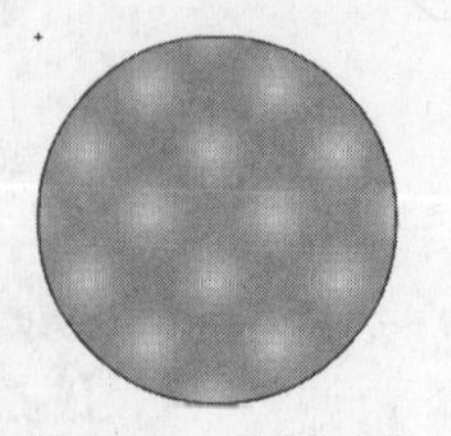

图 2-102　绘制正圆

图 2-103　绘制正圆

步骤 4 使用“选择工具”向右下方拖动正圆，调整图形，调整成如图 2-104 所示形状。新建“图层 3”，单击“椭圆工具”按钮，设置“笔触颜色”为无，“填充颜色”为#FFB5B5，在场景中绘制一个椭圆，如图 2-105 所示。

提示 使用“选择工具”调整图形的时候，图形一定不要处于选中状态，这样才能调整图形。

步骤 5 使用“选择工具”调整图形，调整后效果如图 2-106 所示。新建“图层 4”，单击“椭圆工具”按钮，设置“笔触颜色”为#8A0F0F，“填充颜色”为#FFFFFF，在场景中绘制一个正圆，如图 2-107 所示：

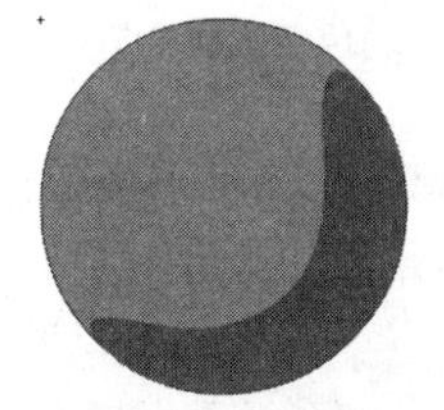

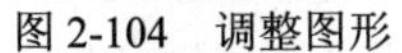

图 2-104 调整图形

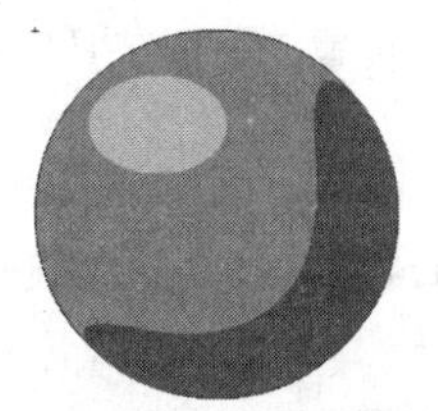

图 2-105 绘制椭圆

图 2-106 调整图形

图 2-107 绘制正圆

步骤 6 新建“图层 5”，设置“椭圆工具”的“笔触颜色”为无，“填充颜色”为#EEE4CA，绘制正圆形，如图 2-108 所示。使用“选择工具”调整图形，调整后效果如图 2-109 所示。

步骤 7 新建“图层 6”，设置“椭圆工具”，的“笔触颜色”为无，“填充颜色”为#333333，在场景中绘制一个正圆，如图 2-110 所示。新建“图层 7”，设置“椭圆工具”的“笔触颜色”为无，“填充颜色”为#878787，绘制椭圆并调整图形，如图 2 111 所示。

图 2-108 绘制正圆形

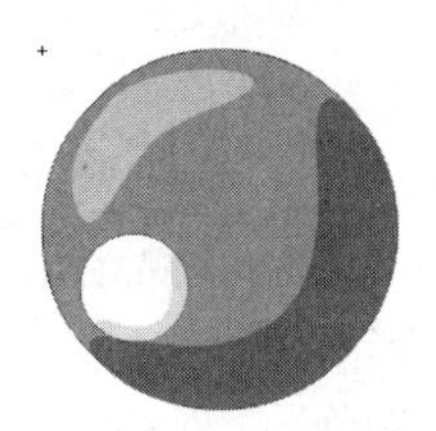

图 2-109 调整形状

图 2-110 绘制正圆

图 2-111 调整图形

步骤 8 新建“图层 8”，设置“椭圆工具”的“笔触颜色”为无，“填充颜色”为#E63E3E，绘制一个正圆，如图 2-112 所示。将其他图层全部锁定，如图 2-113 所示。

步骤 9 单击工具箱中“橡皮擦工具”按钮，将场景中圆的下半部分擦除，图形效果如图 2-114 所示。新建“图层 9”，设置“椭圆工具”的“填充颜色”为#E63E3E，绘制一个椭圆，并使用“选择工具”调整图形，多余的部分可以利用“橡皮擦工具”擦除，如图 2-115 所示。

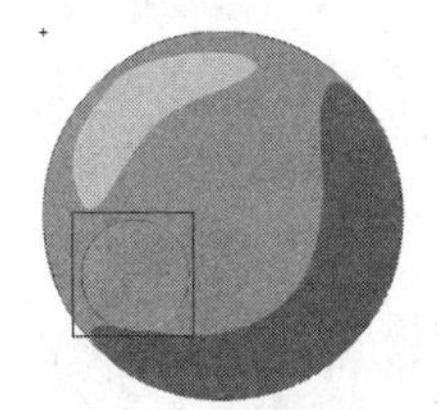

图 2-112 绘制正圆

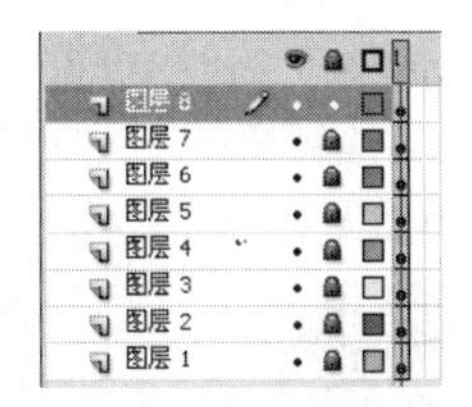

图 2-113 “时间轴”面板

图 2-114 图形效果

图 2-115 场景效果

步骤 10 新建“图层 10”，设置“椭圆工具”的“填充颜色”为#FFB5B5，绘制一个椭圆，并使用“选择工具”调整图形，如图 2-116 所示。采用同样的方法，制作另一只眼睛，效果如图 2-117 所示。

步骤 11 新建“图层 18”，设置“椭圆工具”的“笔触颜色”为#8A0F0F，“填充颜色”为#F97B7B，绘制一个椭圆，如图 2-118 所示。单击“矩形工具”按钮，设置“笔触颜色”为无，“填充颜色”为#FFB5B5，绘制一个矩形，如图 2-119 所示。

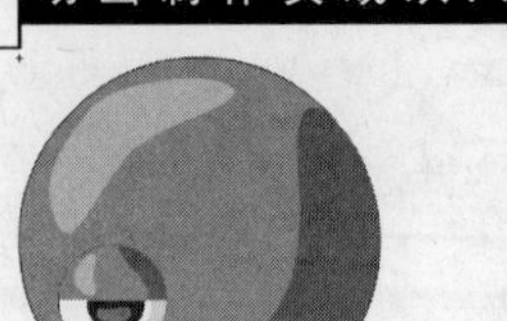
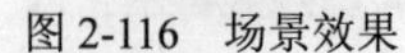

图 2-116 场景效果

图 2-117 场景效果

图 2-118 绘制椭圆

图 2-119 绘制矩形

步骤 12 新建“图层 19”，设置“椭圆工具”的“笔触颜色”为无，“填充颜色”为#E63E3E，绘制一个正圆，如图 2-120 所示，新建“图层 20”，设置“矩形工具”的“填充颜色”为#F97B7B，绘制矩形并作调整如图 2-121 所示。

> 技巧 使用“任意变形工具”调整图形时，按住 Shift+Ctrl+Alt 组合键在图形边角位置拖动鼠标，可以进行锥形缩放。

步骤 13 采用同样的方法，制作出如图 2-122 所示图形。新建“图层 21”，设置“椭圆工具”的“填充颜色”为#591C1C，绘制一个正圆，如图 2-123 所示。

图 2-120 绘制正圆

图 2-121 绘制矩形

图 2-122 绘制图形

图 2-123 绘制正圆

步骤 14 执行“插入>新建元件”命令，新建一个“名称”为“触爪”，“类型”为“图形”的元件，如图 2-124 所示。设置“椭圆工具”的“填充颜色”为#E63E3E，在场景中绘制一个椭圆，并使用“选择工具”将图形调整为如图 2-125 所示效果。

步骤 15 新建“图层 2”，设置“椭圆工具”的“填充颜色”为#F97B7B，绘制一个椭圆，并使用“选择工具”将图形调整为如图 2-126 所示效果。新建“图层 3”，设置“椭圆工具”的“填充颜色”为#FFB5B5，绘制一个椭圆，并使用“选择工具”将图形调整为如图 2-127 所示效果。

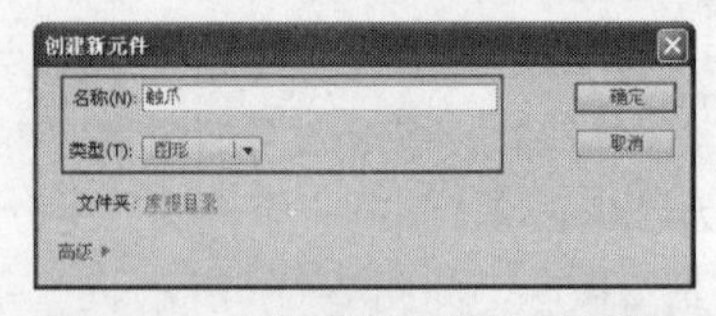

图 2-124 “创建新元件”对话框

图 2-125 绘制并调整图形

图 2-126 绘制并调整图形

步骤 16 新建“图层 4”，设置“椭圆工具”的“填充颜色”为#8A0F0F，绘制一个椭圆，如图 2-128 所示，新建“图层 5”，设置“椭圆工具”的“笔触颜色”为#FFDDCA，“笔触”为 5 像素，“填充颜色”为无，绘制一个路径并作调整，如图 2-129 所示。

图 2-127 绘制并调整图形

图 2-128 绘制并调整图形

图 2-129 绘制并调整图形

步骤 17 新建“图层 6”，设置“椭圆工具”的“笔触颜色”为无，“填充颜色”为#DF0000，绘制一个椭圆，如图 2-130 所示。采用同样的方法，制作出相似的图形，如图 2-131 所示。

步骤 18 单击编辑栏中“场景 1”文字链接，返回“场景 1”编辑状态，执行“文件>导入>导入到舞台”命令，将“光盘\源文件\第 2 章\素材\image2.jpg”导入场景中，如图 2-132 所示。新建“图层 2”，打开“库”面板，如图 2-133 所示。

图 2-130　绘制椭圆

图 2-131　绘制图形

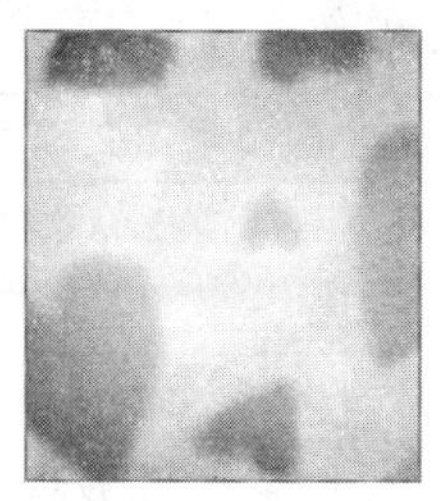

图 2-132　导入图像

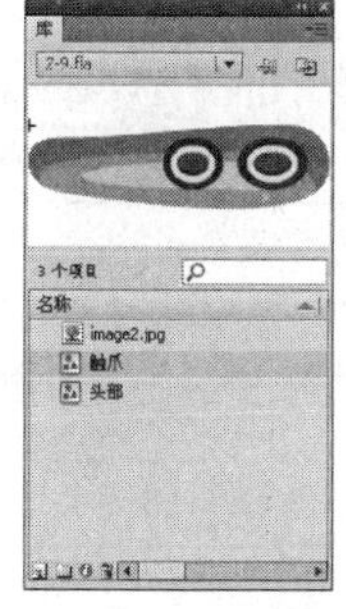

图 2-133　“库”面板

步骤 19 将“触爪”元件从“库”面板中拖入场景中，先后将“触爪”元件拖入场景 5 次，使用“任意变形工具”调整元件位置，如图 2-134 所示。新建“图层 3”，将“头部”元件从“库”面板中拖入场景中，如图 2-135 所示。

步骤 20 执行“文件>保存”命令，将动画保存为“光盘\源文件\第 2 章\绘制小章鱼.fla”，按 Ctrl+Enter 键测试影片，效果如图 2-136 所示。

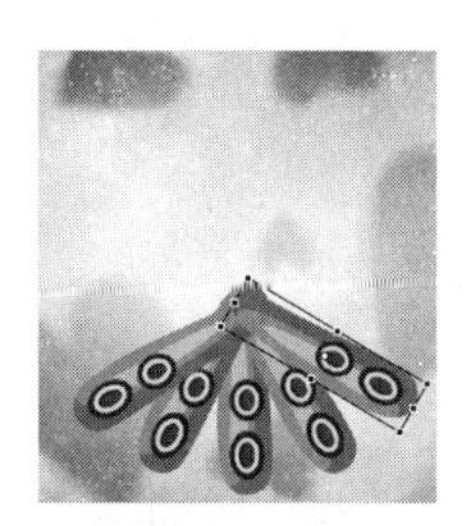

图 2-134　拖入元件

图 2-135　拖入元件

图 2-136　预览效果

实例小结

本实例主要使用“椭圆工具”绘制图形，并通过“选择工具”调整图形，制作出卡通章鱼的效果。

Example 实例 20　绘制小猪热气球

案例文件	光盘\源文件\第 2 章\绘制小猪热气球.fla
视频文件	光盘\视频\第 2 章\绘制小猪热气球.swf
难易程度	★★☆☆☆
学习时间	15 分钟

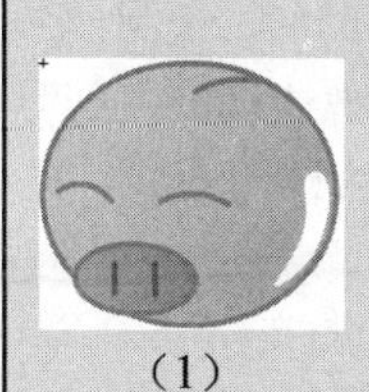

（1）

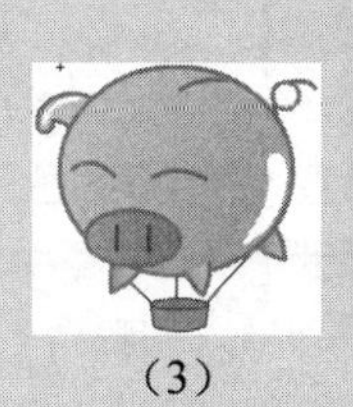

（2）

（3）

（4）

1. 使用“椭圆工具”和“线条工具”绘制图形，并对所绘制的图形进行调整。
2. 绘制出小猪的耳朵、脚和尾巴等图形，并调整图层叠放顺序。
3. 使用“椭圆工具”和“线条工具”绘制出其他图形。
4. 完成小猪热气球的绘制，得到最终效果。

Example 实例 21 绘制面包圈

案例文件	光盘\源文件\第 2 章\绘制面包圈.fla
视频文件	光盘\视频\第 2 章\绘制面包圈.swf
难易程度	★★☆☆☆
学习时间	10 分钟
实例要点	➢ 基本的绘制技巧 ➢ “椭圆工具”的应用 ➢ “选择工具”的应用
实例目的	通过本实例的制作，了解一些基本的绘制技巧，本实例主要使用“选择工具”来调整图形

操作步骤

步骤 1 新建一个 Flash 文档，如图 2-137 所示，单击“属性”面板的“属性”选项区域中“编辑”按钮，弹出“文档设置”对话框，设置参数，如图 2-138 所示。

步骤 2 执行“插入>新建元件”命令，新建一个“名称”为“面包圈”，“类型”为“图形”的元件，如图 2-139 所示。单击“椭圆工具”按钮，设置“笔触颜色”为#4A3029，“笔触”为 5 像素，“填充颜色”为#B14507，保持其他默认设置，绘制一个椭圆，并使用“选择工具”稍作调整，如图 2-140 所示。

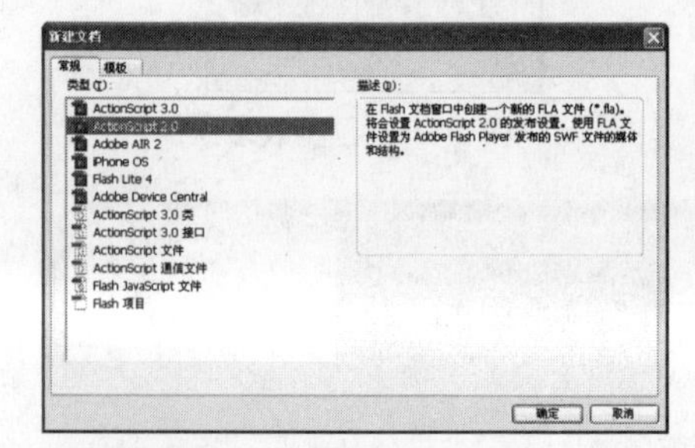

图 2-137 新建 Flash 文档

图 2-138 设置文档属性

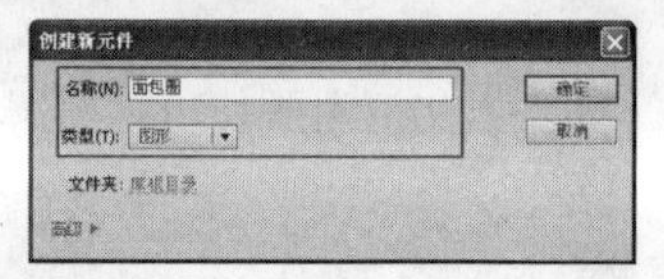

图 2-139 “创建新元件”对话框

步骤 3 新建“图层 2”，设置“椭圆工具”的“笔触颜色”为#680A01，“笔触”为 40 像素，“填充颜色”为无，绘制一个圆形，如图 2-141 所示。新建“图层 3”，设置“椭圆工具”的“笔触颜色”为无，“填充颜色”为#420400，绘制一个椭圆，并利用“选择工具”调整椭圆，效果如图 2-142 所示。

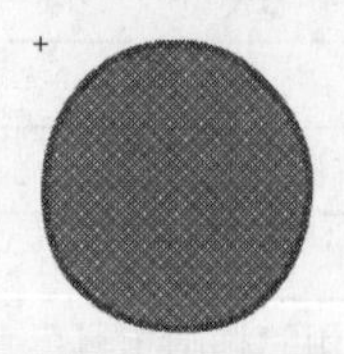

图 2-140 绘制并调整椭圆

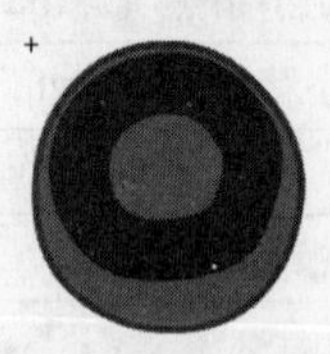

图 2-141 绘制并调整椭圆

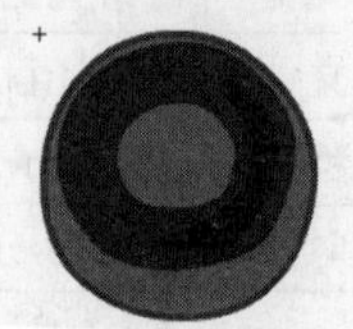

图 2-142 绘制并调整椭圆

步骤 4 新建“图层 4”，设置“椭圆工具”的“笔触颜色”为无，“填充颜色”为#B48580，绘制一个椭圆，并利用“选择工具”调整椭圆，如图 2-143 所示。新建“图层 5”，设置“椭圆工具”的“笔触颜色”为#810F01，“笔触”为 5 像素，“填充颜色”为#FFFFFF，绘制一个椭圆，并利用“选择工具”调整椭圆，如图 2-144 所示。

步骤 5 返回“场景 1”编辑状态，执行“文件>导入>导入到舞台”命令，将“光盘\源文件\第 2 章\素材\image3.jpg”导入场景中，如图 2-145 所示。新建“图层 2”，将“面包圈”元件从“库”

面板中拖入场景中，如图 2-146 所示。

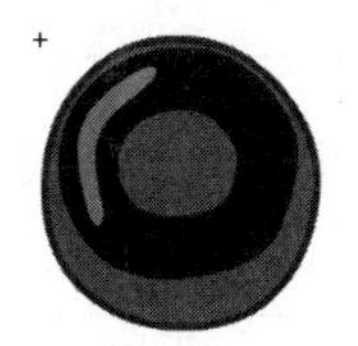

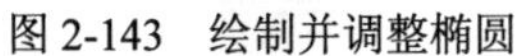

图 2-143 绘制并调整椭圆

图 2-144 绘制并调整椭圆

图 2-145 导入图像

步骤 6 执行“文件>保存”命令，将动画保存为“光盘\源文件\第 2 章\绘制面包圈.fla”，按 Ctrl+Enter 键测试影片，效果如图 2-147 所示。

图 2-146 拖入元件

图 2-147 预览动画效果

实例小结

本实例主要利用“椭圆工具”绘制图形，通过“选择工具”调整图形，制作出面包圈的效果。

Example 实例 22 绘制魔法药水瓶

案例文件	光盘\源文件\第 2 章\绘制魔法药水瓶.fla
视频文件	光盘\视频\第 2 章\绘制魔法药水瓶.swf
难易程度	★☆☆☆☆
学习时间	10 分钟

（1） （2） （3） （4）

1．使用“椭圆工具”和“矩形工具”绘制药水瓶身，并填充渐变颜色。

2．使用“椭圆工具”绘制出药水图形。

3．使用“矩形工具”绘制圆角矩形，并对所绘制的圆角矩形进行调整，制作出瓶塞图形。

4．采用相同方法，绘制出多种颜色的药水瓶。

Example 实例 23 绘制煎蛋

案例文件	光盘\源文件\第 2 章\绘制煎蛋.fla
视频文件	光盘\视频\第 2 章\绘制煎蛋.swf
难易程度	★★☆☆☆
学习时间	10 分钟
实例要点	➢ 基本的绘制技巧 ➢ “椭圆工具”的应用 ➢ “选择工具”的应用
实例目的	通过本实例的制作，掌握基本的绘制技巧，本实例主要使用“选择工具”与“部分选择工具”来调整图形和锚点

操作步骤

步骤 1 新建一个 Flash 文档，如图 2-148 所示。单击“属性”面板的“属性”选项区域中“编辑”按钮，弹出“文档设置”对话框，设置参数，如图 2-149 所示。

步骤 2 执行“插入>新建元件”命令，新建一个“名称”为“鸡蛋”，“类型”为“图形”的元件。单击“椭圆工具”按钮，设置“笔触颜色”为#666666，“笔触”为 5 像素，“填充颜色”为#FFFFFF，绘制一个椭圆，并使用“选择工具”调整图形，如图 2-150 所示。新建“图层 2”，设置“椭圆工具”的“笔触颜色”为无，“填充颜色”为#CCCCCC，绘制一个椭圆，并使用“部分选择工具”调整图形锚点，如图 2-151 所示。

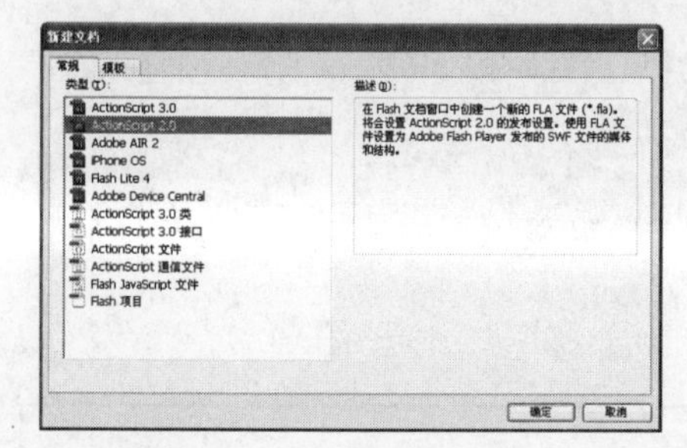

图 2-148 新建 Flash 文档

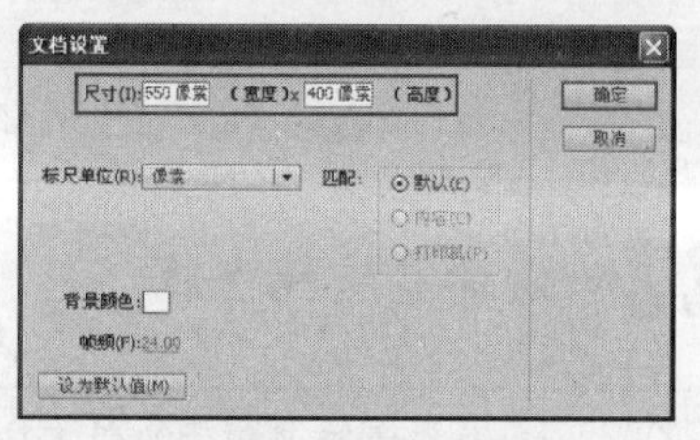

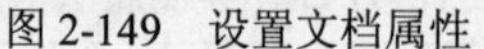

图 2-149 设置文档属性

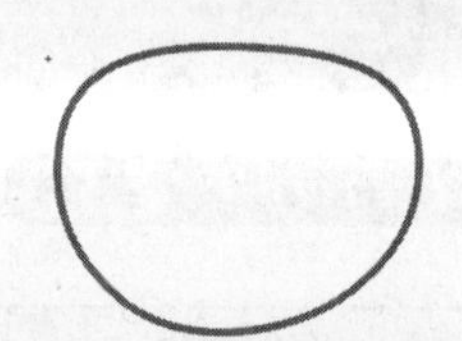

图 2-150 绘制并调整椭圆

步骤 3 新建“图层 3”，设置“椭圆工具”的“填充颜色”为#FFCC00，绘制一个椭圆，并使用“选择工具”调整图形，如图 2-152 所示。新建“图层 4”，设置“椭圆工具”的“填充颜色”为#FF9F00，绘制一个椭圆，并使用“部分选择工具”调整图形锚点，如图 2-153 所示。

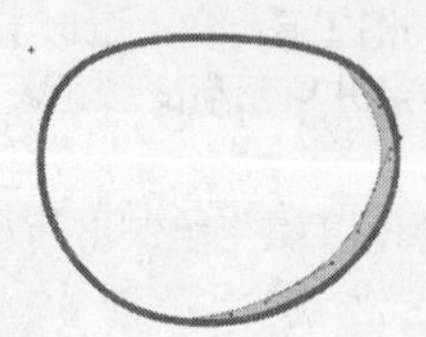

图 2-151 绘制图形并调整锚点

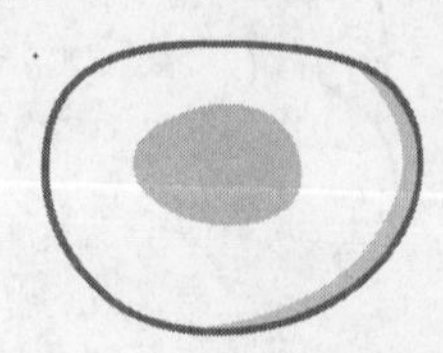

图 2-152 绘制并调整椭圆

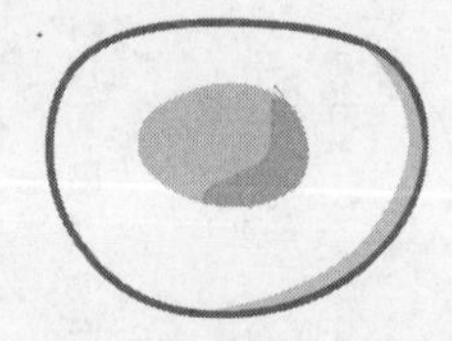

图 2-153 绘制图形并调整锚点

步骤 4 新建“图层 5”，设置“椭圆工具”的“填充颜色”为#FFF83F，绘制一个椭圆，并使用“部分选择工具”调整图形锚点，如图 2-154 所示。新建“图层 6”，设置“椭圆工具”的“填充颜色”为#CCCCCC，先后在场景中绘制 4 个椭圆，并使用“选择工具”调整图形，如图 2-155 所示。

步骤 5 单击编辑栏中“场景 1”文字链接，返回“场景 1”编辑状态，执行“文件>导入>导入到舞台”

命令，将“光盘\源文件\第 2 章\素材\image4.jpg”导入场景中，如图 2-156 所示。新建“图层 2”，将“鸡蛋”元件从“库”面板中拖入场景中，如图 2-157 所示。

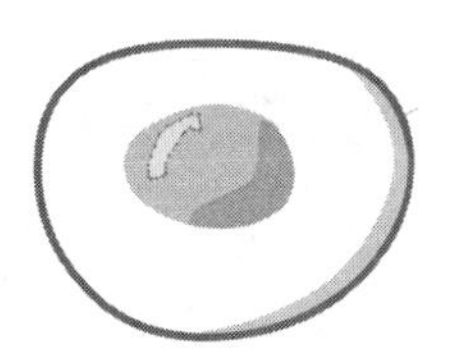

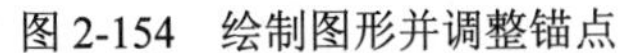

图 2-154　绘制图形并调整锚点

图 2-155　绘制并调整椭圆

图 2-156　导入图像

步骤 6 执行“文件>保存”命令，将动画保存为“光盘\源文件\第 2 章\绘制煎蛋.fla”，按 Ctrl+Enter 键测试影片，效果如图 2-158 所示。

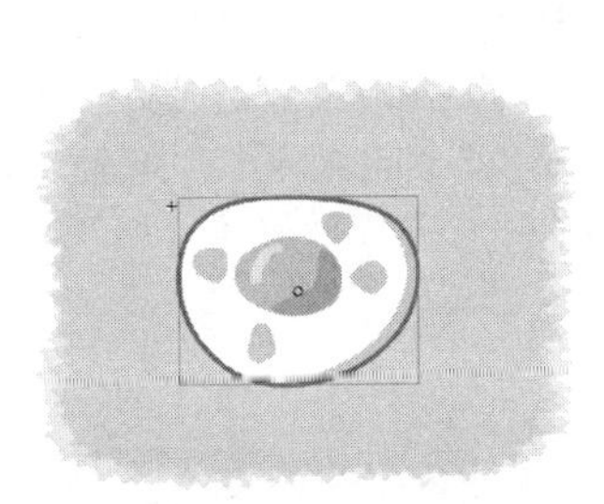

图 2-157　拖入元件

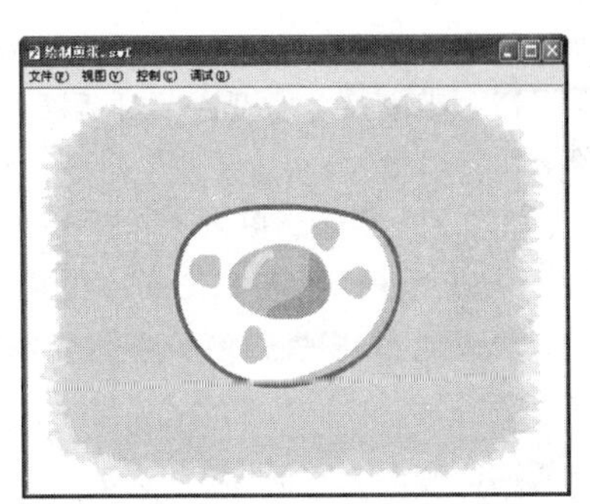

图 2-158　预览动画效果

实例小结

本实例主要使用“椭圆工具”绘制图形，通过“部分选择工具”调整图形锚点，制作出煎蛋的效果。

Example 实例 24　绘制卡通铅笔

案例文件	光盘\源文件\第 2 章\绘制卡通铅笔.fla
视频文件	光盘\视频\第 2 章\绘制卡通铅笔.swf
难易程度	★★☆☆☆
学习时间	20 分钟

（1）　（2）　（3）

（4）

1. 使用“矩形工具”绘制矩形，在矩形上添加锚点并进行调整。使用“多角星形工具”绘制三角形，并调整其叠放顺序。
2. 使用“矩形工具”绘制矩形和圆角矩形，并进行相应的调整。
3. 使用“椭圆工具”绘制出铅笔的眼睛部分图形。
4. 采用相同的方法，绘制出其他不同颜色的铅笔，最终完成卡通铅笔的绘制。

Example 实例 25 绘制卡通小鸟

案例文件	光盘\源文件\第 2 章\绘制卡通小鸟.fla
视频文件	光盘\视频\第 2 章\绘制卡通小鸟.swf
难易程度	★★☆☆☆
学习时间	10 分钟
实例要点	➢ 使用“刷子工具”绘制眼睛 ➢ 使用“部分选择工具”调整路径
实例目的	通过本实例的制作，简单了解“刷子工具”、“部分选择工具”的使用方法

操作步骤

步骤 1 新建一个 Flash 文档，如图 2-159 所示，单击“属性”面板的“属性”选项区域中“编辑”按钮，弹出“文档设置”对话框，设置参数，如图 2-160 所示。

步骤 2 执行“插入>新建元件”命令，新建一个“名称”为“小鸟”，“类型”为“图形”的元件，如图 2-161 所示。单击“椭圆工具”按钮，设置“笔触颜色”为#543401，“笔触”为 5 像素，“填充颜色”为#FFCC00，绘制一个椭圆，如图 2-162 所示。

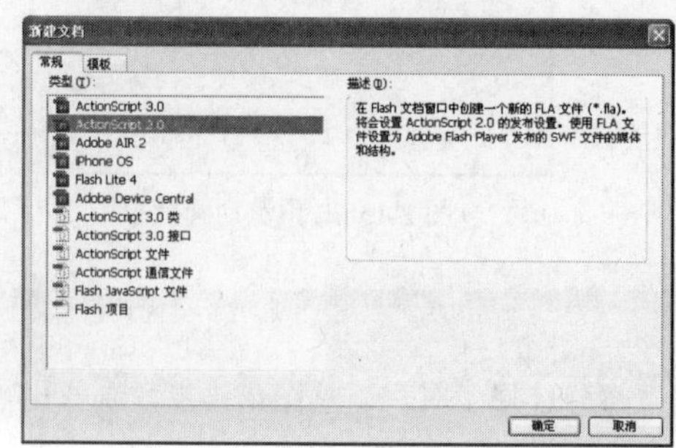

图 2-159 新建 Flash 文档

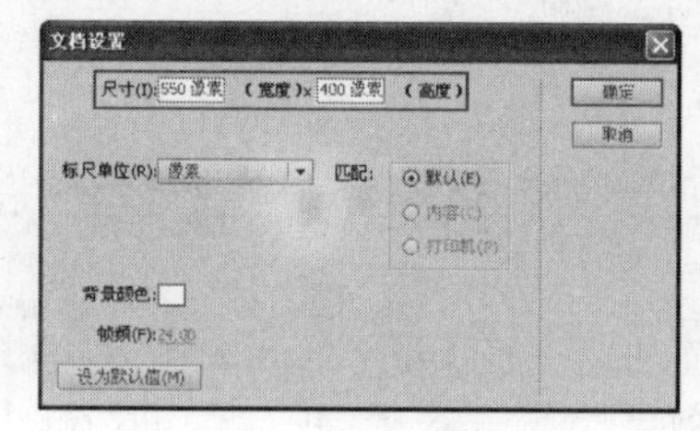

图 2-160 设置文档属性

步骤 3 使用“选择工具”调整图形，如图 2-163 所示。单击“添加锚点工具”按钮，在椭圆的顶部添加锚点，如图 2-164 所示。

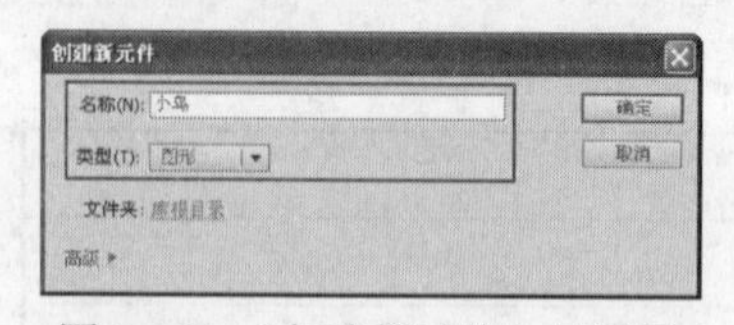

图 2-161 “创建新元件”对话框

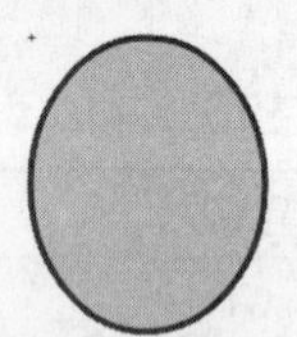

图 2-162 绘制椭圆

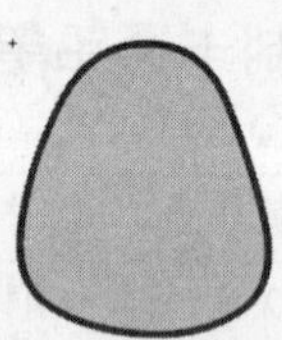

图 2-163 绘制椭圆

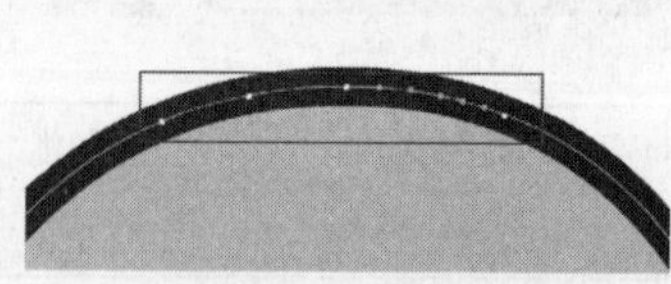

图 2-164 添加锚点

步骤 4 单击“部分选择工具”按钮，选择一个锚点，将其向上移动，如图 2-165 所示。再次单击“添加锚点工具”按钮，添加两个锚点，如图 2-166 所示。

步骤 5 使用“部分选择工具”调整锚点，如图 2-167 所示。采用同样的方法，制作另一部分图形效果，如图 2-168 所示。

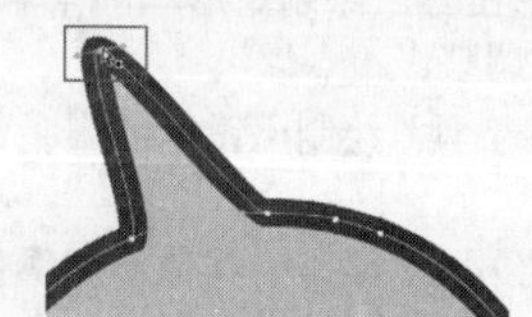

图 2-165 移动锚点

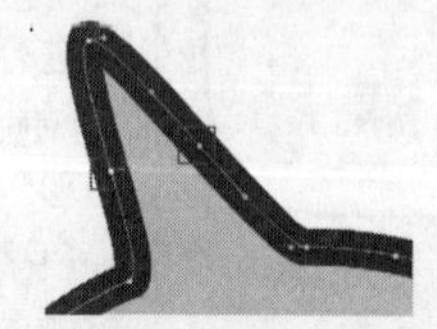

图 2-166 添加锚点

图 2-167 调整锚点

图 2-168 场景效果

提示 在绘制复杂的图形时，可以使用“钢笔工具”绘制路径，然后使用“颜料桶工具”进行颜色填充。

步骤 6 新建“图层2”，设置“椭圆工具”的“笔触颜色”为无，“填充颜色”为#FFFF00，绘制一个椭圆，并使用“选择工具”调整图形，如图2-169所示。新建“图层3”，单击“多角星形工具”按钮，设置“笔触颜色”为#543401，“笔触”为5像素，“填充颜色”为#FFCC00，单击“属性”面板的“选项”按钮，如图2-170所示。

步骤 7 在弹出的“工具设置”对话框中，设置“样式”为“多边形”，“边数”为3，保持其他默认设置，如图2-171所示。绘制一个多边形，并调整图形，如图2-172所示。

图2-169 绘制并调整椭圆

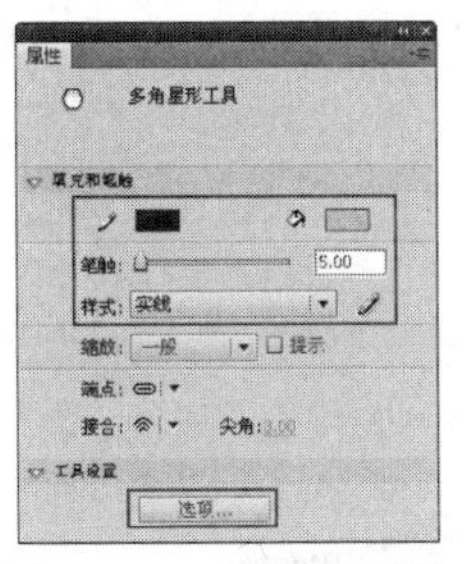

图2-170 “属性”面板

图2-171 “工具设置”对话框

步骤 8 新建“图层4”，单击“椭圆工具”按钮，设置“笔触颜色”为无，打开“颜色”面板，设置一个从Alpha值为100%的#F2C308到Alpha值为0%的#F2C308的径向渐变，如图2-173所示，在场景中绘制两个正圆，如图2-174所示。

图2-172 绘制并调整多边形

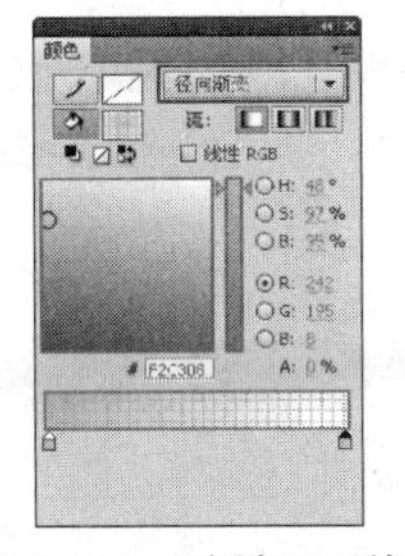

图2-173 “颜色”面板

图2-174 绘制正圆

步骤 9 设置“椭圆工具”的“笔触颜色”为无，“填充颜色”为#543401，在场景中绘制两个正圆，如图2-175所示。新建“图层6”，设置“椭圆工具”的“填充颜色”为#FFFFFF，在场景中绘制两个正圆，如图2-176所示。

步骤 10 新建“图层7”，单击“刷子工具”按钮，在场景中单击，绘制出两个点，如图2-177所示。执行“插入>新建元件”命令，新建一个“名称”为“爪子”，“类型”为“图形”的元件，如图2-178所示。

图2-175 绘制正圆

图2-176 绘制正圆

图2-177 场景效果

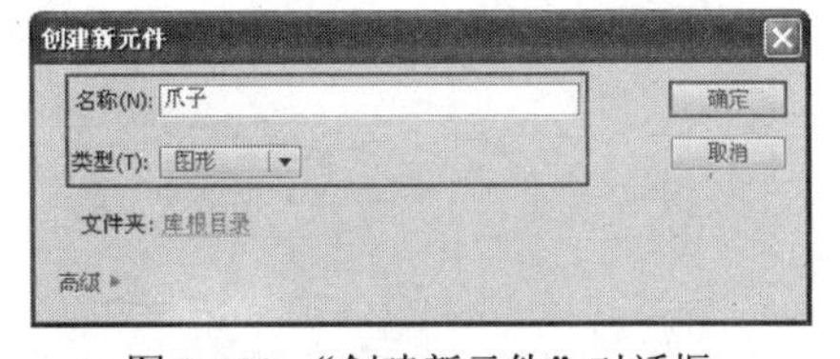

图2-178 “创建新元件”对话框

步骤 11 设置“椭圆工具”的“笔触颜色”为#543401，“填充颜色”为#FFCC00，在场景中绘制两个椭圆，如图2-179所示。执行“插入>新建元件”命令，新建一个“名称”为“翅膀”，“类型”

为“图形”的元件，如图 2-180 所示。

步骤 12 单击“钢笔工具”按钮，设置“笔触颜色”为#543401，“笔触”为 5 像素，在场景中绘制一条路径，如图 2-181 所示。单击“颜料桶工具”按钮，设置“填充颜色”为#FFCC00，填充绘制出的路径，如图 2-182 所示。

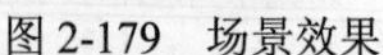
图 2-179 场景效果

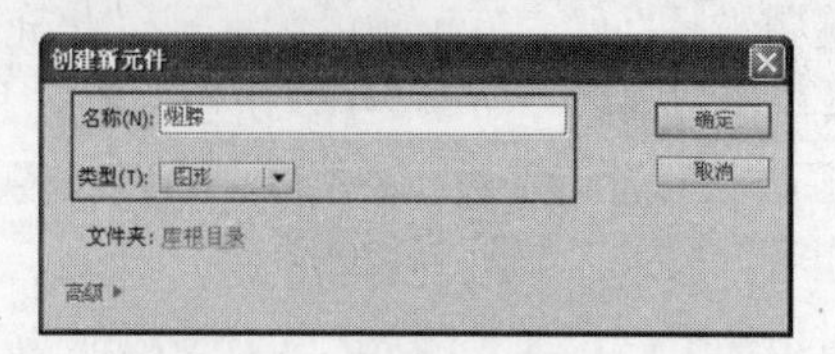

图 2-180 “创建新元件”对话框

图 2-181 绘制路径

步骤 13 新建“图层 2”，设置“填充颜色”为#FFFF00，在场景中绘制椭圆，并使用“选择工具”对图形进行调整，如图 2-183 所示。单击编辑栏中“场景 1”文字链接，返回“场景 1”编辑状态，执行“文件>导入>导入到舞台”命令，将“光盘\源文件\第 2 章\素材\image5.jpg”导入场景中，如图 2-184 所示。

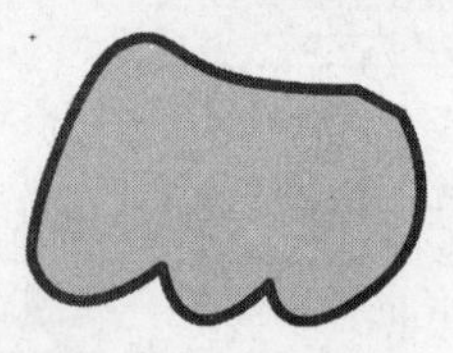
图 2-182 填充路径

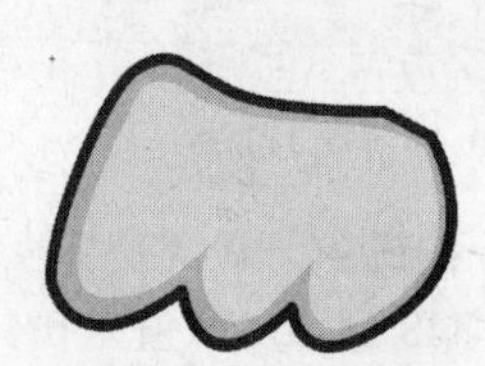
图 2-183 场景效果

图 2-184 导入图像

步骤 14 新建“图层 2”，打开“库”面板，将“翅膀”元件从“库”面板中拖入场景中，如图 2-185 所示。向右复制一个同样的元件，执行“修改>变形>水平翻转”命令，如图 2-186 所示。

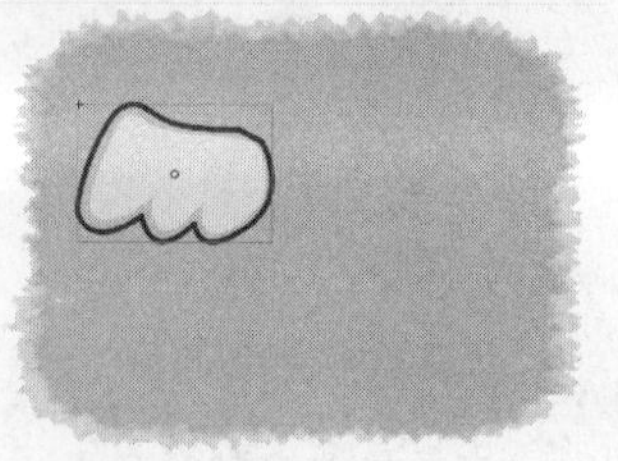
图 2-185 拖入元件

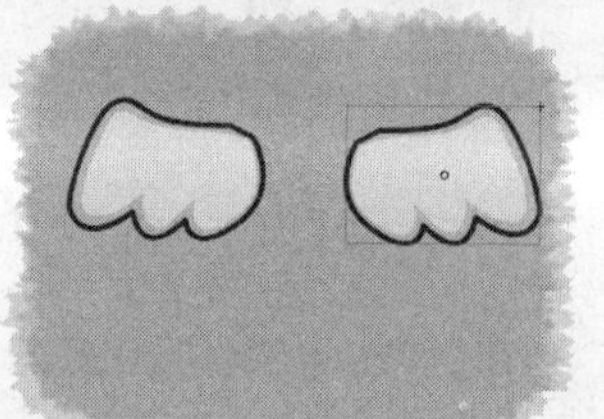
图 2-186 复制并翻转元件

图 2-187 拖入元件

步骤 15 新建“图层3”，将“小鸟”元件从“库”面板中拖入场景中，如图 2-187 所示。新建“图层 4”，将“爪子”元件从“库”面板中拖入场景中，并向右复制出一个同样的元件，如图 2-188 所示。

步骤 16 执行“文件>保存”命令，将动画保存为“光盘\源文件\第 2 章\绘制卡通小鸟.fla”，按 Ctrl+Enter 键测试影片，效果如图 2-189 所示。

图 2-188 拖入元件

图 2-189 预览动画效果

实例小结

本实例主要使用“椭圆工具”绘制图形，通过“部分选择工具”调整图形锚点，制作出小鸟的效果。

Example 实例 26　绘制小飞侠

案例文件	光盘\源文件\第 2 章\绘制小飞侠.fla
视频文件	光盘\视频\第 2 章\绘制小飞侠.swf
难易程度	★★★☆☆
学习时间	25 分钟
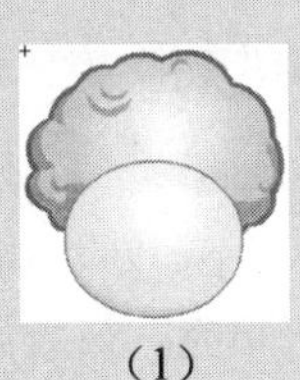 (1)  (2)  (3)  (4)	1．使用“椭圆工具”绘制图形，并应用渐变颜色填充图形。 2．使用“椭圆工具”绘制图形，并对图形进行变形操作。 3．绘制出“身体”和“翅膀”元件，并将图形组合成为一个完整的角色。 4．完成小飞侠角色的绘制，得到最终效果。

Example 实例 27　绘制可爱小鸡

案例文件	光盘\源文件\第 2 章\绘制可爱小鸡.fla
视频文件	光盘\视频\第 2 章\绘制可爱小鸡.swf
难易程度	★★★☆☆
学习时间	20 分钟
实例要点	➢ “线条工具”的使用 ➢ 应用“颜料桶工具”填充颜色 ➢ 使用“钢笔工具”绘制图形轮廓
实例目的	通过本实例的制作，了解“线条工具”、“钢笔工具”和“颜料桶工具”的使用方法

操作步骤

步骤 1 新建一个 Flash 文档，如图 2-190 所示，单击“属性”面板的“属性”选项区域中“编辑”按钮，弹出“文档设置”对话框，设置参数，如图 2-191 所示。

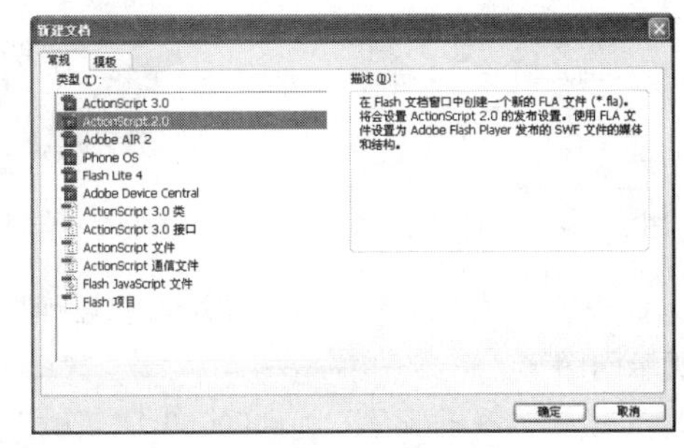

图 2-190　新建 Flash 文档

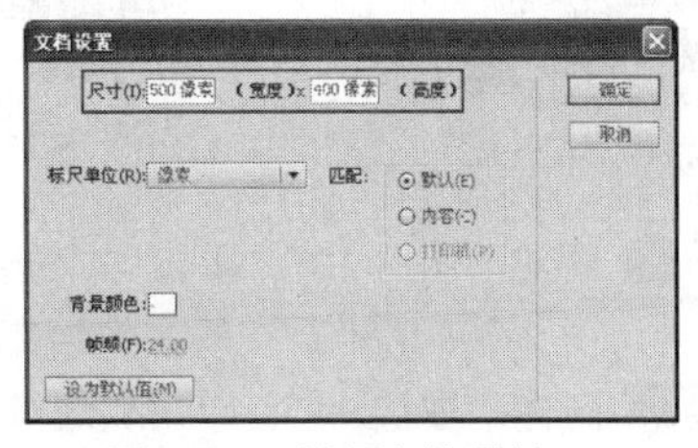

图 2-191　设置文档属性

步骤 2 执行“插入>新建元件”命令，新建一个“名称”为“小鸡”，“类型”为“图形”的元件，如图 2-192 所示。单击“钢笔工具”按钮，设置“笔触颜色”为#000000，“笔触”为 1 像素，“样式”为“实线”，绘制一个如图 2-193 所示的路径。

步骤 3 单击“颜料桶工具”按钮，设置其“填充颜色”为#000000，“属性”面板如图 2-194 所示。填充刚刚绘制的路径，完成后的场景效果如图 2-195 所示。

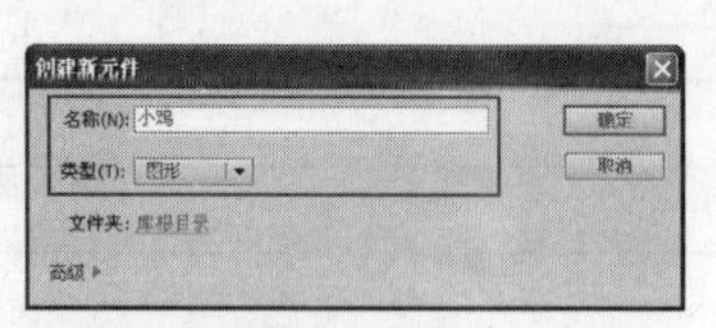

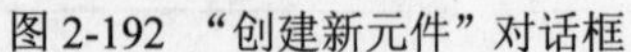

图 2-192 “创建新元件”对话框

图 2-193 绘制路径

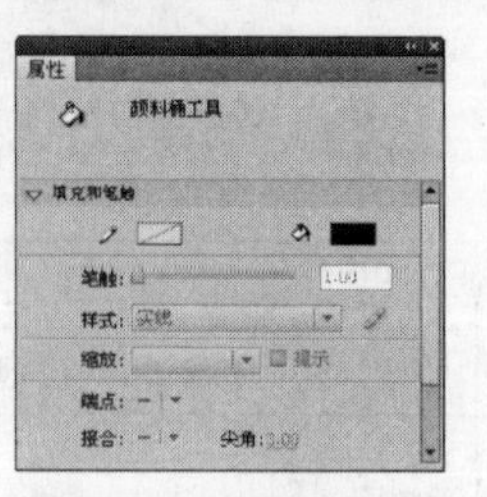

图 2-194 “属性”面板

图 2-195 场景效果

> **提示** “颜料桶工具”不仅可以填充纯色，还可以填充渐变色，包括“线性渐变”、“径向渐变”等。

步骤 4 新建“图层 2”，单击“钢笔工具”按钮，设置“笔触颜色”为#FDD23F，绘制一个如图 2-196 所示的路径。设置“颜料桶工具”的“填充颜色”为#FDD23F，对路径进行填充，效果如图 2-197 所示。

步骤 5 采用“图层 2”的制作方法，绘制出其他图层上的图形，效果如图 2-198 所示。新建“图层 7”，设置“钢笔工具”的“笔触颜色”为#000000，“笔触”为 1 像素，绘制一个如图 2-199 所示的路径。

图 2-196 绘制路径

图 2-197 填充颜色

图 2-198 场景效果

图 2-199 绘制路径

步骤 6 使用“颜料桶工具”填充路径，效果如图 2-200 所示。采用“图层 7”的制作方法，绘制出其他图层上的图形，效果如图 2-201 所示。

步骤 7 新建“图层 11”，设置“椭圆工具”的“笔触颜色”为无，“填充颜色”为#000000，“属性”面板如图 2-202 所示。绘制一个尺寸为 13 像素 × 13 像素的正圆，效果如图 2-203 所示。

图 2-200 填充颜色

图 2-201 场景效果

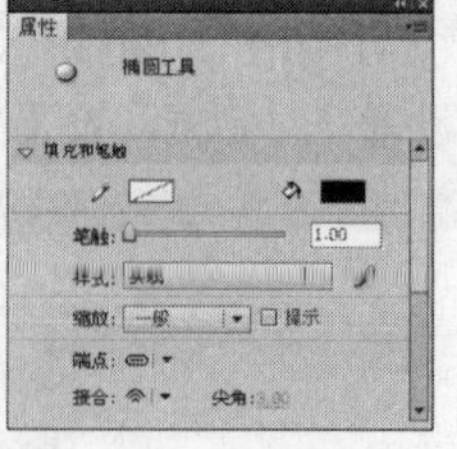

图 2-202 “属性”面板

图 2-203 绘制正圆

步骤 8 新建“图层 12”，单击“刷子工具”按钮，设置“填充颜色”为#197FC4，“属性”面板如图 2-204 所示，在场景中绘制如图 2-205 所示的图形。

步骤 9 新建“图层 13”，单击“线条工具”按钮，设置“笔触颜色”为#000000，“笔触”为 1 像素，“样式”为“实线”，如图 2-206 所示。在场景中绘制两条线，使用“选择工具”调整线条，效果如图 2-207 所示。

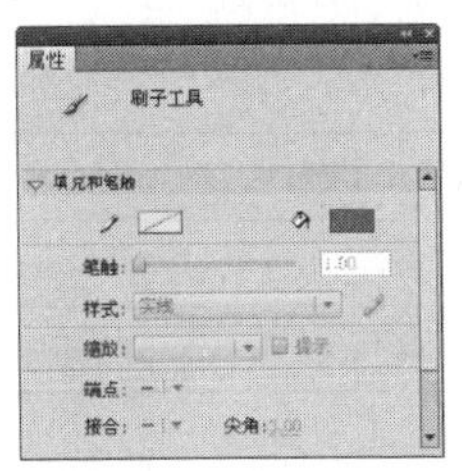

图 2-204　“属性”面板

图 2-205　绘制图形

图 2-206　“属性”面板

图 2-207　调整后的线条效果

步骤 10 新建“图层 14”，设置“钢笔工具”的“笔触颜色”为#FFF100，“笔触”为 1 像素，“样式”为“实线”，如图 2-208 所示。在场景中绘制一个路径，并使用“颜料桶工具”对路径进行填充，效果如图 2-209 所示。

步骤 11 采用“图层 14”的制作方法，绘制出其他图层上的图形，效果如图 2-210 所示。返回到“场景 1”编辑状态，执行“文件>导入>导入到舞台”命令，将“光盘\源文件\第 2 章\素材\ tuxiang04.jpg”导入场景中，如图 2-211 所示。

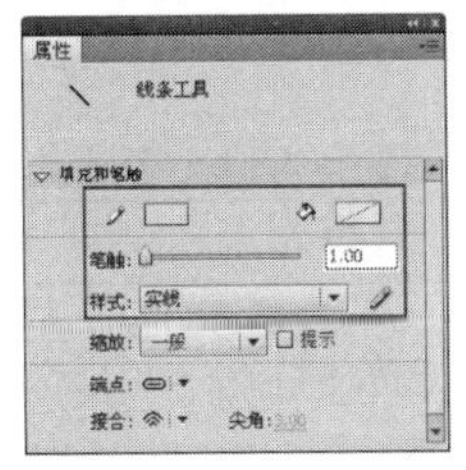

图 2-208　“属性”面板

图 2-209　场景效果

图 2-210　完成后的效果

图 2-211　导入图像

步骤 12 新建“图层 2”，将“小鸡”元件从“库”面板中拖入场景中，效果如图 2-212 所示。执行“文件>保存”命令，将动画保存为“光盘\源文件\第 2 章\绘制可爱小鸡.fla”，按 Ctrl+Enter 键测试影片，效果如图 2-213 所示。

图 2-212　拖入元件

图 2-213　预览动画效果

> **技巧**
> 执行“文件>保存”命令，可以保存文件，按键盘上的 Ctrl+S 键也可以保存文件。

> **实例小结**
> 本实例主要使用“钢笔工具”绘制小鸡的外部轮廓，利用“颜料桶工具”填充不同的颜色，使用“线条工具”绘制小鸡的眉毛部分。

Example 实例 28 绘制多彩宫殿背景

案例文件	光盘\源文件\第 2 章\绘制多彩宫殿背景.fla
视频文件	光盘\视频\第 2 章\绘制多彩宫殿背景.swf
难易程度	★★★☆☆
学习时间	20 分钟
（1）（2）（3）（4）	1. 使用“矩形工具”和“钢笔工具”绘制宫殿场景基本元素。 2. 使用“钢笔工具”绘制心形图形，并复制多个。 3. 使用“矩形工具”和“椭圆工具”，配合“任意变形工具”绘制图形。 4. 绘制其他图形，并使用“椭圆工具”绘制地毯效果。

Example 实例 29 绘制罐头盒

案例文件	光盘\源文件\第 2 章\绘制罐头盒.fla
视频文件	光盘\视频\第 2 章\绘制罐头盒.swf
难易程度	★★☆☆☆
学习时间	15 分钟
实例要点	➢ “矩形工具”的应用 ➢ 利用“颜色”面板调整渐变颜色
实例目的	通过本实例的制作，了解“矩形工具”的使用方法和“颜色”面板的功能

操作步骤

步骤 1 新建一个 Flash 文档，如图 2-214 所示，单击“属性”面板的“属性”选项区域中“编辑”按钮，弹出“文档设置”对话框，设置参数，如图 2-215 所示。

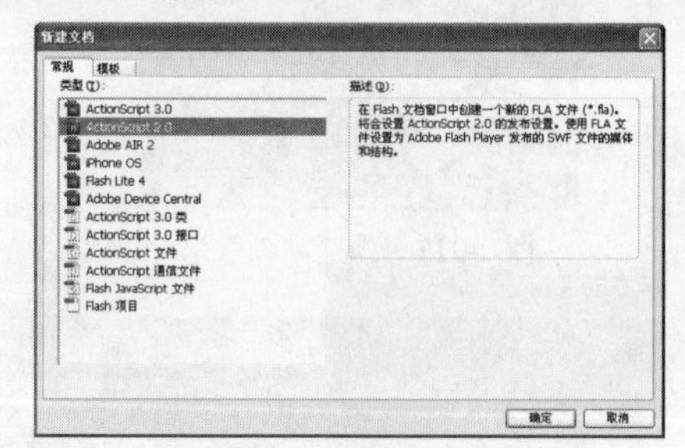

图 2-214 新建 Flash 文档

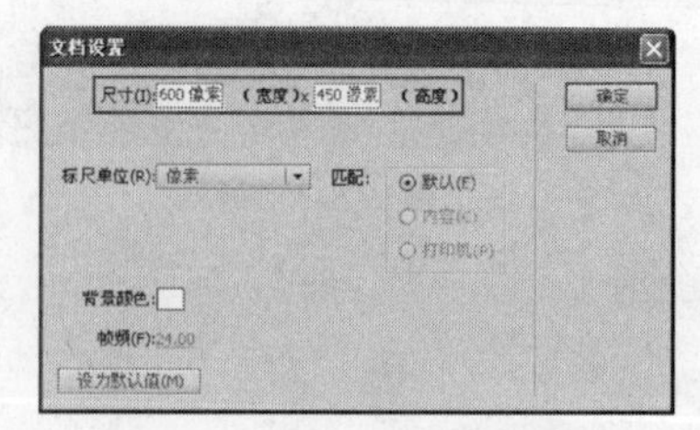

图 2-215 设置文档属性

步骤 2 执行“插入>新建元件”命令，新建一个“名称”为“铁罐”，“类型”为“图形”的元件，如图 2-216 所示。单击“矩形工具”按钮，设置“填充颜色”为#4D4A67，“笔触颜色”为#00000，“笔触”为 0.1 像素，“填充颜色”为#4D4A67，绘制一个矩形并调整，如图 2-217 所示。

步骤 3 新建“图层 2”，设置“矩形工具”的“笔触颜色”为无，“填充颜色”为#DADADA，绘制一个矩形，并调整矩形，如图 2-218 所示。设置“矩形工具”的“笔触颜色”为无，“填充颜色”为#A296B8，在场景中绘制一个矩形，并调整图形，如图 2-219 所示。

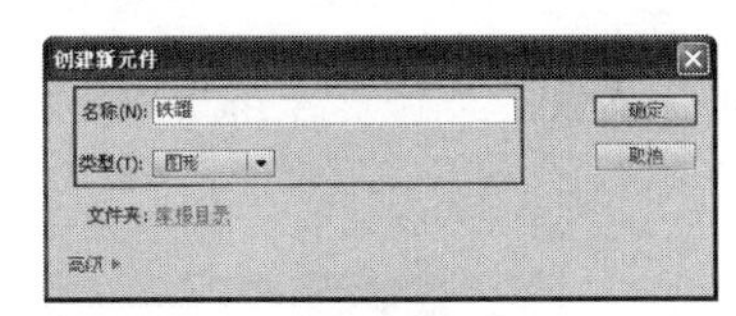

图 2-216 “创建新元件”对话框

图 2-217 绘制并调整矩形

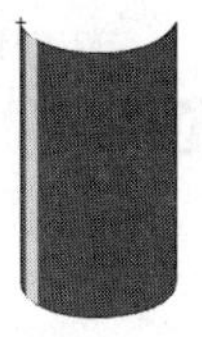

图 2-218 绘制并调整矩形

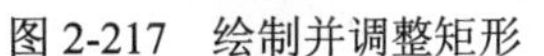

步骤 4 设置“矩形工具”的“笔触颜色”为无，“填充颜色”为#CCC5E9，绘制一个矩形，并调整矩形，如图 2-220 所示。采用“图层 2”的制作方法，绘制出其他图层上的图形，效果如图 2-221 所示。

图 2-219 绘制并调整矩形

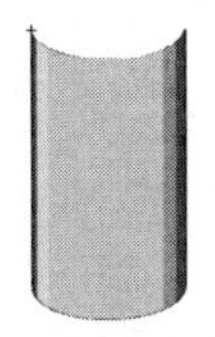

图 2-220 绘制并调整矩形

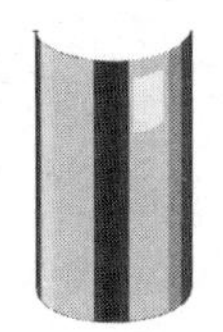

图 2-221 场景效果

> 在绘制图形时，为了避免多次新建图层，可以在绘制图形之前，单击工具箱中的“对象绘制”按钮，这样在绘制图形时 Flash 将图形自动隔离。

步骤 5 新建“图层 6”，单击“椭圆工具”按钮，设置“笔触颜色”为#4D4A67，“笔触”为 1 像素，“填充颜色”为#453639，“属性”面板如图 2-222 所示，在场景中绘制一个如图 2-223 所示的椭圆。

步骤 6 新建“图层 7”，打开“颜色”面板，设置从 Alpha 值为 100%的#462E0A 到 Alpha 值为 100%的#F0CE8C 到 Alpha 值为 100%的#413013 的线性渐变，如图 2-224 所示，在场景中绘制一个如图 2-225 所示的椭圆。

图 2-222 “属性”面板

图 2-223 绘制椭圆

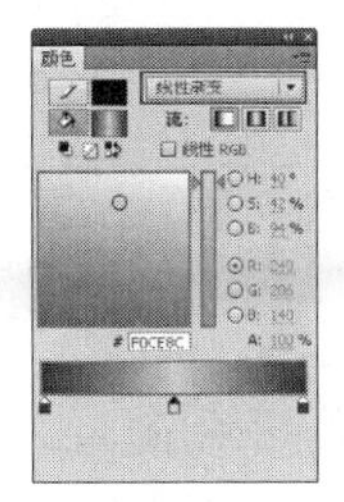

图 2-224 “颜色”面板

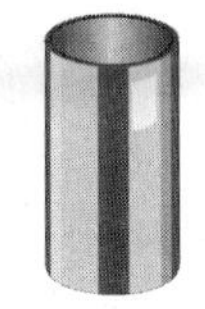

图 2-225 绘制椭圆

步骤 7 新建“图层 8”，设置“椭圆工具”的“笔触颜色”为#000000，“笔触”为 1 像素，“填充颜色”为无，在场景中绘制一个如图 2-226 所示的椭圆。新建“图层 9”，单击“刷子工具”按钮，设置其“填充颜色”为#FFFFFF，在场景中绘制如图 2-227 所示的图形。

步骤 8 新建“图层 10”，设置“矩形工具”的“笔触颜色”为无，“填充颜色”为#A99EC0，在场景中绘制一个矩形，并调整矩形，效果如图 2-228 所示。采用“图层 10”的制作方法，绘制出其他图层上的图形，效果如图 2-229 所示。

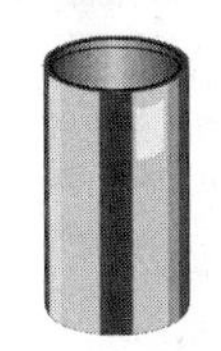

图 2-226 绘制椭圆

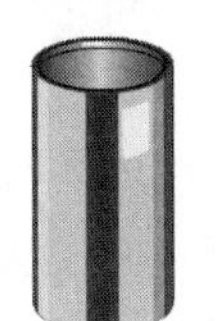

图 2-227 绘制图形

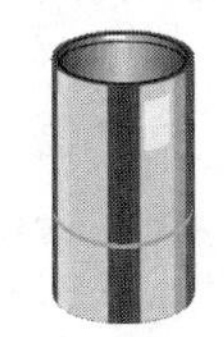

图 2-228 绘制并调整矩形

图 2-229 场景效果

步骤 9 返回“场景 1”编辑状态，执行“文件>导入>导入到舞台”命令，将“光盘\源文件\第 2 章\素材\ tuxiang05.jpg”导入场景中，如图 2-230 所示。新建“图层 2”，将“铁罐”元件从“库”

面板中拖入场景中，调整元件的大小，效果如图 2-231 所示。

步骤 10 执行“文件>保存”命令，将动画保存为“光盘\源文件\第 2 章\绘制罐头盒.fla”，按 Ctrl+Enter 键测试影片，效果如图 2-232 所示。

图 2-230 导入图像

图 2-231 拖入元件

图 2-232 预览动画效果

实例小结

本实例主要使用“矩形工具”绘制图形，利用“选择工具”调整图形，绘制出一个铁罐。

Example 实例 30 绘制广阔背景

案例文件	光盘\源文件\第 2 章\绘制广阔背景.fla
视频文件	光盘\视频\第 2 章\绘制广阔背景.swf
难易程度	★★★☆☆
学习时间	20 分钟

（1）

（2）

（3）

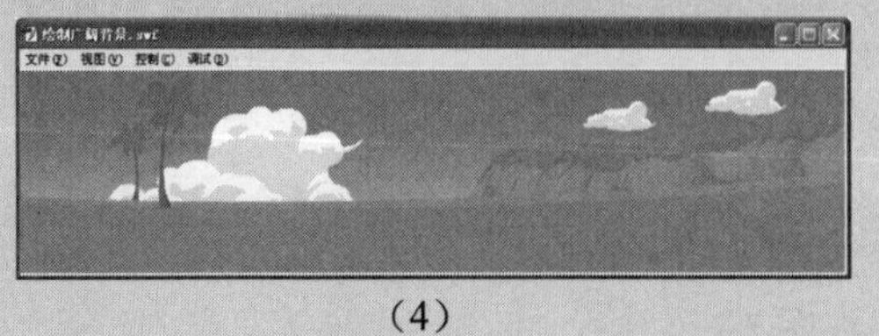
（4）

1. 使用“矩形工具”和“钢笔工具”绘制场景轮廓。并为天空填充线性渐变。

2. 使用“椭圆工具”和“钢笔工具”，配合“套索工具”完成云彩的绘制。

3. 使用“钢笔工具”绘制椰子树的轮廓。使用“画笔工具”和“套索工具”绘制细节部分。

4. 使用“画笔工具”和“钢笔工具”绘制山脉的轮廓。再使用“画笔工具”和“钢笔工具”完成山脉细节部分的绘制。

第3章 基本动画

■ 本章内容

- 传统风格开场动画
- 卡通风格开场动画
- 淡入淡出动画
- 外星战士动画
- 小熊滑冰动画
- 飞船降落动画
- 汽车飞入动画
- 圣诞老人飞入动画
- 打电话动画
- 文字变化动画
- 水晶球动画
- 窗帘飘动动画
- 闪烁光芒动画
- 产品宣传广告动画
- 圣诞节动画
- 汽车路线动画
- 人物跑动动画
- 松鼠奔跑动画
- 蝴蝶飞舞动画
- 生日蜡烛动画
- 闪烁电视屏幕动画
- 时尚酷炫动画
- 花朵茁壮生长动画
- 变脸动画
- 图片遮罩动画
- 幻灯片动画
- 田园风光遮罩动画
- 女士主题遮罩动画
- 动感线条动画
- 商业动画

本章主要讲解各种基本动画的制作，通过各种效果的运用，制作出漂亮的动画。

Example 实例 31 传统风格开场动画

案例文件	光盘\源文件\第 3 章\传统风格开场动画.fla
视频文件	光盘\视频\第 3 章\传统风格开场动画.swf
难易程度	★☆☆☆☆
学习时间	10 分钟
实例要点	➢ “导入”命令的使用 ➢ “任意变形工具”的使用
实例目的	通过本实例的制作，了解传统风格动画的制作方法和技巧

操作步骤

步骤 1 执行“文件>新建”命令，新建一个 Flash 文档，如图 3-1 所示。打开“文档设置”对话框，设置“尺寸”为 542 像素 × 375 像素，设置“背景颜色”为#FF0000，“帧频”为 24，如图 3-2 所示。

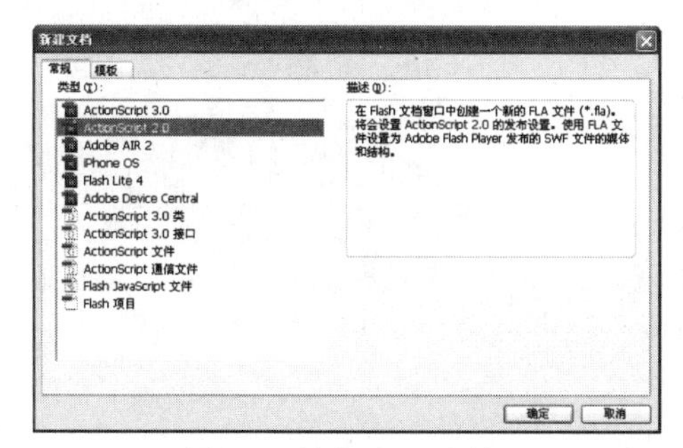

图 3-1　新建 Flash 文档

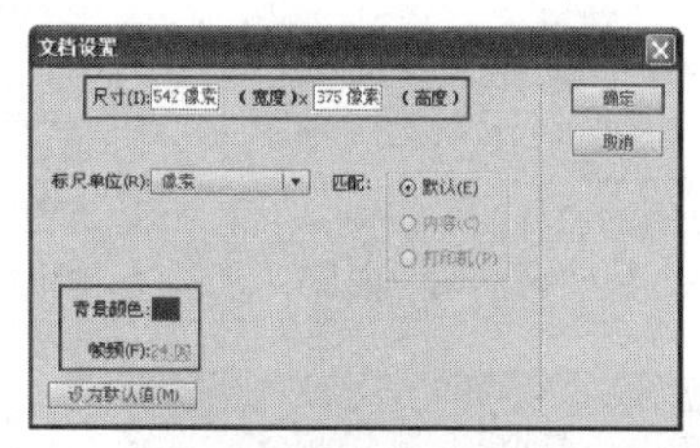

图 3-2　设置文档属性

步骤 2 执行“文件>导入>导入到舞台”命令，将“光盘\源文件\第 3 章\素材\image1.jpg”导入场景中，如图 3-3 所示。在第 75 帧位置按 F5 键插入帧，“时间轴”面板如图 3-4 所示。

步骤 3 按 F8 键，将图像转换成一个“名称”为“背景 1”，“类型”为“图形”的元件，如图 3-5 所示。新建“图层 2”，执行“文件>导入>导入到舞台”命令，将“光盘\源文件\第 3 章\素材\image2.png”导入场景中，如图 3-6 所示。

图 3-3　导入图像

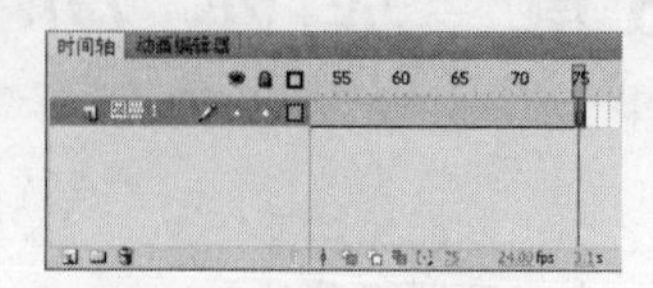
图 3-4　“时间轴”面板

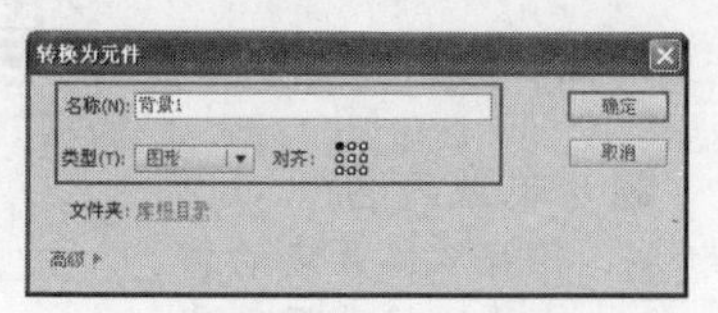
图 3-5　“转换为元件”对话框

步骤 4　按 F8 键，将图像转换成一个“名称”为“背景 2”，“类型”为“图形”的元件，效果如图 3-7 所示。在第 10 帧位置按 F6 键插入关键帧，选中第 1 帧上的元件，在“属性”面板的“样式”下拉列表中选择 Alpha 选项，将 Alpha 值设置为 0%，如图 3-8 所示。

图 3-6　导入图像

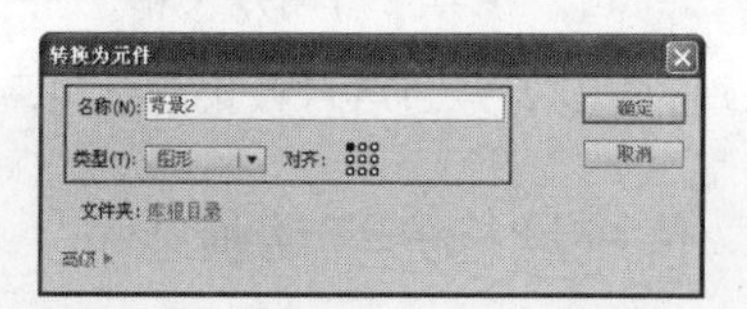
图 3-7　“转换为元件”对话框

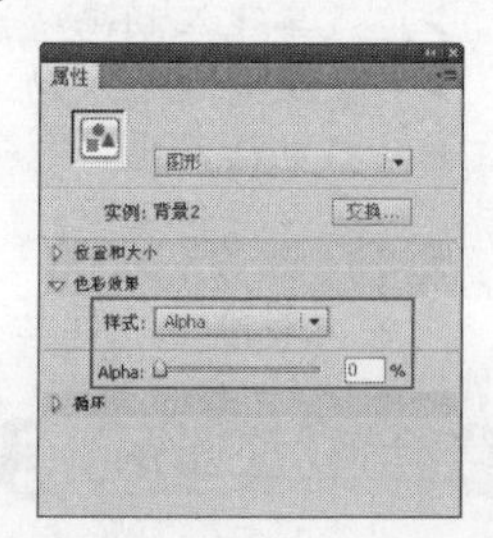
图 3-8　“属性”面板

技巧　使用“选择工具”选中元件之后，“属性”面板中才会出现元件的设置参数。

步骤 5　在第 1 帧位置单击鼠标右键，在弹出的菜单中选择“创建传统补间”命令，创建传统补间动画，如图 3-9 所示。新建“图层 3”，在第 25 帧位置按 F6 键插入关键帧，单击“矩形工具”按钮，设置“笔触颜色”为无，“填充颜色”为#000000，如图 3-10 所示。

步骤 6　在场景中绘制一个矩形，如图 3-11 所示。在第 45 帧位置按 F6 键插入关键帧，单击“任意变形工具”按钮，将图形调整到如图 3-12 所示大小。在第 25 帧位置单击鼠标右键，在弹出的菜单中选择“创建补间形状”命令，创建补间形状动画，如图 3-13 所示。

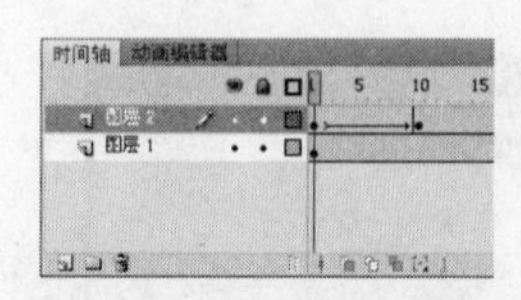
图 3-9　“时间轴”面板

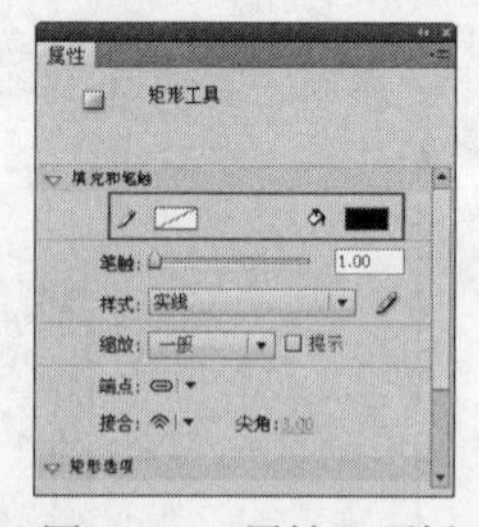
图 3-10　“属性”面板

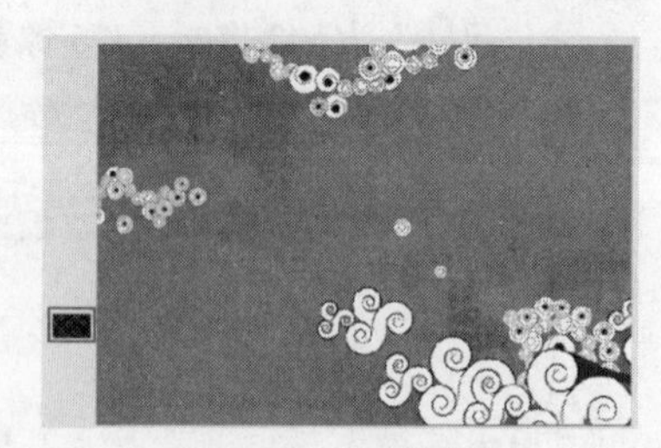
图 3-11　绘制图形

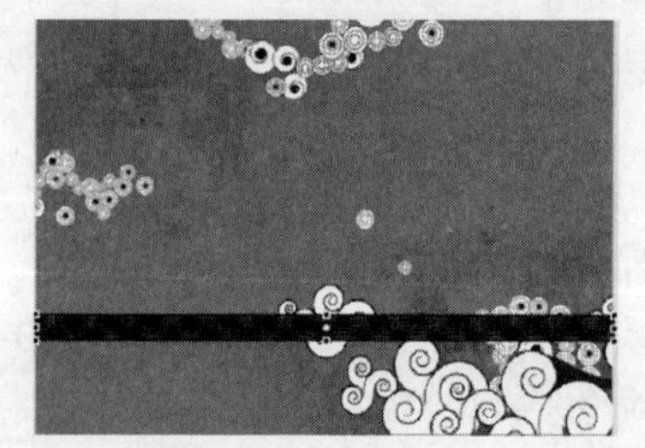
图 3-12　调整图形

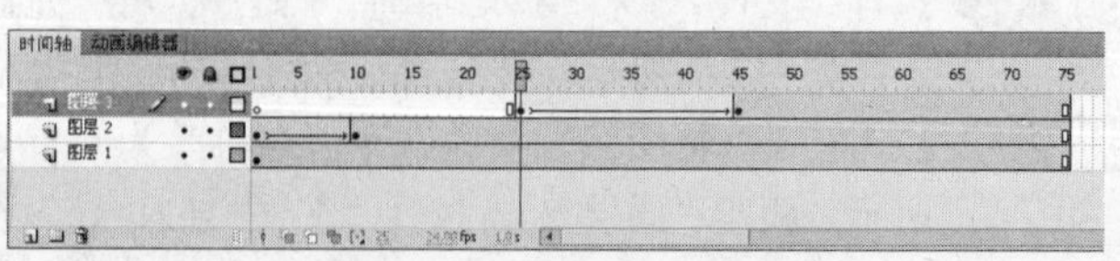
图 3-13　“时间轴”面板

步骤 7 新建“图层 4”，在第 45 帧位置按 F6 键插入关键帧，执行“文件>导入>导入到舞台”命令，将“光盘\源文件\第 3 章\素材\image4.png”导入到场景中，如图 3-14 所示。按 F8 键，将图像转换成“名称”为“猫”，“类型”为“图形”的元件，如图 3-15 所示。

步骤 8 在第 52 帧位置按 F6 键插入关键帧，将该帧上的元件垂直向下移动，如图 3-16 所示。在第 45 帧位置创建传统补间动画，如图 3-17 所示。

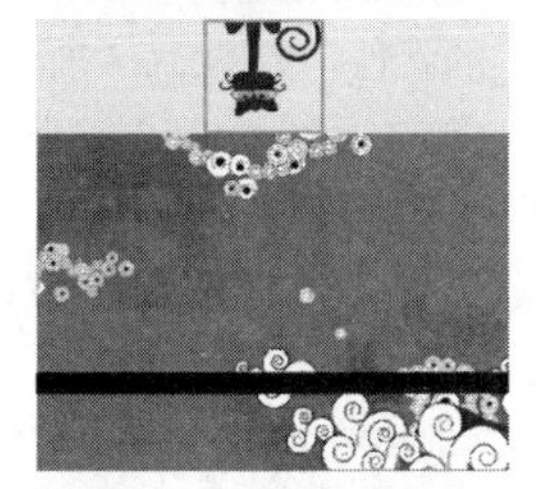

图 3-14 导入图像

图 3-15 “转换成元件”对话框

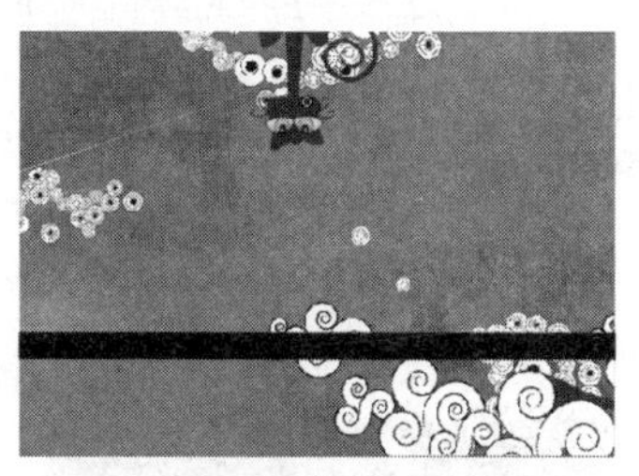

图 3-16 移动元件

步骤 9 新建“图层 5”，在第 75 帧位置按 F6 键插入关键帧，单击“钢笔工具”按钮，设置“笔触颜色”为#000000，“笔触”为 0.1，保持其他默认设置，如图 3-18 所示，在场景中绘制出猫眼睛的轮廓路径，如图 3-19 所示。

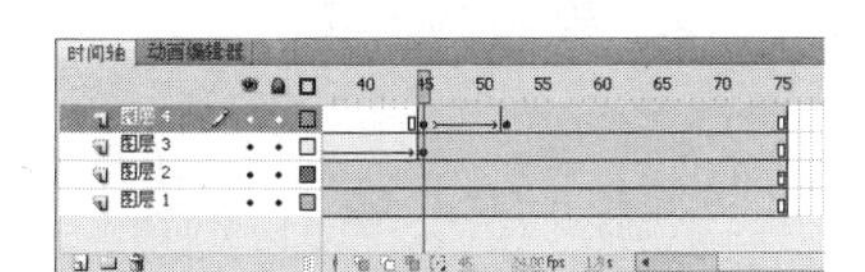

图 3-17 “时间轴”面板

图 3-18 “属性”面板

图 3-19 绘制路径

步骤 10 单击“颜料桶工具”按钮，设置“填充颜色”为#000000，对绘制出的路径进行填充，如图 3-20 所示。选择刚刚填充的图形，按 F8 键，将图形转换成“名称”为“瞪眼动画”，“类型”为“影片剪辑”的元件，如图 3-21 所示。

图 3-20 填充路径

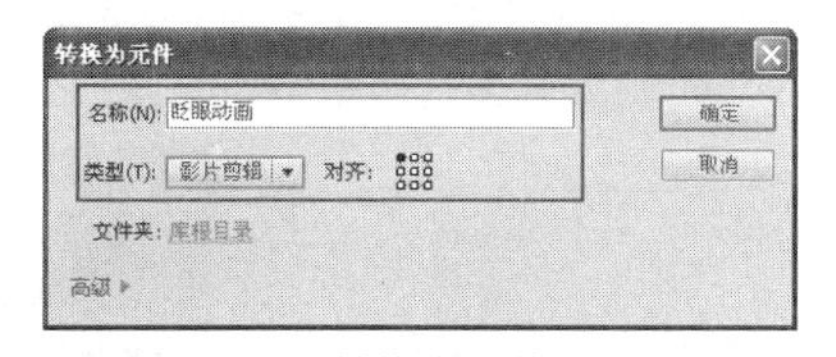

图 3-21 “转换为元件”对话框

步骤 11 打开“库”面板，双击“瞪眼动画”元件，进入“瞪眼动画”元件的编辑状态，分别在第 2 帧、第 4 帧、第 28 帧、第 30 帧、第 32 帧、第 98 帧、第 100 帧位置按 F6 键插入关键帧，并分别在第 1 帧、第 3 帧、第 5 帧、第 29 帧、第 31 帧、第 33 帧、第 99 帧位置按 F7 键插入空白帧，如图 3-22 所示。

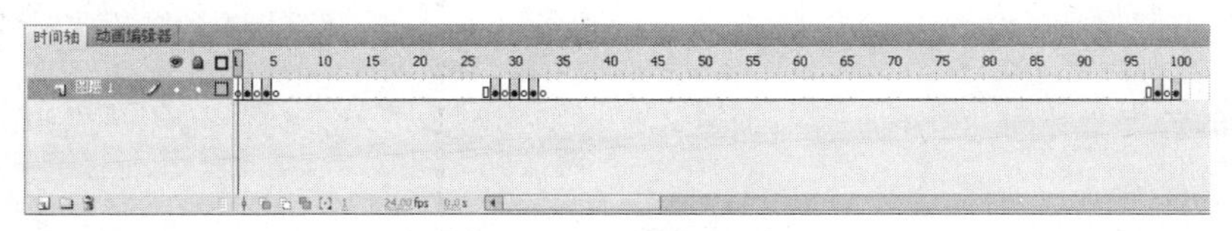

图 3-22 “时间轴”面板

技巧：一定要先插入关键帧，然后插入空白关键帧，要清除第 1 帧上的动画，可以在第 1 帧位置单击右键，选择“清除帧”命令。

步骤 12 返回“场景 1”编辑状态，新建“图层 6”，在第 10 帧位置按 F6 键插入关键帧，执行“文件>导入>导入到舞台”命令，将“光盘\源文件\第 3 章\素材\image3.png”导入场景中，如图 3-23 所示。按 F8 键，将图像转换成“名称”为“牌”，“类型”为“图形”的元件，如图 3-24 所示。

步骤 13 分别在第 20 帧和第 25 帧位置按 F6 键插入关键帧，选择第 10 帧上的元件，按住 Shift 键使用“任意变形工具”将元件等比例缩小，如图 3-25 所示。选择第 20 帧上的元件，按住 Shift 键使用“任意变形工具”将元件等比例放大，如图 3-26 所示。分别在第 10 帧、第 20 帧位置创建传统补间动画，如图 3-27 所示。

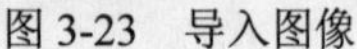
图 3-23　导入图像

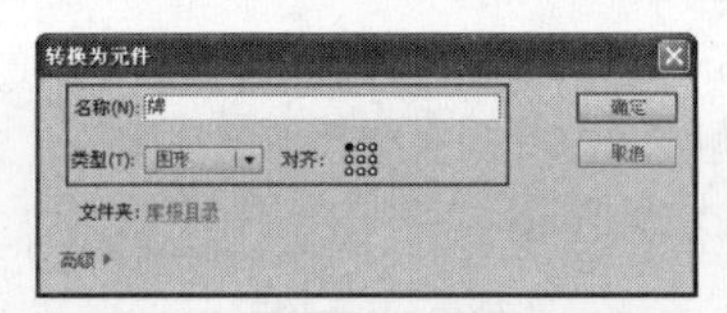

图 3-24　“转换为元件”对话框

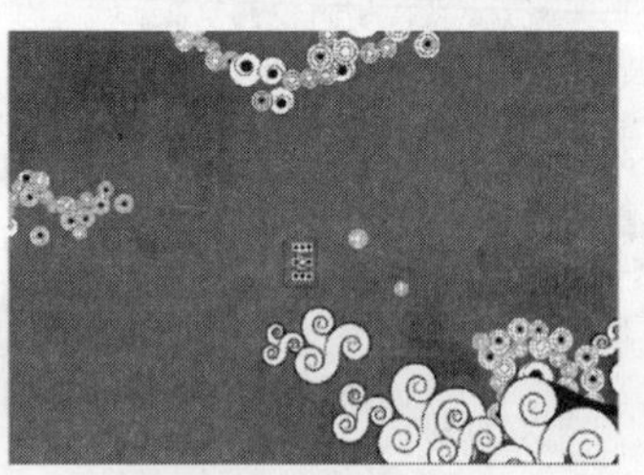
图 3-25　将元件缩小

步骤 14 新建“图层 7”，在第 75 帧位置按 F6 键插入关键帧，执行“窗口>动作”命令，打开“动作”面板，在面板中输入“stop();”脚本代码，如图 3-28 所示，“时间轴”面板如图 3-29 所示。

图 3-26　将元件放大

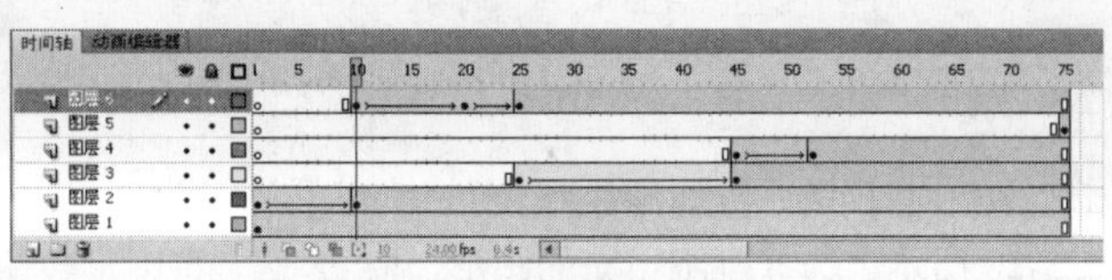

图 3-27　“时间轴”面板

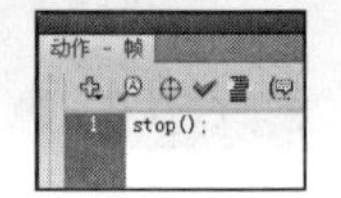

图 3-28　“动作”面板

步骤 15 执行“文件>保存”命令，将动画保存为“光盘\源文件\第 3 章\传统风格开场动画.fla”，按 Ctrl+Enter 键测试影片，动画效果如图 3-30 所示。

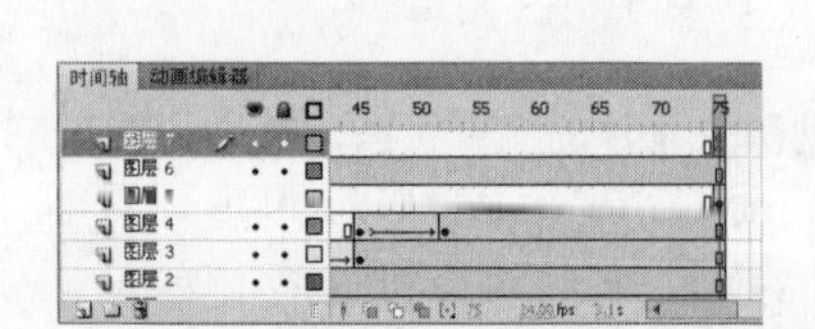

图 3-29　“时间轴”面板

图 3-30　预览动画效果

实例小结：本实例的重点是补间动画的应用。通过“任意变形工具”，可以将实例中的图像与动画有机融合。

Example 实例 32　卡通风格开场动画

案例文件	光盘\源文件\第 3 章\卡通风格开场动画.fla
视频文件	光盘\视频\第 3 章\卡通风格开场动画.swf
难易程度	★☆☆☆☆
学习时间	8 分钟

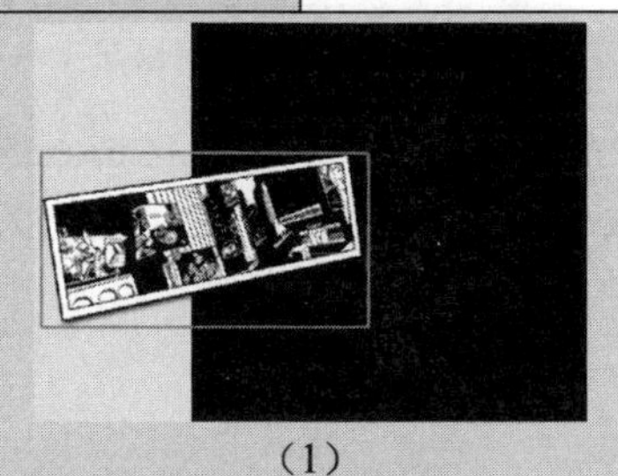

（1）

（2）

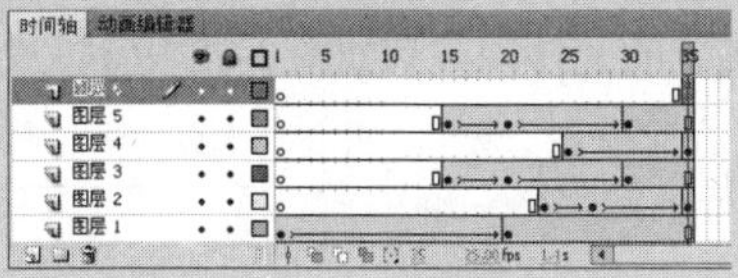

（3）

（4）

1. 导入相应的素材，将素材转换为元件，并制作元件动画效果。

2. 导入其他素材并转换为元件，制作元件的入场传统补间动画。

3. 在动画最后一帧添加脚本代码。

4. 完成动画的制作，测试动画效果。

Example 实例 33　淡入淡出动画

案例文件	光盘\源文件\第 3 章\淡入淡出动画.fla
视频文件	光盘\视频\第 3 章\淡入淡出动画.swf
难易程度	★☆☆☆☆
学习时间	5 分钟
实例要点	➢ 设置 Alpha 值 ➢ “转换为元件”命令的应用
实例目的	通过本实例的制作，了解补间动画的应用方法

操作步骤

步骤 1 执行“文件>新建”命令，新建一个 Flash 文档，如图 3-31 所示。打开“文档设置”对话框，设置“尺寸”为 995 像素 × 750 像素，设置“背景颜色”为#FFFFFF，“帧频”为 60，如图 3-32 所示。

步骤 2 执行“文件>导入>导入到舞台”命令，将“光盘\源文件\第 3 章\素材\image7.jpg”导入场景中，如图 3-33 所示。按 F8 键，将图像转换成“名称”为“背景”，“类型”为“图形”的元件，如图 3-34 所示。

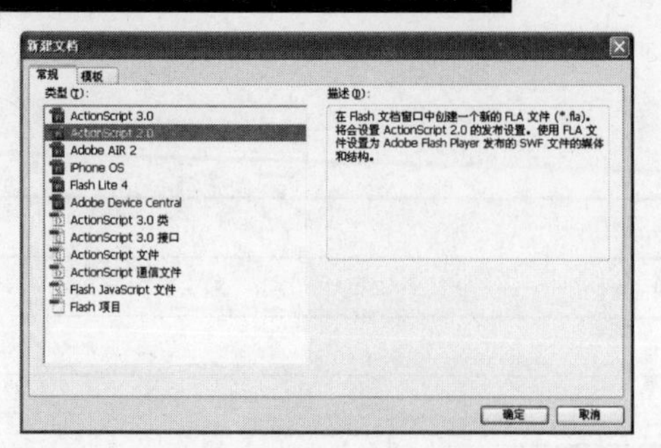

图 3-31　新建 Flash 文档

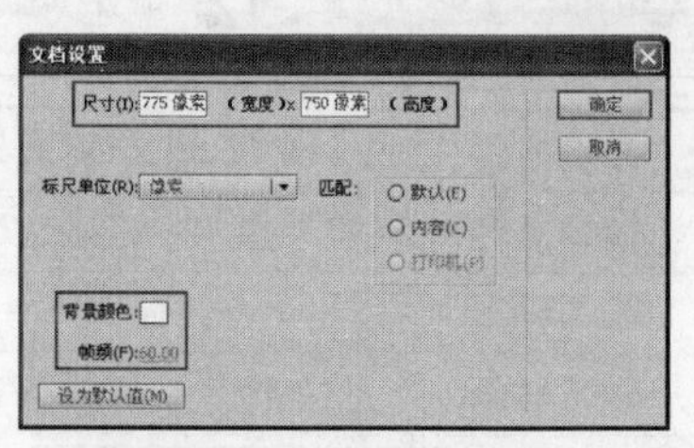

图 3-32　设置文档属性

步骤 3 新建“图层 2”，执行“文件>导入>导入到舞台”命令，将“光盘\源文件\第 3 章\素材\image5.png”导入场景中，如图 3-35 所示。按 F8 键，将图像转换成“名称”为“影子”，“类型”为“图形”的元件，如图 3-36 所示。

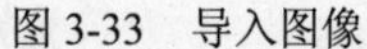

图 3-33　导入图像

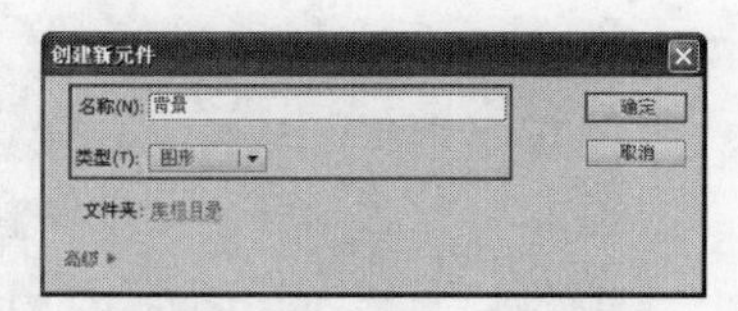

图 3-34 “转换为元件”对话框

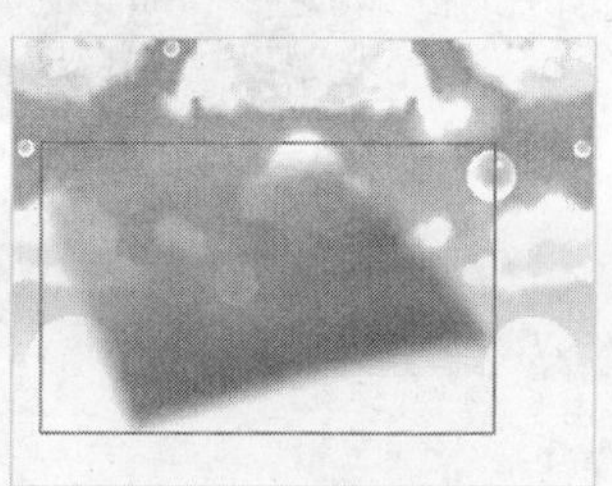

图 3-35　导入图像

步骤 4 单击“任意变形工具”按钮，按住 Shift 键将元件等比例缩小，调整到如图 3-37 所示大小。分别在第 10 帧和第 20 帧位置按 F6 键插入关键帧，将第 10 帧上的元件调整到如图 3-38 所示大小。

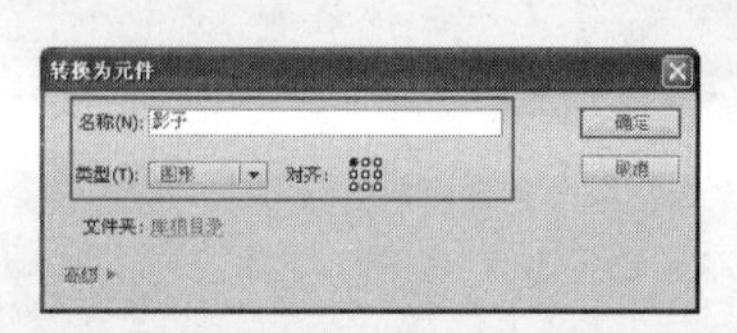

图 3-36 “转换为元件”对话框

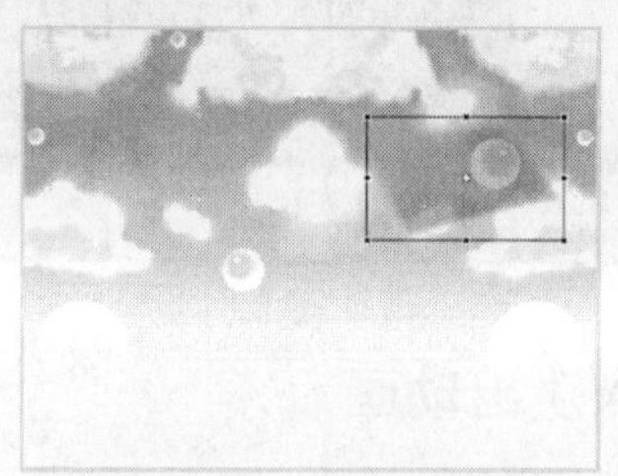

图 3-37　调整元件

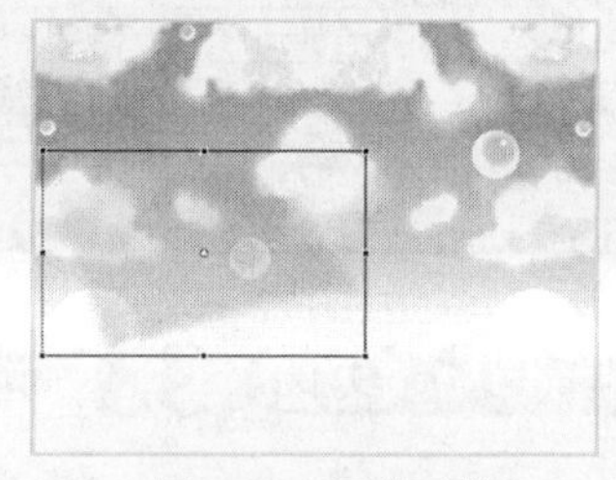

图 3-38　调整元件

> **技巧** 单击“任意变形工具”按钮，将光标放在元件的边角处，当光标变成 的时候，按住 Shift 键斜拉，即可将元件等比例缩放。

步骤 5 将第 20 帧上的元件调整到如图 3-39 所示大小，分别设置第 1 帧上元件的 Alpha 值为 0%，第 10 帧上元件的 Alpha 值为 50%，如图 3-40 所示。分别在第 1 帧和第 10 帧位置创建传统补间动画，“时间轴”面板如图 3-41 所示。

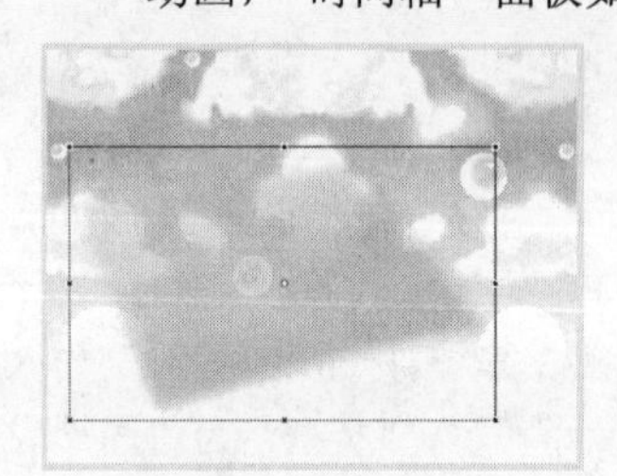

图 3-39　调整元件

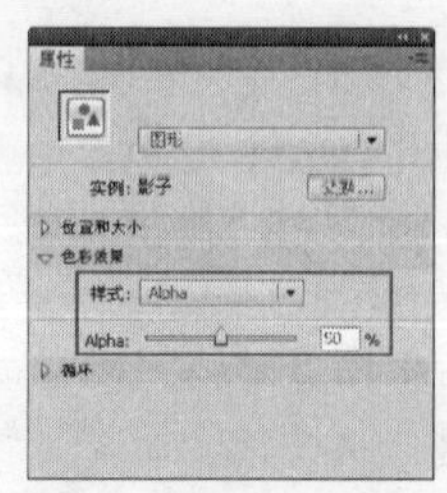

图 3-40 “属性”面板

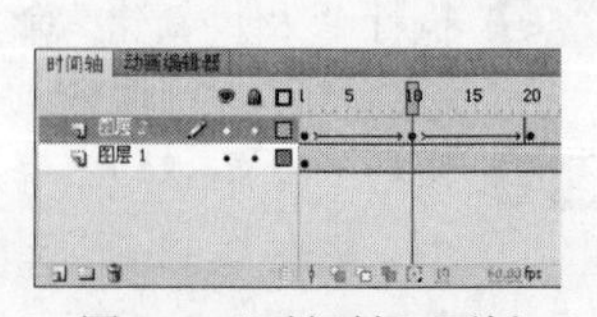

图 3-41 “时间轴”面板

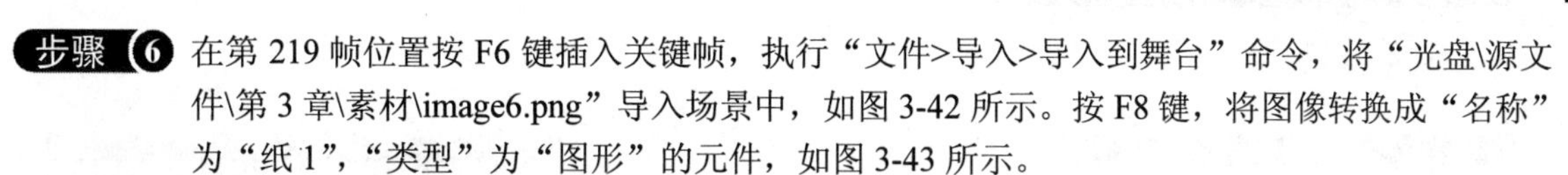

步骤 6 在第 219 帧位置按 F6 键插入关键帧，执行“文件>导入>导入到舞台”命令，将“光盘\源文件\第 3 章\素材\image6.png”导入场景中，如图 3-42 所示。按 F8 键，将图像转换成“名称”为“纸 1”，“类型”为“图形”的元件，如图 3-43 所示。

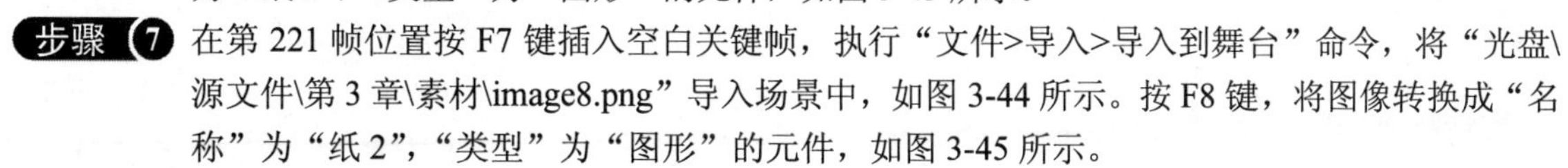

步骤 7 在第 221 帧位置按 F7 键插入空白关键帧，执行“文件>导入>导入到舞台”命令，将“光盘\源文件\第 3 章\素材\image8.png”导入场景中，如图 3-44 所示。按 F8 键，将图像转换成“名称”为“纸 2”，“类型”为“图形”的元件，如图 3-45 所示。

图 3-42　导入图像

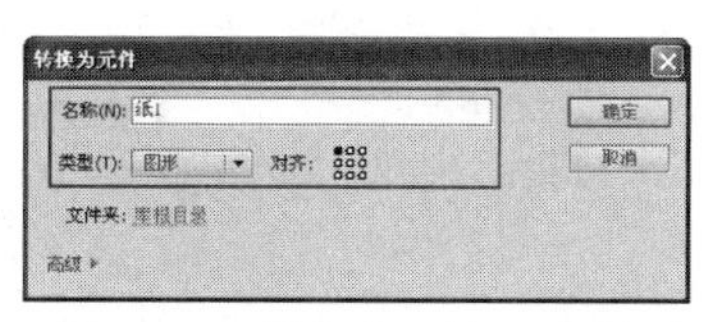

图 3-43　“转换为元件”对话框

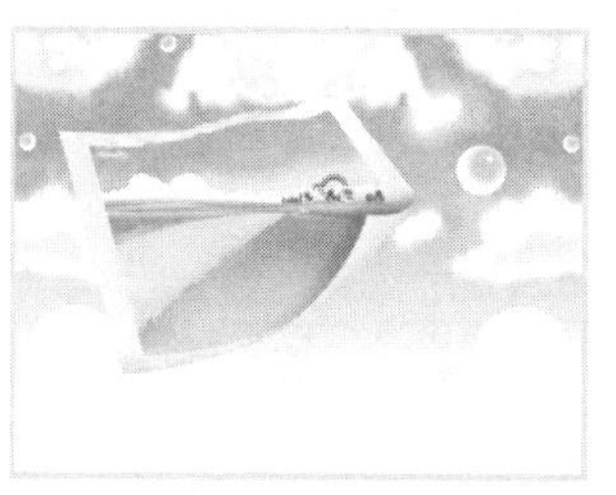

图 3-44　导入图像

步骤 8 在第 223 帧位置按 F7 键插入空白关键帧，执行“文件>导入>导入到舞台”命令，将“光盘\源文件\第 3 章\素材\image9.png”导入场景中，如图 3-46 所示。按 F8 键，将图像转换成“名称”为“纸 3”，“类型”为“图形”的元件，如图 3-47 所示。

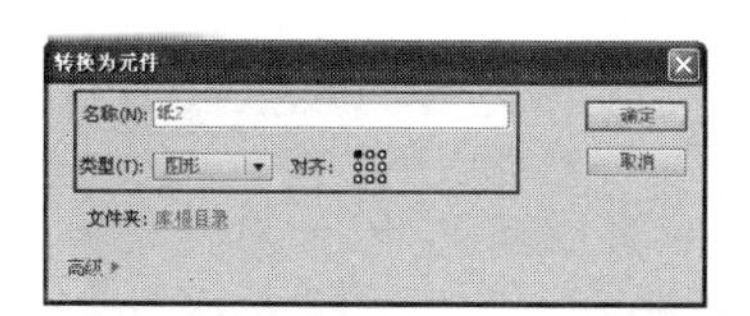

图 3-45　“转换为元件”对话框

图 3-46　导入图像

图 3-47　“转换为元件”对话框

步骤 9 在第 225 帧位置按 F7 键插入空白关键帧，执行“文件>导入>导入到舞台”命令，将“光盘\源文件\第 3 章\素材\image10.png”导入场景中，如图 3-48 所示。按 F8 键，将其转换成“名称”为“纸 4”，“类型”为“图形”的元件，如图 3-49 所示。

步骤 10 在第 228 帧位置按 F7 键插入空白关键帧，执行“文件>导入>导入到舞台”命令，将“光盘\源文件\第 3 章\素材\image11.png”导入场景中，如图 3-50 所示。按 F8 键，将图像转换成名称为“纸 5”，“类型”为“图形”的元件，如图 3-51 所示。

图 3-48　导入图像

图 3-49　“转换为元件”对话框

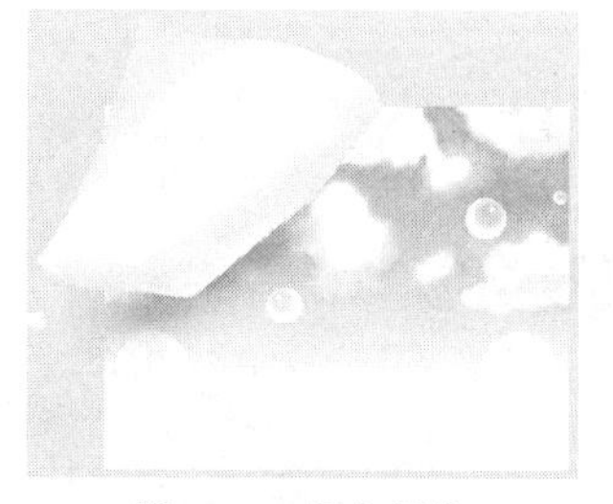

图 3-50　导入图像

步骤 11 在第 230 帧位置按 F7 键插入空白关键帧，执行“文件>导入>导入到舞台”命令，将“光盘\源文件\第 3 章\素材\image12.png”导入场景中，如图 3-52 所示。按 F8 键，将图像转换成“名称”为“纸 6”，“类型”为“图形”的元件，如图 3-53 所示。

步骤 12 在第 240 帧位置按 F6 键插入空白关键帧，使用“选择工具”将元件调整到如图 3-54 所示位置，设置 Alpha 值为 0%，效果如图 3-55 所示。在第 230 帧位置创建传统补间动画，“时间轴”面板如图 3-56 所示。

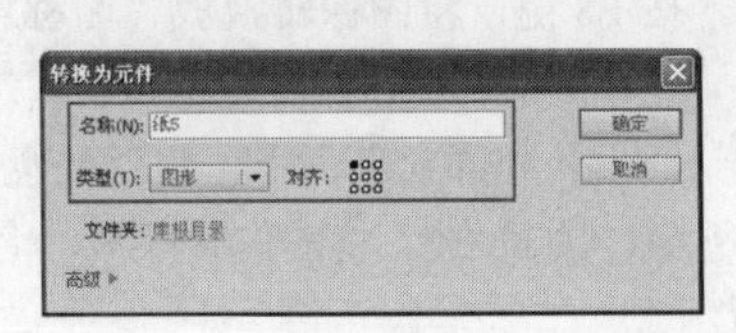

图 3-51 “转换为元件”对话框

图 3-52 导入图像

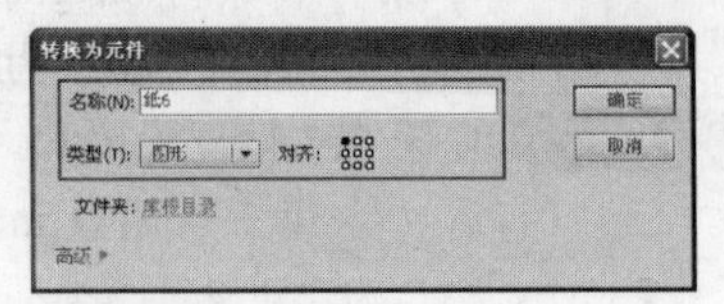

图 3-53 “转换为元件”对话框

图 3-54 调整元件

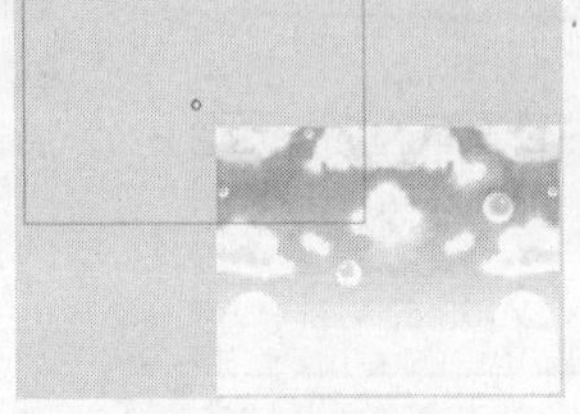

图 3-55 完成效果

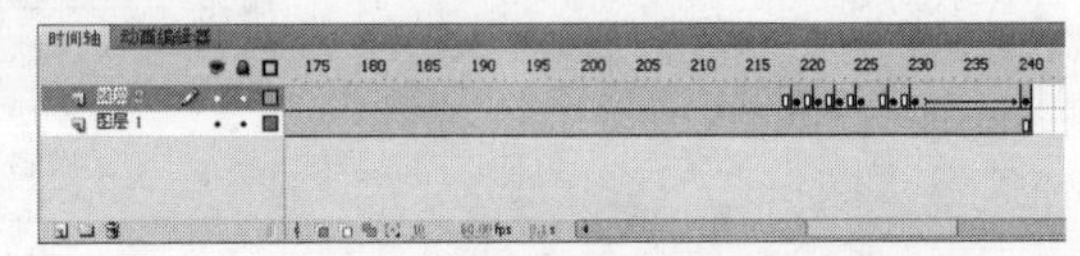

图 3-56 “时间轴”面板

步骤 13 新建“图层 3”，打开“库”面板，将“纸 1”元件从“库”面板中拖入场景中，并使用“任意变形工具”调整到如图 3-57 所示大小。在第 10 帧位置按 F6 键插入关键帧，使用“任意变形工具”将元件调整到如图 3-58 所示位置和大小。

步骤 14 在第 20 帧位置按 F6 键插入关键帧，使用“任意变形工具”将元件调整到如图 3-59 所示位置和大小。分别将第 1 帧上的元件 Alpha 值设置为 0%，第 10 帧上的元件 Alpha 值设置为 50%，如图 3-60 所示。

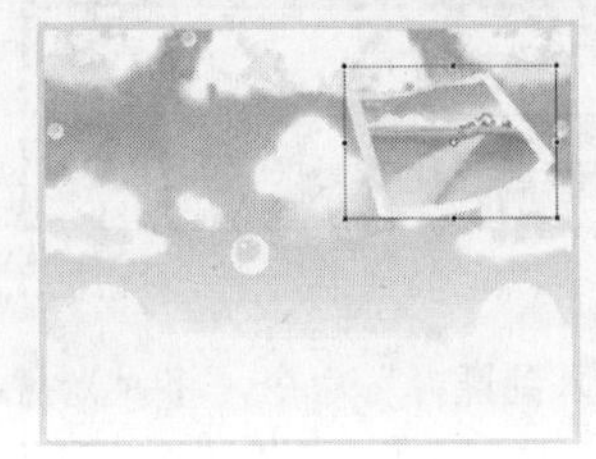

图 3-57 拖入并调整元件

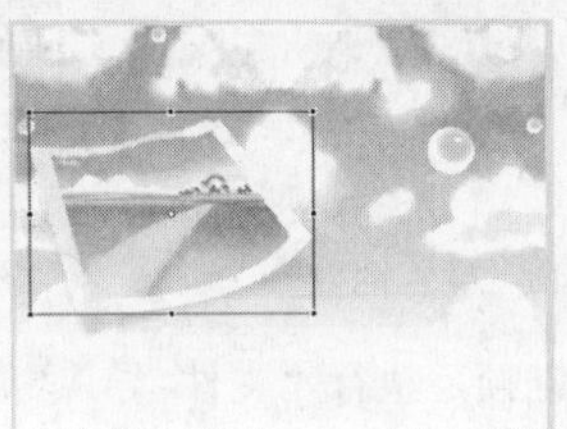

图 3-58 调整元件

图 3-59 调整元件

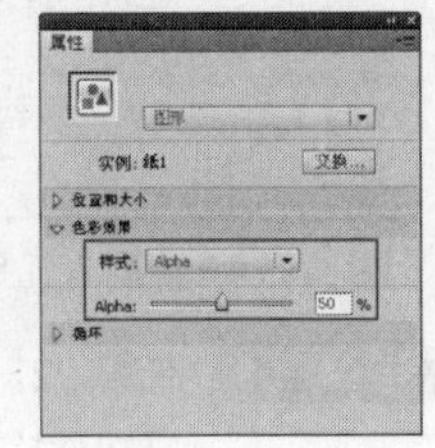

图 3-60 “属性”面板

步骤 15 分别在第 1 帧和第 10 帧位置创建传统补间动画，“时间轴”面板如图 3-61 所示。在第 219 帧位置按 F7 键插入空白关键帧，“时间轴”面板如图 3-62 所示。

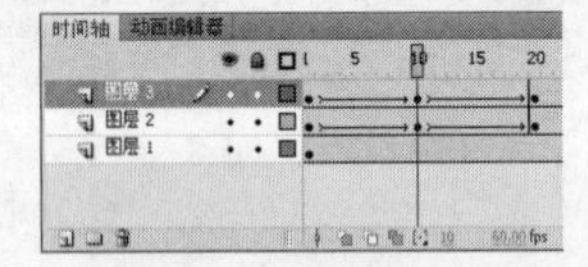

图 3-61 “时间轴”面板

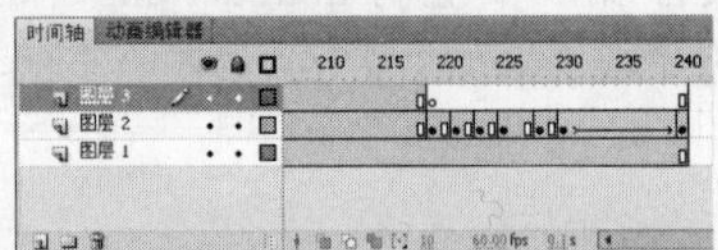

图 3-62 “时间轴”面板

步骤 16 执行“文件>保存”命令，将动画保存为“光盘\源文件\第 3 章\淡入淡出动画.fla”，按 Ctrl+Enter 键测试影片，动画效果如图 3-63 所示。

图 3-63 预览动画效果

实例小结

本实例的重点是了解 Alpha 值与补间动画的应用，以及将图像转换为元件的方法。

Example 实例 34 外星战士动画

案例文件	光盘\源文件\第 3 章\外星战士动画.fla
视频文件	光盘\视频\第 3 章\外星战士动画.swf
难易程度	★★☆☆☆
学习时间	20 分钟

（1）  （2）

（3）  （4）

1．新建元件，将相应的图像素材导入到场景，并将元件组合。

2．采用相同的方法，完成其他元件的组合，并将其一起拖到一个大元件中。

3．返回之前场景，将相应的背景图像素材导入场景中。

4．新建图层，将相应的元件拖入场景中，并完成遮罩层的制作，最终完成动画的制作。

Example 实例 35 小熊滑冰动画

案例文件	光盘\源文件\第 3 章\小熊滑冰动画.fla
视频文件	光盘\视频\第 3 章\小熊滑冰动画.swf
难易程度	★★☆☆☆
学习时间	10 分钟
实例要点	➢ “转换为元件”命令 ➢ 补间动画的应用
实例目的	通过本实例的制作，了解转换元件的方法以补间动画的制作方法

操作步骤

步骤 1 执行“文件>新建”命令，新建一个 Flash 文档，如图 3-64 所示。执行“修改>文档”命令，弹出“文档设置”对话框，设置“尺寸”为 400 像素 × 300 像素，“帧频”为 18，如图 3-65 所示。

步骤 2 执行“文件>导入>导入到舞台”命令，将“光盘\源文件\第 3 章\素材\3501.jpg”导入场景中，并调整大小，如图 3-66 所示。在第 115 帧位置单击，按 F5 键插入帧，“时间轴”面板如图 3-67 所示。

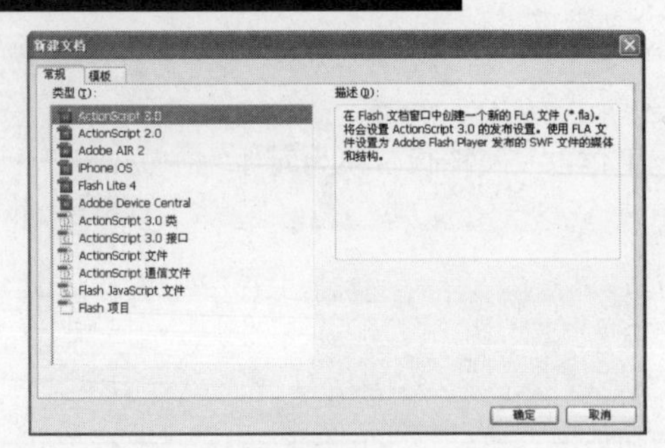

图 3-64 新建 Flash 文档

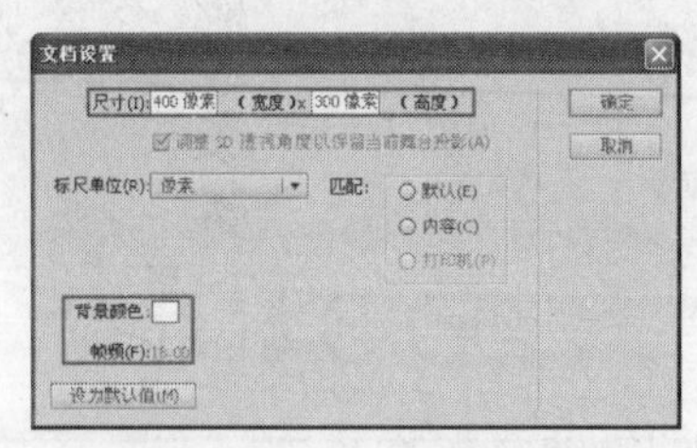

图 3-65 “文档设置”对话框

步骤 3 新建“图层 2”，执行“文件>导入>导入到舞台”命令，将“光盘\源文件\第 3 章\素材\3502.png”导入场景中，并调整位置，如图 3-68 所示。选中图像后，按 F8 键，将图像转换成“名称”为“小熊”，“类型”为“图形”的元件，如图 3-69 所示。

图 3-66 导入图像

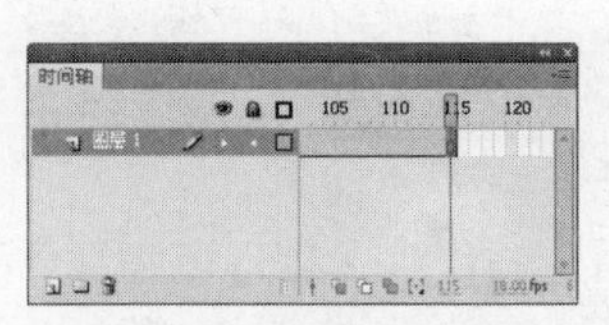

图 3-67 “时间轴”面板

图 3-68 导入图像

步骤 4 在“图层 2”第 1 帧位置单击鼠标右键，在弹出的菜单中选择“创建补间动画”命令，如图 3-70 所示。

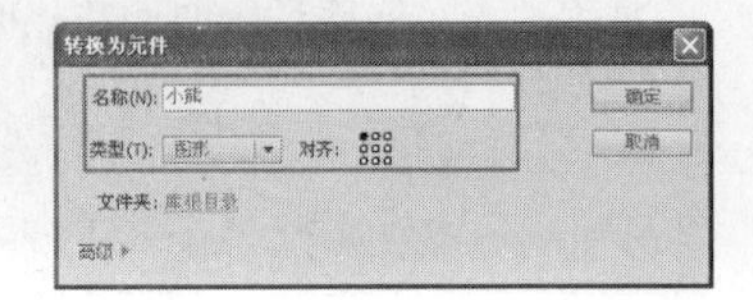

图 3-69 “转换为元件”对话框

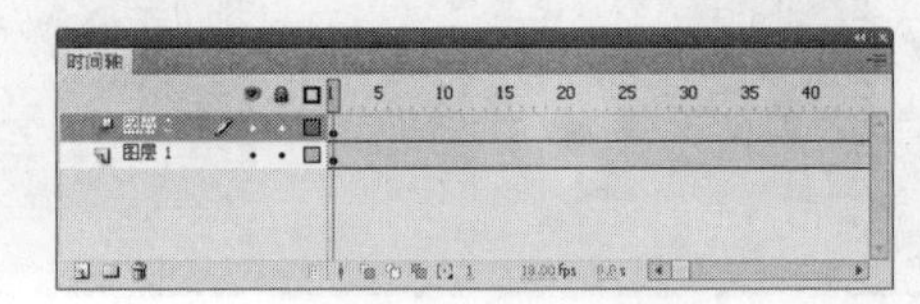

图 3-70 创建补间动画

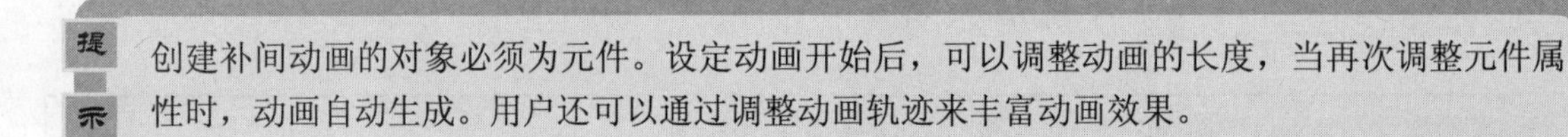

提示 创建补间动画的对象必须为元件。设定动画开始后，可以调整动画的长度，当再次调整元件属性时，动画自动生成。用户还可以通过调整动画轨迹来丰富动画效果。

步骤 5 在第 60 帧位置单击，单击工具箱中“选择工具”按钮，将元件水平向左移动，场景效果如图 3-71 所示。在第 61 帧位置单击，执行“修改>变形>水平翻转”命令，在第 115 帧位置单击，将元件水平向右移动，场景效果如图 3-72 所示。

步骤 6 新建“图层 3”，将“小熊”元件从“库”面板中拖入场景中，执行“修改>变形>垂直翻转”命令，在“属性”面板中设置“色彩效果”选项区域中的“样式”为“高级”，如图 3-73 所示，场景效果如图 3-74 所示。

图 3-71 调整元件

图 3-72 调整元件

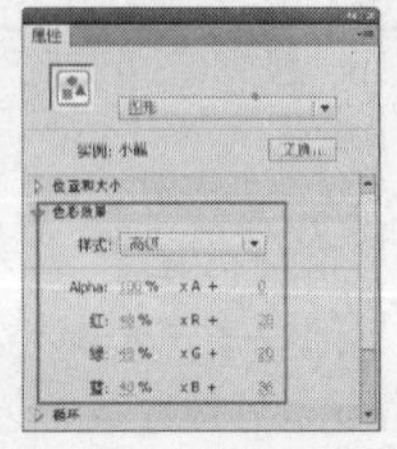

图 3-73 “属性”面板

图 3-74 场景效果

提示 "样式"下拉列表中的"高级"选项可以同时调整元件的透明度和色调，如果需要制作倒影等效果时，可以运用"高级"样式。

步骤 7 参照"图层 2"的制作方法，制作出"图层 3"中的动画效果，"时间轴"面板如图 3-75 所示。

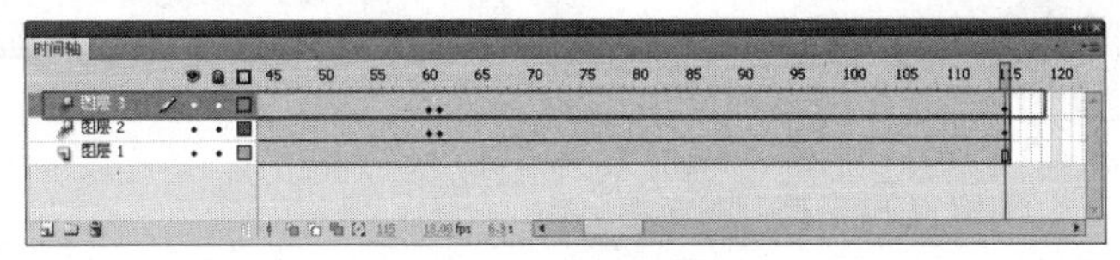

图 3-75 "时间轴"面板

步骤 8 新建"图层 4"，执行"文件>导入>导入到舞台"命令，将"光盘\源文件\第 3 章\素材\3503.png"导入场景中，场景效果如图 3-76 所示。执行"文件>保存"命令，将动画保存为"光盘\源文件\第 3 章\小熊滑冰动画.fla"，按 Ctrl+Enter 键测试影片，动画效果如图 3-77 所示。

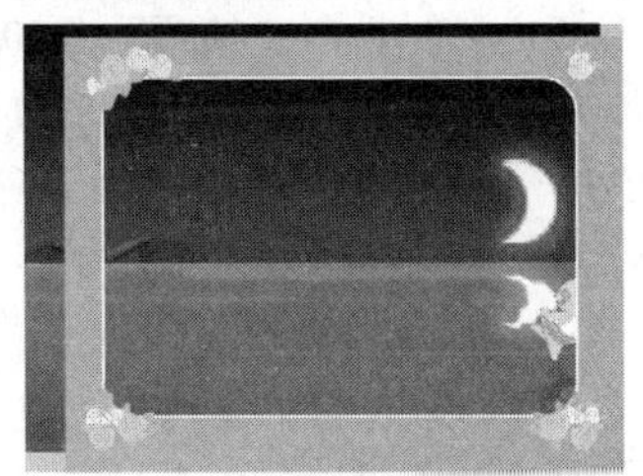

图 3-76 导入图像

图 3-77 测试动画效果

实例小结 本实例主要通过制作一个简单的补间动画来讲解补间动画的基本应用以及将图像转换为元件的方法。

Example 实例 36 飞船降落动画

案例文件	光盘\源文件\第 3 章\飞船降落动画.fla
视频文件	光盘\视频\第 3 章\飞船降落动画.swf
难易程度	★★☆☆☆
学习时间	15 分钟

（1）

（2）

（3）

（4）

1．将背景图像素材导入场景。

2．新建"图层 2"，将动画图像素材导入场景中并创建补间动画。

3．完成补间动画效果的制作，在"时间轴"面板中生成关键帧。

4．完成动画的制作，测试动画效果。

Example 实例 37 汽车飞入动画

案例文件	光盘\源文件\第 3 章\汽车飞入动画.fla
视频文件	光盘\视频\第 3 章\汽车飞入动画.swf
难易程度	★★☆☆☆
学习时间	13 分钟
实例要点	➢ “影片元件”的应用 ➢ “任意变形工具”的应用
实例目的	通过本实例的制作，在了解补间动画的基础上，补间动画的应用

操作步骤

步骤 1 执行“文件>新建”命令，新建一个 Flash 文档，如图 3-78 所示。执行“修改>文档”命令，弹出“文档设置”对话框，设置“尺寸”为 550 像素 × 400 像素，“帧频”为 20，如图 3-79 所示。

步骤 2 执行“插入>新建元件”命令，新建一个“名称”为“人物 1 动画”的“影片剪辑”元件，如图 3-80 所示。执行“文件>导入>导入到舞台”命令，将“光盘\源文件\第 3 章\素材\3601.png”导入场景中，如图 3-81 所示。

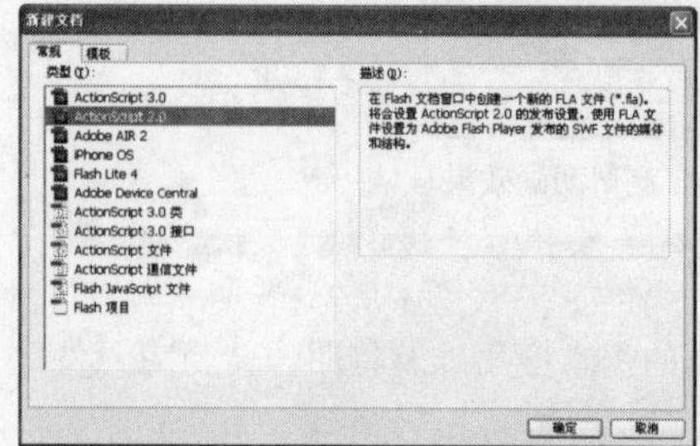
图 3-78 新建 Flash 文档

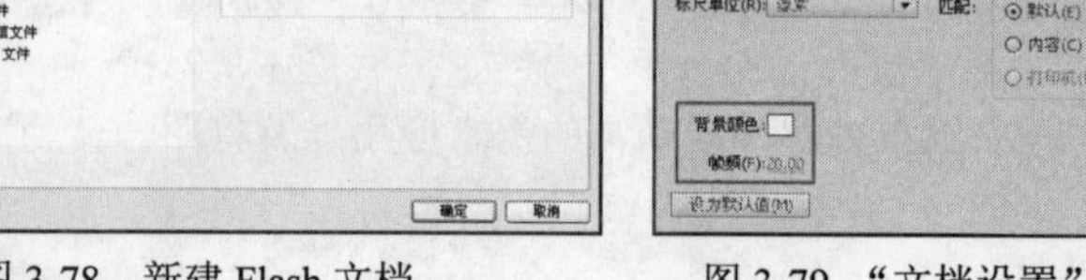
图 3-79 “文档设置”对话框

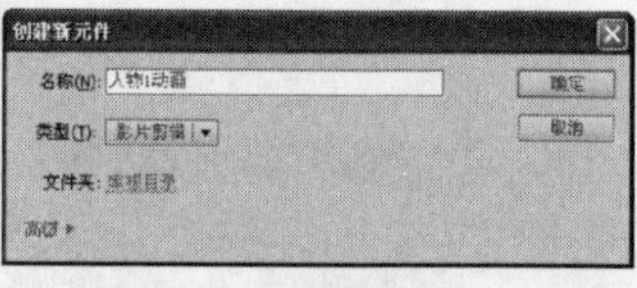
图 3-80 “创建新元件”对话框

步骤 3 选择导入的图像，执行“修改>转换为元件”命令，将其转换成“名称”为“人物 1”的“图形”元件，如图 3-82 所示。分别在“时间轴”面板中第 5 帧和第 10 帧位置插入关键帧，如图 3-83 所示。

图 3-81 导入图像

图 3-82 “转换为元件”对话框

图 3-83 “时间轴”面板

步骤 4 使用“选择工具”将第 5 帧上的元件垂直向上移动 3 像素，如图 3-84 所示，并分别设置第 1 帧和第 5 帧位置的“补间”类型为“传统补间”，如图 3-85 所示。

步骤 5 采用相同方法，完成其他元件的制作，如图 3-86 所示。“库”面板中元件的显示效果如图 3-87 所示。

图 3-84 移动元件位置

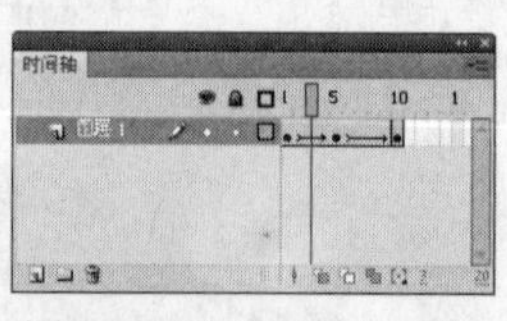
图 3-85 “时间轴”面板

图 3-86 元件效果

图 3-87 “库”面板

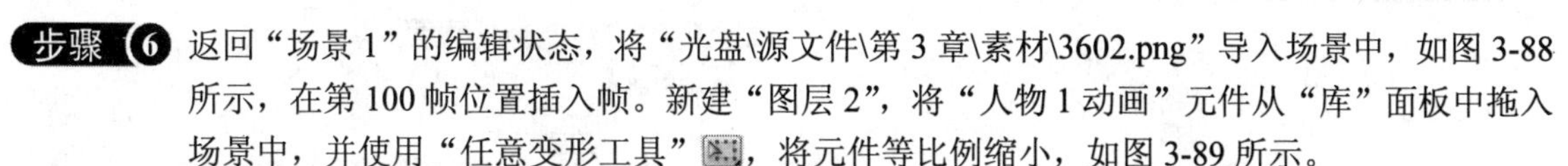

步骤 6 返回“场景 1”的编辑状态，将“光盘\源文件\第 3 章\素材\3602.png”导入场景中，如图 3-88 所示，在第 100 帧位置插入帧。新建“图层 2”，将“人物 1 动画”元件从“库”面板中拖入场景中，并使用“任意变形工具”，将元件等比例缩小，如图 3-89 所示。

步骤 7 在“图层 2”第 1 帧位置单击鼠标右键，在弹出的菜单中选择“创建补间动画”命令，“时间轴”面板如图 3-90 所示。在第 10 帧位置单击，调整元件的位置，如图 3-91 所示。

图 3-88　导入图像

图 3-89　拖入元件

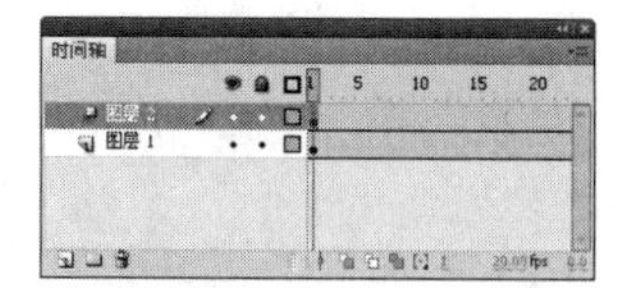

图 3-90　“时间轴”面板

步骤 8 在第 20 帧位置单击，调整元件的位置，如图 3-92 所示。使用“选择工具”对“运动路径”进行调整，单击工具箱中“任意变形工具”按钮，调整元件大小，如图 3-93 所示。

图 3-91　调整元件位置

图 3-92　调整元件位置

图 3-93　调整元件大小

技巧

利用“选择工具”，在运动路径上单击并拖动，即可对运动路径进行调整，使运动路径弯曲或变直。

步骤 9 采用相同的方法，完成其他帧的制作，“时间轴”面板如图 3-94 所示。参照“图层 2”的制作方法，完成“图层 3”的制作，“时间轴”面板如图 3-95 所示。

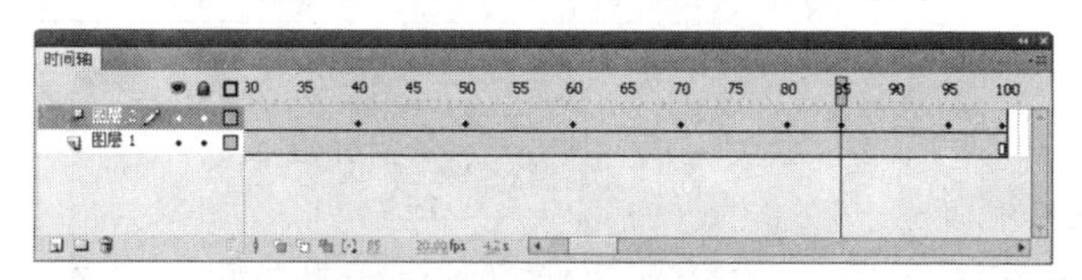

图 3-94　“时间轴”面板

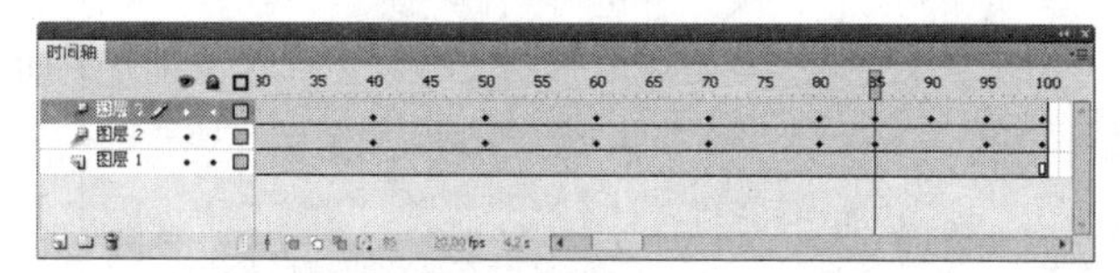

图 3-95　“时间轴”面板

提示

补间动画在制作过程中需要体现出元件由远及近、渐渐变大的动画效果，所以在制作时不仅要调整元件位置，还要随时使用“任意变形工具” 调整元件大小。

步骤 10 新建“图层 4”，在第 100 帧位置创建关键帧，打开“动作”面板，输入脚本代码，如图 3-96 所示，“时间轴”面板如图 3-97 所示。

图 3-96 “动作”面板

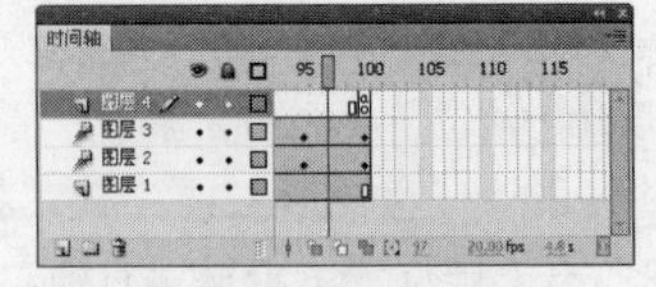

图 3-97“时间轴”面板

步骤 11 执行“文件>保存”命令，将文件保存为“光盘\源文件\第 3 章\汽车飞入动画.fla”，按 Ctrl+Enter 键测试影片，动画效果如图 3-98 所示。

图 3-98 测试动画效果

实例小结

本实例制作的是一个补间动画，在补间动画中使用了“影片剪辑”元件，并利用“选择工具”调整了运动路径。

Example 实例 38 圣诞老人飞入动画

案例文件	光盘\源文件\第 3 章\圣诞老人飞入动画.fla
视频文件	光盘\视频\第 3 章\圣诞老人飞入动画.swf
难易程度	★★☆☆☆
学习时间	20 分钟

（1） （2） （3） （4）

1．将背景图像素材导入场景中。

2．新建“图层 2”，将动画图像素材导入场景中，将其转换成元件并创建补间动画。

3．使用“选择工具”，选择场景中的“运动路径”，进行相应的调整。根据“运动路径”的变换，还要相应调整元件的角度，以达到更好的动画效果。

4．完成动画的制作，测试动画效果。

Example 实例 39 打电话动画

案例文件	光盘\源文件\第 3 章\打电话动画.fla
视频文件	光盘\视频\第 3 章\打电话动画.swf
难易程度	★☆☆☆☆
学习时间	5 分钟
实例要点	➢ “任意变形工具”的使用 ➢ 形状补间动画的应用
实例目的	通过本实例的制作，了解形状补间动画的制作方法和技巧

操作步骤

步骤 1 执行“文件>新建”命令，新建一个 Flash 文档，如图 3-99 所示。打开“文档设置”对话框，设置“尺寸”为 450 像素 × 360 像素，“帧频”为 18，如图 3-100 所示。

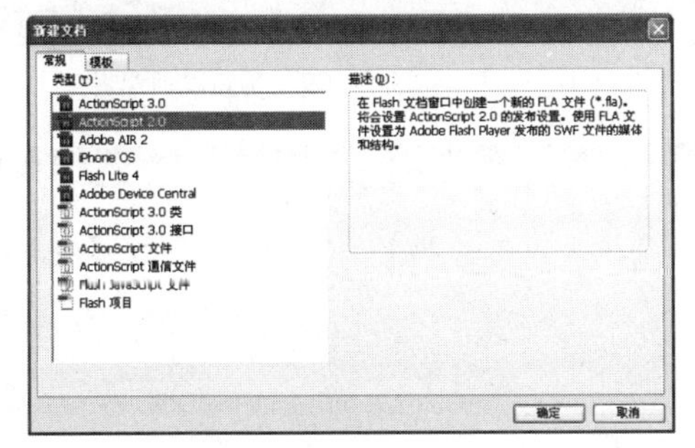

图 3-99　新建 Flash 文档

图 3-100　设置文档属性

步骤 2 执行“文件>导入>导入到舞台”命令，将“光盘\源文件\第 3 章\素材\image01.jpg”导入场景中，如图 3-101 所示。在第 20 帧位置按 F5 键插入帧，“时间轴”面板如图 3-102 所示。

步骤 3 新建“图层 2”，单击“椭圆工具”按钮，打开“颜色”面板，设置从 Alpah 值为 100%的#FFCCCC 到 Alpha 值为 100%的#FF9999 的径向渐变，“颜色”面板如图 3-103 所示，在场景中绘制一个如图 3-104 所示的椭圆。

图 3-101　导入图像

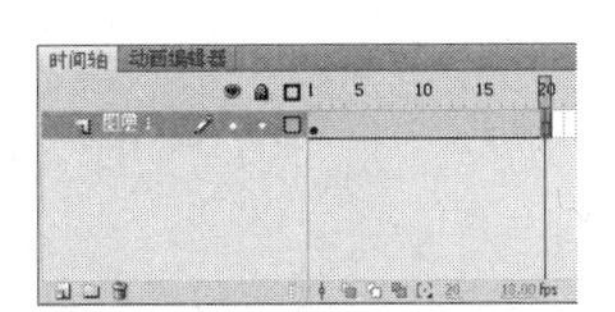

图 3-102　“时间轴”面板

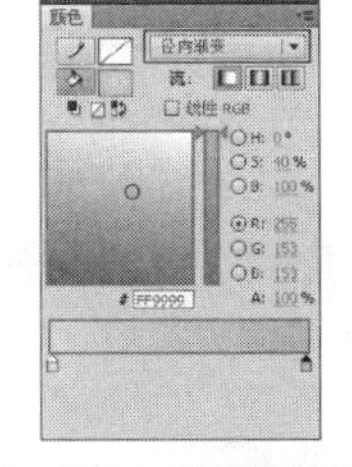

图 3-103　“颜色”面板

步骤 4 分别在第 5 帧、第 10 帧、第 15 帧和第 20 帧位置按 F6 键键插入关键帧，“时间轴”面板如图 3-105 所示。单击“任意变形工具”按钮，将第 5 帧上的图形扩大，场景效果如图 3-106 所示。

图 3-104　绘制椭圆

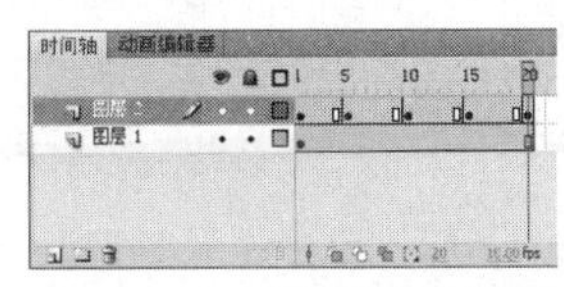

图 3-105　“时间轴”面板

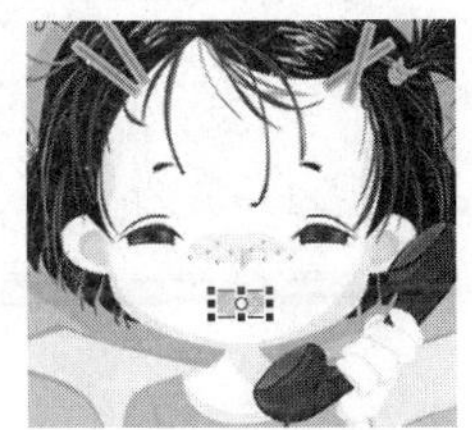

图 3-106　调整图形

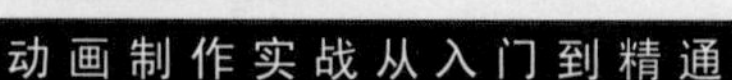

技巧

在调整图形时，可以按住 Shift 键等比例扩大或缩小图形。

步骤 5 使用“任意变形工具”调整第 10 帧上的图形，如图 3-107 所示。采用相同的方法，调整第 15 帧和第 20 帧上的图形，分别在第 1 帧、第 5 帧、第 10 帧和第 15 帧位置单击鼠标右键，在弹出的菜单中选择“创建补间形状”命令，创建形状补间动画，如图 3-108 所示。

步骤 6 执行“文件>保存”命令，将动画保存为“光盘\源文件\第 3 章\打电话动画.fla”，按 Ctrl+Enter 键测试影片，动画效果如图 3-109 所示。

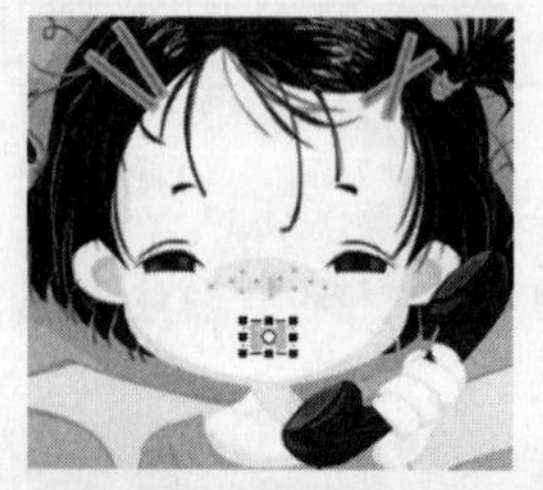

图 3-107　调整图形

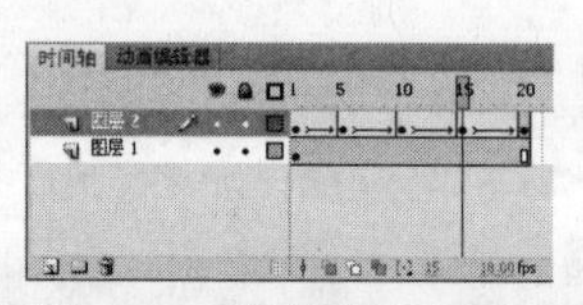

图 3-108　“时间轴”面板

图 3-109　预览动画效果

实例小结

本实例的重点是使用“椭圆工具”绘制椭圆，使用“任意变形工具”对椭圆进行调整，利用图形的“补间”功能创建出动画效果。

Example 实例 40　文字变化动画

案例文件	光盘\源文件\第 3 章\文字变化动画.fla
视频文件	光盘\视频\第 3 章\文字变化动画.swf
难易程度	★☆☆☆☆
学习时间	5 分钟

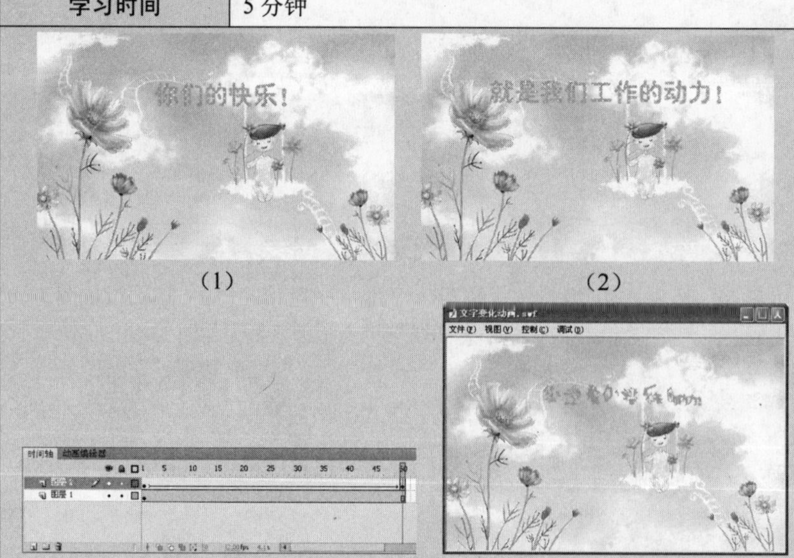

（1）　（2）　（3）　（4）

1．导入背景素材，输入文字内容，将文字打散。

2．在第 50 帧位置插入空白关键帧，输入文字并打散。

3．在第 1 帧位置创建补间形状动画。

4．完成动画的制作，测试动画效果。

Example 实例 41 水晶球动画

案例文件	光盘\源文件\第 3 章\水晶球动画.fla
视频文件	光盘\视频\第 3 章\水晶球动画.swf
难易程度	★☆☆☆☆
学习时间	10 分钟
实例要点	➢ 利用“钢笔工具”绘制路径 ➢ 使用“颜料桶工具”在路径内填充颜色
实例目的	通过本实例的制作，了解形状补间动画的应用

操作步骤

步骤 1 执行“文件>新建”命令，新建一个 Flash 文档，如图 3-110 所示。打开“文档设置”对话框，设置“尺寸”为 300 像素 × 225 像素，“帧频”为 20，如图 3-111 所示。

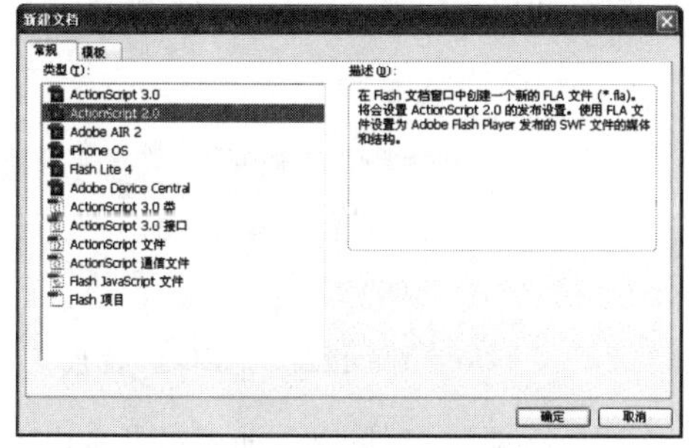

图 3-110　新建 Flash 文档

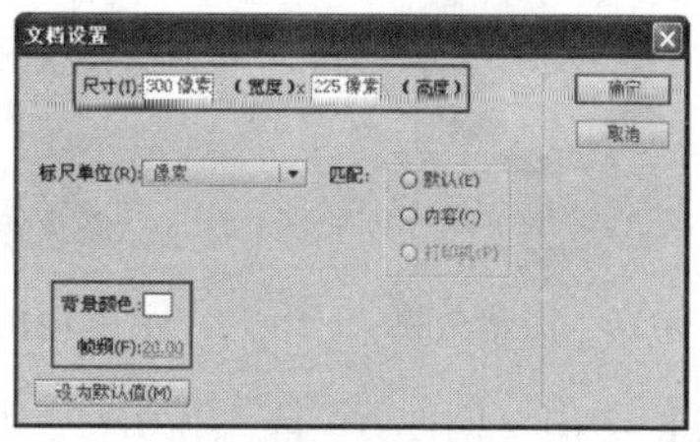

图 3-111　设置文档属性

步骤 2 执行“插入>新建元件”命令，新建一个“名称”为“过光动画”，“类型”为“影片剪辑”的元件，如图 3-112 所示。执行“文件>导入>导入到舞台”命令，将“光盘\源文件\第 3 章\素材\tupian011.png”导入场景中，如图 3-113 所示。

步骤 3 在第 40 帧按 F5 键插入帧，新建“图层 2”，在第 20 帧位置按 F6 键插入关键帧，单击“钢笔工具”按钮，设置其“笔触颜色”为 Alpha 值为 50%的#FFFFFF，如图 3-114 所示，在场景中绘制如图 3-115 所示的路径。

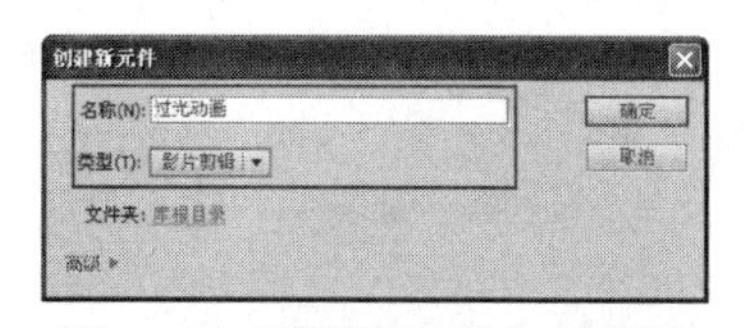

图 3-112　“创建新元件”对话框

图 3-113　导入图像

图 3-114　“属性”面板

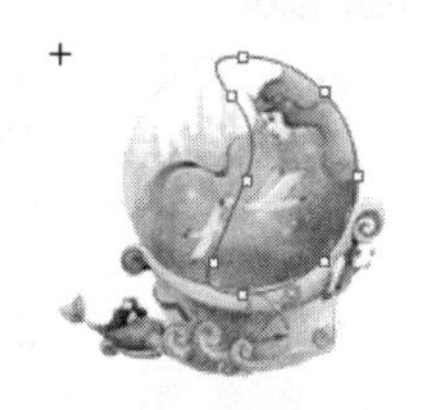

图 3-115　绘制路径

技巧 执行“窗口>属性>属性”命令，可以打开“属性”面板，按 Ctrl+F3 键也可以打开“属性”面板。

步骤 4 单击“颜料桶工具”按钮，设置其“填充颜色”为 Alpha 值为 50%的#FFFFFF，如图 3-116 所示。在刚刚绘制的路径内单击，填充后的图形效果如图 3-117 所示。

步骤 5 在第 25 帧位置按 F6 键插入关键帧，使用“选择工具”双击场景中刚刚填充的图形，将路径和填充的图形全部选中，设置其“笔触颜色”为 Alpha 值为 50%的#4259C8，“填充颜色”为 Alpha 值为 50%的#4259C8，如图 3-118 所示，完成后的图形效果如图 3-119 所示。

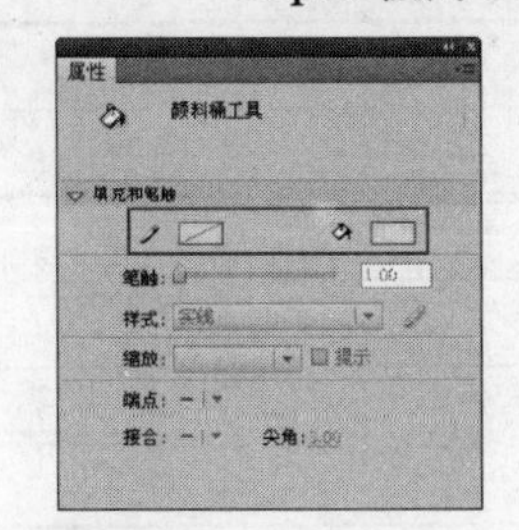
图 3-116 “属性”面板

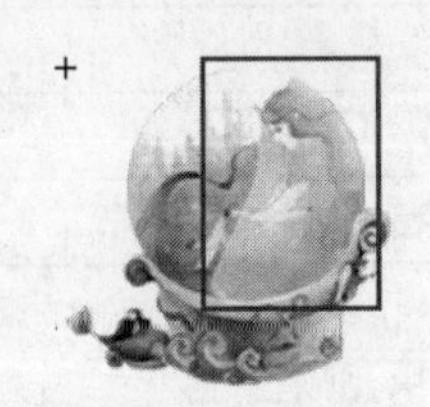
图 3-117 填充颜色

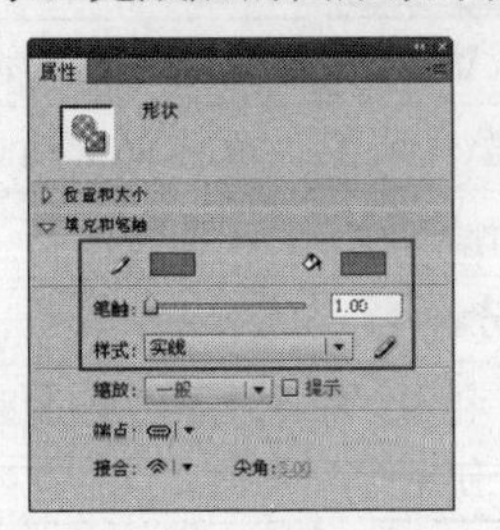
图 3-118 “属性”面板

图 3-119 图形效果

步骤 6 单击“部分选择工具”按钮，对场景中的图形进行调整，效果如图 3-120 所示。在第 30 帧位置按 F6 键插入关键帧，再次使用“部分选择工具”调整场景中的图形，效果如图 3-121 所示。

步骤 7 在第 35 帧位置按 F7 键插入空白关键帧，分别在第 20 帧和第 25 帧位置单击鼠标右键，在弹出的菜单中选择“创建补间形状”命令，创建补间形状动画，如图 3-122 所示。

图 3-120 图形效果

图 3-121 图形效果

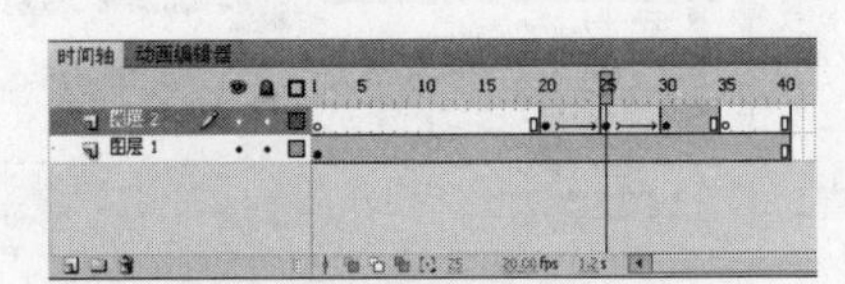
图 3-122 “时间轴”面板

步骤 8 采用“图层 2”的制作方法，制作出“图层 3”的动画，“时间轴”面板如图 3-123 所示，场景效果如图 3-124 所示。

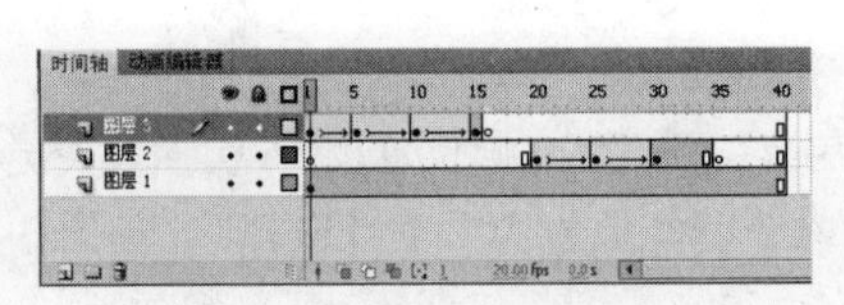
图 3-123 “时间轴”面板

图 3-124 场景效果

步骤 9 新建“图层 4”，在第 15 帧位置按 F6 键插入关键帧，单击“椭圆工具”按钮，在场景中绘制一个如图 3-125 所示的正圆。在第 20 帧位置按 F6 键插入关键帧，使用“任意变形工具”将正圆等比例扩大，效果如图 3-126 所示。在第 21 帧位置按 F7 键插入空白关键帧，在第 15 帧位置创建补间形状动画，“时间轴”面板如图 3-127 所示。

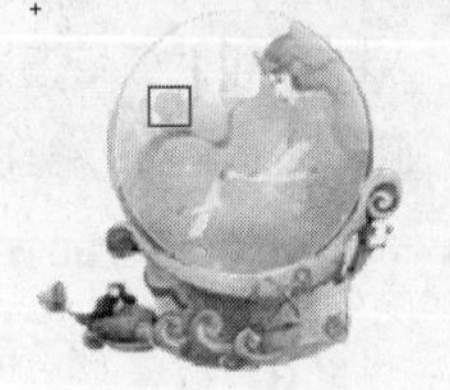
图 3-125 绘制正圆

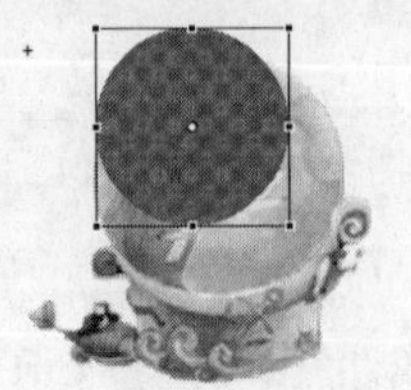
图 3-126 将正圆等比例扩大

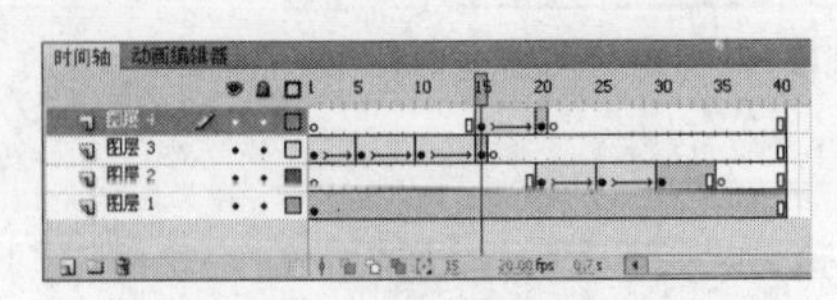
图 3-127 “时间轴”面板

步骤 10 采用“图层 4”的制作方法，制作出“图层 5”和“图层 6”的动画，“时间轴”面板如图 3-128 所示，场景效果如图 3-129 所示。

步骤 11 新建“图层7”，在第2帧位置按F6键插入关键帧，设置其“属性”面板的帧标签为s1，如图3-130所示，“时间轴”面板如图3-131所示。

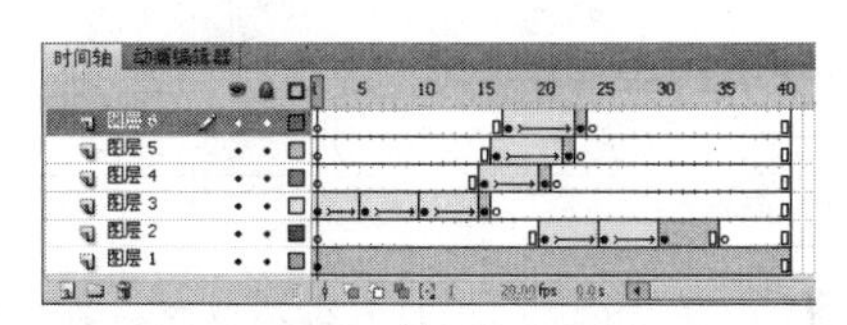
图3-128 “时间轴”面板

图3-129 场景效果

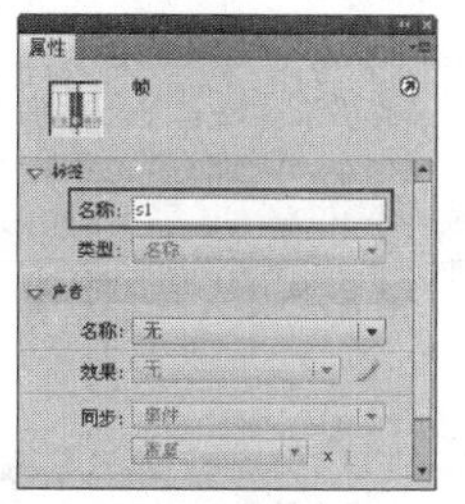
图3-130 “属性”面板

步骤 12 新建“图层8”，选择第1帧，打开“动作”面板，输入“stop();”脚本语言，如图3-132所示，“时间轴”面板如图3-133所示。

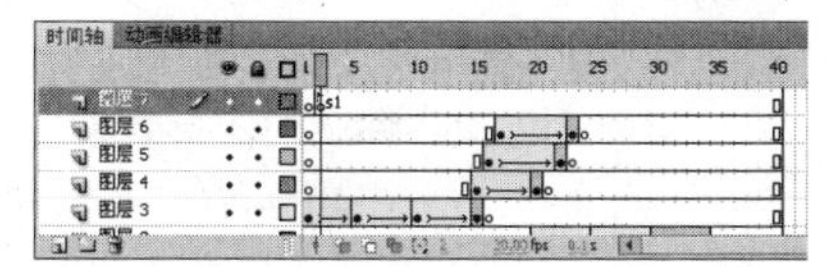
图3-131 “时间轴”面板

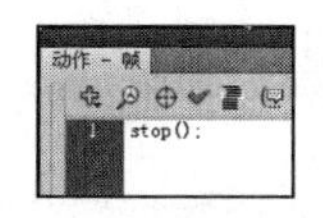

图3-132 输入脚本语言

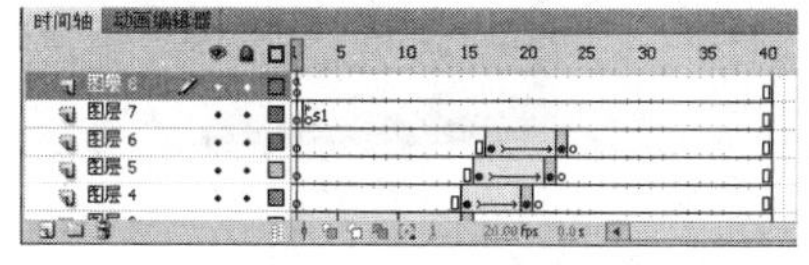
图3-133 “时间轴”面板

步骤 13 返回“场景1”编辑状态，执行“文件>导入>导入到舞台”命令，将“光盘\源文件\第3章\素材\tupian012.jpg”导入场景中，如图3-134所示。新建“图层2”，将“过光动画”元件从“库”面板中拖入场景中，如图3-135所示。

图3-134 导入图像

图3-135 拖入元件

步骤 14 使用“选择工具”选择场景中的元件，设置其“实例名称”为aa，如图3-136所示。打开其“动作”面板，输入如图3-137所示的脚本语言。

步骤 15 执行“文件>保存”命令，将动画保存为“光盘\源文件\第3章\水晶球动画.fla”，按Ctrl+Enter键测试影片，动画效果如图3-138所示。

图3-136 “属性”面板

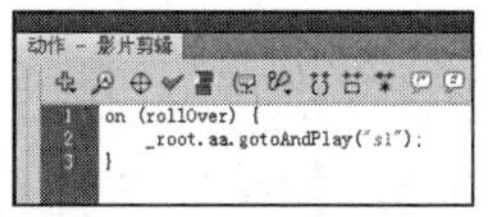

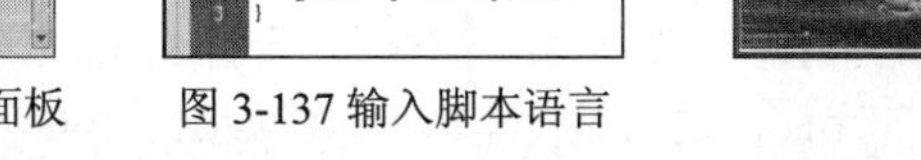
图3-137 输入脚本语言

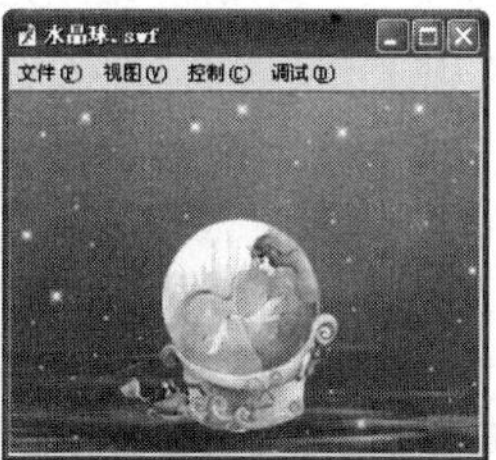
图3-138 预览动画效果

实例小结

本实例的重点是使用“钢笔工具”在不同的帧上绘制图形，利用图形的“补间”功能制作出一种类似于过光的动画效果。

Example 实例 42 窗帘飘动动画

案例文件	光盘\源文件\第 3 章\窗帘飘动动画.fla
视频文件	光盘\视频\第 3 章\窗帘飘动动画.swf
难易程度	★☆☆☆☆
学习时间	15 分钟

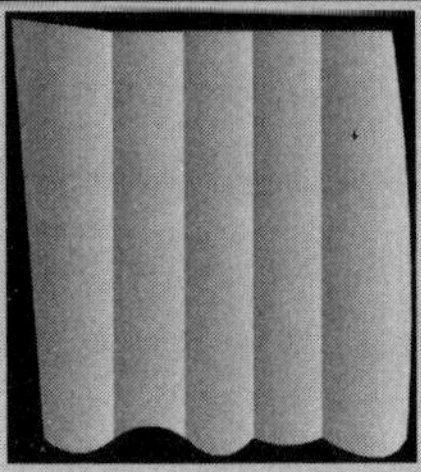

（1）（2）（3）（4）

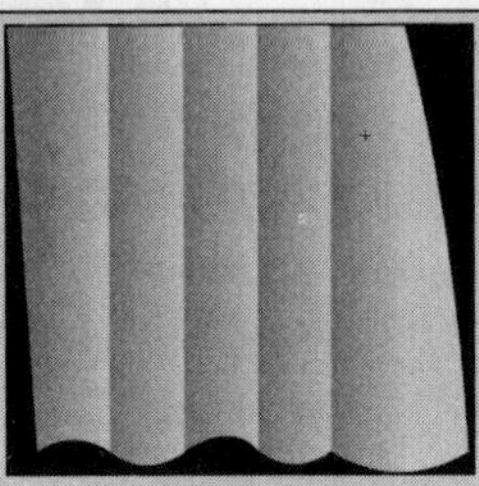

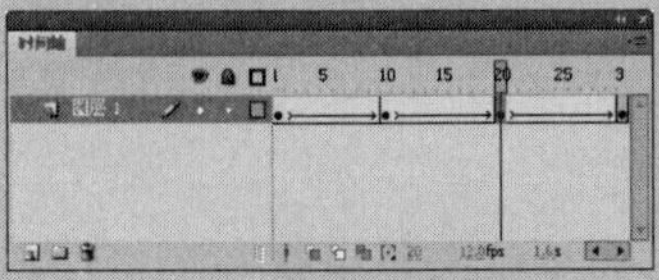

1．打开素材文件，在舞台中绘制图形并填充渐变颜色，最终形成窗帘的图形效果。

2．插入相应的关键帧，分别修改各帧上的图形效果。

3．分别在各关键帧之间创建补间形状动画。

4．完成动画的制作，测试动画效果。

Example 实例 43 闪烁光芒动画

案例文件	光盘\源文件\第 3 章\闪烁光芒动画.fla
视频文件	光盘\视频\第 3 章\闪烁光芒动画.swf
难易程度	★☆☆☆☆
学习时间	5 分钟
实例要点	➢ 利用“椭圆工具”绘制正圆 ➢ 使用“任意变形工具”调整图形的大小
实例目的	通过本实例的制作，了解形状补间动画的应用

操作步骤

步骤 1 执行“文件>打开”命令，打开“光盘\源文件\第 3 章\素材\素材 01.fla”，场景效果如图 3-139 所示。双击场景中的“书动画”元件，进入元件编辑状态，如图 3-140 所示。

步骤 2 选择“图层 2”，新建“图层 9”，在第 5 帧位置按 F6 键插入关键帧，“时间轴”面板如图 3-141 所示。

步骤 3 单击“椭圆工具”按钮，打开“颜色”面板，设置从 Alpha 值为 100%的#FFFF00 到 Alpha 值为 30%的#FFFF00 到 Alpha 值为 20%的#FFFFFF 的径向渐变，如图 3-142 所示，按住 Shift 键在场景中绘制一个如图 3-143 所示的正圆。

图 3-139 打开文件

图 3-140 进入元件编辑状态

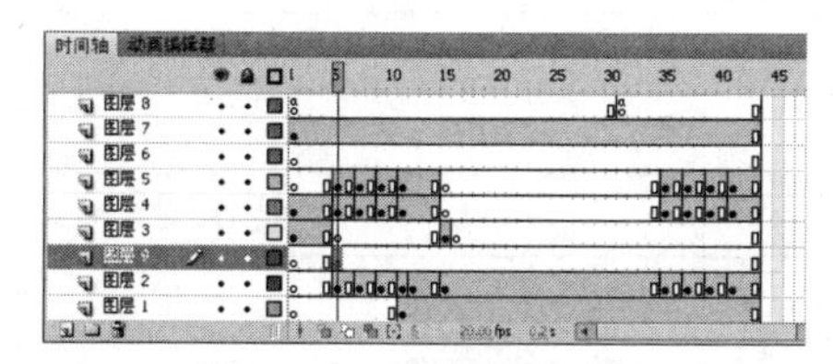

图 3-141 “时间轴”面板

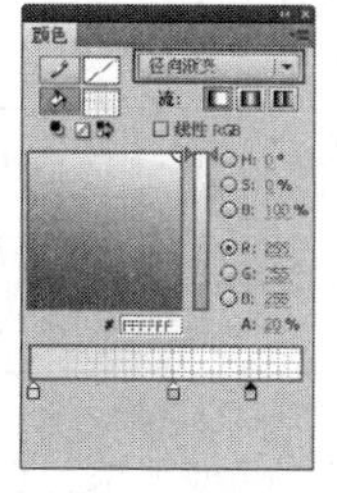

图 3-142 “颜色”面板

图 3-143 绘制正圆

步骤 4 分别在第 15 帧、第 20 帧、第 25 帧、第 30 帧、第 35 帧和第 43 帧位置按 F6 键插入关键帧，“时间轴”面板如图 3-144 所示。单击“任意变形工具”按钮，按住 Shift+Alt 键将第 15 帧上的图形等比例扩大，并调整图形在场景中的位置，如图 3-145 所示。

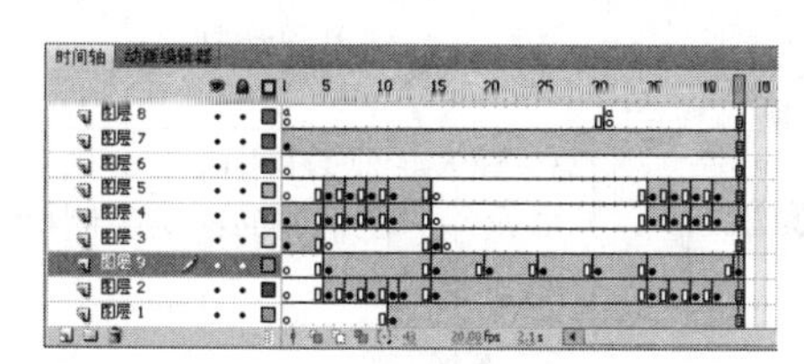

图 3-144 “时间轴”面板

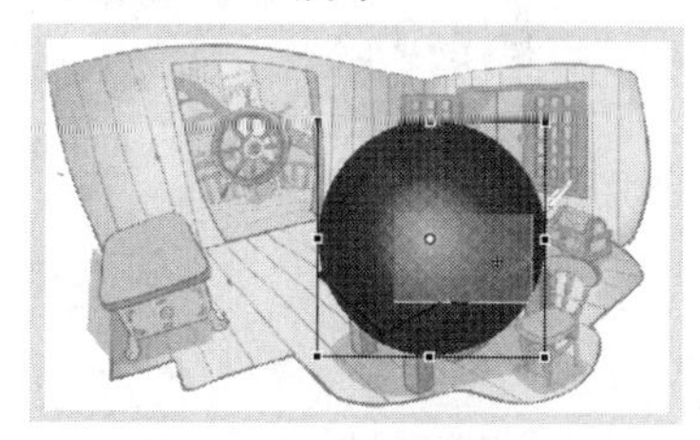

图 3-145 将图形等比例扩大

步骤 5 使用“任意变形工具”将第 20 帧上的图形扩大，如图 3-146 所示。将第 25 帧上的图形扩大，效果如图 3-147 所示。采用相同的方法，调整其他帧上的图形，分别在第 5 帧、第 15 帧、第 20 帧、第 25 帧、第 30 帧和第 35 帧位置创建补间形状动画，“时间轴”面板如图 3-148 所示。

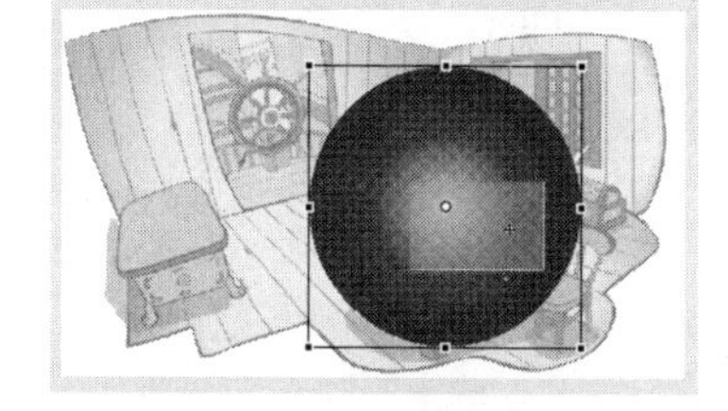

图 3-146 将图形扩大

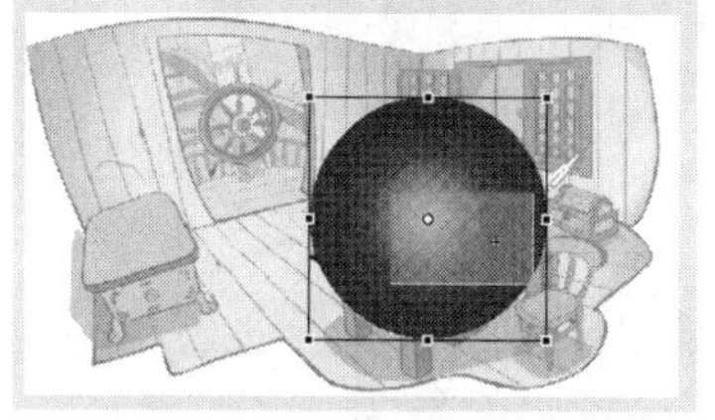

图 3-147 将图形扩大

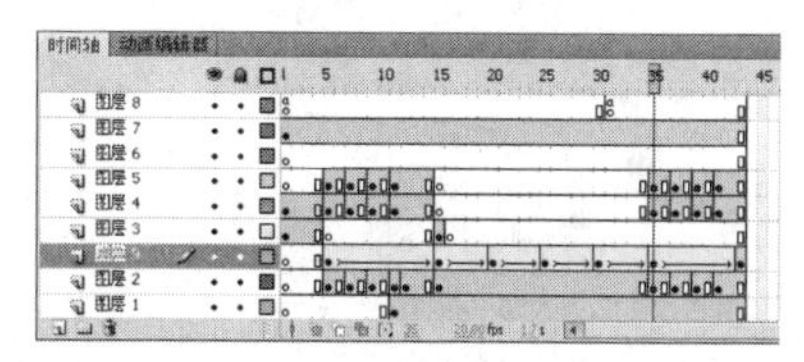

图 3-148 “时间轴”面板

步骤 6 执行“文件>另存为”命令，将动画保存为“光盘\源文件\第 3 章\闪烁光芒动画.fla”，按 Ctrl+Enter 键测试影片，动画效果如图 3-148 所示。

图 3-149 预览动画效果

实例小结

本实例的重点是使用“椭圆工具”在不同的帧上绘制大小不等的正圆，利用图形的“补间”功能制作出光芒效果。

Example 实例 44 制作产品宣传广告动画

案例文件	光盘\源文件\第 3 章\产品宣传广告.fla
视频文件	光盘\视频\第 3 章\产品宣传广告.swf
难易程度	★★☆☆☆
学习时间	20 分钟

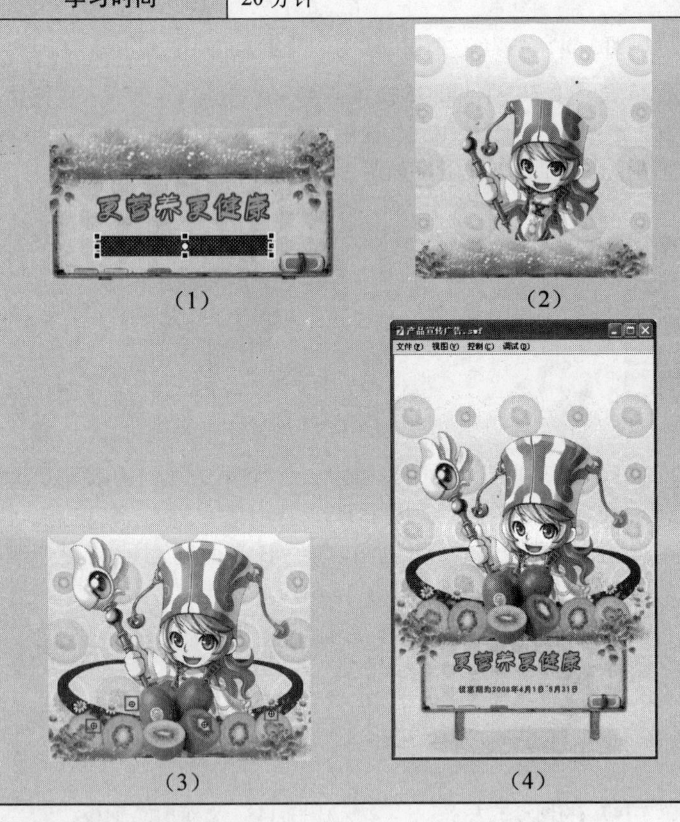

(1) (2) (3) (4)

1. 导入素材图像，新建图层，绘制矩形，在相应的位置插入关键帧，调整矩形大小，创建补间形状动画，并创建遮罩动画。

2. 采用相同的方法，导入素材，绘制圆形，创建遮罩动画。

3. 导入其他素材图像，分别转换为图形元件，在不同的图层上制作传统补间动画。

4. 完成动画的制作，测试动画效果。

Example 实例 45 圣诞节动画

案例文件	光盘\源文件\第 3 章\圣诞节动画.fla
视频文件	光盘\视频\第 3 章\圣诞节动画.swf
难易程度	★☆☆☆☆
学习时间	5 分钟
实例要点	➢ 引导层的使用 ➢ “钢笔工具”的使用
实例目的	通过本实例的制作，了解引导层动画的制作方法和技巧

操作步骤

步骤 1 执行“文件>新建”命令，新建一个Flash文档，如图3-150所示。打开“文档设置”对话框，设置“尺寸”为600像素×200像素，“背景颜色”为#FFFFFF，“帧频”为30，如图3-151所示。

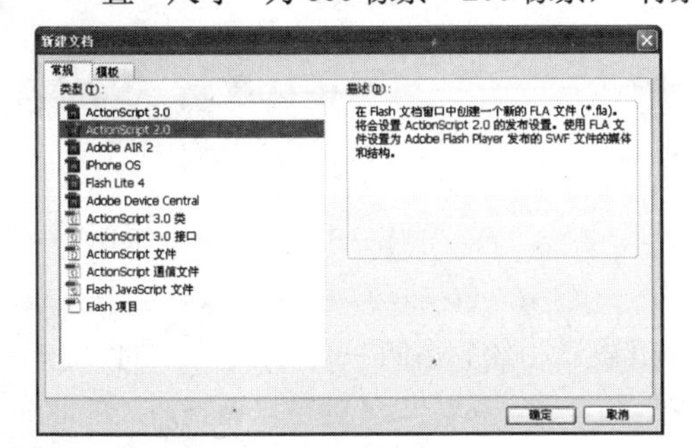
图3-150　新建Flash文档

图3-151　设置文档属性

步骤 2 执行“文件>导入>导入到舞台”命令，将“光盘\源文件\第3章\素材\image14.png”导入场景中，如图3-152所示。按F8键，将图像转换成“名称”为“背景”，“类型”为“图形”的元件，如图3-153所示。

步骤 3 在第25帧位置按F6键插入关键帧，然后将第1帧上元件的Alpha值设置为0%，如图3-154所示。在第1帧位置创建传统补间动画，“时间轴”面板如图3-155所示，在第150帧位置按F5键插入帧。

图3-152　导入图像

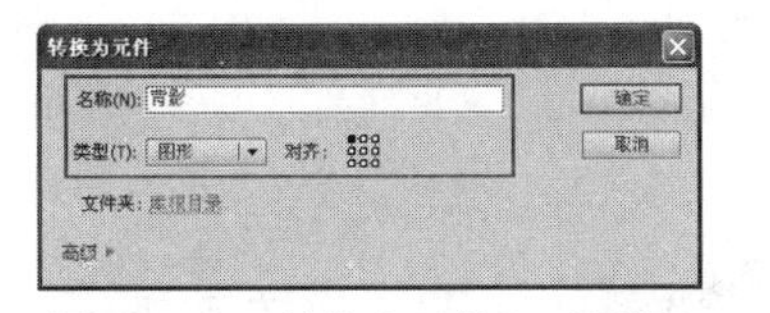
图3-153　“转换为元件”对话框

图3-154　“属性”面板

步骤 4 新建“图层2”，在第25帧位置按F6键插入关键帧，执行“文件>导入>导入到舞台，将“光盘\源文件\第3章\素材\image15.png”导入场景中，如图3-156所示。按F8键，将图像转换成“名称”为“卡通”，“类型”为“图形”的元件，如图3-157所示。

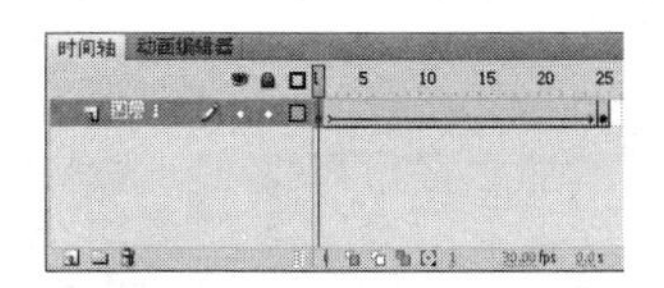
图3-155　“时间轴”面板

图3-156　导入图像

图3-157　“转换为元件”对话框

步骤 5 按住Shift键使用“任意变形工具”将元件等比例缩小，调整到如图3-158所示大小和位置。在“图层2”上单击右键，在弹出的菜单中选择“添加传统运动引导层”命令，如图3-159所示，“时间轴”面板如图3-160所示。

图3-158　调整元件

图3-159　添加引导层

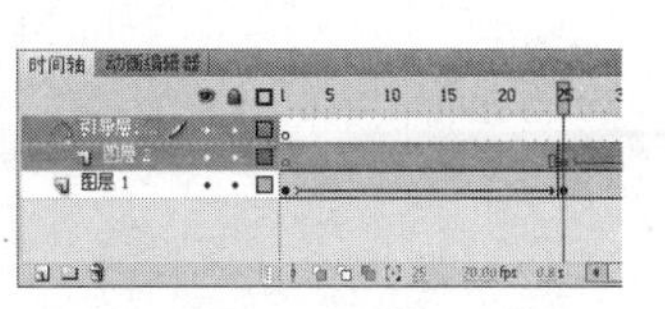
图3-160　“时间轴”面板

步骤 6 在第25帧位置按F6键插入关键帧，单击"钢笔工具"按钮，在场景中绘制出如图3-161所示路径，返回"图层2"的第25帧位置，使用"任意变形工具"将元件中心点拖曳到如图3-162所示位置。

图3-161　绘制路径

图3-162　调整中心点

技巧　在使用"钢笔工具"绘制路径的过程中，按住Shift键单击绘制出的一个"锚点"，可以取消该锚点上的一条方向线，按住Alt键可以调整"锚点"的位置，按住Ctrl键可以调整路径的曲线。

步骤 7 在第90帧位置按F6键插入关键帧，按住Shift键使用"任意变形工具"将元件等比例放大，移至如图3-163所示位置。在第120帧位置按F6键插入关键帧，然后在第150帧位置按F6键插入关键帧，将元件移到如图3-164所示位置。

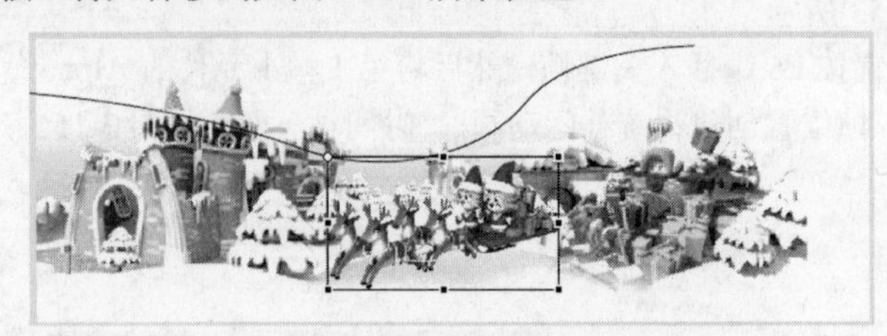
图3-163　调整元件

图3-164　移动元件

步骤 8 分别在第25帧和第120帧位置创建传统补间动画，"时间轴"面板如图3-165所示。

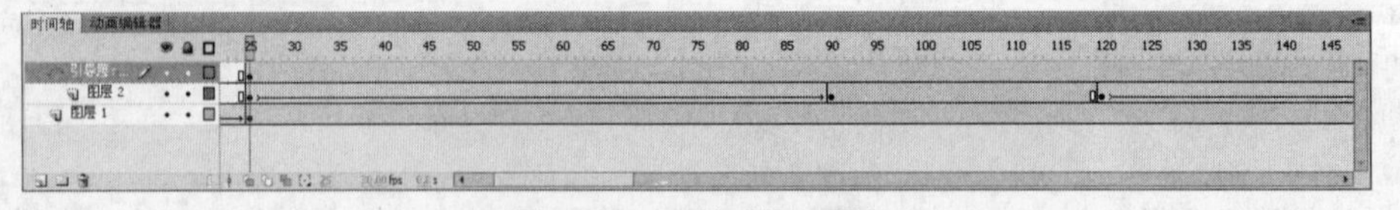

图3-165　"时间轴"面板

步骤 9 执行"文件>保存"命令，将动画保存为"光盘\源文件\第3章\圣诞节动画.fla"，按Ctrl+Enter键测试影片，动画效果如图3-166所示。

图3-166　预览动画效果

实例小结
本实例的重点是通过“钢笔工具” 绘制路径，并将其应用到“引导层”。使用“引导层”可以设定动画运行的轨迹。

Example 实例 46　汽车路线动画

案例文件	光盘\源文件\第 3 章\汽车路线动画.fla
视频文件	光盘\视频\第 3 章\汽车路线动画.swf
难易程度	★☆☆☆☆
学习时间	5 分钟
（1）　（2）　（3）　（4）	1. 新建元件，将图像素材导入场景中，完成元件的制作。 2. 返回场景，将背景图像素材导入场景中。 3. 新建图层，将相应的图像素材导入场景中。 4. 新建图层，将相应的图像素材导入场景中，最终完成动画的制作。

Example 实例 47　人物跑动动画

案例文件	光盘\源文件\第 3 章\人物跑动动画.fla
视频文件	光盘\视频\第 3 章\人物跑动动画.swf
难易程度	★☆☆☆☆
学习时间	5 分钟
实例要点	➢ 元件的创建 ➢ “水平翻转”命令的使用
实例目的	通过本实例的制作，了解逐帧动画的应用

操作步骤

步骤 1 执行“文件>新建”命令，新建一个 Flash 文档，如图 3-167 所示，单击“属性”面板的“编辑”按钮，弹出“文档设置”对话框，设置“尺寸”为 640 像素 × 360 像素，“帧频”为 8，保持其他默认设置，如图 3-168 所示。

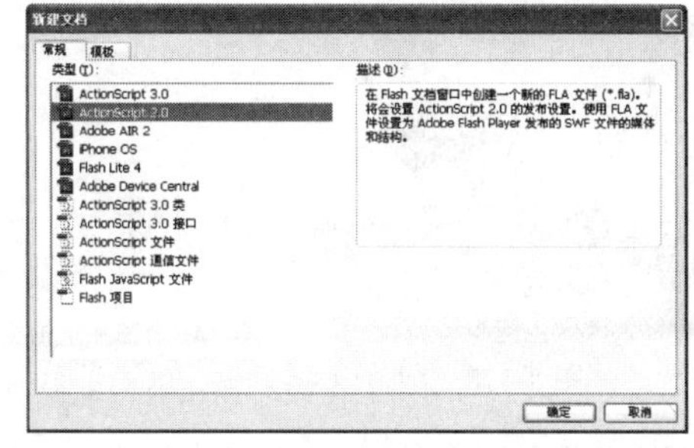

图 3-167　新建 Flash 文档

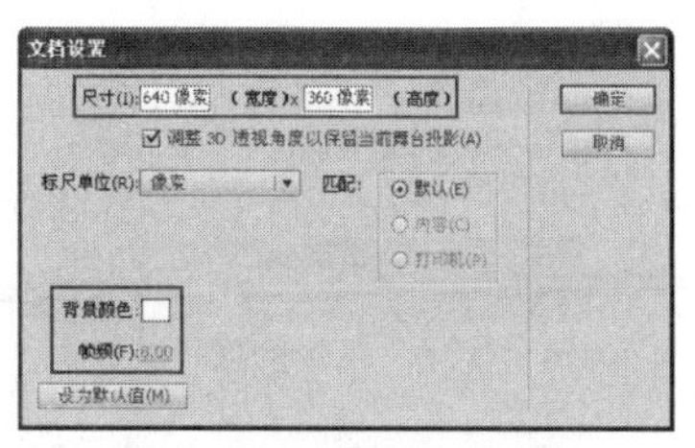

图 3-168　设置文档属性

步骤 2 执行“插入>新建元件”命令，新建一个“名称”为“小人奔跑动画”，“类型”为“影片剪辑”的元件，如图 3-169 所示。执行“文件>导入>导入到舞台”命令，将“光盘\源文件\第 3 章\素材\renwu01.png”导入场景中，在弹出的对话框中单击“是”按钮，如图 3-170 所示。“时间轴”面板如图 3-171 所示，场景效果如图 3-172 所示。

图 3-169 “创建新元件”对话框

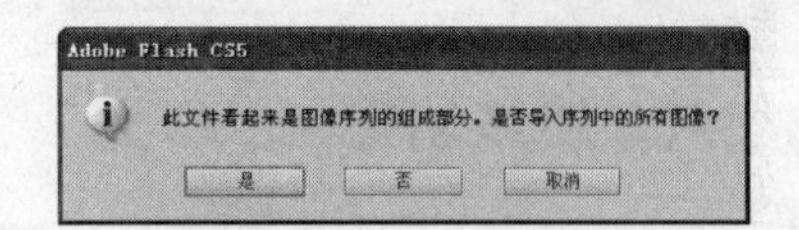

图 3-170 弹出的对话框

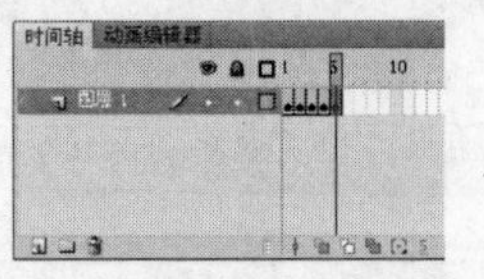

图 3-171 “时间轴”效果

步骤 3 返回“场景 1”编辑状态，如图 3-173 所示。执行“文件>导入>导入到舞台”命令，将“光盘\源文件\第 3 章\素材\ image06.jpg”导入场景中，如图 3-174 所示，在第 70 帧位置按 F5 键插入帧。

图 3-172 场景效果

图 3-173 返回“场景 1”编辑状态

图 3-174 导入图像

技巧 在编辑完成元件后，单击编辑栏中“场景 1”文字链接，返回“场景 1”编辑状态，按 Ctrl+E 组合键也可以返回到“场景 1”编辑状态。

步骤 4 新建“图层 2”，打开“库”面板，将“小人奔跑动画”元件从“库”面板中拖入场景中，如图 3-175 所示。在第 50 帧位置按 F6 键插入关键帧，将场景中的元件向右移动，如图 3-176 所示。

图 3-175 拖入元件

图 3-176 移动元件

步骤 5 在第 51 帧位置按 F6 键插入关键帧，选择场景中的元件，执行“修改>变形>水平翻转”命令，如图 3-177 所示，效果如图 3-178 所示。

图 3-177 选择“水平翻转”命令

图 3-178 翻转效果

步骤 6 在第 70 帧位置按 F6 键插入关键帧，将场景中的元件向左移动，如图 3-179 所示。分别在第 1

帧、第 50 帧和第 51 帧位置创建传统补间动画，如图 3-180 所示。

图 3-179　移动元件

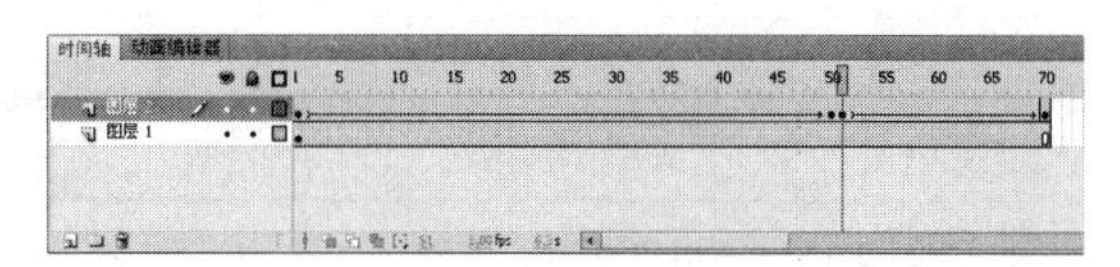

图 3-180　“时间轴”面板

步骤 7 执行“文件>保存”命令，将动画保存为“光盘\源文件\第 3 章\人物跑动动画.fla”，按 Ctrl+Enter 键测试影片，动画效果如图 3-181 所示。

图 3-181　预览动画效果

实例小结

本实例主要通过将不同的图像导入各个帧上，利用图层的逐帧效果达到小人奔跑的动画效果。

Example 实例 48　松鼠奔跑动画

案例文件	光盘\源文件\第 3 章\松鼠奔跑动画.fla
视频文件	光盘\视频\第 3 章\松鼠奔跑动画.swf
难易程度	★☆☆☆☆
学习时间	8 分钟

（1）

（2）

（3）

（4）

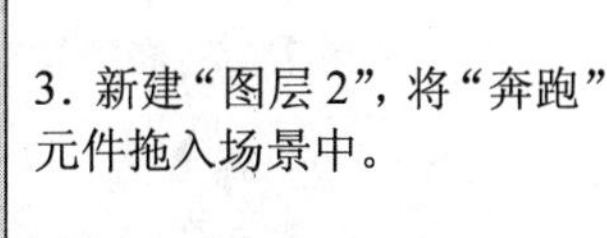

1. 新建“名称”为“奔跑”的“影片剪辑”元件，导入相应的图像素材。

2. 返回“场景 1”的编辑状态，将背景图像导入场景中。

3. 新建“图层 2”，将“奔跑”元件拖入场景中。

4. 在相应的位置插入帧，调整元件的位置，并创建传统补间动画，最终完成奔跑动画的制作。

Example 实例 49 蝴蝶飞舞动画

案例文件	光盘\源文件\第 3 章\蝴蝶飞舞动画.fla
视频文件	光盘\视频\第 3 章\蝴蝶飞舞动画.swf
难易程度	★☆☆☆☆
学习时间	10 分钟
实例要点	➢ 元件的应用 ➢ “任意变形工具”的使用
实例目的	通过本实例的制作，了解逐帧动画的应用

操作步骤

步骤 1 执行“文件>新建”命令，新建一个 Flash 文档，如图 3-182 所示。打开“文档设置”对话框，设置“尺寸”为 500 像素×375 像素，“帧频”为 20，如图 3-183 所示。

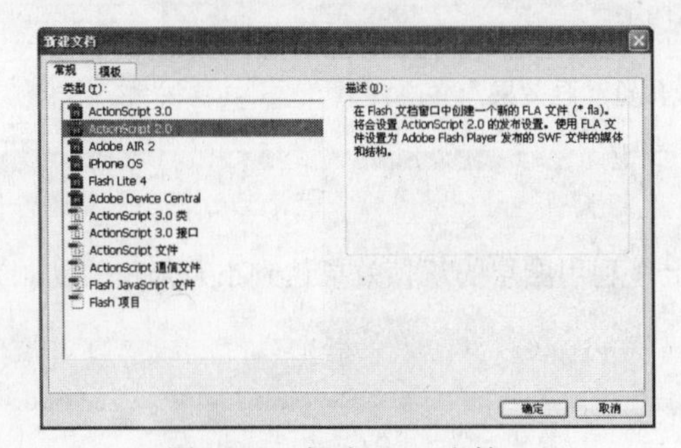

图 3-182 新建 Flash 文档

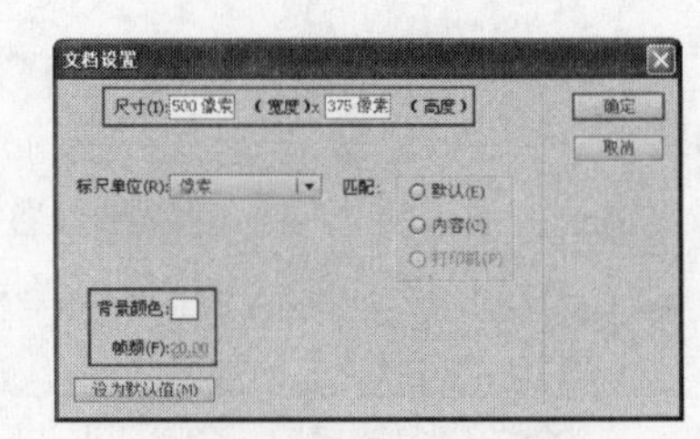

图 3-183 设置文档属性

步骤 2 执行“插入>新建元件”命令，新建一个“名称”为“蝴蝶动画”，“类型”为“影片剪辑”的元件，如图 3-184 所示。执行“文件>导入>导入到舞台”命令，将“光盘\源文件\第 3 章\素材\tupian01.png”导入场景中，如图 3-185 所示，在第 5 帧位置按 F5 键插入帧。

步骤 3 新建“图层 2”，执行“文件>导入>导入到舞台”命令，将“光盘\源文件\第 3 章\素材\ tupian02.png”导入场景中，如图 3-186 所示。在第 2 帧位置按 F6 键插入关键帧，使用“任意变形工具”调整第 1 帧上的图像，效果如图 3-187 所示。

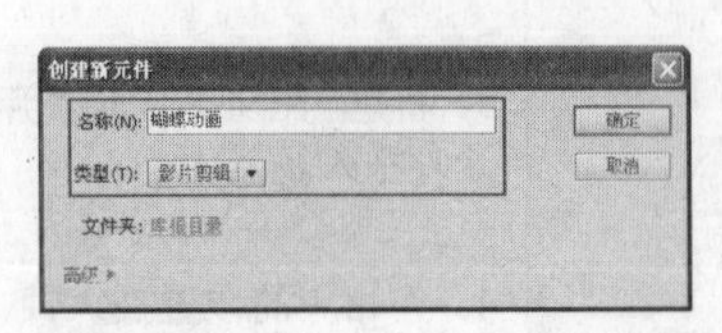

图 3-184 “创建新元件”对话框

图 3-185 导入图像

图 3-186 导入图像

图 3-187 调整图像

步骤 4 新建“图层 3”，执行“文件>导入>导入到舞台”命令，将“光盘\源文件\第 3 章\素材\ tupian03.png”导入场景中，如图 3-188 所示。在第 2 帧位置按 F6 键插入关键帧，使用“任意变形工具”调整第 1 帧上的图像，效果如图 3-189 所示。

步骤 5 返回“场景 1”编辑状态，执行“文件>导入>导入到舞台”命令，将“光盘\源文件\第 3 章\素材\ image07.jpg”导入场景中，如图 3-190 所示。在第 50 帧位置按 F5 键插入帧，“时间轴”面板如图 3-191 所示。

图 3-188　导入图像

图 3-189　调整图像

图 3-190　导入图像

步骤 6 新建“图层 2”，打开“库”面板，将“蝴蝶动画”元件从“库”面板中拖入场景中，调整元件大小，如图 3-192 所示。分别在第 25 帧和第 50 帧位置按 F6 键插入关键帧，调整第 25 帧上的元件的位置，效果如图 3-193 所示。

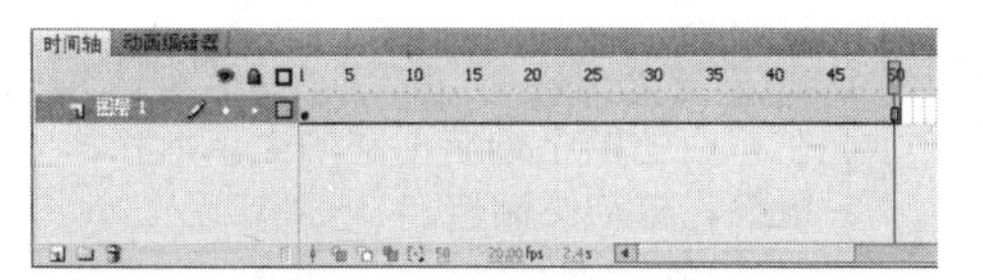

图 3-191　“时间轴”面板

图 3-192　拖入元件

图 3-193 移动元件

步骤 7 调整第 50 帧上元件的位置，如图 3-194 所示。分别在第 1 帧和第 25 帧位置创建传统补间动画，“时间轴”面板如图 3-195 所示。

图 3-194　移动元件

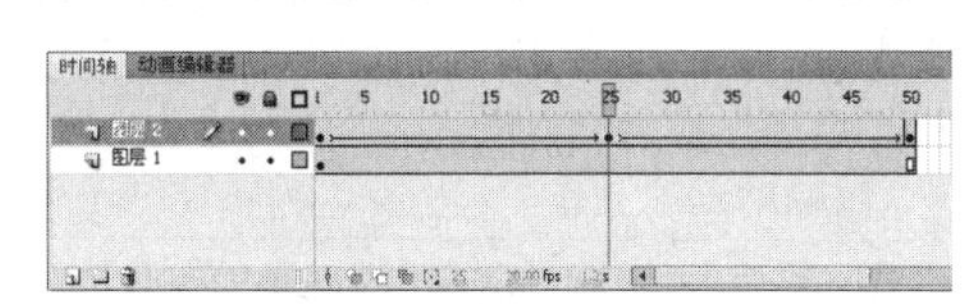

图 3-195　“时间轴”面板

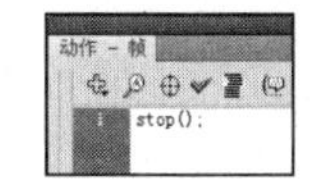

图 3-196　输入脚本语言

步骤 8 新建“图层 3”，在第 50 帧位置按 F6 键插入关键帧，打开“动作”面板，输入“stop();”脚本语言，如图 3-196 所示，“时间轴”面板如图 3-197 所示。

步骤 9 执行“文件>保存”命令，将动画保存为“光盘\源文件\第 3 章\蝴蝶飞舞动画.fla”，按 Ctrl+Enter 键测试影片，动画效果如图 3-198 所示。

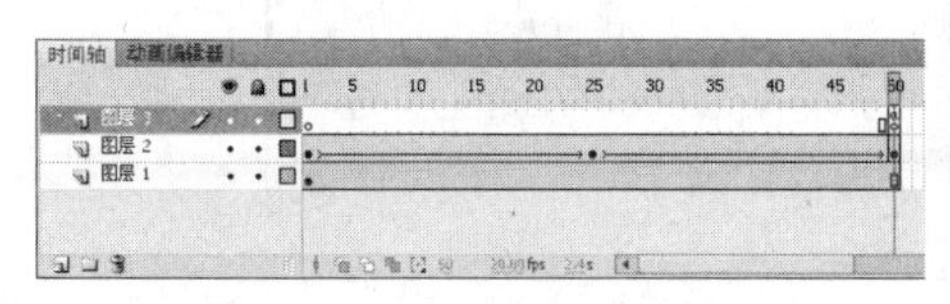

图 3-197　“时间轴”面板

图 3-198　预览动画效果

实例小结

本实例的重点是使用“任意变形工具”调整蝴蝶翅膀的大小，利用逐帧动画达到蝴蝶翅膀抖动的效果。

Example 实例 50 生日蜡烛动画

案例文件	光盘\源文件\第 3 章\生日蜡烛动画.fla
视频文件	光盘\视频\第 3 章\生日蜡烛动画.swf
难易程度	★☆☆☆☆
学习时间	10 分钟

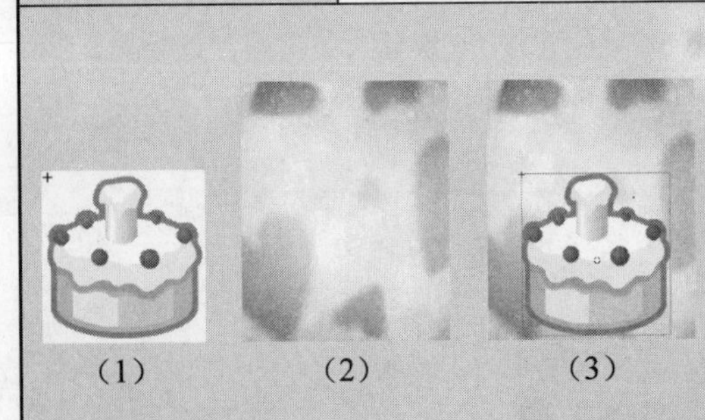

（1）　（2）　（3）　（4）

1. 新建元件，使用“椭圆工具”和“钢笔工具”完成蛋糕和蜡烛的绘制。
2. 返回“场景 1”的编辑状态，将背景图像导入场景。
3. 新建“图层 2”，将“蛋糕”元件拖入场景。
4. 新建“图层 3”，使用“钢笔工具”，在相应的帧上绘制不同的火苗形状，最终完成动画制作。

Example 实例 51 闪烁电视屏幕动画

案例文件	光盘\源文件\第 3 章\闪烁电视屏幕动画.fla
视频文件	光盘\视频\第 3 章\闪烁电视屏幕动画.swf
难易程度	★★☆☆☆
学习时间	20 分钟
实例要点	➢ “颜色”面板的应用 ➢ 逐帧动画的制作
实例目的	通过本实例的制作，了解逐帧动画的制作方法和“颜色“面板”的应用

操作步骤

步骤 1 执行“文件>新建”命令，新建一个 Flash 文档，如图 3-199 所示，单击“属性”面板的“编辑”按钮，弹出“文档位置”对话框，设置“尺寸”为 200 像素×255 像素，设置“背景颜色”为#00CCFF，“帧频”为 12，如图 3-200 所示。

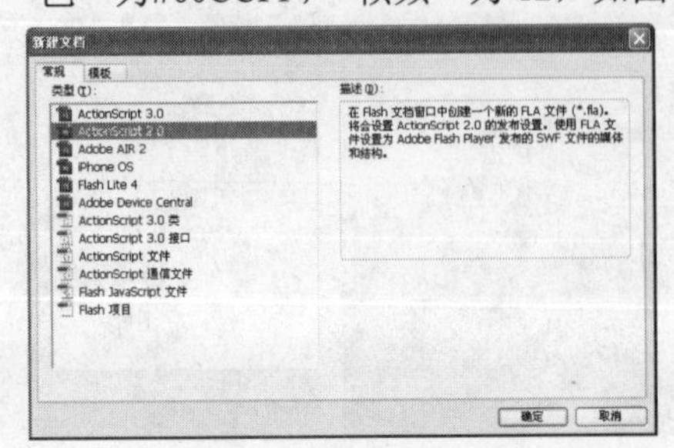

图 3-199 新建 Flash 文档

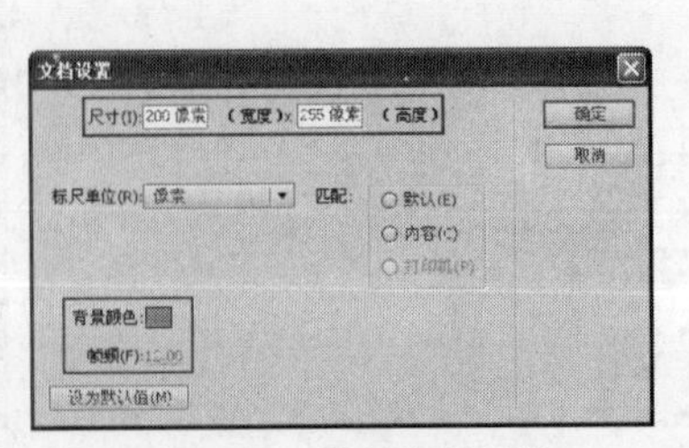

图 3-200 设置文档属性

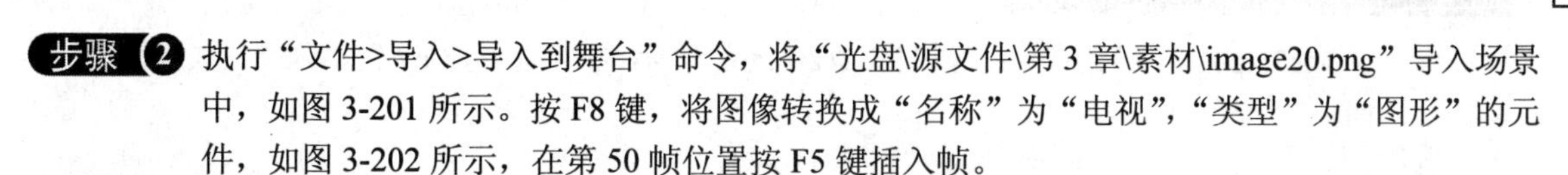

步骤 2 执行“文件>导入>导入到舞台”命令，将“光盘\源文件\第 3 章\素材\image20.png”导入场景中，如图 3-201 所示。按 F8 键，将图像转换成“名称”为“电视”，“类型”为“图形”的元件，如图 3-202 所示，在第 50 帧位置按 F5 键插入帧。

步骤 3 新建“图层 2”，单击“钢笔工具”按钮，设置“笔触颜色”为#FFFFCC，“笔触”为 1 像素，如图 3-203 所示，在场景中绘制一个路径，如图 3-204 所示。

图 3-201　导入图像

图 3-202　“转换为元件”对话框

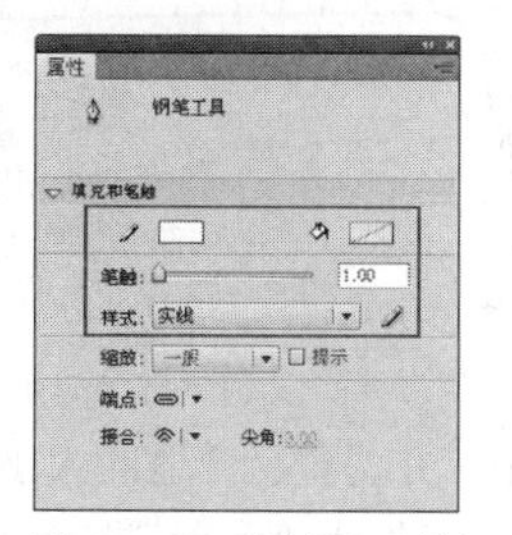

图 3-203　“属性”面板

图 3-204　绘制路径

步骤 4 单击“颜料桶工具”按钮，对绘制出的路径进行填充，打开“颜色”面板，设置“类型”为“线性渐变”，设置从 Alpha 值为 100%的#C2FF00 到 Alpha 值 100%的#33FF00 的渐变，如图 3-205 所示，场景效果如图 3-206 所示。

步骤 5 选择刚绘制的图形，按 F8 键，将其转换成“名称”为“屏幕”，“类型”为“图形”的元件，如图 3-207 所示。在第 36 帧位置按 F7 键插入空白关键帧，“时间轴”面板如图 3-208 所示。

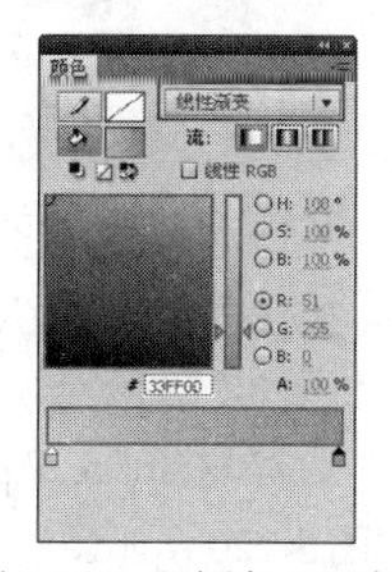

图 3-205　“颜色”面板

图 3-206　场景效果

图 3-207　“转换为元件”对话框

技巧 在“颜色”面板中设置渐变颜色时，请确认是否选中了想要调整颜色的图形，在选中图形后，调整渐变颜色，场景中的图形才会应用渐变效果。

步骤 6 新建“图层 3”，执行“文件>导入>导入到舞台”命令，将“光盘\源文件\第 3 章\素材\image21.png”导入场景中，如图 3-209 所示。在第 10 帧位置按 F7 键插入空白关键帧，执行“文件>导入>导入到舞台”命令，将“光盘\源文件\第 3 章\素材\image23.png”导入场景中，如图 3-210 所示。

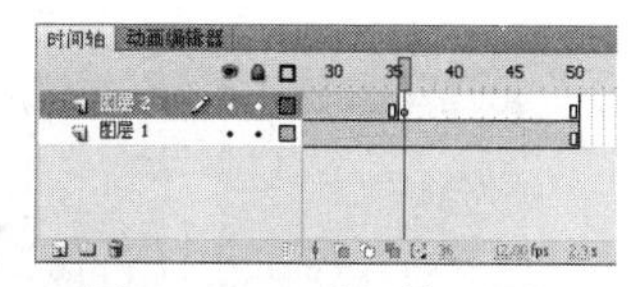

图 3-208　“时间轴”面板

图 3-209　导入图像

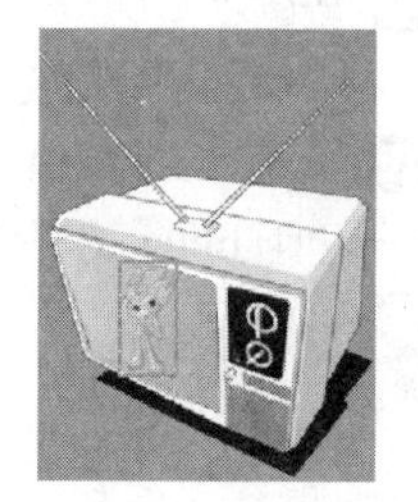

图 3-210　导入图像

步骤 7 在第 15 帧位置按 F7 键插入空白关键帧，执行“文件>导入>导入到舞台”命令，将“光盘\源文件\第 3 章\素材\image24.png”导入场景中，如图 3-211 所示。在第 25 帧位置按 F7 键插入空白关键帧，执行“文件>导入>导入到舞台”命令，将“光盘\源文件\第 3 章\素材

\image25.png”导入场景中，如图 3-212 所示。在第 36 帧位置按 F7 键插入空白关键帧，“时间轴”面板如图 3-213 所示。

图 3-211 导入图像

图 3-212 导入图像

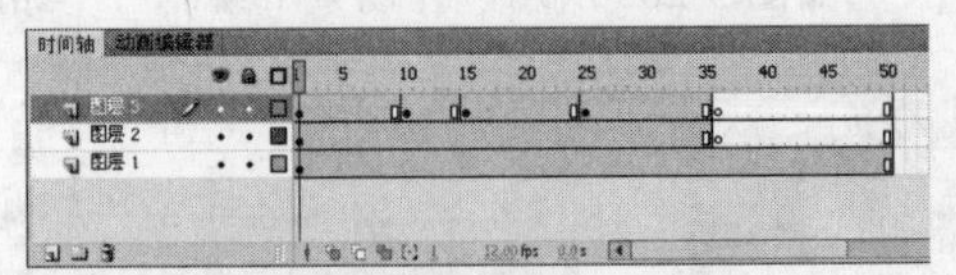

图 3-213 “时间轴”面板

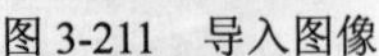

步骤 8 新建“图层 4”，执行“文件>导入>导入到舞台”命令，将“光盘\源文件\第 3 章\素材\image22.png”导入场景中，并调整至合适的大小，如图 3-214 所示。按 F8 键，将图像转换成“名称”为“花点”，“类型”为“图形”的元件，如图 3-215 所示。

步骤 9 在第 2 帧位置按 F6 键插入关键帧，将元件向左移动，如图 3-216 所示。在第 3 帧位置按 F6 键插入关键帧，将元件向右移动，如图 3-217 所示。

图 3-214 导入图像

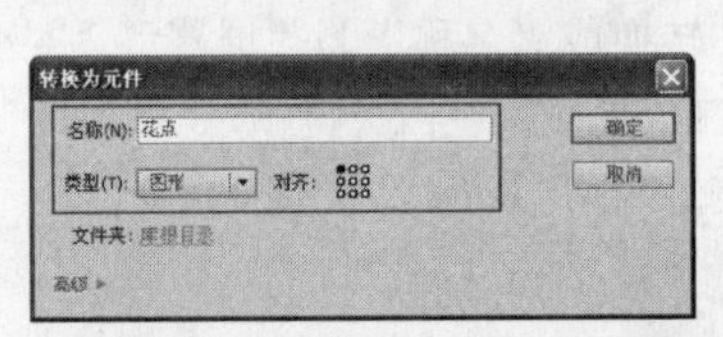

图 3-215 “转换为元件”对话框

图 3-216 移动元件

图 3-217 移动元件

步骤 10 采用同样的方法，制作到第 35 帧，在第 36 帧位置按 F7 键插入空白关键帧，执行“文件>导入>导入到舞台”命令，将“光盘\源文件\第 3 章\素材\image26.png”导入场景中，如图 3-218 所示。在第 37 帧位置按 F7 键，执行“文件>导入>导入到舞台”命令，将“光盘\源文件\第 3 章\素材\image27.png”导入场景中，如图 3-219 所示，如此循环制作到第 50 帧，“时间轴”面板如图 3-220 所示。

图 3-218 导入图像

图 3-219 导入图像

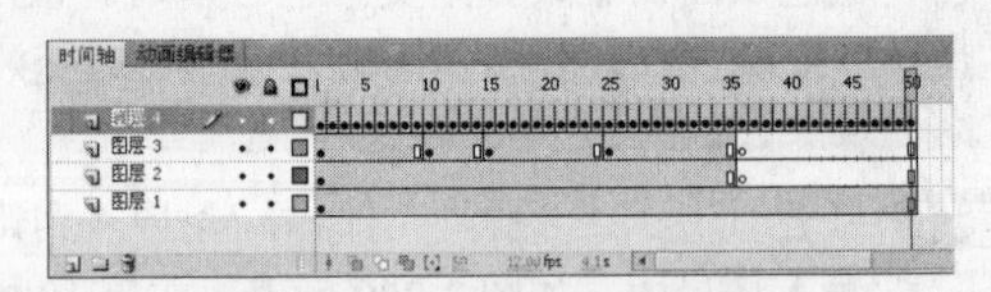

图 3-220 “时间轴”面板

步骤 11 新建“图层 5”，将“屏幕”元件从“库”面板中拖入场景中，如图 3-221 所示。在“图层 5”上单击鼠标右键，在弹出的菜单中选择“遮罩层”命令，“时间轴”面板如图 3-222 所示。

步骤 12 执行“文件>保存”命令，将动画保存为“光盘\源文件\第 3 章\闪烁电视屏幕动画.fla”，按 Ctrl+Enter 键测试影片，动画效果如图 3-223 所示。

图 3-221 拖入元件

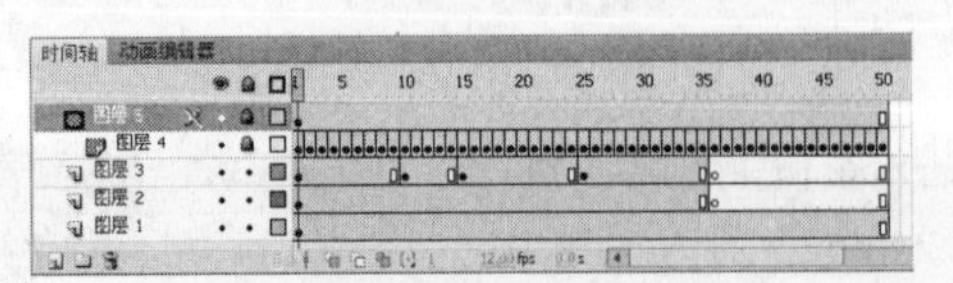

图 3-222 “时间轴”面板

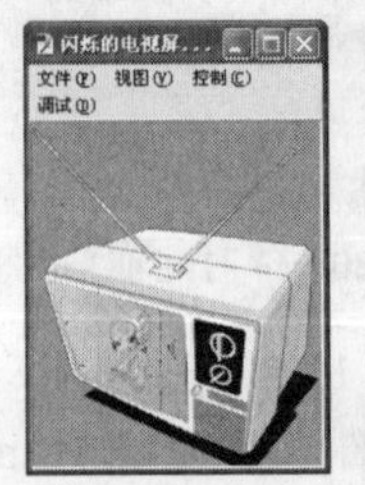

图 3-223 预览动画效果

实例小结

本实例主要讲解逐帧动画的制作方法和“颜色”面板的应用。使用“颜色”面板可以制作出各种颜色和渐变效果。

Example 实例 52 时尚酷炫动画

案例文件	光盘\源文件\第 3 章\时尚酷炫动画.fla
视频文件	光盘\视频\第 3 章\时尚酷炫动画.swf
难易程度	★★☆☆☆
学习时间	10 分钟

(1)

(2)

(3)

(4)

1．新建文档，将背景图像素材导入场景。

2．新建图层，使用图像序列组，将图像一次性导入。

3．新建图层，将相应的素材导入场景，转换元件，并完成对车体的遮罩。

4．新建图层，输入文字，制作简单的动画效果，调整图层顺序，最终完成动画的制作。

Example 实例 53 花朵茁壮生长动画

案例文件	光盘\源文件\第 3 章\花朵茁壮生长动画.fla
视频文件	光盘\视频\第 3 章\花朵茁壮生长动画.swf
难易程度	★★☆☆☆
学习时间	10 分钟
实例要点	➢ “元件”的应用 ➢ “椭圆工具”的应用
实例目的	通过本实例的制作，了解如何利用同一个元件，实现多个大小不同、形状不一的动画效果

操作步骤

步骤 1 执行“文件>新建”命令，新建一个 Flash 文档，如图 3-224 所示。打开“文档设置”对话框，设置“尺寸”为 1280 像素 × 650 像素，“背景颜色”为#FFFFFF，“帧频”为 30，如图 3-225 所示。

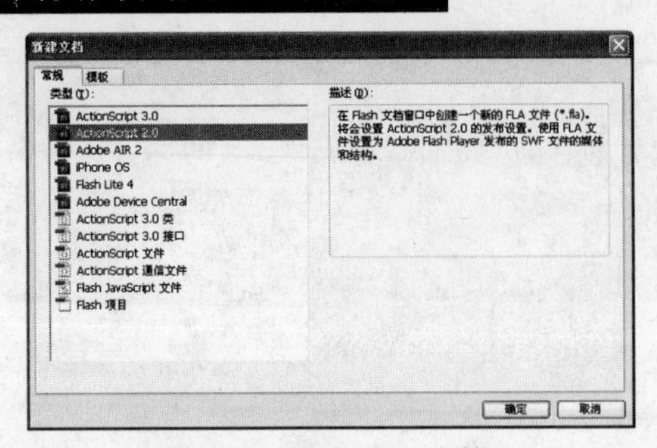

图 3-224　新建 Flash 文档

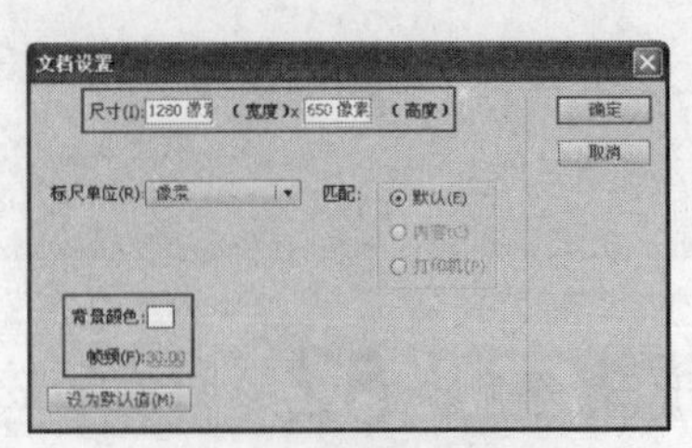

图 3-225　设置文档属性

步骤 2 执行“文件>导入>导入到舞台”命令，将“光盘\源文件\第 3 章\素材\image16.png”导入场景中，如图 3-226 所示。按 F8 键，将图像转换成“名称”为“背景 1”，“类型”为“图形”的元件，如图 3-227 所示，在第 16 帧位置单击，按 F5 键插入帧。

步骤 3 单击“时间轴”面板的“插入图层”按钮，新建“图层 2”，执行“文件>导入>导入到舞台命令，将“光盘\源文件\第 3 章\素材\image17.png”导入场景中，如图 3-228 所示。按 F8 键，将图像转换成“名称”为“背景 2”，“类型”为“图形”的元件，如图 3-229 所示。

图 3-226　导入图像

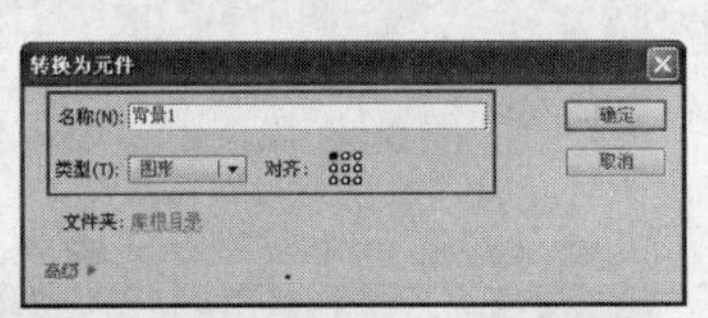

图 3-227 “转换为元件”对话框

图 3-228　导入图像

步骤 4 在第 10 帧位置单击，按 F6 键插入关键帧，设置第 1 帧的 Alpha 值为 0%，如图 3-230 所示。在第 1 帧位置创建传统补间动画，“时间轴”面板如图 3-231 所示。

图 3-229 “转换为元件”对话框

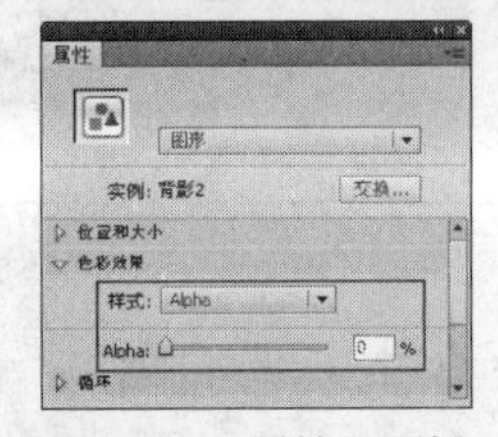

图 3-230 “属性”面板

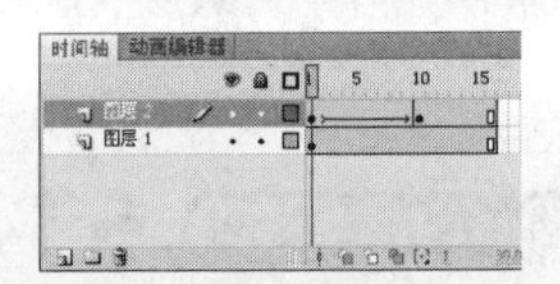

图 3-231 “时间轴”面板

步骤 5 新建“图层 3”，在第 10 帧位置按 F6 键插入关键帧，执行“文件>导入>导入到舞台”命令，将“光盘\源文件\第 3 章\素材\image18.png”导入场景中，如图 3-232 所示。按 F8 键，将图像转换成“名称”为“背景 3”，“类型”为“图形”的元件，如图 3-233 所示。

步骤 6 在第 15 帧位置按 F6 键插入关键帧，设置第 10 帧的 Alpha 值为 0%，并在第 10 帧位置创建传统补间动画，“时间轴”面板如图 3-234 所示。

图 3-232　导入图像

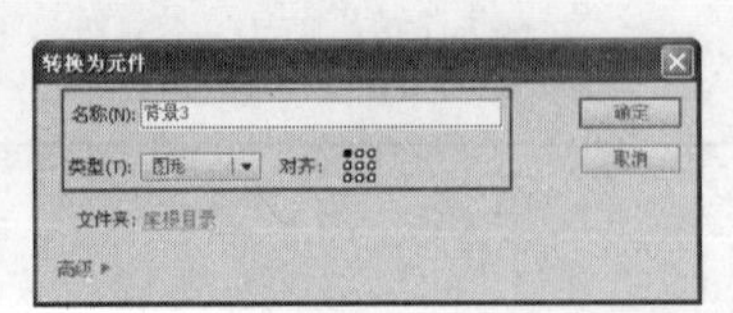

图 3-233 “转换为元件”对话框

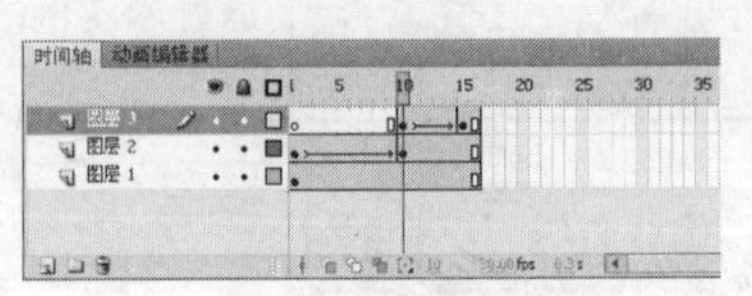

图 3-234 “时间轴”面板

步骤 7 执行“插入>新建元件”命令，新建名称为“小草动画”，“类型”为“影片剪辑”的元件，如图 3-235 所示。单击“椭圆工具”按钮，设置“笔触颜色”为无，“填充颜色”为#000000，

“调色”面板上的 Alpha 值为 10%，如图 3-236 所示。

步骤 8 在场景中绘制一个椭圆，如图 3-237 所示。在第 10 帧位置单击，按 F6 键插入关键帧，按住 Shift 键使用“任意变形工具”将图形等比例放大，如图 3-238 所示。

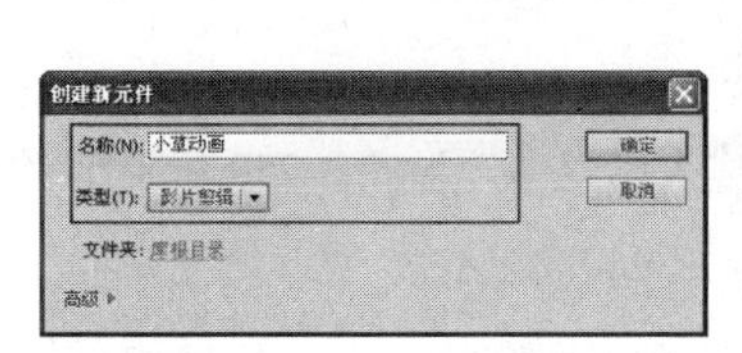

图 3-235 “创建新元件”对话框

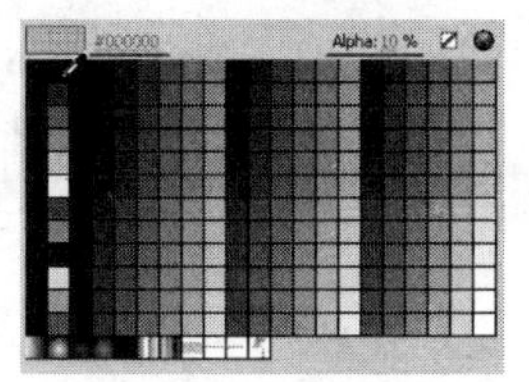

图 3-236　设置颜色

图 3-237　绘制椭圆

图 3-238　调整图形

步骤 9 在第 1 帧位置创建补间形状动画，在第 15 帧位置按 F5 键插入帧，“时间轴”面板如图 3-239 所示。新建“图层 2”，在第 10 帧位置按 F6 键插入关键帧，执行“文件>导入>导入到舞台”命令，将“光盘\源文件\第 3 章\素材\image19.png”导入场景中，如图 3-240 所示。

步骤 10 使用“选择工具”将图形选中，按 F8 键，将图像转换成“名称”为“小草”，“类型”为“图形”的元件，如图 3-241 所示。在第 15 帧位置单击，按 F6 键插入关键帧，将元件垂直向上移动，如图 3-242 所示。

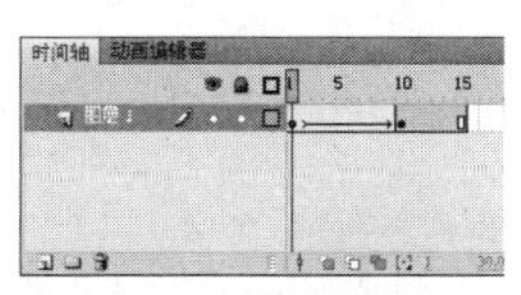

图 3-239 “时间轴”面板

图 3-240　导入图像

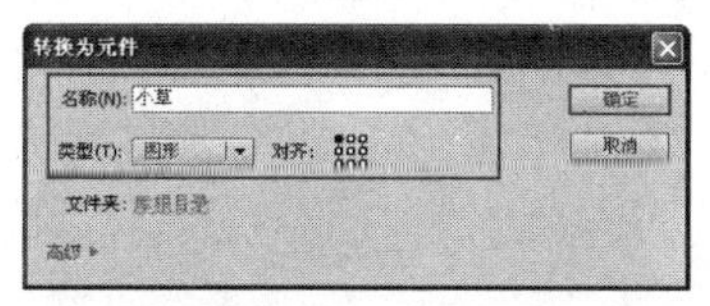

图 3-241 “转换为元件”对话框

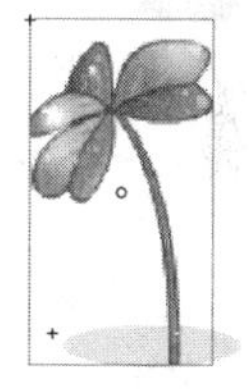

图 3-242　移动元件

步骤 11 新建“图层 3”，在第 10 帧位置按 F6 键插入关键帧，单击“矩形工具”按钮，在场景中绘制一个矩形，如图 3-243 所示。按 F8 键，将图像转换成“名称”“遮罩”，“类型”为“图形”的元件，如图 3-244 所示。

步骤 12 在“图层 3”面板上单击右键，在弹出的菜单中选择“遮罩层”命令，如图 3-245 所示，“时间轴”面板如图 3-246 所示。

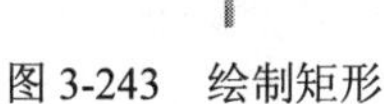

图 3-243　绘制矩形

图 3-244 “转换为元件”对话框

图 3-245　选择“遮罩层”命令

步骤 13 新建“图层 4”，在第 15 帧位置按 F6 键插入关键帧，执行“窗口>动作”命令，如图 3-247 所示，打开“动作”面板，在面板中输入“stop();”脚本语言，如图 3-248 所示。

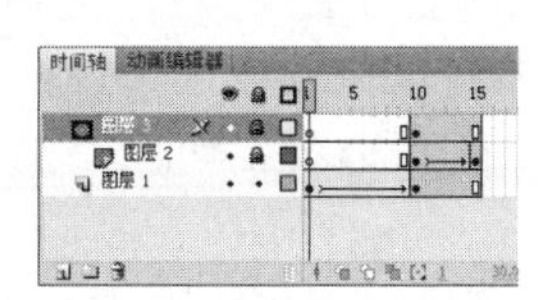

图 3-246 “时间轴”面板

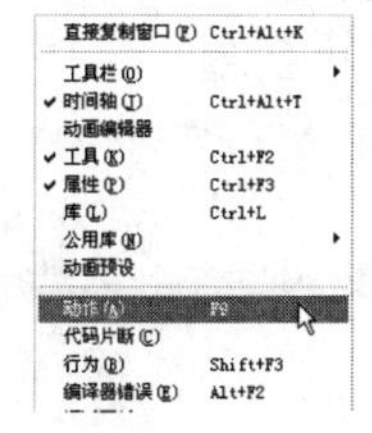

图 3-247　执行“动作”命令

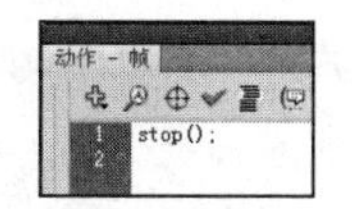

图 3-248 “动作”面板

技巧

按F9键也可打开“动作”面板。

步骤 14 返回“场景1”编辑状态，新建“图层4”，在第15帧位置按F6插入关键帧，打开“库”面板，如图3-249所示。将“小草动画”元件从“库”面板中拖入场景中，如图3-250所示。

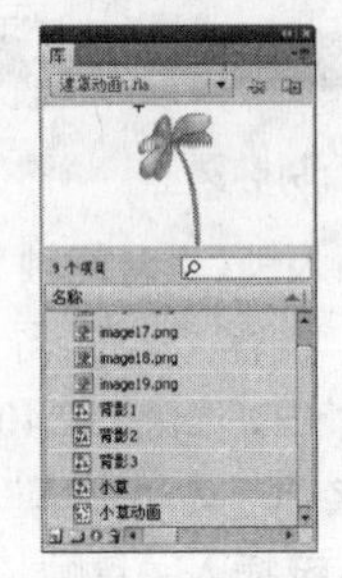

图3-249 “库”面板

图3-250 拖入元件

步骤 15 接下来读者可以按照自己的想法，随意将“小草动画”元件多次拖到场景中的不同位置，如图3-251所示。新建一个图层，在第16帧位置按F6键插入关键帧，打开“动作”面板，在面板中输入“stop();”脚本语言，“时间轴”面板如图3-252所示。

图3-251 拖入元件

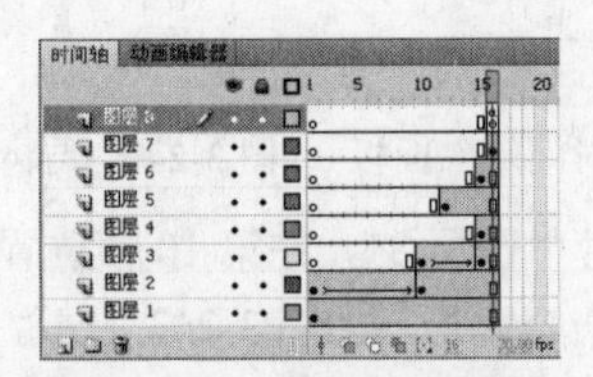

图3-252 “时间轴”面板

技巧

将制作好的“影片剪辑”元件拖入场景中，使用“任意变形工具”将元件放大、缩小，或执行“修改>变形>水平翻转”命令，可以实现大小不同、形状不一的动画效果。

步骤 16 执行“文件>保存”命令，将动画保存为“光盘\源文件\第3章\花朵茁壮生长动画.fla”，按Ctrl+Enter键测试影片，动画效果如图3-253所示。

图3-253 预览动画效果

实例小结

通过本实例的制作，读者可学会利用同一个元件动画，实现多个大小不同、形状不一的动画效果。

Example 实例 54　变脸动画

案例文件	光盘\源文件\第 3 章\变脸动画.fla
视频文件	光盘\视频\第 3 章\变脸动画.swf
难易程度	★☆☆☆☆
学习时间	10 分钟
（1）（2）（3）（4）	1. 新建元件，绘制图形，并转换成元件，制作出动画效果。 2. 回到主场景，将图像导入场景中。 3. 新建图层，将图像导入场景中，新建图层，将图形动画元件拖入场景中，并将该图层设置为遮罩层。 4. 完成动画的制作，测试动画效果。

Example 实例 55　图片遮罩动画

案例文件	光盘\源文件\第 3 章\图片遮罩动画.fla
视频文件	光盘\视频\第 3 章\图片遮罩动画.swf
难易程度	★★☆☆☆
学习时间	20 分钟
实例要点	➢ 元件的排列 ➢ “遮罩层”的应用
实例目的	通过本实例的制作，了解元件的排列效果以及“遮罩层”应用方法

操作步骤

步骤 1 执行“文件>新建”命令，新建一个 Flash 文档，如图 3-254 所示。打开“文档设置”对话框，设置“尺寸”为 400 像素 × 650 像素，“背景颜色”为#FFCC00，“帧频”为 30，如图 3-255 所示。

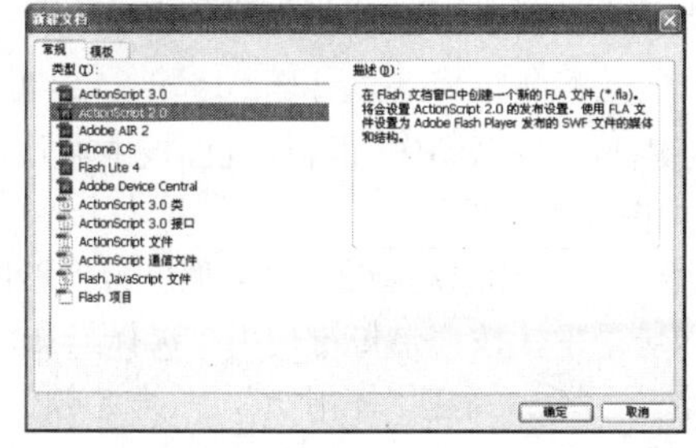

图 3-254　新建 Flash 文档

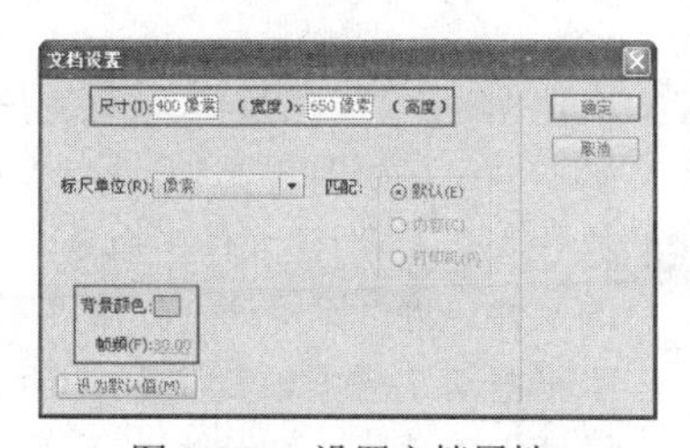

图 3-255　设置文档属性

步骤 2 执行“文件>导入>导入到舞台”命令，将“光盘\源文件\第 3 章\素材\image28.png”导入场景中，如图 3-256 所示。按 F8 键，将图像转换成“名称”为“背景”，“类型”为“影片剪辑”的元件，如图 3-257 所示。

步骤 3 打开“属性”面板，单击“添加滤镜”按钮，在弹出的列表中选择“投影”选项，设置“模糊 X”为 5 像素，“模糊 Y”为 5 像素，“强度”为 50%，“品质”为“高”，保持其他默认设置，如图 3-258 所示，场景效果如图 3-259 所示。

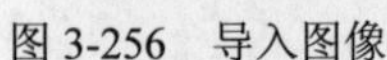
图 3-256 导入图像

图 3-257 “转换为元件”对话框

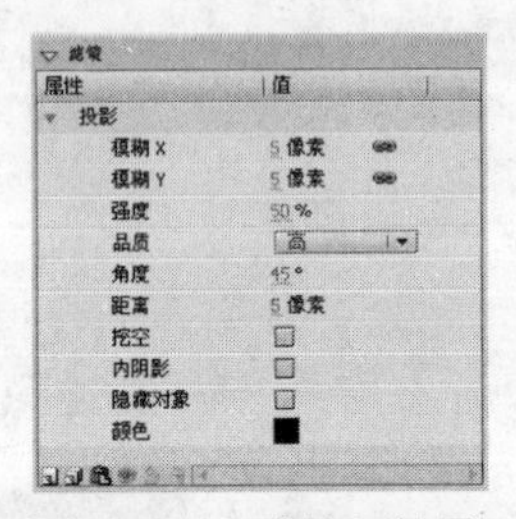

图 3-258 “滤镜”效果

图 3-259 场景效果

技巧

只有“影片剪辑”元件和“按钮”元件才可以添加“滤镜”效果。

步骤 4 执行“插入>新建元件”命令，新建一个“名称”为“遮罩动画”，“类型”为“影片剪辑”的元件，如图 3-260 所示。单击“矩形工具”按钮，在场景中绘制一个尺寸为 33 像素 × 33 像素的矩形，如图 3-261 所示。

步骤 5 按 F8 键，将图形转换成“名称”为“遮罩”，“类型”为“图形”的元件，如图 3-262 所示。在第 30 帧位置按 F6 键插入关键帧，按住 Shift 键使用“任意变形工具”将元件等比例缩放成尺寸为 70 像素 × 70 像素的元件，如图 3-263 所示。在第 1 帧位置创建传统补间动画，并设置“属性”面板的“旋转”为“顺时帧”旋转 1 次，“属性”面板如图 3-264 所示。

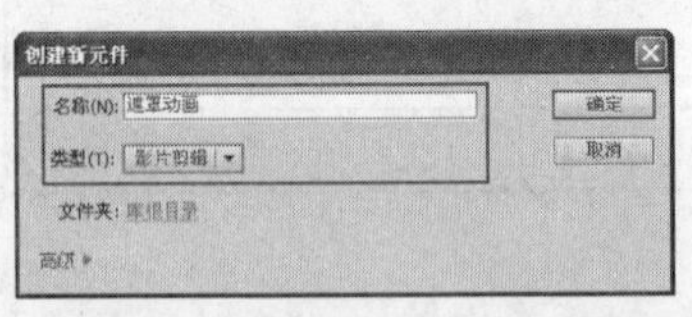

图 3-260 “创建新元件”对话框

图 3-261 绘制矩形

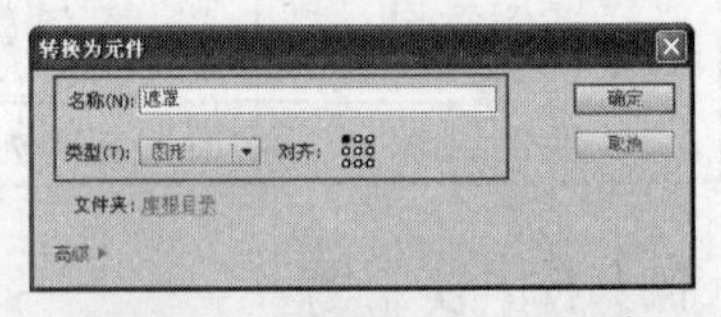

图 3-262 “转换为元件”对话框

技巧

在关键帧上设置“补间”类型为“动画”之后，“属性”面板中就会出现控制动画播放的设置。

步骤 6 新建“图层 2”，在第 30 帧位置按 F6 键插入关键帧，打开“动作”面板，在面板中输入“stop();”脚本语言，如图 3-265 所示，“时间轴”面板如图 3-266 所示。

步骤 7 执行“插入>新建元件”命令，新建一个“名称”为“遮罩动画 2”，“类型”为“影片剪辑”的元件，将“遮罩动画”从“库”面板中拖入场景中，按住 Alt 键使用“选择工具”将元件水平拖动 7 像素，复制出一个元件，如图 3-267 所示。新建“图层 2”，在第 5 帧位置按 F6 键插入关键帧，将元件垂直向下移动 7 像素，如图 3-268 所示。

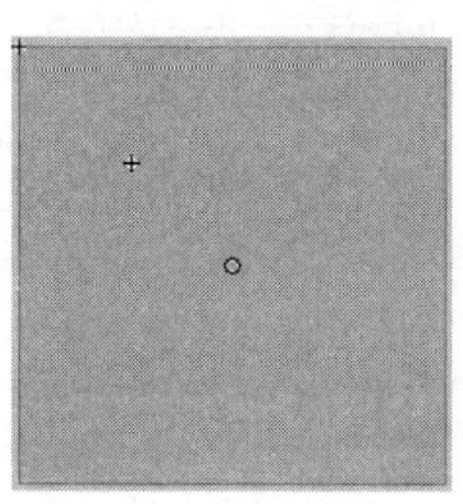

图 3-263　缩放元件

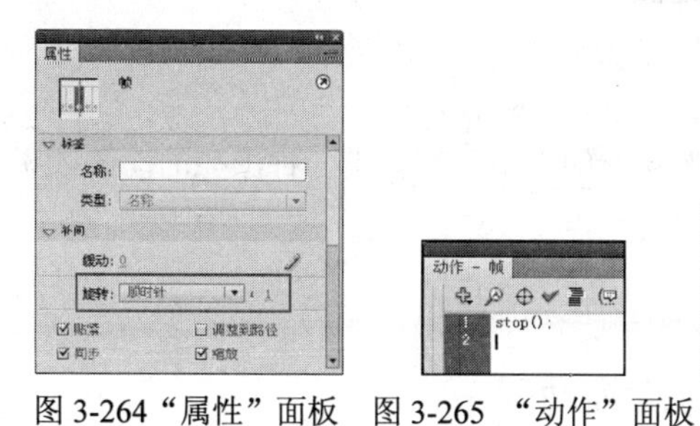

图 3-264“属性”面板　图 3-265　“动作”面板

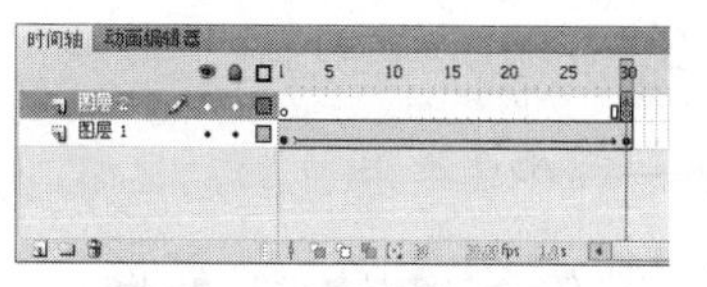

图 3-266　“时间轴”面板

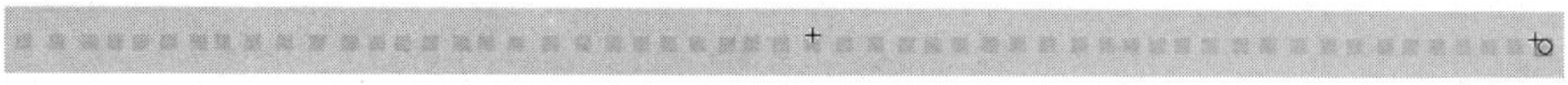

图 3-267　排列元件

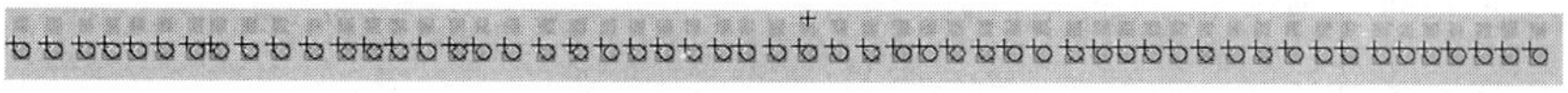

图 3-268　排列元件

步骤 8 采用同样方法，复制出可能覆盖整个“背景”元件的“遮罩动画”元件，如图 3-269 所示。新建一个图层，在最后一帧位置按 F6 键插入关键帧，打开“动作”面板，在面板中输入“stop();”脚本语言，“时间轴”面板如图 3-270 所示。

图 3-269　复制元件

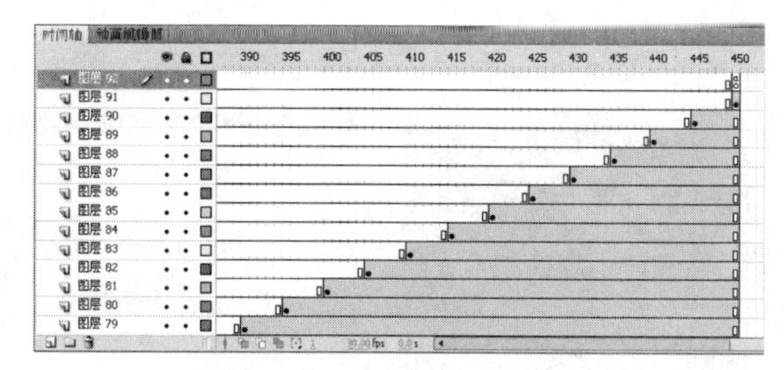

图 3-270　“时间轴”面板

步骤 9 返回“场景 1”编辑状态，新建“图层 2”，将“遮罩动画 2”元件从“库”面板中拖入场景中，如图 3-271 所示。在“图层 2”上单击右键，在弹出的菜单中选择“遮罩层”命令，新建“图层 3”，打开“动作”面板，在面板中输入“stop();”脚本语言，“时间轴”面板如图 3-272 所示。

步骤 10 执行“文件>保存”命令，将动画保存为“光盘\源文件\第 3 章\图片遮罩动画.fla”，按 Ctrl+Enter 键测试影片，动画效果如图 3-273 所示。

图 3-271　拖入元件

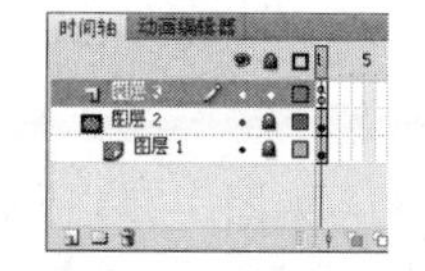

图 3-272　“时间轴”面板

图 3-273　预览动画效果

实例小结

本实例的重点是“遮罩层”功能的应用，制作出一种漂亮的动画效果。

Example 实例 56 幻灯片动画

案例文件	光盘\源文件\第 3 章\幻灯片动画.fla
视频文件	光盘\视频\第 3 章\幻灯片动画.swf
难易程度	★☆☆☆☆
学习时间	20 分钟

(1)

(2)

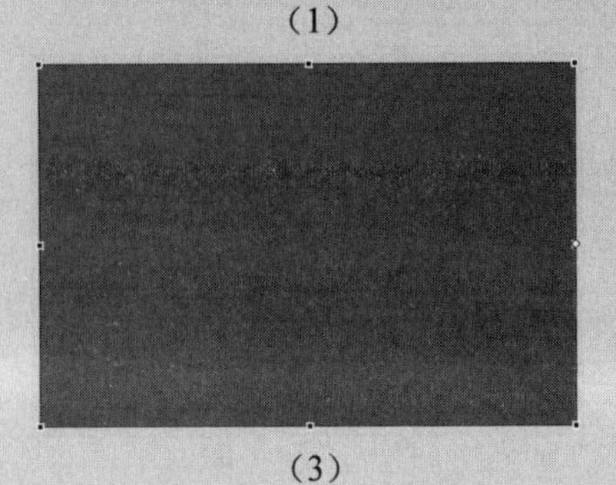
(3)

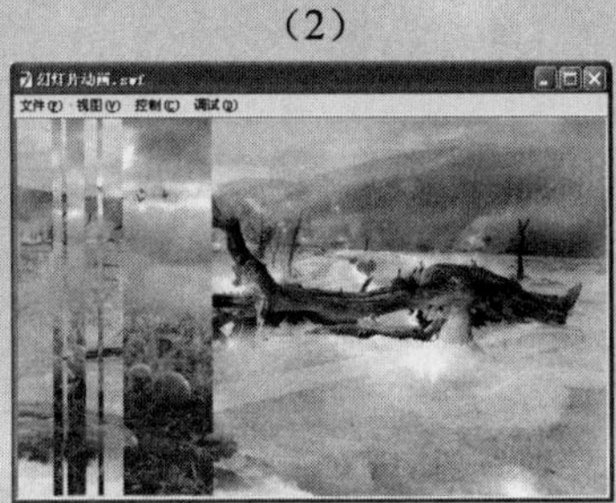
(4)

1. 导入动画的图像素材。

2. 新建图层，在相应的位置插入关键帧，使用“矩形工具”绘制矩形，并其转换成元件。

3. 在相应的位置插入关键帧，将矩形元件拉长，创建传统补间，并将该层设置为遮罩层。

4. 完成动画的制作，测试动画效果。

Example 实例 57 田园风光遮罩动画

案例文件	光盘\源文件\第 3 章\田园风光遮罩动画.fla
视频文件	光盘\视频\第 3 章\田园风光遮罩动画.swf
难易程度	★★☆☆☆
学习时间	20 分钟
实例要点	➢ “遮罩层”的应用 ➢ 形状补间动画的制作
实例目的	通过本实例的制作，了解遮罩动画的制作方法

操作步骤

步骤 1 执行“文件>新建”命令，新建一个 Flash 文档，如图 3-274 所示。打开“文档设置”对话框，设置“尺寸”为 550 像素 × 290 像素，“帧频”为 20，如图 3-275 所示。

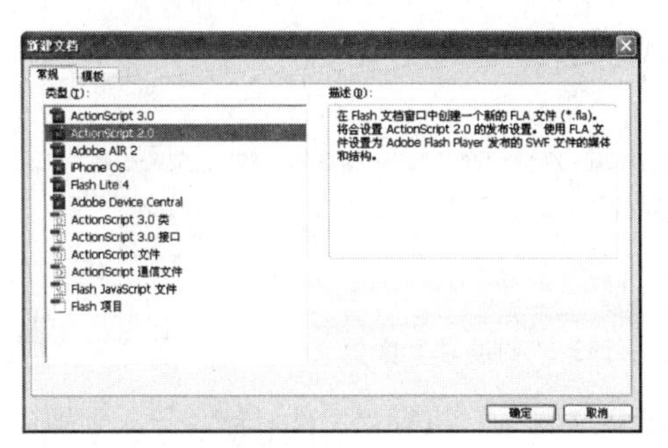
图 3-274　新建 Flash 文档

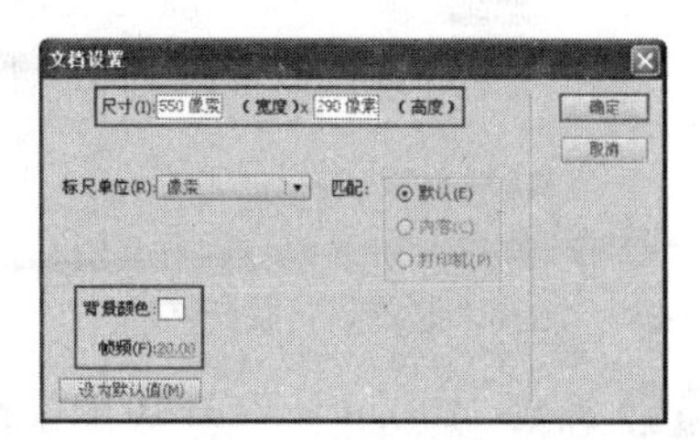
图 3-275　设置文档属性

技巧　需要设置文档属性时，可以单击“属性”面板的“大小”按钮，也可以执行“修改>文档”命令，还可以按 Ctrl+J 快捷键，打开“文档设置”对话框，在对话框中进行设置。

步骤 2 执行“文件>导入>导入到舞台”命令，将“光盘\源文件\第 3 章\素材\ tupian04.png”导入场景中，如图 3-276 所示。在第 70 帧位置按 F5 键插入帧，“时间轴”面板如图 3-277 所示。

图 3-276　导入图像

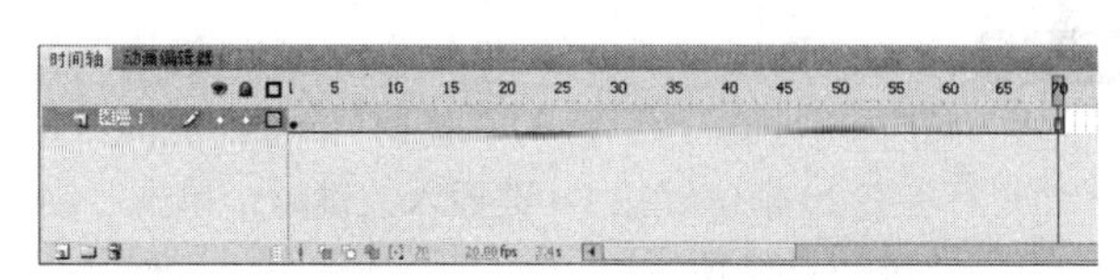
图 3-277　“时间轴”面板

步骤 3 新建“图层 2”，执行“文件>导入>导入到舞台”命令，将“光盘\源文件\第 3 章\素材\ tupian05.png”导入场景中，如图 3-278 所示。新建“图层 3”，单击“矩形工具”按钮，在场景中绘制一个如图 3-279 所示的矩形。

图 3-278　导入图像

图 3-279　绘制矩形

步骤 4 选择刚刚绘制的矩形，按 F8 键，将矩形转换成“名称”为“矩形”，“类型”为“图形”的元件，如图 3-280 所示。在第 10 帧位置按 F6 键插入关键帧，将场景中的元件向右上角移动，如图 3-281 所示，在第 1 帧位置创建传统补间动画。

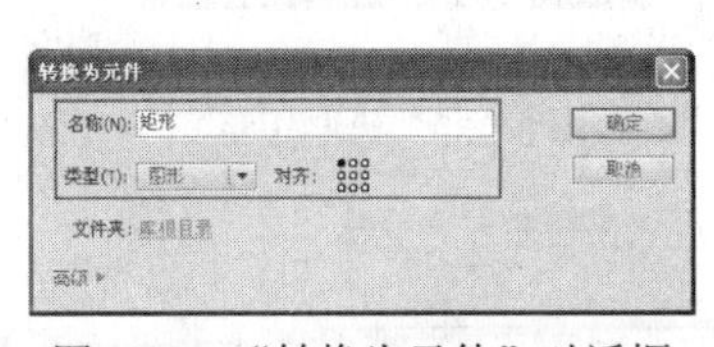
图 3-280　“转换为元件”对话框

图 3-281　移动元件

步骤 5 在“图层 3”上单击右键，在弹出的菜单中选择“遮罩层”命令，如图 3-282 所示，创建遮罩

动画，“时间轴”面板如图 3-283 所示。

图 3-282 选择“遮罩层”命令

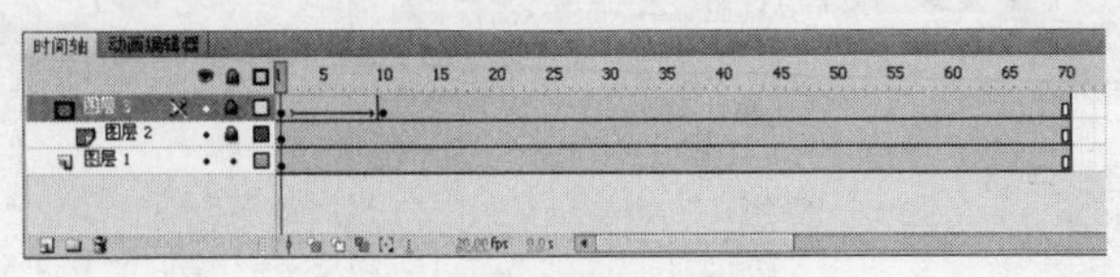

图 3-283 “时间轴”面板

步骤 6 新建“图层 4”，在第 10 帧位置按 F6 键插入关键帧，执行“文件>导入>导入到舞台”命令，将“光盘\源文件\第 3 章\素材\ tupian07.png”导入场景中，如图 3-284 所示。采用相同的方法，新建“图层 5”并导入相应的素材，如图 3-285 所示。

图 3-284 导入图像

图 3-285 导入素材

步骤 7 新建“图层 6”，在第 20 帧位置按 F6 键插入关键帧，执行“文件>导入>导入到舞台”命令，将“光盘\源文件\第 3 章\素材\ tupian08.jpg”导入场景中，如图 3-286 所示。新建“图层 7”，在第 20 帧位置按 F6 键插入关键帧，单击“钢笔工具”按钮，在场景中绘制一个三角形，如图 3-287 所示。

图 3-286 导入图像

图 3-287 绘制路径

步骤 8 单击“颜料桶工具”按钮，在刚刚绘制的三角形路径内单击，效果如图 3-288 所示。在第 35 帧位置按 F7 键插入空白关键帧，单击“矩形工具”按钮，绘制一个矩形，如图 3-289 所示。在第 20 帧创建补间形状动画，在“图层 7”上单击右键，在弹出的菜单中选择“遮罩层”命令，创建遮罩动画，如图 3-290 所示。

图 3-288 填充颜色

图 3-289 绘制矩形

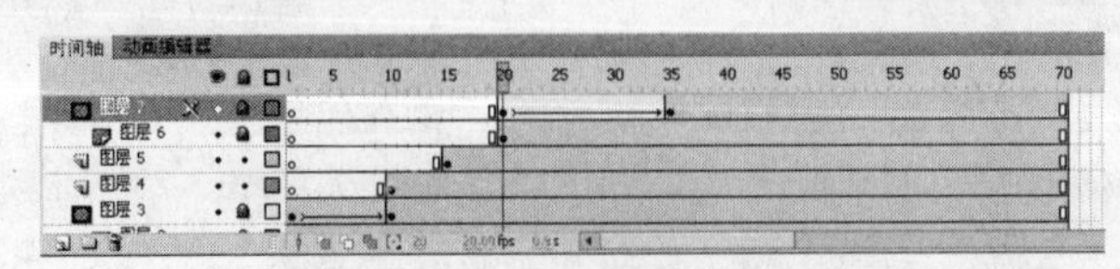

图 3-290 “时间轴”面板

步骤 9 采用“图层6”和“图层7”的制作方法，制作“图层8”和“图层9”的动画，“时间轴”面板如图3-291所示，场景效果如图3-292所示。

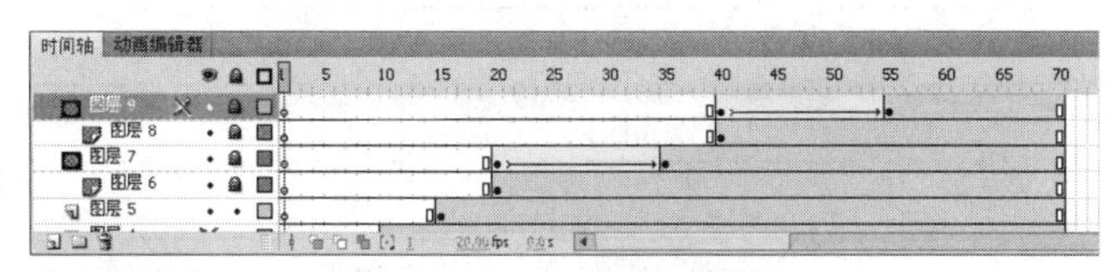

图3-291　“时间轴”面板

图3-292　场景效果

步骤 10 新建“图层10”，在第60帧位置按F6键插入关键帧，“时间轴”面板如图3-293所示。执行“文件>导入>导入到舞台”命令，将“光盘\源文件\第3章\素材\ tupian010.png”导入场景中，调整图像的位置，如图3-294所示。

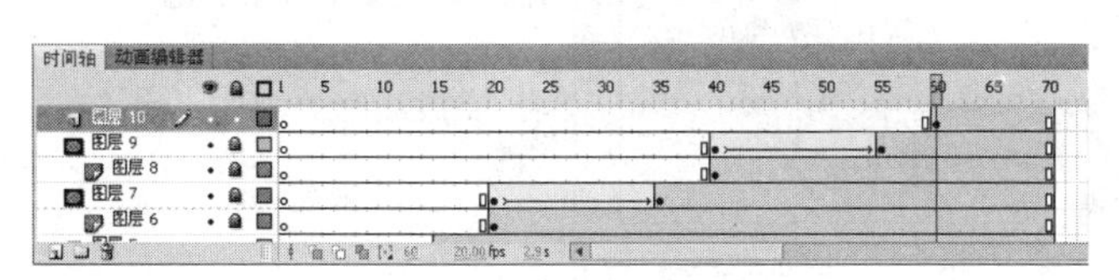

图3-293　“时间轴”面板

图3-294　导入图像

步骤 11 新建“图层11”，在第70帧位置按F6键插入关键帧，打开“动作”面板，输入“stop();”脚本语言，如图3-295所示，“时间轴”面板如图3-296所示。

图3-295　输入脚本语言

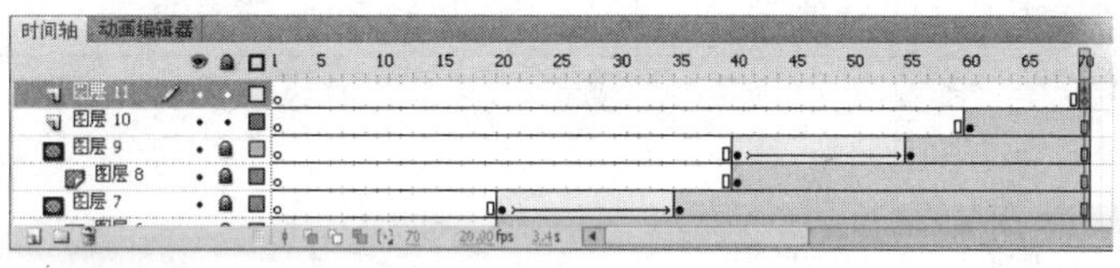

图3-296　“时间轴”面板

步骤 12 执行“文件>保存”命令，将动画保存为“光盘\源文件\第 3 章\田园风光遮罩动画.fla”，按Ctrl+Enter键测试影片，动画效果如图3-297所示。

图3-297　预览动画效果

实例小结

本实例主要使用“钢笔工具”和“矩形工具”绘制图形，利用“遮罩层”功能，制作出淡入的效果。

Example 实例 58 女士主题遮罩动画

案例文件	光盘\源文件\第 3 章\女士主题遮罩动画.fla
视频文件	光盘\视频\第 3 章\女士主题遮罩动画.swf
难易程度	★★☆☆☆
学习时间	25 分钟

（1） （2） （3） （4）

1．使用“矩形工具”绘制矩形，并制作出由小变大的动画。

2．返回主场景，导入背景图像。

3．将人物图像导入场景中，将矩形动画元件拖入场景中，并将矩形所在图层设置为遮罩层。

4．完成动画的制作，测试动画效果。

Example 实例 59 动感线条动画

案例文件	光盘\源文件\第 3 章\动感线条动画.fla
视频文件	光盘\视频\第 3 章\动感线条动画.swf
难易程度	★★☆☆☆
学习时间	15 分钟
实例要点	➢ “椭圆工具”的应用 ➢ 补间的制作
实例目的	通过本实例的制作，了解形状补间动画与遮罩动画的制作方法

操作步骤

步骤 1 执行“文件>新建”命令，新建一个 Flash 文档，如图 3-298 所示。打开“文档设置”对话框，设置“尺寸”为 565 像素×296 像素，“背景颜色”为#FFFFFF，“帧频”为 60，如图 3-299 所示。

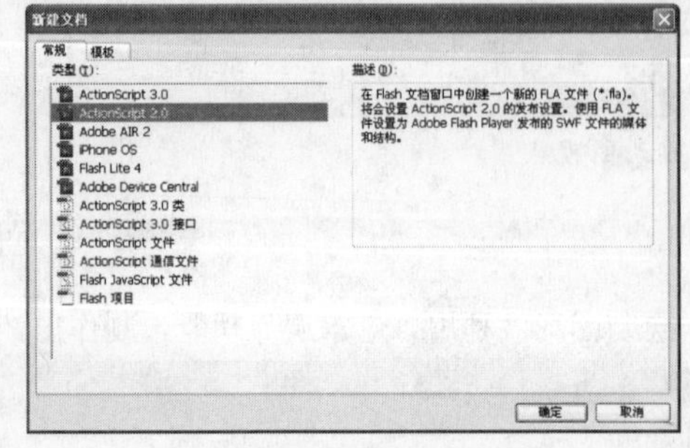

图 3-298 新建 Flash 文档

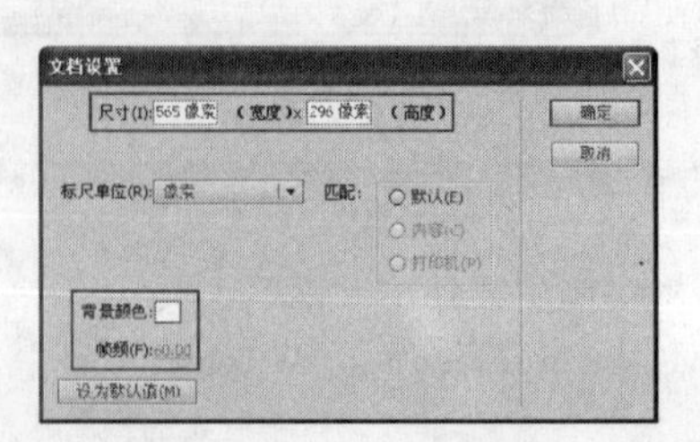

图 3-299 设置文档属性

步骤 2 执行“文件>导入>导入到舞台”命令，将“光盘\源文件\第3章\素材\ image35.jpg”导入场景中，如图3-300所示。按F8键，将图像转换成“名称”为“背景”，“类型”为“图形”的元件，如图3-301所示，在第75帧位置按F5键插入帧。

步骤 3 新建“图层2”，单击“椭圆工具”按钮，绘制一个椭圆图形，如图3-302所示。在第15帧位置按F6键插入关键帧，使用“任意变形工具”将图形放大到覆盖整个场景，如图3-303所示。在第1帧位置创建形状补间动画，在“图层2”上单击右键，在弹出的菜单中选择“遮罩层”命令，创建遮罩动画，如图3-304所示。

图3-300　导入图像

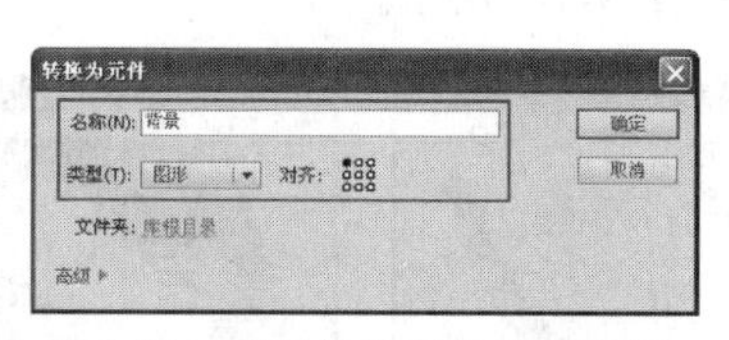

图3-301　“转换为元件”对话框

图3-302　绘制椭圆形

图3-303 调整图形

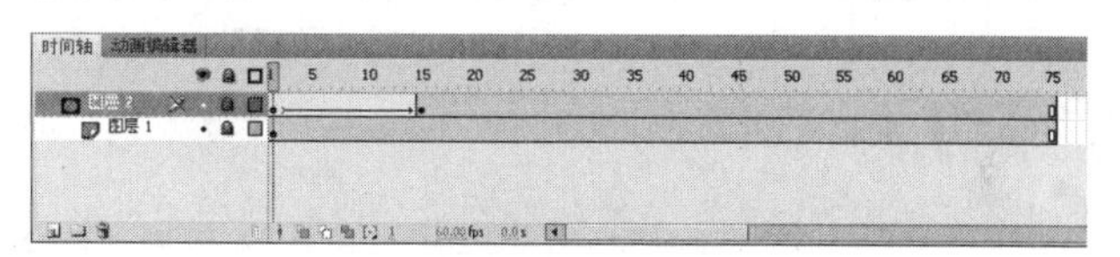

图3-304　“时间轴”面板

> **技巧** 用作“遮罩层”的图形没有颜色的差别，所以在制作用于“遮罩层”的图形时，就不需要刻意去调整颜色了。

步骤 4 新建“图层3”，在第15帧位置按F6键插入关键帧，执行“文件>导入>导入到舞台”命令，将“光盘\源文件\第3章\素材\ image36.png”导入场景中，如图3-305所示。新建“图层4”，使用“椭圆工具”在场景中绘制一个椭圆图形，如图3-306所示。

图3-305　导入图像

图3-306　绘制椭圆

步骤 5 在第15帧位置按F6键插入关键帧，使用“任意变形工具”将图形放大，如图3-307所示。在第30帧位置按F6键插入关键帧，在第15帧位置创建补间形状动画，在“图层4”上单击鼠标右键，在弹出的菜单中选择“遮罩层”命令，创建遮罩动画，如图3-308所示。

图3-307　调整图形

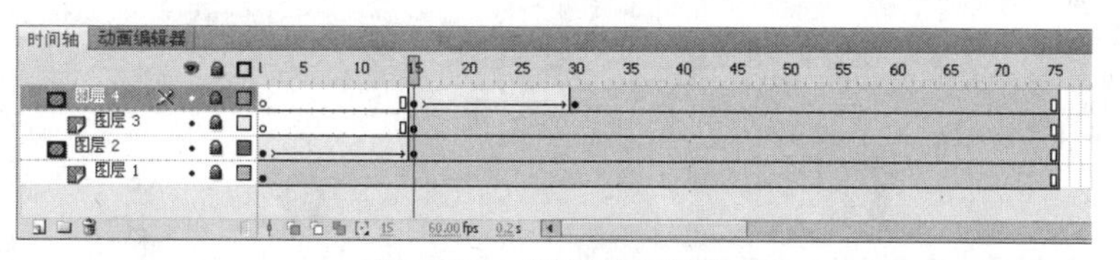

图3-308　“时间轴”面板

步骤 6 采用同样的方法，将“iamge37.png”、“image38.png”、“image39.png”先后导入场景中，并制作出同样的遮罩动画效果，场景效果如图3-309所示，“时间轴”面板如图3-310所示。

图 3-309　场景效果

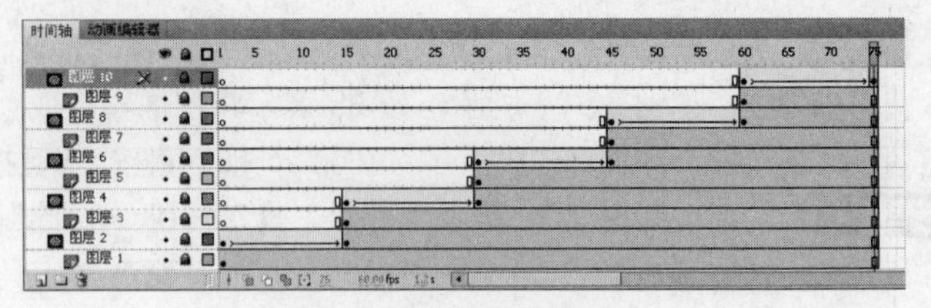

图 3-310　“时间轴”面板

步骤 7 执行“文件>保存”命令，将动画保存为“光盘\源文件\第 3 章\动感线条动画.fla”，按 Ctrl+Enter 键测试影片，动画效果如图 3-311 所示。

图 3-311　预览动画效果

实例小结

本实例主要使用“椭圆工具”绘制图形，然后制作出“形状补间”动画，利用“遮罩层”功能，制作出动画效果。

Example 实例 60 商业动画

案例文件	光盘\源文件\第 3 章\商业动画.fla
视频文件	光盘\视频\第 3 章\商业动画.swf
难易程度	★★☆☆☆
学习时间	15 分钟

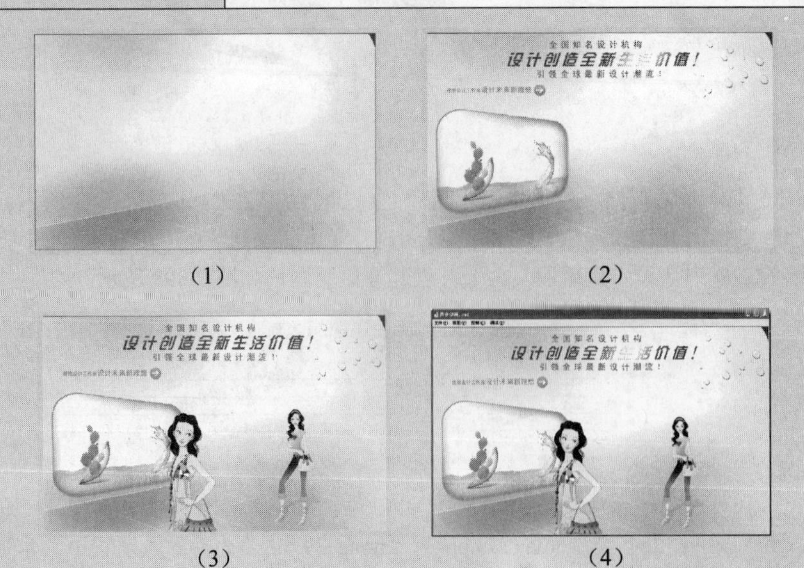

(1)　(2)　(3)　(4)

1. 制作相应的元件，返回主场景，将背景图像导入场景中。

2. 将图像导入场景中，并将其转换成元件，制作淡入效果，并制作出文本的遮罩动画。

3. 将人物图像导入场景中，制作淡入效果。

4. 完成动画的制作，测试动画效果。

第4章 文字特效

■ 本章内容

- ➢ 分散式文字动画效果
- ➢ 发光文字动画效果
- ➢ 闪烁文字动画效果
- ➢ 放大镜文字动画效果
- ➢ 阴影文字动画效果
- ➢ 蚕食文字动画效果
- ➢ 波光粼粼文字动画效果
- ➢ 波纹文字动画效果
- ➢ 点式闪烁文字动画效果
- ➢ 星光文字动画效果
- ➢ 广告式文字动画效果
- ➢ 跳跃文字动画效果
- ➢ 摇奖式文字动画效果
- ➢ 旋转花纹文字动画效果
- ➢ 迷雾式文字动画效果
- ➢ 镜面文字动画效果
- ➢ 波浪式文字动画效果
- ➢ 聚光灯文字动画效果
- ➢ 落英缤纷文字动画效果
- ➢ 螺旋翻转文字动画效果

本章主要讲解各种文字动画效果的制作方法，包括各种精彩的文字效果。

Example 实例 61 分散式文字动画效果

案例文件	光盘\源文件\第 4 章\分散式文字动画效果.fla
视频文件	光盘\视频\第 4 章\分散式文字动画效果.swf
难易程度	★★☆☆☆
学习时间	15 分钟
实例要点	➢ 设置字体“属性”。 ➢ 设置元件的“实例名称”。
实例目的	通过分散式文字动画的制作，掌握此类动画的制作要点

操作步骤

步骤 1 新建一个 Flash 文档，如图 4-1 所示，单击“属性”面板的“编辑”按钮，弹出“文档设置”对话框，设置“尺寸”为 507 像素×234 像素，“背景颜色”为#FFFFFF，“帧频”为 36，如图 4-2 所示。

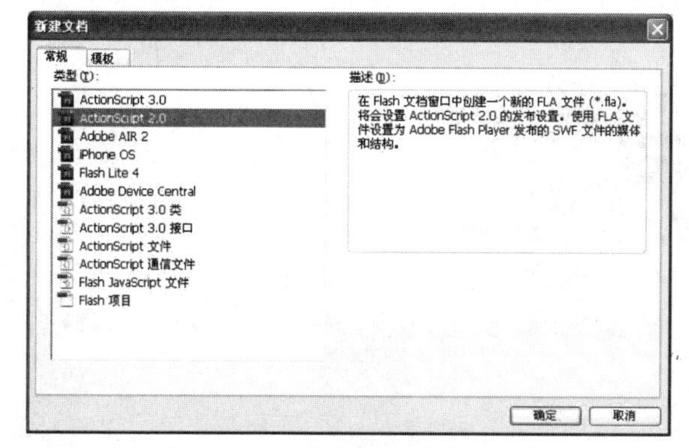

图 4-1 新建 Flash 文档

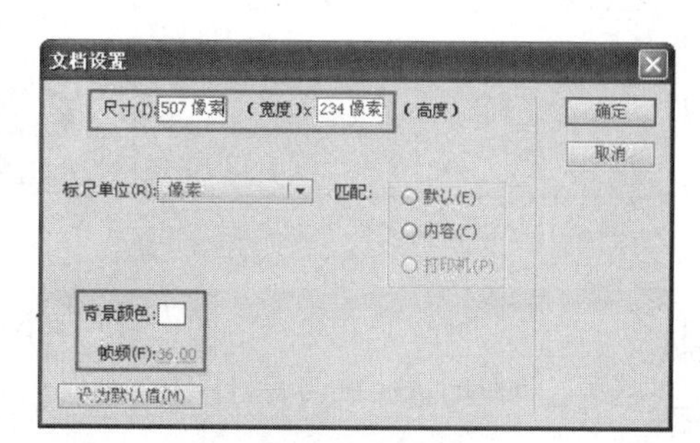

图 4-2 设置文档属性

步骤 2 新建一个“名称”为“字 1”的“影片剪辑”元件，如图 4-3 所示，单击“工具箱”中“文本工具”按钮T，设置“字体”为“汉仪秀英体简”，“大小”为 40 点，“颜色”为#66CC00，如图 4-4 所示。

步骤 3 在场景中输入如图 4-5 所示文本，选中该文本，执行“修改>分离”命令，将文本分离，如图 4-6 所示，按 F8 键，将文本转换成“名称”为“文字 1”，“类型”为“图形”的元件，如

图 4-7 所示。参照“字 1”元件的制作方法，制作出“字 2”、“字 3”、“字 4”、“字 5”、“字 6”、“字 7”、“字 8”元件，如图 4-8 所示。

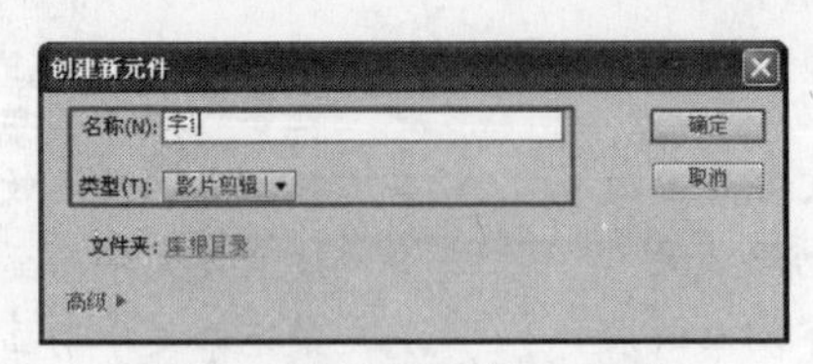

图 4-3 “创建新元件”对话框

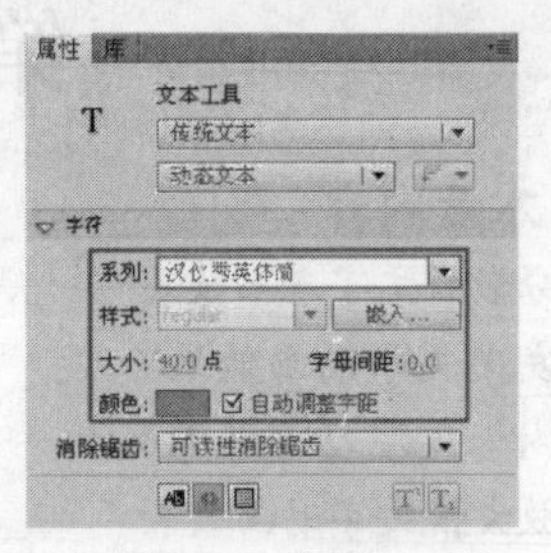

图 4-4 “属性”面板

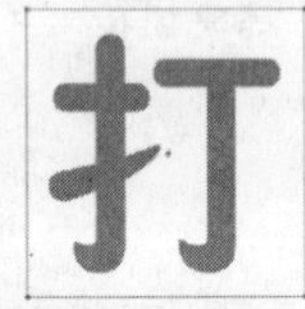

图 4-5 输入文本

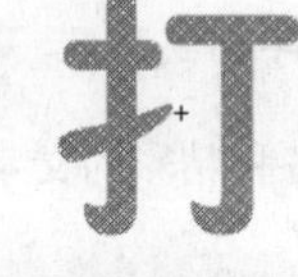

图 4-6 分离文本

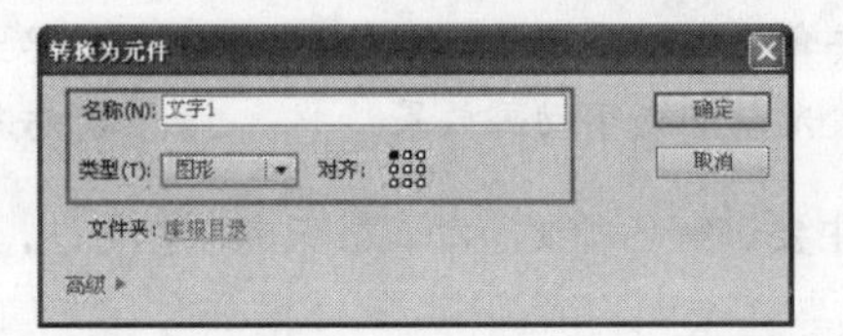

图 4-7 “转换为元件”对话框

图 4-8 制作其他元件

> **技巧** 只有将字体分离，才能在没有此种字体的其他计算机上正常播放，否则将会用宋体取代特殊的字体。

步骤 4 新建一个“名称”为“反应区”的“按钮”元件，如图 4-9 所示，在“点击”位置单击，插入关键帧，使用“矩形工具”在场景中绘制如图 4-10 所示的矩形。

步骤 5 返回“场景 1”编辑状态，将“光盘\源文件\第 4 章\素材\tupian001.jpg”导入场景中，如图 4-11 所示，新建“图层 2”，将“反应区”元件从“库”面板中拖入场景中，如图 4-12 所示。

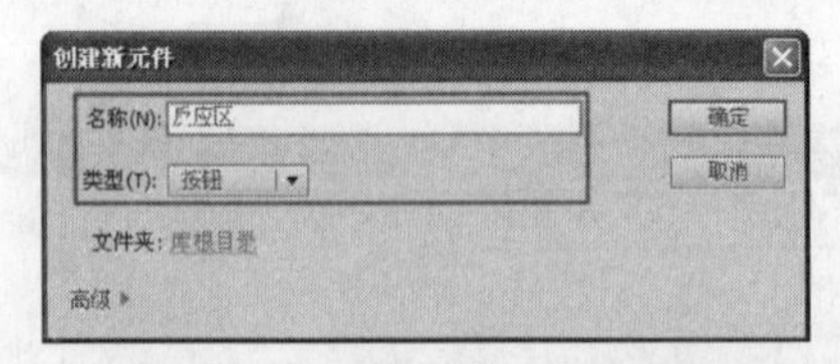

图 4-9 “创建新元件”对话框

图 4-10 绘制矩形

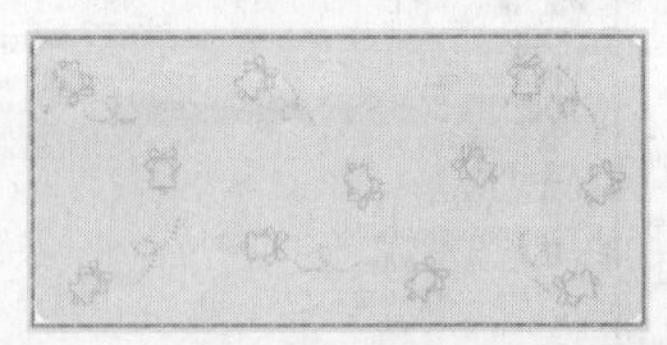
图 4-11 导入图像

> **技巧** 导入图像的快捷键为 Ctrl+R。

步骤 6 选中刚刚拖入到场景中的元件，设置其“属性”面板的“实例名称”为“text_bt”，如图 4-13 所示，再次选中该元件，在“动作”面板中输入如图 4-14 所示的脚本语言。

步骤 7 新建“图层 3”，将“字 1”元件从“库”面板中拖入场景中，如图 4-15 所示，选中该元件，设置其“属性”面板的“实例名称”为 t1，如图 4-16 所示。

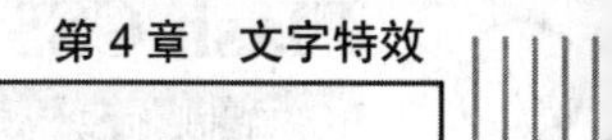

图 4-12 拖入元件

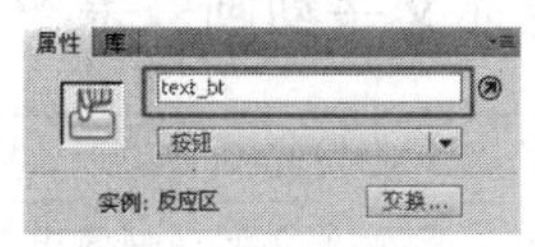

图 4-13 “属性”面板

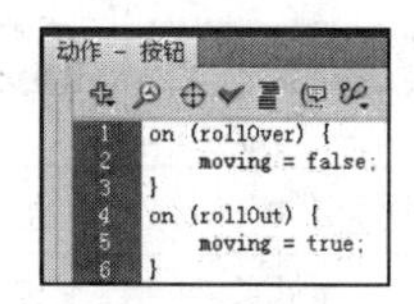

图 4-14 输入脚本语言

步骤 8 采用同样方法，依次将“字 2”、“字 3”、“字 4”、“字 5”、“字 6”、“字 7”、“字 8”元件拖入场景中，并分别设置其“实例名称”，效果如图 4-17 所示。新建“图层 4”，单击“线条工具”按钮，设置其“线条颜色”为#FFFFFF，Alpha 值为 60%，“笔触”为 1 像素，在场景中绘制线条，如图 4-18 所示。

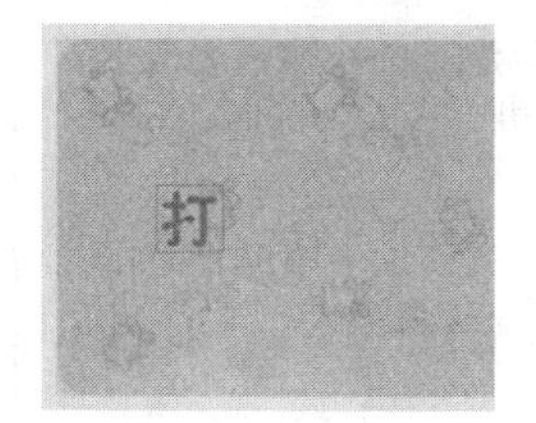

图 4-15 拖入元件

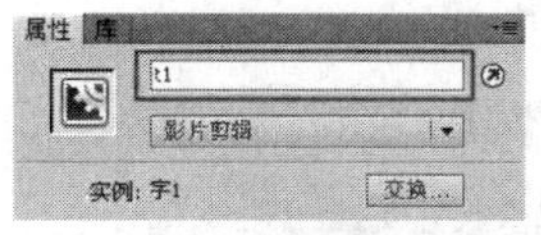

图 4-16 “属性”面板

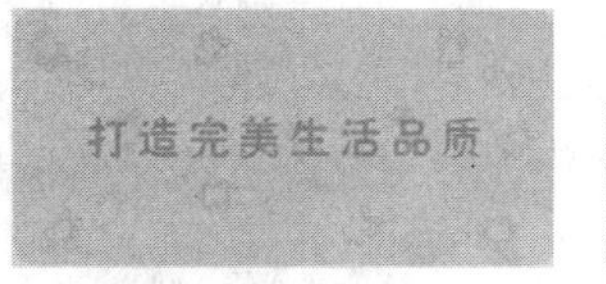

图 4-17 场景效果

图 4-18 绘制线条

步骤 9 新建“图层 5”，在“动作”面板中输入如图 4-19 所示的脚本语言，“时间轴”面板如图 4-20 所示。

图 4-19 输入脚本语言

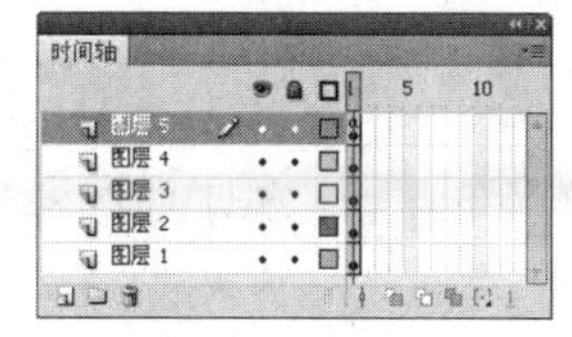

图 4-20 “时间轴”面板

步骤 10 执行“文件>保存”命令，将动画保存为“光盘\源文件\第 4 章\分散式文字动画效果.fla”，按 Ctrl+Enter 键测试影片，动画效果如图 4-21 所示。

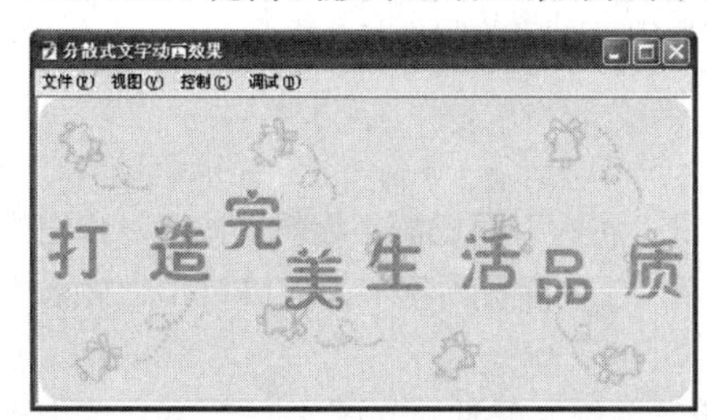

图 4-21 预览动画效果

实例小结

本实例的重点是“实例名称”及“脚本语言”的应用。通过设置文本元件的“实例名称”，结合脚本语言，制作文字动画分散的效果。

Example 实例 62 发光文字动画效果

案例文件	光盘\源文件\第 4 章\发光文字动画效果.fla
视频文件	光盘\视频\第 4 章\发光文字动画效果.swf
难易程度	★☆☆☆☆
学习时间	10 分钟

（1）

圣诞节快乐！

（2）

（3）

（4）

1．新建元件，导入背景素材图像。

2．新建元件，输入相应的文字，并制作文字动画效果。

3．在主场景中将制作好的元件以及动画拖入。

4．完成发光文字动画效果的制作，测试动画。

Example 实例 63 闪烁文字动画效果

案例文件	光盘\源文件\第 4 章\闪烁文字动画效果.fla
视频文件	光盘\视频\第 4 章\闪烁文字动画效果.swf
难易程度	★★☆☆☆
学习时间	12 分钟
实例要点	➢ 设置“色彩效果”样式的“色调”值 ➢ “遮罩层”命令的应用
实例目的	通过制作闪烁文字动画效果，掌握闪烁文字的制作方法

操作步骤

步骤 1 新建一个 Flash 文档，如图 4-22 所示，单击“属性”面板的“编辑”按钮，弹出“文档设置”对话框，设置“尺寸”为 400 像素×213 像素，“背景颜色”为#FFFF66，“帧频”为 36，如图 4-23 所示。

步骤 2 新建一个“名称”为“矩形动画”的 “影片剪辑”元件，如图 4-24 所示；单击“矩形工具”按钮▭，设置其“笔触颜色”为无，“填充颜色”为#FFFFFF，如图 4-25 所示。

步骤 3 在场景中绘制一个矩形，选中该矩形，设置其“宽”为 36 像素，“高”为 39 像素，如图 4-26 所示；场景效果如图 4-27 所示。

步骤 4 选中刚刚绘制的矩形，按 F8 键，将矩形转换成“名称”为“矩形”的“图形”元件，如图 4-28 所示。分别在第 10 帧、第 20 帧、第 30 帧、第 40 帧位置按 F6 键插入关键帧，依次选中第 10 帧、第 30 帧场景中的元件，设置其“属性”面板中 Alpha 值为 0%，如图 4-29 所示。

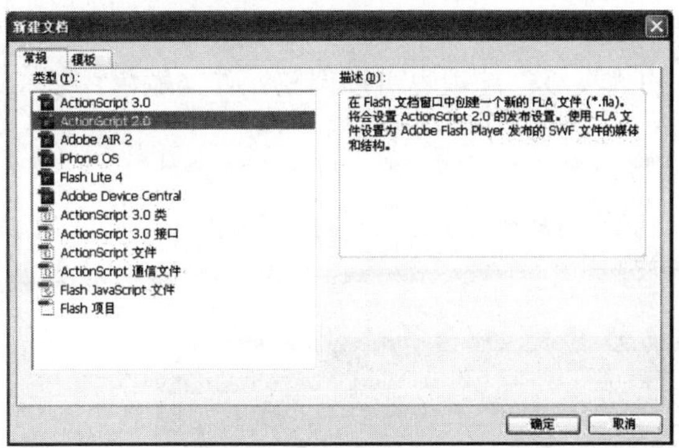

图 4-22　新建 Flash 文档

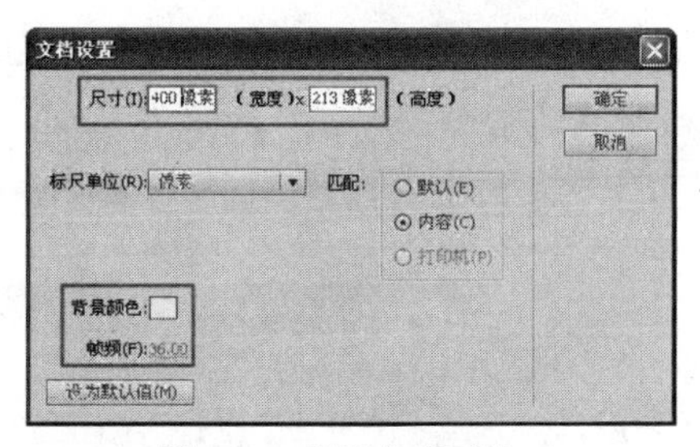

图 4-23　设置文档属性

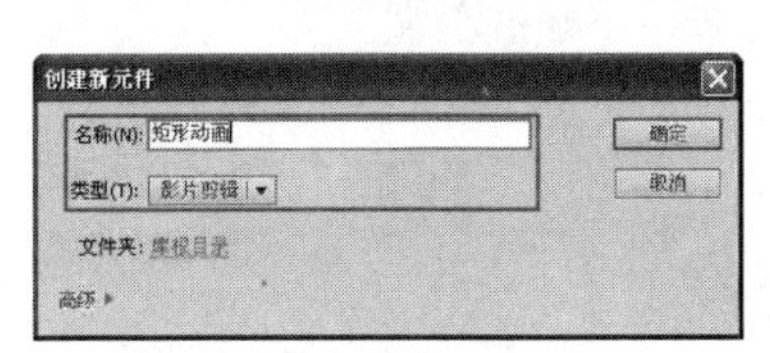

图 4-24 “创建新元件”对话框

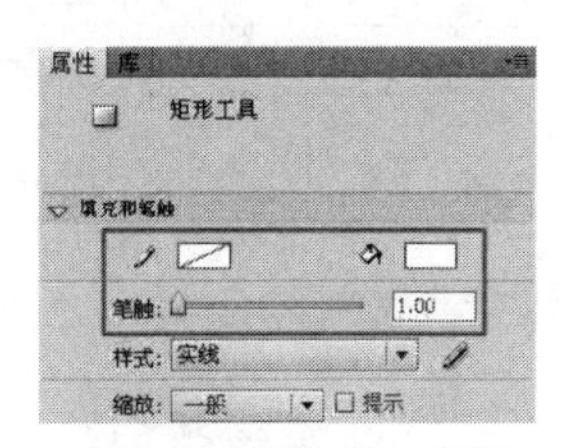

图 4-25 “属性”面板

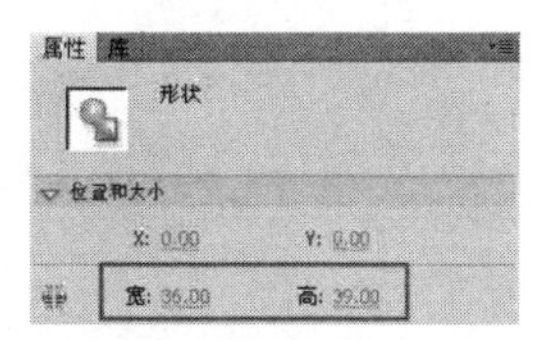

图 4-26 “属性”面板

图 4-27　场景效果

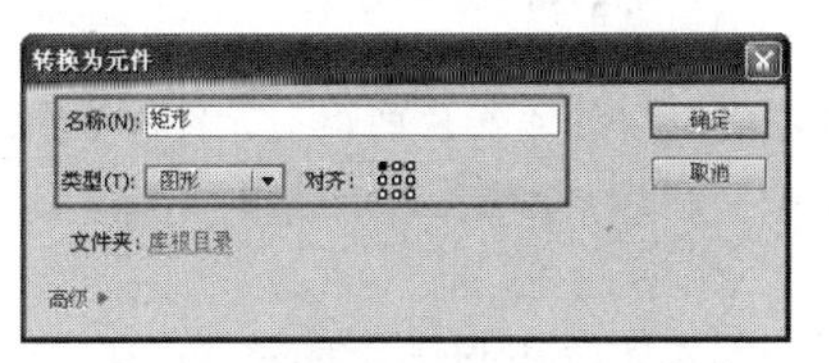

图 4-28 “转换为元件”对话框

图 4-29 “属性”面板

步骤 5 在第 1 帧、第 10 帧、第 20 帧、第 30 帧位置设置传统补间动画，在第 200 帧位置单击，按 F5 键插入帧，“时间轴”面板如图 4-30 所示。

步骤 6 新建一个“名称”为“矩形组”的“影片剪辑”元件，如图 4-31 所示。在第 35 帧位置插入关键帧，将“矩形动画”元件从“库”面板中拖入场景中，如图 4-32 所示，在第 80 帧位置插入帧。

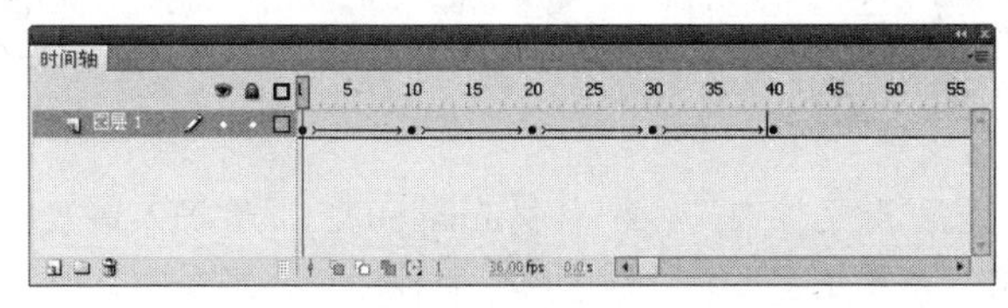

图 4-30 “时间轴”面板

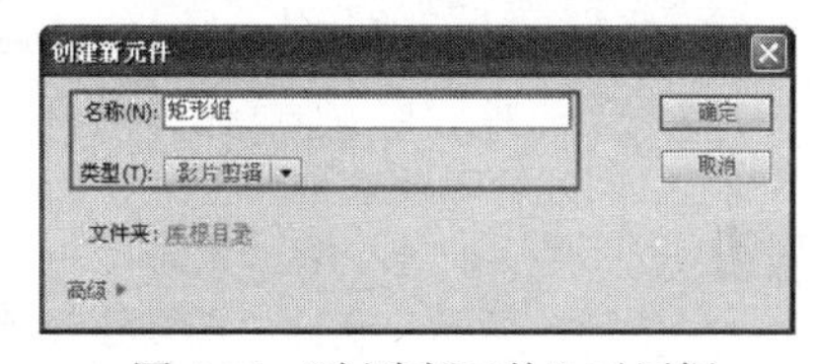

图 4-31 “创建新元件”对话框

步骤 7 新建“图层 2”，在第 20 帧位置插入关键帧，将“矩形动画”元件从“库”面板中拖入场景中，选中该元件，设置其“属性”面板的“色彩效果”区域中各项参数，如图 4-33 所示；场景效果如图 4-34 所示。

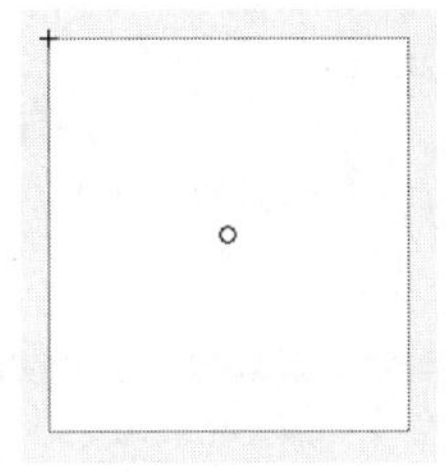

图 4-32　拖入元件

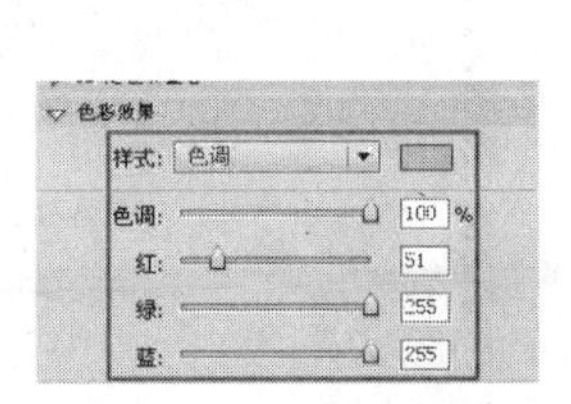

图 4-33 “属性”面板

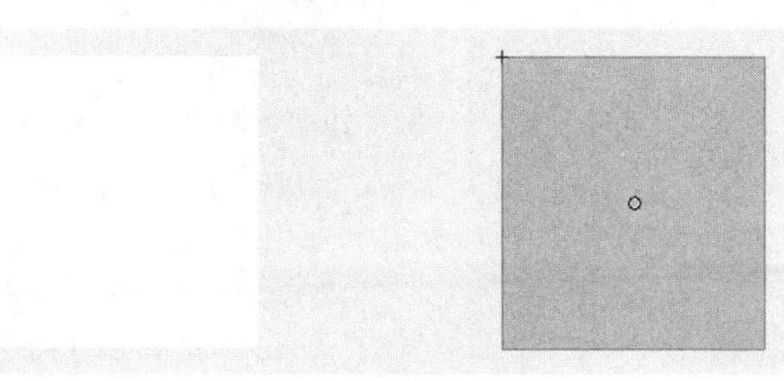

图 4-34　场景效果

技巧 在“属性”面板中，“样式”下拉列表中的“高级”选项也可以调整元件的颜色。

步骤 8 采用“图层 1”、“图层 2”的制作方法，制作出其他图层上的动画，完成后的“时间轴”面板如图 4-35 所示，场景效果如图 4-36 所示。

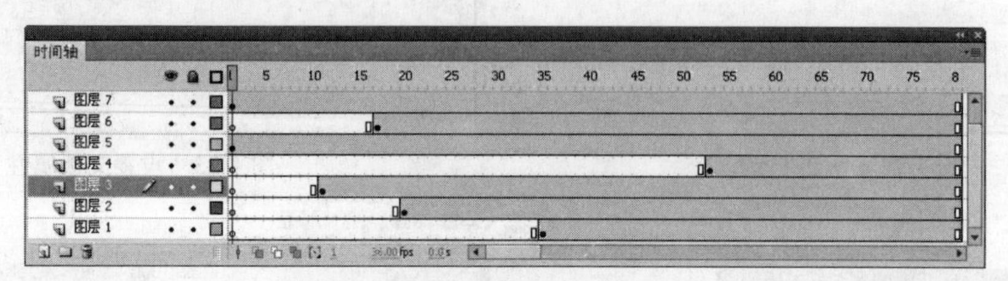

图 4-35 完成后的“时间轴”面板

图 4-36 场景效果

步骤 9 新建一个“名称”为“遮罩文字”的“影片剪辑”元件，如图 4-37 所示。将“矩形组”元件从“库”面板中拖入场景中，新建“图层 2”，单击 “文本工具”按钮T，设置其属性，如图 4-38 所示。

步骤 10 使用“文本工具”在场景中输入如图 4-39 所示的文本，在“图层 2”上单击鼠标右键，在弹出的菜单中选择“遮罩层”命令，“时间轴”面板如图 4-40 所示。

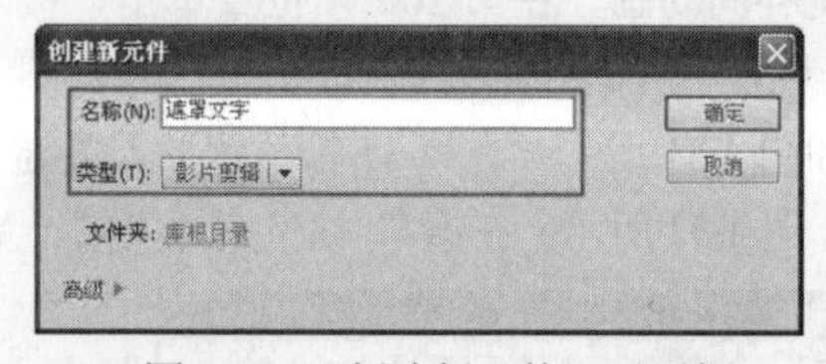

图 4-37 “创建新元件”对话框

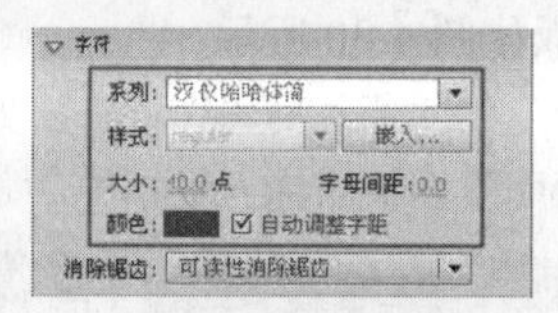

图 4-38 “属性”面板

图 4-39 输入文本

步骤 11 返回“场景 1”编辑状态。将“光盘\源文件\第 4 章\素材\image002.jpg”导入场景中，如图 4-41 所示。新建“图层 2”，将“遮罩文字”元件从“库”面板中拖入场景中，如图 4-42 所示。

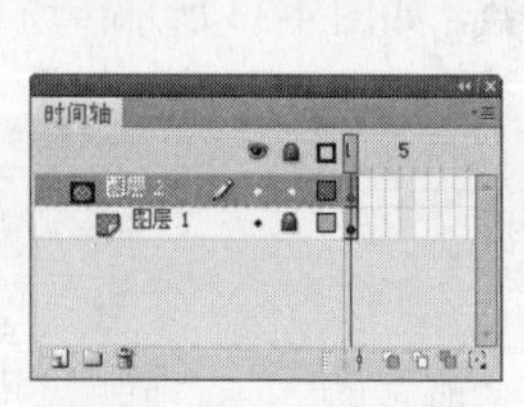

图 4-40 “时间轴”面板

图 4-41 导入图像

图 4-42 拖入元件

步骤 12 执行“文件>保存”命令，将动画保存为“光盘\源文件\第 4 章\闪烁文字动画效果.fla”，按 Ctrl+Enter 键测试影片，动画效果如图 4-43 所示。

图 4-43　预览动画效果

实例小结

本实例的重点是“色彩效果”的应用方法，以及传统补间动画的制作方法。

Example 实例 64　放大镜文字动画效果

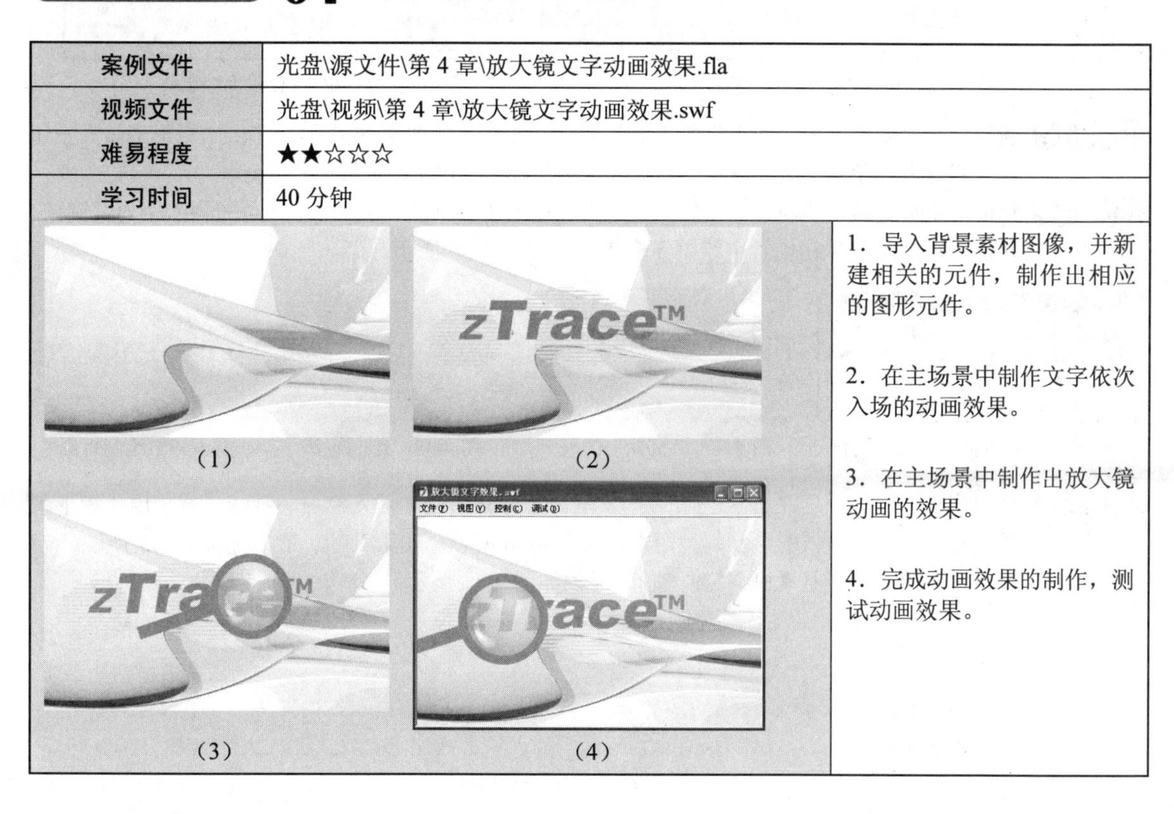

案例文件	光盘\源文件\第 4 章\放大镜文字动画效果.fla
视频文件	光盘\视频\第 4 章\放大镜文字动画效果.swf
难易程度	★★☆☆☆
学习时间	40 分钟

(1)　(2)　(3)　(4)

1. 导入背景素材图像，并新建相关的元件，制作出相应的图形元件。

2. 在主场景中制作文字依次入场的动画效果。

3. 在主场景中制作出放大镜动画的效果。

4. 完成动画效果的制作，测试动画效果。

Example 实例 65　阴影文字动画效果

案例文件	光盘\源文件\第 4 章\阴影文字动画效果.fla
视频文件	光盘\视频\第 4 章\阴影文字动画效果.swf
难易程度	★★☆☆☆
学习时间	20 分钟
实例要点	➢　形状补间动画与遮罩动画的结合应用
实例目的	通过本实例的制作，巩固形状补间动画与遮罩动画的制作方法

操作步骤

步骤 1 新建一个 Flash 文档，如图 4-44 所示；单击“属性”面板的“编辑”按钮，弹出“文档设置”对话框，设置“尺寸”为 413 像素×262 像素，“背景颜色”为#99CCFF，“帧频”为 36，如图 4-45 所示。

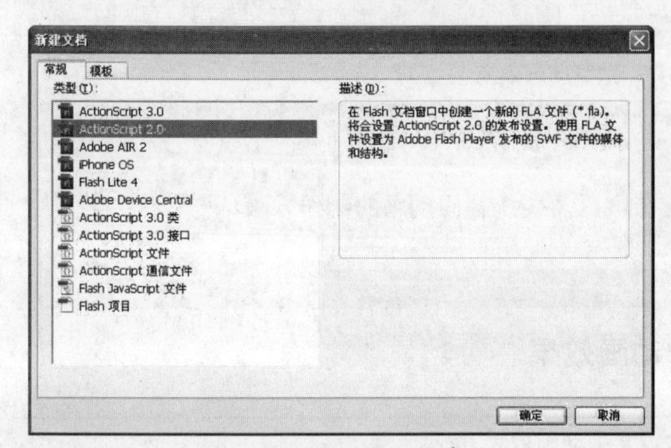

图 4-44 新建 Flash 文档

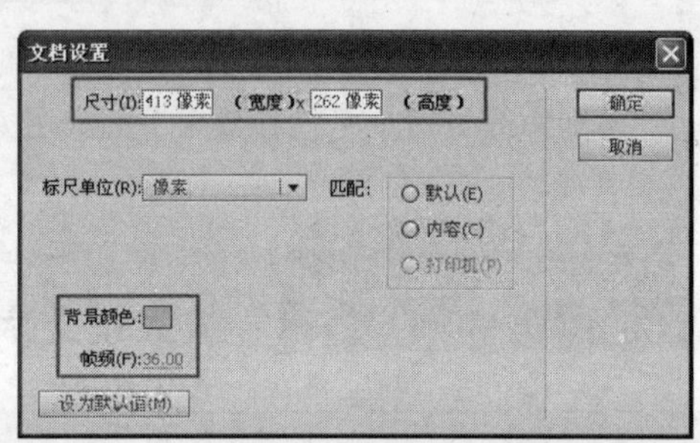

图 4-45 设置文档属性

步骤 2 新建一个“名称”为“变形”的“影片剪辑”元件，如图 4-46 所示；单击“矩形工具”按钮，设置其“笔触颜色”为无，“填充颜色”为#FFFFFF，如图 4-47 所示。

步骤 3 使用“矩形工具”在场景中绘制两个矩形，如图 4-48 所示。在第 25 帧位置插入空白关键帧，使用“矩形工具”在场景中绘制 3 个矩形，如图 4-49 所示。

图 4-46 “创建新元件”对话框

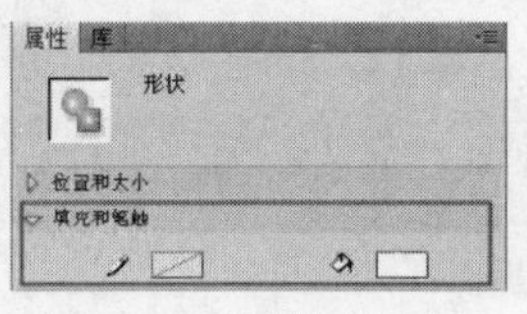

图 4-47 “属性”面板

图 4-48 绘制矩形

图 4-49 绘制矩形

步骤 4 采用同样方法，分别在第 55 帧、第 78 帧、第 100 帧位置插入空白关键帧，并使用“矩形工具”在各帧下的场景中绘制其他矩形，如图 4-50 所示。在第 1 帧、第 25 帧、第 55 帧、第 78 帧位置设置补间形状动画，“时间轴”面板如图 4-51 所示。

图 4-50 绘制其他矩形

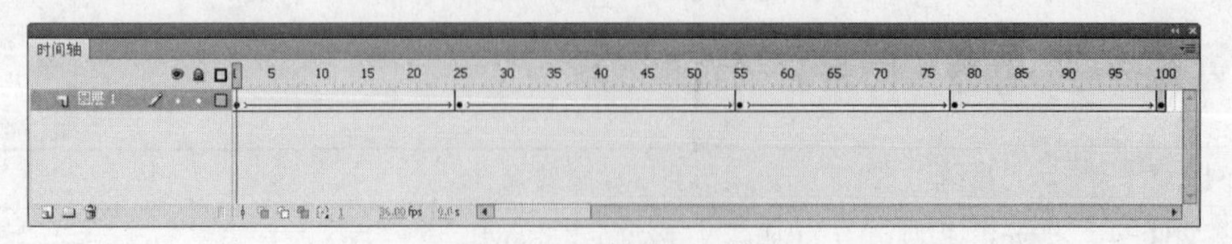

图 4-51 “时间轴”面板

> **技巧** 在需要设置“补间形状”的关键帧或者帧上单击右键，选择“补间形状”命令即可设置补间形状动画。

步骤 5 采用“图层 1”的制作方法，制作出“图层 2”的动画，完成后的“时间轴”面板如图 4-52 所示；场景效果如图 4-53 所示。

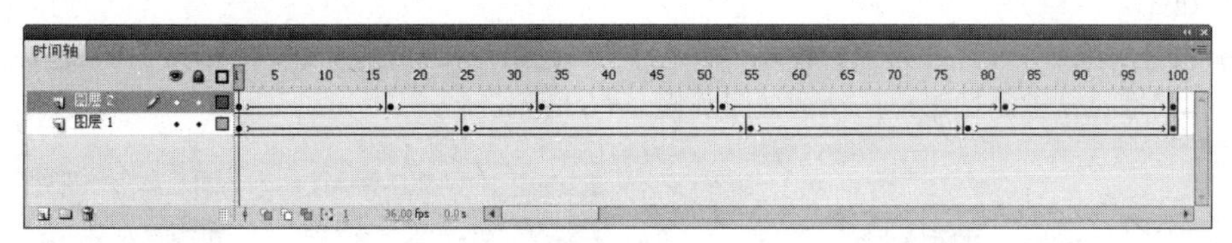

图 4-52　完成后的“时间轴”面板

步骤 6 新建一个“名称”为“遮罩文字”的“影片剪辑”元件，如图 4-54 所示；单击“文本工具”按钮，设置其“属性”面板的“字体”为“汉仪雁翎体简”，“大小”为 39，如图 4-55 所示。

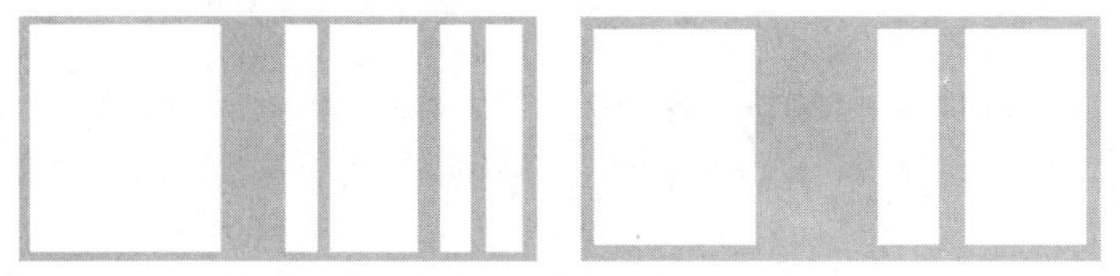

图 4-53　场景效果

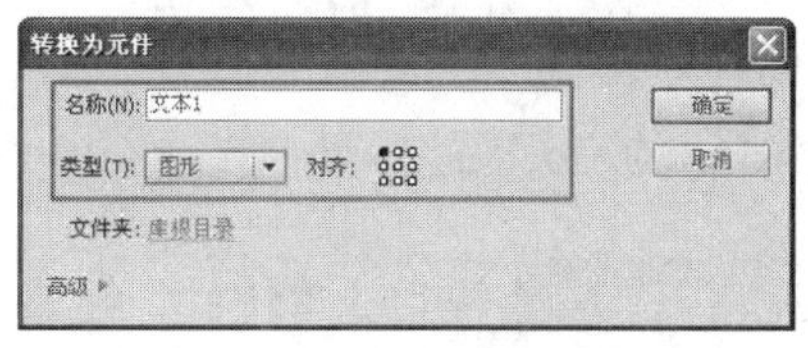

图 4-54 “创建新元件”对话框

步骤 7 使用“文本工具”在场景中输入文本，如图 4-56 所示；选中该文本，按 F8 键，将文本转换为“名称”为“文本 1”的“图形”元件，如图 4-57 所示。

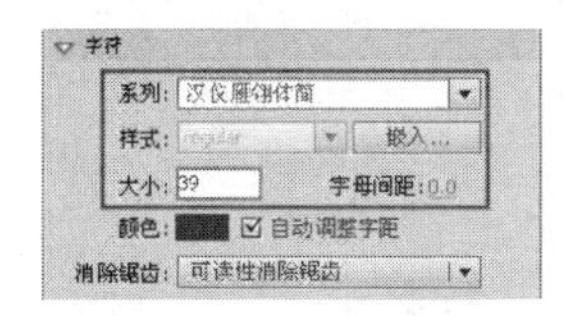

图 4-55 “属性”面板

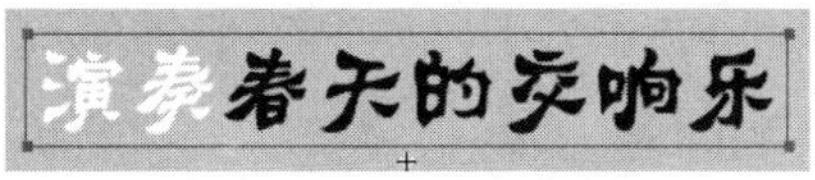

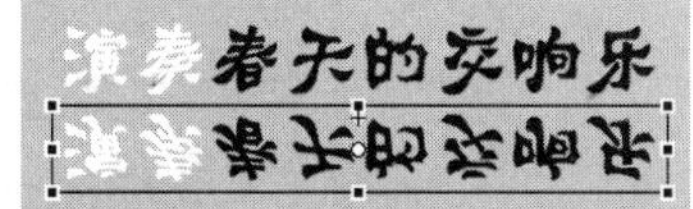

图 4-56　输入文本

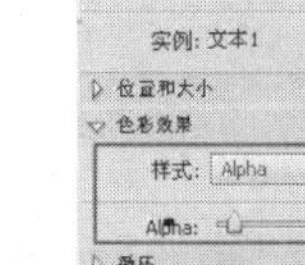

图 4-57 “转换为元件”对话框

步骤 8 将“文本 1”元件从“库”面板中拖入场景中，如图 4-58 所示。使用“任意变形工具”将“文本 1”元件翻转，效果如图 4-59 所示。

步骤 9 选中翻转后的“文本 1”元件，设置其“属性”面板的 Alpha 值为 10%，如图 4-60 所示；场景效果如图 4-61 所示。

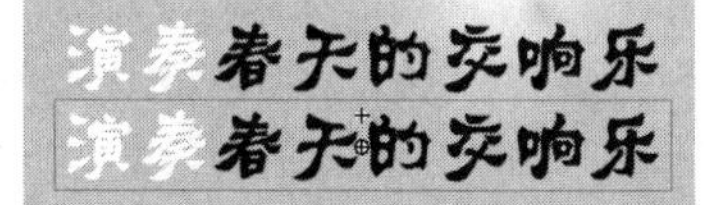

图 4-58　拖入元件

图 4-59　翻转元件

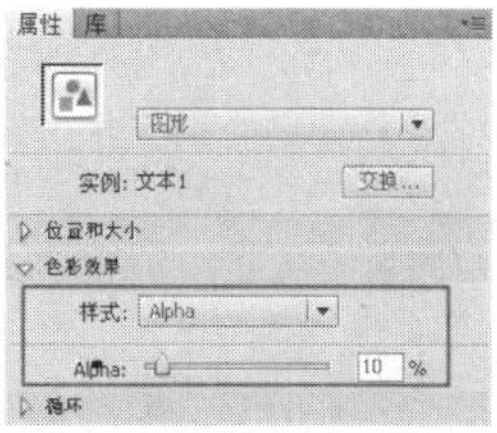

图 4-60 “属性”面板

步骤 10 新建“图层 2”，将“变形”元件从“库”面板中拖入场景中，如图 4-62 所示；将“图层 2”设置为“遮罩层”，“时间轴”面板如图 4-63 所示。

图 4-61　场景效果

图 4-62　拖入元件图

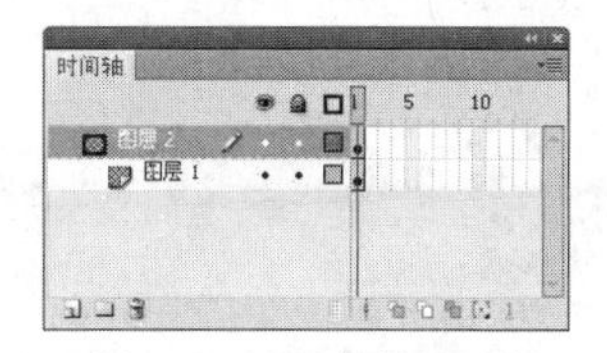

图 4-63 “时间轴”面板

步骤 11 返回“场景 1”编辑状态。将“光盘\源文件\第 4 章\素材\image003.jpg”导入场景中，如图 4-64 所示。新建“图层 2”，将“遮罩文字”元件从“库”面板中拖入场景中，如图 4-65 所示。

步骤 12 执行“文件>保存”命令，将动画保存为“光盘\源文件\第 4 章\阴影文字动画效果.fla”，按 Ctrl+Enter 键测试影片，动画效果如图 4-66 所示。

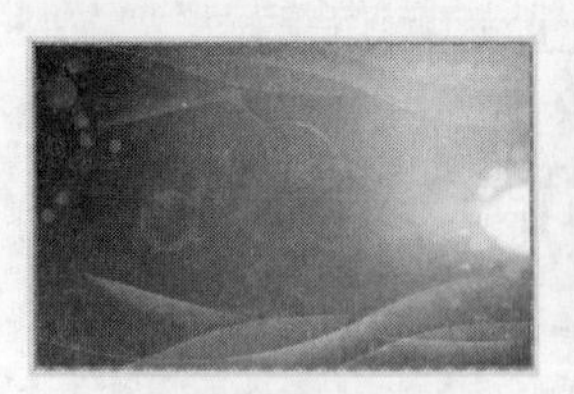

图 4-64　导入图像

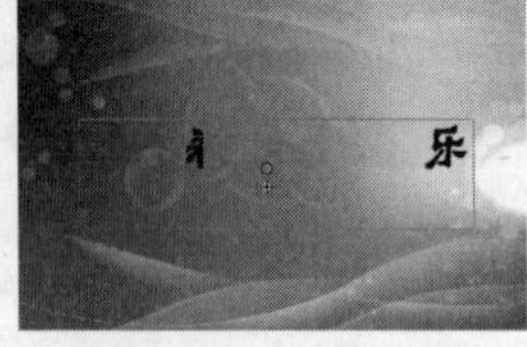

图 4-65　拖入元件

图 4-66　预览动画效果

技巧

执行“控制>测试影片>测试”命令，也可以预览动画效果。

实例小结

本实例的重点是结合补间形状动画和遮罩动画来实现渐隐文字动画效果。

Example 实例 66　蚕食文字动画效果

案例文件	光盘\源文件\第 4 章\蚕食文字动画效果.fla
视频文件	光盘\视频\第 4 章\蚕食文字动画效果.swf
难易程度	★★☆☆☆
学习时间	25 分钟

（1）

（2）

（3）

（4）

1．导入背景素材，并将其转换为元件，将背景元件拖入场景中。

2．输入文字，将文字分离并分散到各图层。

3．分别制作每个图层上的文字动画效果。

4．完成文字动画效果的制作，测试动画效果。

Example 实例 67 波光粼粼文字动画效果

案例文件	光盘\源文件\第 4 章\波光粼粼文字动画效果.fla
视频文件	光盘\视频\第 4 章\波光粼粼文字动画效果.swf
难易程度	★★☆☆☆
学习时间	20 分钟
实例要点	➢ 元件的属性设置 ➢ 遮罩动画中遮罩层的创建
实例目的	通过本实例的制作，掌握结合使用图形与遮罩层，制作文字动画的方法

操作步骤

步骤 1 新建一个 Flash 文档，如图 4-67 所示，单击“属性”面板的“编辑”按钮，在“文档设置”对话框中，设置“尺寸”为 540 像素×244 像素，“帧频”为 36，“背景颜色”为#FFCCFF，如图 4-68 所示。

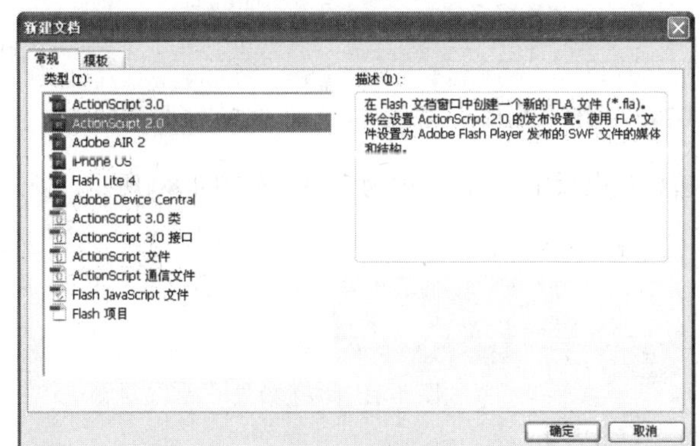

图 4-67　新建 Flash 文档

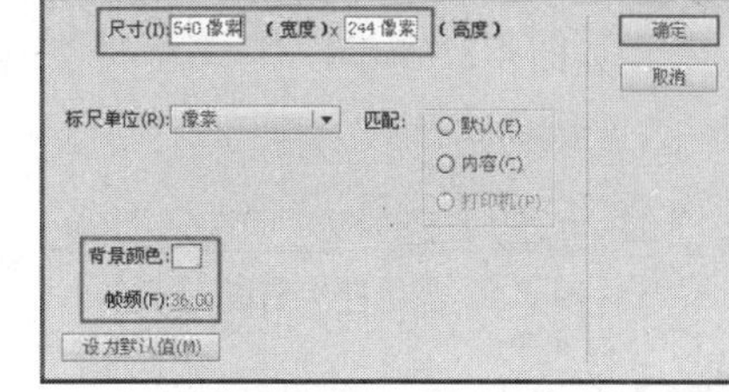

图 4-68　设置文档属性

步骤 2 新建一个“名称”为“矩形变形”的“影片剪辑”元件，如图 4-69 所示，单击“矩形工具”按钮，设置其“笔触颜色”为无，“填充颜色”为#000000，如图 4-70 所示。

步骤 3 使用“矩形工具”在场景中绘制一个如图 4-71 所示的矩形，选中该矩形，将矩形转换成“名称”为“矩形”的“图形”元件，如图 4-72 所示。

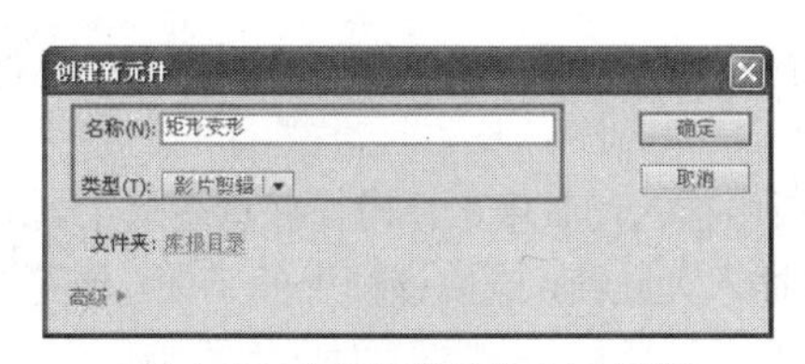

图 4-69　“创建新元件”对话框

图 4-70　“属性”面板

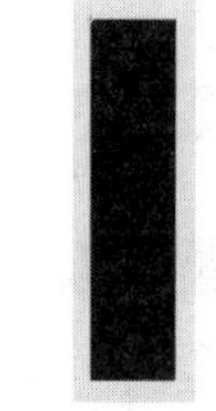

图 4-71　绘制矩形

步骤 4 多次将“矩形”元件从“库”面板中拖入场景的不同位置，效果如图 4-73 所示。

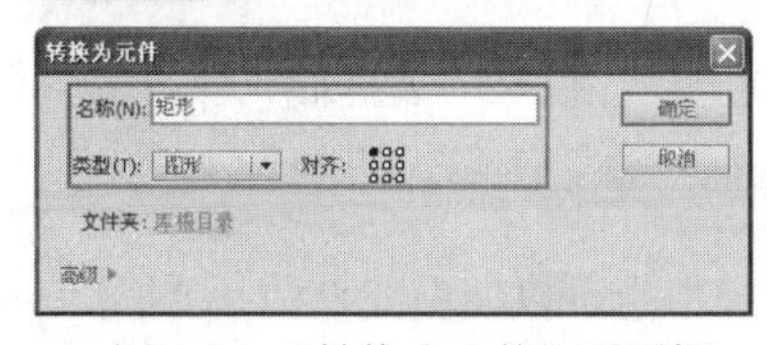

图 4-72　“转换为元件”对话框

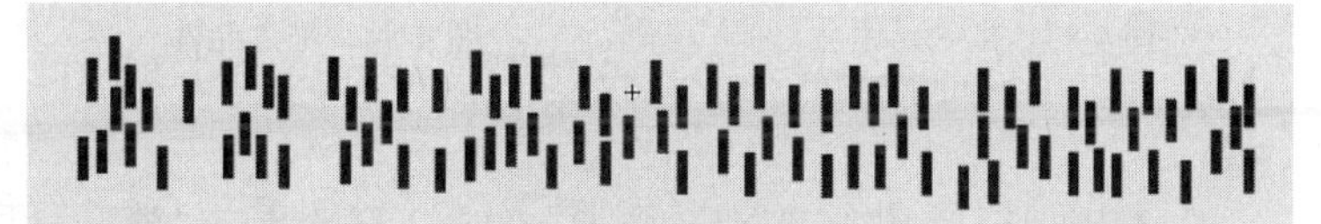

图 4-73　场景效果

步骤 5 新建一个“名称”为“文字动画”的“影片剪辑”元件，如图 4-74 所示。在第 10 帧位置插入关键帧，单击 “文本工具”按钮，设置其“字体”为“汉仪花蝶体简”，“大小”为 40，“颜色”为#FF9900，如图 4-75 所示。

步骤 6 使用“文本工具”在场景中输入文本，如图 4-76 所示。选中该文本，将文本转换成“名称”为“文本”的“图形”元件，如图 4-77 所示。

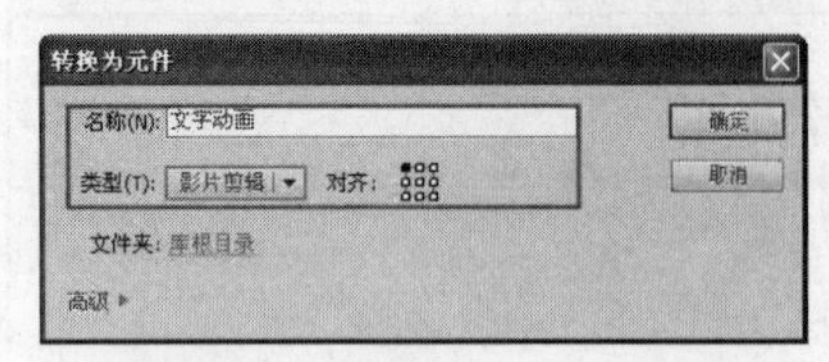

图 4-74 “创建新元件”对话框

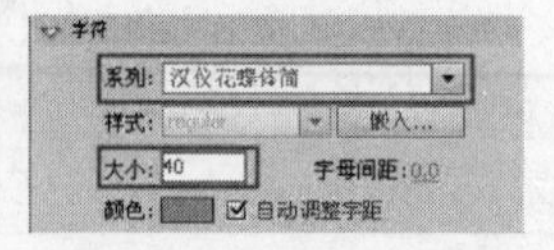

图 4-75 “属性”面板

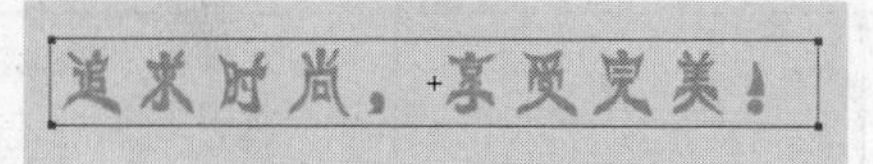

图 4-76 输入文本

步骤 7 分别在第 70 帧、第 100 帧位置插入关键帧，选中第 10 帧场景中的元件，设置其“属性”面板中 Alpha 值为 0%，如图 4-78 所示，场景效果如图 4-79 所示。

图 4-77 “转换为元件”对话框

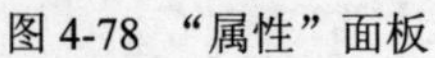
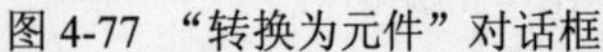

图 4-78 “属性”面板

图 4-79 场景效果

步骤 8 选中第 70 帧中的元件，设置其“属性”面板中“Alpha 值为 29%，如图 4-80 所示，场景效果如图 4-81 所示。

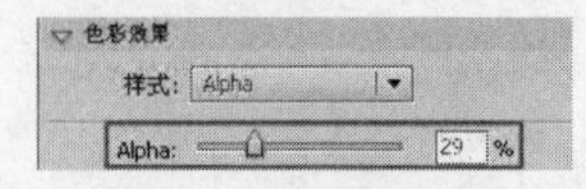

图 4-80 “属性”面板

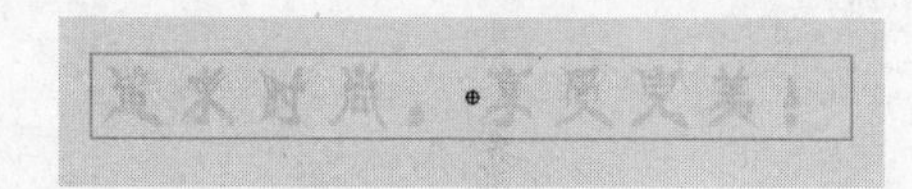

图 4-81 场景效果

步骤 9 在第 10 帧、第 70 帧位置设置补间形状动画，“时间轴”面板如图 4-82 所示。

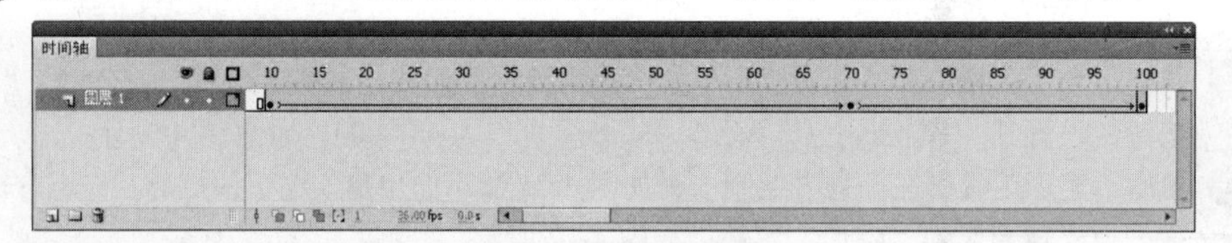

图 4-82 “时间轴”面板

步骤 10 新建“图层 2”，将“文本”元件从“库”面板中拖入场景中，并对齐“图层 1”上的元件，如图 4-83 所示。

步骤 11 新建“图层 3”，将“矩形变形”元件从“库”面板中拖入场景中，使用“任意变形工具”将元件等比例缩小，如图 4-84 所示。在第 99 帧位置插入关键帧，选中该帧中的元件，使用“任意变形工具”将元件等比例放大，如图 4-85 所示。

图 4-83 拖入元件　图 4-84 拖入元件　图 4-85 调整元件大小

技巧

选中元件后，执行“窗口>变形”命令，在打开的“变形”面板中也可以调整元件的大小。

步骤 12 在图层 3 的第 1 帧位置设置传统补间动画，在“图层 3”上单击右键，选择“遮罩层”命令，在第 100 帧位置插入空白关键帧，“时间轴”面板如图 4-86 所示。

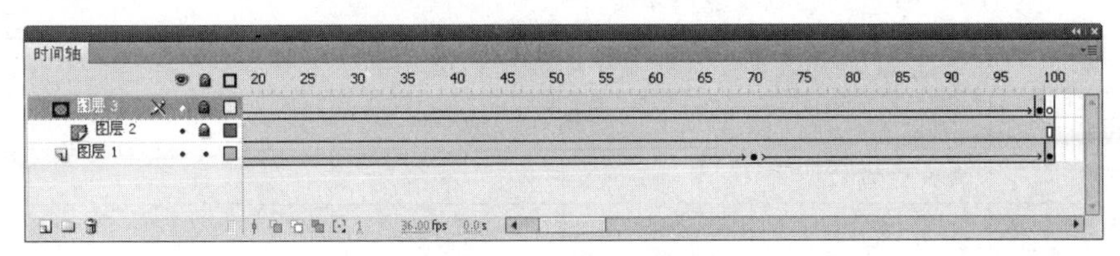

图 4-86　“时间轴”面板

步骤 13 新建“图层 4”，在第 100 帧位置插入关键帧，在“动作”面板中输入“stop();”脚本语言，如图 4-87 所示，“时间轴”面板如图 4-88 所示。

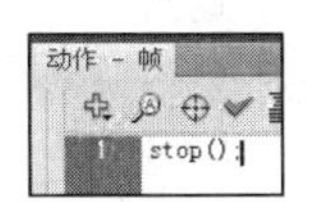

图 4-87　输入脚本语言

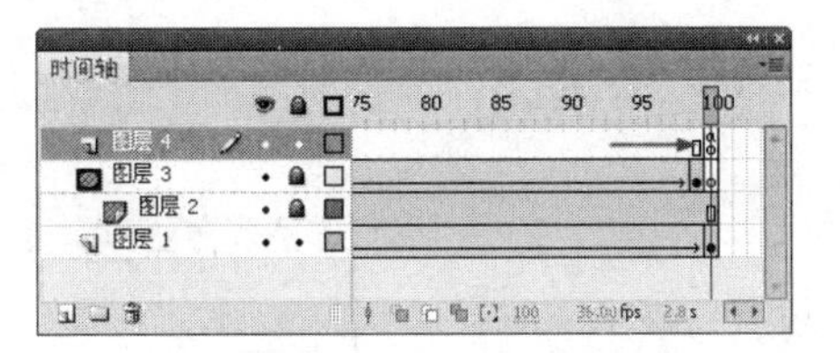

图 4-88　“时间轴”面板

步骤 14 返回“场景 1”编辑状态。将“光盘\源文件\第 4 章\素材\image004.jpg”导入场景中，如图 4-89 所示。新建“图层 2”，将“文字动画”元件从“库”面板中拖入场景中，如图 4-90 所示。

图 4-89　导入图像

图 4-90　拖入元件

步骤 15 执行“文件>保存”命令，将动画保存为“光盘\源文件\第 4 章\波光粼粼文字动画效果.fla”，按 Ctrl+Enter 键测试影片，动画效果如图 4-91 所示。

图 4-91　预览动画效果

实例小结

本实例的重点是创建元件，使用“矩形工具”绘制矩形，使用“任意变形工具”对场景中的元件进行调整，利用补间动画及遮罩动画创建出波光粼粼的文字动画效果。

Example 实例 68 波纹文字动画效果

案例文件	光盘\源文件\第 4 章\波纹文字动画效果.fla
视频文件	光盘\视频\第 4 章\波纹文字动画效果.swf
难易程度	★★☆☆☆
学习时间	20 分钟

（1） （2） （3） （4）

1．导入背景素材，并将其转换为图形元件。

2．新建元件，输入相应的文字，并制作文字罩遮动画。

3．返回主场景中，将制作好的元件拖入主场景中，制作主场景动画。

4．完成动画的制作，测试动画效果。

Example 实例 69 点式闪烁文字动画效果

案例文件	光盘\源文件\第 4 章\点式闪烁文字动画效果.fla
视频文件	光盘\视频\第 4 章\点式闪烁文字动画效果.swf
难易程度	★★★☆☆
学习时间	25 分钟
实例要点	➢ 脚本语言的使用 ➢ 元件在场景中的排列
实例目的	通过本实例的制作，了解点式闪烁文字动画效果的制作方法

操作步骤

步骤 1 新建一个 Flash 文档，如图 4-92 所示，单击“属性”面板的“编辑”按钮，弹出“文档设置”对话框，设置“尺寸”为 412 像素×248 像素，“帧频”为 36，“背景颜色”为#99CC00，如图 4-93 所示。

步骤 2 新建一个“名称”为“颜色变换”，“类型”为“影片剪辑”的元件，如图 4-94 所示，单击“矩形工具”按钮，设置其“笔触颜色”为无，“填充颜色”为#FFFFFF，如图 4-95 所示。

步骤 3 使用“矩形工具”在场景中绘制一个矩形，选中该矩形，设置其“宽”为 10 像素，“高”为 10 像素，“属性”面板如图 4-96 所示，场景效果如图 4-97 所示。

步骤 4 选中刚刚在场景中绘制的矩形，按 F8 键，将矩形转换成“名称”为“矩形”的“图形”元件，如图 4-98 所示，依次在第 15 帧、第 30 帧、第 45 帧、第 60 帧、第 75 帧、第 90 帧位置插入关键帧，“时间轴”面板如图 4-99 所示。

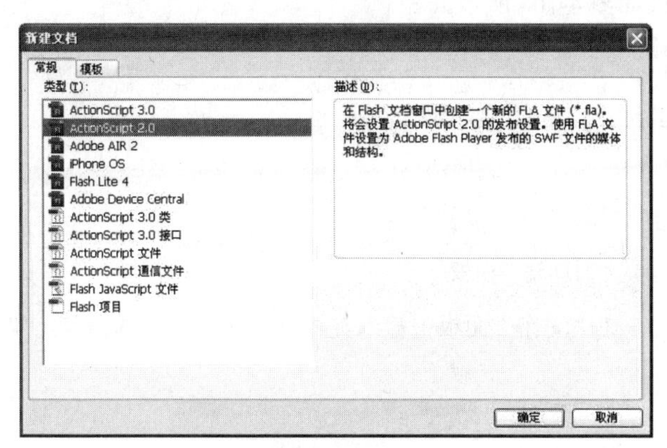

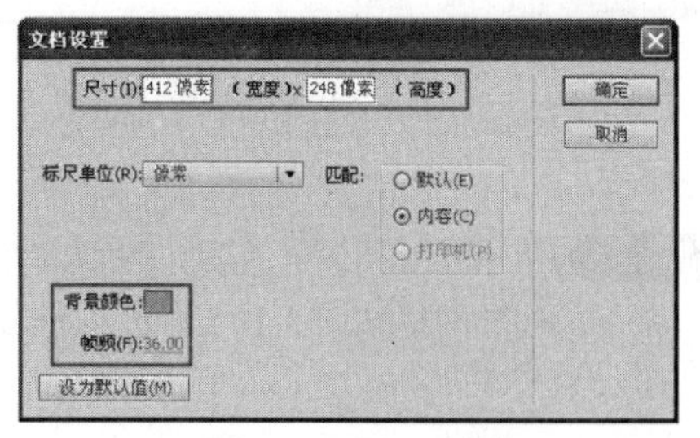

图 4-92　新建 Flash 文档　　图 4-93　设置文档属性

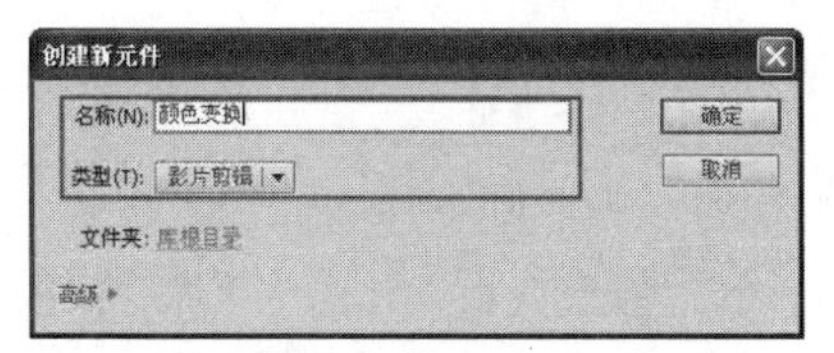

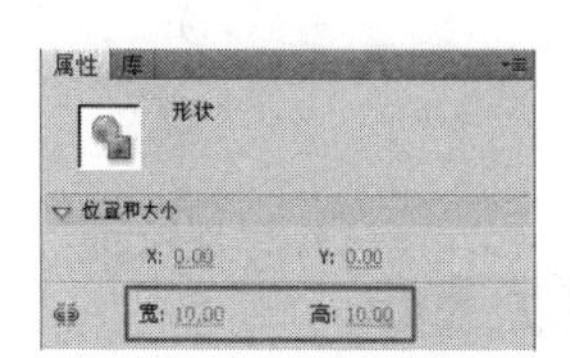

图 4-94　“创建新元件”对话框　　图 4-95　“属性”面板　　图 4-96　“属性”面板

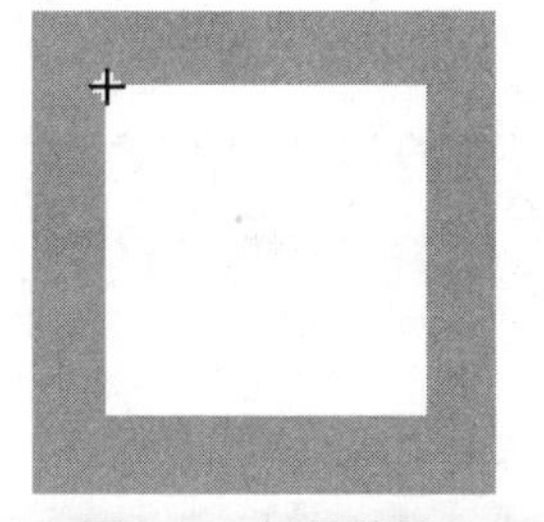

图 4-97　场景效果　　图 4-98　“转换为元件”对话框

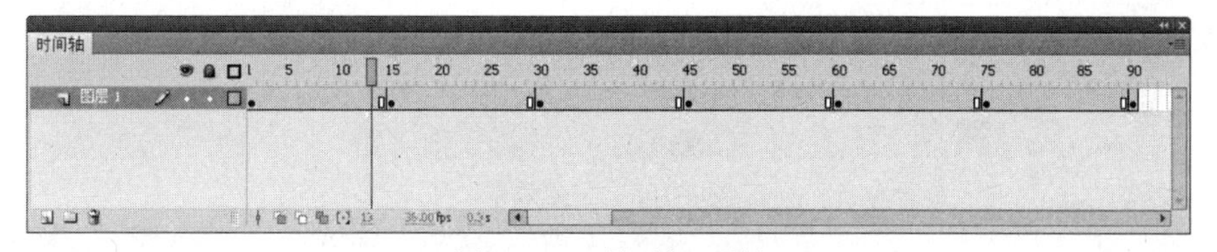

图 4-99　“时间轴”面板

步骤 5 选中第 15 帧和第 75 帧上的元件，分别设置其“属性”面板中“颜色”的 Alpha 值为 0%，如图 4-100 所示，场景效果如图 4-101 所示。

步骤 6 选中第 45 帧场景中的元件，设置其“属性”面板中“样式”为“色调”，参数设置如图 4-102 所示，场景效果如图 4-103 所示。

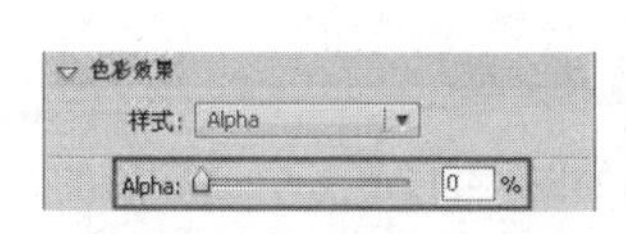

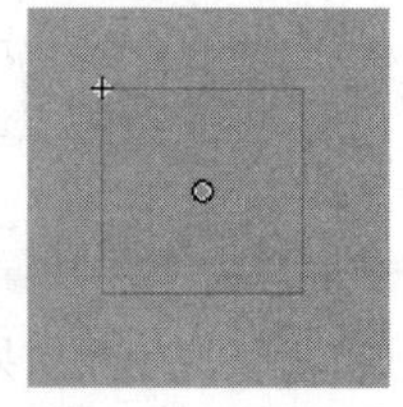

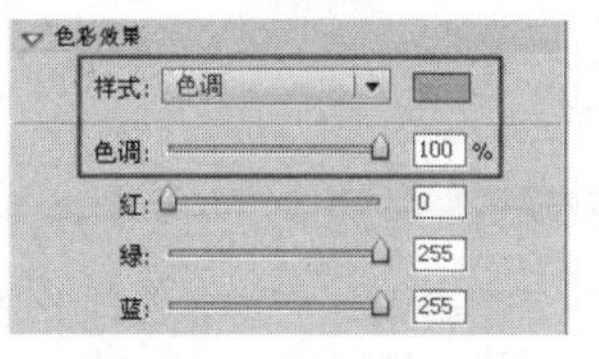

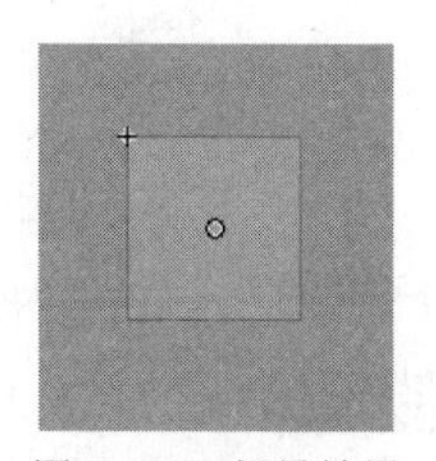

图 4-100　“属性”面板　　图 4-101　场景效果　　图 4-102　“属性”面板　　图 4-103　场景效果

步骤 7 在第 1 帧、第 15 帧、第 30 帧、第 45 帧、第 60 帧、第 75 帧位置设置传统补间动画，在第 200 帧位置插入帧，“时间轴”面板如图 4-104 所示。

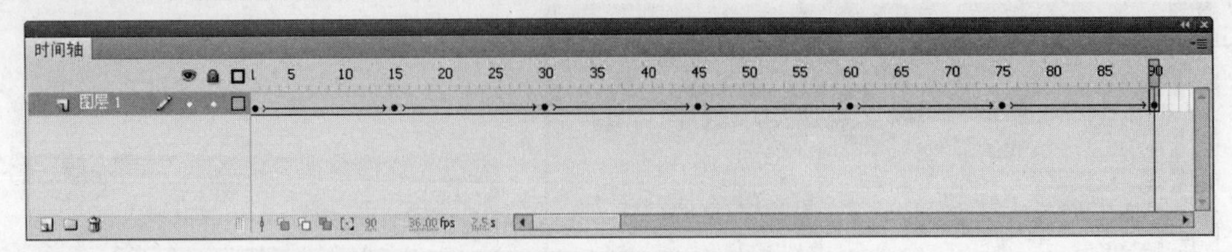

图 4-104 “时间轴”面板

步骤 8 新建“图层 2”，在第 1 帧位置单击，在“动作”面板中输入如图 4-105 所示脚本语言，“时间轴”面板如图 4-106 所示。

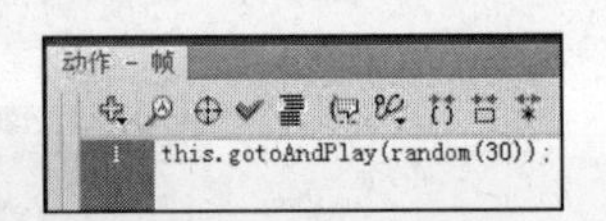

图 4-105 输入脚本语言

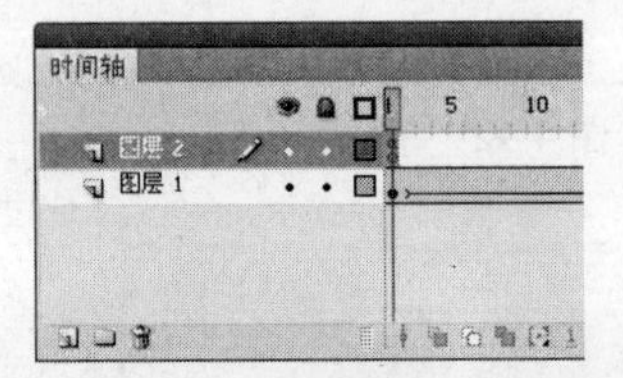

图 4-106 “时间轴”面板

步骤 9 新建一个“名称”为“矩形组”的“影片剪辑”元件，将“颜色变换”元件从“库”面板中拖入场景中，按住 Alt 键使用“选择工具”将元件水平拖动 10 像素，完成效果如图 4-107 所示。选中第 1 排上的所有元件，按住 Alt 键使用“选择工具”将元件垂直向下拖动 10 像素，完成效果如图 4-108 所示。

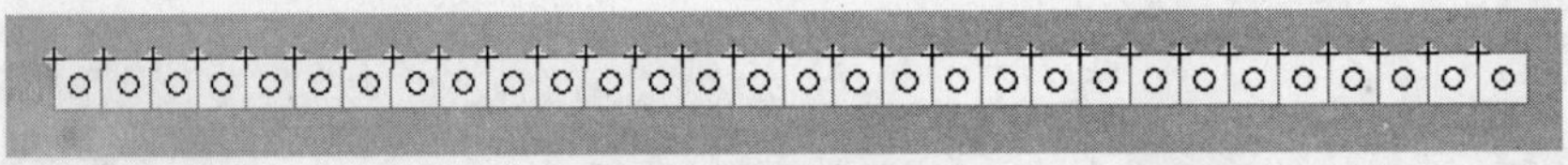

图 4-107 完成效果

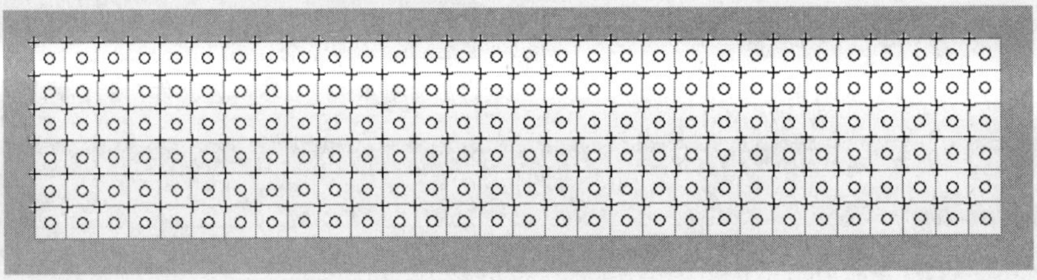

图 4-108 完成效果

> **技巧** 复制好一个元件后，按 Ctrl+Y 键执行“重复”命令，即可复制多个元件。

步骤 10 新建“图层 2”，单击“文本工具”按钮，设置其“字体”为“汉仪粗黑简”，“大小”为 43，“颜色”为#FF0000，如图 4-109 所示，在场景中输入如图 4-110 示的文本。

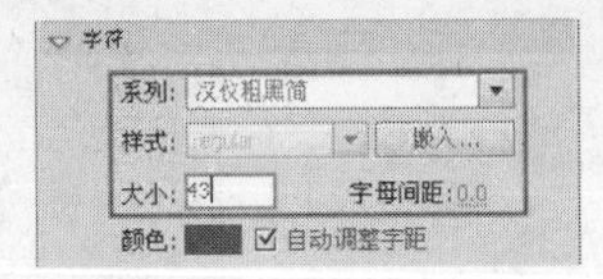

图 4-109 “属性”面板

图 4-110 输入文本

步骤 11 在“图层 2”上单击鼠标右键，选择“遮罩层”命令，场景效果如图 4-111 所示，完成后的“时间轴”面板如图 4-112 所示。

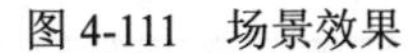

图 4-111　场景效果

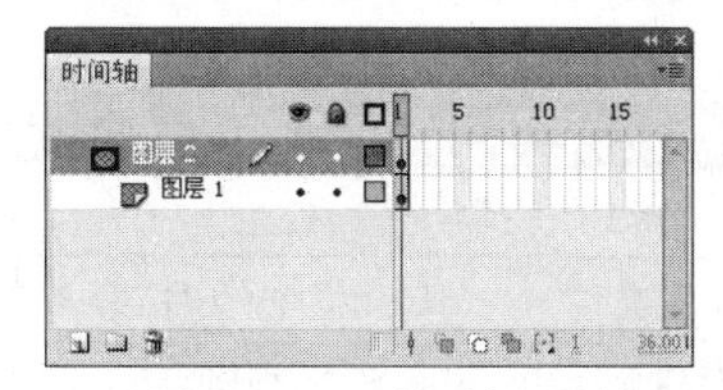

图 4-112　“时间轴”面板

步骤 12 返回“场景 1”编辑状态。将“光盘\源文件\第 4 章\素材\image005.jpg”导入场景中，如图 4-113 所示。新建“图层 2”，将“矩形组”元件从“库”面板中拖入场景中，如图 4-114 所示。

步骤 13 执行“文件>保存”命令，将动画保存为“光盘\源文件\第 4 章\点式闪烁文字动画效果.fla”，按 Ctrl+Enter 键测试影片，动画效果如图 4-115 所示。

图 4-113　导入图像

图 4-114　拖入元件

图 4-115　预览动画效果

实例小结

本实例的重点是使用“矩形工具”在场景中绘制矩形，设置“色彩效果”的样式及 Alpha 值，通过传统补间动画制作出点式闪烁文字动画效果。

Example 实例 70　星光文字动画效果

案例文件	光盘\源文件\第 4 章\星光文字动画效果.fla
视频文件	光盘\视频\第 4 章\星光文字动画效果.swf
难易程度	★★★☆☆
学习时间	45 分钟

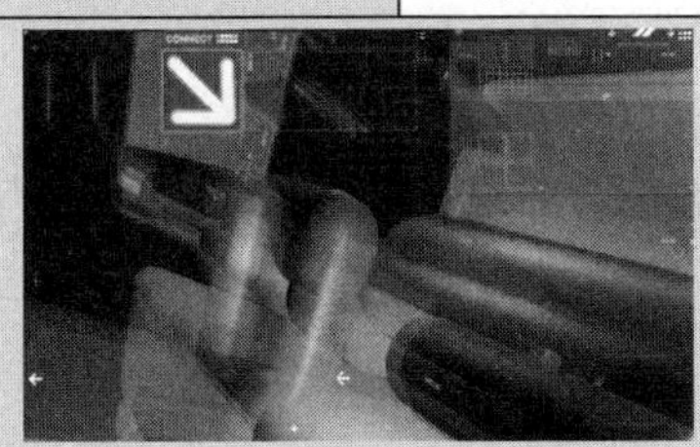

（1）

（2）

（3）

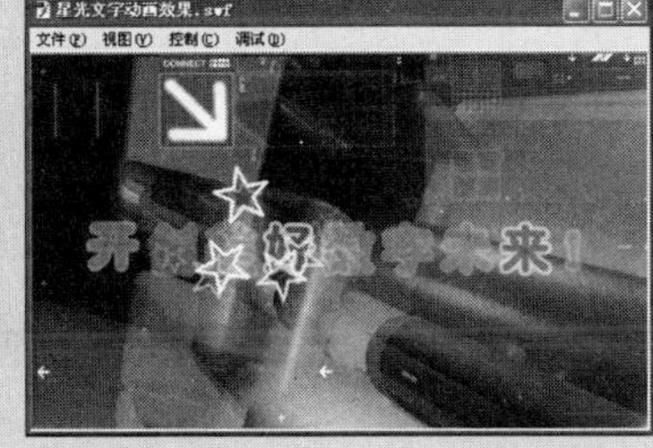

（4）

1. 导入背景素材图像，并将其转换为元件。

2. 新建元件，绘制五角星形，并制作出五角星的动画效果。

3. 新建元件，分别输入文字，制作文字动画效果，分别为各文字设置“实例名称”，并通过脚本代码进行控制。

4. 完成动画效果的制作，测试动画。

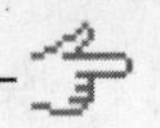

Example 实例 71 广告式文字动画效果

案例文件	光盘\源文件\第 4 章\广告式文字动画效果.fla
视频文件	光盘\视频\第 4 章\广告式文字动画效果.swf
难易程度	★★☆☆☆
学习时间	20 分钟
实例要点	➢ 使用“属性”面板设置矩形大小 ➢ 形状补间动画的应用
实例目的	通过本实例的制作，了解形状补间动画在文字动画中的应用

操作步骤

步骤 1 新建一个 Flash 文档，如图 4-116 所示，单击“属性”面板的“编辑”按钮，弹出“文档设置”对话框，设置“尺寸”为 455 像素×209 像素，“帧频”为 36，“背景颜色”为#FFCCCC，如图 4-117 所示。

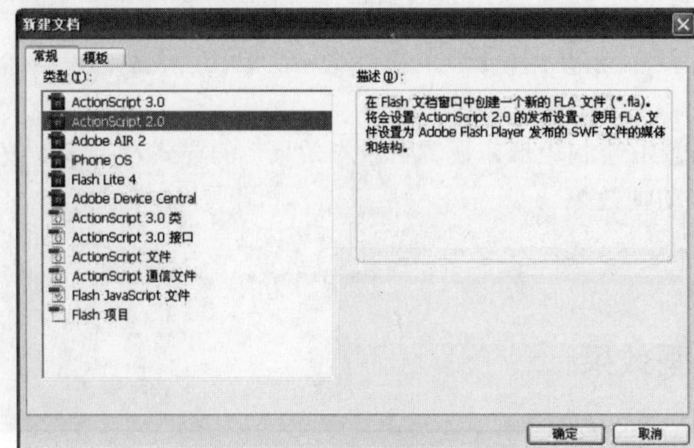

图 4-116 新建 Flash 文档

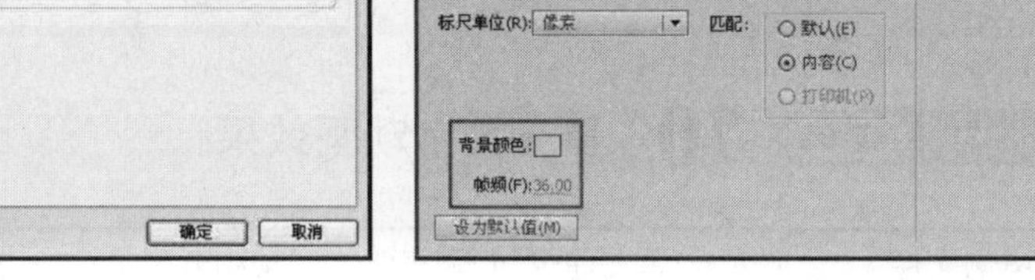

图 4-117 设置文档属性

步骤 2 新建一个“名称”为“矩形变换”的“影片剪辑”元件，如图 4-118 所示，单击“矩形工具”按钮，设置其“笔触颜色”为无，“填充颜色”为#000000，如图 4-119 所示。

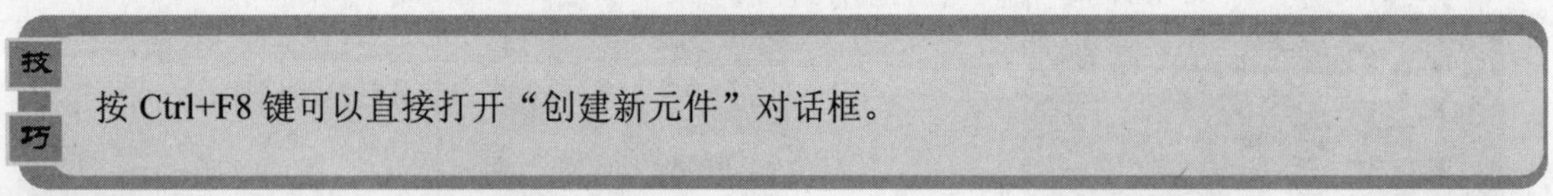

技巧：按 Ctrl+F8 键可以直接打开“创建新元件”对话框。

步骤 3 使用“矩形工具”在场景中绘制一个矩形，选中该矩形，设置其“宽”为 1，“高”为 40，如图 4-120 所示，场景效果如图 4-121 所示。

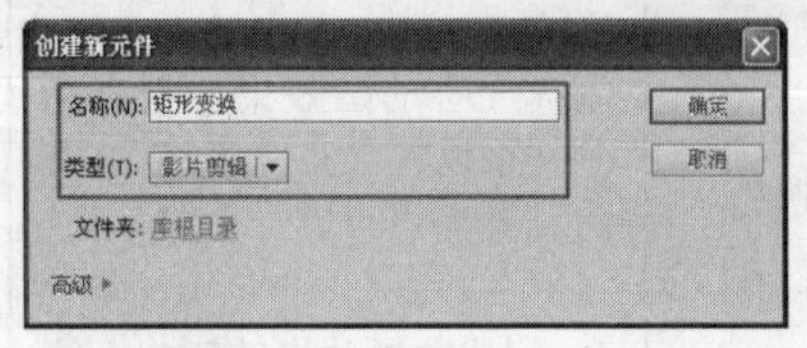

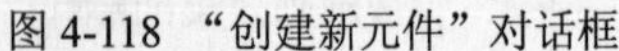

图 4-118 “创建新元件”对话框

图 4-119 “属性”面板

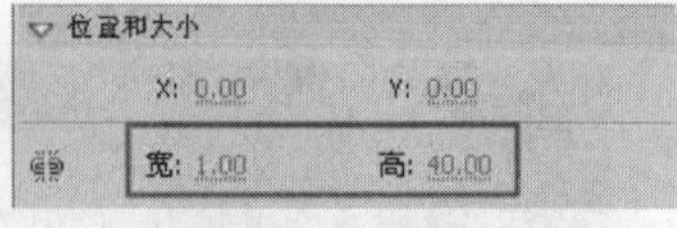

图 4-120 “属性”面板

步骤 4 在第 20 帧位置插入关键帧，选中该帧上的矩形，修改其“宽”为 15，如图 4-122 所示，场景效果如图 4-123 所示。

步骤 5 在第 1 帧位置创建补间形状动画，新建“图层 2”，在第 20 帧位置插入关键帧，在“动作”

面板中输入“stop();”脚本语言，“时间轴”面板如图 4-124 所示。

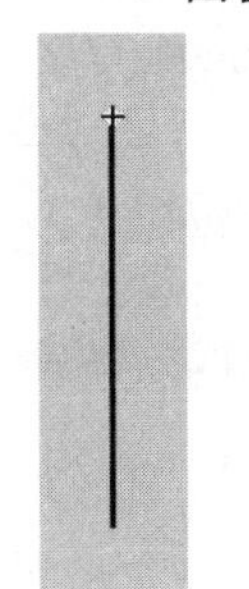

图 4-121　场景效果

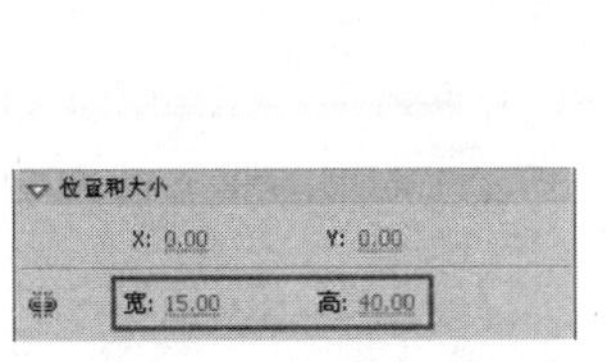

图 4-122　“属性”面板

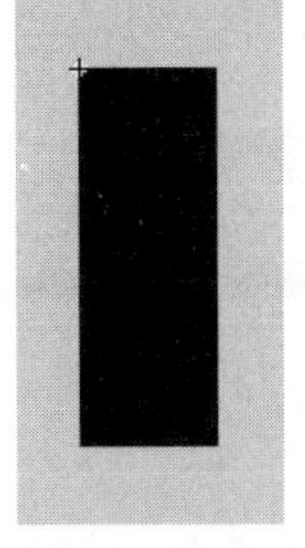

图 4-123　场景效果

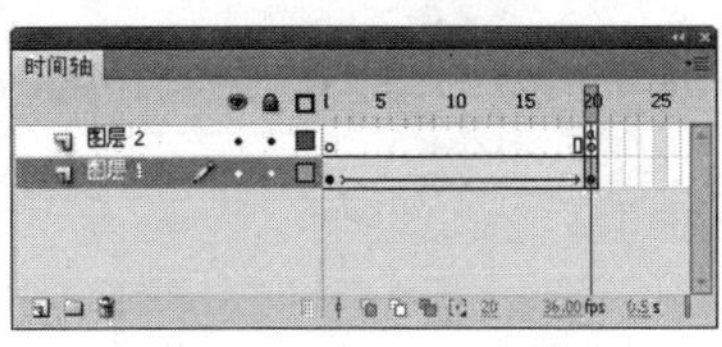

图 4-124　“时间轴”面板

步骤 6 新建一个“名称”为“变换组”的“影片剪辑”元件，如图 4-125 所示。将“矩形变换”元件从“库”面板中拖入场景中，如图 4-126 所示。

步骤 7 在第 50 帧位置插入帧，新建“图层 2”，在第 2 帧位置插入关键帧，将“矩形变换”元件从“库”面板中拖入场景中，“时间轴”面板如图 4-127 所示，场景效果如图 4-128 所示。

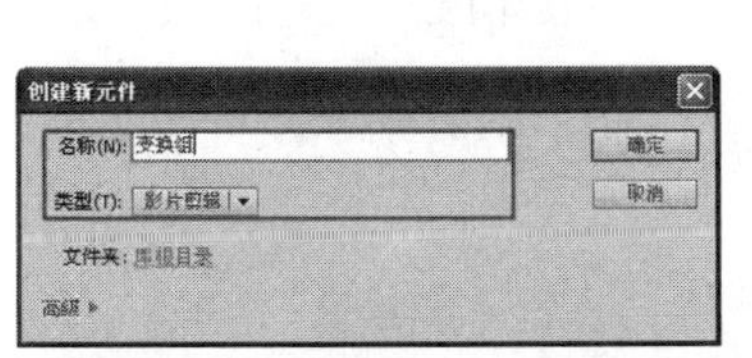

图 4-125　“创建新元件”对话框

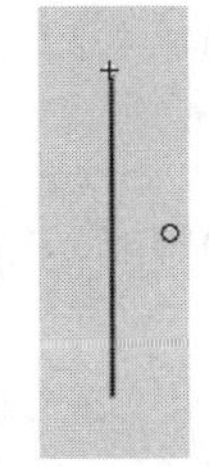

图 4-126　拖入元件

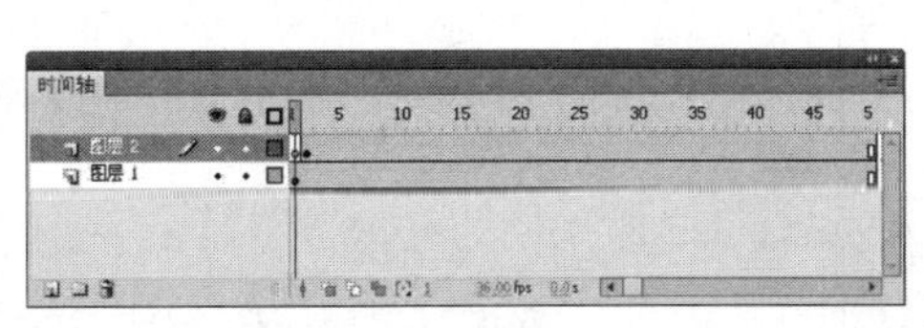

图 4-127　“时间轴”面板

图 4-128　拖入元件

步骤 8 采用“图层 1”、“图层 2”的制作方法，制作出其他图层的动画，完成后的“时间轴”面板如图 4-129 所示，场景效果如图 4-130 所示。

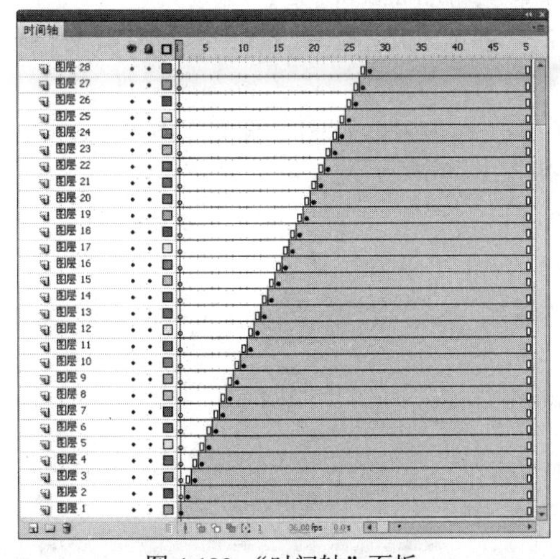

图 4-129　“时间轴”面板

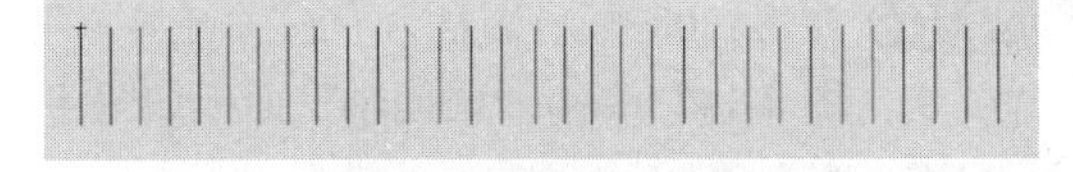

图 4-130　场景效果

> **技巧**
> 可以先将多个元件拖入场景中，选中将要分散到图层中的元件，执行“修改>时间轴>分散到图层”命令，将元件分散到各个图层中。

步骤 9 新建“图层 32”，在第 50 帧位置插入关键帧，在“动作”面板中输入“stop();”脚本语言，“时间轴”面板如图 4-131 所示。

步骤 10 新建一个“名称”为“文字动画 1”的“影片剪辑”元件，如图 4-132 所示。单击“文本工具”按钮，设置“字体”为“汉仪太极体简”，“字体大小”为 31，“颜色”为#990099，“字母间距”为 2，如图 4-133 所示。

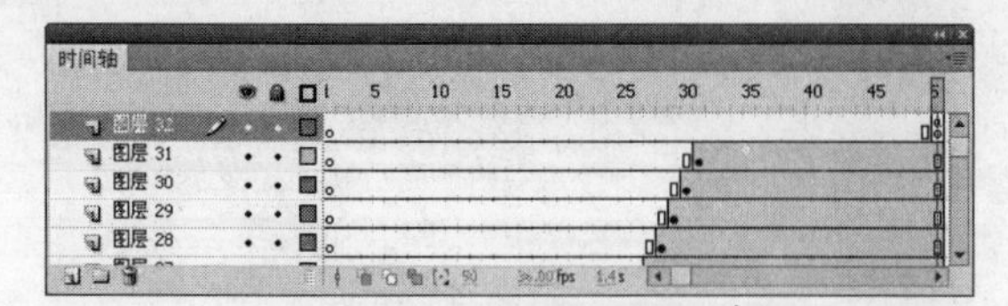
图 4-131 “时间轴”面板

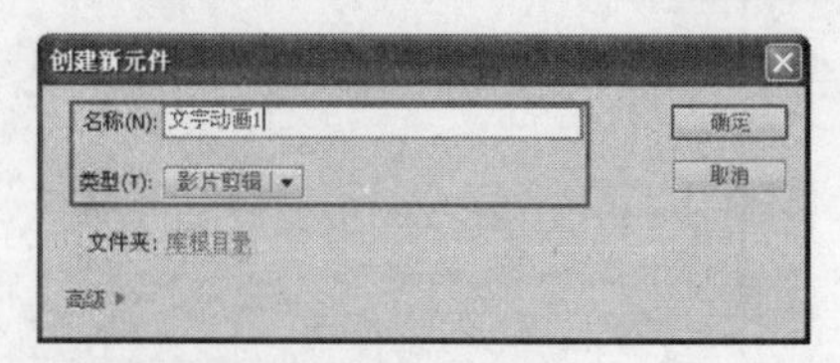

图 4-132 “创建新元件”对话框

步骤 11 使用“文本工具”在场景中输入如图 4-134 所示的文本。新建“图层 2”，将“变换组”元件从“库”面板中拖入场景中，如图 4-135 所示。将“图层 2”设置为“遮罩层”，“时间轴”面板如图 4-136 所示。

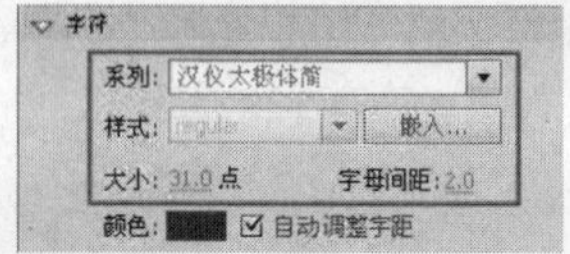

图 4-133 “属性”面板

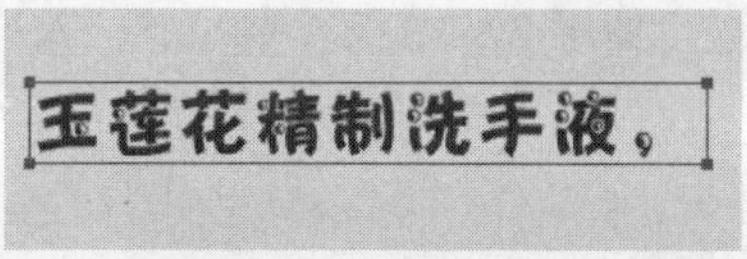

图 4-134 输入文本

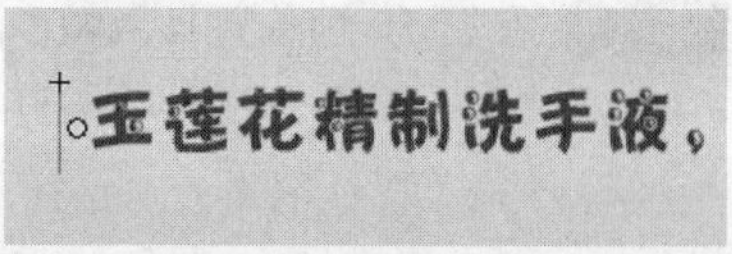

图 4-135 拖入元件

步骤 12 按照同样方法，制作出“文字动画 2”、“文字动画 3”元件，如图 4-137 所示。

图 4-136 “时间轴”面板

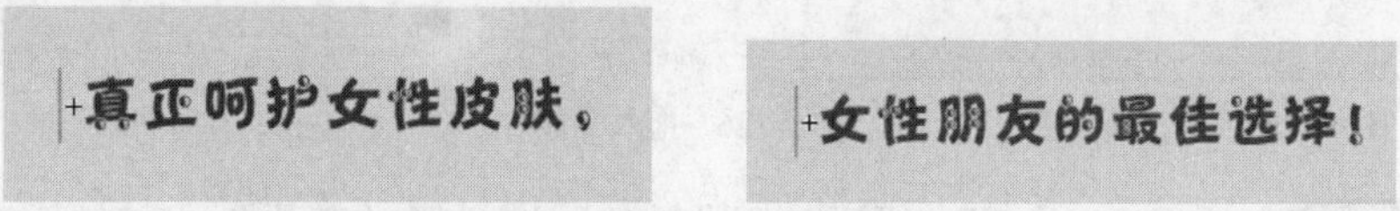

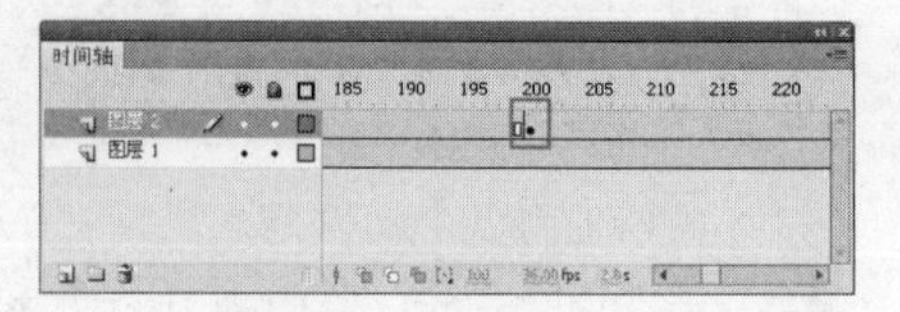

图 4-137 制作“文字动画 2”、“文字动画 3”元件

步骤 13 返回“场景 1”编辑状态。将“光盘\源文件\第 4 章\素材\image006.jpg”导入场景中，如图 4-138 所示。在第 300 帧位置插入帧，新建“图层 2”，将“文字动画 1”元件从“库”面板中拖入场景中，如图 4-139 所示。

步骤 14 在第 100 帧位置插入空白关键帧，将“文字动画 2”元件从“库”面板中拖入场景中，如图 4-140 所示，“时间轴”面板如图 4-141 所示。

图 4-138 导入图像

图 4-139 拖入元件

图 4-140 拖入元件

步骤 15 在第 200 帧位置插入空白关键帧，将“文字动画 3”元件从“库”面板中拖入场景中，如图 4-142 所示，“时间轴”面板如图 4-143 所示。

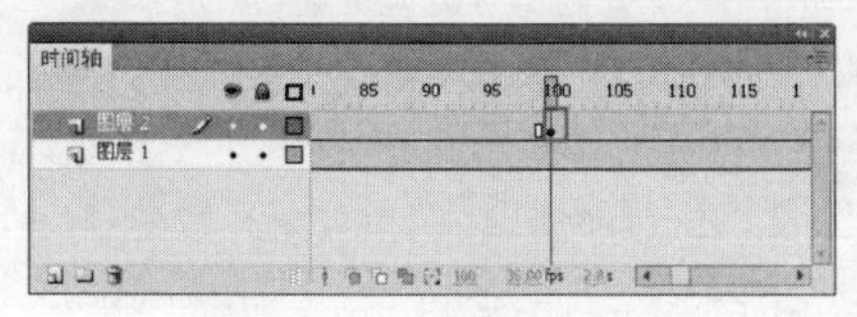
图 4-141 “时间轴”面板

图 4-142 拖入元件

图 4-143 “时间轴”面板

步骤 16 执行“文件>保存”命令，将动画保存为“光盘\源文件\第 4 章\广告式文字动画效果.fla”，按 Ctrl+Enter 键测试影片，动画效果如图 4-144 所示。

图 4-144　预览动画效果

实例小结

本实例的重点是使用“矩形工具”在不同的帧上绘制矩形，利用图形的“补间”功能及“遮罩层”功能制作出广告式文字动画效果。

Example 实例 72　跳跃文字动画效果

案例文件	光盘\源文件\第 4 章\跳跃文字动画效果.fla
视频文件	光盘\视频\第 4 章\跳跃文字动画效果.swf
难易程度	★★☆☆☆
学习时间	20 分钟

（1）　（2）

（3）　（4）

1. 导入相关的素材图像，并转换为图形元件。

2. 分别创建各个文字的影片剪辑元件，并制作文字的动画效果，添加相应的脚本代码。

3. 返回主场景中，将相关的元件拖入场景中，制作场景动画。

4. 完成动画效果的制作，测试动画效果。

Example 实例 73　摇奖式文字动画效果

案例文件	光盘\源文件\第 4 章\摇奖式文字动画效果.fla
视频文件	光盘\视频\第 4 章\摇奖式文字动画效果.swf
难易程度	★★☆☆☆
学习时间	15 分钟
实例要点	➢ “文本工具” T 的使用 ➢ “文本工具”的属性设置
实例目的	通过本实例的制作，了解摇奖式文字动画的制作方法

操作步骤

步骤 1 新建一个 Flash 文档，如图 4-145 所示，单击“属性”面板的“编辑”按钮，弹出“文档设置”对话框，设置“尺寸”为 439 像素×278 像素，设置“背景颜色”为#CC99FF，“帧频”为 36，如图 4-146 所示。

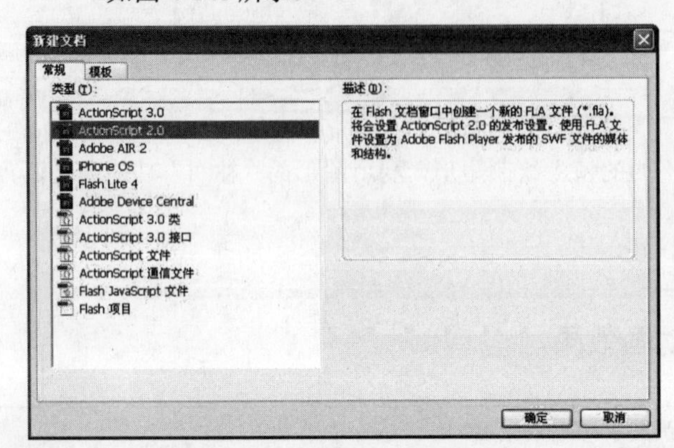

图 4-145　新建 Flash 文档

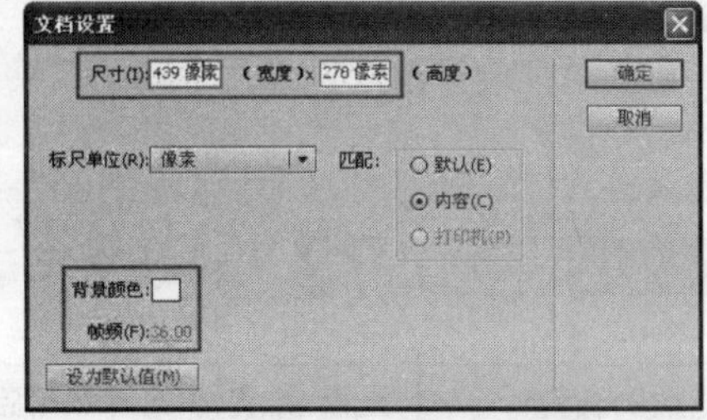

图 4-146　设置文档属性

步骤 2 新建一个“名称”为“文字动画”的“影片剪辑”元件，如图 4-147 所示，单击“文本工具”按钮，设置其“字体”为“汉仪娃娃篆简”，“大小”为 34，“颜色”为#FFFFFF，如图 4-148 所示。

步骤 3 使用“文本工具”在场景中输入如图 4-149 所示的文本，依次在第 2 帧至第 20 帧插入关键帧，分别使用“文本工具”在场景中输入文本，读者可参见源文件进行制作，“时间轴”面板如图 4-150 所示。

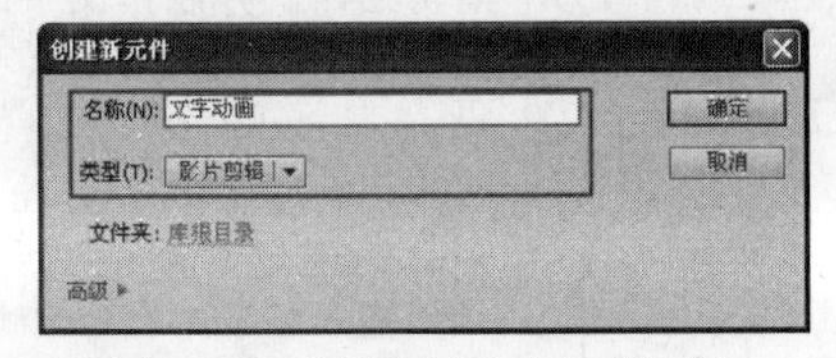

图 4-147　“创建新元件”对话框

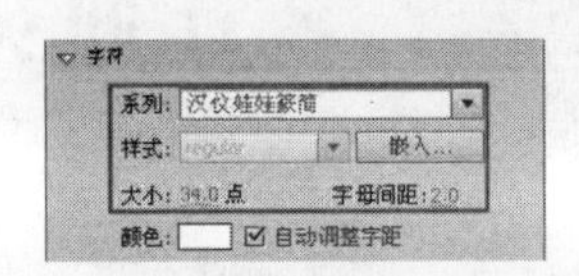

图 4-148　“属性”面板

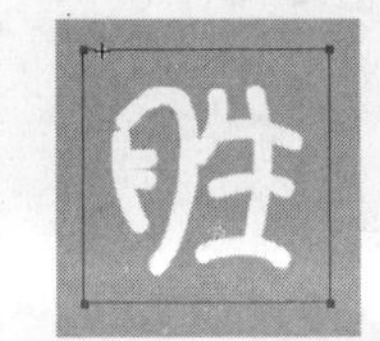

图 4-149　输入文本

步骤 4 采用同样方法，将在场景中输入的文本再次输入两遍，在第 65 帧位置插入帧，“时间轴”面板如图 4-151 所示。

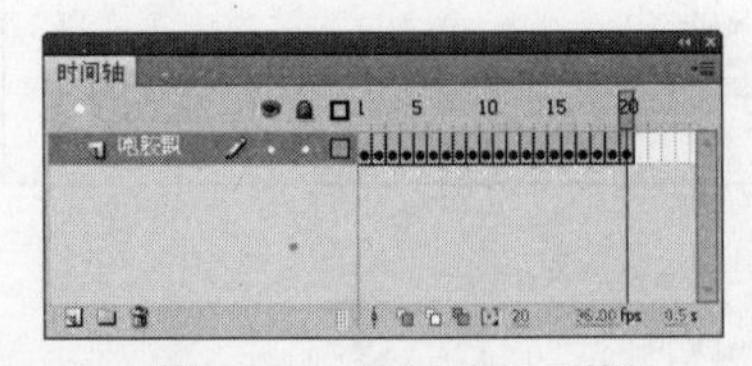

图 4-150　“时间轴”面板

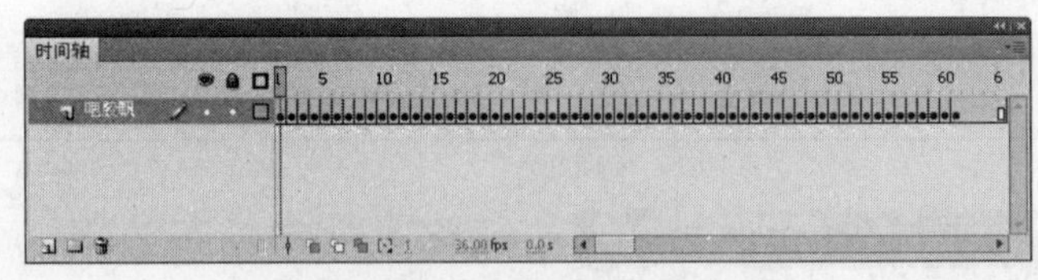

图 4-151　“时间轴”面板

步骤 5 返回“场景 1”编辑状态。将“光盘\源文件\第 4 章\素材\image007.jpg”导入场景中，如图 4-152 所示。新建“图层 2”，将“文字动画”元件从“库”面板中拖入场景中，如图 4-153 所示。

步骤 6 选中场景中的“文字动画”元件，执行“窗口>变形”命令，打开“变形”面板，设置“宽”为 150%，“高”为 150%，如图 4-154 所示，场景效果如图 4-155 所示。

> **技巧**　按 Ctrl+T 键也可以打开“变形”面板。

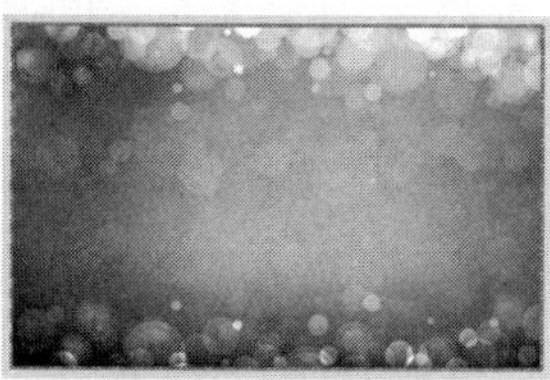

图 4-152　导入图像

图 4-153　拖入元件

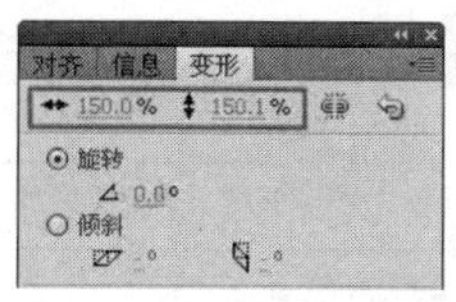

图 4-154　“变形”面板

图 4-155　场景效果

步骤 7 选中“文字动画”元件，设置其“属性”面板的“色彩效果”区域中参数，如图 4-156 所示，场景效果如图 4-157 所示。

步骤 8 再次选中“文字动画”元件，在“动作-影片剪辑”面板中输入如图 4-158 所示的脚本语言。

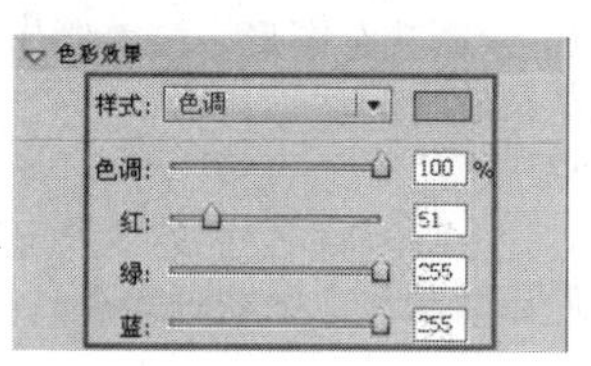

图 4-156　“属性”面板

图 4-157　场景效果

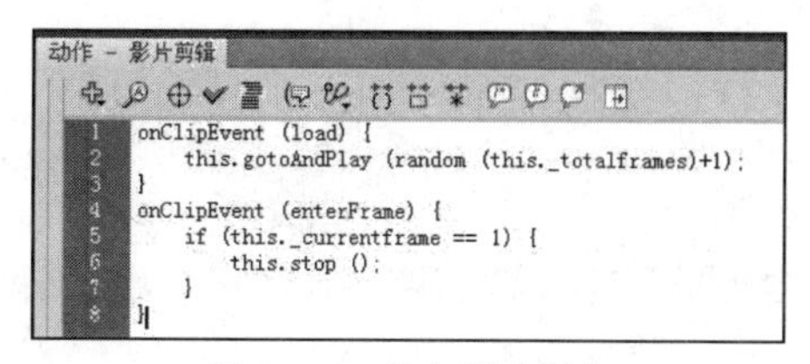

```
动作 - 影片剪辑
1 onClipEvent (load) {
2     this.gotoAndPlay (random (this._totalframes)+1);
3 }
4 onClipEvent (enterFrame) {
5     if (this._currentframe == 1) {
6         this.stop ();
7     }
8 }
```

图 4-158　输入脚本语言

> **技巧**
> 按 F9 键也可以打开“动作”面板。

步骤 9 采用同样方法，将其他“文字动画”元件拖入场景中，并适当调整各元件的大小，场景效果如图 4-159 所示。

图 4-159　场景效果

步骤 10 执行“文件>保存”命令，将动画保存为“光盘\源文件\第 4 章\摇奖式文字动画效果.fla”，按 Ctrl+Enter 键测试影片，动画效果如图 4-160 所示。

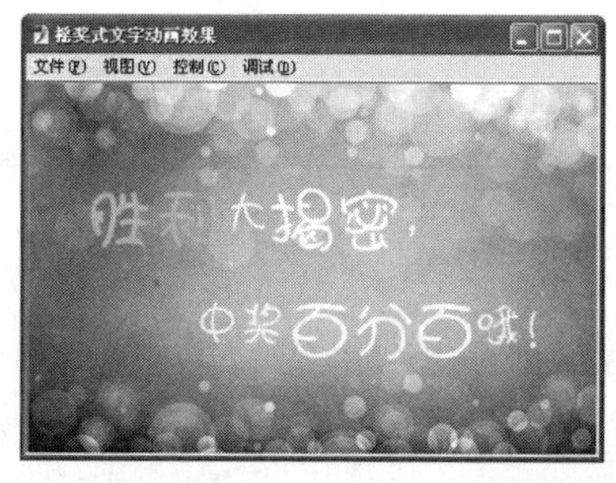

图 4-160　预览动画效果

> **实例小结**
> 本实例的重点是使用“文本工具”在场景中输入不同的文本，设置元件属性，以及通过脚本语言控制动画，最终制作出摇奖式文字动画效果。

Example 实例 74 旋转花纹文字动画效果

案例文件	光盘\源文件\第 4 章\旋转花纹文字动画效果.fla
视频文件	光盘\视频\第 4 章\旋转花纹文字动画效果.swf
难易程度	★★★☆☆
学习时间	25 分钟

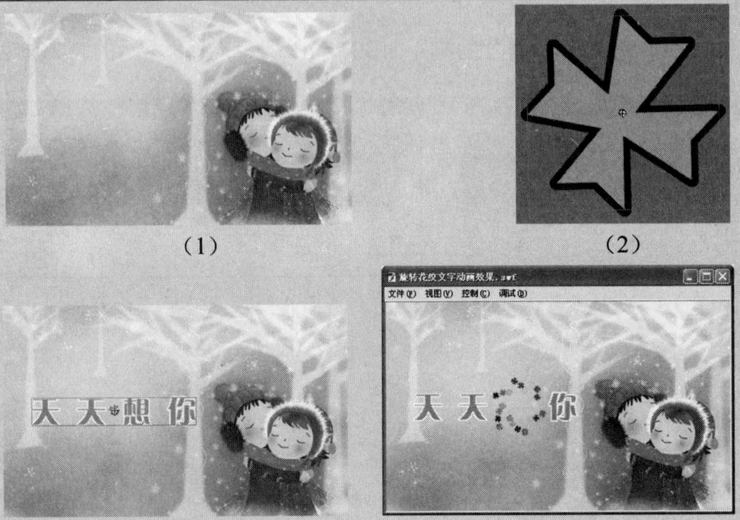

（1）

（2）

（3）

（4）

1．导入背景素材图像并将其转换为图形元件。

2．绘图花朵图形，接着制作花朵旋转的动画效果。

3．分别创建各个文字的元件，并制作文字动画效果。

4．完成动画效果的制作，测试动画效果。

Example 实例 75 迷雾式文字动画效果

案例文件	光盘\源文件\第 4 章\迷雾式文字动画效果.fla
视频文件	光盘\视频\第 4 章\迷雾式文字动画效果.swf
难易程度	★★☆☆☆
学习时间	15 分钟
实例要点	➢ 传统补间动画的使用 ➢ “椭圆工具”的使用
实例目的	通过本实例的制作，了解迷雾式文字动画效果的制作方法

操作步骤

步骤 1 新建一个 Flash 文档，如图 4-161 所示，单击“属性”面板的“编辑”按钮，弹出“文档设置”对话框，设置“尺寸”为 452 像素×284 像素，“帧频”为 36，“背景颜色”为#9999FF，如图 4-162 所示。

步骤 2 新建一个“名称”为“椭圆”的“图形”元件，如图 4-163 所示，单击“椭圆工具”按钮，执行“窗口>颜色”命令，打开“颜色”面板，设置从 Alpha 值为 100%的#FFFFFF 到 Alpha 值为 0%的#FFFFFF 的径向渐变，如图 4-164 所示。

步骤 3 使用“椭圆工具”在场景中绘制一个椭圆，如图 4-162 所示。新建一个“名称”为“椭圆组”的“图形”元件，如图 4-166 所示。

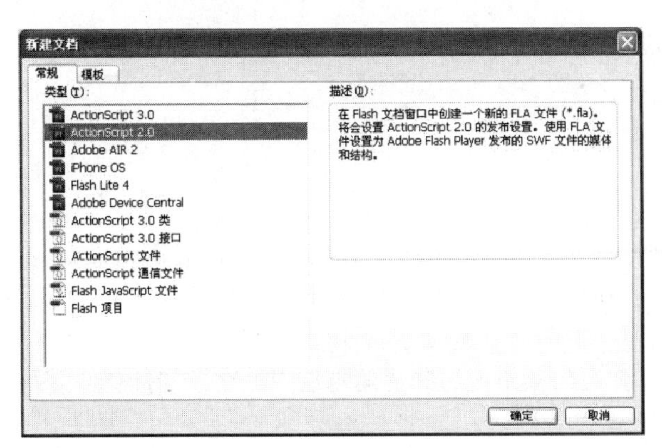

图 4-161　新建 Flash 文档

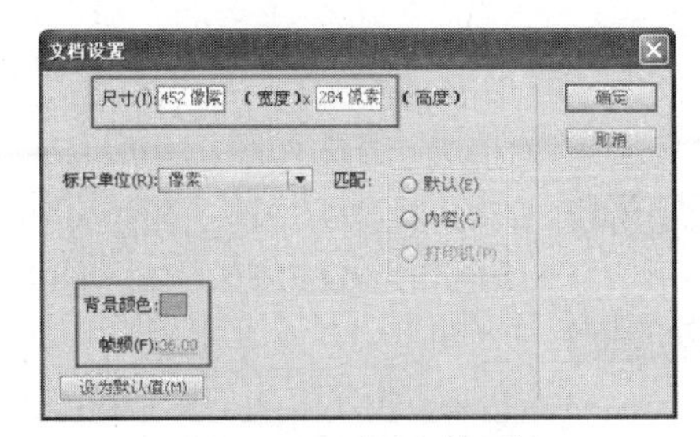

图 4-162　设置文档属性

技巧　按 Alt+Shift+F9 键也可以打开“颜色”面板。

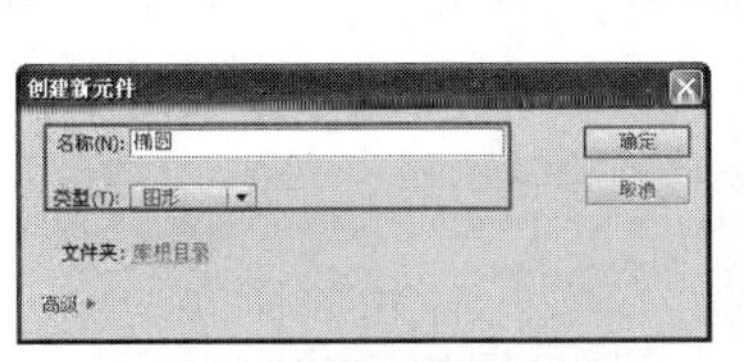

图 4-163　“创建新元件”对话框

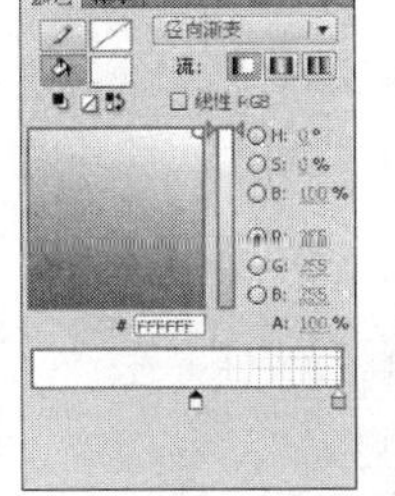

图 4-164　“颜色”面板

图 4-165　绘制椭圆

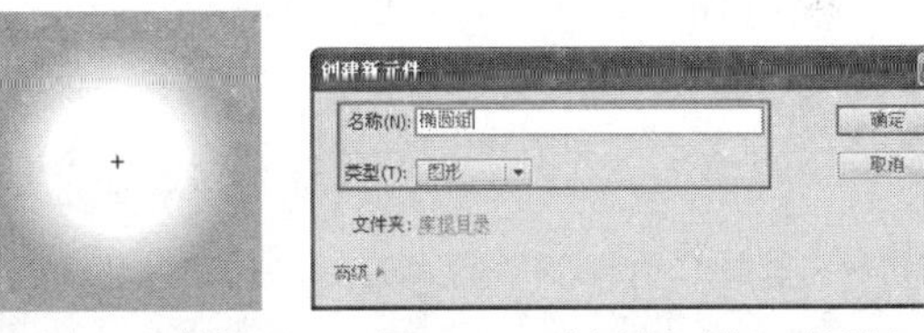

图 4-166　“创建新元件”对话框

步骤 4　将“椭圆”元件从“库”面板中拖入场景中，选中场景中的“文字动画”元件，执行“窗口>变形”命令，打开“变形”面板，设置“宽”为 50%，“高”为 50%，如图 4-167 所示，场景效果如图 4-168 所示。

步骤 5　多次将“椭圆”元件从“库”面板中拖入场景中，并适当调整元件的大小，如图 4-169 所示，新建一个“名称”为“遮罩动画”的“影片剪辑”元件，如图 4-170 所示。

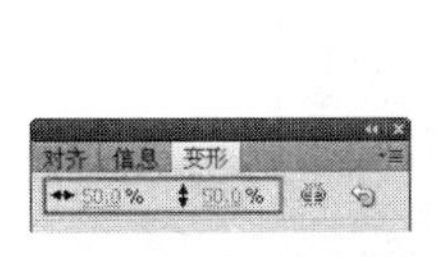

图 4-167　“变形”面板

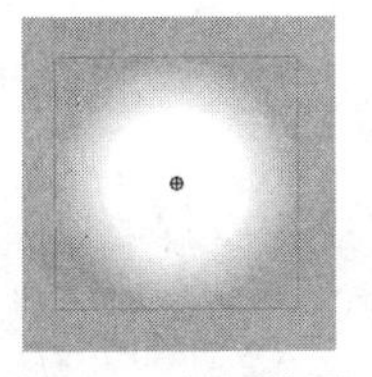

图 4-168　场景效果

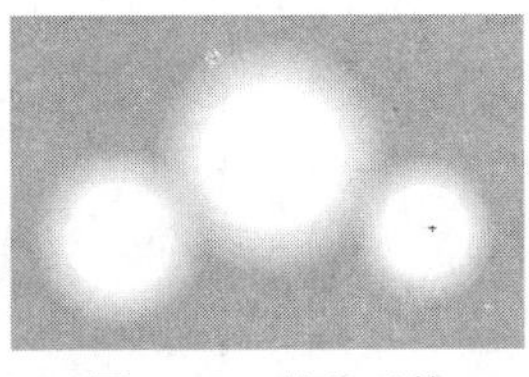

图 4-169　拖入元件

图 4-170　“创建新元件”对话框

步骤 6　将“椭圆组”元件从“库”面板中拖入场景中，如图 4-171 所示。在第 200 帧位置插入关键帧，选中该帧上的元件，将该元件移至如图 4-172 所示的位置。在第 1 帧位置添加传统补间动画，在第 210 帧位置插入帧，“时间轴”面板如图 4-173 所示。

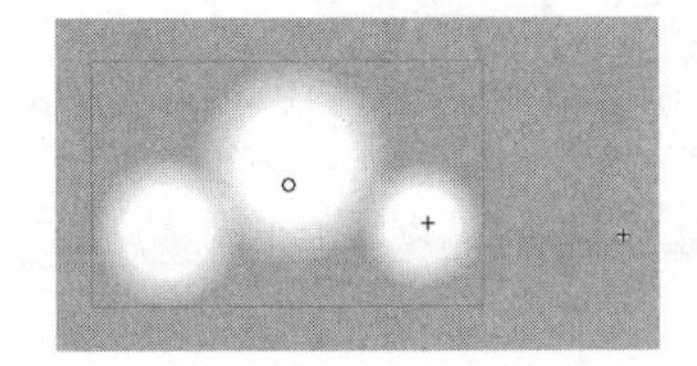

图 4-171　拖入元件

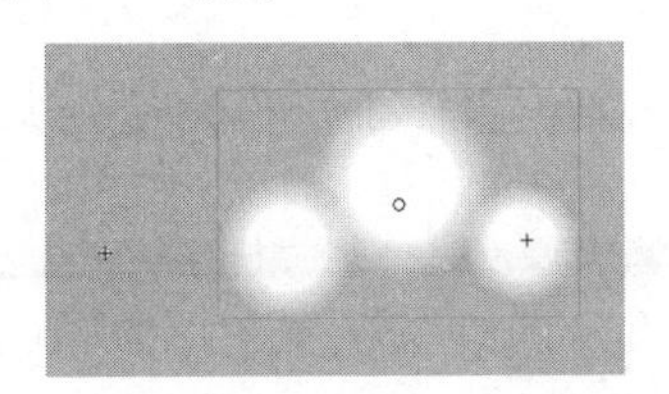

图 4-172　移动元件位置

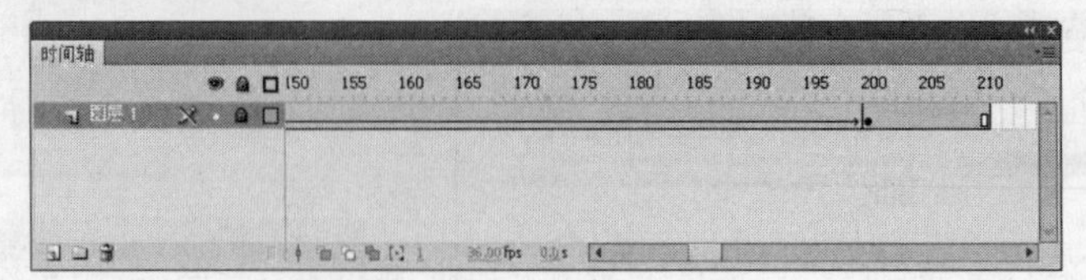

图 4-173 “时间轴”面板

步骤 7 新建“图层 2”，单击“文本工具”按钮，设置“字体”为“汉仪琥珀体简”，“大小”为 50，“颜色”为#FFFFFF，如图 4-174 所示，在场景中输入文本，如图 4-175 所示。

步骤 8 在“图层 2”上单击鼠标右键，在弹出的菜单中选择“遮罩层”命令，“时间轴”面板如图 4-176 所示，场景效果如图 4-177 所示。

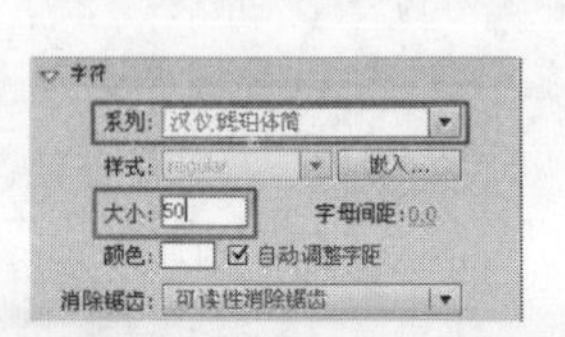

图 4-174 “属性”面板

图 4-175 输入文本

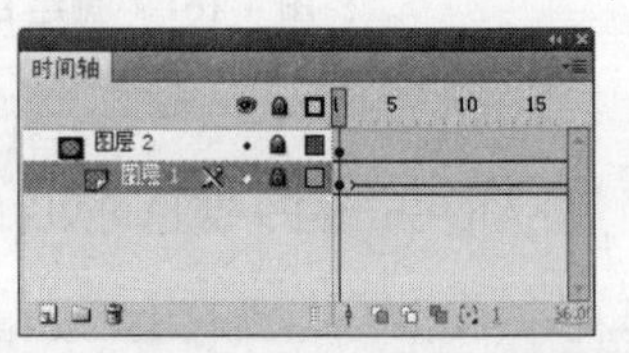

图 4-176 “时间轴”面板

步骤 9 返回“场景 1”编辑状态。将“光盘\源文件\第 4 章\素材\image008.jpg”导入场景中，如图 4-178 所示。新建“图层 2”，将“遮罩动画”元件从“库”面板中拖入场景中，如图 4-179 所示。

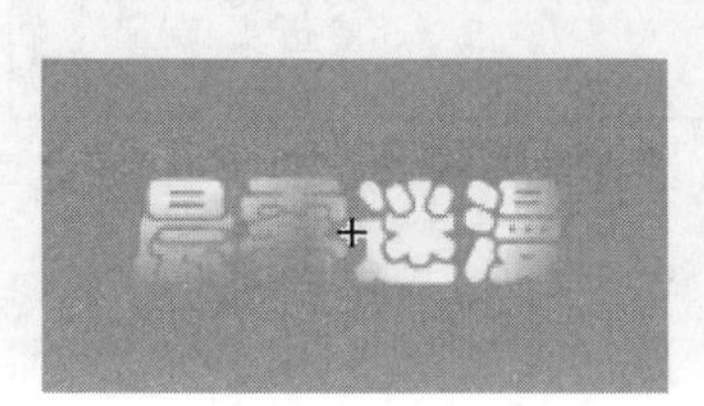

图 4-177 场景效果

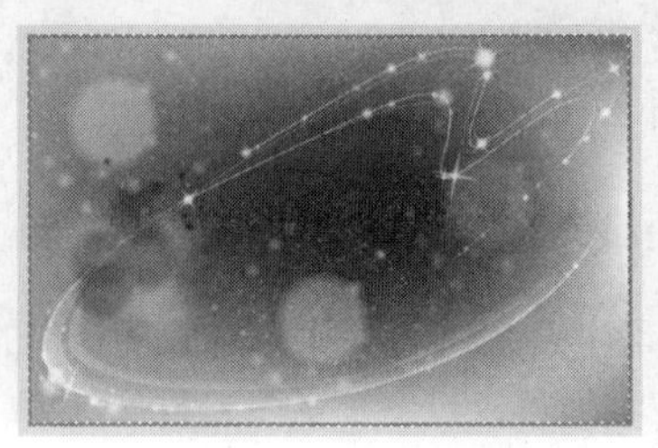

图 4-178 导入图像

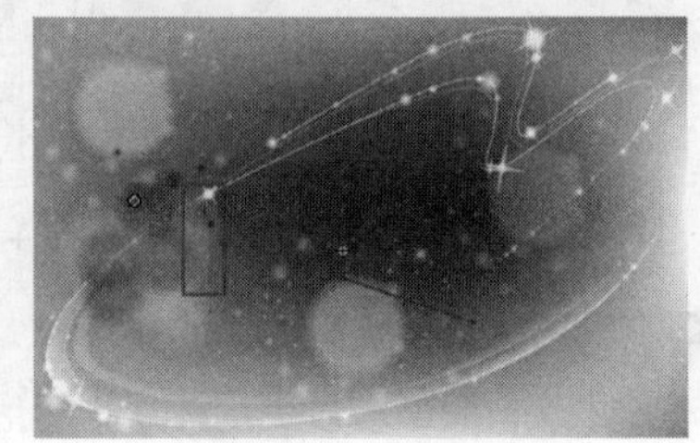

图 4-179 拖入元件

步骤 10 执行“文件>保存”命令，将动画保存为“光盘\源文件\第 4 章\迷雾式文字动画效果.fla”，按 Ctrl+Enter 键测试影片，动画效果如图 4-180 所示。

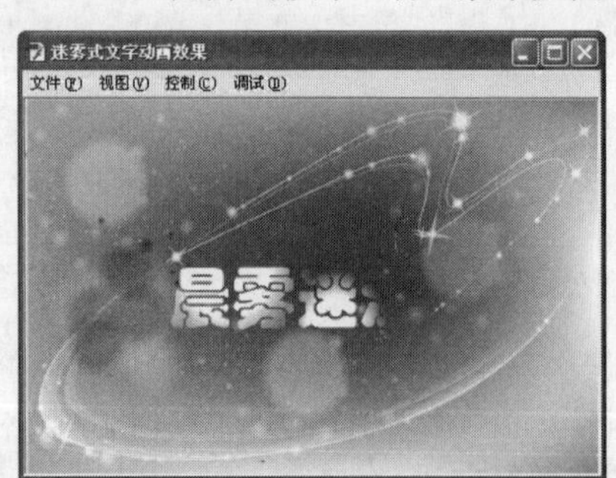

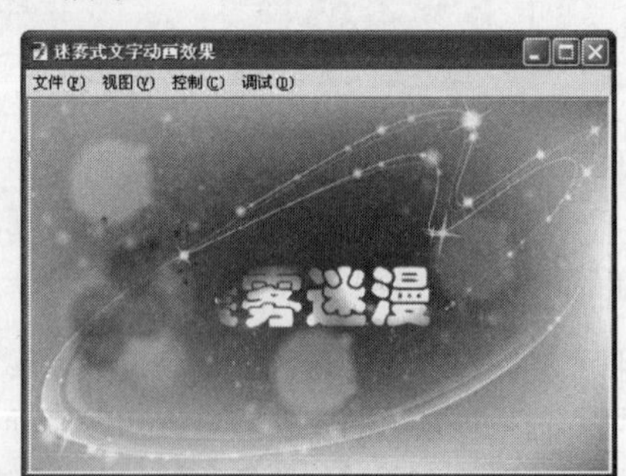

图 4-180 预览动画效果

实例小结

本实例的重点是使用“椭圆工具”绘制径向渐变椭圆，通过补间动画与遮罩动画的结合应用，制作出迷雾式文字动画效果。

Example 实例 76　镜面文字动画效果

案例文件	光盘\源文件\第 4 章\镜面动画文字效果.fla
视频文件	光盘\视频\第 4 章\镜面文字动画效果.swf
难易程度	★☆☆☆☆
学习时间	15 分钟

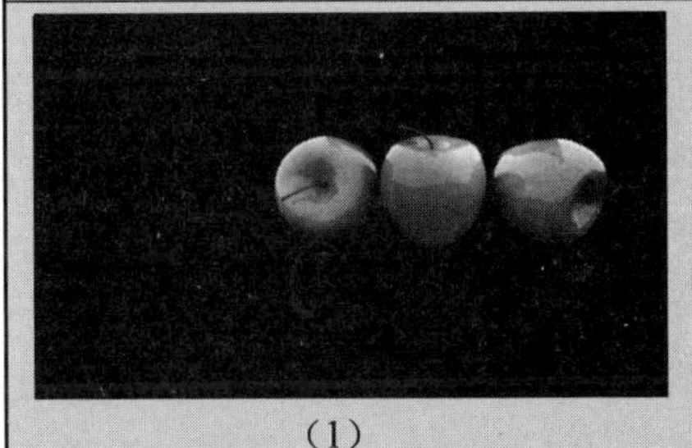

(1)

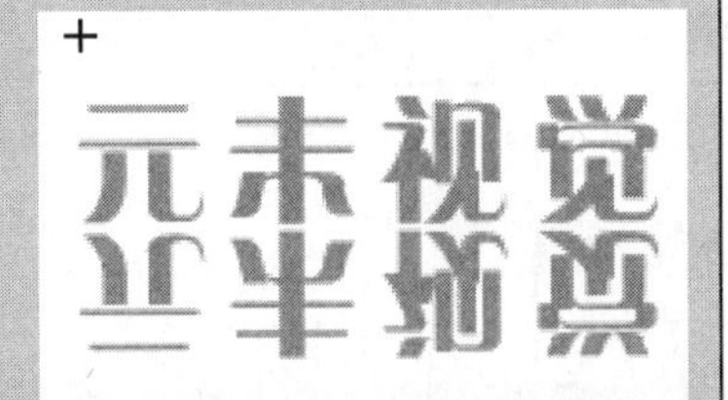

(2)

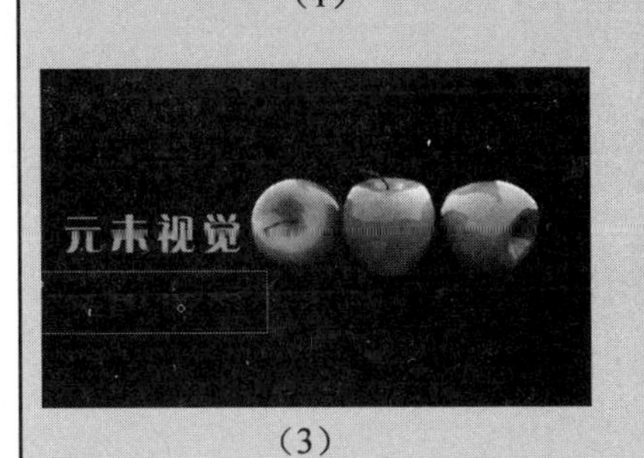

(3)

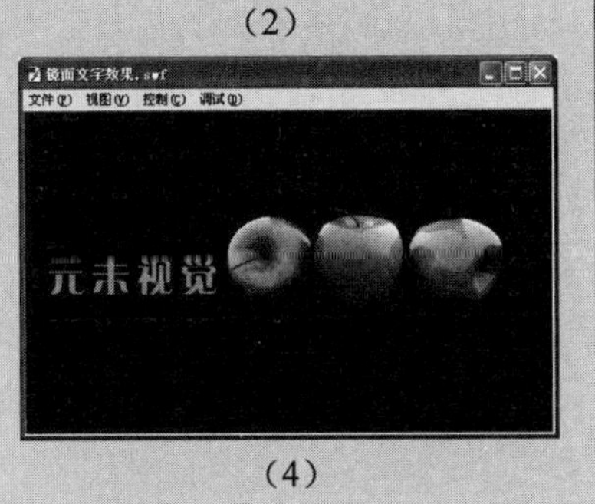

(4)

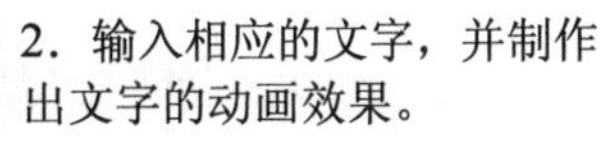

1. 导入背景素材图像，并将其转换为图形元件。

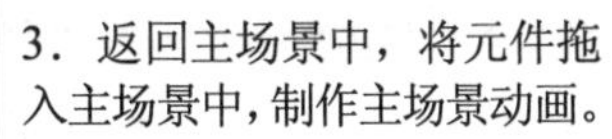

2. 输入相应的文字，并制作出文字的动画效果。

3. 返回主场景中，将元件拖入主场景中，制作主场景动画。

4. 完成动画的制作，测试动画效果。

Example 实例 77　波浪式文字动画效果

案例文件	光盘\源文件\第 4 章\波浪式文字动画效果.fla
视频文件	光盘\视频\第 4 章\波浪式文字动画效果.swf
难易程度	★★★☆☆
学习时间	25 分钟
实例要点	➢ 遮罩动画的创建 ➢ “任意变形工具”的使用
实例目的	通过本实例的制作，了解遮罩动画在波浪式文字动画效果制作中的应用方法

操作步骤

步骤 1 新建一个 Flash 文档，如图 4-181 所示，单击“属性”面板的“编辑”按钮，弹出“文档设置”对话框，设置“尺寸”为 393 像素×257 像素，“帧频”为 36，“背景颜色”为#33CCCC，如图 4-182 所示。

步骤 2 新建一个“名称”为“矩形变形”的“图形”元件，如图 4-183 所示，单击“矩形工具”按钮，设置“笔触颜色”为无，“填充颜色”为#000000，如图 4-184 所示。

步骤 3 使用“矩形工具”在场景中绘制一个矩形，选中该矩形，设置其“宽”为 70，“高”为 208，如图 4-185 所示，场景效果如图 4-186 所示。

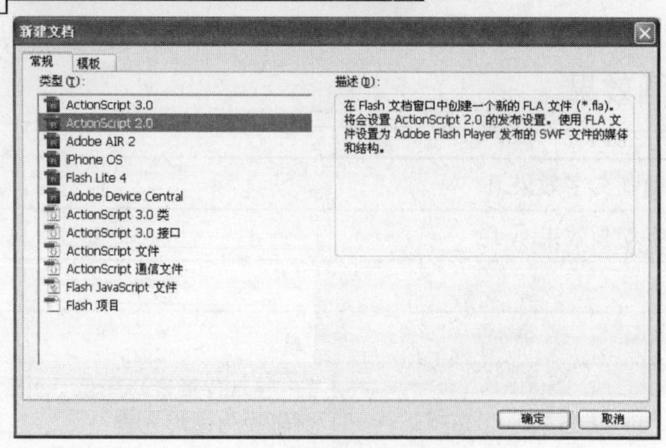

图 4-181　新建 Flash 文档

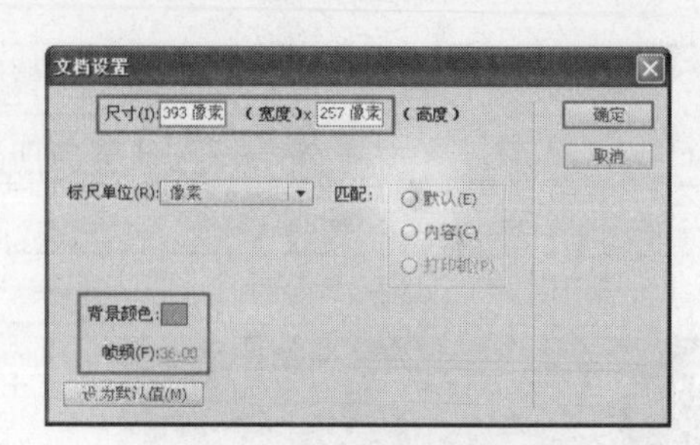

图 4-182　设置文档属性

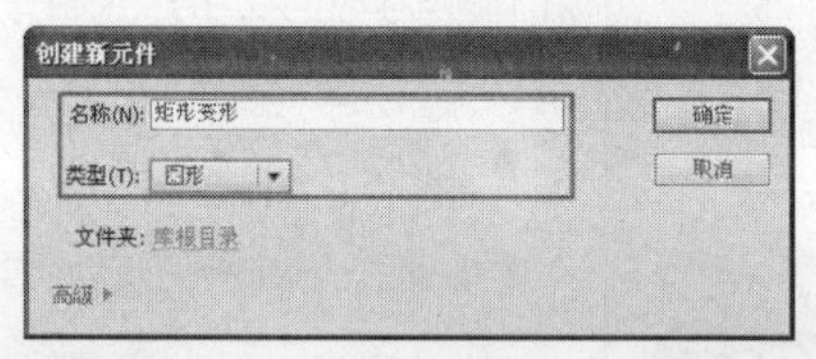

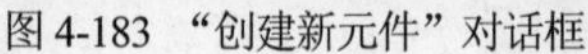

图 4-183 “创建新元件”对话框

图 4-184 “属性”面板

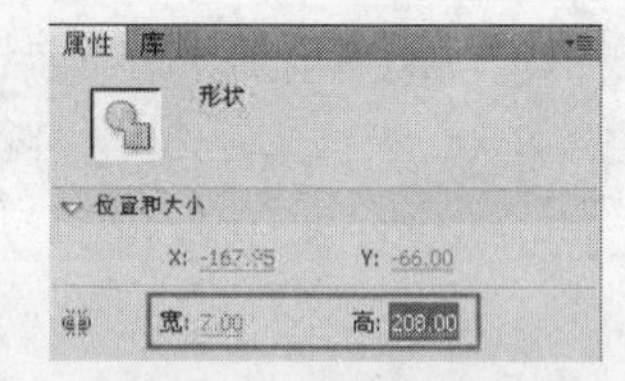

图 4-185 “属性”面板

步骤 4 按住 Alt 键使用“选择工具”将元件水平移动 11 像素，并复制出一个矩形，采用同样方法复制其他矩形，完成效果如图 4-187 所示。选中场景中所有的矩形，单击“工具箱”中“任意变形工具”按钮，将场景中选中的矩形调整至如图 4-188 所示的方向。

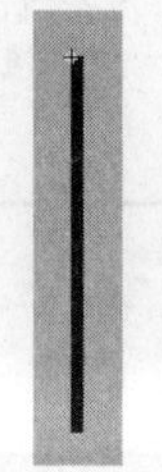

图 4-186　场景效果

图 4-187　完成效果

图 4-188　调整矩形方向

> **技巧** 选中场景中的所有矩形，执行“窗口>变形”命令，在打开的“变形”面板中也可以设置矩形的倾斜度。

步骤 5 使用“选择工具”选中变形后矩形的一部分，如图 4-189 所示，按 Delete 键将其删除，完成后效果如图 4-190 所示。

步骤 6 采用同样方法，选中变形后矩形的另一侧部分，如图 4-191 所示，按 Delete 键将其删除，完成后效果如图 4-192 所示。

图 4-189　选中部分矩形

图 4-190　完成后效果

图 4-191　选中部分矩形

图 4-192　完成后效果

步骤 7 新建一个“名称”为“遮罩动画”的“影片剪辑”元件，如图 4-193 所示。将“矩形变形”元件从“库”面板中拖入场景中，如图 4-194 所示。

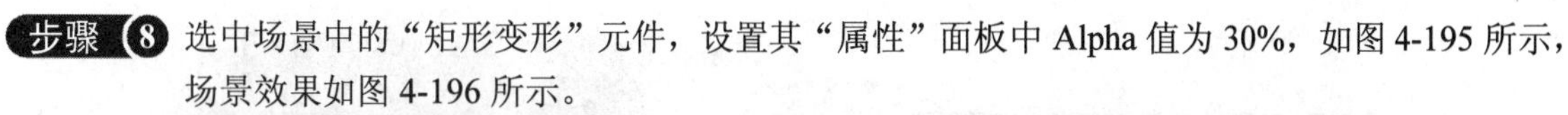

步骤 8 选中场景中的“矩形变形”元件，设置其“属性”面板中 Alpha 值为 30%，如图 4-195 所示，场景效果如图 4-196 所示。

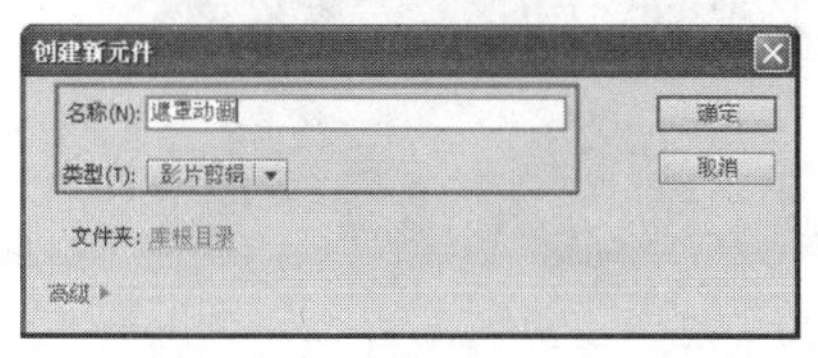

图 4-193 “创建新元件”对话框

图 4-194 拖入元件

图 4-195 “属性”面板

图 4-196 场景效果

步骤 9 在第 200 帧位置插入关键帧，将该帧上的元件移至如图 4-197 所示的位置，在第 1 帧位置添加传统补间动画。

步骤 10 新建“图层 2”，单击“文本工具”按钮，设置其“字体”为“汉仪圆叠体简”，“大小”为 50，“颜色”为#000000，如图 4-198 所示，在场景中输入如图 4-199 所示的文本。

图 4-197 移动元件位置

图 4-198 “属性”面板

步骤 11 选中刚刚输入的文本，执行“修改>分离”命令，如图 4-200 所示。

图 4-199 输入文本

图 4-200 分离文字

步骤 12 单击“椭圆工具”按钮，设置其“笔触颜色”为无，“填充颜色”为#000000，如图 4-201 所示，在场景中绘制如图 4-202 所示的椭圆。

步骤 13 在“图层 2”面板上单击右键，选择“遮罩层”命令，场景效果如图 4-203 所示，“时间轴”面板如图 4-204 所示。

图 4-201 “属性”面板

图 4-202 绘制椭圆

图 4-203 场景效果

步骤 14 新建“图层 3”，根据“图层 2”动画的制作方法，制作“图层 3”动画，将该层上的文本及椭圆缩小至如图 4-205 所示大小。

技巧

在调整图形时，可以按住 Shift 键等比例进行扩大或缩小。

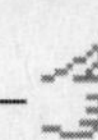

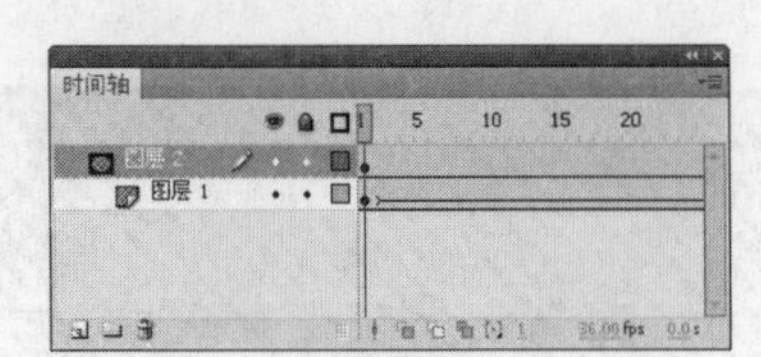

图 4-204 “时间轴”面板

图 4-205 调整元件大小

步骤 15 返回“场景 1”编辑状态。将“光盘\源文件\第 4 章\素材\image009.jpg”导入场景中，如图 4-206 所示。新建“图层 2”，将“遮罩动画”元件从“库”面板中拖入场景中，如图 4-207 所示。

步骤 16 执行“文件>保存”命令，将动画保存为“光盘\源文件\第 4 章\波浪式文字动画效果.fla”，按 Ctrl+Enter 键测试影片，动画效果如图 4-208 所示。

图 4-206 导入图像

海底世界

图 4-207 拖入元件

图 4-208 预览动画效果

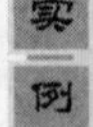

实例小结

本实例主要使用“钢笔工具”和“矩形工具”绘制图形，利用“遮罩层”命令，制作出波浪式文字动画效果。

Example 实例 78 聚光灯文字动画效果

案例文件	光盘\源文件\第 4 章\聚光灯文字动画效果.fla
视频文件	光盘\视频\第 4 章\聚光灯文字动画效果.swf
难易程度	★☆☆☆☆
学习时间	15 分钟

(1)

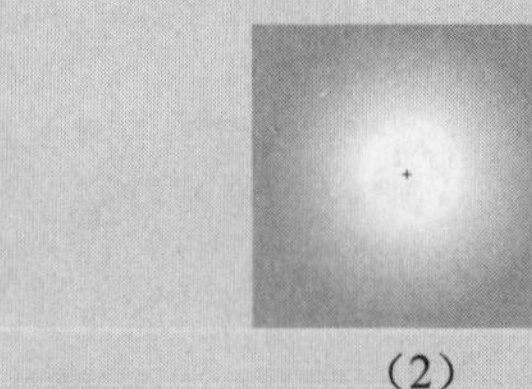

(2)

(3)

(4)

1. 导入背景素材图像，并将其转换为图形元件。

2. 新建图层元件，绘制一个从白色到透明径向渐变的圆形。

3. 返回主场景中，制作文字的遮罩动画效果。

4、完成聚光灯文字效果的制作，测试动画。

Example 实例 79　落英缤纷文字动画效果

案例文件	光盘\源文件\第 4 章\落英缤纷文字动画效果.fla
视频文件	光盘\视频\第 4 章\落英缤纷文字动画效果.swf
难易程度	★★★☆☆
学习时间	35 分钟
实例要点	➢ “椭圆工具”的应用 ➢ 引导层的应用
实例目的	通过本实例的制作，了解传统补间动画与传统运动引导层的应用

操作步骤

步骤 1 新建一个 Flash 文档，如图 4-209 所示，单击“属性”面板的“编辑”按钮，弹出“文档设置”对话框，设置“尺寸”为 490 像素×222 像素，设置“背景颜色”为##CC99FF，“帧频”为 36，如图 4-210 所示。

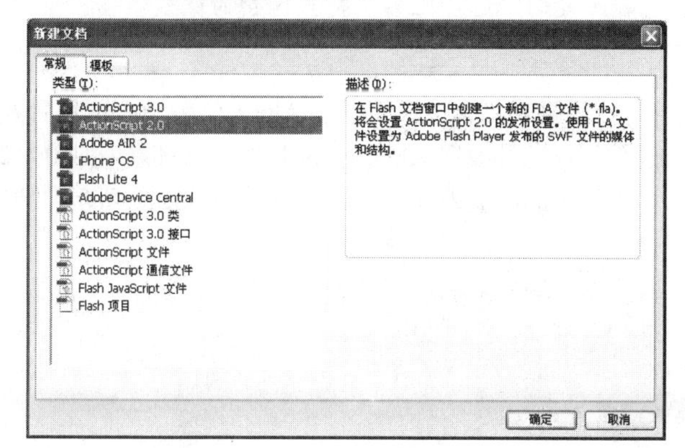

图 4-209　新建 Flash 文档

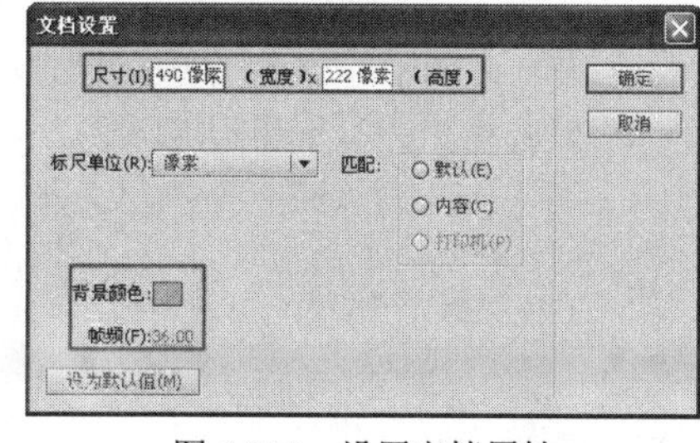

图 4-210　设置文档属性

步骤 2 新建一个“名称”为“引导动画 1”的“影片剪辑”元件，如图 4-211 所示，单击“矩形工具”按钮，设置其“笔触颜色”为无，“填充颜色”为#FFFFFF，如图 4-212 所示。

步骤 3 选中在场景中绘制的矩形，设置其“宽”为 4，“高”为 4，如图 4-213 所示，场景效果如图 4-214 所示。

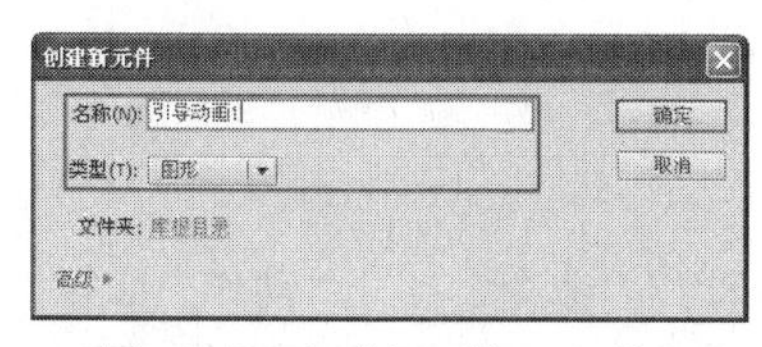

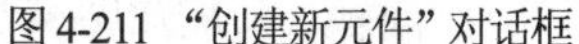

图 4-211 “创建新元件”对话框

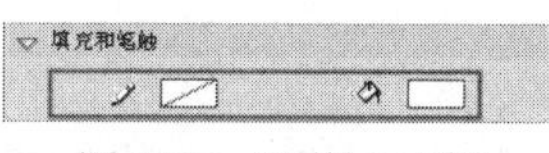

图 4-212 “属性”面板

图 4-213 “属性”面板　图 4-214　场景效果

步骤 4 选中场景中的矩形，按 F8 键，将矩形转换成“名称”为“矩形”的“图形”元件，如图 4-215 所示，在第 50 帧插入关键帧，在第 1 帧、第 10 帧上添加传统补间动画，“时间轴”面板如图 4-216 所示。

步骤 5 在“图层 1”上单击右键，选择“添加传统运动引导层”命令，为“图层 1”添加引导层，如图 4-217 所示，单击“钢笔工具”按钮，设置其“笔触颜色”为#FFFF00，“笔触”为 1 像素，“样式”为实线，如图 4-218 所示。

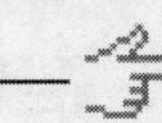

图 4-215 “转换为元件”对话框

图 4-216 “时间轴”面板

步骤 6 使用“钢笔工具”在场景中绘制如图 4-219 所示的线条，选中“图层 1”第 50 帧上的元件，将该元件移至线条终点位置，如图 4-220 所示。

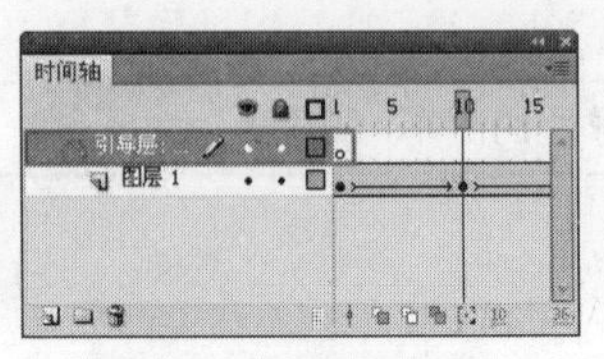

图 4-217 添加引导层

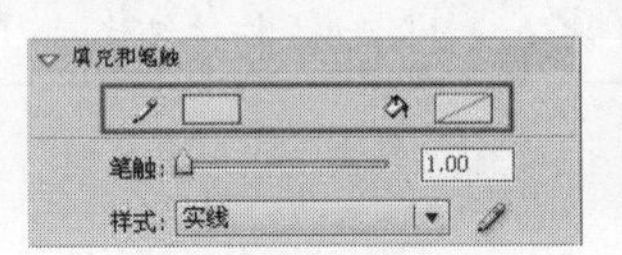

图 4-218 “属性”面板

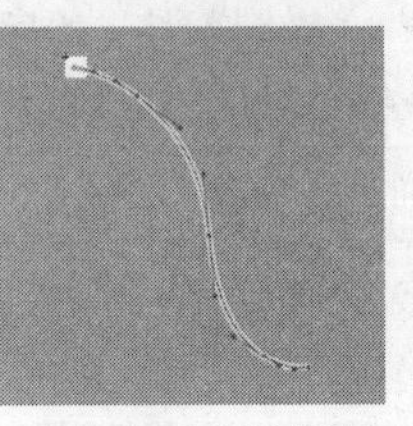

图 4-219 绘制线条

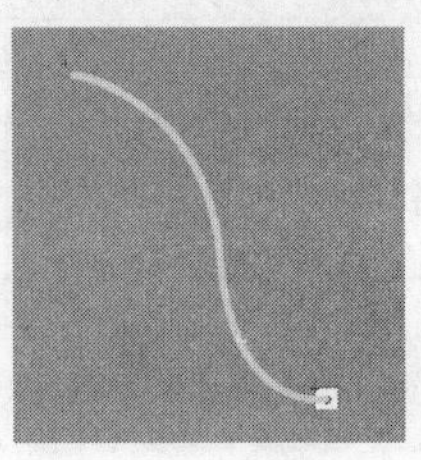

图 4-220 移动元件

技巧 也可以使用“线条工具”在场景中绘制直线，使用“选择工具”将其调整为曲线。

步骤 7 选中“图层 1”第 1 帧上场景中的元件，设置其“属性”面板上 Alpha 值为 20%，场景效果如图 4-221 所示，选中第 10 帧上的元件，移动并设置 Alpha 值为 80%，场景效果如图 4-222 所示，选中第 50 帧上场景中的元件，设置 Alpha 值为 0%，场景效果如图 4-223 所示，“时间轴”面板如图 4-224 所示。

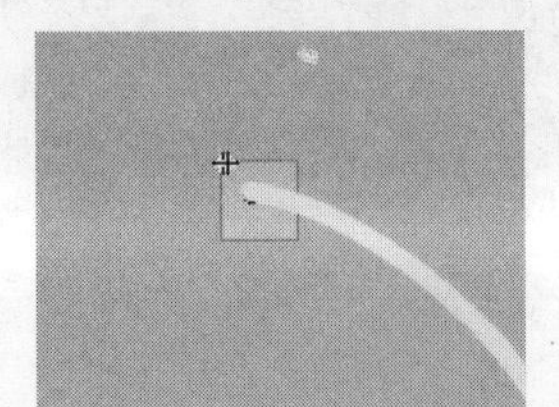

图 4-221 场景效果

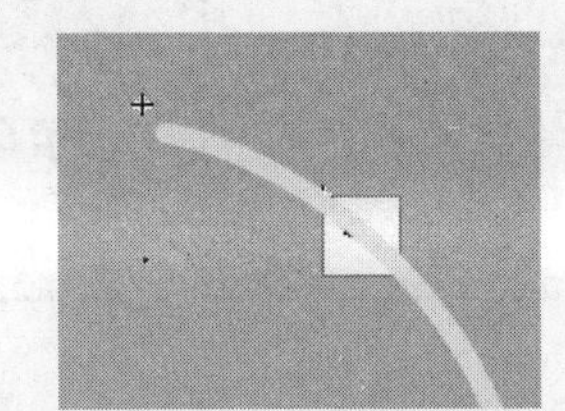

图 4-222 场景效果

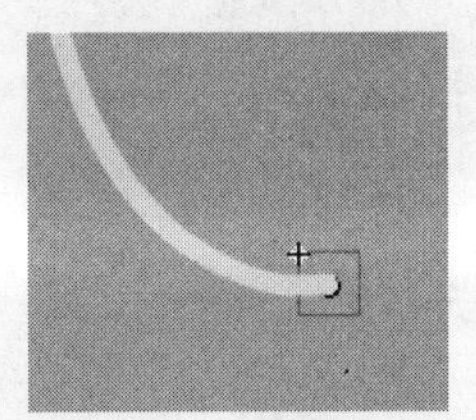

图 4-223 场景效果

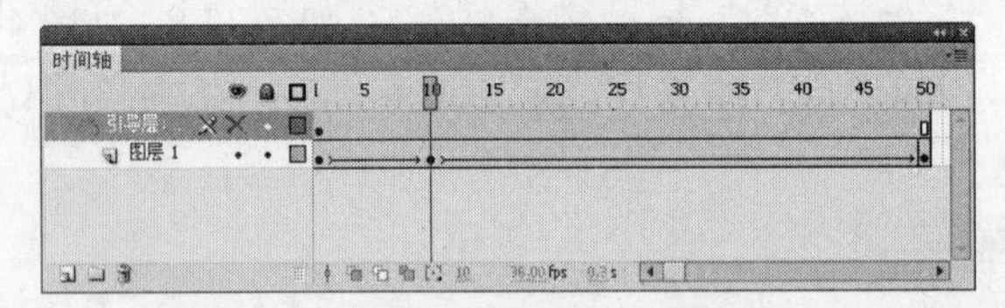

图 4-224 “时间轴”面板

步骤 8 新建“图层 3”，在第 50 帧位置插入关键帧，执行“窗口>动作”命令，打开“动作”面板，在“动作”面板中输入“stop();”脚本语言，如图 4-225 所示，“时间轴”面板如图 4-226 所示。

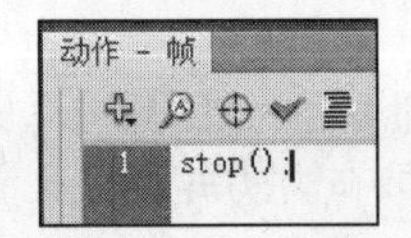

图 4-225 输入脚本语言

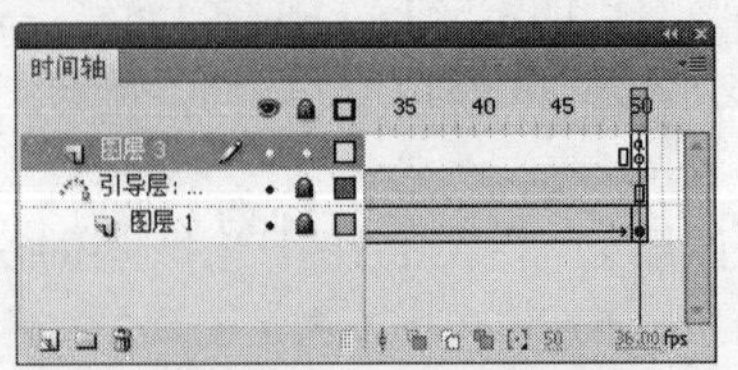

图 4-226 “时间轴”面板

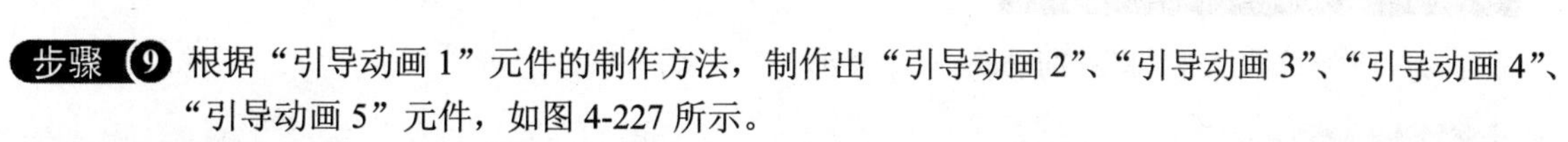

步骤 9 根据“引导动画1”元件的制作方法，制作出“引导动画2”、“引导动画3”、“引导动画4”、“引导动画5”元件，如图4-227所示。

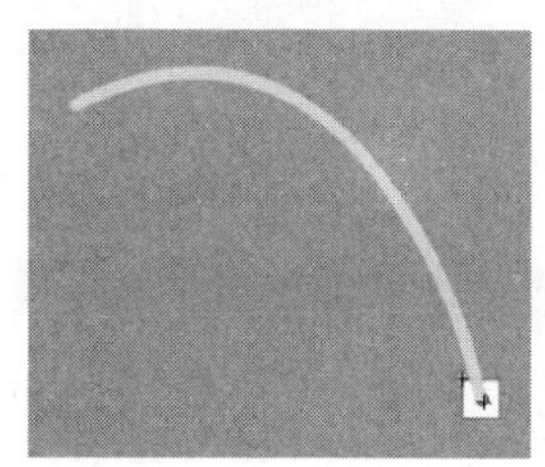
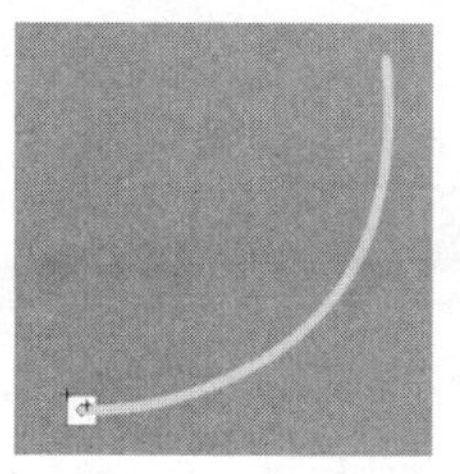
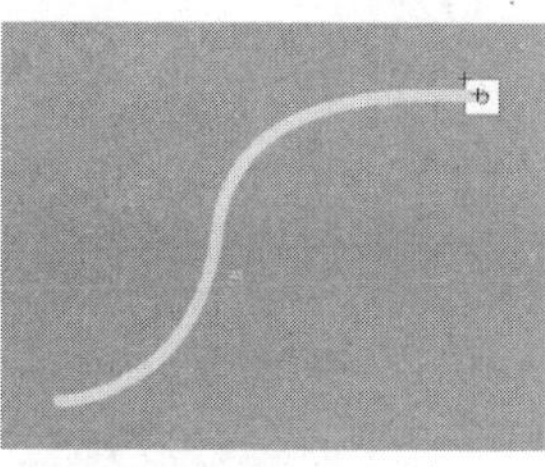
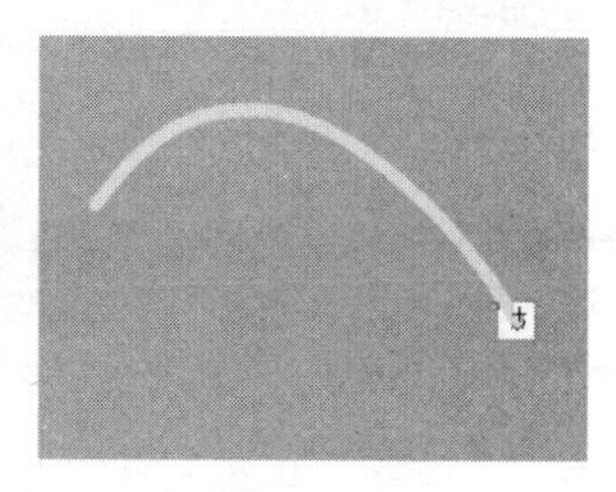

图4-227　制作其他元件

步骤 10 新建一个“名称”为“引导动画组合”的“影片剪辑”元件，将“引导动画1”元件从“库”面板中拖入场景中，如图4-228所示，选中该元件，设置其“属性”面板的“实例名称”为P1，如图4-229所示。

步骤 11 采用同样方法，依次将“引导动画2”、“引导动画3”、“引导动画4”、“引导动画5”元件从“库”面板中拖入场景中，并分别设置其“属性”面板的“实例名称”，场景效果如图4-230所示，在第50帧位置插入帧，新建“图层2”，在第50帧位置插入关键帧，在“动作”面板中输入如图4-231所示的脚本语言，“时间轴”面板如图4-232所示。

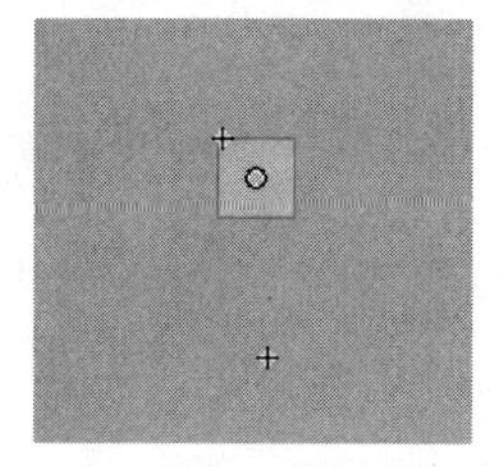

图4-228　拖入元件

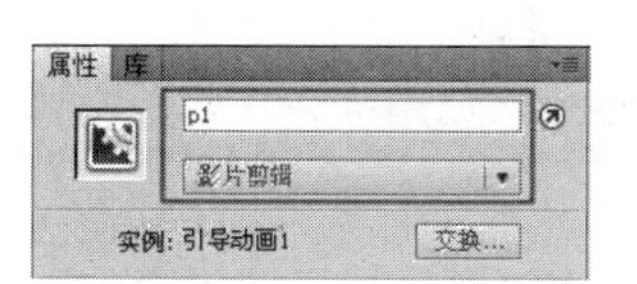

图4-229　“属性”面板

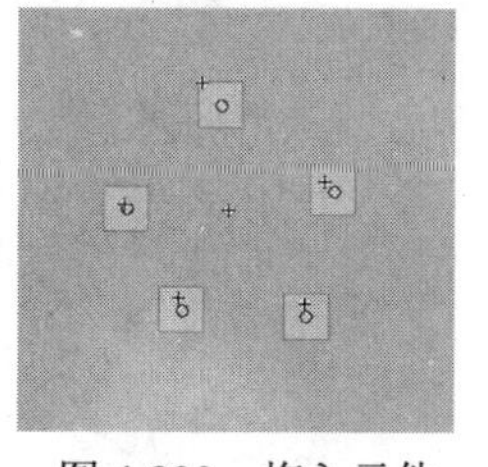

图4-230　拖入元件

图4-231　输入脚本语言

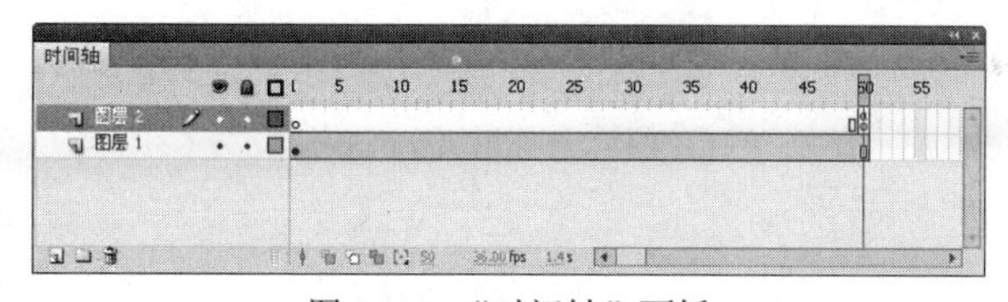

图4-232　“时间轴”面板

步骤 12 返回“场景1”编辑状态，将“光盘\源文件\第4章\素材\image010.jpg”导入场景中，如图4-233所示，在第130帧位置插入帧，“时间轴”面板如图4-234所示。

图4-233　导入图像

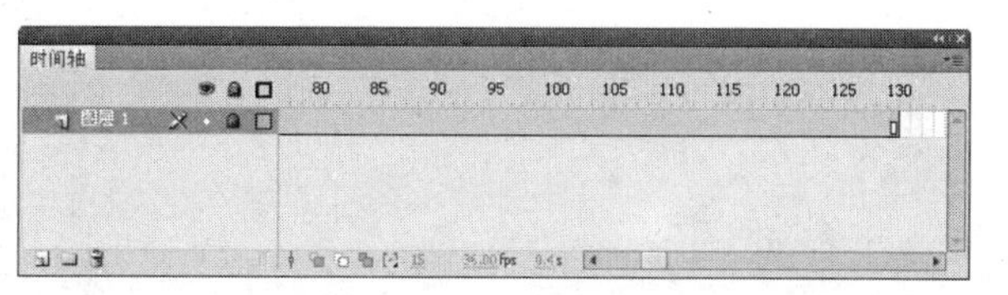

图4-234　“时间轴”面板

步骤 13 新建“图层2”，在第15帧位置插入关键帧，单击 “矩形工具”按钮，打开“颜色”面板，设置从Alpha值为0%的#FFFFFF到Alpha值为100%的#FF6600到Alpha值为100%的#FF6600的线性渐变，如图4-235所示，在场景中绘制一个矩形，如图4-236所示。

步骤 14 选中刚刚绘制的矩形，将其转换成“名称”为“矩形2”的“图形”元件，如图4-237所示，在第60帧位置插入关键帧，选中该帧上的元件，将该元件移至如图4-238所示的位置，在第

15 帧位置添加传统补间动画，“时间轴”面板如图 4-239 所示。

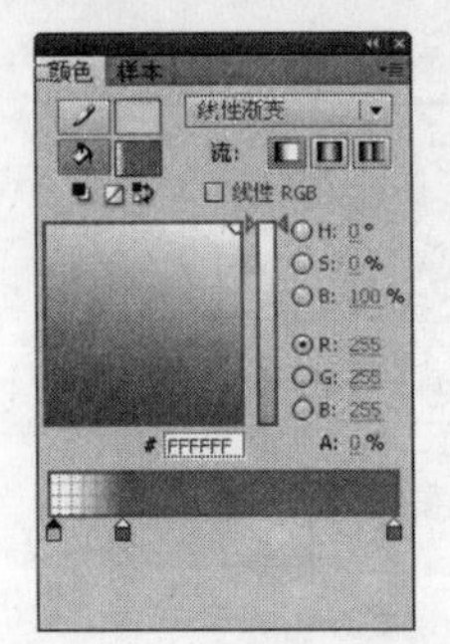
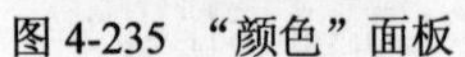

图 4-235 “颜色”面板

图 4-236 绘制矩形

图 4-237 “转换为元件”对话框

图 4-238 移动元件位置

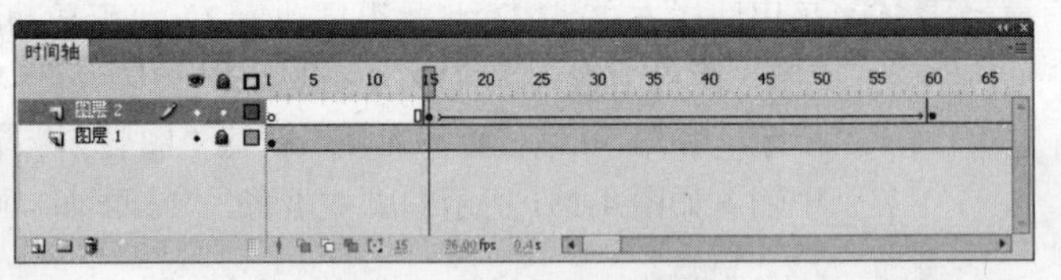

图 4-239 “时间轴”面板

步骤 15 新建“图层 3”，在第 15 帧位置插入关键帧，单击 “文本工具”按钮，设置其“字体”为“汉仪蝶语体简”，“颜色”为#9900FF，如图 4-240 所示，在场景中输入如图 4-241 所示的文本。

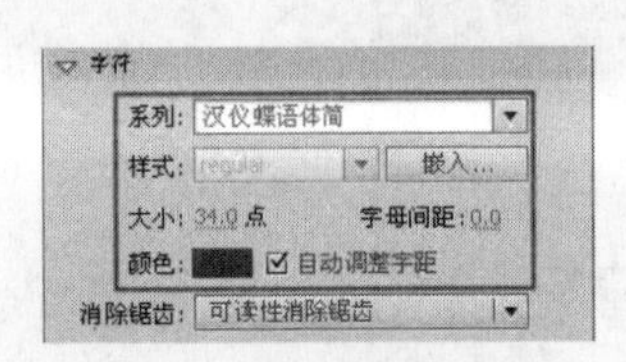

图 4-240 “属性”面板

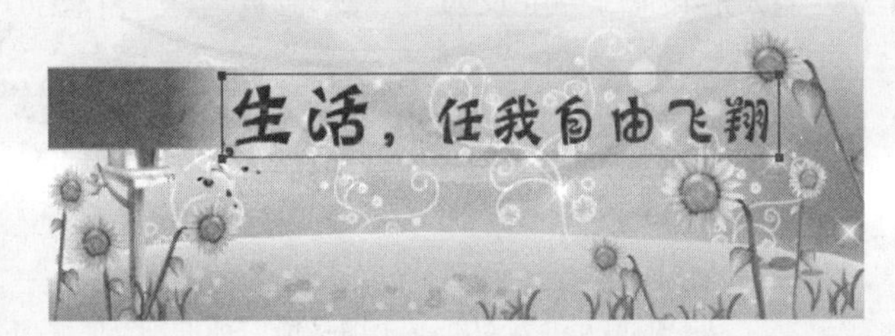

图 4-241 输入文本

步骤 16 在“图层 3”上单击右键，选择“遮罩层”命令，场景效果如图 4-242 所示，“时间轴”如图 4-243 所示。

图 4-242 场景效果

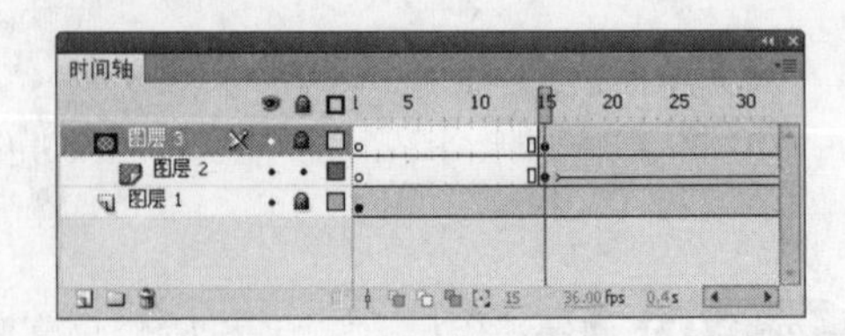

图 4-243 “时间轴”面板

步骤 17 新建“图层 4”，在第 5 帧位置插入关键帧，将“引导动画组合”元件从“库”面板中拖入场景中，如图 4-244 所示。选中该元件，设置其“属性”面板的“实例名称”为 pointMc，如图 4-245 所示。

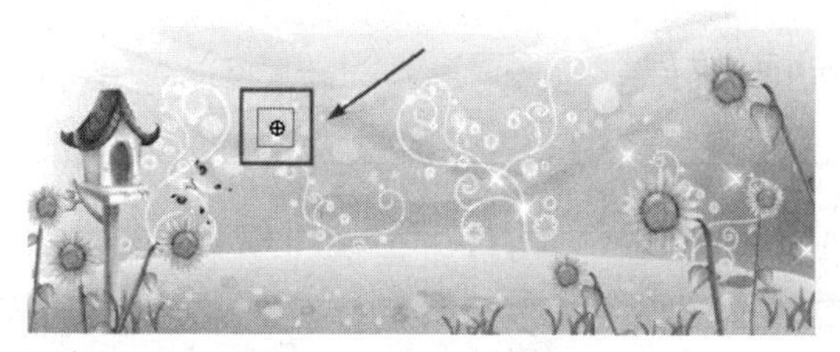

图 4-244 拖入元件

图 4-245 “属性”面板

技巧

按 Ctrl+F3 键可以直接打开“属性”面板。

步骤 18 在第 50 帧位置插入关键帧，选中该帧上的元件，将该元件移至如图 4-246 所示的位置，在第 5 帧位置添加传统补间动画，在第 51 帧位置插入空白关键帧，“时间轴”面板如图 4-247 所示。

图 4-246 移动元件

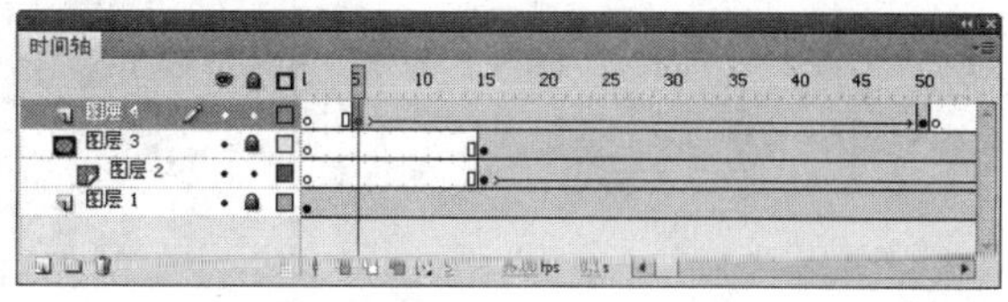

图 4-247 “时间轴”面板

步骤 19 新建“图层 5”，在第 5 帧位置插入关键帧，在“动作”面板中输入如图 4-248 所示的脚本语言，“时间轴”面板如图 4-249 所示。

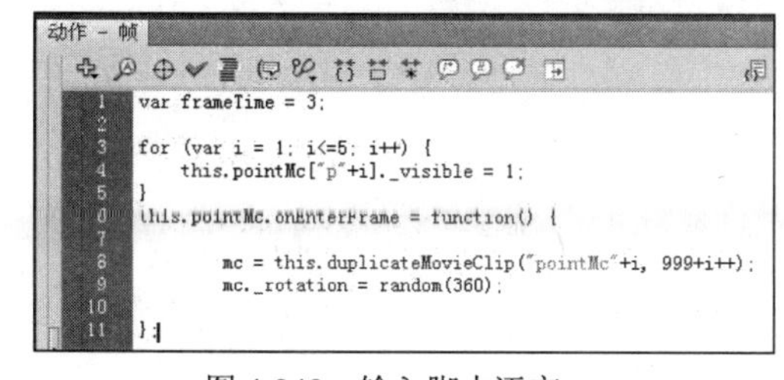

图 4-248 输入脚本语言

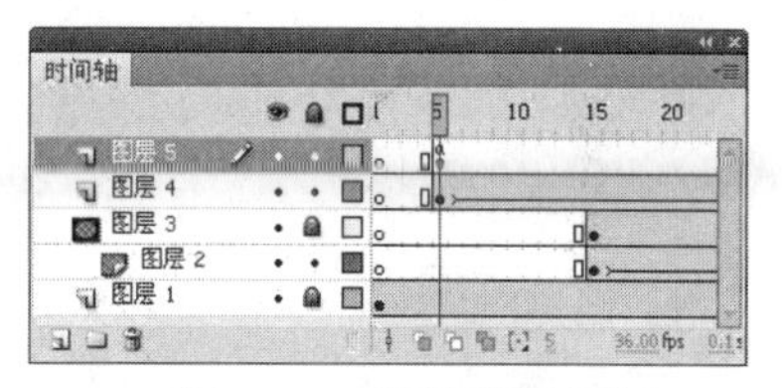

图 4-249 “时间轴”面板

步骤 20 执行“文件>保存”命令，将动画保存为“光盘\源文件\第 4 章\落英缤纷文字动画效果.fla”，按 Ctrl+Enter 键测试影片，动画效果如图 4-250 所示。

图 4-250 预览动画效果

实例小结

本实例的重点是使用“矩形工具”、“文本工具”和“椭圆工具”绘制图形并输入文本，利用图层的“遮罩层”功能，制作出落英缤纷文字动画效果。

Example 实例 80 螺旋翻转文字动画效果

案例文件	光盘\源文件\第 4 章\螺旋翻转文字动画效果.fla
视频文件	光盘\视频\第 4 章\螺旋翻转文字动画效果.swf
难易程度	★★☆☆☆
学习时间	20 分钟

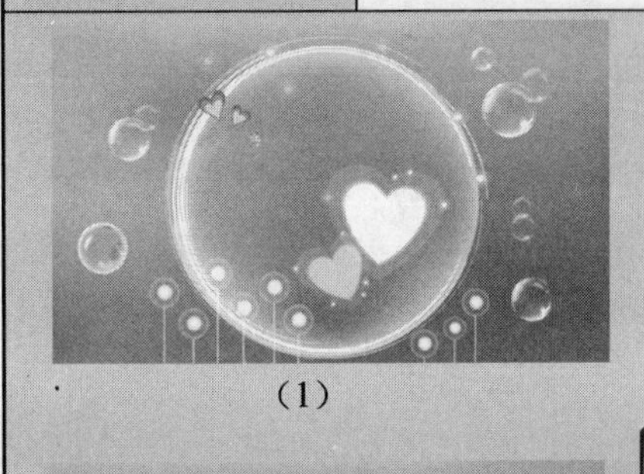

（1）

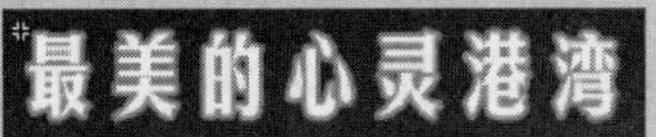

（2）

（3）

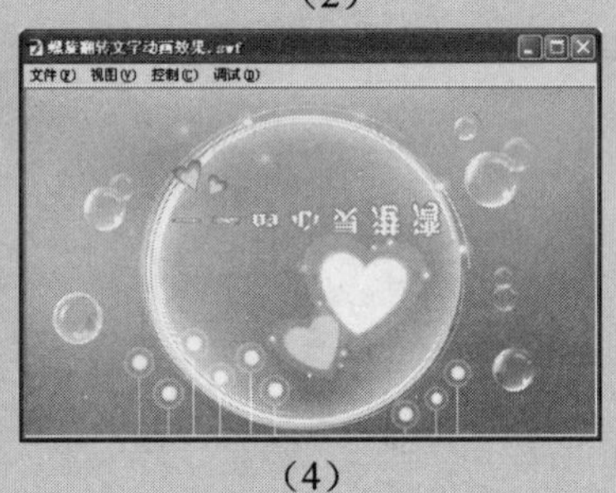

（4）

1．导入背景素材图像并将其转换为图形元件。

2．新建多个影片剪辑元件，放置不同的文字，制作文字动画效果。

3．返回主场景中，将背景和文字动画元件拖入场景中。

4．完成螺旋翻转文字效果的制作，测试动画。

第5章　鼠 标 特 效

■　本章内容

- ➢ 跟随鼠标飞舞的蝴蝶
- ➢ 艳阳高照跟随鼠标效果
- ➢ 凸透镜跟随鼠标效果
- ➢ 水滴特效
- ➢ 鼠标光点特效
- ➢ 鼠标经过水波纹效果
- ➢ 艳点飘舞跟随鼠标效果
- ➢ 变色泡泡鼠标效果
- ➢ 接龙式鼠标跟随效果
- ➢ 鼠标经过处飞舞花朵效果

本章主要讲解各种鼠标跟随特效的制作方法，在制作过程中，利用脚本代码来控制跟随效果。

Example 实例 81　跟随鼠标飞舞的蝴蝶

案例文件	光盘\源文件\第 5 章\跟随鼠标飞舞的蝴蝶.fla
视频文件	光盘\视频\第 5 章\跟随鼠标飞舞的蝴蝶.swf
难易程度	★★★☆☆
学习时间	20 分钟
实例要点	➢ 新建 Flash 文档并设置文档属性 ➢ 利用 ActionScript 脚本代码实现跟随鼠标飞舞的蝴蝶效果
实例目的	通过本实例的制作，学习如何在 Flash 中利用 ActionScript 实现影片剪辑元件跟随鼠标移动的效果

操作步骤

步骤 1 新建一个 Flash 文档，如图 5-1 所示，单击“属性”面板的“编辑”按钮，弹出“文档设置”对话框，设置“尺寸”为 660 像素×272 像素，设置“背景颜色”为#666666，“帧频”为 35，如图 5-2 所示。

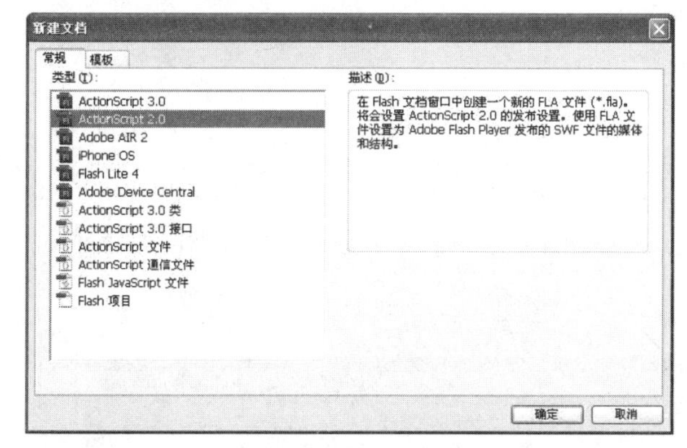

图 5-1　新建 Flash 文档

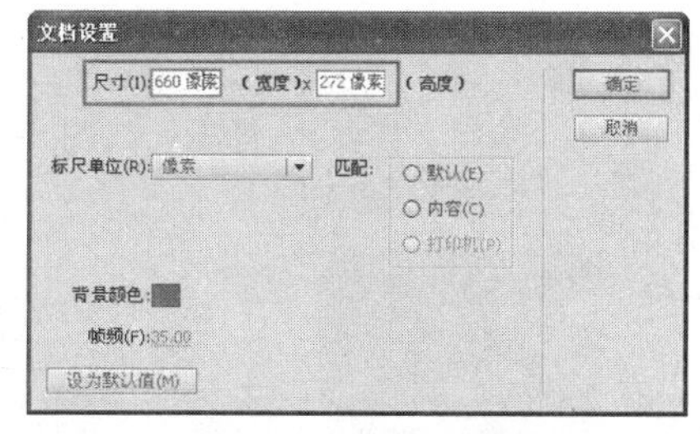

图 5-2　设置文档属性

步骤 2 将“光盘\源文件\第 5 章\素材\image501.png”导入场景中，如图 5-3 所示，在第 10 帧位置插入帧，“时间轴”面板如图 5-4 所示。

步骤 3 将“光盘\源文件\第 5 章\素材\image502.png”、“image503.png”、“image504.png”和“image505.png”导入“库”面板中，如图 5-5 所示。新建一个“名称”为“星星”的“图形”元件，如图 5-6 所示。

图 5-3　导入图像

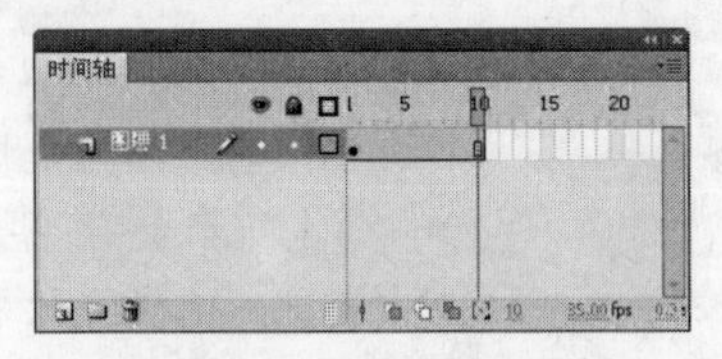

图 5-4　“时间轴”面板

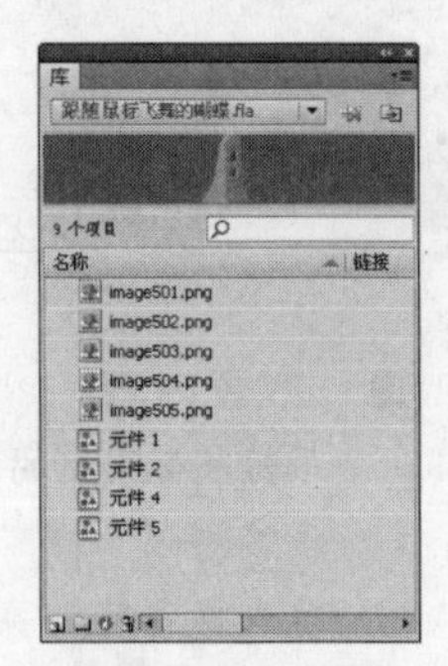

图 5-5　“库”面板

步骤 4　单击“确定”按钮，进入“星星”元件的编辑状态，单击“多角星形工具”按钮，单击“属性”面板的“选项”按钮，弹出“工具设置”对话框，设置参数，如图 5-7 所示。设置“颜色”面板中的“类型”为“径向渐变”，设置从 RGB（248、242、47）到 RGB（242、124、94）的渐变，如图 5-8 所示。在场景中绘制一个星形，如图 5-9 所示。

图 5-6　“创建新元件”对话框

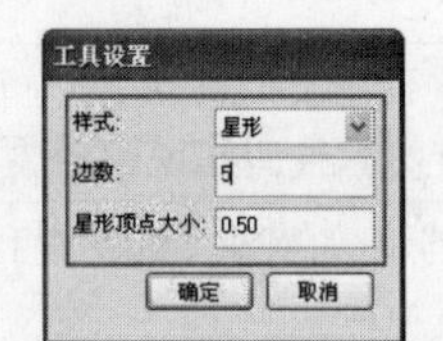

图 5-7　“工具设置”对话框

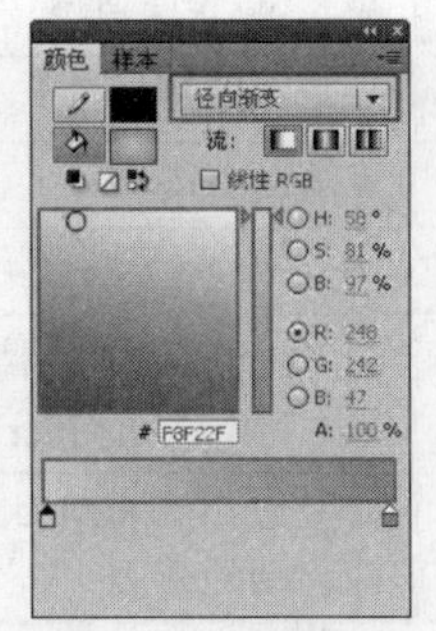

图 5-8　“颜色”面板

图 5-9　绘制星形

步骤 5　新建一个“名称”为“鸭子跳动”的“影片剪辑”元件，如图 5-10 所示。将“元件 2”元件从“库”面板中拖入场景，调整至合适的位置，如图 5-11 所示。

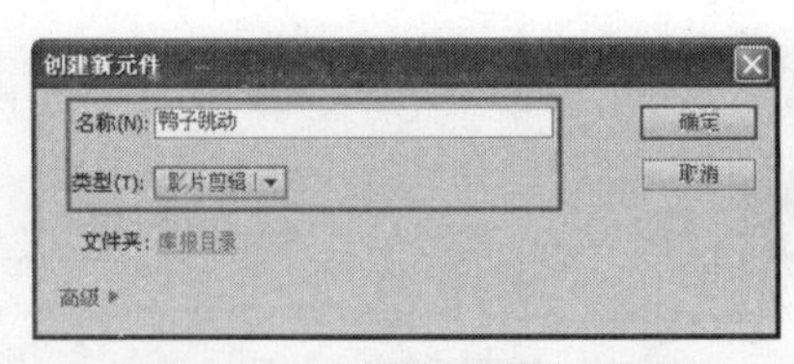

图 5-10　“创建新元件”对话框

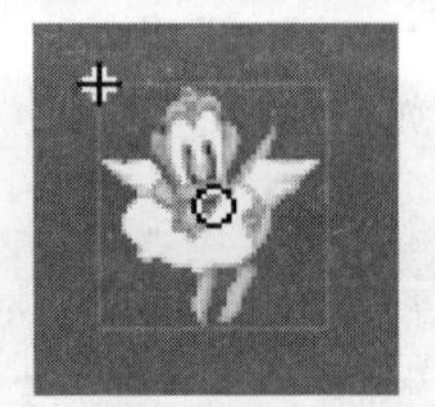

图 5-11　拖入元件

步骤 6　分别在“时间轴”面板的第 32 帧和第 65 帧位置插入关键帧，选中第 32 帧上的元件，将该元件向下移动 26 像素，如图 5-12 所示。为第 1 帧和第 32 帧设置传统补间动画，“时间轴”面板如图 5-13 所示。

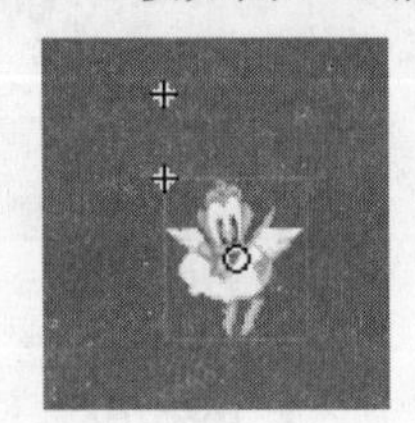

图 5-12　调整元件

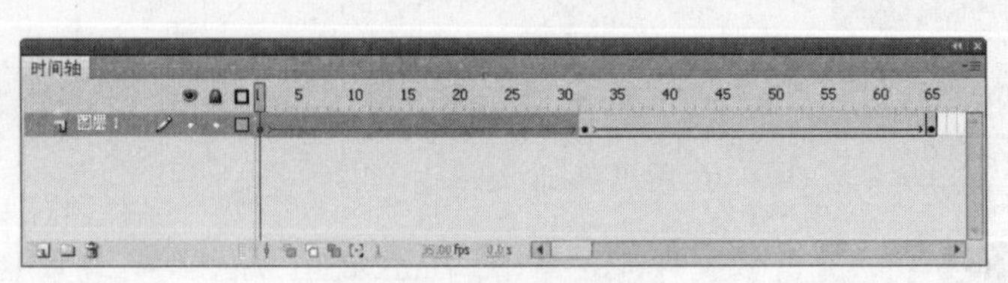

图 5-13　“时间轴”面板

步骤 7　新建一个“名称”为“鸭子动画”的“影片剪辑”元件，如图 5-14 所示。在“库”面板中将“鸭子跳动”元件拖入场景中，调整到合适的位置，如图 5-15 所示。

步骤 8 在第 16 帧位置插入关键帧，将该关键帧上的元件向上移动 192 像素，选中第 1 帧上的元件，设置“属性”面板中 Alpha 值为 0%，如图 5-16 所示。在第 1 帧位置创建传统补间动画，新建“图层 2”，在第 16 帧位置插入关键帧，在“动作”面板中输入“stop();”脚本语言，“时间轴”面板如图 5-17 所示。

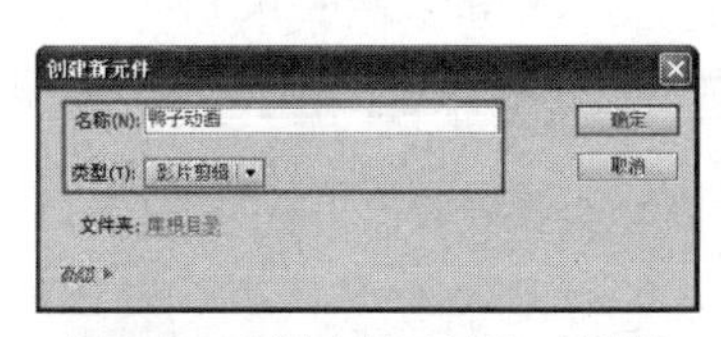

图 5-14 “创建新元件”对话框

图 5-15 拖入元件

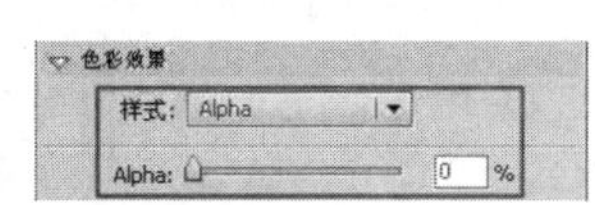

图 5-16 设置 Alpha 值

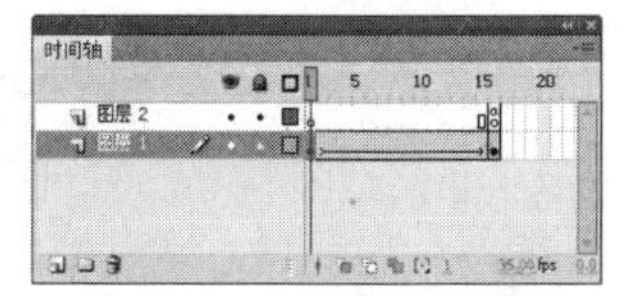

图 5-17 “时间轴”面板

步骤 9 新建一个“名称”为“风车转动”，“类型”为“影片剪辑”的元件，如图 5-18 所示。在“库”面板中将“元件 4”元件拖入场景中，调整到合适的位置，如图 5-19 所示。

步骤 10 为“图层 1”创建传统运动引导图层，单击 “椭圆工具”按钮，在“引导层“场景中绘制一个“笔触颜色”为黑色，“笔触”为 1，“样式”为“实线”的圆形，如图 5-20 所示。在第 120 帧位置插入帧，“时间轴”面板如图 5-21 所示。

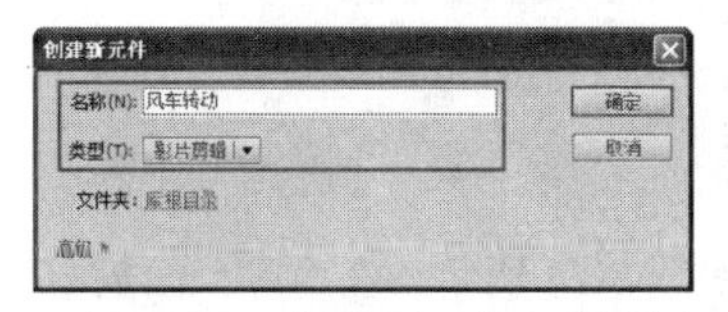

图 5-18 “创建新元件”对话框

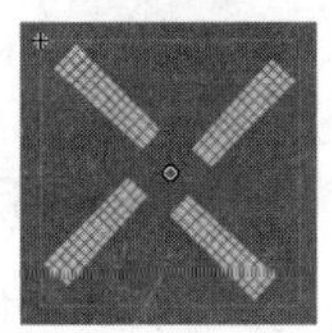
图 5-19 拖入元件

图 5-20 绘制图形

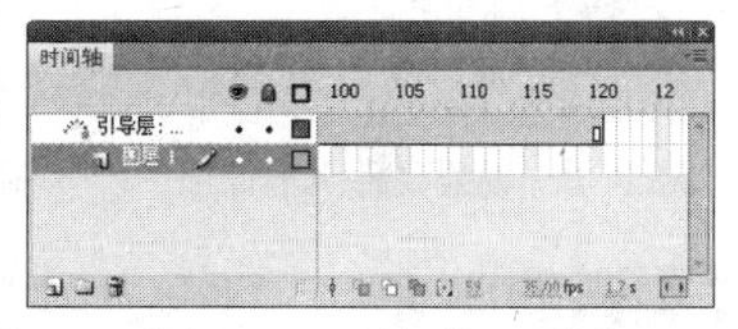

图 5-21 “时间轴”面板

步骤 11 选中“图层 1”第 1 帧上的图形，单击“任意变形工具”按钮，将元件的中心点调整到如图 5-22 所示位置。在第 15 帧位置插入关键帧，对该帧上的元件进行旋转，效果如图 5-23 所示。

提示 在制作引导层动画时，必须将图像的中心点放置于引导线上，这样图像才能跟随引导线进行运动。

步骤 12 在第 60 帧位置插入关键帧，对该帧上的元件进行旋转，如图 5-24 所示。在第 75 帧位置插入关键帧，对该帧上的元件进行旋转，如图 5-25 所示。在第 121 帧位置插入关键帧，对该帧上的元件进行旋转，如图 5-26 所示。

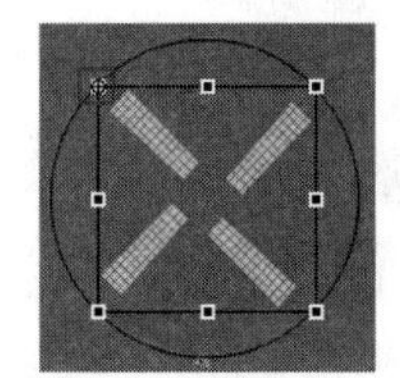
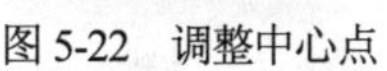
图 5-22 调整中心点

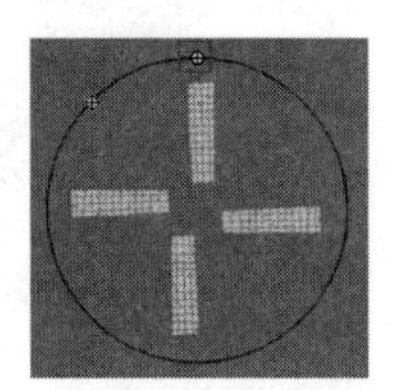
图 5-23 旋转元件

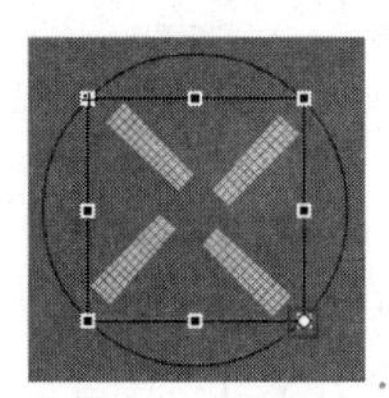
图 5-24 旋转元件

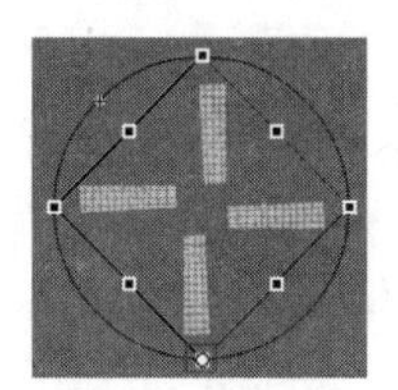
图 5-25 旋转元件

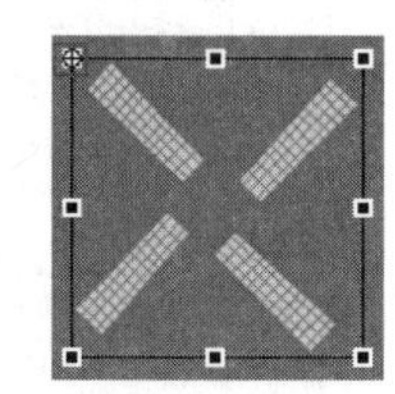
图 5-26 旋转元件

步骤 13 分别在“图层 1”上的第 1 帧、第 15 帧、第 60 帧和第 75 帧位置创建传统补间动画。新建一个“名称”为“风车动画”的“影片剪辑”元件，如图 5-27 所示。在“库”面板中将“元件 5”元件拖入场景中，调整到合适的位置，如图 5-28 所示。

步骤 14 在第 10 帧位置插入帧，新建“图层 2”，将“风车转动”元件拖入场景中，调整到合适的位置，如图 5-29 所示。新建“图层 3”，在第 6 帧位置插入关键帧，将“风车转动”元件拖入场景中，设置其“属性”面板中 Alpha 值为 20%，如图 5-30 所示，效果如图 5-31 所示。

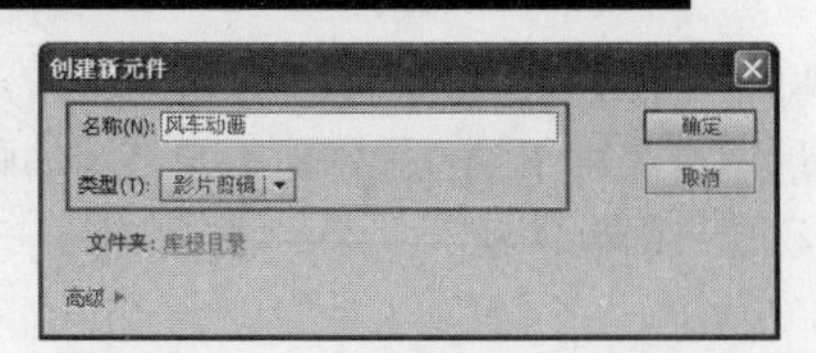

图 5-27 “创建新元件”对话框

图 5-28 拖入元件

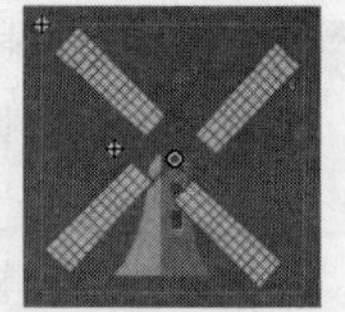

图 5-29 拖入元件

在这里可以先将“图层 2”隐藏，从而更直观地看出设置了元件 Alpha 值后的效果。

步骤 15 新建“图层 4”，在第 10 帧位置插入关键帧，在“库”面板中将“风车转动”元件拖入场景中，设置“属性”面板中 Alpha 值为 0%，效果如图 5-32 所示。新建“图层 5”，在第 10 帧位置插入关键帧，在“动作”面板中输入“stop();”脚本语言，“时间轴”面板如图 5-33 所示。

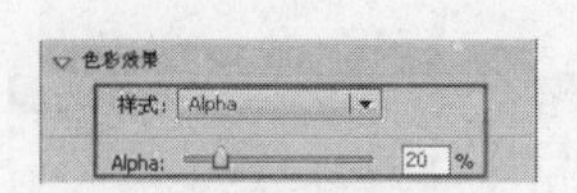

图 5-30 设置元件 Alpha 值

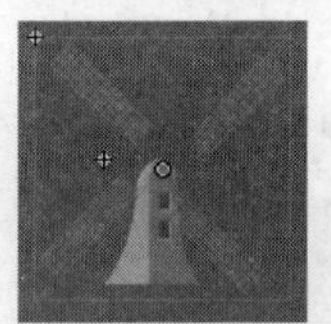

图 5-31 元件效果

图 5-32 元件效果

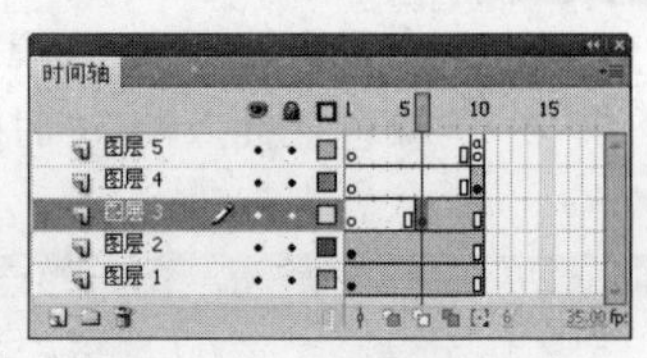

图 5-33 “时间轴”面板

步骤 16 新建一个“名称”为“主体动画”的“影片剪辑”元件，如图 5-34 所示。在“库”面板中将“元件 1”元件拖入场景中，调整到合适的位置，如图 5-35 所示。

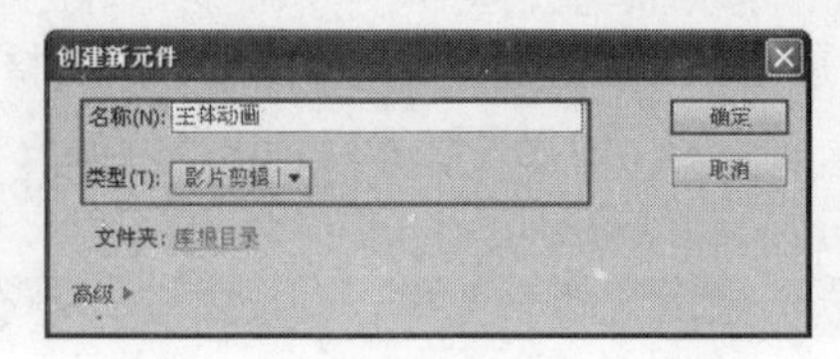

图 5-34 “创建新元件”对话框

图 5-35 拖入元件

步骤 17 在第 30 帧位置插入关键帧，在第 59 帧位置插入帧，选中第 1 帧上的元件，设置“属性”面板中 Alpha 值为 0%，在第 1 帧位置创建传统补间动画，“时间轴”面板如图 5-36 所示。新建“图层 2”，在第 31 帧位置插入关键帧，将“星星”元件拖入场景中，调整到合适的大小和位置，如图 5-37 所示。

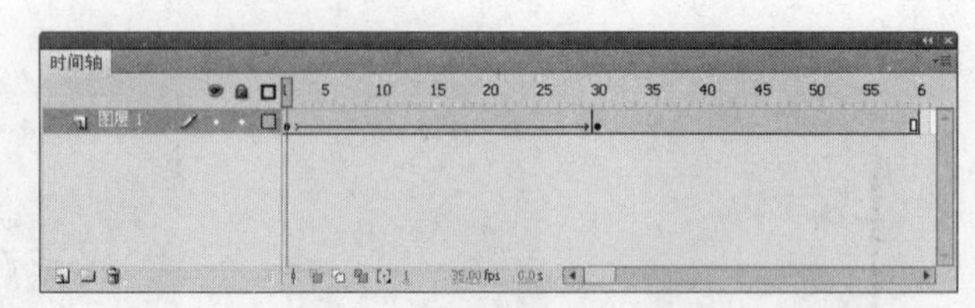

图 5-36 “时间轴”面板

图 5-37 拖入元件

步骤 18 分别在“图层 2”上的第 43 帧、第 47 帧和第 51 帧位置插入关键帧，分别调整各关键帧上元件的位置，如图 5-38 所示。设置第 31 帧上的元件 Alpha 值为 0%，分别在第 31 帧、第 43 帧和第 47 帧位置创建传统补间动画，“时间轴”面板如图 5-39 所示。

步骤 19 采用相同的方法，完成“图层 3”和“图层 4”上“星星”元件动画的制作，将“图层 2”、“图层 3”和“图层 4”拖至“图层 1”的下方，“时间轴”面板如图 5-40 所示。在“图层 1”上新建“图层 5”，在第 57 帧位置插入关键帧，在“库”面板中将“鸭子动画”元件拖入场景中，如图 5-41 所示。

图 5-38　调整元件

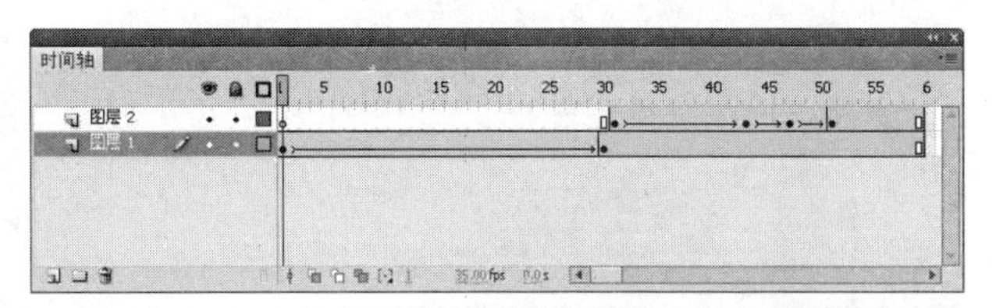

图 5-39　“时间轴”面板

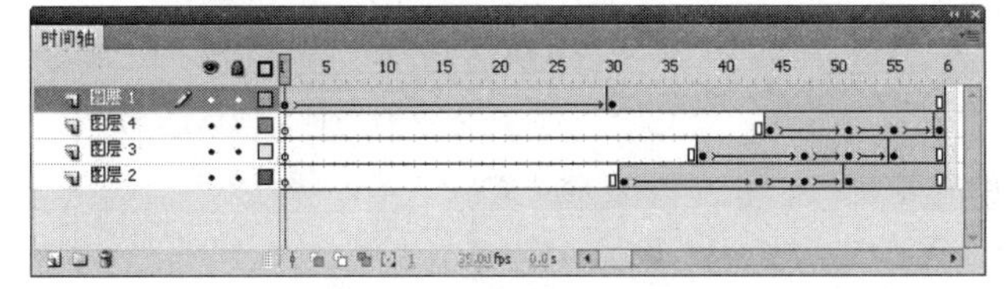

图 5-40　“时间轴”面板

图 5-41　拖入元件

步骤 20 新建“图层 6”，在第 57 帧位置插入关键帧，在“库”面板中将“风车动画”元件拖入场景中，如图 5-42 所示。新建“图层 7”，在第 59 帧位置插入关键帧，在“动作”面板中输入“stop();”脚本语言，“时间轴”面板如图 5-43 所示。

图 5-42　拖入元件

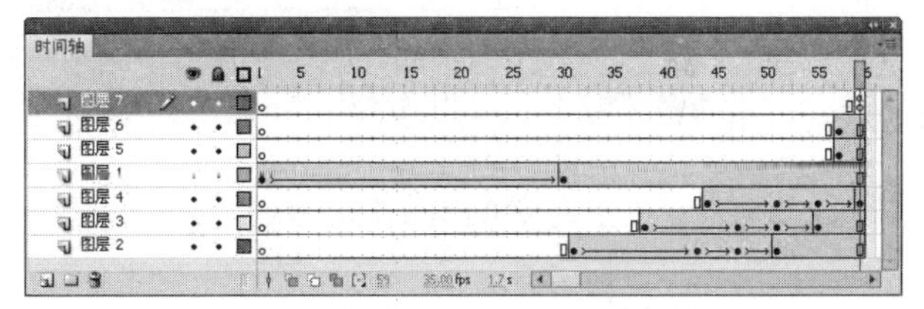

图 5-43　“时间轴”面板

步骤 21 单击编辑栏中“场景 1”文字链接，返回主场景中，新建“图层 2”，在“库”面板中将“主体动画”元件拖入场景中，如图 5-44 所示。执行“文件>导入>打开外部库”命令，打开外部库文件“光盘\源文件\第 5 章\素材\5-1.fla”，如图 5-45 所示。

步骤 22 新建“图层 3”，将外部库中“蝴蝶动画”元件拖入场景中，调整到合适的位置，如图 5-46 所示。选中场景中的“蝴蝶动画”元件，在“属性”面板中设置其“实例名称”为 fly_mc，如图 5-47 所示。

图 5-44　拖入元件

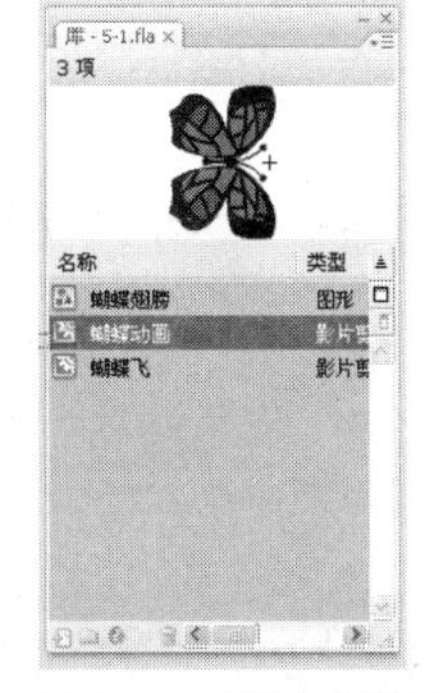

图 5-45　“库”面板

图 5-46　拖入元件

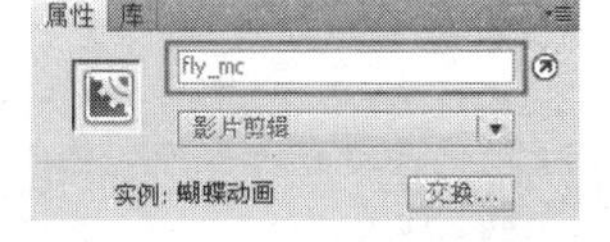

图 5-47　设置“实例名称”

步骤 23 新建“图层 4”图层，单击第 1 帧关键帧，打开“动作”面板，输入相应的脚本代码，如图 5-48 所示。在第 10 帧位置单击，在“动作”面板中输入“stop();”脚本代码，“时间轴”面板如图 5-49 所示。

步骤 24 执行“文件>保存”命令，将动画保存为“光盘\源文件\第 5 章\跟随鼠标飞舞的蝴蝶.fla”，按 Ctrl+Enter 键测试影片，动画效果如图 5-50 所示。

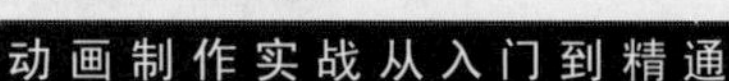

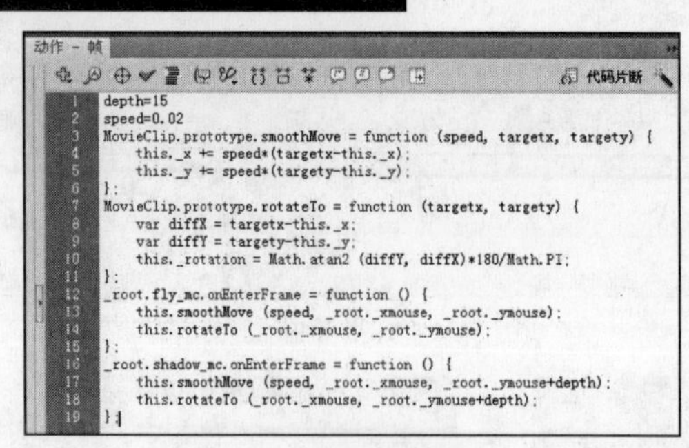

图 5-48 输入脚本代码

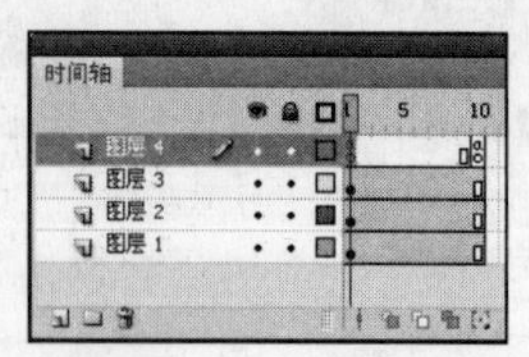

图 5-49 “时间轴”面板

图 5-50 预览动画效果

实例小结

本实例首先导入相关的素材图像，新建元件，制作 Flash 中各元件的动画效果，然后打开外部库，将元件拖入场景中并设置“实例名称”，最后添加相应的 ActionScript 脚本代码，实现蝴蝶跟随鼠标移动的效果。

Example 实例 82 水滴特效

案例文件	光盘\源文件\第 5 章\水滴特效.fla
视频文件	光盘\视频\第 5 章\水滴特效.swf
难易程度	★★☆☆☆
学习时间	25 分钟

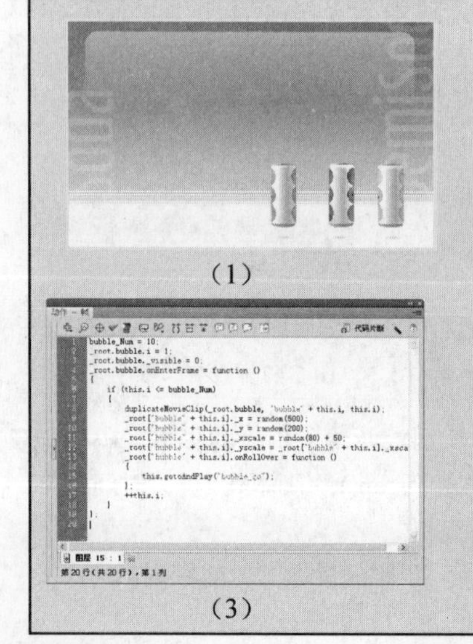
（1）

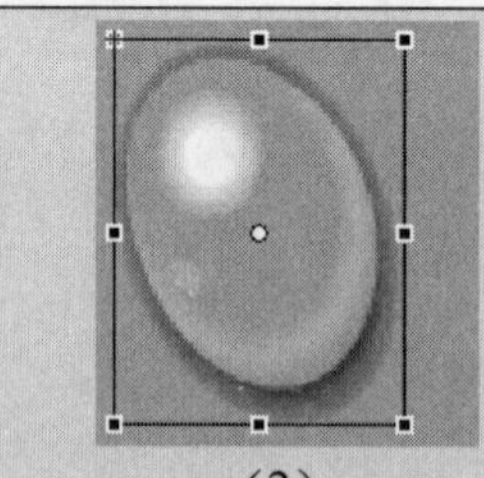
（2）

（3）

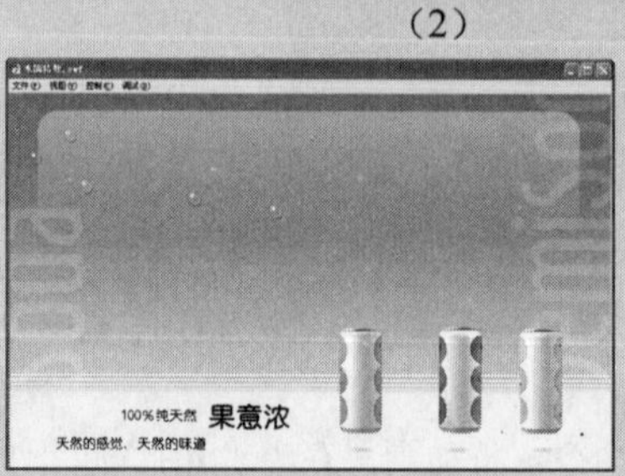

（4）

1．导入相应的素材图像，放置在不同的图层上，分别制作出相应的动画效果。

2．导入水滴素材，制作水滴动画的效果，并添加相应的脚本代码。

3．在主场景中制作动画，并添加相应的脚本代码。

4．完成动画的制作，测试动画效果。

Example 实例 83　艳点飘舞跟随鼠标效果

案例文件	光盘\源文件\第 5 章\艳点飘舞跟随鼠标效果.fla
视频文件	光盘\视频\第 5 章\艳点飘舞跟随鼠标效果.swf
难易程度	★★★☆☆
学习时间	25 分钟
实例要点	➢ 设置“色彩效果” ➢ 引导层的应用
实例目的	本实例通过设置“色彩效果”及运动引导层，制作出艳点飘舞跟随鼠标效果

操作步骤

步骤 1 新建一个 Flash 文档，如图 5-51 所示，单击“属性”面板的“编辑”按钮，弹出“文档设置”对话框，设置“尺寸”为 862 像素×250 像素，设置“背景颜色”为#FFFFCC，“帧频”为 30，如图 5-52 所示。

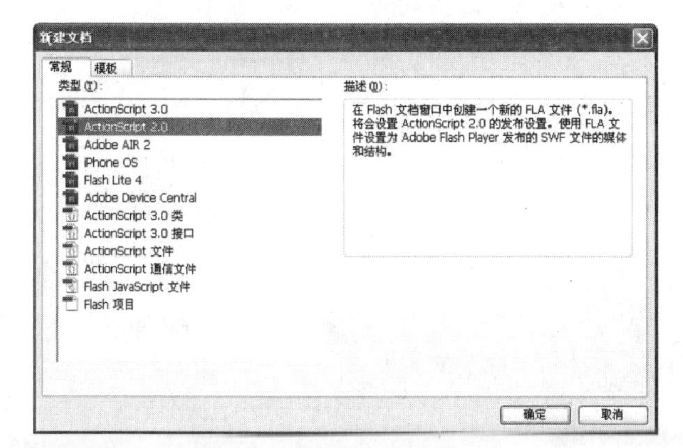

图 5-51　新建 Flash 文档

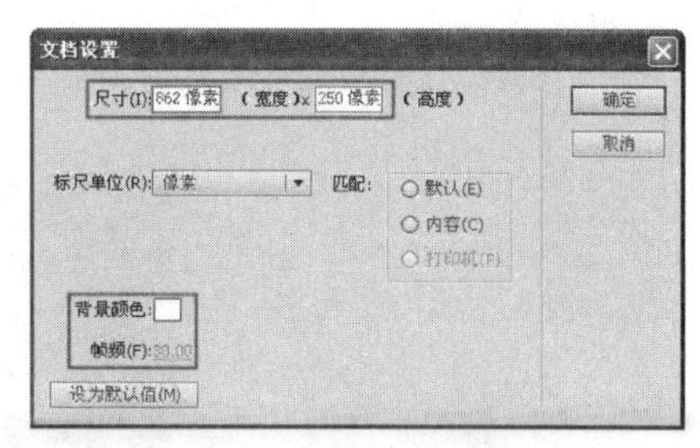

图 5-52　设置文档属性

步骤 2 新建一个“名称”为“跳动动画 1”的“影片剪辑”元件，如图 5-53 所示。将“光盘\源文件\第 5 章\素材\image5202.png”导入场景中，如图 5-54 所示。

步骤 3 按 F8 键，将图像转换成“名称”为“动物图像 1”的“图形”元件，如图 5-55 所示。在第 10 帧位置插入关键帧，将该帧上元件向上移动 2 个像素，如图 5-56 所示。

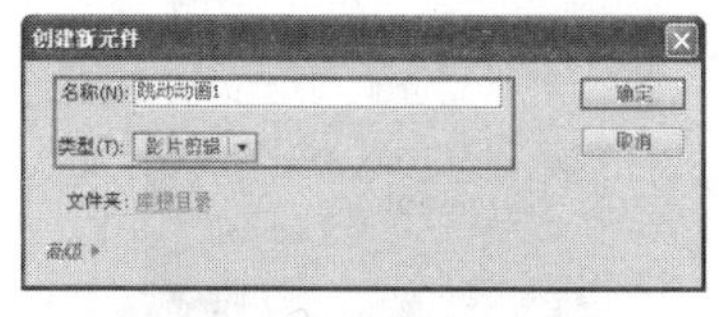

图 5-53　“创建新元件”对话框

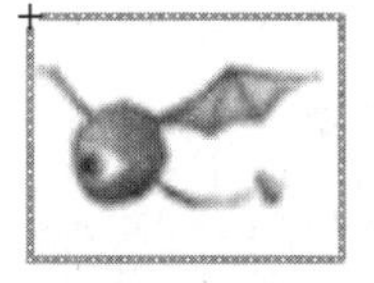

图 5-54　导入图像

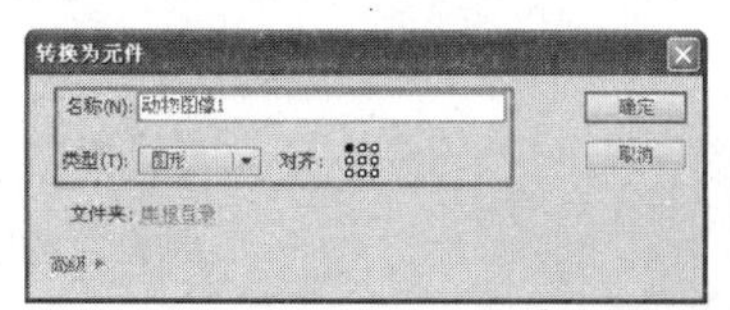

图 5-55　“转换为元件”对话框

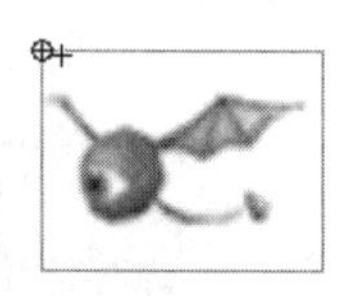

图 5-56　移动元件位置

步骤 4 依次在第 28 帧、38 帧、45 帧位置插入关键帧，对各帧上元件位置稍作调整，分别在第 1 帧、第 10 帧、第 28 帧、38 帧位置创建传统补间动画，“时间轴”面板如图 5-57 所示。

步骤 5 采用同样方法，制作出“跳动动画 2”、“跳动动画 3”元件动画，如图 5-58 所示。

步骤 6 新建一个“名称”为“按钮动画”的“按钮”元件，将“跳动动画 3”元件从“库”面板中拖入场景中，如图 5-59 所示，在“点击”位置插入帧，“时间轴”面板如图 5-60 所示。

步骤 7 单击编辑栏中“场景 1”文字链接，返回主场景中，将“光盘\源文件\第 5 章\素材\image5201.png”导入场景中，如图 5-61 所示，在第 50 帧位置插入帧，“时间轴”面板如图 5-62 所示。

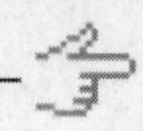

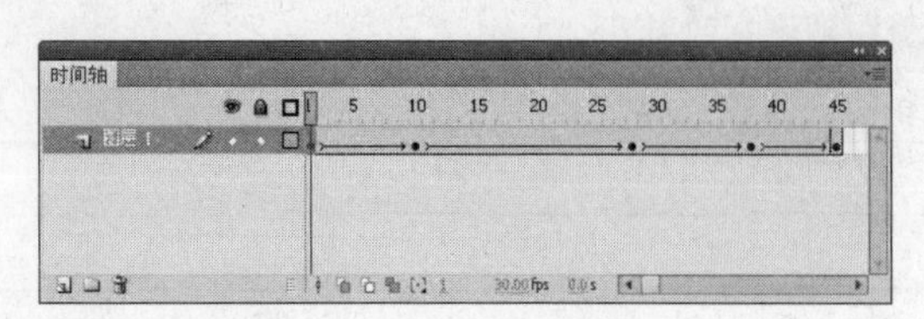

图 5-57 “时间轴”面板

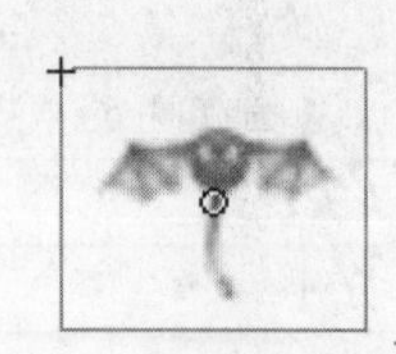

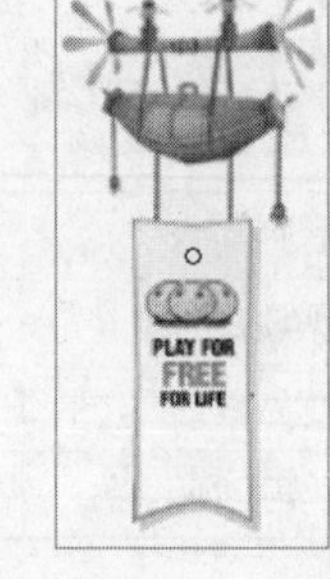

图 5-58 制作出“跳动动画 2”、“跳动动画 3”元件动画

图 5-59 拖入元件

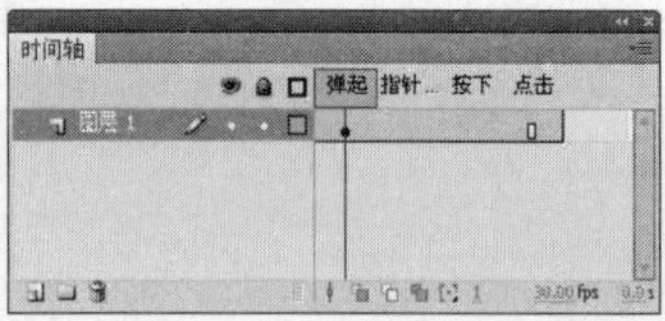

图 5-60 “时间轴”面板

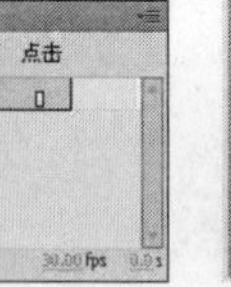

图 5-61 导入图像

步骤 8 新建“图层 2”，将“光盘\源文件\第 5 章\素材\image5205.png”导入场景中，如图 5-63 所示，将图像转换成“名称”为“小楼”的“图形”元件，如图 5-64 所示。

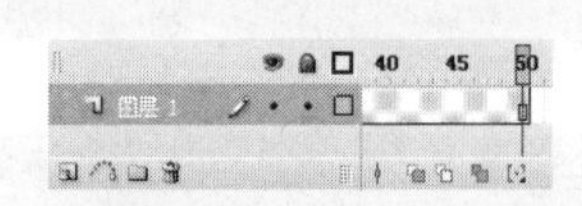

图 5-62 “时间轴”面板

图 5-63 导入图像

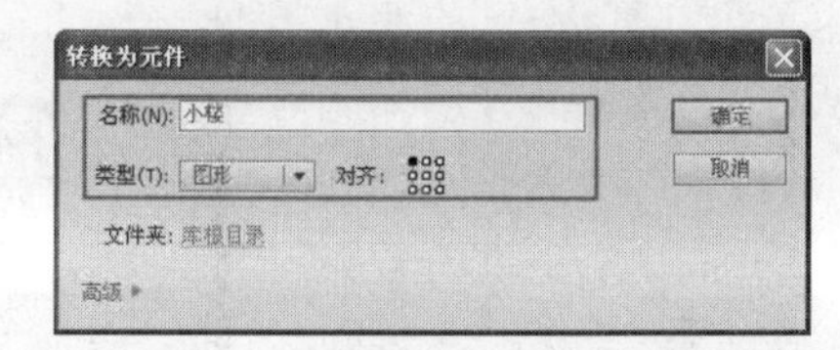

图 5-64 “转换为元件”对话框

步骤 9 在第 10 帧位置插入关键帧，选中第 1 帧上的元件，使用“任意变形工具”调整该元件的大小，如图 5-65 所示。在第 1 帧位置设置传统补间动画，“时间轴”面板如图 5-66 所示。

步骤 10 新建“图层 3”，在第 20 帧位置插入关键帧，将“光盘\源文件\第 5 章\素材\image5206.png”导入场景中，如图 5-67 所示。将图像转换成“名称”为“星 1”的“图形”元件，如图 5-68 所示。

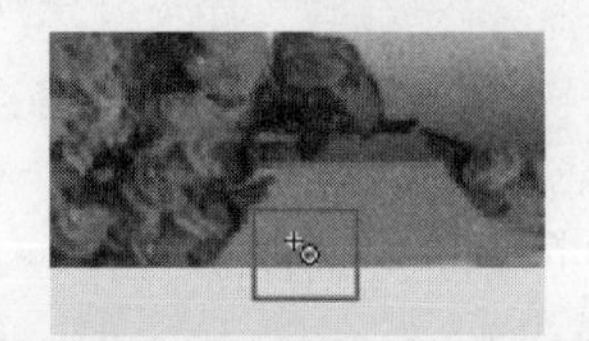

图 5-65 调整元件大小

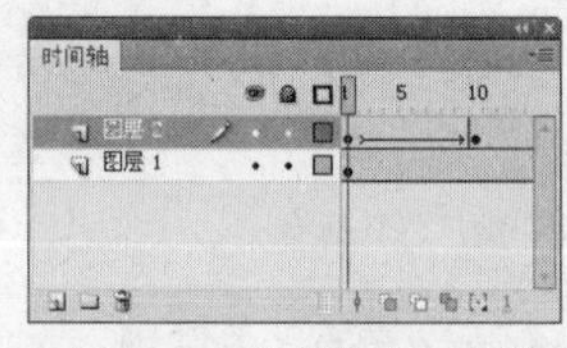

图 5-66 “时间轴”面板

图 5-67 导入图像

步骤 11 在第 30 帧位置插入关键帧，选中第 20 帧场景中的元件，设置其“属性”面板中 Alpha 值为 20%，如图 5-69 所示。在第 20 帧位置添加传统补间动画，“时间轴”面板如图 5-70 所示。

步骤 12 参照“图层 3”的制作方法，制作出其他图层动画，场景效果如图 5-71 所示，“时间轴”面板如图 5-72 所示。

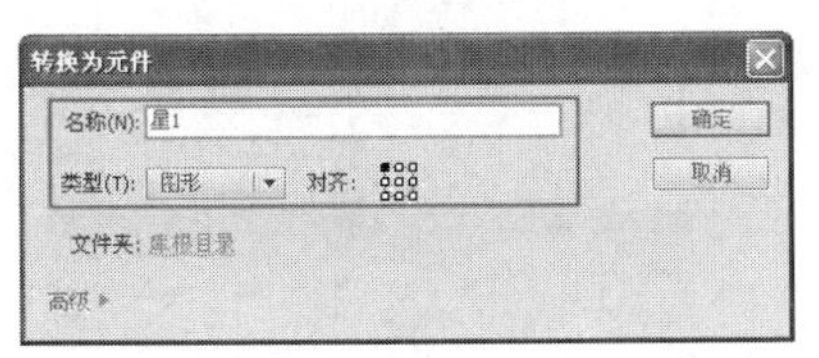

图 5-68 “转换为元件”对话框

图 5-69 设置 Alpha 值

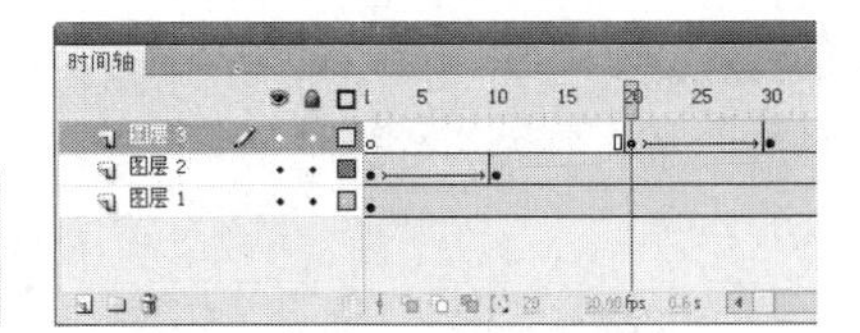

图 5-70 “时间轴”面板

图 5-71 场景效果

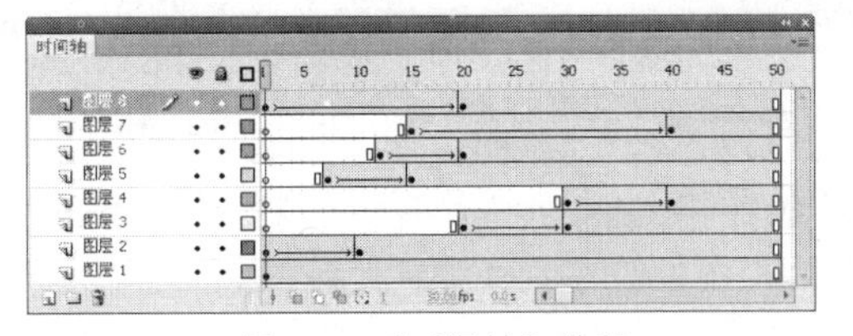

图 5-72 “时间轴”效果

图 5-73 拖入元件

步骤 13 新建“图层 9”，将“跳动动画 1”元件从“库”面板中拖入场景中，如图 5-73 所示，在第 10 帧位置插入关键帧，选中第 1 帧场景中的元件，设置其“属性”面板中 Alpha 值为 0%，在第 1 帧位置创建传统补间动画，“时间轴”面板如图 5-74 所示。

步骤 14 参照“图层 9”的制作方法，制作出其他图层动画，场景效果如图 5-75 所示，“时间轴”面板如图 5-76 所示。

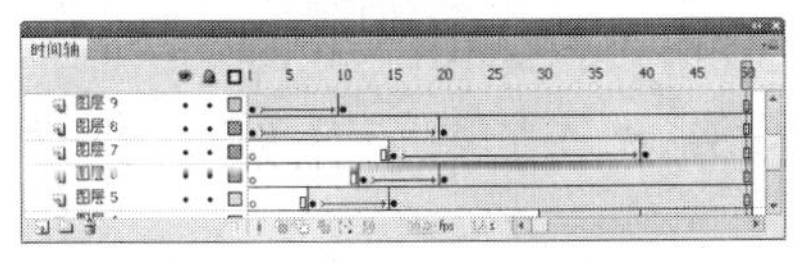

图 5-74 “时间轴”面板

图 5-75 场景效果

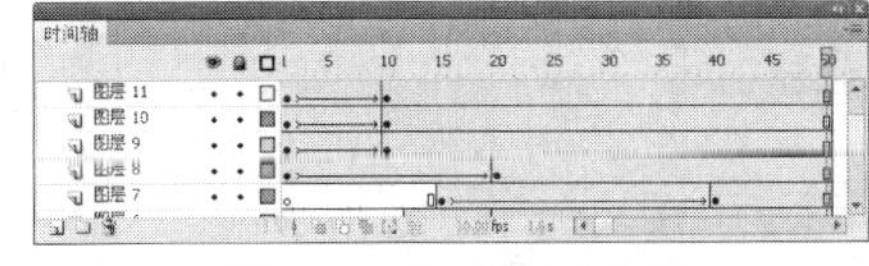

图 5-76 “时间轴”面板

步骤 15 新建一个“名称”为“小球动画 1”的“影片剪辑”元件，如图 5-77 所示，单击“椭圆工具”按钮，设置其“笔触颜色”为无，“填充颜色”为#FFFFFF，如图 5-78 所示。

步骤 16 使用“椭圆工具”在场景中绘制一个 6 像素×6 像素的椭圆，如图 5-79 所示。选中该椭圆，按 F8 键，将椭圆转换成“名称”为“椭圆”的“图形”元件，如图 5-80 所示。

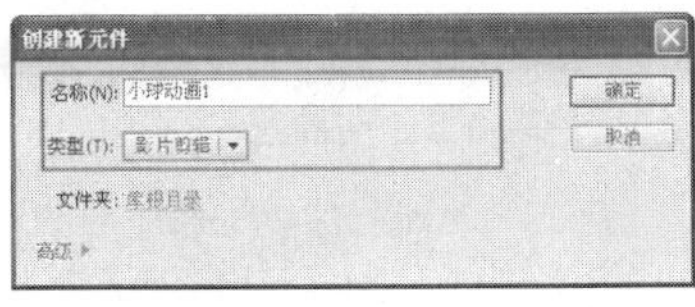

图 5-77 “创建新元件”对话框

图 5-78 “属性”面板

图 5-79 绘制椭圆

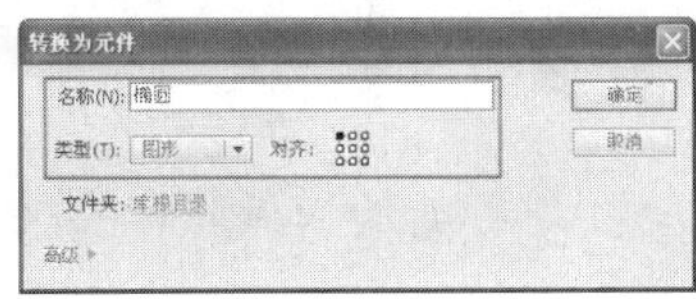

图 5-80 “转换为元件”对话框

步骤 17 选中场景中的“椭圆”元件，设置“色彩效果”区域中的“样式”为“高级”，如图 5-81 所示，设置后的“椭圆”元件效果如图 5-82 所示。

步骤 18 在“图层 1”上单击右键，选择“添加传统运动引导层”命令，单击“钢笔工具”按钮，在场景中绘制一个“笔触颜色”为#0000FF，“笔触”为 1，“样式”为“实线”的线条，如图 5-83 所示。在第 20 帧位置插入帧，“时间轴”面板如图 5-84 所示。

步骤 19 选中“图层 1”第 1 帧上的元件，使用“任意变形工具”调整元件的中心点至右上角的位置，与所绘制的条形引导线重叠，如图 5-85 所示。在第 20 帧位置插入关键帧，调整该帧上元件的位置，并将中心点调整到左下角，效果如图 5-86 所示。

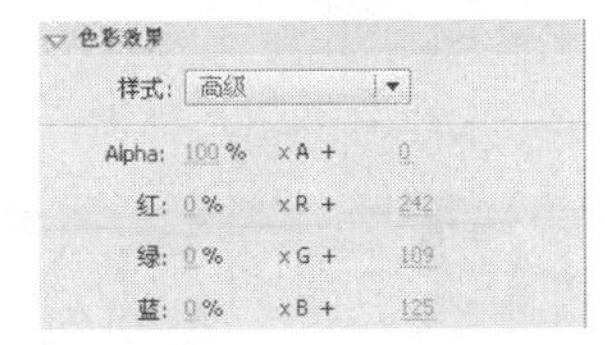

图 5-81 设置“样式”

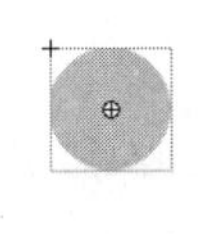

图 5-82 元件效果

图 5-83 绘制线条

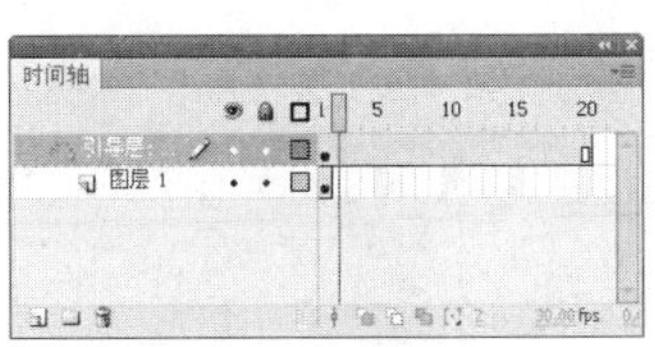

图 5-84 “时间轴”面板

步骤 20 选中第 20 帧上的元件，设置其“属性”面板中 Alpha 值为 0%，如图 5-87 所示。在第 1 帧位置创建传统补间动画，“时间轴”面板如图 5-88 所示。

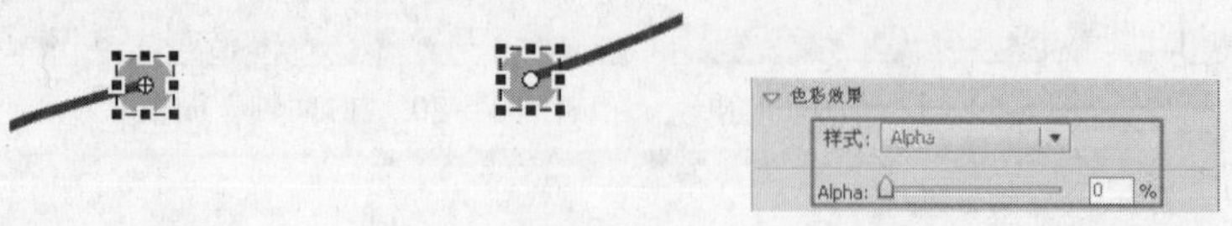

图 5-85 调整中心点 图 5-86 调整元件位置 图 5-87 设置 Alpha 值

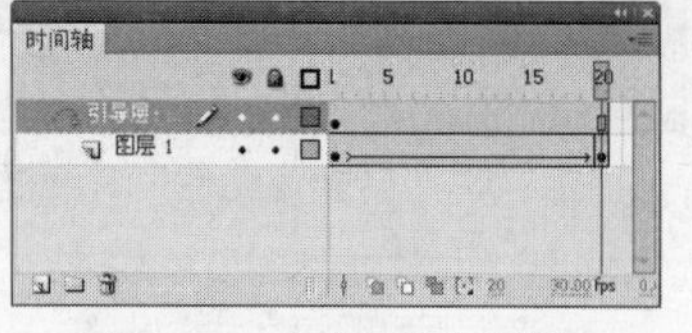

图 5-88 “时间轴”面板

步骤 21 新建“图层 3”，在第 20 帧位置插入关键帧，在“动作”面板中输入如图 5-89 所示的脚本代码，“时间轴”面板如图 5-90 所示。

图 5-89 输入脚本代码

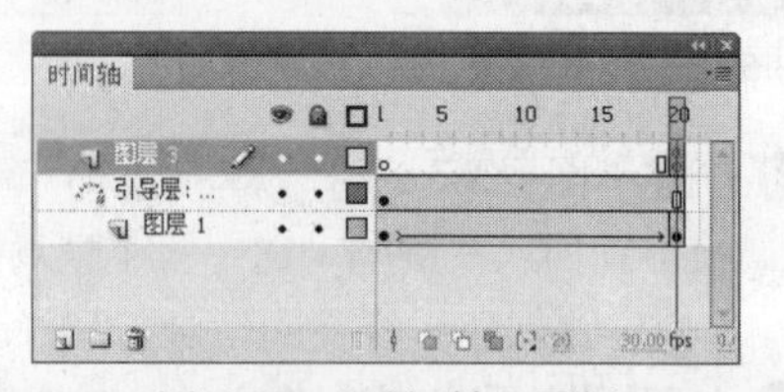

图 5-90 “时间轴”面板

步骤 22 采用同样方法，制作出“小球动画 2”、“小球动画 3”、“小球动画 4”元件，如图 5-91 所示。

步骤 23 新建一个“名称”为“小球组合”的“影片剪辑”元件，如图 5-92 所示。依次将“小球动画 1”、“小球动画 2”、“小球动画 3”、“小球动画 4”元件从“库”面板中拖入场景中，场景效果如图 5-93 所示。

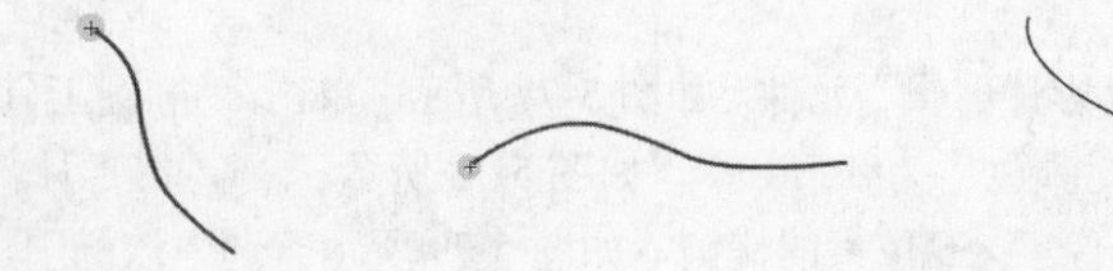

图 5-91 制作出“小球动画 2”、“小球动画 3”、“小球动画 4”元件

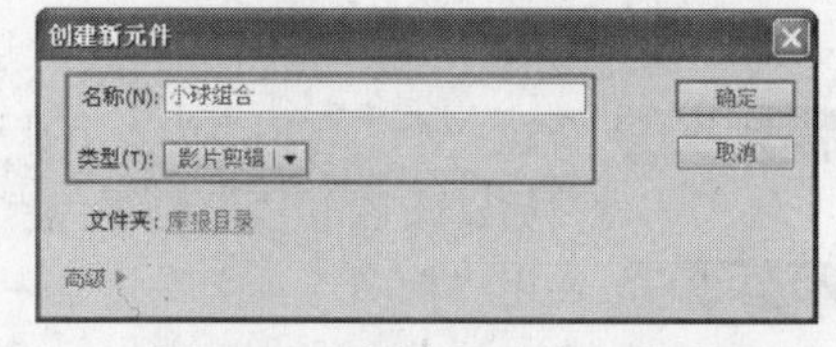

图 5-92 “创建新元件”对话框

步骤 24 新建一个“名称”为“鼠标跟随”的“影片剪辑”的元件，如图 5-94 所示，将“小球组合”元件从“库”面板中拖入场景中，选中该元件，设置其“属性”面板中“实例名称”为 mc，如图 5-95 所示，在第 4 帧位置插入帧。

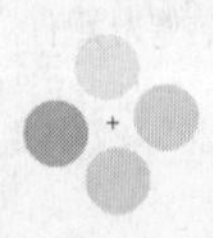

图 5-93 场景效果

图 5-94 “创建新元件”对话框

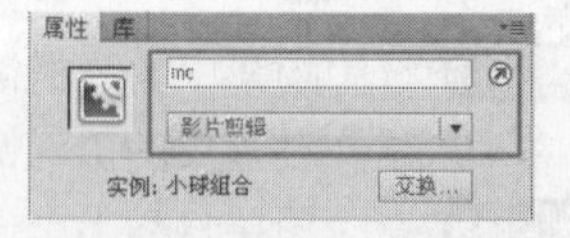

图 5-95 设置“实例名称”

步骤 25 新建“图层 2”，在“动作”面板中输入如图 5-96 所示的脚本代码。在第 3 帧位置插入关键帧，在“动作”面板中输入如图 5-97 所示的脚本代码。在第 4 帧位置插入关键帧，在“动作”面板中输入如图 5-98 所示的脚本代码。

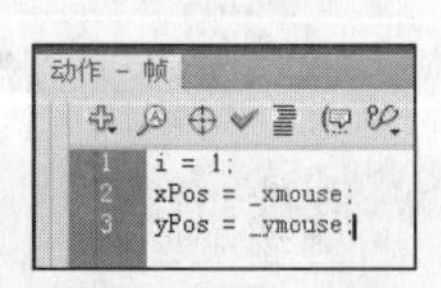

图 5-96 输入脚本代码

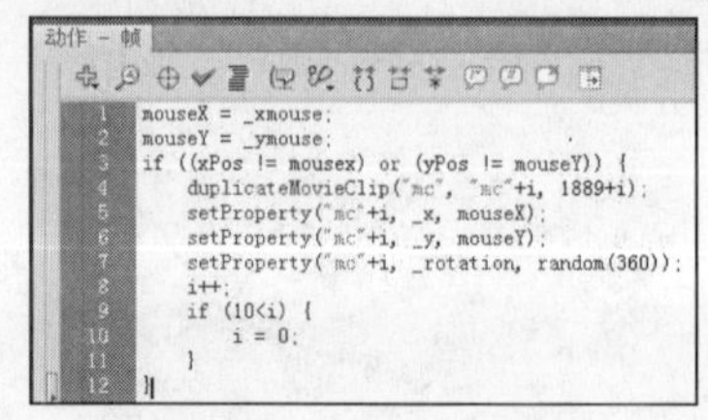

图 5-97 输入脚本代码

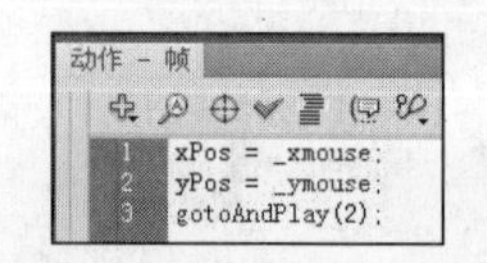

图 5-98 输入脚本代码

步骤 26 单击编辑栏中“场景 1”文字链接，返回主场景中，新建“图层 12”，将“鼠标跟随”元件从“库”面板中拖入场景中，如图 5-99 所示。新建“图层 13”，在第 50 帧位置插入关键帧，在“动作”面板中输入脚本代码“stop();”，“时间轴”面板如图 5-100 所示。

图 5-99　拖入元件

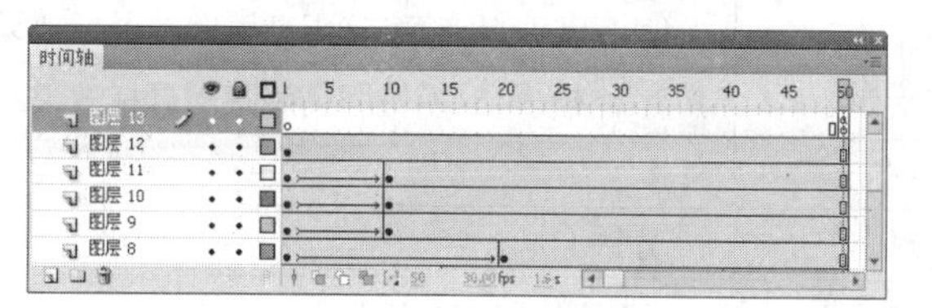

图 5-100　“时间轴”面板

步骤 27 执行“文件>保存”命令，将动画保存为“光盘\源文件\第 5 章\艳点飘舞跟随鼠标效果.fla”，按 Ctrl+Enter 键测试影片，动画效果如图 5-101 所示。

图 5-101　预览动画效果

实例小结

本实例的重点是综合运用引导层及传统补间动画来完成鼠标跟随动画元件的制作，设置鼠标跟随动画元件的“实例名称”，通过脚本代码对其进行控制，从而实现艳点飘舞跟随鼠标效果。

Example 实例 84　接龙式鼠标跟随效果

案例文件	光盘\源文件\第 5 章\接龙式鼠标跟随效果.fla
视频文件	光盘\视频\第 5 章\接龙式鼠标跟随效果.swf
难易程度	★★★☆☆
学习时间	35 分钟

（1）　（2）　（3）　（4）

1．导入相应的素材，并分别制作出各影片剪辑的动画效果。

2．将制作好的各元件分别拖入场景中，并制作出相应的动画效果。

3．为相应的元件设置“实例名称”，并添加脚本代码对其进行控制，并为关键帧添加脚本代码。

4．完成动画的制作，测试动画效果。

Example 实例 85 艳阳高照跟随鼠标效果

案例文件	光盘\源文件\第 5 章\艳阳高照跟随鼠标效果.fla
视频文件	光盘\视频\第 5 章\艳阳高照跟随鼠标效果.swf
难易程度	★★☆☆☆
学习时间	20 分钟
实例要点	➢ 脚本代码的应用 ➢ 外部库的应用
实例目的	通过本实例的制作，学习如何制作艳阳高照跟随鼠标效果

操作步骤

步骤 1 新建一个 Flash 文档，如图 5-102 所示，单击“属性”面板的“编辑”按钮，弹出“文档设置”对话框，设置“尺寸”为 800 像素×306 像素，设置“背景颜色”为#999999，“帧频”为 40，如图 5-103 所示。

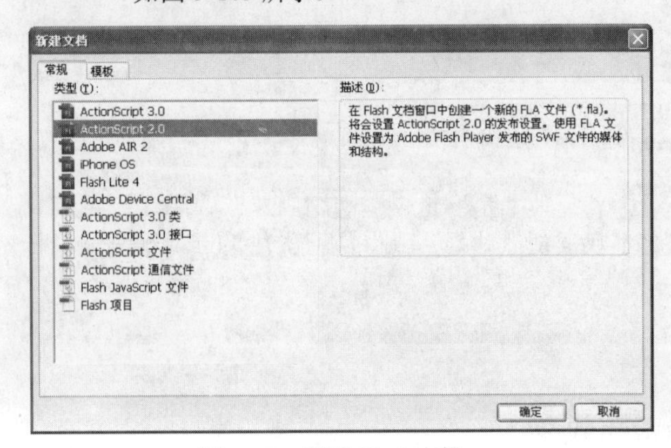
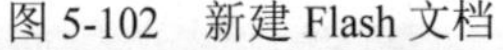
图 5-102 新建 Flash 文档

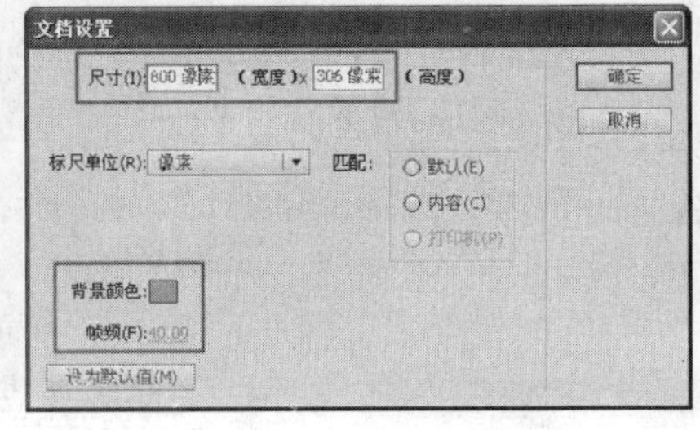
图 5-103 设置文档属性

步骤 2 新建一个“名称”为“发光圆”的“图形”元件，如图 5-104 所示。单击 “椭圆工具”按钮，打开“颜色”面板，设置“类型”为“径向渐变”，从左至右分别设置渐变滑块的颜色：Alpha 为 100%的 RGB（255、255、255）和 Alpha 为 0%的 RGB（204、204、255），如图 5-105 所示。

步骤 3 在场景中绘制一个 112 像素×112 像素的圆形，如图 5-106 所示，场景效果如图 5-107 所示。

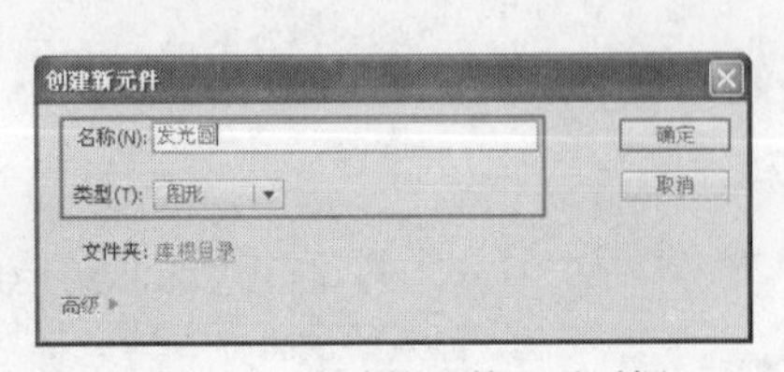
图 5-104 “创建新元件”对话框

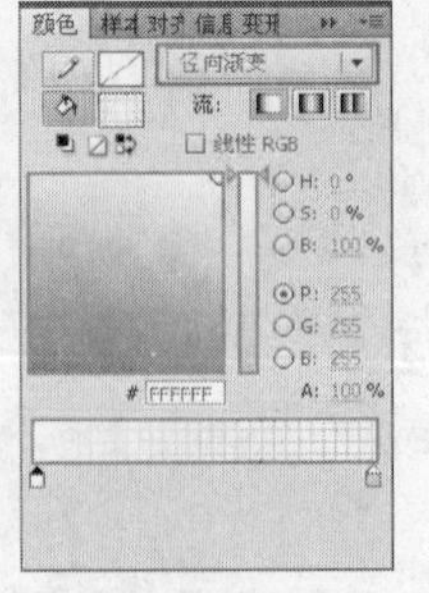
图 5-105 “颜色”面板

图 5-106 “属性”面板

步骤 4 新建“图层 2”，单击“椭圆工具”按钮，设置其“笔触颜色”为 Alpha 值为 10%的#FF9999，“填充颜色”为无，“笔触”为 2，“样式”为“实线”，如图 5-108 所示，在场景中绘制圆形，如图 5-109 所示。

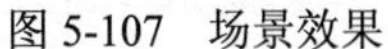

图 5-107　场景效果

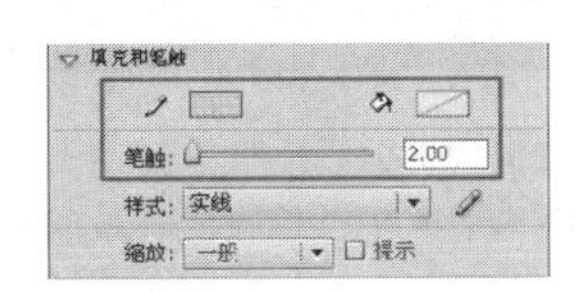

图 5-108　“属性”面板

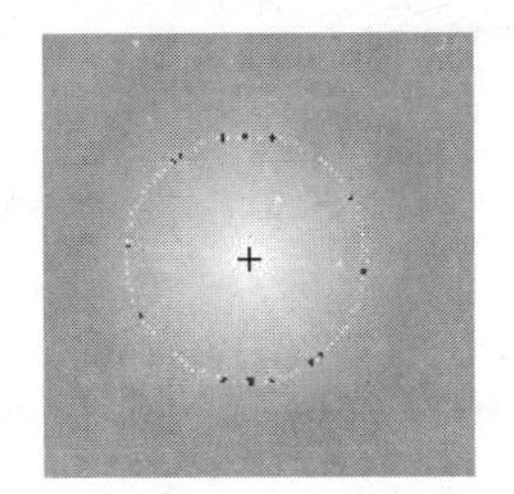

图 5-109　绘制圆形

步骤 5 新建“图层 3”，单击 “矩形工具”按钮，打开“颜色”面板，设置“类型”为“径向渐变，从左至右分别设置渐变滑块的颜色：Alpha 为 20%的 RGB（255、255、255）和 Alpha 为 0%的 RGB（255、255、255），如图 5-110 所示，在场景中绘制矩形，如图 5-111 所示。采用同样方法绘制出其他矩形，如图 5-112 所示。

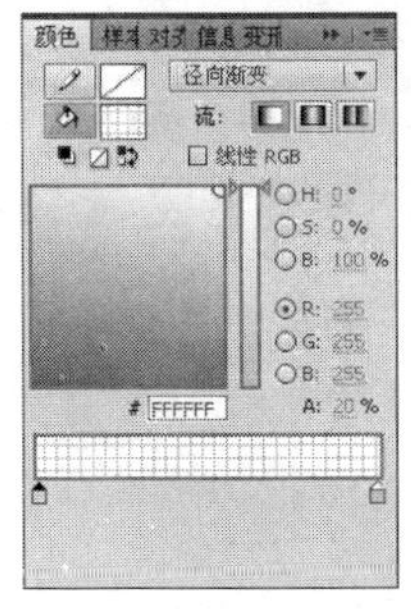

图 5-110　“颜色”面板

图 5-111　绘制矩形

图 5-112　绘制其他矩形

步骤 6 新建一个“名称”为“发光圆组合”的“影片剪辑”元件，将“发光圆”元件从“库”面板中拖入场景中，如图 5-113 所示，在第 3 帧位置插入帧，“时间轴”面板如图 5-114 所示。

步骤 7 新建“图层 2”，单击 “椭圆工具”按钮，设置其“笔触颜色”为无，“填充颜色”为#CCCCFF，Alpha 值为 20%，如图 5-115 所示，在场景中绘制圆形，如图 5-116 所示。

步骤 8 选中刚刚绘制的圆形，按 F8 键，将圆形转换成“名称”为“圆形 1”的“影片剪辑”元件，如图 5-117 所示。选中场景中的“圆形 1”元件，设置其“属性”面板中“实例名称”为 burst2，如图 5-118 所示。

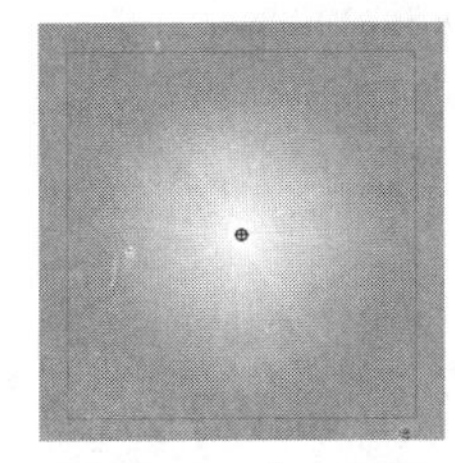

图 5-113　拖入元件

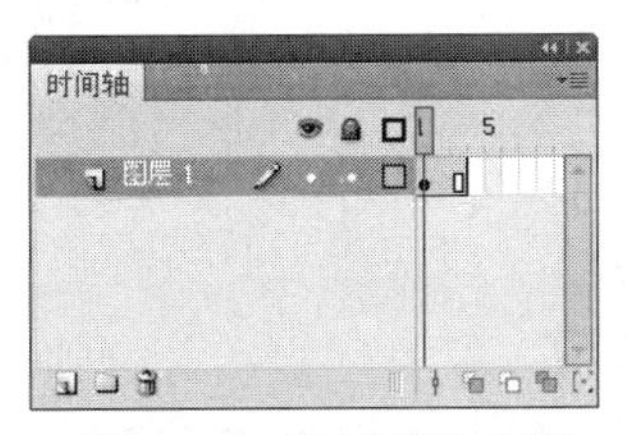

图 5-114　“时间轴”面板

图 5-115　“属性”面板

图 5-116　绘制圆形

步骤 9 参照“图层 2”的制作方法，制作出其他图层动画，场景效果如图 5-119 所示，“时间轴”面板如图 5-120 所示。

图 5-117　“转换为元件”对话框

图 5-118　“属性”面板

图 5-119　场景效果

步骤 10 新建“图层 11”，在“动作”面板中输入如图 5-121 所示的脚本代码。在第 2 帧位置插入关键帧，在“动作”面板中输入如图 5-122 所示的脚本代码。在第 3 帧位置插入关键帧，在“动作”面板中输入如图 5-123 所示的脚本代码，“时间轴”面板如图 5-124 所示。

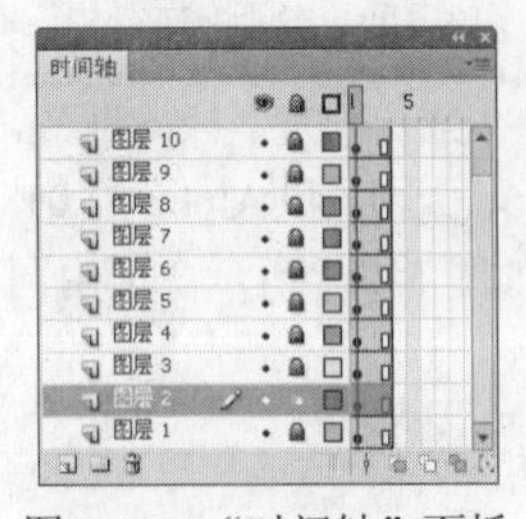
图 5-120 “时间轴”面板

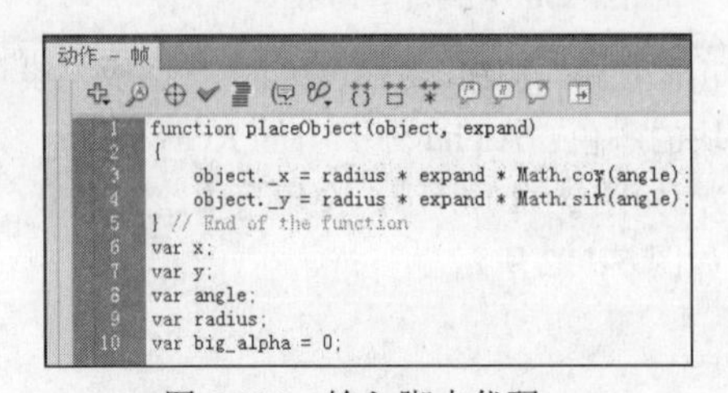
```
function placeObject(object, expand)
{
    object._x = radius * expand * Math.cos(angle);
    object._y = radius * expand * Math.sin(angle);
} // End of the function
var x;
var y;
var angle;
var radius;
var big_alpha = 0;
```
图 5-121 输入脚本代码

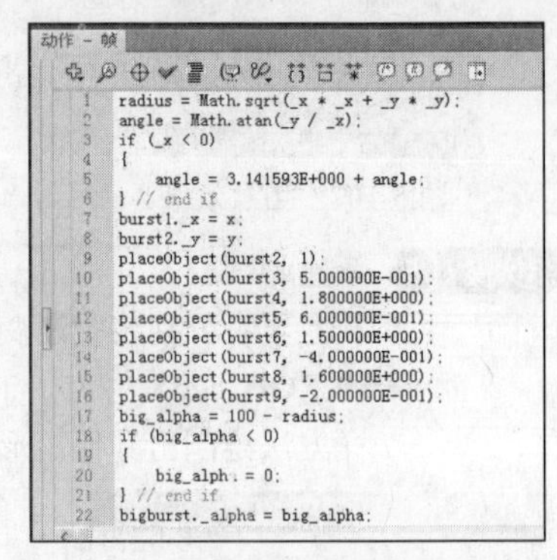
```
radius = Math.sqrt(_x * _x + _y * _y);
angle = Math.atan(_y / _x);
if (_x < 0)
{
    angle = 3.141593E+000 + angle;
} // end if
burst1._x = x;
burst2._y = y;
placeObject(burst2, 1);
placeObject(burst3, 5.000000E-001);
placeObject(burst4, 1.800000E+000);
placeObject(burst5, 6.000000E-001);
placeObject(burst6, 1.500000E+000);
placeObject(burst7, -4.000000E-001);
placeObject(burst8, 1.600000E+000);
placeObject(burst9, -2.000000E-001);
big_alpha = 100 - radius;
if (big_alpha < 0)
{
    big_alpha = 0;
} // end if
bigburst._alpha = big_alpha;
```
图 5-122 输入脚本代码

步骤 11 新建一个“名称”为“鼠标跟随”的“影片剪辑”元件，将“发光圆组合”元件从“库”面板中拖入场景中，如图 5-125 所示，选中该元件，设置其“属性”面板中“实例名称”为 flare，如图 5-126 所示。

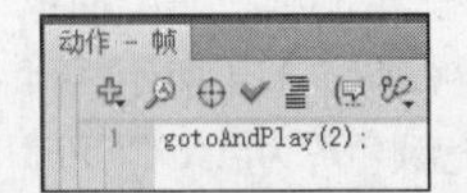
```
gotoAndPlay(2);
```
图 5-123 输入脚本代码

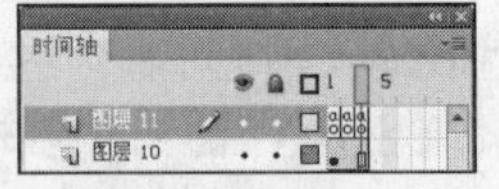
图 5-124 “时间轴”面板

图 5-125 拖入元件

图 5-126 “属性”面板

步骤 12 依次在第 2 帧、第 3 帧位置插入关键帧，选中第 3 帧场景中的元件，将其移至如图 5-127 所示的位置，“时间轴”面板如图 5-128 所示。

步骤 13 新建“图层 2”，在第 2 帧位置插入关键帧，在“动作”面板中输入如图 5-129 所示的脚本代码。在第 3 帧位置插入关键帧，在“动作”面板中输入如图 5-130 所示的脚本代码。

图 5-127 移动元件位置

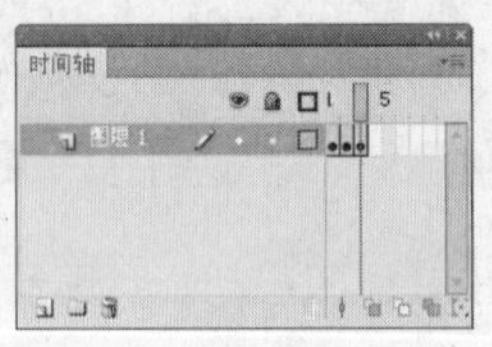
图 5-128 “时间轴”面板

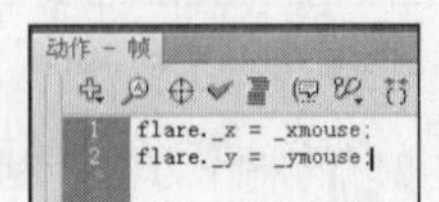
```
flare._x = _xmouse;
flare._y = _ymouse;
```
图 5-129 输入脚本代码

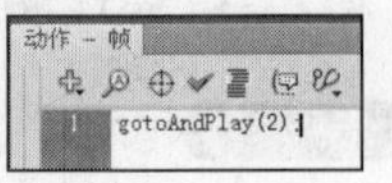
```
gotoAndPlay(2);
```
图 5-130 输入脚本代码

步骤 14 单击编辑栏中“场景 1”文字链接，返回主场景中，将“光盘\源文件\第 5 章\素材\image5301.png”导入场景中，如图 5-131 所示。新建“图层 2”，将“光盘\源文件\第 5 章\素材\image5302.png”导入场景中，如图 5-132 所示。

步骤 15 选中刚刚导入场景中的图像，按 F8 键，将图像转换成“名称”为“云朵”，“类型”为“影片剪辑”的元件，如图 5-133 所示。选中场景中的“云朵”元件，在“动作”面板中输入如图 5-134 所示的脚本代码。

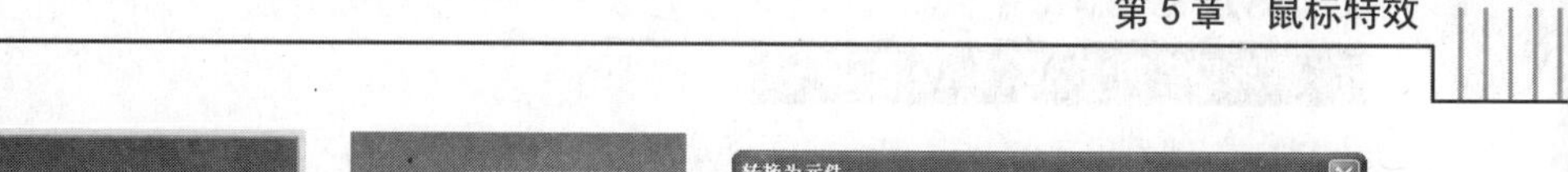

图 5-131　导入图像

图 5-132　导入图像

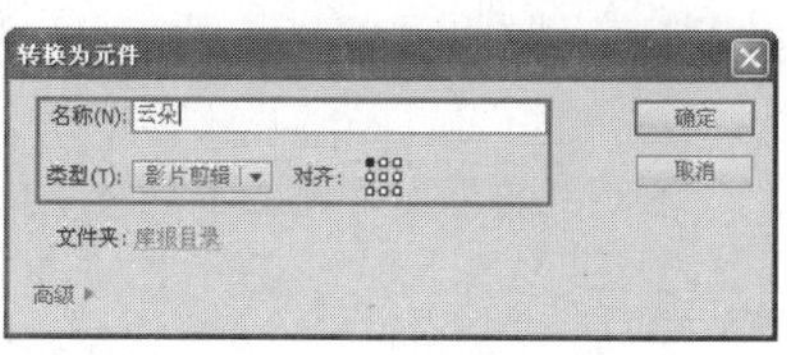

图 5-133　“转换为元件”对话框

步骤 16 新建“图层 3”，将“云朵”元件从“库”面板中拖入场景中，如图 5-135 所示，选中该元件，在“动作”面板中输入如图 5-136 所示的脚本代码。

```
onClipEvent (load)
{
    flagX = random(1020) + 50;
    flagY = random(60) + 10;
    a = random(3) + 1;
    this._x = flagX;
    this._y = fleagY;
    speed = random(2) + 5.000000E-001;
}
onClipEvent (enterFrame)
{
    if (this._x > 0)
    {
        this._x = this._x - speed;
    }
    else
    {
        this._x = 1100;
    } // end else if
}
```

图 5-134　输入脚本代码

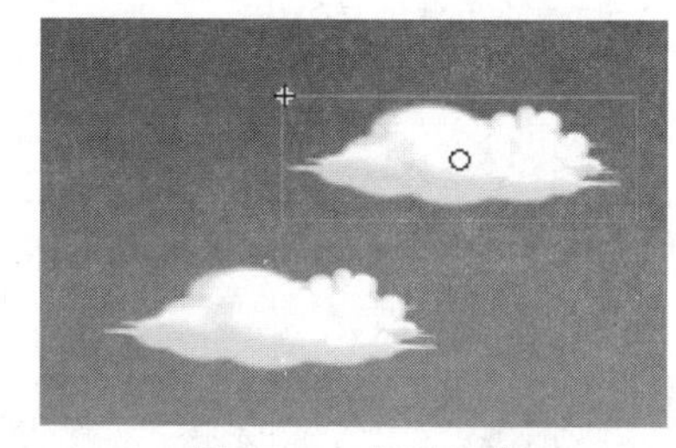

图 5-135　拖入元件

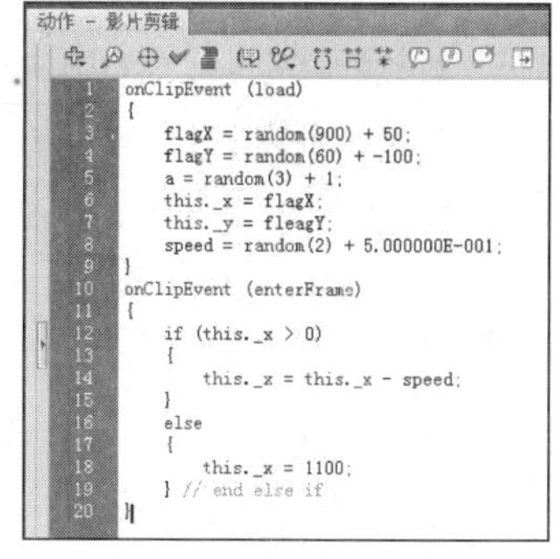

```
onClipEvent (load)
{
    flagX = random(900) + 50;
    flagY = random(60) + -100;
    a = random(3) + 1;
    this._x = flagX;
    this._y = fleagY;
    speed = random(2) + 5.000000E-001;
}
onClipEvent (enterFrame)
{
    if (this._x > 0)
    {
        this._x = this._x - speed;
    }
    else
    {
        this._x = 1100;
    } // end else if
}
```

图 5-136　输入脚本代码

步骤 17 新建“图层 4”，执行“文件>导入>打开外部库”命令，打开外部库文件“光盘\源文件\第 5 章\素材\5-3.fla”，如图 5-137 所示。将外部库中“装饰动画”元件拖入场景中，调整到合适的位置，如图 5-138 所示。

步骤 18 新建“图层 5”，将“鼠标跟随”元件从“库”面板中拖入场景中，如图 5-139 所示，“时间轴”面板如图 5-140 所示。

图 5-137　“库”面板

图 5-138　拖入元件

图 5-139　拖入元件

步骤 19 执行“文件>保存”命令，将动画保存为“光盘\源文件\第 5 章\艳阳高照跟随鼠标效果.fla”，按 Ctrl+Enter 键测试影片，动画效果如图 5-141 所示。

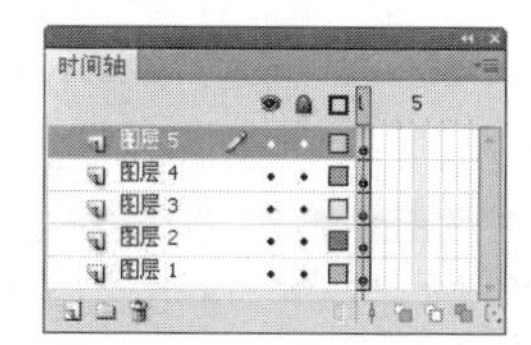

图 5-140　“时间轴”面板

图 5-141　预览动画效果

实例小结

本实例的重点是通过了解脚本代码及外部库的应用，以及脚本添加位置的不同对动画的影响。

Example 实例 86 鼠标光点特效

案例文件	光盘\源文件\第 5 章\鼠标光点特效.fla
视频文件	光盘\视频\第 5 章\鼠标光点特效.swf
难易程度	★★★☆☆
学习时间	35 分钟

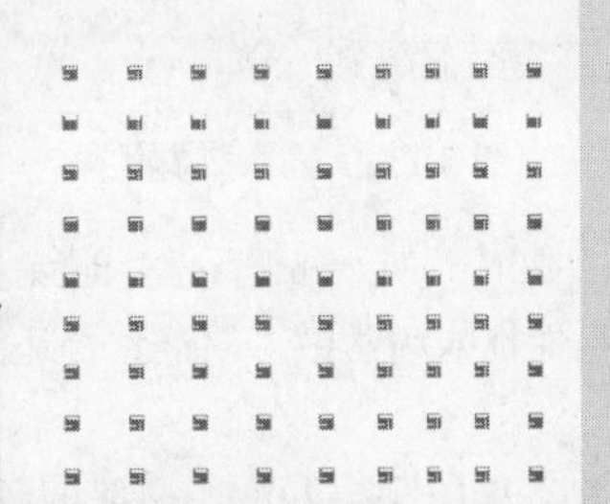

（1）

（2）

动作 - 帧

```
1  fscommand("fullscreen", "false");
2  fscommand("allowscale", "false");
3  fscommand("showmenu", "false");
```

（3）

（4）

1．新建“影片剪辑”元件，并制作出元件的动画效果。

2．在主场景中导入相应的素材，拖入相应的元件，制作动画效果，并创建遮罩动画。

3．为元件设置“实例名称”，添加相应的脚本代码。

4．完成动画的制作，测试动画效果。

Example 实例 87 变色泡泡鼠标效果

案例文件	光盘\源文件\第 5 章\变色泡泡鼠标效果.fla
视频文件	光盘\视频\第 5 章\变色泡泡鼠标效果.swf
难易程度	★★☆☆☆
学习时间	20 分钟
实例要点	➢ 传统补间动画的应用 ➢ 脚本代码的应用
实例目的	利用传统补间动画制作场景动画，采用脚本代码控制动画效果，完成变色泡泡鼠标效果的制作

步骤 1 新建一个 Flash 文档，如图 5-142 所示，单击“属性”面板的“编辑”按钮，弹出“文档设置”对话框，设置“尺寸”为 780 像素×270 像素，“背景颜色”为#FFFFFF，“帧频”为 40，如图 5-143 所示。

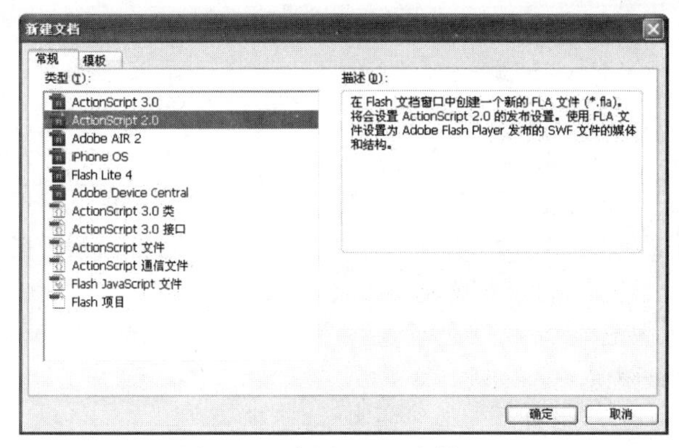

图 5-142　新建 Flash 文档

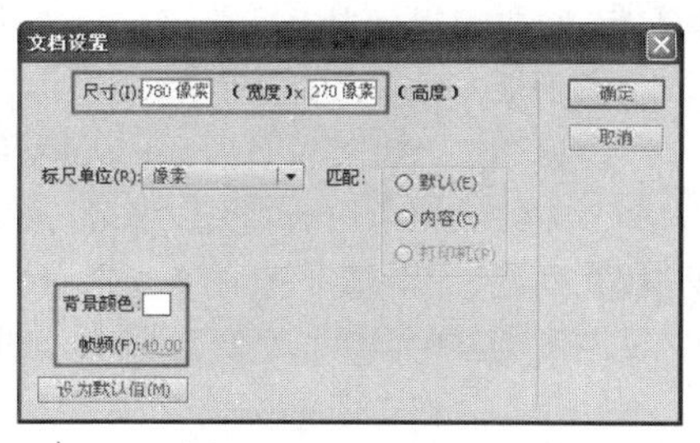

图 5-143　设置文档属性

步骤 2 新建一个“名称”为“泡泡”的“影片剪辑”元件，如图 5-144 所示，将“光盘\源文件\第 5 章\素材\image5401.png”导入场景中，如图 5-145 所示。

步骤 3 选中刚刚导入的图像，按 F8 键，将图像转换成“名称”为“小球”的“影片剪辑”元件，如图 5-146 所示，选中该元件，设置其“属性”面板中“实例名称”为 aqua0，如图 5-147 所示。

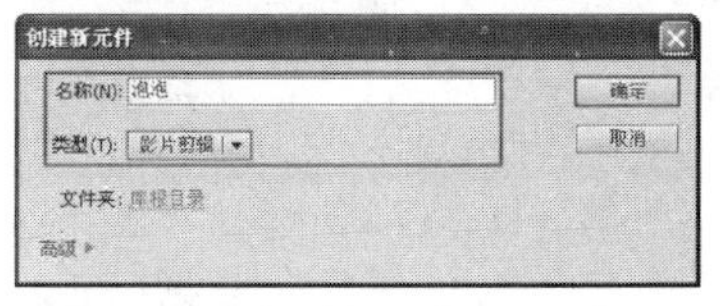

图 5-144 “创建新元件”对话框

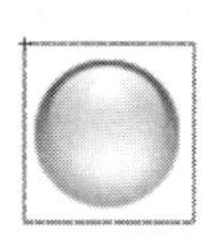

图 5-145　导入图像

图 5-146 “转换为元件”对话框

图 5-147 “属性”面板

步骤 4 在第 3 帧位置插入帧，新建“图层 2”，在第 1 帧位置单击，在“动作”面板中输入如图 5-148 所示的脚本代码。在第 2 帧位置插入关键帧，在“动作”面板中输入如图 5-149 所示的脚本代码。在第 3 帧位置插入关键帧，在“动作”面板中输入“gotoAndPlay(2);”脚本代码。

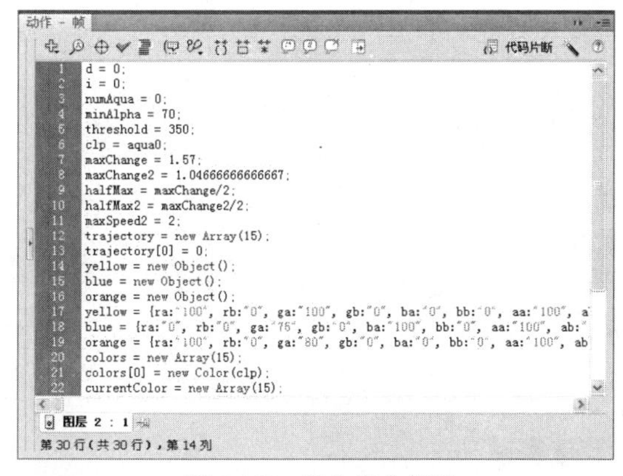

图 5-148　输入脚本代码

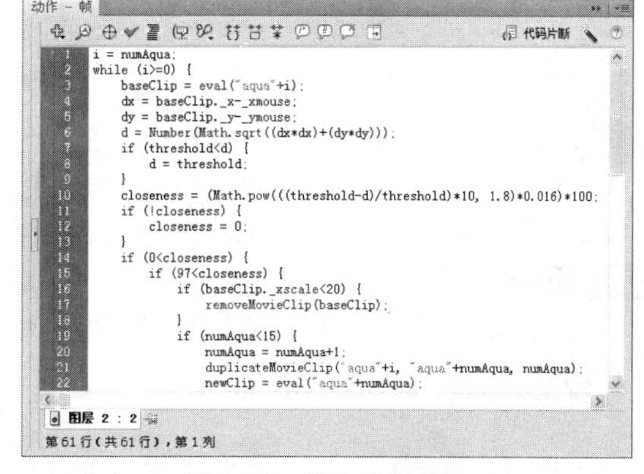

图 5-149　输入脚本代码

步骤 5 新建一个“名称”为“泡泡组合”，的“影片剪辑”元件，如图 5-150 所示。将“泡泡”元件从“库”面板中拖入场景中，并使用“任意变形工具”调整该元件的大小，如图 5-151 所示。

步骤 6 采用同样方法，依次将“泡泡”元件拖入场景中，并使用“任意变形工具”适当调整元件的大小，如图 5-152 所示。

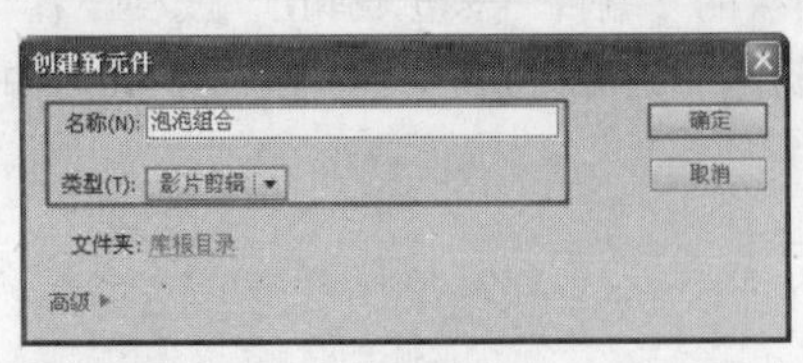

图 5-150 “创建新元件”对话框

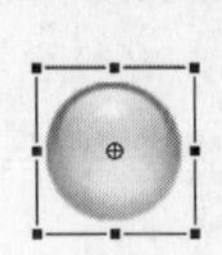

图 5-151 调整元件大小

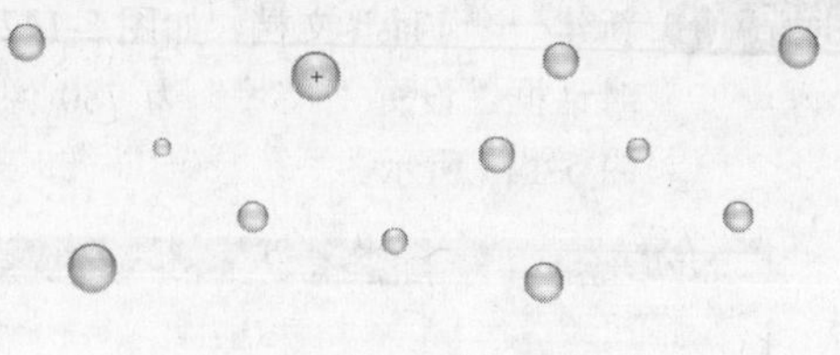

图 5-152 拖入元件并调整其大小

步骤 7 单击编辑栏中“场景 1”文字链接，返回主场景中，执行“窗口>颜色”命令，打开“颜色”面板，设置“类型”为“线性渐变”，从左至右分别设置渐变滑块的颜色：Alpha 为 100%的 RGB（250、55、55）和 Alpha 为 1000%的 RGB（250、106、80），如图 5-153 所示。在场景中绘制圆角矩形，如图 5-154 所示，在第 80 帧位置插入帧。

步骤 8 新建“图层 2”，在第 2 帧位置插入关键帧，将“光盘\源文件\第 5 章\素材\image5402.png”导入场景中，如图 5-155 所示。选中该图像，按 F8 键，将图像转换成“名称”为“背景”的“图形”元件，在第 45 帧位置插入关键帧，“时间轴”面板如图 5-156 所示。

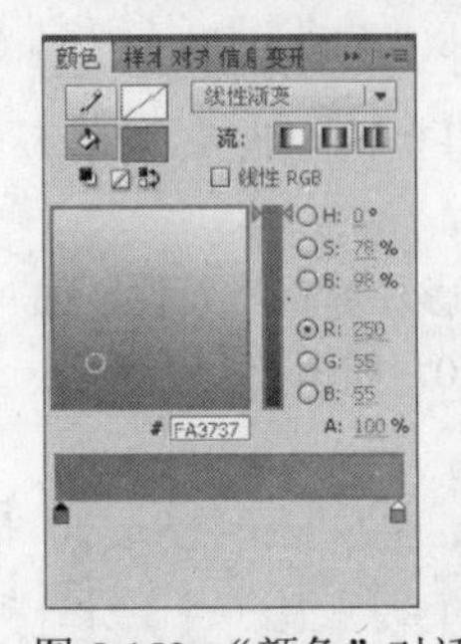

图 5-153 “颜色”对话框

图 5-154 绘制圆角矩形

图 5-155 导入图像

步骤 9 选中第 2 帧场景中的元件，设置其 Alpha 值为 0%，如图 5-157 所示，在第 2 帧位置设置传统补间动画，“时间轴”面板如图 5-158 所示。

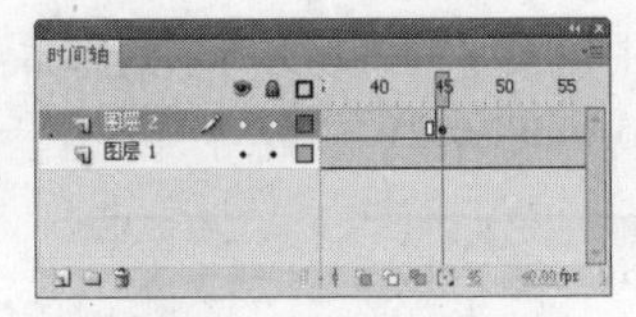

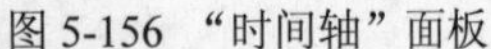

图 5-156 “时间轴”面板

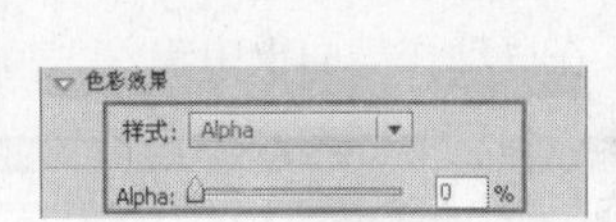

图 5-157 设置 Alpha 值

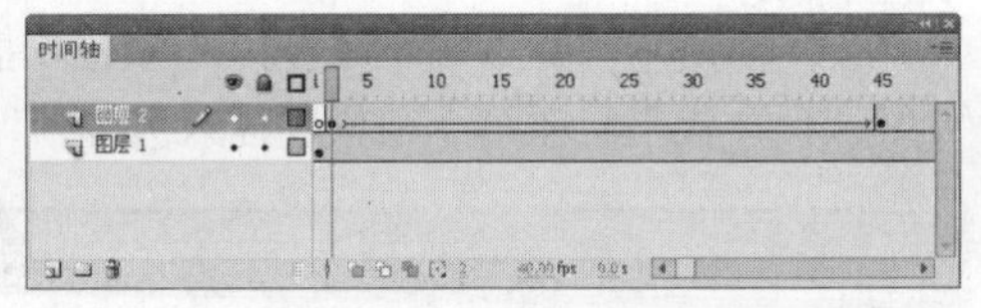

图 5-158 “时间轴”面板

步骤 10 新建“图层 3”，在第 20 帧位置插入关键帧，将“光盘\源文件\第 5 章\素材\image5403.png”导入场景中，如图 5-159 所示。选中该图像，按 F8 键，将图像转换成“名称”为“人物”的“图形”元件，如图 5-160 所示，在第 45 帧位置插入关键帧。

步骤 11 选中第 20 帧场景中的元件，设置其 Alpha 值为 0%，如图 5-161 所示，在第 20 帧位置设置传统补间动画，“时间轴”面板如图 5-162 所示。

图 5-159 导入图像

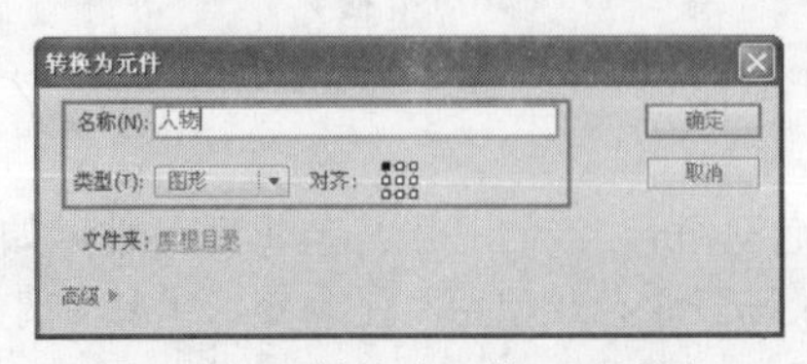

图 5-160 “转换为元件”对话框

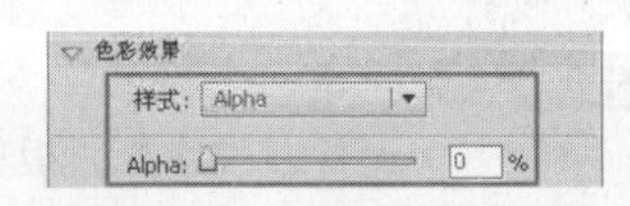

图 5-161 设置 Alpha 值

步骤 12 参照“图层 3”的制作方法，制作出“图层 4”动画，场景效果如图 5-163 所示，“时间轴”面板如图 5-164 所示。

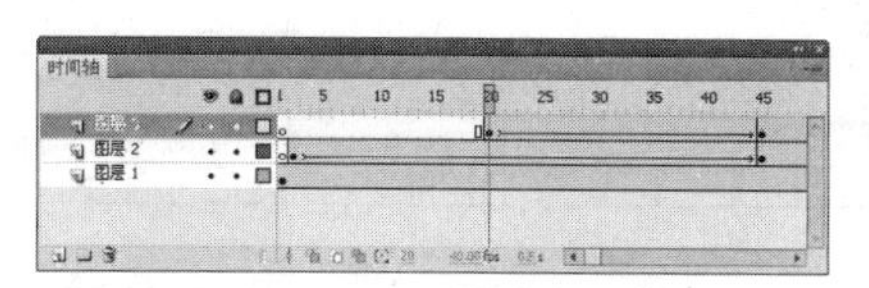

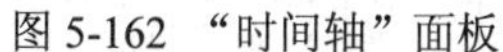

图 5-162 “时间轴”面板

图 5-163 场景效果

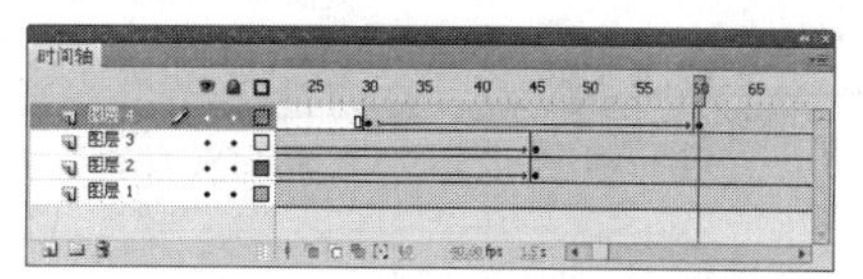

图 5-164 “时间轴”面板

步骤 13 新建“图层 5”，在第 50 帧位置插入关键帧，将“光盘\源文件\第 5 章\素材\image5405.png”导入场景中，如图 5-165 所示。选中该图像，按 F8 键，将图像转换成“名称”为“文字”的“图形”元件，如图 5-166 所示，在第 70 帧位置插入关键帧。

步骤 14 选中第 70 帧场景中的元件，移动该元件到如图 5-167 所示位置。选中第 50 帧场景中的元件，设置其 Alpha 值为 0%，在第 50 帧位置设置传统补间动画，“时间轴”面板如图 5-168 所示。

图 5-165 导入图像

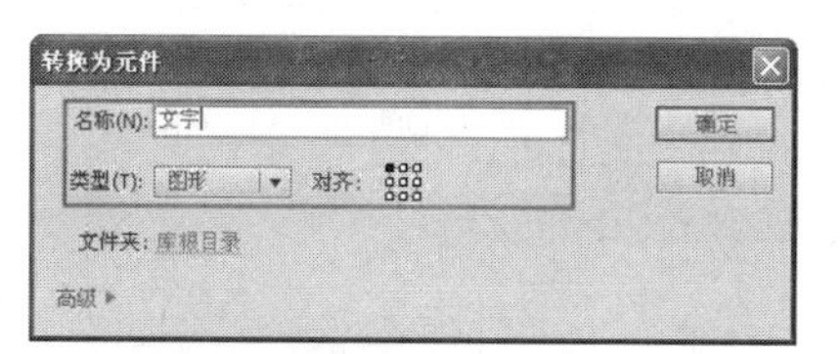

图 5-166 “转换为元件”对话框

图 5-167 调整元件位置

步骤 15 新建“图层 6”，在第 70 帧位置插入关键帧，将“泡泡组合”元件从“库”面板中拖入场景中，如图 5-169 所示。新建“图层 7”，在第 80 帧位置插入关键帧，在“动作”面板中输入“stop();”脚本代码，“时间轴”面板如图 5-170 所示。

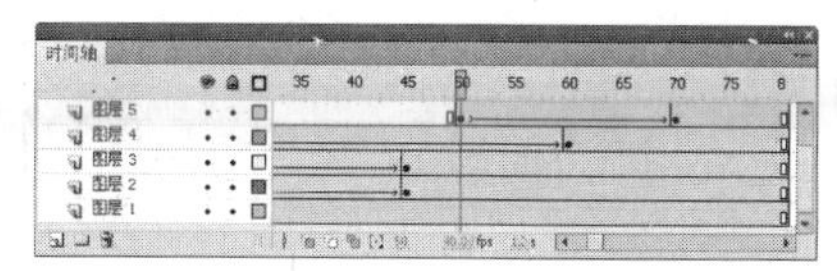

图 5-168 “时间轴”面板

图 5-169 拖入元件

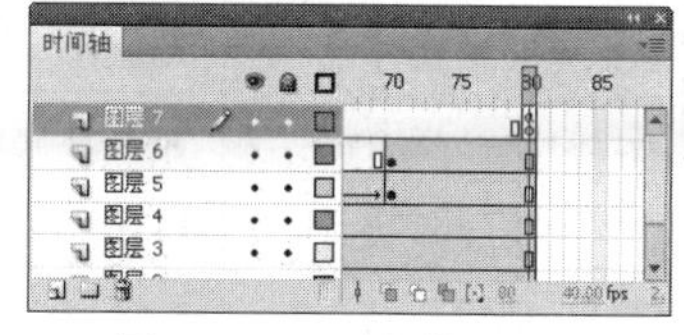

图 5-170 “时间轴”面板

步骤 16 执行“文件>保存”命令，将动画保存为“光盘\源文件\第 5 章\变色泡泡鼠标效果.fla”，按 Ctrl+Enter 键测试影片，动画效果如图 5-171 所示。

图 5-171 预览动画效果

实例小结

本实例的重点是传统补间动画及脚本语言的应用。设置文本元件的“实例名称”，然后通过脚本语言的控制，达到变色泡泡鼠标效果。

Example 实例 88 鼠标经过处飞舞花朵效果

案例文件	光盘\源文件\第 5 章\鼠标经过处飞舞花朵效果.fla
视频文件	光盘\视频\第 5 章\鼠标经过处飞舞花朵效果.swf
难易程度	★★☆☆☆
学习时间	20 分钟

(1)

(2)

(3)

(4)

1. 导入背景素材，并将其转换为图形元件。

2. 新建元件，绘制花图形，并制作花的动画效果。

3. 将元件拖入场景中，并为元件设置“实例名称”，添加脚本代码。

4. 完成鼠标经过花朵飞舞效果的制作，测试动画。

Example 实例 89 凸透镜跟随鼠标效果

案例文件	光盘\源文件\第 5 章\凸透镜跟随鼠标效果.fla
视频文件	光盘\视频\第 5 章\凸透镜跟随鼠标效果.swf
难易程度	★★☆☆☆
学习时间	15 分钟
实例要点	➢ “实例名称”的设置 ➢ 脚本代码的应用
实例目的	通过本实例的制作，了解凸透镜跟随鼠标效果的制作方法

操作步骤

步骤 1 新建一个 Flash 文档，如图 5-172 所示，单击“属性”面板的“编辑”按钮，弹出“文档设置”对话框，设置“尺寸”为 500 像素×160 像素，“背景颜色”为#FFFFFF，“帧频”为 36，如图 5-173 所示。

步骤 2 新建一个“名称”为“遮罩动画 1”的“影片剪辑”元件，如图 5-174 所示。单击“椭圆工具”按钮，在场景中绘制一个 500 像素×500 像素的圆形，如图 5-175 所示。

步骤 3 选中刚刚绘制的圆形，按 F8 键，将圆形转换成“名称”为“圆”的“图形”元件，如图 5-176 所示。在第 16 帧位置单击，按 F6 键插入关键帧，选中该帧场景中的元件，将元件调整至 460 像素×460 像素大小，如图 5-177 所示。

步骤 4 在第 25 帧位置插入关键帧，选中该帧场景中的元件，将元件调整至 400 像素×400 像素大小，如图 5-178 所示，在第 1 帧、第 16 帧位置添加传统补间动画，“时间轴”面板如图 5-179 所示。

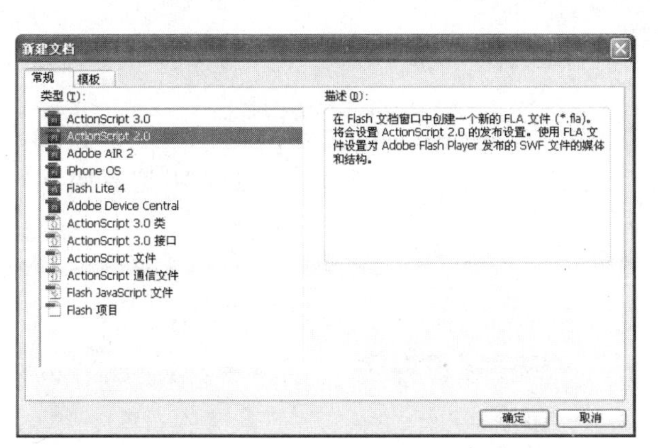

图 5-172　新建 Flash 文档

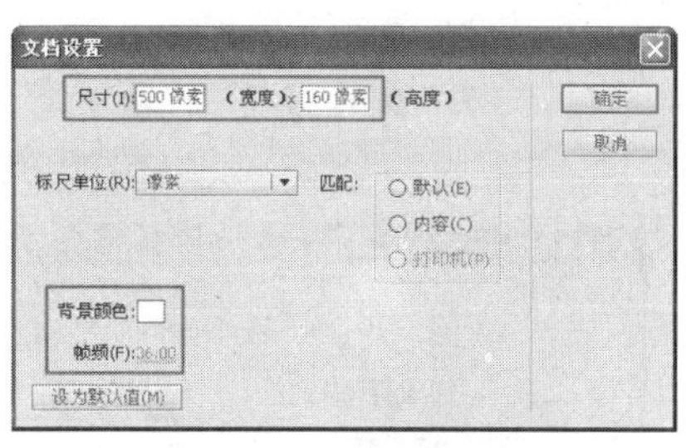

图 5-173　设置文档属性

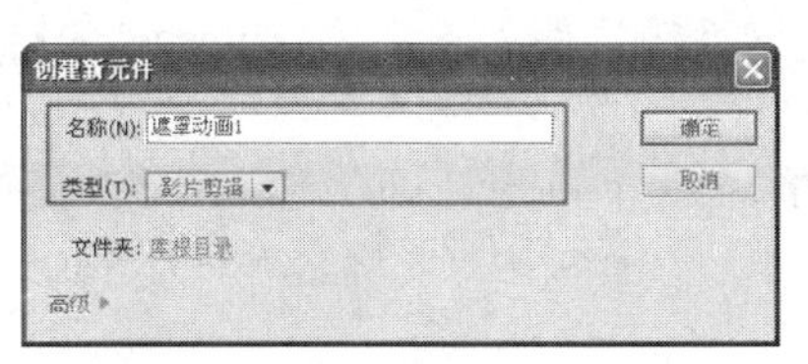

图 5-174　“创建新元件”对话框

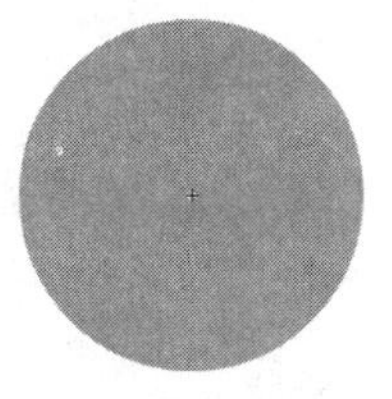

图 5-175　绘制圆形

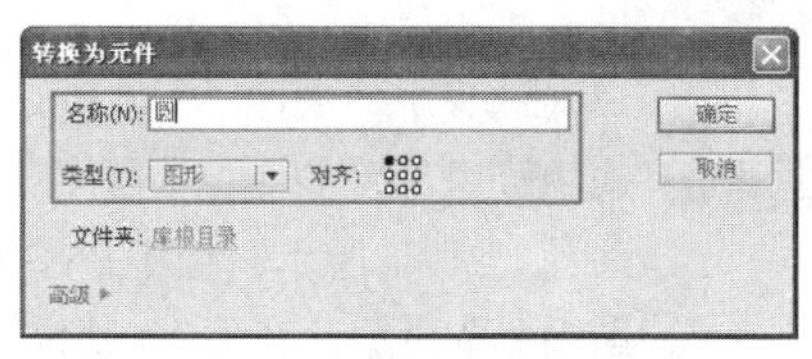

图 5-176　“转换为元件”对话框

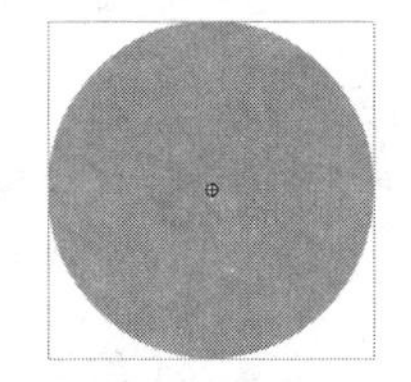

图 5-177　调整元件大小

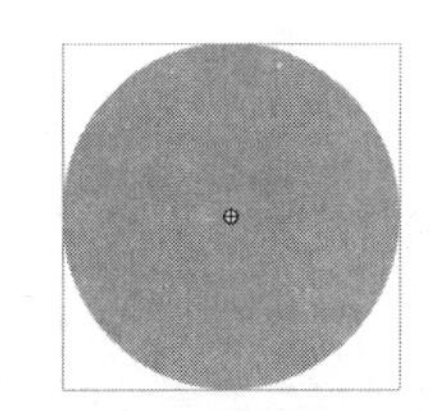

图 5-178　调整元件大小

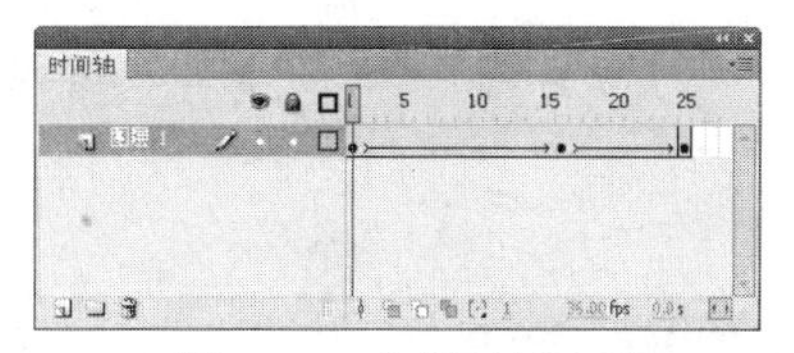

图 5-179　“时间轴”面板

步骤 5 新建“图层 2”，在第 25 帧位置插入关键帧，在“动作”面板中输入“stop();”脚本代码，如图 5-180 所示，“时间轴”面板如图 5-181 所示。

步骤 6 参照“遮罩动画 1”的制作方法，制作出“遮罩动画 2”元件，场景效果如图 5-182 所示，“时间轴”面板如图 5-183 所示。

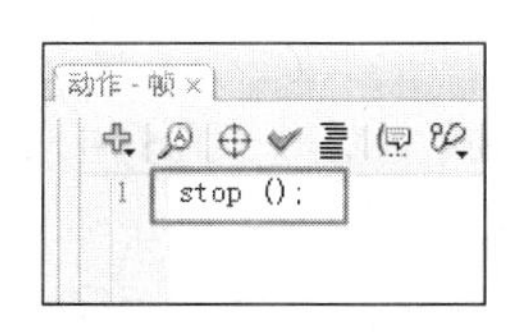

图 5-180　输入脚本代码

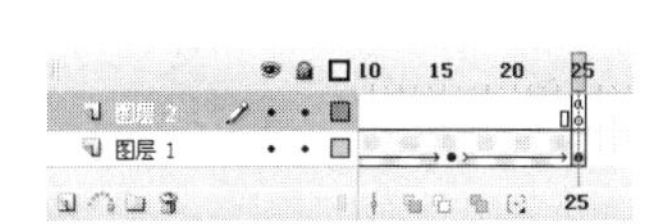

图 5-181　“时间轴”面板

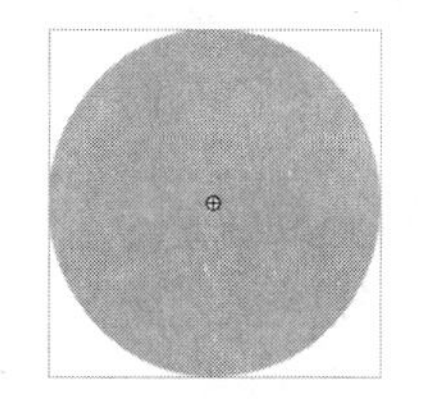

图 5-182　场景效果

步骤 7 新建一个“名称”为“图片遮罩 1”的“影片剪辑”元件，如图 5-184 所示。将“光盘\源文件\第 5 章\素材\image5502.jpg”导入场景中，如图 5-185 所示。

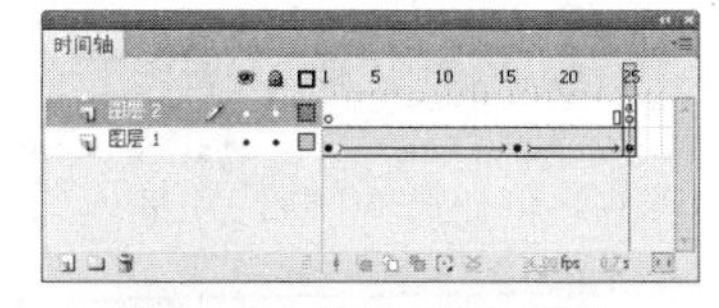

图 5-183　“时间轴”面板

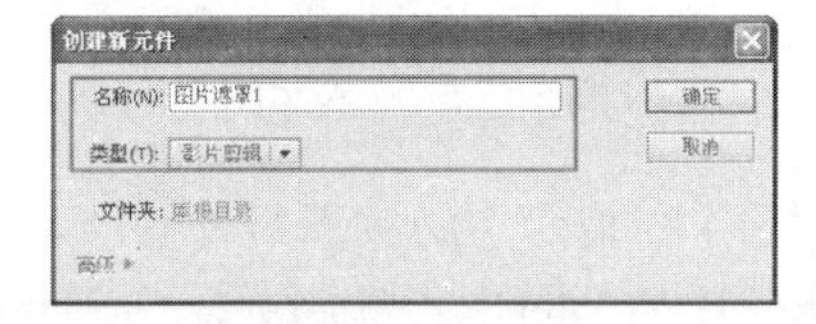

图 5-184　“创建新元件”对话框

图 5-185　导入图像

步骤 8 选中刚刚导入的图像，按 F8 键，将图像转换成“名称”为“图像 1”的“影片剪辑”元件，如图 5-186 所示。选中“图像 1”元件，设置其“属性”面板中“实例名称”为 img02，如图 5-187 所示。

步骤 9 新建“图层 2”，将“遮罩动画 1”元件从“库”面板中拖入场景中，如图 5-188 所示。将“图层 2”设置为“图层 1”的“遮罩层”，场景效果如图 5-189 所示。参照“图片遮罩 1”的制作方法，制作出“图片遮罩 2”元件。

图 5-186 “转换为元件”对话框

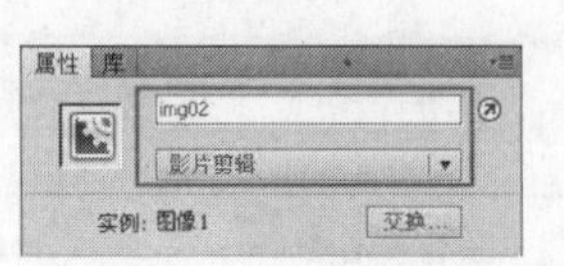

图 5-187 “属性”面板

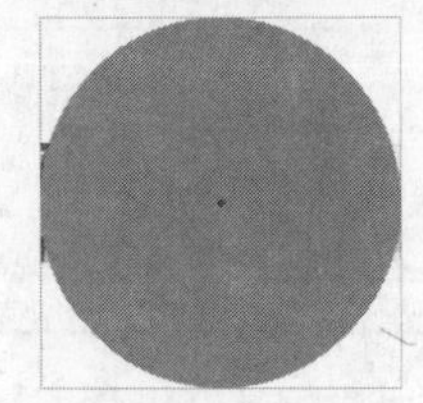
图 5-188 拖入元件

步骤 10 单击编辑栏中“场景 1”文字链接，返回主场景中，将“光盘\源文件\第 5 章\素材\image5501.jpg”导入场景中，如图 5-190 所示。

步骤 11 选中刚刚导入的图像，按 F8 键，将图像转换成“名称”为“图像 2”的“影片剪辑”元件，如图 5-191 所示。选中“图像 2”元件，设置其“属性”面板中“实例名称”为 base，如图 5-192 所示，在第 50 帧位置插入帧。

图 5-189 场景效果

图 5-190 导入图像

步骤 12 新建“图层 2”，将“图片遮罩 1”元件从“库”面板拖入到场景中，如图 5-193 所示。选中该元件，设置其“属性”面板中“实例名称”为 mask2，如图 5-194 所示。

图 5-191 “转换为元件”对话框

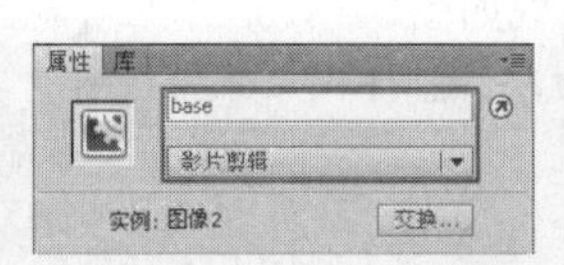

图 5-192 “属性”面板

图 5-193 拖入元件

步骤 13 新建“图层 3”，将“图片遮罩 2”元件从“库”面板拖入场景中，如图 5-195 所示，选中该元件，设置其“属性”面板中“实例名称”为 mask，如图 5-196 所示。

图 5-194 “属性”面板

图 5-195 拖入元件

图 5-196 “属性”面板

步骤 14 新建“图层 4”，打开“动作”面板，输入如图 5-197 所示的脚本代码。在第 50 帧位置插入关键帧，在“动作”面板中输入“stop();”脚本代码，“时间轴”面板如图 5-198 所示。

步骤 15 执行“文件>保存”命令，将动画保存为“光盘\源文件\第 5 章\凸透镜跟随鼠标效果.fla”，按 Ctrl+Enter 键测试影片，动画效果如图 5-199 所示。

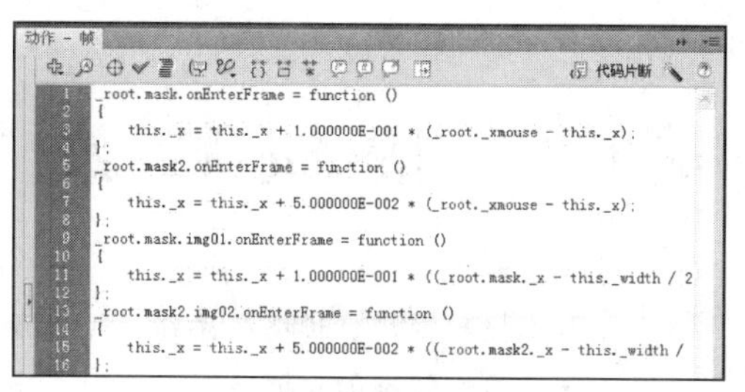

图 5-197　输入脚本代码

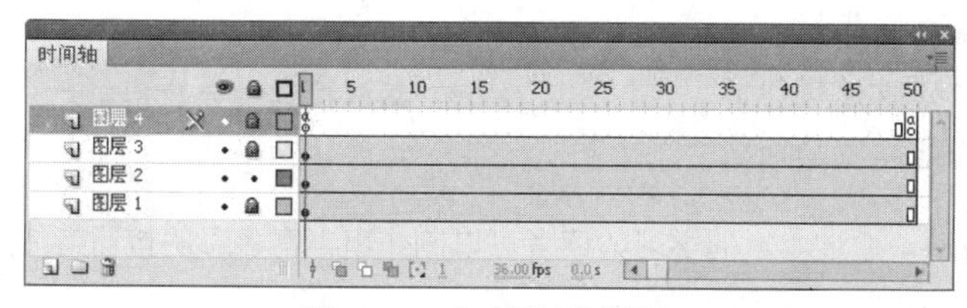

图 5-198 “时间轴”面板

图 5-199　预览动画效果

实例小结

本实例的重点是“实例名称”的设置及脚本语言的使用，综合应用脚本语言及遮罩动画，实现凸透镜跟随鼠标的效果。

Example 实例 90　鼠标经过水波纹效果

案例文件	光盘\源文件\第 5 章\鼠标经过水波纹效果.fla
视频文件	光盘\视频\第 5 章\鼠标经过水波纹效果.swf
难易程度	★★☆☆☆
学习时间	15 分钟

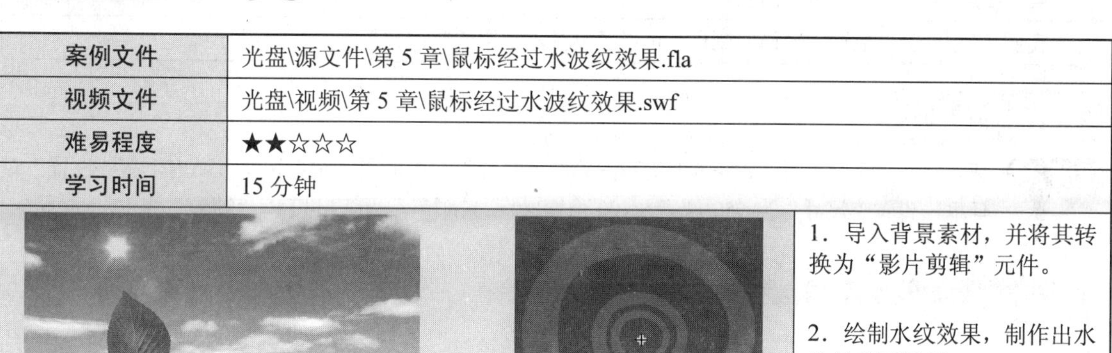

（1）　（2）

（3）　（4）

1．导入背景素材，并将其转换为“影片剪辑”元件。

2．绘制水纹效果，制作出水纹的动画效果。

3．将制作好的元件拖入场景中，制作主场景效果。

4．完成鼠标经过水波纹效果的制作，测试动画。

第6章　按钮特效

■　本章内容

➢ 基本按钮	➢ 控制影片剪辑播放按钮	➢ 控制运动方向按钮
➢ 游戏按钮	➢ 为按钮添加超链接	➢ 导航式按钮
➢ 影片剪辑应用按钮	➢ 反应区应用	➢ 反应区按钮综合应用
➢ 动态按钮	➢ 表情按钮	➢ 网页按钮
➢ 控制播放按钮	➢ 反应区高级应用	➢ 高级按钮综合应用
➢ 为按钮添加声音	➢ 卡通交互按钮	➢ 特效按钮动画

本章主要讲解各种“按钮”元件的制作技巧，通过本章的学习，读者可以制作出丰富多彩的按钮特效。

Example 实例 91 基本按钮

案例文件	光盘\源文件\第 6 章\基本按钮.fla
视频文件	光盘\视频\第 6 章\基本按钮.swf
难易程度	★☆☆☆☆
学习时间	5 分钟
实例要点	基本按钮的制作
实例目的	通过本实例的制作，可以了解基本按钮的制作技巧。

操作步骤

步骤 1 新建一个 Flash 文档，如图 6-1 所示，单击“属性”面板的“编辑”按钮，弹出“文档设置”对话框，设置“尺寸”为 550 像素×400 像素，“背景颜色”为#FFFFFF，“帧频”为 12，如图 6-2 所示。

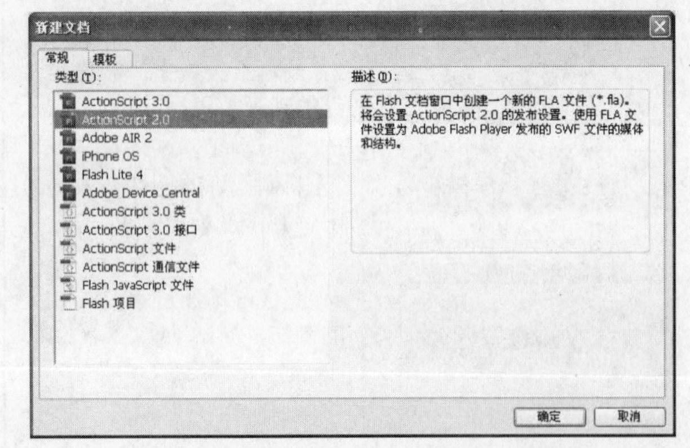

图 6-1　新建 Flash 文档

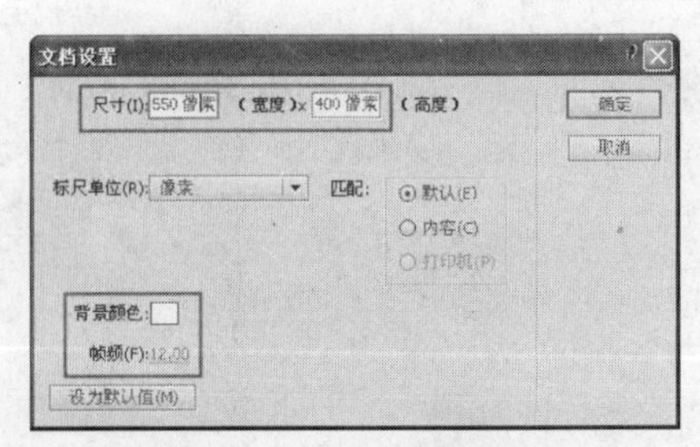

图 6-2　“文档设置”对话框

步骤 2 新建一个“名称”为“按钮”的“图形”元件，如图 6-3 所示。单击“矩形工具”按钮，设置“笔触颜色”为#E6863D，“笔触”为 1 像素，“填充颜色”为#F7B065，“矩形边角半径”为 15 像素，在场景中绘制一个圆角矩形，如图 6-4 所示。

步骤 3 新建“图层 2”，单击“矩形工具”按钮，设置“笔触颜色”为“无”，执行“窗口>颜色”命令，打开“颜色”面板，设置“填充颜色”的“类型”为“线性渐变”，并设置从 Alpha 值为

0%的#EE5526 到 Alpha 值 100%的#EE5526 到 Alpha 值 100%的#EE5526 到 Alpha 值为 0%的#F3DDC3 的渐变，“颜色”面板如图 6-5 所示。在场景中绘制一个渐变圆角矩形，并使用“渐变变形工具”调整渐变效果，场景效果如图 6-6 所示。

图 6-3 “创建新元件”对话框

图 6-4 绘制圆角矩形

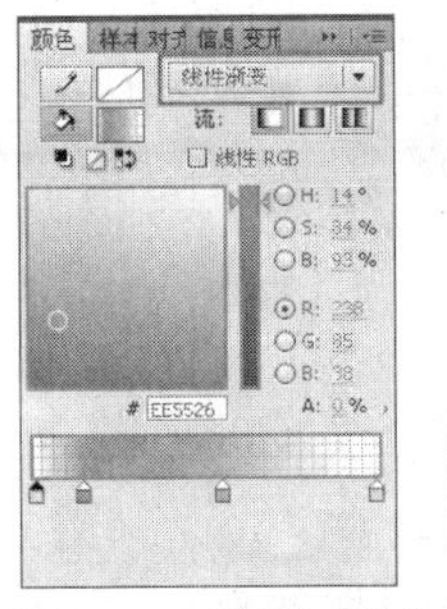

图 6-5 “颜色”面板

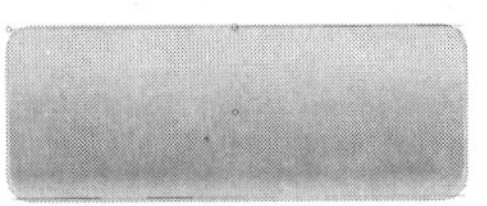
图 6-6 场景效果

步骤 4 新建“图层 3”，单击“文本工具”按钮，设置“字体”为“华文琥珀”，“大小”为 40，“颜色”为#FFFFFF，选中“切换粗体”，如图 6-7 所示。在场景中输入如图 6-8 所示文字。两次执行“修改>分离”命令，将文本分离为图形。

步骤 5 新建“图层 4”，单击“矩形工具”按钮，设置“笔触颜色”为“无”，打开“颜色”面板，设置“填充颜色”的“类型”为“线性”，并设置从 Alpha 值为 100%的#FBE1C4 到 Alpha 值为 0%的#FFFFFF 的渐变，“颜色”面板如图 6-9 所示。在场景中绘制一个渐变圆角矩形，并使用“渐变变形工具”调整渐变效果，如图 6-10 所示。

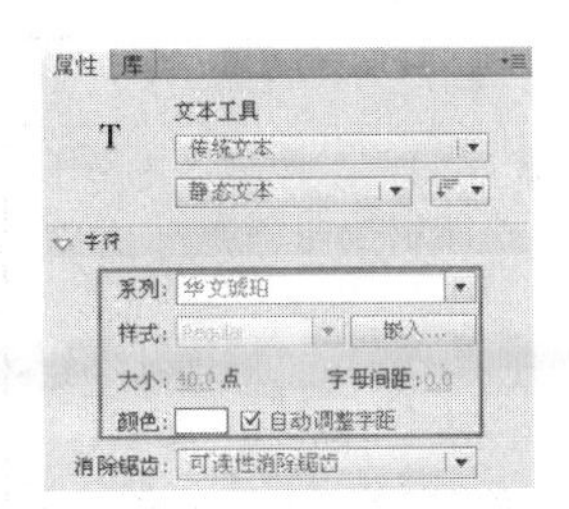

图 6-7 “属性”面板

图 6-8 输入文字

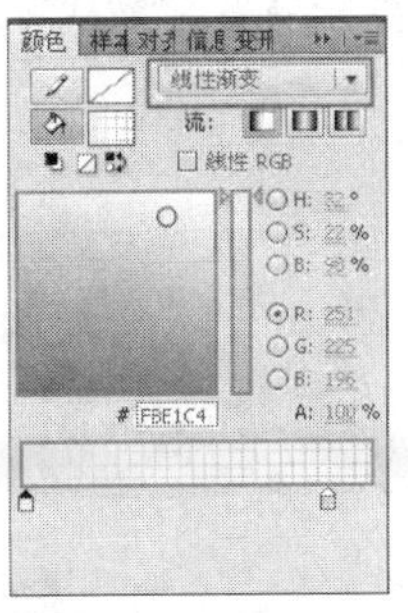

图 6-9 “颜色”面板

图 6-10 渐变效果

步骤 6 新建一个“名称”为“基本按钮”的“按钮”元件，如图 6-11 所示。打开“库”面板，将“按钮”元件从“库”面板中拖入场景中，如图 6-12 所示。

步骤 7 在“指针经过”位置插入关键帧，接住 Shift 键使用“任意变形工具”将元件等比例扩大，如图 6-13 所示。在“按下”位置插入关键帧，按住 Shift 键使用“任意变形工具”将元件等比例缩小，如图 6-14 所示。

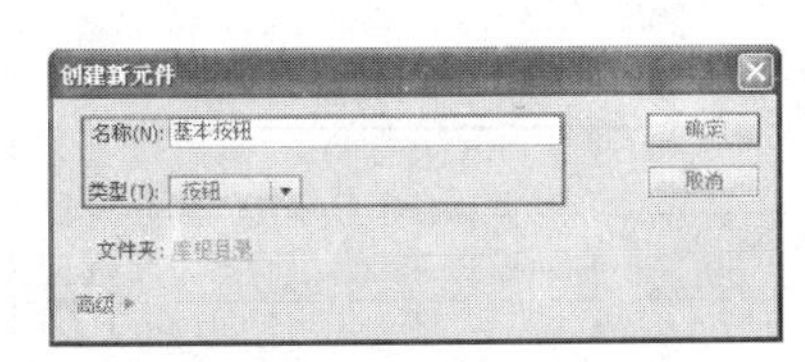

图 6-11 “创建新元件”对话框

图 6-12 拖入元件

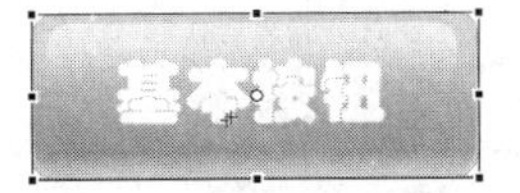

图 6-13 调整元件

图 6-14 调整元件

步骤 8 单击编辑栏中“场景 1”文字链接，返回“场景 1”的编辑状态，将“基本按钮”元件从“库”面板中拖入场景中，执行“文件>保存”命令，将动画保存为“光盘\源文件\第 6 章\基本按钮.fla”，按 Ctrl+Enter 键测试影片，动画效果如图 6-15 所示。

图 6-15 预览动画效果

实例小结

本实例主要讲解在 Flash 中制作基本按钮元件的方法，使用了图形元件制作按钮元件，读者要了解不同类型元件之间的关系。

Example 实例 92 游戏按钮

案例文件	光盘\源文件\第 6 章\游戏按钮.fla
视频文件	光盘\视频\第 6 章\游戏按钮.swf
难易程度	★☆☆☆☆
学习时间	10 分钟

(1) (2) (3) (4)

1. 新建元件，使用“矩形工具”绘制出按钮图形。
2. 使用“多角星形工具”绘制出按钮上的星形和文字。
3. 制作出其他元件。
4. 完成按钮的制作，测试动画效果。

Example 实例 93 影片剪辑应用按钮

案例文件	光盘\源文件\第 6 章\影片剪辑应用按钮.fla
视频文件	光盘\视频\第 6 章\影片剪辑应用按钮.swf
难易程度	★★☆☆☆
学习时间	10 分钟
实例要点	➢ “影片剪辑”元件与“按钮”元件的结合应用 ➢ 按钮”元件的设置
实例目的	通过本实例的制作，了解“影片剪辑”元件与“按钮”元件结合应用的技巧

步骤 1 新建一个 Flash 文档，如图 6-16 所示，单击“属性”面板的“编辑”按钮，弹出“文档设置”对话框，设置“尺寸”为 300 像素×210 像素，“背景颜色”为#FFFFFF，“帧频”为 12，如图 6-17 所示。

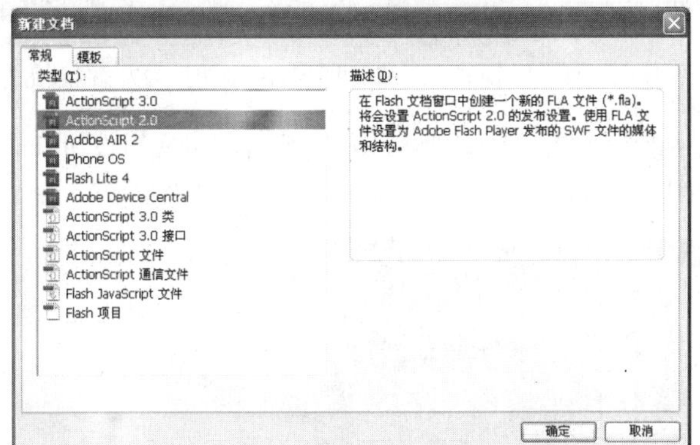

图 6-16　新建 Flash 文档

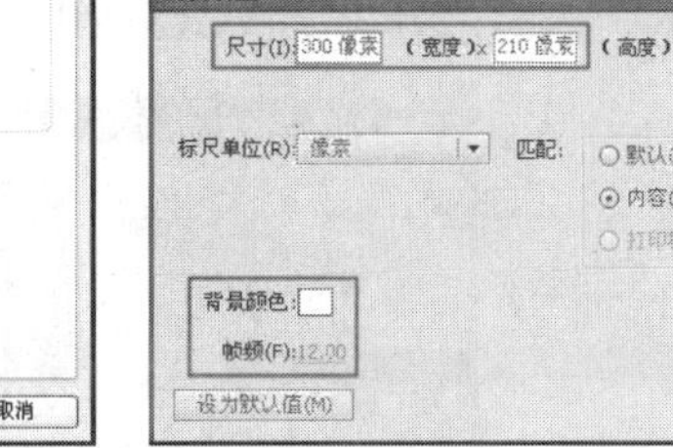

图 6-17　“文档设置”对话框

步骤 2 新建一个“名称”为“太阳动画”的“影片剪辑”元件，如图 6-18 所示。将“光盘\源文件\第 6 章\素材\image2.png”导入场景中，如图 6-19 所示。

步骤 3 选中图像，按 F8 键，将其转换成一个“名称”为“太阳”的“图形”元件，如图 6-20 所示。在第 5 帧位置插入关键帧，选择第 1 帧上的元件，设置其“属性”面板中 Alpha 值为 0%，在第 1 帧位置设置传统补间动画，“时间轴”面板如图 6-21 所示。

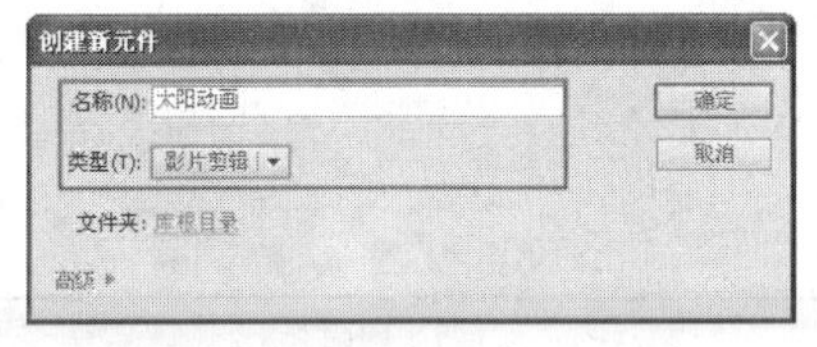

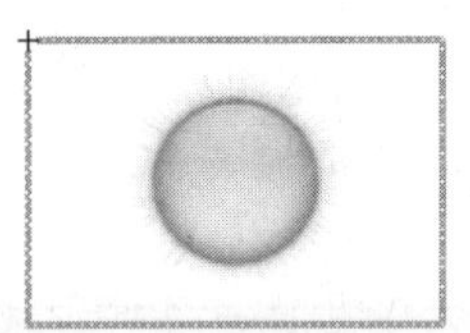

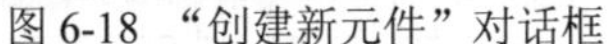

图 6-18　“创建新元件”对话框　　图 6-19　导入图像　　图 6-20　“转换为元件”对话框

步骤 4 新建“图层 2”，将“光盘\源文件\第 6 章\素材\image1.png”导入场景中，如图 6-22 所示。新建“图层 3”，在第 5 帧位置插入关键帧，在“动作”面板输入“stop();”脚本代码，如图 6-23 所示。

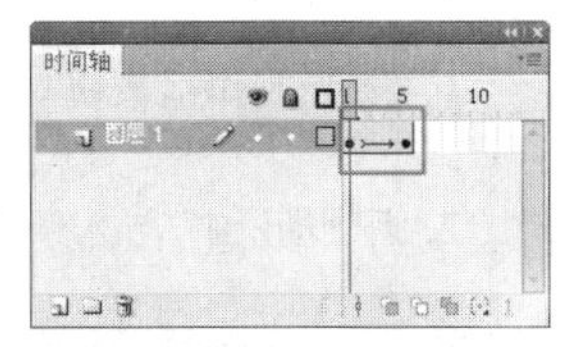

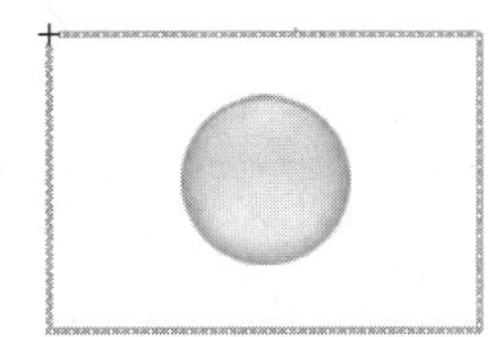

图 6-21　“时间轴”面板　　图 6-22　导入图像　　图 6-23　“动作”面板

步骤 5 新建一个“名称”为“按钮动画”的“按钮”元件，如图 6-24 所示。打开“库”面板，将图像 image1.png 拖入场景中，在“指针经过”位置插入空白关键帧，将“太阳动画”元件从“库”面板中拖入场景中，如图 6-25 所示。

提示　一定要将拖入的图像和元件的“属性”面板中位置设置为“X:0,Y:0。”

步骤 6 单击编辑栏中“场景 1”文字链接，返回“场景 1”的编辑状态，将“光盘\源文件\第 6 章\

素材\image3.jpg”导入场景中，如图 6-26 所示。新建“图层 2”，将“按钮动画”元件从“库”面板中拖入场景中，如图 6-27 所示。

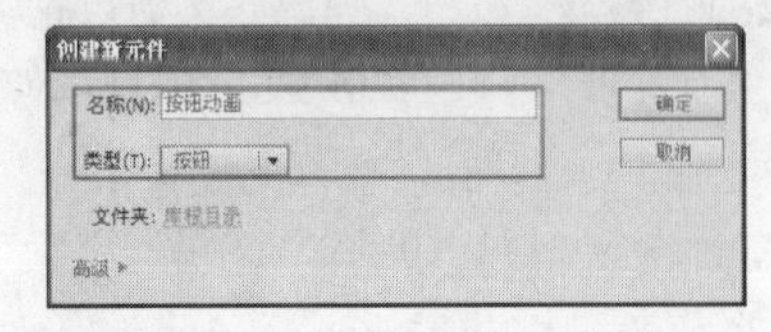

图 6-24 “创建新元件”对话框

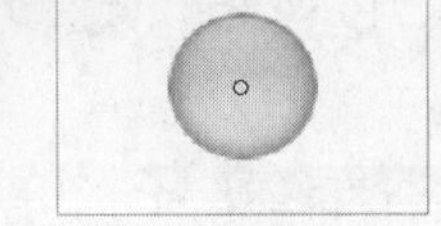
图 6-25 拖入元件

图 6-26 导入图像

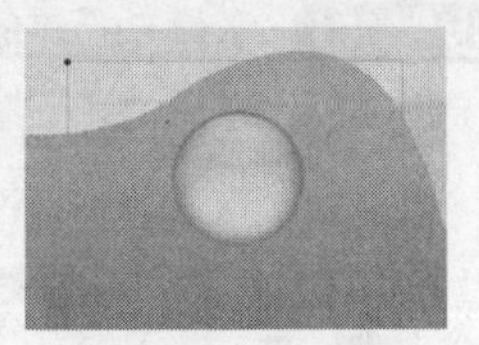
图 6-27 拖入元件

步骤 7 执行“文件>保存”命令，将动画保存为“光盘\源文件\第 6 章\影片剪辑应用按钮.fla”，按 Ctrl+Enter 键测试影片，动画效果如图 6-28 所示。

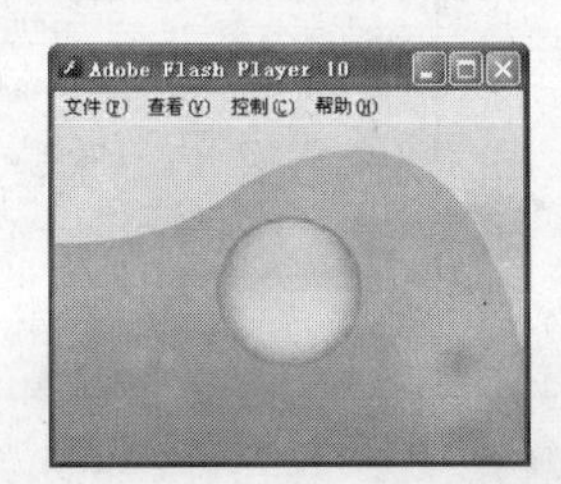

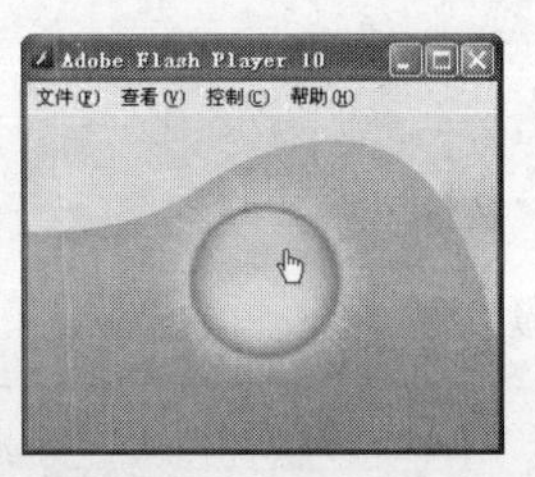

图 6-28 预览动画

实例小结

本实例主要讲解结合按钮元件和“影片剪辑”元件制作按钮动画的方法，读者要了解不同元件的制作要求。

Example 实例 94 动态按钮

案例文件	光盘\源文件\第 6 章\动态按钮.fla
视频文件	光盘\视频\第 6 章\动态按钮.swf
难易程度	★★☆☆☆
学习时间	25 分钟

(1)

(2)

(3)

(4)

1. 首先制作出按钮动画。
2. 返回场景中，导入素材图像。
3. 将“按钮”元件拖入场景中。
4. 完成动画的制作，测试效果。

Example 实例 95　控制播放按钮

案例文件	光盘\源文件\第 6 章\控制播放按钮.fla
视频文件	光盘\视频\第 6 章\控制播放按钮.swf
难易程度	★★☆☆☆
学习时间	20 分钟
实例要点	➢ 音效的添加 ➢ 声音的编辑
实例目的	通过本实例的制作，了解添加音效与编辑声音的技巧

操作步骤

步骤 1 新建一个 Flash 文档，如图 6-29 所示，单击“属性”面板的“编辑”按钮，弹出“文档设置”对话框，设置“尺寸”为 720 像素×576 像素，“背景颜色”为#FFFFFF，“帧频”为 12，如图 6-30 所示。

步骤 2 将“光盘\源文件\第 6 章\素材\image5.png”导入场景中，如图 6-31 所示。新建“图层 2”，在第 2 帧位置插入关键帧，将“光盘\源文件\第 6 章\素材\image6.png”导入场景中，如图 6-32 所示。

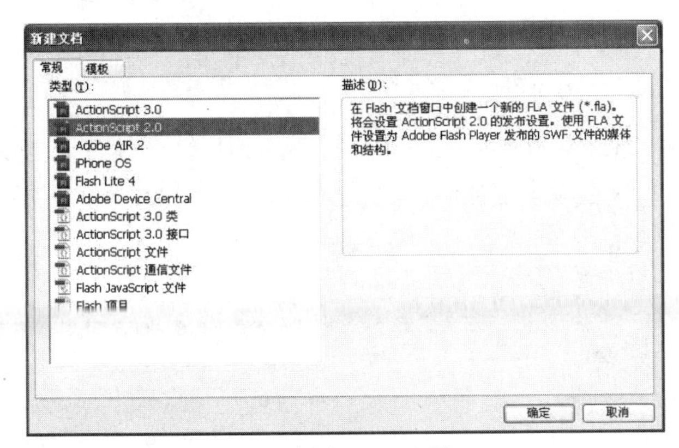

图 6-29　新建 Flash 文档

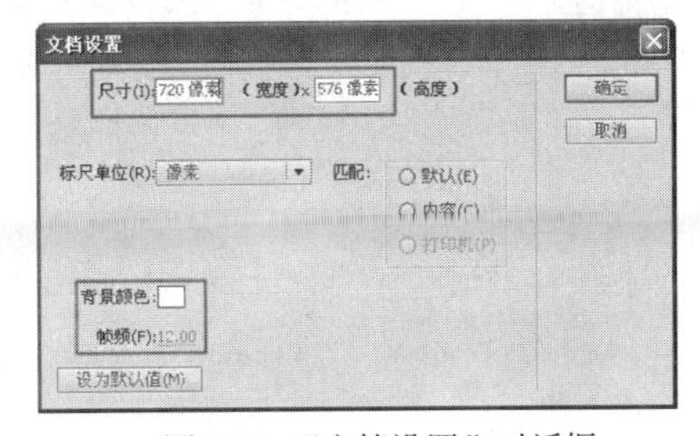

图 6-30 “文档设置”对话框

步骤 3 选中图像，将其转换成一个“名称”为“背景动画”的“图形”元件，如图 6-33 所示。在第 15 帧位置插入关键帧，在第 2 帧位置添加传统补间动画，设置“属性”面板中补间“旋转”为“顺时针”旋转 3 次，“属性”面板如图 6-34 所示。

图 6-31　导入图像

图 6-32　导入图像

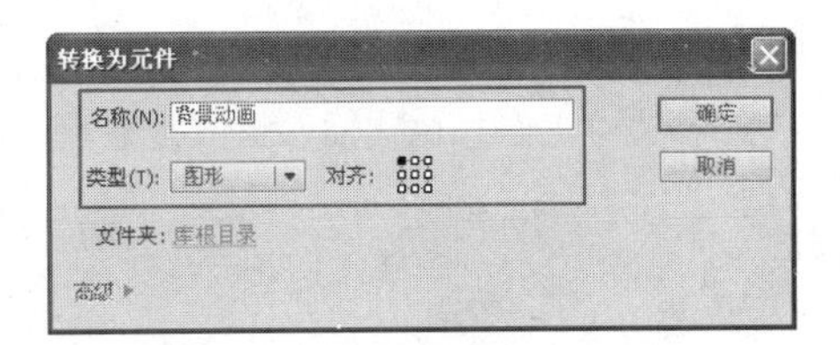

图 6-33 “转换为元件”对话框

步骤 4 新建“图层 3”，在第 2 帧位置插入关键帧，将“光盘\源文件\第 6 章\素材\image7.png”导入场景中，如图 6-35 所示。新建“图层 4”，在第 2 帧位置插入关键帧，将“光盘\源文件\第 6 章\素材\image4.png”导入场景中，如图 6-36 所示。

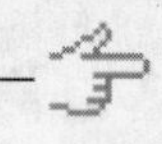

图 6-34 “属性”面板

图 6-35 导入图像

图 6-36 导入图像

步骤 5 选中图像，按 F8 键，将图像转换成“名称”为“卡通”的“图形”元件，如图 6-37 所示。按住 Shift 键使用“任意变形工具”将元件等比例扩大，并设置其 Alpha 值为 10%，场景效果如图 6-38 所示。

步骤 6 在第 10 帧位置插入关键帧，按住 Shift 键使用“任意变形工具”将元件等比例缩小，如图 6-39 所示。在第 2 帧位置设置传统补间动画。新建“图层 5”，在第 2 帧位置插入关键帧，将“卡通”元件从“库”面板中拖入场景中，按住 Shift 键使用“任意变形工具”将元件等比例扩大，并设置其“属性”面板中的“色彩效果”区域内“样式”为“亮度”，“亮度值”为 100%，如图 6-40 所示。

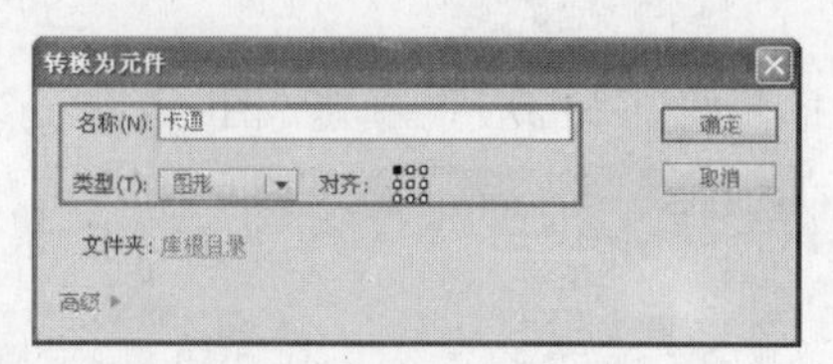

图 6-37 “转换为元件”对话框

图 6-38 调整元件

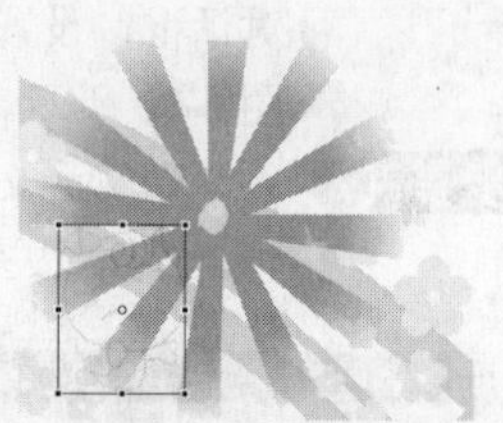

图 6-39 调整元件

步骤 7 在第 10 帧位置插入关键帧，按住 Shift 键使用“任意变形工具”将元件等比例缩小，并设置“色彩效果”区域内“样式”为“无”，场景效果如图 6-41 所示。在第 2 帧位置设置传统补间动画，“时间轴”面板如图 6-42 所示。

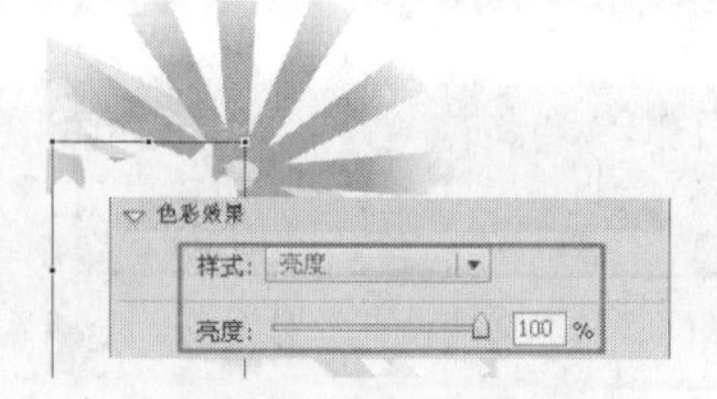

图 6-40 调整元件

图 6-41 调整元件

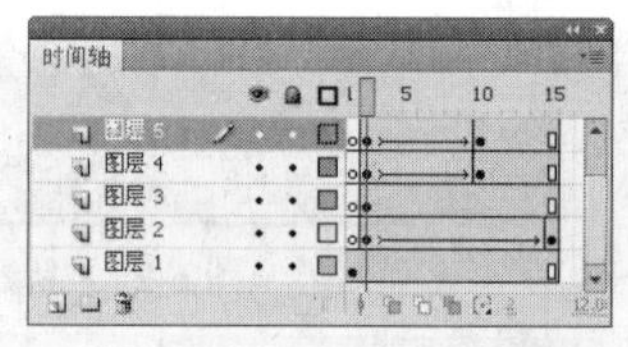

图 6-42 “时间轴”面板

步骤 8 新建一个“名称”为“播放按钮”的“按钮”元件，将“光盘\源文件\第 6 章\素材\image8.png”导入场景中，如图 6-43 所示。在“指针经过”位置插入空白关键帧，将“光盘\源文件\第 6 章\素材\image9.png”导入场景中，如图 6-44 所示。

步骤 9 在“按下”位置插入关键帧，使用“任意变形工具”将图像等比例缩小，如图 6-45 所示。在“点击”位置插入空白关键帧，使用“矩形工具”在场景中绘制一个矩形，如图 6-46 所示。

图 6-43 导入图像

播放动画

图 6-44 导入图像

图 6-45 调整图像

图 6-46 绘制矩形

步骤 10 返回“场景 1”编辑状态，新建“图层 6”，将“播放按钮”元件从“库”面板中拖入场景中，如图 6-47 所示。在“动作”面板中输入如图 6-48 所示的脚本代码，在第 2 帧位置插入空白关键帧。

步骤 11 新建“图层 7”，打开“动作”面板，输入“stop();”脚本代码，如图 6-49 所示，“时间轴”面板如图 6-50 所示。

图 6-47　拖入元件

图 6-48　“动作”面板

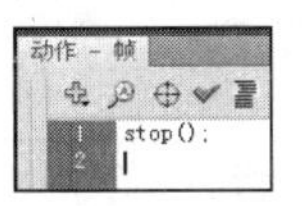

图 6-49　“动作”面板

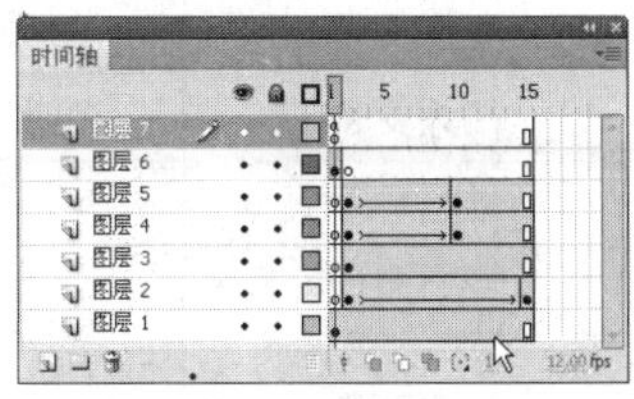

图 6-50　“时间轴”面板

步骤 12 执行“文件>保存”命令，将动画保存为“光盘\源文件\第 6 章\控制播放按钮.fla”，按 Ctrl+Enter 键测试影片，动画效果如图 6-51 所示。

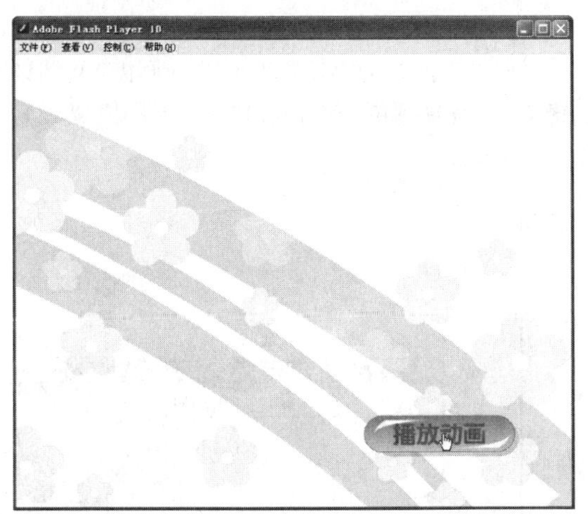

图 6-51　预览动画效果

实例小结

本实例主要讲解按钮在控制动画播放中的应用，通过在按钮上添加控制脚本，轻松实现对动画播放的控制。

Example 实例 96　为按钮添加声音

案例文件	光盘\源文件\第 6 章\为按钮添加声音.fla
视频文件	光盘\视频\第 6 章\为按钮添加声音.swf
难易程度	★★☆☆☆
学习时间	20 分钟
（1）　（2）　（3）　（4）	1．制作出影片剪辑动画。 2．拖入按钮元件添加 Action Script 脚本语言。 3．制作出按钮的高光。 4．完成动画的制作，测试效果。

Example 实例 97 控制影片剪辑播放按钮

案例文件	光盘\源文件\第 6 章\控制影片剪辑播放按钮.fla
视频文件	光盘\视频\第 6 章\控制影片剪辑播放按钮.swf
难易程度	★★☆☆☆
学习时间	15 分钟
实例要点	➢ 利用“按钮”元件控制“影片剪辑”元件的播放 ➢ “复制帧”和“翻转帧”命令的运用
实例目的	通过本实例的制作，了解使用“按钮”元件控制“影片剪辑”元件播放的方法

操作步骤

步骤 1 新建一个 Flash 文档，如图 6-52 所示，单击“属性”面板的“设置”按钮，弹出“文档设置”对话框，设置“尺寸”为 700 像素×550 像素，“背景颜色”为#FFFFFF，“帧频”为 24，如图 6-53 所示。

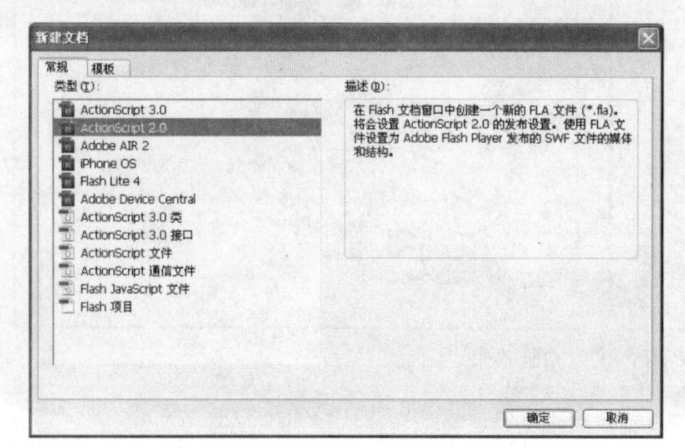

图 6-52 新建 Flash 文档

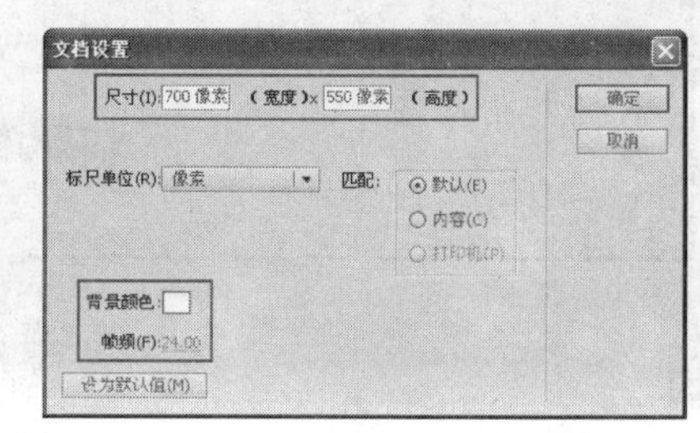

图 6-53 “文档设置”对话框

步骤 2 新建一个“名称”为“播放按钮”的“按钮”元件，如图 6-54 所示。将 “光盘\源文件\第 6 章\素材\image10.png”导入场景中，如图 6-55 所示。

步骤 3 选中图像，将图像转换成一个“名称”为“图片”的“图形”元件，如图 6-56 所示。在“指针经过”位置插入关键帧，在“弹起”位置将元件选中，设置其“属性”面板中“亮度”值为-50%，“属性”面板如图 6-57 所示。

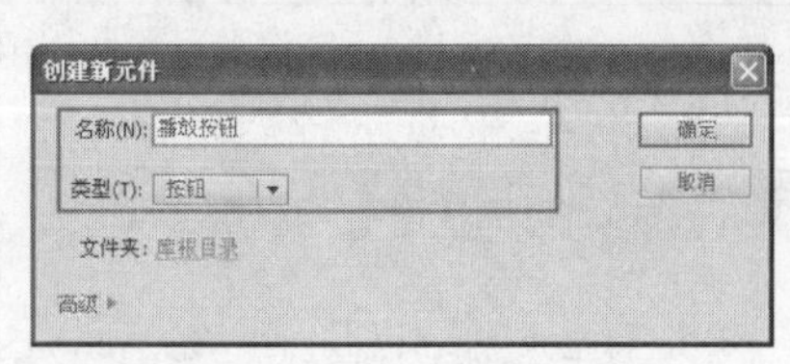

图 6-54 “创建新元件”对话框

图 6-55 导入图像

图 6-56 “转换为元件”对话框

步骤 4 新建一个“名称”为“关闭按钮”的“按钮”元件，如图 6-58 所示。单击 “矩形工具”按钮，设置“笔触颜色”为“无”，“填充颜色”为#CCCCCC，“矩形边角半径”为 3 像素，在场景中绘制一个圆角矩形，如图 6-59 所示。

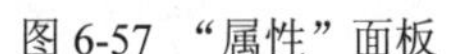

图 6-57　“属性”面板

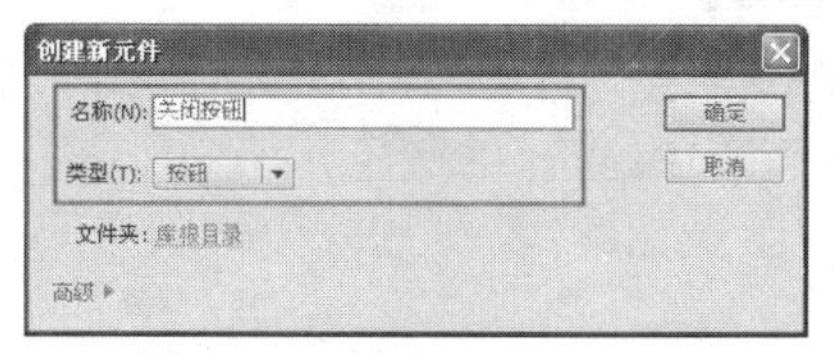

图 6-58　“创建新元件”对话框

图 6-59　绘制圆角矩形

步骤 5 单击“线条工具”按钮，设置“笔触颜色”为#FFFFFF，在场景中绘出如图 6-60 所示图形。在“指针经过”位置插入关键帧，将圆角矩形选中，将其“填充颜色”改为#FFFF00，修改线条图形“笔触颜色”为#00FF00，如图 6-61 所示。分别在“按下”和“点击”位置单击，依次按 F6 键插入关键帧，“时间轴”面板如图 6-62 所示。

图 6-60　场景效果

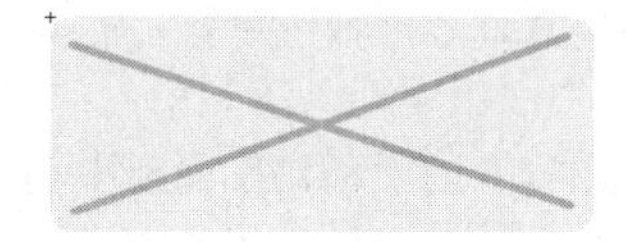

图 6-61　场景效果

图 6-62　“时间轴”面板

步骤 6 新建一个“名称”为“动画”的“影片剪辑”元件，如图 6-63 所示。在第 2 帧位置插入关键帧，单击“矩形工具”按钮，设置“笔触颜色”为“无”，“填充颜色”为#000000，“矩形边角半径”为 3 像素，在场景中绘制一个尺寸为 50 像素×34 像素的圆角矩形，如图 6-64 所示。

步骤 7 选中图形，按 F8 键，将其转换成一个“名称”为“黑框”的“图形”元件，如图 6-65 所示。在第 13 帧位置插入关键帧，按住 Shift 键使用“任意变形工具”将元件等比例扩大，如图 6-66 所示。

图 6-63　“创建新元件”对话框

图 6-64　绘制圆角矩形

图 6-65　“转换为元件”对话框

步骤 8 在第 16 帧位置插入关键帧，按住 Shift 键使用“任意变形工具”将元件等比例缩小，如图 6-67 所示。在第 18 帧位置插入关键帧，按住 Shift 键使用“任意变形工具”将元件等比例扩大，如图 6-68 所示。

图 6-66　调整元件

图 6-67　调整元件

图 6-68　调整元件

步骤 9 在第 20 帧位置插入关键帧，按住 Shift 键使用“任意变形工具”将元件等比例缩小，如图 6-69 所示。将第 2 帧至 20 帧全部选中，如图 6-70 所示。在选中的帧上单击右键，在弹出的菜单中选择“复制帧”命令。在第 21 帧位置单击右键，在弹出的菜单中选择“粘贴帧”命令，然后将刚刚粘贴出来的第 21 帧至 39 帧全部选中，在选中的帧上单击右键，在弹出的菜单中选择“翻转帧”命令，并在第 2 帧、第 13 帧、第 16 帧、第 18 帧、第 21 帧、第 23 帧、第 25

帧和第 27 帧位置添加传统补间动画，“时间轴”面板如图 6-71 所示。

图 6-69　调整元件

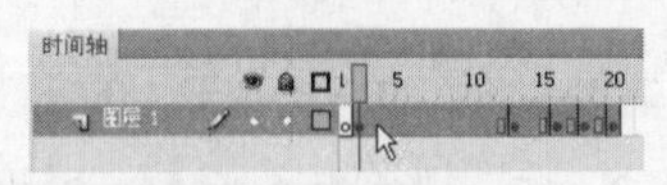
图 6-70　选择帧

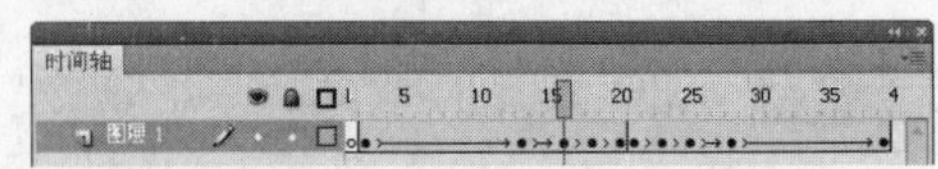
图 6-71　“时间轴”面板

步骤 10 新建“图层 2”，在第 20 帧位置插入关键帧，将“图片”元件从“库”面板中拖入场景中，如图 6-72 所示。在第 21 帧位置插入空白关键帧，新建“图层 3”，在第 20 帧位置插入关键帧，将“关闭按钮”元件从“库”面板中拖入场景中，如图 6-73 所示。

步骤 11 执行“窗口>动作”命令，在打开的“动作”面板中输入如图 6-74 所示的脚本代码，在第 21 帧位置插入空白关键帧，“时间轴”面板如图 6-75 所示。

图 6-72　拖入元件

图 6-73　拖入元件

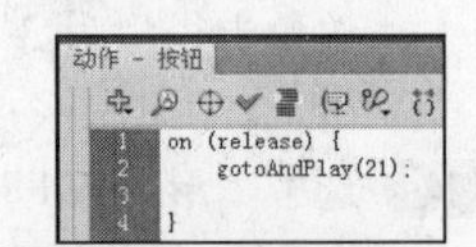

图 6-74　输入脚本代码

步骤 12 新建“图层 4”，在“动作”面板中输入“stop();”脚本，在第 20 帧位置插入关键帧，打开“动作”面板，输入“stop();”脚本代码，“时间轴”面板如图 6-76 所示。返回“场景 1”编辑状态，将“播放按钮”元件从“库”面板中拖入场景中，如图 6-77 所示。

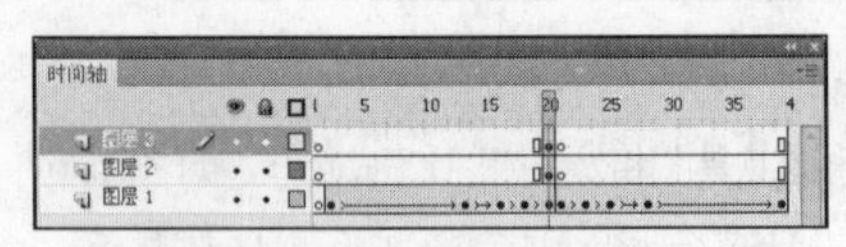
图 6-75　“时间轴”面板

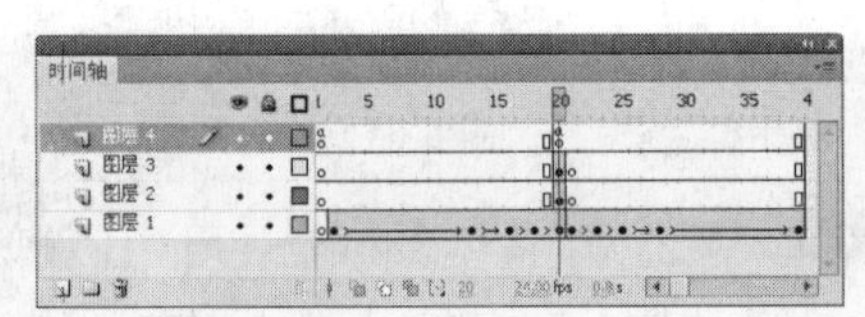
图 6-76　“时间轴”面板

图 6-77　拖入元件

步骤 13 将元件选中，在 “动作”面板中输入如图 6-78 所示脚本代码。新建“图层 2”，将“动画”元件从“库”面板中拖入场景中，如图 6-79 所示，设置其“属性”面板中“实例名称”为 tu。

步骤 14 执行“文件>保存”命令，将动画保存为“光盘\源文件\第 6 章\控制影片剪辑播放按钮.fla”，按 Ctrl+Enter 键测试影片，动画效果如图 6-80 所示。

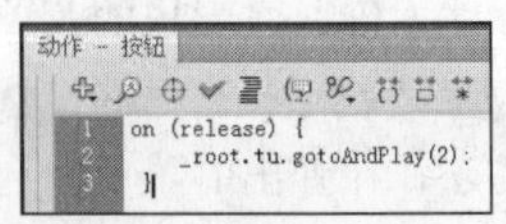

图 6-78　“动画”面板

图 6-79　拖入元件

图 6-80　预览动画效果

实例小结

本实例主要讲解使用按钮控制动画播放的方法。制作过程中综合应用了“图形”、“影片剪辑”和“按钮”元件，充分展示了 Flash 强大的元件功能。

Example 实例 98　为按钮添加超链接

案例文件	光盘\源文件\第 6 章\为按钮添加超链接.fla
视频文件	光盘\视频\第 6 章\为按钮添加超链接.swf
难易程度	★★☆☆☆
学习时间	15 分钟

（1）

（2）

（3）

（4）

1. 首先将素材图像导入场景中。

2. 将制作完成的元件拖入场景中。

3. 将“感应区”元件拖入场景中，并添加 ActionScript 脚本代码。

4. 完成动画的制作，测试动画效果。

Example 实例 99　反应区应用

案例文件	光盘\源文件\第 6 章\反应区应用.fla
视频文件	光盘\视频\第 6 章\反应区应用.swf
难易程度	★★★☆☆
学习时间	25 分钟
实例要点	➢ 反应区的创建 ➢ 反应区的应用
实例目的	通过本实例的制作，了解反应区在“按钮”元件中的作用

操作步骤

步骤 1　新建一个 Flash 文档，如图 6-81 所示，单击“属性”面板的“编辑”按钮，弹出“文档设置”对话框，设置“尺寸”为 550 像素×400 像素，“背景颜色”为#FFFFFF，“帧频”为 12，如图 6-82 所示。

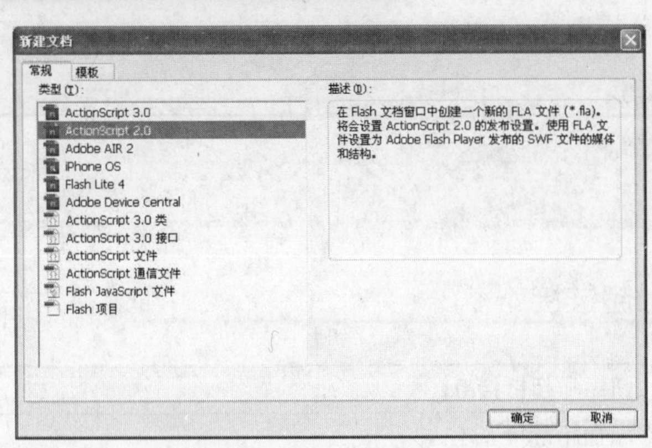

图 6-81 新建 Flash 文档

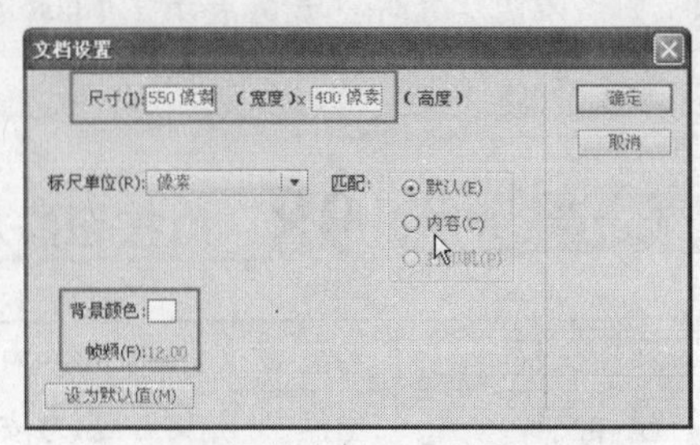

图 6-82 “文档设置”对话框

步骤 2 新建一个“名称”为“头部”的“影片剪辑”元件，如图 6-83 所示。将“光盘\源文件\第 6 章\素材\image11.png”导入场景中，如图 6-84 所示。

步骤 3 在第 2 帧位置插入空白关键帧，将“光盘\源文件\第 6 章\素材\image15.png”导入场景中，如图 6-85 所示。新建“图层 2”，在“动作”面板中输入“stop();”脚本代码。采用 “头部”元件的制作方法，制作出“手”元件和“腿”元件，“库”面板如图 6-86 所示。

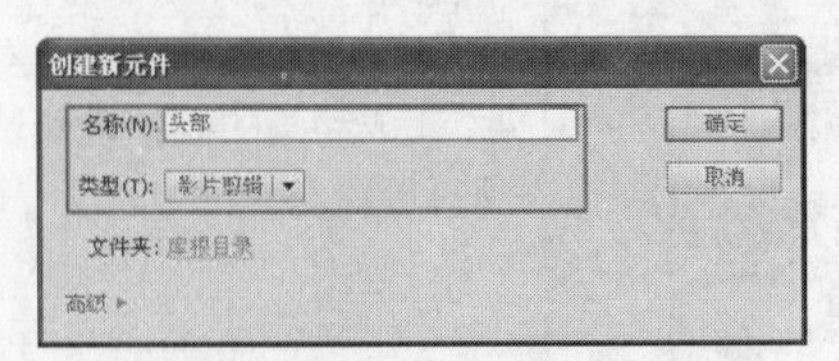

图 6-83 “创建新元件”对话框

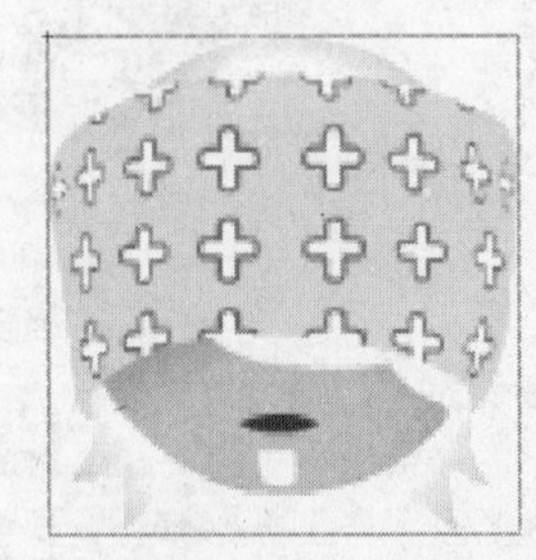

图 6-84 导入图像

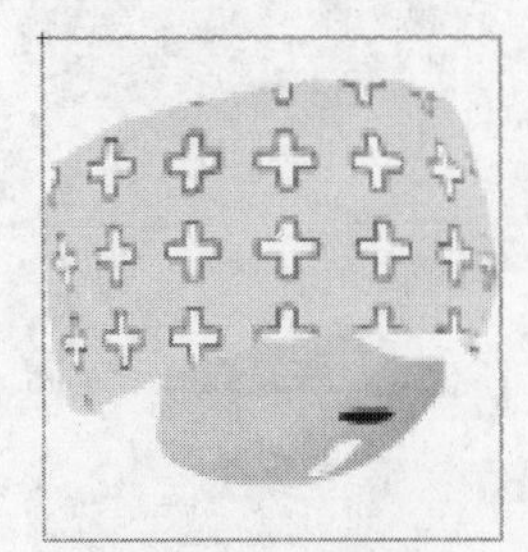

图 6-85 导入图像

步骤 4 新建一个“名称”为“反应区”的“按钮”元件，如图 6-87 所示。在“点击”位置插入关键帧，使用“矩形工具”在场景中绘制一个矩形，如图 6-88 所示。

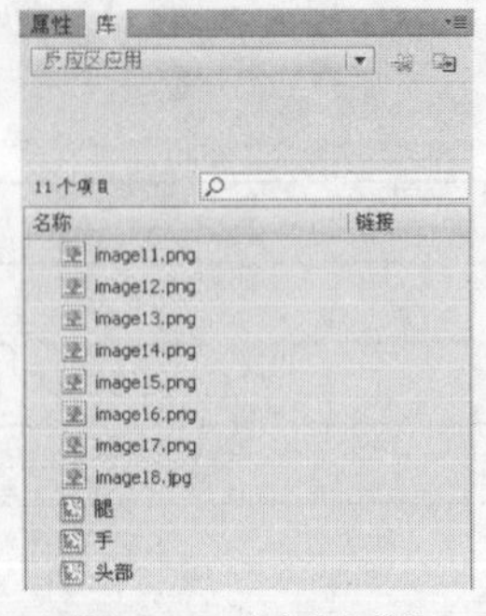

图 6-86 “库”面板

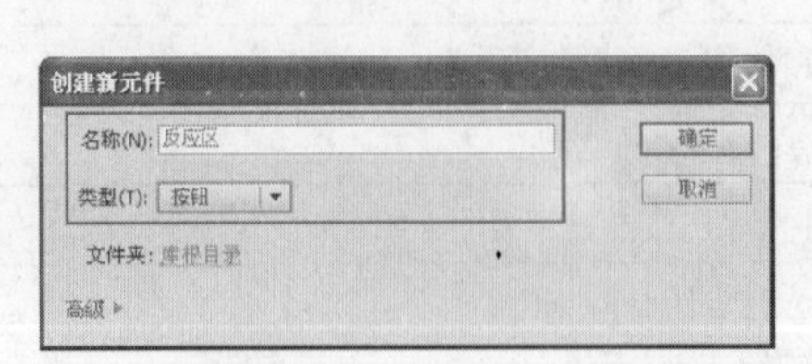

图 6-87 “创建新元件”对话框

图 6-88 绘制矩形

步骤 5 返回“场景 1”编辑状态，将“光盘\源文件\第 6 章\素材\image18.jpg”导入场景中，如图 6-89 所示。新建“图层 2”，将“腿”元件从“库”面板中拖入场景中，并设置其“属性”面板中“实例名称”为 youtui，效果如图 6-90 所示。

步骤 6 采用同样的方法，分别将“腿”元件和“手”元件拖入到不同的图层中，并将各元件的“实例名称”分别设置为 zuotui、zhoushou、youzhou，完成后的场景效果如图 6-91 所示。新建“图层 6”，将“光盘\源文件\第 6 章\素材\image18.jpg”导入场景中，并将其转换为“名称”为“身

体”，“类型”为“图形”的元件，如图 6-92 所示。

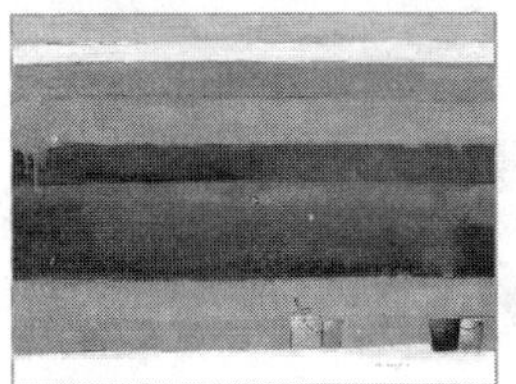

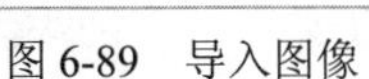

图 6-89　导入图像

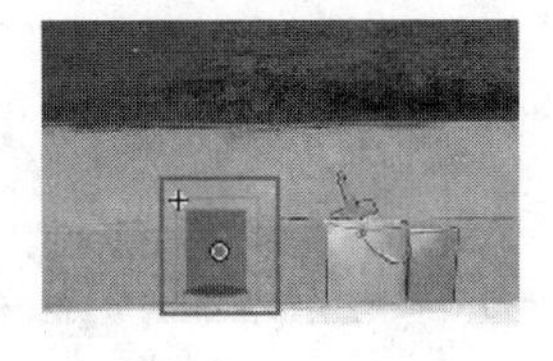

图 6-90　场景效果

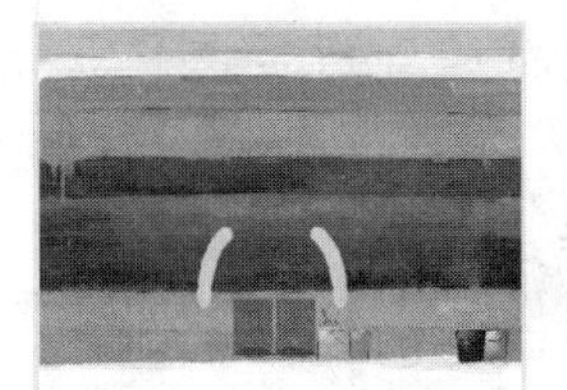

图 6-91　完成后的场景效果

图 6-92　导入并转换图像

步骤 7 新建“图层 7”，将“头部”元件从“库”面板中拖入场景中，如图 6-93 所示。设置其“属性”面板中“实例名称”为 tou，如图 6-94 所示。

步骤 8 新建“图层 8”，打开“库”面板，将“反应区”元件从“库”面板中拖入场景中，使用“任意变形工具”调整到如图 6-95 所示大小。打开“动作”面板，输入如图 6-96 所示的脚本代码。

图 6-93　拖入元件

图 6-94 “属性”面板

图 6-95　拖入元件

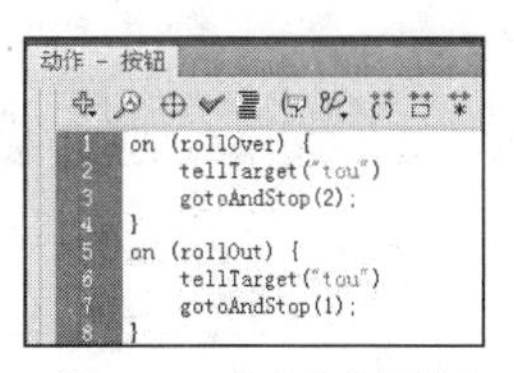

图 6-96 “动作”面板

步骤 9 采用“图层 8”的制作方法，完成“图层 9”、“图层 10”、“图层 11”和“图层 12”的制作，完成后场景效果如图 6-97 所示，“时间轴”面板如图 6-98 所示。

> **提示**　因为本实例中所需要的“反应区”元件形状基本相同，所以多次拖入同一个元件就可以，但元件的脚本语言不是完全相同的，“反应区”要将对应的元件“实例名称”输入在脚本语言中。如：相对应的元件“实例名称”为 zuoshou，则要在这个“反应区”的“动作”面板中输入如图 6-99 所示的脚本语言。

图 6-97　完成后的场景效果

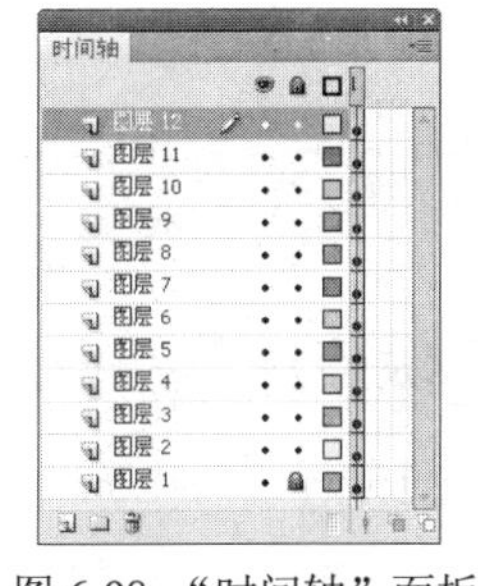

图 6-98 “时间轴”面板

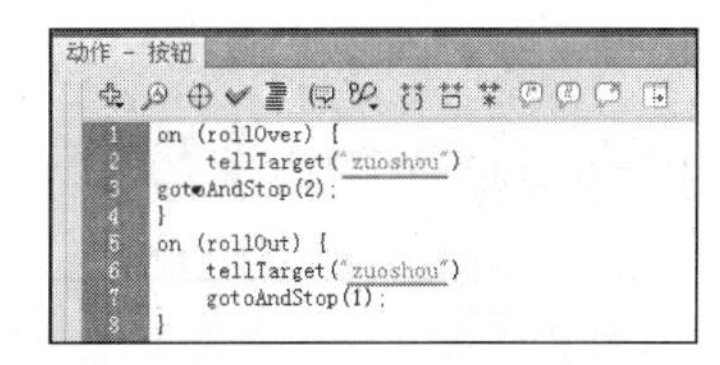

图 6-99 “动作”面板

步骤 10 执行“文件>保存”命令，将动画保存为“光盘\源文件\第 6 章\反应区应用.fla”，按 Ctrl+Enter 键测试影片，动画效果如图 6-100 所示。

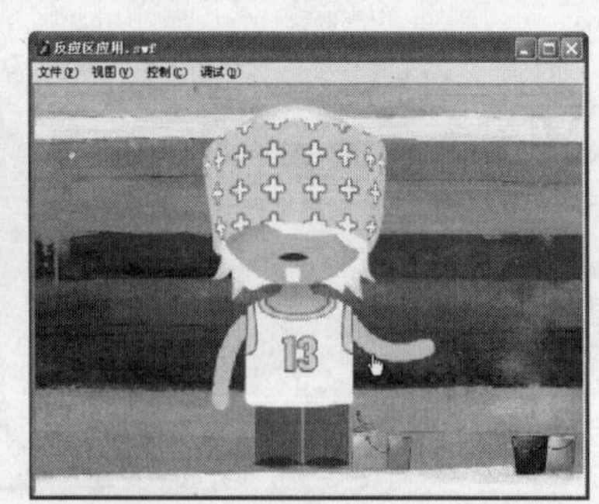

图 6-100　预览动画效果

实例小结

本实例主要讲解按钮元件中的“点击”状态的设置。通过创建播放时隐藏的“按钮”元件，可以轻松实现多个动画元件的控制。

Example 实例 100 表情按钮

案例文件	光盘\源文件\第 6 章\表情按钮.fla
视频文件	光盘\视频\第 6 章\表情按钮.swf
难易程度	★★☆☆☆
学习时间	15 分钟

故事乐园

（1）　（2）　（3）　（4）

1．首先制作按钮第一部分动画。

2．制作按钮第二部分动画。

3．为按钮添加感应区，并添加 ActionScript 脚本语言。

4．完成动画的制作，测试动画效果。

Example 实例 101 反应区高级应用

案例文件	光盘\源文件\第 6 章\反应区高级应用.fla
视频文件	光盘\视频\第 6 章\反应区高级应用.swf
难易程度	★★☆☆☆
学习时间	15 分钟
实例要点	➢ 反应区的高级应用 ➢ 控制动画播放的脚本应用
实例目的	通过本实例的制作，进一步了解反应区的应用

步骤 1 新建一个 Flash 文档，如图 6-101 所示，单击“属性”面板的“设置”按钮，弹出“文档设置”对话框，设置“尺寸”为 550 像素×400 像素，“背景颜色”为#FFFFFF，“帧频”为 12，如图 6-102 所示。

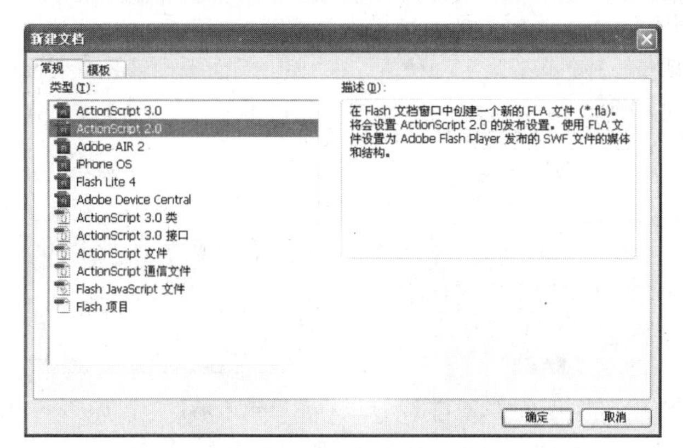

图 6-101　新建 Flash 文档

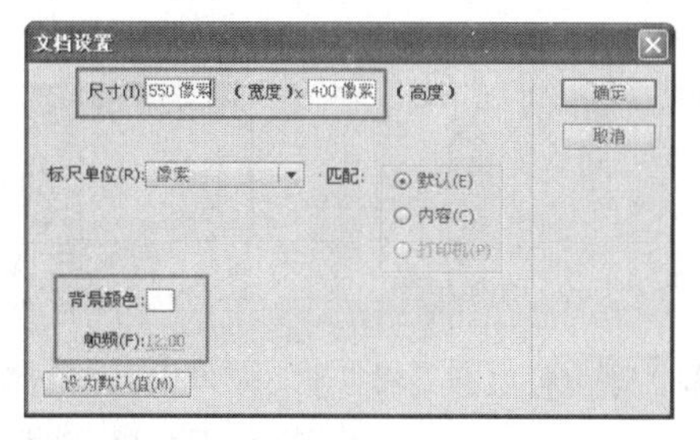

图 6-102　“文档设置”对话框

步骤 2 新建一个“名称”为“反应区”的“按钮”元件，如图 6-103 所示。在“点击”位置插入关键帧，单击“矩形工具”按钮，在场景中绘制一个尺寸约为 9.4 像素×9.4 像素的矩形，如图 6-104 所示。

步骤 3 新建一个“名称”为“波纹”的“影片剪辑”元件，在第 2 帧位置插入关键帧，如图 6-105 所示。单击“椭圆工具”按钮，设置“笔触颜色”为#E8FBFF，“笔触”为 1 像素，“填充颜色”为“无”，在场景中绘制一个尺寸约为 6 像素×2 像素的椭圆形路径，如图 6-106 所示。

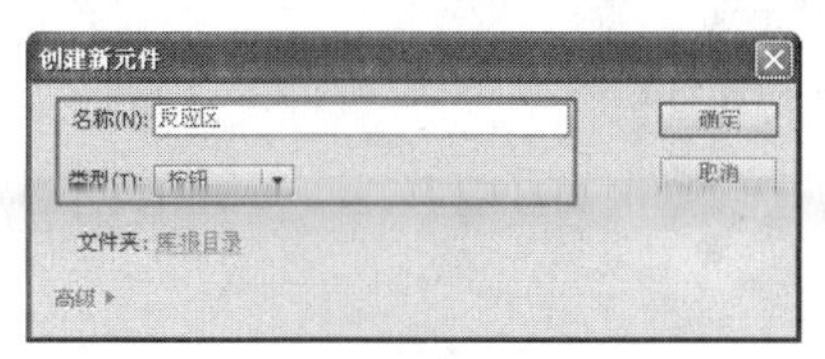

图 6-103　“创建新元件”对话框

图 6-104　绘制矩形

图 6-105　“创建新元件”对话框

图 6-106　绘制椭圆路径

步骤 4 在第 10 帧位置插入关键帧，按住 Shift 键使用“任意变形工具”将元件等比例扩大，如图 6-107 所示。在第 15 帧位置插入关键帧，按住 Shift 键使用“任意变形工具”将元件等比例扩大，如图 6-108 所示。设置其 Alpha 值为 0%，如图 6-109 所示。

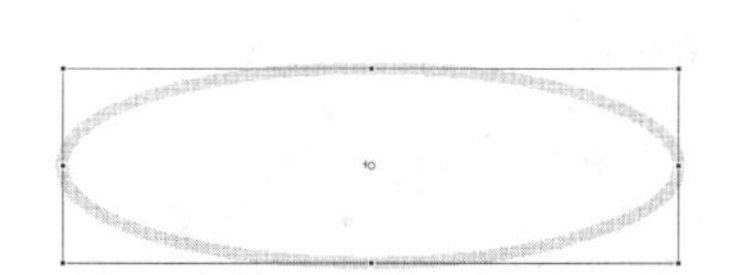

图 6-107　调整椭圆路径

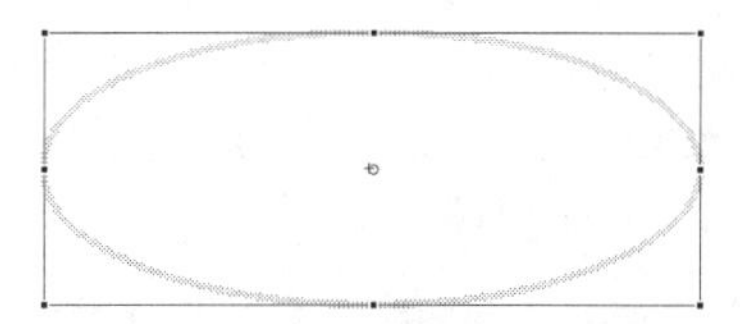

图 6-108　调整椭圆路径

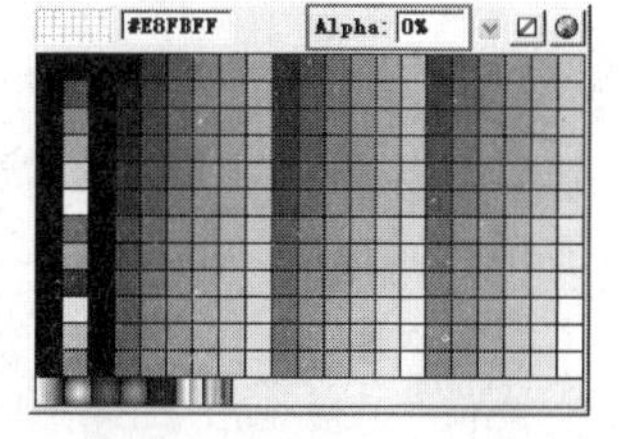

图 6-109　设置 Alpha 值

步骤 5 在第 30 帧位置插入帧，在第 2 帧和第 10 帧位置创建“补间形状”动画，“时间轴”面板如图 6-110 所示。采用“图层 1”的制作方法，制作出“图层 2”、“图层 3”和“图层 4”，完成后的“时间轴”面板如图 6-111 所示。

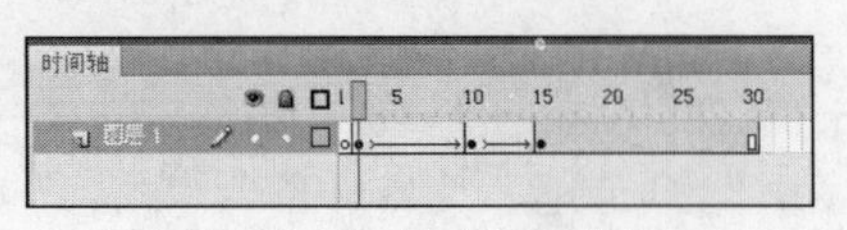

图 6-110 “时间轴”面板

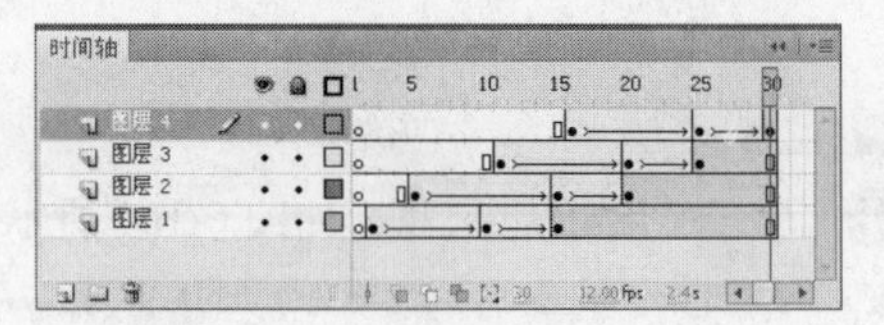

图 6-111 “时间轴”面板

步骤 6 新建“图层 5”，将“反应区”元件从“库”面板中拖入场景中，如图 6-112 所示。打开“动作”面板，输入如图 6-113 所示的脚本语言。单击第 1 帧位置，在“动作”面板中输入“stop();”脚本代码，“时间轴”面板如图 6-114 所示。

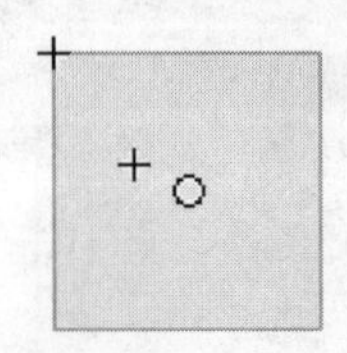

图 6-112 拖入元件

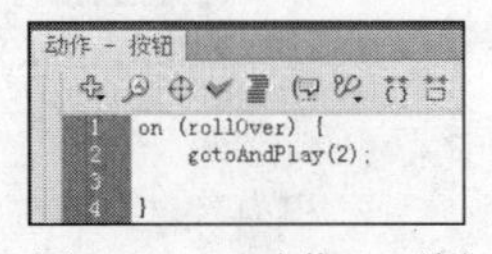

图 6-113 “动作”面板

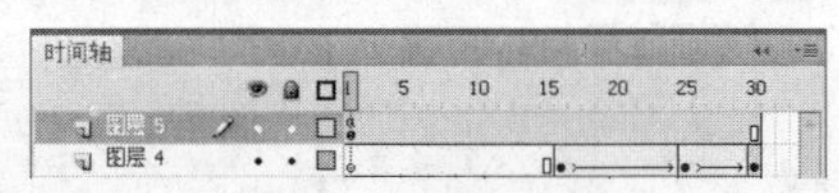

图 6-114 “时间轴”面板

步骤 7 返回“场景 1”编辑状态，将“光盘\源文件\第 6 章\素材\image19.jpg”导入场景中，如图 6-115 所示。新建“图层 2”，将“波纹”元件多次拖入场景中，并进行排列，场景效果如图 6-116 所示。

图 6-115 导入图像

图 6-116 场景效果

步骤 8 执行“文件>保存”命令，将动画保存为“光盘\源文件\第 6 章\反应区高级应用.fla”，按 Ctrl+Enter 键测试影片，动画效果如图 6-117 所示。

图 6-117 预览动画效果

实例小结

本实例主要应用“按钮”元件制作动画，案例中利用了“按钮”元件的“点击”状态下图形在动画播放时不显示的特点，制作出特殊的动画效果。

Example 实例 102 卡通交互按钮

案例文件	光盘\源文件\第 6 章\卡通交互按钮.fla
视频文件	光盘\视频\第 6 章\卡通交互按钮.swf
难易程度	★☆☆☆☆
学习时间	15 分钟
（1）　（2）　（3）　（4）	1．新建元件，制作猫的眼镜动画。 2．新建元件，制作按钮的闪烁动画。 3．新建元件，将制作好的元件拖入场景中，并添加脚本语言。 4．完成动画的制作，测试动画效果。

Example 实例 103 控制运动方向按钮

案例文件	光盘\源文件\第 6 章\控制运动方向按钮.fla
视频文件	光盘\视频\第 6 章\按制运动方向按钮.swf
难易程度	★★☆☆☆
学习时间	15 分钟
实例要点	➢ 基本按钮的制作 ➢ 脚本控制动画的运动方向
实例目的	通过本实例的制作，学会利用“按钮”元件控制动画的运动方向

操作步骤

步骤 1 执行“文件>打开”命令，打开“光盘\源文件\第 6 章\素材\素材-1.fla”，如图 6-118 所示，新建一个“名称”为“绘制按钮”的“影片剪辑”元件，如图 6-119 所示。

步骤 2 单击“矩形工具”按钮，设置“笔触颜色”为“无”，“填充颜色”为#54F1FE，“矩形边角半径”值为 4 像素，如图 6-120 所示。在场景中绘制一个圆角矩形，如图 6-121 所示。

步骤 3 选中圆角矩形，按 F8 键，将圆角矩形转换成“名称”为“底色”的“影片剪辑”元件，如图 6-122 所示。选择“属性”面板中的滤镜部分，打开“滤镜”面板，单击“添加滤镜”按钮，在弹出的下拉列表中选择“投影”选项，设置“模糊”值为 1 像素，“品质”为“高”，“颜色”为#999999，“角度”为 90°，“距离”为 2 像素，如图 6-123 所示。

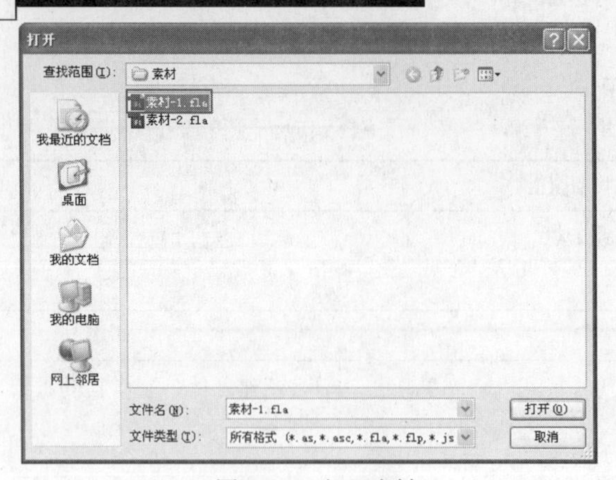

图 6-118 打开素材

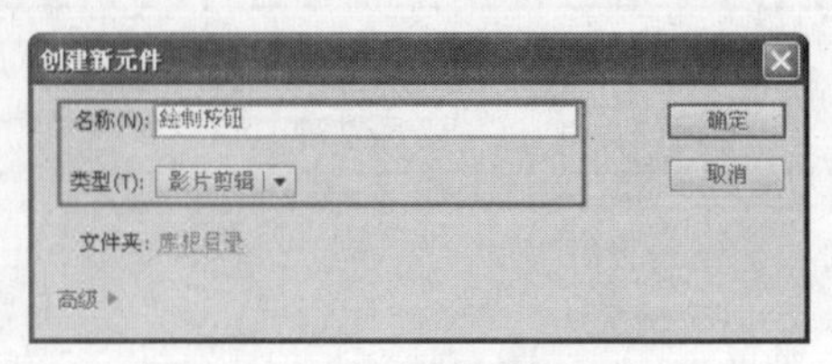

图 6-119 “创建新元件”对话框

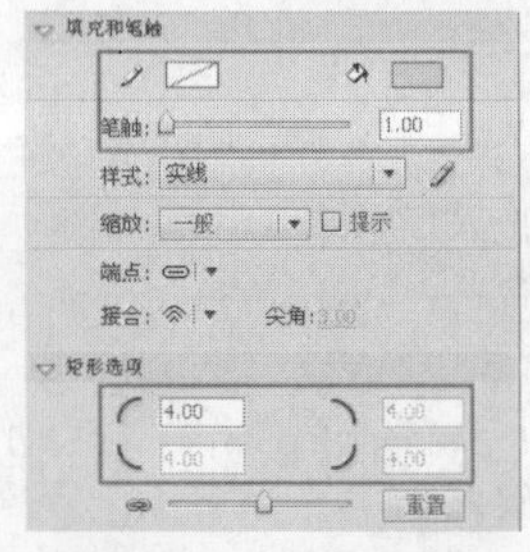

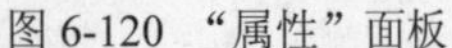

图 6-120 “属性”面板

图 6-121 绘制圆角矩形

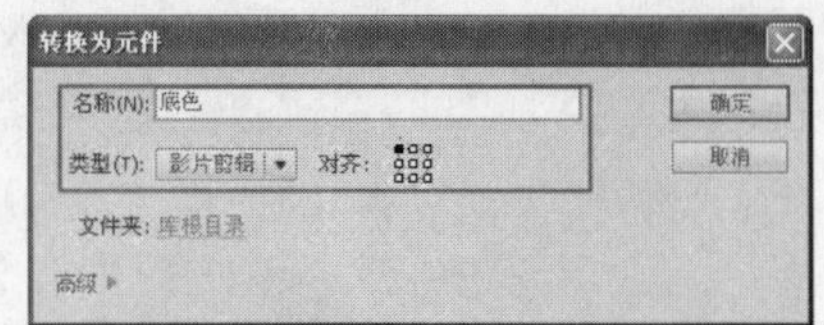

图 6-122 “转换为元件”对话框

步骤 4 新建“图层 2”，单击“矩形工具”按钮，执行“窗口>颜色”命令，打开“颜色”面板，设置“笔触颜色”为“无”，“填充颜色”的“类型”为“线性”，单击“流”区域中第二个图标按钮，设置从 Alpha 值为 100%的#1E82AD 到 Alpha 为 100%的#1B739F 到 Alpha 为 100%的#2EA7DA 的渐变，如图 6-124 所示。在场景中绘制一个渐变圆角矩形，并使用“渐变变形工具”调整渐变效果，如图 6-125 所示。

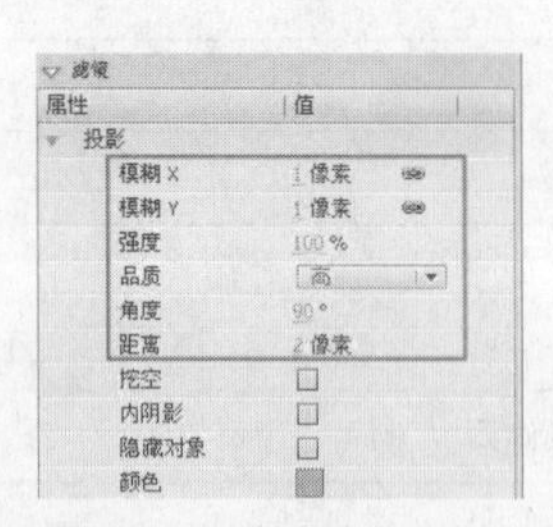

图 6-123 “滤镜”面板

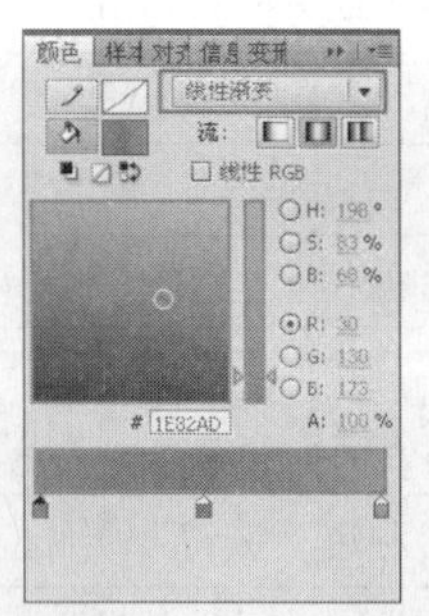

图 6-124 “颜色”面板

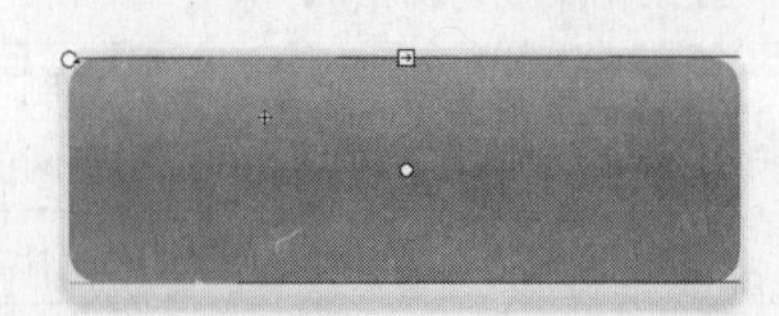

图 6-125 绘制并调整渐变圆角矩形

步骤 5 选中绘制的图形，按 F8 键，将其转换成“名称”为“按钮效果”的“影片剪辑”元件，如图 6-126 所示。打开“滤镜”面板，单击“添加滤镜”按钮，在弹出的下拉列表中选择“发光”选项，设置“模糊”值为 5 像素，“强度”值为 150%，“品质”为“高”，“颜色”为#3CA9DD，勾选“内发光”复选框，如图 6-127 所示。

步骤 6 新建“图层 3”，单击“文本工具”按钮，设置“字体”为“经典超圆简”，“大小”为 16，“颜色”为#FFFFFF，如图 6-128 所示。在场景中输入“运动”文字，如图 6-129 所示。执行两次“修改>分离”命令，将文本分离为图形。

步骤 7 新建一个“名称”为“按钮”的“按钮”元件，将“绘制按钮”元件从“库”面板中拖入场景中，如图 6-130 所示。在“指针经过”位置插入关键帧，设置其“属性”面板中“高度”

值为–14%，场景效果如图 6-131 所示。在“点击”位置插入帧。

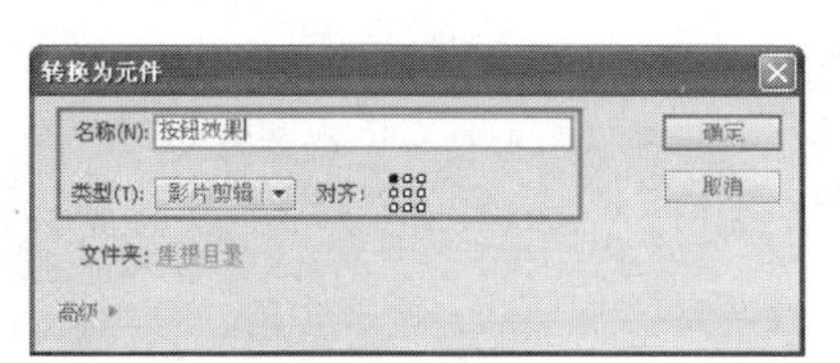

图 6-126“转换为元件”对话框

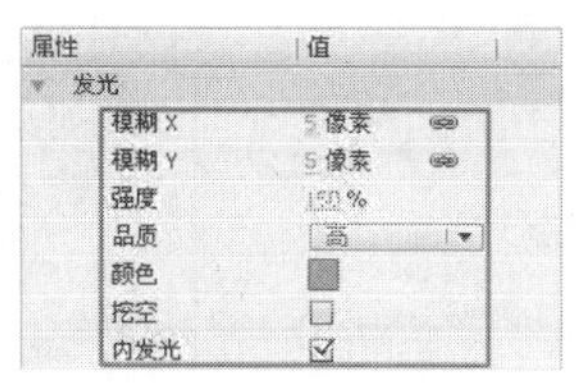

图 6-127“滤镜”面板

图 6-128 “属性”面板

图 6-129　输入文字

图 6-130　拖入元件

图 6-131　调整元件

步骤 8 返回“场景 1”编辑状态，将“光盘\源文件\第 6 章\素材\image47.png”导入场景中，如图 6-132 所示。新建“图层 2”，将“按钮”元件从“库”面板中拖入场景中，并设置其“属性”面板中“实例名称”为 anniu，如图 6-133 所示。

图 6-132　导入图像

图 6-133　拖入元件

步骤 9 新建“图层 3”，将“飞翔”元件从“库”面板中拖入场景中，按住 Shift 键使用“任意变形工具”将元件等比例缩小，如图 6-134 所示。设置其“属性”面板中“实例名称”为 ying，如图 6-135 所示。

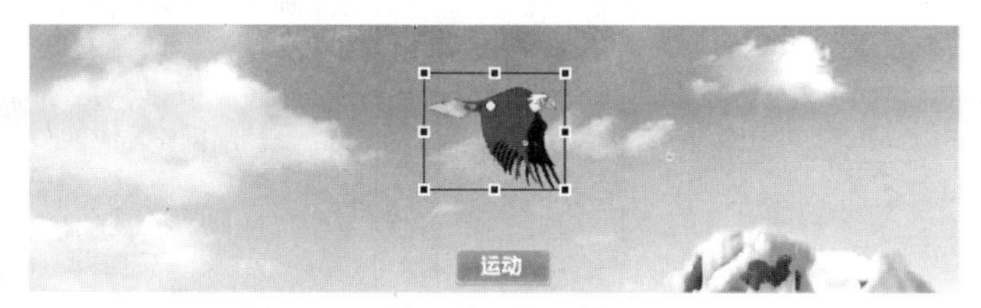

图 6-134　导入并调整元件

图 6-135 “属性”面板

步骤 10 新建“图层 4”，打开“动作”面板，输入如图 6-136 所示的脚本语言，“时间轴”面板如图 6-137 所示。

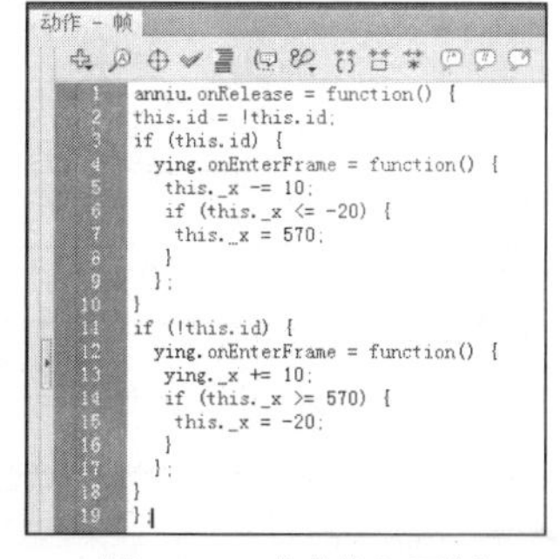

图 6-136 “动作”面板

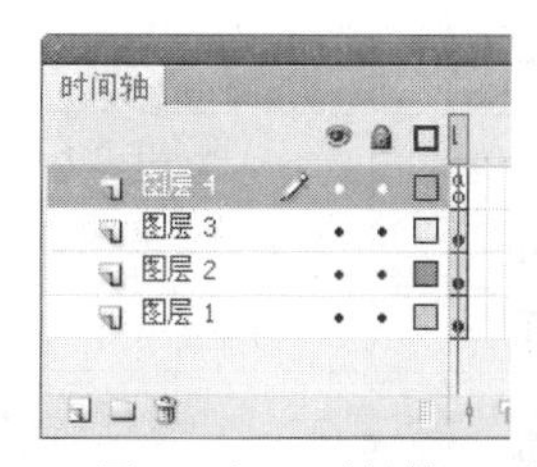

图 6-137 “时间轴”面板

步骤 11 执行“文件>另存为”命令，将动画另存为“光盘\源文件\第 6 章\控制运动方向按钮.fla”，按

Ctrl+Enter 键测试影片，动画效果如图 6-138 所示。

图 6-138　预览动画效果

实例小结

本实例主要利用“按钮”元件控制动画，通过在按钮上添加脚本，控制场景中设置了“实例名称”的动画元件。

Example 实例 104 导航式按钮

案例文件	光盘\源文件\第 6 章\导航式按钮.fla
视频文件	光盘\视频\第 6 章\导航式按钮.swf
难易程度	★★★☆☆
学习时间	30 分钟
（1）（2）（3）（4）	1．首先制作出动画背景。 2．制作出“按钮”元件。 3．参照“按钮”元件的制作方法，制作出其他元件。 4．完成动画的制作，测试效果。

Example 实例 105 反应区按钮综合应用

案例文件	光盘\源文件\第 6 章\反应区按钮综合应用.fla
视频文件	光盘\视频\第 6 章\反应区按钮综合应用.swf
难易程度	★★★☆☆
学习时间	25 分钟
实例要点	➢ 反应区按钮的应用 ➢ 多个按钮元素的实现
实例目的	通过本实例的制作，可以了解反应区按钮在商业动画中的应用

操作步骤

步骤 1 新建一个 Flash 文档，如图 6-139 所示，单击“属性”面板的“设置”按钮，弹出“文档设置”对话框，设置“尺寸”为 300 像素×320 像素，“背景颜色”为#000000，“帧频”为 25，如图 6-140 所示。

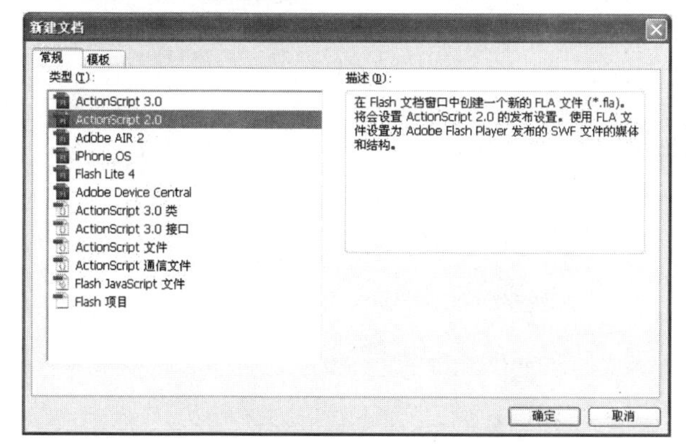

图 6-139　新建 Flash 文档

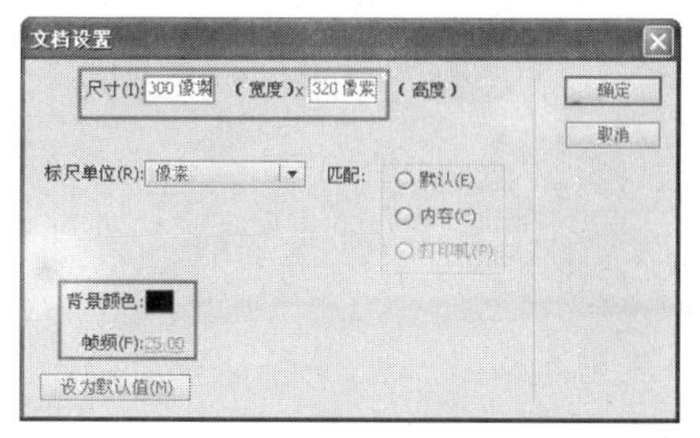

图 6-140　“文档设置”对话框

步骤 2 新建一个“名称”为“按钮 1”的“影片剪辑”元件，如图 6-141 所示。单击“矩形工具”按钮，设置“笔触颜色”为#996633，“笔触”为 2 像素，“填充颜色”为#110A01，“矩形边角半径”为 6 像素，在场景中绘制一个尺寸为 216 像素×57 像素的圆角矩形，如图 6-142 所示。

步骤 3 新建“图层 2”，将“光盘\源文件\第 6 章\素材\image48.png”导入场景中，如图 6-143 所示。按 F8 键，将图像转换成“名称”为“按钮背景”的“图形”元件，如图 6-144 所示。

图 6-141　“创建新元件”对话框

图 6-142　绘制圆角矩形

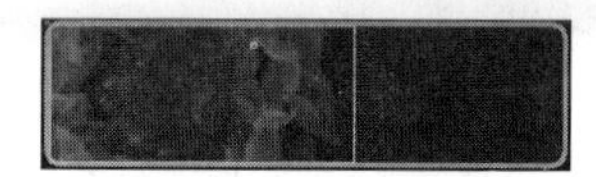
图 6-143　导入图像

步骤 4 新建“图层 3”，将“光盘\源文件\第 6 章\素材\image49.png”导入场景中，调整图像在场景中的位置，如图 6-145 所示。按 F8 键，将图像转换成“名称”为“按钮边”，“类型”为“图形”的元件，如图 6-146 所示。

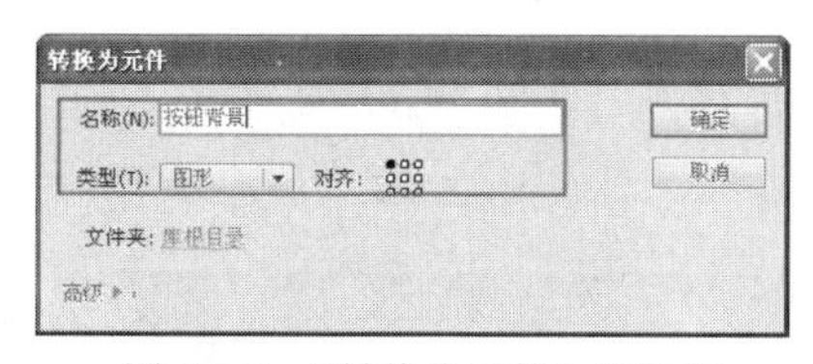

图 6-144　“转换为元件”对话框

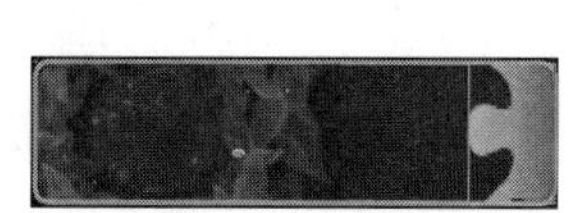
图 6-145　导入图像

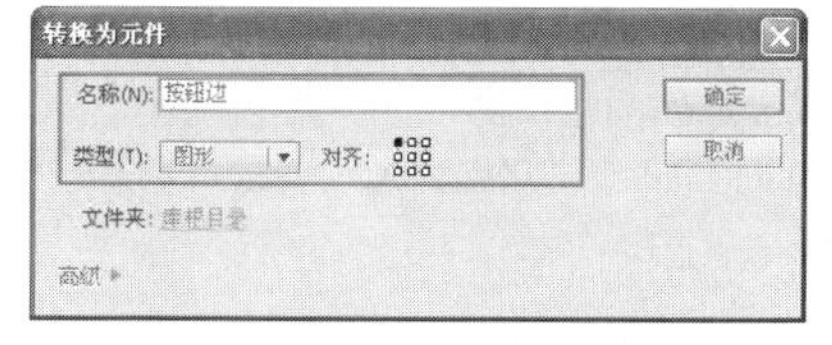

图 6-146　“转换为元件”对话框

步骤 5 新建“图层 4”，将“光盘\源文件\第 6 章\素材\image50.png”导入场景中，调整图像在场景中的位置，如图 6-147 所示。新建“图层 5”，单击“文本工具”按钮，设置“字体”为 Verdana，“大小”为 8，“颜色”为#CCCCCC，“属性”面板如图 6-148 所示。

步骤 6 在场景中输入如图 6-149 所示文本。新建“图层 6”，单击“文本工具”按钮，设置字体“大小”为 28，在场景中输入如图 6-150 所示文本。

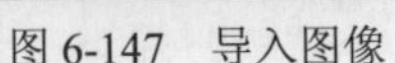

图 6-147 导入图像

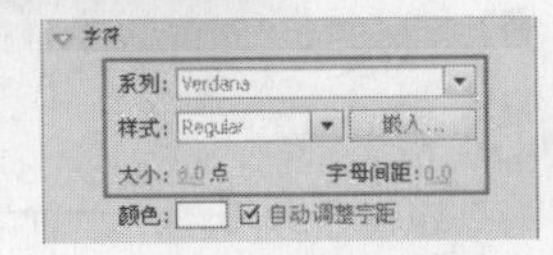

图 6-148 “属性”面板

图 6-149 输入文字

图 6-150 输入文字

步骤 7 新建“图层 7”，设置字体“大小”为 8，“颜色”为#9A9716，在场景中输入如图 6-151 所示文本。新建“图层 8”，设置字体“大小”为 12，“颜色”为#B89D78，在场景中输入如图 6-152 所示文字。

步骤 8 采用“按钮 1”元件的制作方法，制作出“按钮 2”和“按钮 3”元件，“库”面板如图 6-153 所示。新建一个“名称”为“按钮效果 1”的“影片剪辑”元件，将“光盘\源文件\第 6 章\素材\image50.png”导入场景中，如图 6-154 所示。

图 6-151 输入文字

图 6-152 输入文字

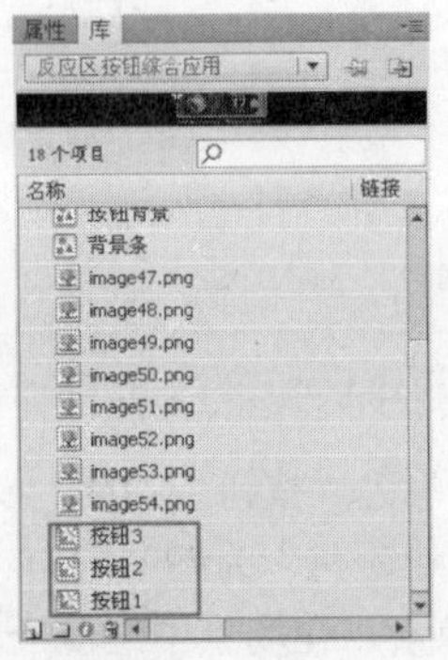

图 6-153 “库”面板

图 6-154 导入图像

步骤 9 选中图像，将其转换成“名称”为“表 1”的“图形”元件，如图 6-155 所示。设置其 Alpha 值为 0%，在第 35 帧位置插入关键帧，在第 20 帧位置插入关键帧，使用“选择工具”选中元件，设置其“属性”面板“色彩效果”区域中“样式”为“无”，并分别在第 1 帧和第 20 帧位置创建传统补间动画，“时间轴”面板如图 6-156 所示。

步骤 10 新建“图层 2”，使用“矩形工具”在场景中绘制一个尺寸为 298 像素×90 像素的矩形，如图 6-157 所示，将“图层 2”设置为“图层 1”的遮罩层，“时间轴”面板如图 6-158 所示。

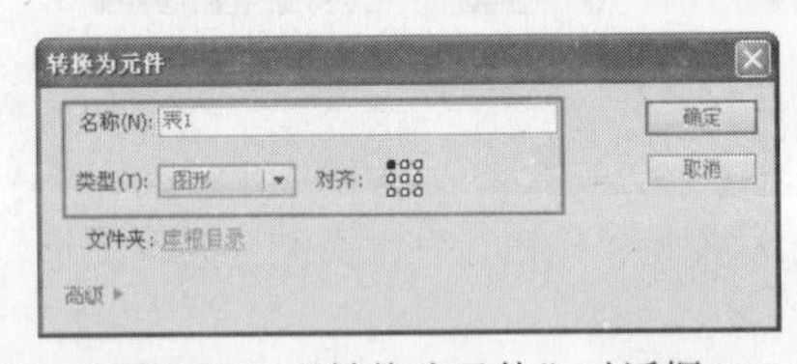

图 6-155 “转换为元件”对话框

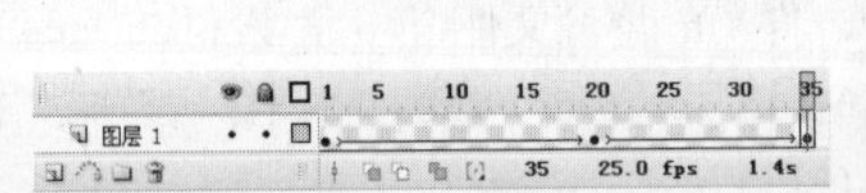

图 6-156 “时间轴”效果

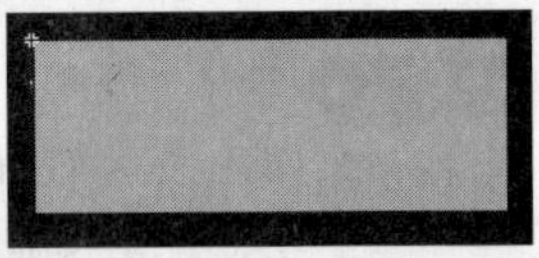

图 6-157 绘制矩形

步骤 11 新建“图层 3”，打开“动作”面板，输入“stop();”脚本语言，如图 6-159 所示。在第 20 帧位置插入关键帧，打开“动作”面板，输入“stop();”脚本，“时间轴”面板如图 6-160 所示。

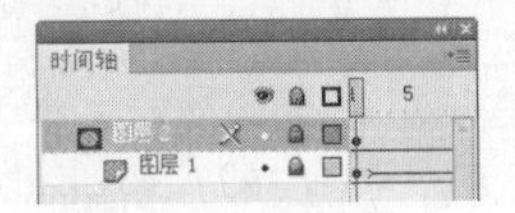

图 6-158 “时间轴”面板

图 6-159 “动作”面板

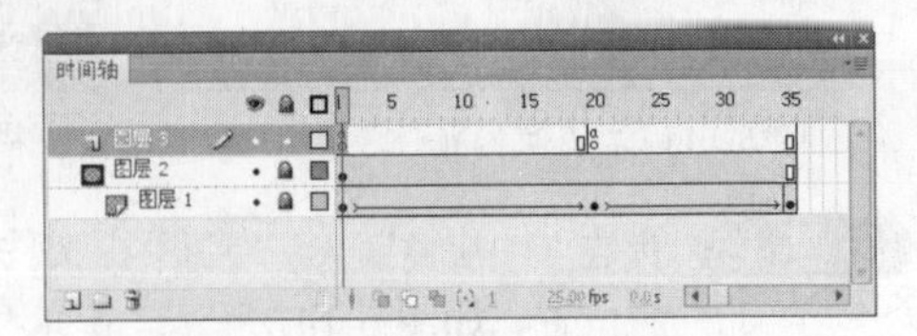

图 6-160 “时间轴”面板

步骤 12 采用“按钮效果 1”元件的制作方法，制作出“按钮效果 2”和“按钮效果 3”元件，“库”面板如图 6-161 所示。新建一个“名称”为“反应区”，类型为“按钮”的元件，如图 6-162 所示。

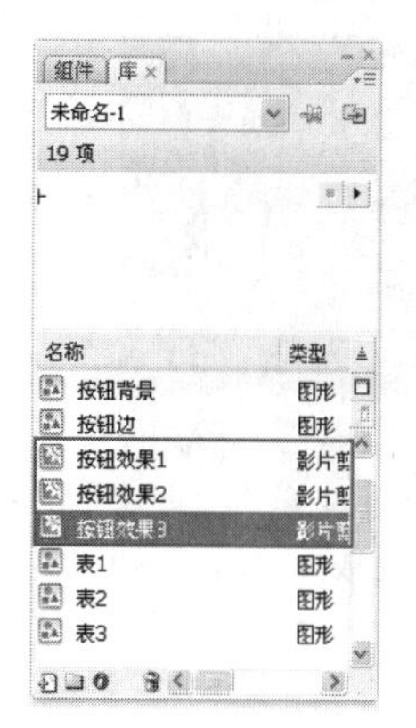

图 6-161 “库”面板

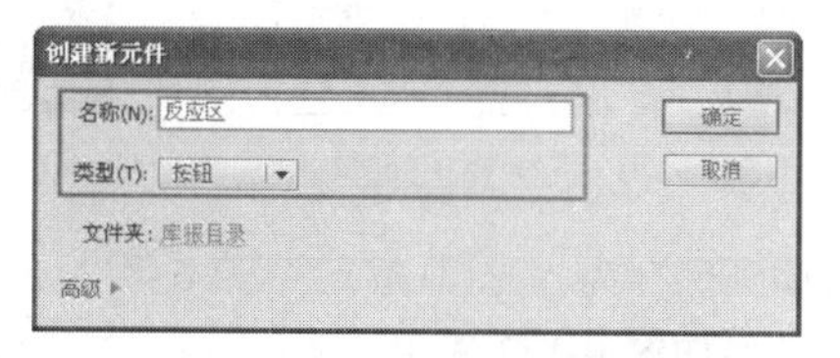

图 6-162 “创建新元件”对话框

图 6-163 绘制矩形

步骤 13 在“点击”位置插入关键帧，使用“矩形工具”在场景中绘制一个尺寸为 236 像素×84 像素的矩形，如图 6-163 所示。返回“场景 1”编辑状态，单击“线条工具”按钮，设置“笔触颜色”为#986533，“笔触”为 1 像素，按住 Shift 键在场景中绘制一条宽度为 281 像素的水平线条，如图 6-164 所示。

步骤 14 使用“选择工具”选中刚刚绘制的线条，按 F8 键，将其转换成“名称”为“背景条”，“类型”为“图形”的元件，如图 6-165 所示。将“背景条”元件垂直向下复制出 3 个，如图 6-166 所示。

图 6-164 绘制线条

图 6-165 “转换为元件”对话框

图 6-166 复制元件

步骤 15 新建“图层 2”，将“按钮 1”元件从“库”面板中拖入场景中，如图 6-167 所示。新建“图层 3”，将“按钮效果 1”元件从“库”面板中拖入场景中，如图 6-168 所示。

步骤 16 选中“按钮效果 1”元件，设置其“属性”面板中“实例名称”为 anniu1，如图 6-169 所示。新建“图层 4”，将“反应区”元件从“库”面板中拖入场景中，如图 6-170 所示。

图 6-167 拖入元件

图 6-168 拖入元件

图 6-169 “属性”面板

步骤 17 选择“反应区”元件，在“动作”面板中输入如图 6-171 所示脚本代码。参照“图层 2”、“图层 3”和“图层 4”的制作方法，将“按钮 2”、“按钮 3”、“按钮效果 2”、“按钮效果 3”和“反应区”元件，分别拖入到“图层 5”至“图层 10”中，分别设置“按钮效果 2”和“按钮效果 3”元件的“实例名称”为 anniu2 和 anniu3，并在相应的“反应区”元件中输入相应元件的“实例名称”，完成后的场景效果如图 6-172 所示。

图 6-170　拖入元件

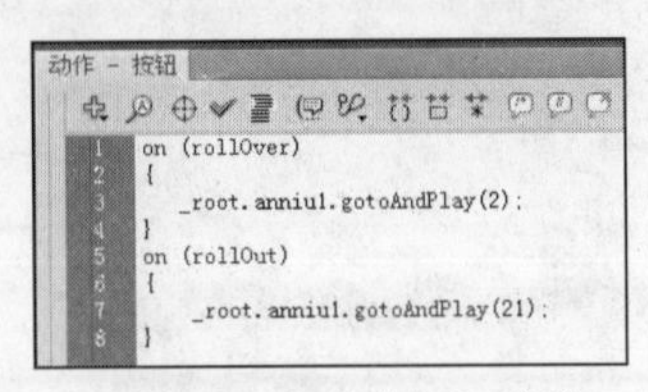

图 6-171　“动作”面板

图 6-172　完成后的场景效果

步骤 18 执行“文件>保存”命令，将动画保存为“光盘\源文件\第 6 章\反应区按钮综合应用.fla”，按 Ctrl+Enter 键测试影片，动画效果如图 6-173 所示。

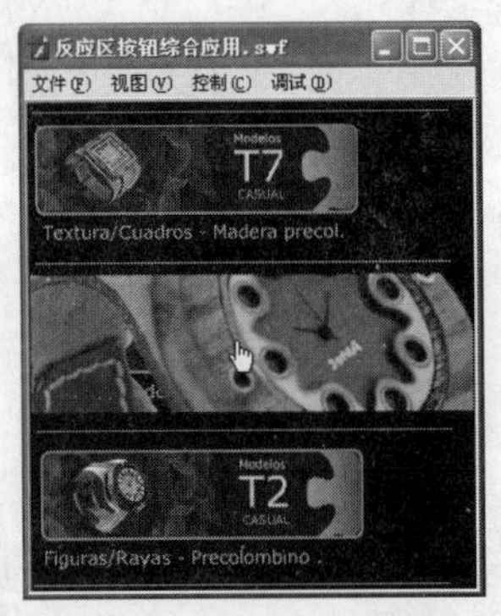

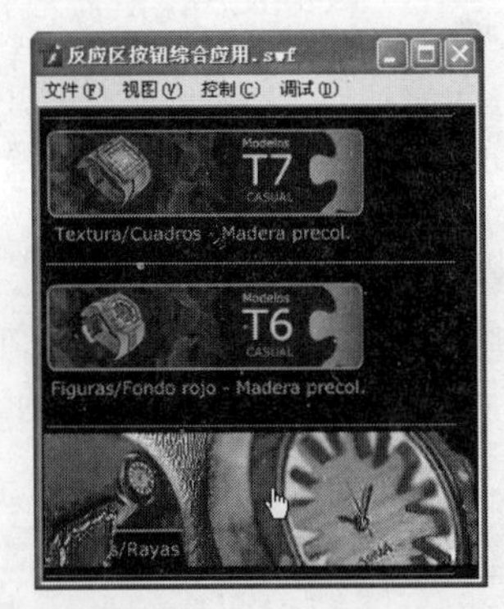

图 6-173　预览动画效果

实例小结

本实例主要使用按钮反应区控制产品列表，案例中使用只有“点击”状态的“按钮”元件来控制不同动画元件的播放。

Example 实例 106 网页按钮

案例文件	光盘\源文件\第 6 章\网页按钮.fla
视频文件	光盘\视频\第 6 章\网页按钮.swf
难易程度	★★☆☆☆
学习时间	25 分钟

DOWNLOAD　Online Inquiry　Contact Info

（1）

（2）

（3）

网页按钮.swf
文件(F) 视图(V) 控制(C) 调试(D)
DOWNLOAD　Online Inquiry　Contact Info

（4）

1. 新建元件，制作相应元件的动画效果。

2. 返回主场景，导入相应的素材图像。

3. 将制作好的元件拖入到场景中。

4. 完成网页按钮的制作，测试动画效果。

Example 实例 107　高级按钮综合应用

案例文件	光盘\源文件\第 6 章\高级按钮综合应用.fla
视频文件	光盘\视频\第 6 章\高级按钮综合应用.swf
难易程度	★★★☆☆
学习时间	40 分钟
实例要点	➢ 高级按钮效果的制作 ➢ 按钮的综合应用
实例目的	通过本实例的制作，了解复杂按钮的制作过程以及 Flash 按钮动画在商业中的应用

操作步骤

步骤 1 执行“文件>打开”命令，打开“光盘\源文件\第 6 章\素材\素材-2.fla”，如图 6-174 所示，新建一个“名称”为“渐隐动画”，“类型”为“影片剪辑”的元件，如图 6-175 所示。

图 6-174　“打开”对话框

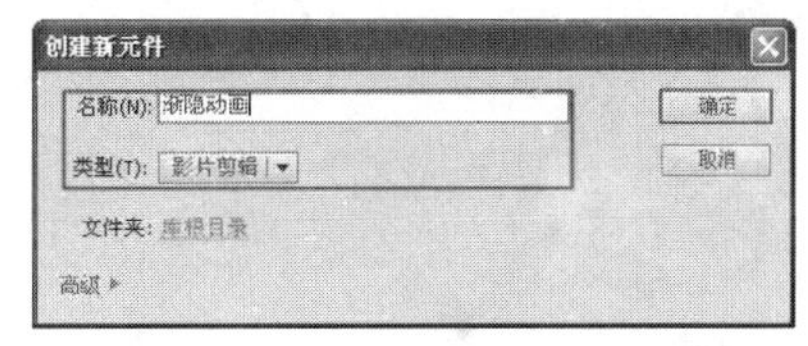

图 6-175　“创建新元件”对话框

步骤 2 将“背景动画”元件从“库”面板中拖入场景中，如图 6-176 所示。在第 20 帧位置插入关键帧，在第 1 帧位置单击，按住 Shift 键使用“任意变形工具”将元件等比例缩小，并设置其 Alpha 值为 0%，如图 6-177 所示，在第 1 帧位置创建传统补间动画。

步骤 3 新建“图层 2”，在第 20 帧位置插入关键帧，在“动作”面板中输入“stop();”脚本代码，“时间轴”面板如图 6-178 所示。新建一个“名称”为“遮罩动画”的“影片剪辑”元件，如图 6-179 所示。

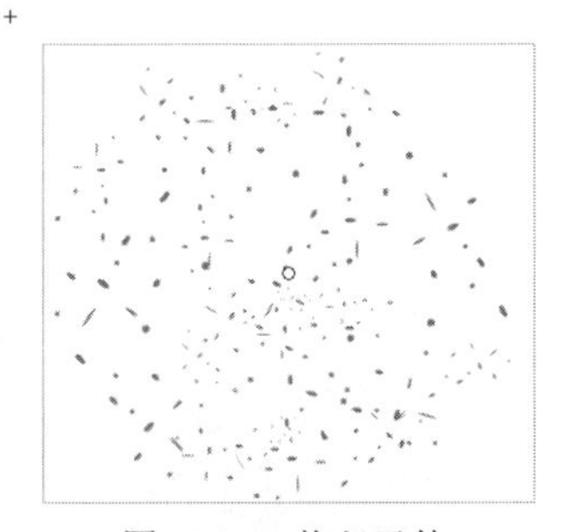

图 6-176　拖入元件

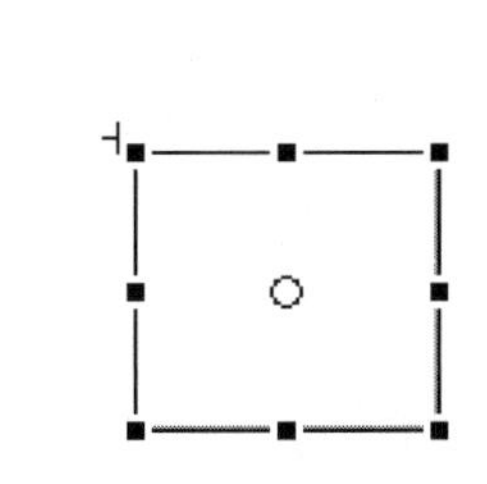

图 6-177　调整元件

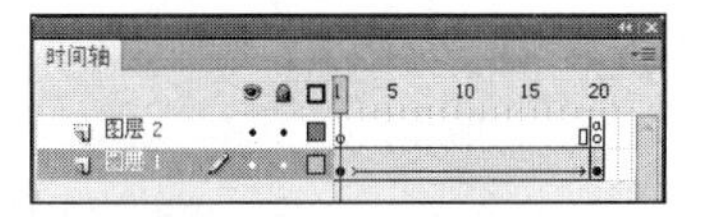

图 6-178　“时间轴”面板

步骤 4 将“光盘\源文件\第 6 章\素材\image40.png”导入场景中，如图 6-180 所示。在第 590 帧位置插入帧，新建“图层 2”，打开“库”面板，将“渐隐动画”元件从“库”面板中拖入场景中，如图 6-181 所示。

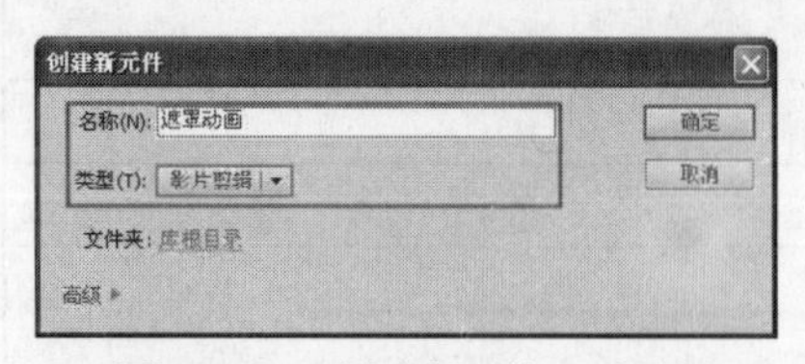

图 6-179 “创建新元件”对话框

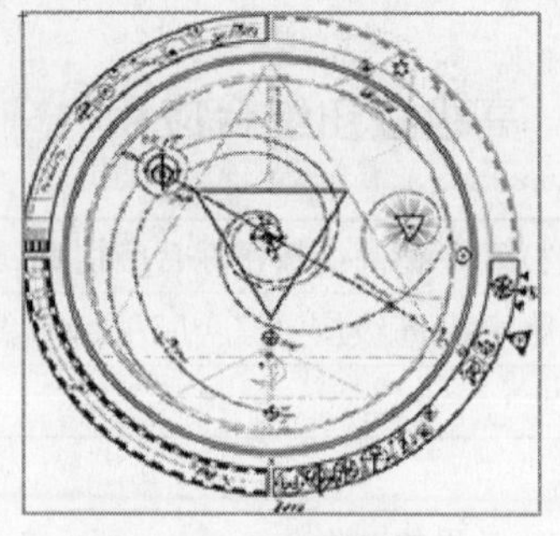

图 6-180 导入图像

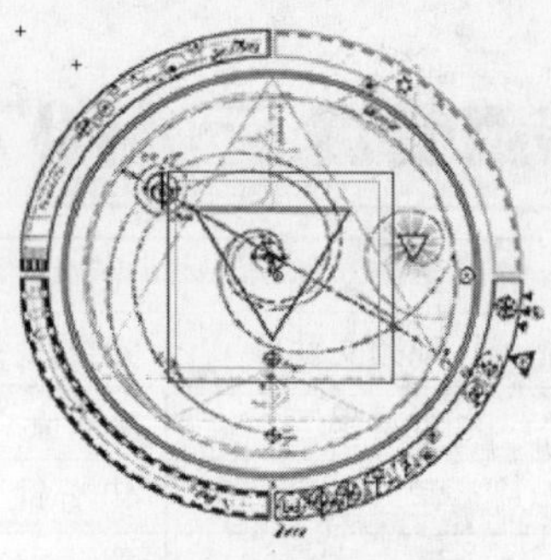

图 6-181 拖入元件

步骤 5 在第 590 帧位置插入关键帧，在第 1 帧位置创建传统补间动画，设置“旋转”为“顺时针”旋转 1 次，“属性”面板如图 6-182 所示。将“图层 2”设置为“图层 1”的遮罩层，“时间轴”面板如图 6-183 所示。

步骤 6 新建一个“名称”为“按钮效果”的“影片剪辑”元件，如图 6-184 所示。将“光盘\源文件\第 6 章\素材\image30.png”导入场景中，如图 6-185 所示。

图 6-182 “属性”面板

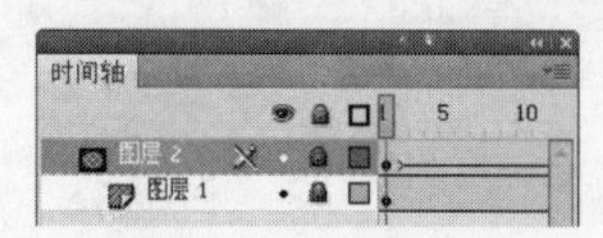

图 6-183 “时间轴”面板

图 6-184 “创建新元件”对话框

步骤 7 选中图像，将其转换成“名称”为“背景”的“图形”元件，如图 6-186 所示。新建“图层 2”，在第 2 帧位置插入关键帧，在第 10 帧位置插入帧，打开“库”面板，将“背景光”元件从“库”面板中拖入场景中，如图 6-187 所示。

图 6-185 导入图像

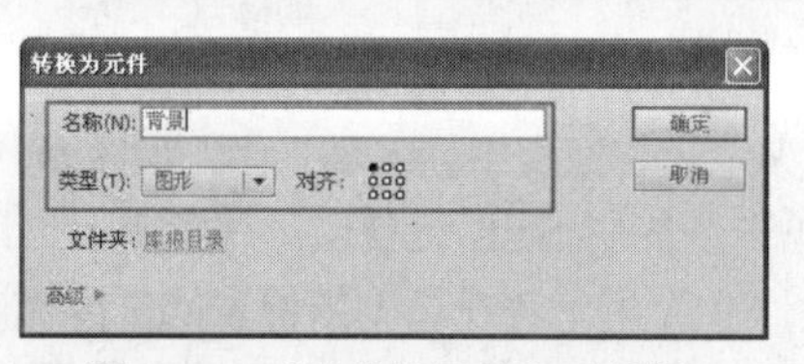

图 6-186 “转换为元件”对话框

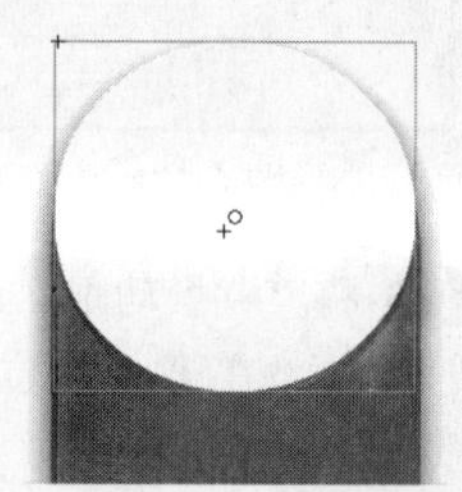

图 6-187 拖入元件

步骤 8 设置元件 Alpha 值为 0%，在第 10 帧位置插入关键帧，选中元件，设置其“属性”面板的“色彩效果”区域中“样式”为“高级”，设置参数，如图 6-188 所示。在第 2 帧位置创建传统补间动画，如图 6-189 所示。

步骤 9 新建“图层 3”，将“文本”元件从“库”面板中拖入场景中，如图 6-190 所示。在第 5 帧位置插入关键帧，选中元件，设置其 Alpha 值为 0%，如图 6-191 所示。在第 1 帧位置创建传统补间动画。

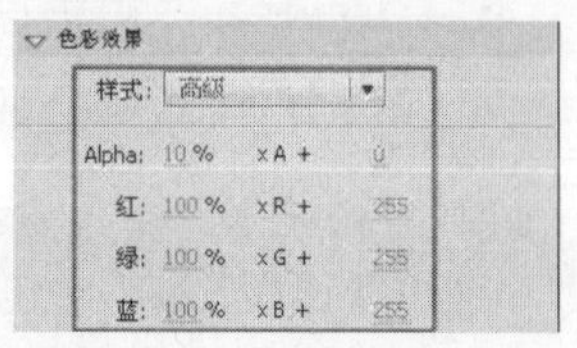

图 6-188 “属性”面板

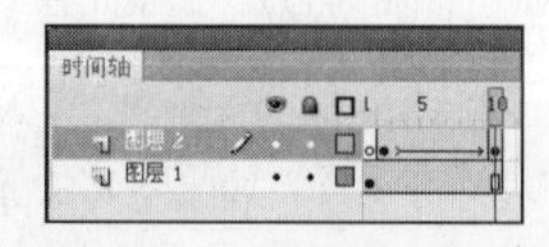

图 6-189 “时间轴”面板

图 6-190 拖入元件

步骤 10 新建“图层 4”，在第 2 帧位置插入关键帧，将“文本动画”元件从“库”面板中拖入场景中，如图 6-192 所示。新建“图层 5”，在第 2 帧位置插入关键帧，将“遮罩动画”元件从“库”面板中拖入场景中，如图 6-193 所示。

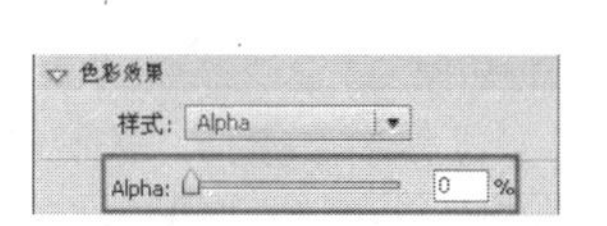

图 6-191 “属性”面板

图 6-192 拖入元件

图 6-193 拖入元件

步骤 11 新建“图层 6”，在第 1 帧位置单击，在“动作”面板中输入“stop();”脚本代码，在第 10 帧位置插入关键帧，在“动作”面板中输入“stop();”脚本代码，“时间轴”面板如图 6-194 所示。新建一个“名称”为“按钮动画 1”的“影片剪辑”元件，如图 6-195 所示。

步骤 12 将“光盘\源文件\第 6 章\素材\image41.png”导入场景中，如图 6-196 所示。将图像转换成“名称”为“按钮”的“图形”元件，如图 6-197 所示。

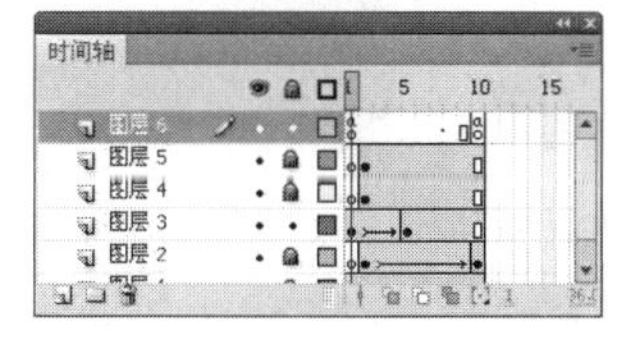

图 6-194 “时间轴”面板

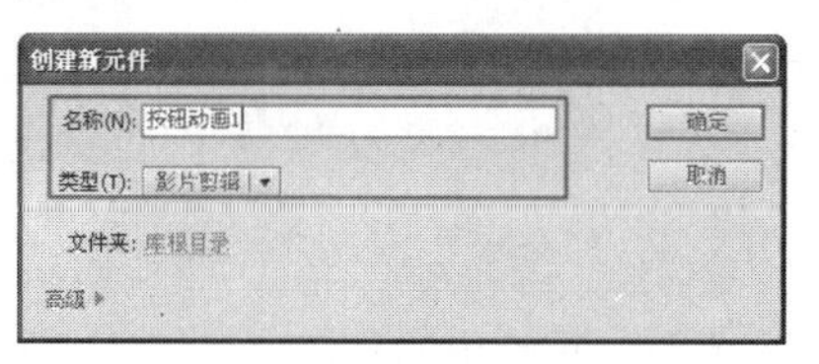

图 6-195 “创建新元件”对话框

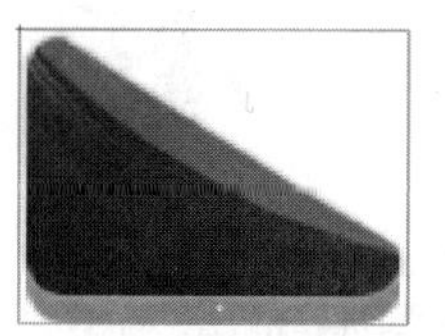
图 6-196 导入图像

步骤 13 在第 15 帧位置插入关键帧，在第 7 帧位置插入关键帧，选中元件，设置其“属性”面板的“色彩效果”区域中“样式”为“高级”，设置参数，如图 6-198 所示。分别在第 1 帧和第 7 帧位置创建传统补间动画，在第 20 帧位置插入帧，“时间轴”面板如图 6-199 所示。

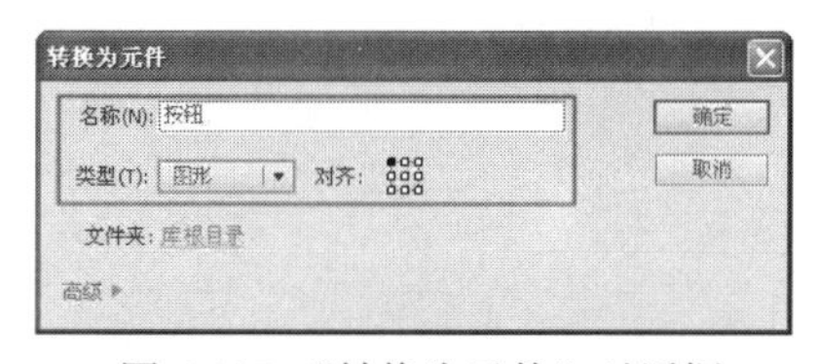

图 6-197 “转换为元件”对话框

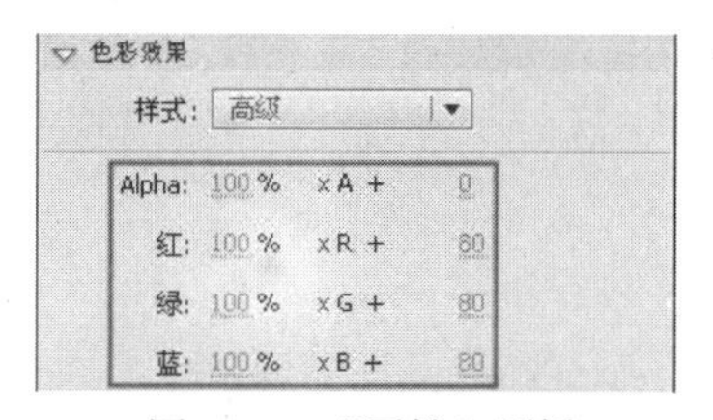

图 6-198 “属性”面板

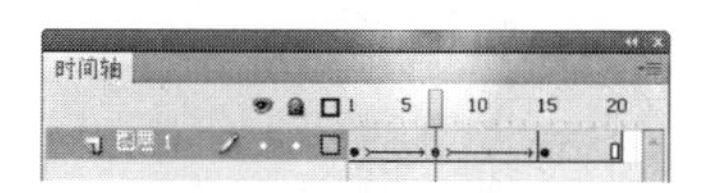

图 6-199 “时间轴”面板

步骤 14 新建“图层 2”，将“光盘\源文件\第 6 章\素材\image42.png”导入场景中，如图 6-200 所示，将图像转换成“名称”为“按钮文本 1”的“图形”元件，如图 6-201 所示。

步骤 15 在第 15 帧位置插入关键帧，在第 2 帧位置插入关键帧，使用“选择工具”将元件水平向左移动，如图 6-202 所示。在第 10 帧位置插入关键帧，将元件水平向右移动，如图 6-203 所示。分别在第 2 帧和第 10 帧位置创建传统补间动画。

图 6-200 导入图像

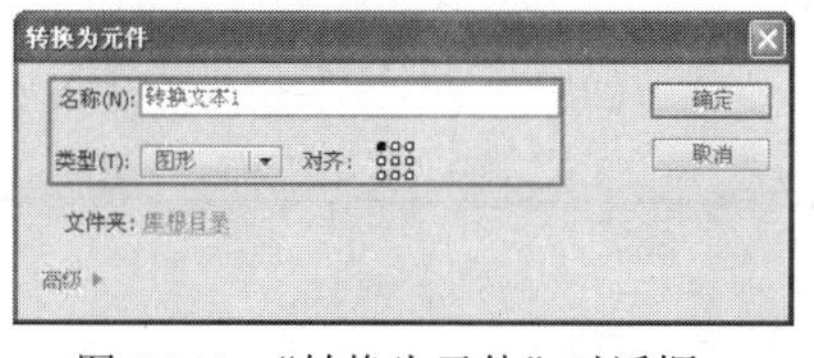

图 6-201 “转换为元件”对话框

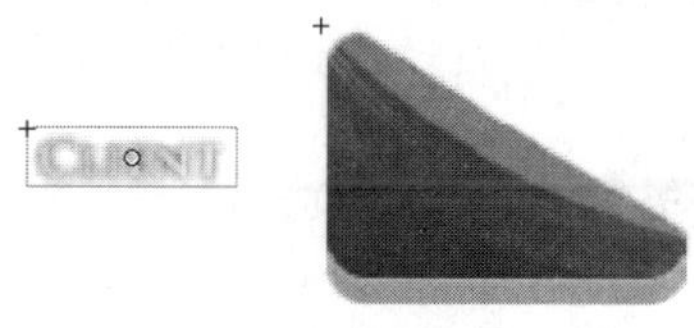
图 6-202 移动元件

步骤 16 新建“图层 3”，将“光盘\源文件\第 6 章\素材\image43.png”导入场景中，如图 6-204 所示。将其转换成“名称”为“按钮文本 2”的“图形”元件，如图 6-205 所示。

图 6-203　移动元件

图 6-204　导入图像

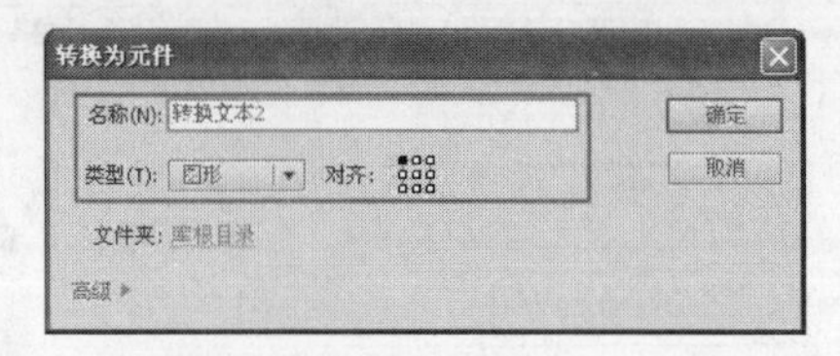

图 6-205　“转换为元件”对话框

步骤 17 在第 20 帧位置插入关键帧，在第 2 帧位置插入空白关键帧，在第 8 帧位置插入关键帧，将元件水平向左移动，如图 6-206 所示。在第 15 帧位置插入关键帧，将元件水平向右移动，如图 6-207 所示。分别在第 8 帧和第 15 帧位置创建传统补间动画。

步骤 18 新建“图层 4”，使用“钢笔工具”在场景中绘制出一条如图 6-208 所示的路径，并使用“颜料桶工具”对刚刚绘制的路径进行填充，如图 6-209 所示。选中图形，按 F8 键，将其转换成“名称”为“遮罩”的“图形”元件。

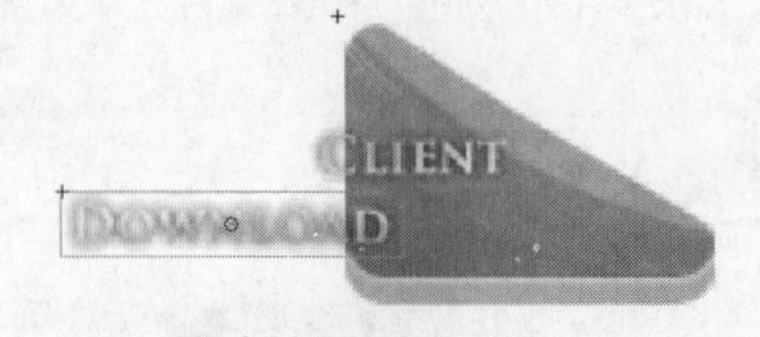

图 6-206　移动元件

图 6-207　移动元件

图 6-208　绘制路径

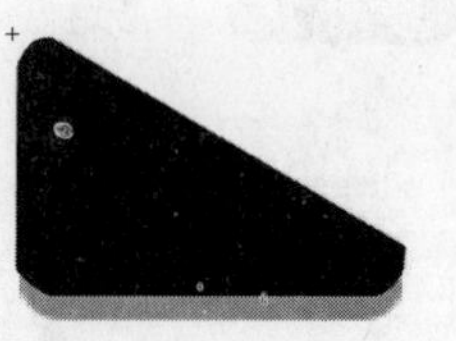
图 6-209　填充路径

步骤 19 在“图层 4”上单击右键，在弹出的菜单中选择“遮罩层”命令，在“图层 2”上单击右键，在弹出的菜单中选择“属性”命令，打开“图层属性”对话框，设置“类型”为“被遮罩”，勾选“锁定”复选框，“图层属性”对话框如图 6-210 所示，“时间轴”面板如图 6-211 所示。

步骤 20 在“图层 4”上方新建“图层 5”，在第 1 帧位置单击，在“动作”面板中输入“stop();”脚本代码，在第 20 帧位置单击，按 F6 键插入关键帧，打开“动作”面板，输入“stop();”脚本代码，采用“按钮动画 1”元件的制作方法，制作出“按钮动画 2”元件，完成后的场景效果如图 6-212 所示，“时间轴”面板如图 6-213 所示。

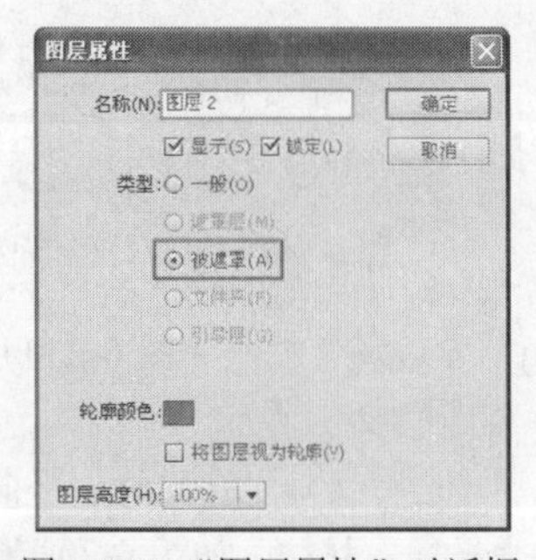

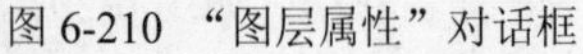
图 6-210　“图层属性”对话框

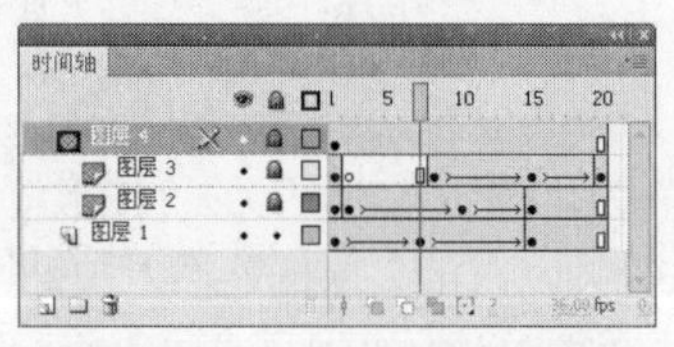

图 6-211　“时间轴”面板

图 6-212　完成后的场景效果

步骤 21 新建一个“名称”为“反应区”的“按钮”元件，如图 6-214 所示。在“点击”位置插入关键帧，使用“椭圆工具”在场景中绘制一个尺寸为 262 像素×262 像素的正圆，如图 6-215 所示。

步骤 22 执行“插入>新建元件”命令，新建一个“名称”为“反应区 2”，“类型”为“按钮”的元件，如图 6-216 所示。在“点击”位置单击，按 F6 键插入关键帧，打开“库”面板，将“遮罩”元件从“库”面板中拖入场景中，如图 6-217 所示。

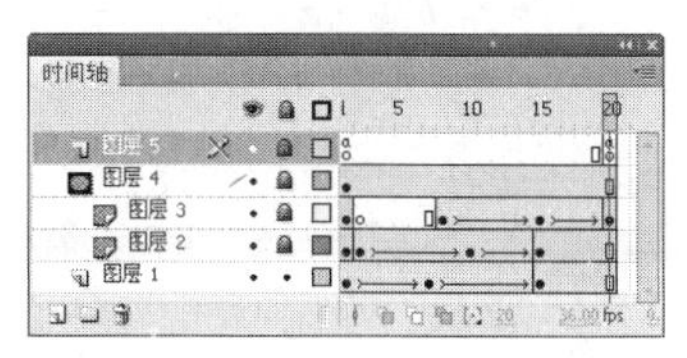
图 6-213　“时间轴”面板

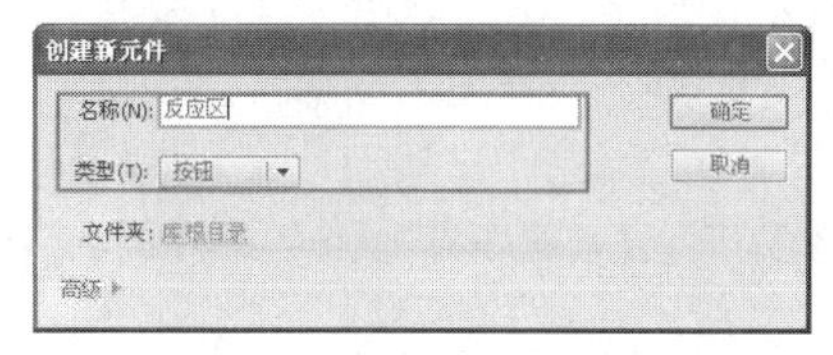

图 6-214　“创建新元件”对话框

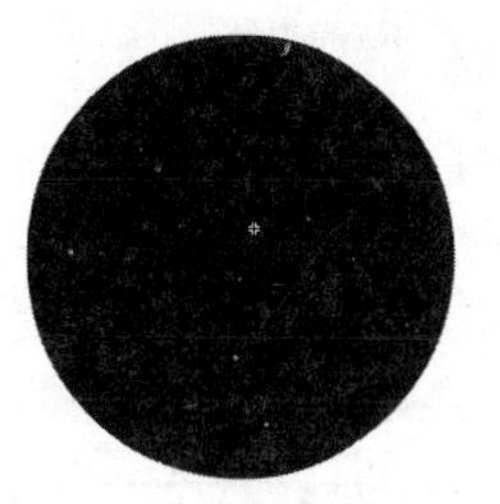
图 6-215　绘制正圆

步骤 23 返回“场景 1”编辑状态，打开“库”面板，将“按钮效果”元件从“库”面板中拖入场景中，如图 6-218 所示。设置其“属性”面板中“实例名称”为 anniu1，如图 6-219 所示。

图 6-216　“创建新元件”对话框

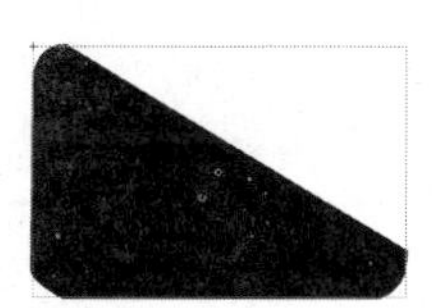
图 6-217　拖入元件

图 6-218　拖入元件

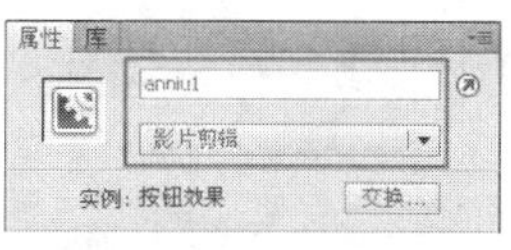

图 6-219　“属性”面板

步骤 24 采用“图层 1”的制作方法，分别将“按钮动画 1”元件和“按钮动画 2”元件拖入到“图层 2”和“图层 3”中，并分别设置“实例名称”为 anniu2 和 anniu3，完成后的场景如图 6-220 所示，“时间轴”面板如图 6-221 所示。

步骤 25 新建“图层 4”，打开“库”面板，将“反应区”元件从“库”面板中拖入场景中，如图 6-222 所示，在“动作”面板输入如图 6-223 所示的脚本。

图 6-220　场景效果

图 6-221　“时间轴”面板

图 6-222　拖入元件

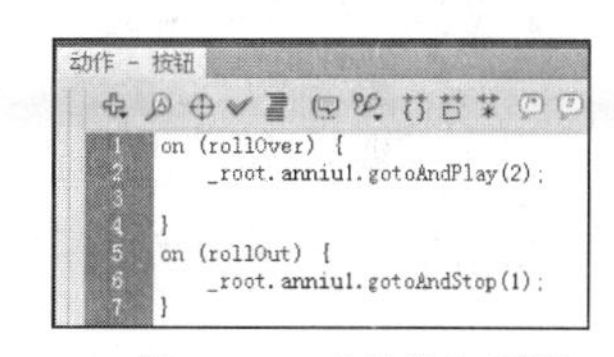

图 6-223　“动作”面板

步骤 26 采用“图层 4”的制作方法，将“反应区 2”元件从“库”面板中拖入“图层 5”和“图层 6”中，并设置相应的“反应区 2”元件的“实例名称”和脚本语言。执行“文件>另存为”命令，将动画另存为“光盘\源文件\第 6 章\高级按钮综合应用.fla”，按 Ctrl+Enter 键测试影片，动画效果如图 6-224 所示。

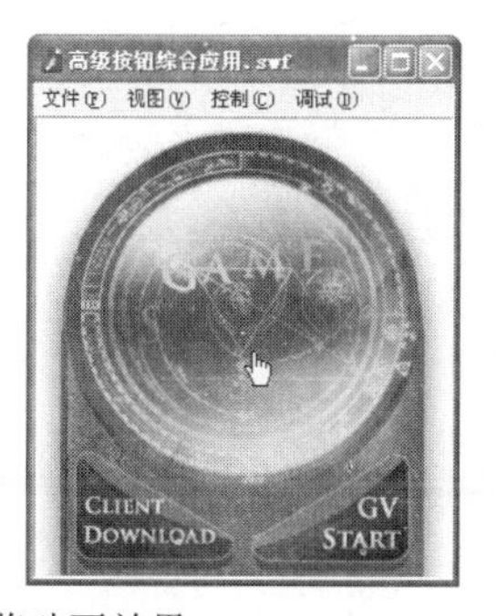

图 6-224　预览动画效果

实例小结

本实例主要学习了按钮在商业网站中的应用，通过使用不同的“按钮”元件，实现不同的动画效果，并添加脚本代码来实现对动画的不同播放顺序控制。

Example 实例 108 特效按钮动画

案例文件	光盘\源文件\第 6 章\特效按钮动画.fla
视频文件	光盘\视频\第 6 章\特效按钮动画.swf
难易程度	★★★☆☆
学习时间	35 分钟

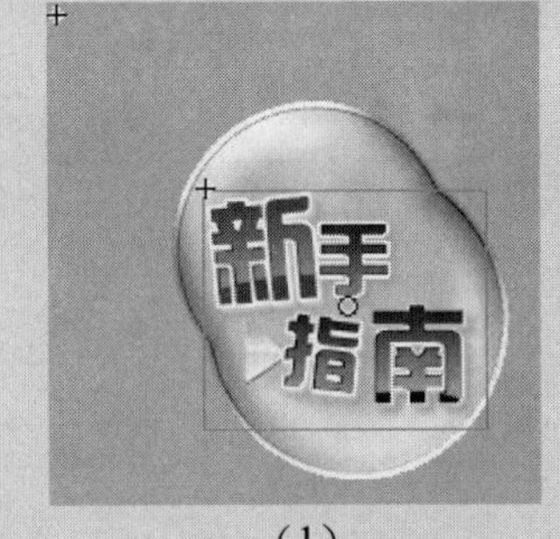

(1)

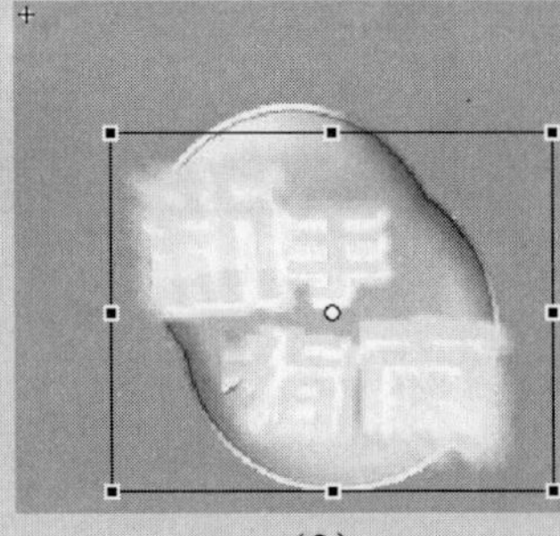
(2)

(3)

(4)

1. 新建相应的元件，导入素材图像，并输入相应的文字，制作遮罩动画效果。

2. 新建“影片剪辑”元件，为元件添加“模糊”滤镜，并设置“色彩效果”区域中“样式”为“高级”，制作出动画效果。

3. 添加脚本代码，返回主场景中，将元件拖入场景中。

4. 完成动画的制作，测试按钮动画效果。

第 7 章　3D 特效

■ 本章内容

- 3D 场景旋转动画
- 3D 开场动画
- 3D 图标动画
- 利用 AS3.0 实现图片滚动效果
- 光点效果
- 3D 球体动画
- 3D 文字效果
- 3D 文字动画
- 陨石坠落动画
- 旋转星球动画

本章主要结合使用 Flash 软件与其他软件制作 3D 效果动画，本章含有 5 个实例，读者可了解在 Flash 中如何制作 3D 效果动画。

Example 实例 109　3D 场景旋转动画

案例文件	光盘\源文件\第 7 章\3D 场景旋转动画.fla
视频文件	光盘\视频\第 7 章\3D 场景旋转动画.swf
难易程度	★☆☆☆☆
学习时间	5 分钟
实例要点	➢ 序列图片的导入技巧 ➢ 逐帧动画的应用
实例目的	通过本实例的制作，学会应用逐帧动画制作场景旋转的动画效果

操作步骤

步骤 1 新建一个 Flash 文档，如图 7-1 所示，单击“属性”面板的“编辑”按钮，弹出“文档设置”对话框，设置“尺寸”为 500 像素×163 像素，“帧频”为 20，保持其他默认设置，如图 7-2 所示。

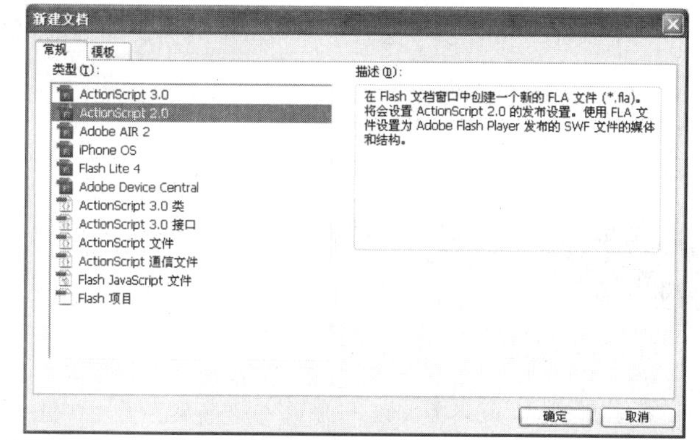

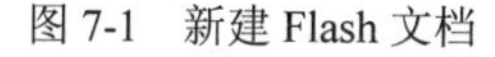
图 7-1　新建 Flash 文档

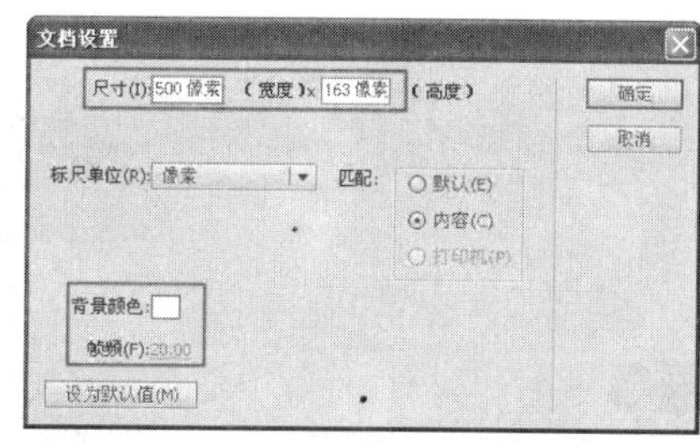

图 7-2　设置“文档属性”

步骤 2 新建一个“名称”为“场景动画”的“影片剪辑”元件，如图 7-3 所示，将“光盘\源文件\第 7 章\素材\changjing1.jpg”导入场景中，在弹出的对话框单击“是”按钮，如图 7-4 所示，完成后的“时间轴”面板如图 7-5 所示，场景效果如图 7-6 所示。

> **提示** 在弹出的对话框中如果单击了“否”按钮，则只将 changjing1.jpg 一张图像导入场景中，单击“是”按钮，则会将序列中所有图像导入场景中。

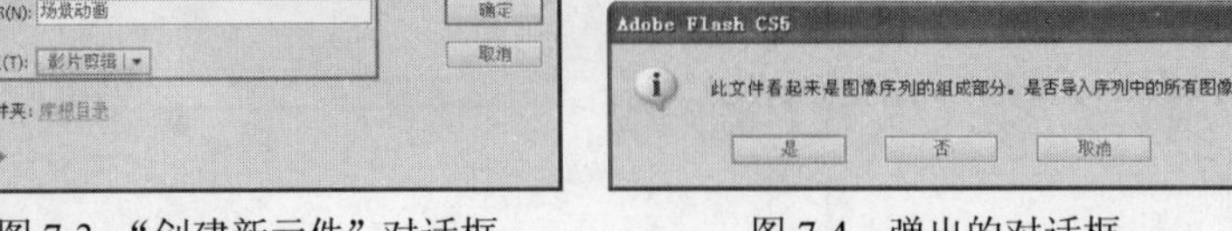

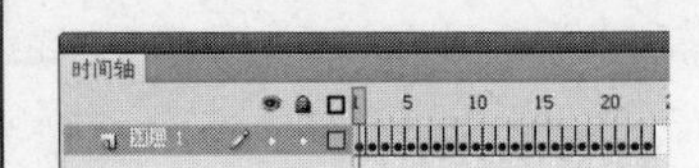

图 7-3 “创建新元件”对话框　　图 7-4 弹出的对话框　　图 7-5 “时间轴”面板

步骤 3 新建“图层 2”，在第 23 帧位置插入关键帧，在“动作”面板中输入“stop();”脚本代码，如图 7-7 所示，完成后的“时间轴”面板如图 7-8 所示。

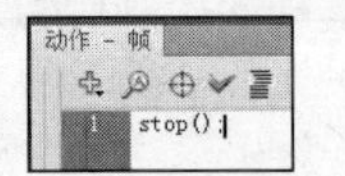

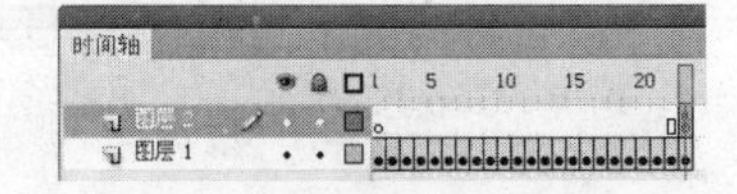

图 7-6 场景效果　　图 7-7 输入脚本代码　　图 7-8 “时间轴”面板

步骤 4 返回“场景 1”编辑状态，将“场景动画”元件从“库”面板中拖入场景中，如图 7-9 所示，场景效果如图 7-10 所示。

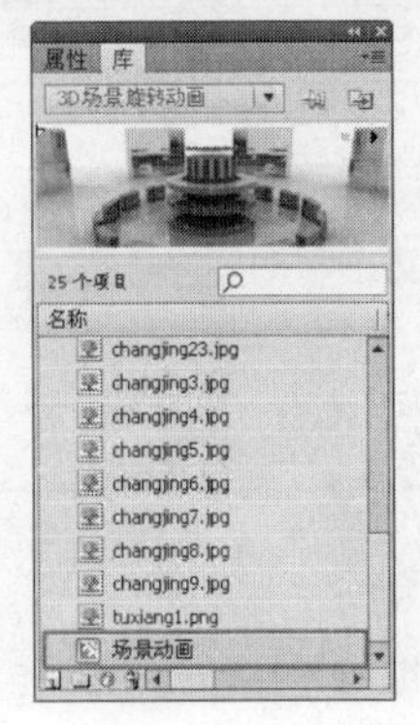

图 7-9 “库”面板　　图 7-10 场景效果

步骤 5 新建“图层 2”，将“光盘\源文件\第 7 章\素材\tuxiang1.png”导入场景中，调整图像的位置，如图 7-11 所示。

图 7-11 导入图像

步骤 6 执行“文件>保存”命令，将动画保存为“光盘\源文件\第 7 章\3D 场景旋转动画.fla”，按 Ctrl+Enter 键测试影片，动画效果如图 7-12 所示。

图 7-12 预览动画效果

实例小结

本实例的重点在利用 Flash 本身的逐帧动画功能制作出视觉冲击较强的 3D 场景旋转动画效果。

Example 实例 110　3D 开场动画

案例文件	光盘\源文件\第 7 章\3D 开场动画.fla
视频文件	光盘\视频\第 7 章\3D 开场动画.swf
难易程度	★★☆☆☆
学习时间	30 分钟

（1）

（2）

（3）

（4）

1．新建文件，导入位图，制作背景，分别制作出动画元件。

2．使用光晕的不同元件制作激光效果，并为动画导入音频，修改“同步”方式为“数据流”。

3．制作标志的缩小效果。

4．完成动画制作，测试动画。

Example 实例 111　3D 图标动画

案例文件	光盘\源文件\第 7 章\3D 图标动画.fla
视频文件	光盘\视频\第 7 章\3D 图标动画.swf
难易程度	★★☆☆☆
学习时间	10 分钟
实例要点	➢ 引导层的应用 ➢ “影片剪辑”元件的应用
实例目的	通过本实例的制作，学会应用传统补间动画制作图标的立体旋转效果

操作步骤

步骤 1 新建一个 Flash 文档，如图 7-13 所示，单击“属性”面板的“设置”按钮，弹出“文档设置”对话框，设置“尺寸”为 260 像素×185 像素，“背景颜色”为#D0D0D0，“帧频”为 30，如图 7-14 所示。

步骤 2 执行“插入>新建元件”命令，新建一个“名称”为“标志动画”的“影片剪辑”元件，如图 7-15 所示。将“光盘\源文件\第 7 章\素材\tuxiang2.png”导入场景中，如图 7-16 所示。

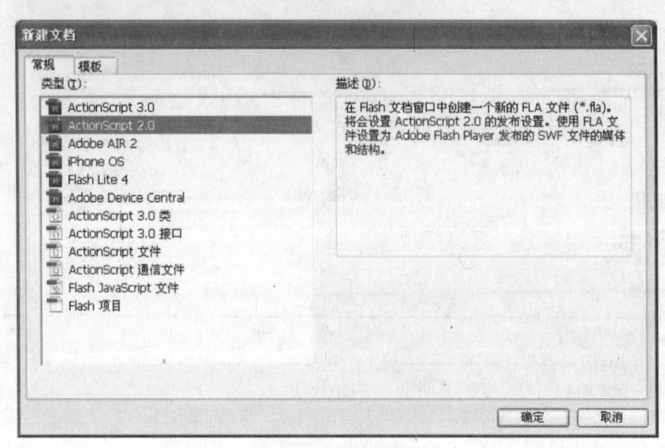

图 7-13　新建 Flash 文档

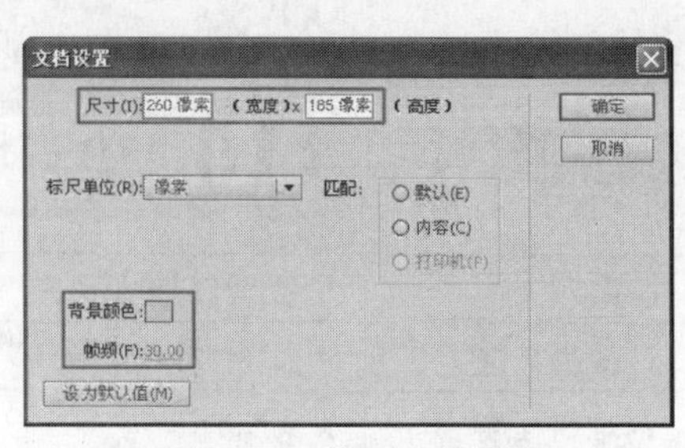

图 7-14　设置文档属性

步骤 3 使用“选择工具”选中导入的图像，按 F8 键，将图像转换成“名称”为“标志”的“图形”元件，如图 7-17 所示。分别在第 10 帧、第 25 帧和第 35 帧位置插入关键帧，“时间轴”面板如图 7-18 所示。

> **技巧** 在插入关键帧或帧时，不仅可以使用快捷键，还可以执行“插入>时间轴”命令，在其级联菜单中进行选择。

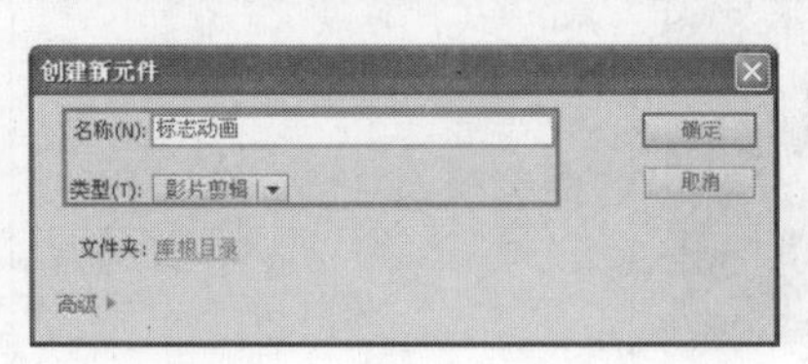

图 7-15　“创建新元件”对话框

图 7-16　导入图像

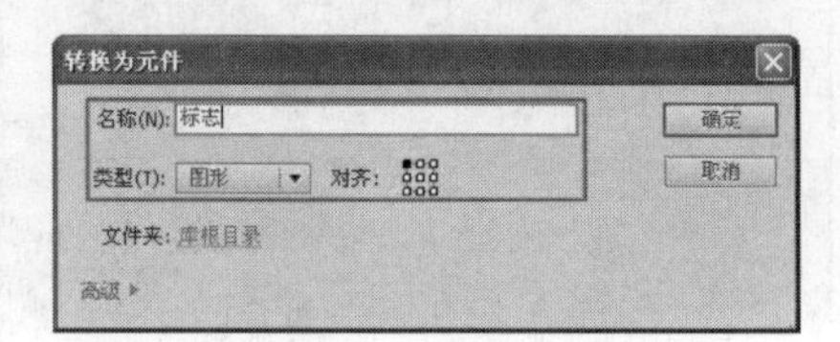

图 7-17　“转换为元件”对话框

步骤 4 使用“任意变形工具”将第 10 帧上的元件挤扁，元件效果如图 7-19 所示。将第 25 帧场景中的元件拉长，元件效果如图 7-20 所示，分别在第 1 帧、第 10 帧和第 25 帧位置创建传统补间动画。

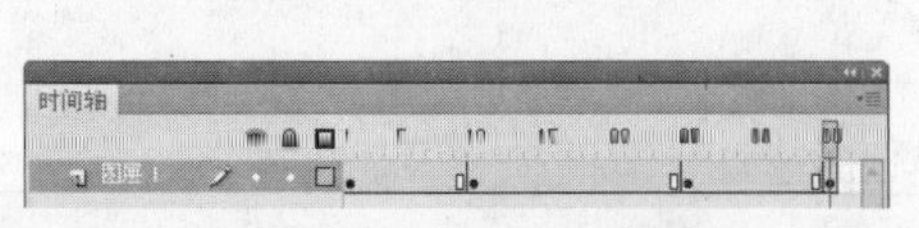

图 7-18　“时间轴”面板

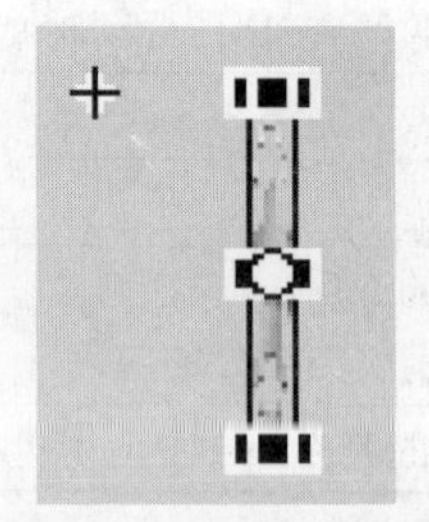

图 7-19　将元件挤扁

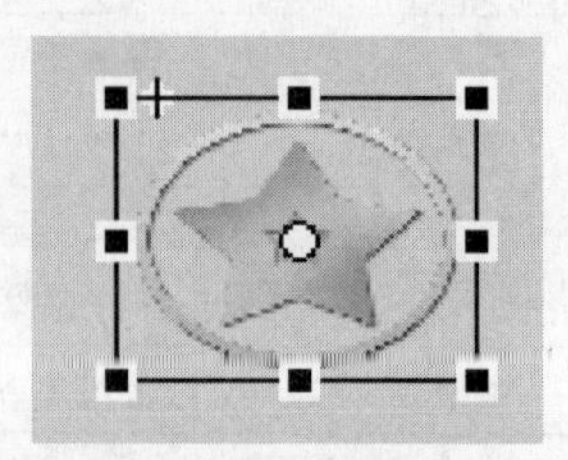

图 7-20　将元件拉长

步骤 5 新建一个“名称”为“卡通动画”的“影片剪辑”元件，如图 7-21 所示，将“光盘\源文件\第 7 章\素材\tuxiang4.png”导入场景中，如图 7-22 所示。

步骤 6 选择导入的图像，按 F8 键，将图像转换成“名称”为“卡通”的“图形”元件，如图 7-23 所示。分别在第 15 帧、第 35 帧、第 50 帧、第 65 帧和第 80 帧位置插入关键帧，使用“选择工具”将第 15 帧场景中的元件向右上角移动，场景效果如图 7-24 所示。

图 7-21 “创建新元件”对话框

图 7-22 导入图像

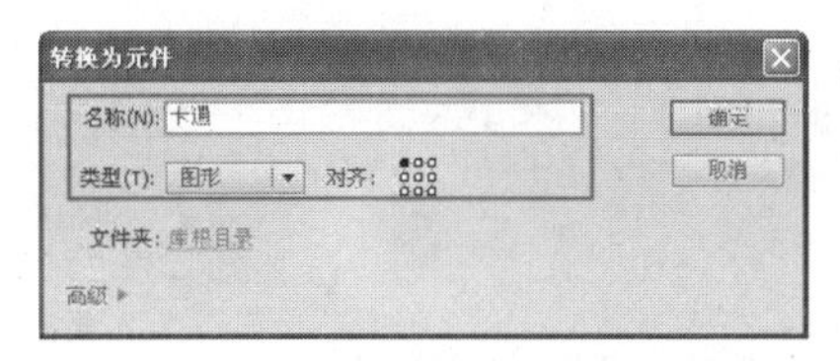

图 7-23 “转换为元件”对话框

步骤 7 使用“选择工具”将第 35 帧上的元件向右下角移动，场景效果如图 7-25 所示。将第 50 帧上的元件向左下角移动，场景效果如图 7-26 所示。将第 65 帧上的元件向右下角移动，场景效果如图 7-27 所示。分别在第 1 帧、第 15 帧、第 35 帧、第 50 帧和第 65 帧位置创建传统补间动画，“时间轴”面板如图 7-28 所示。

图 7-24 移动元件

图 7-25 移动元件

图 7-26 移动元件

图 7-27 移动元件

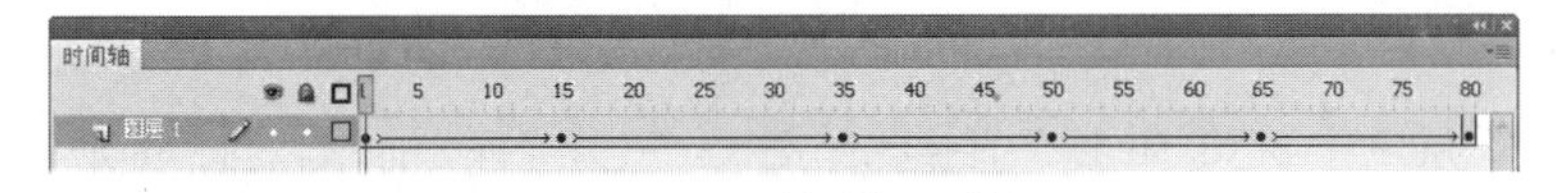

图 7-28 “时间轴”面板

步骤 8 新建一个“名称”为“卡通整体动画”的“影片剪辑”元件，如图 7-29 所示。将“卡通”元件从“库”面板中拖入场景中，如图 7-30 所示，在第 30 帧位置插入关键帧。

步骤 9 在“图层 1”上单击右键，选择“添加传统运动引导层”命令，“时间轴”面板如图 7-31 所示，单击“铅笔工具”按钮，在场景中绘制一条弧线，场景效果如图 7-32 所示。

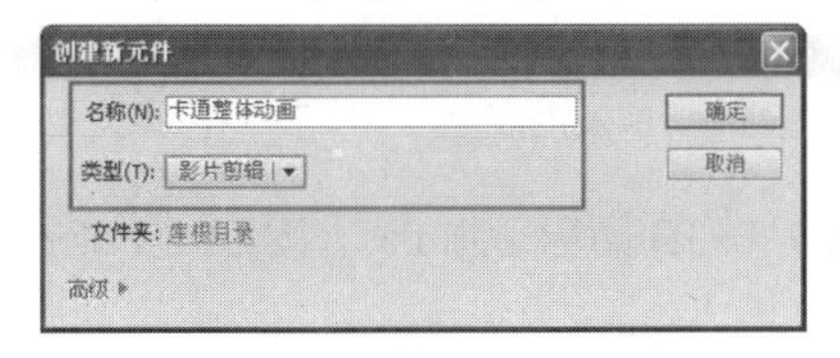

图 7-29 “创建新元件”对话框

图 7-30 拖入元件

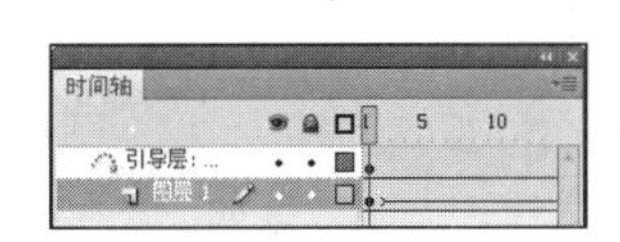

图 7-31 “时间轴”面板

图 7-32 绘制弧线

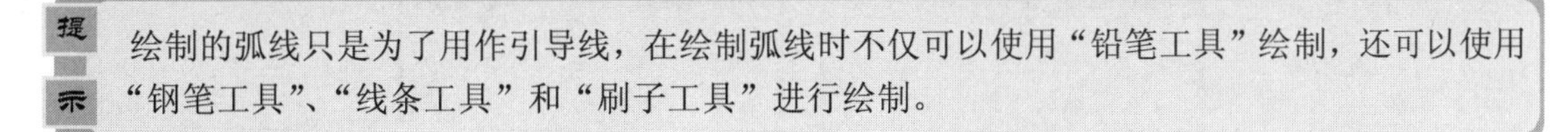
提示

绘制的弧线只是为了用作引导线，在绘制弧线时不仅可以使用“铅笔工具”绘制，还可以使用“钢笔工具”、“线条工具”和“刷子工具”进行绘制。

步骤 10 按住 Shift 键使用“任意变形工具”将“图层 1”第 1 帧上的元件等比例缩小，并调整元件位置，如图 7-33 所示，将第 30 帧上的元件移到如图 7-34 所示位置。

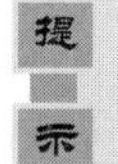
提示

制作引导层动画时，元件的中心点必须放到引导线上，否则引导层动画将无法实现。

步骤 11 在“图层 1”的第 31 帧位置插入空白关键帧，将“卡通动画”元件从“库”面板中拖入场景中，如图 7-35 所示。新建“图层 3”，在第 31 帧位置插入关键帧，在“动作”面板中输入“stop();”脚本代码，“时间轴”面板如图 7-36 所示。

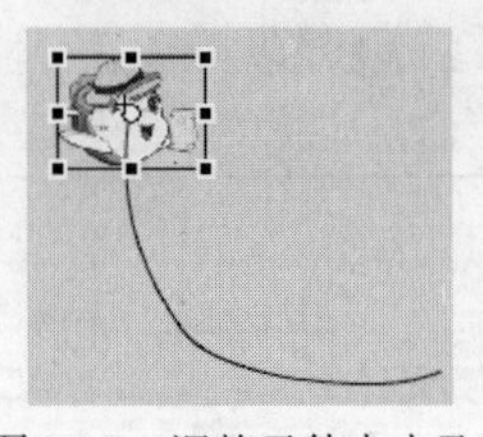

图 7-33 调整元件大小及位置

图 7-34 移动元件

图 7-35 拖入元件

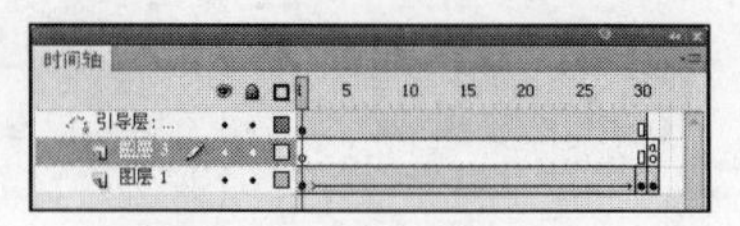

图 7-36 “时间轴”面板

步骤 12 返回“场景 1”编辑状态，在第 50 帧位置插入关键帧，将“光盘\源文件\第 7 章\素材\tuxiang3.jpg”导入场景中，如图 7-37 所示。在第 75 帧位置插入帧，新建“图层 2”，将“标志动画”元件从“库”面板中拖入场景中，如图 7-38 所示。在第 50 帧位置插入空白关键帧，“时间轴”面板如图 7-39 所示。

图 7-37 导入图像

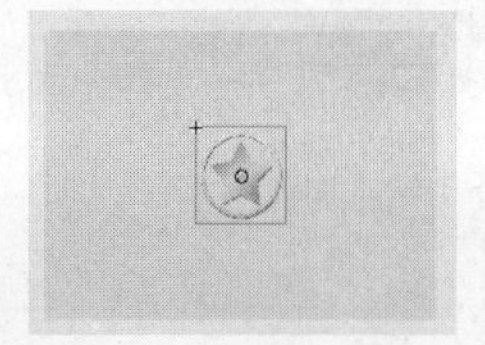

图 7-38 拖入元件

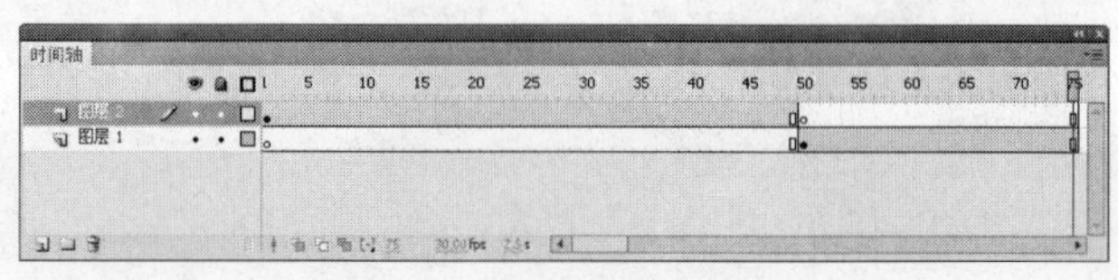

图 7-39 “时间轴”面板

步骤 13 新建“图层 3”，在第 50 帧位置插入关键帧，打开“库”面板，将“卡通整体动画”元件从“库”面板中拖入场景中，如图 7-40 所示。新建“图层 4”，在第 75 帧位置插入关键帧，在“动作”面板中输入“stop();”脚本代码，完成后的“时间轴”面板如图 7-41 所示。

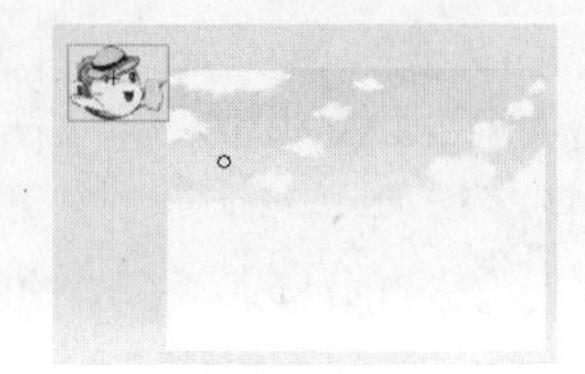

图 7-40 拖入元件

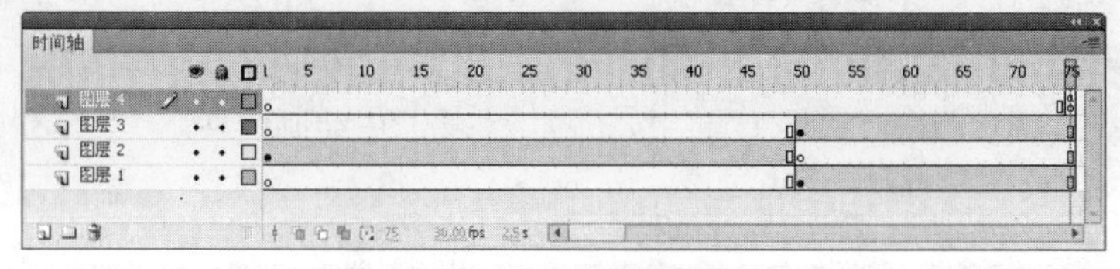

图 7-41 “时间轴”面板

步骤 14 执行“文件>保存”命令，将动画保存为“光盘\源文件\第 7 章\3D 图标动画.fla”，按 Ctrl+Enter 键测试影片，动画效果如图 7-42 所示。

图 7-42 预览动画效果

实例小结

本实例的重点是利用逐帧动画制作三维的图形动画效果，结合路径跟随动画和传统补间动画制作出视觉较强动画效果。

Example 实例 112 利用 AS3.0 实现图片滚动效果

案例文件	光盘\源文件\第 7 章\利用 AS3.0 实现图片滚动效果.fla
视频文件	光盘\视频\第 7 章\利用 AS3.0 实现图片滚动效果.swf
难易程度	★★☆☆☆
学习时间	25 分钟

（1）

（2）

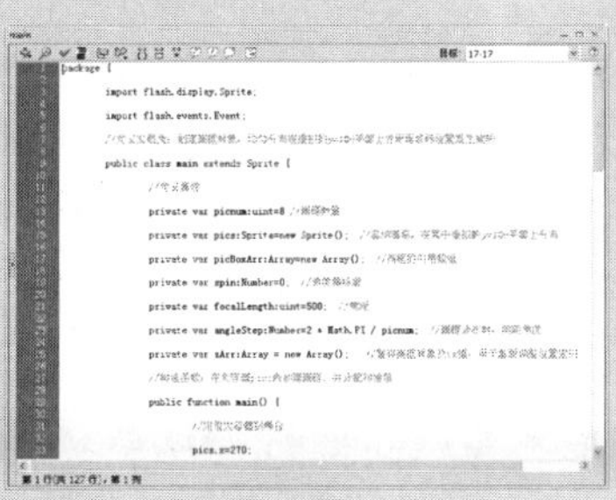

（3）

（4）

1．新建文件，导入图片作为背景，制作一个“影片剪辑”元件，并在“库”面板中为影片剪辑定义“类”。

2．创建脚本，控制通过矩形容器调入外部图形的方式，以及鼠标滑过的效果。

3．创建脚本，实现外部图像导入的动画效果，并为其链接主类。

4．测试动画，演示图像的滚动效果。

Example 实例 113 光点效果

案例文件	光盘\源文件\第 7 章\光点效果.fla
视频文件	光盘\视频\第 7 章\光点效果.swf
难易程度	★★☆☆☆
学习时间	10 分钟
实例要点	➢ 元件的应用 ➢ 元件“色彩效果”的设置
实例目的	通过本实例的制作，掌握应用逐帧动画制作光点效果的方法

操作步骤

步骤 1 新建一个 Flash 文档，如图 7-43 所示，单击“属性”面板的“编辑”按钮，弹出“文档设置”对话框，设置“尺寸”为 600 像素×600 像素，“背景颜色”为#CCCCCC，“帧频”为 30，如图 7-44 所示。

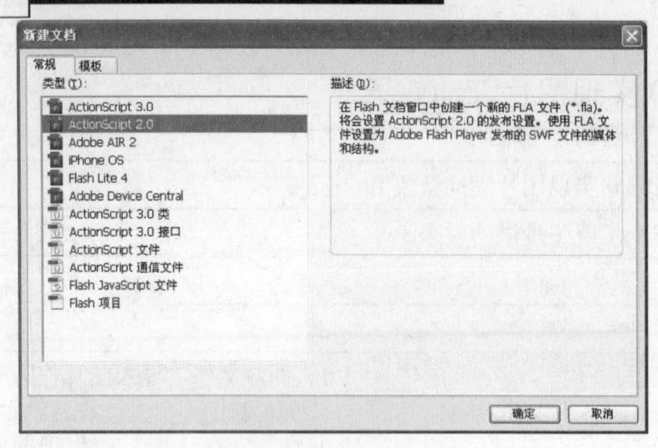

图 7-43　新建 Flash 文档

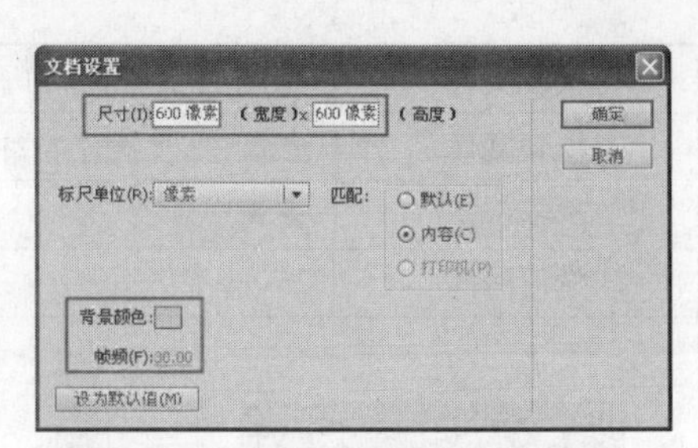

图 7-44　设置文档属性

步骤 2 新建一个“名称”为“过光动画”的“影片剪辑”元件，如图 7-45 所示。将“光盘\源文件\第 7 章\素材\faguang1.png”导入场景中，在弹出的对话框中单击“是”按钮，如图 7-46 所示，完成后的“时间轴”面板如图 7-47 所示。

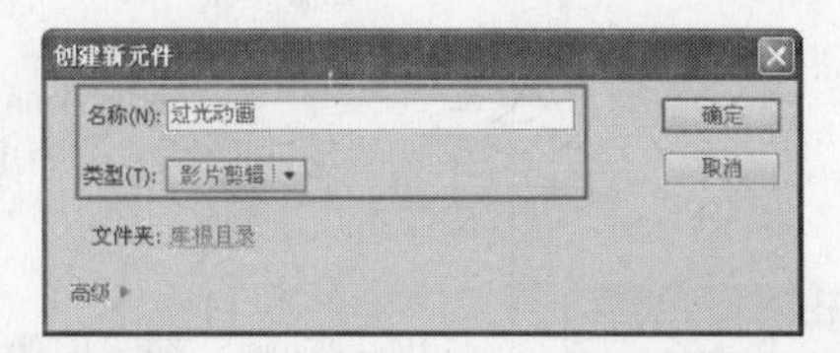

图 7-45　“创建新元件”对话框

图 7-46　弹出的对话框

步骤 3 新建“图层 2”，在第 110 帧位置插入帧，新建一个“名称”为“人物动画”的“影片剪辑”元件，如图 7-48 所示，在第 20 帧位置插入关键帧，将“光盘\源文件\第 7 章\素材\sucai1.png”导入场景中，如图 7-49 所示。

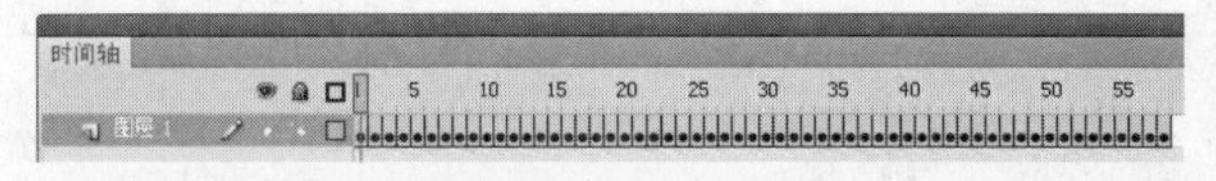

图 7-47　“时间轴”面板

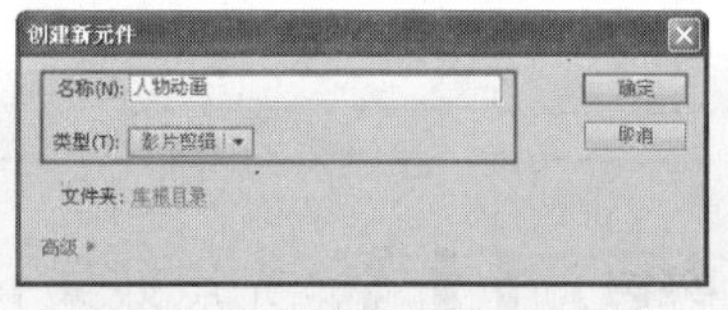

图 7-48　“创建新元件”对话框　　图 7-49　导入图像

步骤 4 选中导入的图像，将图像转换成“名称”为“人物”的“图形”元件，如图 7-50 所示。选中元件，设置“色彩效果”区域中“样式”为“亮度”，调整“亮度”值为–100%，完成后的场景效果如图 7-51 所示，“属性”面板如图 7-52 所示。

图 7-50　“转换为元件”对话框

图 7-51　元件效果

图 7-52　“属性”面板

步骤 5 分别在第 35 帧、第 55 帧和第 70 帧位置插入关键帧，选择第 70 帧上的元件，设置其“属性”

面板的“色彩效果”区域中“样式”为“无”，如图7-53所示，完成后的元件效果如图7-54所示。

步骤 6 选择第20帧场景中的元件，设置其“属性”面板中“色彩效果”区域中参数，如图7-55所示，完成后的元件效果如图7-56所示，分别在第20帧、第35帧和第55帧位置创建传统补间动画。

图7-53 “属性”面板

图7-54 元件效果

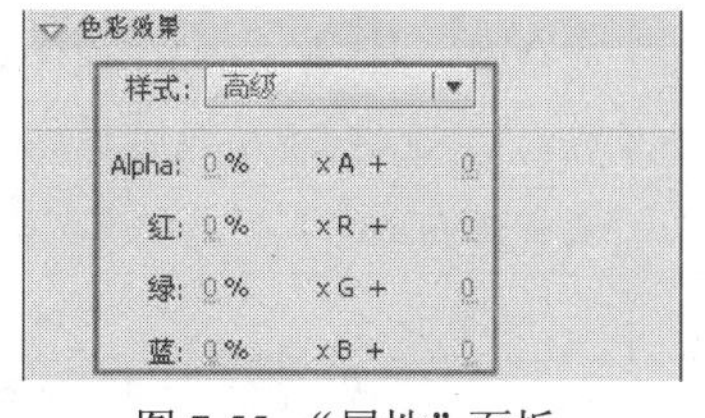

图7-55 “属性”面板

图7-56 元件效果

步骤 7 新建“图层2”，在第70帧位置插入关键帧，在“动作”面板中输入“stop();”脚本代码，如图7-57所示，“时间轴”面板如图7-58所示。

图7-57 输入脚本代码

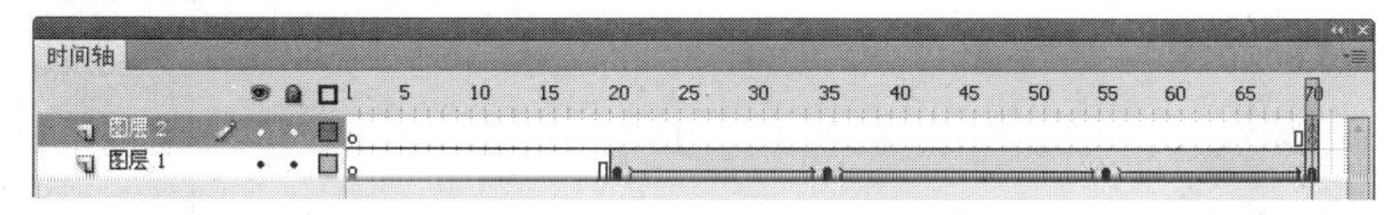

图7-58 “时间轴”面板

步骤 8 单击编辑栏中“场景1”文字链接，返回“场景1”编辑状态，将“光盘\源文件\第7章\素材\beijing1.jpg”导入场景中，如图7-59所示。新建“图层2”，将“人物动画”元件从“库”面板中拖入场景中，如图7-60所示。

步骤 9 新建“图层3”，将“过光动画”元件从“库”面板中拖入场景中，如图7-61所示，完成后的“时间轴”面板如图7-62所示。

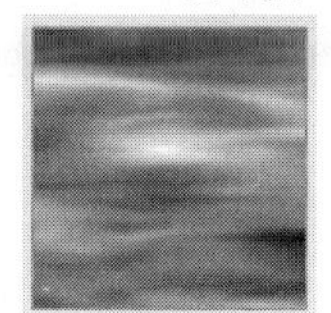
图7-59 导入图像

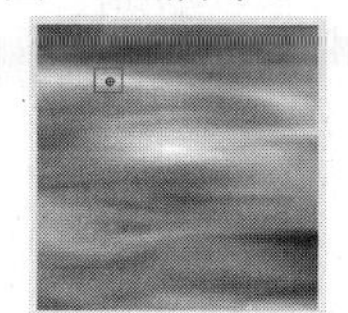
图7-60 拖入元件

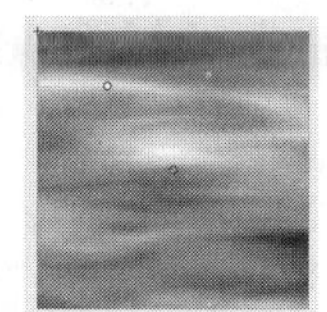
图7-61 拖入元件

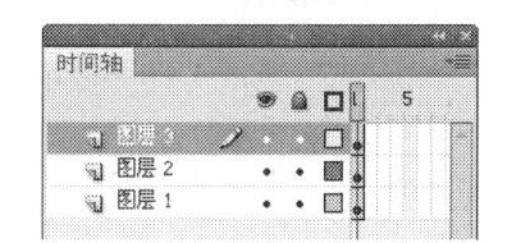

图7-62 “时间轴”面板

步骤 10 执行“文件>保存”命令，将动画保存为“光盘\源文件\第7章\光点效果.fla”，按Ctrl+Enter键测试影片，动画效果如图7-63所示。

图7-63 预览动画效果

实例小结

本实例的重点是利用序列图片制作闪烁的光点动画，配合传统补间动画完成制作。

Example 实例 114 3D 球体动画

案例文件	光盘\源文件\第 7 章\3D 球体动画.fla
视频文件	光盘\视频\第 7 章\3D 球体动画.swf
难易程度	★★☆☆☆
学习时间	25 分钟

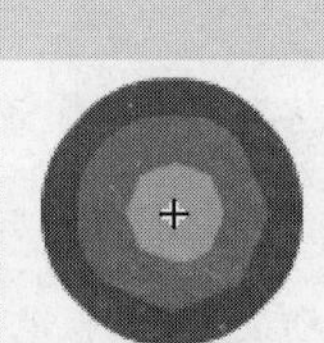
（1）

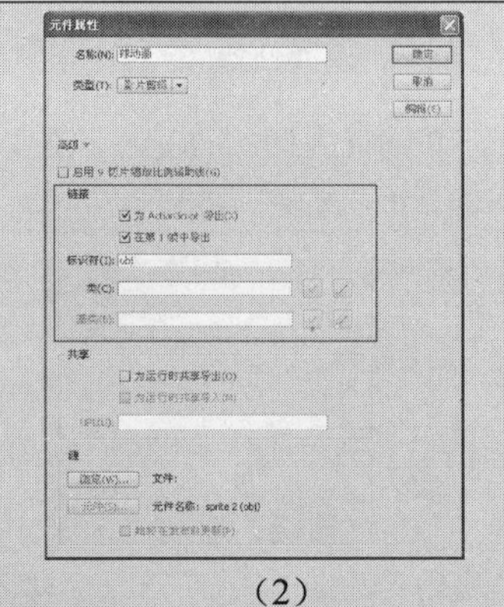
（2）

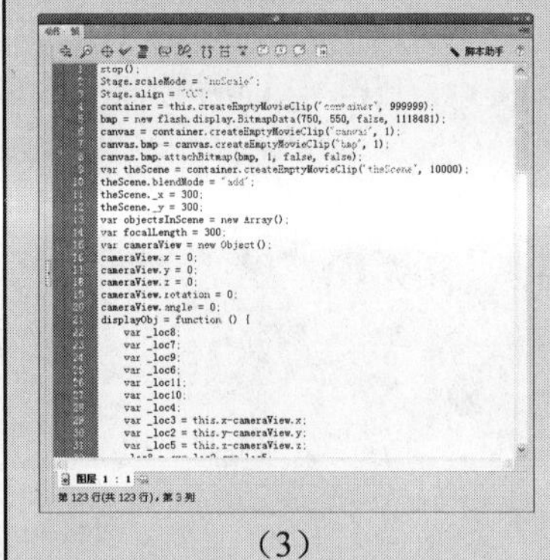
（3）

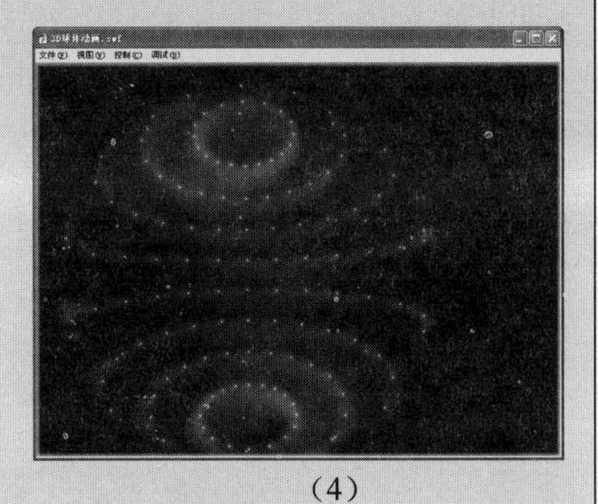
（4）

1．制作“影片剪辑”元件。

2．为元件设置“属性连接”。

3．返回场景中，输入 Action Script 脚本语言。

4．完成动画的制作，测试动画效果。

Example 实例 115 3D 文字效果

案例文件	光盘\源文件\第 7 章\3D 文字效果.fla
视频文件	光盘\视频\第 7 章\3D 文字效果.swf
难易程度	★★☆☆☆
学习时间	15 分钟
实例要点	➢ 利用外部软件制作文字动画 ➢ swf 文件的导入
实例目的	通过本案例的制作，掌握利用三维文字软件制作文字动画，并将文字动画导入 Flash 中的方法

提示　本实例将使用 Xara3D6 制作文字动画，读者可以从网上下载该软件试用版或购买正版。

操作步骤

步骤 1 打开 Xara3D6 文字动画制作软件，如图 7-64 所示。单击选项工具栏中“文字选项”按钮 *Aa*，在弹出的“文字选项”对话框中输入“探索科技”文本，设置“字体”为“经典粗圆简”，“文字选项”对话框如图 7-65 所示。

步骤 2 设置“文字选项”后的主界面效果，如图 7-66 所示，单击图案工具栏中“边框”按钮，将主界面中的文本边框去掉，主界面效果如图 7-67 所示。

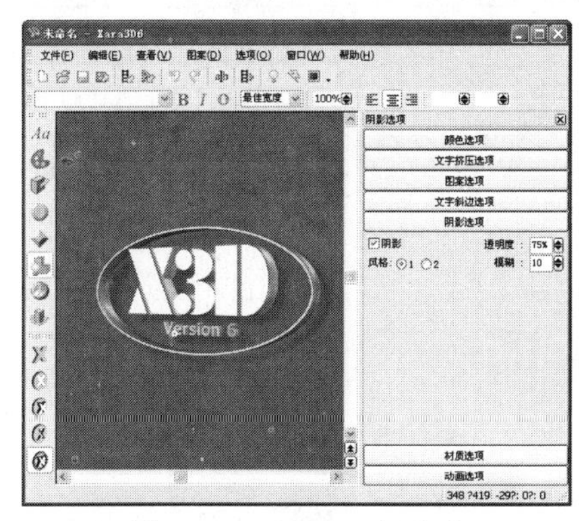

图 7-64　Xara3D6 主界面

图 7-65　“文字选项”对话框

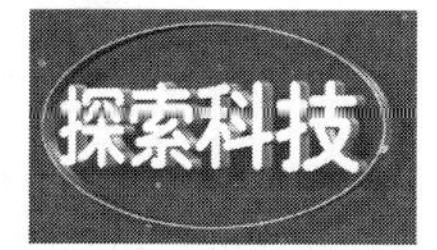

图 7-66　主界面效果

步骤 3 设置选项栏中“材质选项”栏下的“材质选项器”为“文字”，单击“载入材质”按钮 载入材质，如图 7-68 所示。在弹出的“加载文字材质”对话框中选择一种材质，如图 7-69 所示，完成后的主界面效果如图 7-70 所示。

图 7-67　去掉边框后的主界面效果

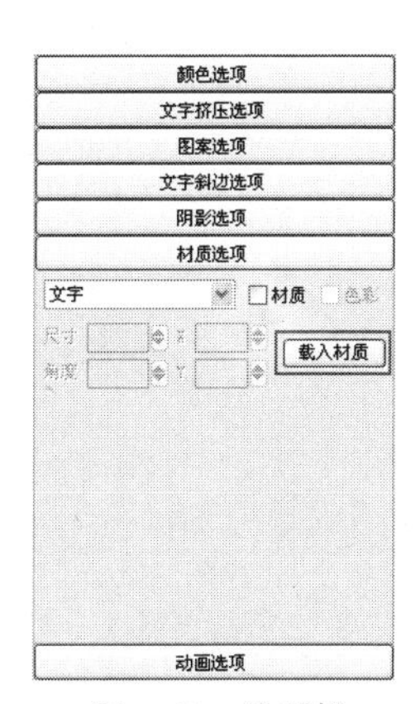

图 7-68　选项栏

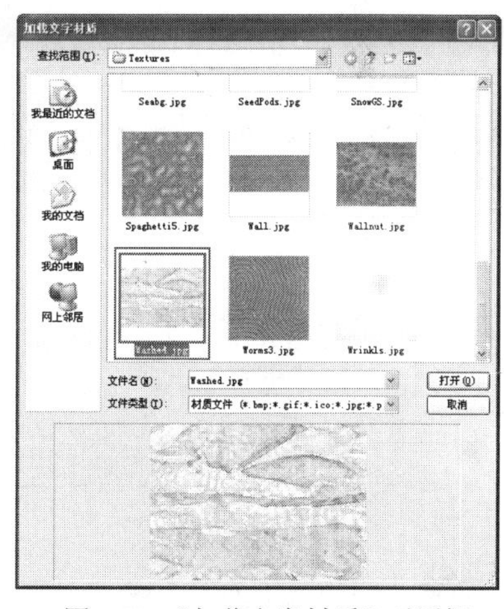

图 7-69　“加载文字材质”对话框

步骤 4 单击选项栏中“动画选项”栏下的“动画提取器”按钮 动画提取器，在弹出的“动画提取器”对话框中选择一种“动画模式”，如图 7-71 所示。设置选项栏中“动画选项”栏下的“风格”为“旋转 1”，如图 7-72 所示。

步骤 5 执行“文件>导出动画”命令，如图 7-73 所示，将动画保存为“光盘\源文件\第 7 章\素材\ 3D 文字效果.swf”，如图 7-74 所示。

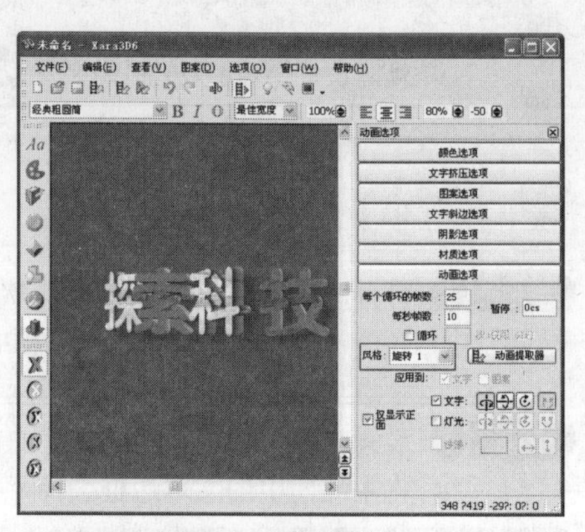

图 7-70　主界面效果　　图 7-71　“动画提取器”对话框　　图 7-72　“选项栏”

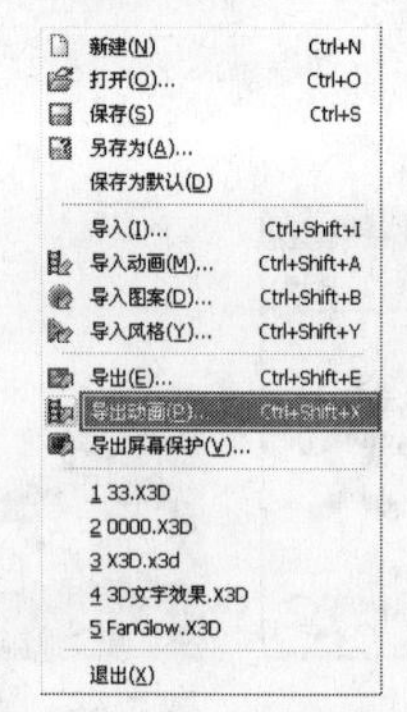

图 7-73　选择“导出动画”命令　　图 7-74　“导出动画”对话框

步骤 6 运行 Flash CS5，执行“文件>新建”命令，新建一个 Flash 文档，如图 7-75 所示。单击“属性”面板的“编辑”按钮，弹出“文档设置”对话框，设置“尺寸”为 600 像素×250 像素，保持其他默认设置，如图 7-76 所示。

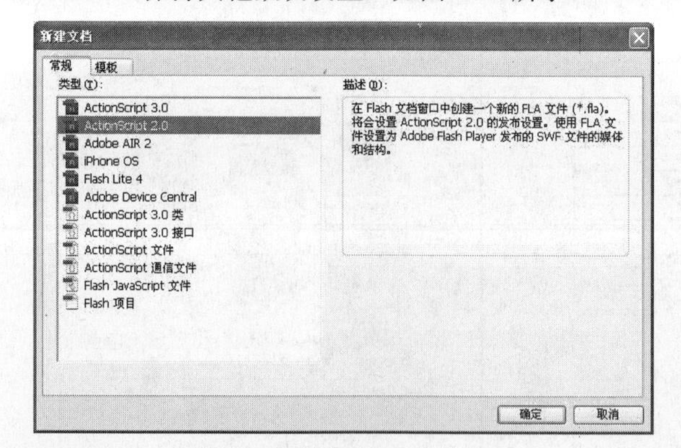
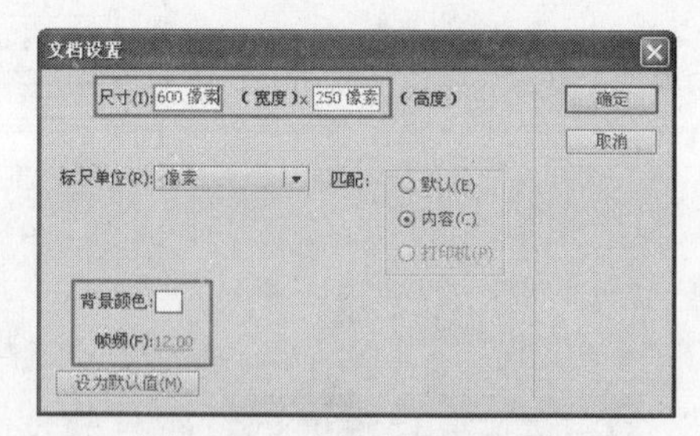

图 7-75　新建 Flash 文档　　图 7-76　“文档设置”对话框

步骤 7 新建一个“名称”为“文字动画”的“影片剪辑”元件，如图 7-77 所示。将“光盘\源文件\第 7 章\素材\3D 文字效果.swf”导入场景中，如图 7-78 所示，“时间轴”面板如图 7-79 所示。

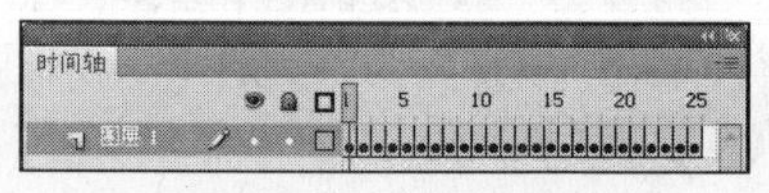

图 7-77　“创建新元件”对话框　　图 7-78　导入文件　　图 7-79　“时间轴”面板

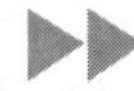

提示

在导入 swf 文件后，Flash 会将 swf 文件拆分成很多张图片，并自动创建新帧，拆分的图片导入到各个帧上。

步骤 8 返回“场景 1”编辑状态，将“光盘\源文件\第 7 章\素材\tuxiang5.jpg”导入场景中，如图 7-80 所示。新建“图层 2”，将“文字动画”元件从“库”面板中拖入场景中，如图 7-81 所示。

步骤 9 执行“文件>保存”命令，将动画保存为“光盘\源文件\第 7 章\3D 文字效果.fla”，按 Ctrl+Enter 键测试影片，动画效果如图 7-82 所示。

图 7-80　导入图像

图 7-81　拖入元件

图 7-82　预览动画效果

实例小结

本实例的重点是利用外部的文字动画制作软件制作动画，再将制作好的动画导入 Flash 中。读者要掌握使用外部软件制作三维文字动画效果的方法。

Example 实例 116　3D 文字动画

案例文件	光盘\源文件\第 7 章\3D 文字动画.fla
视频文件	光盘\视频\第 7 章\3D 文字动画.swf
难易程度	★☆☆☆☆
学习时间	10 分钟

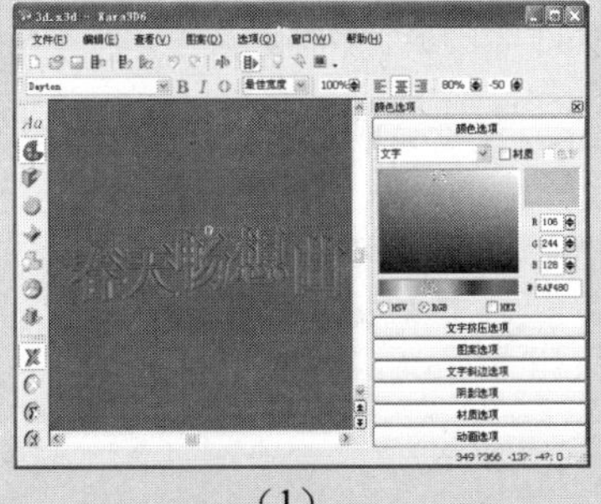

（1）

（2）

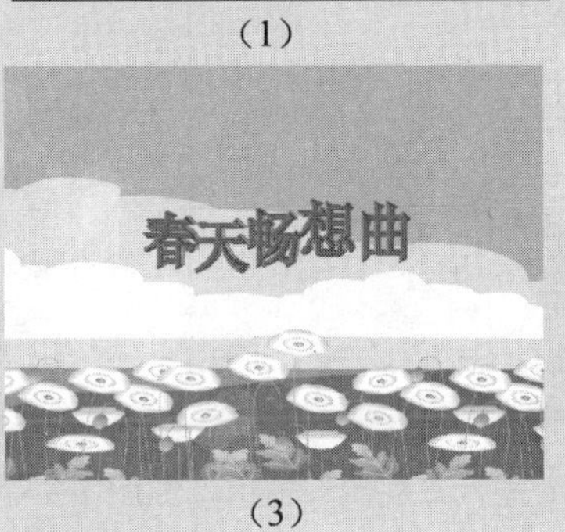

（3）

（4）

1. 使用 Xara3D 软件制作特效文字并导出为 swf 格式动画。
2. 打开 fla 格式的素材源文件。
3. 将 swf 格式动画导入到舞台中，调整位置与层级。
4. 完成动画的制作，测试动画效果。

Example 实例 117 陨石坠落动画

案例文件	光盘\源文件\第 7 章\陨石坠落动画.fla
视频文件	光盘\视频\第 7 章\陨石坠落动画.swf
难易程度	★★☆☆☆
学习时间	15 分钟
实例要点	➢ Swift 3D 的基本使用 ➢ swf 文件的导入
实例目的	本例将利用外部动画制作软件制作三维动画效果，并导入到 Flash 中进行二次操作

提示 本实例将使用 Swift 3D 制作动画，读者可以上网下载该软件试用版或购买正版。

操作步骤

步骤 1 打开 Swift 3D 动画制作软件，如图 7-83 所示，设置动画的播放速度为 6fps，单击“编辑工具栏”中“创建多面体”按钮，在视图中添加一个多面体，如图 7-84 所示。

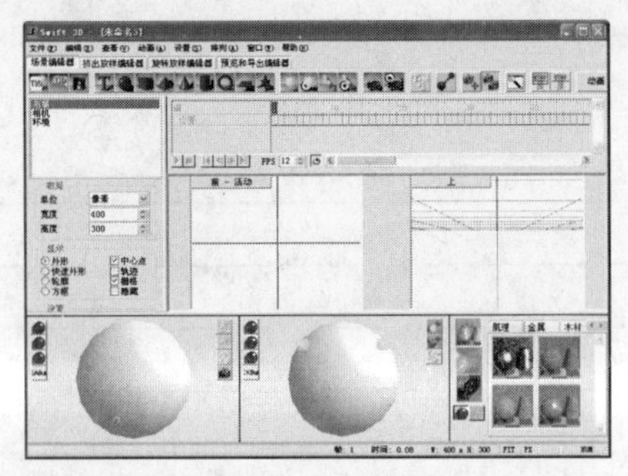

图 7-83 软件界面

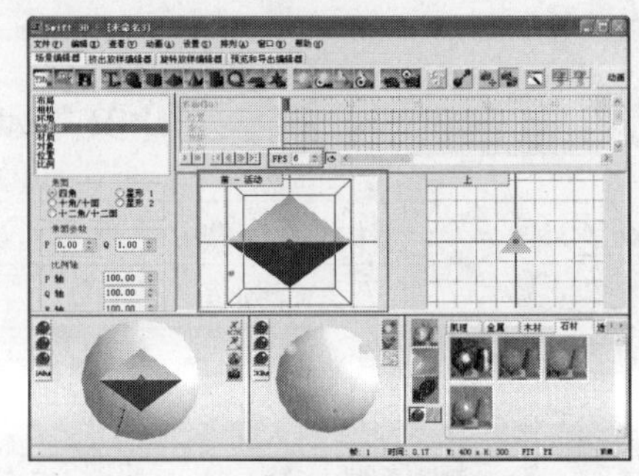

图 7-84 绘制多面体

步骤 2 选中多面体，设置其“属性工具栏”中参数，如图 7-85 所示，设置完成后的“视图”效果如图 7-86 所示。

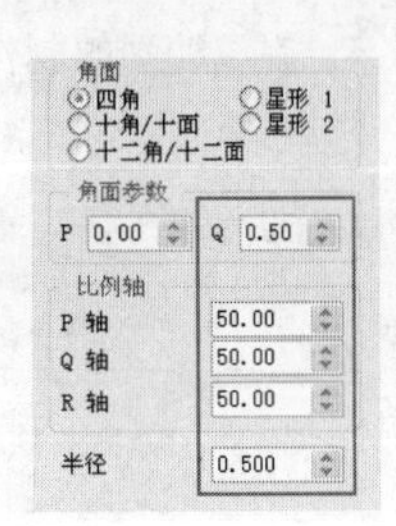

图 7-85 “属性工具栏”

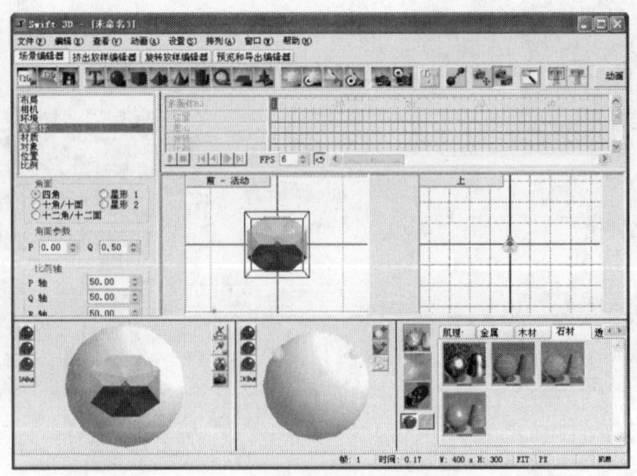

图 7-86 “视图”效果

步骤 3 将“图库工具栏”中“石材”选项卡下的 ER Raster-Marble 拖入“视图”窗口，如图 7-87 所示，完成后的“视图”效果如图 7-88 所示。

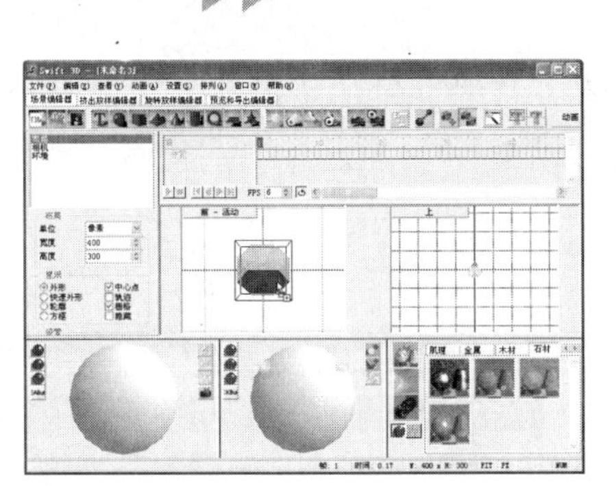

图 7-87　拖入材质

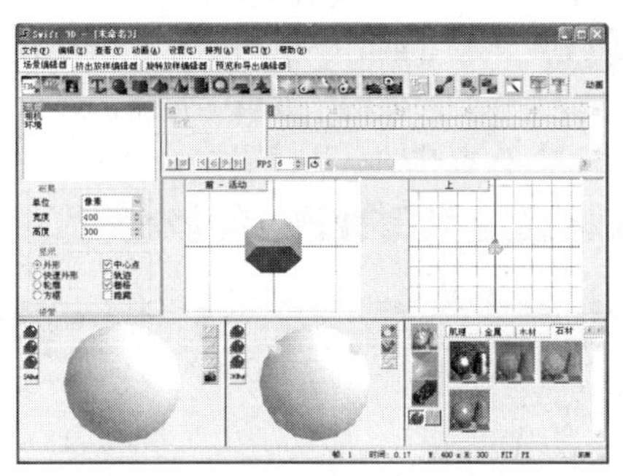

图 7-88　完成后的“视图”效果

步骤 4 单击“图库工具栏”中“显示动画”按钮，将“规则回旋”选项卡下的 ER-Zig Zag 360 拖入“视图”窗口，如图 7-89 所示，完成后的“动画时间线”效果如图 7-90 所示。

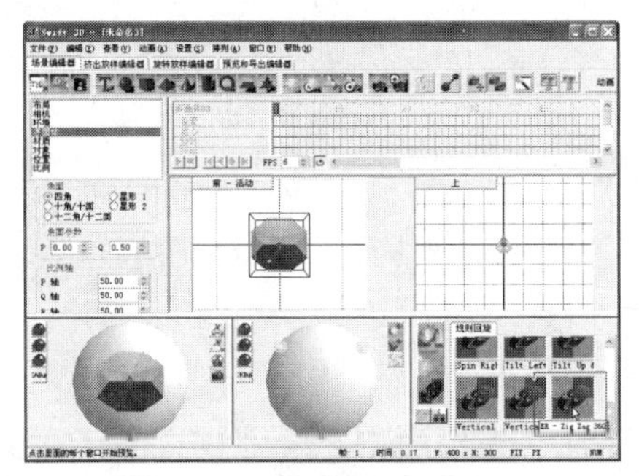

图 7-89　“规则回旋”选项卡

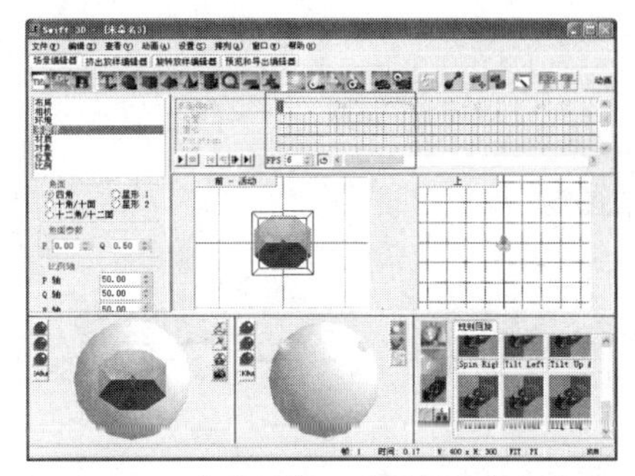

图 7-90　完成后的“动画时间线”效果

步骤 5 设置“预览和导出编辑器”选项卡下的“目标文件类型”相关参数，如图 7-91 所示，单击“生成所有帧”按钮 生成所有帧 ，将制作的图形生成为动画，完成后的效果如图 7-92 所示。

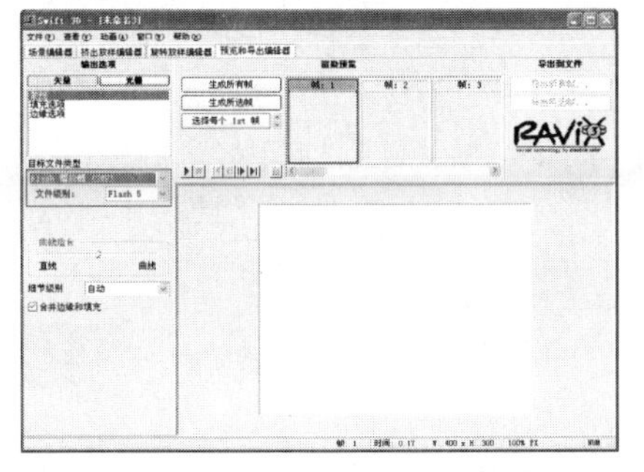

图 7-91　设置“目标文件类型”

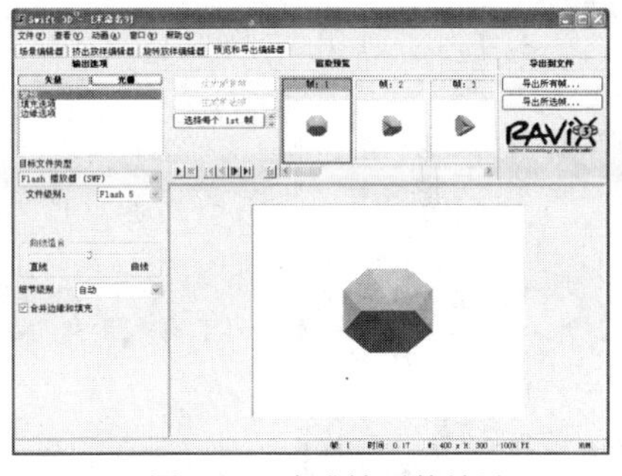

图 7-92　生成帧后的效果

步骤 6 单击“导出所有帧”按钮 导出所有帧... ，将其导出到“光盘\源文件\第 7 章\素材\陨石效果.swf”，如图 7-93 所示。

图 7-93　导出矢量文件

步骤 7 运行 Flash CS5，执行“文件>新建”命令，新建一个 Flash 文档，如图 7-94 所示。单击“属性”面板的“编辑”按钮，弹出“文档设置”对话框，设置“尺寸”为 680 像素×425 像素，保持其他默认设置，如图 7-95 所示。

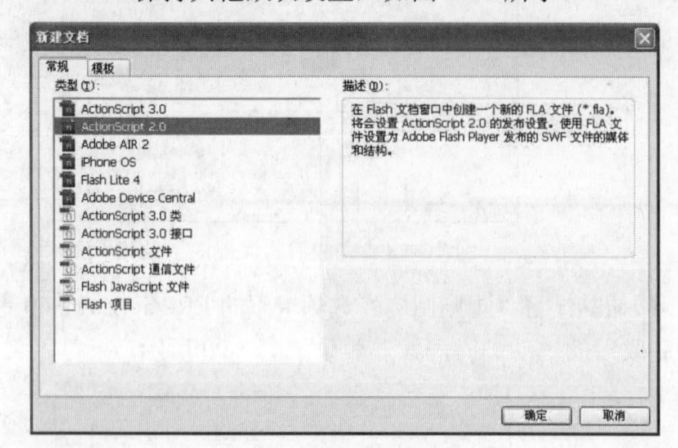

图 7-94　新建 Flash 文档

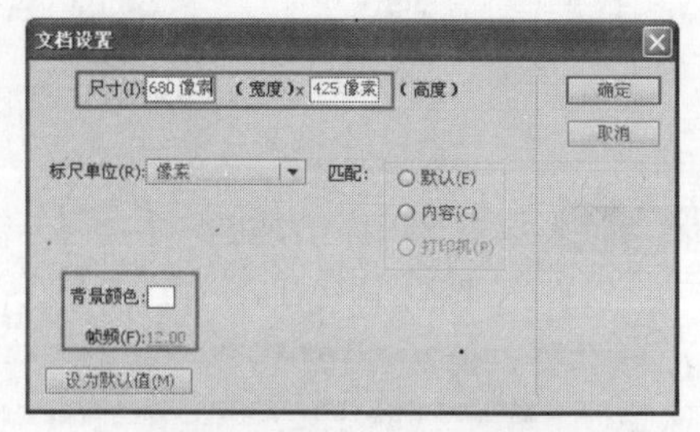

图 7-95　“文档设置”对话框

步骤 8 新建一个“名称”为“陨石动画”的“影片剪辑”元件，如图 7-96 所示。将“光盘\源文件\第 7 章\素材\陨石效果.swf”导入场景中，如图 7-97 所示，“时间轴”面板如图 7-98 所示。

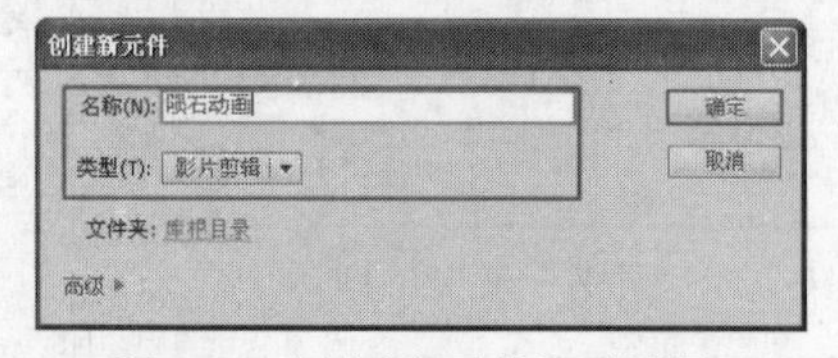

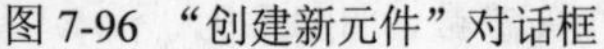

图 7-96　“创建新元件”对话框

图 7-97　场景效果

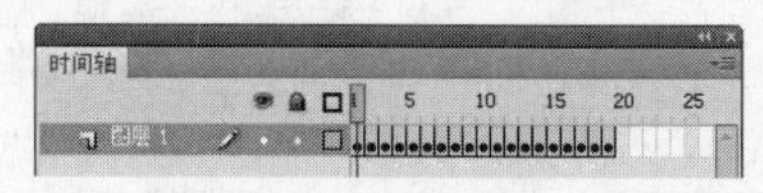

图 7-98　“时间轴”面板

步骤 9 返回“场景 1”编辑状态，将“光盘\源文件\第 7 章\素材\tuxiang6.jpg”导入场景中，如图 7-99 所示。在第 40 帧位置插入帧，新建“图层 2”，将“陨石动画”元件从“库”面板中拖入场景中，并调整元件大小，如图 7-100 所示。

步骤 10 分别在第 10 帧、第 30 帧和第 40 帧位置插入关键帧，将第 40 帧上的元件向下移动，场景效果如图 7-101 所示。设置元件 Alpha 值为 0%，将第 1 帧场景中的元件向上移动，场景效果如图 7-102 所示。

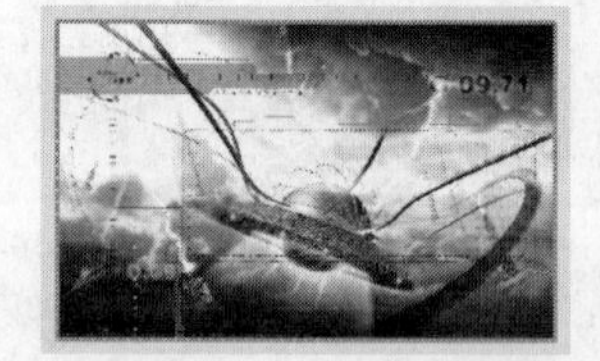

图 7-99　导入图像

图 7-100　拖入元件并将元件缩小

图 7-101　场景效果

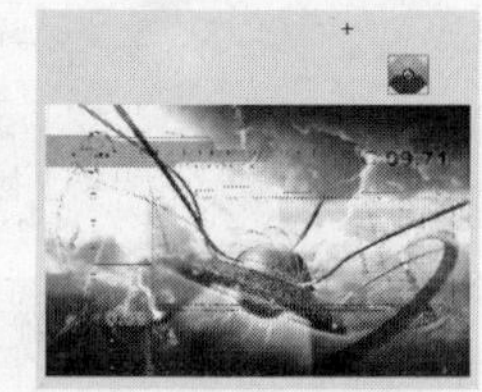

图 7-102　场景效果

步骤 11 将第 30 帧场景中的元件向下移动，场景效果如图 7-103 所示，分别在第 1 帧、第 10 帧和第 30 帧位置创建传统补间动画，“时间轴”面板如图 7-104 所示。

步骤 12 参照“图层 2”的制作方法，制作出“图层 3”、“图层 4”和“图层 5”的动画，完成后的“时间轴”面板如图 7-105 所示，场景效果如图 7-106 所示。

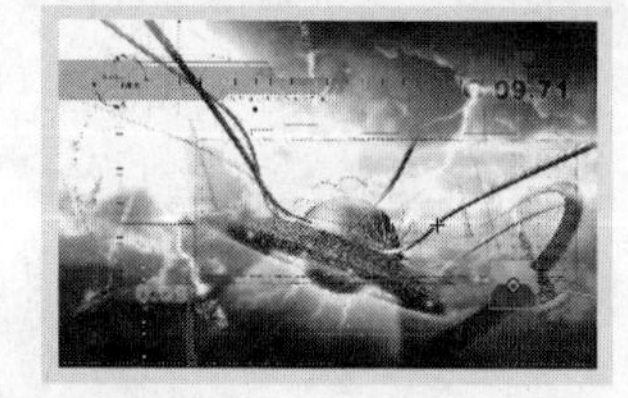

图 7-103　场景效果

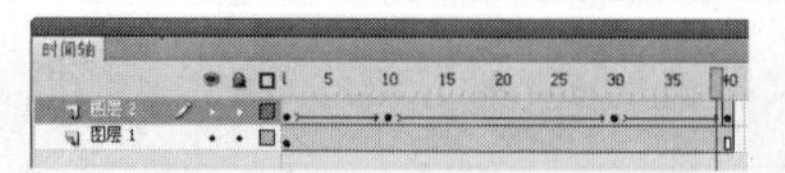

图 7-104　“时间轴”面板

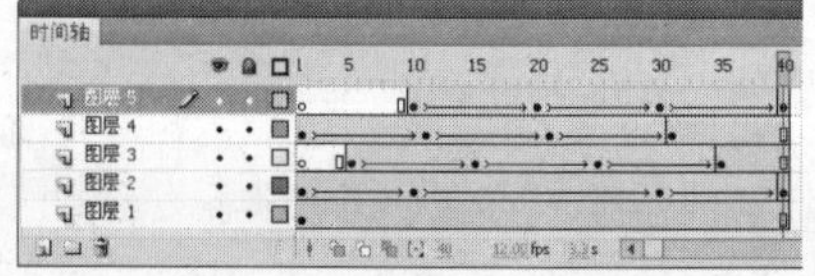

图 7-105　“时间轴”面板

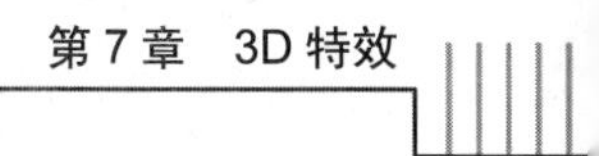

步骤 13 执行“文件>保存”命令，将动画保存为“光盘\源文件\第 7 章\陨石坠落动画.fla”，按 Ctrl+Enter 键测试影片，动画效果如图 7-107 所示。

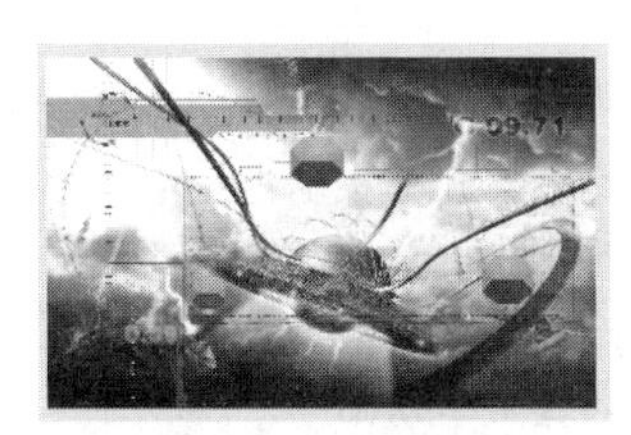
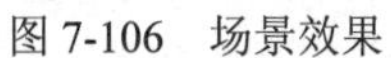
图 7-106 场景效果

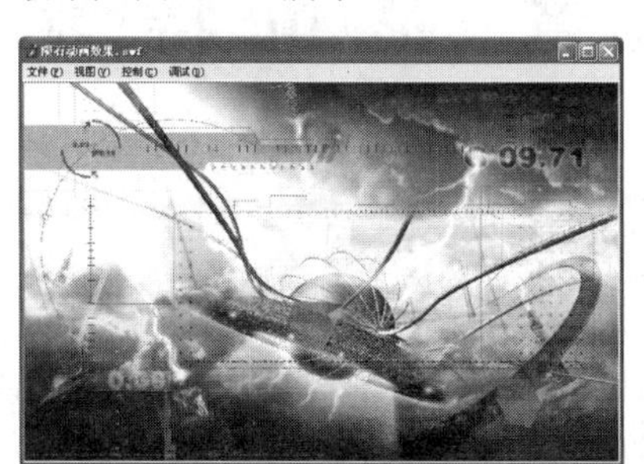
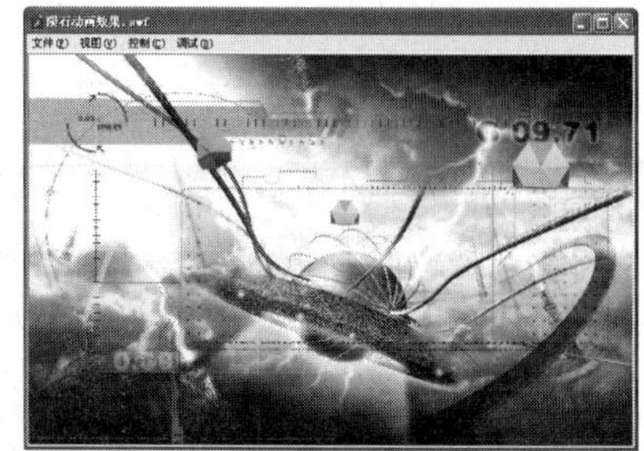
图 7-107 预览动画效果

实例小结

本实例的重点是利用外部动画制作软件 Swift 3D 制作动画，然后将制作好的动画导入 Flash 中进行更复杂的动画制作。

Example 实例 118 旋转星球动画

案例文件	光盘\源文件\第 7 章\旋转星球动画.fla
视频文件	光盘\源文件\第 7 章\旋转星球动画.swf
难易程度	★★☆☆☆
学习时间	15 分钟

（1） （2） （3） （4）

1. 使用 Swift 软件制作 3D 旋转星球动画并导出为 swf 格式文件。

2. 打开 Flash 软件并新建文档，将素材图像导入文档中。

3. 将 swf 格式动画导入到舞台中并调整位置与层级。

4. 完成动画的制作，测试动画效果。

第8章　菜单特效

■　本章内容

- ➢ 类别菜单动画
- ➢ 快速导航菜单动画
- ➢ 二级导航菜单动画
- ➢ 体育导航动画
- ➢ 交友社区快速导航
- ➢ 艺术照片展示菜单动画
- ➢ 综合类别菜单动画
- ➢ 产品展示菜单动画
- ➢ 商业导航菜单动画
- ➢ 交友网站导航动画
- ➢ 设计展示菜单动画
- ➢ 产品导航菜单动画
- ➢ 公益菜单动画
- ➢ 广告菜单动画
- ➢ 悬挂菜单动画
- ➢ 儿童趣味导航动画
- ➢ 服装展示菜单动画
- ➢ 楼盘介绍菜单动画

本章主要讲解各种菜单动画的制作方法，通过在“按钮”元件或“影片剪辑”元件上添加脚本语言，实现光标经过某一元件时播放关联元件的效果。

Example 实例 119　类别菜单动画

案例文件	光盘\源文件\第 8 章\类别菜单动画.fla
视频文件	光盘\视频\第 8 章\类别菜单动画.swf
难易程度	★★☆☆☆
学习时间	15 分钟
实例要点	➢ “按钮”元件的应用 ➢ 利用“实例名称”控制元件
实例目的	通过本实例的制作，了解网站中简单菜单动画的制作原理和制作过程

操作步骤

步骤 1 新建一个 Flash 文档，如图 8-1 所示，单击“属性”面板的“设置”按钮，弹出“文档设置”对话框，设置“尺寸”为 280 像素 × 352 像素，“帧频”为 60，如图 8-2 所示。

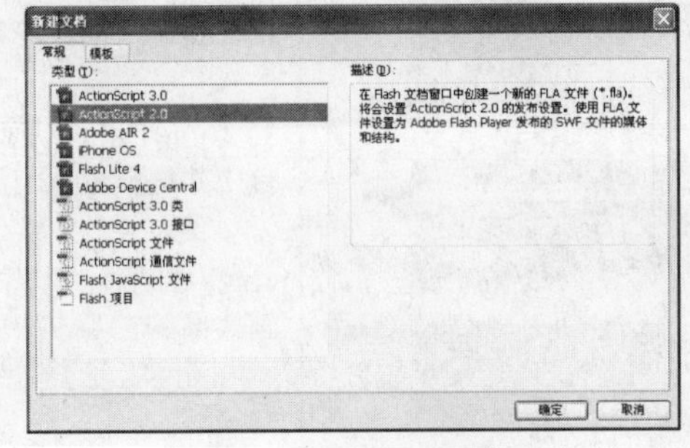

图 8-1　新建 Flash 文档

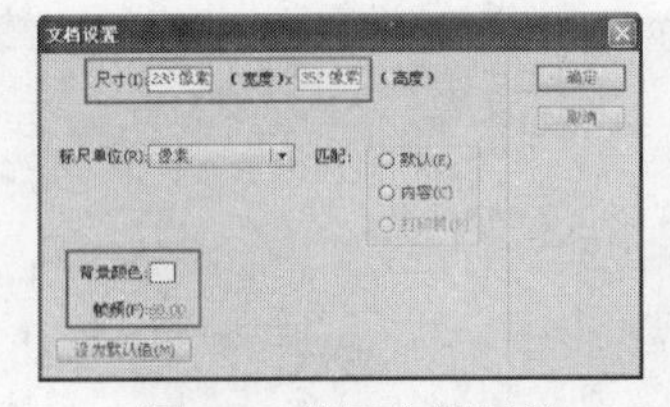

图 8-2　设置文档属性

步骤 2 新建一个“名称”为“反应区”的“按钮”元件，如图 8-3 所示，在“点击”位置插入关键帧，“时间轴”面板如图 8-4 所示，使用“矩形工具”在场景中绘制一个矩形。

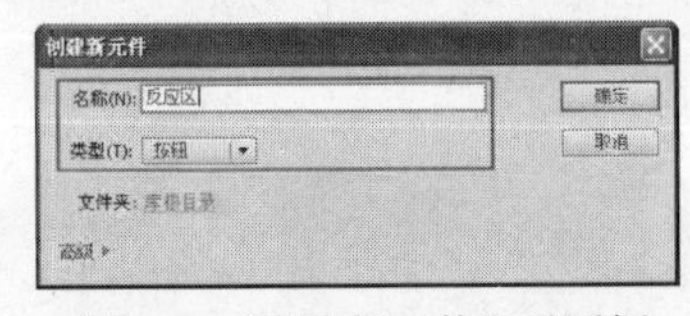

图 8-3　“创建新元件”对话框

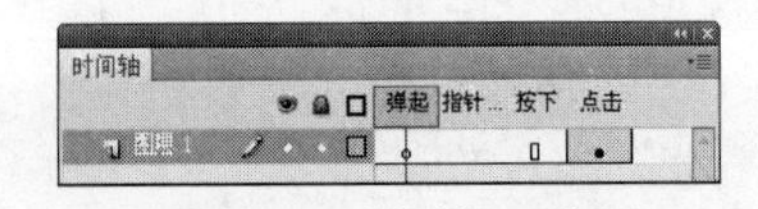

图 8-4　“时间轴”面板

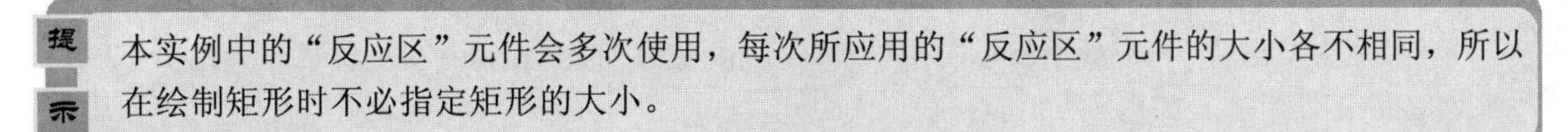

提示　本实例中的“反应区”元件会多次使用，每次所应用的“反应区”元件的大小各不相同，所以在绘制矩形时不必指定矩形的大小。

步骤 3 新建一个“名称”为“菜单 1”的“影片剪辑”元件，如图 8-5 所示。执行“文件>导入>导入到舞台”命令，将“光盘\源文件\第 8 章\素材\ tuxiang01.png”导入场景中，如图 8-6 所示。

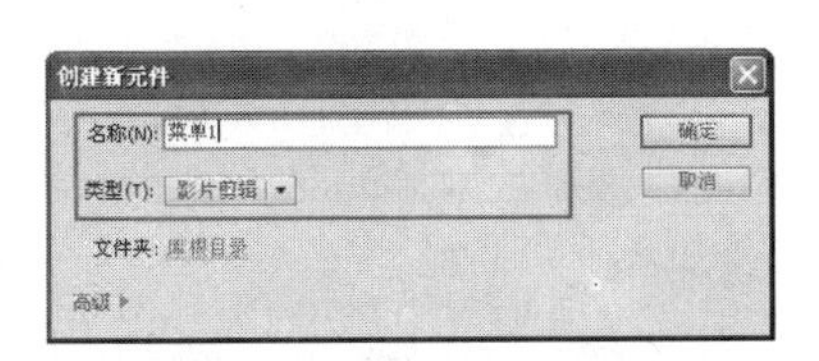

图 8-5 “创建新元件”对话框

图 8-6 导入图像

步骤 4 新建“图层 2”，将“反应区”元件从“库”面板中拖入场景中，如图 8-7 所示。选择刚刚拖入的“反应区”元件，在“动作”面板中输入如图 8-8 所示的脚本语言。

图 8-7 拖入元件

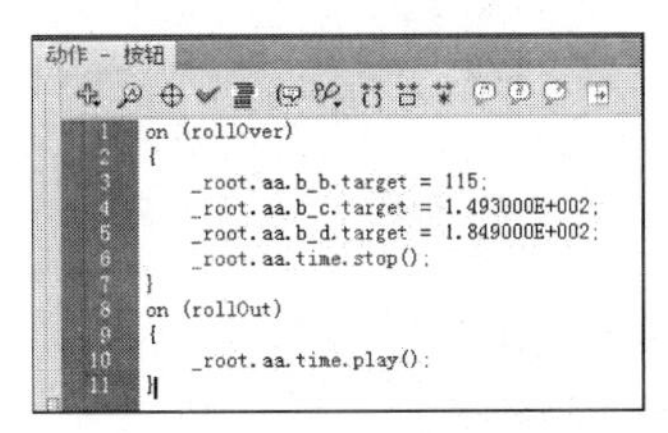

图 8-8 输入脚本语言

步骤 5 采用“菜单 1”元件的制作方法，制作出“菜单 2”、“菜单 3”和“菜单 4”元件，完成后的元件效果如图 8-9 所示。

步骤 6 新建一个“名称”为“菜单动画”的“影片剪辑”元件，打开“库”面板，如图 8-10 所示。将“菜单 1”元件从“库”面板中拖入场景中，如图 8-11 所示。

图 8-9 完成后的元件效果

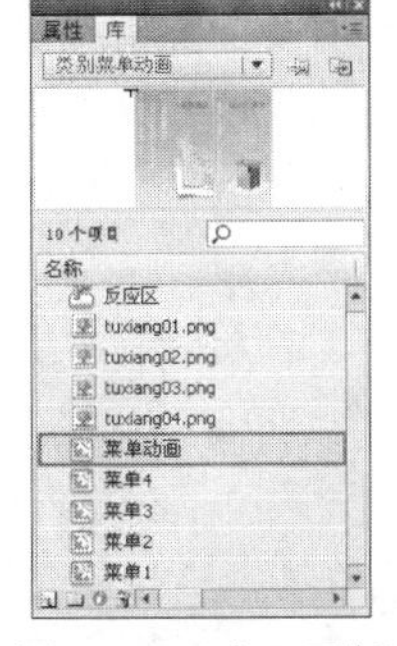

图 8-10 “库”面板

图 8-11 拖入元件

步骤 7 选择“菜单 1”元件，设置其“属性”面板中“实例名称”为 b_a，“属性”面板如图 8-12 所示。在“动作”面板中输入如图 8-13 所示的脚本语言。

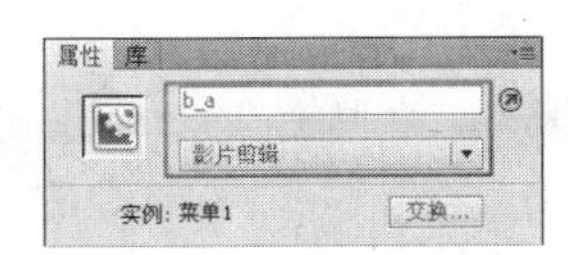

图 8-12 “属性”面板

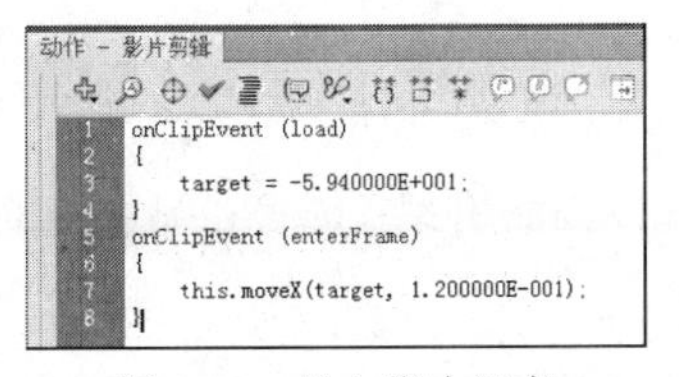

图 8-13 输入脚本语言

提示 元件的“实例名称”可以根据实际需要随意更改，要注意的是，在输入脚本语言时一定要和“实例名称”相符。

步骤 8 新建“图层 2”，将“菜单 2”元件从“库”面板中拖入场景中，如图 8-14 所示。设置“属性”面板中“实例名称”为 b_b，在“动作”面板中输入如图 8-15 所示的脚本语言。

图 8-14　拖入元件

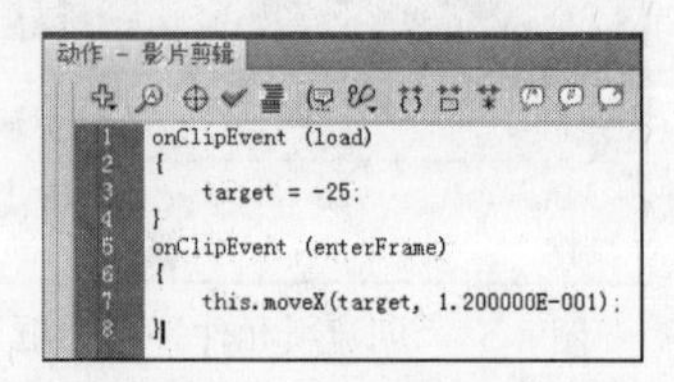


```
onClipEvent (load)
{
    target = -25;
}
onClipEvent (enterFrame)
{
    this.moveX(target, 1.200000E-001);
}
```

图 8-15　输入脚本语言

步骤 9 采用“图层 2”的制作方法，制作出“图层 3”和“图层 4”动画，完成后的场景效果如图 8-16 所示。新建“图层 5”，在第 1 帧位置单击，在“动作”面板中输入如图 8-17 所示的脚本语言。

图 8-16　完成后的场景效果

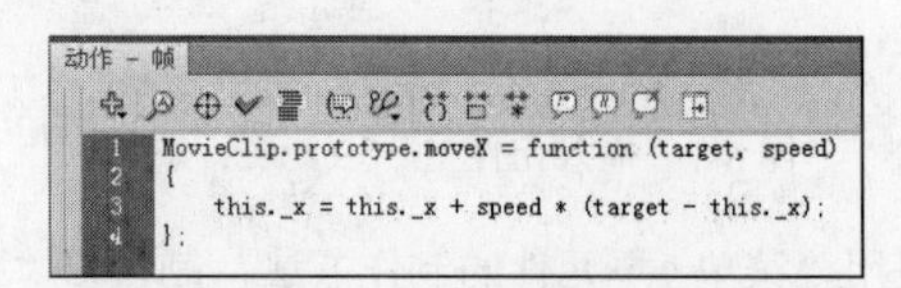


```
MovieClip.prototype.moveX = function (target, speed)
{
    this._x = this._x + speed * (target - this._x);
};
```

图 8-17　输入脚本语言

步骤 10 返回“场景 1”编辑状态，将“菜单动画”元件从“库”面板中拖入场景中，如图 8-18 所示，设置其“属性”面板中“实例名称”为 aa，“属性”面板如图 8-19 所示。

步骤 11 执行“文件>保存”命令，将动画保存为“光盘\源文件\第 8 章\类型菜单动画.fla”，按 Ctrl+Enter 键测试影片，动画效果如图 8-20 所示。

图 8-18　场景效果

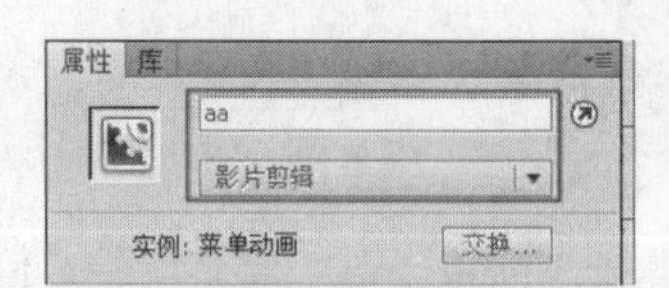

图 8-19 “属性”面板

图 8-20　预览动画效果

实例小结 本实例的重点是利用脚本语言控制菜单的播放，读者要学会控制鼠标事件的常用脚本语言。

Example 实例 120 体育导航动画

案例文件	光盘\源文件\第 8 章\体育导航动画.fla
视频文件	光盘\视频\第 8 章\体育导航动画.swf
难易程度	★★☆☆☆
学习时间	25 分钟

（1） （2）

（3）

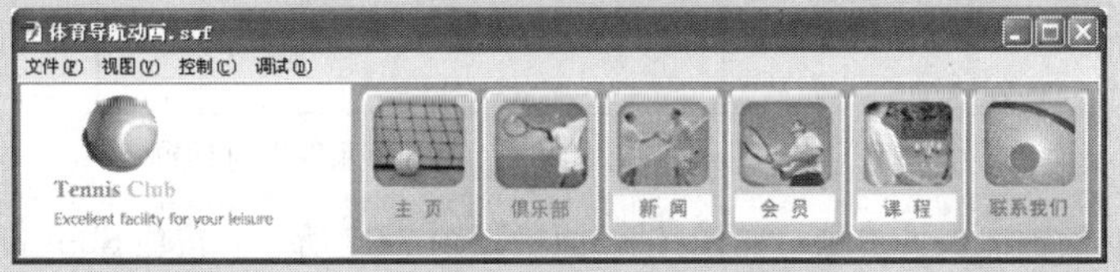

（4）

1．制作主页项目“影片剪辑”元件动画。

2．返回主场景，将背景图像导入场景中，并制作动画。

3．将制作好的元件从“库”面板中拖入场景中，并制作动画。

4．完成动画的制作，测试动画效果。

Example 实例 121 综合类别菜单动画

案例文件	光盘\源文件\第 8 章\综合类别菜单动画.fla
视频文件	光盘\视频\第 8 章\综合类别菜单动画.swf
难易程度	★★☆☆☆
学习时间	20 分钟
实例要点	➢ 利用脚本语言控制元件 ➢ “线条工具”的应用 ➢ “按钮”元件的应用
实例目的	本实例使用基本的影片剪辑元件和控制脚本，制作商业导航菜单

操作步骤

步骤 1 新建一个 Flash 文档，如图 8-21 所示，单击“属性”面板的“设置”按钮，弹出“文档设置”对话框，设置“尺寸”为 670 像素 × 160 像素，“帧频”为 60，如图 8-22 所示。

步骤 2 新建一个“名称”为“蔬菜项”的“影片剪辑”元件，如图 8-23 所示，单击“文本工具”按钮，设置其“属性”面板中“字体”为“经典粗圆简”，“大小”为 18，“颜色”为#000000，“属性”面板如图 8-24 所示。

步骤 3 在场景中输入如图 8-25 所示文本，按 F8 键，将文本转换成 “名称”为“蔬菜文字”的“图形”元件，如图 8-26 所示。

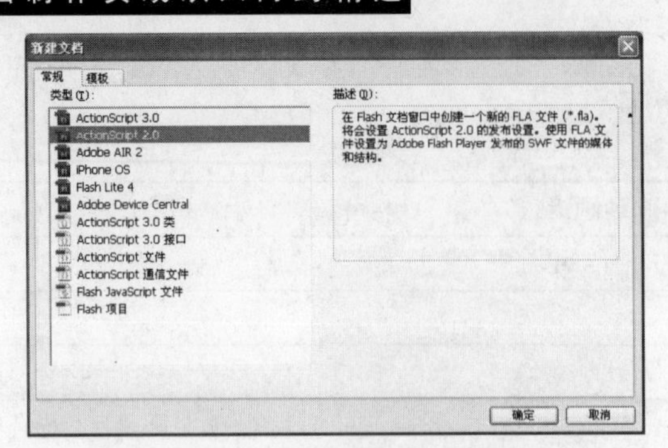

图 8-21　新建 Flash 文档

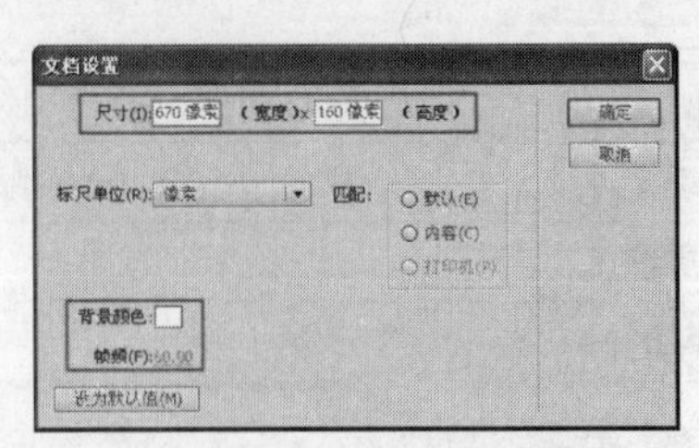

图 8-22　设置文档属性

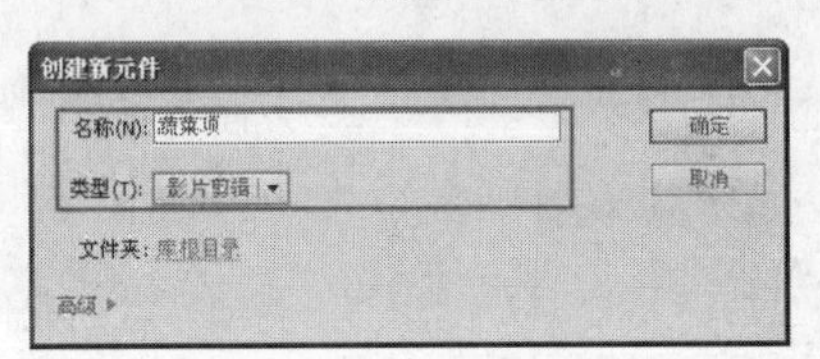

图 8-23　“创建新元件”对话框

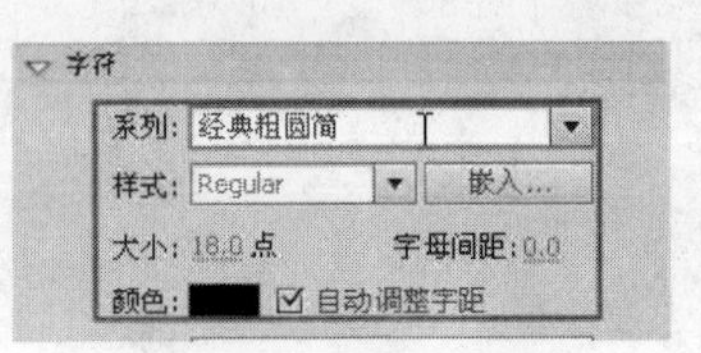

图 8-24　“属性”面板

图 8-25　输入文本

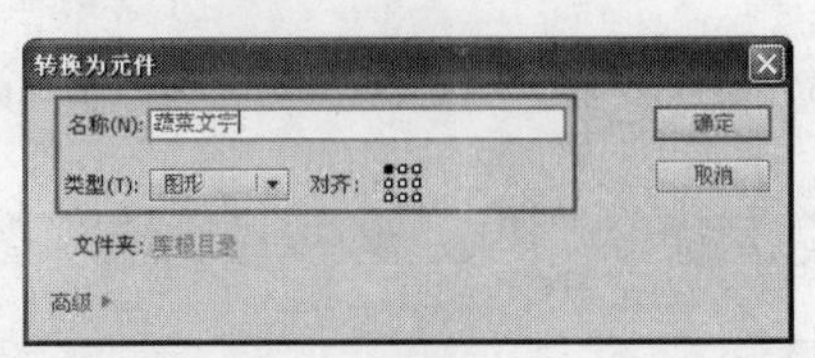

图 8-26　“转换为元件”对话框

步骤 4 分别在第 15 帧和第 30 帧位置插入关键帧，“时间轴”面板如图 8-27 所示，按住 Shift 键使用“任意变形工具”将第 15 帧场景中的元件等比例扩大，场景效果如图 8-28 所示。分别在第 1 帧和第 15 帧位置创建传统补间动画。

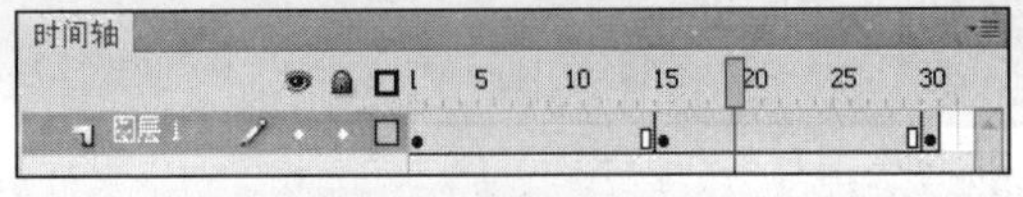

图 8-27　“时间轴”面板

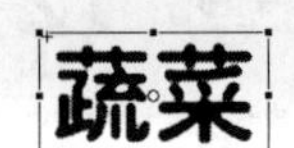

图 8-28　将元件扩大

> **提示**　执行“插入>时间轴>关键帧”命令，也可以插入关键帧，但使用快捷键会更快捷，建议使用快捷键完成插入帧操作。

步骤 5 新建“图层 2”，单击“线条工具”按钮，设置其“属性”面板中“笔触颜色”为#CDCDC9，“笔触”为 1 像素，“样式”为“实线”，“属性”面板如图 8-29 所示。在场景中绘制一条垂直长度为 85 像素的线条，场景效果如图 8-30 所示。

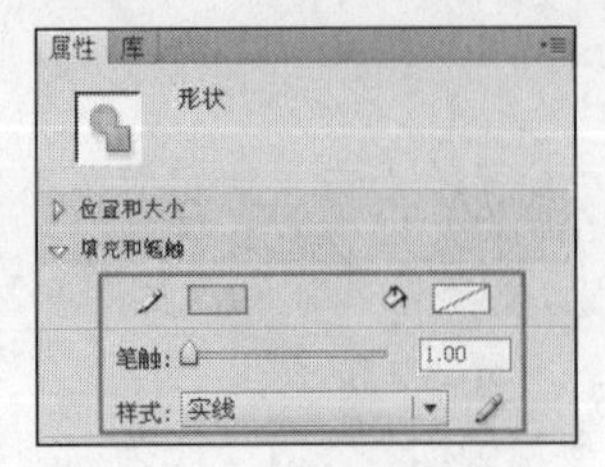

图 8-29　“属性”面板

图 8-30　绘制线条

步骤 6 选择绘制的线条，将线条转换成“名称”为“线条”的“图形”元件，如图 8-31 所示。使用“任意变形工具”调整元件的中心点，如图 8-32 所示。

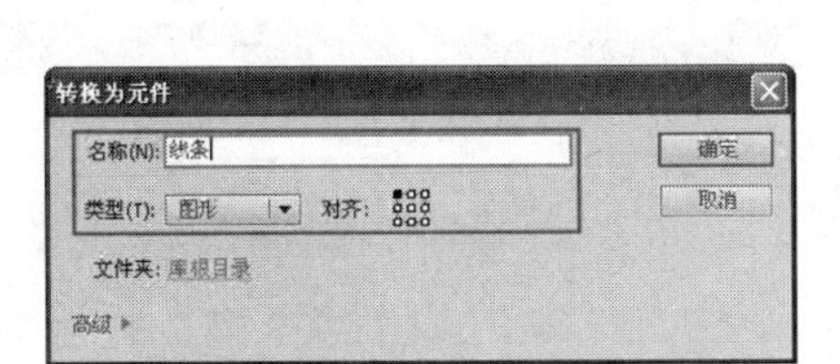

图 8-31 “转换为元件”对话框

图 8-32 调整中心点

步骤 7 分别在第 15 帧和第 30 帧位置单插入关键帧，使用“任意变形工具”将第 15 帧场景中的元件旋转，并向下移动，完成后的元件效果如图 8-33 所示。分别在第 1 帧和第 15 帧位置创建传统补间动画，完成后的“时间轴”面板如图 8-34 所示。

蔬菜

图 8-33 元件效果

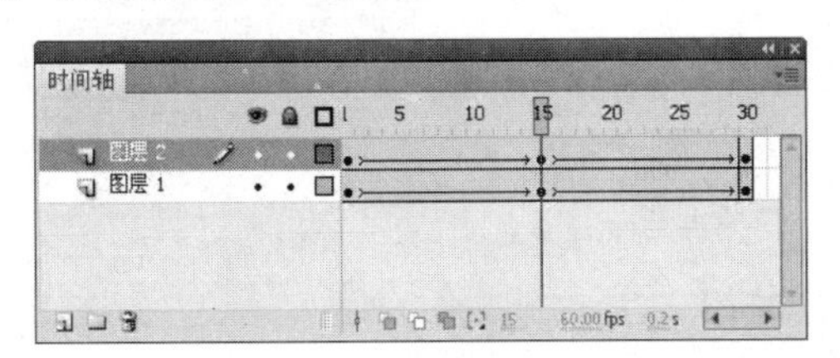

图 8-34 “时间轴”面板

> **技巧** 需要旋转元件或图形时，不仅可以使用“任意变形工具”进行旋转调整，还可以执行“窗口>变形”命令，在弹出的“变形”面板的“旋转”选项区域中输入精确的数值，来控制旋转角度。

步骤 8 新建“图层 3”，将“光盘\源文件\第 8 章\素材\ tuxiang05.png”导入场景中，调整图像在场景中的位置，如图 8-35 所示。按 F8 键，将图像转换成 “名称”为“蔬菜”，的“图形”元件，如图 8-36 所示。

图 8-35 导入图像

图 8-36 “转换为元件”对话框

步骤 9 分别在第 2 帧和第 15 帧位置插入关键帧，将第 2 帧场景中的元件垂直向上移动，设置其 Alpha 值为 0%，“属性”面板如图 8-37 所示，完成后的元件效果如图 8-38 所示，分别在第 1 帧和第 2 帧位置创建传统补间动画。

步骤 10 新建“图层 4”，在第 2 帧位置插入关键帧，设置其“属性”面板中“帧标签”为 qq，“属性”面板如图 8-39 所示，完成后的“时间轴”面板如图 8-40 所示，在第 16 帧位置插入关键帧，设置其“属性”面板中“实例名称”为 ww。

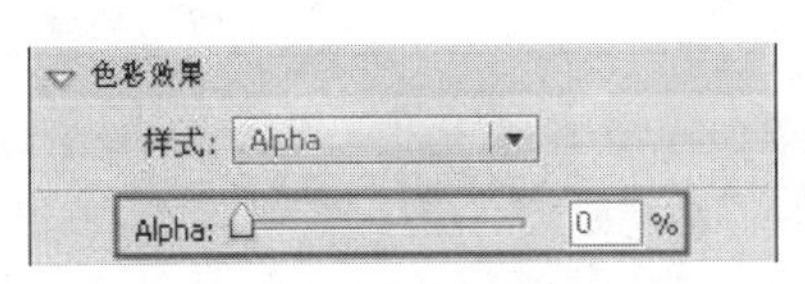

图 8-37 “属性”面板

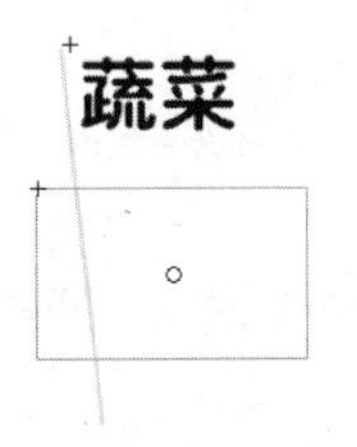

图 8-38 元件效果

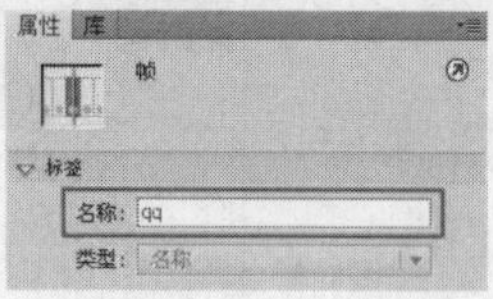

图 8-39 “属性”面板

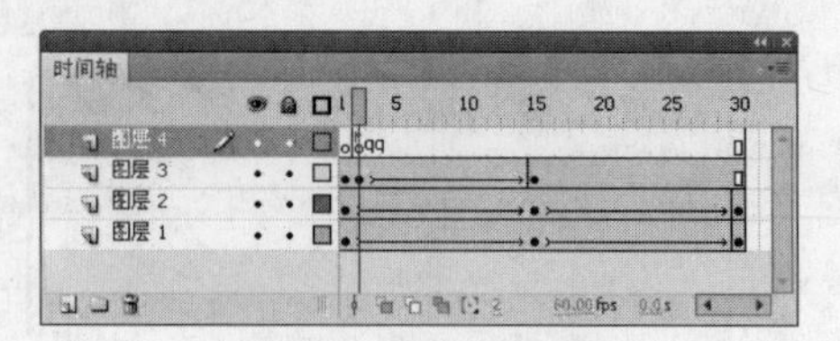

图 8-40 “时间轴”面板

步骤 11 新建“图层 5”，在第 1 帧位置单击，在“动作”面板中输入“stop();”脚本代码，如图 8-41 所示，“时间轴”面板如图 8-42 所示，在第 15 帧位置插入关键帧，在“动作”面板中输入“stop();”脚本代码。

图 8-41 输入脚本代码

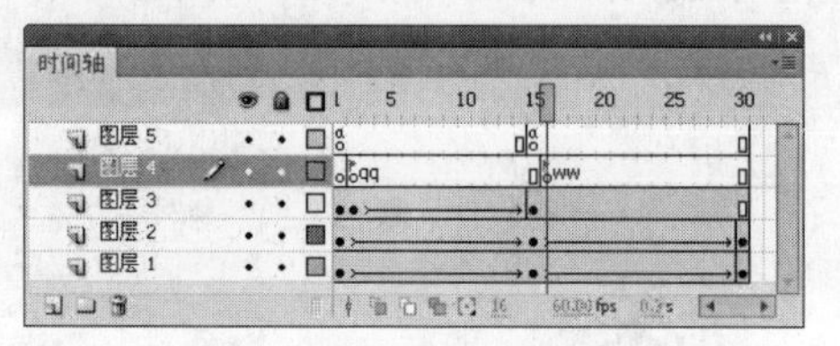

图 8-42 “时间轴”面板

步骤 12 采用“蔬菜项”元件的制作方法，制作出“儿童项”、“手工项”、“植物项”、“文化项”、“鲜花项”和“艺术项”元件，完成后的元件效果如图 8-43 所示。

图 8-43 完成后的元件效果

步骤 13 新建一个“名称”为“反应区”的“按钮”元件，如图 8-44 所示，在“点击”位置插入关键帧，“时间轴”面板如图 8-45 所示，单击“矩形工具”按钮，在场景中绘制一个矩形。

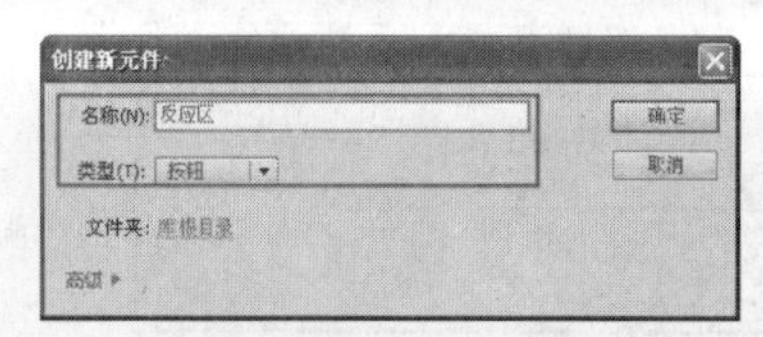

图 8-44 “创建新元件”对话框

图 8-45 “时间轴”面板

步骤 14 新建一个“名称”为“控制菜单动画”的“影片剪辑”元件，如图 8-46 所示。打开“库”面板，如图 8-47 所示，将“蔬菜项”元件从“库”面板中拖入场景中，如图 8-48 所示。设置其“属性”面板中“实例名称”为 b_1，“属性”面板如图 8-49 所示。

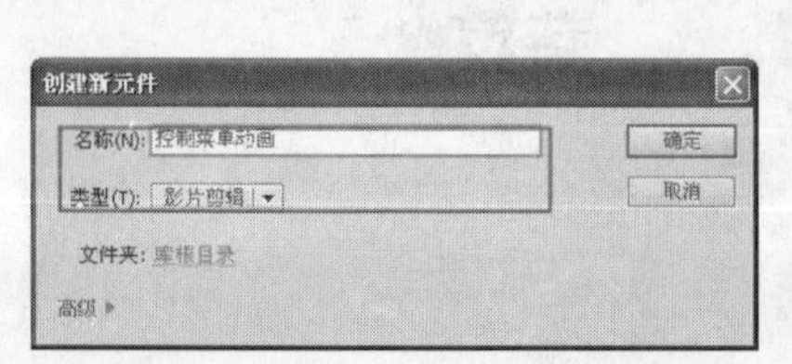

图 8-46 “创建新元件”对话框

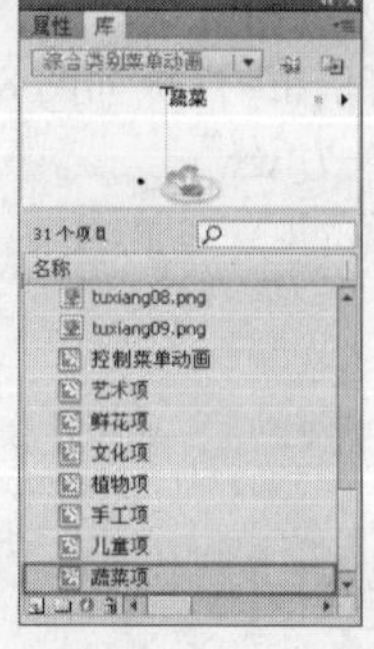

图 8-47 “库”面板

图 8-48 拖入元件

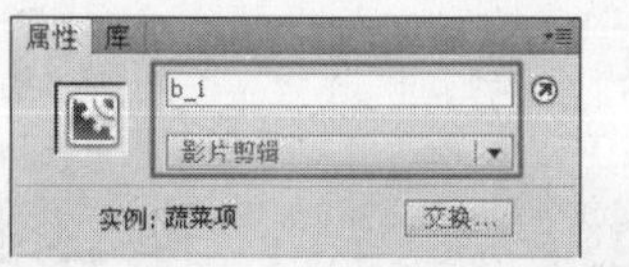

图 8-49 “属性”面板

步骤 15 采用“图层 1”的制作方法，制作出其他图层动画，完成后的场景效果如图 8-50 所示。

步骤 16 新建“图层 8”，将“反应区”元件从“库”面板中拖入场景中，如图 8-51 所示。在“动作”面板中输入如图 8-52 所示的脚本语言。

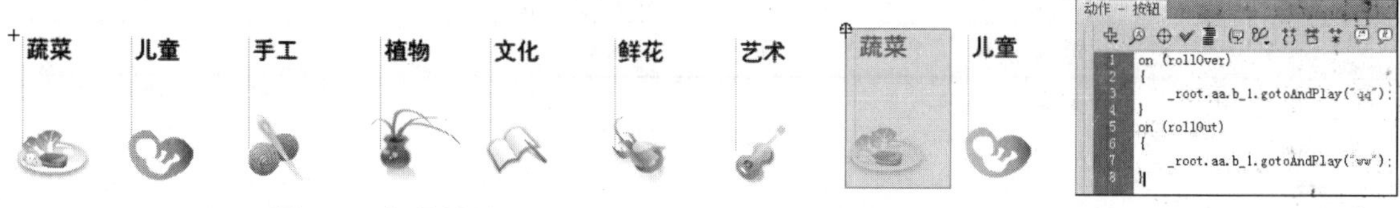

图 8-50　场景效果　　图 8-51　拖入元件　　图 8-52　输入脚本语言

步骤 17 采用“图层 8”的制作方法，制作出其他图层动画，完成后的场景效果如图 8-53 所示。

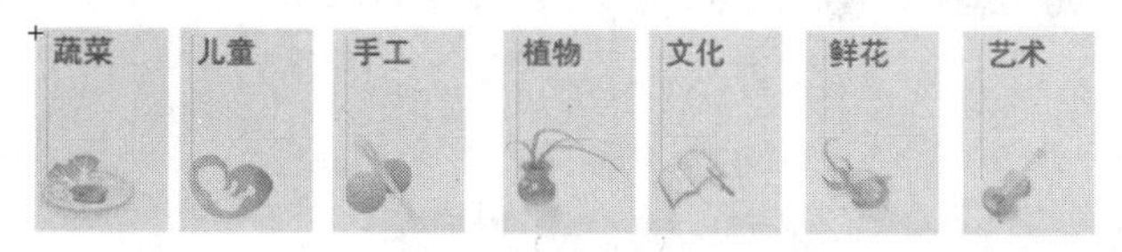

图 8-53　场景效果

步骤 18 返回“场景 1”编辑状态，将“控制菜单动画”元件从“库”面板中拖入场景中，场景效果如图 8-54 所示，设置其“属性”面板中“实例名称”为 aa。

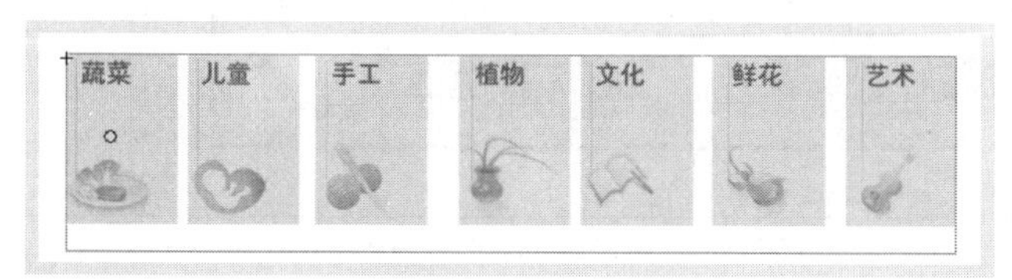

图 8-54　场景效果

步骤 19 执行“文件>保存”命令，将动画保存为“光盘\源文件\第 8 章\综合类别菜单动画.fla”，按 Ctrl+Enter 键测试影片，动画效果如图 8-55 所示。

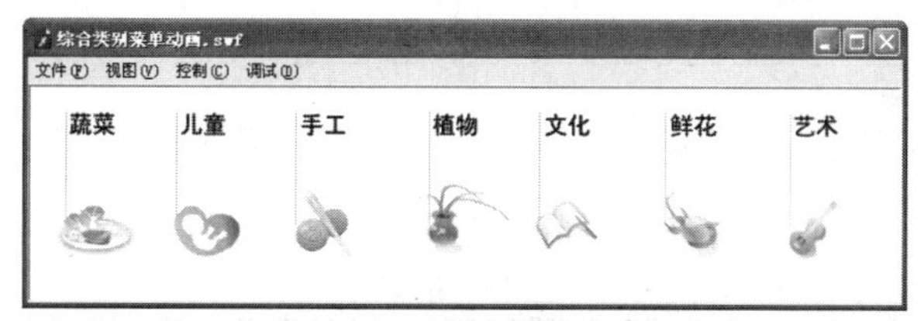

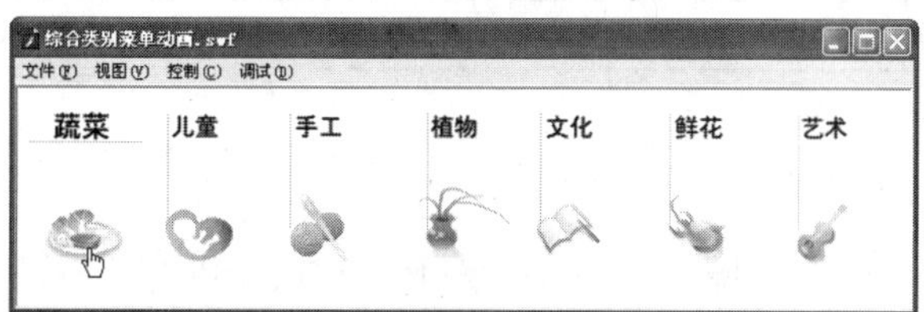

图 8-55　预览动画效果

实例小结

本实例主要通过为“影片剪辑”元件命名，为反应区添加脚本代码来控制影片剪辑的播放，这种方法是制作菜单常用的方法。

Example 实例 122 交友网站导航动画

案例文件	光盘\源文件\第 8 章\交友网站导航动画.fla
视频文件	光盘\视频\第 8 章\交友网站导航动画.swf
难易程度	★★☆☆☆
学习时间	25 分钟
（1） （2） （3） （4）	1．制作翅膀的煽动动画。 2．返回主场景，将背景图像导入场景中。 3．将制作好的元件拖入场景中。 4．完成动画的制作，测试动画效果。

Example 实例 123 公益菜单动画

案例文件	光盘\源文件\第 8 章\公益菜单动画.fla
视频文件	光盘\视频\第 8 章\公益菜单动画.swf
难易程度	★★★☆☆
学习时间	20 分钟
实例要点	➢ 通过脚本代码控制影片剪辑播放 ➢ 元件的“实例名称”与脚本的联系
实例目的	通过本实例的制作，了解简单脚本语言的应用，学会使用脚本控制元件的播放

操作步骤

步骤 1 新建一个 Flash 文档，如图 8-56 所示。单击“属性”面板的“编辑”按钮，弹出“文档设置”对话框，设置“尺寸”为 396 像素 × 70 像素，“帧频”为 36，如图 8-57 所示。

步骤 2 新建一个“名称”为“显示器展示”的“影片剪辑”元件，如图 8-58 所示，将“光盘\源文件\第 8 章\素材\tuxiang013.png”导入场景中，如图 8-59 所示。将图像转换成“名称”为“显示器”的“图形”元件，如图 8-60 所示。在第 10 帧位置插入帧，“时间轴”面板如图 8-61 所示。

步骤 3 新建“图层 2”，将“光盘\源文件\第 8 章\素材\ tuxiang012.png”导入场景中，如图 8-62 所示。将图像转换成“名称”为“显示器图像”的“图形”元件，如图 8-63 所示。

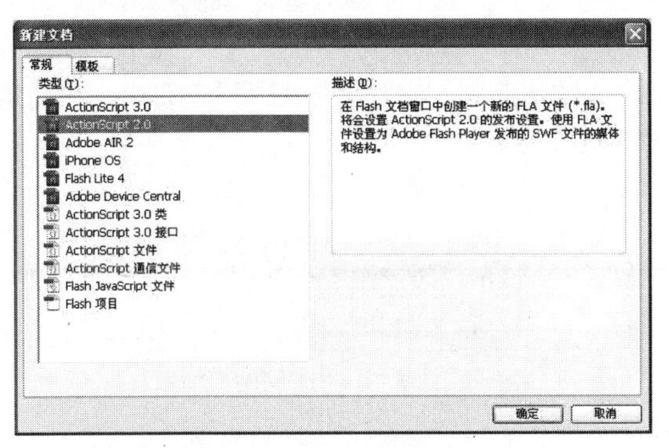

图 8-56 新建 Flash 文档

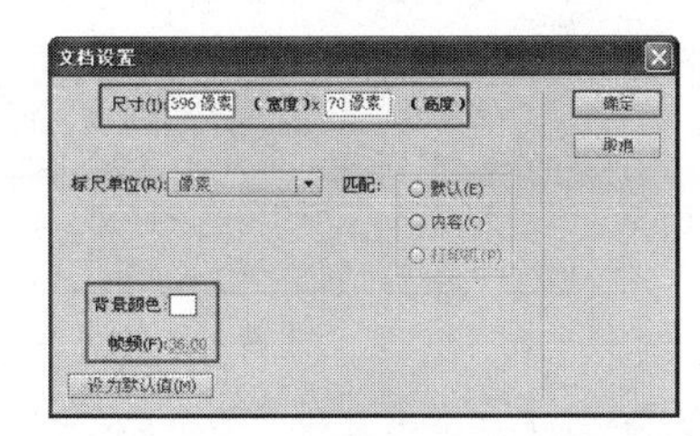

图 8-57 设置文档属性

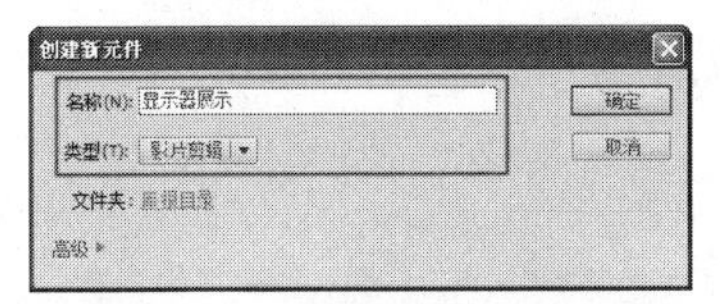

图 8-58 “创建新元件”对话框

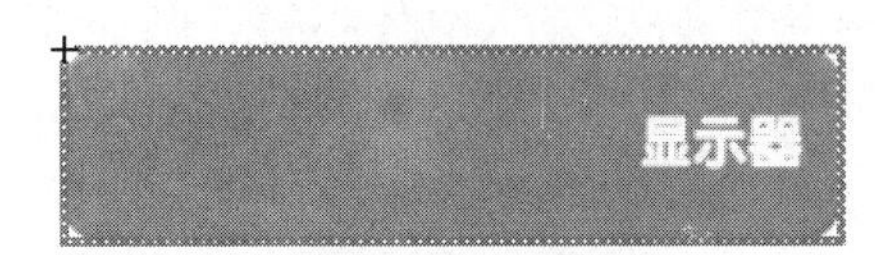

图 8-59 导入图像

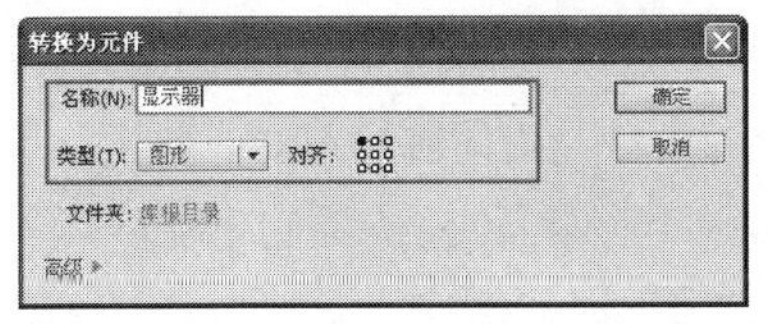

图 8-60 “转换为元件”对话框

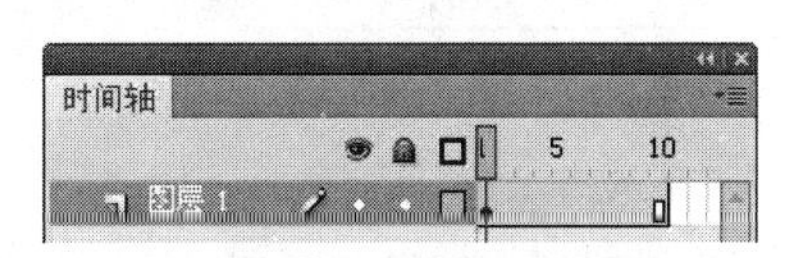

图 8-61 “时间轴”面板

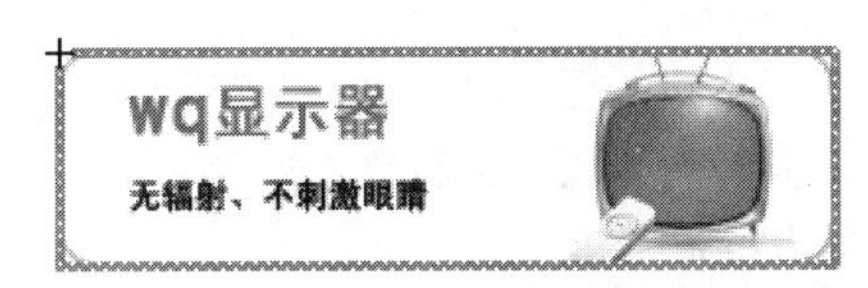

图 8-62 导入图像

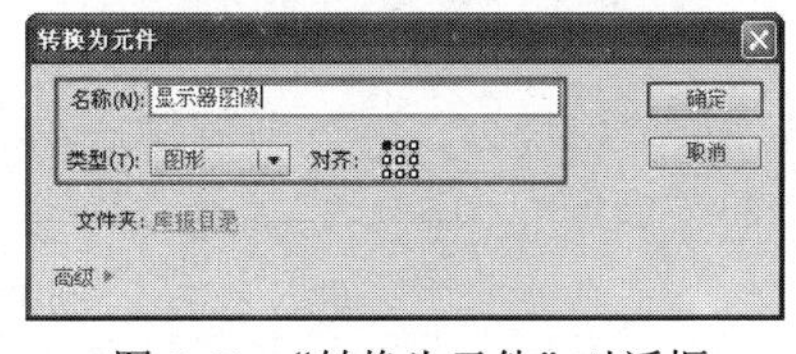

图 8-63 “转换为元件”对话框

步骤 4 在第 10 帧位置插入关键帧，选中第 1 帧上的元件，设置其 Alpha 值为 0%，“属性”面板如图 8-64 所示，元件效果如图 8-65 所示，在第 1 帧位置设置传统补间动画。

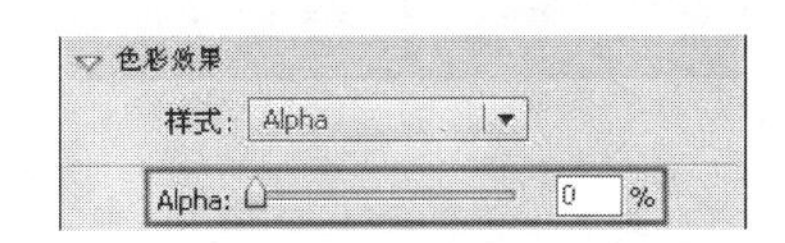

图 8-64 “属性”面板

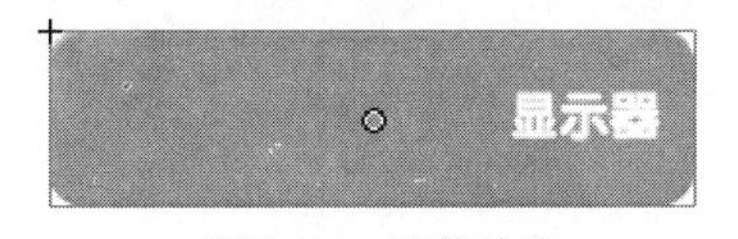

图 8-65 元件效果

步骤 5 新建“图层 3”，在第 10 帧位置插入关键帧，在“动作”面板中输入“stop();”脚本语言，如图 8-66 所示，完成后的“时间轴”面板如图 8-67 所示。

步骤 6 采用“显示器展示”元件的制作方法，制作出“文化展示”元件和“环境展示”元件，完成后的元件效果如图 8-68 所示。

图 8-66 输入脚本语言

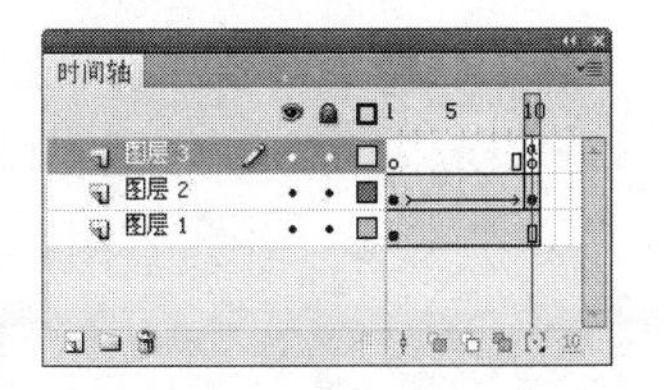

图 8-67 “时间轴”面板

图 8-68 元件效果

步骤 7 新建一个“名称”为“反应区”的“按钮”元件，如图 8-69 所示。在“点击”位置插入关键帧，“时间轴”面板如图 8-70 所示。单击“工具箱”中“矩形工具”按钮，在场景中绘制一个尺寸为 238 像素 × 63 像素的矩形。

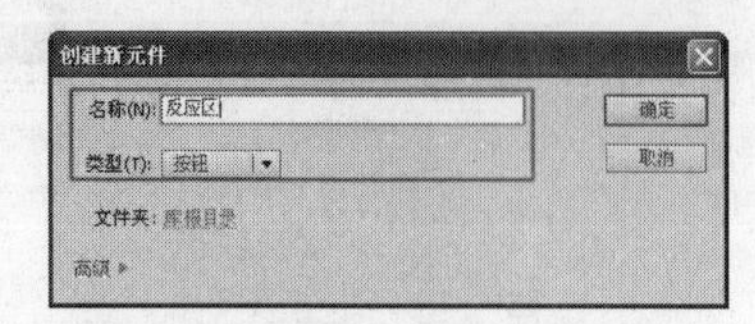

图 8-69 “创建新元件”对话框

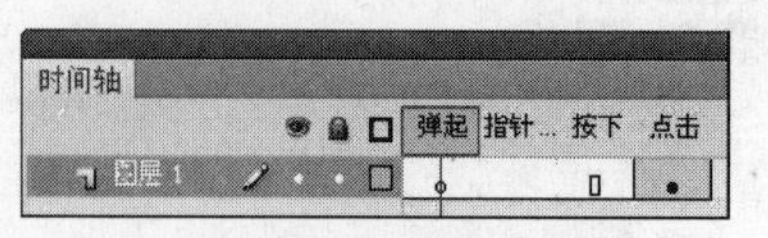

图 8-70 “时间轴”面板

步骤 8 新建一个“名称”为“显示器动画”的“影片剪辑”元件，如图 8-71 所示。将“显示器”元件从“库”面板中拖入场景中，如图 8-72 所示。

步骤 9 在第 2 帧位置插入空白关键帧，“时间轴”面板如图 8-73 所示。将“显示器展示”元件从“库”面板中拖入场景中，如图 8-74 所示。

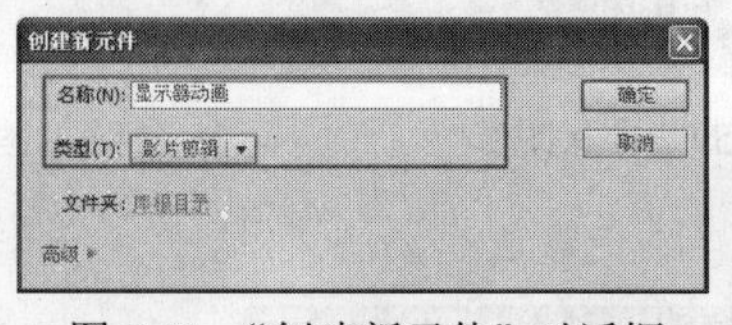

图 8-71 “创建新元件”对话框

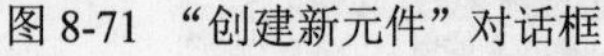

图 8-72 拖入元件

图 8-73 “时间轴”面板

图 8-74 拖入元件

提示 由于将元件设置为完全透明，所以此步骤中显示的效果与前一步骤显示的元件效果是相同的。

步骤 10 新建“图层 2”，将“反应区”元件从“库”面板中拖入场景中，如图 8-75 所示。设置其“属性”面板中“实例名称”为 hit，“属性”面板如图 8-76 所示。新建“图层 3”，在第 1 帧位置单击，在“动作”面板中输入“stop();”脚本语言。

步骤 11 采用“显示器动画”元件的制作方法，制作出“文化动画”和“环境动画”元件，完成后的元件效果如图 8-77 所示。

图 8-75 拖入元件

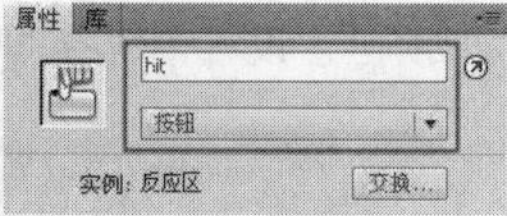

图 8-76 “属性”面板

图 8-77 元件效果

步骤 12 返回“场景 1”编辑状态，将“环境动画”元件从“库”面板中拖入场景中，如图 8-78 所示。设置其“属性”面板中“实例名称”为 Banner 3，如图 8-79 所示。

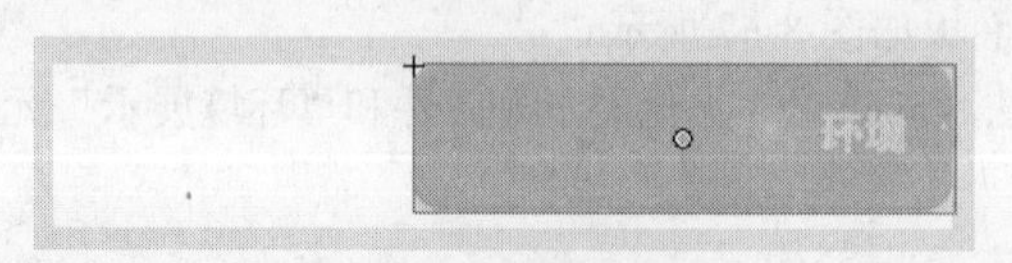

图 8-78 场景效果

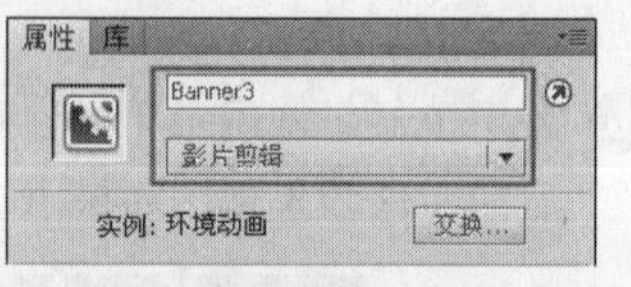

图 8-79 “属性”面板

技巧 执行“编辑>编辑文档”命令，可以返回“场景 1”编辑状态，按键盘上的 Ctrl+E 键也可以返回“场景 1”编辑状态。

步骤 13 采用“图层 1”的制作方法，制作出“图层 2”和“图层 3”动画，完成后的场景效果如图 8-80

所示。新建“图层 4”，在第 1 帧位置单击，在“动作”面板中输入如图 8-81 所示的脚本语言。

图 8-80　场景效果

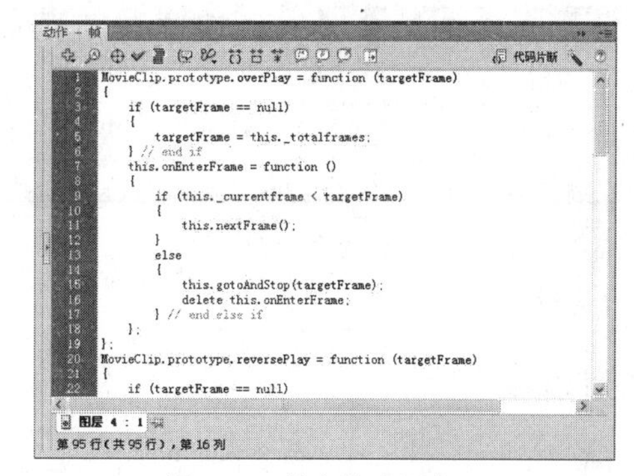

图 8-81　输入脚本语言

步骤 14 执行“文件>保存”命令，将动画保存为“光盘\源文件\第 8 章\公益菜单动画.fla”，按 Ctrl+Enter 键测试影片，动画效果如图 8-82 所示。

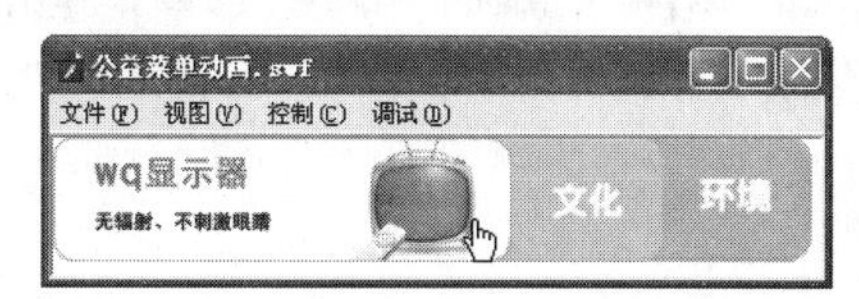

图 8-82　预览动画效果

实例小结

本实例的重点是利用脚本语言控制元件，动画制作中经常要通过为“按钮”元件添加脚本来控制不同的“影片剪辑”元件。

Example 实例 124　儿童趣味导航动画

案例文件	光盘\源文件\儿童趣味导航动画.fla
视频文件	光盘\视频\第 8 章\儿童趣味导航动画.swf
难易程度	★★☆☆☆
学习时间	20 分钟

(1)　(2)　(3)　(4)

1．新建元件，制作“欣赏”按钮。

2．将制作好的元件拖入新建的元件中，并制作图像淡入淡出动画。

3．返回主场景，将制作好的元件拖入场景中，并将外部库中的元件拖入场景中。

4．完成动画的制作，测试动画效果。

Example 实例 125 快速导航菜单动画

案例文件	光盘\源文件\第 8 章\快速导航菜单动画.fla
视频文件	光盘\视频\第 8 章\快速导航菜单动画.swf
难易程度	★★☆☆☆
学习时间	15 分钟
实例要点	➢ 按钮元件的创建与应用 ➢ 控制按钮脚本的运用
实例目的	在本实例的制作过程中，通过按钮的“指针经过”特性，制作一个简单的快速导航菜单

操作步骤

步骤 1 新建一个 Flash 文档，如图 8-83 所示，单击“属性”面板的“设置”按钮，弹出“文档设置”对话框，设置“尺寸”为 800 像素 × 90 像素，保持其他默认设置，如图 8-84 所示。

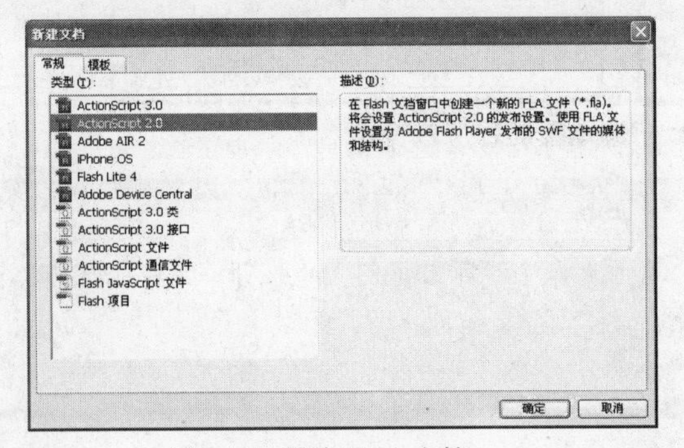

图 8-83 新建 Flash 文档

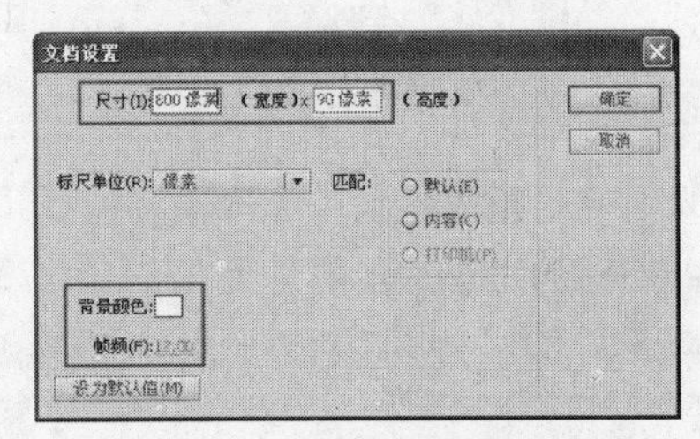

图 8-84 设置文档属性

步骤 2 新建一个“名称”为“综合游戏”的“按钮”元件，如图 8-85 所示，将“光盘\源文件\第 8 章\素材\ tuxiang023.jpg”导入场景中，如图 8-86 所示。

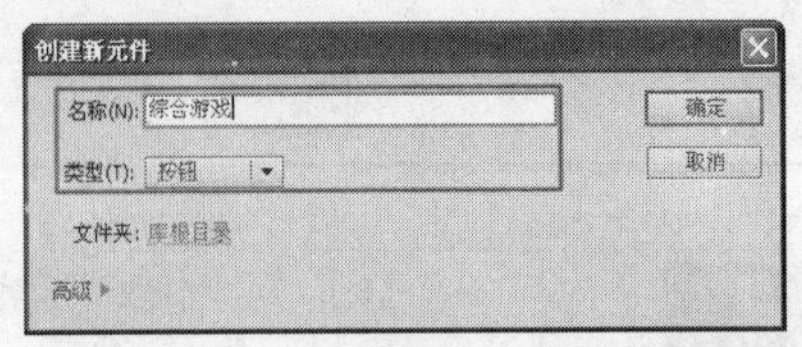

图 8-85 “创建新元件”对话框

图 8-86 导入图像

步骤 3 在“指针经过”位置插入空白关键帧，“时间轴”面板如图 8-87 所示。将 “光盘\源文件\第 8 章\素材\ tuxiang018.jpg”导入场景中，如图 8-88 所示。分别在“按下”和“点击”位置插入关键帧，“时间轴”面板如图 8-89 所示。

图 8-87 “时间轴”面板

图 8-88 导入图像

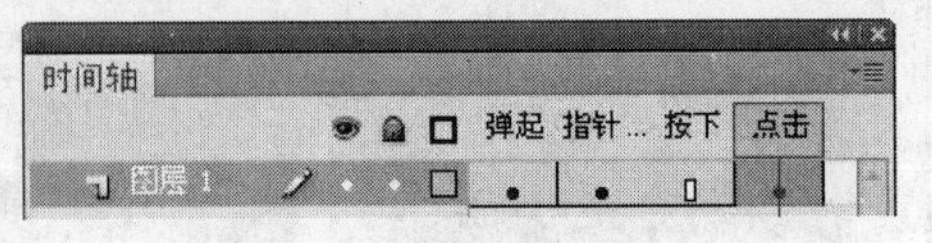

图 8-89 “时间轴”面板

步骤 4 采用“综合游戏”元件的制作方法，制作出“手机游戏”、“单机游戏”、“电视游戏”和“Flash 游戏”元件，完成后的元件效果如图 8-90 所示。

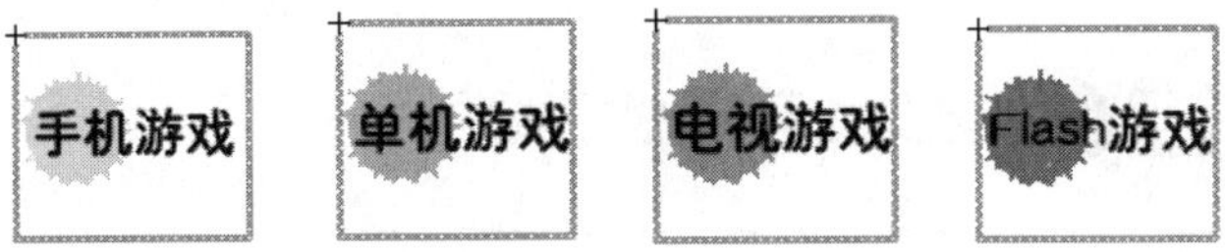

图 8-90　完成后的元件效果

步骤 5 新建一个“名称”为“标语”的“按钮”元件，如图 8-91 所示。将“光盘\源文件\第 8 章\素材\ tuxiang023.jpg”导入场景中，如图 8-92 所示，分别在“指针经过”、“按下”和“点击”位置插入关键帧。

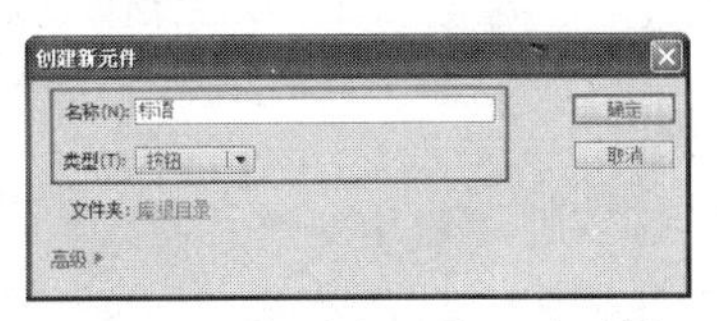

图 8-91 “创建新元件”对话框

图 8-92　导入图像

步骤 6 返回“场景 1”编辑状态，将“标语”元件从“库”面板中拖入场景中，如图 8-93 所示。

图 8-93　拖入元件

步骤 7 采用“图层 1”的制作方法，新建其他图层，并分别将相应的元件从“库”面板中拖入场景中，完成后的场景效果如图 8-94 所示。

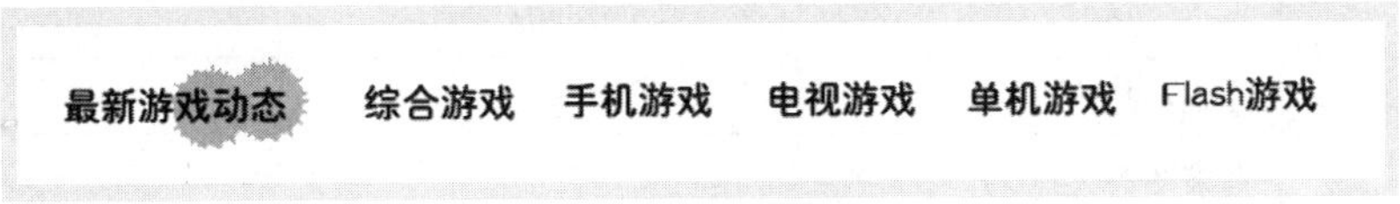

最新游戏动态　综合游戏　手机游戏　电视游戏　单机游戏　Flash游戏

图 8-94　场景效果

步骤 8 执行“文件>保存”命令，将动画保存为“光盘\源文件\第 8 章\快速导航菜单动画.fla”，按 Ctrl+Enter 键测试影片，动画效果如图 8-95 所示。

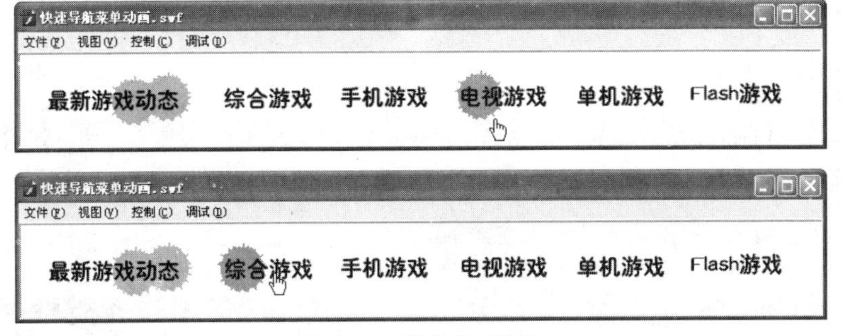

图 8-95　预览动画效果

实例小结

本实例的重点是通过按钮的一些基本特性来控制元件的播放与停止，包括“指针经过”、“点击”等特性。

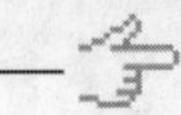

Example 实例 126 交友社区快速导航动画

案例文件	光盘\源文件\第 8 章\交友社区快速导航动画.fla
视频文件	光盘\视频\第 8 章\交友社区快速导航动画.swf
难易程度	★★☆☆☆
学习时间	15 分钟

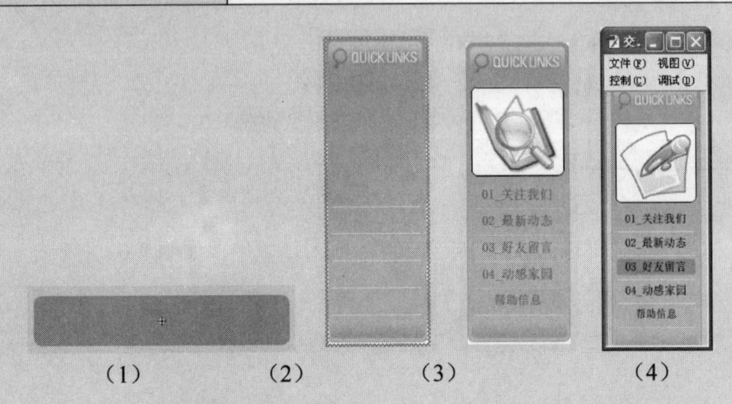

1．新建元件，绘制圆角矩形。

2．返回主场景，将背景图像导入场景中。

3．将图像导入场景中，制作动画，在场景中输入文本，并为元件设置实例名称，添加相应的脚本语言。

4．完成动画的制作，测试动画效果。

Example 实例 127 产品展示菜单动画

案例文件	光盘\源文件\第 8 章\产品展示菜单动画.fla
视频文件	光盘\视频\第 8 章\产品展示菜单动画.swf
难易程度	★★★☆☆
学习时间	25 分钟
实例要点	➢ 利用“颜色”面板制作渐变效果 ➢ 制作淡入的效果
实例目的	本实例将利用脚本语言控制“影片剪辑”元件的播放，制作出一种展示菜单动画

操作步骤

步骤 1 新建一个 Flash 文档，如图 8-96 所示，单击“属性”面板的“设置”按钮，弹出“文档设置”对话框，设置“尺寸”为 68 像素 × 170 像素，“帧频”为 60，保持其他默认设置，如图 8-97 所示。

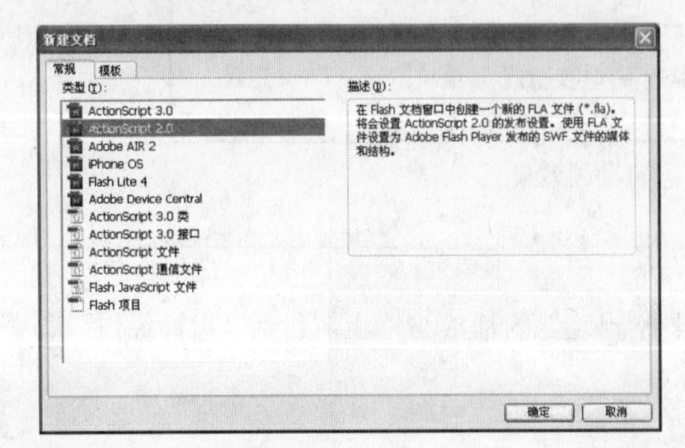

图 8-96 新建 Flash 文档

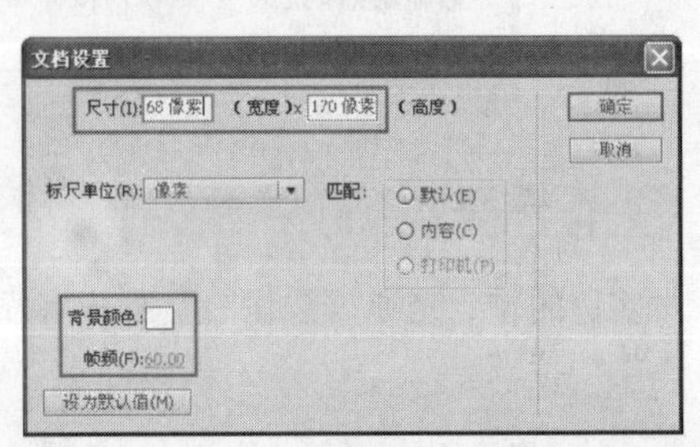

图 8-97 设置文档属性

步骤 2 新建一个“名称”为“展示动画 1”的“影片剪辑”元件，如图 8-98 所示。单击“矩形工具”按钮，打开“颜色”面板，设置“笔触颜色”为无，“填充颜色”的“类型”为“线性渐变”，并设置从 Alpha 值为 100%的#7BB8DC 到 Alpha 值为 0%的#7BB8DC 的渐变，“颜色”面板如图 8-99 所示。

步骤 3 在场景中绘制一个尺寸为 64 像素 × 160 像素的矩形，如图 8-100 所示。单击工具箱中“渐变变形工具”按钮，调整矩形的渐变角度以及位置，完成后的场景效果如图 8-101 所示。

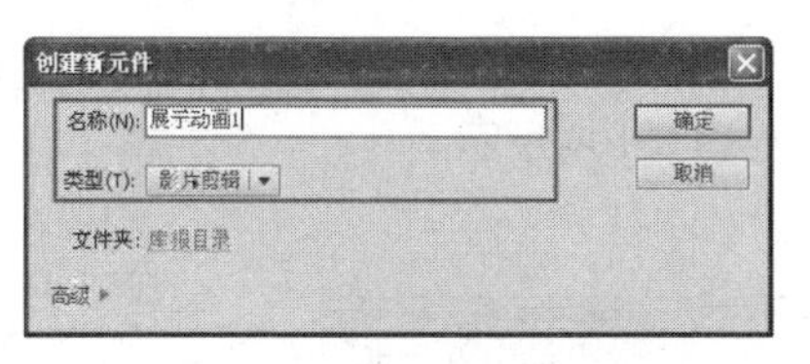

图 8-98 “创建新元件”对话框

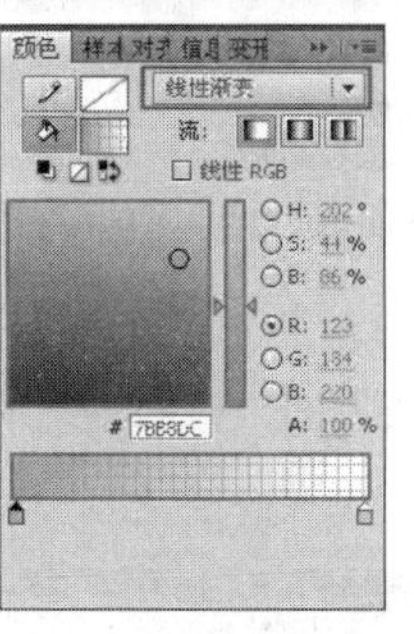
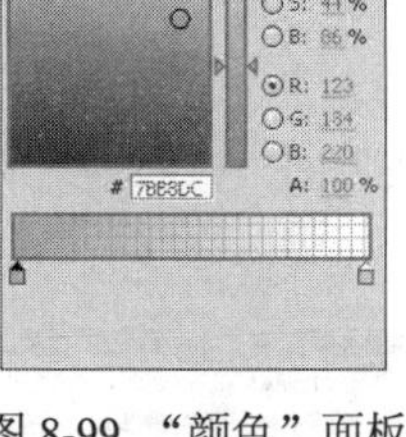

图 8-99 “颜色”面板

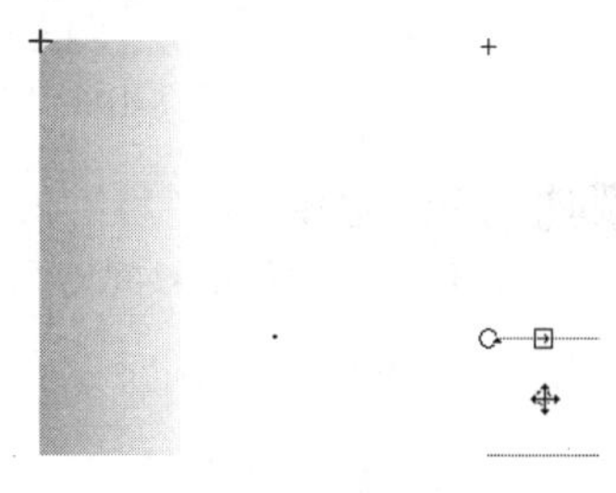

图 8-100 绘制矩形　图 8-101 场景效果

提示 使用“颜料桶工具”也可以调整渐变效果，但调整后的效果没有使用“渐变变形工具”调整出的效果好。

步骤 4 分别在第 20 帧和第 35 帧位置插入关键帧，使用“渐变变形工具”调整第 20 帧场景中的矩形渐变角度，完成后的场景效果如图 8-102 所示。在第 1 帧和第 20 帧位置创建传统补间动画，“时间轴”面板如图 8-103 所示。

图 8-102 场景效果

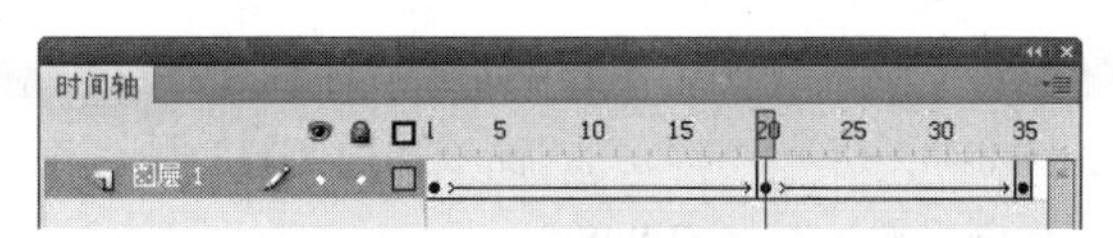

图 8-103 “时间轴”面板

技巧 为某一帧创建补间形状动画时，可以执行“插入>补间形状”命令，也可以在某一帧上单击鼠标右键，在弹出的菜单中选择“创建补间形状”命令。

步骤 5 新建“图层 2”，将“光盘\源文件\第 8 章\素材\ tuxiang029.png”导入场景中，调整图像在场景中的位置，如图 8-104 所示。按 F8 键，将图像转换成“名称”为“图像 1”的“图形”元件，如图 8-105 所示。

图 8-104 导入图像

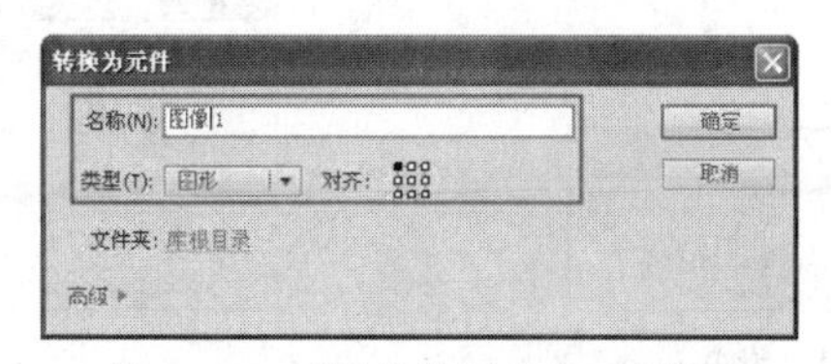

图 8-105 “转换为元件”对话框

步骤 6 分别在第20帧和第35帧位置插入关键帧，选择元件，设置其Alpha值为0%，“属性”面板如图8-106所示，完成后的元件效果如图8-107所示，采用制作第35帧的方法，制作出第1帧。

图8-106 “属性”面板

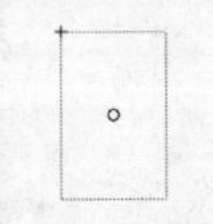
图8-107 元件效果

步骤 7 使用“选择工具”将第20帧场景中的元件垂直向上移动，如图8-108所示。在第1帧和第20帧位置创建传统补间动画，完成后的“时间轴”面板如图8-109所示。

图8-108 将元件垂直向上移动

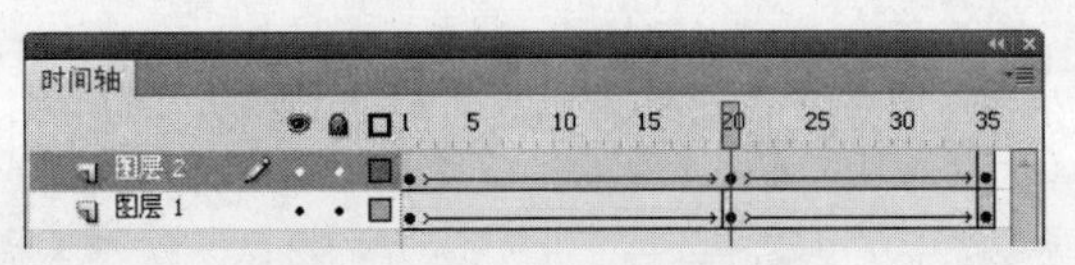

图8-109 “时间轴”面板

步骤 8 采用“图层2”的制作方法，制作出“图层3”和“图层4”动画，完成后的“时间轴”面板如图8-110所示，场景效果如图8-111所示。

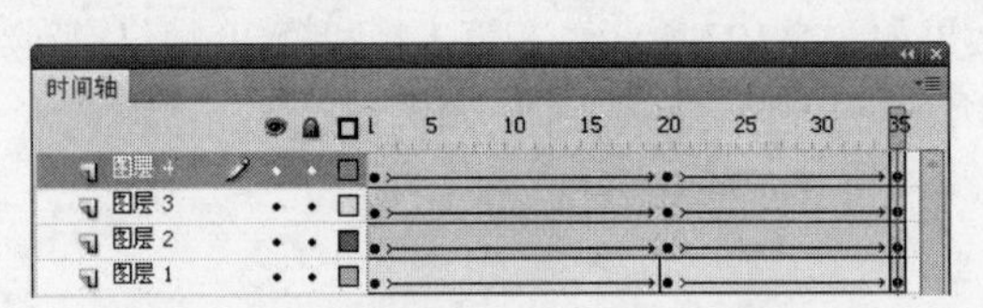

图8-110 完成后的“时间轴”面板

图8-111 场景效果

步骤 9 新建“图层5”，在第2帧位置插入关键帧，设置其“属性”面板中“帧标签”为qq，“属性”面板如图8-112所示。“时间轴”面板如图8-113所示，在第21帧位置插入关键帧，设置其“属性”面板中“帧标签”为ww。

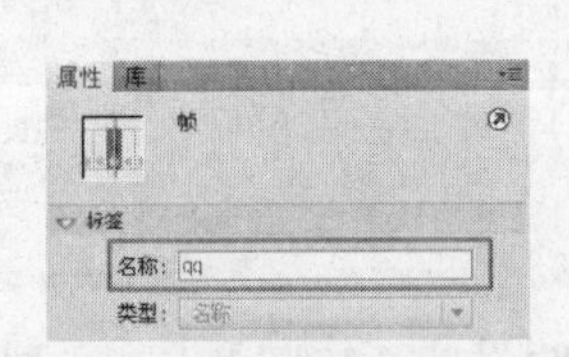

图8-112 “属性”面板

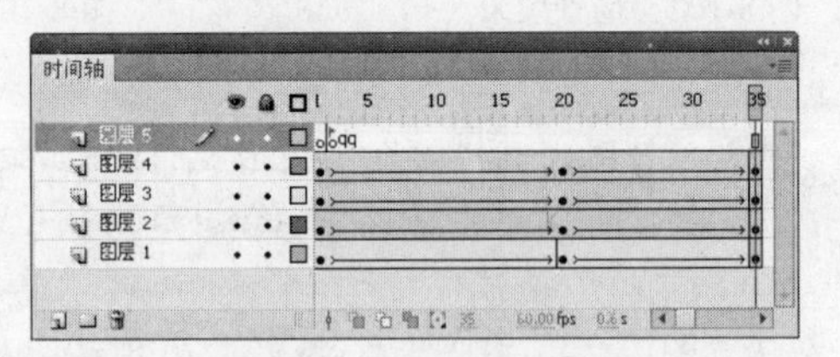

图8-113 “时间轴”面板

步骤 10 新建“图层6”，在第1帧位置单击，在“动作”面板中输入“stop();”脚本代码，如图8-114所示，“时间轴”面板如图8-115所示，在第20帧位置插入关键帧，在“动作”面板中输入“stop();”脚本代码。

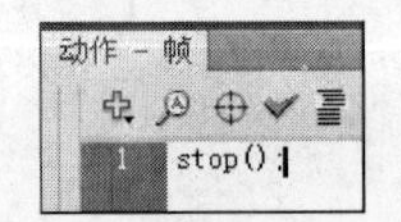

图8-114 输入脚本代码

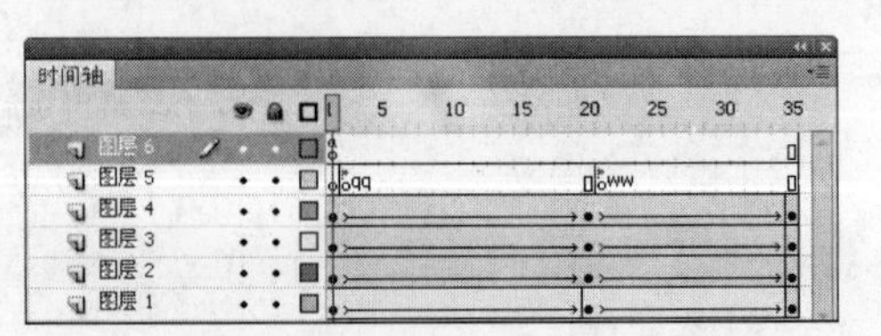

图8-115 “时间轴”面板

步骤 11 采用“展示动画 1”元件的制作方法，制作出“展示动画 2”和“展示动画 3”元件，完成后的元件效果如图 8-116 所示。

步骤 12 新建一个“名称”为“组合展示动画”的“影片剪辑”元件，如图 8-117 所示。将“光盘\源文件\第 8 章\素材\tuxiang036.jpg”导入场景中，如图 8-118 所示。

图 8-116　完成后的元件效果

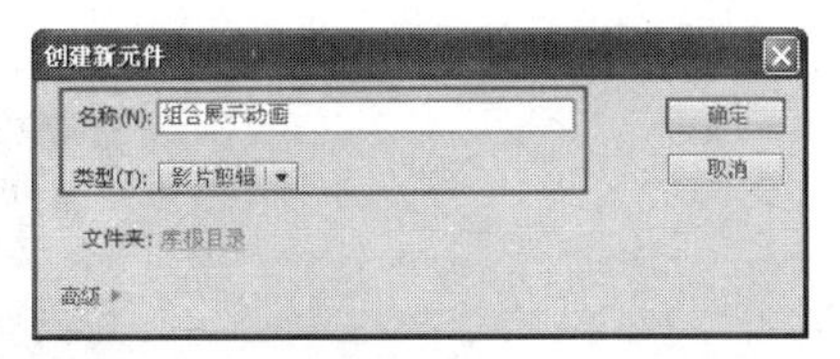

图 8-117　“创建新元件”对话框

图 8-118　导入图像

步骤 13 采用“图层 1”的制作方法，新建“图层 2”和“图层 3”并将相应的图像导入场景中，制作“图层 1”、“图层 2”的动画，场景效果如图 8-119 所示。新建“图层 4”，将“展示动画 3”元件从“库”面板中拖入场景中，如图 8-120 所示。设置其“属性”面板中“实例名称”为 g1，新建“图层 5”，将“展示动画 2”元件从“库”面板中拖入场景中，新建“图层 6”，将“展示动画 1”元件从“库”面板中拖入场景中。

图 8-119　场景效果

图 8-120　场景效果

步骤 14 新建一个“名称”为“反应区”的“按钮”元件，如图 8-121 所示。在“点击”位置插入关键帧，“时间轴”面板如图 8-122 所示，使用“矩形工具”在场景中绘制一个矩形。

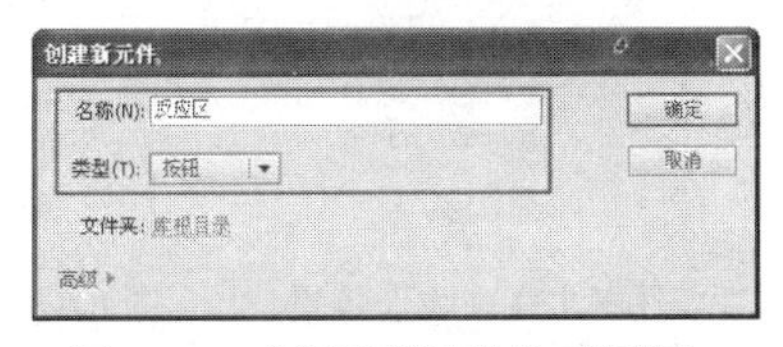

图 8-121　“创建新元件”对话框

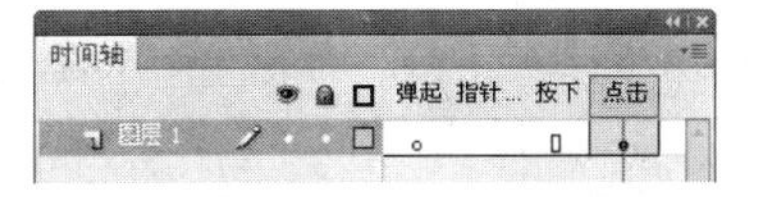

图 8-122　“时间轴”面板

步骤 15 新建一个“名称”为“整体动画”的“影片剪辑”元件，如图 8-123 所示。单击“矩形工具”按钮，设置其“属性”面板中“笔触颜色”为#AFAFAF，“笔触”为 1 像素，“填充颜色”为#F8F8F8，“样式”为“实线”，保持其他默认设置。在场景中绘制一个尺寸为 67 像素 × 170 像素的矩形，如图 8-124 所示。

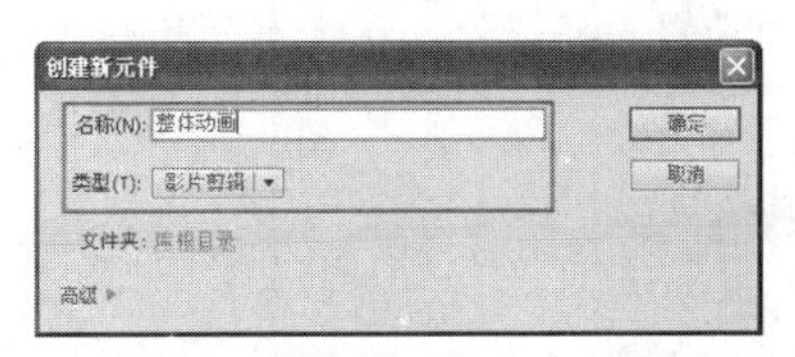

图 8-123　“创建新元件”对话框

图 8-124　绘制矩形

步骤 16 新建“图层 2”，将“组合展示动画”元件从“库”面板中拖入场景中，如图 8-125 所示。设置其“属性”面板中“实例名称”为 wri，“属性”面板如图 8-126 所示。

步骤 17 新建“图层 3”，使用“矩形工具”在场景中绘制一个尺寸为 58 像素 × 160 像素的矩形，如图 8-127 所示。将“图层 3”设置为“图层 2”的遮罩层，“时间轴”面板如图 8-128 所示。

图 8-125 拖入元件

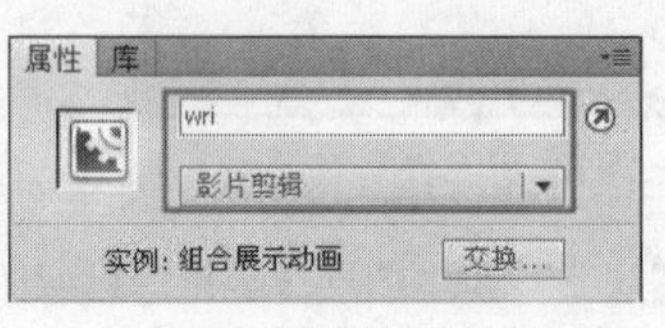

图 8-126 “属性”面板

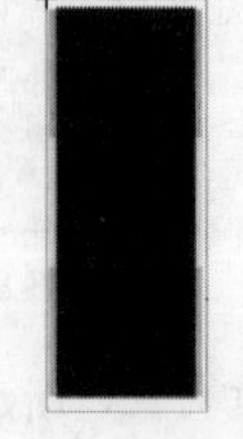

图 8-127 绘制矩形

图 8-128 “时间轴”面板

> **提示** 在绘制矩形时不必设置颜色以及其他选项，因为绘制矩形是为了用作遮罩层的。

步骤 18 新建“图层 4”，将“反应区”元件从“库”面板中拖入场景中，如图 8-129 所示。在“动作”面板中输入如图 8-130 所示的脚本语言。

步骤 19 采用“图层 4”的制作方法，新建“图层 5”和“图层 6”并将“反应区”元件拖入到“图层 5”和“图层 6”的场景中，添加脚本语言，完成后的场景效果如图 8-131 所示。返回“场景 1”编辑状态，将“整体动画”元件从“库”面板中拖入场景中，如图 8-132 所示，设置其“属性”面板中“实例名称”为 aa。

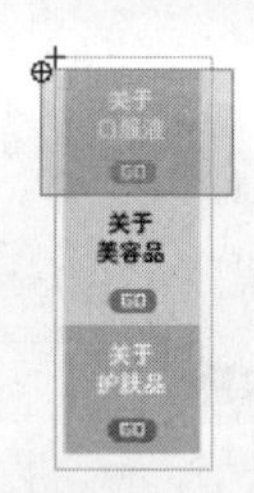

图 8-129 拖入元件

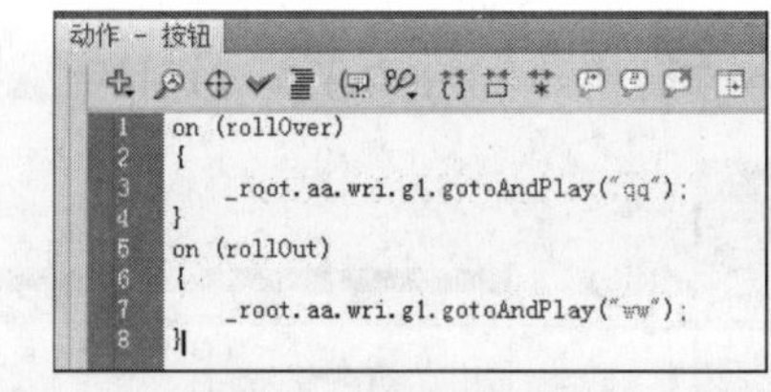

```
on (rollOver)
{
    _root.aa.wri.g1.gotoAndPlay("qq");
}
on (rollOut)
{
    _root.aa.wri.g1.gotoAndPlay("ww");
}
```

图 8-130 输入脚本语言

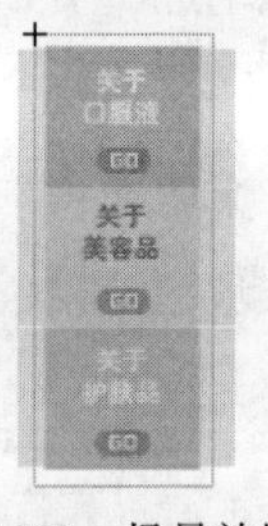

图 8-131 场景效果

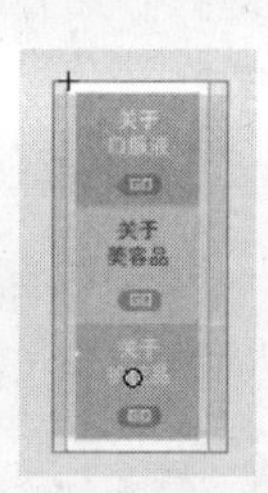

图 8-132 拖入元件

步骤 20 执行“文件>保存”命令，将动画保存为“光盘\源文件\第 8 章\产品展示菜单动画.fla”，按 Ctrl+Enter 键测试影片，动画效果如图 8-133 所示。

图 8-133 预览动画效果

实例小结

本实例的重点是为元件设置“实例名称”，然后通过脚本语言来控制动画的播放或停止。

Example 实例 128 设计展示菜单动画

案例文件	光盘\源文件\第 8 章\设计展示菜单动画.fla
视频文件	光盘\视频\第 8 章\设计展示菜单动画.swf
难易程度	★★☆☆☆
学习时间	15 分钟
（1） （2） （3） （4）	1．新建元件，导入图像。 2．返回主场景，在场景中绘制圆角矩形。 3．新图层，将制作好的元件拖入场景中。 4．完成动画的制作，测试动画效果。

Example 实例 129 广告菜单动画

案例文件	光盘\源文件\第 8 章\广告菜单动画.fla
视频文件	光盘\视频\第 8 章\广告菜单动画.swf
难易程度	★★★☆☆
学习时间	20 分钟
实例要点	➢ “影片剪辑”元件的应用 ➢ 脚本的应用
实例目的	本实例利用“补间动画”制作出元件的跳转效果，利用脚本语言控制影片剪辑

操作步骤

步骤 1 新建一个 Flash 文档，如图 8-134 所示，单击“属性”面板的“设置”按钮，弹出“文档设置”对话框，设置“尺寸”为 280 像素 × 360 像素，“帧频”为 55，如图 8-135 所示。

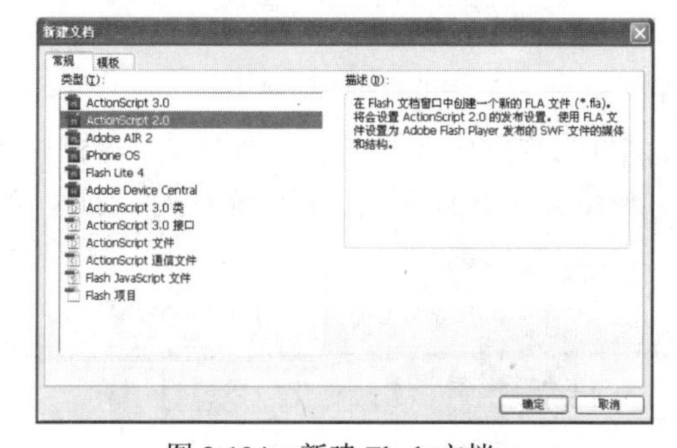

图 8-134　新建 Flash 文档

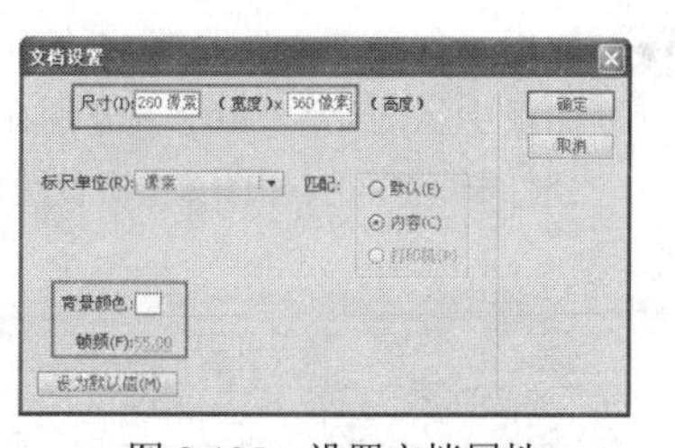

图 8-135　设置文档属性

步骤 2 新建一个“名称”为“按钮动画 1”的“影片剪辑”元件，如图 8-136 所示。将“光盘\源文件\第 8 章\素材\tuxiang049.png”导入场景中，如图 8-137 所示。

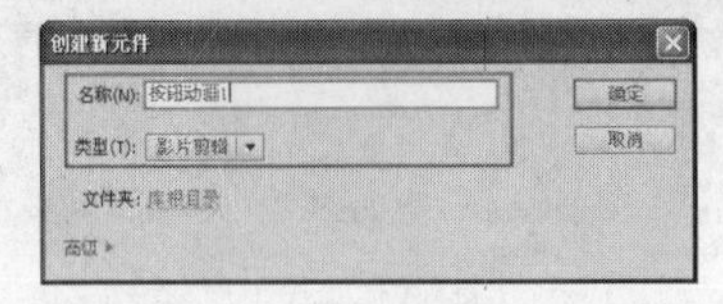

图 8-136 “创建新元件”对话框

图 8-137 导入图像

步骤 3 选中图像，将其转换成“名称”为“小鸟”的“图形”元件，如图 8-138 所示。分别在第 10 帧和第 20 帧位置插入关键帧，“时间轴”面板如图 8-139 所示。

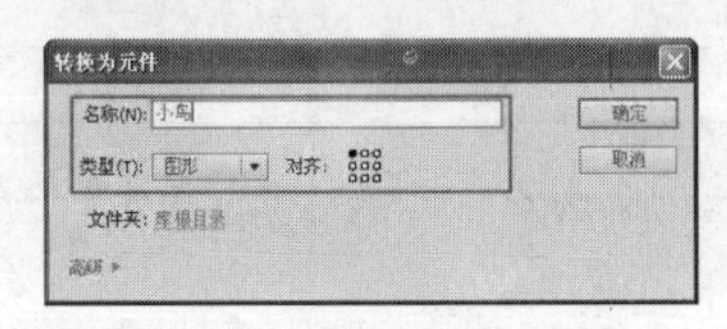

图 8-138 “转换为元件”对话框

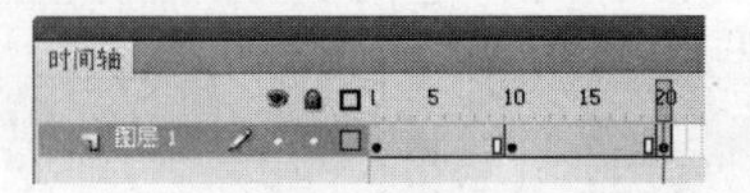

图 8-139 “时间轴”面板

步骤 4 按住 Shift 键使用“任意变形工具”将第 10 帧场景中的元件等比例缩小，如图 8-140 所示。设置其 Alpha 值为 0%，“属性”面板如图 8-141 所示。在第 25 帧位置插入帧，在第 1 帧和第 10 帧位置创建“传统补间动画”，“时间轴”面板如图 8-142 所示。

图 8-140 将元件等比例缩小

图 8-141 “属性”面板

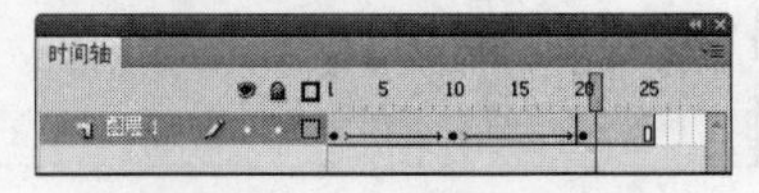

图 8-142 “时间轴”面板

步骤 5 新建“图层 2”，将“光盘\源文件\第 8 章\素材\tuxiang057.png”导入场景中，如图 8-143 所示，按 F8 键，将图像转换成“名称”为“播种”的“图形”元件，如图 8-144 所示。

图 8-143 导入图像

图 8-144 “转换为元件”对话框

步骤 6 分别在第 10 帧、第 11 帧和第 20 帧位置插入关键帧，使用“选择工具”将第 10 帧场景中的元件垂直向下移动，如图 8-145 所示。设置其“属性”面板中 Alpha 值为 0%，“属性”面板如图 8-146 所示。

图 8-145 垂直向下移动元件

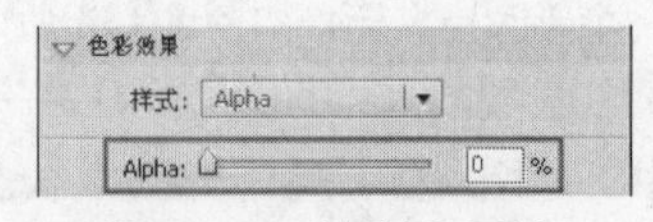

图 8-146 “属性”面板

步骤 7 使用“选择工具”将第 11 帧场景中的元件垂直向上移动，如图 8-147 所示。设置其“属性”面板中 Alpha 值为 0%，分别在第 1 帧、第 10 帧和第 11 位置设置传统的补间动画，完成后的“时间轴”面板如图 8-148 所示。

图 8-147 垂直向上移动元件

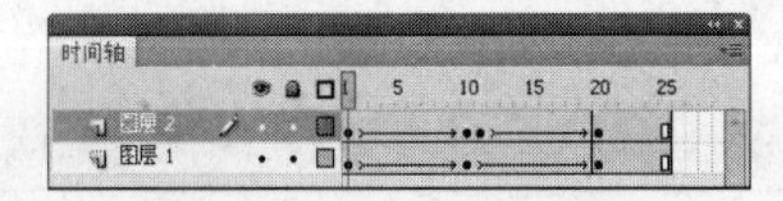

图 8-148 “时间轴”面板

步骤 8 新建“图层 3”，将“光盘\源文件\第 8 章\素材\tuxiang053.png”导入场景中，如图 8-149 所示。按 F8 键，将图像转换成“名称”为 1，“类型”为“图形”的元件，如图 8-150 所示。在第 10 帧位置单击，按 F6 键插入关键帧，选择场景中的元件，设置其“属性”面板中 Alpha 值为 0%，在第 1 帧位置设置传统补间动画。

图 8-149　导入图像

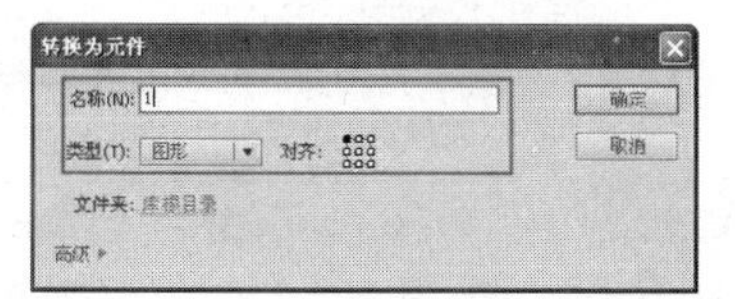

图 8-150　“转换为元件”对话框

步骤 9 新建“图层 4”，在第 25 帧位置插入关键帧，在“动作”面板中输入“stop();”脚本语言，如图 8-151 所示，完成后的“时间轴”面板如图 8-152 所示。

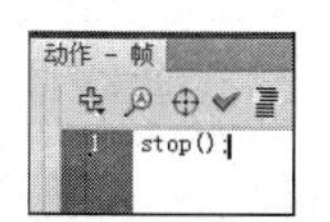

图 8-151　输入脚本语言

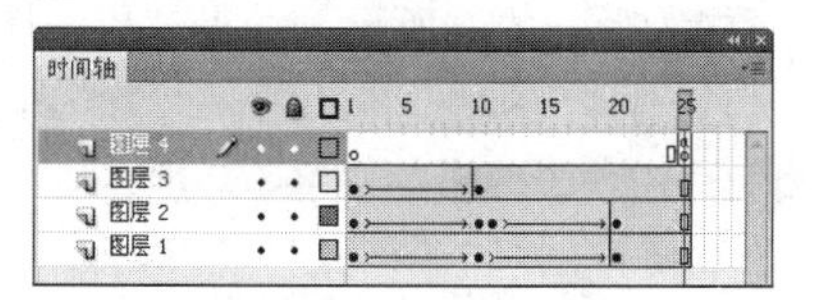

图 8-152　“时间轴”面板

步骤 10 新建“图层 5”，使用“矩形工具”在场景中绘制一个尺寸为 217 像素 × 64 像素的矩形，如图 8-153 所示。使用“选择工具”选择矩形，按 F8 键，将矩形转换成 “名称”为“矩形”的“图形”元件，如图 8-154 所示，选中元件，设置其 Alpha 值为 0%。

图 8-153　绘制矩形

图 8-154　“转换为元件”对话框

步骤 11 采用“按钮动画 1”元件的制作方法，制作出“按钮动画 2”、“按钮动画 3”和“按钮动画 4”元件，完成后的元件效果如图 8-155 所示。

图 8-155　完成后的元件效果

步骤 12 返回“场景 1”编辑状态，将“光盘\源文件\第 8 章\素材\tuxiang048.jpg”导入场景中，如图 8-156 所示。新建“图层 2”，打开“库”面板，如图 8-157 所示。将“按钮动画 1”元件从“库”面板中拖入场景中，如图 8-158 所示。在“动作”面板中输入如图 8-159 所示的脚本语言。

图 8-156　导入图像

图 8-157　“库”面板

图 8-158 拖入元件

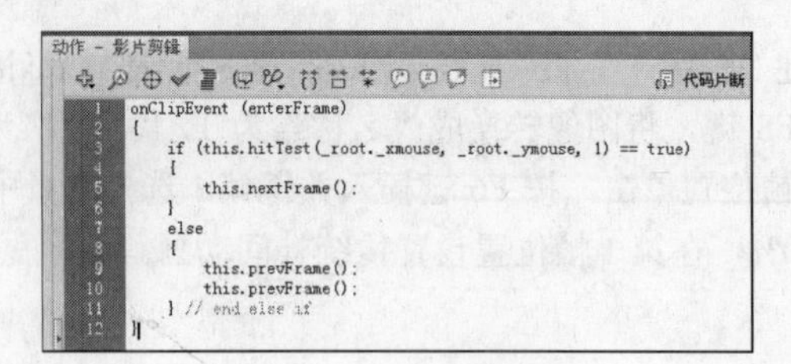

```
onClipEvent (enterFrame)
{
    if (this.hitTest(_root._xmouse, _root._ymouse, 1) == true)
    {
        this.nextFrame();
    }
    else
    {
        this.prevFrame();
        this.prevFrame();
    } // end else if
}
```

图 8-159 输入脚本语言

技巧

执行“窗口>库”命令，或按键盘上的 Ctrl+L 组合键或 F11 键，均可打开“库”面板。

步骤 13 采用“图层 2”的制作方法，制作出“图层 3”、“图层 4”和“图层 5”动画，完成后的“时间轴”面板如图 8-160 所示，场景效果如图 8-161 所示。

步骤 14 执行“文件>保存”命令，将动画保存为“光盘\源文件\第 8 章\广告菜单动画.fla”，按 Ctrl+Enter 键测试影片，动画效果如图 8-162 所示。

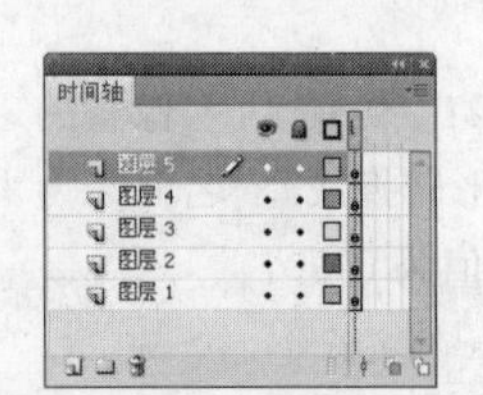

图 8-160 “时间轴”面板

图 8-161 场景效果

图 8-162 预览动画效果

实例小结

本实例的重点是利用补间动画创建简单的淡入效果，通过脚本语言控制元件的播放。

Example 实例 130 服装展示菜单动画

案例文件	光盘\源文件\第 8 章\服装展示菜单动画.fla
视频文件	光盘\视频\第 8 章\服装展示菜单动画.swf
难易程度	★★☆☆☆
学习时间	15 分钟

（1）

（2）

（3）

（4）

1. 新建元件，导入图像，将“反应区”元件拖入场景中，为图像添加链接。

2. 返回主场景，将图像元件拖入场景中，制作图像的淡入淡出动画。

3. 新建图层，将相应的元件拖入场景中，并添加脚本语言。

4. 完成动画的制作，测试动画效果。

Example 实例 131 二级导航菜单动画

案例文件	光盘\源文件\第 8 章\二级导航菜单动画.fla
视频文件	光盘\视频\第 8 章\二级导航菜单动画.swf
难易程度	★★★☆☆
学习时间	30 分钟
实例要点	➢ “按钮”元件的应用 ➢ 通过脚本语言控制元件
实例目的	本实例大量应用“按钮”元件制作多级菜单动画，再通过脚本语言控制动画

操作步骤

步骤 1 新建一个 Flash 文档，如图 8-163 所示，单击“属性”面板的“设置”按钮，弹出的“文档设置”对话框，设置“尺寸”为 680 像素 × 110 像素，“背景颜色”为#33CCFF，“帧频”为 24，如图 8-164 所示。

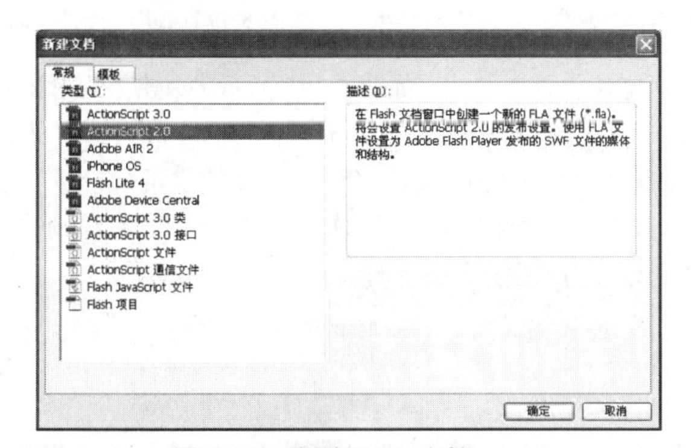

图 8-163　新建 Flash 文档

图 8-164　设置文档属性

步骤 2 新建一个“名称”为“男生版”的“按钮”元件，如图 8-165 所示。单击 “文本工具”按钮，设置其“字体”为“方正粗圆简体”，“大小”为 10，“颜色”为#FE9BBE，对齐方式为“左对齐”，在场景中输入如图 8-166 所示文本，“属性”面板如图 8-167 所示。

图 8-165　“创建新元件”对话框

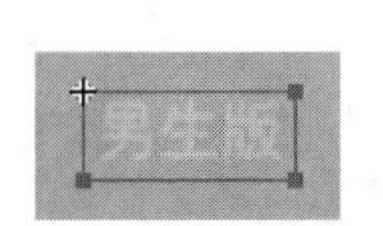

图 8-166　输入文本

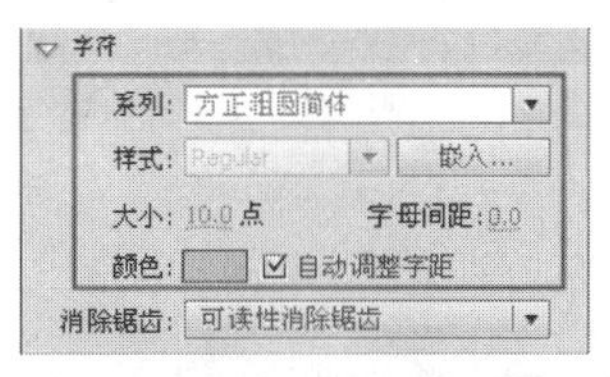

图 8-167　“属性”面板

> **技巧** 在工具箱中单击“文本工具”按钮 T 或按键盘上的 T 键，均可调用“文本工具”，注意，要在英文输入法状态下按 T 键。

步骤 3 在“指针经过”位置插入空白关键帧，设置“文本工具”的“字体”为“方正粗圆简体”，“大小”为 10，“颜色”为#FF3366，对齐方式为“左对齐”，“属性”面板如图 8-168 所示，在场景中输入如图 8-169 所示文本。

步骤 4 在“按下”位置插入关键帧，“时间轴”面板如图 8-170 所示。在“点击”位置插入空白关键帧，使用“矩形工具”在场景中绘制一个矩形，如图 8-171 所示。

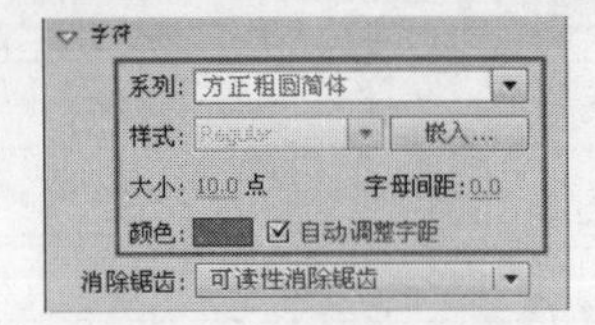
图 8-168 “属性”面板

图 8-169 输入文本

图 8-170 “时间轴”面板

图 8-171 绘制矩形

步骤 5 采用“男生版”元件的制作方法，制作出“女生版”、“客户端下载”、“周边下载”、“客服论坛”和“提交建议”元件，完成后的元件效果如图 8-172 所示。

步骤 6 新建一个“名称”为“反应区”的“按钮”元件，如图 8-173 所示。在“点击”位置插入关键帧，“时间轴”面板如图 8-174 所示，单击 “矩形工具”按钮，在场景中绘制一个矩形。

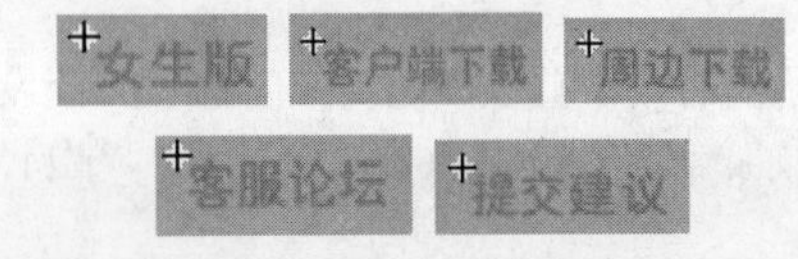

图 8-172 完成后的元件效果

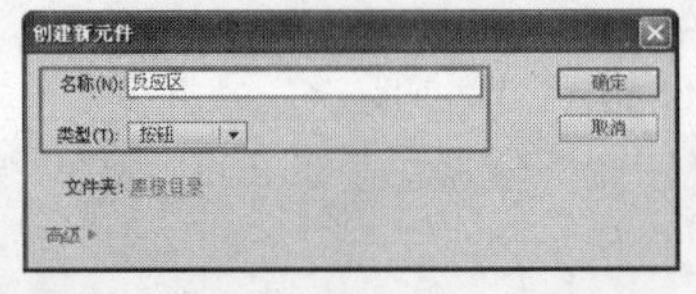
图 8-173 “创建新元件”对话框

图 8-174 “时间轴”面板

步骤 7 新建一个“名称”为“首页动画”的“影片剪辑”元件，如图 8-175 所示。单击“矩形工具”按钮，设置其 “笔触颜色”为#FF6699，“笔触”为 1 像素，“填充颜色”为#FFFFFF，“矩形边角半径”为 20，“属性”面板如图 8-176 所示。在场景中绘制一个尺寸为 120 像素 × 20 像素的圆角矩形，如图 8-177 所示。使用“选择工具”选择刚刚绘制的圆角矩形，按 F8 键，将绘制的圆角矩形转换成“名称”为“圆角矩形”，“类型”为“图形”的元件，如图 8-178 所示。

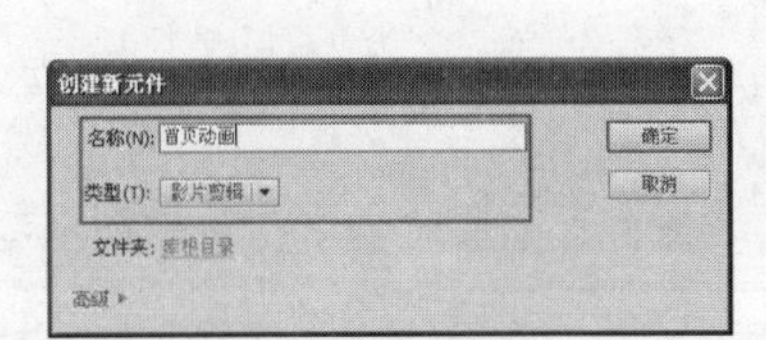
图 8-175 “创建新元件”对话框

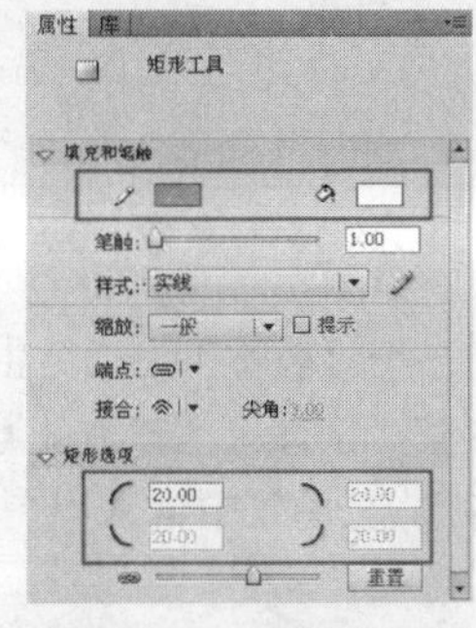
图 8-176 “属性”面板

图 8-177 绘制圆角矩形

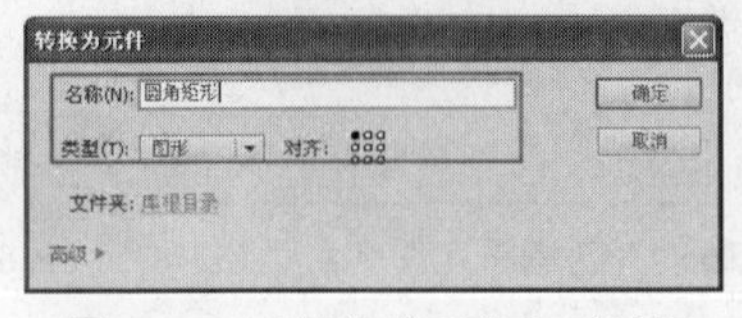
图 8-178 “转换为元件”对话框

步骤 8 分别在第 3 帧、第 5 帧、第 10 帧和第 15 帧位置插入关键帧，“时间轴”面板如图 8-179 所示，按住 Shift 键使用“任意变形工具”将第 3 帧场景中的元件等比例扩大，如图 8-180 所示。

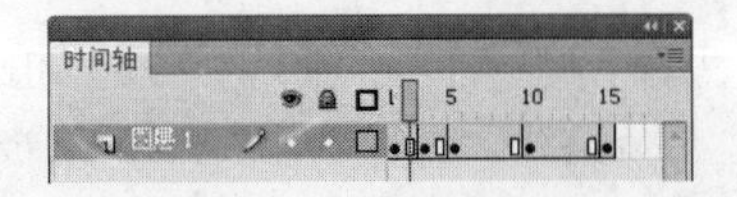
图 8-179 “时间轴”面板

图 8-180 将元件等比例扩大

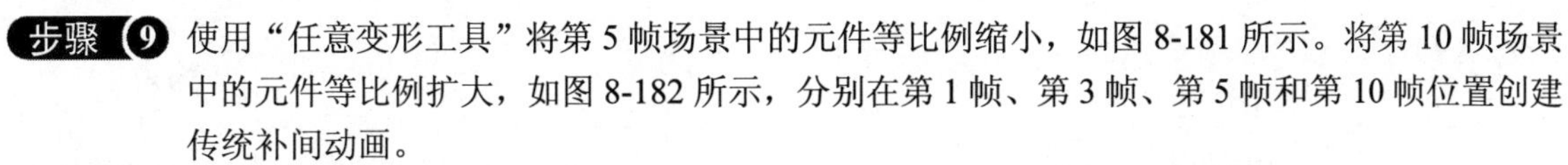

步骤 9 使用“任意变形工具”将第 5 帧场景中的元件等比例缩小，如图 8-181 所示。将第 10 帧场景中的元件等比例扩大，如图 8-182 所示，分别在第 1 帧、第 3 帧、第 5 帧和第 10 帧位置创建传统补间动画。

步骤 10 新建“图层 2”，将“反应区”元件从“库”面板中拖入场景中，调整元件大小，如图 8-183 所示。设置其“属性”面板中“实例名称”为 bg，“属性”面板如图 8-184 所示，在第 16 帧位置插入帧。

图 8-181　将元件等比例缩小

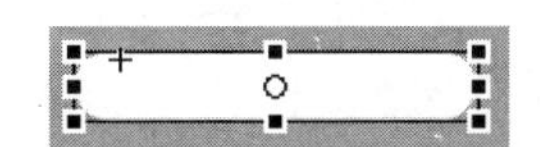

图 8-182　将元件等比例扩大

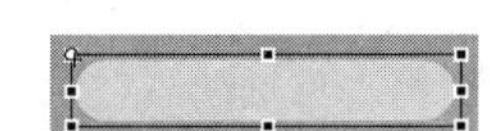

图 8-183　调整元件大小

图 8-184　“属性”面板

步骤 11 新建“图层 3”，单击“线条工具”按钮，设置其“笔触颜色”为#FECDDE，“笔触”为 1 像素，“样式”为“实线”，“属性”面板如图 8-185 所示。在第 5 帧插入关键帧，在场景中绘制一条垂直的直线，如图 8-186 所示，在第 10 帧位置插入空白关键帧。

步骤 12 新建“图层 4”，在第 5 帧插入关键帧，将“男生版”元件从“库”面板中拖入场景中，如图 8-187 所示。在“动作”面板中输入如图 8-188 所示的脚本语言，在第 10 帧位置插入空白关键帧。

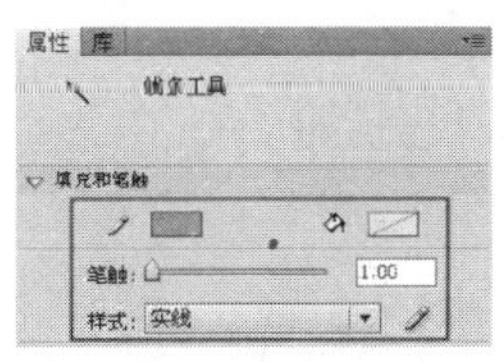

图 8-185　“属性”面板

图 8-186　绘制直线

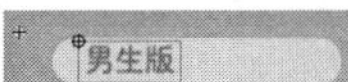

图 8-187　拖入元件

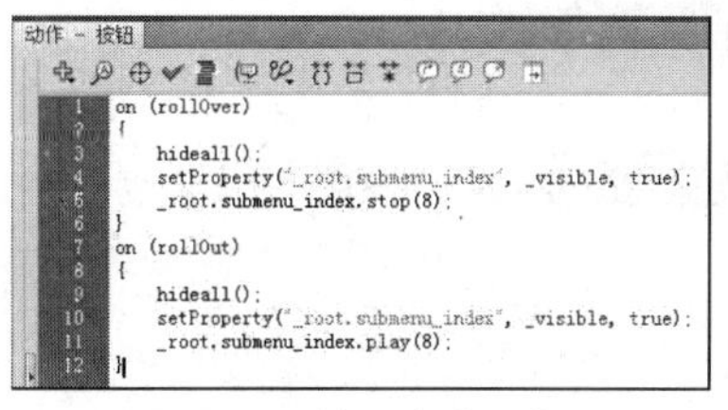

图 8-188　输入脚本语言

步骤 13 采用“图层 4”的制作方法，制作出“图层 5”动画，完成后的“时间轴”面板如图 8-189 所示，场景效果如图 8-190 所示。

步骤 14 新建“图层 6”，在第 6 帧位置插入关键帧，在“动作”面板中输入“stop();”脚本代码，如图 8-191 所示，完成后的“时间轴”面板如图 8-192 所示。在第 16 帧位置插入关键帧，在“动作”帧面板中输入“stop();”脚本代码。

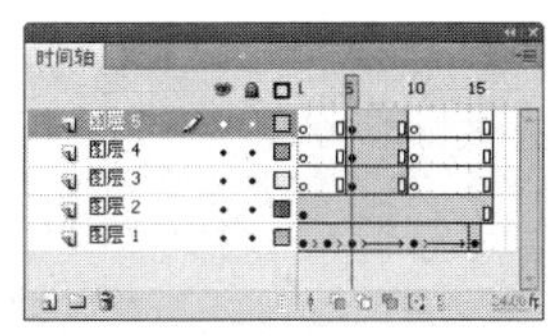
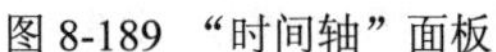

图 8-189　“时间轴”面板

图 8-190　场景效果

图 8-191　输入脚本代码

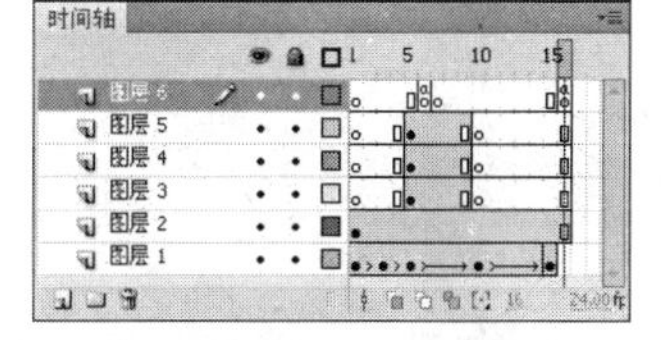

图 8-192　“时间轴”面板

步骤 15 采用“首页动画”元件的制作方法，制作出“下载专区动画”和“客服专区动画”元件，完成后的元件效果如图 8-193 所示。

图 8-193　完成后的元件效果

步骤 16 返回“场景 1”编辑状态，将“光盘\源文件\第 8 章\素材\tuxiang061.jpg”导入场景中，如图 8-194 所示。新建“图层 2”，将“光盘\源文件\第 8 章\素材\tuxiang062.png”导入场景中，调整图像的位置，如图 8-195 所示。

图 8-194　导入图像

图 8-195　导入图像

> **技巧** 执行“文件>导入>导入到舞台”命令，可以将图像导入场景中，按键盘上的 Ctrl+R 组合键，也可以将图像导入场景中。

步骤 17 新建“图层 3”，将“首页动画”元件从“库”面板中拖入场景中，如图 8-196 所示。设置其“属性”面板中“实例名称”为 submenu_index，如图 8-197 所示。

步骤 18 采用“图层 3”的制作方法，制作出“图层 4”和“图层 5”动画，完成后的场景效果如图 8-198 所示。

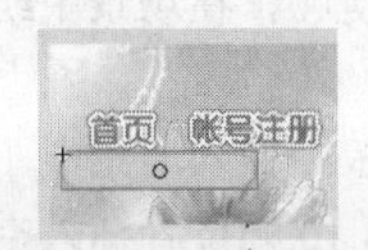

图 8-196　拖入元件

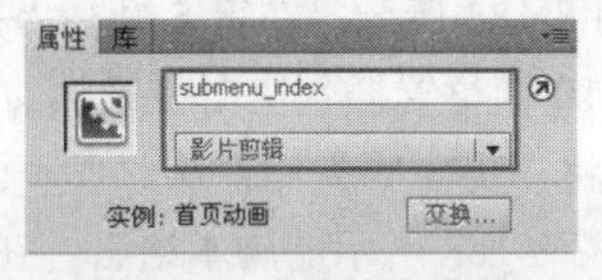

图 8-197　“属性”面板

图 8-198　场景效果

步骤 19 新建“图层 6”，将“反应区”元件从“库”面板中拖入场景中，调整元件大小，如图 8-199 所示。设置其“属性”面板中“实例名称”为 menu_index，如图 8-200 所示。

步骤 20 采用“图层 6”的制作方法，制作出其他图层动画，场景效果如图 8-201 所示。

图 8-199　拖入元件

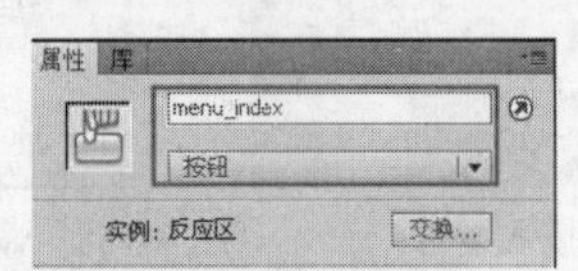

图 8-200　“属性”面板

图 8-201　完成后的场景效果

步骤 21 新建“图层 13”，在弹出的“动作”面板中输入如图 8-202 所示的脚本语言。

步骤 22 执行“文件>保存”命令，将动画保存为“光盘\源文件\第 8 章\二级导航菜单动画.fla”，按 Ctrl+Enter 键测试影片，动画效果如图 8-203 所示。

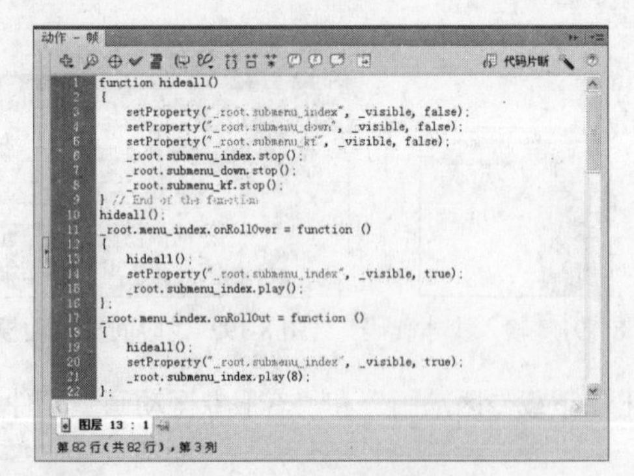

图 8-202　输入脚本语言

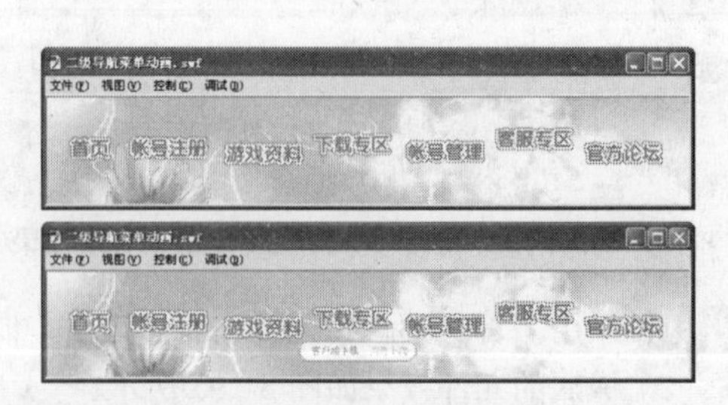

图 8-203　预览动画效果

> **实例小结** 本实例的重点是利用“按钮”元件制作动画效果，并充分利用反应区本身的特点，配合相应的脚本语言，实现动画的切换。

Example 实例 132　艺术照片展示菜单动画

案例文件	光盘\源文件\第 8 章\艺术照片展示菜单动画.fla
视频文件	光盘\视频\第 8 章\艺术照片展示菜单动画.swf
难易程度	★★☆☆☆
学习时间	25 分钟

（1）　（2）　（3）　（4）

1．新建元件，将图像导入到场景中，制作遮罩动画。

2．返回主场景，将背景图像导入场景中。

3．新建图层，将制作好的元件拖入场景中，设置“实例名称”，并输入相应的脚本语言。

4．完成动画的制作，测试动画效果。

Example 实例 133　商业导航菜单动画

案例文件	光盘\源文件\第 8 章\商业导航菜单动画.fla
视频文件	光盘\视频\第 8 章\商业导航菜单动画.swf
难易程度	★★★☆☆
学习时间	25 分钟
实例要点	➢ 元件的创建及应用 ➢ 在“按钮”元件特性的设置
实例目的	本实例将设置“按钮”元件的“指针经过”特性，制作一个商业导航菜单

操作步骤

步骤 1 新建一个 Flash 文档，如图 8-204 所示，单击“属性”面板的“设置”按钮，弹出“文档设置”对话框，设置“尺寸”为 440 像素 × 305 像素，“背景颜色”设置为#CCCCCC，“帧频”为 36，如图 8-205 所示。

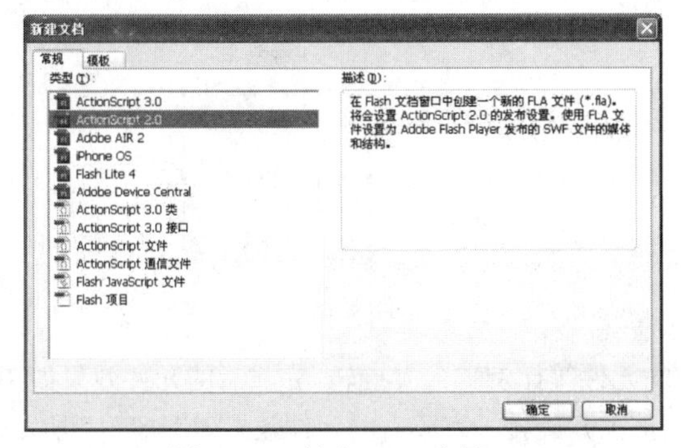

图 8-204　新建 Flash 文档

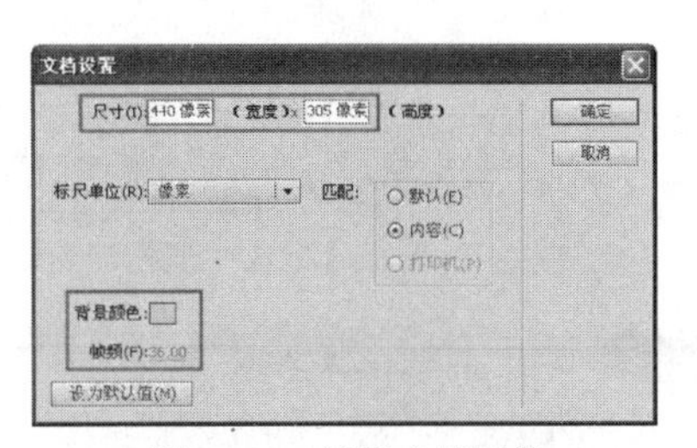

图 8-205　设置文档属性

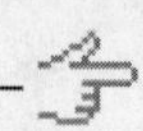

步骤 2 新建一个“名称”为“花旋转”的“影片剪辑”元件，如图 8-206 所示。将“光盘\源文件\第 8 章\素材\tuxiang076.png”导入场景中，如图 8-207 所示。

图 8-206 “创建新元件”对话框

图 8-207 导入图像

步骤 3 选择导入图像，按 F8 键，将图像转换成“名称”为“花”的“图形”元件，如图 8-208 所示。在第 100 帧位置单插入关键帧，在第 1 帧位置创建传统补间动画，设置“属性”面板中“旋转”为“顺时针”，保持其他默认设置，如图 8-209 所示。

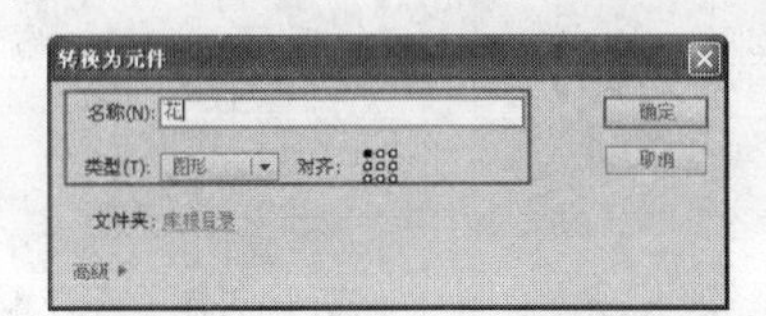

图 8-208 “转换为元件”对话框

图 8-209 “属性”面板

步骤 4 新建一个“名称”为“返回首页动画”的“影片剪辑”元件，如图 8-210 所示，将“光盘\源文件\第 8 章\素材\tuxiang071.png”导入场景中，如图 8-211 所示。

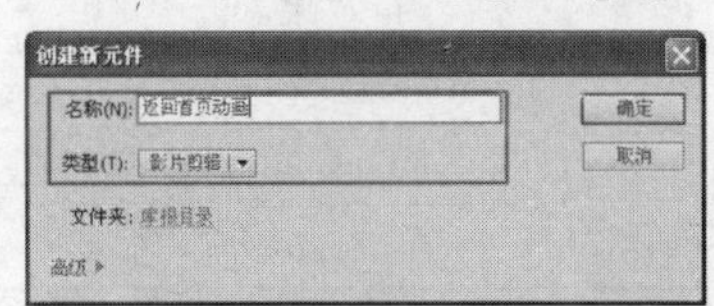

图 8-210 “创建新元件”对话框

图 8-211 导入图像

步骤 5 选择导入的图像，按 F8 键，将图像转换成“名称”为“返回首页”的“图形”元件，如图 8-212 所示。分别在第 5 帧、第 10 帧、第 15 帧、第 20 帧和第 25 帧位置插入关键帧，“时间轴”面板如图 8-213 所示。

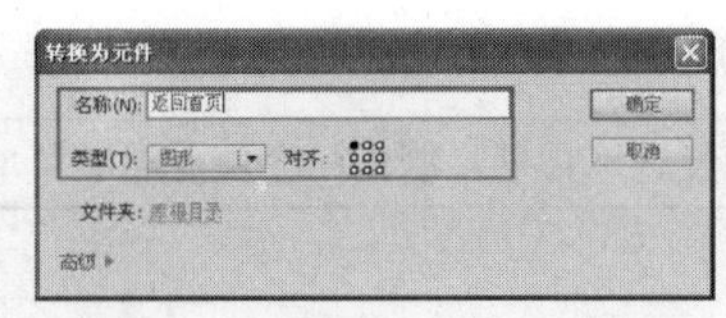

图 8-212 “转换为元件”对话框

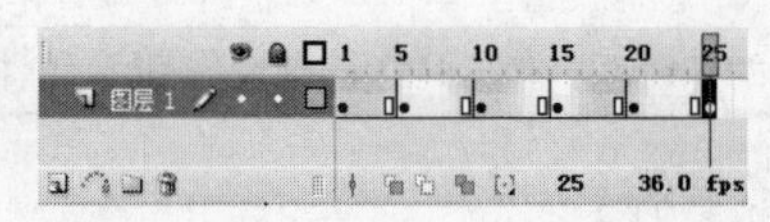

图 8-213 “时间轴”面板

步骤 6 按住 Shift 键使用“任意变形工具”将场景中的元件等比例扩大，设置其“属性”面板中颜色“样式”为“色调”，颜色为“色调”值 50%的#FFFF00，“属性”面板如图 8-214 所示，完成后的元件效果如图 8-215 所示。

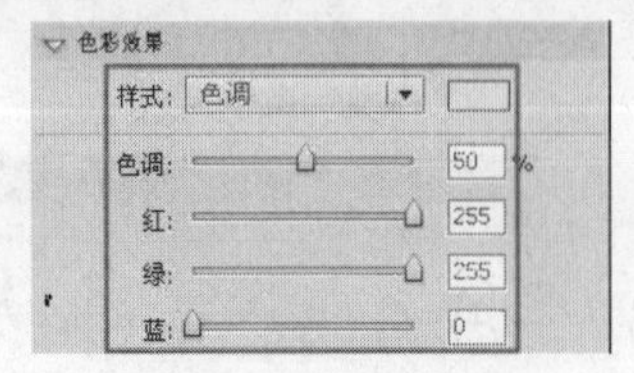

图 8-214 “属性”面板

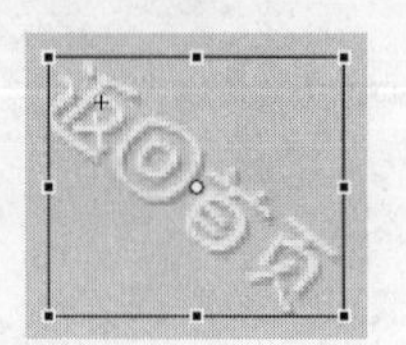

图 8-215 元件效果

步骤 7 使用“任意变形工具”将第 5 帧场景中的元件等比例扩大并旋转，完成后的元件效果如图 8-216 所示。将第 10 帧场景中的元件等比例扩大并旋转，完成后的元件效果如图 8-217 所示。采用第 5 帧和第 10 帧元件的制作方法，制作出第 15 帧和第 20 帧的元件，在第 40 帧位置单击，按 F5 键插入帧。分别在第 1 帧、第 5 帧、第 10 帧、第 15 帧和第 20 帧位置创建传统补间动画，完成后的“时间轴”面板如图 8-218 所示。

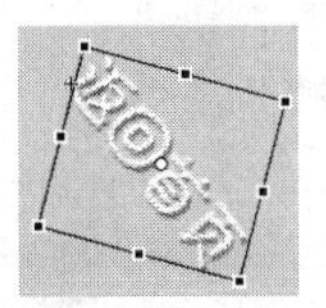
图 8-216　扩大并旋转元件

图 8-217　扩大并旋转元件

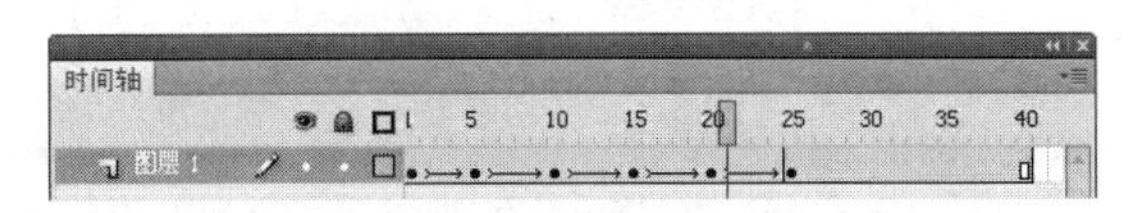

图 8-218　“时间轴”面板

步骤 8 新建“图层 2”，在第 25 帧位置插入关键帧，将“花旋转”元件从“库”面板中拖入场景中，如图 8-219 所示。在第 30 帧位置插入关键帧，按住 Shift 键使用“任意变形工具”将第 25 帧上场景中的元件等比例缩小，如图 8-220 所示，在第 25 帧位置设置补间类型为传统。

步骤 9 新建“图层 3”，在第 30 帧位置插入关键帧，将“花旋转”元件从“库”面板中拖入场景中，按住 Shift 键使用“任意变形工具”将元件等比例缩小，如图 8-221 所示。在第 35 帧位置插入关键帧，使用“任意变形工具”将第 30 帧场景中的元件等比例缩小，元件效果如图 8-222 所示。

图 8-219　拖入元件

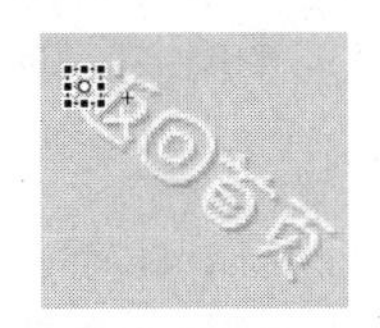
图 8-220　将元件等比例缩小

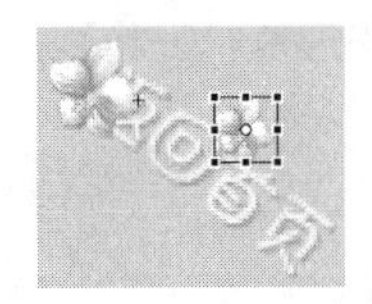
图 8-221　拖入并调整元件

图 8-222　将元件等比例缩小

步骤 10 新建“图层 4”，在第 40 帧位置插入关键帧，在“动作”面板中输入“stop();”脚本语言，如图 8-223 所示，完成后的“时间轴”面板如图 8-224 所示。将“图层 2”拖到“图层 1”的下边，完成后的“时间轴”面板如图 8-225 所示。

图 8-223　输入脚本语言

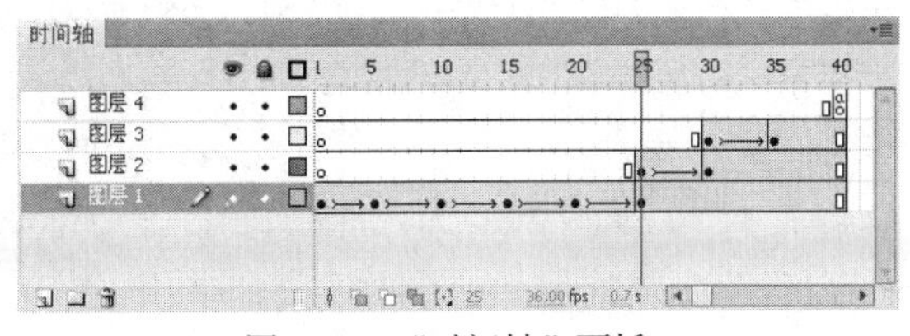

图 8-224　“时间轴”面板

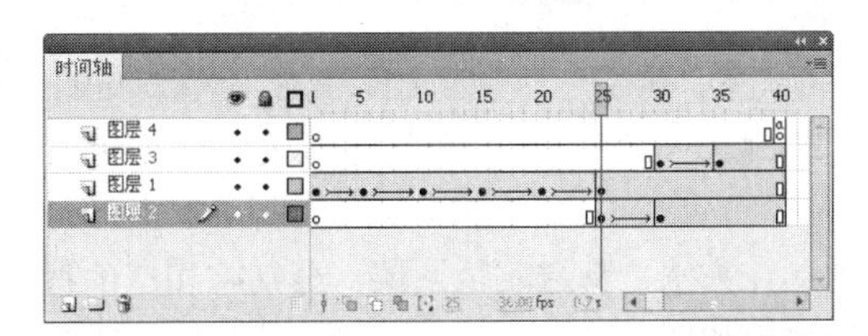

图 8-225　完成后的“时间轴”面板

步骤 11 采用“返回首页动画”元件的制作方法，制作出“我要报名动画”、“活动规则动画”、“最新讯息动画”和“好友搜索动画”元件，完成后的元件效果如图 8-226 所示。

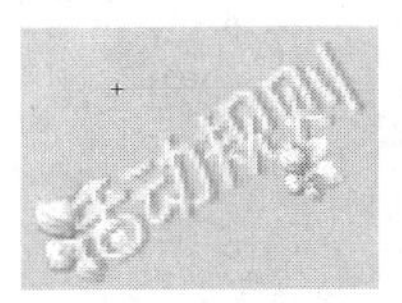

图 8-226　完成后的元件效果

步骤 12 新建一个“名称”为“首页按钮”的“按钮”元件，如图 8-227 所示，将“返回首页”元件从“库”面板中拖入场景中，如图 8-228 所示。

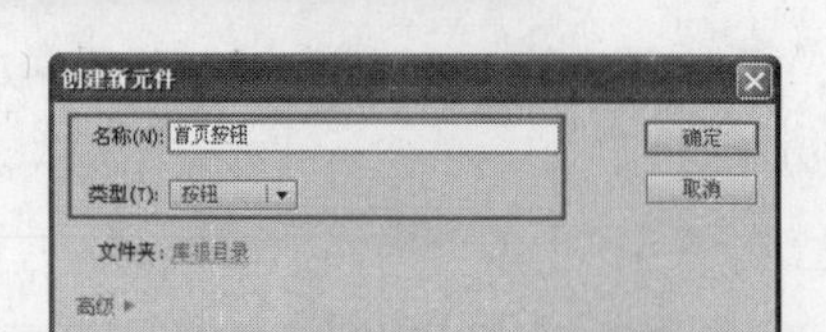

图 8-227 “创建新元件”对话框

图 8-228 拖入元件

> **技巧** 将元件拖入场景后，很难将坐标对齐，此时在“属性”面板中将 X、Y 分别都设置为 0，即可将坐标对齐。

步骤 13 在“指针经过”位置插入空白关键，“时间轴”面板如图 8-229 所示，将“返回首页动画”元件从“库”面板中拖入场景中，如图 8-230 所示。

步骤 14 在“按下”位置插入空白关键帧，再次将“返回首页”元件从“库”面板中拖入场景中，在“点击”位置插入空白关键帧，单击“矩形工具”按钮，在场景中绘制一个如图 8-231 所示的矩形。使用“任意变形工具”将矩形旋转，完成后的图形效果如图 8-232 所示。

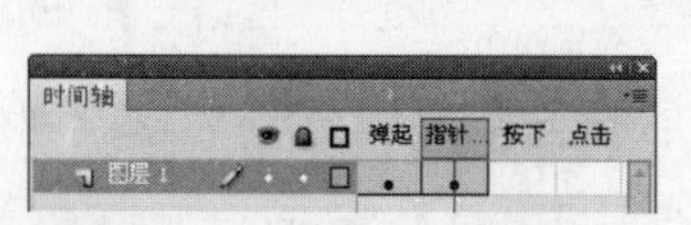

图 8-229 “时间轴”面板

图 8-230 拖入元件

图 8-231 绘制矩形

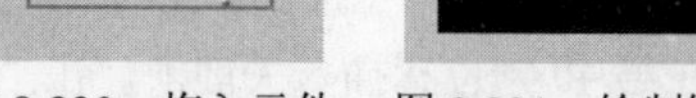

图 8-232 旋转矩形

步骤 15 采用“首页按钮”元件的制作方法，制作出“报名按钮”、“规则按钮”、“讯息按钮”和“搜索按钮”元件，完成后的元件效果如图 8-233 所示。

图 8-233 完成后的元件效果

步骤 16 返回“场景 1”编辑状态，将“光盘\源文件\第 8 章\素材\tuxiang070.jpg”导入到场景中，如图 8-234 所示，新建“图层 2”，将“首页按钮”元件从“库”面板中拖入场景中，如图 8-235 所示。

步骤 17 采用“图层 2”的制作方法，新建其他图层，分别将相应的按钮元件拖入相应的图层中，完成后的“时间轴”面板如图 8-236 所示，场景效果如图 8-237 所示。

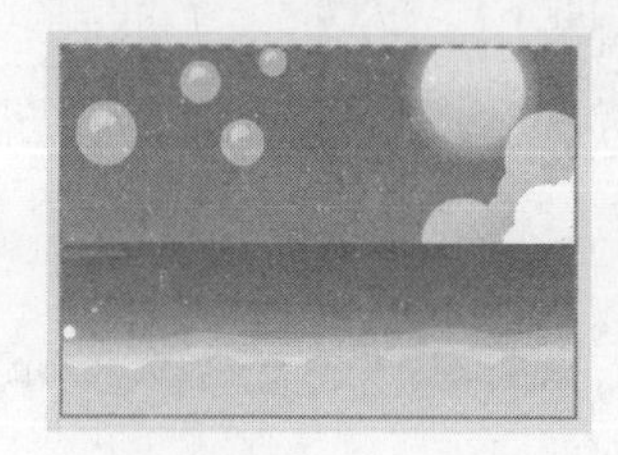

图 8-234 导入图像

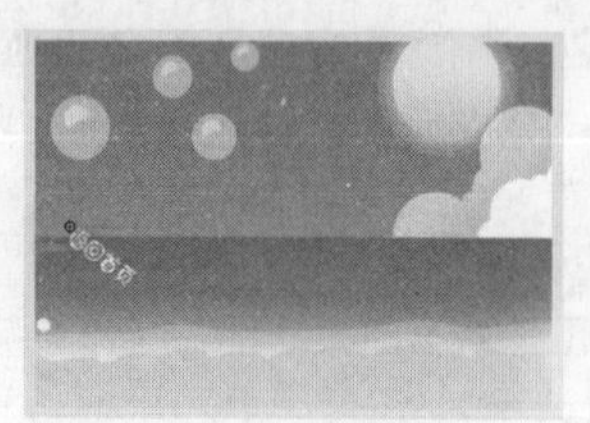

图 8-235 拖入元件

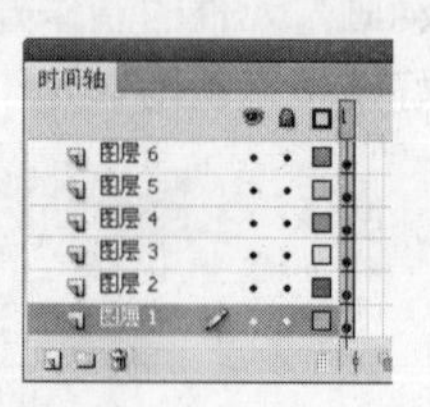

图 8-236 “时间轴”面板

图 8-237 场景效果

步骤 18 执行“文件>保存”命令，将动画保存为“光盘\源文件\第 8 章\商业导航菜单动画.fla”，按 Ctrl+Enter 键测试影片，动画效果如图 8-238 所示。

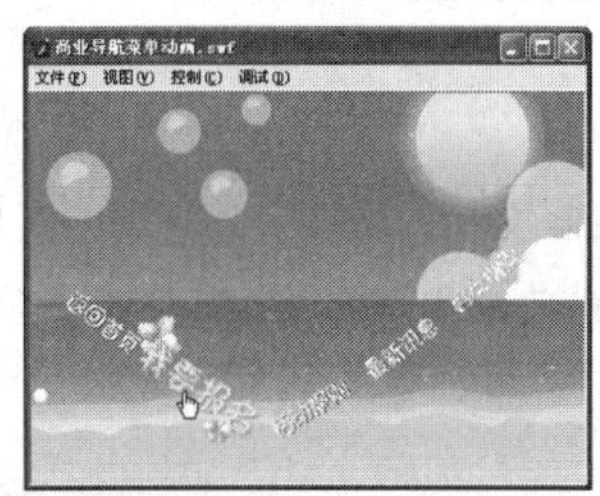

图 8-238　预览动画效果

实例小结

本实例的重点是利用在“按钮”元件的“指针经过”特性，实现当鼠标指针经过某个“按钮”元件时跳转相应的影片剪辑的效果。

Example 实例 134　产品导航菜单动画

案例文件	光盘\源文件\第 8 章\产品导航菜单动画.fla
视频文件	光盘\视频\第 8 章\产品导航菜单动画.swf
难易程度	★★★☆☆
学习时间	35 分钟

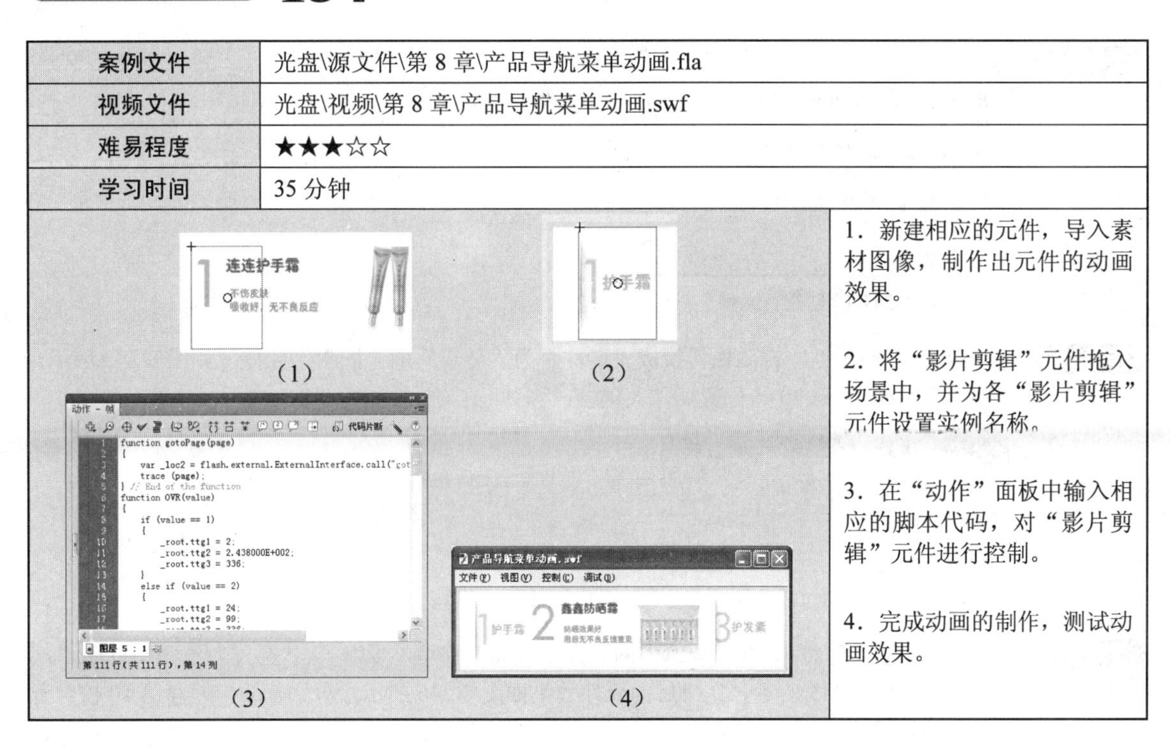

1．新建相应的元件，导入素材图像，制作出元件的动画效果。

2．将“影片剪辑”元件拖入场景中，并为各“影片剪辑”元件设置实例名称。

3．在“动作”面板中输入相应的脚本代码，对“影片剪辑”元件进行控制。

4．完成动画的制作，测试动画效果。

Example 实例 135　悬挂菜单动画

案例文件	光盘\源文件\第 8 章\悬挂菜单动画.fla
视频文件	光盘\视频\第 8 章\悬挂菜单动画.swf
难易程度	★★★☆☆
学习时间	25 分钟
实例要点	➢ “影片剪辑”元件的创建 ➢ “色彩效果”的设置
实例目的	本实例利用脚本语言来控制影片剪辑的播放，实现最终效果

操作步骤

步骤 1 新建一个 Flash 文档，如图 8-239 所示，单击“属性”面板的“编辑”按钮，弹出“文档设置”对话框，设置“尺寸”为 68 像素 × 392 像素，“背景颜色”为#CCCCCC，“帧频”为 60，如图 8-240 所示。

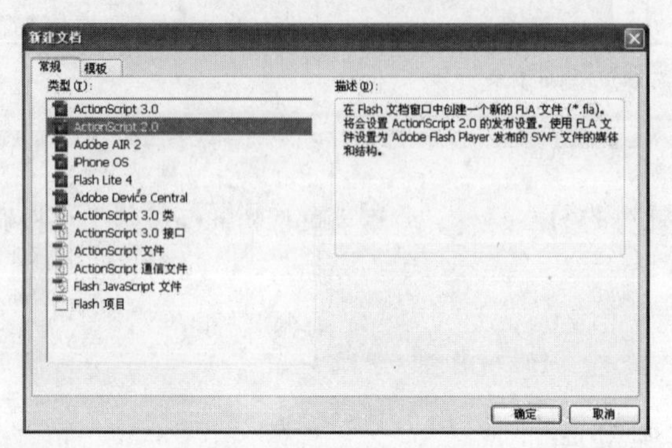
图 8-239　新建 Flash 文档

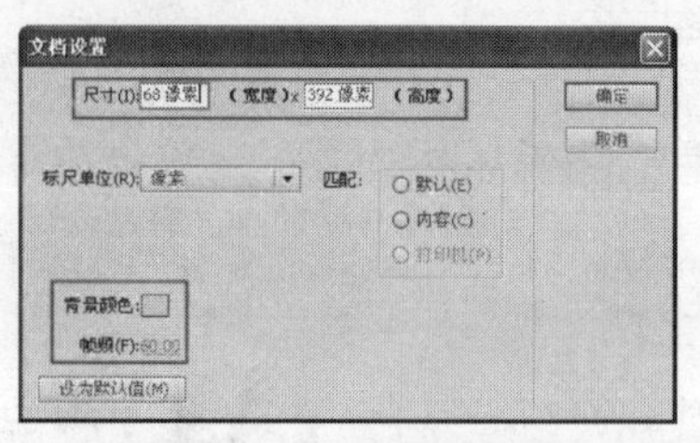
图 8-240　设置文档属性

步骤 2 新建一个“名称”为“环境动画”的“影片剪辑”元件，如图 8-241 所示，将“光盘\源文件\第 8 章\素材\tuxiang039.png”导入场景中，如图 8-242 所示。

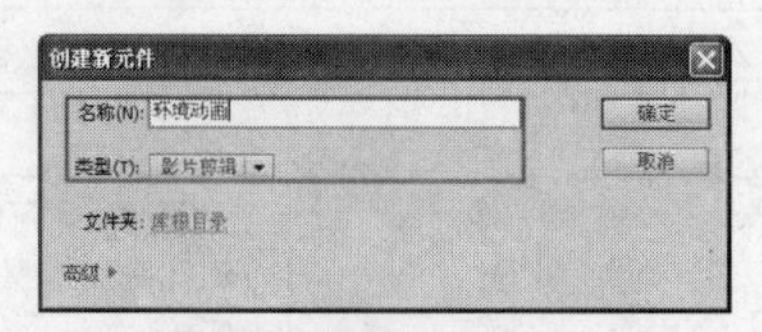
图 8-241　“创建新元件”对话框

图 8-242　导入图像

步骤 3 选中图像，按 F8 键，将图像转换成“名称”为“环境”的“图形”元件，如图 8-243 所示。分别在第 10 帧和第 20 帧位置插入关键帧，“时间轴”面板如图 8-244 所示。

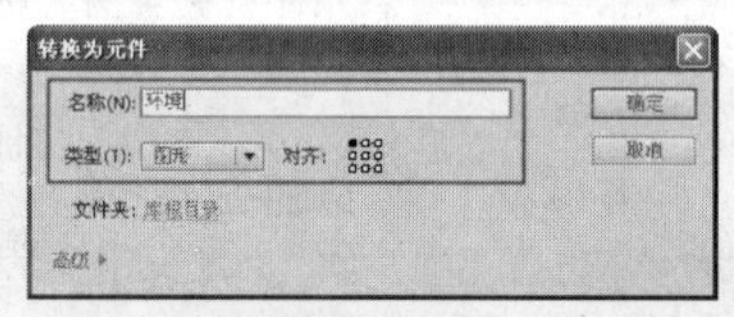
图 8-243　“转换为元件”对话框

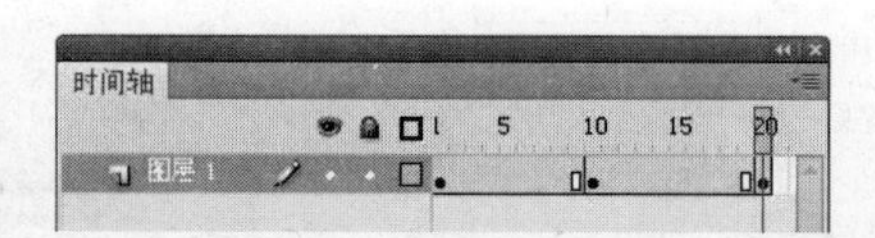
图 8-244　“时间轴”面板

步骤 4 使用“选择工具”将第 10 帧场景中的元件垂直向下移动，设置其 “亮度”值为-100%，“属性”面板如图 8-245 所示，完成后的元件效果如图 8-246 所示，分别在第 1 帧和第 10 帧位置创建传统补间动画。

图 8-245　“属性”面板

图 8-246　元件效果

> **提示** 更改元件颜色时，可以设置“属性”面板的“色彩效果”区域的“色调”样式选项，设置出各种不同的颜色效果。

步骤 5 新建“图层 2”，将“光盘\源文件\第 8 章\素材\tuxiang044.png”导入场景中，调整图像的位置，如图 8-247 所示。按 F8 键，将图像转换成“名称”为“环境文字”的“图形”元件，如图 8-248 所示。

图 8-247　导入图像

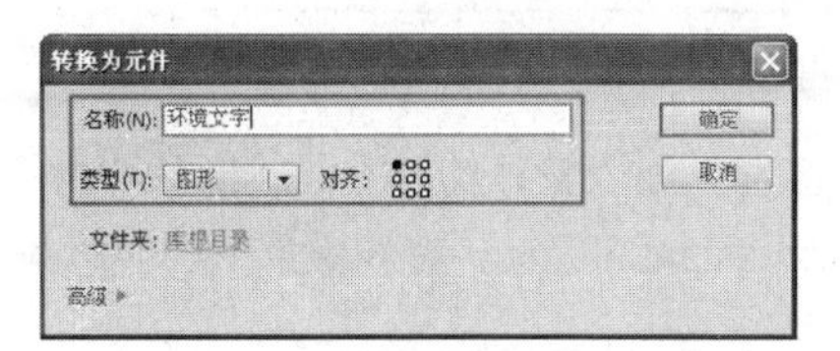

图 8-248　“转换为元件”对话框

步骤 6 分别在第 5 帧、第 15 帧和第 20 帧位置插入关键帧，使用“选择工具”分别将第 1 帧和第 20 帧的元件向下移动，如图 8-249 所示。分别在第 1 帧、第 5 帧和第 15 帧位置创建传统补间动画，时间轴”面板如图 8-250 所示。

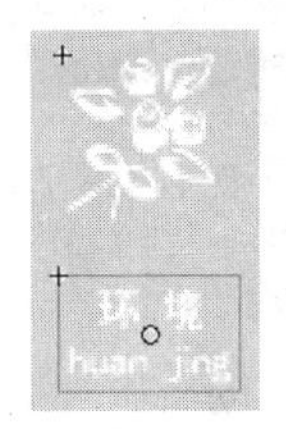

图 8-249　垂直向下移动元件

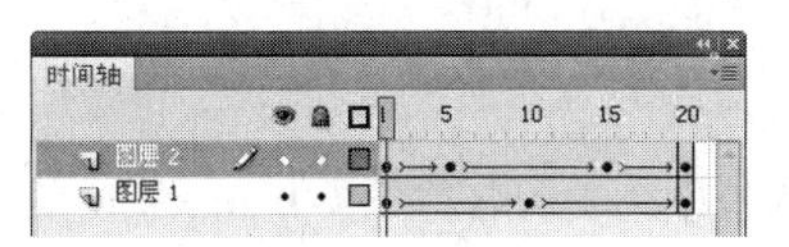

图 8-250　“时间轴”面板

步骤 7 新建“图层 3”，在第 2 帧位置插入关键帧，设置其“属性”面板中“帧标签”为 qq，“属性”面板如图 8-251 所示，完成后的“时间轴”面板如图 8-252 所示，在第 16 帧位置插入关键帧，设置其“属性”面板中“帧标签”为 ww。

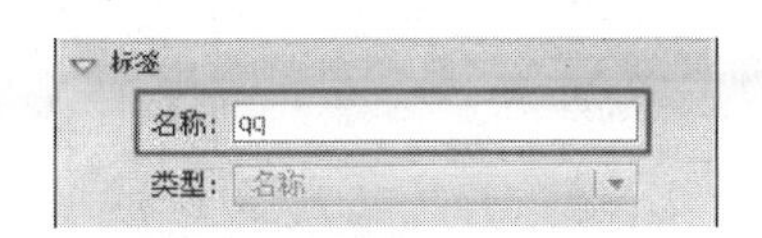

图 8-251　“属性”面板

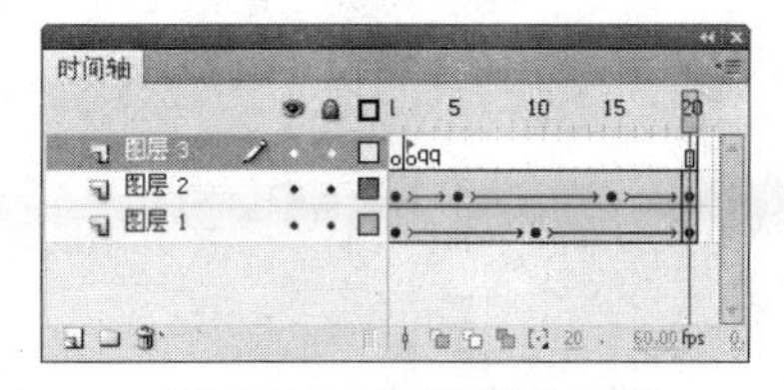

图 8-252　“时间轴”面板

步骤 8 新建“图层 4”，在第 1 帧位置单击，在“动作”面板中输入“stop();”脚本语言，如图 8-253 所示，完成后的“时间轴”面板如图 8-254 所示，在第 15 帧位置单击，按 F6 键插入关键帧，在“动作”面板中输入“stop();”脚本语言。

步骤 9 采用“环境动画”元件的制作方法，制作出“文学动画”、“美食动画”和“购物动画”元件，完成后的元件效果如图 8-255 所示。

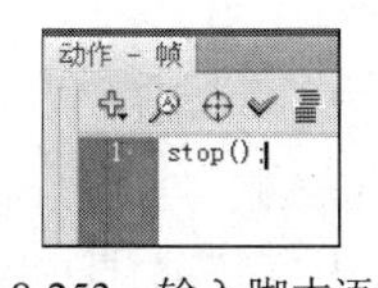

图 8-253　输入脚本语言

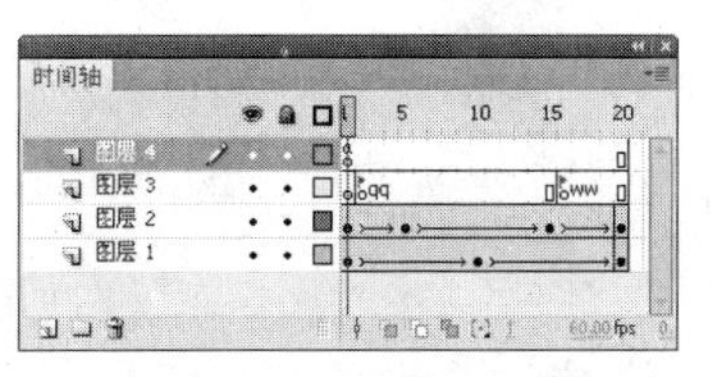

图 8-254　“时间轴”面板

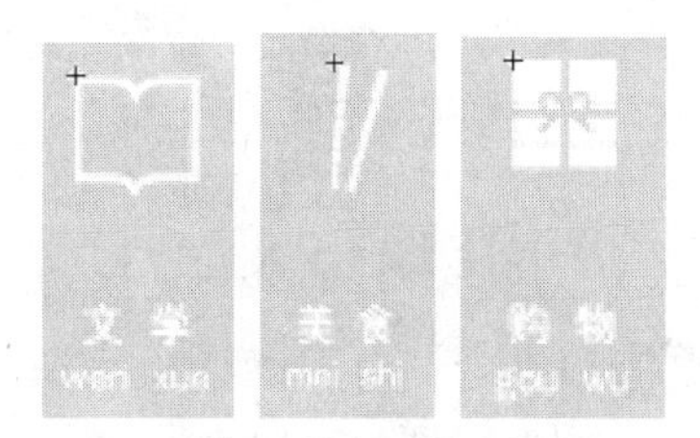

图 8-255　完成后的元件效果

步骤 10 新建一个“名称”为“反应区”的“按钮”元件，如图 8-256 所示。在“点击”位置插入关键帧，“时间轴”面板如图 8-257 所示，使用“矩形工具”在场景中绘制一个矩形。

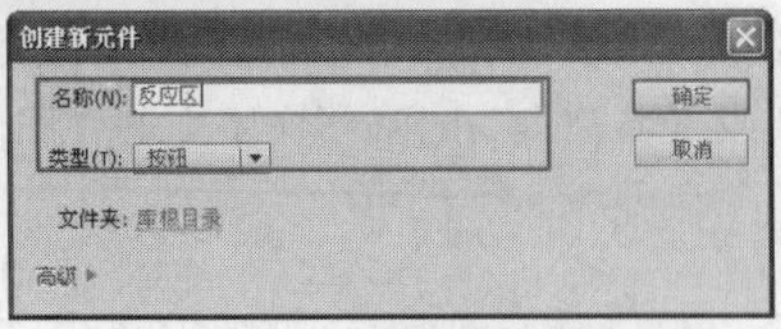

图 8-256 “创建新元件”对话框

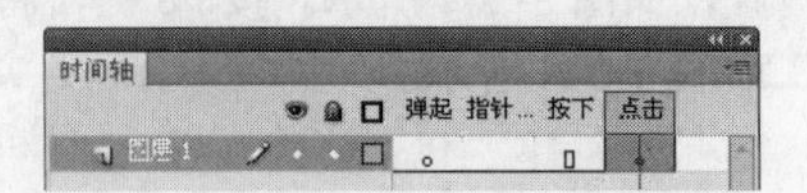

图 8-257 “时间轴”面板

步骤 11 新建“名称”为“整体动画”的“影片剪辑”元件，如图 8-258 所示。将“光盘\源文件\第 8 章\素材\tuxiang043.jpg”导入场景中，如图 8-259 所示。

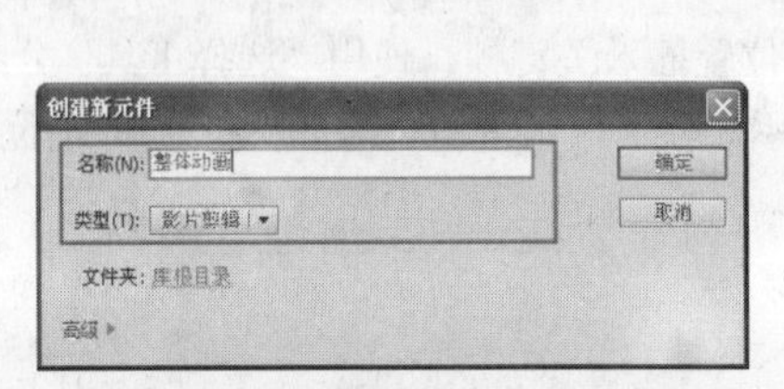

图 8-258 “创建新元件”对话框

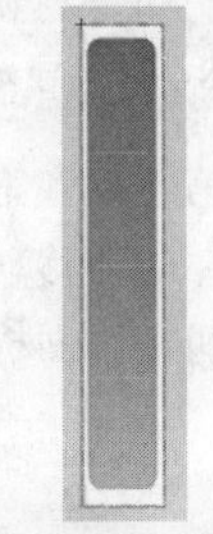

图 8-259 导入图像

步骤 12 新建“图层 2”，将“环境动画”元件从“库”面板中拖入场景中，如图 8-260 所示。设置其“属性”面板中“实例名称”为 b_0，“属性”面板如图 8-261 所示。

步骤 13 采用“图层 2”的制作方法，制作出“图层 3”、“图层 4”和“图层 5”动画，完成后的场景效果如图 8-262 所示，“时间轴”面板如图 8-263 所示。

图 8-260 拖入元件

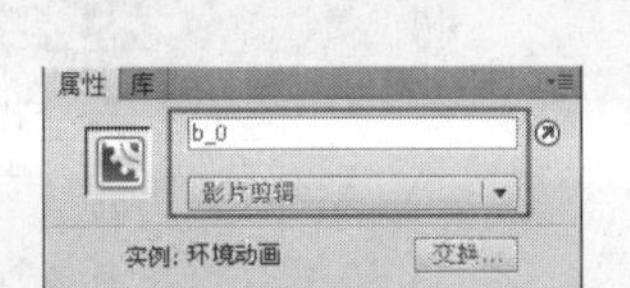

图 8-261 “属性”面板

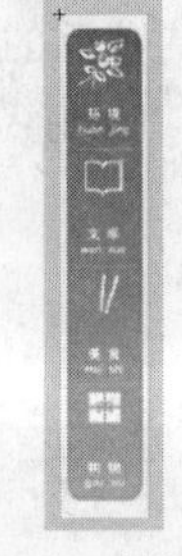

图 8-262 场景效果

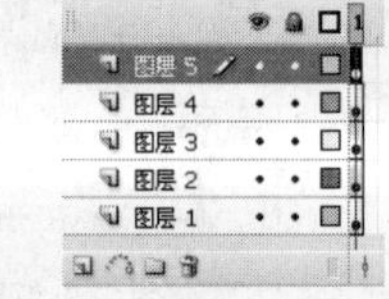

图 8-263 “时间轴”面板

步骤 14 新建“图层 6”，将“反应区”元件从“库”面板中拖入场景中，如图 8-264 所示。选中元件，在“动作”面板中输入如图 8-265 所示的脚本语言。

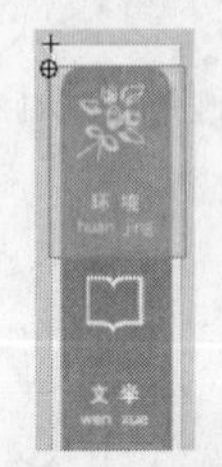

图 8-264 拖入元件

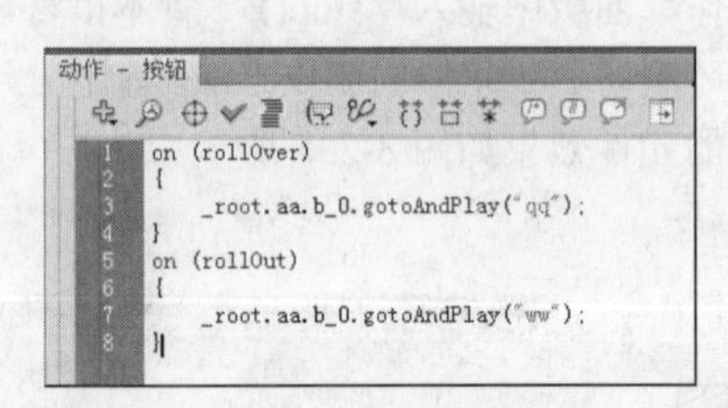

图 8-265 输入脚本语言

步骤 15 采用“图层 6”的制作方法，制作出“图层 7”、“图层 8”和“图层 9”动画，完成后的场景效果如图 8-266 所示。返回“场景 1”编辑状态，将“整体动画”元件从“库”面板中拖入场景中，如图 8-267 所示，设置其“属性”面板中“实例名称”为 aa。

步骤 16 执行“文件>保存”命令，将动画保存为“光盘\源文件\第 8 章\悬挂菜单动画.fla”，按 Ctrl+Enter 键测试影片，动画效果如图 8-268 所示。

图 8-266　场景效果

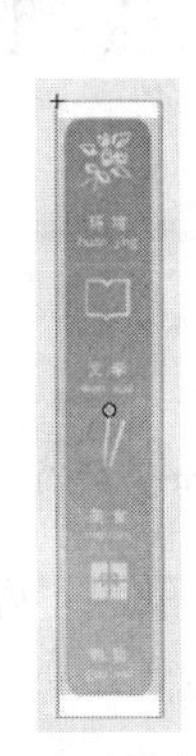

图 8-267　拖入元件

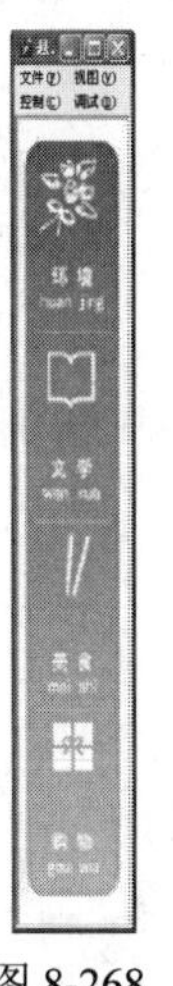

图 8-268　预览动画效果

实例小结

本实例的重点是利用脚本语言控制元件播放到指定的一帧，结合运用元件与脚本语言，制作出悬挂菜单。

Example 实例 136　楼盘介绍菜单动画

案例文件	光盘\源文件\第 8 章\楼盘介绍菜单动画.fla
视频文件	光盘\视频\第 8 章\楼盘介绍菜单动画.swf
难易程度	★★☆☆☆
学习时间	25 分钟

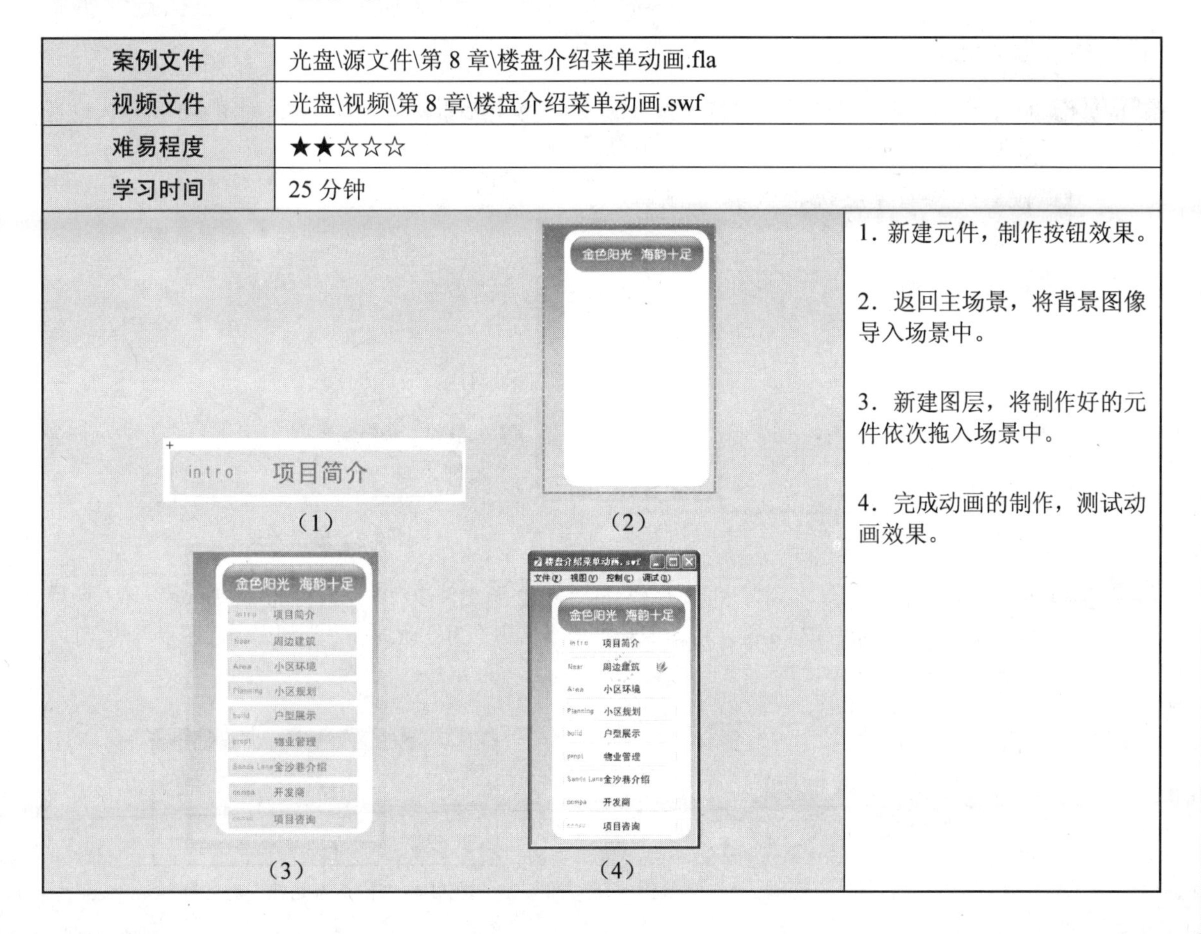

1．新建元件，制作按钮效果。

2．返回主场景，将背景图像导入场景中。

3．新建图层，将制作好的元件依次拖入场景中。

4．完成动画的制作，测试动画效果。

第9章 声音特效

■ 本章内容

- 声音的导入
- 音效的应用
- 制作 MP3 播放器
- 添加开场音乐
- 为导航动画添加音效
- 为儿童展示动画添加音效
- 控制声音
- 控制音量
- 添加时钟声音
- 为卡通动画添加音效

本章主要讲解声音特效的制作方法，通过这些基本的制作方法可以制作出丰富多彩的声音特效。

Example 实例 137 声音的导入

案例文件	光盘\源文件\第 9 章\声音的导入.fla
视频文件	光盘\视频\第 9 章\声音的导入.swf
难易程度	★★☆☆☆
学习时间	10 分钟
实例要点	➢ 声音的导入与应用
实例目的	通过本实例的制作，可以了解声音的导入与应用技巧

操作步骤

步骤 1 执行“文件>打开”命令，打开“光盘\源文件\第 9 章\素材\素材 1.fla”，如图 9-1 所示，场景效果如图 9-2 所示。

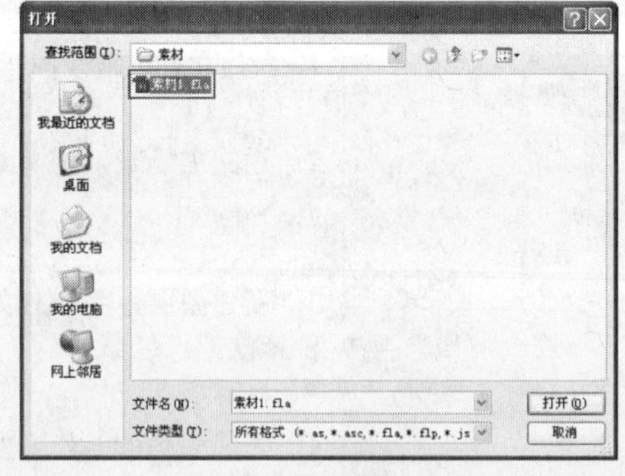

图 9-1 打开素材

图 9-2 场景效果

步骤 2 执行“文件>导入>导入到舞台”命令，将“光盘\源文件\第 9 章\素材\image1.png”导入场景中，如图 9-3 所示。按 F8 键，将图像转换成“名称”为“动画”，“类型”为“图形”的元件，如图 9-4 所示。

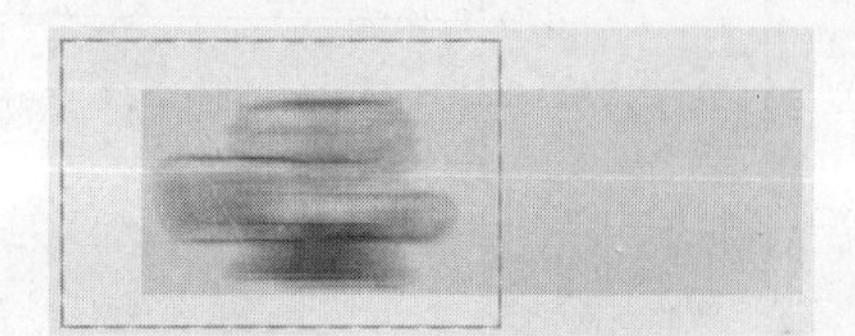

图 9-3 导入图像

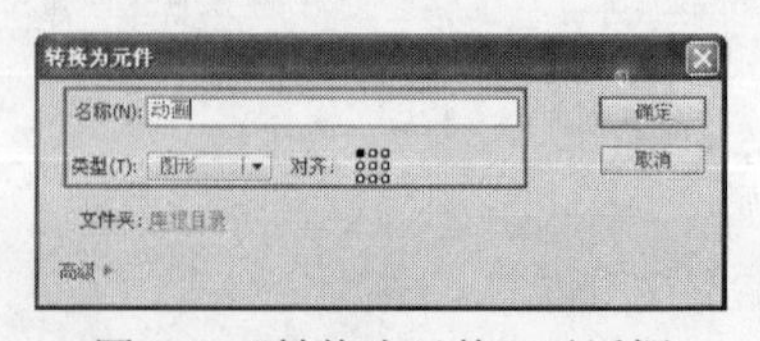

图 9-4 “转换为元件”对话框

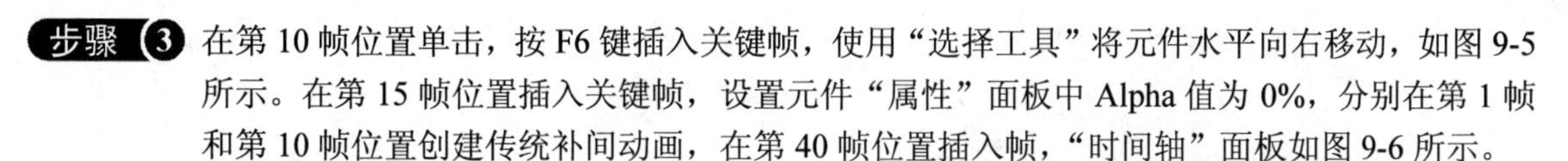

步骤 3 在第 10 帧位置单击，按 F6 键插入关键帧，使用“选择工具”将元件水平向右移动，如图 9-5 所示。在第 15 帧位置插入关键帧，设置元件“属性”面板中 Alpha 值为 0%，分别在第 1 帧和第 10 帧位置创建传统补间动画，在第 40 帧位置插入帧，“时间轴”面板如图 9-6 所示。

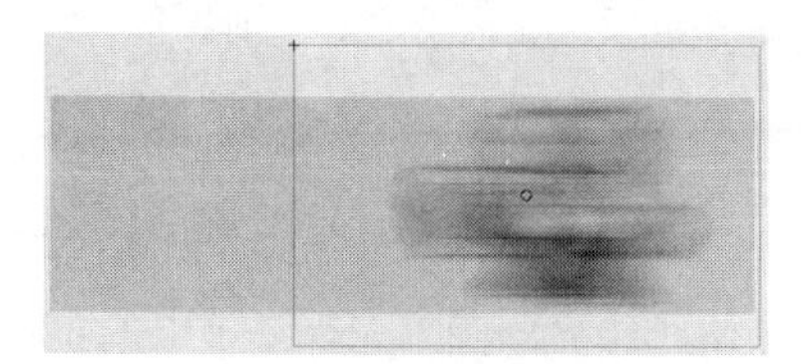

图 9-5　移动元件

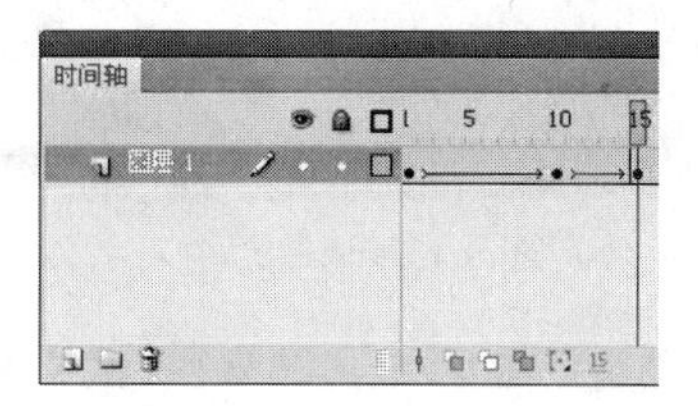

图 9-6 “时间轴”面板

步骤 4 新建“图层 2”，在第 20 帧位置插入关键帧，将“火焰动画”元件从“库”面板中拖入场景中，如图 9-7 所示。在第 30 帧位置插入关键帧，选中第 20 帧场景中的元件，设置其 Alpha 值为 0%，在第 25 帧位置插入关键帧，按住 Shift 键使用“任意变形工具”将元件等比例放大，并设置其“属性”面板的“色彩效果”区域“样式”为“无”，场景效果如图 9-8 所示。分别在第 20 帧和第 25 帧位置创建传统补间动画。

图 9-7　拖入元件

图 9-8　调整元件

步骤 5 新建“图层 3”，将“光盘\源文件\第 9 章\素材\image2.png”导入场景中，如图 9-9 所示。按 F8 键，将图像转换成“名称”为“人物”，“类型”为“图形”的元件，如图 9-10 所示。

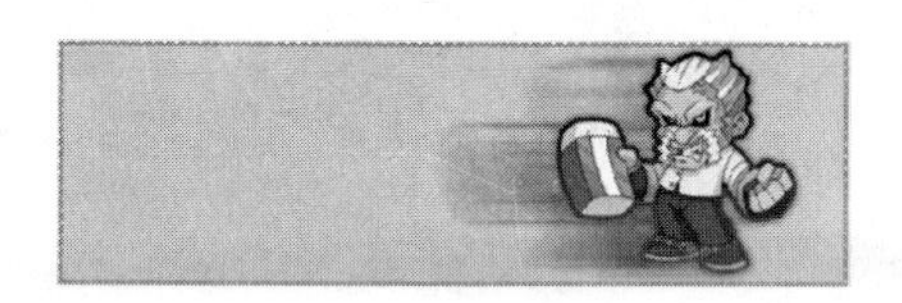

图 9-9　导入图像

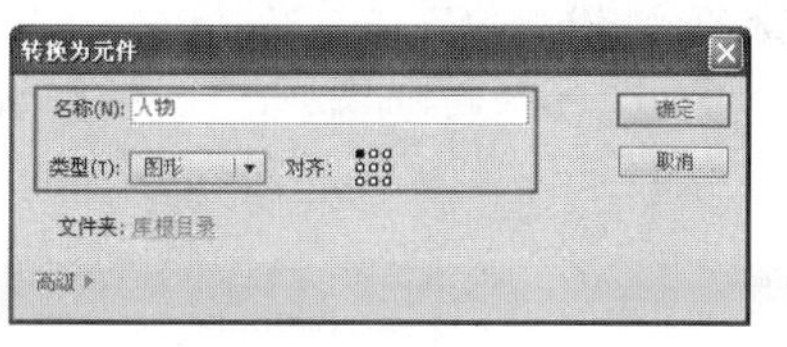

图 9-10 “转换为元件”对话框

步骤 6 在第 15 帧位置插入关键帧，选中第 10 帧上的元件，设置其 Alpha 值为 0%，并在第 10 帧位置创建传统补间动画，如图 9-11 所示。新建“图层 4”，在第 20 帧位置插入关键帧，将“火焰动画”元件从“库”面板中拖入场景中，设置其“属性”面板的“显示”区域中“混合”模式为“叠加”，“属性”面板如图 9-12 所示。

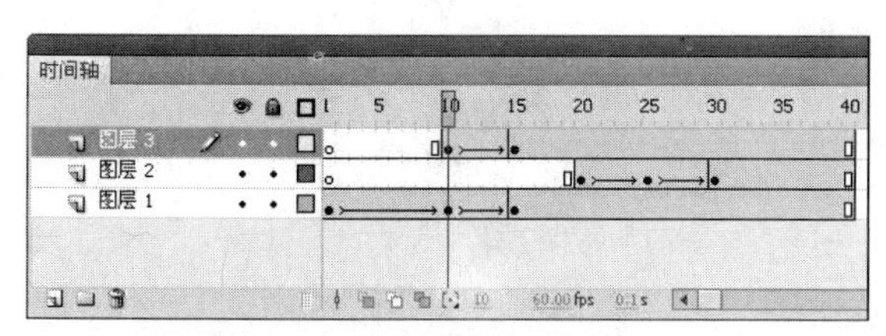

图 9-11 “时间轴”面板

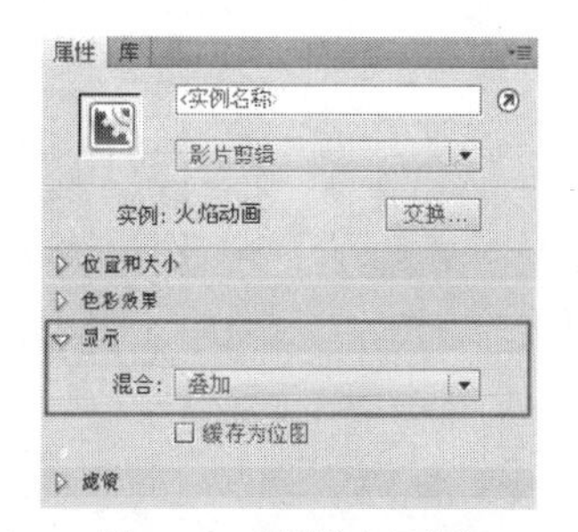

图 9-12 “属性”面板

步骤 7 在第 30 帧位置插入关键帧，选中第 20 帧上的元件，设置其“属性”面板中 Alpha 值为 0%，在第 30 帧位置插入关键帧，将元件等比例放大，如图 9-13 所示。分别在第 20 帧和第 25 帧位置设置传统补间动画，新建“图层 5”，在第 30 帧位置插入关键帧，将“火光动画”元件从“库”面板中拖入场景中，如图 9-14 所示。在第 35 帧位置插入关键帧，设置第 30 帧上的元件 Alpha 值为 0%，并在第 30 帧位置创建传统补间动画。

图 9-13　调整元件

图 9-14　拖入元件

步骤 8 新建“图层 6”，在第 40 帧位置插入关键帧，将“闪光动画”元件从“库”面板中拖入场景中，如图 9-15 所示。新建“图层 7”，在第 20 帧位置插入关键帧，设置“属性”面板的“声音”选项区域中“名称”为 sound1.mp3，“同步”声音的“事件”为“循环”，如图 9-16 所示。

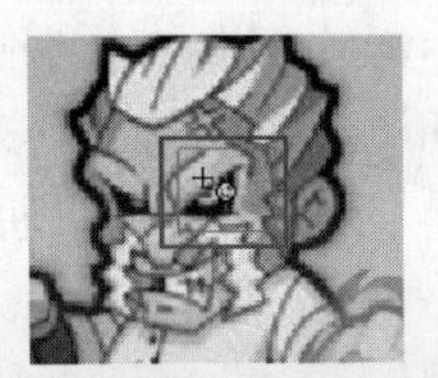
图 9-15　拖入元件

图 9-16　“属性”面板

> **提示** 在“同步”声音时，“事件”为触发播放声音的方式，“开始”与“事件”触发播放声音方式类似，只是它可以有效地防止同样的声音文件重叠播放，“停止”用于设定停止所选择的声音播放，“数据流”为流媒体播放声音方式。

步骤 9 在第 40 帧位置插入关键帧，在“动作”面板中输入“stop();”脚本，“时间轴”面板如图 9-17 所示。用相同的方法在“图层 8”中添加声音。执行“文件>另存为”命令，将动画另存为“光盘\源文件\第 9 章\声音的导入.fla”，按 Ctrl+Enter 键测试影片，动画效果如图 9-18 所示。

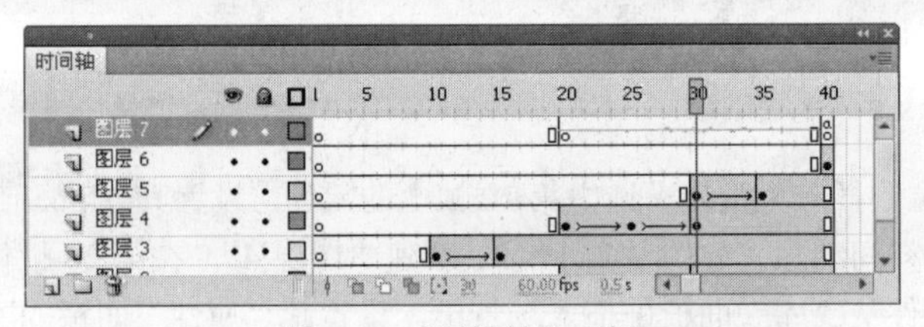

图 9-17　“时间轴”面板

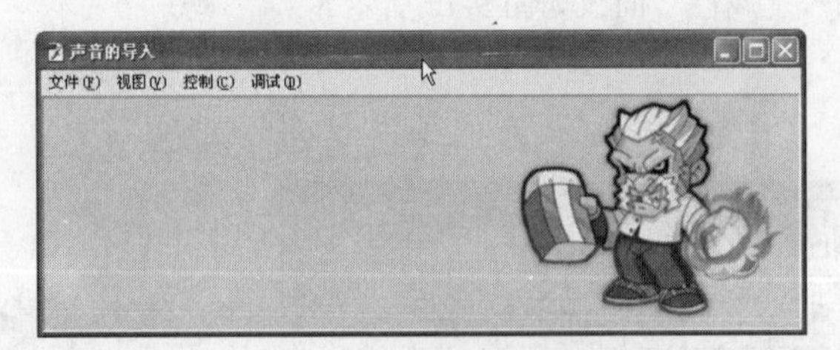

图 9-18　预览动画效果

> **实例小结** 本实例首先通过导入外部素材图像，制作出人物和火焰的传统补间动画，然后在动画中导入声音文件，并将声音文件添加到时间轴中，在“属性”面板中对声音选项进行设置，最终完成为动画添加声音的效果。

Example 实例 138 添加开场音乐

案例文件	光盘\源文件\第 9 章\添加开场音乐.fla
视频文件	光盘\视频\第 9 章\添加开场音乐.swf
难易程度	★☆☆☆
学习时间	15 分钟
（1）（2）（3）（4）	1．将背景图像导入场景中。 2．使用“椭圆工具”绘制正圆，并制作遮罩动画。 3．导入声音文件，在“属性”面板中进行相关设置。 4．完成动画的制作，测试动画效果。

Example 实例 139 控制声音

案例文件	光盘\源文件\第 9 章\控制声音.fla
视频文件	光盘\视频\第 9 章\控制声音.swf
难易程度	★★☆☆☆
学习时间	20 分钟
实例要点	➢　控制声音的停止和播放
实例目的	通过本实例的制作，学会使用“按钮”元件来控制声音的停止和播放

操作步骤

步骤 1 执行“文件>打开”命令，打开“光盘\源文件\第 9 章\素材\素材 2.fla”，如图 9-19 所示。在第 10 帧位置插入关键帧，将“光盘\源文件\第 9 章\素材\image4.png”导入场景中，场景效果如图 9-20 所示，在第 25 帧位置插入帧。

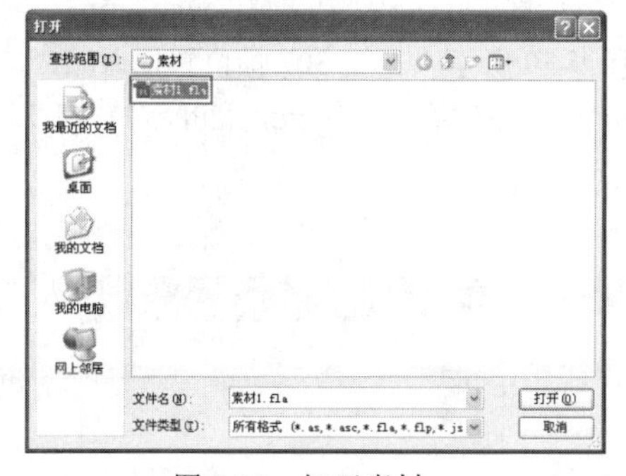

图 9-19　打开素材

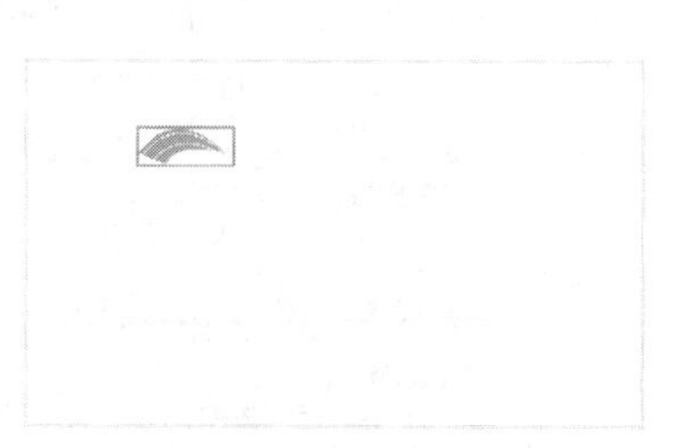

图 9-20　场景效果

步骤 2 新建“图层 2”，在第 10 帧位置插入关键帧，单击“椭圆工具”按钮，设置“笔触颜色”为“无”，“填充颜色”为#52AADF，在场景中绘制一个正圆，如图 9-21 所示。在第 25 帧位置插入关键帧，使用“任意变形工具”调整图形大小，如图 9-22 所示。

图 9-21　绘制正圆

图 9-22　调整正圆

步骤 3 在第 10 帧位置创建补间形状动画，在“图层 2”上单击鼠标右键，选择“遮罩层”命令，“时间轴”面板如图 9-23 所示。新建“图层 3”，将“光盘\源文件\第 9 章\素材\image5.png”导入场景中，如图 9-24 所示。

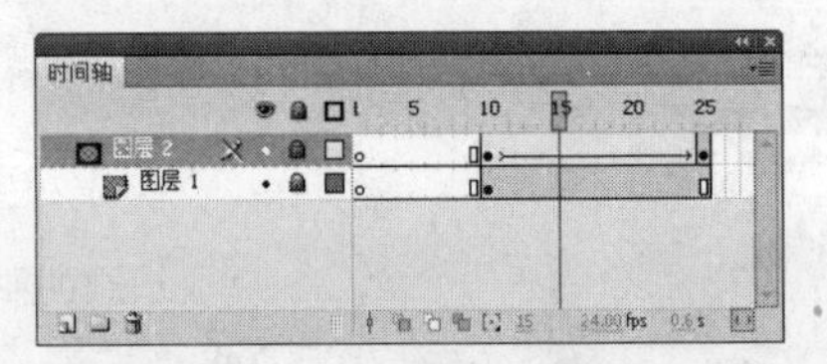

图 9-23　“时间轴”面板

图 9-24　导入图像

步骤 4 采用“图层 2”的制作方法，制作出“图层 4”，完成后的“时间轴”面板如图 9-25 所示。新建“图层 5”，打开“库”面板，将“云动画”元件从“库”面板中拖入场景中，如图 9-26 所示。

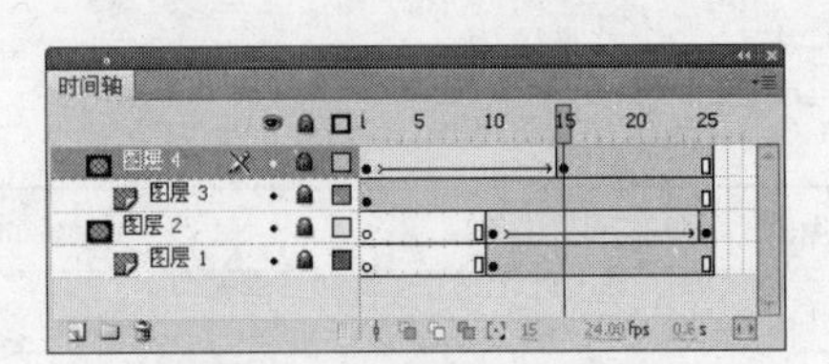

图 9-25　“时间轴”面板

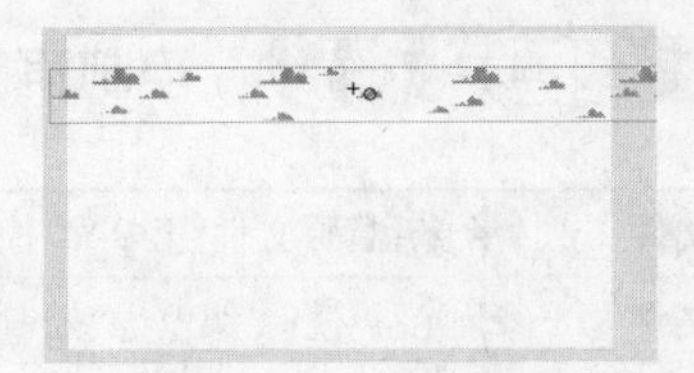

图 9-26　拖入元件

步骤 5 新建“图层 6”，将“光盘\源文件\第 9 章\素材\image9.png”导入场景中，如图 9-27 所示。新建一个“名称”为“声音”的“影片剪辑”元件，如图 9-28 所示。

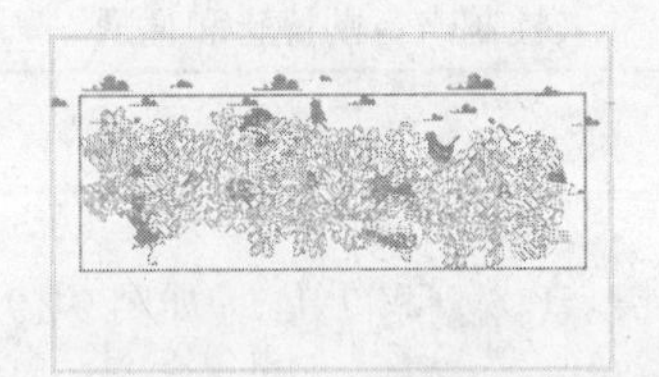

图 9-27　导入图像

图 9-28　“创建新元件”对话框

步骤 6 执行“文件>导入>导入到库”命令，将“光盘\源文件\第 9 章\素材\sound2.mp3”导入到库，在第 1 帧位置设置“属性”面板参数，如图 9-29 所示。在第 307 帧位置插入帧，新建“图层 2”，在第 307 帧位置插入关键帧，在“动作”面板中输入“gotoAndPlay(1);”脚本代码，如图 9-30 所示，“时间轴”面板如图 9-31 所示。

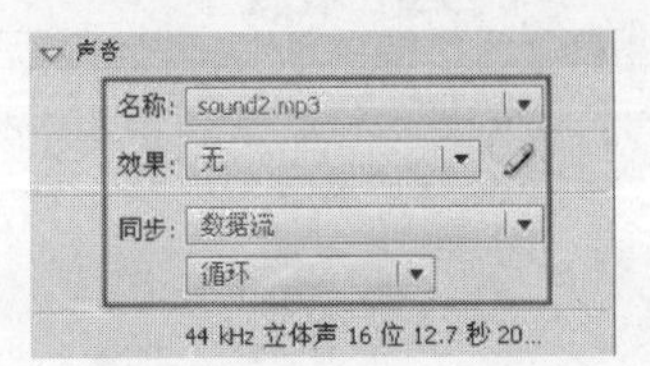

图 9-29　“属性”面板

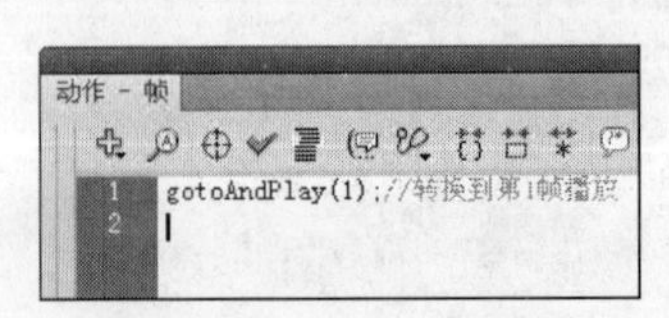

图 9-30　“动作”面板

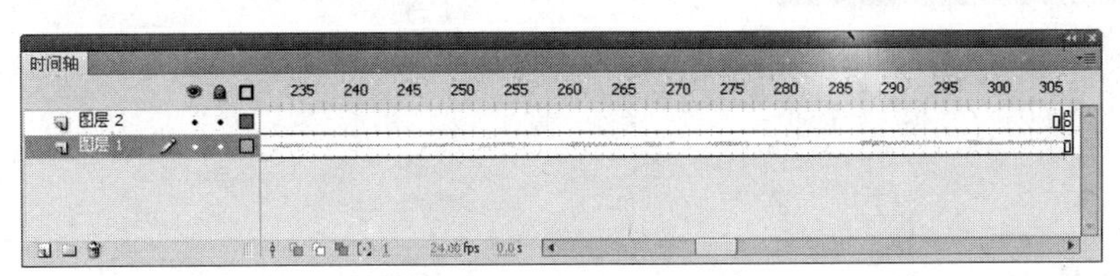

图 9-31　“时间轴”面板

步骤 7 新建一个“名称”为“停止”的“按钮”元件，如图 9-32 所示。单击“矩形工具”按钮，设置“笔触颜色”为#42A5DE，“笔触”为 2 像素，“填充颜色”为#FFFFFF，在场景中绘制一个尺寸为 200 像素 × 50 像素的矩形，如图 9-33 所示。

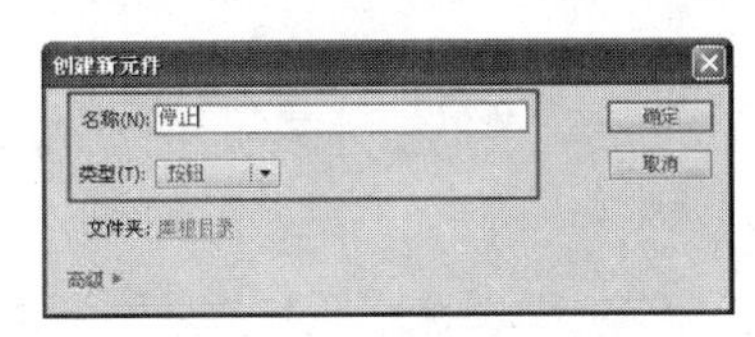

图 9-32　“创建新元件”对话框

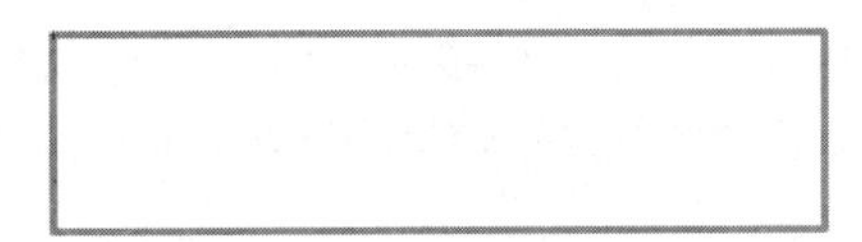

图 9-33　绘制矩形

步骤 8 单击“文本工具”按钮，设置“字体”属性，如图 9-34 所示，在场景中输入如图 9-35 所示文本。

步骤 9 在“指针经过”位置插入关键帧，将场景中矩形的“填充颜色”改为#D0E9F7，如图 9-36 所示。在“按下”位置插入关键帧，将场景中矩形的“填充颜色”改为#A5D3EF，如图 9-37 所示。

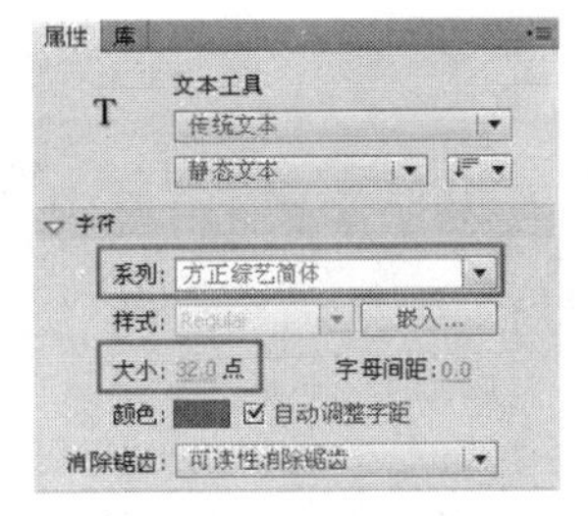

图 9-34　“属性”面板

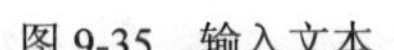

图 9-35　输入文本

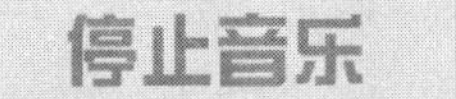

图 9-36　改变“填充颜色”

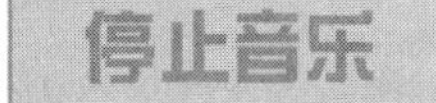

图 9-37　改变“填充颜色”

步骤 10 采用“停止”元件的制作方法，制作出“播放”元件，完成后的场景效果如图 9-38 所示。返回“场景 1”编辑状态，新建“图层 7”，打开“库”面板，将“声音”元件从“库”面板中拖入场景任意位置，在“属性”面板中设置“实例名称”为 yin，如图 9-39 所示。

图 9-38　完成后的“播放”元件

图 9-39　设置“实例名称”

步骤 11 新建“图层 8”，将“停止”元件从“库”面板中拖入场景中，如图 9-40 所示。在“动作”面板中输入如图 9-41 所示脚本语言。

图 9-40　拖入元件

图 9-41　“动作”面板

步骤 12 新建“图层 9”，将“播放”元件从“库”面板中拖入场景中，如图 9-42 所示。在“动作”面板输入如图 9-43 所示脚本语言。

图 9-42 拖入元件

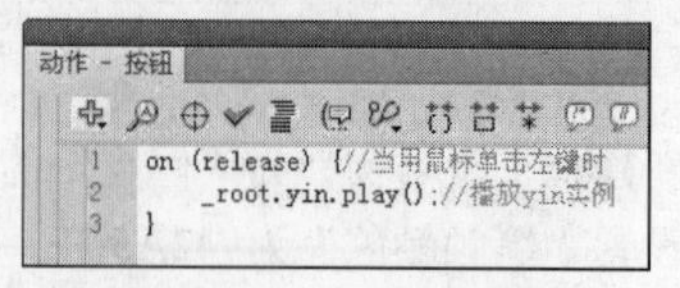

图 9-43 “动作”面板

步骤 13 新建“图层 10”，在第 25 帧位置插入关键帧，在“动作”面板中输入“stop();”脚本语言，“时间轴”面板如图 9-44 所示。执行“文件>另存为”命令，将动画另存为“光盘\源文件\第 9 章\控制声音.fla”，按 Ctrl+Enter 键测试影片，动画效果如图 9-45 所示。

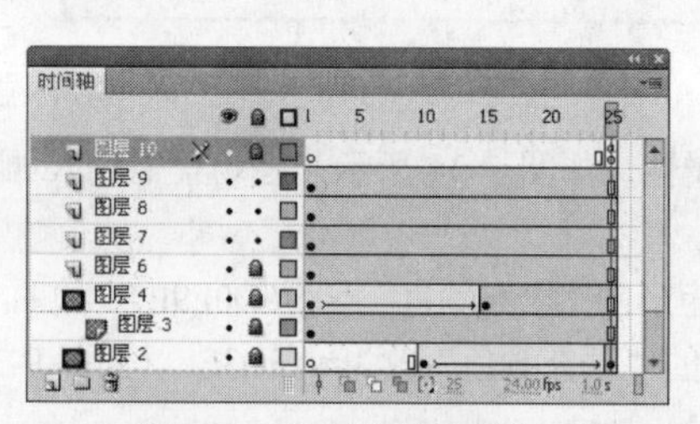

图 9-44 “时间轴”面板

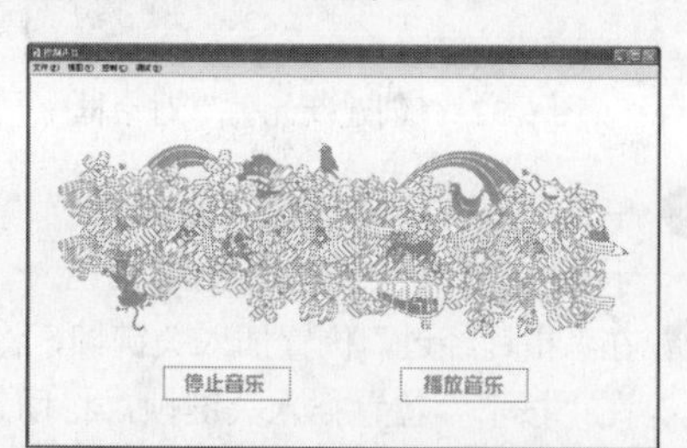

图 9-45 预览动画

实例小结

本实例制作出遮罩动画后，将声音文件导入到场景中并进行适当的设置，接着新建“按钮”元件，通过为“按钮”元件添加相应的脚本代码，控制声音的播放和停止。

Example 实例 140 添加时钟声音

案例文件	光盘\源文件\第 9 章\添加时钟声音.fla
视频文件	光盘\视频\第 9 章\添加时钟声音.swf
难易程度	★★☆☆
学习时间	15 分钟

（1）

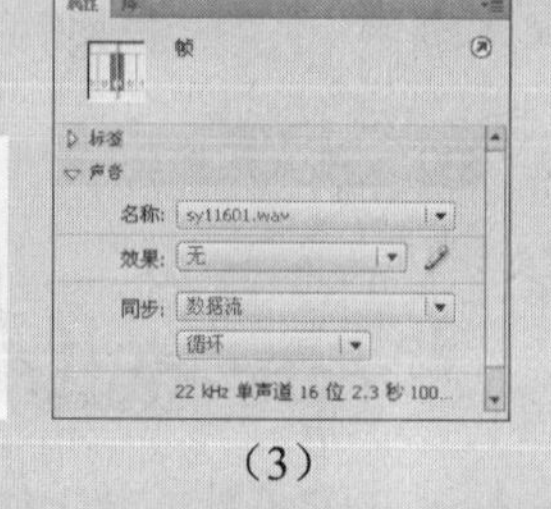

（2） （3）

（4）

1．首先将表盘素材图像导入场景中。

2．新建图层，依次将指针图像素材导入场景中，进行相应的设置。

3．新建图层，将声音素材导入场景中，并在“属性”面板中进行相应的设置。

4．完成动画的制作，测试动画效果。

Example 实例 141 音效的应用

案例文件	光盘\源文件\第 9 章\音效的应用.fla
视频文件	光盘\视频\第 9 章\音效的应用.swf
难易程度	★★★☆☆
学习时间	20 分钟
实例要点	➢ 音效的添加 ➢ 声音的编辑
实例目的	通过本实例的制作，了解添加音效与编辑声音的技巧

操作步骤

步骤 1 执行“文件>新建”命令，新建一个 Flash 文档，如图 9-46 所示，单击“属性”面板的“编辑”按钮，弹出“文档设置”对话框，设置“尺寸”为 300 像素 × 190 像素，“背景颜色”为#FFFFFF，“帧频”为 12，如图 9-47 所示。

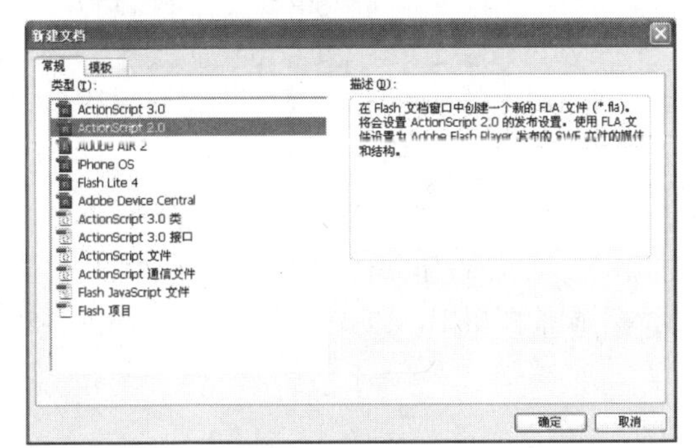

图 9-46 新建 Flash 文档

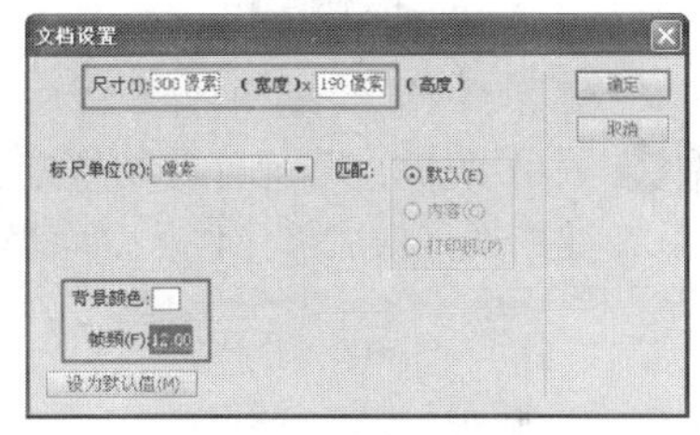

图 9-47 “文档设置”对话框

步骤 2 将“光盘\源文件\第 9 章\素材\image7.png”导入场景中，如图 9-48 所示。将声音文件“光盘\源文件\第 9 章\素材\sound3.mp3”导入库中，执行“插入>新建元件”命令，新建一个“名称”为“按钮 1”的“按钮”元件，如图 9-49 所示。

图 9-48 导入图像

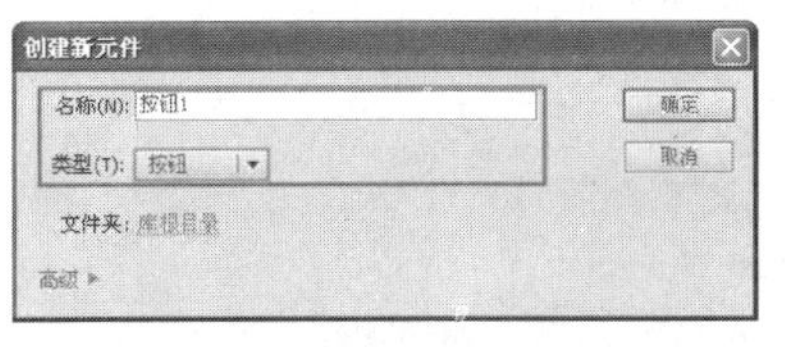

图 9-49 “创建新元件”对话框

步骤 3 在“指针经过”位置插入关键帧，设置“属性”面板中的“声音”的“名称”为 sound3.mp3，单击“编辑声音封套”按钮，打开“编辑封套”对话框，将对话框中间的滑快调整到如图 9-50 所示位置，从而调整声音的长短。将“光盘\源文件\第 9 章\素材\image8.png”导入场景中，如图 9-51 所示，在“按下”位置插入关键帧。

步骤 4 新建“图层 2”，单击“文本工具”按钮，设置“字体”属性，如图 9-52 所示。在场景中输入“终极对决”文字，如图 9-53 所示。

步骤 5 在“指针经过”位置插入关键帧，将文本的“填充颜色”改为#FFFFFF，场景效果如图 9-54 所示。在“点击”位置插入关键帧，使用“矩形工具”在场景中绘制一个矩形，如图 9-55 所示，“时间轴”面板如图 9-56 所示。

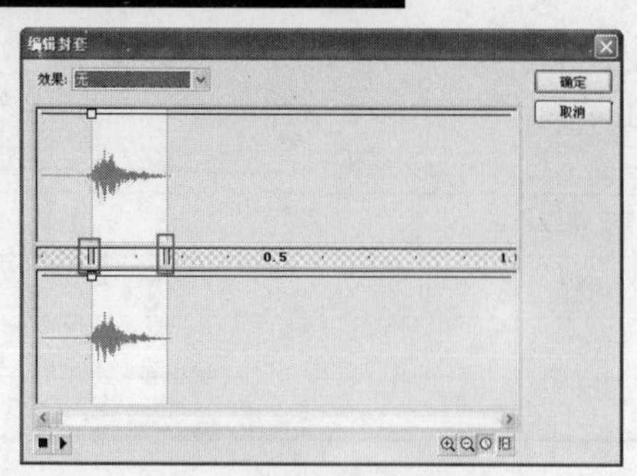

图 9-50　编辑封套

图 9-51　导入图像

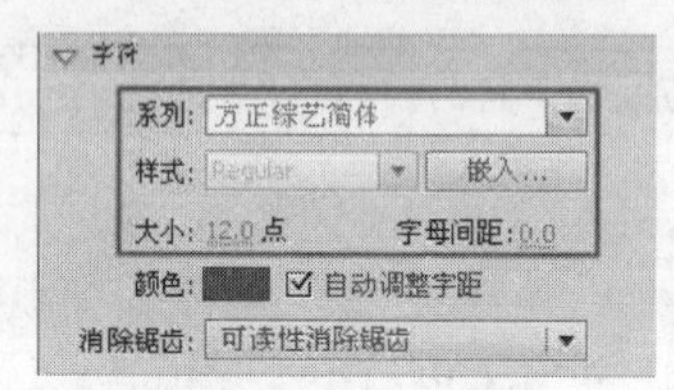

图 9-52 “属性”面板

图 9-53　输入文本

图 9-54　场景效果

图 9-55　制作矩形

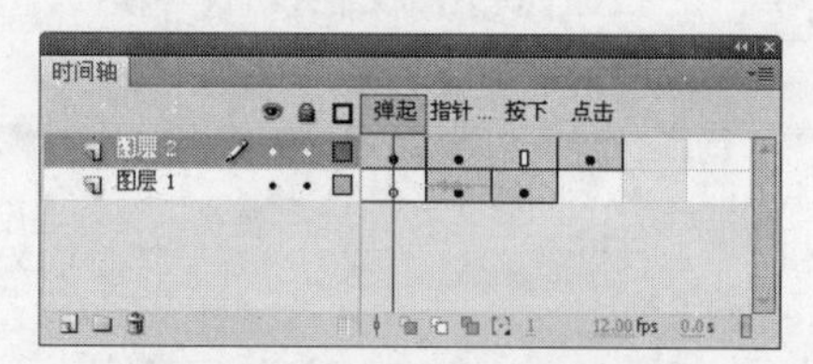

图 9-56 “时间轴”面板

步骤 6 采用“按钮 1”元件的制作方法，分别制作其他 5 个按钮元件，“库”面板如图 9-57 所示。新建图层，依次将元件从“库”面板中拖入不同的图层中，完成后的场景效果如图 9-58 所示。

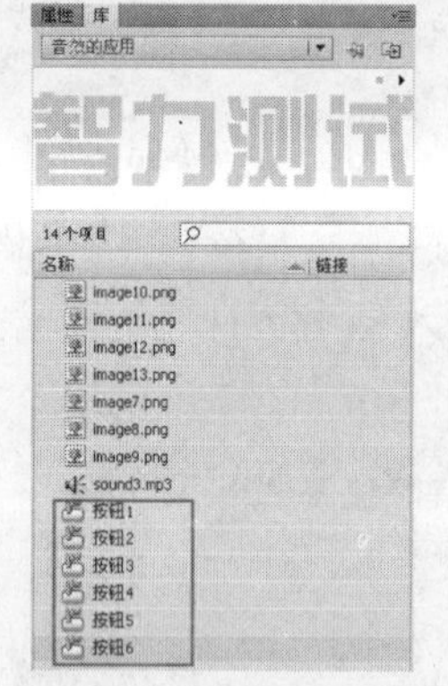

图 9-57 “库”面板

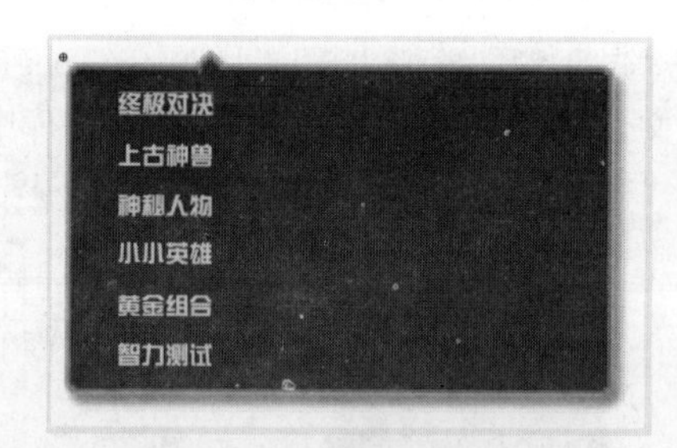

图 9-58　完成后的场景效果

步骤 7 执行“文件>保存”命令，将动画保存为“光盘\源文件\第 9 章\音效的应用.fla”，按 Ctrl+Enter 键测试影片，动画效果如图 9-59 所示。

图 9-59　预览动画效果

实例小结

本实例首先新建按钮元件，在“按钮”元件中导入声音文件，并在 Flash 中对声音文件进行编辑，采用相同的方法制作出其他多个“按钮”元件，最终制作出完整动画效果。

Example 实例 142 为导航动画添加音效

案例文件	光盘\源文件\第 9 章\为导航动画添加音效.fla
视频文件	光盘\视频\第 9 章\为导航动画添加音效.swf
难易程度	★★☆☆☆
学习时间	35 分钟

首页

（1）

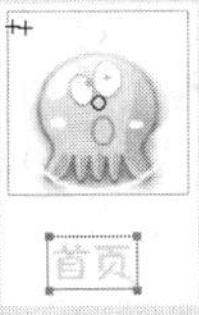

首页

（2）

首页　活动　信息　博客　联系

（3）

为导航动画添加音效.swf

文件(F)　视图(V)　控制(C)　调试(D)

首页　活动　信息　博客　联系

（4）

1．新建“按钮”元件，打开外部库，在“弹起”位置单击，将相应的元件从外部库拖入场景中，并输入相应的文字。

2．在“指针”位置单击，将相应的素材拖入场景中，输入文字，并设置其声音。

3．采用相同方法，完成其他按钮的制作，返回场景，将背景素材图像和相应的元件拖入场景中。

4．完成动画的制作，测试动画效果。

Example 实例 143 控制音量

案例文件	光盘\源文件\第 9 章\音效的应用.fla
视频文件	光盘\视频\第 9 章\音效的应用.swf
难易程度	★★★☆☆
学习时间	30 分钟
实例要点	➢ 音量大小的控制 ➢ 显示音量的数值
实例目的	通过本实例的制作，学会使用“按钮”元件来控制音量的大小与声音的播放

操作步骤

步骤 1 新建一个 Flash 文档，如图 9-60 所示，单击“属性”面板的“编辑”按钮，弹出“文档设置”对话框，设置“尺寸”为 300 像素 × 100 像素，“背景颜色”为#00CCFF，“帧频”为 12，如图 9-61 所示。

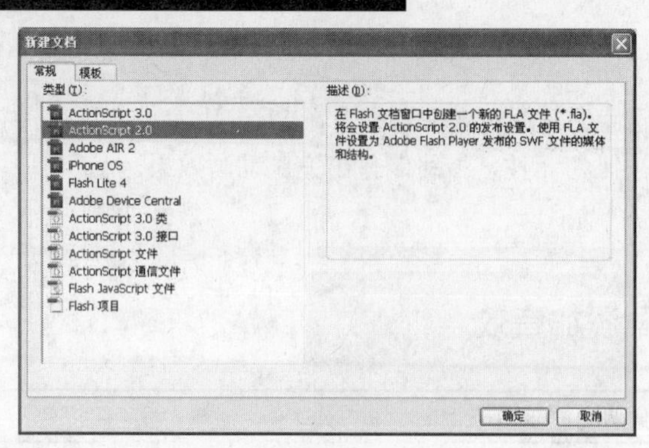

图 9-60 新建 Flash 文档

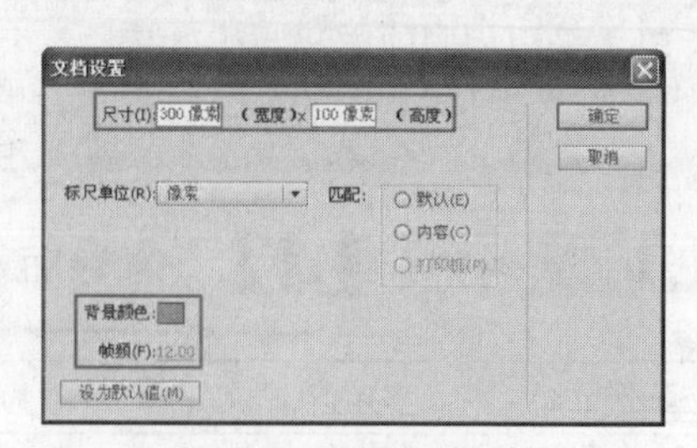

图 9-61 设置文档属性

步骤 2 新建一个“名称”为“减音”的“按钮”元件，如图 9-62 所示。在“指针经过”位置插入关键帧，将“光盘\源文件\第 9 章\素材\image16.jpg”导入场景中，如图 9-63 所示。

步骤 3 在“按下”位置插入空白关键帧，将“光盘\源文件\第 9 章\素材\image20.jpg”导入场景中，如图 9-64 所示。在“点击”位置插入关键帧，采用“减音”元件的制作方法，制作出“播放”、“加音”和“停止”元件，“库”面板如图 9-65 所示。

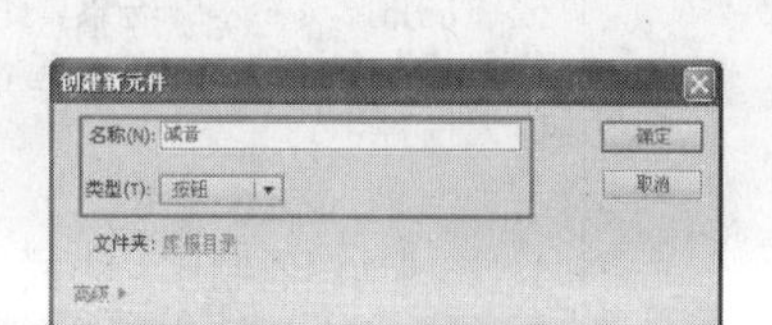

图 9-62 “创建新元件”对话框

图 9-63 导入图像

图 9-64 导入图像

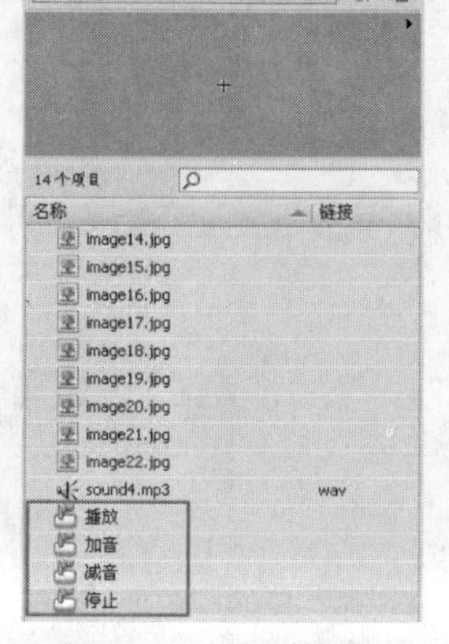

图 9-65 “库”面板

步骤 4 返回“场景 1”编辑状态，将“光盘\源文件\第 9 章\素材\image14.jpg”导入场景中，如图 9-66 所示，将“光盘\源文件\第 9 章\素材\sound4.mp3”导入到库，打开“库”面板，在 sound4.mp3 上单击右键，选择“属性”命令，在打开的对话框中单击“高级”按钮，设置各项参数，如图 9-67 所示。

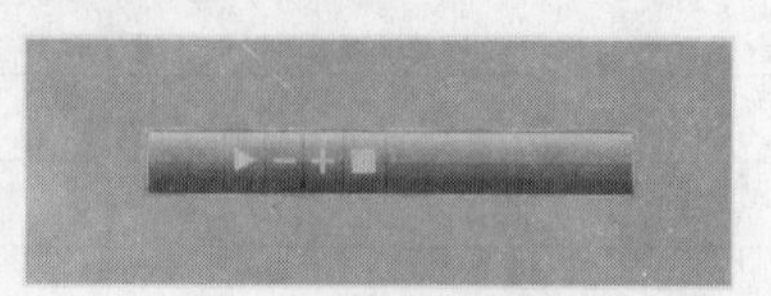

图 9-66 导入图像

图 9-67 “链接属性”对话框

步骤 5 新建“图层 2”，将“播放”元件从“库”面板中拖入场景中，如图 9-68 所示。在“动作”面板中输入如图 9-69 所示脚本语言。

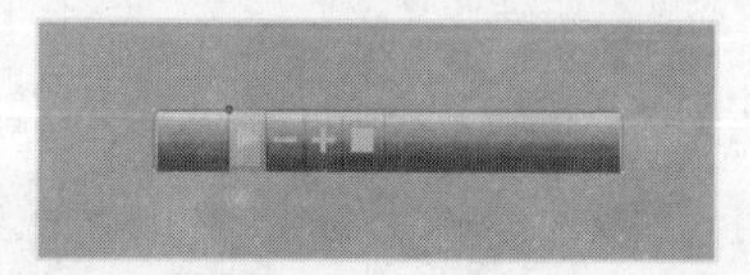

图 9-68 拖入元件

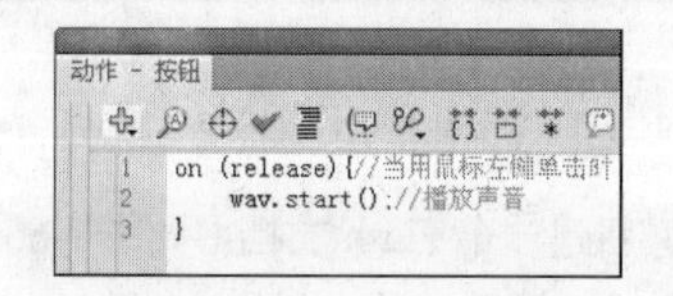

图 9-69 “动作”面板

步骤 6 新建“图层 3”，将“减音”元件从“库”面板中拖入场景中，如图 9-70 所示。在“动作”面板中输入如图 9-71 所示脚本语言。

步骤 7 新建“图层 4”将“加音”元件从“库”面板中拖入场景中，如图 9-72 所示。在“动作”面板中输入如图 9-73 所示脚本语言。

图 9-70　拖入元件

动作 - 按钮

```
on(release){//当用鼠标左键单击时
    text=int(text)-10;
    if(text<0){
        text=0;
    }//控制音量范围在0～150之间
    wav.setVolume(text);
}
```

图 9-71　“动作”面板

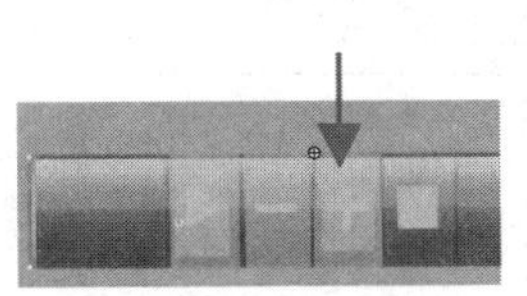

图 9-72　拖入元件

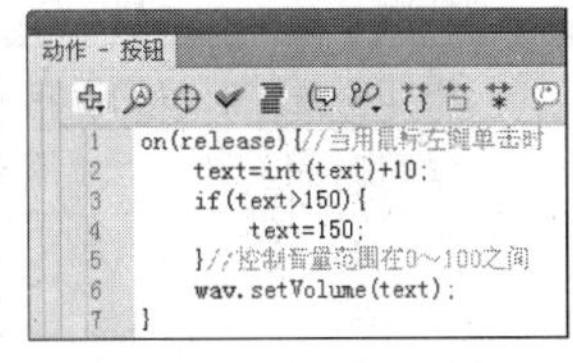

图 9-73　“动作”面板

步骤 8 新建“图层 5” 将“停止”元件从“库”面板中拖入场景中，如图 9-74 所示。在“动作”面板中输入如图 9-75 所示脚本语言。

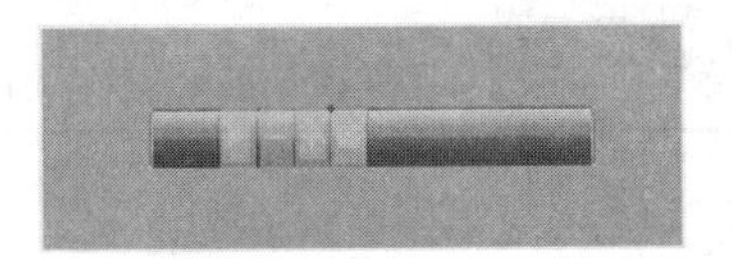

图 9-74　拖入元件

图 9-75　“动作”面板

步骤 9 新建“图层 6”，单击“文本工具”按钮T，在场景中输入如图 9-76 所示文本，在右侧单击，输入 50，如图 9-77 所示。

步骤 10 使用“选择工具”选中输入的 50 文本，设置“属性”面板中“文本类型”为“动态文本”，“变量”为 text，“属性”面板如图 9-78 所示。

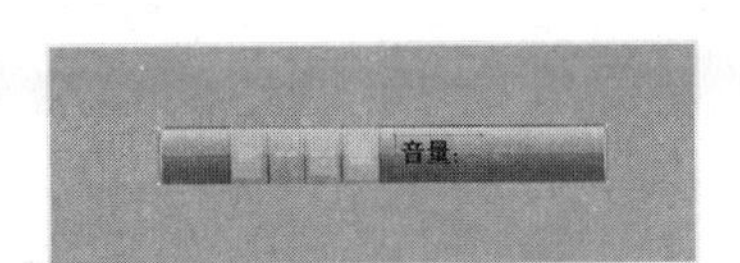

图 9-76　输入文本

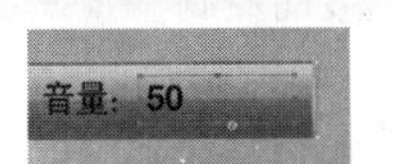

图 9-77　输入文本

图 9-78　“属性”面板

步骤 11 新建“图层 7”，在“动作”面板中输入如图 9-79 所示的脚本代码。执行“文件>保存”命令，将动画保存为“光盘\源文件\第 9 章\控制音量.fla”，按 Ctrl+Enter 键测试影片，动画效果如图 9-80 所示。

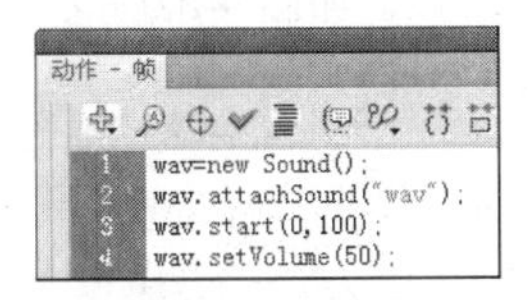

图 9-79　“动作”面板

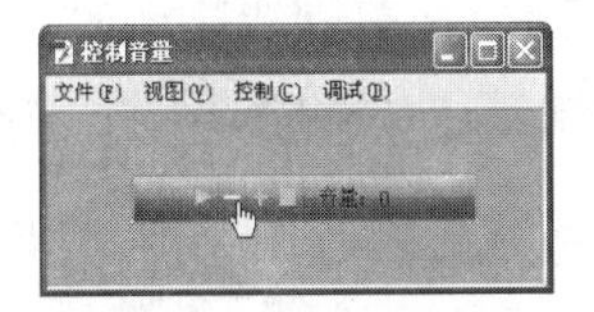

图 9-80　预览动画效果

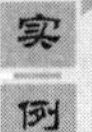

实例小结

本实例首先制作出相应的声音控制元件，接着导入声音文件并设置声音文件的标识符，通过为各“按钮”元件添加相应的脚本代码，实现对声音播放、停止、音量的控制。

Example 实例 144 为卡通动画添加音效

案例文件	光盘\源文件\第 9 章\为卡通动画添加音效.fla
视频文件	光盘\视频\第 9 章\为卡通动画添加音效.swf
难易程度	★★☆☆☆
学习时间	20 分钟

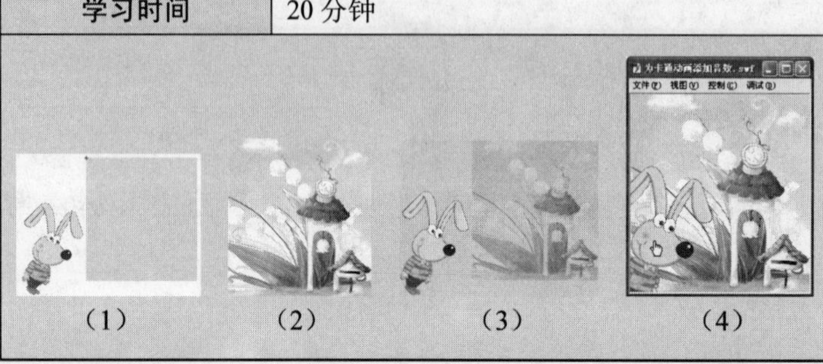
（1） （2） （3） （4）

1．制作“按钮”元件，并在“按钮”元件中添加声音，依次制作出其他元件。

2．返回场景中，将素材图像导入场景中。

3．将制作完的元件拖入场景中。

4．完成动画的制作，测试动画效果。

Example 实例 145 制作 MP3 播放器

案例文件	光盘\源文件\第 9 章\制作 MP3 播放器.fla
视频文件	光盘\视频\第 9 章\制作 MP3 播放器.swf
难易程度	★★★☆☆
学习时间	40 分钟
实例要点	➢ 声音播放的控制 ➢ 声音暂停的控制 ➢ 声音的切换 ➢ 声音音量的控制 ➢ 声音本地链接与网络链接的控制 ➢ 声音播放进度的控制 ➢ 声音播放名称与进度的显示
实例目的	通过本实例的制作，了解各种声音控制方法

操作步骤

步骤 1 执行“文件>新建”命令，新建一个 Flash 文档，如图 9-81 所示，设置文档“尺寸”为 400 像素 × 150 像素，“背景颜色”为#999999，“帧频”为 12，如图 9-82 所示。

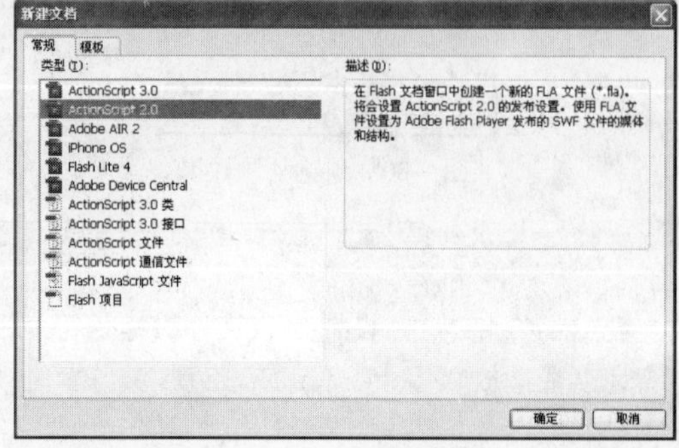
图 9-81 新建 Flash 文档

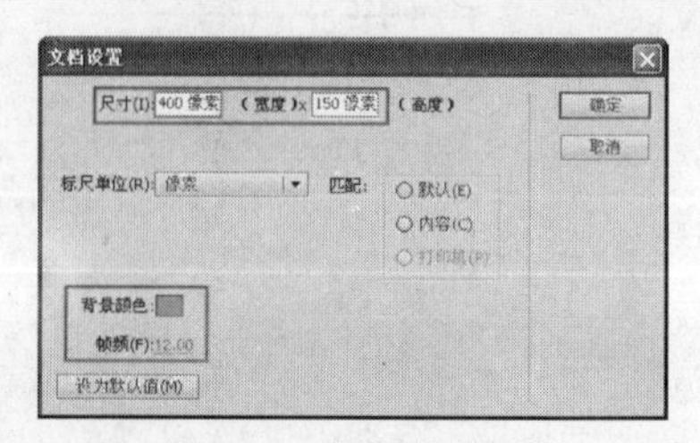
图 9-82 设置文档属性

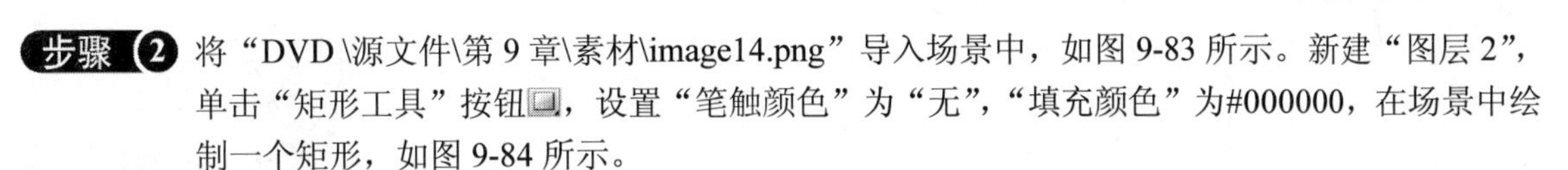

步骤 2 将“DVD\源文件\第 9 章\素材\image14.png”导入场景中，如图 9-83 所示。新建“图层 2”，单击“矩形工具”按钮，设置“笔触颜色”为“无”，“填充颜色”为#000000，在场景中绘制一个矩形，如图 9-84 所示。

步骤 3 新建一个“名称”为“播放”的“按钮”元件，如图 9-85 所示。将“光盘\源文件\第 9 章\素材\image18.png”导入场景中，如图 9-86 所示。

图 9-83　导入图像

图 9-84　绘制矩形

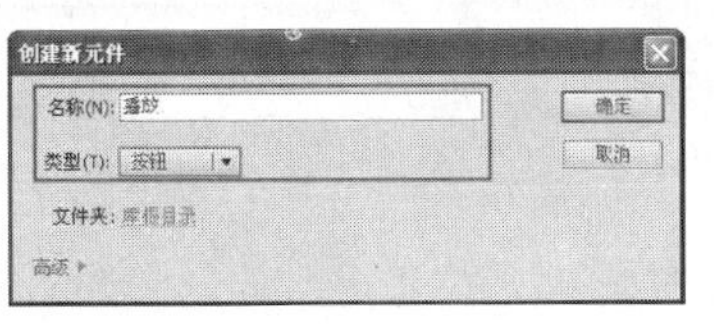

图 9-85　“创建新元件”对话框

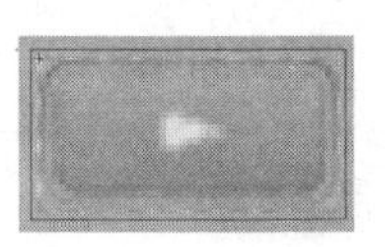

图 9-86　导入图像

步骤 4 在“指针经过”位置插入关键帧，将“光盘\源文件\第 9 章\素材\image19.png”导入场景中，如图 9-87 所示。在“按下”位置插入空白关键帧，将“光盘\源文件\第 9 章\素材\image20.png”导入场景中，如图 9-88 所示。

步骤 5 采用“播放”元件的制作方法，制作出“暂停”、“静音”、“上一曲”、“下一曲”和“声音”元件，“库”面板如图 9-89 所示。新建一个“名称”为“静音动画”的“影片剪辑”元件，如图 9-90 所示。

图 9-87　导入图像

图 9-88　导入图像

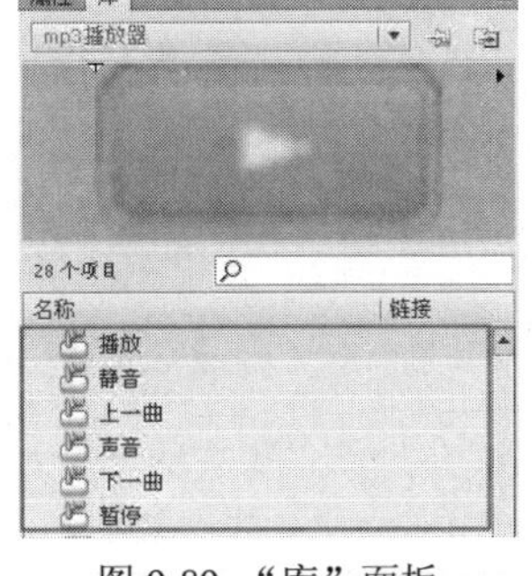
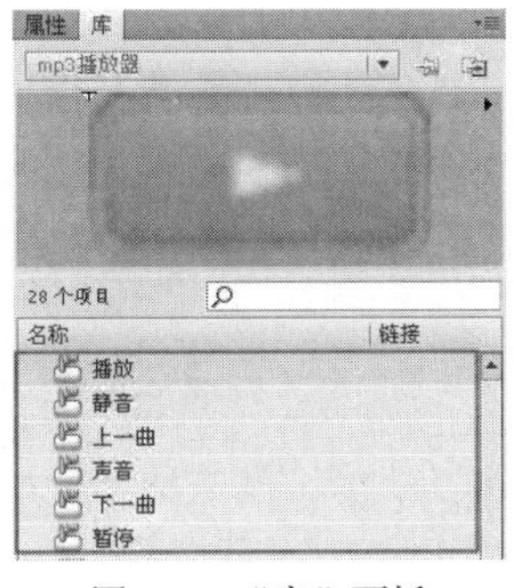

图 9-89　“库”面板

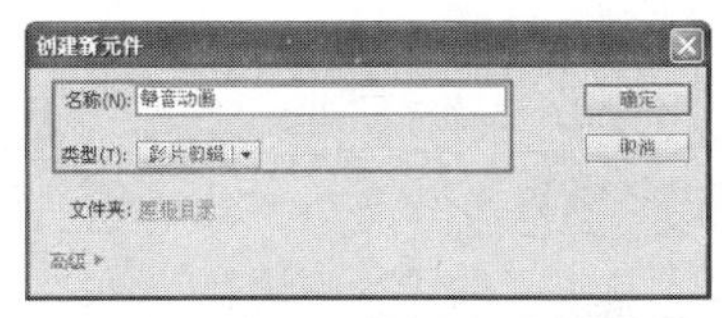

图 9-90　“创建新元件”对话框

步骤 6 将“声音”元件从“库”面板中拖入场景中，如图 9-91 所示。在第 2 帧位置插入空白关键帧，将“静音”元件从“库”面板中拖入场景中，如图 9-92 所示。

步骤 7 新建“图层 2”，在“动作”面板输入“stop();”脚本代码，在第 2 帧位置插入关键帧，在“动作”面板中输入“stop();”脚本代码，在第 3 帧位置插入关键帧，在“动作”面板输入“gotoAndStop(1);”脚本代码，如图 9-93 所示，“时间轴”面板如图 9-94 所示。

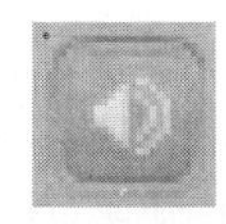

图 9-91　拖入元件

图 9-92　插入元件

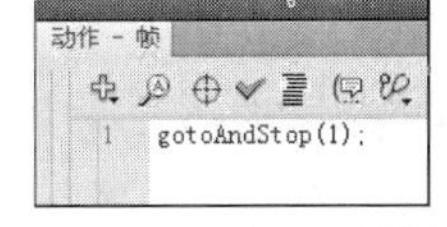

图 9-93　“动画”面板

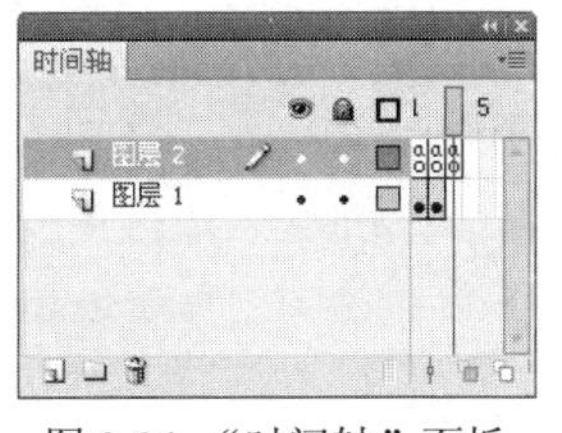

图 9-94　“时间轴”面板

步骤 8 返回“场景 1”编辑状态，新建“图层 3”，将“播放”元件从“库”面板中拖入场景中，如图 9-95 所示。在“动作”面板中输入如图 9-96 所示的脚本语言。

步骤 9 新建“图层 4”，将“暂停”元件从“库”面板中拖入场景中，在“动作”面板中输入如图 9-97 所示的脚本代码。新建“图层 5”，将“上一曲”元件从“库”面板中拖入场景中，在“动作”面板输入如图 9-98 所示的脚本代码。

图 9-95　拖入元件

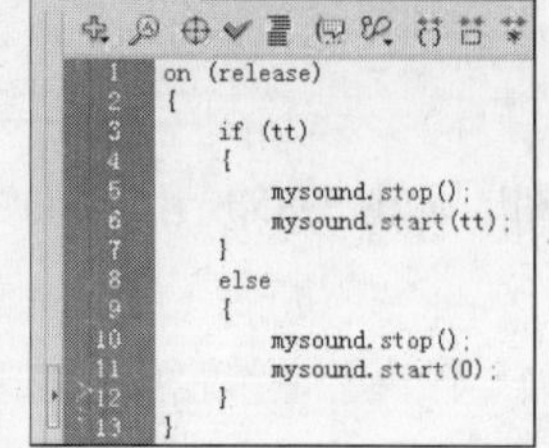

图 9-96　“动作”面板

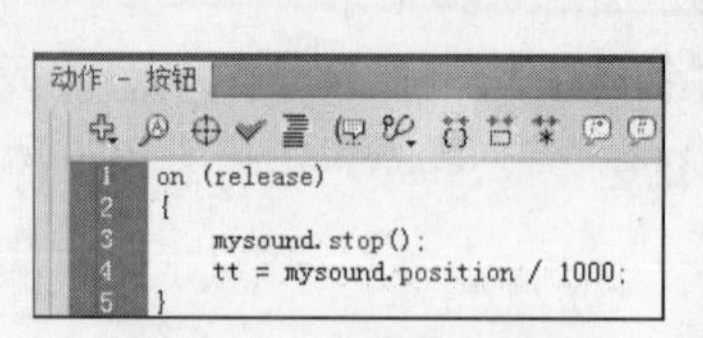

图 9-97　“动作”面板

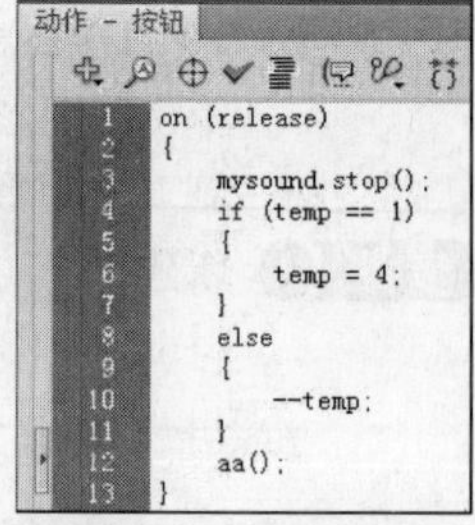

图 9-98　“动作”面板

步骤 10 新建“图层 6”，将“下一曲”元件从“库”面板中拖入场景中，在“动作”面板中输入如图 9-99 所示的脚本代码。新建“图层 7”，将“静音动画”元件从“库”面板中拖入场景中，在“动作”面板中输入如图 9-100 所示的脚本代码。

步骤 11 将“静音动画”选中，设置其“属性”面板中“实例名称”为 jingyin，如图 9-101 所示。新建一个“名称”为“音量块”的“影片剪辑”元件，将“光盘\源文件\第 9 章\素材\image30.png”导入场景中，将图像移到如图 9-102 所示的位置。新建一个“名称”为“进度块”的“影片剪辑”元件，将图像 image30.png 从“库”面板中拖至与“音量块”同样的位置。

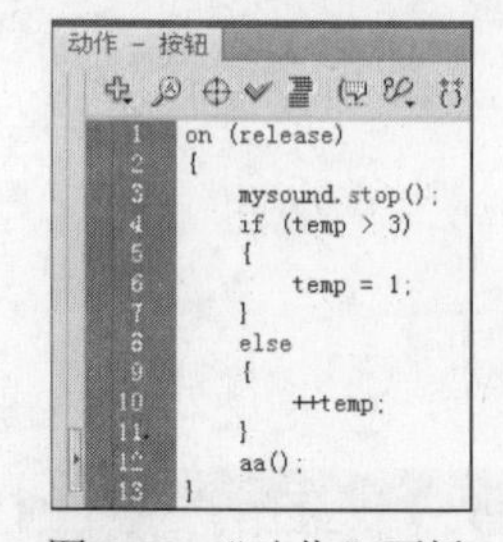

图 9-99　“动作”面板

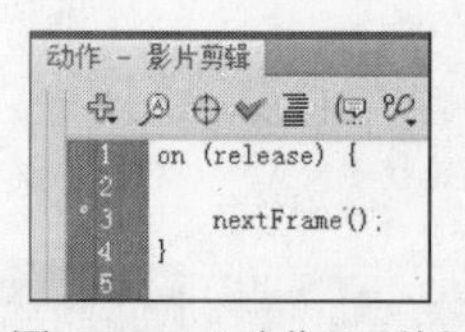

图 9-100　“动作”面板

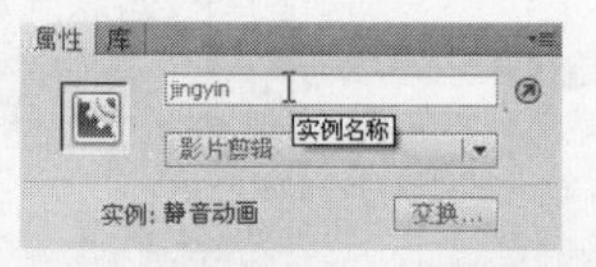

图 9-101　“属性”面板

图 9-102　导入图像

步骤 12 新建一个“名称”为“音量条”的“影片剪辑”元件，如图 9-103 所示。使用“矩形工具”在场景中绘制一个尺寸为 70 像素 × 5 像素的矩形，如图 9-104 所示。

图 9-103　“创建新元件”对话框

图 9-104　绘制矩形

步骤 13 新建“图层 2”，将“音量块”元件从“库”面板中拖入场景中，如图 9-105 所示，“时间轴”面板如图 9-106 所示。

步骤 14 将元件选中，设置其“属性”面板中“实例名称”为 huakuai，如图 9-107 所示。在“动作”面板中输入如图 9-108 所示的脚本语言。

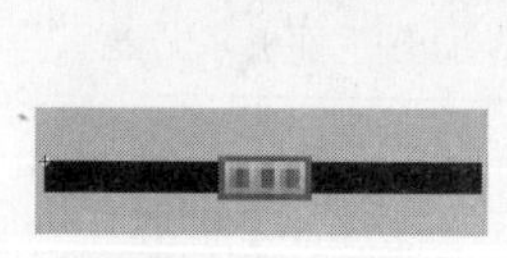
图 9-105　拖入元件

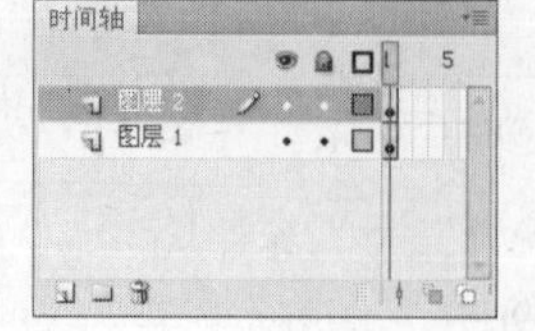

图 9-106　“时间轴”面板

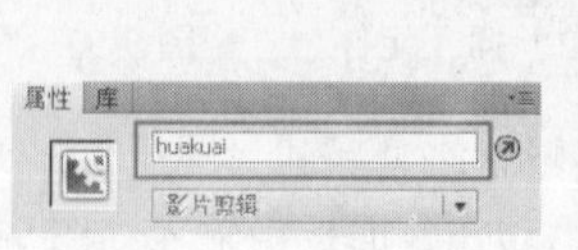

图 9-107　“属性”面板

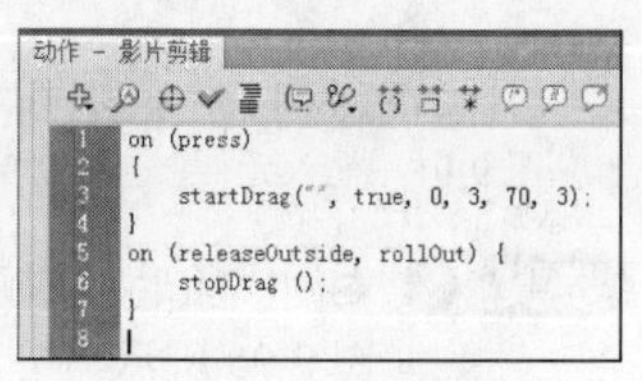

图 9-108　添加脚本语言

步骤 15 返回“场景 1”编辑状态，新建“图层 8”，将“音量条”元件从“库”面板中拖入场景中，如图 9-109 所示。设置其“属性”面板中“实例名称”为 yinliang，如图 9-110 所示。

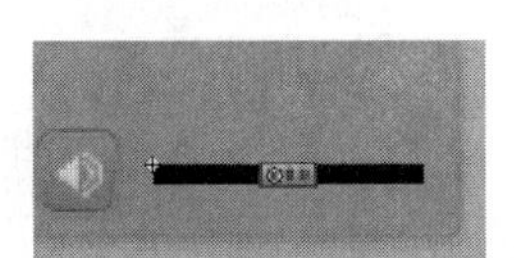

图 9-109 拖入元件

图 9-110 “属性”面板

步骤 16 新建一个“名称”为“进度条”的“影片剪辑”元件，如图 9-111 所示。使用“矩形工具”在场景中绘制一个尺寸为 290 像素 × 3 像素的矩形，如图 9-112 所示。

步骤 17 新建“图层 2”，将“进度块”元件从“库”面板中拖入场景中，如图 9-113 所示。返回“场景 1”编辑状态，新建“图层 9”，将“进度条”元件从“库”面板中拖入场景中，如图 9-114 所示。

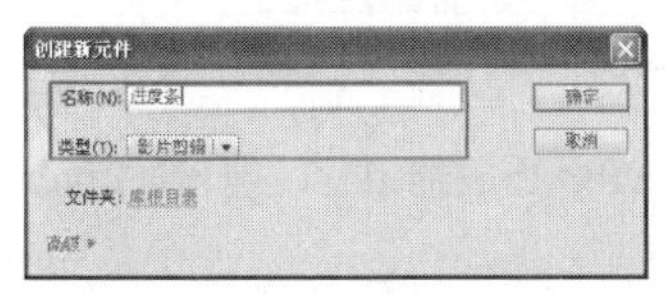

图 9-111 “创建新元件”对话框

图 9-112 绘制矩形

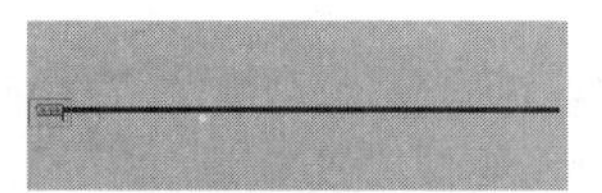

图 9-113 拖入元件

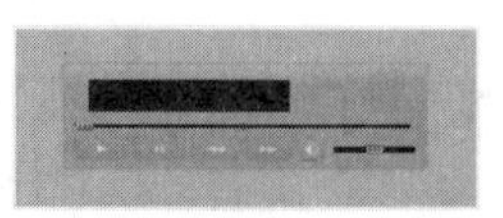

图 9-114 拖入元件

步骤 18 将元件选中，设置其“属性”面板中“实例名称”为 jindutiao，如图 9-115 所示。新建“图层 10”，单击“文本工具”按钮T，设置“属性”面板中参数，如图 9-116 所示。在场景中绘制出一个动态文本框，如图 9-117 所示。

图 9-115 设置“实例名称”

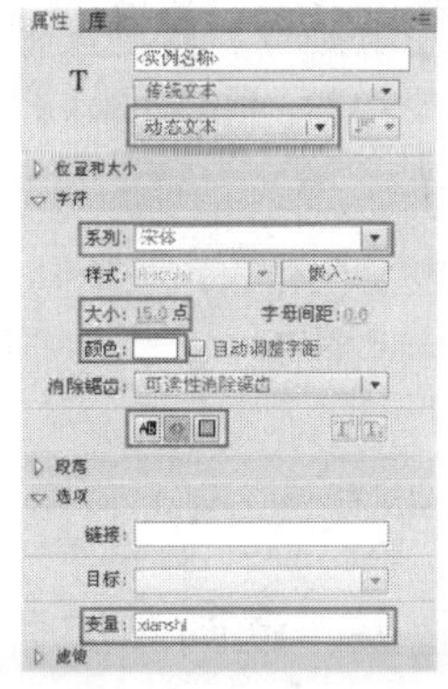

图 9-116 “属性”面板

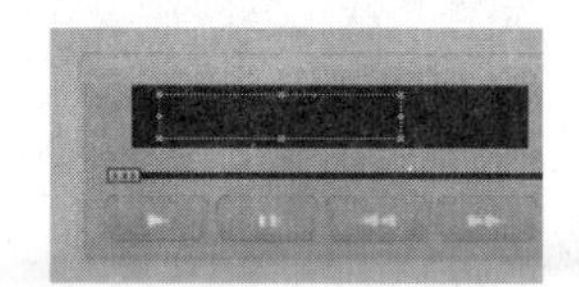

图 9-117 绘制动态文本框

步骤 19 新建“图层 11”，设置“字体大小”为 12 像素，在场景中绘制一个变量名为 zoushi 的动态文本框，如图 9-118 所示。采用同样的方法，创建“变量”名为 zongshi 和 huanchong，的动态文本框，完成后的场景效果如图 9-119 所示。

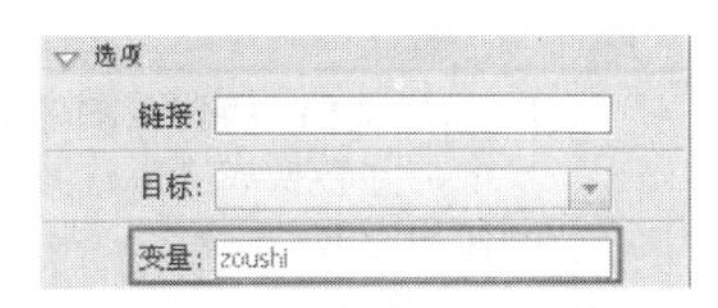

图 9-118 “属性”面板

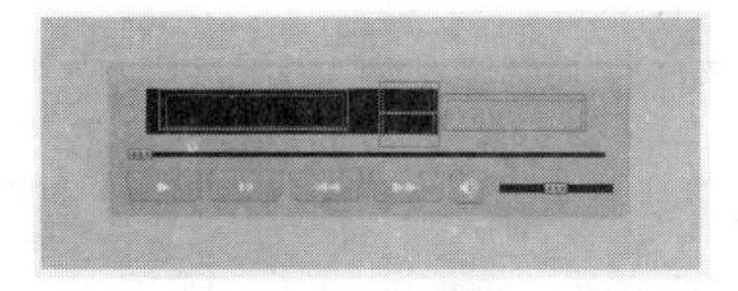

图 9-119 完成后的场景效果

步骤 20 新建“图层 14”，单击第 1 帧位置，在“动作”面板中输入如图 9-120 所示脚本代码。“时间轴”面板如图 9-121 所示。

在“动作”面板中输入的“("sound01.mp3", "sound02.mp3", "sound03.mp3", "sound04.mp3")”为链接的音乐名称，读者可以将想添加的音乐文件名称输入在该位置，但需要注意的是，要将音乐文件和 Flash 文件放在同一文件夹中。也可以将网上音乐的 URL 地址输入在该位置中。如“("青花瓷.mp3", "http://tw.sit.edu.cn/computer/music/qhc.mp3")”。

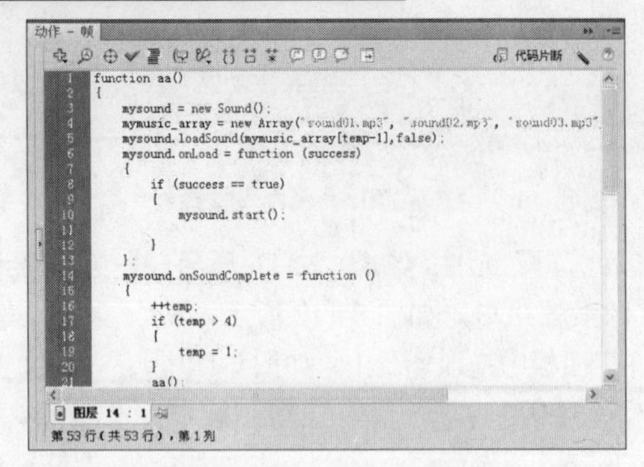

图 9-120 “动作”面板

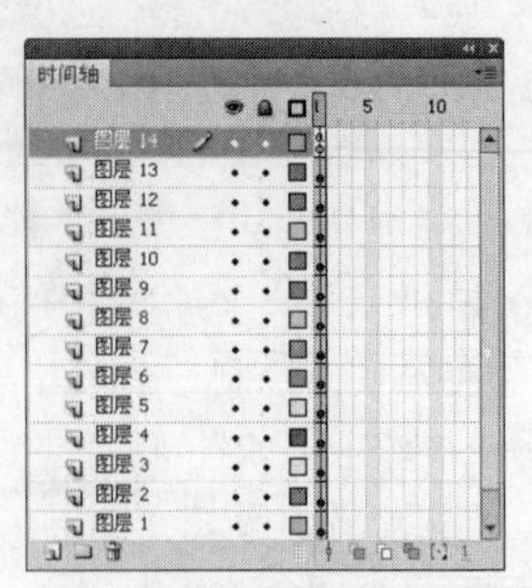

图 9-121 “时间轴”面板

步骤 21 执行“文件>保存”命令，将动画保存为“光盘\源文件\第 9 章\制作 MP3 播放器.fla”，按 Ctrl+Enter 键测试影片，动画效果如图 9-122 所示。

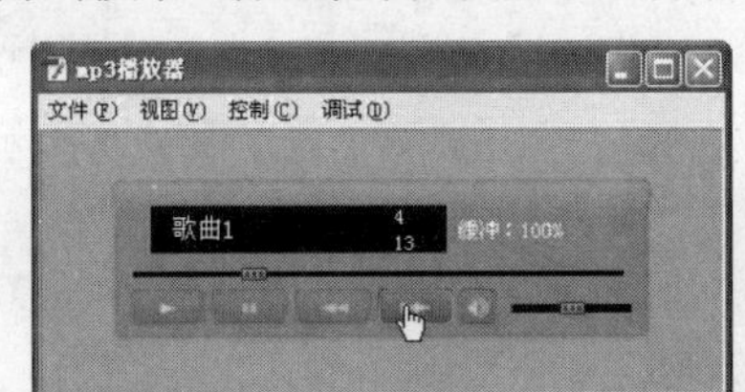

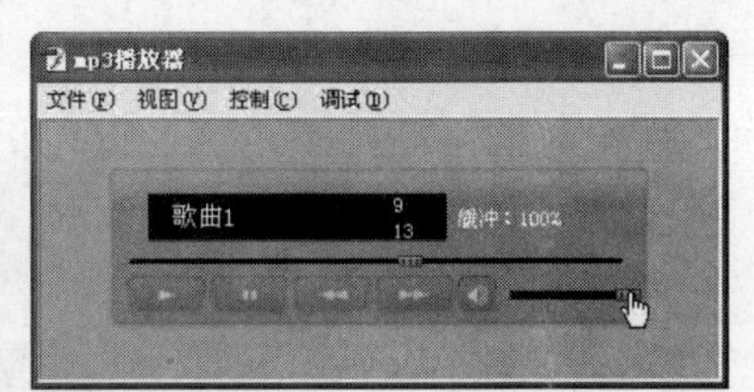

图 9-122 预览动画效果

实例小结

本实例的制作相对比较复杂，首先需要制作出用于控制声音的各个“按钮”元件，接着为各“按钮”元件添加相应的脚本代码。在制作过程中，读者需要理解所添加的脚本代码的含义，这样才能够将其应用到实际制作中。

Example 实例 146 为儿童展示动画添加音效

案例文件	光盘\源文件\第 9 章\为儿童展示动画添加音效.fla
视频文件	光盘\视频\第 9 章\为儿童展示动画添加音效.swf
难易程度	★★☆☆☆
学习时间	25 分钟

（1） （2） （3） （4）

1. 新建文档，将背景图像素材导入场景中，并转换成“影片剪辑”元件，制作相应的动画。

2. 新建元件，将人物导入场景中，完成人物的动画制作。

3. 新建图层，打开外部库，将相应的元件拖入场景中，并设置声音效果。

4. 完成动画的制作，测试动画效果。

第 10 章　脚本的应用

■　本章内容

- 利用 gotoAndPlay()制作选项卡动画
- 通过脚本实现模糊动画效果
- 利用 Stage()制作分类菜单动画
- 通过脚本实现弹性拖曳效果
- 利用 rollover()和 release()制作导航菜单
- 调用元件
- 利用 function()制作图片切换动画
- 利用脚本控制鼠标跟随
- 利用脚本控制声音的播放和停止
- 利用脚本实现绽放礼花动画效果
- 利用脚本调用外部文件
- 利用脚本控制文本滚动
- 利用脚本控制视频
- 利用脚本控制人物走动
- 利用 getURL()为 Flash 动画设置链接
- 利用脚本实现放大镜动画效果
- root()函数的应用
- 利用脚本控制动画跟随
- var()函数的应用
- 控制运动方向

本章主要通过 20 个实例讲解各种常用脚本，通过本章的学习，读者可进一步了解 Flash 中脚本语言的应用。

Example 实例 147　利用 gotoAndPlay()制作选项卡动画

案例文件	光盘\源文件\第 10 章\利用 gotoAndPlay()制作选项卡动画.fla
视频文件	光盘\视频\第 10 章\利用 gotoAndPlay()制作选项卡动画.swf
难易程度	★★☆☆☆
学习时间	25 分钟
实例要点	➢ “影片剪辑”元件的创建与应用 ➢ gotoAndPlay()脚本的应用
实例目的	本实例将设置“影片剪辑”元件的“实例名称”，然后利用脚本语言控制影片剪辑

操作步骤

步骤 1 新建一个 Flash 文档，如图 10-1 所示；单击“属性”面板的“编辑”按钮，弹出“文档设置”对话框，设置“尺寸”为 765 像素 × 266 像素，“背景颜色”为#EFF3F6，“帧频”为 24，如图 10-2 所示。

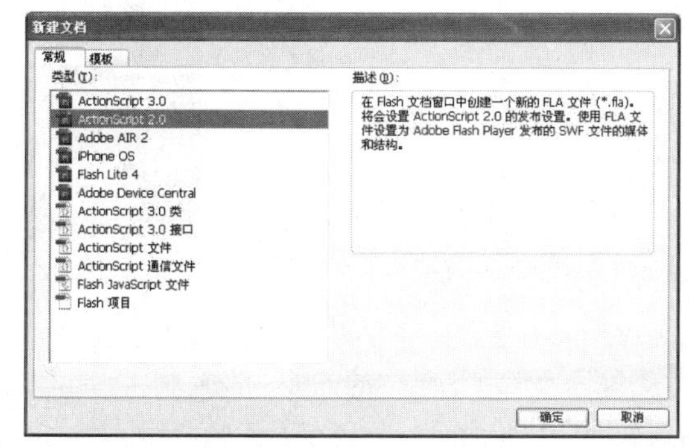

图 10-1　新建 Flash 文档

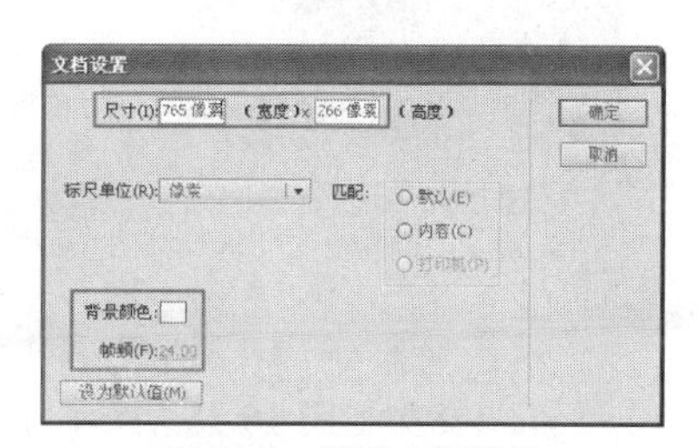

图 10-2　设置文档属性

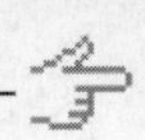

步骤 2 新建一个“名称”为“月球展示动画”的“影片剪辑”元件，如图 10-3 所示。单击“矩形工具”按钮，设置其“属性”面板中“笔触颜色”为#AEBDD6，“笔触”为 1 像素，“样式”为“实线”，“填充颜色”为#FFFFFF，在场景中绘制一个尺寸为 186 像素 × 265 像素的矩形，场景效果如图 10-4 所示，“属性”面板如图 10-5 所示。

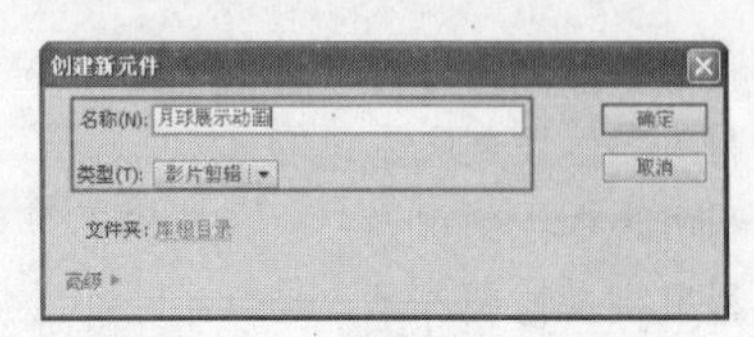

图 10-3 “创建新元件”对话框

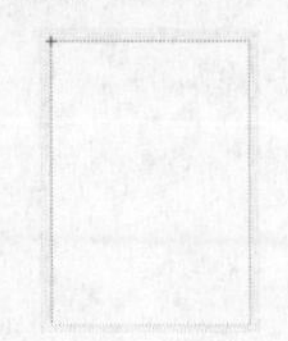
图 10-4 绘制矩形

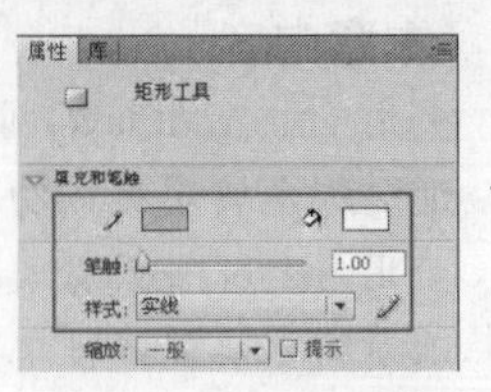

图 10-5 “属性”面板

步骤 3 分别在第 10 帧、第 30 帧、第 45 帧和第 55 帧位置插入关键帧，“时间轴”面板如图 10-6 所示。选中第 30 帧场景中的矩形，设置其“属性”面板中“宽”为 377.5 像素，保持其他默认设置，“属性”面板如图 10-7 所示；完成后的场景图形效果如图 10-8 所示，用同样的方法，调整第 45 帧场景中的图形。

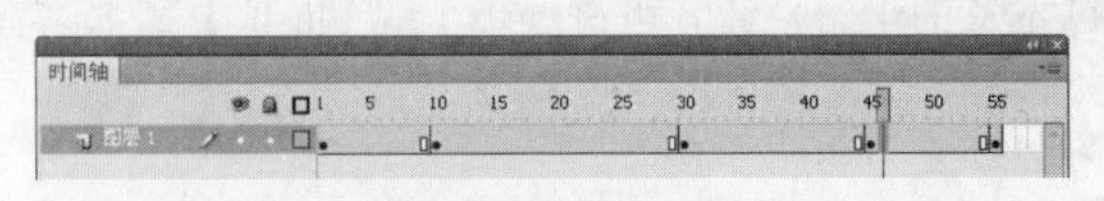

图 10-6 “时间轴”面板

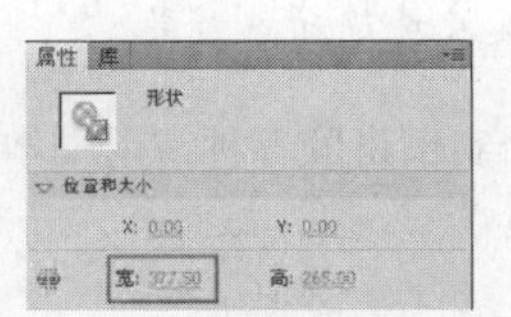

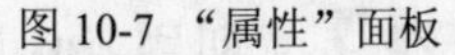
图 10-7 “属性”面板

图 10-8 图形效果

> **提示** 此步骤是为了更精确地设置矩形的尺寸，在调整矩形大小时，可以使用“任意变形工具”手动进行调整，使用“任意变形工具”调整矩形的缺点是不够精确。

步骤 4 分别在第 10 帧和第 45 帧位置创建补间形状动画，完成后的“时间轴”面板如图 10-9 所示。新建“图层 2”，将“光盘\源文件\第 10 章\素材\tupian1.jpg”导入场景中，确定选中图像，设置其“属性”面板中 x 值为-2 像素，y 值为 6 像素，“属性”面板如图 10-10 所示，场景效果如图 10-11 所示。

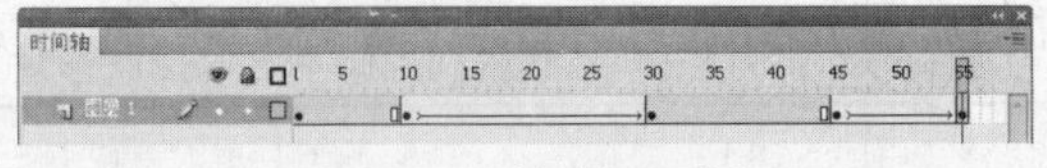

图 10-9 “时间轴”面板

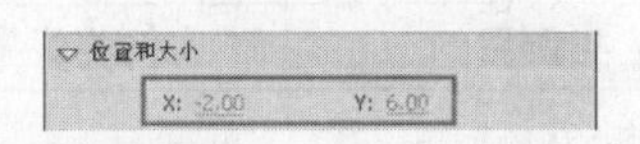

图 10-10 “属性”面板

步骤 5 新建“图层 3”，单击“文本工具”按钮，设置其“字体”为“经典粗圆简”，“大小”为 18，“颜色”为#FFFFFF，“属性”面板如图 10-12 所示；在场景中输入“月球之旅”文本，场景效果如图 10-13 所示。

图 10-11 场景效果

图 10-12 “属性”面板

图 10-13 输入文本

步骤 6 选中文本，按 F8 键，将文本转换成“名称”为“月球文字”的“图形”元件，如图 10-14 所示。分别在第 10 帧和第 30 帧位置插入关键帧，选中场景中的元件，设置其 Alpha 值为 0%，元件效果如图 10-15 所示，“属性”面板如图 10-16 所示。分别在第 1 帧和第 10 帧位置创建传统补间动画。

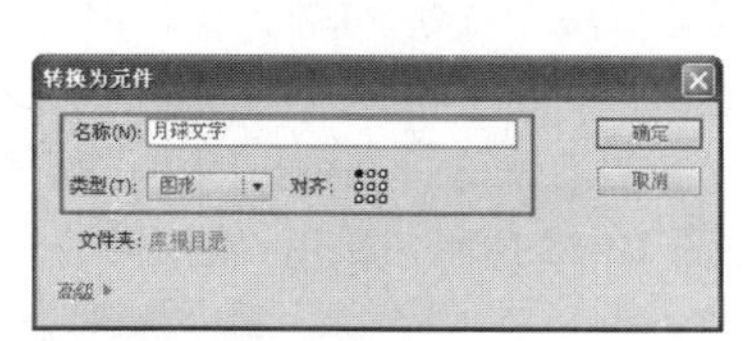

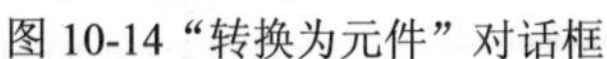

图 10-14“转换为元件”对话框

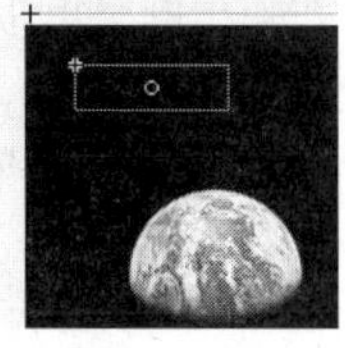

图 10-15　元件效果

图 10-16“属性”面板

步骤 7 新建“图层 4”，在第 30 帧位置插入关键帧，将“光盘\源文件\第 10 章\素材\tupian2.jpg”导入场景中，确定选中图像，设置其“属性”面板 *x* 值为 140 像素，*y* 值为 14 像素，场景效果如图 10-17 所示。按 F8 键，将图像转换成“名称”为“月球简介”，“类型”为“图形”的元件，如图 10-18 所示。

步骤 8 在第 40 帧位置插入关键帧，在第 45 帧位置插入空白关键帧，“时间轴”面板如图 10-19 所示。选中第 30 帧场景中的元件，设置其 Alpha 值为 0%，完成后的元件效果如图 10-20 所示，在第 30 帧位置创建传统补间动画。

图 10-17　入图像

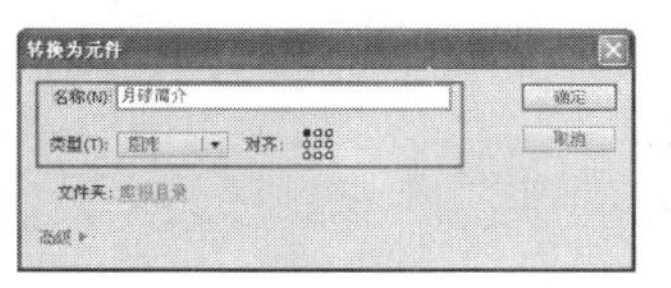

图 10-18 “转换为元件”对话框

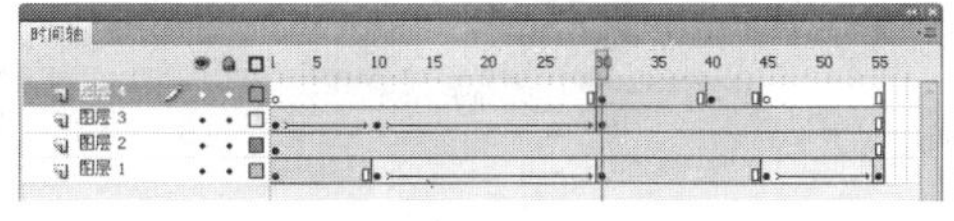

图 10-19 “时间轴”面板

步骤 9 新建“图层 5”，单击“矩形工具”按钮，在场景中绘制一个尺寸为 170 像素 × 250 像素的矩形，使用“选择工具”选择矩形，设置其“属性”面板 *x* 值为 8.5 像素，*y* 值为 8 像素，“属性”面板如图 10-21 所示；场景效果如图 10-22 所示。

图 10-20　元件效果

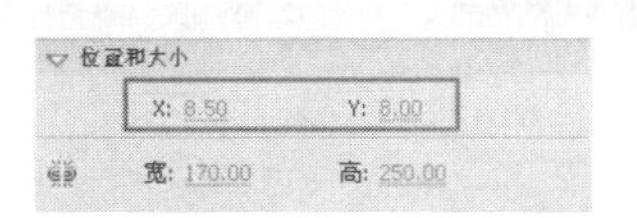

图 10-21 “属性”面板

图 10-22　场景效果

提示

本步骤中所绘制的矩形是用作遮罩的，所以无需设置矩形的相关属性。

步骤 10 分别在第 10 帧、第 30 帧、第 45 帧和第 55 帧位置插入关键帧，“时间轴”面板如图 10-23 所示。使用“选择工具”选择第 30 帧场景中的矩形，设置其“属性”面板中“宽”值为 363 像素，保持其他默认设置，完成后的场景效果如图 10-24 所示。用同样的方法，调整第 45 帧场景中的矩形，分别在第 10 帧和第 45 帧位置创建补间形状动画。

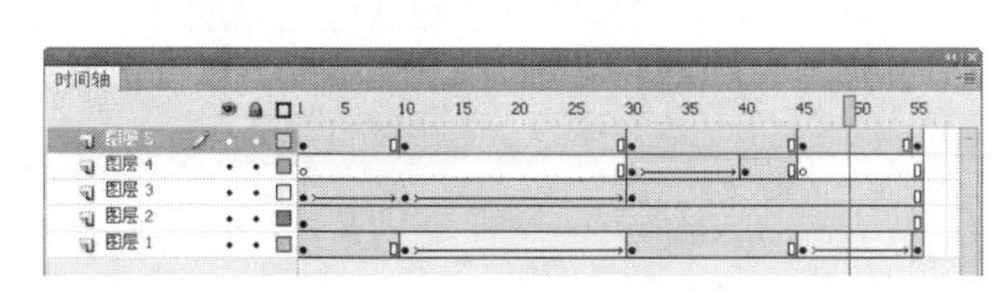

图 10-23 “时间轴”面板

图 10-24　场景效果

步骤 11 在“图层 5”上单击鼠标右键，在弹出的菜单中选择“遮罩层”命令，如图 10-25 所示，“时间轴”面板如图 10-26 所示。

步骤 12 在“图层 3”上单击鼠标右键，在弹出的菜单中选择“属性”命令，在弹出的“图层属性”对话中设置参数，如图 10-27 所示，“时间轴”面板如图 10-28 所示，采用“图层 3”的制作方法，制作“图层 2”。

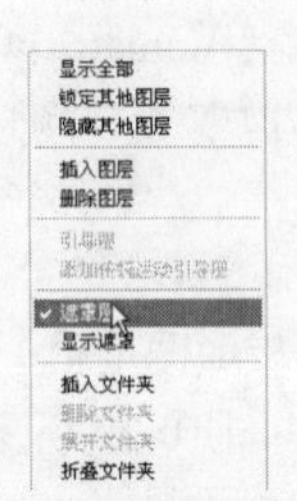

图 10-25 选择“遮罩层”命令

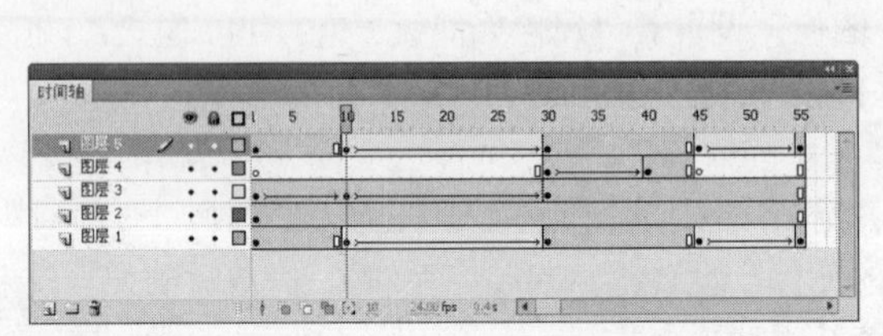

图 10-26 “时间轴”面板

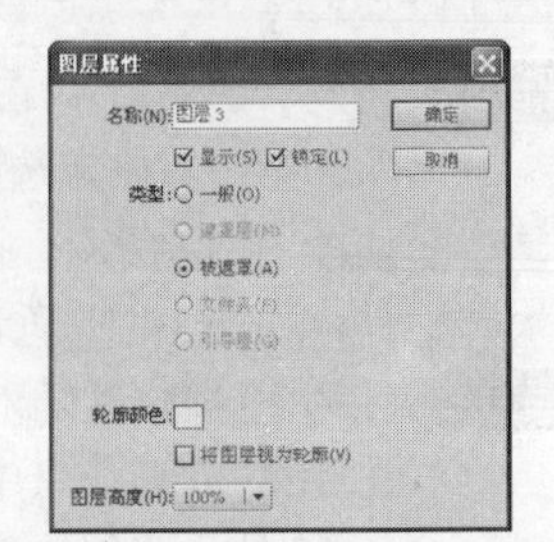

图 10-27 “图层属性”对话框

步骤 13 在“图层 5”上新建“图层 6”，在第 1 帧位置单击，设置其“属性”面板中帧标签为 on，“属性”面板如图 10-29 所示；“时间轴”面板如图 10-30 所示。

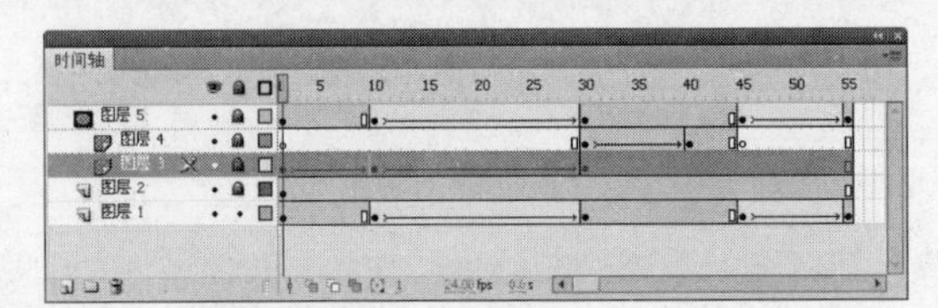

图 10-28 “时间轴”面板

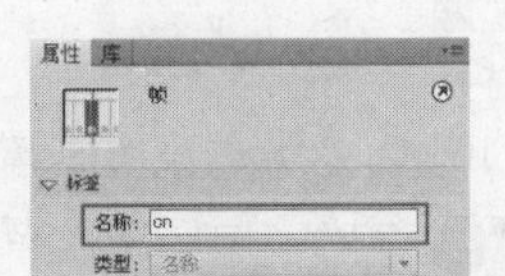

图 10-29 “属性”面板

步骤 14 在第 10 帧位置插入关键帧，设置其“属性”面板中帧标签为 over；在第 45 帧位置插入关键帧，设置其“属性”面板中帧标签为 out，“时间轴”面板如图 10-31 所示。

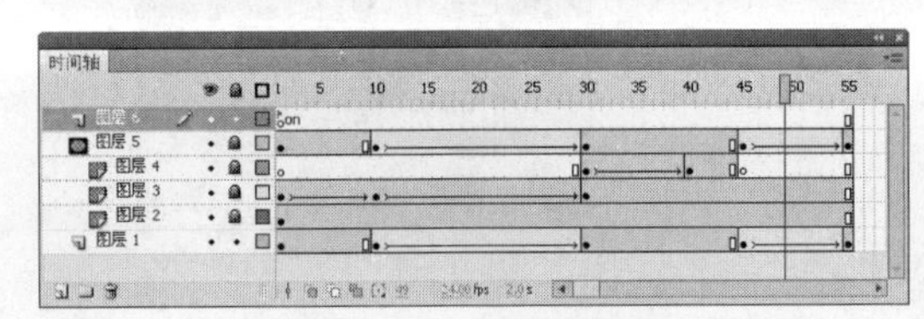

图 10-30 “时间轴”面板

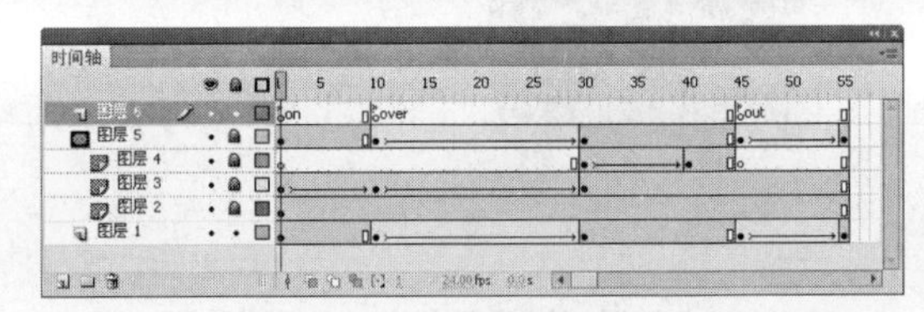

图 10-31 “时间轴”面板

步骤 15 新建“图层 7”，在第 1 帧位置单击，在“动作”面板中输入如图 10-32 所示的脚本语言。在第 40 帧位置插入关键帧，在“动作”面板中输入“stop();”脚本语言，“时间轴”面板如图 10-33 所示。

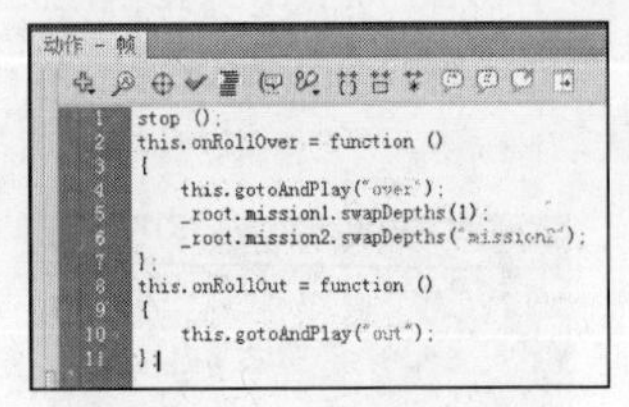

图 10-32 输入脚本语言

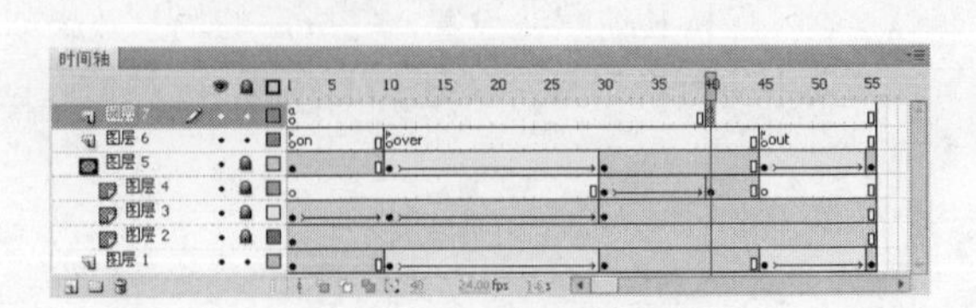

图 10-33 “时间轴”面板

步骤 16 采用“月球展示动画”元件的制作方法，制作出“太空展示动画”、“宇宙展示动画”、“深海展示动画”元件，完成后的元件效果如图 10-34 所示。

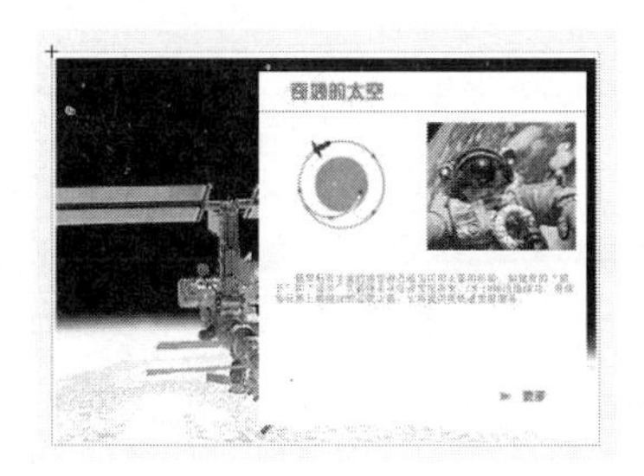

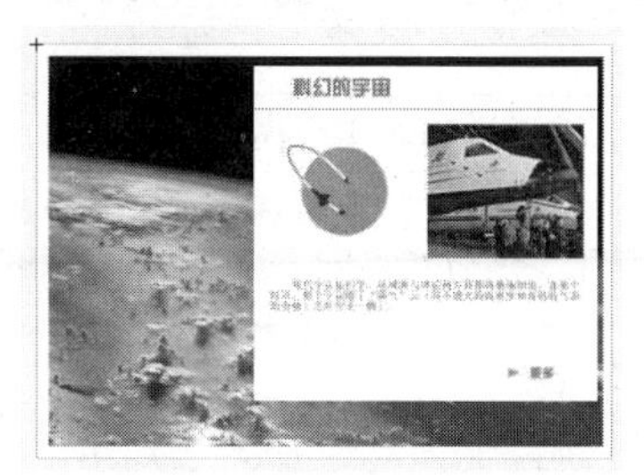

图 10-34　完成后的元件效果

步骤 17 返回“场景 1”编辑状态，将“月球展示动画”元件从“库”面板中拖入场景中，如图 10-35 所示。设置其“属性”面板中“实例名称”为 mission1，“属性”面板如图 10-36 所示。

> 提示　本步骤中所设置的“实例名称”是为了后面利用脚本语言控制影片剪辑的播放，当光标经过这个“影片剪辑”元件时，就会播放这个“影片剪辑”元件。

步骤 18 参照“图层 1”的制作方法，新建“图层 2”、“图层 3”和“图层 4”，分别将“太空展示动画”、“宇宙展示动画”和“深海展示动画”元件拖入相应的图层中，并设置其“实例名称”，完成后的场景效果如图 10-37 所示。

图 10-35　拖入元件

图 10-36　“属性”面板

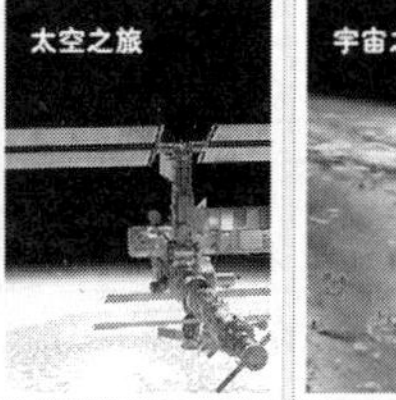

图 10-37　完成后的场景效果

步骤 19 执行“文件>保存”命令，将动画保存为“光盘\源文件\第 10 章\利用 gotoAndPlay()制作选项卡动画.fla”，按 Ctrl+Enter 键测试影片，动画效果如图 10-38 所示。

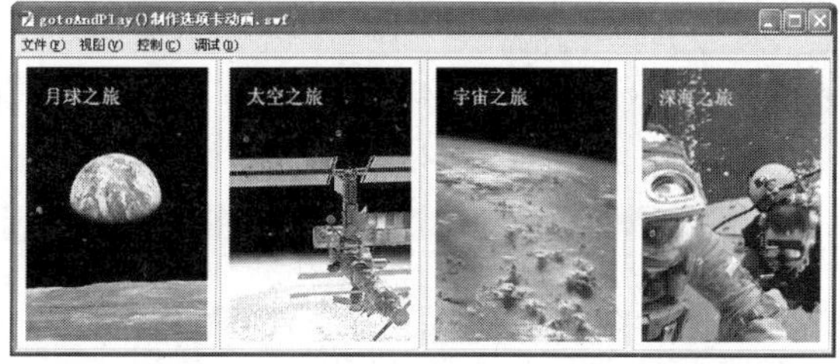

图 10-38　预览动画效果

> 实例小结　本实例的重点在于“影片剪辑”元件的设置，以及利用 gotoAndPlay()脚本语言控制“影片剪辑”元件。

Example 实例 148 通过脚本实现模糊动画效果

案例文件	光盘\源文件\第 10 章\通过脚本实现模糊动画效果.fla
视频文件	光盘\视频\第 10 章\通过脚本实现模糊动画效果.swf
难易程度	★☆☆☆☆
学习时间	10 分钟

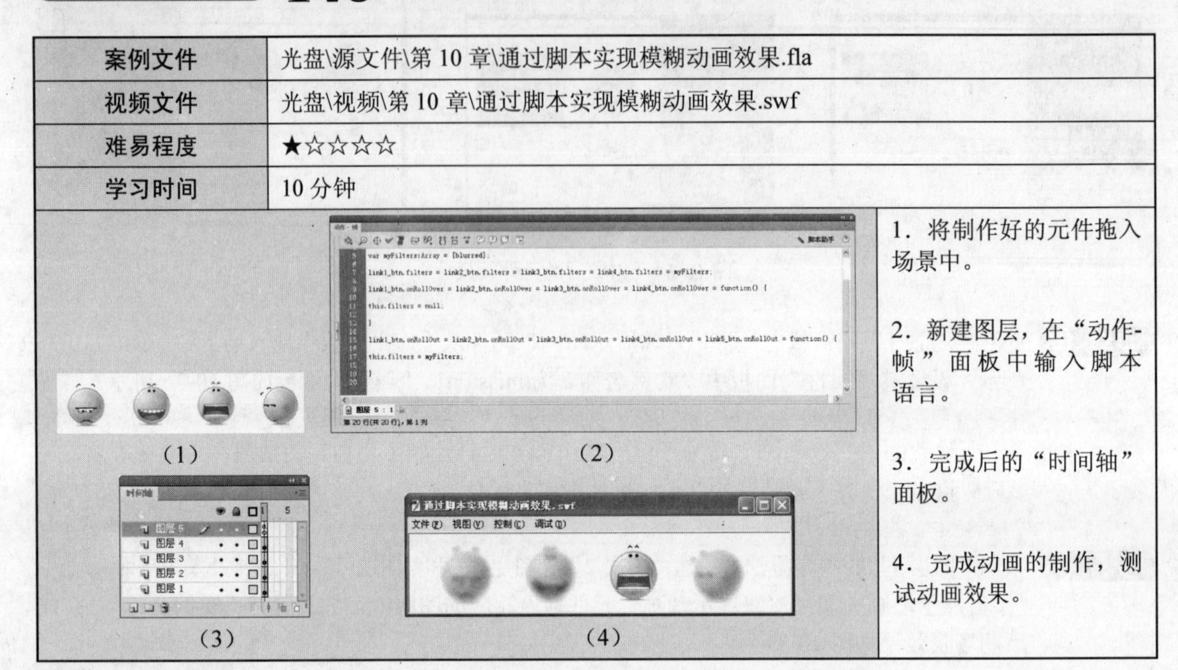

1．将制作好的元件拖入场景中。

2．新建图层，在“动作-帧”面板中输入脚本语言。

3．完成后的“时间轴”面板。

4．完成动画的制作，测试动画效果。

Example 实例 149 利用 Stage()制作分类菜单动画

案例文件	光盘\源文件\第 10 章\利用 Stage()制作分类菜单动画.fla
视频文件	光盘\视频\第 10 章\利用 Stage()制作分类菜单动画.swf
难易程度	★★☆☆☆
学习时间	15 分钟
实例要点	➢ “色彩效果”样式的设置 ➢ Stage()脚本语言的应用
实例目的	本实例将设置“影片剪辑”元件的“实例名称”，并利用脚本语言控制影片剪辑的播放

操作步骤

步骤 1 新建一个 Flash 文档，如图 10-39 所示；单击“属性”面板的“编辑”按钮，弹出“文档属性”对话框，设置“尺寸”为 287 像素 × 183 像素，“帧频”为 30，保持其他默认设置，如图 10-40 所示。

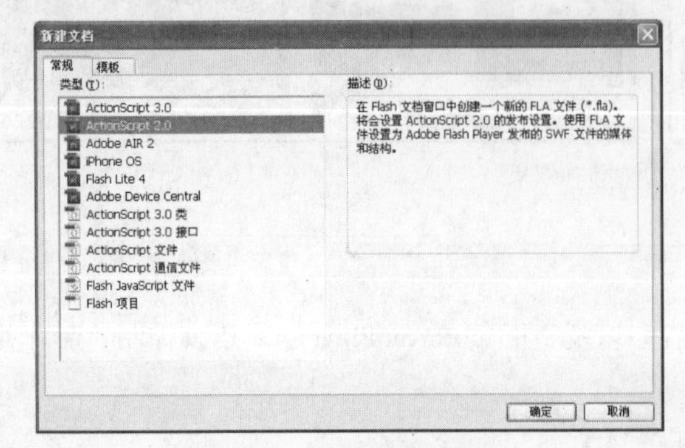

图 10-39 新建 Flash 文档

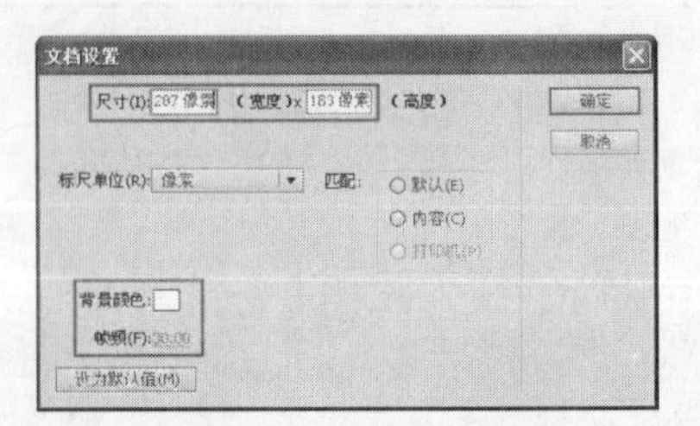

图 10-40 设置文档属性

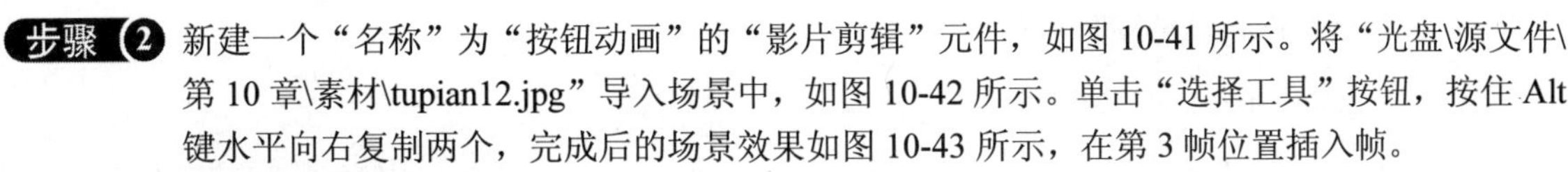

步骤 2 新建一个“名称”为“按钮动画”的“影片剪辑”元件，如图 10-41 所示。将“光盘\源文件\第 10 章\素材\tupian12.jpg”导入场景中，如图 10-42 所示。单击“选择工具”按钮，按住 Alt 键水平向右复制两个，完成后的场景效果如图 10-43 所示，在第 3 帧位置插入帧。

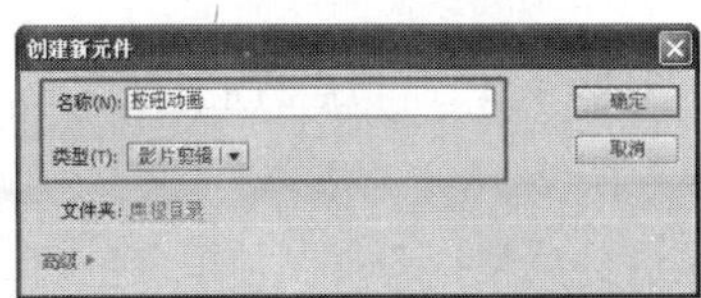

图 10-41 “创建新元件”对话框

图 10-42　导入图像

图 10-43　移动复制图像

技巧　在复制元件或图形时，选中要复制的元件或图形，执行“窗口>变形”命令，在弹出的“变形”对话框中，可以设置“旋转”选项和“倾斜”选项，设置完成后单击“复制并应用变形”按钮，即可复制出一个变形后的元件或图形。

步骤 3 新建“图层 2”，使用“矩形工具”在场景中绘制一个尺寸为 95 像素 × 36 像素的矩形，如图 10-44 所示。选择矩形，按 F8 键，将矩形转换成“名称”为“矩形”的“影片剪辑”元件，确定选中“矩形”元件，如图 10-45 所示。设置其“属性”面板中“实例名称”为 hit1，Alpha 值为 0%，“属性”面板如图 10-46 所示；完成后的元件效果如图 10-47 所示。

图 10-44　绘制矩形

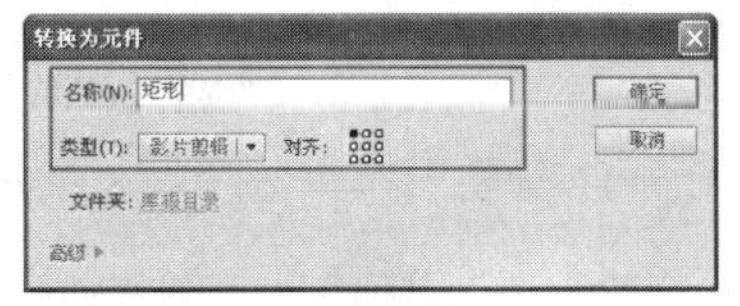

图 10-45 “转换为元件”对话框

步骤 4 新建“图层 3”，将“矩形”元件从“库”面板中拖入场景中，“库”面板如图 10-48 所示，场景效果如图 10-49 所示，设置其“属性”面板中“实例名称”为 hit2，Alpha 值为 0%。采用“图层 3”的制作方法，制作出“图层 4”动画。

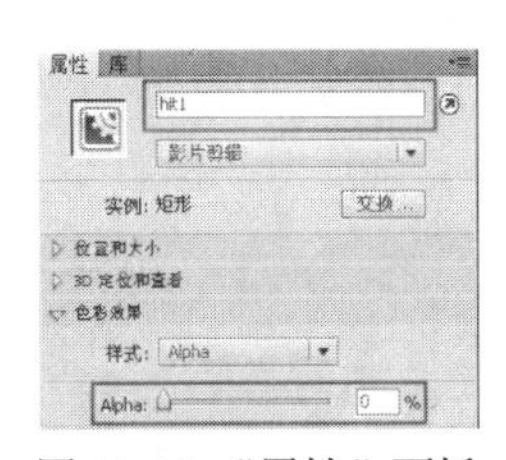

图 10-46 “属性”面板

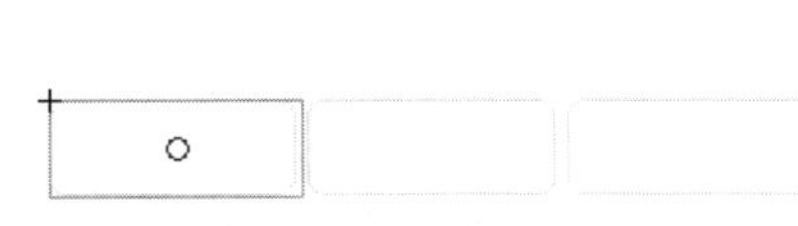

图 10-47 元件效果

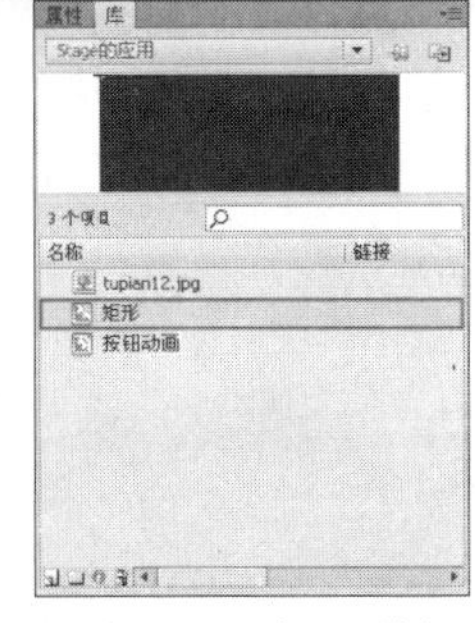

图 10-48 “库”面板

步骤 5 新建“图层 5”，单击“文本工具”按钮，设置“字体”为“经典粗圆简”，“大小”为 18，“颜色”为#351F1D，“属性”面板如图 10-50 所示，在场景中输入如图 10-51 所示文本。

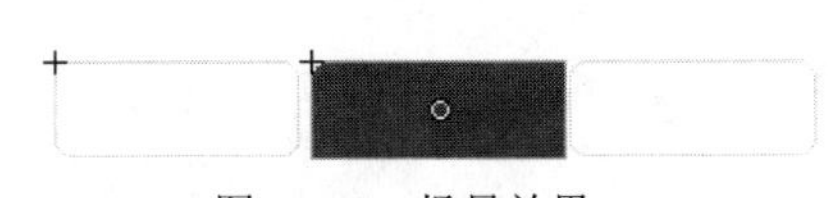

图 10-49　场景效果

图 10-50 “属性”面板

图 10-51　输入文本

步骤 6 选择刚刚输入的文本，将图像转换成“名称”为“网球文字”的“图形”元件，如图 10-52 所示。在第 2 帧位置插入关键帧，选中第 1 帧场景中的元件，设置其颜色“样式”为“亮度”，值为 50%，“属性”面板如图 10-53 所示，完成后的元件效果如图 10-54 所示。

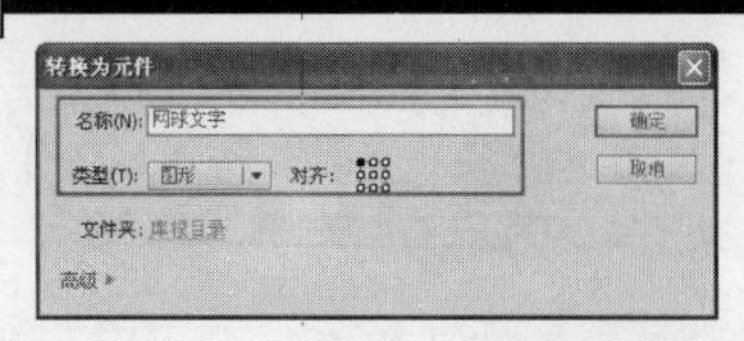

图 10-52 “转换为元件”对话框

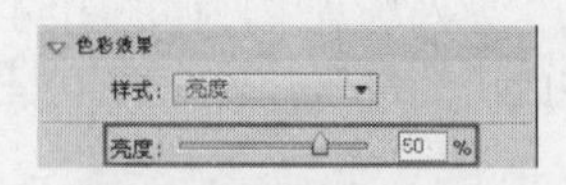

图 10-53 “属性”面板

图 10-54 完成后的元件效果

提示 将元件的颜色设置为淡灰色时，不仅可以使用“亮度”颜色样式进行调整，还可以使用“色调”或“高级效果”选项进行调整。

步骤 7 采用“图层 5”的制作方法，制作出“图层 6”和“图层 7”动画，完成后的“时间轴”面板如图 10-55 所示，场景效果如图 10-56 所示。

步骤 8 新建“图层 8”，在“动作”面板中输入“stop();”脚本语言，如图 10-57 所示，完成后的“时间轴”面板如图 10-58 所示。

图 10-55 “时间轴”面板

图 10-56 场景效果

图 10-57 输入脚本语言

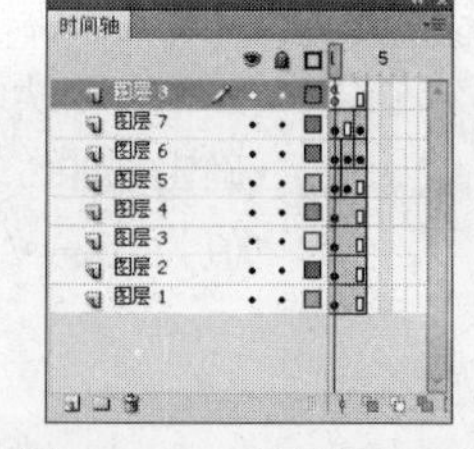

图 10-58 “时间轴”面板

步骤 9 新建一个“名称”为“图片动画”的“影片剪辑”元件，如图 10-59 所示。将“光盘\源文件\第 10 章\素材\tupian10.jpg”导入场景中，如图 10-60 所示。采用“图层 1”的制作方法，制作出“图层 2”和“图层 3”，完成后的场景效果如图 10-61 所示。

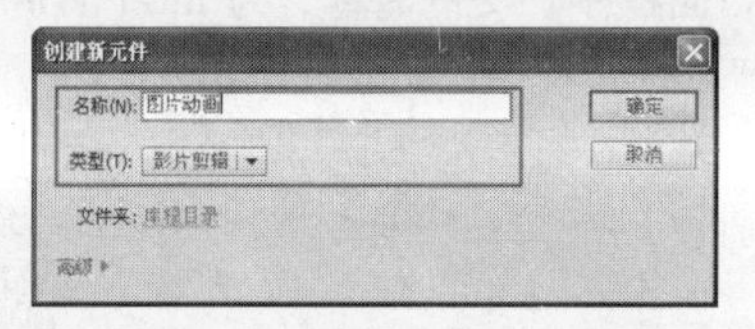

图 10-59 “创建新元件”对话框

图 10-60 导入图像

图 10-61 完成后的场景效果

步骤 10 新建一个“名称”为“整体动画”的“影片剪辑”元件，如图 10-62 所示。将“图片动画”元件从“库”面板中拖入场景中，如图 10-63 所示，设置其“属性”面板中“实例名称”为 mc。

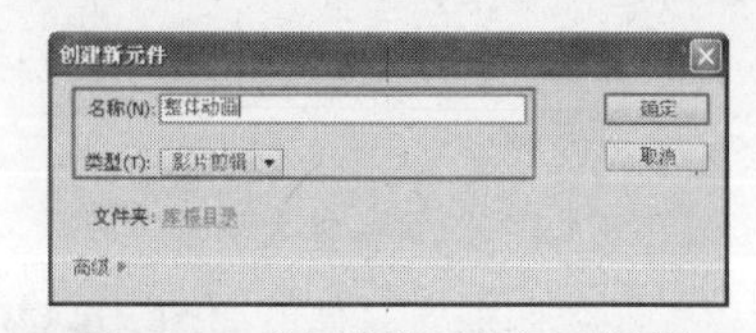

图 10-62 “创建新元件”对话框

图 10-63 拖入元件

步骤 11 新建“图层 2”，将“按钮动画”元件从“库”面板中拖入场景中，如图 10-64 所示。设置其

“属性”面板“实例名称”为 bt，新建“图层 3”，在“动作”面板中输入如图 10-65 所示的脚本语言。

图 10-64　拖入元件

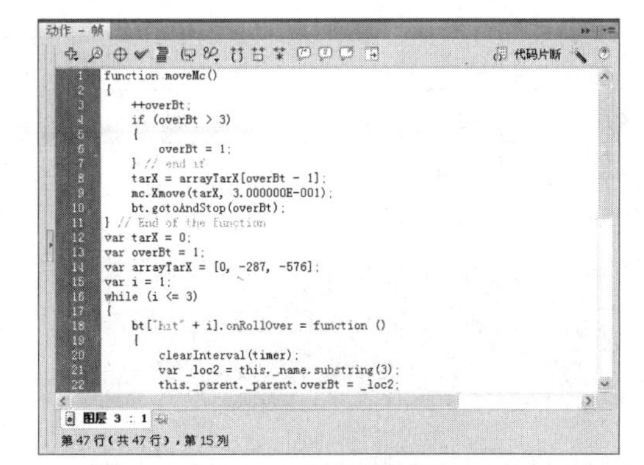

图 10-65　输入脚本语言

提示　读者可参考源文件查看本步骤中所添加的脚本语言内容。

步骤 12 返回“场景 1”编辑状态，将“整体动画”元件从“库”面板中拖入场景中，场景效果如图 10-66 所示。新建“图层 2”，在第 1 帧位置单击，在“动作”面板中输入如图 10-67 所示的脚本语言。

图 10-66　拖入元件

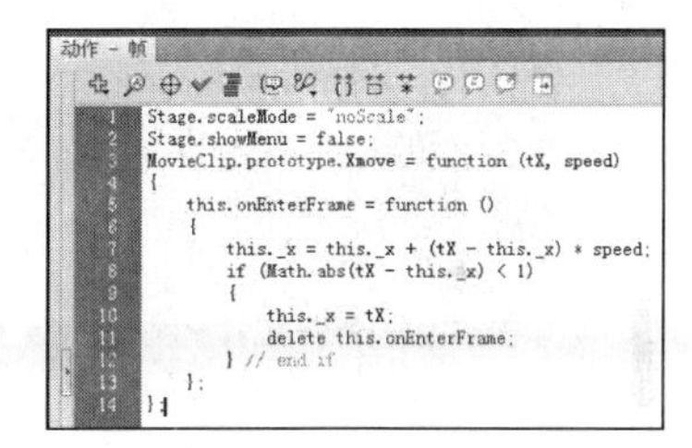

图 10-67　输入脚本语言

步骤 13 执行“文件>保存”命令，将动画保存为“光盘\源文件\第 10 章\利用 Stage()制作分类菜单动画.fla”，按 Ctrl+Enter 键测试影片，动画效果如图 10-68 所示。

图 10-68　预览动画效果

实例小结　本实例的重点是利用脚本语言控制影片剪辑，当光标经过某一个影片剪辑时，就会跳转到另一个影片剪辑。

Example 实例 150 通过脚本实现弹性拖曳效果

案例文件	光盘\源文件\第 10 章\通过脚本实现弹性拖曳效果.fla
视频文件	光盘\视频\第 10 章\通过脚本实现弹性拖曳效果.swf
难易程度	★★☆☆☆
学习时间	20 分钟

（1）

（2）

（3）

（4）

1．导入背景素材图像，并将其转换为“图形”元件。

2．绘制星星图形，并制作星星闪烁的动画效果。

3．新建元件，制作需要的元件效果，并添加相应的脚本语言。返回主场景中，将制作好的元件拖入场景中，设置“实例名称”并添加脚本语言。

4．完成动画的制作，测试动画。

Example 实例 151 利用 rollOver()和 release()制作导航菜单

案例文件	光盘\源文件\第 10 章\利用 rollOver 和 release()制作导航菜单.fla
视频文件	光盘\视频\第 10 章\利用 rollOver 和 release()制作导航菜单.swf
难易程度	★★★☆☆
学习时间	25 分钟
实例要点	➢ “按钮”元件的创建与应用 ➢ 鼠标事件的脚本应用
实例目的	本实例通过为按钮添加脚本语言，达到元件与元件之间交互的效果

步骤 1 新建一个 Flash 文档，如图 10-69 所示，单击“属性”面板的“设置”按钮，弹出“文档属性”对话框，设置“尺寸”为 189 像素 × 242 像素，“背景颜色”为#666666，“帧频”为 26，如图 10-70 所示。

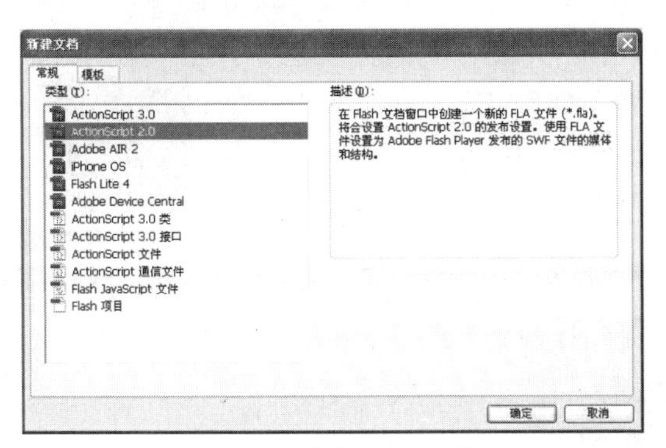

图 10-69 新建 Flash 文档

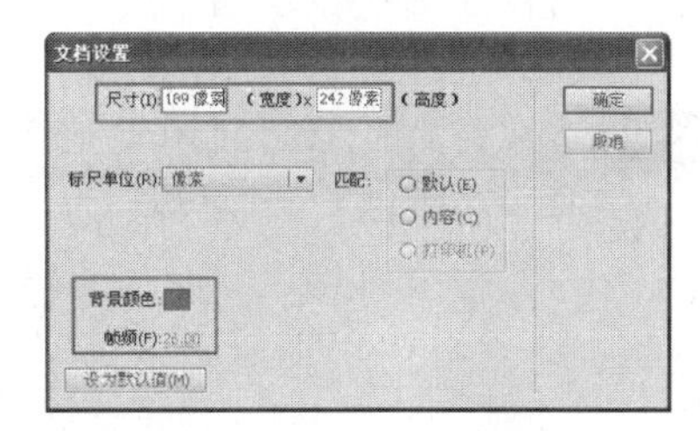

图 10-70 设置文档属性

步骤 2 新建一个"名称"为"星星动画"的"影片剪辑"元件，如图 10-71 所示。将"光盘\源文件\第 10 章\素材\9.png"导入场景中，场景效果如图 10-72 所示。

步骤 3 选择刚刚导入的图像，将图像转换成"名称"为"星星"的"图形"元件，如图 10-73 所示。按 Delete 键将场景中的元件删除，在第 7 帧位置插入关键帧，将"星星"图形元件从"库"面板中拖入场景中，使用"任意变形工具"调整"星星"元件的大小与位置，并对其进行旋转，场景效果如图 10-74 所示。

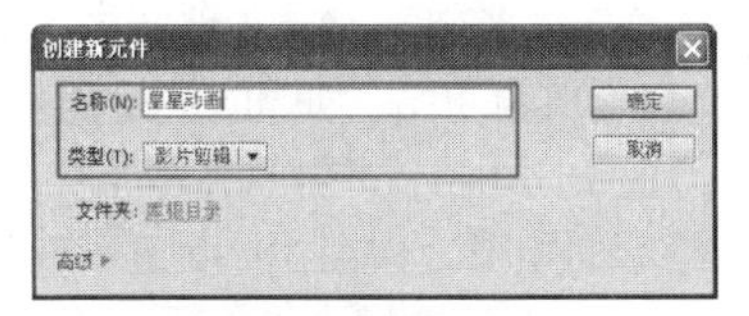

图 10-71 "创建新元件"

图 10-72 场景效果

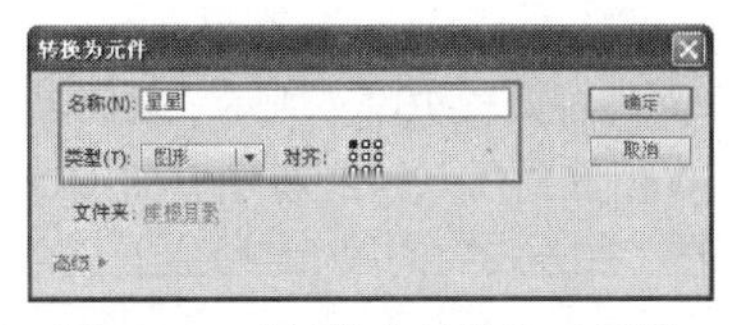

图 10-73 "转换为元件"对话框

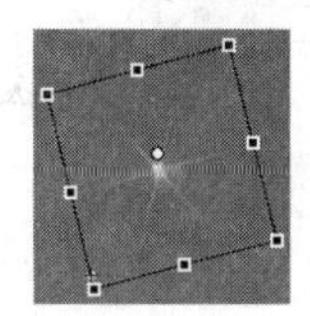

图 10-74 调整元件

步骤 4 在第 15 帧位置插入关键帧，使用"任意变形工具"调整"星星"元件的大小与位置，并对其进行旋转，在第 7 帧位置设置传统补间动画，场景效果如图 10-75 所示。新建"图层 2"，在第 15 帧位置插入关键帧，在"动作"面板中输入"stop();"脚本语言，完成后的"时间轴"面板如图 10-76 所示。

步骤 5 新建一个"名称"为"首页"的"按钮"元件，如图 10-77 所示。将"光盘\源文件\第 10 章\素材\1.png"导入场景中，调整刚刚导入的图像的位置，如图 10-78 所示。

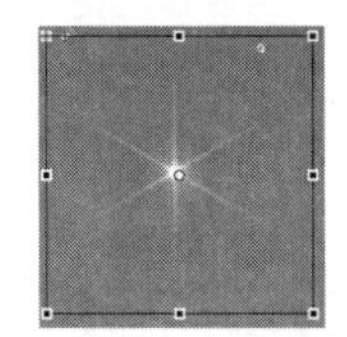

图 10-75 调整元件

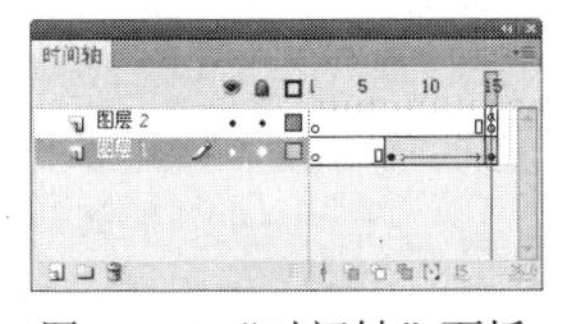

图 10-76 "时间轴"面板

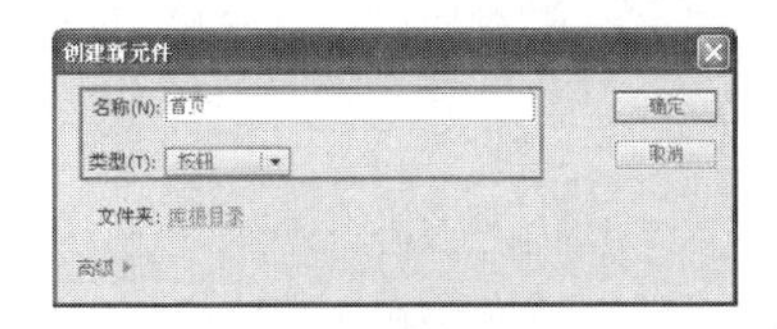

图 10-77 "创建新元件"

图 10-78 导入素材图像

步骤 6 分别在"时间轴"面板上的"指针经过"、"按下"、"点击"位置插入关键帧，"时间轴"面板如图 10-79 所示。新建"图层 2"，使用"文本工具"在场景中输入相应的文字，如图 10-80 所示。

步骤 7 在"时间轴"面板上"指针经过"位置插入关键帧，选中该帧下的文本，在"属性"面板中添加"发光"滤镜，参数设置如图 10-81 所示，文本效果如图 10-82 所示。

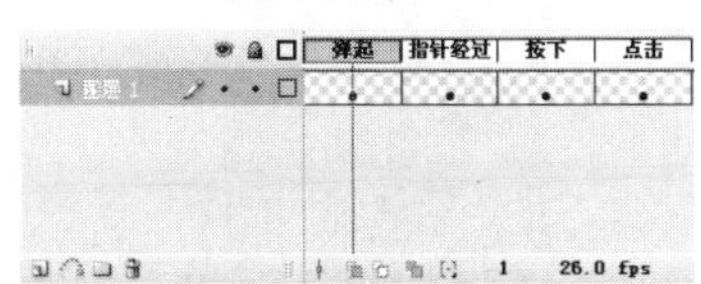

图 10-79 "时间轴"面板

图 10-80 输入文字

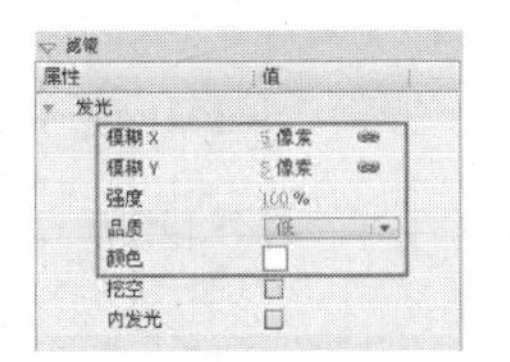

图 10-81 设置"发光"滤镜

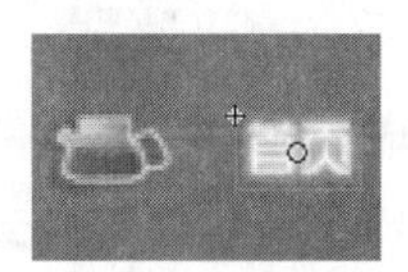

图 10-82 文本效果

步骤 8 在“图层 2”的“按下”与“点击”位置插入关键帧，新建“图层 3”，在“指针经过”位置插入关键帧，将“星星动画”元件从“库”面板中拖入场景中，如图 10-83 所示。在“按下”位置插入关键帧，在“点击”位置插入空白关键帧，“时间轴”面板如图 10-84 所示。

图 10-83 将元件拖入场景中

步骤 9 参照前面的方法，制作其他相应的元件，“库”面板如图 10-85 所示。新建一个“名称”为“文字遮罩”的“影片剪辑”元件，如图 10-86 所示。

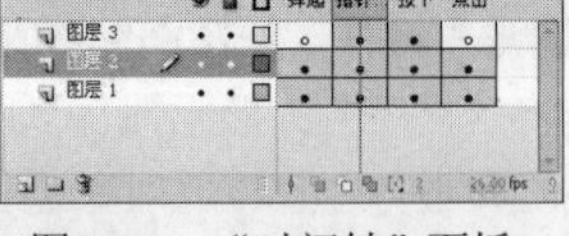
图 10-84 “时间轴”面板

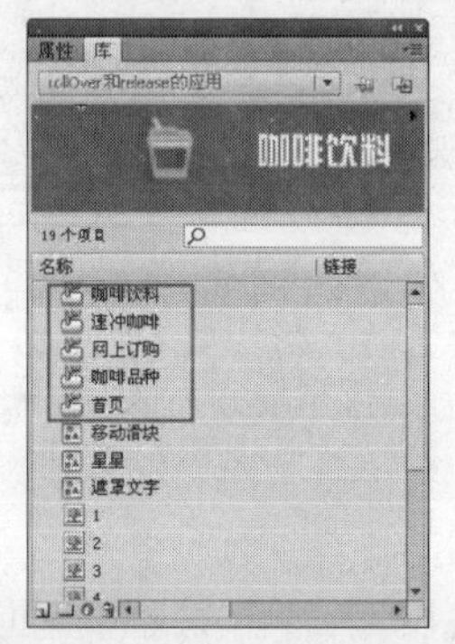
图 10-85 制作相应的元件

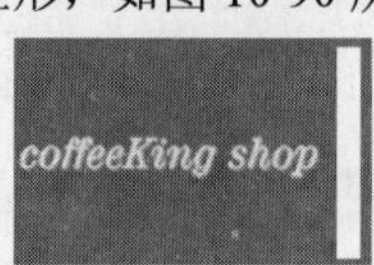
图 10-86 “创建新元件”

步骤 10 将“光盘\源文件\第 10 章\素材\6.png”导入场景中，将其转换成“名称”为“遮罩文字”的“图形”元件，如图 10-87 所示。设置其“属性”面板中“亮度”值为 40%，如图 10-88 所示。

步骤 11 在第 150 帧位置插入帧，新建“图层 2”，使用“矩形工具”在场景中绘制矩形，如图 10-89 所示。在“图层 2”的第 25 帧位置插入关键帧，移动刚刚绘制的矩形，如图 10-90 所示。

图 10-87 导入图像

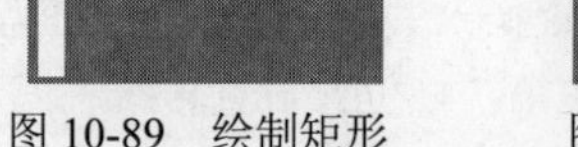
图 10-88 元件效果

图 10-89 绘制矩形

图 10-90 移动矩形

步骤 12 在“时间轴”面板的“图层 2”上插入相应的关键帧，移动图形的位置，“时间轴”面板如图 10-91 所示。在第 1 帧、第 25 帧、第 45 帧、第 70 帧、第 90 帧位置创建补间形状动画，完成后的“时间轴”面板如图 10-92 所示。

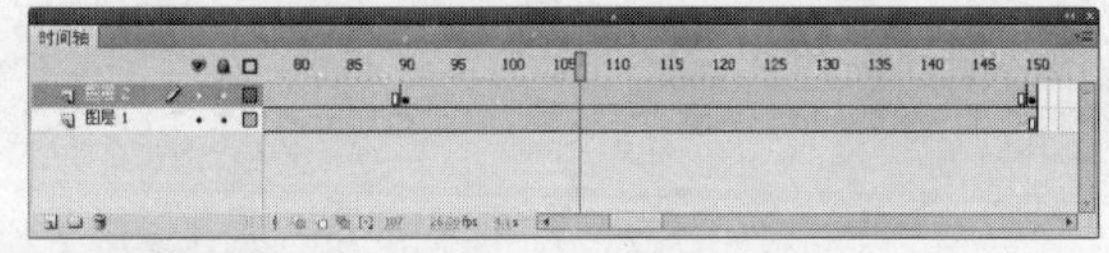
图 10-91 “时间轴”面板

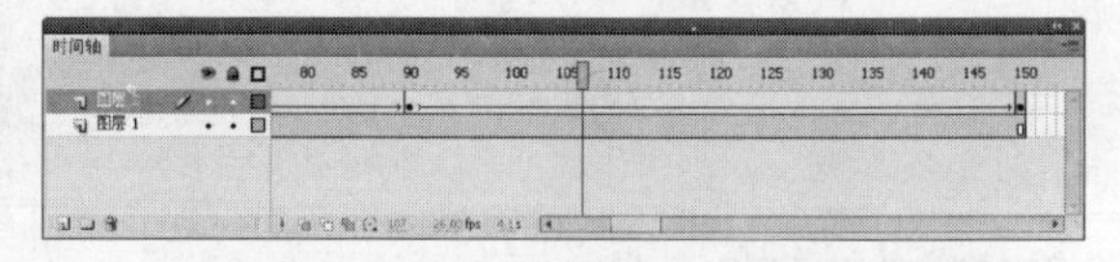
图 10-92“时间轴”面板

步骤 13 在“时间轴”面板中“图层 2”和单击右键，在弹出的菜单中选择“遮罩层”命令，如图 10-93 所示，完成后的“时间轴”面板如图 10-94 所示。

步骤 14 返回到“场景 1”编辑状态，将“光盘\源文件\第 10 章\素材\7.jpg”导入场景中，如图 10-95 所示。在第 2 帧位置插入帧，新建“图层 2”，将“光盘\源文件\第 10 章\素材\8.jpg”导入场景中，如图 10-96 所示。

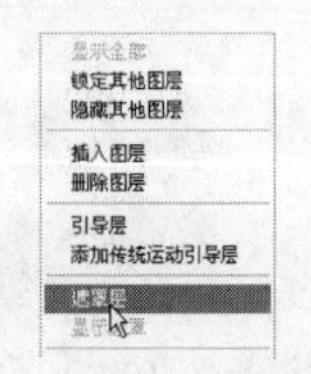
图 10-93 选择“遮罩层”命令

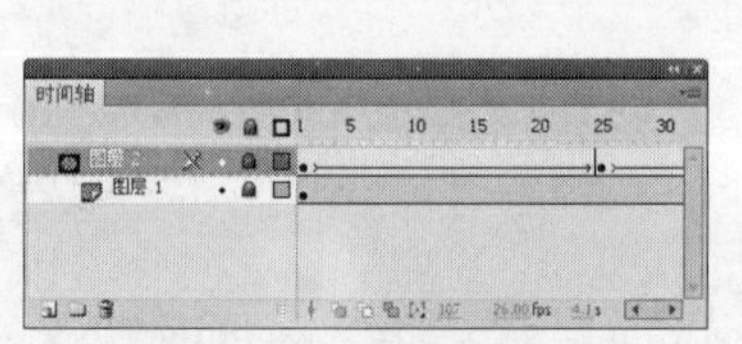
图 10-94“时间轴”面板

图 10-95 导入素材图像

步骤 15 选中导入的图像，按 F8 键，将图像转换成“名称”为“移动滑块”的“影片剪辑”元件，如图 10-97 所示。选中“移动滑块”元件，在“属性”面板中设置其“实例名称”为 move，“属性”面板如图 10-98 所示。

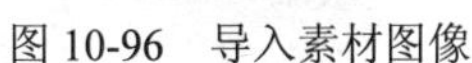

图 10-96　导入素材图像

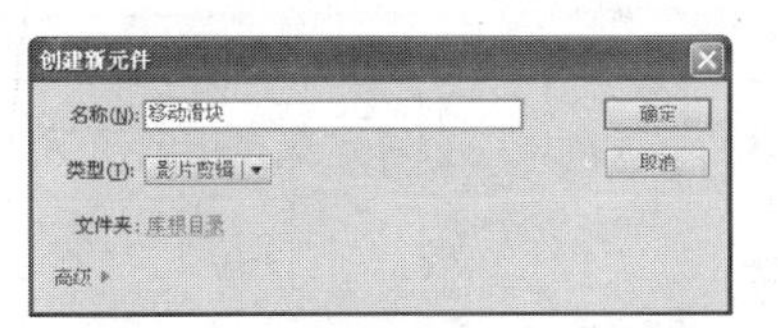

图 10-97　“转换为元件”对话框

图 10-98　设置“实例名称”

> **技巧** 执行“窗口>属性”命令，可以打开“属性”面板，按键盘上的 Ctrl+F3 快捷键，也可以打开“属性”面板。

步骤 16 新建“图层 3”，将“首页”按钮元件从“库”面板中拖入场景中，如图 10-99 所示。选中元件，在“动作”面板中输入如图 10-100 所示的脚本语言。

步骤 17 采用相同的方法，在“时间轴”面板中新建图层，在“库”面板中将元件拖入场景中，并为元件添加脚本语言，场景效果如图 10-101 所示。单击“时间轴”面板中“插入图层”按钮，新建“图层 8”，单击“图层 8”第 1 帧位置，执行“窗口>动作”命令，在弹出的“动作”面板中输入如图 10-102 所示的脚本语言。

图 10-99　拖入元件

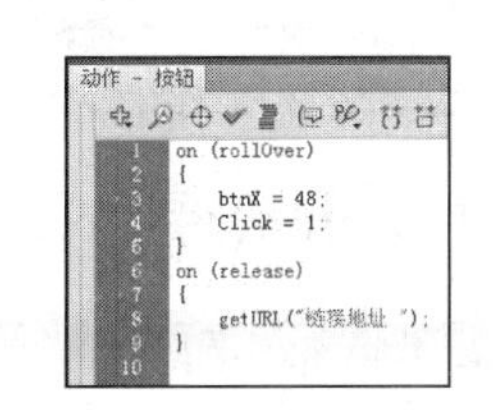

图 10-100　输入脚本语言

图 10-101　场景效果

步骤 18 在第 2 帧位置插入关键帧，在“动作”面板中输入“gotoAndPlay(1);”脚本语言，执行“文件>保存”命令，将动画保存为“光盘\源文件\第 10 章\利用 rollOver()和 release()制作导航菜单.fla”，按 Ctrl+Enter 键测试影片，动画效果如图 10-103 所示。

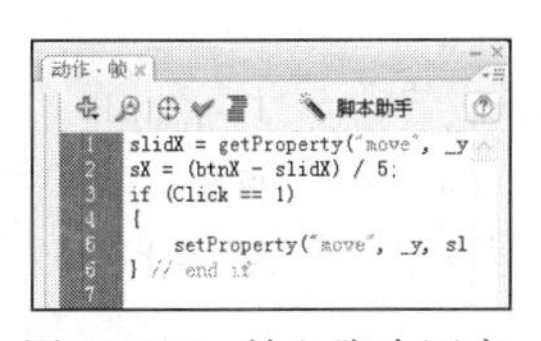

图 10-102　输入脚本语言

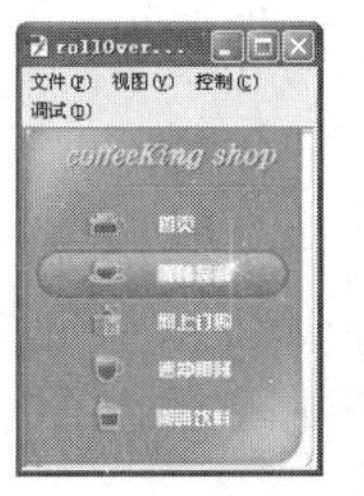

图 10-103　预览动画效果

> **实例小结** 通过本实例的学习，读者可了解如何为按钮元件添加脚本语言。本实例主要为“按钮”元件添加脚本语言，控制元件的触发效果。

Example 实例 152 调用元件

案例文件	光盘\源文件\第 10 章\调用元件.fla
视频文件	光盘\视频\第 10 章\调用元件.swf
难易程度	★★☆☆☆
学习时间	25 分钟

（1）

（2）

（3）

（4）

1．首先制作“影片剪辑”元件。

2．为元件设置“属性连接”。

3．返回场景中，导入素材图像，添加 ActionScript 脚本语言。

4．完成动画的制作，测试动画效果。

Example 实例 153 利用 function()制作图片切换动画

案例文件	光盘\源文件\第 10 章\利用 function()制作图片切换动画.fla
视频文件	光盘\视频\第 10 章\利用 function()制作图片切换动画.swf
难易程度	★★☆☆☆
学习时间	15 分钟
实例要点	➢ “影片剪辑”元件与其他元件的嵌套使用 ➢ function()的应用
实例目的	本实例为按钮设置实例名称，控制元件触发，从而达到一种交互的效果

操作步骤

步骤 1 新建一个 Flash 文档，如图 10-104 所示，单击“属性”面板的“编辑”按钮，弹出“文档设置”对话框，设置“尺寸”为 290 像素 × 160 像素，“背景颜色”为#FFFFFF，“帧频”为 36，如图 10-105 所示。

步骤 1 新建一个“名称”为“反应区”的“按钮”元件，如图 10-106 所示。使用“矩形工具”在场景中绘制一个矩形，如图 10-107 所示。分别在“时间轴”面板中“指针经过”、“按下”、“点击”位置插入关键帧，“时间轴”面板如图 10-108 所示。

步骤 3 新建一个“名称”为“清净雅居”的“影片剪辑”元件，如图 10-109 所示。将“反应区”按钮元件从“库”面板中拖入场景中，选中刚刚拖入的元件，在“属性”面板中设置“实例名称”为 btn，“属性”面板如图 10-110 所示。

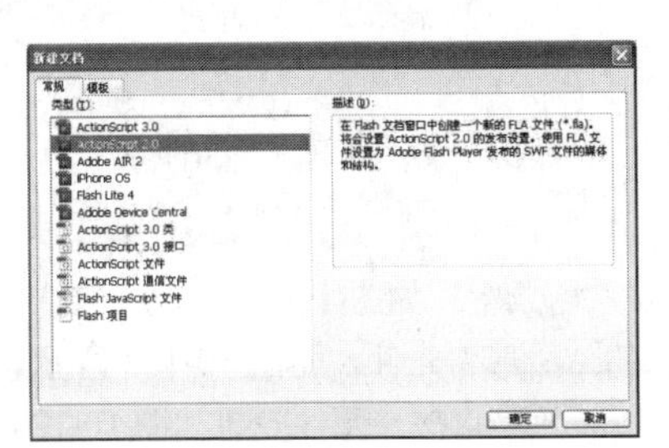

图 10-104　新建 Flash 文档

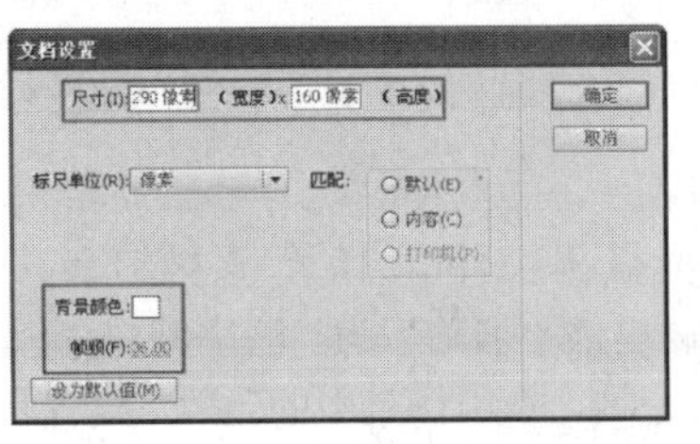

图 10-105　设置文档属性

图 10-106　“创建新元件”对话框

图 10-107　绘制矩形

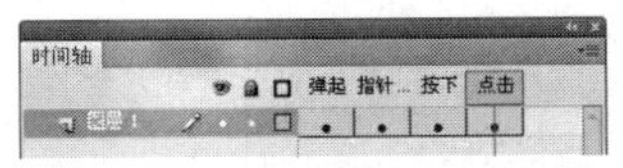

图 10-108　“时间轴”面板

图 10-109　“创建新元件”对话框

步骤 4 在弹出的“动作-帧”面板中输入如图 10-111 所示的脚本语言。在第 30 帧位置插入帧，新建“图层 2”，将“光盘\源文件\第 10 章\素材\s5.bmp”导入场景中，如图 10-112 所示。使用“矩形工具”在场景上绘制一个颜色为#FFFFFF 的矩形，按 F8 键，将图像转换成“名称”为“指向背景”的“图形”元件，场景效果如图 10-113 所示。

图 10-110　设置“实例名称”

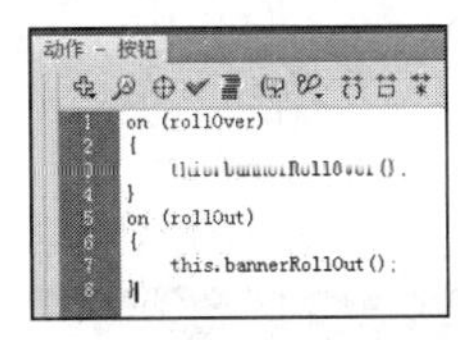

图 10-111　输入脚本语言

图 10-112　导入素材图像

图 10-113　场景效果

步骤 5 在“图层 3”中第 30 帧位置插入关键帧，选中元件，设置其 Alpha 值为 0%，元件效果如图 10-114 所示，“属性”面板如图 10-115 所示。在“时间轴”面板中“图层 3”第 1 帧位置创建“传统补间动画”。

步骤 6 新建“图层 4”，使用“矩形工具”在场景中绘制一个颜色为#C0DBB2 的矩形，如图 10-116 所示。在第 30 帧位置插入关键帧，使用“任意变形工具”调整矩形大小，如图 10-117 所示。在第 1 帧位置创建“补间形状”动画，在“图层 4”上单击右键，在弹出的菜单中选择“遮罩层”命令，如图 10-118 所示

图 10-114　元件效果

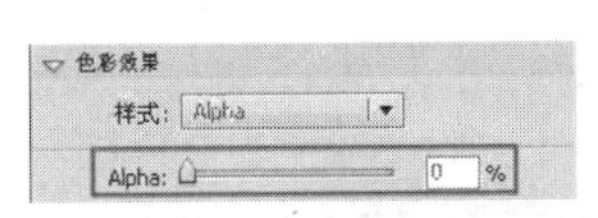

图 10-115　“属性”面板

图 10-116　绘制矩形

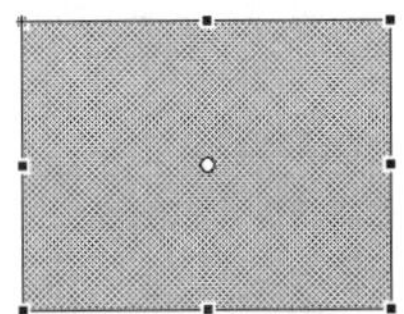

图 10-117　调整矩形

步骤 7 在“图层 2”上单击右键，在弹出的菜单中选择“属性”命令，设置“图层属性”对话框中参数，如图 10-119 所示。按同样的方法设置“图层 3”，完成后的“时间轴”面板如图 10-120 所示。

图 10-118　选择“遮罩层”选项

图 10-119　“图层属性”对话框

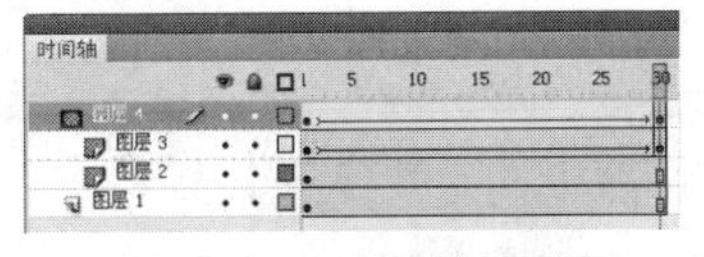

图 10-120　“时间轴”面板

技巧 选择要设置的图层，执行“修改>时间轴>图层属性”命令，可以打开“图层属性”对话框。

步骤 8 新建“图层 5”，将“光盘\源文件\第 10 章\素材\s1.jpg”导入场景中，如图 10-121 所示。选中导入的图像，将图像转换成“名称”为“清净雅居图像”的“图形”元件，如图 10-122 所示。

步骤 9 在第 15 帧位置插入关键帧，选中场景中的元件，设置其 Alpha 值为 0%，元件效果如图 10-123 所示。在第 16 帧位置插入空白关键帧，并在第 1 帧位置创建传统补间动画，如图 10-124 所示。

图 10-121　导入图像

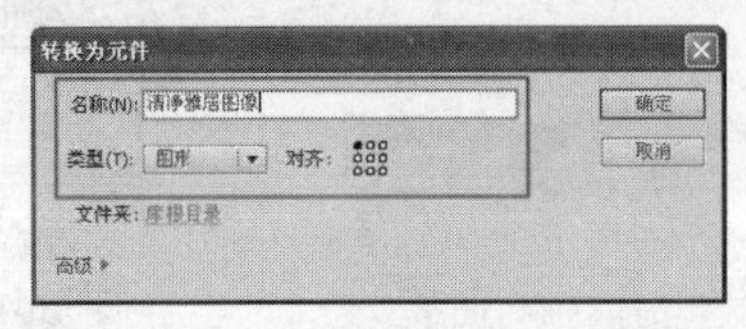

图 10-122　“转换为元件”对话框

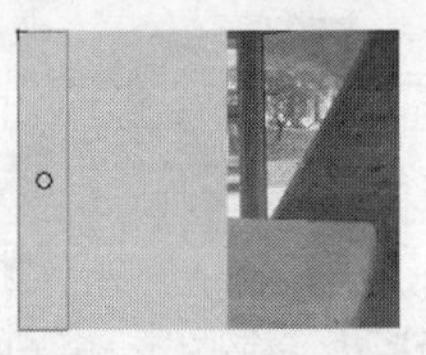

图 10-123　元件效果

步骤 10 新建“图层 6”，在“动作”面板中输入“stop();”脚本语言，完成后的“时间轴”面板如图 10-125 所示。参照前面的方法，制作其他元件，如图 10-126 所示。

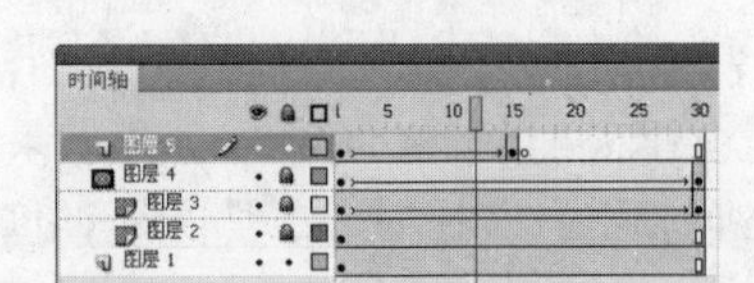

图 10-124　“时间轴”面板

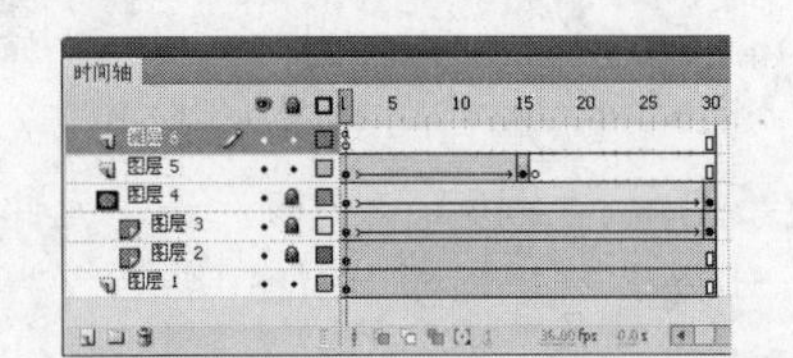

图 10-125　“时间轴”面板

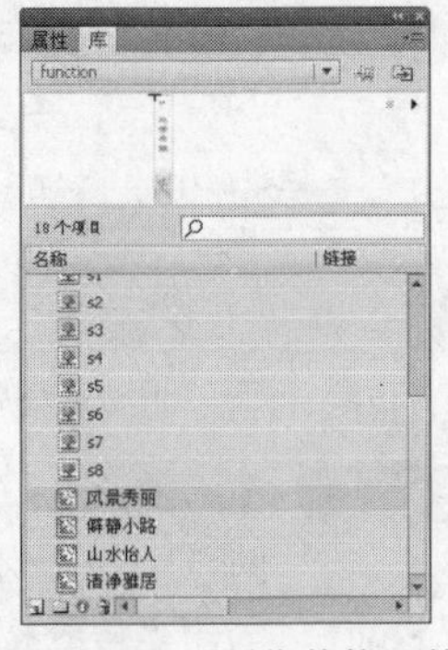

图 10-126　制作其他元件

步骤 11 返回“场景 1”编辑状态，将“清静雅居”元件从“库”面板中拖入场景中，如图 10-127 所示。设置其“属性”面板中“实例名称”为 bannerMc1，“属性”面板如图 10-128 所示。

步骤 12 参照“图层 1”的制作方法，新建“图层 2”、“图层 3”和“图层 4”，分别将“山水怡人”、“僻静小路”和“风景秀丽”元件拖入相应的图层中，并设置其“实例名称”，完成后的场景效果如图 10-129 所示。新建“图层 5”，在“动作”面板中输入如图 10-130 所示的脚本语言。

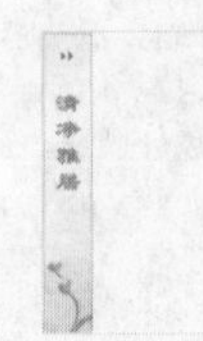

图 10-127　拖入元件

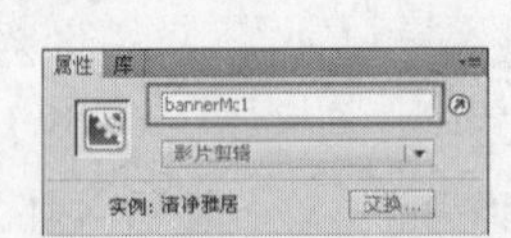

图 10-128　“属性”面板

图 10-129　场景效果

步骤 13 执行“文件>保存”命令，将动画保存为“光盘\源文件\第 10 章\利用 function()制作图片切换动画.fla”，按 Ctrl+Enter 键测试影片，动画效果如图 10-131 所示。

实例小结 本实例主要通过为“按钮”元件添加脚本语言，控制动画的播放，当光标经过某个“按钮”元件时，就会播放相应的元件，当点击了某个“按钮”元件时，即会链接到某个网站。

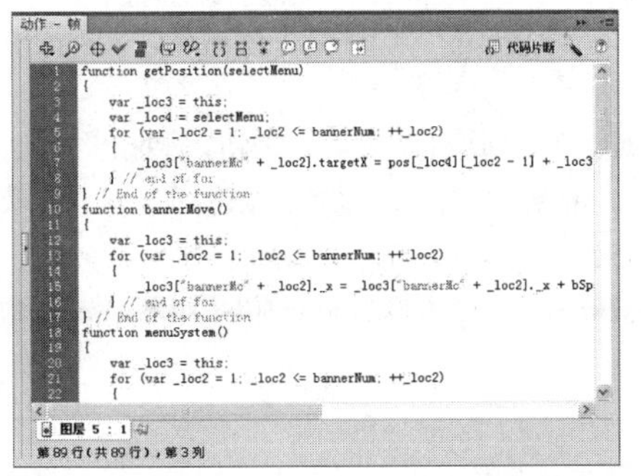

图 10-130　输入脚本语言

图 10-131　预览动画效果

Example 实例 154　利用脚本控制鼠标跟随

案例文件	光盘\源文件\第 10 章\利用脚本控制鼠标跟随.fla
视频文件	光盘\视频\第 10 章\利用脚本控制鼠标跟随.swf
难易程度	★☆☆☆☆
学习时间	15 分钟

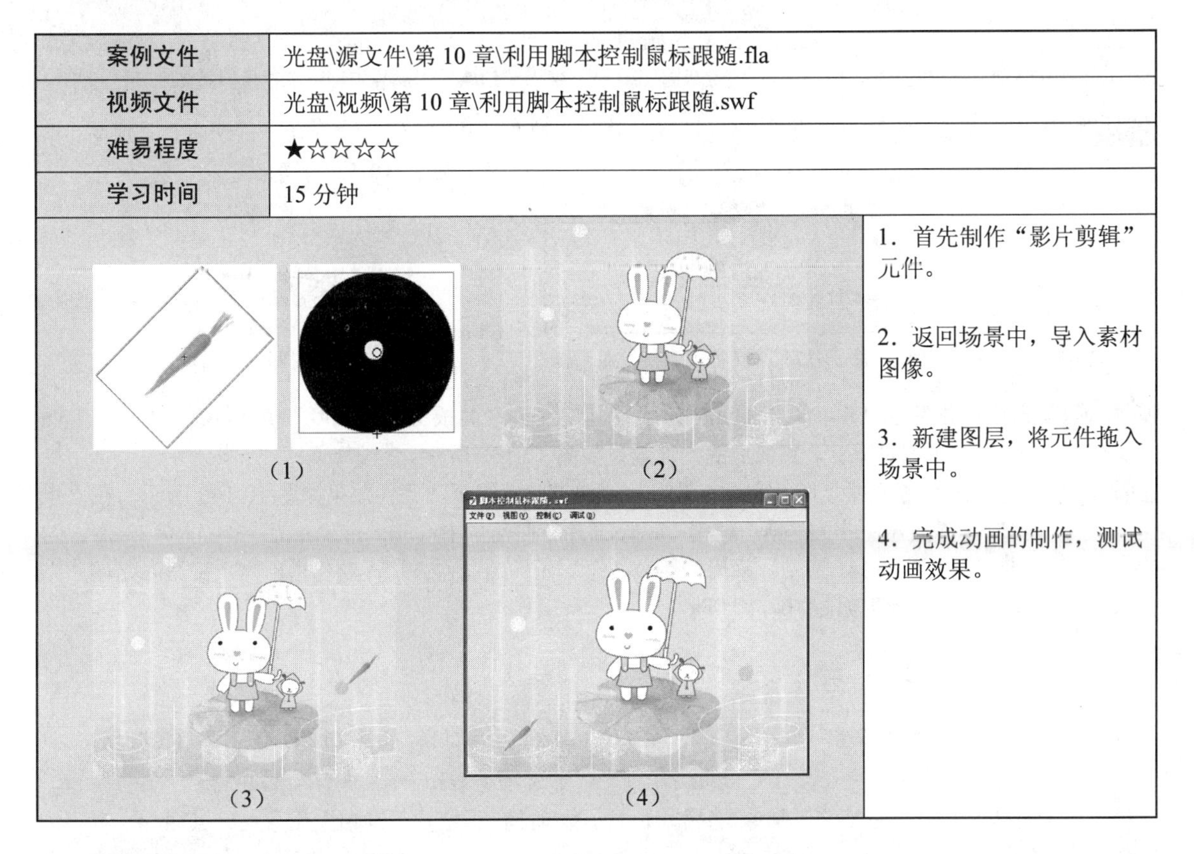

1．首先制作“影片剪辑”元件。

2．返回场景中，导入素材图像。

3．新建图层，将元件拖入场景中。

4．完成动画的制作，测试动画效果。

Example 实例 155　利用脚本控制声音的播放和停止

案例文件	光盘\源文件\第 10 章\利用脚本控制声音的播放和停止.fla
视频文件	光盘\视频\第 10 章\利用脚本控制声音的播放和停止.swf
难易程度	★★☆☆☆
学习时间	15 分钟
实例要点	➢　声音的导入与创建链接 ➢　“行为”的添加
实例目的	本实例将为声音设置链接，通过在“行为”面板中添加行为来控制音频的播放

操作步骤

步骤 1 新建一个 Flash 文档，如图 10-132 所示，单击“属性”面板的“编辑”按钮，弹出“文档设置”对话框，设置“尺寸”为 500 像素 × 275 像素，保持其他默认设置，如图 10-133 所示。

步骤 2 新建一个“名称”为“播放按钮”的“按钮”元件，如图 10-134 所示，执行“文件>导入>导入到舞台”命令，将“光盘\源文件\第 10 章\素材\tupian14.png”导入场景中，如图 10-135 所示。

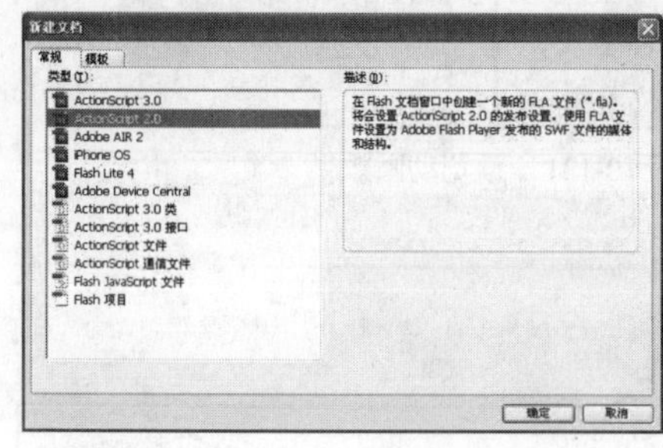

图 10-132　新建 Flash 文档

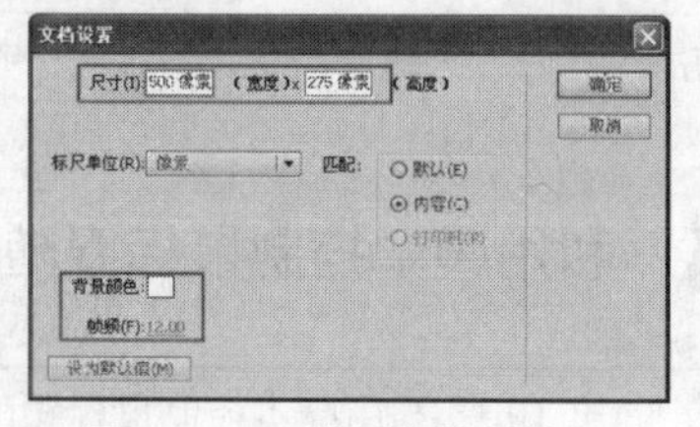

图 10-133　设置文档属性

图 10-134　“创建新元件”对话框

步骤 3 选中图像，将图像转换成“名称”为“播放”的“图形”元件，如图 10-136 所示。分别在“指针经过”和“按下”位置插入关键帧，“时间轴”面板如图 10-137 所示。

图 10-135　导入图像

图 10-136　“转换为元件”对话框

图 10-137　“时间轴”面板

步骤 4 选中“指针经过”状态下的元件，设置其“属性”面板上的“亮度”值为-20%，“属性”面板如图 10-138 所示，完成后的元件效果如图 10-139 所示。

步骤 5 按住 Shift 键使用“任意变形工具”将元件等比例缩小，元件效果如图 10-140 所示。在“点击”位置插入空白关键帧，使用“矩形工具”在场景中绘制一个尺寸为 33 像素 × 33 像素的矩形，如图 10-141 所示。采用“播放按钮”元件的制作方法，制作出“停止按钮”元件，完成后的元件效果如图 10-142 所示。

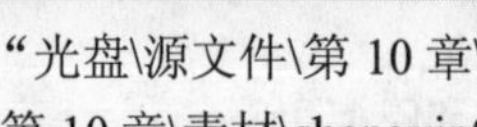

图 10-138　“属性”面板

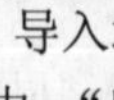

图 10-139　元件效果

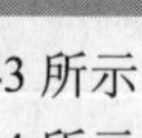

图 10-140　将元件等比例缩小

提示　在需要插入空白关键帧的位置单击，执行“插入>时间轴>空白关键帧”命令也可以插入一个空白关键帧。

步骤 6 将“光盘\源文件\第 10 章\素材\tupian13.jpg”导入场景中，如图 10-143 所示。将“光盘\源文件\第 10 章\素材\shengyin01.mp3”导入到库中，“库”面板如图 10-144 所示。

图 10-141　绘制矩形

图 10-142　元件效果

图 10-143　导入图像

步骤 7 在“库”面板中，右键单击 shengyin01.mp3，在弹出的菜单中选择“属性”命令，弹出如图 10-145 所示对话框。单击“高级”按钮，设置声音的证据属性，如图 10-146 所示。

图 10-144 “库”面板

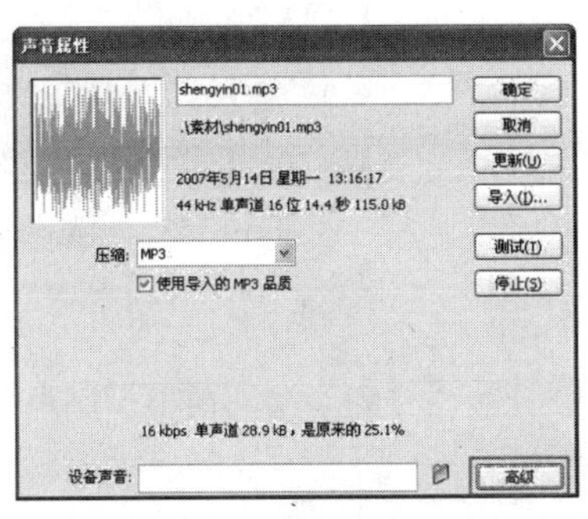

图 10-145 “声音属性”对话框

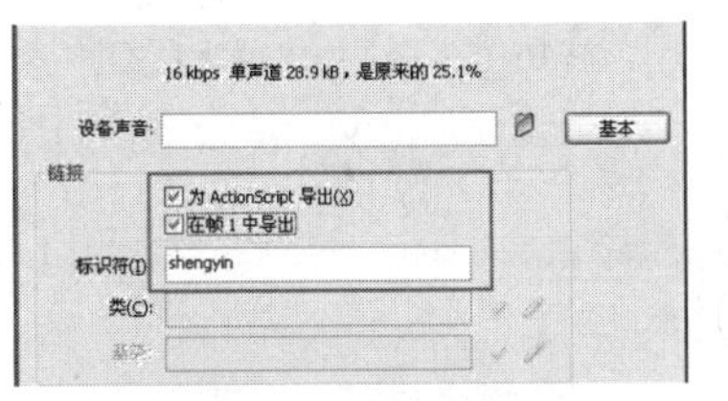

图 10-146 设置链接属性

> **提示** 通过对“库”面板中的元素进行链接，可以使用脚本在动画制作中直接调用，而无需将该元件拖入场景中。

步骤 8 新建“图层 2”，将“播放按钮”元件从“库”面板中拖入场景中，如图 10-147 所示。执行“窗口>行为”命令，打开“行为”面板，“行为”面板如图 10-148 所示。

> **技巧** 执行“窗口>行为”命令，可以打开“行为”面板，按键盘上的 Shift+F3 快捷键，也可以打开“行为”面板。

步骤 9 在“行为”面板中，单击“添加行为”按钮，在弹出的列表中选择“声音>从库加载声音”选项，如图 10-149 所示。在弹出的“从库加载声音”对话框中设置参数，如图 10-150 所示。

图 10-147 拖入元件

图 10-148 “行为”面板

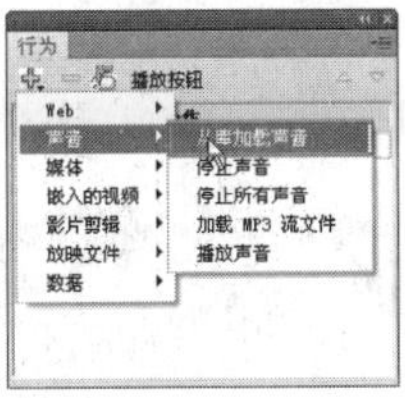

图 10-149 添加“从库加载声音”行为

步骤 10 新建“图层 3”，将“停止按钮”元件从“库”面板中拖入场景中，如图 10-151 所示。在打开的“行为”面板中，单击“添加行为”按钮，在弹出的列表中选择“声音>停止所有声音”选项，如图 10-152 所示，在弹出的“停止所有声音”对话框中，单击“确定”按钮。

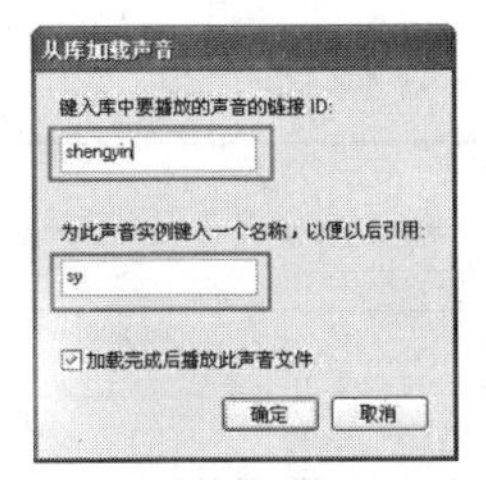

图 10-150 “从库加载声音”对话框

图 10-151 拖入元件

步骤 11 执行“文件>保存”命令，将动画保存为“光盘\源文件\第 10 章\利用脚本控制声音的播放和停止.fla”，按 Ctrl+Enter 键测试影片，动画效果如图 10-153 所示。

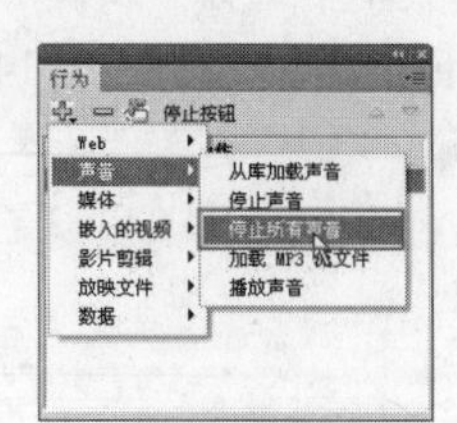

图 10-152 添加“停止所有声音”行为

图 10-153 预览动画效果

实例小结

通过本实例的学习，读者可初步掌握使用“行为”功能简单控制声音的播放和停止的方法。

Example 实例 156 利用脚本实现绽放礼花动画效果

案例文件	光盘\源文件\第 10 章\利用脚本实现绽放礼花动画效果.fla
视频文件	光盘\视频\第 10 章\利用脚本实现绽放礼花动画效果.swf
难易程度	★★☆☆☆
学习时间	20 分钟
（1） （2） （3） （4）	1．首先制作“影片剪辑”元件。 2．返回主场景中，导入素材图像。 3．新建图层，将元件拖入场景中。 4．完成动画的制作，测试动画效果。

Example 实例 157 利用脚本调用外部文件

案例文件	光盘\源文件\第 10 章\利用脚本调用外部文件.fla
视频文件	光盘\视频\第 10 章\利用脚本调用外部文件.swf
难易程度	★★☆☆☆
学习时间	10 分钟
实例要点	➢ “滤镜”的添加 ➢ 调用外部 swf 文件的脚本
实例目的	本实例利用脚本语言实现外部 swf 文件的调入

步骤 1 新建一个 Flash 文档，如图 10-154 所示，单击“属性”面板的“编辑”按钮，弹出“文档设置”对话框，设置“尺寸”为 510 像素 × 350 像素，“背景颜色”为#666666，“帧频”为 24，如图 10-155 所示。

步骤 2 单击 “矩形工具”按钮，设置“笔触颜色”为无，“填充颜色”为#FFFFFF，在场景中绘制一个矩形，如图 10-156 所示。按 F8 键，将图形转换成“名称”为“补间动画”的“影片剪辑”元件，如图 10-157 所示。

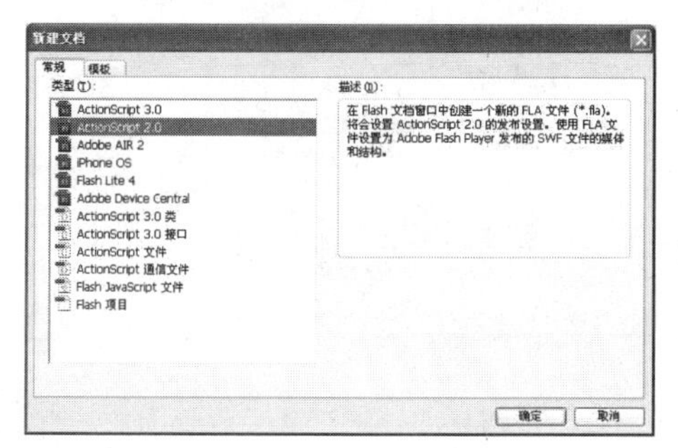

图 10-154　新建 Flash 文档

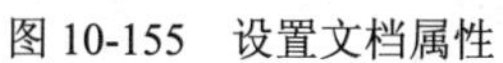
图 10-155　设置文档属性

图 10-156　绘制矩形

步骤 3 选中元件，设置“属性”面板中颜色“样式”为“高级”，设置对应的参数，如图 3-158 所示。为其添加“发光”滤镜，设置参数，如图 10-159 所示。

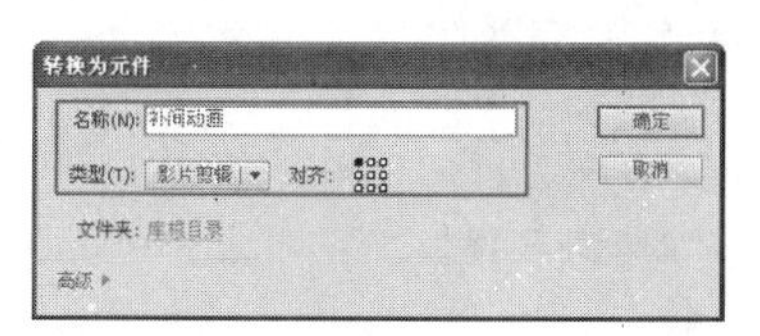

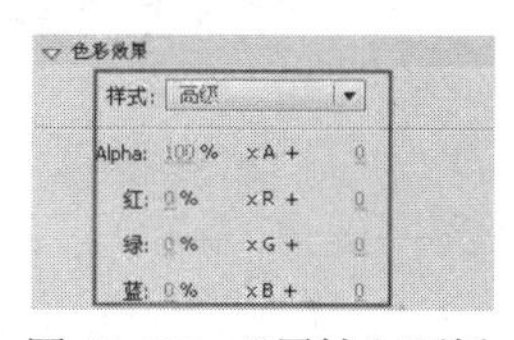

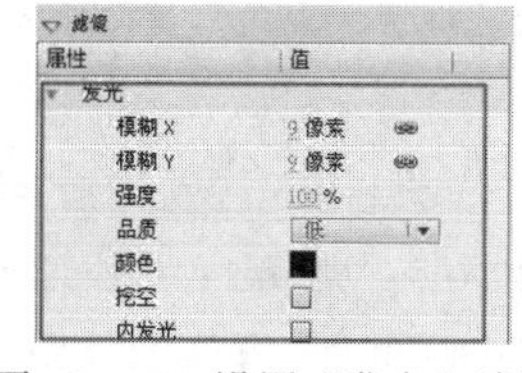

图 10-157　“转换为元件”对话框

图 10-158　“属性”面板

图 10-159　设置“发光”滤镜

技巧 在此实例中，不要在元件内部调整图形的颜色，否则补间动画中的元件颜色都会被改变，所以在此类情况中，一定要在元件外部调整颜色“样式”来改变颜色。

步骤 4 在第 20 帧位置插入关键帧，选中元件后，设置“属性”面板中颜色“样式”为“无”，如图 10-160 所示。使用“任意变形工具”将元件调整到如图 10-161 所示大小，在第 60 帧位置插入帧，在第 1 帧创建传统补间动画。

步骤 5 新建“图层 2”，在第 20 帧位置插入关键帧，将“光盘\源文件\第 10 章\素材\ tupian16.jpg”导入场景中，调整图像在场景中的位置，如图 10-162 所示。在第 35 帧位置插入关键帧，设置第 20 帧场景中元件的 Alpha 值为 0%，场景效果如图 10-163 所示，在第 20 帧位置创建“传统补间动画”。

图 10-160　“属性”面板

图 10-161　调整元件

图 10-162　导入图像

步骤 6 新建“图层 3”，在第 60 帧位置插入关键帧，在第 1 帧创建传统补间动画，打开“行为”面板，单击“添加行为”按钮，在弹出的下拉列表中选择“影片剪辑>加载外部影片剪辑”选项，如图 10-164 所示。在弹出的“加载外部影片剪辑”对话框中，输入要加载的外部 swf 文件的地址，如图 10-165 所示，完成后的“时间轴”面板如图 10-166 所示。

图 10-163　场景效果

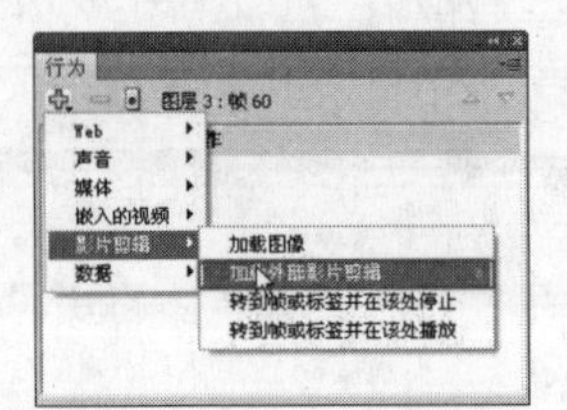

图 10-164 “行为”面板

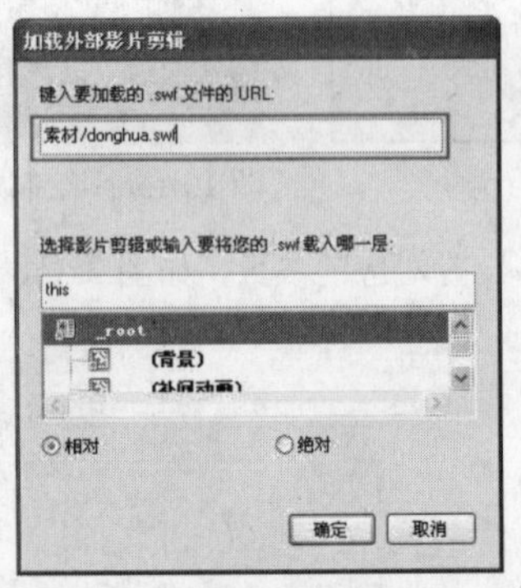

图 10-165 “加载外部影片剪辑”对话框

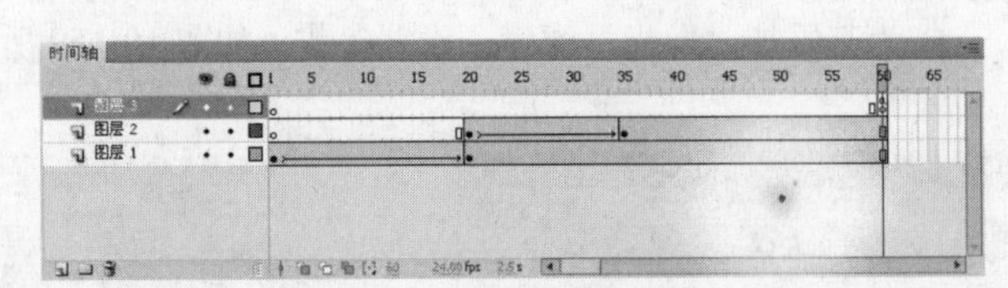

图 10-166 “时间轴”面板

步骤 7 执行“文件>保存”命令，将动画保存为“光盘\源文件\第 10 章\利用脚本调用外部文件.fla”，按 Ctrl+Enter 键测试影片，动画效果如图 10-167 所示。

图 10-167　预览动画效果

实例小结

本实例的重点是利用“行为”将外部 swf 文件调入，通过本实例的学习，读者应掌握同时调用多个 Flash 文件的方法。

Example 实例 158 利用脚本控制文本滚动

案例文件	光盘\源文件\第 10 章\利用脚本控制文本滚动.fla
视频文件	光盘\视频\第 10 章\利用脚本控制文本滚动.swf
难易程度	★★☆☆☆
学习时间	25 分钟

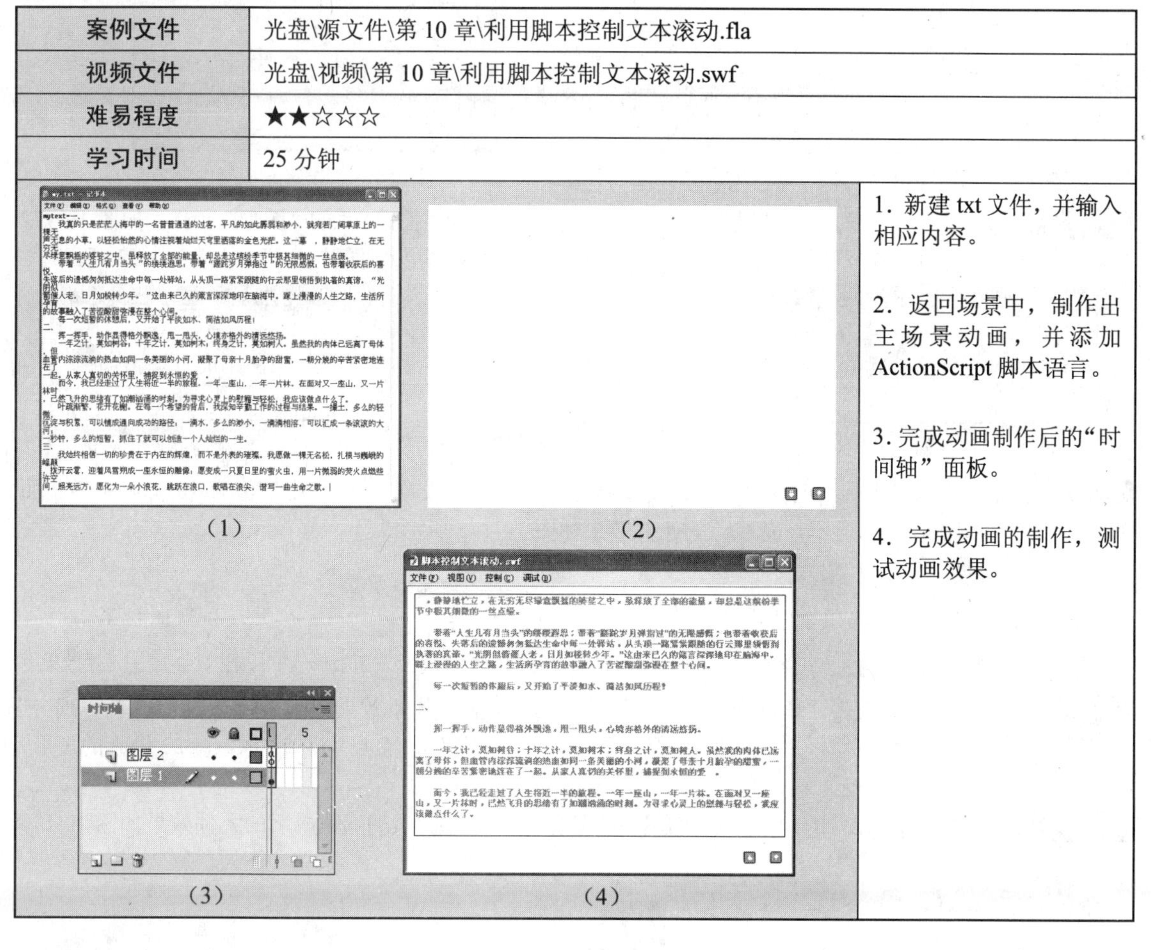

（1）　（2）　（3）　（4）

1. 新建 txt 文件，并输入相应内容。

2. 返回场景中，制作出主场景动画，并添加 ActionScript 脚本语言。

3. 完成动画制作后的“时间轴”面板。

4. 完成动画的制作，测试动画效果。

Example 实例 159 利用脚本控制视频

案例文件	光盘\源文件\第 10 章\利用脚本控制视频.fla
视频文件	光盘\视频\第 10 章\利用脚本控制视频.swf
难易程度	★★☆☆☆
学习时间	20 分钟
实例要点	➢ 视频的导入 ➢ 图层的设置
实例目的	本实例，利用脚本语言控制视频的播放和停止

操作步骤

步骤 1 新建一个 Flash 文档，如图 10-168 所示，单击“属性”面板的“编辑”按钮，弹出“文档设置”对话框，设置“尺寸”为 285 像素 × 194 像素，保持其他默认设置，如图 10-169 所示。

步骤 2 新建一个“名称”为“播放”的“按钮”元件，如图 10-170 所示。将“光盘\源文件\第 10 章\素材\tupian18.png”导入场景中，如图 10-171 所示。

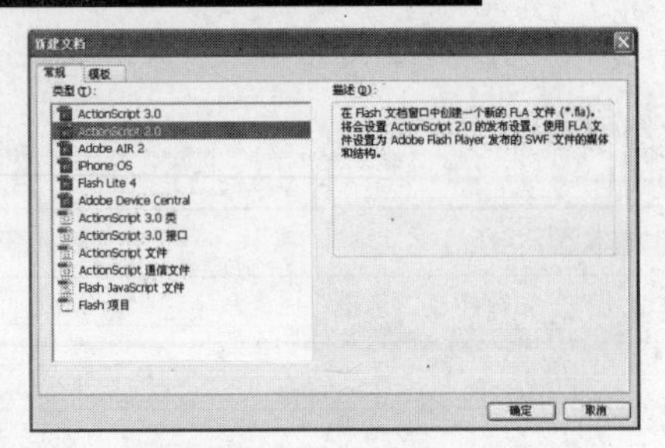

图 10-168　新建 Flash 文档

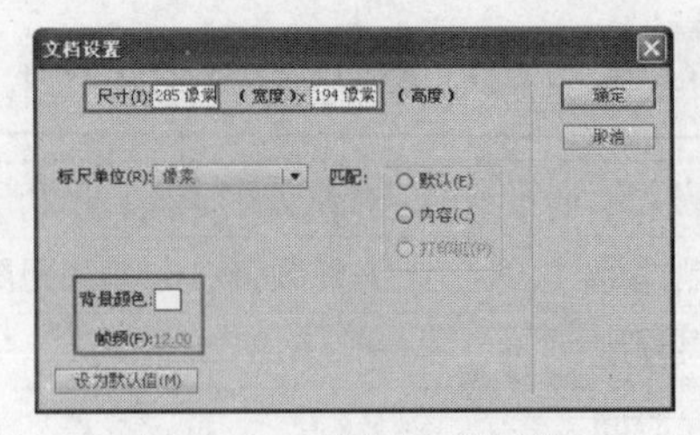

图 10-169　设置文档属性

步骤 3 选中导入的图像，按 F8 键，将图像转换成“名称”为“按钮 1”的“图形”元件，如图 10-172 所示。分别在“指针经过”和“按下”位置插入关键帧，“时间轴”面板如图 10-173 所示。

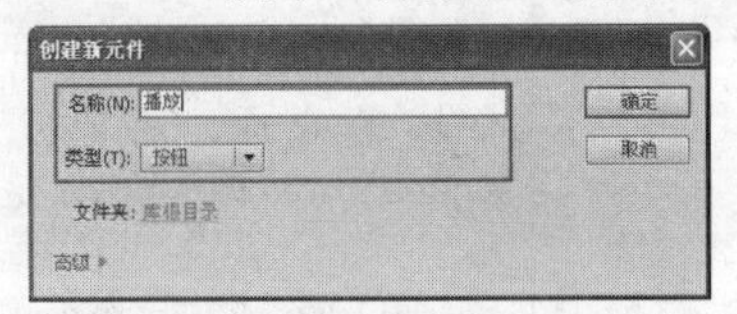

图 10-170　“创建新元件”对话框

图 10-171　导入图像

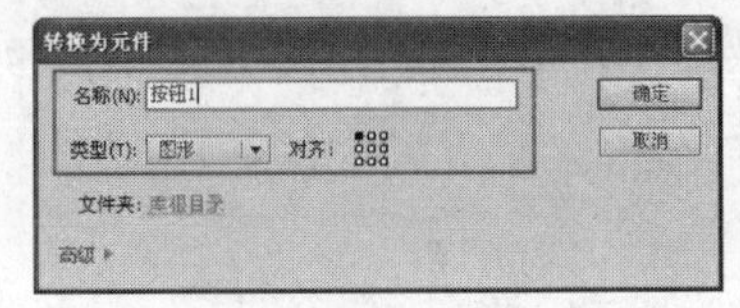

图 10-172　“转换为元件”对话框

步骤 4 使用“选择工具”选择“指针经过”状态中的元件，设置其 “亮度”值为-10%，“属性”面板如图 10-174 所示，完成后的元件效果如图 10-175 所示。

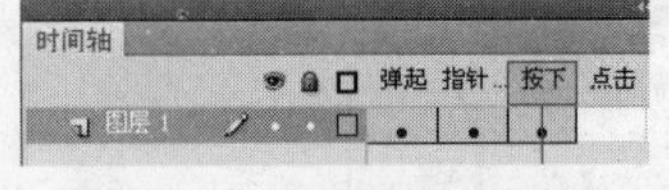

图 10-173　“时间轴”面板

图 10-174　“属性”面板

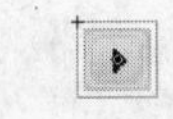

图 10-175　元件效果

步骤 5 按住 Shift 键使用“任意变形工具”等比例缩小元件，场景效果如图 10-176 所示。在“点击”位置插入空白关键帧，使用“矩形工具”在场景中绘制一个尺寸为 24 像素 × 22 像素的矩形，如图 10-177 所示。

步骤 6 采用“播放”元件的制作方法，制作出“暂停”和“停止”元件，完成后的元件效果如图 10-178 所示。

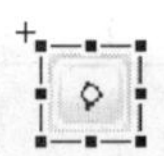

图 10-176　将元件等比例缩小

图 10-177　绘制矩形

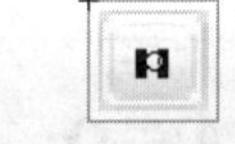

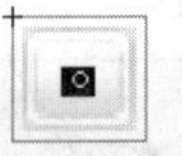

图 10-178　完成后的元件效果

步骤 7 新建一个“名称”为“视频”，“类型”为“影片剪辑”的元件，如图 10-179 所示。执行“文件>导入>导入视频”命令，在弹出的“导入视频”对话框中单击“浏览”按钮，选择“光盘\源文件\第 10 章\素材\野牛绍介.flv”，如图 10-180 所示。

图 10-179　“创建新元件”对话框

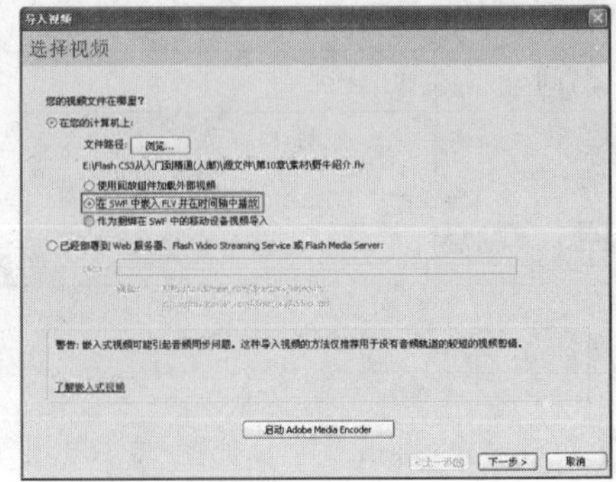

图 10-180　“导入视频”对话框

步骤 8 单击“下一步”按钮，进入“嵌入”对话框，单击“下一步”按钮，如图 10-181 所示，进入“完成视频导入”面板，单击“完成”按钮，如图 10-182 所法。

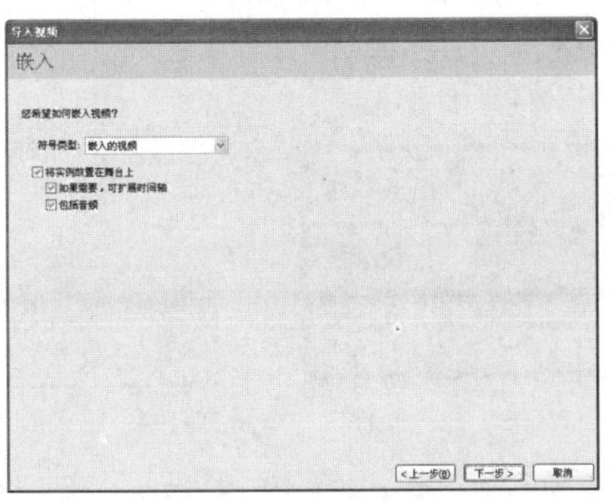

图 10-181 “嵌入”面板

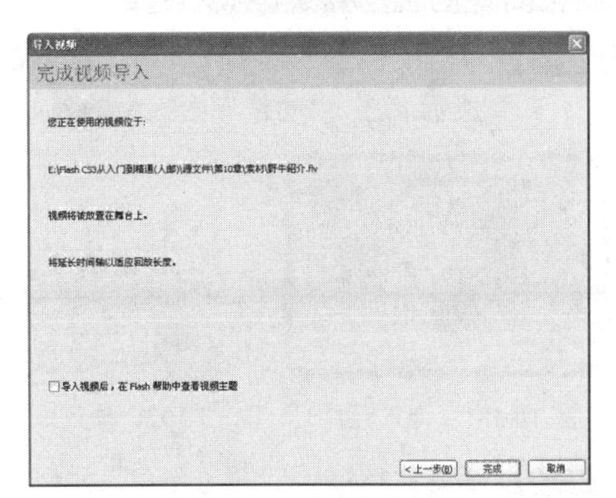

图 10-182　完成视频导入

提示　执行“文件>导入>导入视频”命令，可以将视频文件导入 Flash 中，按键盘上的 Ctrl+R 快捷键，在弹出的“导入”对话框中选择要导入的视频，单击“打开”按钮，在弹出的“导入视频”对话框中一步一步地设置，也可以将视频导入 Flash 中。

步骤 9　完成后的场景效果，如图 10-183 所示，新建“图层 2”，在第 1 帧位置单击，在“动作”面板中输入“stop();”脚本语言，如图 10-184 所示。

步骤 10　返回“场景 1”编辑状态，将“光盘\源文件\第 10 章\素材\tupian17.png”导入场景中，如图 10-185 所示，新建“图层 2”将“视频”元件从“库”面板中拖入场景中，按住 Shift 键使用“任意变形工具”将视频元件等比例缩小，如图 10-186 所示。

图 10-183　场景效果

图 10-184　输入脚本语言

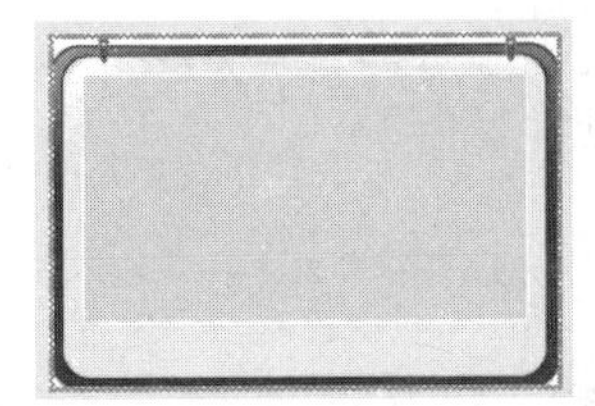

图 10-185　导入图像

图 10-186　拖入元件并缩小

步骤 11　选中“视频”元件，设置其“属性”面板中“实例名称”为 shipin，如图 10-187 所示。单击“图层 2”上的“显示/隐藏图层”按钮，将“图层 2”隐藏，“时间轴”面板如图 10-188 所示。

步骤 12　新建“图层 3”，使用“矩形工具”在场景中绘制一个尺寸为 244 像素 × 132 像素的矩形，场景效果如图 10-189 所示。将“图层 2”显示出来，将“图层 3”设置为“图层 2”的遮罩层，“时间轴”面板如图 10-190 所示。

图 10-187 “属性”面板

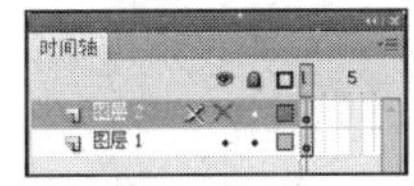

图 10-188 “时间轴”面板

图 10-189　绘制矩形

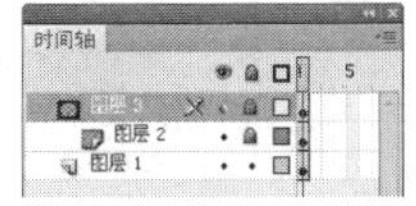

图 10-190 “时间轴”面板

步骤 13　新建“图层 4”，将“播放”元件从“库”面板中拖入场景中，场景效果如图 10-191 所示。在“动作”面板中输入如图 10-192 所示的脚本语言。

提示　在控制视频时，不仅可以在“动作”面板中添加脚本来控制视频，还可以通过在“行为”面板中添加行为，利用行为控制视频的播放和停止。

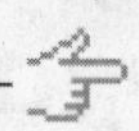

步骤 14 新建“图层5”，打开“库”面板，将“暂停”元件从“库”面板中拖入场景中，如图10-193所示，在 “动作”面板中输入如图10-194所示的脚本语言。

图10-191 拖入元件

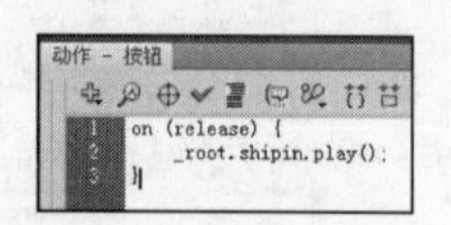

图10-192 输入脚本语言

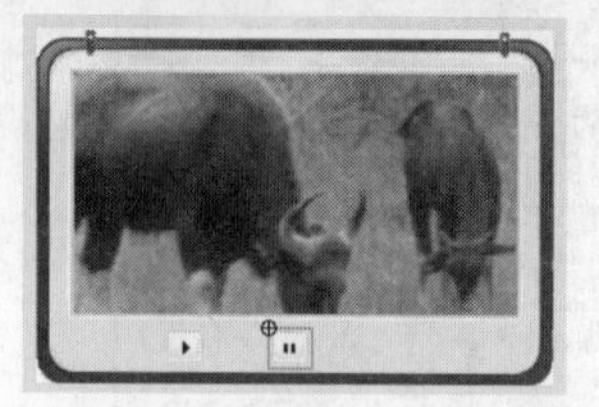

图10-193 拖入元件

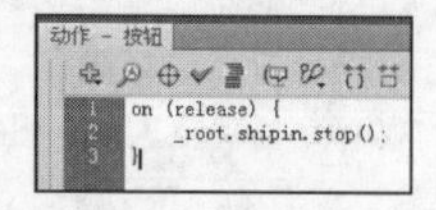

图10-194 输入脚本语言

步骤 15 新建“图层6”，将“停止”元件从“库”面板中拖入场景中，如图10-195所示，在 “动作”面板中输入如图10-196所示的脚本语言。

步骤 16 执行“文件>保存”命令，将动画保存为“光盘\源文件\第 10 章\利用脚本控制视频.fla”，按Ctrl+Enter键测试影片，动画效果如图10-197所示。

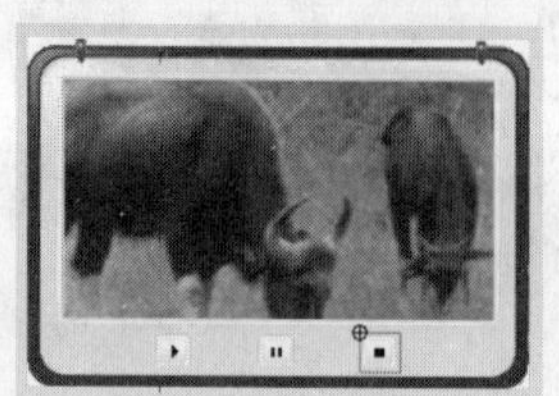

图10-195 拖入元件

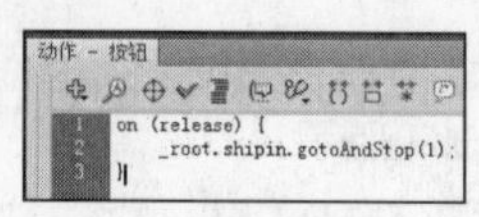

图10-196 输入脚本语言

图10-197 预览动画效果

实例小结

本实例主要通过脚本控制视频，经过本实例的学习，读者在了解到脚本不仅可以控制影片剪辑、声音等，还可以控制视频。

Example 实例 160 利用脚本控制人物走动

案例文件	光盘\源文件\第 10 章\利用脚本控制人物走动.fla
视频文件	光盘\视频\第 10 章\利用脚本控制人物走动.swf
难易程度	★★☆☆☆
学习时间	15 分钟

（1） （2） （3） （4）

您选择的方向是：

您选择的方向是：左

1．首先制作“影片剪辑”元件，并为元件设置链接。

2．返回场景中，导入素材图像。

3．新建图层，输入文字，绘制动态文本框。

4．完成动画的制作，测试动画效果。

Example 实例 161　利用 getURL()为 Flash 动画设置链接

案例文件	光盘\源文件\第 10 章\利用 getURL()为 Flash 动画设置链接.fla
视频文件	光盘\视频\第 10 章\利用 getURL()为 Flash 动画设置链接.swf
难易程度	★★☆☆☆
学习时间	10 分钟
实例要点	➢ 文本的应用 ➢ getURL()的应用
实例目的	本实例将使用 getURL()函数实现当点击某个按钮时，跳转到不同的网页中

操作步骤

步骤 1 执行“文件>打开”命令，打开“光盘\源文件\第 10 章\素材\素材 01.fla”，如图 10-198 所示。新建一个“名称”为“按钮 1”，“类型”为“按钮”的元件，如图 10-199 所示。

步骤 2 单击“矩形工具”按钮，设置其“属性”面板中“笔触颜色”为“无”，“填充颜色”为#FFFF99，“矩形圆角半径”为 8，如图 10-200 所示。在场景中绘制一个尺寸为 85 像素 × 30 像素的圆角矩形，场景效果如图 10-201 所示。

图 10-198　打开文件

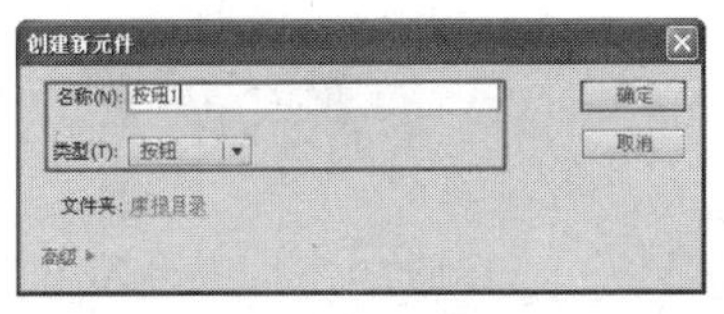

图 10-199　“创建新元件”对话框

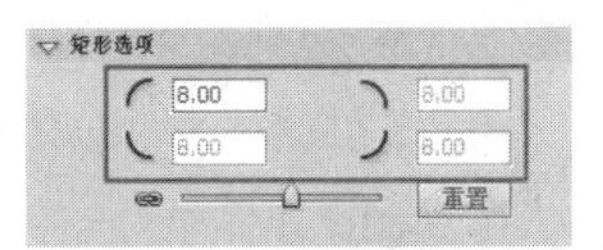

图 10-200　“属性”面板

> **技巧**　在绘制矩形的同时，按上、下方向键，可以调整矩形圆角半径的大小。

步骤 3 分别在“指针经过”、“按下”和“点击”位置插入关键帧，选中“指针经过”状态下的圆角矩形，修改其填充颜色为#CCCC00，完成后的场景效果如图 10-202 所示。选中“按下”状态下的圆角矩形，使用“任意变形工具”将“按下”状态下的图形缩小，场景效果如图 10-203 所示。

图 10-201　绘制圆角矩形

图 10-202　调整圆角矩形的填充颜色

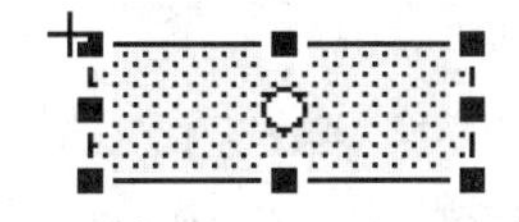
图 10-203　将图形缩小

步骤 4 将“光盘\源文件\第 10 章\素材\shengyin02.mp3”和“shengyin03.mp3”导入“库”面板中，在“指针经过”状态下设置其“属性”面板中“声音”名称为 shengyin02.mp3，保持其他默认设置，“属性”面板如图 10-204 所示，“时间轴”面板如图 10-205 所示。

步骤 5 在“按下”状态下设置其“属性”面板中“声音”名称为 shengyin03.mp3，保持其他默认设置，“属性”面板如图 10-206 所示，完成后的“时间轴”面板如图 10-207 所示。

步骤 6 新建“图层 2”，单击“文本工具”，设置其“属性”面板中“字体”为“经典粗圆简”，“大小”为 15，“颜色”为#000000，“属性”面板如图 10-208 所示，在场景中输入如图 10-209 所示文本。

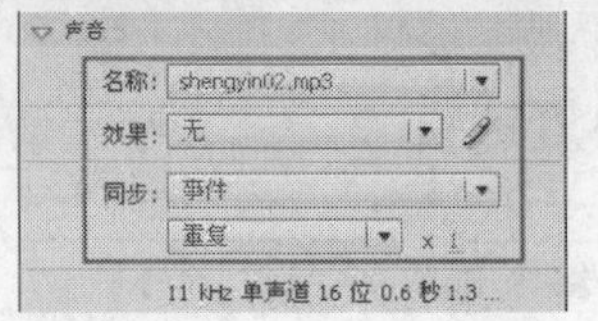
图 10-204 “属性”面板

图 10-205 “时间轴”面板

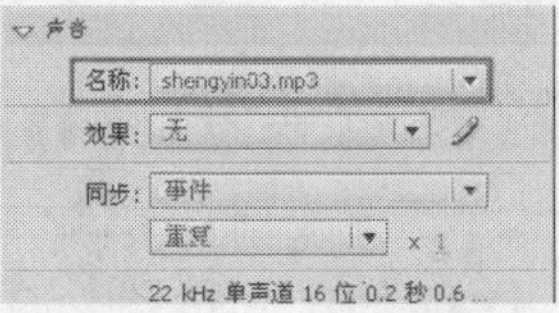
图 10-206 “属性”面板

图 10-207 “时间轴”面板

图 10-208 “属性”面板

图 10-209 输入文本

技巧 在输入法为英文的状态下，按键盘上的 T 键也可以切换到“文本工具”的使用状态。

步骤 7 采用“按钮 1”元件的制作方法，制作出“按钮 2”和“按钮 3”元件，完成后的元件效果如图 10-210 所示。

步骤 8 返回“场景 1”编辑状态，新建“图层 6”，将“按钮 1”元件从“库”面板中拖入场景中，场景效果如图 10-211 所示。在“动作”面板中输入如图 10-212 所示的脚本语言。

图 10-210 完成后的元件效果

图 10-211 拖入元件

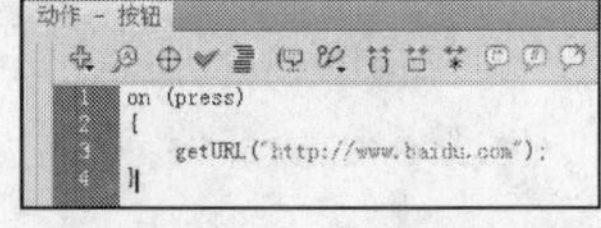

图 10-212 输入脚本语言

步骤 9 新建“图层 7”，将“按钮 2”元件从“库”面板中拖入场景中，场景效果如图 10-213 所示。在“动作”面板中输入如图 10-214 所示的脚本语言。

步骤 10 单击“时间轴”面板中“插入图层”按钮，新建“图层 8”，打开“库”面板，将“按钮 3”元件从“库”面板中拖入场景中，场景效果如图 10-215 所示。在“动作”面板中输入如图 10-216 所示的脚本语言。

图 10-213 拖入元件

图 10-214 输入脚本语言

图 10-215 拖入元件

步骤 11 执行“文件>另存为”命令，将动画另存为“光盘\源文件\第 10 章\利用 getURL()为 Flash 动画设置链接.fla”，按 Ctrl+Enter 键测试影片，动画效果如图 10-217 所示。

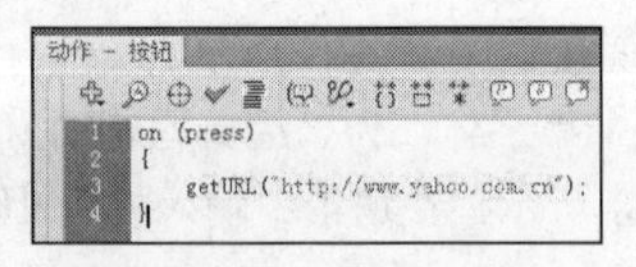

图 10-216 输入脚本语言

图 10-217 预览动画效果

实例小结

本实例通过在不同的按钮上添加脚本语言，实现当点击某个按钮时，转到相应的网站中的效果，读者也可以根据自己的需要，更改链接地址。

Example 实例 162　利用脚本实现放大镜动画效果

案例文件	光盘\源文件\第 10 章\利用脚本实现放大镜动画效果.fla
视频文件	光盘\视频\第 10 章\利用脚本实现放大镜动画效果.swf
难易程度	★★☆☆☆
学习时间	25 分钟

（1）　（2）　（3）　（4）

1. 制作“场景动画”元件。

2. 制作“放大镜”元件。

3. 将“放大镜”元件拖入场景中。

4. 完成动画的制作，测试动画效果。

Example 实例 163　root()函数的应用

案例文件	光盘\源文件\第 10 章\root()函数的应用.fla
视频文件	光盘\视频\第 10 章\root()函数的应用.swf
难易程度	★★★☆☆
学习时间	30 分钟
实例要点	➢ 逐帧动画的应用 ➢ 遮罩层的应用
实例目的	本实例将使用 root()函数控制动画的播放层级，当光标经过某个元件时，即播放相应的元件

操作步骤

步骤 1 新建一个 Flash 文档，如图 10-218 所示，单击“属性”面板的“编辑”按钮，弹出“文档设置”对话框，设置“尺寸”为 1000 像素 × 140 像素，保持其他默认设置，如图 10-219 所示。

步骤 2 新建一个“名称”为“卡通动画 1”的“影片剪辑”元件，如图 10-220 所示。将“光盘\源文件\第 10 章\素材\katong1-1.png”导入场景中，在弹出的对话框中单击“是”按钮，场景效果如图 10-221 所示，“时间轴”面板如图 10-222 所示。

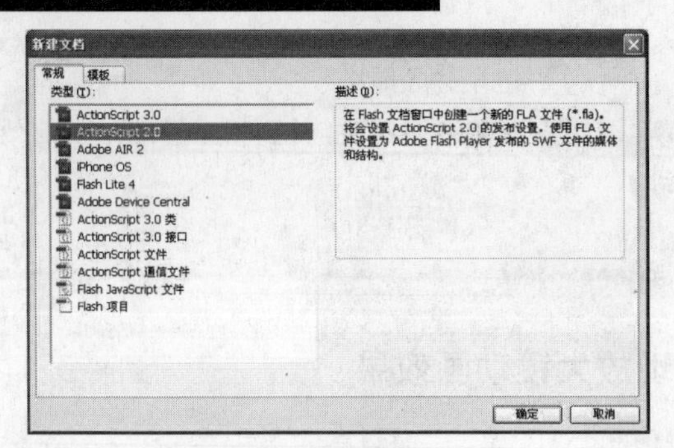
图 10-218 新建 Flash 文档

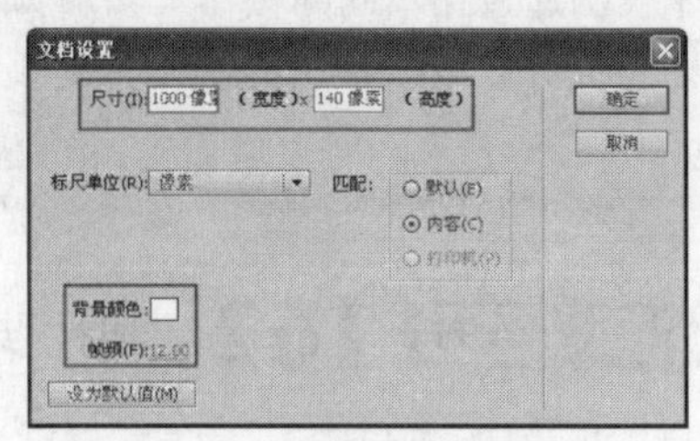
图 10-219 设置“文档属性”

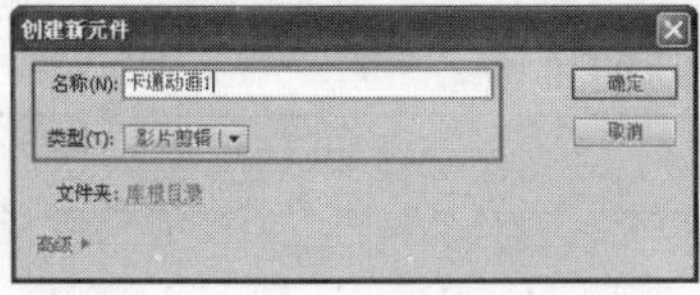
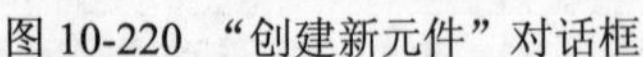
图 10-220 “创建新元件”对话框

图 10-221 场景效果

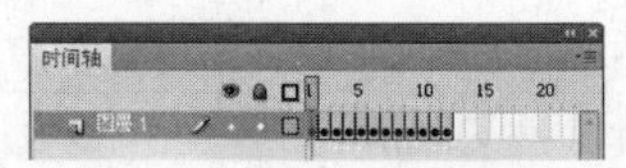
图 10-222 “时间轴”面板

步骤 3 采用“卡通动画 1”元件的制作方法，制作出“卡通动画 2”、“卡通动画 3”、“卡通动画 4”、“卡通动画 5”和“卡通动画 6”元件，完成后的元件效果如图 10-223 所示。

图 10-223 完成后的元件效果

步骤 4 新建一个“名称”为“卡通入场 1”的“影片剪辑”元件，如图 10-224 所示。单击“椭圆工具”按钮，设置其“属性”面板中“笔触颜色”为“无”，“填充颜色”为#003690，在场景中绘制一个尺寸为 62 像素 × 17 像素的椭圆，如图 10-225 所示。

步骤 5 选中椭圆，将椭圆转换成“名称”为“椭圆”的“图形”元件，在第 5 帧位置插入关键帧，按住 Shift 键使用“任意变形工具”将第 1 帧上的元件等比例缩小，场景效果如图 10-226 所示。在第 1 帧位置创建传统补间动画，在第 10 帧位置插入帧，“时间轴”面板如图 10-227 所示。

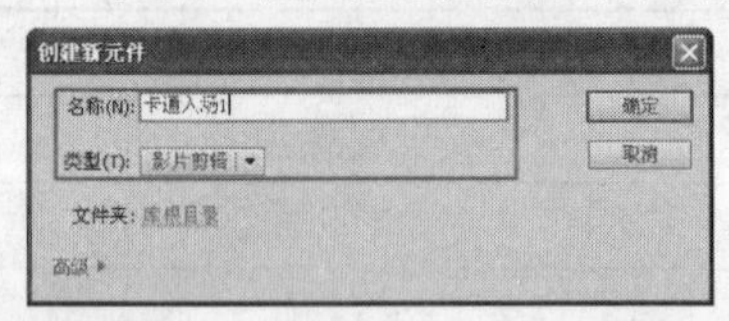
图 10-224 “创建新元件”对话框

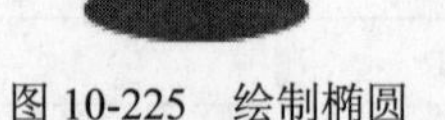
图 10-225 绘制椭圆

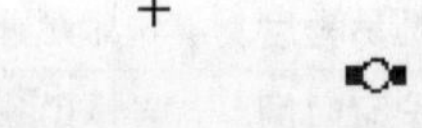
图 10-226 将元件等比例缩小

步骤 6 新建“图层 2”，在第 5 帧位置插入关键帧，将“卡通动画 1”元件从“库”面板中拖入场景中，如图 10-228 所示。分别在第 8 帧和第 10 帧位置插入关键帧，“时间轴”面板如图 10-229 所示。

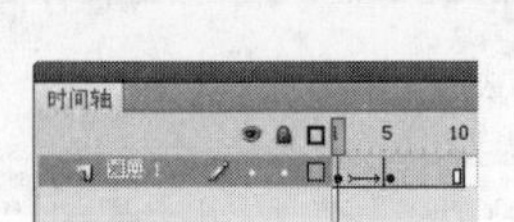
图 10-227 “时间轴”面板

图 10-228 拖入元件

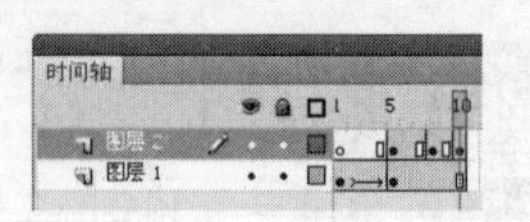
图 10-229 “时间轴”面板

步骤 7 使用“选择工具”将第 5 帧场景中的元件垂直向下移动，场景效果如图 10-230 所示。再次使用“选择工具”将第 10 帧场景中的元件垂直向下移动，场景效果如图 10-231 所示，分别在第 5 帧和第 8 帧位置创建传统补间动画。

步骤 8 新建“图层 3”，在第 5 帧位置插入关键帧，使用“矩形工具”在场景中绘制一个尺寸为 65 像素 × 85 像素的矩形，场景效果如图 10-232 所示。将“图层 3”设置为“图层 2”的遮罩层，完成后的“时间轴”面板如图 10-233 所示。

图 10-230 将元件垂直向下移动

图 10-231 将元件垂直向下移动

图 10-232 绘制矩形

步骤 9 新建“图层 4”，在第 1 帧位置单击，在“动作”面板中输入“stop();”脚本语言，如图 10-234 所示。在第 10 帧位置插入关键帧，在“动作”面板中输“入 stop();”脚本语言，完成后的“时间轴”面板如图 10-235 所示。

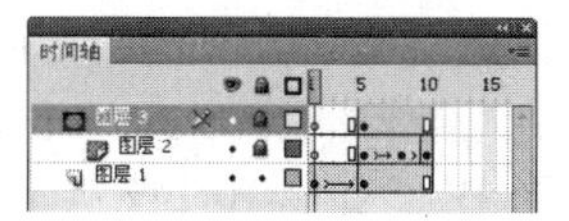

图 10-233 “时间轴”面板

图 10-234 输入脚本语言

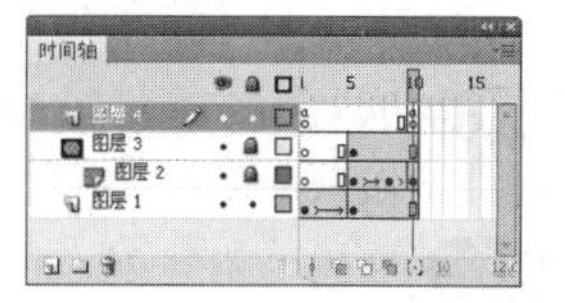

图 10-235 “时间轴”面板

步骤 10 采用“卡通入场 1”元件的制作方法，制作出“卡通入场 2”、“卡通入场 3”、“卡通入场 4”、“卡通入场 5”和“卡通入场 6”元件，完成后的元件效果如图 10-236 所示。

图 10-236 完成后的元件效果

步骤 11 新建一个“名称”为“下载专区”的“按钮”元件，如图 10-237 所示，将“光盘\源文件\第 10 章\素材\sucai2.png”导入场景中，如图 10-238 所示。

步骤 12 选中导入的图像，将图像转换成“名称”为“下载专区文字”的“图形”元件，如图 10-239 所示。分别在“指针经过”、“按下”和“点击”位置插入关键帧，“时间轴”面板如图 10-240 所示。

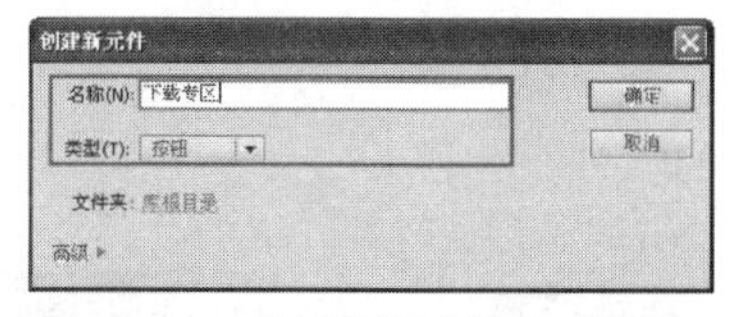

图 10-237 “创建新元件”对话框

图 10-238 导入图像

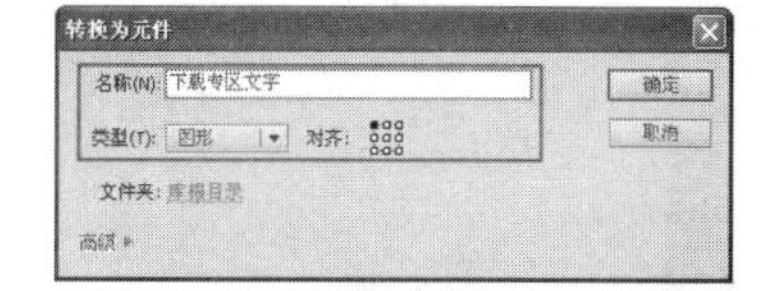

图 10-239 “转换为元件”对话框

步骤 13 选择“指针经过”状态中的元件，设置其亮度为-10%，完成后的元件效果如图 10-241 所示，选择“按下”状态下的元件，按住 Shift 键使用“任意变形工具”将“按下”状态中的元件等比例缩小，元件效果如图 10-242 所示。

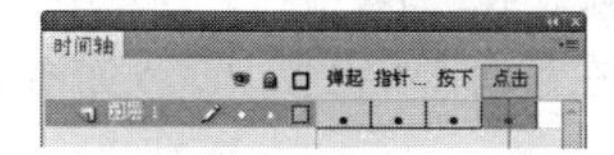

图 10-240 “时间轴”面板

图 10-241 元件效果

图 10-242 将元件等比例缩小

> **技巧** 在使用“任意变形工具”调整元件、图像或图形时，如果按住 Shift 键，则将等比例扩大或缩小对象，如果按住 Alt 键拖动对象，则将复制该对象。

步骤 14 新建一个“名称”为“整体按钮 1”的“影片剪辑”元件，如图 10-243 所示。将“下载专区”

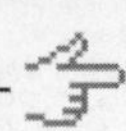

元件从“库”面板中拖入场景中，如图 10-244 所示。

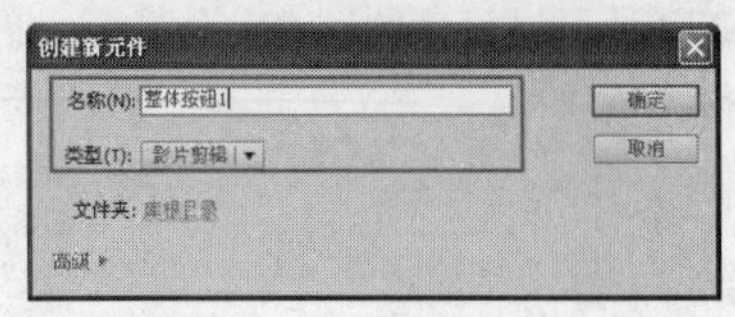

图 10-243 “创建新元件”对话框

图 10-244 拖入元件

步骤 15 采用“整体按钮 1”元件的制作方法，制作出“整体按钮 2”、“整体按钮 3”、“整体按钮 4”、“整体按钮 5”和“整体按钮 6”元件，完成后的元件效果如图 10-245 所示。

图 10-245 完成后的元件效果

步骤 16 返回“场景 1”编辑状态，将“光盘\源文件\第 10 章\素材\sucai1.jpg”导入场景中，如图 10-246 所示。

步骤 17 新建“图层 2”，将“整体按钮 2”元件从“库”面板中拖入场景中，如图 10-247 所示。设置其“属性”面板中“实例名称”为 bx1，在“动作”面板中输入如图 10-248 所示的脚本语言。

图 10-246 导入图像

图 10-247 拖入元件

步骤 18 新建“图层 3”，将“卡通入场 1”元件从“库”面板中拖入场景中，如图 10-249 所示。设置其“属性”面板中“实例名称”为 ax1，将“图层 3”拖到“图层 2”的下面，“时间轴”面板如图 10-250 所示。

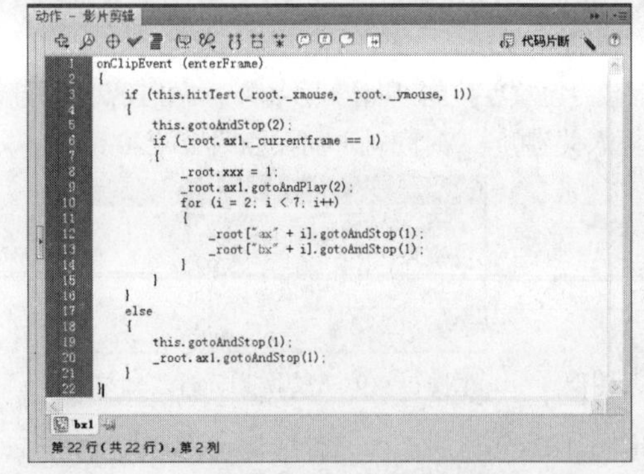

图 10-248 输入脚本语言

图 10-249 拖入元件

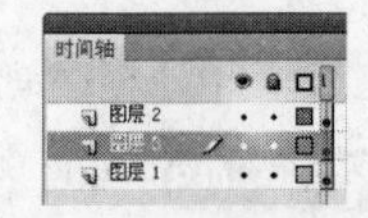

图 10-250 “时间轴”面板

步骤 19 在“图层 2”上新建“图层 4”，将“整体按钮 1”元件从“库”面板中拖入场景中，如图 10-251 所示。设置其“属性”面板中“实例名称”为 bx2，在“动作”面板中输入如图 10-252 所示的脚本语言。

步骤 20 新建“图层 5”，将“卡通入场 2”元件从“库”面板中拖入场景中，如图 10-253 所示。设置其“属性”面板中“实例名称”为 ax2，将“图层 5”拖到“图层 4”的下面，“时间轴”面板如图 10-254 所示。

步骤 21 采用“图层 4”和“图层 5”的制作方法，制作出“图层 6”至“图层 13”，完成后的场景效果如图 10-255 所示，“时间轴”面板如图 10-256 所示。

图 10-251　拖入元件

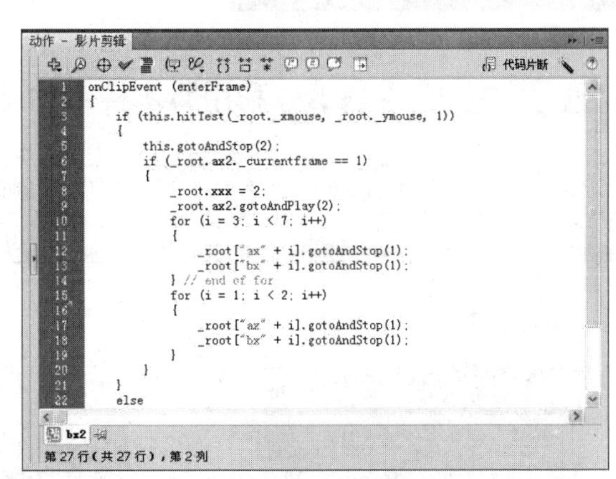

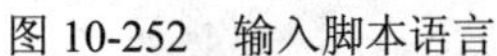

图 10-252　输入脚本语言

图 10-253　拖入元件

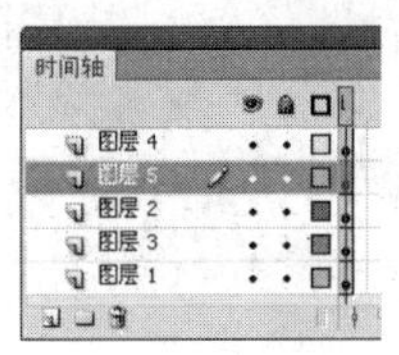

图 10-254　“时间轴”面板

图 10-255　完成后的场景效果

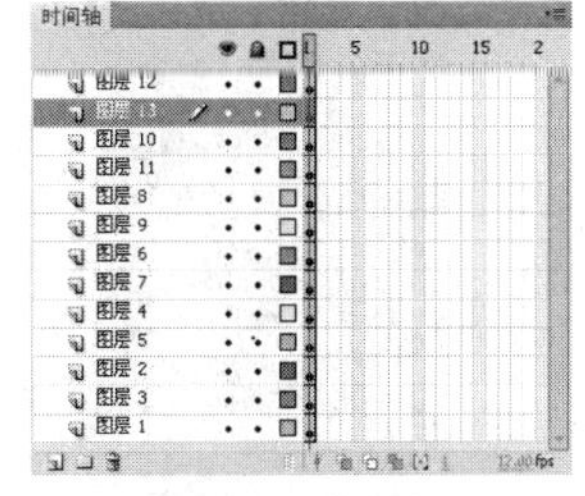

图 10-256　“时间轴”面板

步骤 22 执行“文件>保存”命令，将动画保存为“光盘\源文件\第 10 章\root()函数的应用.fla”，按 Ctrl+Enter 键测试影片，动画效果如图 10-257 所示。

图 10-257　预览动画效果

实例小结

本实例利用 root()函数控制元件播放，当光标经过某个元件时，即会触发相应的元件，从而达到快速导航的效果。

Example 实例 164 利用脚本控制动画跟随

案例文件	光盘\源文件\第 10 章\利用脚本控制动画跟随.fla
视频文件	光盘\视频\第 10 章\利用脚本控制动画跟随.swf
难易程度	★★★☆☆
学习时间	35 分钟

(1)

(2)

(3)

(4)

1．绘制“矩形”元件。

2．制作“全场动画效果”元件。

3．将“全场动画效果”元件拖入场景中。

4．完成动画的制作，测试动画效果。

Example 实例 165 var()函数的应用

案例文件	光盘\源文件\第 10 章\var()函数的应用.fla
视频文件	光盘\视频\第 10 章\var()函数的应用.swf
难易程度	★★★☆☆
学习时间	35 分钟
实例要点	➢ 形状补间动画的应用 ➢ “实例名称”的设置 ➢ 在关键帧上添加脚本语言
实例目的	本实例通过定义变量以方便脚本调用元件，实现当光标经过指定的元件后，播放其内部相应元件的效果

操作步骤

步骤 1 新建一个 Flash 文档，如图 10-258 所示，单击“属性”面板的“编辑”按钮，弹出“文档设置”对话框，设置“尺寸”为 990 像素 × 435 像素，“背景颜色”为#CCCCCC，“帧频”为 30，如图 10-259 所示。

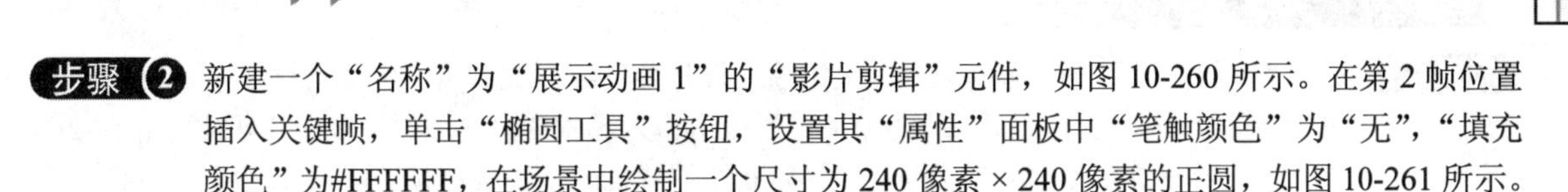

步骤 2 新建一个“名称”为“展示动画 1”的“影片剪辑”元件，如图 10-260 所示。在第 2 帧位置插入关键帧，单击“椭圆工具”按钮，设置其“属性”面板中“笔触颜色”为“无”，“填充颜色”为#FFFFFF，在场景中绘制一个尺寸为 240 像素 × 240 像素的正圆，如图 10-261 所示。

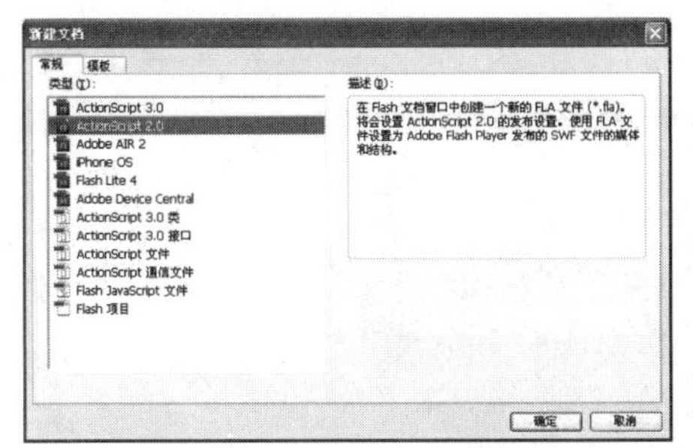

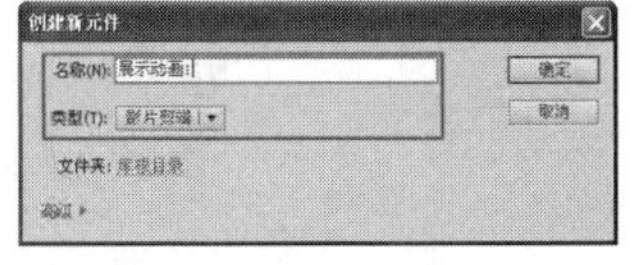

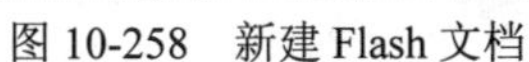

图 10-258　新建 Flash 文档　　图 10-259　设置文档属性　　图 10-260　“创建新元件”对话框

步骤 3 分别在第 20 帧、第 65 帧和第 75 帧位置插入关键帧，按住 Shift+Alt 键使用“任意变形工具”将正圆固定圆心缩小，如图 10-262 所示。采用第 75 帧的制作方法，调整第 2 帧上的正圆，分别在第 2 帧和第 65 帧位置创建补间形状动画，“时间轴”面板，如图 10-263 所示。

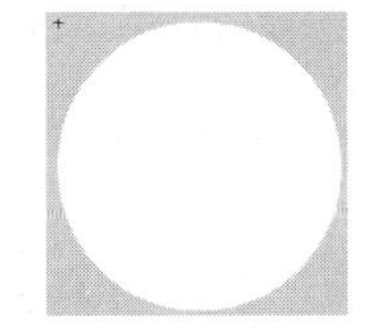

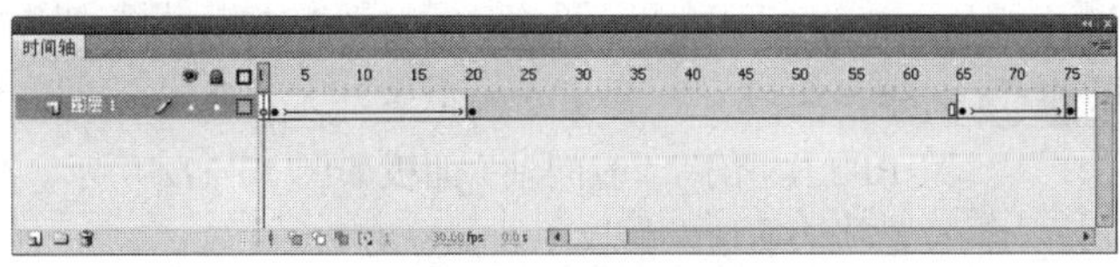

图 10-261　绘制正圆　图 10-262　将正圆缩小　　图 10-263　“时间轴”面板

步骤 4 新建“图层 2”，将“光盘\源文件\第 10 章\素材\sucaitu6.png”导入场景中，调整图像的位置，如图 10-264 所示。在第 80 帧位置插入帧，新建“图层 3”，在第 2 帧位置插入关键帧，将“光盘\源文件\第 10 章\素材\sucaitu2.png”导入场景中，调整图像的位置，如图 10-265 所示。

步骤 5 选中导入的图像，按 F8 键，将图像转换成“名称”为“人物 1”的“图形”元件，分别在第 10 帧、第 65 帧和第 75 帧位置插入关键帧，使用“选择工具”将第 2 帧上的元件垂直向下移动，如图 10-266 所示，设置其 Alpha 值为 0%，“属性”面板如图 10-267 所示。

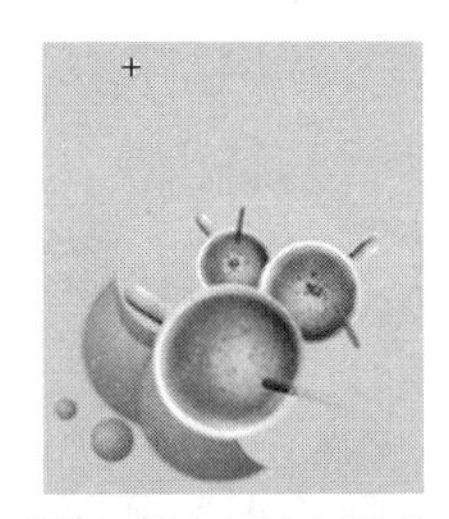

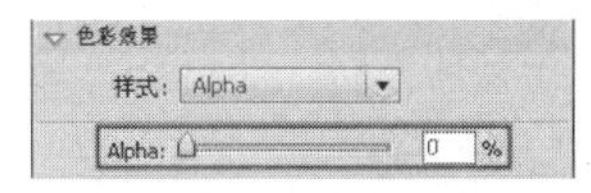

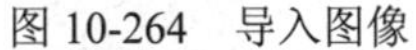

图 10-264　导入图像　图 10-265　导入图像　图 10-266　将元件垂直向下移动　图 10-267　“属性”面板

步骤 6 选择第 75 帧上的元件，设置其 Alpha 值为 0%，分别在第 2 帧和第 65 帧位置创建传统补间动画，“时间轴”面板如图 10-268 所示。

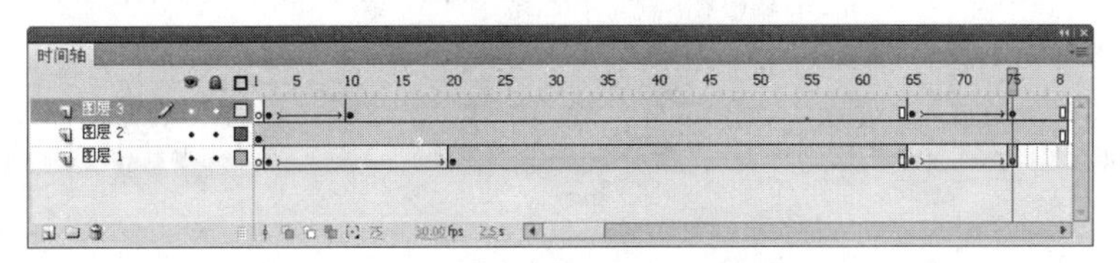

图 10-268　“时间轴”面板

步骤 7 新建“图层 4”，在第 2 帧位置插入关键帧，打开“光盘\源文件\第 10 章\素材\素材 02.fla”，将“整体圆圆动画”元件从“库-素材 02.fla”面板中拖入场景中，“库-素材 02.fla”面板如图 10-269 所示，场景效果如图 10-270 所示，在第 80 帧位置插入空白关键帧。

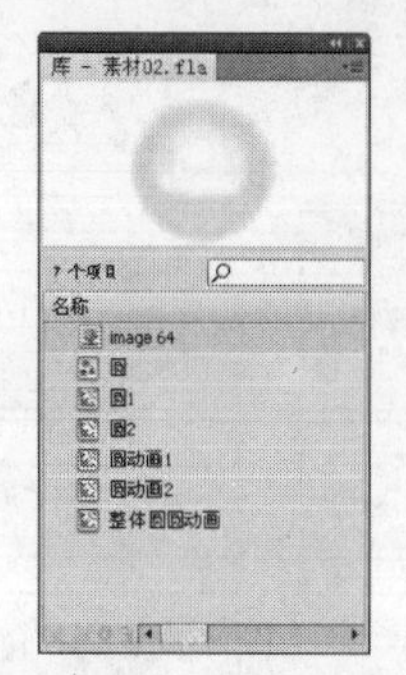
图 10-269 “库”面板

图 10-270 拖入元件

技巧 执行“文件>导入>打开外部库”命令，可以打开外部库，按键盘上的 Ctrl+Shift+O 快捷键，也可以打开外部库。

步骤 8 新建“图层 5”，在第 2 帧位置插入关键帧，设置其“属性”面板中帧标签为 lbl_start，如图 10-271 所示，“时间轴”面板如图 10-272 所示。在第 41 帧位置单击，按 F6 键插入关键帧，设置其“属性”面板中帧标签为 lbl_close。

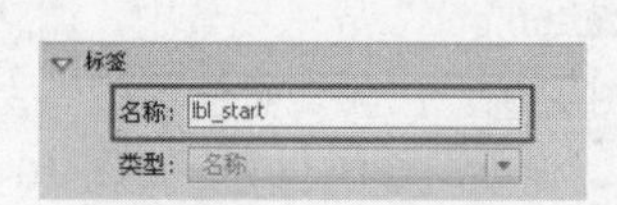
图 10-271 “属性”面板

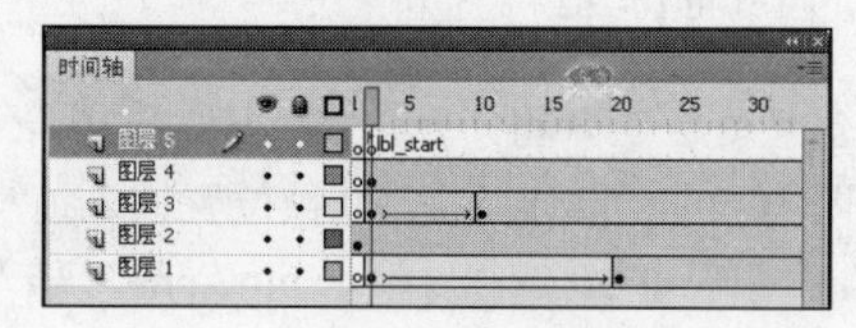
图 10-272 “时间轴”面板

步骤 9 新建“图层 6”，分别在第 40 帧和第 80 帧位置插入关键帧，分别在第 1 帧、第 40 帧和第 80 帧的“动作”面板中添加“stop();”脚本语言，完成后的“时间轴”面板如图 10-273 所示。

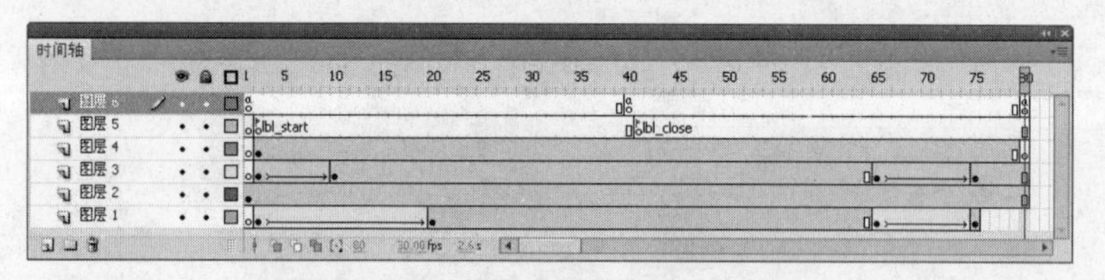
图 10-273 完成后的“时间轴”面板

步骤 10 采用“展示动画 1”元件的制作方法，制作出“展示动画 2”、“展示动画 3”和“展示动画 4”元件，完成后的元件效果如图 10-274 所示。

图 10-274 完成后的元件效果

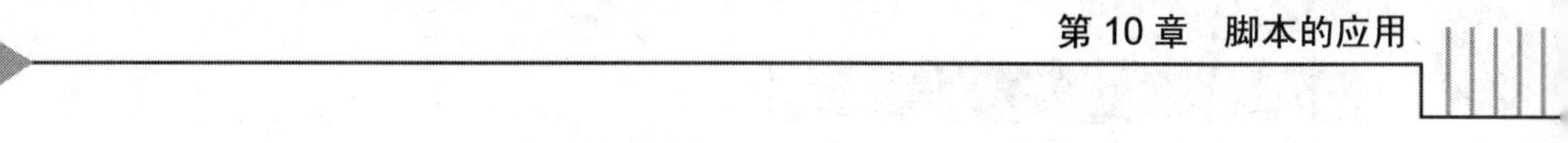

步骤 11 新建一个“名称”为“反应区”的“按钮”元件，如图 10-275 所示。在“点击”位置插入关键帧，使用“椭圆工具”在场景中绘制一个尺寸为 280 像素 × 280 像素的正圆，如图 10-276 所示。

步骤 12 新建一个“名称”为“整体动画”的“影片剪辑”元件，将“反应区”元件从“库”面板中拖入场景中，如图 10-277 所示。选中元件，在“动作”面板中输入如图 10-278 所示的脚本语言。在第 20 帧位置插入关键帧，在第 50 帧位置插入帧，在第 10 帧位置插入空白关键帧，“时间轴”面板如图 10-279 所示。

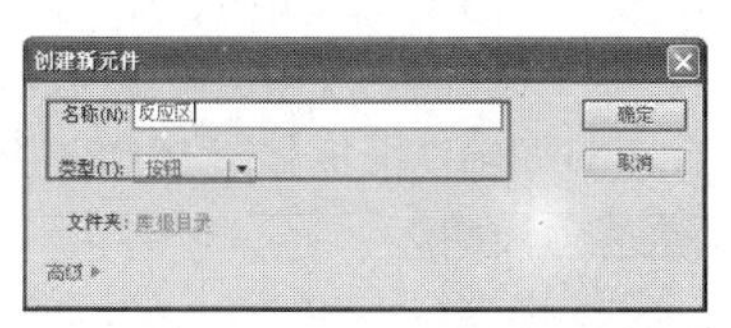

图 10-275 “创建新元件”对话框

图 10-276 绘制正圆

图 10-277 拖入元件

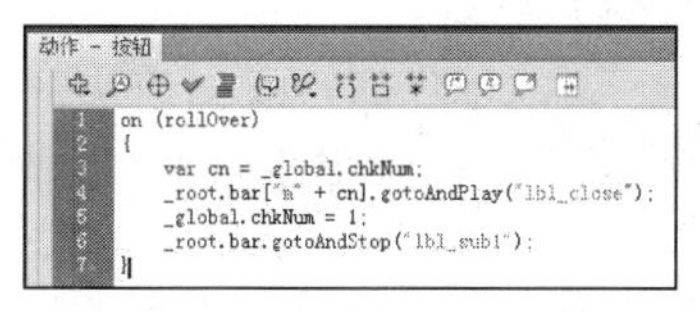

图 10-278 输入脚本语言

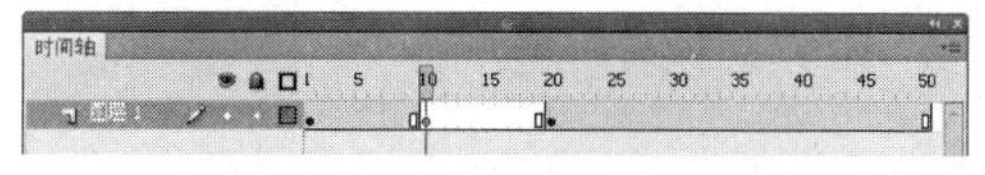

图 10-279 “时间轴”面板

步骤 13 新建“图层 2”，将“反应区”元件从“库”面板中拖入场景中，如图 10-280 所示。在“动作”面板中输入如图 10-281 所示的脚本语言。

步骤 14 在第 30 帧位置插入关键帧，在第 20 帧位置插入空白关键帧，采用“图层 2”的制作方法，制作出“图层 3”和“图层 4”，完成后的“时间轴”面板如图 10-282 所示，场景效果如图 10-283 所示。

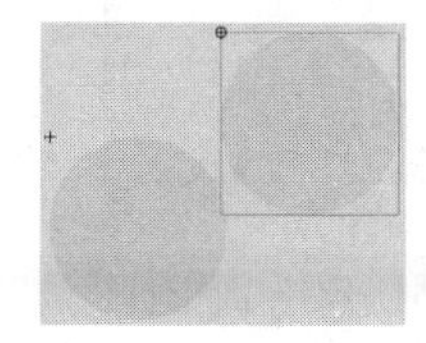
图 10-280 拖入元件

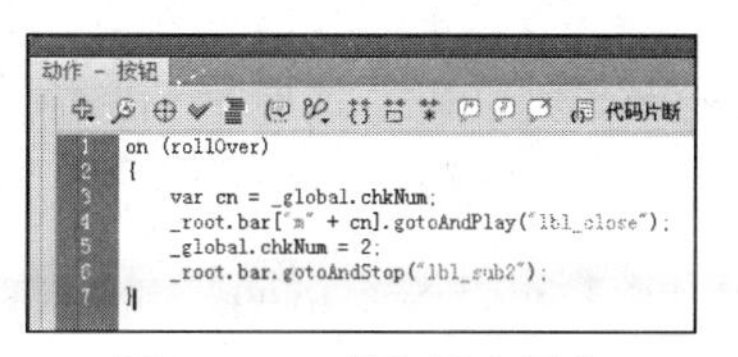

图 10-281 输入脚本语言

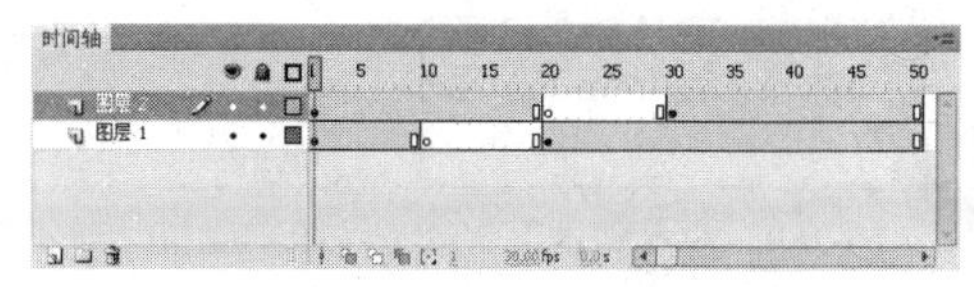

图 10-282 完成后的“时间轴”面板

步骤 15 新建“图层 5”，将“展示动画 1”元件从“库”面板中拖入场景中，场景效果如图 10-284 所示，设置其“属性”面板中“实例名称”为 m1，“属性”面板如图 10-285 所示。

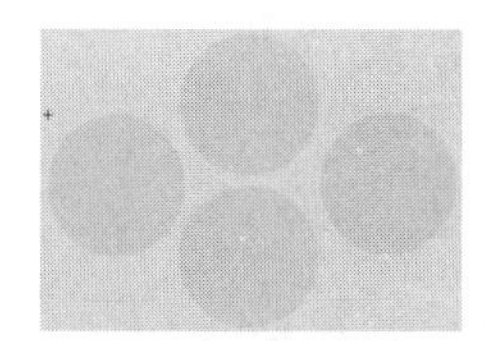
图 10-283 场景效果

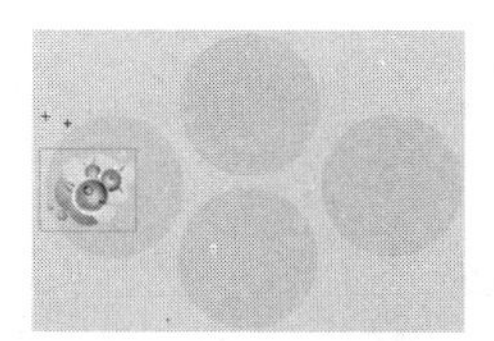
图 10-284 拖入元件

图 10-285 “属性”面板

> **提示** 执行“窗口>属性”命令，可将“属性”面板打开，按键盘上的 Ctrl+F3 快捷键，也可以将“属性”面板打开。

步骤 16 采用“图层 5”的制作方法，新建“图层 6”、“图层 7”和“图层 8”，分别将“展示动画 2”、“展示动画 3”和“展示动画 4”元件分别拖入“图层 6”、“图层 7”和“图层 8”中，并依次设置元件的“实例名称”为 m2．m3．m4，完成后的“时间轴”面板如图 10-286 所示，场景效果如图 10-287 所示。

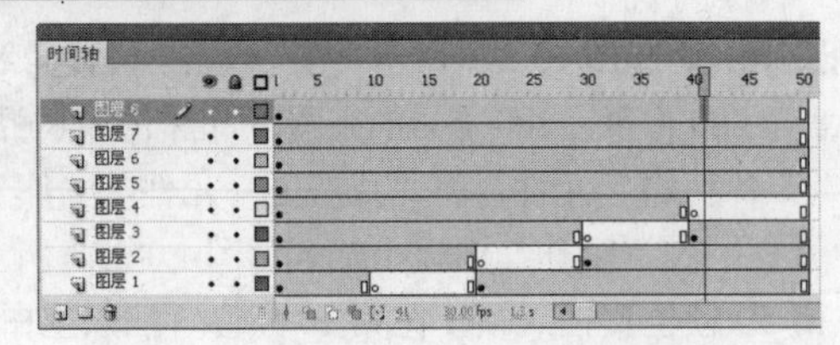
图 10-286　完成后的“时间轴”面板

图 10-287　场景效果

步骤 17 新建“图层 9”，在第 10 帧位置插入关键帧，设置其“属性”面板中“实例名称”为 lbl_sub1，分别在第 20 帧、第 30 帧和第 40 帧位置插入关键帧，分别设置第 20 帧、第 30 帧和第 40 帧的帧标签为 lbl_sub2．lbl_sub3 和 lbl_sub4，完成后的“时间轴”面板如图 10-288 所示。

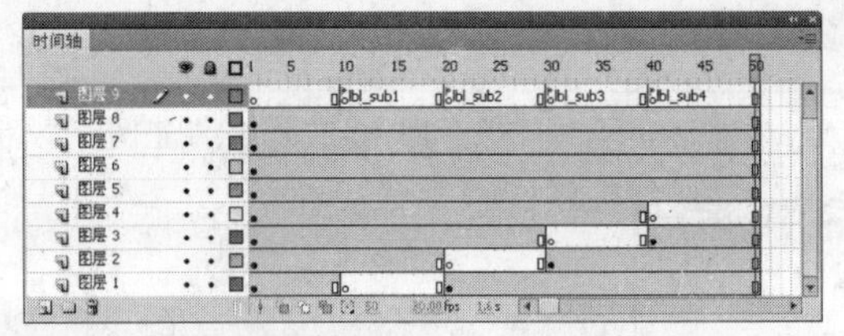
图 10-288　完成后的“时间轴”面板

步骤 18 新建“图层 10”，在第 1 帧位置单击，在“动作”面板中输入“stop();”脚本语言，在第 10 帧位置插入关键帧，在“动作”面板中输入如图 10-289 所示的脚本语言。

步骤 19 在第 20 帧位置插入关键帧，在“动作”面板中输入如图 10-290 所示的脚本语言。采用第 20 帧的制作方法，在第 30 帧和第 40 帧位置插入关键帧并添加脚本语言，完成后的“时间轴”面板如图 10-291 所示。

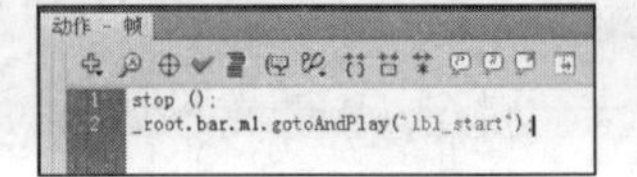
```
stop ();
_root.bar.m1.gotoAndPlay("lbl_start");
```
图 10-289　输入脚本语言

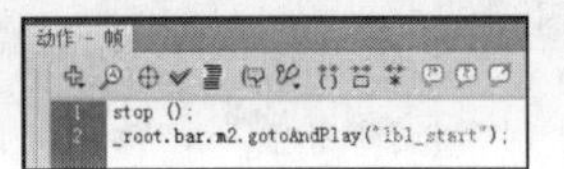
```
stop ();
_root.bar.m2.gotoAndPlay("lbl_start");
```
图 10-290　输入脚本语言

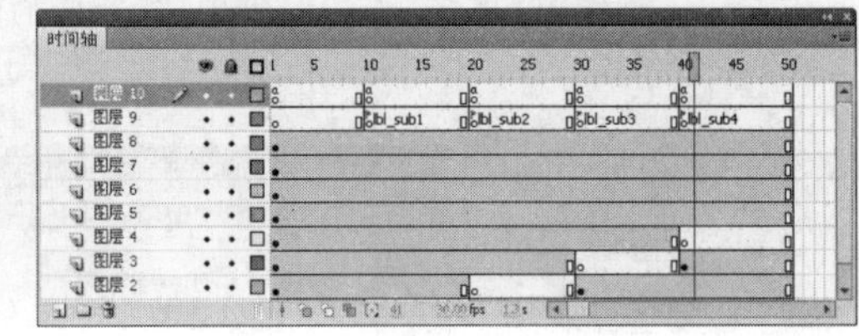
图 10-291　完成后的“时间轴”面板

步骤 20 返回“场景 1”编辑状态，将“光盘\源文件\第 10 章\素材\sucaitu1.jpg”导入场景中，如图 10-292 所示。新建“图层 2”，将“整体动画”元件从“库”面板中拖入场景中，场景效果如图 10-293 所示，设置其“属性”面板“实例名称”为 bar。

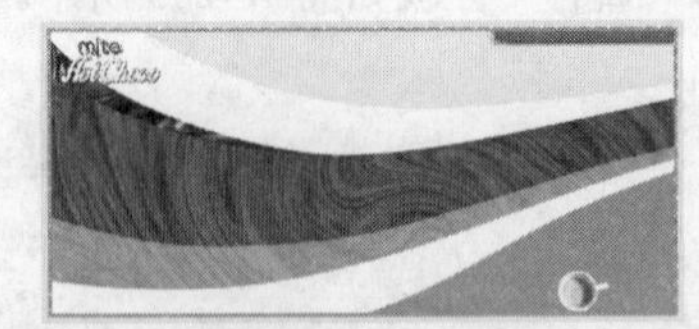
图 10-292　导入图像

图 10-293　拖入元件

步骤 21 执行“文件>保存”命令，将动画保存为“光盘\源文件\第 10 章\var()函数的应用.fla”，按 Ctrl+Enter 键测试影片，动画效果如图 10-294 所示。

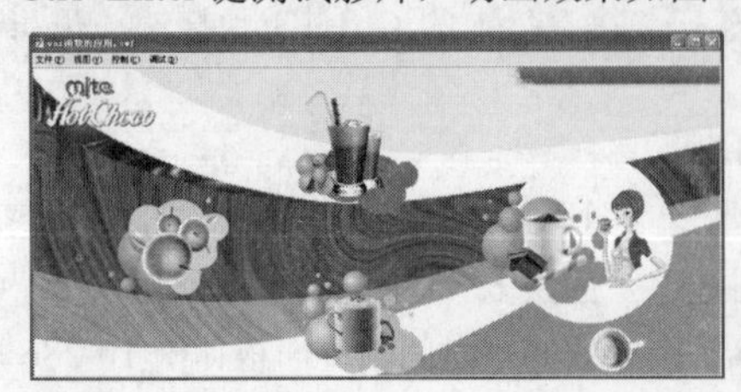

图 10-294　预览动画效果

实例小结

本实例通过脚本语言来控制元件，当光标经过某个元件时，即播放与这个元件相关的动画，这种方法常用来制作快速导航动画效果。

Example 实例 166　控制运动方向

案例文件	光盘\源文件\第 10 章\控制运动方向.fla
视频文件	光盘\视频\第 10 章\控制运动方向.swf
难易程度	★★☆☆☆
学习时间	15 分钟

（1）

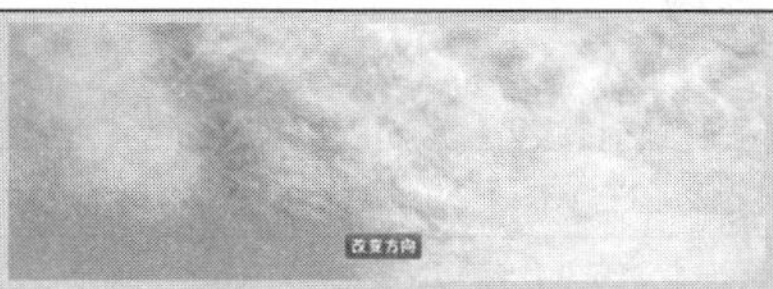

（2）

（3）

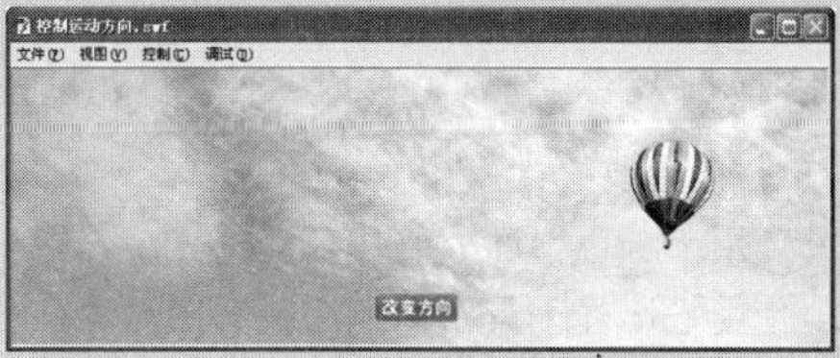

（4）

1．将素材图像导入场景中。

2．将“按钮”元件拖入场景中。

3．将“影片剪辑”元件拖入场景中。

4．完成动画的制作，测试动画效果。

第 11 章 Flash 贺卡制作

■ 本章内容

- 儿童贺卡
- 圣诞节贺卡
- 友谊贺卡
- 情感贺卡
- 生活贺卡
- 儿童静帧贺卡
- 生日贺卡
- 卡通生日贺卡
- 母亲节贺卡
- 新年贺卡

制作 Flash 贺卡最重要的是创意，由于贺卡情节非常简单，影片比较简短，设计者一定要在很短的时间内表达出意图，并且给人留下深刻的印象，在很有限的时间内表达出主题，并把气氛烘托出来。

Example 实例 167 儿童贺卡

案例文件	光盘\源文件\第 11 章\儿童贺卡.fla
视频文件	光盘\视频\第 11 章\儿童贺卡.swf
难易程度	★★☆☆☆
学习时间	10 分钟
实例要点	➢ “椭圆工具”的应用 ➢ 使用“颜色”面板制作渐变 ➢ 使用“选择工具”调整绘制的图形
实例目的	本实例搭配运用图形与颜色，并结合声音完成精美的儿童贺卡制作

操作步骤

步骤 1 新建一个 Flash 文档，如图 11-1 所示，单击“属性”面板的“设置”按钮，弹出“文档设置”对话框，设置“尺寸”为 400 像素×300 像素，“帧频”为 12，“背景颜色”值为#CCCCCC，保持其他默认设置，如图 11-2 所示。

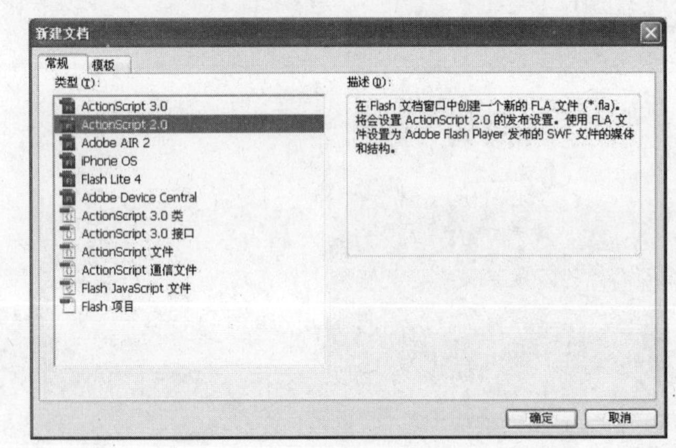

图 11-1 新建 Flash 文档

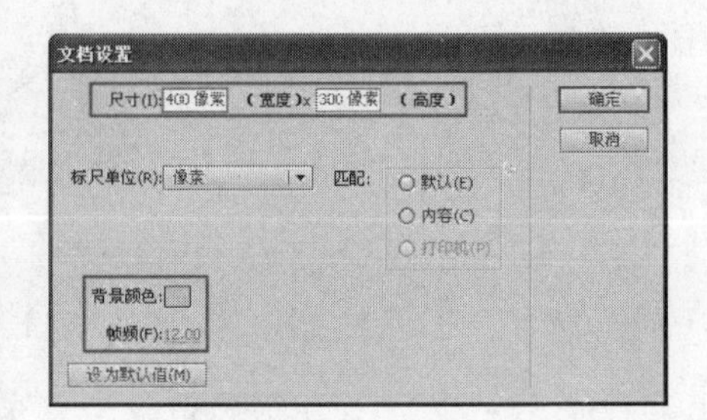

图 11-2 设置文档属性

步骤 2 新建一个“名称”为“水滴”的“图形”元件，如图 11-3 所示。单击“椭圆工具”按钮，打开“颜色”面板，设置“笔触颜色”为无，“填充颜色”的“类型”为“线性渐变”，设置从 Alpha 值为 0%的#EAF5F8 到 Alpha 值为 37%的#B6E8F7 到 Alpha 值为 44%的#3C94C7 到 Alpha

值为 0%的#6FB7DE 的渐变，“颜色”面板如图 11-4 所示。

步骤 3 在场景中绘制一个椭圆，并使用“任意变形工具”和“渐变变形工具”调整刚刚绘制的椭圆，完成后的效果如图 11-5 所示。使用“选择工具”调整绘制的椭圆，完成后的场景效果如图 11-6 所示。

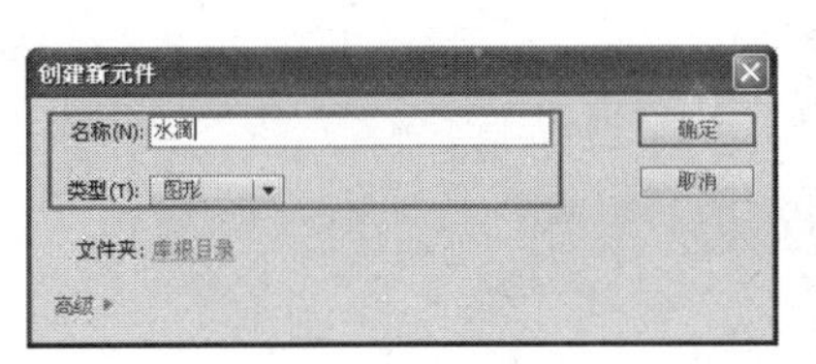

图 11-3　新建元件

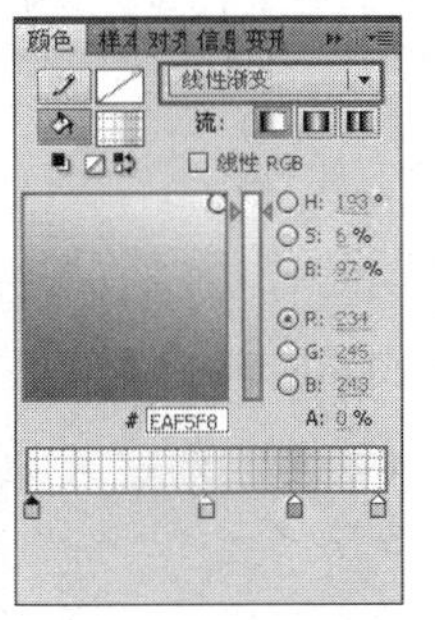

图 11-4　“颜色”面板

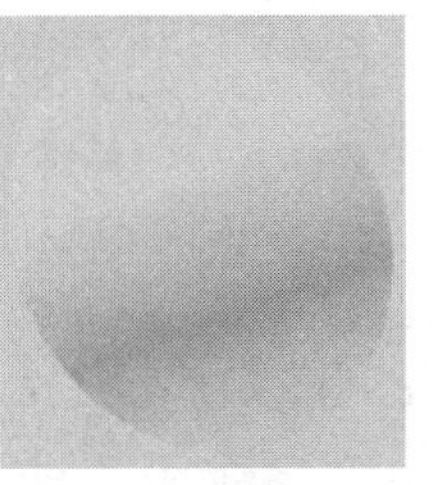

图 11-5　图形效果

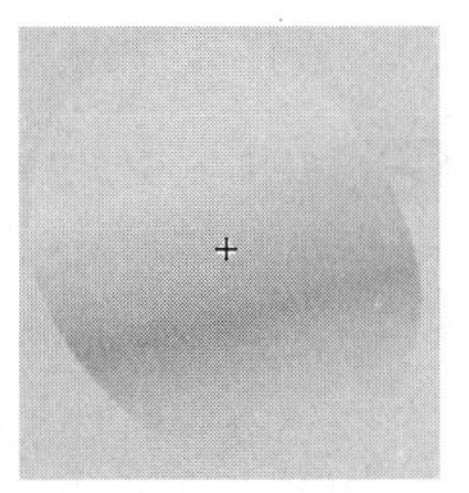

图 11-6　调整椭圆

步骤 4 新建“图层 2”，单击“椭圆工具”按钮，打开“颜色”面板，设置“笔触颜色”为无，“填充颜色”的“类型”为“径向渐变”，设置从 Alpha 值为 0%的#FFFFFF 到 Alpha 值为 86%的#FFFFFF 的渐变，“颜色”面板如图 11-7 所示。按住 Shift 键在场景中绘制一个正圆，完成后的场景效果，如图 11-8 所示。

步骤 5 新建“图层 3”，单击“椭圆工具”按钮，设置“笔触颜色”为无，“填充颜色”为#FFFFFF，按住 Shift 键在场景中绘制一个正圆，完成后的场景效果如图 11-9 所示。新建一个“名称”为“主场景动画”的“影片剪辑”元件，如图 11-10 所示。

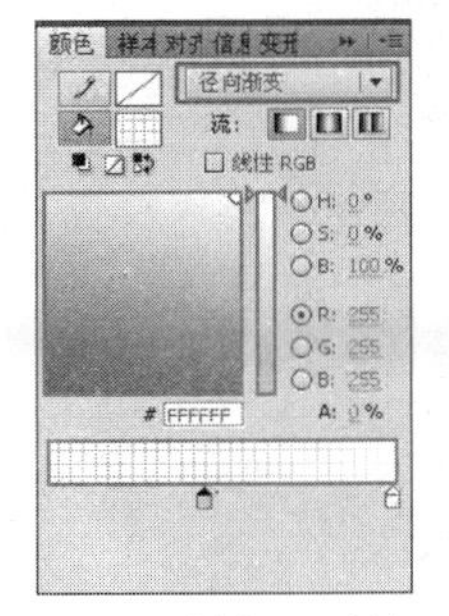

图 11-7　“颜色”面板

图 11-8　绘制正圆

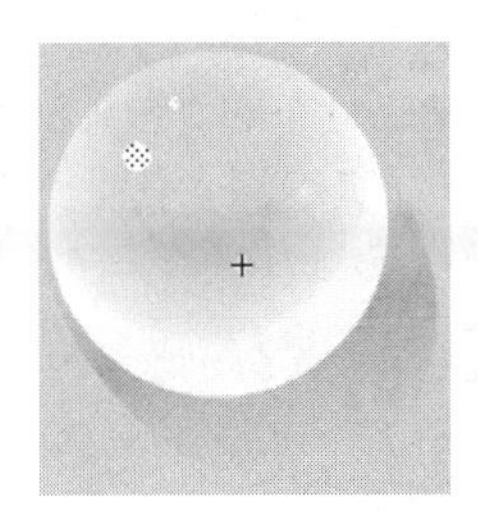

图 11-9　绘制正圆

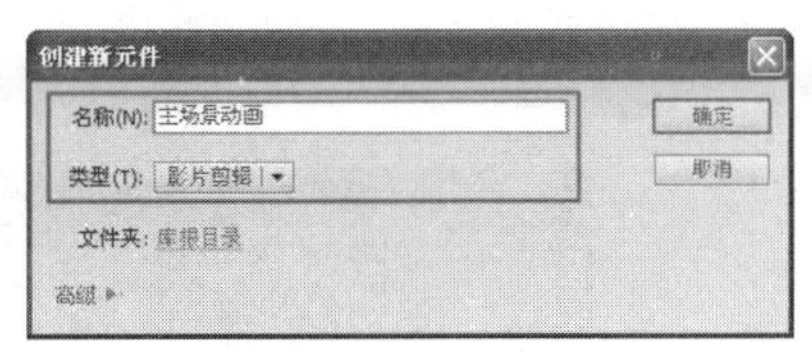

图 11-10　新建元件

> **技巧** 执行“插入>新建元件”命令，可以打开“创建新元件”对话框，按键盘上的 Ctrl+F8 快捷键，也可以打开“创建新元件”对话框。

步骤 6 将“DVD\源文件\第 11 章\素材\a1.jpg”导入场景中，按 F8 键，将图像转换成“名称”为“图像 1”的“图形”元件，如图 11-11 所示，在第 75 帧位置插入帧，新建“图层 2”，在第 7 帧插入关键帧，将“DVD\源文件\第 11 章\素材\a2.jpg”导入场景中，按 F8 键，将图像转换成“名称”为“图像 2”的“图形”元件，如图 11-12 所示。

步骤 7 在第 13 帧位置插入空白关键帧，新建“图层 3”，将“DVD\源文件\第 11 章\素材\a3.jpg”导入场景中，按 F8 键，将图像转换成“名称”为“图像 3”的“图形”元件，如图 11-13 所示。在第 12 帧位置插入空白关键帧，新建“图层 4”，将“DVD\源文件\第 11 章\素材\a4.jpg”导入场景中，按 F8 键，将图像转换成“名称”为“图像 4”的“图形”元件，如图 11-14 所示。

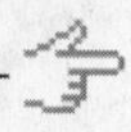

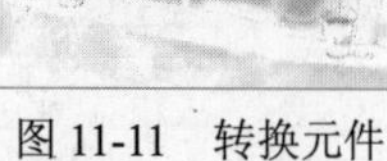

图 11-11　转换元件

图 11-12　转换元件　　图 11-13　转换元件

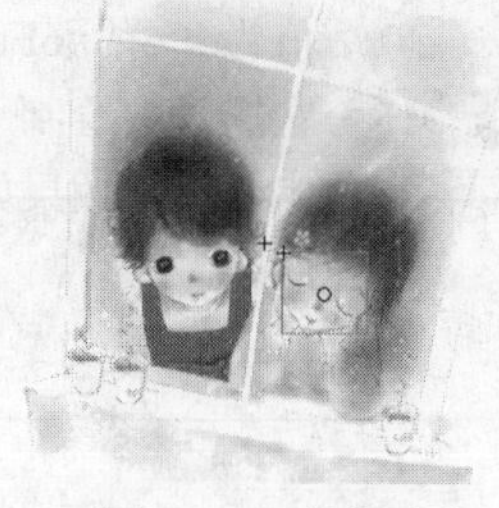

图 11-14　转换元件

步骤 8 在第 11 帧位置插入空白关键帧，“时间轴”面板如图 11-15 所示，采用相同的方法，制作其他动画效果，“时间轴”面板如图 11-16 所示。

图 11-15 “时间轴”面板

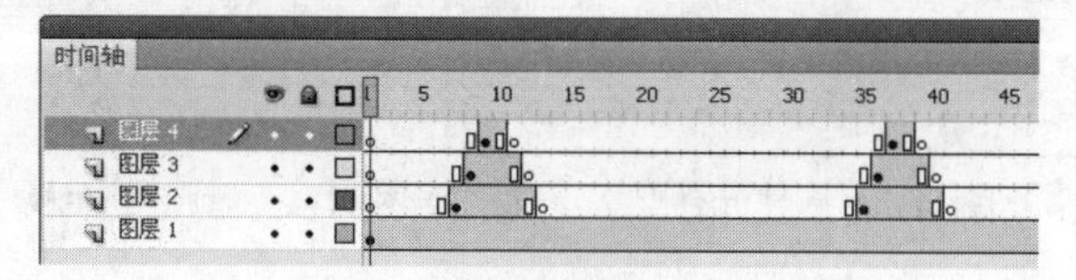

图 11-16 “时间轴”面板

步骤 9 参照前面的方法，制作“图层 5”、“图层 6”和“图层 7”，“时间轴”面板如图 11-17 所示。

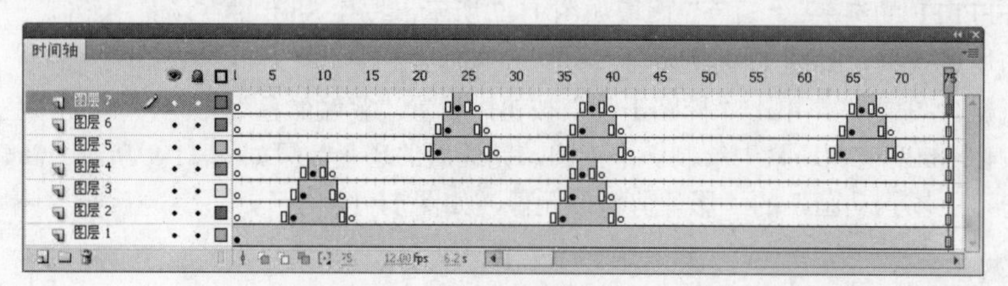

图 11-17 “时间轴”面板

步骤 10 新建一个“名称”为“水滴动画 1”的“影片剪辑”元件，如图 11-18 所示。将“水滴”元件从“库”面板中拖入场景中，并使用“任意变形工具”调整元件的角度，如图 11-19 所示。

图 11-18　新建元件

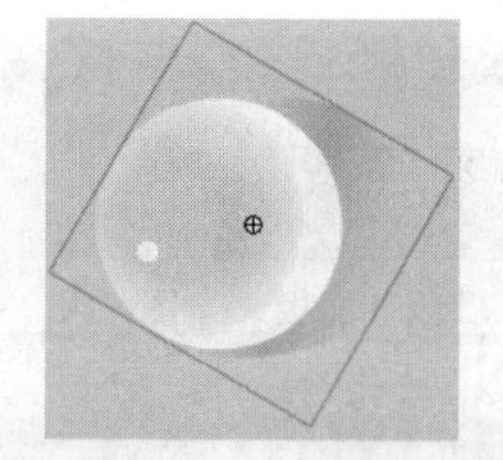

图 11-19　调整元件效果

步骤 11 在第 65 帧位置插入关键帧，调整该帧上的元件位置，如图 11-20 所示。在第 1 帧位置创建传统补间动画，分别在第 10 帧、第 15 帧和第 50 帧位置插入关键帧，选中第 15 帧上的元件，向右调整元件的位置，选中第 1 帧和第 65 帧上的元件，设置其“属性”面板中 Alpha 值为 0%，并在第 1 帧、第 10 帧、第 15 帧和第 50 帧位置创建传统补间动画，“时间轴”面板如图 11-21 所示。

图 11-20　调整元件位置

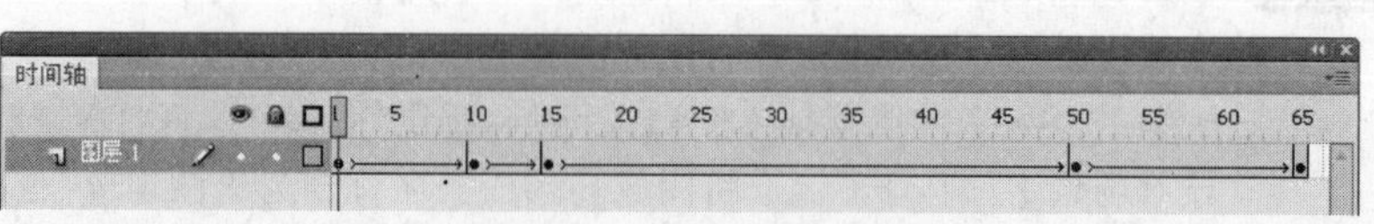

图 11-21 “时间轴”面板

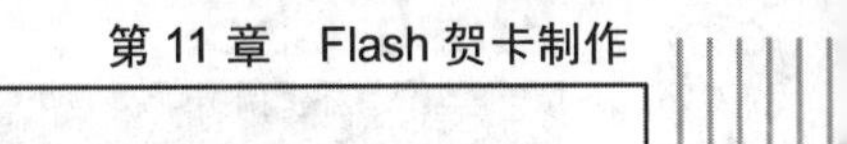

步骤 12 新建一个“名称”为“水滴动画 2”的“影片剪辑”元件，参照“水滴动画 1”元件的制作方法，制作“水滴动画 2”元件，如图 11-22 所示。

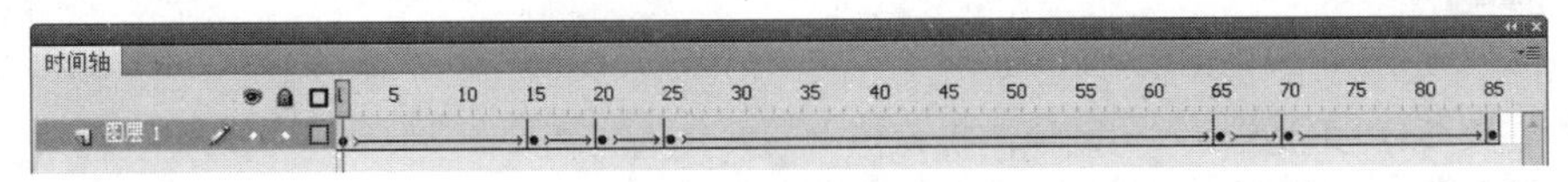

图 11-22 “时间轴”面板

步骤 13 新建一个“名称”为“文字 1”的“图形”元件，如图 11-23 所示。单击“椭圆工具”按钮，打开“颜色”面板，设置“笔触颜色”为无，“填充颜色”的“类型”为“径向渐变”，设置从 Alpha 值为 60%的#FFFFFF 到 Alpha 值为 17%的#FFFFFF 的渐变，“颜色”面板如图 11-24 所示。

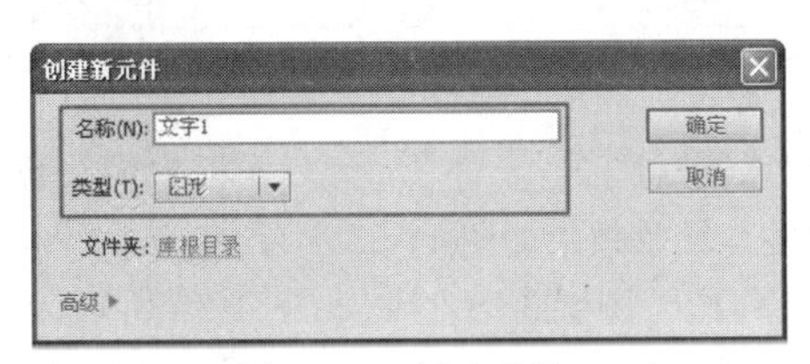

图 11-23 新建元件

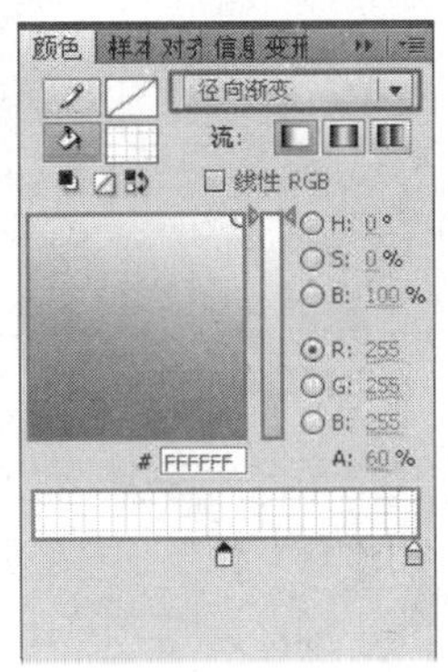

图 11-24 “颜色”面板

步骤 14 按住 Shift 键在场景中绘制一个正圆，并选择刚刚绘制的正圆，按 F8 键，将图像转换成“名称”为“图形 1”的“图形”元件，如图 11-25 所示。将刚刚转换为元件的正圆，复制出多个，如图 11-26 所示。

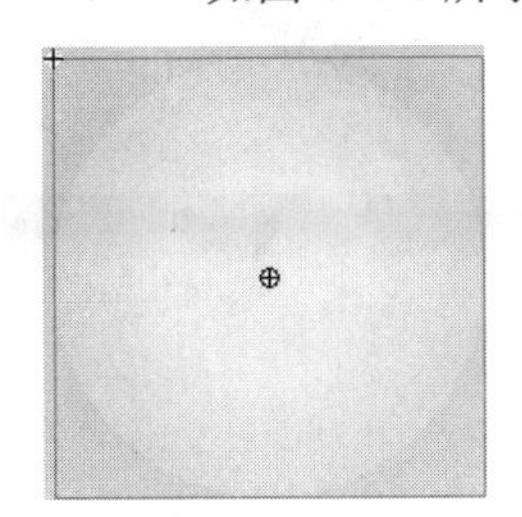

图 11-25 转换元件

图 11-26 复制元件

步骤 15 新建“图层 2”，使用“文本工具”在场景中输入如图 11-27 所示文本。新建一个“名称”为“文字 2”的“图形”元件，参照“文字 1”元件的制作方法，制作“文字 2”元件，效果如图 11-28 所示。

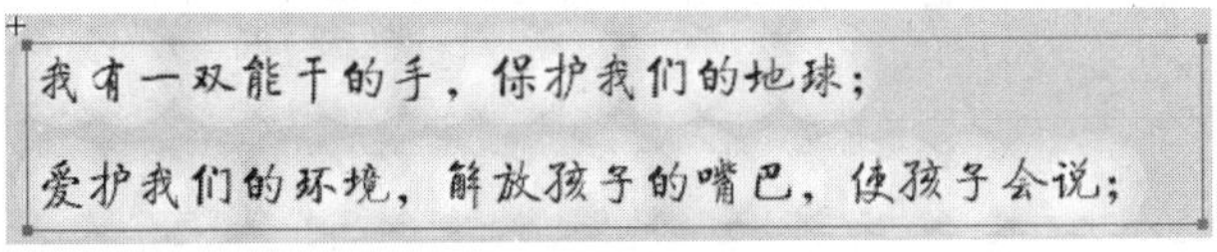

我有一双能干的手，保护我们的地球；
爱护我们的环境，解放孩子的嘴巴，使孩子会说；

图 11-27 输入文本

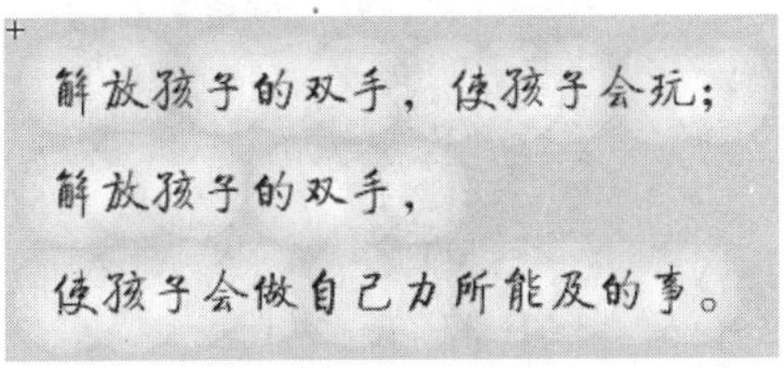

解放孩子的双手，使孩子会玩；
解放孩子的双手，
使孩子会做自己力所能及的事。

图 11-28 元件效果

步骤 16 返回“场景 1”编辑状态，执行“视图>标尺”命令，显示出标尺，在标尺上拖出辅助线，效果如图 11-29 所示。将“主场景动画”元件从“库”面板中拖入场景中，并使用“任意变形工具”调整元件大小，如图 11-30 所示。

技巧 执行“视图>标尺”命令，可显示出标尺，按键盘上的 Ctrl+Alt+Shift+R 快捷键，可快速显示或隐藏标尺。

步骤 17 在第 237 帧位置插入关键帧，将该帧上的元件调整到如图 11-31 所示大小。在第 1 帧位置设置传统补间动画，在第 313 帧位置插入帧，新建“图层 2”，在第 145 帧位置插入关键帧，将“水滴动画 1”元件从“库”面板中拖入场景中，并使用“任意变形工具”调整元件大小和角度，如图 11-32 所示。

图 11-29 拖出辅助线

图 11-30 拖入元件

图 11-31 调整元件大小

图 11-32 元件效果

步骤 18 采用相同的方法，将“水滴动画 1”和“水滴动画 2”元件从“库”面板中拖入场景中，并使用“任意变形工具”调整元件大小和角度，场景效果如图 11-33 所示。新建“图层 3”，选择第 1 帧，参照“图层 2”的制作方法，制作出“图层 3”，效果如图 11-34 所示。

步骤 19 新建“图层 4”，在第 75 帧位置插入关键帧，将“文字 1”元件从“库”面板中拖入场景中，如图 11-35 所示。分别在第 115 帧、第 145 帧和第 190 帧位置插入关键帧，使用“选择工具”分别选择第 75 帧和第 190 帧场景中的元件，设置其“属性”面板中 Alpha 值为 0%，效果如图 11-36 所示。分别在第 75 帧和第 145 帧位置创建传统补间动画。

图 11-33 场景效果

图 11-34 场景效果

图 11-35 拖入元件

图 11-36 元件效果

步骤 20 在第 191 帧位置插入关键帧，将“文字 2”元件从“库”面板中拖入场景中，效果如图 11-37 所示。参照前面的方法，制作该层的其他动画，“时间轴”面板如图 11-38 所示。

图 11-37 拖入元件

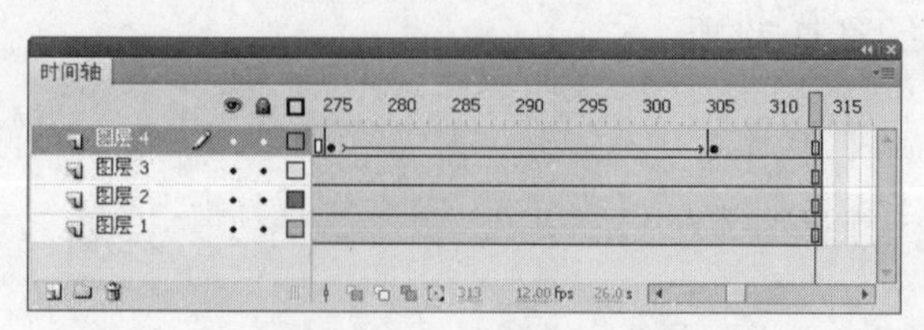

图 11-38 “时间轴”面板

步骤 21 新建“图层 5”，在第 300 帧位置插入关键帧，打开“DVD\源文件\第 11 章\素材\按钮.fla”，将“回放按钮”元件从外部库中拖入场景中，选择刚刚拖入的元件，设置其颜色“样式”为“高级”，设置对应的参数，如图 11-39 所示，设置完成后，元件效果如图 11-40 所示。

步骤 22 在第 313 帧位置插入关键帧，选中第 300 帧上的元件，设置其“属性”面板中 Alpha 值为 0%，元件效果如图 11-41 所示。在该帧位置创建传统补间动画，选中第 313 帧位置上的元件，在“动作”面板中输入脚本语言，如图 11-42 所示。

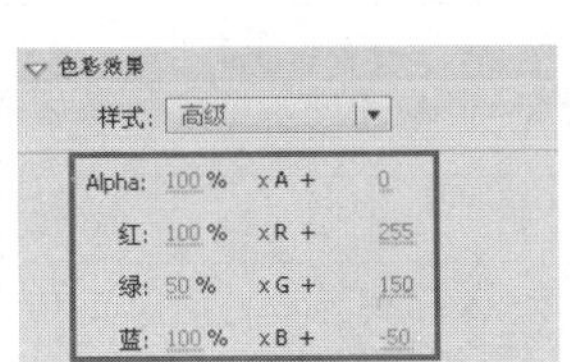

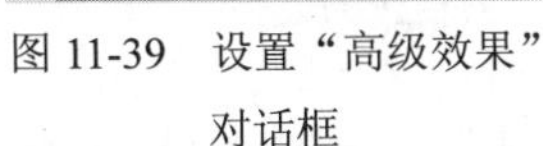
图 11-39 设置“高级效果”对话框

图 11-40 元件效果

图 11-41 元件效果

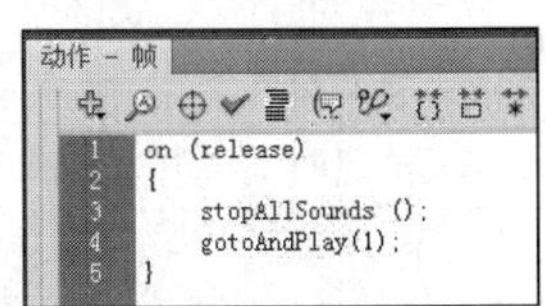

图 11-42 “动作”面板

步骤 23 新建“图层 6”，将“DVD\源文件\第 11 章\素材\a1 sound.mp3”导入“库”面板中，如图 11-43 所示，在第 1 帧位置单击，设置其“属性”面板中声音名称为 a1 sound，设置其他参数，如图 11-44 所示。

步骤 24 新建“图层 7”，在第 313 帧位置插入关键帧，在“动作”面板中输入“stop();”脚本语言，“时间轴”面板如图 11-45 所示。

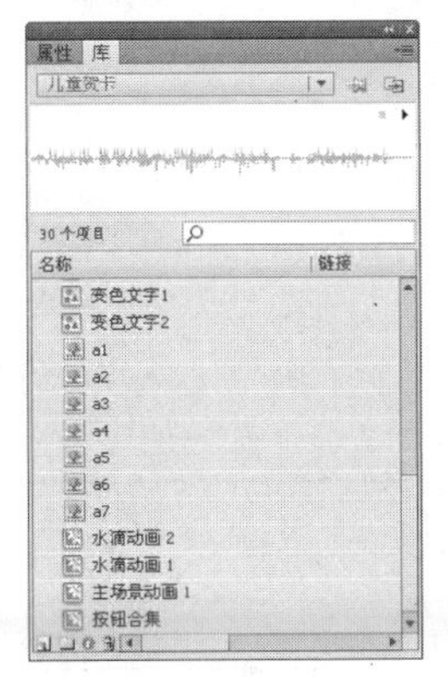

图 11-43 “库”面板

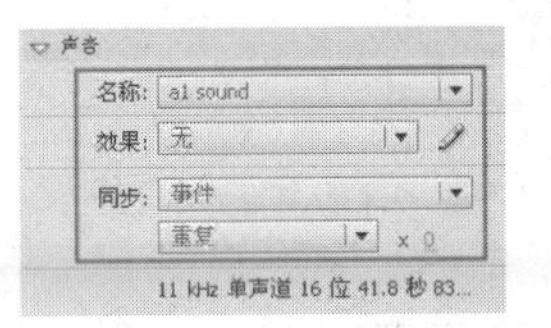

图 11-44 “属性”面板

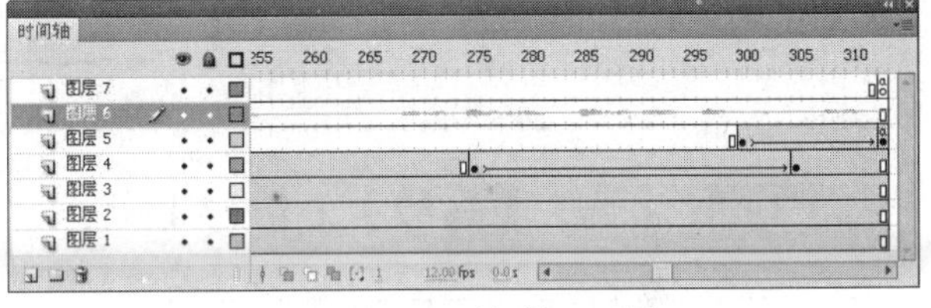

图 11-45 “时间轴”面板

步骤 25 执行“文件>保存”命令，将动画保存为“DVD\源文件\第 11 章\儿童贺卡.fla”，按 Ctrl+Enter 键测试影片，效果如图 11-46 所示。

图 11-46 预览动画效果

实例小结

本实例利用文本工具创建文本，然后将文本转换成元件，制作元件的淡入淡出效果，利用 Flash 所支持的声音格式，为文档添加声音文件，从而制作出活泼可爱的儿童贺卡效果。

Example 实例 168 圣诞节贺卡

案例文件	光盘\源文件\第 11 章\圣诞节贺卡.fla
视频文件	光盘\视频\第 11 章\圣诞节贺卡.swf
难易程度	★★☆☆☆
学习时间	20 分钟

（1）

（2）

（3）

（4）

1．导入相关的素材图像，并转换为相应的元件。

2．制作元件动画效果，这里制作的是一个场景渐显的效果和下雪的场景。

3．制作主场景动画效果，并为主场景添加声音。

4．完成圣诞节贺卡的制作，测试动画效果。

Example 实例 169 友谊贺卡

案例文件	光盘\源文件\第 11 章\友谊贺卡.fla
视频文件	光盘\视频\第 11 章\友谊贺卡.swf
难易程度	★★★☆☆
学习时间	45 分钟
实例要点	➢ 使用“属性”面板设置元件的 Alpha 值 ➢ 将外部库的元件拖入场景中 ➢ 使用“文本工具”在场景中输入文字
实例目的	本实例通过制作元件的淡入淡出动画效果，凸显出友情贺卡的风格

操作步骤

步骤 1 新建一个 Flash 文档，如图 11-47 所示，单击“属性”面板的“编辑”按钮，弹出“文档设置”对话框，设置“尺寸”为 300 像素×400 像素，“背景颜色”为#99CCCC，“帧频”为 6，如图 11-48 所示。

步骤 2 新建一个“名称”为“台词 1”的“影片剪辑”元件，如图 11-49 所示。单击“文本工具”按钮，设置“字体”为“汉仪综艺体简”，字体“颜色”为#2B0000，在场景中输入文字，如图 11-50 所示。

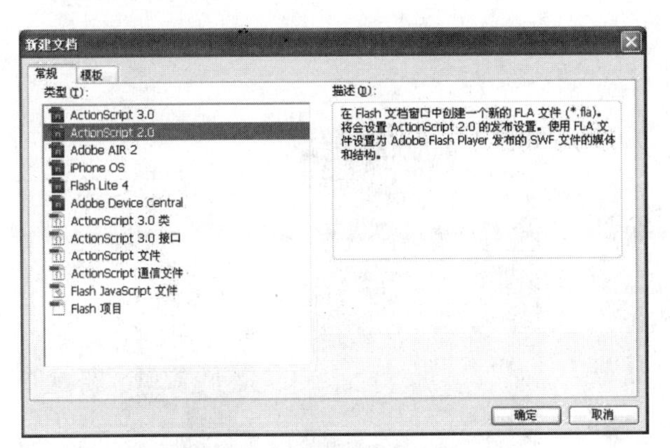

图 11-47　新建 Flash 文档

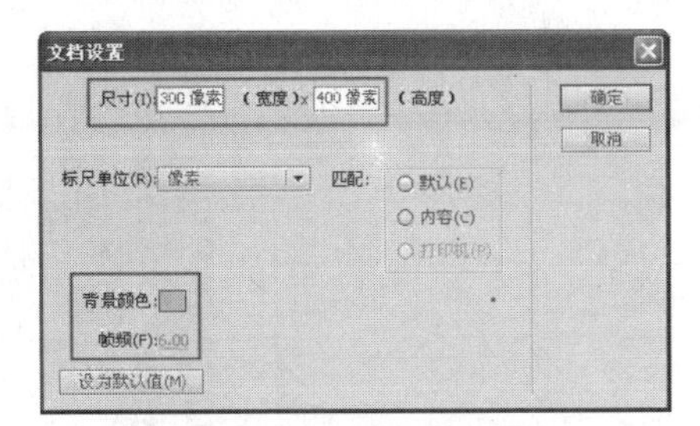

图 11-48　设置文档属性

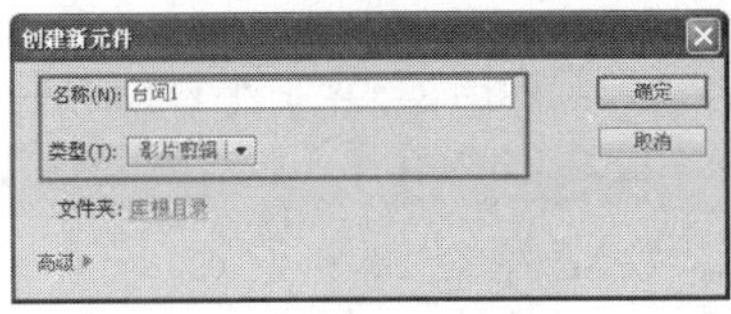

图 11-49　新建元件

图 11-50　输入文字

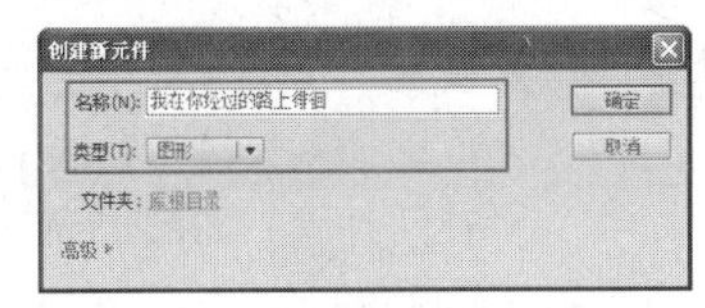

图 11-51 “转换为元件”对话框

步骤 3 选中文本，按 F8 键，将文本转换成“名称”为“我在你经过的路上徘徊”的“图形”元件，如图 11-51 所示。在第 20 帧位置插入关键帧，并选中该帧上的元件，将其向下移动，选中第 1 帧上的元件，设置“属性”面板中 Alpha 值为 0%，元件效果如图 11-52 所示，设置“属性”面板中 Alpha 值为 0%，如图 11-53 所示，在第 1 帧位置创建传统补间动画。

步骤 4 新建“图层 2”，使用“文本工具”在场景中输入文字，如图 11-54 所示。使用“选择工具”选择文本，按 F8 键，将文本转换成“名称”为“忆你我曾经共有的时光”，“类型”为“图形”的元件，如图 11-55 所示。

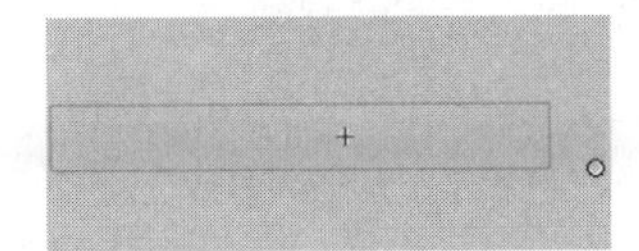

图 11-52　元件效果

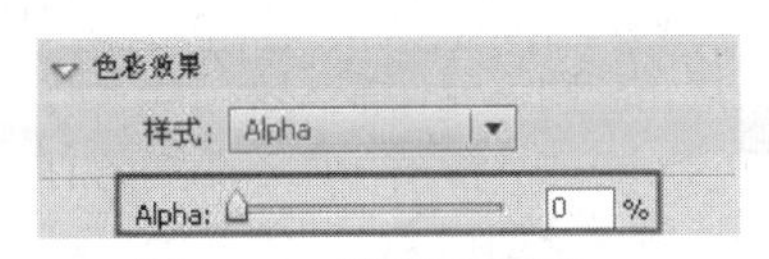

图 11-53 “属性”面板

图 11-54　输入文字

步骤 5 在“图层 2”第 20 帧位置插入关键帧，并选中该帧上的元件，将其向上移动，如图 11-56 所示。选中“图层 2”第 1 帧上的元件，设置其“属性”面板中 Alpha 值为 0%，在第 1 帧位置创建传统补间动画，新建“图层 3”，在第 20 帧位置插入关键帧，在“动作”面板中输入“stop();”脚本语言，完成后的“时间轴”面板如图 11-57 所示。

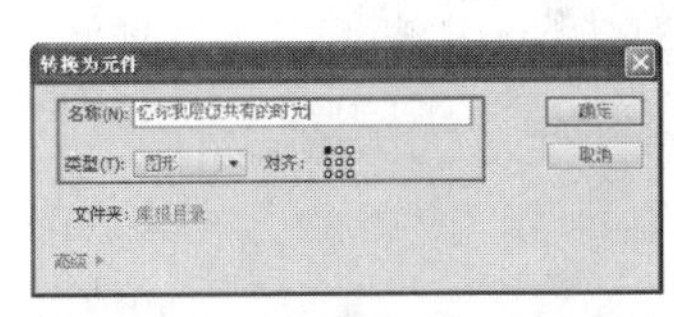

图 11-55 “转换为元件”对话框

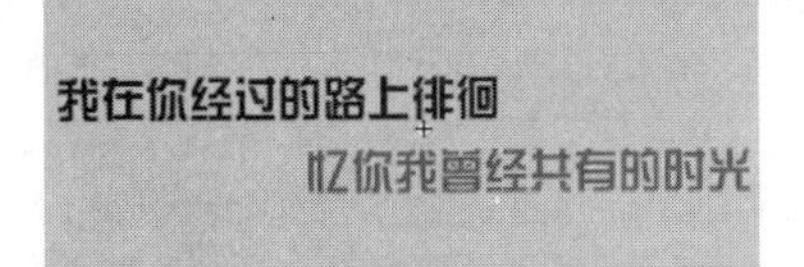

图 11-56　移动元件

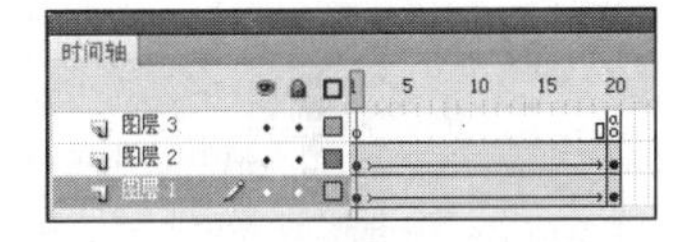

图 11-57 “时间轴”面板

步骤 6 参照前面的方法，完成其他元件的制作，“库”面板如图 11-58 所示。返回“场景 1”编辑状态，将“DVD\源文件\第 10 章\素材\x1.jpg”导入场景中，如图 11-59 所示。

步骤 7 在第 140 帧位置插入空白关键帧，将“DVD\源文件\第 10 章\素材\x2.jpg”导入场景中，如图 11-60 所示。在第 285 帧位置插入空白关键帧，将“DVD\源文件\第 10 章\素材\x3.jpg”导入场景中，如图 11-61 所示。在第 420 帧位置插入帧。

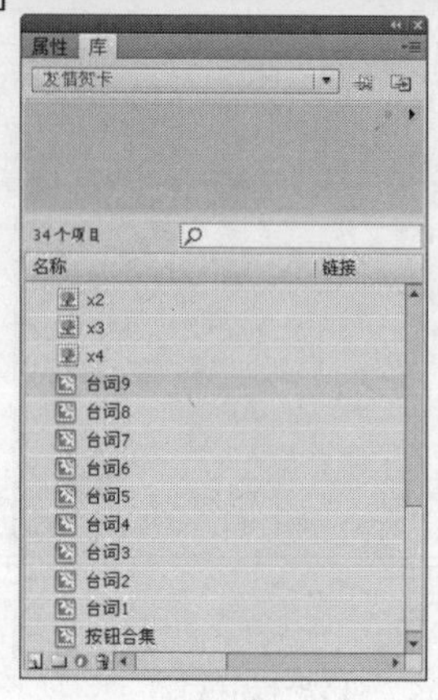

图 11-58 库“面板”

图 11-59 导入图像

图 11-60 导入素材图像

图 11-61 导入素材图像

步骤 8 新建“图层 2”，将“台词 1”元件从“库”面板中拖入场景中，如图 11-62 所示。在第 45 帧位置插入关键帧，选中元件，设置其“属性”面板中 Alpha 值为 0%，在第 1 帧位置创建传统补间动画，如图 11-63 所示。

图 11-62 拖入元件

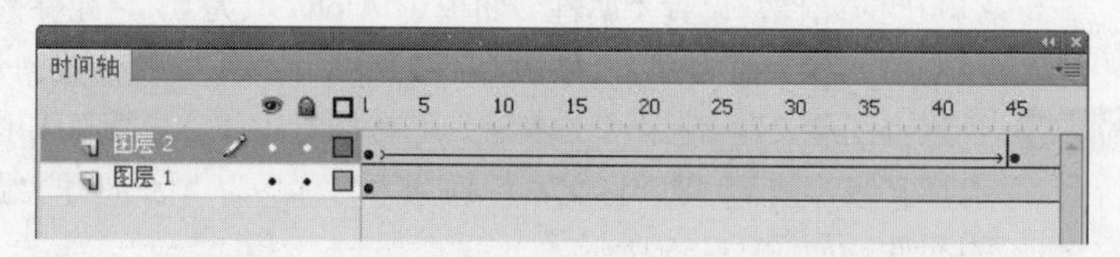

图 11-63 “时间轴”面板

步骤 9 采用相同的方法，新建图层，分别将元件拖入不同的图层中，并制作出相应的动画效果，“时间轴”面板如图 11-64 所示。新建“图层 10”，将“DVD\源文件\第 10 章\素材\x4.png”导入场景中，如图 11-65 所示。新建“图层 11”，在第 415 帧位置插入关键帧，打开“DVD\源文件\第 10 章\素材\按钮.fla”，如图 11-66 所示。

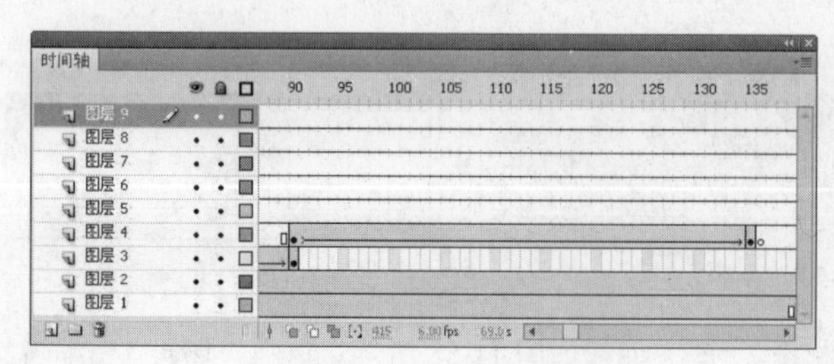

图 11-64 “时间轴”面板

图 11-65 打开素材图像

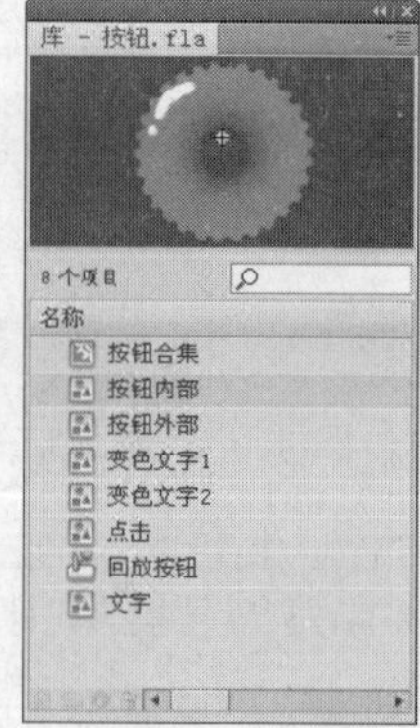

图 11-66 打开外部库

步骤 10 在打开的外部库中，将“回放按钮”元件拖入场景中，如图 11-67 所示。在“图层 11”第 420 帧位置插入关键帧，选中第 415 帧上的元件，设置其“属性”面板中 Alpha 值为 0%，选中第 420 帧上的元件，在“动作”面板中输入如图 11-68 所示的脚本语言，在第 415 帧位置创建传统补间动画。

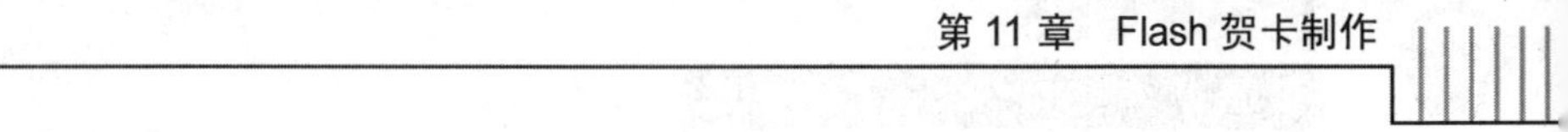

步骤 11 执行“文件>保存”命令，将动画保存为“DVD\源文件\第 11 章\友情贺卡.fla”，按 Ctrl+Enter 键测试影片，动画效果如图 11-69 所示。

图 11-67　拖入元件

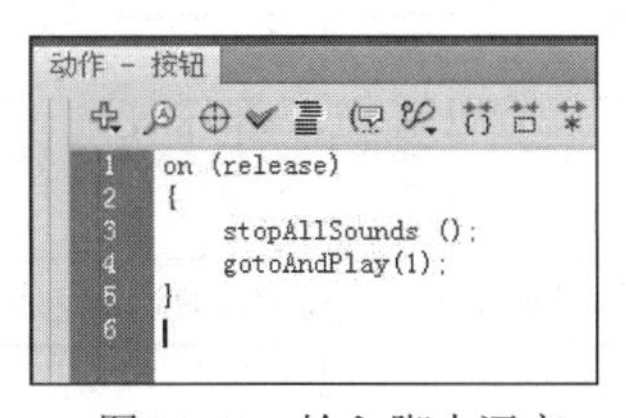

图 11-68　输入脚本语言

图 11-69　预览动画效果

实例小结

本实例通过制作文本的淡入淡出效果烘托友情的温暖气息，制作过程中利用外部库中相应的素材。

Example 实例 170　情感贺卡

案例文件	光盘\源文件\第 11 章\情感贺卡.fla
视频文件	光盘\视频\第 11 章\情感贺卡.swf
难易程度	★★★☆☆
学习时间	30 分钟

（1）

（2）

（3）

（4）

1．导入相应的素材图像，并将其转换为元件。

2．制作人物动作动画。

3．制作人物场景动画，并制作场景变化的动画效果。

4．完成情感贺卡的制作，测试动画效果。

Example 实例 171 生活贺卡

案例文件	光盘\源文件\第 11 章\生活贺卡.fla
视频文件	光盘\视频\第 11 章\生活贺卡.swf
难易程度	★★★☆☆
学习时间	30 分钟
实例要点	➢ 在“属性”面板中设置元件的“旋转”方向以及次数 ➢ 为文字制作淡入淡出动画
实例目的	通过本实例的制作，了解如何制作图像之间的切换，完成复杂的动画效果

操作步骤

步骤 1 新建一个 Flash 文档，如图 11-70 所示，单击“属性”面板上“设置”按钮，弹出“文档设置”对话框，设置“尺寸”为 400 像素×300 像素，“背景颜色”为#666666，“帧频”为 12，如图 11-71 所示。

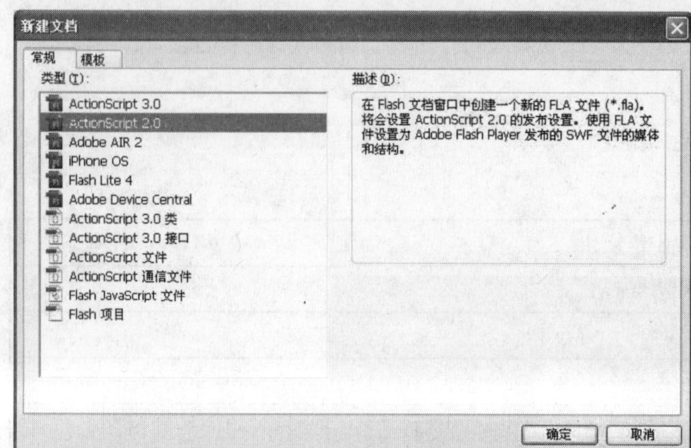

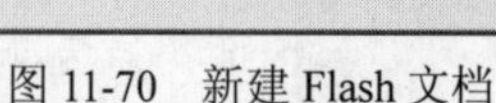
图 11-70 新建 Flash 文档

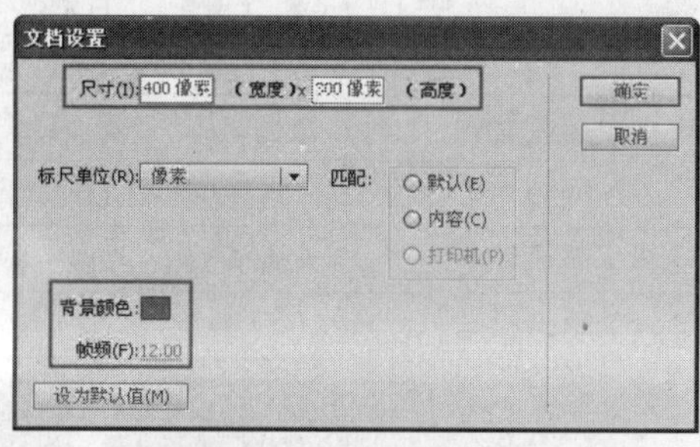

图 11-71 设置文档属性

步骤 2 新建一个“名称”为“花朵旋转”的“影片剪辑”元件，如图 11-72 所示。将“DVD\源文件\第 11 章\素材\z5.png”导入场景中，如图 11-73 所示。

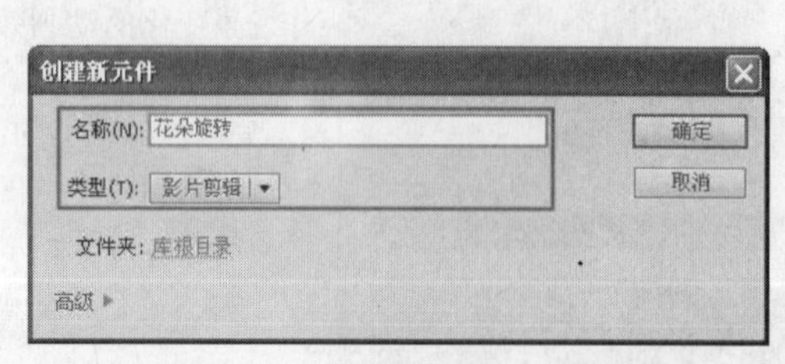

图 11-72 “创建新元件”对话框

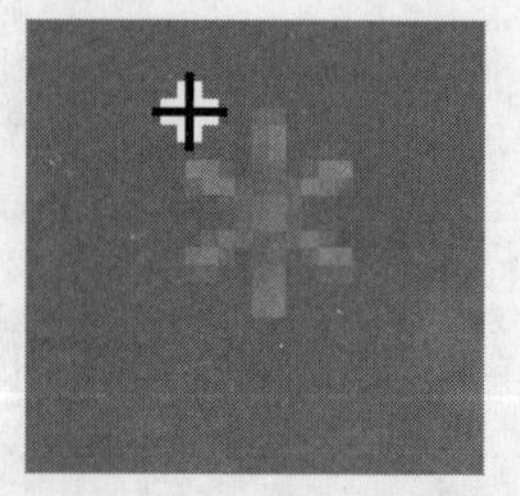
图 11-73 导入素材图像

步骤 3 选中图像，将其转换成“名称”为“花朵”的“图形”元件，如图 11-74 所示。在第 35 帧位置插入关键帧，在第 1 帧位置创建传统补间动画，在“属性”面板上的“旋转”为“顺时针”2 次，“属性”面板如图 11-75 所示。

步骤 4 新建一个“名称”为“文字集合”的“影片剪辑”元件，如图 11-76 所示。使用“文本工具”在场景中输入如图 11-77 所示文本。

图 11-74 “转换为元件”对话框

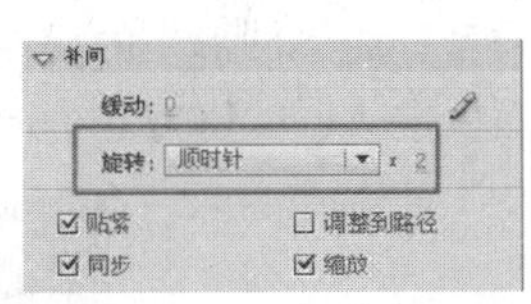

图 11-75 “属性”面板

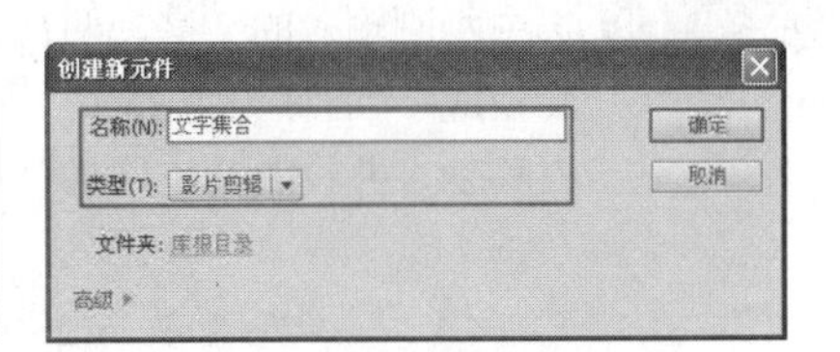

图 11-76 “创建新元件”对话框

步骤 5 选中输入的文字，两次执行“修改>分离”命令，将文本分离为图形，再将图形转换成“名称”为“有一个”的“图形”元件，如图 11-78 所示。采用相同的方法，在“时间轴”面板中新建图层，在场景中输入文字，并将文字转换为元件，场景效果如图 11-79 所示。

图 11-77　输入文字

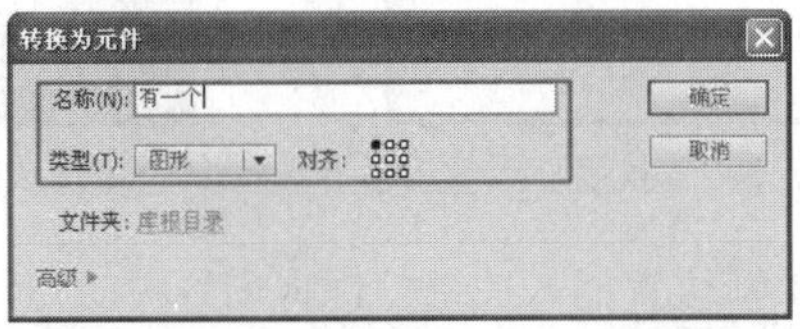

图 11-78 “转换为元件”对话框

图 11-79　场景效果

> **技巧**　选中要分离的文本，两次执行“修改>分离”可将文本分离为图形，两次按键盘上的 Ctrl+B 快捷键，也可以将文本分离为图形。

步骤 6 新建“图层 4”，在“库”面板中将“花朵旋转”元件拖入场景中，如图 11-80 所示。返回“场景 1”编辑状态，将“光盘\源文件\第 11 章\素材\z1.jpg”导入场景中，如图 11-81 所示。

图 11-80　拖入元件

图 11-81　导入素材图像

步骤 7 在第 150 帧位置插入帧，新建“图层 2”，在第 14 帧位置插入关键帧，将“DVD\源文件\第 11 章\素材\z2.jpg”导入场景中，使用“任意变形工具”调整刚刚导入图像的大小，如图 11-82 所示。新建“图层 3”，在第 47 帧位置插入关键帧，将“DVD\源文件\第 11 章\素材\z3.jpg”导入场景中，如图 11-83 所示。

步骤 8 新建“图层 4”，在第 72 帧位置插入关键帧，将“DVD\源文件\第 11 章\素材\z4.jpg”导入场景中，如图 11-84 所示。新建“图层 5”，在“图层 5”第 95 帧位置插入关键帧，使用“文本工具”在场景中输入如图 11-85 所示文本。

图 11-82　导入素材图像

图 11-83　导入素材图像

图 11-84　导入素材图像

图 11-85　输入文字

步骤 9 选中刚刚输入的文字，两次执行“修改>分离”命令，将文本分离为图形，按F8键，将图形转换成 “名称”为nice，“类型”为“图形”的元件，如图11-86所示。将场景中的元件向右移动，并设置其“属性”面板中Alpha值为0%，元件效果如图11-87所示。

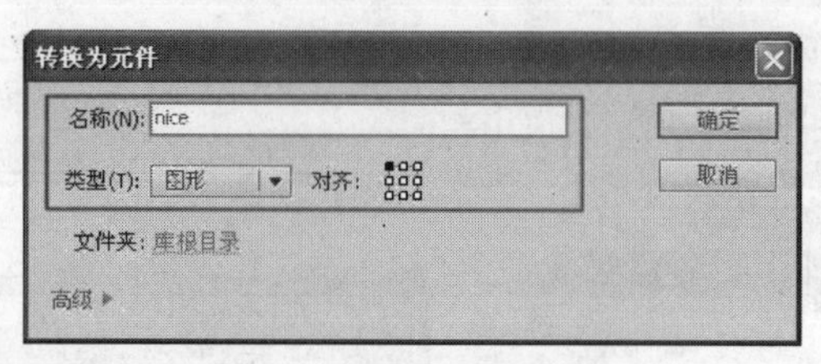

图11-86 “转换为元件”对话框

图11-87 元件效果

步骤 10 在“图层5”第118帧位置插入关键帧，将场景中的元件向左移动，并设置其“属性”面板中颜色“样式”为无，元件效果如图11-88所示。在第95帧位置创建传统补间动画。新建“图层6”，在第118帧位置插入关键帧，在“库”面板中将nice元件拖入场景中，如图11-89所示。

图11-88 元件效果

图11-89 拖入元件

步骤 11 在第139帧位置插入关键帧，将场景中的元件向上移动，并设置其“属性”面板中Alpha值为0%，元件效果如图11-90所示。在第118帧位置创建传统补间动画。新建“图层7”，在第95帧位置插入关键帧，在“库”面板中将“文字集合”元件拖入场景中，如图11-91所示。

步骤 12 在“图层7”第118帧位置插入关键帧，选中第95帧上的元件，设置其“属性”面板中Alpha值为0%，元件效果如图11-92所示。新建“图层8”，在第95帧位置插入关键帧，在“库”面板中将“丽的梦想”元件拖入场景中，如图11-93所示。

图11-90 元件效果

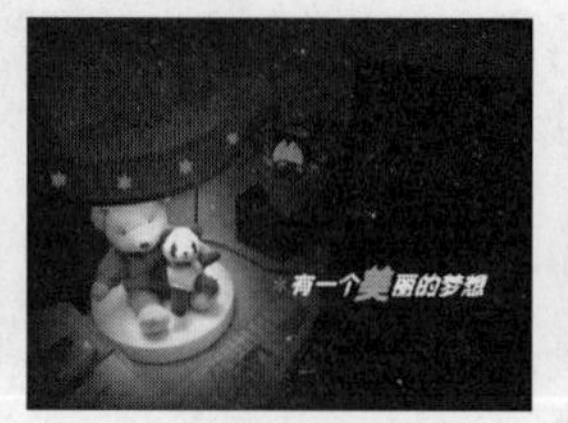

图11-91 拖入元件

图11-92 元件效果

图11-93 拖入元件

步骤 13 在第115帧位置插入关键帧，将场景中的元件向左移动，场景效果如图11-94所示。在第134帧位置单击，将场景中的元件向上移动，场景效果如图11-95所示。

步骤 14 分别选中“图层8”第95帧与第134帧上的元件，设置其“属性”面板中Alpha值为0%，元件效果如图11-96所示。分别在第95帧与第115帧位置创建传统补间动画。

步骤 15 在“时间轴”面板上新建“图层9”、“图层10”与“图层11”，参照“图层8”的制作方法，完成动画的制作，场景效果如图11-97所示，“时间轴”面板如图11-98所示。

图 11-94 场景效果

图 11-95 场景效果

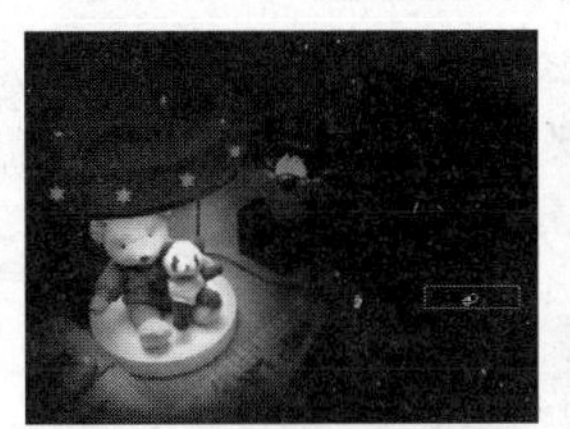

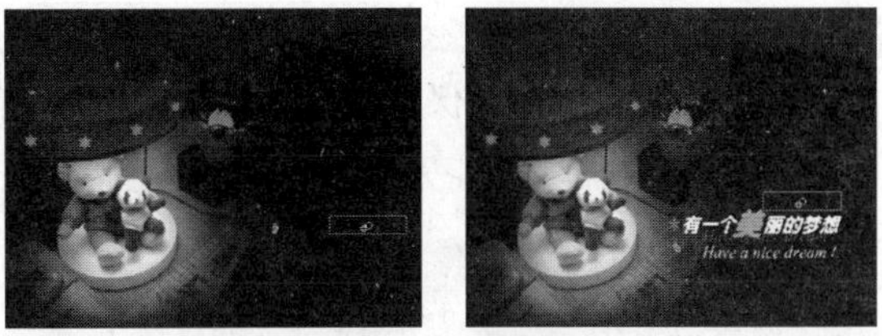

图 11-96 元件效果

步骤 16 新建“图层 12”，在第 145 帧位置插入关键帧，打开“DVD\源文件\第 11 章\素材\按钮.fla”，将外部库中“回放按钮”元件拖入场景中，如图 11-99 所示。选中刚刚拖入的元件，在“动作”面板中输入如图 11-100 所示脚本语言。

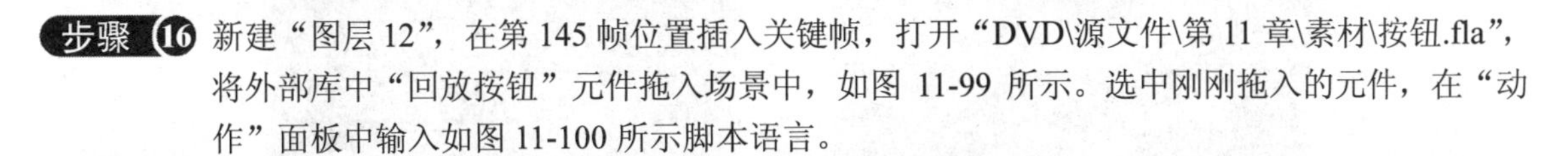

技巧 执行“文件>导入>导入到舞台”命令，打开“导入”对话框，按键盘上的 Ctrl+R 快捷键，也可以打开“导入”对话框。

图 11-97 场景效果

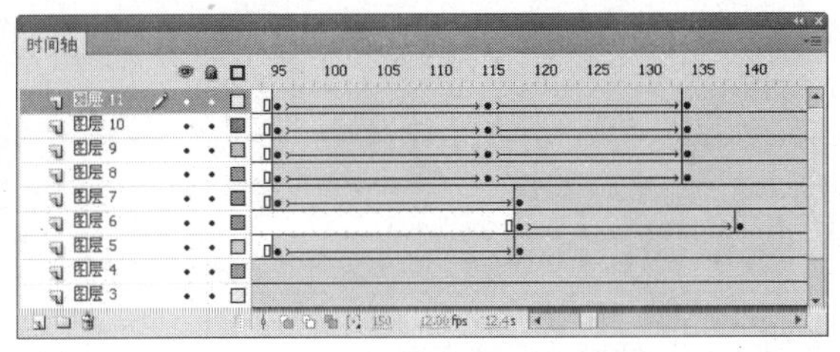

图 11-98 “时间轴”面板

图 11-99 拖入元件

步骤 17 在“图层 12”第 150 帧位置插入关键帧，选中第 145 帧上的元件，设置其“属性”面板中 Alpha 值为 0%，元件效果如图 11-101 所示。在第 145 帧位置创建传统补间动画，执行“文件>导入>导入到库”命令，导入将 “DVD\源文件\第 11 章\素材\声音 1.mp3”、“声音 2.mp3”、“声音 3.mp3”、“声音 4.mp3”。新建“图层 13”，在第 11 帧位置插入关键帧，设置“属性”面板中声音“名称”为“声音 1.mp3”，“时间轴”面板如图 11-102 所示。

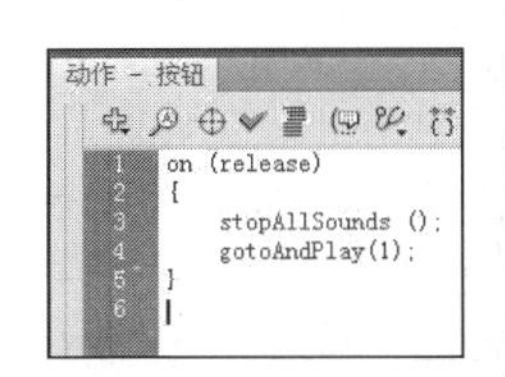

图 11-100 输入脚本语言

图 11-101 元件效果

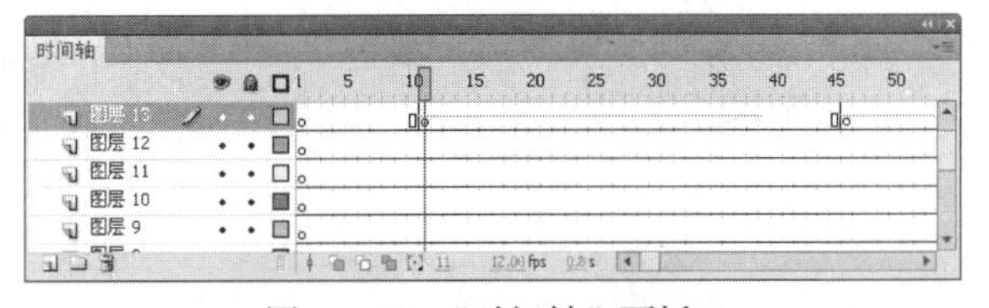

图 11-102 “时间轴”面板

步骤 18 在“图层 13”第 46 帧位置插入空白关键帧，设置“属性”面板中声音“名称”为“声音 2.mp3”，“时间轴”面板如图 11-103 所示。采用相同的方法，分别在“图层 13”第 71 帧与第 91 帧位置插入关键帧，分别设置“属性”面板中声音“名称”为“声音 3.mp3”与“声音 4.mp3”，“时间轴”面板如图 11-104 所示。

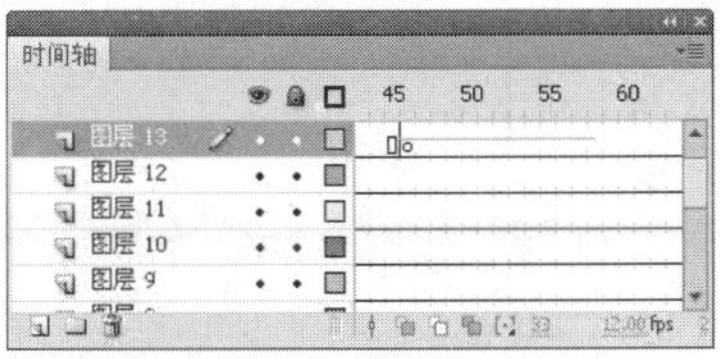

图 11-103 “时间轴”面板

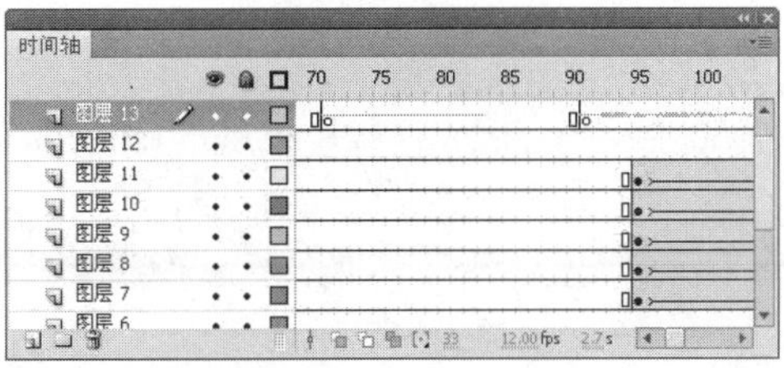

图 11-104“时间轴”面板

步骤 19 新建“图层 14”，在第 150 帧位置插入关键帧，在“动作”面板中输入“stop();”脚本语言。执行“文件>保存”命令，将动画保存为“DVD\源文件\第 11 章\生活贺卡.fla”，按 Ctrl+Enter 键测试影片，动画效果如图 11-105 所示。

图 11-105 预览动画效果

实例小结

本实例制作的贺卡以灰黑色为背景，给人一种安静、高贵、大方的感觉，动画中大量突出了生活的特点。

Example 实例 172 儿童静帧贺卡

案例文件	光盘\源文件\第 11 章\儿童静帧贺卡.fla
视频文件	光盘\视频\第 11 章\儿童静帧贺卡.swf
难易程度	★★★☆☆
学习时间	25 分钟

(1) (2) (3) (4)

1. 绘制出人物，并制作人物动画元件。采用相同的方法，制作出其他的动画元件。

2. 在主场景中制作动画效果，将制作好的元件动画拖入主场景并调整好位置。

3. 绘制动态文本框，并添加脚本语言调用文本。

4. 完成贺卡的制作，测试动画效果。

Example 实例 173　生日贺卡

案例文件	光盘\源文件\第 11 章\生日贺卡.fla
视频文件	光盘\视频\第 11 章\生日贺卡.swf
难易程度	★★★☆☆
学习时间	40 分钟
实例要点	➢ 将输入的文字分离为图形 ➢ 声音的导入与编辑
实例目的	通过本实例的制作，学会如何将声音导入“库”中以及为帧设置声音名称

操作步骤

步骤 1 新建一个 Flash 文档，如图 11-106 所示，单击“属性”面板的“设置”按钮，弹出“文档设置”对话框，设置“尺寸”为 400 像素×300 像素，“背景颜色”为#CCCCCC，“帧频”为 12，如图 11-107 所示。

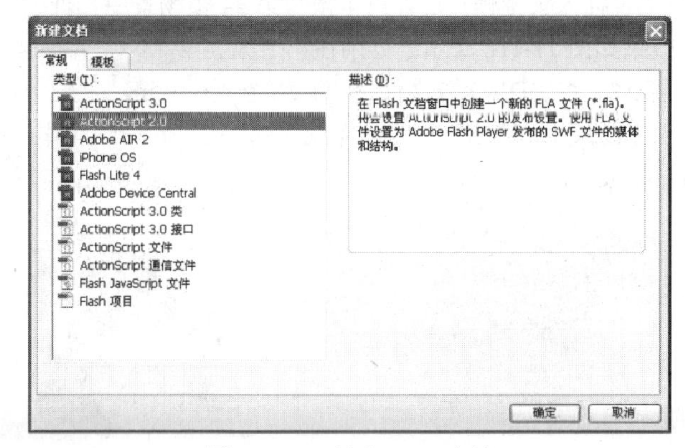

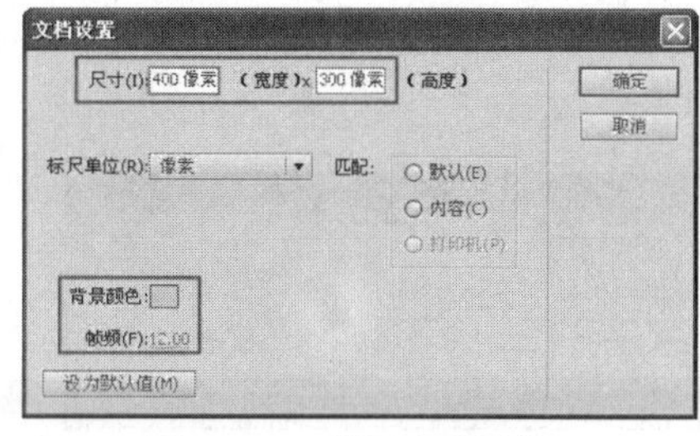

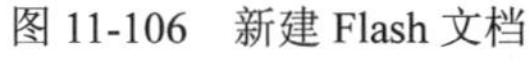

图 11-106　新建 Flash 文档　　图 11-107　设置文档属性

步骤 2 新建一个“名称”为“旋转背景”的“影片剪辑”元件，如图 11-108 所示。将“DVD\源文件\第 11 章\素材\s1.jpg”导入场景中，如图 11-109 所示。

步骤 3 选中导入的图像，按 F8 键，将图像转换成“名称”为“背景”的“图形”元件，如图 11-110 所示。选中场景中的元件，设置其“属性”面板中颜色“样式”为“高级”，设置对应参数如图 11-111 所示。

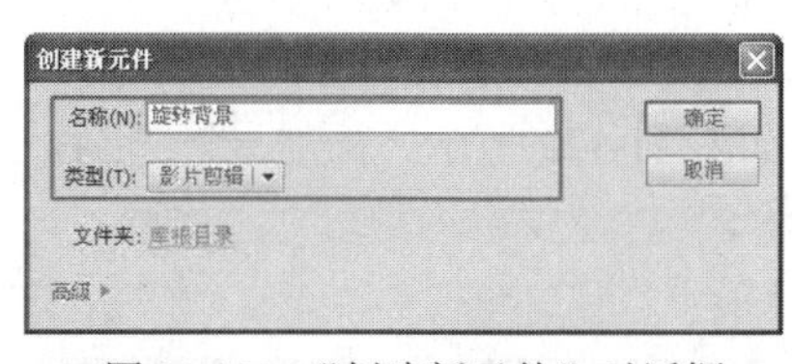

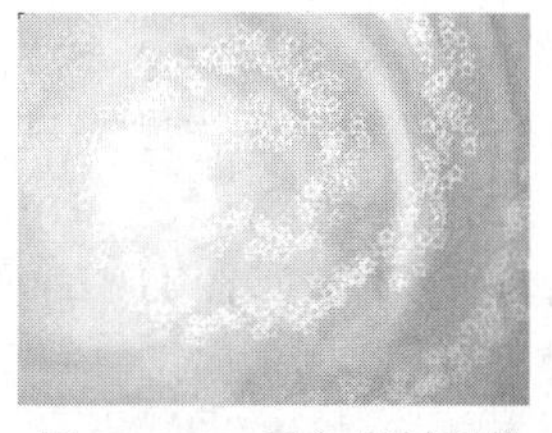

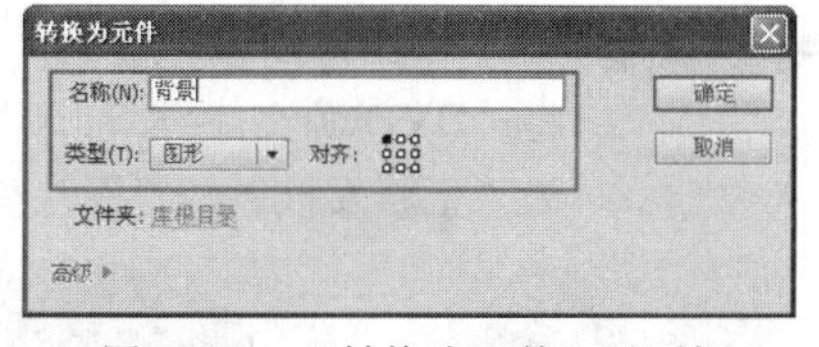

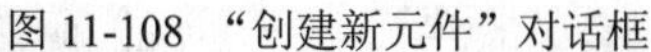

图 11-108　“创建新元件”对话框　　图 11-109　导入素材图像　　图 11-110　“转换为元件”对话框

步骤 4 在第 380 帧位置插入关键帧，在第 1 帧位置创建传统补间动画，在“属性”面板中设置旋转参数，如图 11-112 所示。新建一个“名称”为“蛋糕动画”的“影片剪辑”元件，如图 11-113 所示。

步骤 5 将“DVD\源文件\第 11 章\素材\s2.png”导入场景中，如图 11-114 所示。在“时间轴”面板中新建“图层 2”、“图层 3”与“图层 4”，打开外部库“DVD\源文件\第 11 章\素材\火苗.fla”，将外部库中的“跳动火苗”元件依次拖入“图层 2”、“图层 3”与“图层 4”中，场景效果如图 11-115 所示。

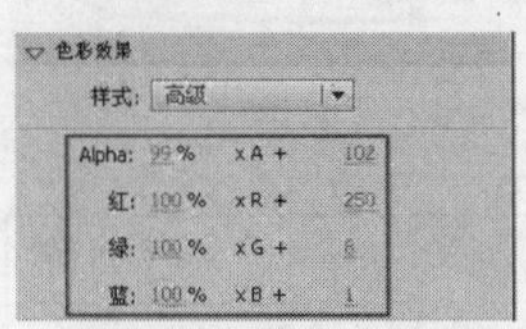
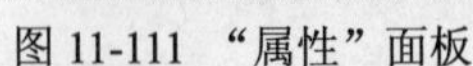
图 11-111 “属性”面板

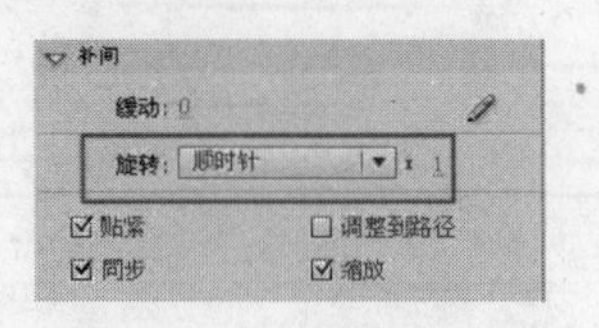
图 11-112 “属性”面板

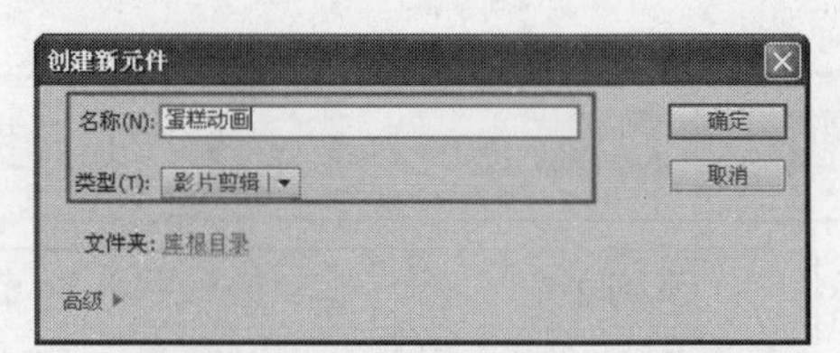

图 11-113 “创建新元件”对话框

步骤 6 新建一个“名称”为“人物动画”的“影片剪辑”元件，将“DVD\源文件\第 11 章\素材\s9.jpg”导入场景中，如图 11-116 所示。按 F8 键，将图像转换成“名称”为“头发”的“图形”元件，如图 11-117 所示。

图 11-114 导入素材图像

图 11-115 拖入元件

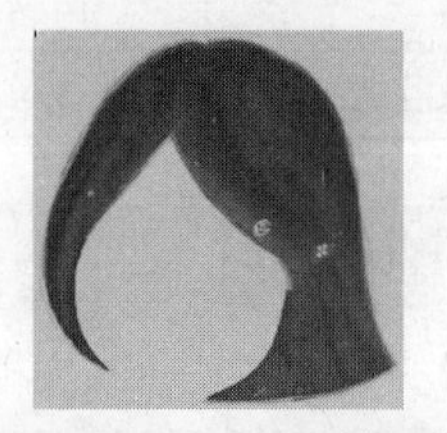
图 11-116 导入素材图像

步骤 7 分别在第 23 帧、第 44 帧与第 65 帧位置插入关键帧，设置第 1 帧与第 44 帧场景中元件 “属性”面板中 Alpha 值为 10%，元件效果如图 11-118 所示。分别在第 1 帧、第 23 帧与第 44 帧位置创建传统补间动画。新建“图层 2”，将“DVD\源文件\第 11 章\素材\s10.jpg”导入场景中，将导入的图像转换为元件，参照“图层 1”的制作方法，完成“图层 2”的动画制作，场景效果如图 11-119 所示，“时间轴”面板如图 11-120 所示。

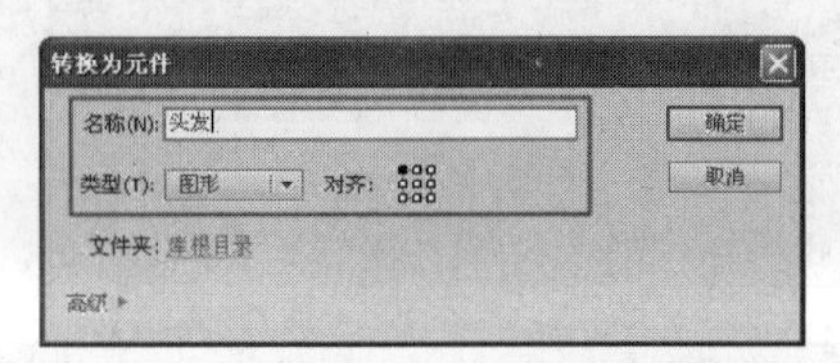

图 11-117 “转换为元件”对话框

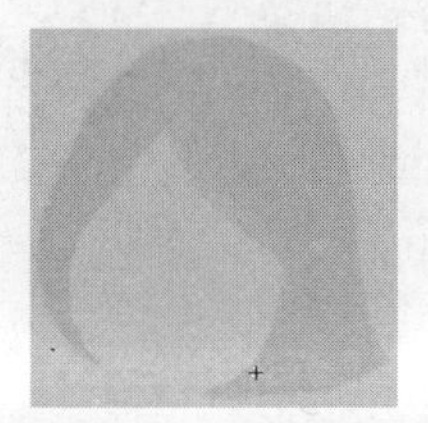
图 11-118 元件效果

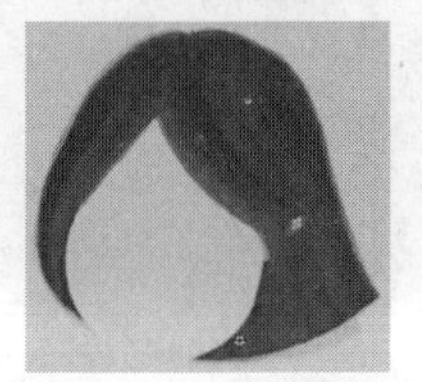
图 11-119 场景效果

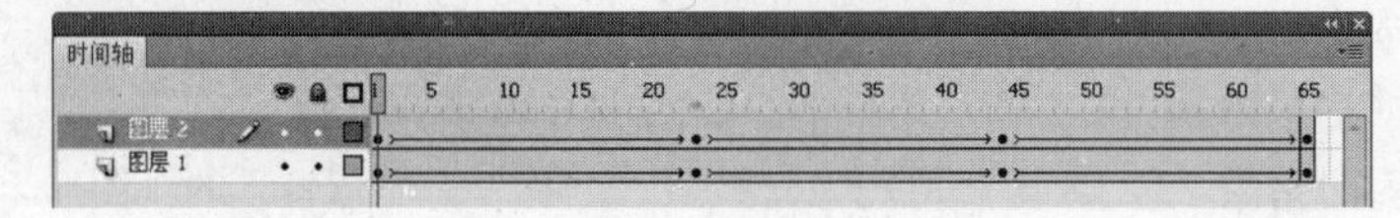

图 11-120 “时间轴”面板

步骤 8 新建“图层 3”，将“DVD\源文件\第 11 章\素材\4.png”导入场景中，如图 11-121 所示。新建“图层 4”，将“DVD\源文件\第 11 章\素材\s5.png”导入场景中，如图 11-122 所示。

步骤 9 在“图层 4”第 23 帧与第 43 帧位置插入关键帧，在第 21 帧与第 41 帧位置插入空白关键帧，将“DVD\源文件\第 11 章\素材\s6.png”导入场景中，如图 11-123 所示。新建一个“名称”为“蛋糕女孩”的“影片剪辑”元件，如图 11-124 所示。

图 11-121 导入素材图像

图 11-122 导入素材图像

图 11-123 导入素材图像

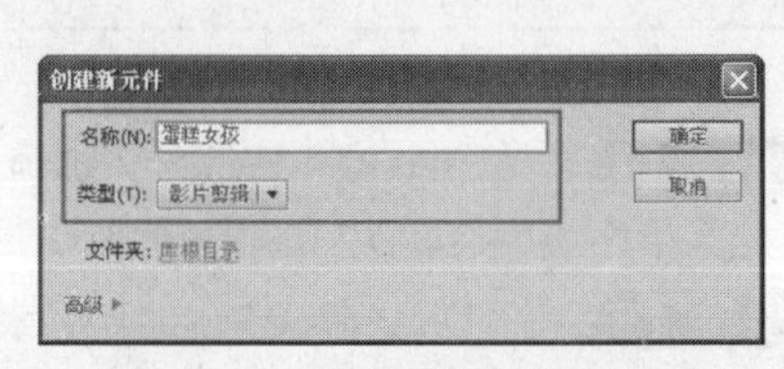

图 11-124 “创建新元件”对话框

步骤 10 执行“窗口>库”命令，将打开的“库”面板中“人物动画”元件拖入场景中，新建“图层 2”，将“蛋糕动画”元件从“库”面板中拖入到场景中，场景效果如图 11-125 所示。新建一个“名称”为“光晕动画”的“影片剪辑”元件，单击“椭圆工具”按钮，打开“颜色”面板，设置“笔触颜色”值为无，设置“填充颜色”的“类型”为“径向渐变”，设置从 Alpha 值为 100%的# FFFFFF 到 Alpha 值为 0%的# FFFFFF 的渐变，“颜色”面板如图 11-126 所示。

步骤 11 按住 Shift 键，在场景中绘制一个正圆，如图 11-127 所示。按 F8 键，将图像转换成“名称”为“光晕”的“图形”元件，在第 15 帧和第 23 帧位置插入关键帧，选中第 15 帧上的元件，使用“任意变形工具”将场景中的元件放大，如图 11-128 所示。在第 1 帧与第 15 帧位置创建传统补间动画。

图 11-125　场景效果

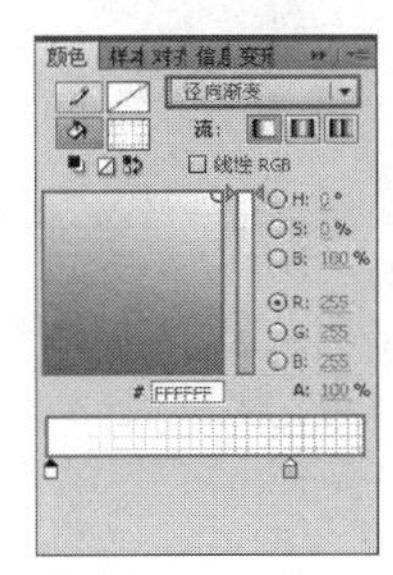
图 11-126　设置“颜色”面板

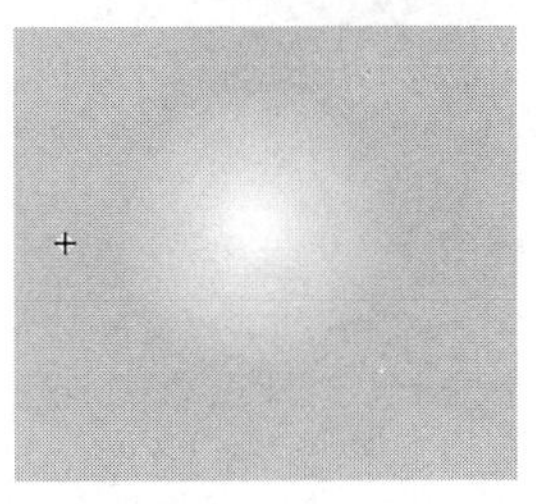
图 11-127　绘制正圆

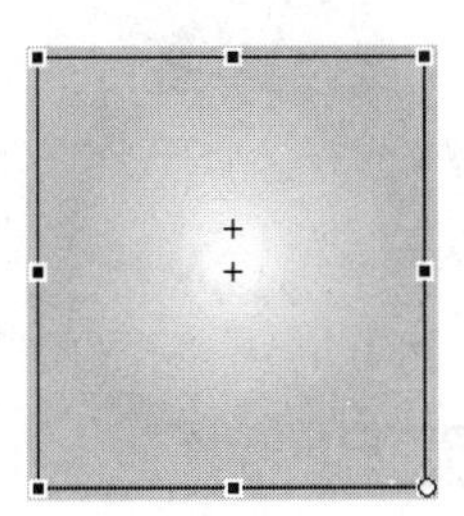
图 11-128　调整元件大小

步骤 12 返回“场景 1”编辑状态，将“库”面板中“旋转背景”元件拖入场景中，如图 11-129 所示。在第 371 帧位置插入帧，新建“图层 2”，在第 206 帧位置插入关键帧，将“库”面板中“蛋糕女孩”元件拖入场景中，如图 11-130 所示。

步骤 13 在“图层 2”第 276 帧位置插入关键帧，按住 Shift 键使用“任意变形工具”将场景中的元件等比例缩小，在第 206 帧位置创建传统补间动画，场景效果如图 11-131 所示。新建“图层 3”，在第 132 帧位置插入关键帧，将“蛋糕动画”元件从“库”面板中拖入场景中，在第 206 帧位置插入空白关键帧，场景效果如图 11-132 所示。

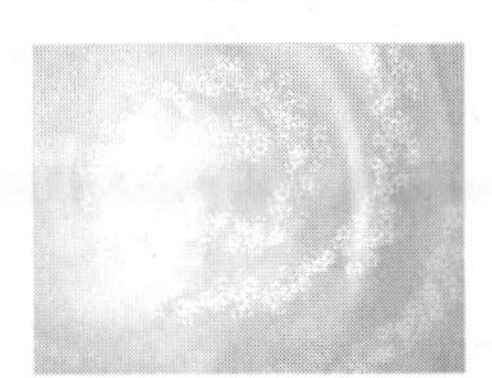
图 11-129　拖入元件

图 11-130　拖入元件

图 11-131　元件效果

图 11-132　拖入元件

步骤 14 新建“图层 4”，在“库”面板中将“人物动画”元件拖入场景中，在第 132 帧位置插入空白关键帧，场景效果如图 11-133 所示。新建“图层 5”，在第 132 帧位置插入关键帧，使用“文本工具”在场景中输入如图 11-134 所示文本。

步骤 15 选中输入的文字，两次执行“修改>分离”命令 2 次，将文字打散，按 F8 键，将文字转换成“名称”为“文字 1”的“图形”元件，在第 153 帧位置插入关键帧，选中第 132 帧上的元件，设置其“属性”面板中 Alpha 值为 0%，元件效果如图 11-135 所示。在第 206 帧位置插入空白关键帧，在第 132 帧位置创建传统补间动画。新建“图层 6”，在第 206 帧位置插入关键帧，将“DVD\源文件\第 11 章\素材\s7.png”导入场景中，如图 11-136 所示。

图 11-133　拖入元件

图 11-134　输入文字

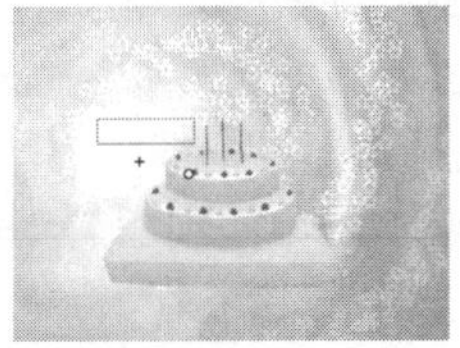
图 11-135　元件效果

图 11-136　导入素材图像

步骤 16 使用“选择工具”选中刚刚导入的图像，按F8键，将图像转换成“名称”为“嘴巴”，的“图形”元件，在第276帧位置插入关键帧，使用“任意变形工具”将场景中的元件缩小，如图11-137所示。在第297帧位置插入关键帧，选中场景中的元件，设置其“属性”面板中Alpha值为0%，元件效果如图11-138所示。在第206帧和第276帧位置创建传统补间动画。

步骤 17 新建“图层7”，在第276帧位置插入关键帧，将“DVD\源文件\第11章\素材\s8.png”导入场景中，如图11-139所示。选中导入的图像，将图像转换成“名称”为“大嘴巴”的“图形”元件，使用“任意变形工具”将场景中的元件缩小，如图11-140所示。

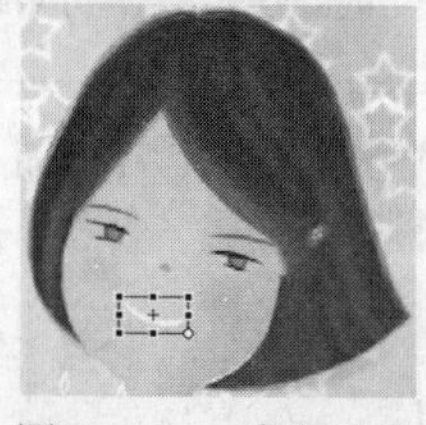

图11-137 缩小元件

图11-138 元件效果

图11-139 导入素材图像

图11-140 缩小元件

步骤 18 在第297帧位置插入关键帧，选中元件，设置其“属性”面板中Alpha值为0%，元件效果如图11-141所示。在第276帧位置创建传统补间动画。新建“图层8”，在第297帧位置插入关键帧，打开外部库“DVD\源文件\第11章\素材\飞舞星光.fla”，将外部库中“综合2”元件拖入场景中，如图11-142所示。

步骤 19 新建“图层9”，将“库”面板中“嘴巴”元件拖入场景中，在第132帧位置插入空白关键帧，场景效果如图11-143所示。新建“图层10”，在第13帧位置插入关键帧，在“库”面板中将“光晕动画”元件拖入场景中，如图11-144所示。

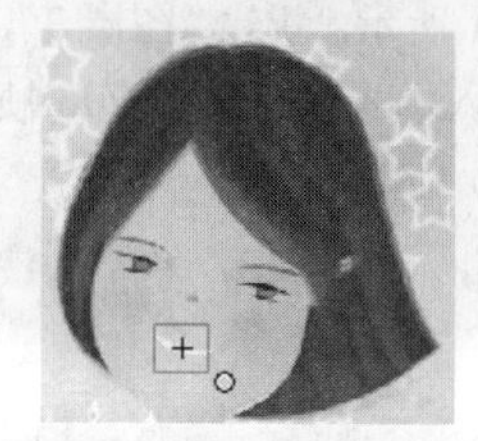
图11-141 元件效果

图11-142 拖入元件

图11-143 拖入元件

图11-144 拖入元件

步骤 20 在第35帧位置插入关键帧，选中第13帧上的元件，设置其“属性”面板中Alpha值为0%，元件效果如图11-145所示。在第132帧位置插入空白关键帧，在第13帧位置创建传统补间动画。新建“图层11”和“图层12”，参照“图层5”的制作方法，完成图层的动画制作，场景效果如图11-146所示。“时间轴”面板如图11-147所示。

图11-145 元件效果

图11-146 场景效果

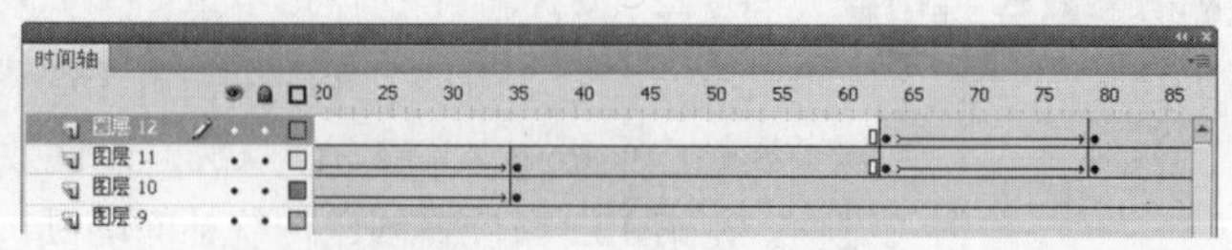

图11-147 “时间轴”面板

步骤 21 新建“图层13”，在第304帧位置插入关键帧，打开外部库“DVD\源文件\第11章\素材\按钮.fla”，将外部库中“回放按钮”元件拖入场景中，如图11-148所示。选中元件，在“动作”面板中输入如图11-149所示脚本语言。

步骤 22 使用“选择工具”选中刚刚拖入的元件，设置其“属性”面板中颜色“样式”为“高级”，设置对应参数，如图11-150所示。在第316帧位置插入关键帧，选中场景中的元件，设置其“属性”面板中颜色“样式”为“高级”，设置对应参数，如图11-151所示。

图 11-148　拖入元件

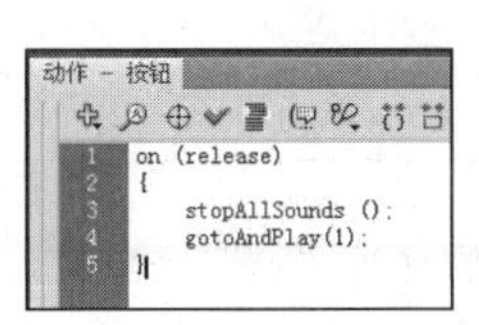

图 11-149　输入脚本语言

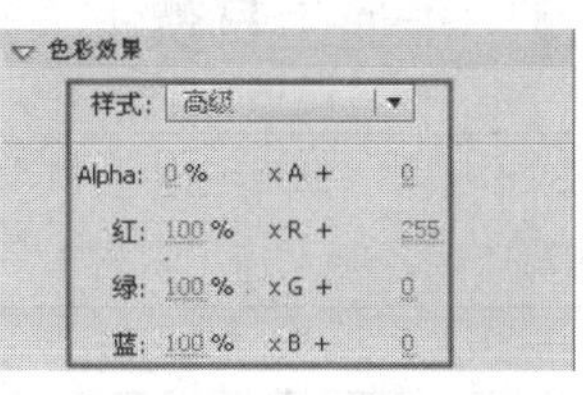

图 11-150　“属性”面板

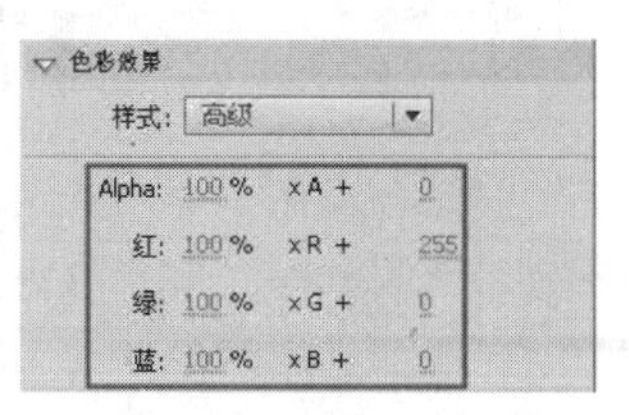

图 11-151　“属性”面板

步骤 23 元件效果如图 11-152 所示，在第 304 帧位置创建传统补间动画。新建“图层 14”和“图层 15”，参照“图层 11”与“图层 12”的制作方法，完成图层的动画制作，场景效果如图 11-153 所示。

图 11-152　元件效果

图 11-153　场景效果

步骤 24 “时间轴”面板如图 11-154 所示。将“DVD\源文件\第 11 章\素材\ss1.mp3”导入库中，新建“图层 16”，在第 2 帧位置插入关键帧，设置“属性”面板中声音“名称”为“ss1.mp3”，如图 11-155 所示。

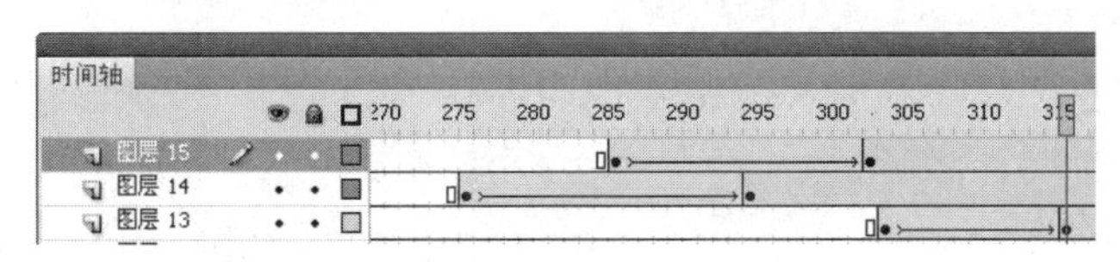

图 11-154　“时间轴”面板

图 11-155　“属性”面板

步骤 25 新建“图层 17”，在第 371 帧位置插入关键帧，在“动作”面板中输入“stop();”脚本语言。执行“文件>保存”命令，将动画保存为“DVD\源文件\第 11 章\生日贺卡.fla”，按 Ctrl+Enter 键测试影片，动画效果如图 11-156 所示。

图 11-156　预览动画效果

实例小结

本实例利用“椭圆工具”绘制蜡烛的光晕效果，利用常用脚本制作按钮，实现当贺卡动画播放完成时，单击“返回”按钮即可重新预览贺卡的动画效果。

Example 实例 174 卡通生日贺卡

案例文件	光盘\源文件\第 11 章\卡通生日贺卡.fla
视频文件	光盘\视频\第 11 章\卡通生日贺卡.swf
难易程度	★★★☆☆
学习时间	30 分钟

（1）

（2）

（3）

（4）

1. 导入相应的素材，制作小人沿引导线运动的动画，制作出入场的效果。

2. 制作场景动画效果。

3. 完成场景动画的制作，制作文字动画效果并为贺卡添加音乐。

4. 完成生日贺卡的制作，测试动画效果。

Example 实例 175 母亲节贺卡

案例文件	光盘\源文件\第 11 章\母亲节贺卡.fla
视频文件	光盘\视频\第 11 章\母亲节贺卡.swf
难易程度	★★★☆☆
学习时间	50 分钟
实例要点	➢ 文字的创建和动画制作 ➢ 制作人物的淡入淡出动画
实例目的	本实例使用“任意变形工具”调整元件的大小，制作出母亲节贺卡

操作步骤

步骤 1 新建一个 Flash 文档，如图 11-157 所示，单击“属性”面板的“编辑”按钮，弹出“文档设置”对话框，设置“尺寸”为 400 像素×300 像素，“背景颜色”为#FFFFFF，“帧频”为 12，如图 11-158 所示。

步骤 2 将“DVD\源文件\第 11 章\y1.jpg”导入场景中，如图 11-159 所示。选中素材图像，将其转换成“名称”为“背景图开场”的“图形”元件，如图 11-160 所示。

步骤 3 在第 55 帧位置插入关键帧，将场景中的元件向左移动，分别在第 116 帧和第 151 帧位置插入关键帧，选中第 151 帧上的元件，按住 Shift 键使用“任意变形工具”将元件等比例缩小，如图 11-161

所示。在第 161 帧位置插入空白关键帧，在第 1 帧和第 116 帧位置创建传统补间动画。新建“图层 2”，在第 108 帧位置插入关键帧，将“DVD\源文件\第 11 章\y2.jpg”导入场景中，如图 11-162 所示。

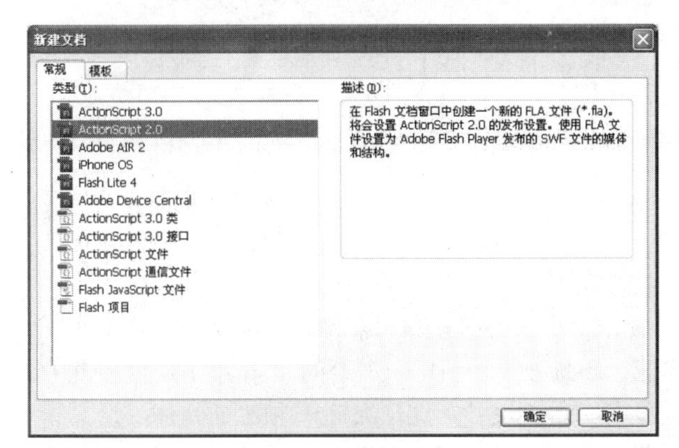

图 11-157　新建 Flash 文档

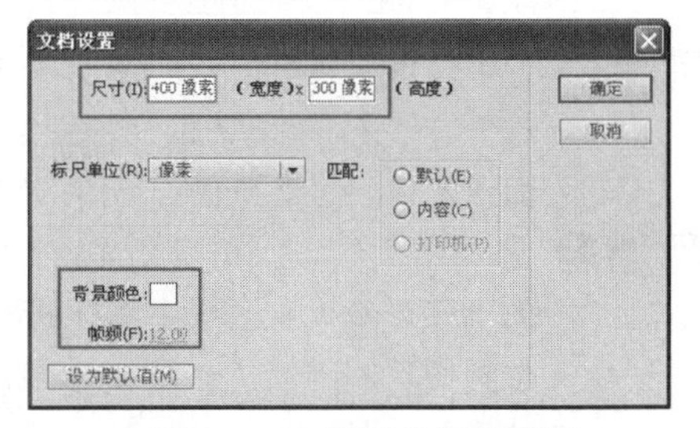

图 11-158　设置“文档属性”

图 11-159　导入素材图像

图 11-160　“转换为元件”对话框

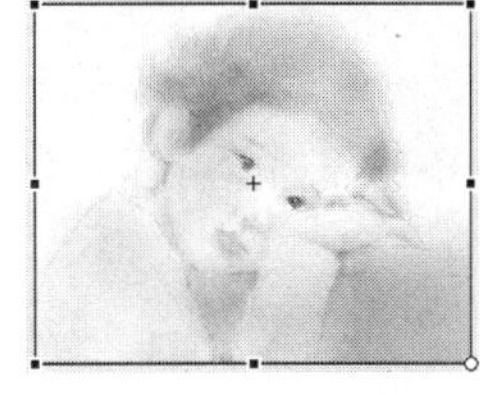

图 11-161　缩小元件

图 11-162　导入素材图像

技巧：在输入法为英文状态下，按键盘上的 Q 键，可以切换到“任意变形工具”的使用状态。

步骤 4 选中导入的图像，将其转换成“名称”为“闭眼”的“图形”元件，如图 11-163 所示。在“时间轴”面板第 116 帧位置插入关键帧，选中第 108 帧上的元件，设置其“属性”面板中 Alpha 值为 0%，元件效果如图 11-164 所示。

步骤 5 在“图层 2”第 151 帧位置插入关键帧，按住 Shift 键使用“任意变形工具”将场景中的元件等比例缩小，如图 11-165 所示。在第 161 帧位置插入空白关键帧，在第 108 帧和第 116 帧位置创建传统补间动画。新建“图层 3”，在第 138 帧位置插入关键帧，将“DVD\源文件\第 11 章\y3.jpg”导入场景中，如图 11-166 所示。

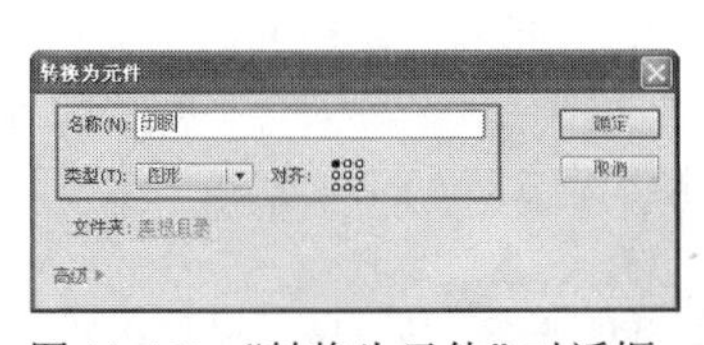

图 11-163　“转换为元件”对话框

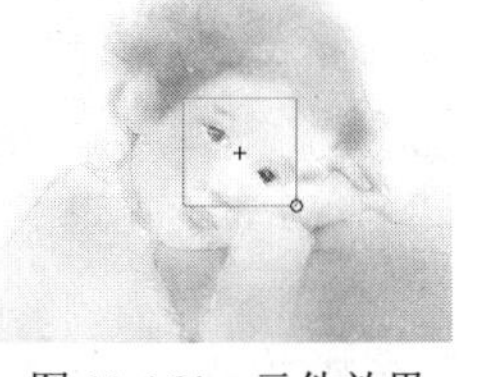

图 11-164　元件效果

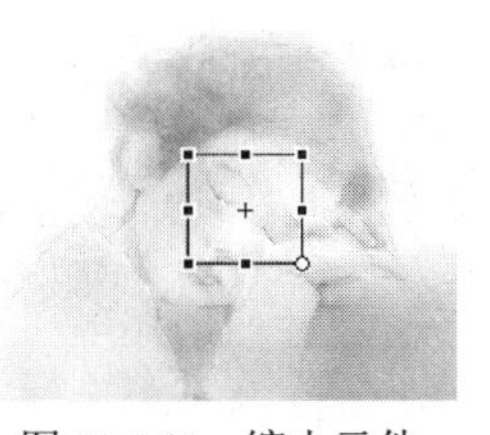

图 11-165　缩小元件

图 11-166　导入素材图像

步骤 6 选中刚导入图像，将其转换成“名称”为“过场脸庞”的“图形”元件，如图 11-167 所示。选中元件，设置其“属性”面板中 Alpha 值为 0%，元件效果如图 11-168 所示。

步骤 7 在“图层 3”第 161 帧位置插入关键帧，将场景中的元件向右移动，并设置其“属性”面板的“色彩效果”区域中“样式”为无，元件效果如图 11-169 所示。在第 291 帧位置插入空白关键帧，新建“图层 4”，在第 60 帧位置插入关键帧，使用“文本工具”在场景中输入如图 11-170 所示文本。

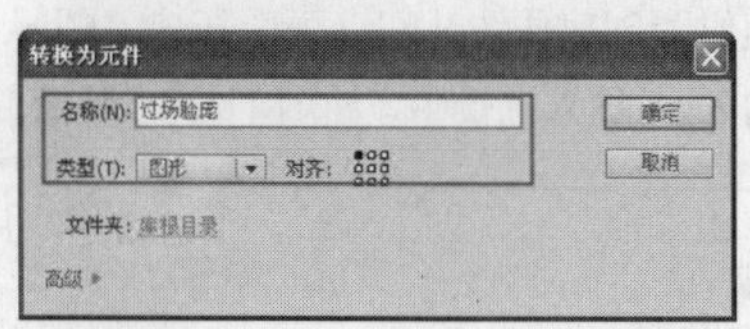

图 11-167 “转换为元件”对话框

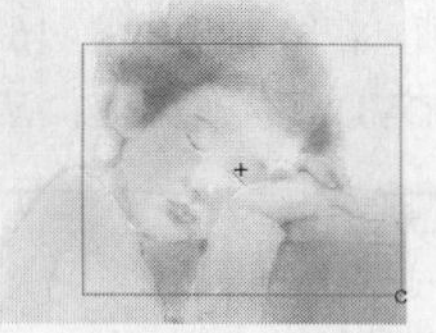
图 11-168 元件效果

图 11-169 元件效果

图 11-170 输入文字

步骤 8 选中文本，两次执行“修改>分离”命令，将文字分离为图形，按 F8 键，将图像转换成“名称”为“开场语言”的“图形”元件，如图 11-171 所示。选中场景中的元件，设置其“属性”面板中 Alpha 值为 0%，元件效果如图 11-172 所示。

步骤 9 在“图层 4”第 80 帧位置插入关键帧，将场景中的元件向左移动，并设置其“属性”面板的“色彩效果”区域中“样式”为无，场景效果如图 11-173 所示。在第 144 帧和第 162 帧位置插入关键帧，在第 163 帧位置插入空白关键帧，选中第 162 帧上的元件，设置其“属性”面板中 Alpha 值为 0%，元件效果如图 11-174 所示，在第 60 帧和第 144 帧位置创建传统补间动画。

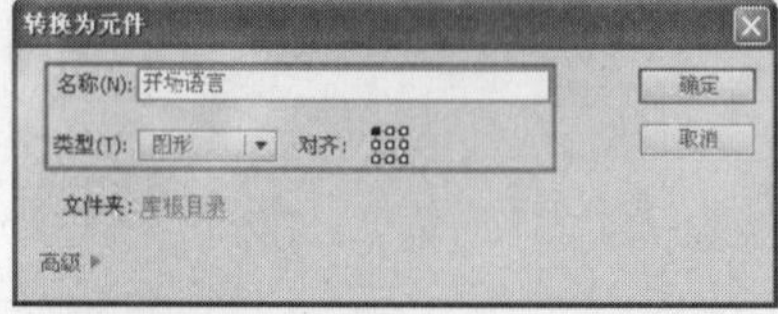

图 11-171 “转换为元件”对话框

图 11-172 元件效果

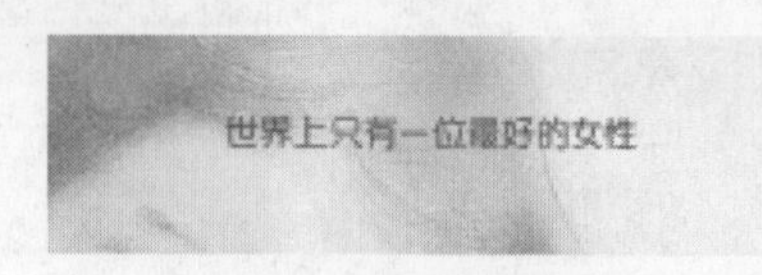

图 11-173 场景效果

步骤 10 在第 171 帧位置插入关键帧，使用“文本工具”在场景中输入如图 11-175 所示文本。对文字两次执行“修改>分离”命令，将文字分离为图形，按 F8 键，将图像转换成“名称”为“过场文字”的“图形”元件，设置其“属性”面板中 Alpha 值为 0%，元件效果如图 11-176 所示。

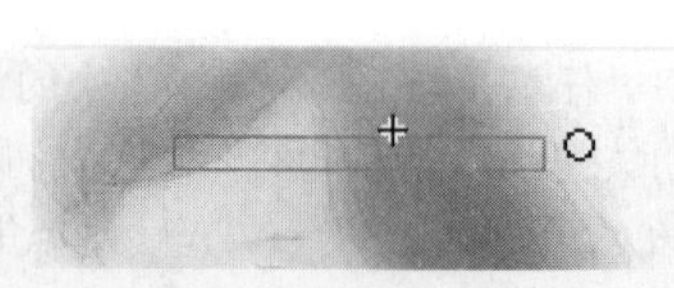
图 11-174 元件效果

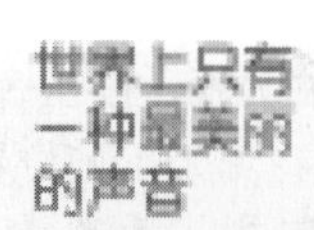

图 11-175 输入文字

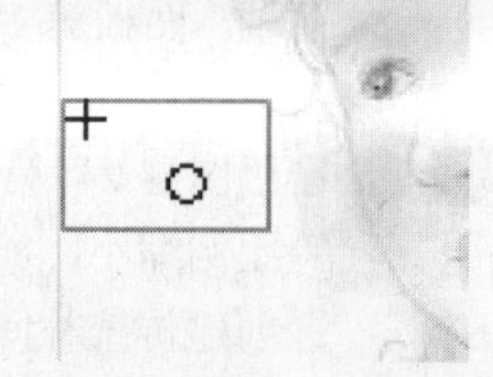
图 11-176 元件效果

步骤 11 在第 190 帧位置插入关键帧，选中场景中的元件，将其向右移动，设置其“属性”面板的“色彩效果”区域中“样式”为无，元件效果如图 11-177 所示。分别在第 235 帧和第 260 帧位置插入关键帧，在第 261 帧位置插入空白关键帧，选中第 260 帧上的元件，设置其“属性”面板中 Alpha 值为 0%，元件效果如图 11-178 所示。在第 171 帧和第 235 帧位置创建传统补间动画。

步骤 12 在“图层 4”第 276 帧位置插入关键帧，将“DVD\源文件\第 11 章\y4.jpg”导入场景中，如图 11-179 所示。选中导入的图像，将其转换成 “名称”为“结尾背景”，的“图形”元件，在第 292 帧位置插入关键帧，选中该帧上的元件，设置其“属性”面板中 Alpha 值为 0%，元件效果如图 11-180 所示。

步骤 13 在“图层 4”第 310 帧和 343 帧位置插入关键帧，选中第 343 帧上的元件，按住 Shift 键使用“任意变形工具”将元件等比例缩小，元件效果如图 11-181 所示。在第 276 帧和第 310 帧位置创建传统补间动画。新建“图层 5”，参照“图层 4”的制作方法，完成“图层 5”的动画制作，场景效果如图 11-182 所示。

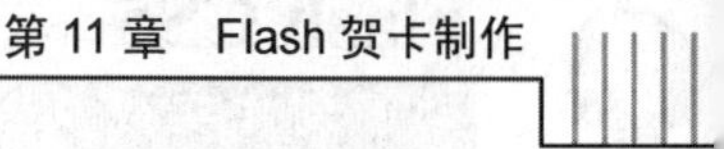

图 11-177　元件效果

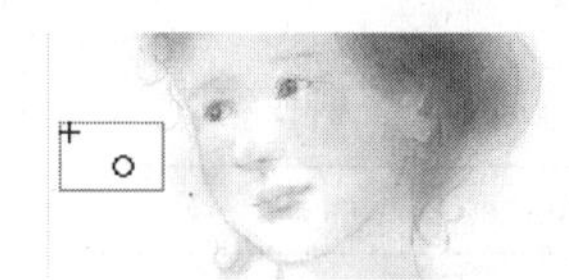

图 11-178　元件效果

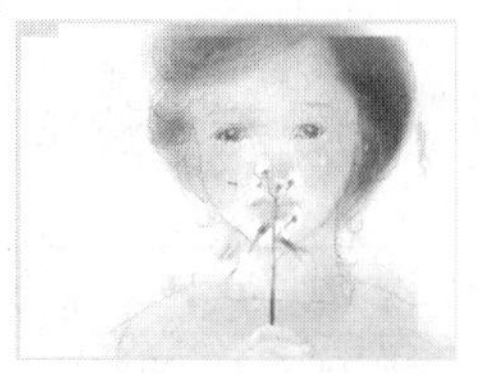

图 11-179　导入素材图像

图 11-180　元件效果

步骤 14 新建"图层 6",在第 329 帧位置插入关键帧,打开外部库"DVD\源文件\第 11 章\素材\按钮.fla",将外部库中"回放按钮"元件拖入场景中，如图 11-183 所示。选中元件，在"动作"面板中输入如图 11-184 所示脚本语言。

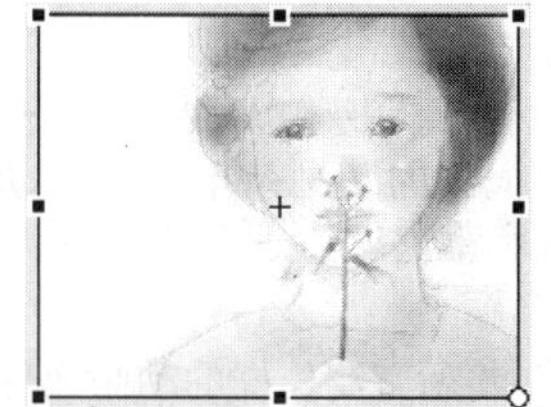

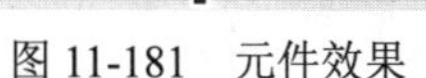

图 11-181　元件效果

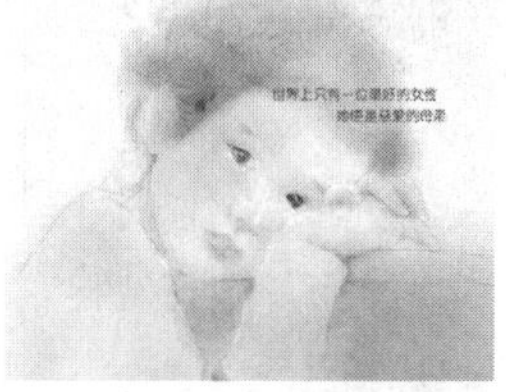

图 11-182　场景效果

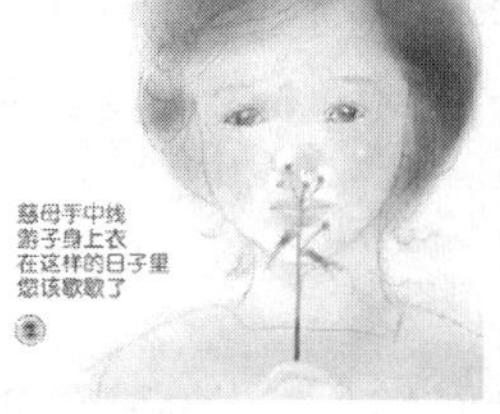

图 11-183　拖入元件

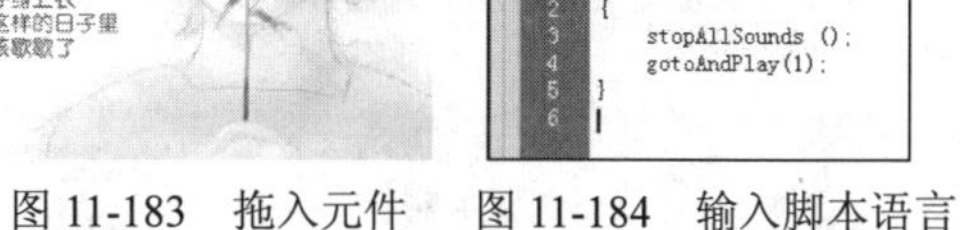

```
on (release)
{
    stopAllSounds ();
    gotoAndPlay(1);
}
```

图 11-184　输入脚本语言

步骤 15 选中拖入的元件，设置其"属性"面板上"色彩效果"区域中"样式"为"高级"，设置对应参数，如图 11-185 所示。在第 343 帧位置插入关键帧，选中元件，设置其"属性"面板的"色彩效果"区域中"样式"为"高级"，设置对应参数，如图 11-186 所示。

步骤 16 元件效果如图 11-187 所示，在第 329 帧位置创建传统补间动画。新建"图层 7"，将"DVD\源文件\第 11 章\素材\yy1.mp3"导入库中，单击第 1 帧位置，设置"属性"面板声音"名称"为"yy1.mp3"，如图 11-188 所示。

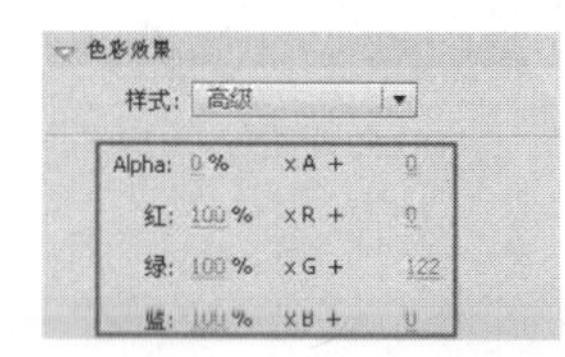

图 11-185　"属性"面板

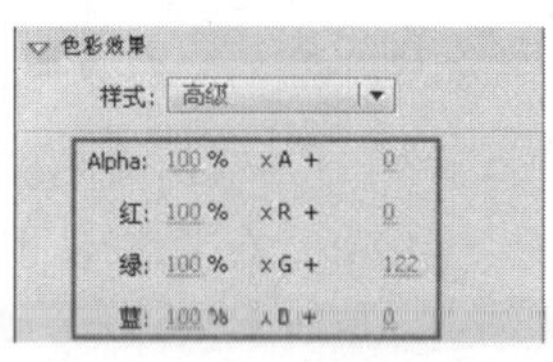

图 11-186　"属性"面板

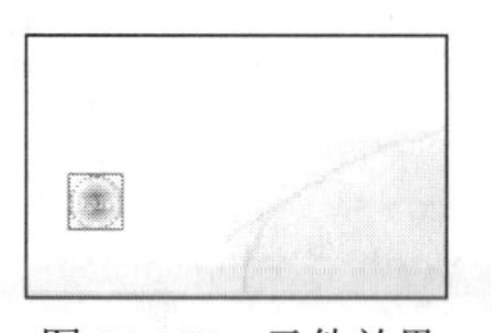

图 11-187　元件效果

图 11-188　"属性"面板

步骤 17 在"图层 7"第 343 帧位置插入关键帧，在"动作"面板中输入"stop();"脚本语言。执行"文件>保存"命令，将动画保存为"DVD\源文件\第 11 章\母亲节贺卡.fla"，按 Ctrl+Enter 键测试影片，动画效果如图 11-189 所示。

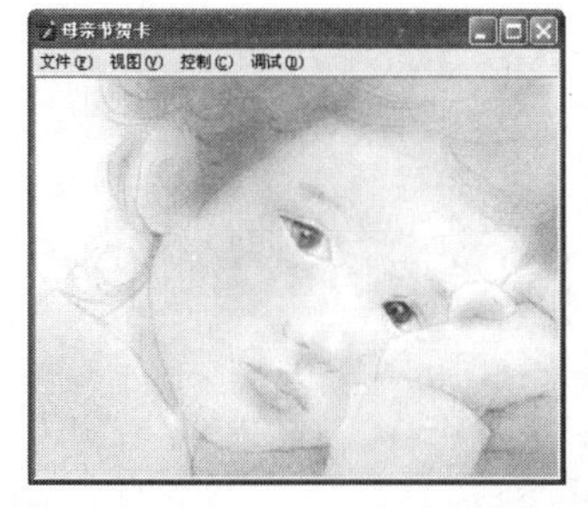

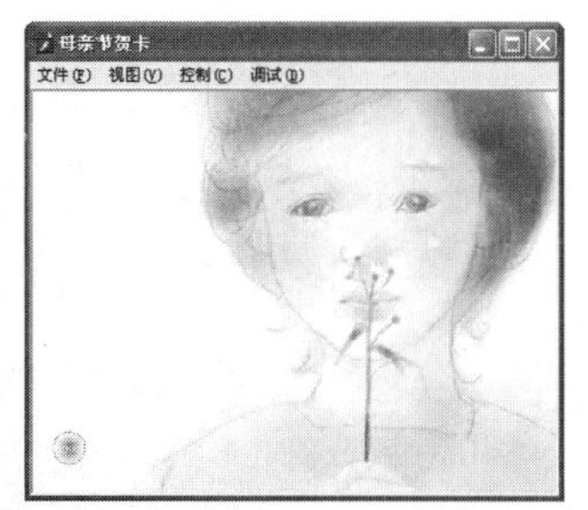

图 11-189　预览动画效果

实例小结

本实例中应用了大量的传统补间动画以丰富整个场景。为了烘托气氛，使用了较为柔软的淡入淡出动画效果，并配合轻柔的音乐，使贺卡的意境浑然天成。

Example 实例 176 新年贺卡

案例文件	光盘\源文件\第 11 章\新年贺卡.fla
视频文件	光盘\视频\第 11 章\新年贺卡.swf
难易程度	★★★☆☆
学习时间	30 分钟
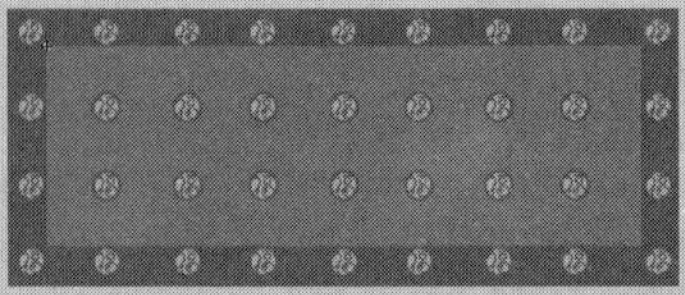 （1）  （2） 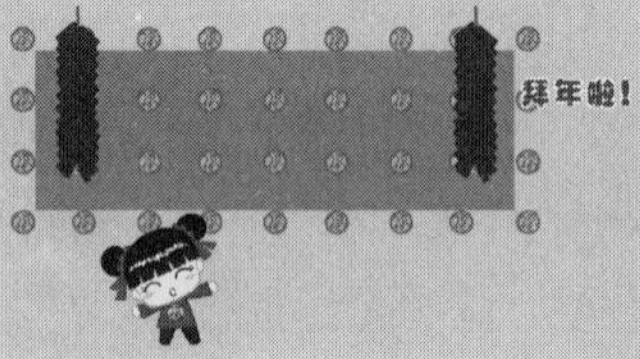 （3）  （4）	1．绘制背景，并制作出背景的动画效果。 2．绘制可爱的人物，并制作出人物的动画效果、文字动画和鞭炮动画。 3．将所有制作好的动画元件拖入主场景中。 4．完成新年贺卡的制作，测试动画效果。

第 12 章　Flash 游戏设计

■　本章内容

- 插杀游戏
- 找茬游戏
- 抓不着游戏
- 推箱子游戏
- 空中大战游戏
- 接金币游戏
- 碰撞游戏
- 蚂蚁武士游戏
- 龙珠游戏
- 对对碰游戏

游戏制作是 Flash 动画制作中较高级的动画制作类型，动画效果基本上都是通过脚本语言控制各种元件来完成的，动画中常常会涉及各种动画类型。通过脚本语言可以实现因特网上的对战游戏，实现与数据库交换数据等。本章主要通过几个实例，让读者更深入地了解与掌握在 Flash 中，制作各种游戏的方法。

Example 实例 177　插杀游戏

案例文件	光盘\源文件\第 12 章\插杀游戏.fla
视频文件	光盘\视频\第 12 章\插杀游戏.swf
难易程度	★★★☆☆
学习时间	30 分钟
实例要点	➢ “影片剪辑”元件的创建与应用 ➢ “实例名称”的设置
实例目的	本实例将实现当点击某个按钮时，即会跳转到相应的帧并播放动画，从而达到插杀的效果

操作步骤

步骤 1 新建一个 Flash 文档，如图 12-1 所示，单击“属性”面板的“编辑”按钮，弹出“文档设置”对话框，设置“尺寸”为 600 像素 × 700 像素，“帧频”为 20，保持其他默认设置，如图 12-2 所示。

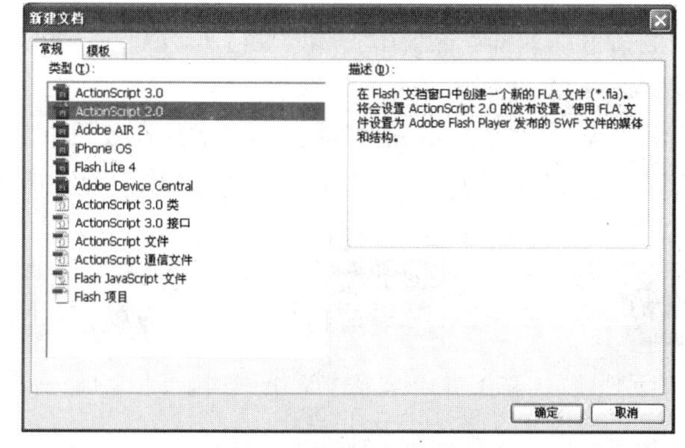

图 12-1　新建 Flash 文档

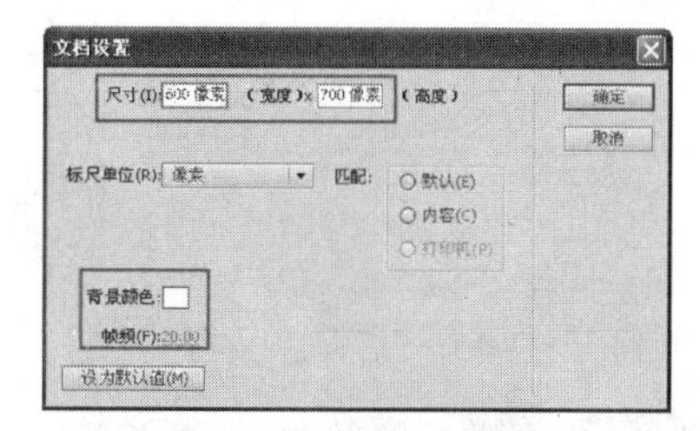

图 12-2　设置文档属性

步骤 2 新建一个“名称”为“刺刀动画”的“影片剪辑”元件，如图 12-3 所示。单击“矩形工具”按钮，设置其“属性”面板中“笔触颜色”为“无”，“填充颜色”为#000000，在场景中绘制一个尺寸为 10 像素 × 45 像素的矩形，场景效果如图 12-4 所示，在第 10 帧位置插入帧。

步骤 3 新建“图层 2”，将“光盘\源文件\第 12 章\素材\tuxiang03.png”导入场景中，调整图像在场景中的位置，场景效果如图 12-5 所示。按 F8 键，将图像转换成“名称”为“刀”的“图形”元件，如图 12-6 所示。

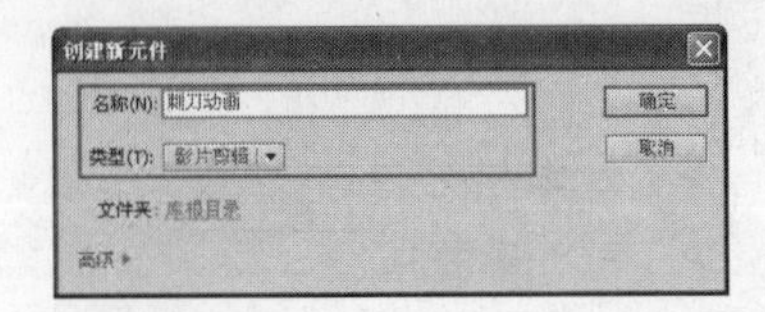

图 12-3 “创建新元件”对话框

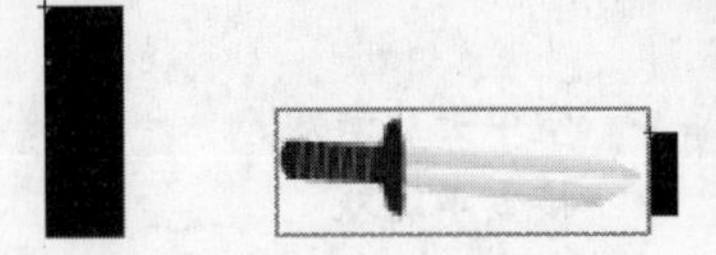

图 12-4 绘制矩形　图 12-5 导入图像

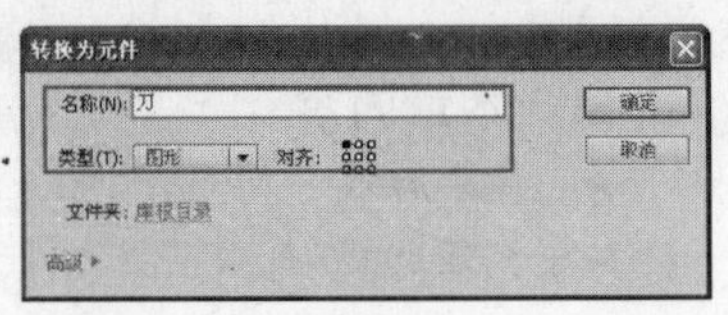

图 12-6 “转换为元件”对话框

步骤 4 分别在第 3 帧、第 5 帧和第 10 帧位置插入关键帧，使用“选择工具”水平向右移动元件，场景效果如图 12-7 所示，将第 3 帧场景中的元件水平向左移动，场景效果如图 12-8 所示。分别在第 1 帧、第 3 帧和第 5 帧位置创建传统补间动画。

步骤 5 新建“图层 3”，在第 1 帧位置单击，在“动作”面板中输入“stop();”脚本语言，如图 12-9 所示。在第 10 帧位置插入关键帧，在“动作”面板中输入“stop();”脚本语言，完成后的“时间轴”面板如图 12-10 所示，将“图层 2”拖到“图层 1”下面。

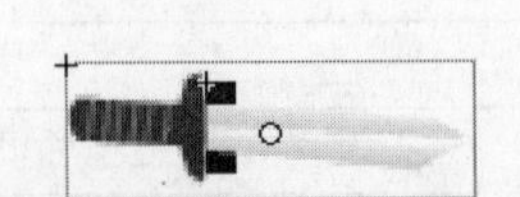

图 12-7 水平向右移动元件

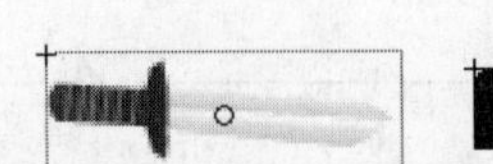

图 12-8 水平向左移动元件

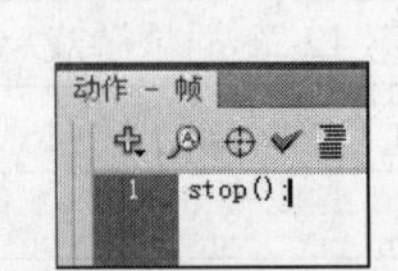

图 12-9 输入脚本语言

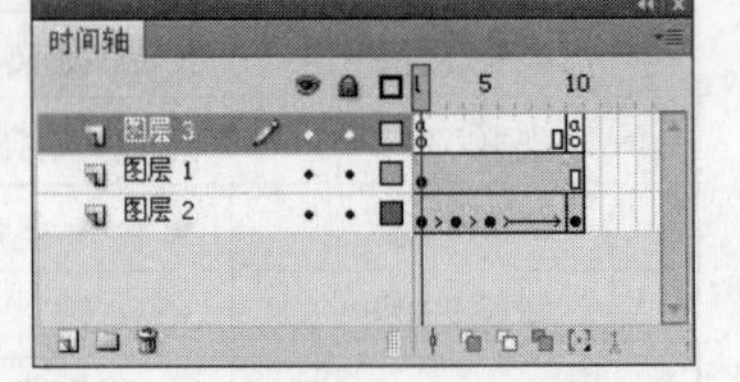

图 12-10 完成后的“时间轴”面板

步骤 6 新建一个“名称”为“开始”的“按钮”元件，将“光盘\源文件\第 12 章\素材\tuxiang05.png”导入场景中，如图 12-11 所示。按 F8 键，将图像转换成“名称”为“开始图像”的“图形”元件，分别在“指针经过”、“按下”和“点击”位置插入关键帧，“时间轴”面板如图 12-12 所示。

图 12-11 导入图像

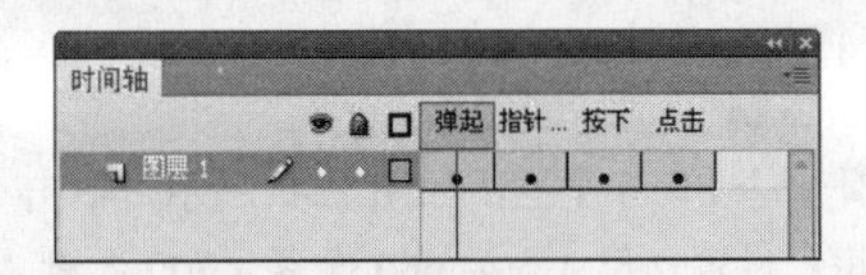

图 12-12 “时间轴”面板

步骤 7 选择“指针经过”状态中的元件，设置其“属性”面板中“亮度”值为-20%，“属性”面板如图 12-13 所示，完成后的元件效果如图 12-14 所示。

步骤 8 按住 Shift 键使用“任意变形工具”将“按下”状态中的元件等比例缩小，元件效果如图 12-15 所示。采用 “开始”元件的制作方法，制作出“退出”元件，元件效果如图 12-16 所示。

图 12-13 “属性”面板

图 12-14 完成后的元件效果

图 12-15 将元件等比例缩小

图 12-16 元件效果

步骤 9 新建一个“名称”为“继续游戏”的“按钮”元件，单击“文本工具”按钮T，设置其中字体为“汉仪中圆简”，“大小”为 40，“颜色”为#000000，“属性”面板如图 12-17 所示，在场景中输入如图 12-18 所示文本。

步骤 10 在“指针经过”位置插入关键帧，修改“颜色”为#666666，文本效果如图 12-19 所示。在“按下”位置插入空白关键帧，按住 Shift 键使用“任意变形工具”将文本等比例缩小，如图 12-20

所示。在“点击”位置插入空白关键帧，使用“矩形工具”在场景中绘制一个尺寸为 225 像素 × 42 像素的矩形。

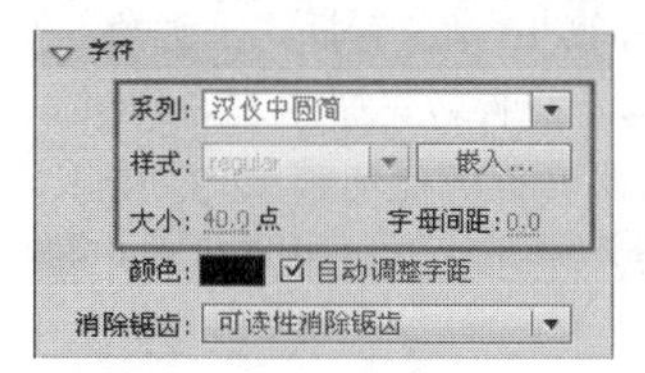

图 12-17 “属性”面板

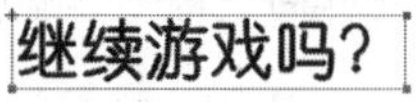

继续游戏吗？

图 12-18　输入文本

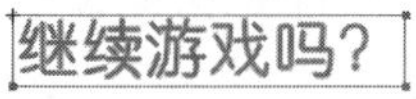

继续游戏吗？

图 12-19　调整文本颜色

继续游戏吗？

图 12-20　将文本等比例缩小

步骤 11 新建一个“名称”为“反应区”的“按钮”元件，在“点击”位置插入关键帧，“时间轴”面板如图 12-21 所示。按住 Shift 键使用“椭圆工具”在在场景中绘制一个尺寸为 50 像素 × 50 像素的正圆，场景效果如图 12-22 所示。

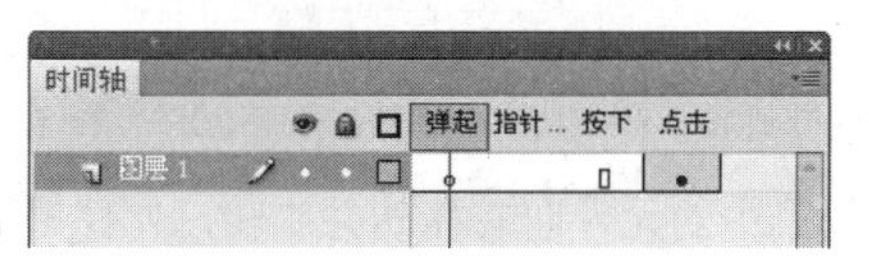

图 12-21 “时间轴”面板

图 12-22　绘制正圆

步骤 12 返回“场景 1”编辑状态，将“光盘\源文件\第 12 章\素材\tuxiang01.jpg”导入场景中，如图 12-23 所示。在第 45 帧位置插入帧，新建“图层 2”，将“光盘\源文件\第 12 章\素材\tuxiang02.png”导入场景中，调整图像的位置，如图 12-24 所示，在第 10 帧位置插入空白关键帧。

步骤 13 新建“图层 3”，将“开始”元件从“库”面板中拖入场景中，场景效果如图 12-25 所示。在“动作”面板中输入如图 12-26 所示的脚本语言，在第 10 帧位置插入空白关键帧。

图 12-23　导入图像

图 12-24　导入图像

图 12-25　拖入元件

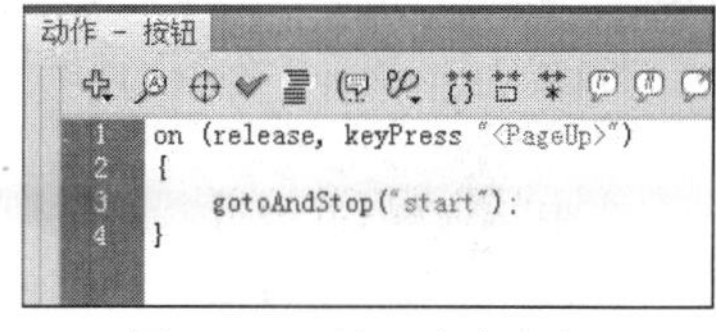

图 12-26　输入脚本语言

步骤 14 新建“图层 4”，将“退出”元件从“库”面板中拖入场景中，场景效果如图 12-27 所示。在“动作”面板中输入如图 12-28 所示的脚本语言。

步骤 15 新建“图层 5”，在第 20 帧位置插入关键帧，单击“矩形工具”按钮，设置其“属性”面板中“笔触颜色”为“无”，“填充颜色”为#000000，在场景中绘制一个尺寸为 600 像素 × 700 像素的矩形，场景效果如图 12-29 所示。分别在第 23 帧、第 26 帧、第 29 帧和第 32 帧位置插入关键帧，在第 33 帧位置插入空白关键帧，分别选择第 23 帧和第 29 帧场景中的矩形，修改其 “填充颜色”为#FF0000，完成后的图形效果如图 12-30 所示。

12-27　拖入元件

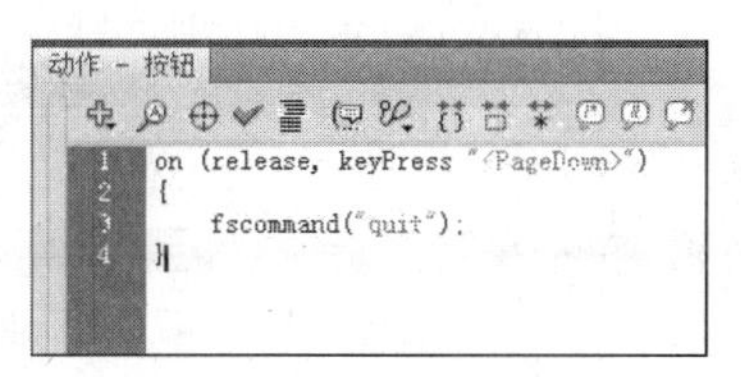

图 12-28　输入脚本语言

图 12-29　绘制矩形

图 12-30　调整“填充颜色”

步骤 16 新建“图层 6”，在第 10 帧位置插入关键帧，将“光盘\源文件\第 12 章\素材\tuxiang07.png”导入场景中，调整图像在的位置，如图 12-31 所示。按 F8 键，将图像转换成“名称”为“海盗”的“图形”元件，分别在第 33 帧、第 34 帧、第 35 帧、第 36 帧和第 40 帧位置插入关键帧，使用“任意变形工具”将第 34 帧场景中的元件垂直向上移动并旋转，元件效果如图 12-32 所示。

步骤 17 使用“任意变形工具”将第 35 帧场景中的元件向上移动并旋转，元件效果如图 12-33 所示。使用“任意变形工具”将第 36 帧场景中的元件向上移动并旋转，元件效果如图 12-34 所示。

图 12-31　导入图像

图 12-32　将元件垂直向上移动并旋转

图 12-33　移动并旋转元件

图 12-34　移动并旋转元件

步骤 18 使用“任意变形工具”将第 40 帧场景中的元件向右移动并旋转，元件效果如图 12-35 所示。在第 36 帧位置创建传统补间动画，完成后的“时间轴”面板如图 12-36 所示。

图 12-35　移动并旋转元件

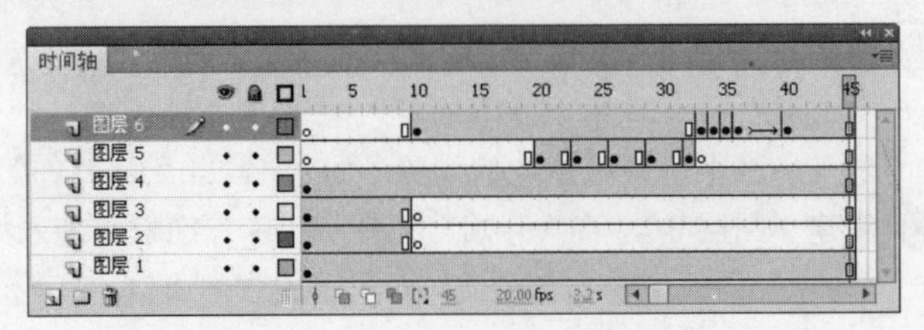

图 12-36　完成后的“时间轴”面板

步骤 19 新建“图层 7”，在第 10 帧位置插入关键帧，将“光盘\源文件\第 12 章\素材\tuxiang04.png”导入场景中，调整图像的位置，如图 12-37 所示。选中“图层 6”的第 10 帧到第 45 帧，在选中的帧上单击右键，在弹出的菜单中选择“复制帧”命令，新建“图层 8”，在第 10 帧位置插入关键帧，将第 10 帧到第 45 帧全部选中，在选中的帧上单击右键，在弹出的菜单中选择“粘贴帧”命令，完成后的“时间轴”面板如图 12-38 所示。

图 12-37　导入图像

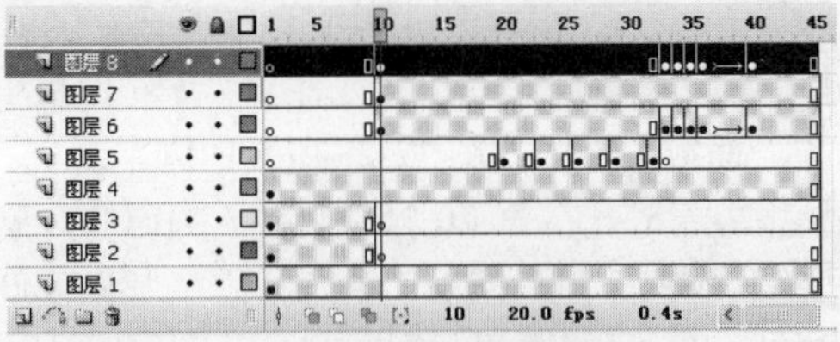

图 12-38　完成后的“时间轴”面板

步骤 20 新建“图层 9”，在第 10 帧位置插入关键帧，使用“椭圆工具”在场景中绘制一个椭圆，如图 12-39 所示。将“图层 9”设置为“图层 8”的遮罩层，“时间轴”面板如图 12-40 所示。

图 12-39　绘制椭圆

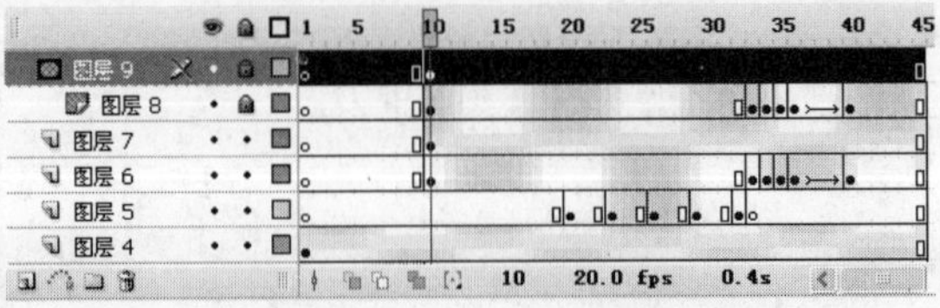

图 12-40　“时间轴”面板

步骤 21 新建“图层 10”，在第 10 帧位置插入关键帧，将“刺刀动画”元件从“库”面板中拖入场景中，场景效果如图 12-41 所示，确认选中刚刚拖入的元件，设置其“属性”面板中“实例名称”为 insert1_mc，如图 12-42 所示。

步骤 22 采用“图层 10”的制作方法，制作出“图层 11”、“图层 12”、“图层 13”、“图层 14”和“图层 15”，场景效果如图 12-43 所示。新建“图层 16”，在第 10 帧位置插入关键帧，将“光盘\源文件\第 12 章\素材\tuxiang08.png”导入场景中，调整图像在场景中的位置，如图 12-44 所示。

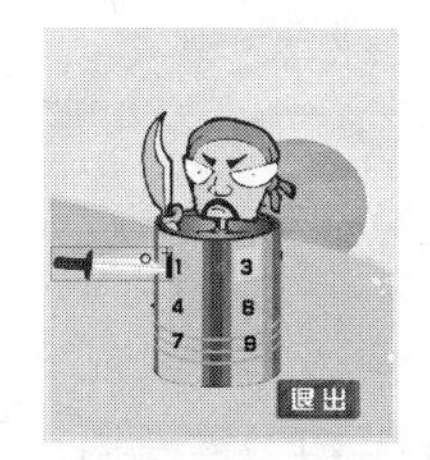

图 12-41　拖入元件

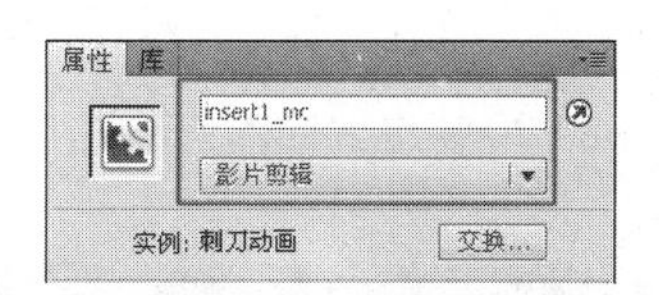

图 12-42　“属性”面板

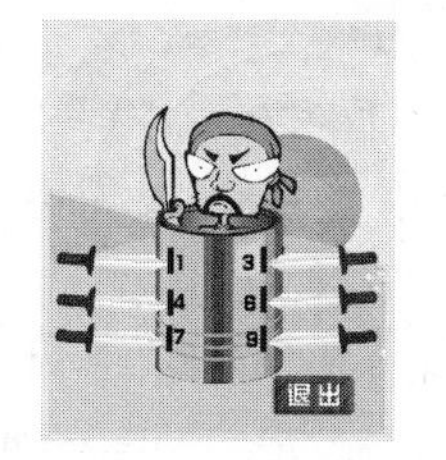

图 12-43　完成后的场景效果

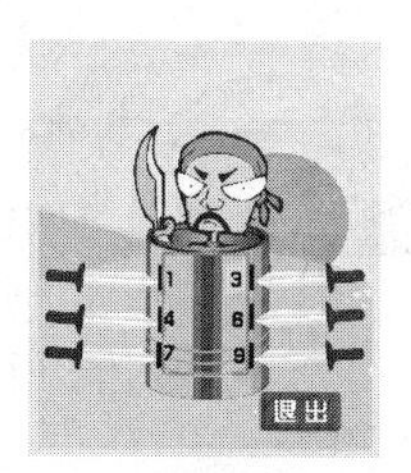

图 12-44　导入图像

步骤 23 新建“图层 17”，在第 10 帧位置插入关键帧，将“反应区”元件从“库”面板中拖入场景中，场景效果如图 12-45 所示。在“动作”面板中输入如图 12-46 所示的脚本语言，在第 21 帧位置插入空白关键帧。

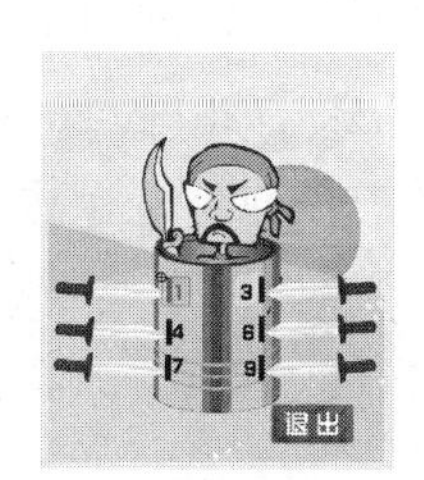

图 12-45　拖入元件

```
on (release, keyPress "1")
{
    if (hole == 0)
    {
        gotoAndPlay("win");

    }
    tellTarget("/insert1_mc")
    {
        play ();
    }
}
```

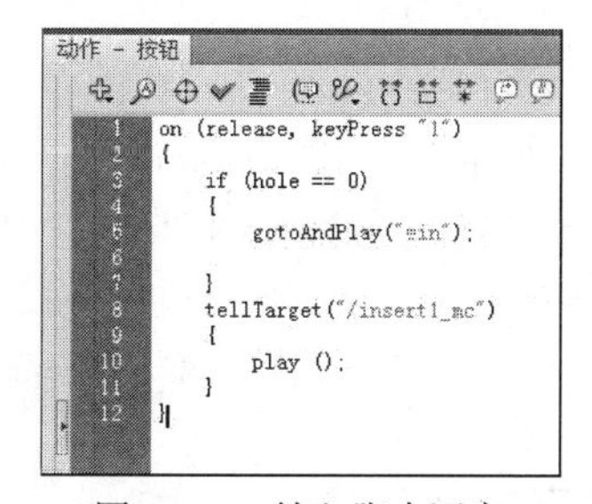

图 12-46　输入脚本语言

步骤 24 采用“图层 17”的制作方法，制作出“图层 18”、“图层 19”、“图层 20”、“图层 21”和“图层 22”，完成后的“时间轴”面板如图 12-47 所示，场景效果如图 12-48 所示。

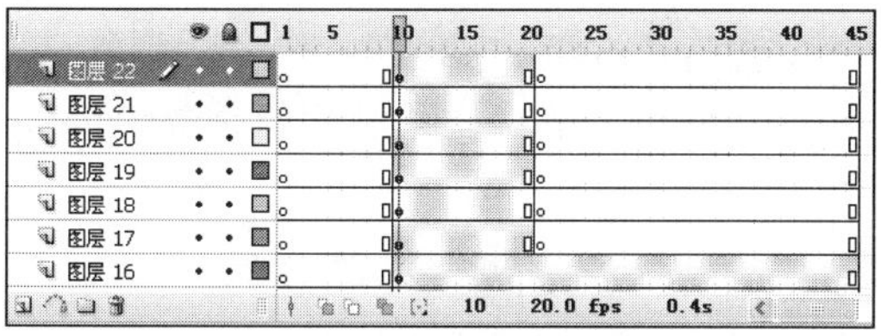

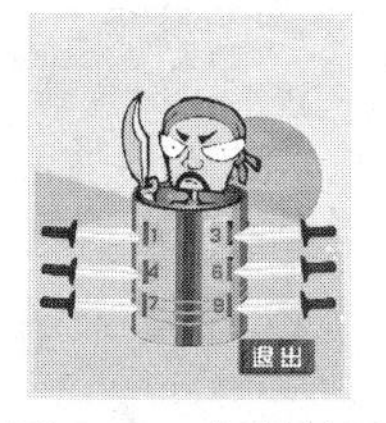

图 12-47　完成后的“时间轴”面板

图 12-48　场景效果

步骤 25 新建“图层 23”，在第 45 帧位置插入关键帧，单击“文本工具”按钮，设置其字体为“汉仪中圆简”，“大小”为 50，“颜色”为#FF0000，如图 12-49 所示。在场景中输入“啊，好惨呐！”文本，如图 12-50 所示。

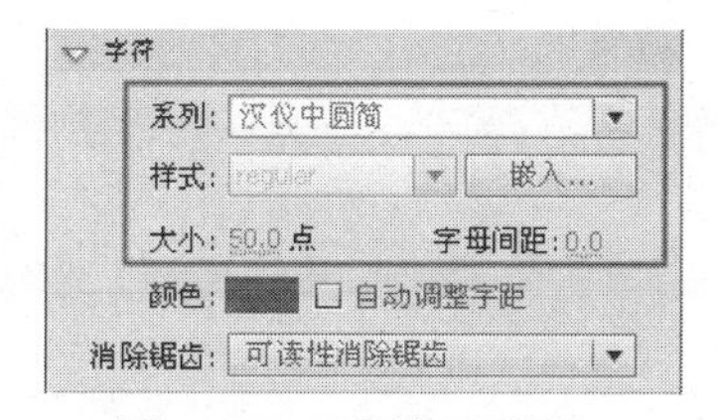

图 12-49　“属性”面板

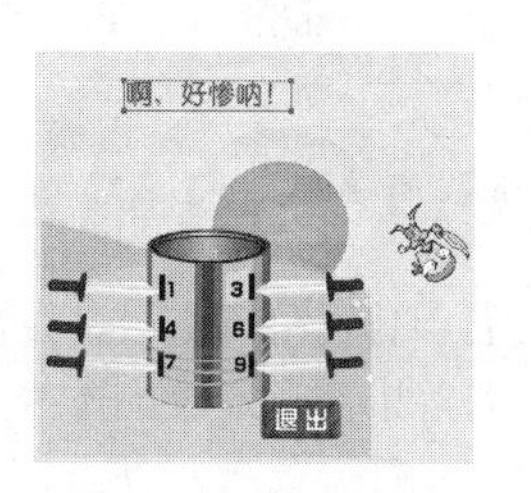

图 12-50　输入文本

步骤 26 新建“图层 24”，在第 45 帧位置插入关键帧，将“继续游戏”元件拖入场景中，如图 12-51 所示，在“动作”面板中输入如图 12-52 所示脚本语言。

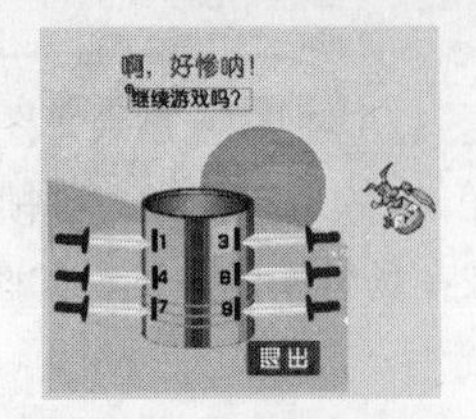

图 12-51 拖入元件

图 12-52 输入脚本语言

步骤 27 新建“图层 25”，设置第 1 帧的帧标签为 menu，“属性”面板如图 12-53 所示。在第 10 帧位置插入关键帧，设置其帧标签为 start，在第 20 帧位置插入关键帧，设置其帧标签为 win，完成后的“时间轴”面板如图 12-54 所示。

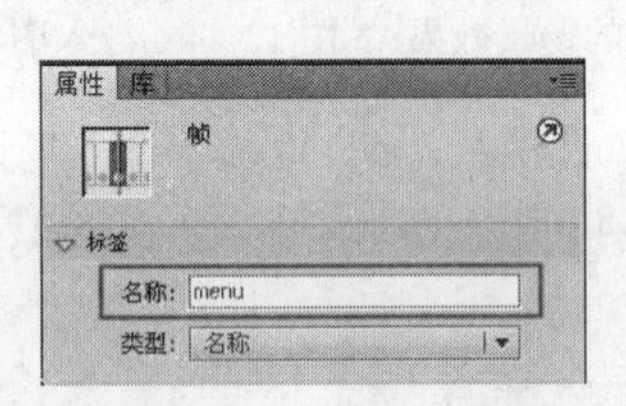

图 12-53 “属性”面板

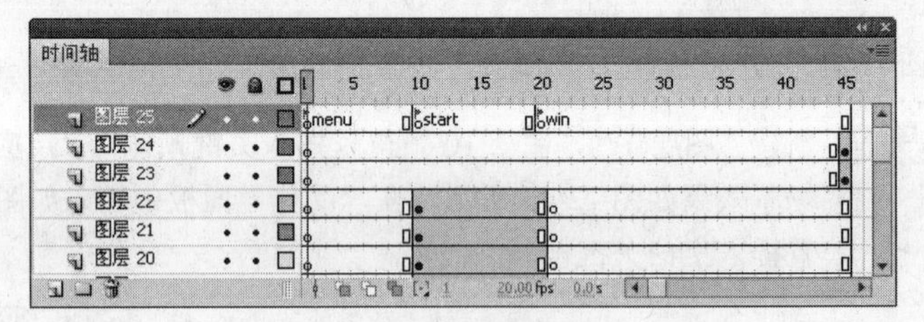

图 12-54 完成后的“时间轴”面板

步骤 28 新建“图层 26”，在第 1 帧位置单击，在“动作”面板中输入如图 12-55 所示的脚本语言。在第 10 帧位置插入关键帧，在“动作”面板中输入“hole = random(5);”脚本语言，在第 45 帧位置插入关键帧，在“动作”面板中输入“stop();”脚本语言，“时间轴”面板如图 12-56 所示。

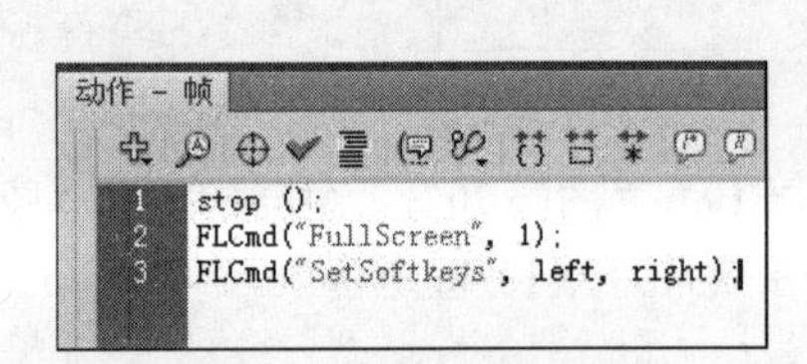

图 12-55 输入脚本语言

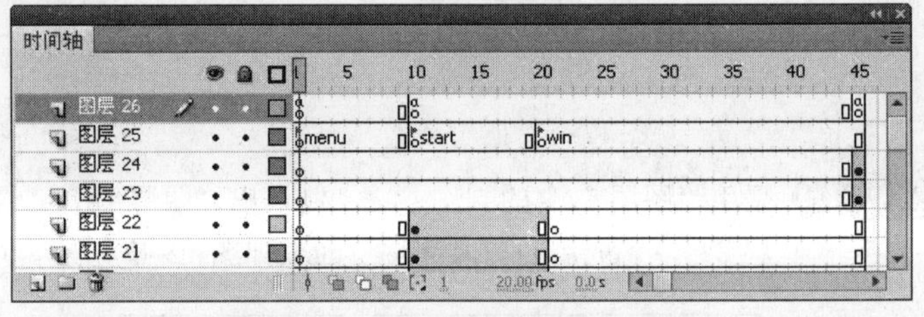

图 12-56 完成后的“时间轴”面板

步骤 29 执行“文件>保存”命令，将动画保存为“光盘\源文件\第 10 章\插杀游戏.fla”，按 Ctrl+Enter 键测试影片，动画效果如图 10-57 所示。

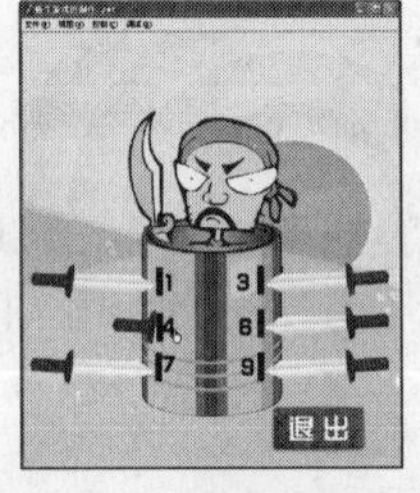

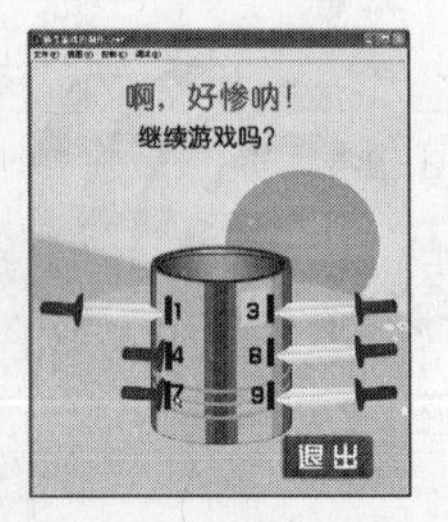

图 12-57 预览动画效果

实例小结

本实例的重点是利用脚本语言控制影片的播放，通过本实例的学习，读者可以了解到游戏制作中大部分的效果都是通过脚本来实现的。

Example 实例 178 找茬游戏

案例文件	光盘\源文件\第 12 章\找茬游戏.fla
视频文件	光盘\视频\第 12 章\找茬游戏.swf
难易程度	★★☆☆☆
学习时间	25 分钟
（1） （2） （3） （4）	1．创建相应的元件，制作出游戏开始界面，并为元件添加脚本代码。 2．新建元件，打开外部库，通过外部库中的元件制作出游戏主界面效果。 3．拖入相应的元件，并为各元件设置“实例名称”，添加相应的脚本代码。 4、完成找茬游戏的制作，测试游戏动画效果。

Example 实例 179 抓不着游戏

案例文件	光盘\源文件\第 12 章\抓不着游戏.fla
视频文件	光盘\视频\第 12 章\抓不着游戏.swf
难易程度	★★★☆☆
学习时间	25 分钟
实例要点	➢ 脚本的应用 ➢ “色彩效果”的设置
实例目的	本实例将实现当光标经过某个按钮时，即会播放相应的动画，从而达到抓不着的效果

操作步骤

步骤 1 新建一个 Flash 文档，如图 12-58 所示，单击“属性”面板的“编辑”按钮，弹出“文档设置”对话框，设置“尺寸”为 500 像素 × 375 像素，保持其他默认设置，如图 12-59 所示。

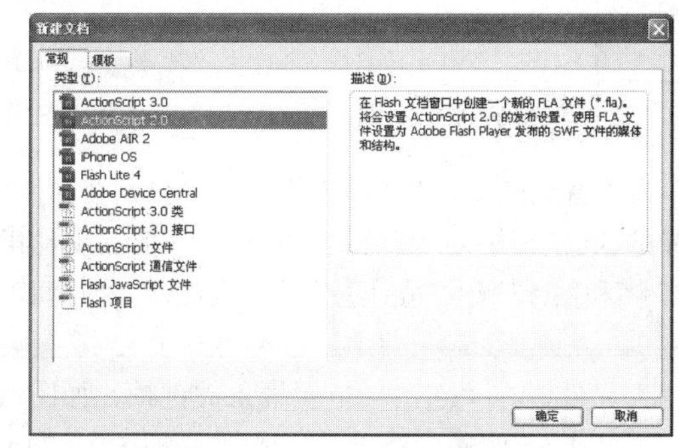

图 12-58 新建 Flash 文档

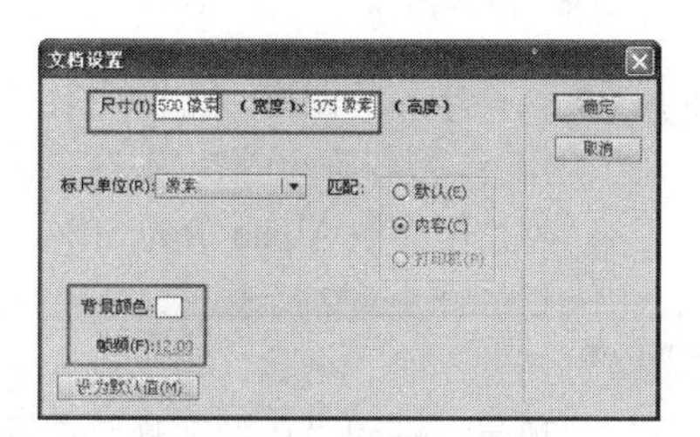

图 12-59 设置文档属性

步骤 2 新建一个“名称”为“卡通驴动画”的“影片剪辑”元件，如图 12-60 所示。将“光盘\源文件\第 12 章\素材\lu1.png”导入场景中，在弹出的对话框中单击“是”按钮，完成后的“时间轴”面板如图 12-61 所示，场景效果如图 12-62 所示。新建“图层 2”，在第 1 帧位置单击，在“动作”面板中输入“stop();”脚本语言，完成后的“时间轴”面板如图 12-63 所示。

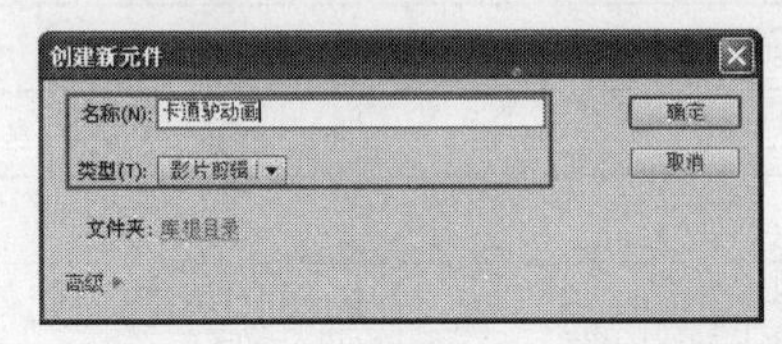

图 12-60 “创建新元件”对话框

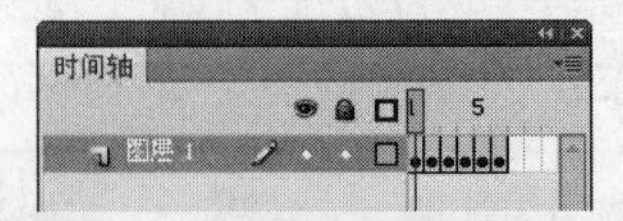

图 12-61 完成后的“时间轴”面板

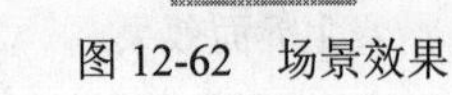

图 12-62 场景效果

图 12-63 “时间轴”面板

步骤 3 新建一个“名称”为“背景动画”的“影片剪辑”元件，如图 12-64 所示。将“光盘\源文件\第 12 章\素材\tuxiang09.jpg”导入场景中，场景效果如图 12-65 所示。

步骤 4 选中导入的图像，按 F8 键，将图像转换成“名称”为“背景图 1”的“图形”元件，分别在第 15 帧和第 20 帧位置插入关键帧，选中元件，设置其“属性”面板中 Alpha 值为 50%，如图 12-66 所示，完成后的元件效果如图 12-67 所示，在第 15 帧位置设置补间动画。

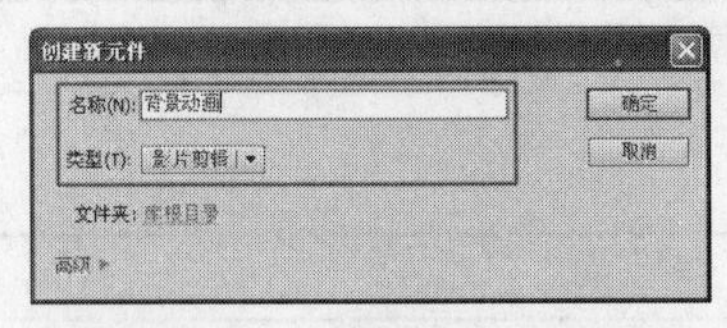

图 12-64 “创建新元件”对话框

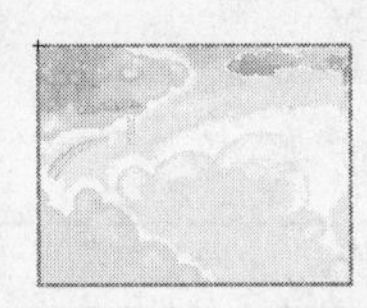

图 12-65 导入图像

图 12-66 “属性”面板

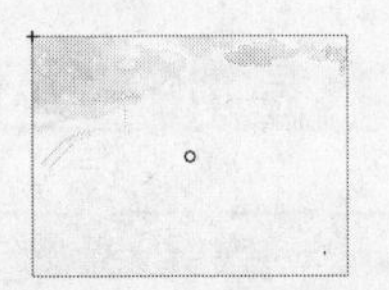

图 12-67 元件效果

步骤 5 新建“图层 2”，在第 15 帧位置插入关键帧，将“光盘\源文件\第 12 章\素材\tuxiang10.jpg”导入场景中，场景效果如图 12-68 所示。选中导入的图像，将图像转换成“名称”为“背景图 2”的“图形”元件，如图 12-69 所示。

步骤 6 分别在第 20 帧、第 35 帧和第 40 帧位置插入关键帧，分别选择第 15 帧和第 40 帧上的元件，依次设置其“属性”面板中 Alpha 值为 50%，完成后的元件效果如图 12-70 所示。分别在第 15 帧和第 35 帧位置创建传统补间动画。新建“图层 3”，在第 35 帧位置插入关键帧，将“光盘\源文件\第 12 章\素材\tuxiang11.jpg”导入场景中，场景效果如图 12-71 所示。

图 12-68 导入图像

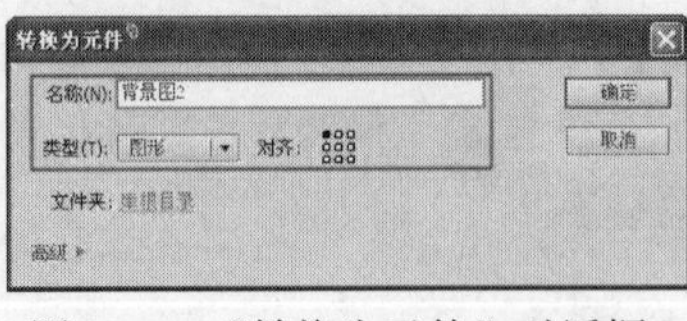

图 12-69 “转换为元件”对话框

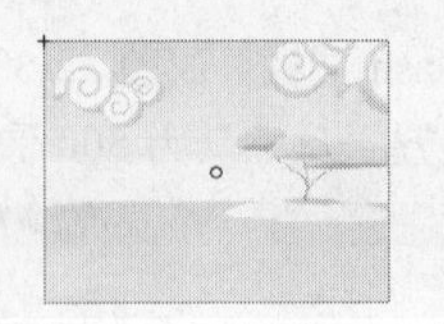

图 12-70 元件效果

图 12-71 导入图像

步骤 7 选中导入的图像，将图像转换成“名称”为“背景图 3”的“图形”元件，分别在第 40 帧、第 55 帧和第 60 帧位置插入关键帧，选择第 35 帧和第 60 帧场景中的元件，依次设置其“属性”面板中 Alpha 值为 50%，分别在第 35 帧和第 55 帧位置创建传统补间动画，“时间轴”面板如图 12-72 所示。

步骤 8 新建一个“名称”为“反应区”的“按钮”元件，在“点击”位置插入关键帧，如图 12-73 所示。使用“矩形工具”在场景中绘制一个尺寸 55 像素 × 85 像素的矩形，如图 12-74 所示。

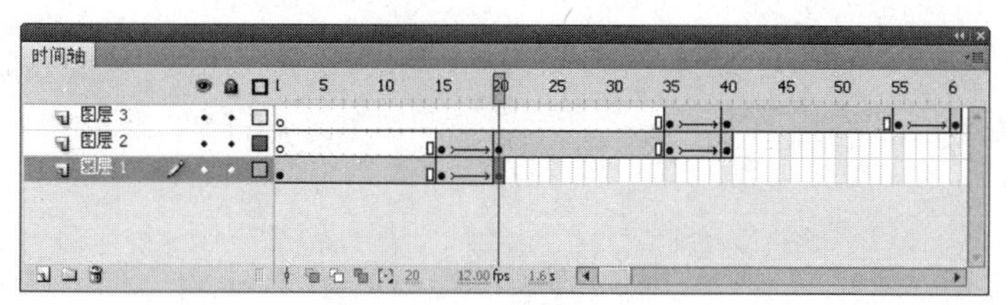

图 12-72 “时间轴”面板

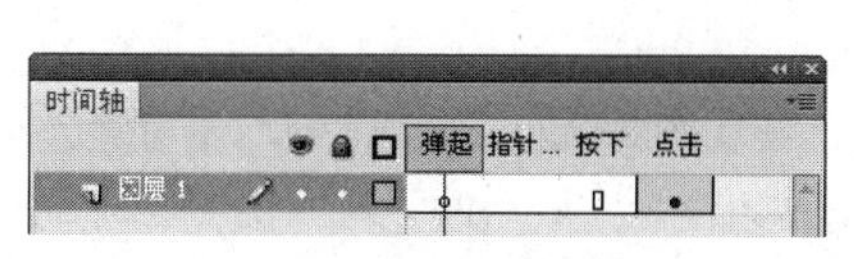

图 12-73 “时间轴”面板

图 12-74 绘制矩形

步骤 9 新建一个“名称”为“文本动画”的“影片剪辑”元件，单击工具箱中“文本工具”按钮，设置其字体为“汉仪中圆简”，“大小”为 20，“颜色”为#000000，如图 12-75 所示。在场景中输入“看谁能抓到我！！”文本，如图 12-76 所示。选中文本，将文本转换成“名称”为“文字”的“图形”元件，分别在第 15 帧、第 35 帧和第 45 帧位置插入关键帧，在第 60 帧位置插入帧。

步骤 10 将第 1 帧场景中的元件水平向右移动，场景效果如图 12-77 所示。设置其“属性”面板上 Alpha 值为 0%，将第 45 帧场景中的元件水平向左移动，场景效果如图 12-78 所示。设置其“属性”面板中 Alpha 值为 0%，分别在第 1 帧和第 35 帧位置创建传统补间动画。

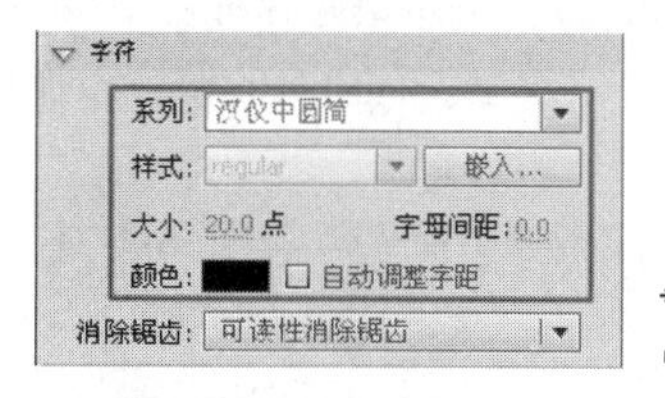

图 12-75 “属性”面板

看谁能抓到我！！

图 12-76 输入文本

看谁能抓到我！！

图 12-77 将元件水平向右移动

看谁能抓到我！！

图 12-78 将元件水平向左移动

步骤 11 返回“场景 1”编辑状态，将“背景动画”元件从“库”面板中拖入场景中，场景效果如图 12-79 所示。在第 20 帧位置插入帧。新建“图层 2”，将“文本动画”元件从“库”面板中拖入场景中，场景效果如图 12-80 所示。

步骤 12 新建“图层 3”，将“卡通驴动画”元件从“库”面板中拖入场景中，场景效果如图 12-81 所示。设置其“属性”面板中“实例名称”为 lu，分别在第 5 帧、第 10 帧、第 15 帧和第 20 帧位置插入关键帧，调整元件在场景中的位置，如图 12-82 所示。

图 12-79 拖入元件

图 12-80 拖入元件

图 12-81 拖入元件

图 12-82 调整元件的位置

步骤 13 调整第 5 帧上场景中元件的位置，如图 12-83 所示，调整第 10 帧场景中元件的位置，如图 12-84 所示。

步骤 14 调整第 15 帧场景中元件的位置，如图 12-85 所示。新建“图层 4”，打开“库”面板，将“反应区”元件从“库”面板中拖入场景中，如图 12-86 所示。

图 12-83 调整元件的位置

图 12-84 调整元件的位置

图 12-85 调整元件的位置

图 12-86 拖入元件

步骤 15 选中拖入的元件，在“动作”面板中输入如图 12-87 所示的脚本语言，在第 5 帧位置插入关键帧，使用“选择工具”调整元件的位置，如图 12-88 所示。

步骤 16 在“动作”面板中修改脚本语言，如图 12-89 所示，用第 1 帧和第 5 帧的制作方法，分别在第 10 帧、第 15 帧和第 20 帧位置单击，依次按 F6 键插入关键帧，使用“选择工具”分别调整各帧场景中元件的位置，并依次修改脚本语言，完成后的“时间轴”面板如图 12-90 所示。

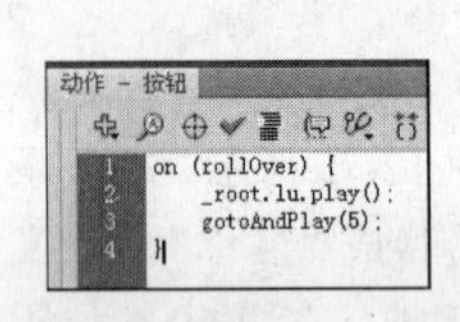

图 12-87 输入脚本语言

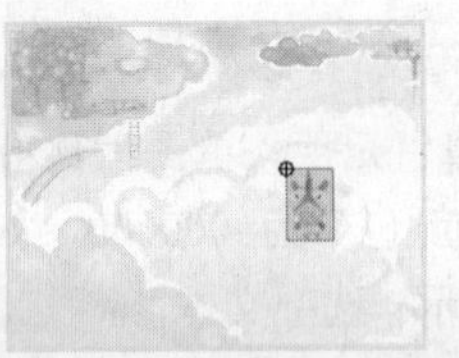

图 12-88 调整元件的位置

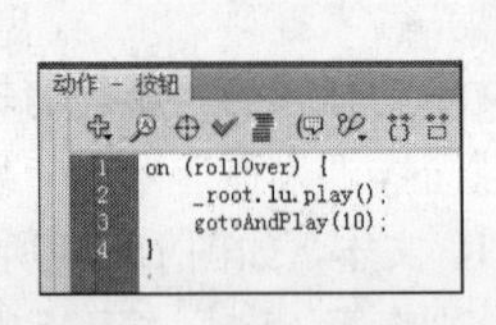

图 12-89 修改脚本语言

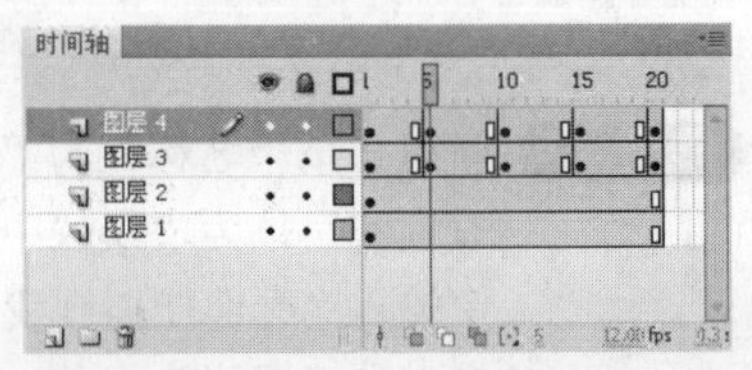

图 12-90 完成后的“时间轴”面板

步骤 17 新建“图层 5”，单击 “文本工具”按钮，设置其字体为“汉仪中圆简”，“大小”为 40，“颜色”为#000000，并设置“切换粗体”、“左对齐”，“属性”面板如图 12-91 所示，在场景中输入“抓不着游戏”文本，如图 12-92 所示。

步骤 18 新建“图层 6”，在第 1 帧位置单击，在“动作”面板中输入“stop();”脚本语言，如图 12-93 所示，分别在 5 帧、第 10 帧、第 15 帧和 20 帧位置插入关键帧，依次在各新插入的帧上添加“stop();”脚本语言，完成后的“时间轴”面板如图 12-94 所示。

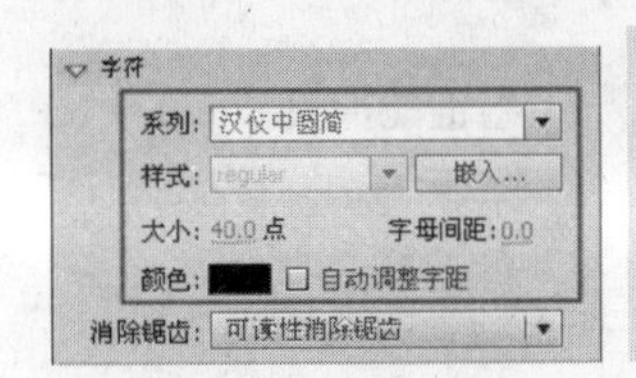

图 12-91 “属性”面板

图 12-92 输入文本

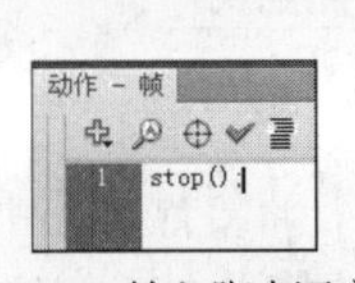

图 12-93 输入脚本语言

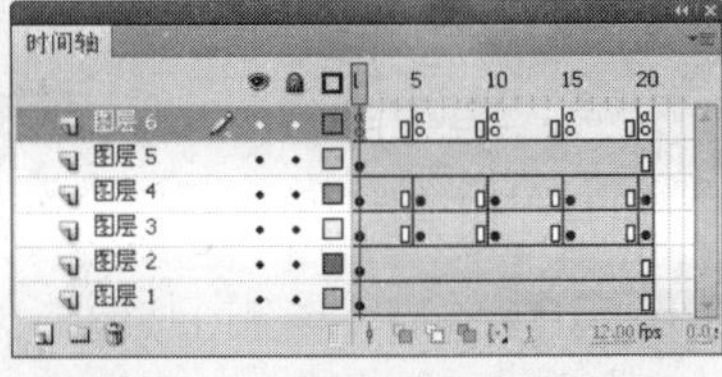

图 12-94 完成后的“时间轴”面板

步骤 19 执行“文件>保存”命令，将动画保存为“光盘\源文件\第 10 章\抓不着游戏.fla”，按 Ctrl+Enter 键测试影片，动画效果如图 10-95 所示。

图 12-95 预览动画效果

实例小结

本实例的重点是利用脚本控制元件，当光标经过某个按钮时，即会跳到相应的帧，通过本实例的学习，读者可以了解跳转脚本的应用。

Example 实例 180 推箱子游戏

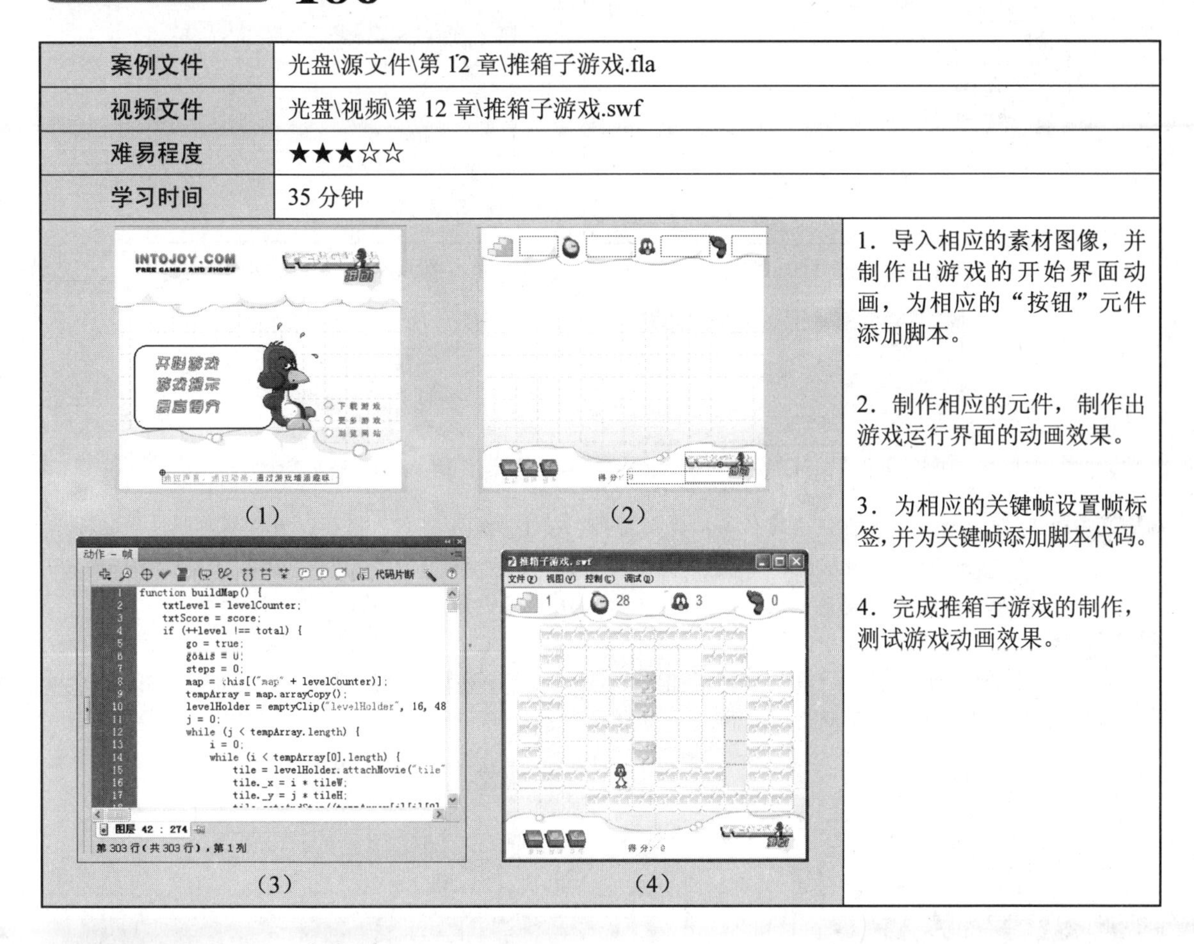

案例文件	光盘\源文件\第 12 章\推箱子游戏.fla
视频文件	光盘\视频\第 12 章\推箱子游戏.swf
难易程度	★★★☆☆
学习时间	35 分钟

（1） （2） （3） （4）

1．导入相应的素材图像，并制作出游戏的开始界面动画，为相应的“按钮”元件添加脚本。

2．制作相应的元件，制作出游戏运行界面的动画效果。

3．为相应的关键帧设置帧标签，并为关键帧添加脚本代码。

4．完成推箱子游戏的制作，测试游戏动画效果。

Example 实例 181 空中大战游戏

案例文件	光盘\源文件\第 12 章\空中大战.fla
视频文件	光盘\视频\第 12 章\空中大战.swf
难易程度	★★★☆☆
学习时间	30 分钟
实例要点	➢ 利用“钢笔工具”绘制路径 ➢ 设置元件链接
实例目的	本实例是一种攻击类型游戏，当按下键盘上的某个键时，就会触动相应的元件，从而达到游戏的效果

操作步骤

步骤 1 新建一个 Flash 文档，如图 12-96 所示，单击“属性”面板的“编辑”按钮，弹出“文档属性”对话框，设置“帧频”为 30，保持其他默认设置，如图 12-97 所示。

步骤 2 新建一个“名称”为“飞船动画”的“影片剪辑”元件，如图 12-98 所示。将“光盘\源文件\第 12 章\素材\tuxiang15.png”导入场景中，如图 12-99 所示。

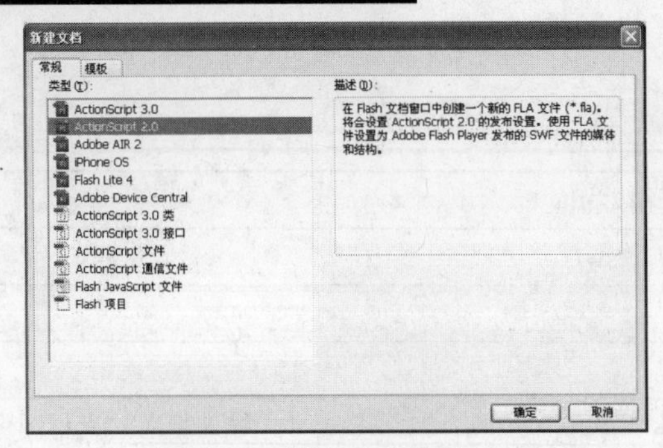

图 12-96　新建 Flash 文档

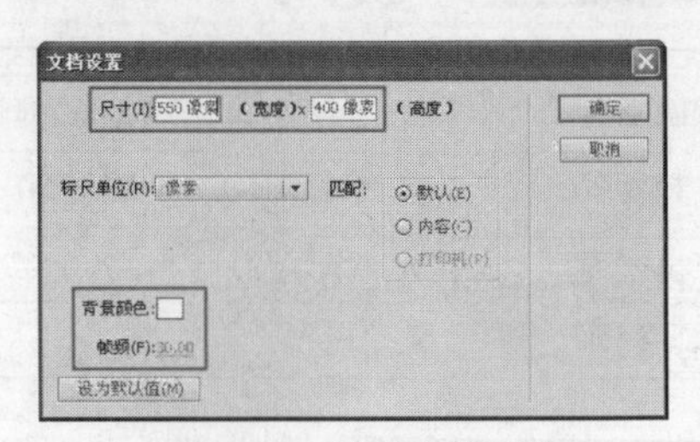

图 12-97　设置文档属性

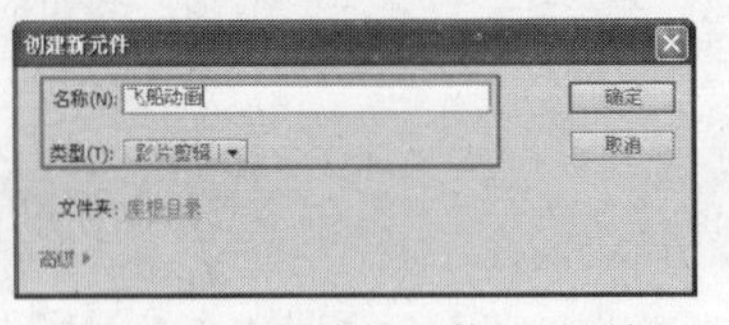

图 12-98　“创建新元件”对话框

图 12-99　导入图像

步骤 3　新建“图层 2”，在第 2 帧位置插入关键帧，单击“矩形工具”按钮，设置其“属性”面板中“笔触颜色”为#FF0000，“笔触”为 1 像素，“填充颜色”为“无”，“属性”面板如图 12-100 所示。在场景中绘制一个尺寸为 16 像素 × 16 像素的矩形框，如图 12-101 所示。

步骤 4　在第 5 帧位置插入空白关键帧，单击“钢笔工具”按钮，设置其“笔触颜色”为#FF0000，“笔触”为 1 像素，“属性”面板如图 12-102 所示。在场景中绘制如图 12-103 所示的路径，在第 2 帧上创建补间形状动画。

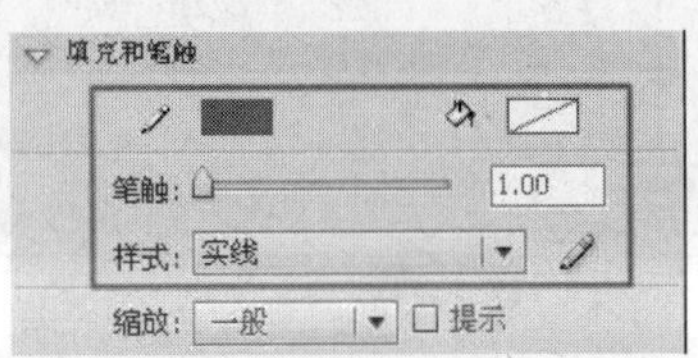

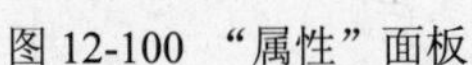

图 12-100　“属性”面板

图 12-101　绘制矩形框

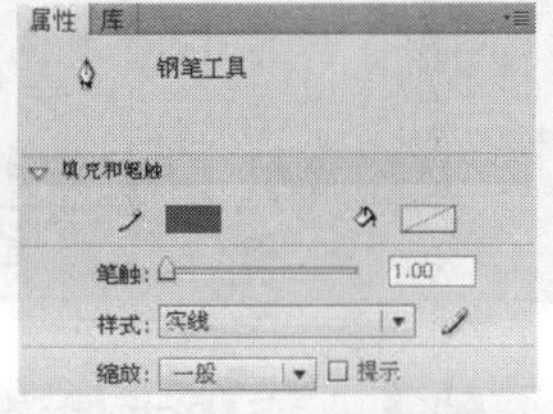

图 12-102　“属性”面板

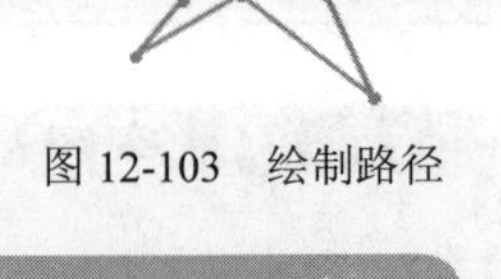

图 12-103　绘制路径

> 提示　如果绘制后的路径不理想，可以使用“部分选择工具”进行调整，如果有多余的锚点，使用“删除锚点工具”单击要删除的锚点，即可删除该锚点。

步骤 5　在第 6 帧位置插入关键帧，单击“颜料桶工具”按钮，设置其“属性”面板中“填充颜色”为#FF0000，填充刚刚绘制的路径，完成后的场景效果如图 12-104 所示，新建“图层 3”，在第 1 帧位置单击，在“动作”面板中输入“stop();”脚本语言，如图 12-105 所示。

步骤 6　在第 6 帧位置单击，按 F6 键插入关键帧，在“动作”面板中输入“gotoAndPlay(1);”脚本语言，如图 12-106 所示，完成后的“时间轴”面板如图 12-107 所示。

图 12-104　填充颜色

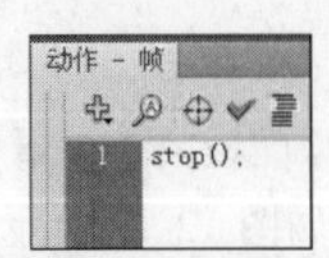

图 12-105　输入脚本语言

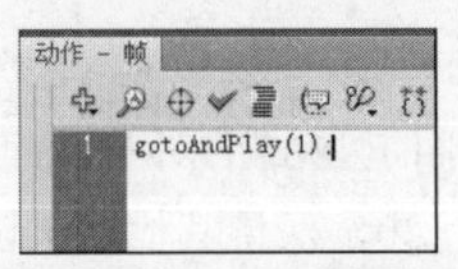

图 12-106　输入脚本语言

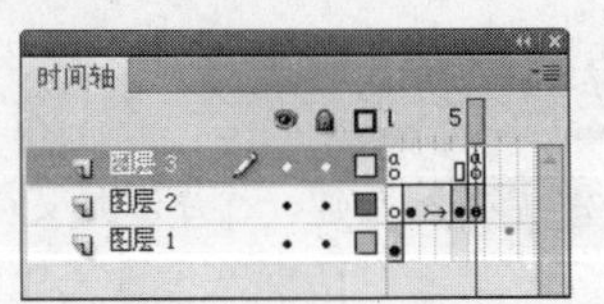

图 12-107　完成后的“时间轴”面板

步骤 7　新建一个“名称”为“敌机爆炸动画”的“影片剪辑”元件，设置“矩形工具”“笔触颜色”

为“无”，“填充颜色”为#FF0000，如图 12-108 所示。在场景中绘制一个尺寸为 9 像素 × 15 像素的矩形，场景效果如图 12-109 所示。

步骤 8 在第 5 帧位置插入空白关键帧，使用“钢笔工具”绘制路径，并使用“颜料桶工具”填充颜色，完成后的场景效果如图 12-110 所示。在第 6 帧位置插入关键帧，新建“图层 2”，在第 7 帧位置插入关键帧，在动作”面板中输入“stop();”脚本语言，完成后的“时间轴”面板如图 12-111 所示。

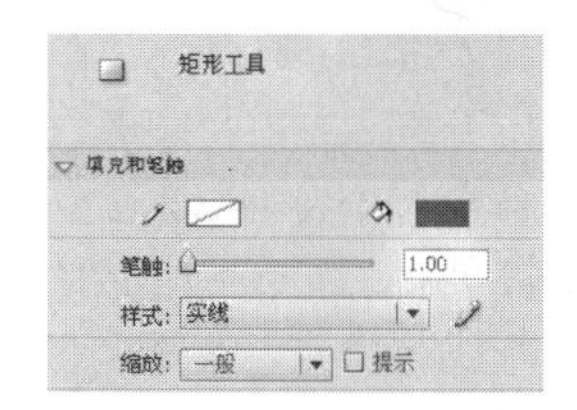

图 12-108 “属性”面板

图 12-109 绘制矩形

图 12-110 绘制路径并填充颜色

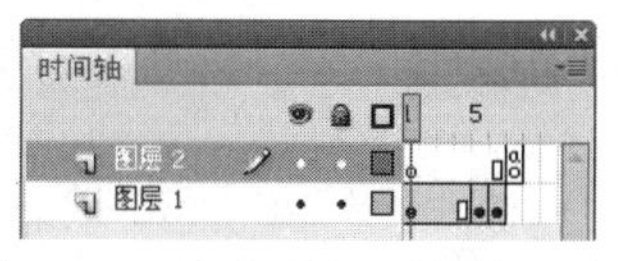

图 12-111 完成后的“时间轴”面板

步骤 9 新建一个“名称”为“敌机动画 1”的“影片剪辑”元件，如图 12-112 所示。将“光盘\源文件\第 12 章\素材\tuxiang16.png”导入场景中，如图 12-113 所示。新建“图层 2”，在第 1 帧位置单击，在“动作”面板中输入“stop();”脚本语言。

步骤 10 新建一个“名称”为“敌机和爆炸”的“影片剪辑”元件，将“敌机动画 1”元件从“库”面板中拖入场景中，场景效果如图 12-114 所示。在第 2 帧位置插入空白关键帧，将“敌机爆炸动画”元件从“库”面板中拖入场景中，如图 12-115 所示。新建“图层 2”，在第 1 帧位置单击，在“动作”面板中输入“stop();”脚本语言，在第 2 帧位置插入关键帧，在“动作”面板中输入“stop();”脚本语言。

图 12-112 “创建新元件”对话框

图 12-113 导入图像

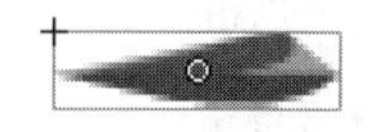

图 12-114 拖入元件

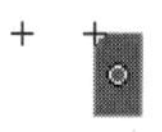

图 12-115 拖入元件

步骤 11 新建一个“名称”为“敌机整体动画”的“影片剪辑”元件，将“敌机和爆炸”元件从“库”面板中拖入场景中，如图 12-116 所示。设置其“属性”面板中“实例名称”为 ship1，“属性”面板如图 12-117 所示。新建“图层 2”，在第 1 帧位置单击，在“动作”面板中输入“stop();”脚本语言。

步骤 12 新建一个“名称”为“开始按钮”的“按钮”元件，如图 12-118 所示。将“光盘\源文件\第 12 章\素材\tuxiang14.png”导入场景中，如图 12-119 所示，按 F8 键，将图像转换成“名称”为“开始”的“图形”元件。

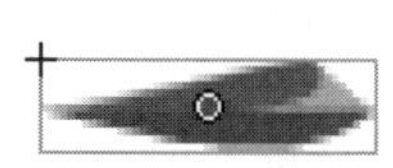

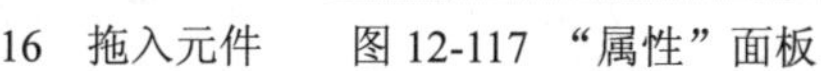

图 12-116 拖入元件

图 12-117 “属性”面板

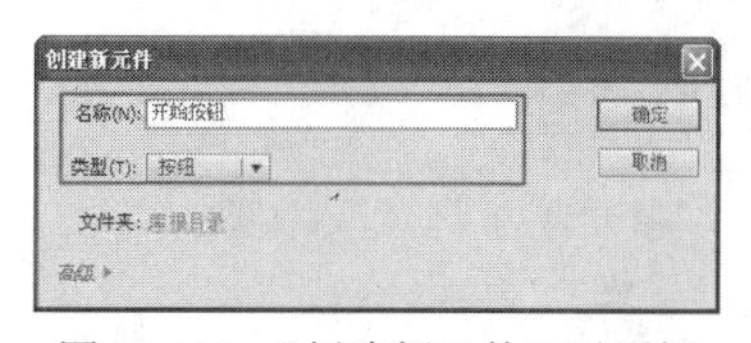

图 12-118 “创建新元件”对话框

图 12-119 导入图像

步骤 13 分别在“指针经过”、“按下”和“点击”位置插入关键帧，使用“选择工具”选择“指针经过”状态中的元件，设置其“属性”面中“亮度”值为 15%，完成后的元件效果如图 12-120 所示。按住 Shift 键使用“任意变形工具”将“按下”状态中的元件等比例缩小，元件效果如图 12-121 所示。

步骤 14 返回“场景 1”的编辑状态，将“光盘\源文件\第 12 章\素材\tuxiang12.jpg”导入场景中，如图 12-122 所示。在第 3 帧位置插入空白关键帧，将“光盘\源文件\第 12 章\素材\tuxiang13.jpg”导入场景中，如图 12-123 所示。

图 12-120　元件效果　图 12-121　将元件等比例缩小

图 12-122　导入图像

图 12-123　导入图像

步骤 15 新建“图层 2”，将“开始按钮”元件从“库”面板中拖入场景中，场景效果如图 12-124 所示。在“动作”面板中输入如图 12-125 所示的脚本语言，在第 3 帧位置单击，按 F7 键插入空白关键帧。

步骤 16 新建“图层 3”，单击“文本工具”按钮T，设置其字体为“汉仪综艺体简”，“大小”为 22，“颜色”为#FFFFFF，如图 12-126 所示。在场景中输入如图 12-127 所示文本，在第 3 帧位置单击，按 F7 键插入空白关键帧。

图 12-124　拖入元件

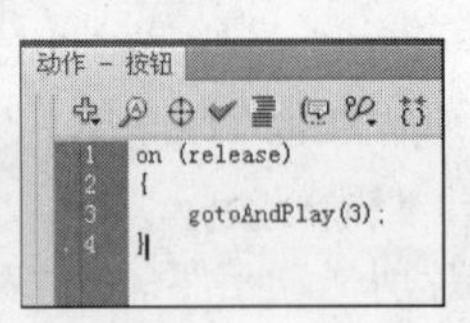

图 12-125　输入脚本语言

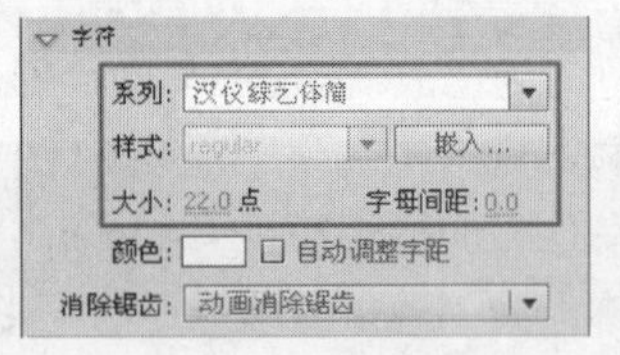

图 12-126　“属性”面板

图 12-127　输入文本

步骤 17 新建“图层 4”，在第 3 帧位置插入关键帧，设置“文本工具”的“文本类型”为“动态文本”，字体为“黑体”，“大小”为 16，“颜色”为#FFFFFF，在场景中创建一个文本框，如图 12-128 所示，使用“选择工具”选择刚刚创建的文本框，在“属性”面板中的“变量”文本框中输入 score，“属性”面板如图 12-129 所示。

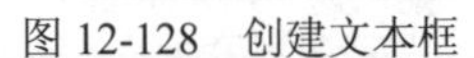

图 12-128　创建文本框

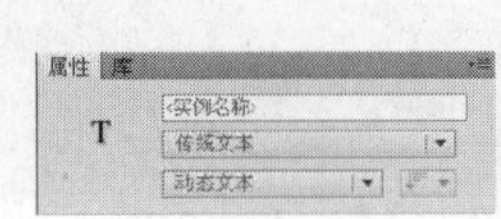

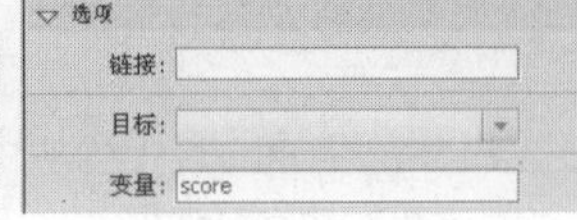

图 12-129　“属性”面板

步骤 18 新建“图层 5”，在第 3 帧位置插入关键帧，设置“文本工具”的“文本类型”为“动态文本”，字体为“黑体”，“大小”为 16，“颜色”为#FFFFFF，在场景中创建一个文本框，如图 12-130 所示。使用“选择工具”选择刚刚创建的文本框，在“属性”面板中的“变量”文本框中输入 life，设置“实例名称”为 shield，“属性”面板如图 12-131 所示。

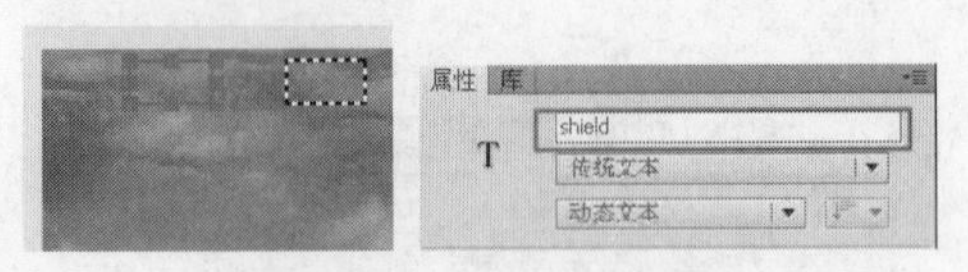

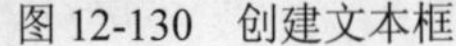

图 12-130　创建文本框

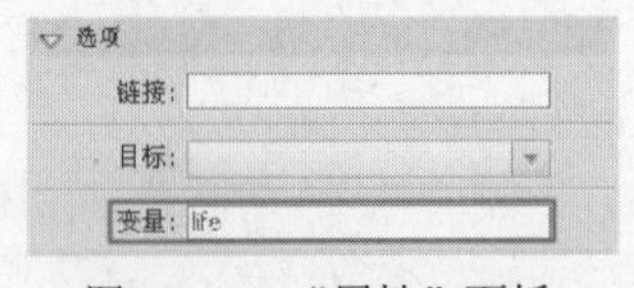

图 12-131　“属性”面板

步骤 19 新建“图层 6”，设置“文本工具”的“文本类型”为“静态文本”，字体为“汉仪综艺体简”，“大小”为 60，“颜色”为#FFFFFF，在场景中输入如图 12-132 所示文本。在第 3 帧位置插入空白关键帧，“时间轴”面板如图 12-133 所示。

步骤 20 新建“图层 7”，在第 3 帧位置插入关键帧，使用“文本工具”在场景中输入如图 12-134 所示文本。新建“图层 8”，使用“文本工具”在场景中输入如图 12-135 所示文本。

步骤 21 新建“图层 9”，在第 3 帧位置插入关键帧，将“飞船动画”元件从“库”面板中拖入场景中，如图 12-136 所示。设置其“属性”面板中“实例名称”为 ship，在“动作”面板中输入如图 12-137 所示的脚本语言。

图 12-132　输入文本

图 12-133　完成后的“时间轴”面板

图 12-134　输入文本

图 12-135　输入文本

图 12-136　拖入元件

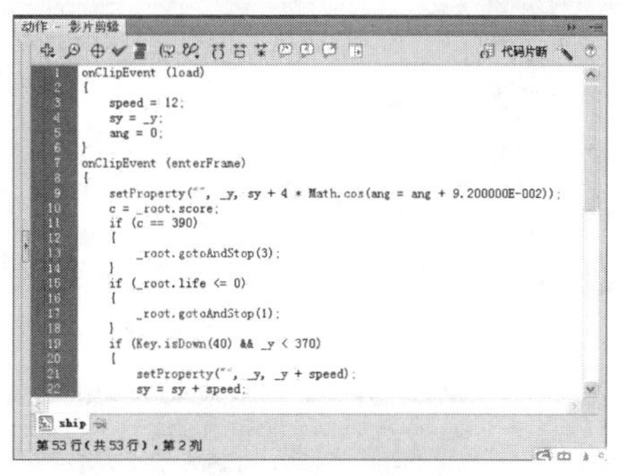

图 12-137　输入脚本语言

步骤 22 新建“图层 10”，在第 3 帧位置插入关键帧，将“敌机整体动画”元件从“库”面板中拖入场景中，如图 12-138 所示。设置其“属性”面板中“实例名称”为 enemy，在“动作”面板中输入如图 12-139 所示的脚本语言。

图 12-138　拖入元件

图 12-139　输入脚本语言

步骤 23 执行“文件>导入>打开外部库”命令，打开“D\源文件\第 12 章\素材\素材 01.fla”，将“飞船子弹动画”元件从“库-素材 01.fla”面板中拖入场景中，“库-素材 01.fla”面板如图 12-140 所示。选中导入的元件，按 Delete 键将元件删除，在“库”面板中的“飞船子弹动画”元件上单击右键，选择“属性”命令，在“标识符”文本框中输入 laser，如图 12-141 所示。

步骤 24 新建“图层 11”，在第 3 帧位置插入关键帧，设置其“属性”面板中帧标签为 start，“属性”面板如图 12-142 所示，完成后的“时间轴”面板如图 12-143 所示。

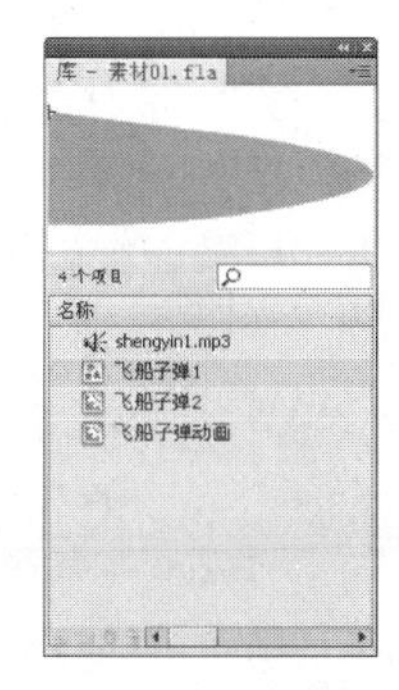

图 12-140　“库-素材 01.fla”面板

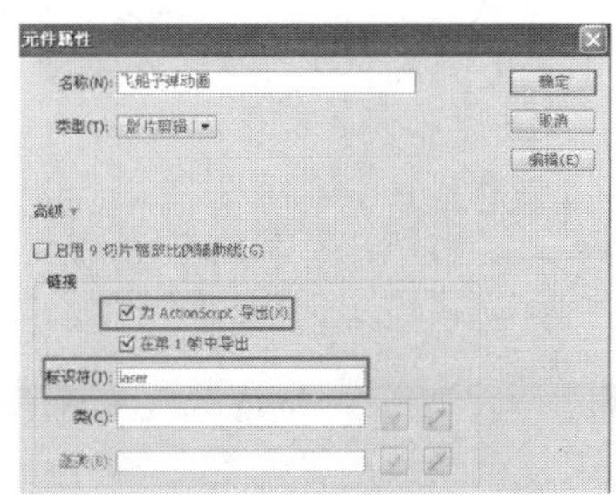

图 12-141　设置链接属性

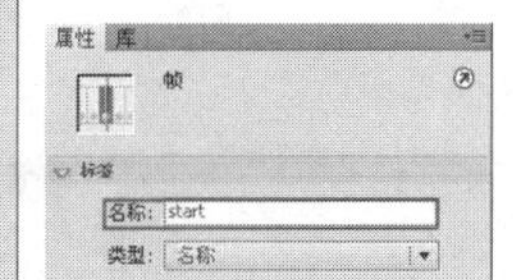

图 12-142　“属性”面板

图 12-143　“时间轴”面板

步骤 25 新建“图层 12”，在第 1 帧位置单击，在“动作”面板中输入如图 12-144 所示的脚本语言，在第 2 帧位置插入关键帧，在“动作”面板中输入_root.clean();脚本语言，在第 3 帧位置插入关键帧，在“动作”面板中输入如图 12-145 所示的脚本语言。

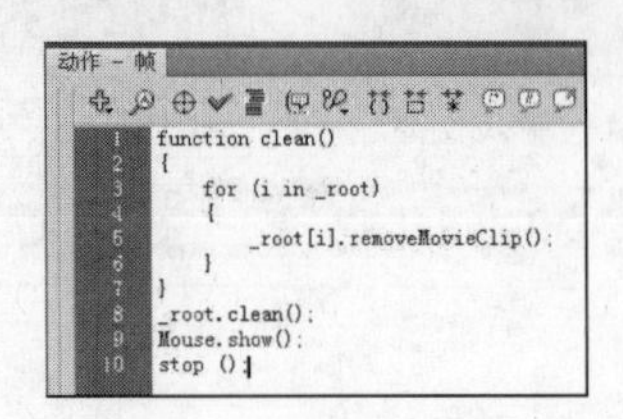

图 12-144　输入脚本语言

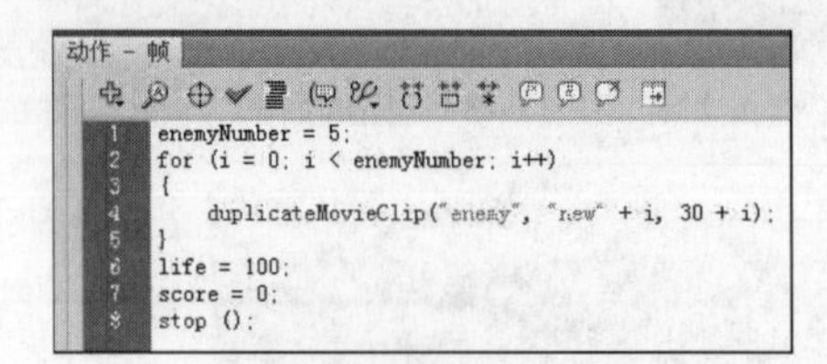

图 12-145　输入脚本语言

步骤 26 执行“文件>保存”命令，将动画保存为“光盘\源文件\第 12 章\空中大战.fla”，按 Ctrl+Enter 键测试影片，动画效果如图 10-146 所示。

图 12-146　预览动画效果

实例小结

本实例的重点是利用脚本语言控制元件，通过动态文本制作生命和得分的动画，读者应掌握动态文本的使用方法以及相关属性的设置。

Example 实例 182　接金币游戏

案例文件	光盘\源文件\第 12 章\接金币游戏.fla
视频文件	光盘\视频\第 12 章\接金币游戏.swf
难易程度	★★★☆☆
学习时间	45 分钟
（1）　（2）　（3）　（4）	1．导入素材并转换为相应的元件，制作出游戏开始动画，为“按钮”元件添加脚本代码。 2．制作出游戏介绍界面，并为“按钮”元件添加相应的脚本代码。 3．制作游戏运行界面，拖入相应的元件，并设置“实例名称”，添加脚本代码。 4、完成接金币游戏的制作，测试游戏动画效果。

183 碰撞游戏

案例文件	光盘\源文件\第 12 章\碰撞游戏.fla
视频文件	光盘\视频\第 12 章\碰撞游戏.swf
难易程度	★★☆☆☆
学习时间	20 分钟
实例要点	➢ “影片剪辑”元件的创建与应用 ➢ “实例名称”的设置
实例目的	本实例是一款简单的游戏，通过设置“影片剪辑”元件的“实例名称”，利用脚本语言控制影片剪辑，当把某个元件拖曳到另一个元件附近时，即会触动脚本，从而达到碰撞效果

操作步骤

步骤 1 新建一个 Flash 文档，如图 12-147 所示，单击“属性”面板的“编辑”按钮，弹出“文档设置”对话框，设置“尺寸”为 550 像素 × 400 像素，“帧频”为 24，保持其他默认设置，如图 12-148 所示。

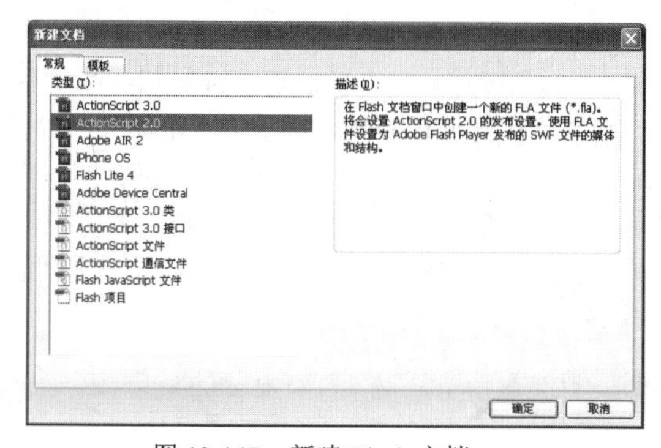

图 12-147 新建 Flash 文档

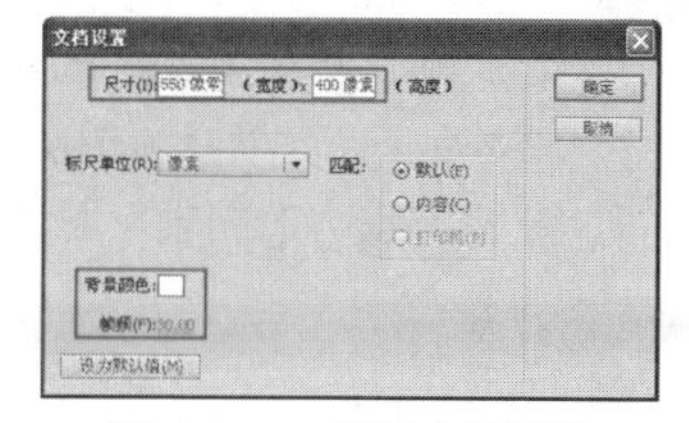

图 12-148 设置文档属性

步骤 2 新建一个“名称”为“火焰”的“影片剪辑”元件，如图 12-149 所示。将“光盘\源文件\第 12 章\素材\huo1.png”导入场景中，在弹出的对话框中单击“是”按钮，如图 12-150 所示。

图 12-149 “创建新元件”对话框

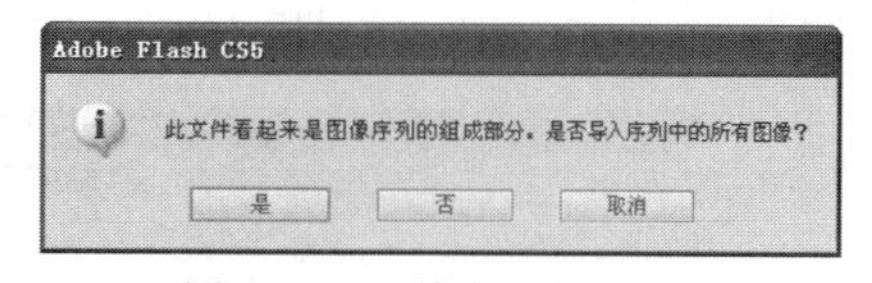

图 12-150 单击“是”按钮

步骤 3 新建一个“名称”为“生物”的“图形”元件，如图 12-151 所示。将“光盘\源文件\第 12 章\素材\wu1.png”导入场景中，设置其“属性”面板中 X 为−55，Y 为−55，如图 12-152 所示。

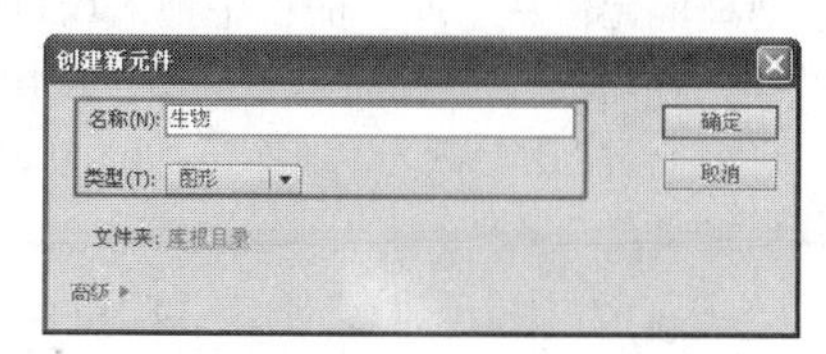

图 12-151 “创建新元件”对话框

图 12-152 调整图像的位置

步骤 4 新建一个“名称”为“普通动画”的“影片剪辑”元件，如图 12-153 所示。将“生物”元件从“库”面板中拖入场景中，设置其“属性”面板中的 X 为 0，Y 为 0，如图 12-154 所示。

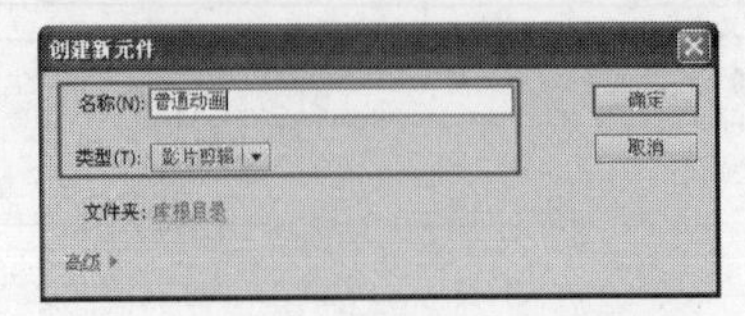

图 12-153 “创建新元件”对话框

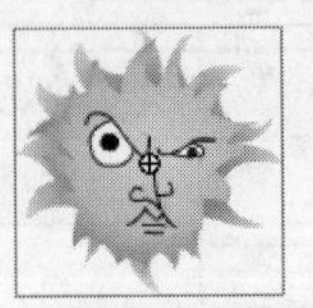

图 12-154 拖入元件

步骤 5 在第 10 帧位置插入关键帧，在第 40 帧位置插入帧，在第 5 帧位置插入空白关键帧，将“光盘\源文件\第 12 章\素材\wu2.png”导入场景中，如图 12-155 所示。设置其“属性”面板中 X 值为−55，Y 值为−55，如图 12-156 所示，“时间轴”面板如图 12-157 所示。

图 12-155 导入图像

图 12-156 “属性”面板

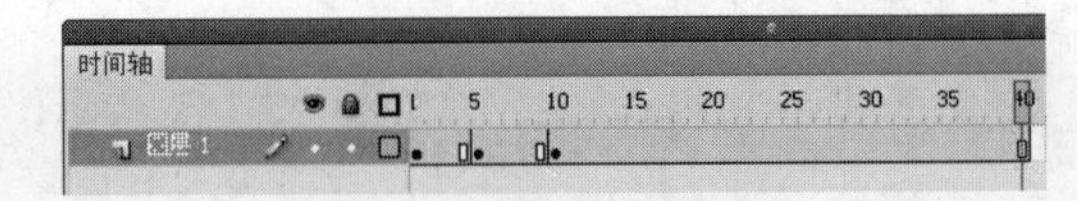

图 12-157 “时间轴”面板

步骤 6 新建一个“名称”为“逐帧动画”的“影片剪辑”元件，将图像 wu1.png 从“库”面板中拖入场景中，设置其“属性”面板中 X 值为-55，Y 值为−55，场景效果如图 12-158 所示。在第 2 帧位置插入空白关键帧，将“wu2.png”从“库”面板中拖入场景中，如图 12-159 所示。

步骤 7 采用同样的方法，分别将图像“wu3.png”、“wu4.png”、“wu5.png”导入到第 3 帧、第 4 帧和第 5 帧，并将导入图像的位置全部设置为 X 值为−55，Y 值为−55，完成后的场景效果如图 12-160 所示。新建“图层 2”，在第 5 帧位置插入关键帧，在“动作”面板中输入“stop();”脚本语言，“时间轴”面板如图 12-161 所示。

图 12-158 导入图像

图 12-159 导入图像

图 12-160 完成后的效果

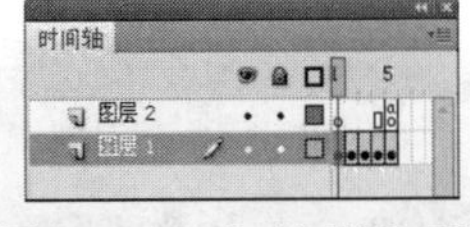

图 12-161 “时间轴”面板

步骤 8 新建一个“名称”为“动画”的“影片剪辑”元件，如图 12-162 所示。将“普通动画”元件从“库”面板中拖入场景中，设置其“属性”面板中 X 值为 0，Y 值为 0，场景效果如图 12-163 所示。

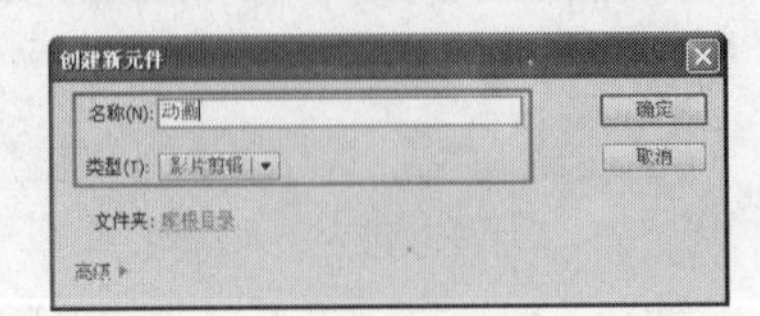

图 12-162 “创建新元件”对话框

图 12-163 拖入元件

步骤 9 在第 2 帧位置插入空白关键帧，将“逐帧动画”元件从“库”面板中拖入场景中，设置 X 值为 0，Y 值为 0，在第 20 帧位置插入关键帧，在第 5 帧位置插入关键帧，使用“选择工具”将元件垂直向上移动 500 像素，场景效果如图 12-164 所示。分别在第 2 帧和第 5 帧位置创建传统补间动画，“时间轴”面板如图 12-165 所示。

步骤 10 在第 1 帧位置单击，在“动作”面板输入“stop();”脚本语言，如图 12-166 所示。返回“场景 1”编辑状态，将“光盘\源文件\第 12 章\素材\image1.jpg”导入场景中，如图 12-167 所示。

图 12-164　移动元件

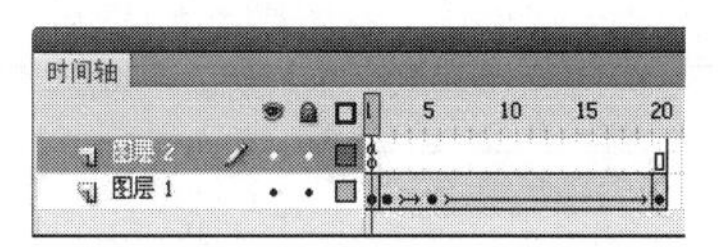

图 12-165　“时间轴”面板

图 12-166　“动作”面板

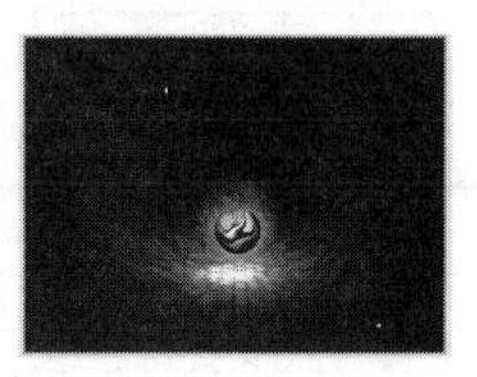

图 12-167　导入图像

步骤 11 新建“图层 2”，将“火焰”元件从“库”面板中拖入场景中，如图 12-168 所示。设置其“属性”面板中“实例名称”为 huo，如图 12-169 所示。

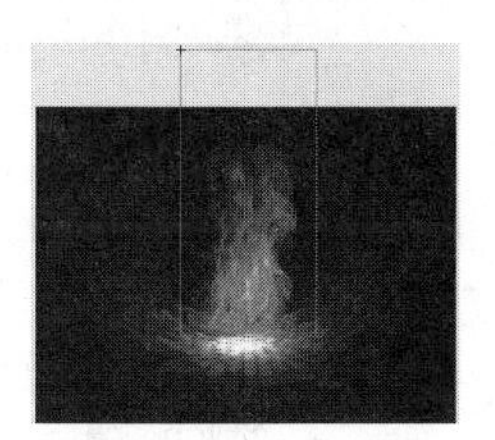

图 12-168　拖入元件

图 12-169　“属性”面板

步骤 12 新建“图层 3”，打开“库”面板，将“动画”元件从“库”面板中拖入场景中，如图 12-170 所示。设置其“属性”面板中“实例名称”为 aa，在“动作”面板中输入如图 12-171 所示的脚本语言。

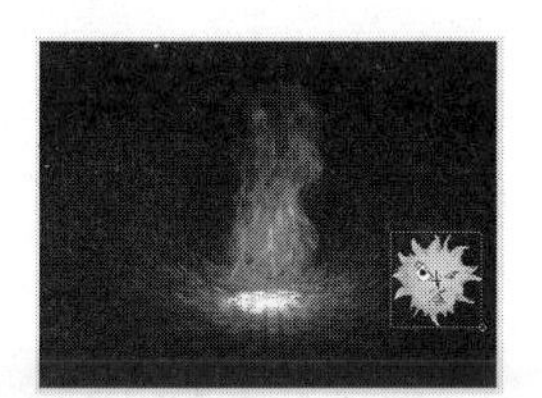

图 12-170　拖入元件

图 12-171　输入脚本语言

步骤 13 新建“图层 4”，在“动作”面板输入如图 12-172 所示脚本语言。执行“文件>保存”命令，将动画保存为“光盘\源文件\第 12 章\碰撞游戏.fla”，按 Ctrl+Enter 键测试影片，动画效果如图 6-173 所示。

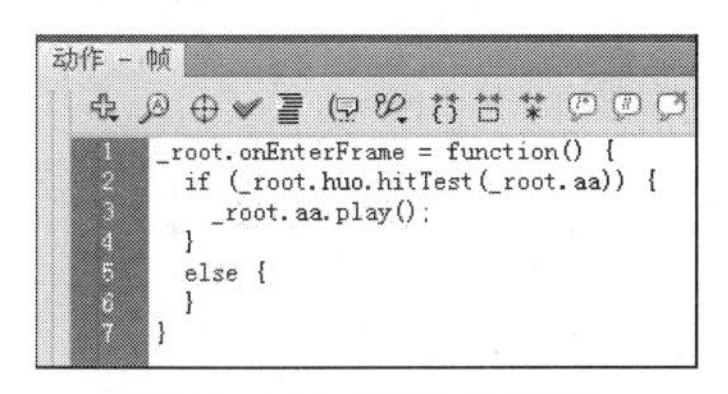

图 12-172　“动作”面板

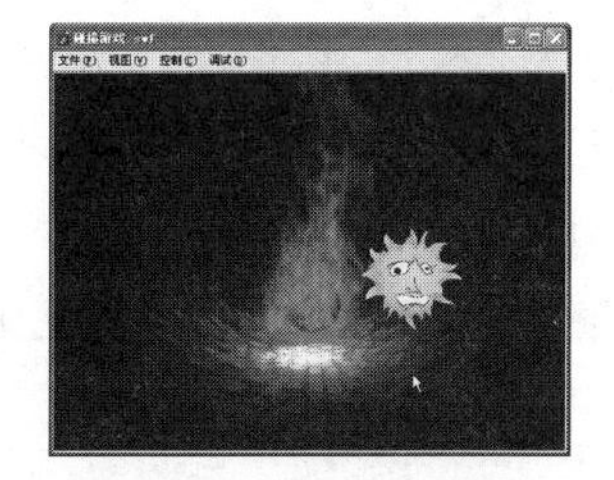

图 12-173　预览动画效果

本实例的重点是设置“影片剪辑”元件的“实例名称”，然后利用脚本语言控制元件。

Example 实例 184 蚂蚁武士游戏

案例文件	光盘\源文件\第 12 章\蚂蚁武士游戏.fla
视频文件	光盘\视频\第 12 章\蚂蚁武士游戏.swf
难易程度	★★★★☆
学习时间	45 分钟
（1） （2） （3） （4）	1．使用 Flash 中的各种绘图工具绘制出游戏开始场景，并制作出 Loading 动画。 2．制作出游戏结束界面。 3．制作游戏运行界面，并添加相应的脚本代码。 4．完成蚂蚁武士游戏动画的制作，测试动画效果。

Example 实例 185 龙珠游戏

案例文件	光盘\源文件\第 12 章\龙珠游戏.fla
视频文件	光盘\视频\第 12 章\龙珠游戏.swf
难易程度	★★★★☆
学习时间	50 分钟
实例要点	➢ 设置元件或声音的链接属性 ➢ 外部库的应用
实例目的	本实例是一种龙珠游戏，用鼠标点击一下就会发出一个彩球。读者可以学习为“影片剪辑”元件设置链接属性的方法

操作步骤

步骤 1 新建一个 Flash 文档，如图 12-174 所示，单击“属性”面板的“编辑”按钮，弹出“文档设置”对话框，设置“尺寸”为 560 像素 × 420 像素，“帧频”为 24，保持其他默认设置，如图 12-175 所示。

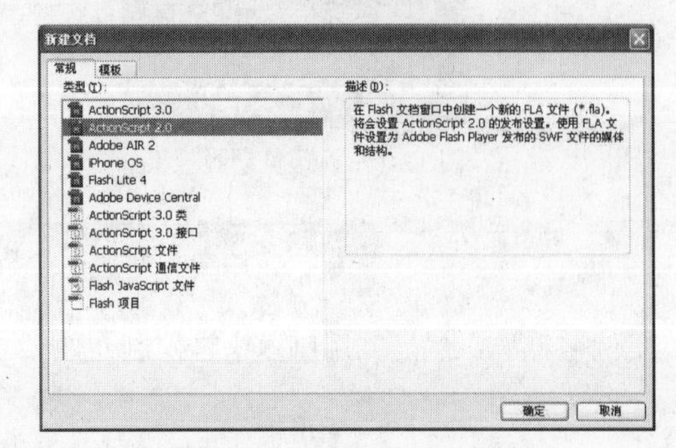

图 12-174　新建 Flash 文档

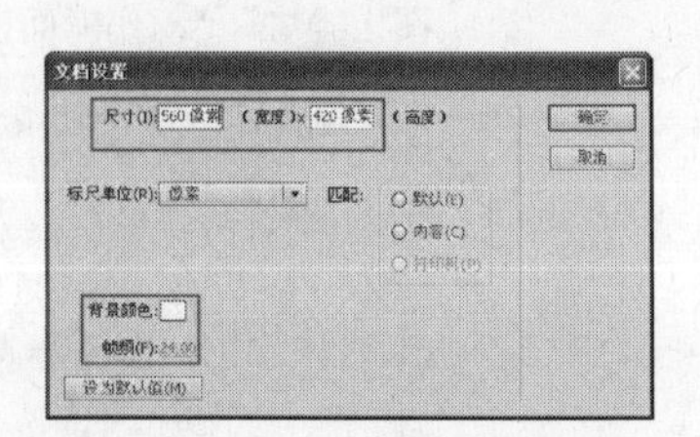

图 12-175　设置文档属性

在输入法为英文状态下，按键盘上的 Ctrl+J 快捷键，也可以打开“文档设置”对话框。

步骤 2 新建一个“名称”为“开始按钮”的“按钮”元件，如图 12-176 所示，将“光盘\源文件\第 12 章\素材\tuxiang19.png”导入场景中，如图 12-177 所示。按 F8 键，将图像转换成“名称”为“开始”的“图形”元件。

步骤 3 分别在“指针经过”、“按下”和“点击”插入关键帧，选择“指针经过”状态中的元件，设置其“属性”面板中“亮度”值为 30%，完成后的元件效果如图 12-178 所示。按住 Shift 键使用“任意变形工具”将“按下”状态中元件等比例缩小，元件效果如图 12-179 所示。

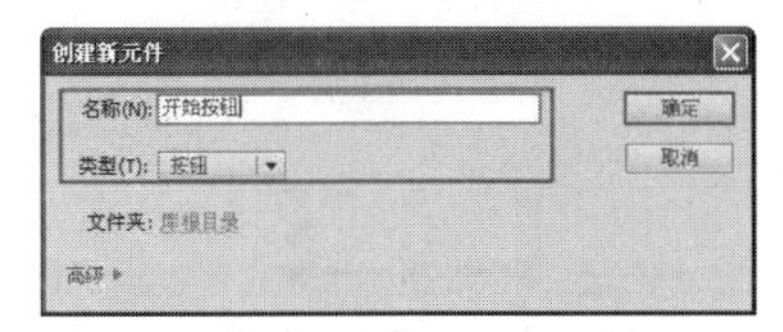

图 12-176 “创建新元件”对话框

图 12-177 导入图像

图 12-178 元件效果

图 12-179 将元件等比例缩小

步骤 4 新建一个“名称”为“整体开始按钮”的“影片剪辑”元件，将“开始按钮”元件从“库”面板中拖入场景中，场景效果如图 12-180 所示，设置其“属性”面板中“实例名称”为 BUTTON，“属性”面板如图 12-181 所示。在“动作”面板中输入如图 12-182 所示的脚本语言。在第 5 帧位置插入空白关键帧，将“光盘\源文件\第 12 章\素材\tuxiang20.png”导入场景中，调整图像的位置，场景效果如图 12-183 所示，在第 10 帧位置插入帧。

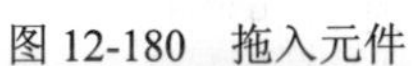

图 12-180 拖入元件

图 12-181 “属性”面板

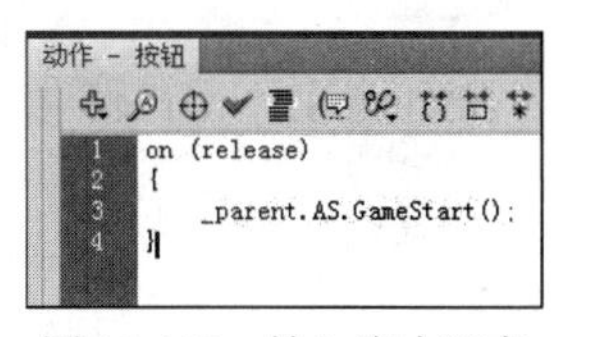

图 12-182 输入脚本语言

图 12-183 导入图像

如果不设置元件的“实例名称”，动画将无法正常运行。

步骤 5 新建“图层 2”，在第 1 帧位置设置帧标签为 ON，“属性”面板如图 12-184 所示。在第 5 帧位置插入关键帧，设置帧标签为 OFF，完成后的“时间轴”面板如图 12-185 所示。

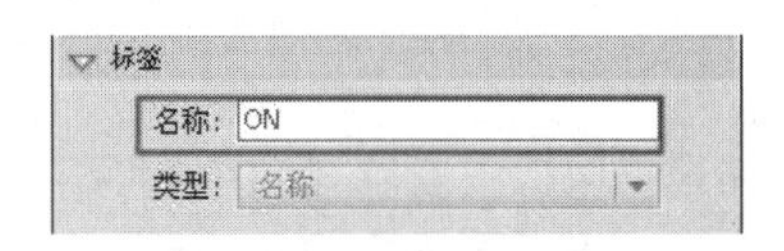

图 12-184 “属性”面板

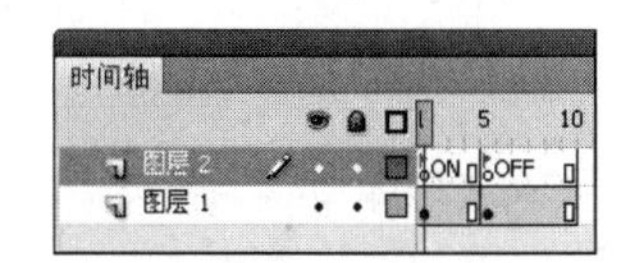

图 12-185 完成后的“时间轴”面板

步骤 6 新建“图层 3”，在第 1 帧位置单击，在“动作”面板中输入“this.stop();”脚本语言，如图 12-186 所示。在第 5 帧位置插入关键帧，在“动作”面板中输入“this.stop();”脚本语言，完成后的“时间轴”面板如图 12-187 所示。

步骤 7 新建一个“名称”为“暂停按钮”的“按钮”元件，如图 12-188 所示，将“光盘\源文件\第 12 章\素材\tuxiang21.png”导入场景中，如图 12-189 所示。按 F8 键，将图像转换成“名称”为“暂停”的“图形”元件。

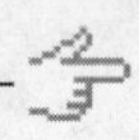

图 12-186 输入脚本语言

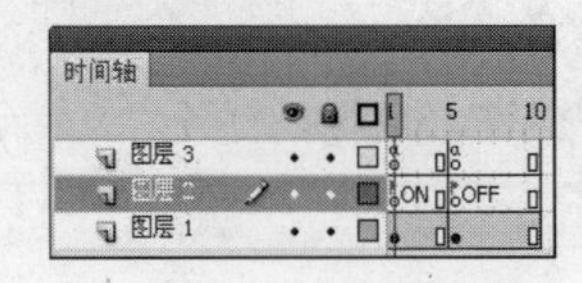

图 12-187 “时间轴”面板

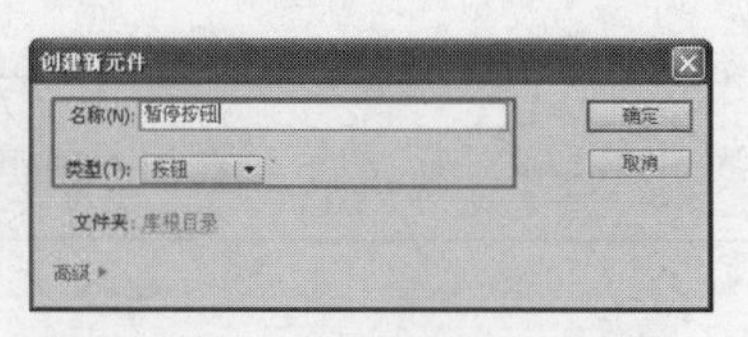

图 12-188 “创建新元件”对话框

图 12-189 导入图像

步骤 8 在“指针经过”位置插入关键帧，使用“选择工具”选择场景中的元件，设置其颜色“样式”为“色调”，设置对应的参数，如图 12-190 所示。分别在“按下”和“点击”位置单击，依次按 F6 键插入关键帧，按住 Shift 键使用“任意变形工具”将“按下”状态中的元件等比例缩小，元件效果如图 12-191 所示。

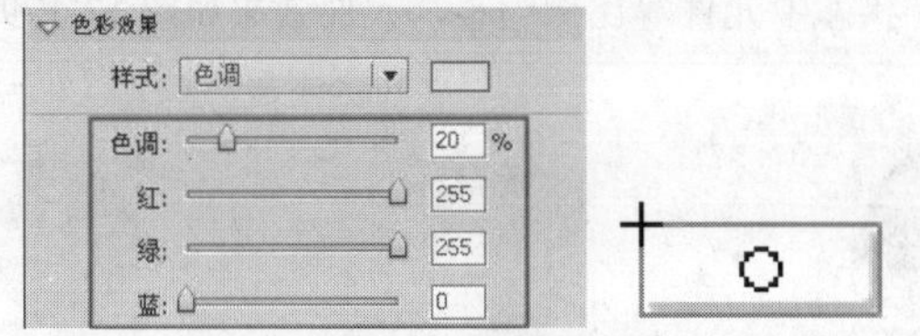

图 12-190 “属性”面板

图 12-191 将元件等比例缩小

步骤 9 新建一个“名称”为“整体暂停按钮”的“影片剪辑”元件，将“暂停按钮”元件从“库”面板中拖入场景中，如图 12-192 所示。在“动作”面板中输入如图 12-193 所示的脚本语言，在第 10 帧位置插入帧。

步骤 10 新建“图层 2”，使用“文本工具”在场景中输入如图 12-194 所示文本。在第 5 帧位置插入空白关键帧，使用“文本工具”在场景中输入如图 12-195 所示文本。

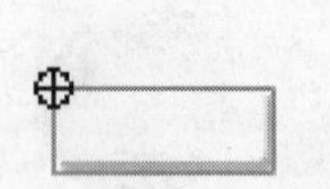
图 12-192 拖入元件

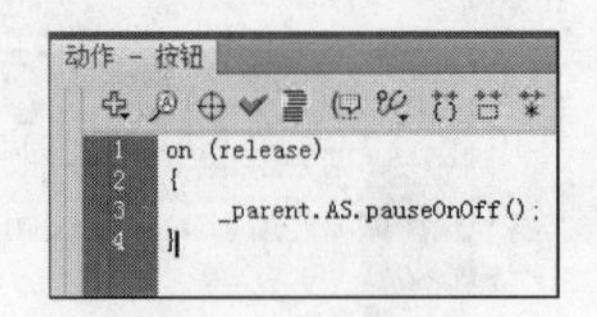

图 12-193 输入脚本语言

图 12-194 输入文本

图 12-195 输入文本

步骤 11 新建“图层 3”，在第 1 帧位置设置帧标签为 ON，“属性”面板如图 12-196 所示。在第 5 帧位置插入关键帧，设置帧标签为 OFF，完成后的“时间轴”面板如图 12-197 所示。

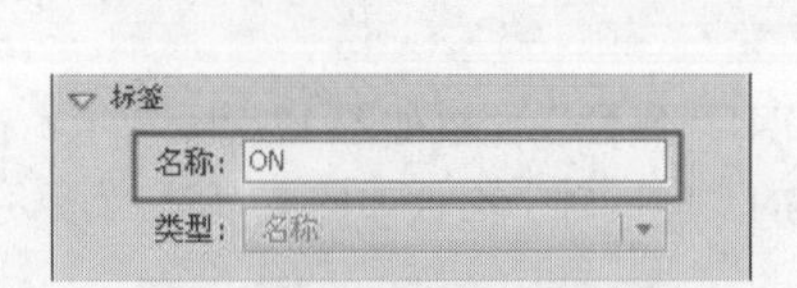

图 12-196 “属性”面板

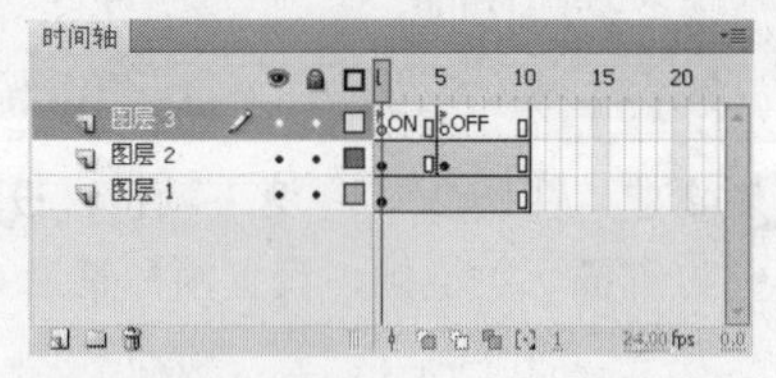

图 12-197 完成后的“时间轴”面板

步骤 12 新建“图层 4”，在第 1 帧位置单击，在“动作”面板中输入“this.stop();”脚本语言，如图 12-198 所示，在第 5 帧位置插入关键帧，在“动作”面板中输入“this.stop();”脚本语言，完成后的“时间轴”面板如图 12-199 所示，采用“整体暂停按钮”元件的制作方法，制作出“停止声音按钮”元件，完成后的元件效果如图 12-200 所示。

步骤 13 新建一个“名称”为“得分动画”的“影片剪辑”元件，将“光盘\源文件\第 12 章\素材\tuxiang18.png”导入场景中，场景效果如图 12-201 所示。新建“图层 2”，设置“文本工具”的“文本类型”为“动态文本”，字体为“黑体”，“大小”为 20，“颜色”为#FFFFFF，并设置“切换粗体”，在场景中输入如图 12-202 所示文本，设置其“变量”为 TXT，“属性”面板如图 12-203 所示。

图 12-198　输入脚本语言

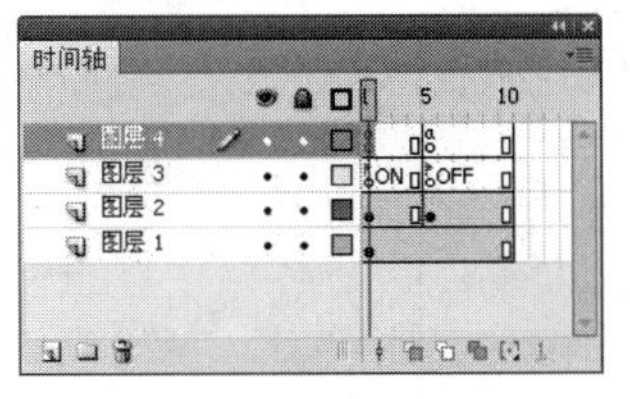

图 12-199　“时间轴”面板

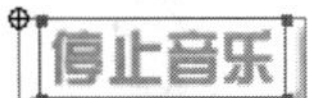

图 12-200　元件效果

图 12-201　导入图像

图 12-202　输入文本

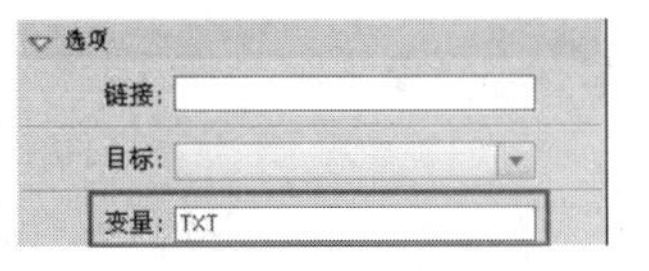

图 12-203　“属性”面板

步骤 14　执行“插入>新建元件”命令，新建一个“名称”为“发射针动画”的“影片剪辑”元件，将“光盘\源文件\第 12 章\素材\tuxiang26.png”导入场景中，如图 12-204 所示。按 F8 键，将图像转换成“名称”为“暂停图像”的“影片剪辑”元件，选中元件设置其“属性”面板中“实例名称”为 PAUSE，“属性”面板如图 12-205 所示。

步骤 15　执行“插入>新建元件”命令，新建一个“名称”为“动画”的“影片剪辑”元件，如图 12-206 所示，将“光盘\源文件\第 12 章\素材\tuxiang22.png”导入场景中，如图 12-207 所示。

图 12-204　导入图像

图 12-205　“属性”面板

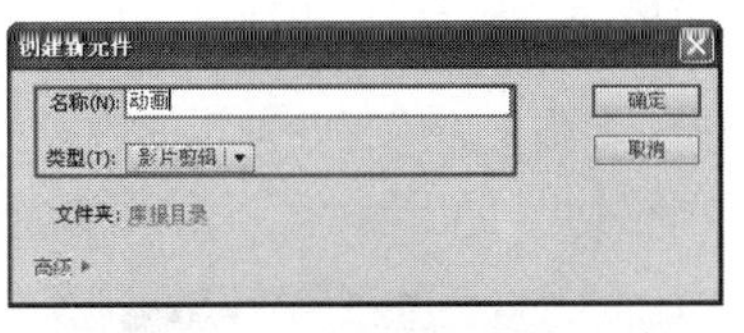

图 12-206　“创建新元件”对话框

图 12-207　导入图像

步骤 16　选中导入的图像，按 F8 键，将图像转换成“名称”为“动画图像”的“图形”元件，如图 12-208 所示。在第 30、45 帧处插入关键帧，按住 Shift 键使用“任意变形工具”将第 30 帧场景中的元件等比例放大，元件效果如图 12-209 所示，在第 1 帧和第 30 帧位置创建传统补间动画。

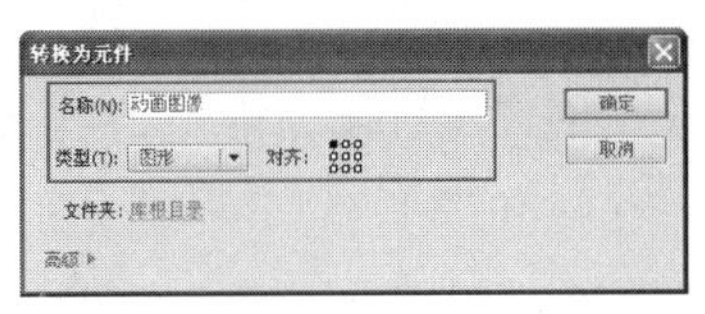

图 12-208　“转换为元件”对话框

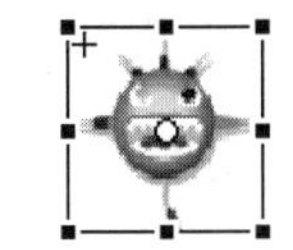

图 12-209　将元件等比例扩大

步骤 17　新建一个“名称”为“球得分”的“影片剪辑”元件，设置“文本工具”的“文本类型”为“动态文本”，字体为“黑体”，“大小”为 15，“颜色”为#FF9900，在场景中输入如图 12-210 所示的文本。使用“选择工具”选择刚刚输入的文本，设置其“属性”面板中“变量”为 TXT，“属性”面板如图 12-211 所示。

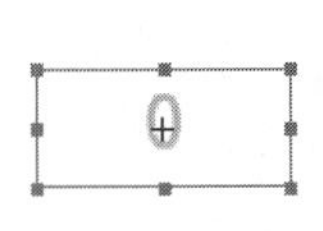

图 12-210　输入文本

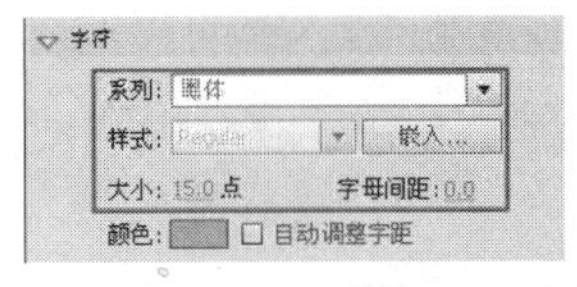

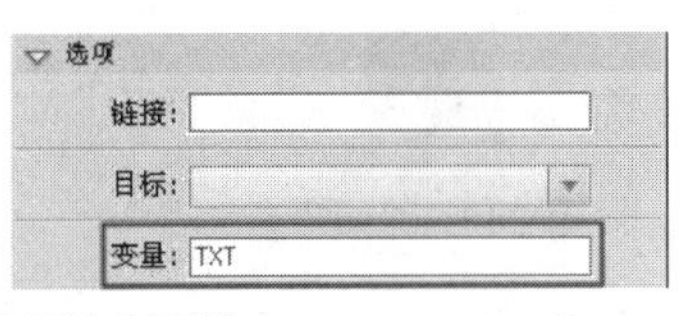

图 12-211　“属性”面板

步骤 18　新建“图层 2”，在第 1 帧位置单击，在“动作”面板中输入如图 12-212 所示的脚本语言，完成后的“时间轴”面板如图 12-213 所示。

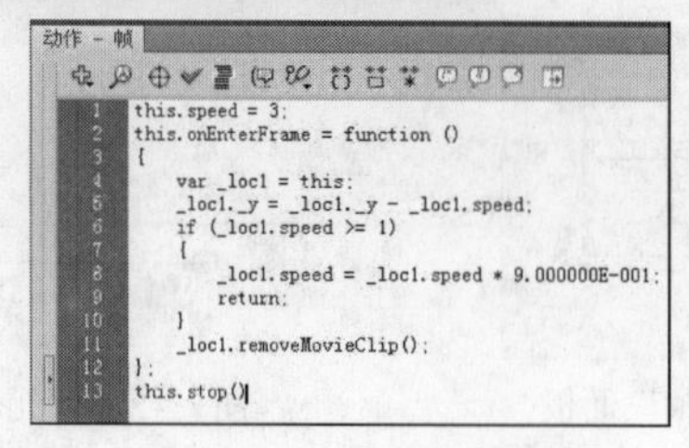

```
this.speed = 3;
this.onEnterFrame = function ()
{
    var _loc1 = this;
    _loc1._y = _loc1._y - _loc1.speed;
    if (_loc1.speed >= 1)
    {
        _loc1.speed = _loc1.speed * 9.000000E-001;
        return;
    }
    _loc1.removeMovieClip();
};
this.stop()
```

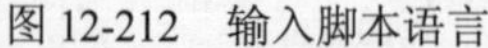

图 12-212　输入脚本语言

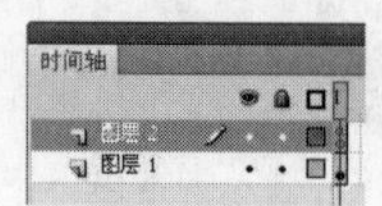

图 12-213　完成后的“时间轴”面板

步骤 19 新建一个“名称”为“停止动画”的“影片剪辑”元件，如图 12-214 所示。将“光盘\源文件\第 12 章\素材\tuxiang27.png”导入场景中，调整图像的位置，如图 12-215 所示。按 F8 键，将图像转换成“名称”为“停止图像”的“图形”元件。

步骤 20 在第 15 帧位置插入关键帧，按住 Shift 键使用“任意变形工具”将第 1 帧场景中的元件等比例缩小，如图 12-216 所示。设置其“属性”面板中 Alpha 值为 50%，元件效果如图 12-217 所示。在第 1 帧位置创建传统补间动画，新建“图层 2”，在第 15 帧位置插入关键帧，在“动作”面板中输入“this.stop();”脚本语言。

图 12-214　“创建新元件”对话框

图 12-215　导入图像

图 12-216　将元件等比例缩小

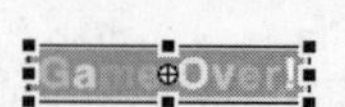

图 12-217　元件效果

步骤 21 新建一个“名称”为“显示球”的“影片剪辑”元件，如图 12-218 所示。将“光盘\源文件\第 12 章\素材\tuxiang25.png”导入场景中，调整图像在场景中的位置，如图 12-219 所示。

图 12-218　“创建新元件”对话框

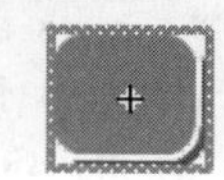

图 12-219　导入图像

步骤 22 新建一个“名称”为“脚本控制”的“影片剪辑”元件，使用“矩形工具”在场景中绘制一个矩形，如图 12-220 所示。新建“图层 2”，在第 1 帧位置单击，在“动作”面板中输入如图 12-221 所示的脚本语言。

图 12-220　绘制矩形

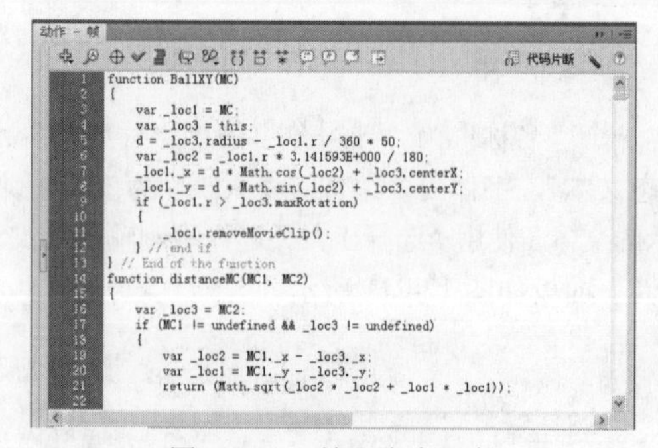

```
function BallXY(MC)
{
    var _loc1 = MC;
    var _loc3 = this;
    d = _loc3.radius - _loc1.r / 360 * 50;
    var _loc2 = _loc1.r * 3.141593E+000 / 180;
    _loc1._x = d * Math.cos(_loc2) + _loc3.centerX;
    _loc1._y = d * Math.sin(_loc2) + _loc3.centerY;
    if (_loc1.r > _loc3.maxRotation)
    {
        _loc1.removeMovieClip();
    } // end if
} // End of the function
function distanceMC(MC1, MC2)
{
    var _loc3 = MC2;
    if (MC1 != undefined && _loc3 != undefined)
    {
        var _loc2 = MC1._x - _loc3._x;
        var _loc1 = MC1._y - _loc3._y;
        return (Math.sqrt(_loc2 * _loc2 + _loc1 * _loc1));
```

图 12-221　输入脚本语言

步骤 23 返回“场景 1”编辑状态，将“光盘\源文件\第 12 章\素材\tuxiang17.jpg”导入场景中，如图 12-222 所示。新建“图层 2”，将“得分动画”元件从“库”面板中拖入场景中，如图 12-223 所示，设置其“属性”面板中“实例名称”为 scoreMC。

步骤 24 新建“图层 3”，将“动画”元件从“库”面板中拖入场景中，如图 12-224 所示。新建“图层 4”，将“整体暂停按钮”元件从“库”面板中拖入场景中，设置其“属性”面板中“实例名称”为 pauseMC。新建“图层 5”，将“库”面板中的“停止声音按钮”元件拖入场景中，如图 12-225 所示，设置其“属性”面板中“实例名称”为 soundMC。

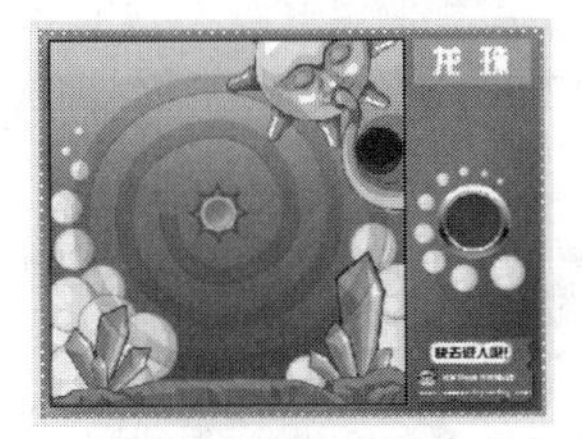

图 12-222　导入图像

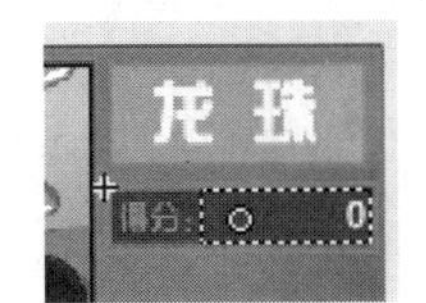

图 12-223　拖入元件

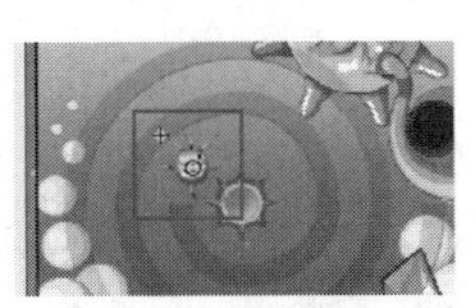

图 12-224　拖入元件

图 12-225　拖入元件

步骤 25 新建“图层 6”，将“库”面板中“脚本控制”元件拖入场景中，如图 12-226 所示。在“动作”面板中输入如图 12-227 所示的脚本语言。

步骤 26 新建“图层 7”，将“库”面板中“整体开始按钮”元件拖入场景中，如图 12-228 所示。设置其“属性”面板中“实例名称”为 STARTBUTTON，新建“图层 8”，将“库”面板中“发射针动画”元件拖入场景中，如图 12-229 所示，设置其“属性”面板中“实例名称”为 GAME。

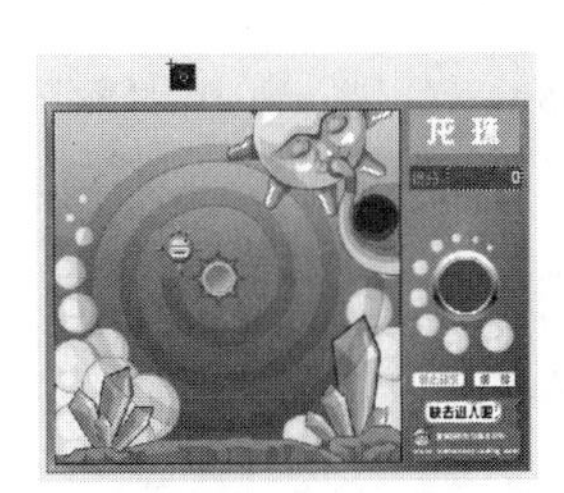

图 12-226　拖入元件

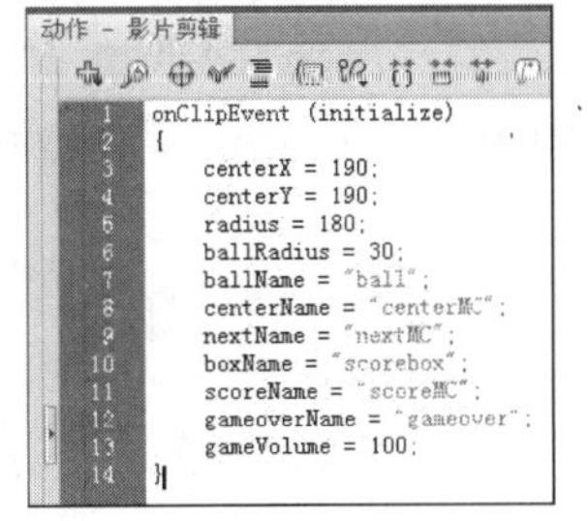


```
1   onClipEvent (initialize)
2   {
3       centerX = 190;
4       centerY = 190;
5       radius = 180;
6       ballRadius = 30;
7       ballName = "ball";
8       centerName = "centerMC";
9       nextName = "nextMC";
10      boxName = "scorebox";
11      scoreName = "scoreMC";
12      gameoverName = "gameover";
13      gameVolume = 100;
14  }
```

图 12-227　输入脚本语言

图 12-228　拖入元件

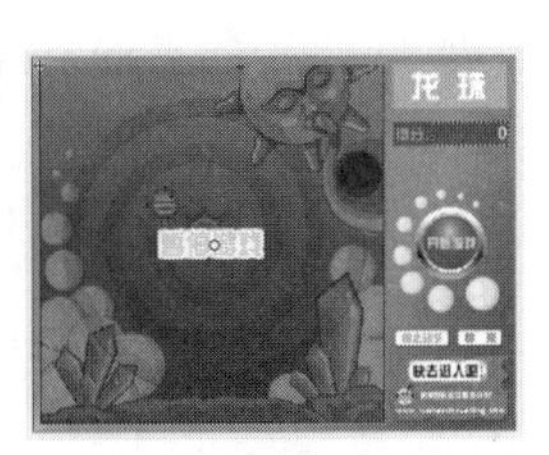

图 12-229　拖入元件

步骤 27 使用“选择工具”双击场景中的“发射针动画”元件，进入“发射针动画”元件的编辑状态，新建“图层 2”，将“光盘\源文件\第 12 章\素材\素材 02.fla”以外部库的形式打开，如图 12-230 所示。将“指针动画”元件从“库-素材 02.fla”面板中拖入场景中，将元件旋转 90°后场景效果如图 12-231 所示，设置其“属性”面板中“实例名称”为 LINEMC。

步骤 28 新建“图层 3”，将“光盘\源文件\第 12 章\素材\tuxiang24.png”导入场景中，调整图像的位置，如图 12-232 所示。新建“图层 4”，将“光盘\源文件\第 12 章\素材\tuxiang23.png”导入场景中，调整图像的位置，如图 12-233 所示。按 F8 键，将图像转换成“名称”为“出球动画”的“影片剪辑”元件，设置其“属性”面板中“实例名称”为 SLOTMC。

图 12-230　“库-素材 02.fla”面板

图 12-231　场景效果

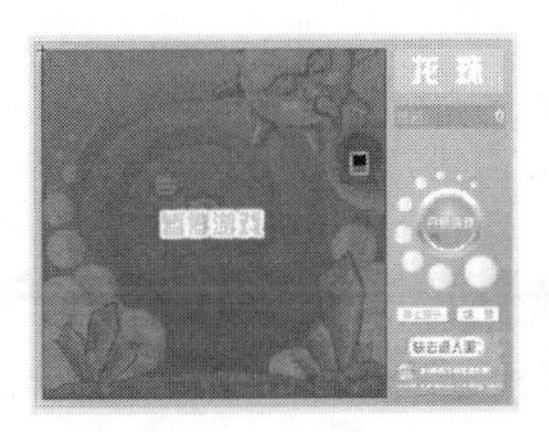

图 12-232　导入图像

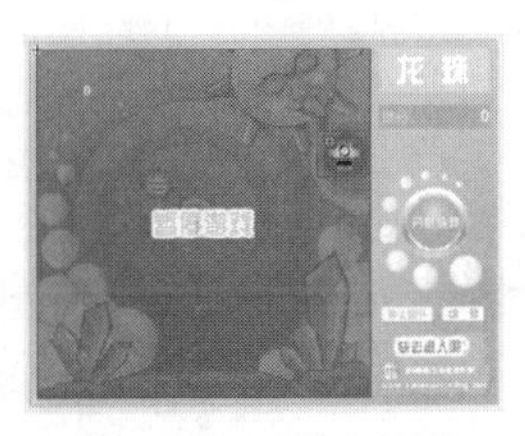

图 12-233　导入图像

步骤 29 新建“图层5”，将“库”面板中“显示球”元件拖入场景中，如图12-234所示。设置其“属性”面板中“实例名称”为nextMC，新建“图层6”，将“光盘\源文件\第12章\素材\tuxiang28.png”导入场景中，调整图像的位置，场景效果如图12-235所示。

步骤 30 新建“图层7”，再次将“库”面板中“显示球”元件拖入场景中，场景效果如图12-236所示。设置其“属性”面板中“实例名称”为centerMC，新建“图层8”，将“光盘\源文件\第12章\素材\tuxiang29.png”导入场景中，调整图像的位置，如图12-237所示。

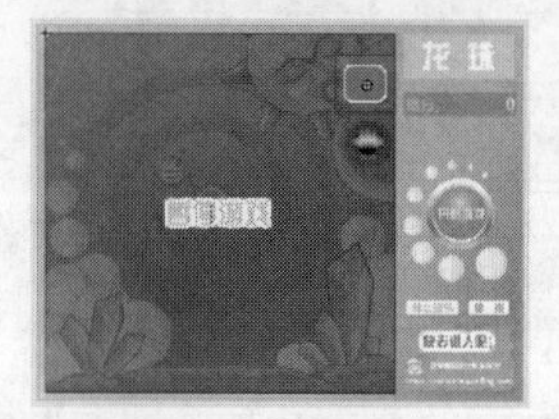

图12-234 拖入元件

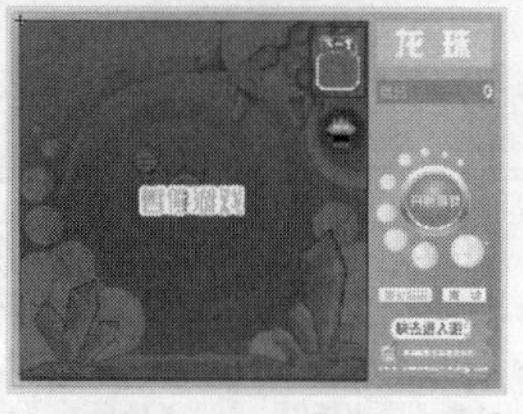

图12-235 导入图像

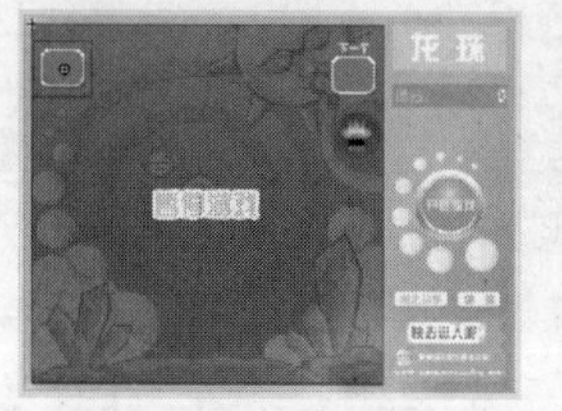

图12-236 拖入元件

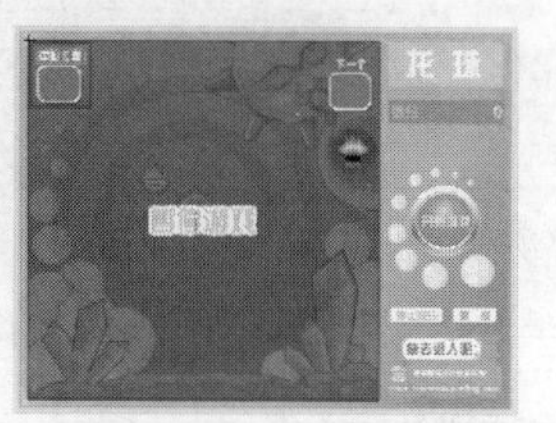

图12-237 导入图像

步骤 31 返回“场景1”编辑状态，新建“图层9”，在第1帧位置单击，设置其“属性”面板中“帧标签”为GAME，新建“图层10”，在第1帧位置单击，在“动作”面板中输入“this.stop();”脚本语言，如图12-238所示，“时间轴”面板如图12-239所示。

步骤 32 在将“库-素材02.fla”面板中“球动画1”和“球动画2”元件拖入场景中，按键盘上的Delete键将刚刚拖入的“球动画1”和“球动画2”元件删除，“库-素材02.fla”面板如图12-240所示。执行“文件>导入>导入到库”命令，将“光盘\源文件\第12章\素材\shengyin1.mp3”、“shengyin2.wav”、“shengyin3.wav”、“shengyin4.wav”和“shengyin5.wav”导入库中，“库”面板如图12-241所示。

图12-238 输入脚本语言

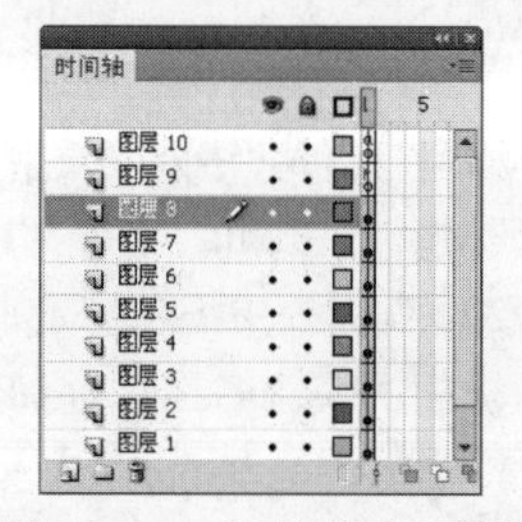

图12-239 “时间轴”面板

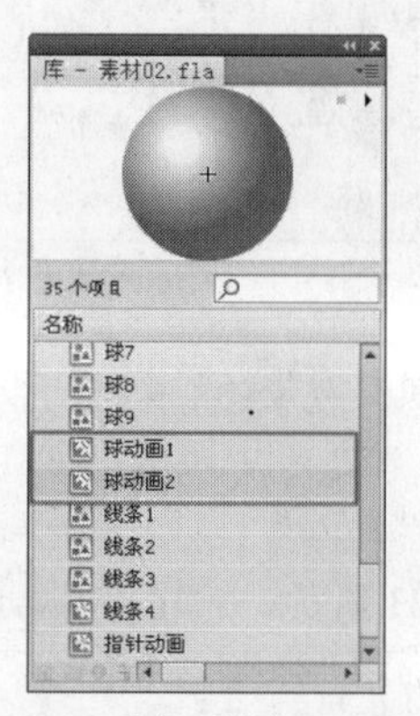

图12-240 “库-素材02.fla”面板

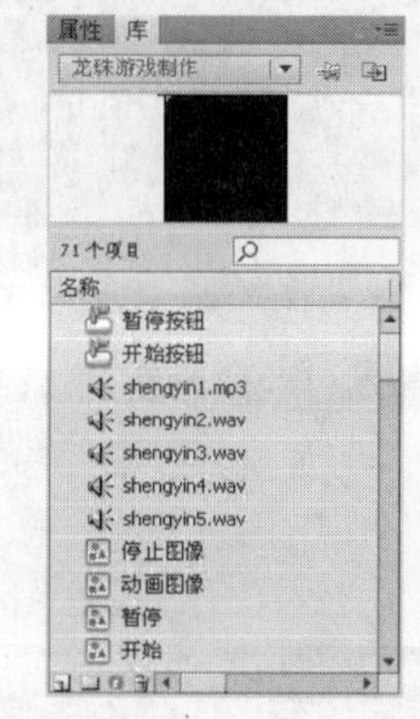

图12-241 “库”面板

步骤 33 在“库”面板中的shengyin1.mp3上单击右键，在弹出的菜单中选择“属性”命令，如图12-242所示。在弹出的“声音属性”对话框中单击“高级”按钮，勾选“链接”区域中“为ActionScript导出”复选框，在“标识符”文本框中输入title，如图12-243所示。

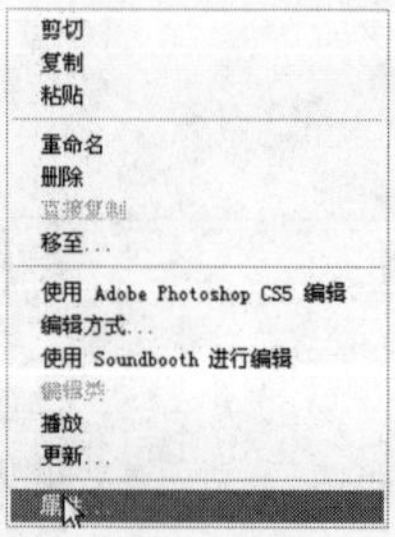

图12-242 选择“属性”命令

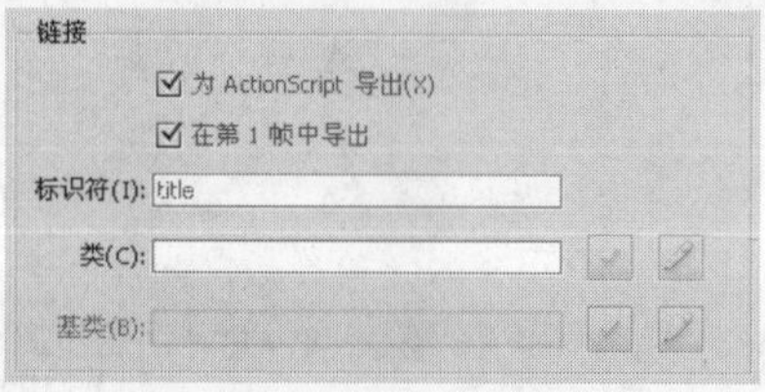

图12-243 设置链接属性

提示 如果没有设置声音和元件的链接属性，动画将无法正常显示。

步骤 34 参照“shengyin1.mp3”的设置方法，设置“shengyin1.mp3”、“shengyin2.wav”、“shengyin3.wav”、“shengyin4.wav”、“shengyin5.wav”、“球得分”元件、“球动画 1”元件、“球动画 2”元件和“停止动画”元件。执行“文件>保存”命令，将动画保存为“光盘\源文件\第 10 章\龙珠游戏制作.fla”，按 Ctrl+Enter 键测试影片，动画效果如图 10-244 所示。

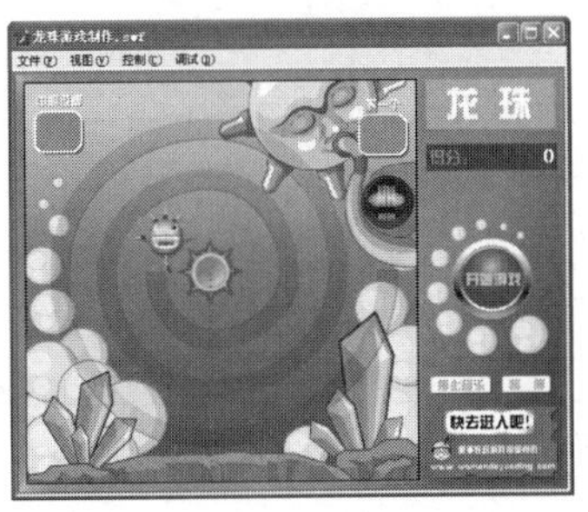

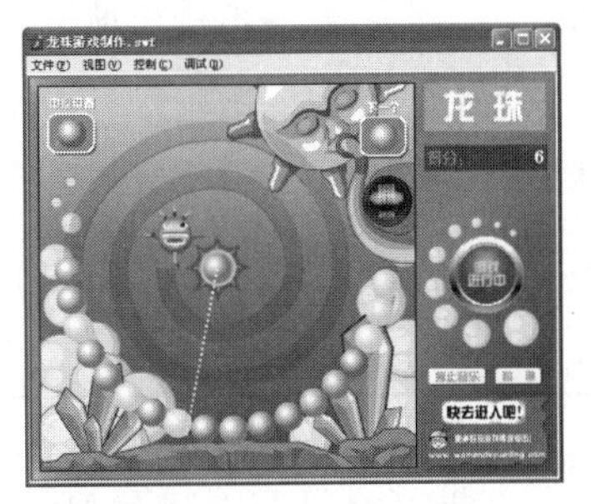

图 12-244 预览动画效果

实例小结 本实例的重点在于为声音和“影片剪辑”元件设置链接属性，为元件设置了链接以后，通过元件与元件之间的相互作用，当鼠标点击时就会弹出一个彩球。通过本实例的学习，读者应掌握在 Flash 中，如何设置“链接属性”。

Example 实例 186 对对碰游戏

案例文件	光盘\源文件\第 12 章\对对碰游戏.fla
视频文件	光盘\视频\第 12 章\对对碰游戏.swf
难易程度	★★★★☆
学习时间	45 分钟

（1）

（2）

（3）

（4）

1. 导入各素材图像并分别转换为相应的元件，为元件设置相应的链接属性。

2. 制作开始游戏界面，并为相应的元件添加脚本代码。

3. 制作主场景动画，拖入相应的元件，并为各“按钮”元件设置“实例名称”，添加相应的脚本代码。

4. 完成对对碰游戏的制作，测试游戏动画效果。

第 13 章　Flash MTV

■ 本章内容

- 生日 MTV
- 樱花 MTV
- 爱情 MTV
- 儿童生日 MTV
- 想念你 MTV
- 儿童 MTV
- 摇篮曲 MTV
- 回忆 MTV
- 冬日畅想 MTV
- 音乐场景 MTV

本章通过 10 个案例讲解在 Flash 中制作 MTV 的原理和方法，通过本章的学习，读者可对 Flash MTV 动画有更深入的了解。

Example 实例 187 生日 MTV

案例文件	光盘\源文件\第 13 章\生日 MTV.fla
视频文件	光盘\视频\第 13 章\生日 MTV.swf
难易程度	★★★☆☆
学习时间	30 分钟
实例要点	➢ “任意变形工具”的使用 ➢ 将图像转换为元件
实例目的	本实例将运用“任意变形工具”将元件旋转，制作逐帧动画

操作步骤

步骤 1 新建一个 Flash 文档，如图 13-1 所示，单击“属性”面板的“编辑”按钮，弹出“文档设置”对话框，设置“尺寸”为 400 像素 × 300 像素，“帧频”为 12，“背景颜色”值为#CCCCCC，保持其他默认设置，如图 13-2 所示。

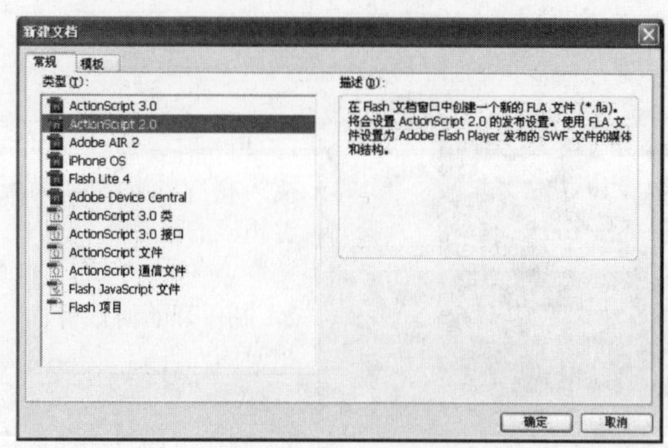

图 13-1　新建文档

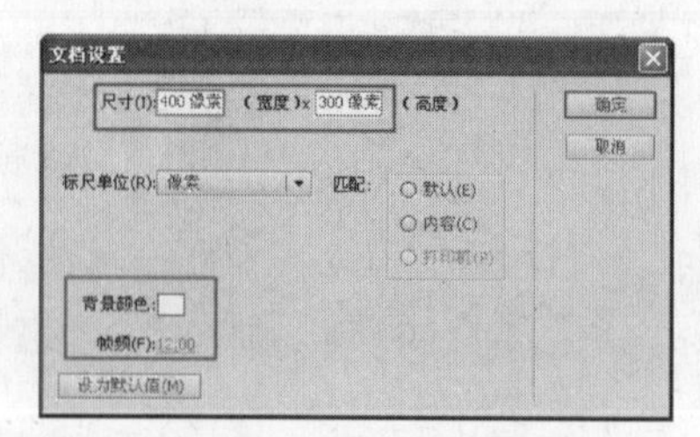

图 13-2　设置文档属性

步骤 2 新建一个“名称”为“镜头一场景 1”的“影片剪辑”元件，如图 13-3 所示。将“光盘\源文件\第 13 章\素材\a4.png”导入场景中，按 F8 键，将图像转换成 “名称”为“图像 1”的“图形”元件，使用“任意变形工具”将刚刚转换的元件缩小，如图 13-4 所示。

步骤 3 分别在第 7 帧和第 13 帧位置插入关键帧，选择第 7 帧上的元件，使用“任意变形工具”将该元件放大，如图 13-5 所示。在第 1 帧和第 7 帧位置创建传统补间动画，新建一个“名称”为“镜头一场景 2”的“影片剪辑”元件，如图 13-6 所示。

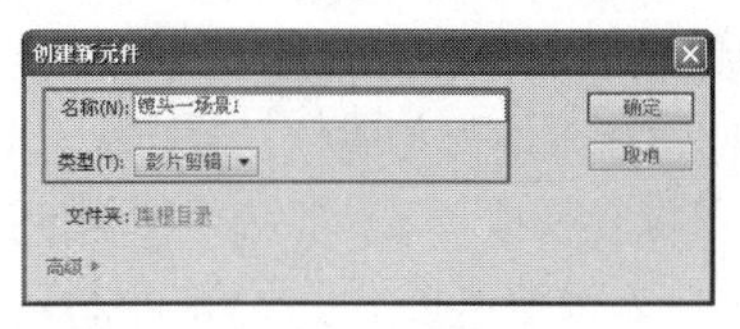

图 13-3 新建元件

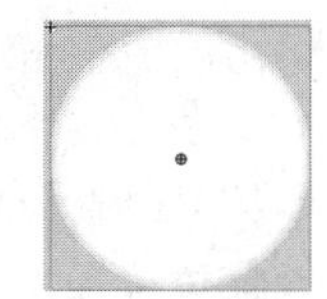

图 13-4 缩小元件

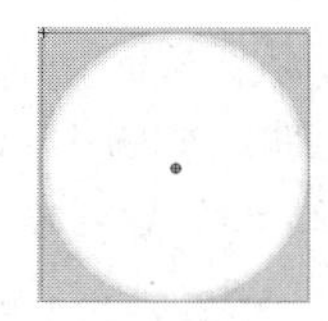

图 13-5 放大元件

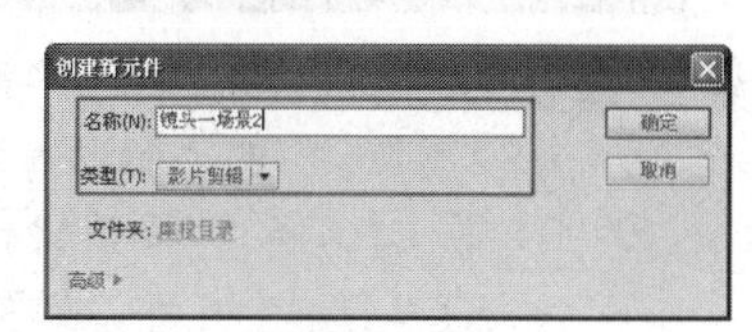

图 13-6 新建元件

步骤 4 将“光盘\源文件\第 13 章\素材\a5.png”导入场景中，按 F8 键，将图像转换成“名称”为“图像 2”的“图形”元件，如图 13-7 所示。分别在第 7 帧和第 13 帧位置插入关键帧，选择第 1 帧和第 13 帧场景中的元件，设置其“属性”面板中 Alpha 值为 60%，调整元件的大小，如图 13-8 所示。

步骤 5 在第 1 帧和第 7 帧位置创建传统补间动画，新建一个“名称”为“星星”的“影片剪辑”元件，如图 13-9 所示。将“光盘\源文件\第 13 章\素材\a19.png”导入场景中，按 F8 键，将图像转换成“名称”为“图像 3”的“图形”元件，如图 13-10 所示。

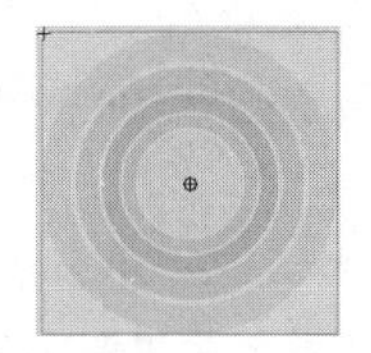

图 13-7 转换元件

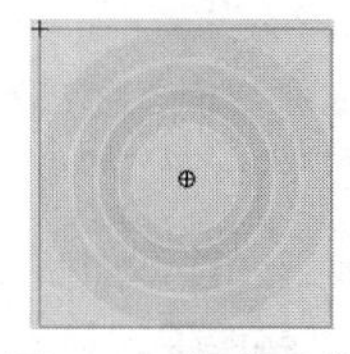

图 13-8 调整元件

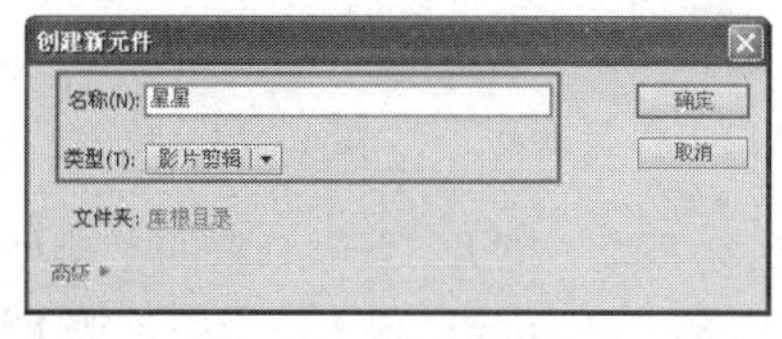

图 13-9 新建元件

图 13-10 转换元件

> **提示** 使用“工具箱”中的“多角星形工具”，也可以制作出五角星。

步骤 6 在第 2 帧位置插入关键帧，使用“任意变形工具”调整元件的角度为 45°，如图 13-11 所示。在第 3 帧位置插入关键帧，使用“任意变形工具”调整元件的角度为 45°，如图 13-12 所示。采用相同的方法，制作其他帧动画，“时间轴”面板如图 13-13 所示。

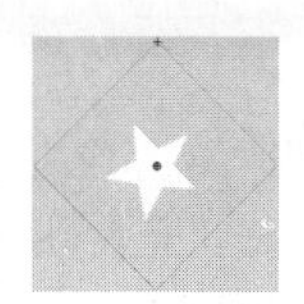

图 13-11 调整元件

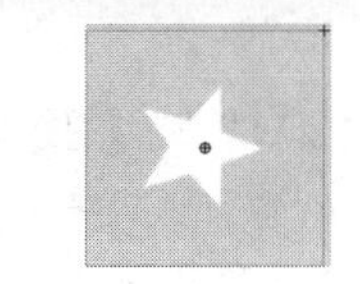

图 13-12 调整元件

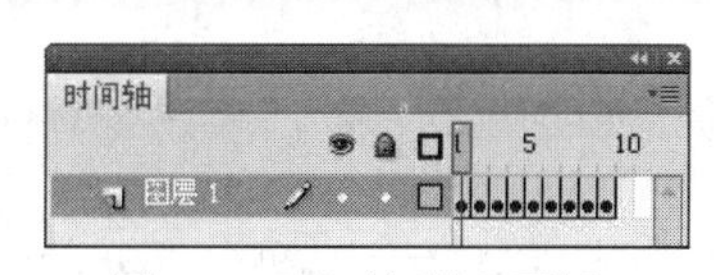

图 13-13 “时间轴”面板

步骤 7 新建一个“名称”为“镜头一场景 3”的“影片剪辑”元件，将“星星”元件从“库”面板中拖入场景中，如图 13-14 所示。采用相同的方法，将“星星”元件从“库”面板中拖入场景中，并使用“任意变形工具”调整元件大小，执行“修改>变形>水平翻转”命令，场景效果如图 13-15 所示。

步骤 8 采用相同的方法，拖入元件，如图 13-16 所示。新建一个“名称”为“镜头一人物 1”，“的“影片剪辑”元件，如图 13-17 所示。

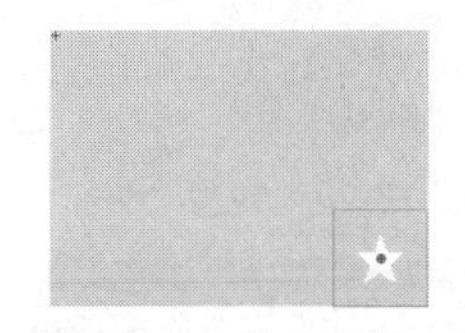

图 13-14 拖入元件

图 13-15 拖入并调整元件

图 13-16 拖入元件

图 13-17 新建元件

步骤 9 将“光盘\源文件\第 13 章\素材\a1.png”导入场景中，按 F8 键，将图像转换成“名称”为“图像 4”的“图形”元件，如图 13-18 所示。在第 3 帧位置插入空白关键帧，将“光盘\源文件\第 13 章\素材\a2.png”导入场景中，按 F8 键，将图像转换成“名称”为“图像 5”的“图形”元件，如图 13-19 所示。在第 5 帧位置插入空白关键帧，将“光盘\源文件\第 13 章\素材\a3.png”导入场景中，按 F8 键，将图像转换成“名称”为“图像 6”的“图形”元件，如图 13-20 所示。

步骤 10 新建一个“名称”为“镜头一人物 2”的“影片剪辑”元件，参照“镜头一人物 1”的制作方法，制作“镜头一人物 2”元件，效果如图 13-21 所示。

图 13-18 转换元件

图 13-19 转换元件

图 13-20 转换元件

图 13-21 场景效果

步骤 11 新建一个“名称”为“镜头二场景 1”的“影片剪辑”元件，如图 13-22 所示。将“光盘\源文件\第 13 章\素材\a10.png”导入场景中，按 F8 键，将图像转换成“名称”为“图像 9”的“图形”元件，如图 13-23 所示。

步骤 12 在第 5 帧位置插入空白关键帧，将“光盘\源文件\第 13 章\素材\a11.png”导入场景中，将图像转换成“名称”为“图像 10”的“图形”元件，如图 13-24 所示。在第 5 帧位置插入帧，新建一个“名称”为“镜头二人物 1”的“影片剪辑”元件，如图 13-25 所示。

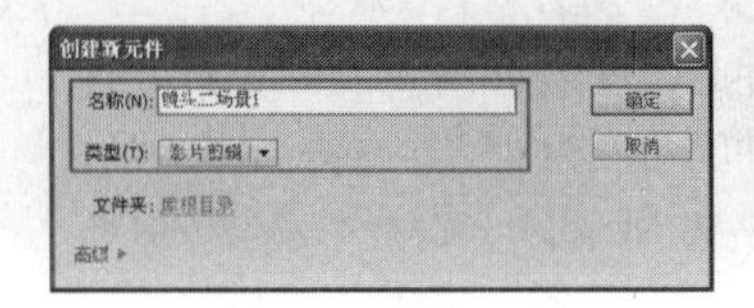

图 13-22 新建元件

图 13-23 转换元件

图 13-24 转换元件

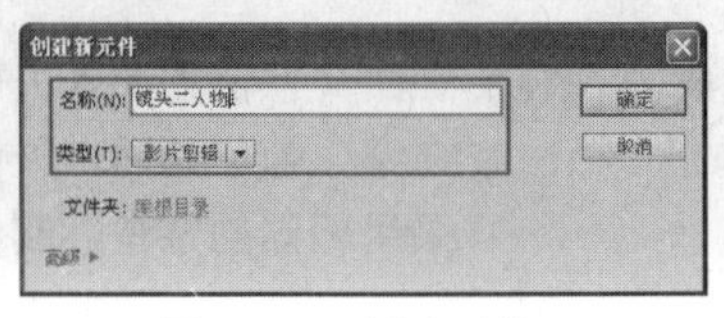

图 13-25 新建元件

步骤 13 将“光盘\源文件\第 13 章\素材\a8.png”导入场景中，将图像转换成“名称”为“图像 11”的“图形”元件，如图 13-26 所示。在第 15 帧位置插入空白关键帧，将“光盘\源文件\第 13 章\素材\a9.png”导入场景中，按 F8 键，将图像转换成“名称”为“图像 12”的“图形”元件，如图 13-27 所示，在第 30 帧位置插入帧。

步骤 14 新建一个“名称”为“镜头三场景 1”的“影片剪辑”元件，如图 13-28 所示。将“光盘\源文件\第 13 章\素材\a12.png”导入场景中，按 F8 键，将图像转换成“名称”为“图像 13”的“图形”元件，如图 13-29 所示。

图 13-26 转换元件

图 13-27 转换元件

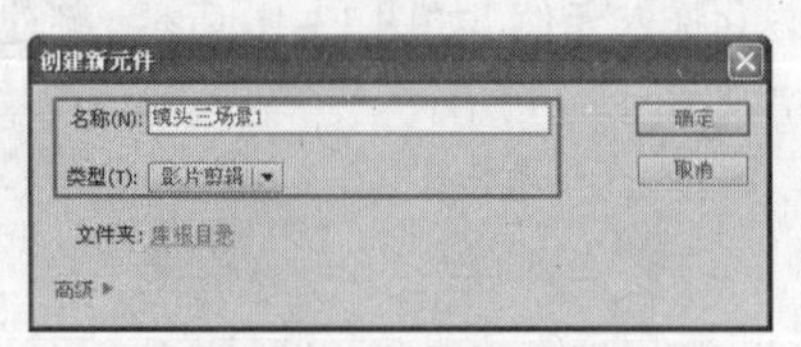

图 13-28 新建元件

图 13-29 转换元件

步骤 15 在第 20 帧位置插入关键帧，并向左调整该帧上的元件，如图 13-30 所示。在第 1 帧位置创建传统补间动画，分别在第 30 帧和 50 帧位置插入关键帧，选择第 30 帧上的元件，设置其“属

性”面板中 Alpha 值为 0%，如图 13-31 所示。

图 13-30　调整元件位置

图 13-31　元件效果

步骤 16 选择第 50 帧上的元件，向左调整元件位置，在第 30 帧位置创建传统补间动画，分别在第 70 帧和 90 帧位置插入关键帧，选择第 90 帧上的元件，设置其“属性”面板中 Alpha 值为 0%，向左调整元件位置，如图 13-32 所示，在第 1 帧位置创建传统补间动画，“时间轴”面板如图 13-33 所示。新建“图层 2”，在第 90 帧位置插入关键帧，在“动作”面板中输入“stop();”脚本语言。

图 13-32　元件效果

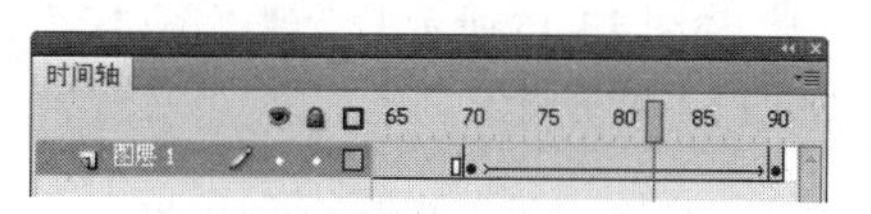

图 13-33 “时间轴”面板

步骤 17 新建一个“名称”为“星星 2”的“影片剪辑”元件，如图 13-34 所示，将“光盘\源文件\第 13 章\素材\a13.png”导入场景中，按 F8 键，将图像转换成“名称”为“图像 14”的“图形”元件，如图 13-35 所示。

步骤 18 参照“星星”元件的制作方法，制作“星星 2”元件，效果如图 13-36 所示，“时间轴”面板如图 13-37 所示。

图 13-34　新建元件

图 13-35 转换元件

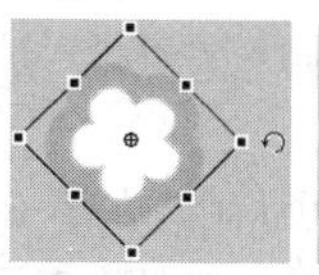

图 13-36　元件效果

图 13-37 “时间轴”面板

步骤 19 新建一个“名称”为“镜头三场景 2”的“影片剪辑”元件，如图 13-38 所示。参照“镜头一场景 3”元件的制作方法，制作“镜头三场景 2”元件，场景效果如图 13-39 所示。

图 13-38　元件效果

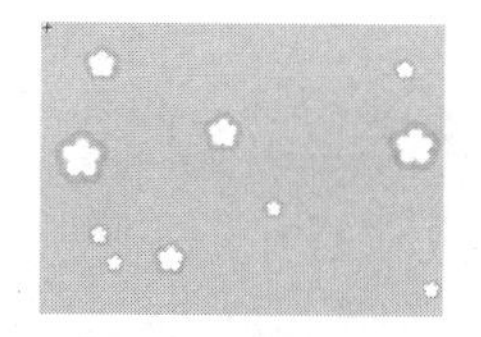

图 13-39　场景效果

步骤 20 新建一个“名称”为“镜头三人物 1”的“影片剪辑”元件，如图 13-40 所示。将“光盘\源文件\第 13 章\素材\a14.png”导入场景中，按 F8 键，将图像转换成“名称”为“图像 15”的“图形”元件，如图 13-41 所示。

步骤 21 在第 4 帧位置插入空白关键帧，将“光盘\源文件\第 13 章\素材\a15.png”导入场景中，将其转换成“名称”为“耳朵”的“图形”元件，如图 13-42 所示。在第 7 帧位置插入空白关键帧，将“光盘\源文件\第 13 章\素材\a16.png”导入场景中，将其转换成“名称”为“图像 17”的“图形”元件，如图 13-43 所示。

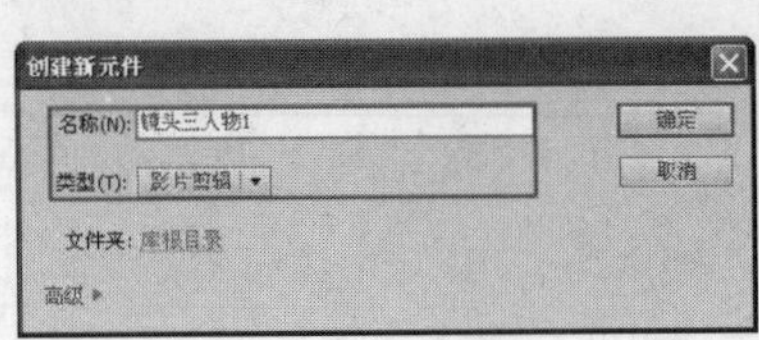

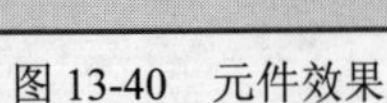

图 13-40　元件效果

图 13-41　转换元件

图 13-42　转换元件

图 13-43　转换元件

步骤 22 在第 10 帧位置插入空白关键帧，将“光盘\源文件\第 13 章\素材\a17.png”导入场景中，按 F8 键，将图像转换成“名称”为“图像 18”的“图形”元件，如图 13-44 所示。返回“场景 1”编辑状态，将“镜头一场景 1”元件从“库”面板中拖入场景中，如图 13-45 所示。

步骤 23 在第 125 帧位置插入帧，新建“图层 2”，将“镜头一场景 2”元件从“库”面板中拖入场景中，如图 13-46 所示。新建“图层 3”，将“镜头一场景 3”元件从“库”面板中拖入场景中，如图 13-47 所示。

图 13-44　转换元件

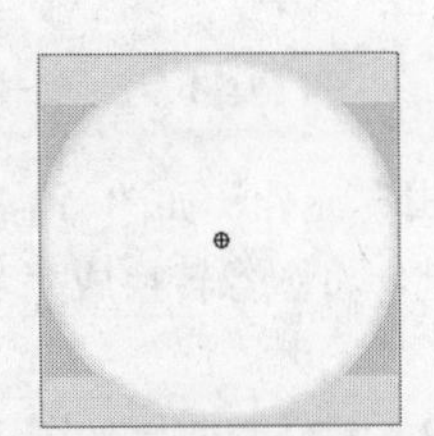

图 13-45　拖入元件

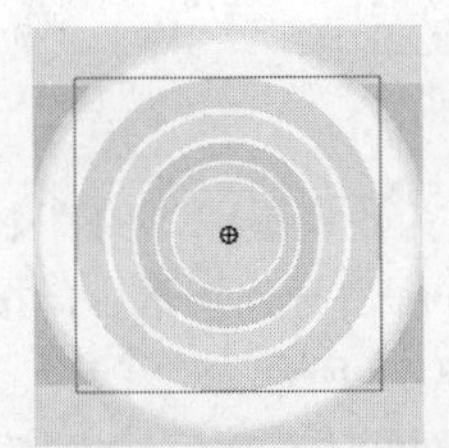

图 13-46　拖入元件

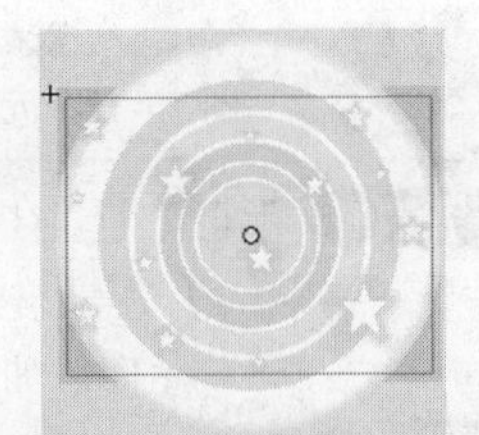

图 13-47　拖入元件

步骤 24 新建“图层 4”，将“镜头一人物 1”元件从“库”面板中拖入场景中，如图 13-48 所示。分别在第 40 帧和第 60 帧位置插入关键帧，选择第 60 帧上的元件，使用“任意变形工具”调整元件大小，如图 13-49 所示。

步骤 25 在第 40 帧位置创建传统补间动画，在第 61 帧位置插入空白关键帧，将“镜头一人物 2”元件从“库”面板中拖入场景中，并调整该元件的大小，如图 13-50 所示。在第 85 帧位置插入关键帧，向左调整元件的位置，如图 13-51 所示。

图 13-48　拖入元件

图 13-49　元件效果

图 13-50　拖入元件

图 13-51　元件效果

步骤 26 在第 61 帧位置创建传统补间动画，在第 95 帧位置插入关键帧，使用“任意变形工具”，调整该帧上的元件大小和位置，如图 13-52 所示。新建“图层 5”，在第 61 帧位置插入关键帧，将“镜头一人物 2”元件从“库”面板中拖入场景中，并调整该元件的大小，如图 13-53 所示。

步骤 27 在第 85 帧位置插入关键帧，向右调整元件的位置，如图 13-54 所示。在第 61 帧位置创建传统补间动画，新建“图层 6”，在第 95 帧位置插入关键帧，将“镜头一人物 2”元件从“库”面板中拖入场景中，如图 13-55 所示。

图 13-52 调整元件

图 13-53 拖入元件

图 13-54 拖动元件

图 13-55 拖入元件

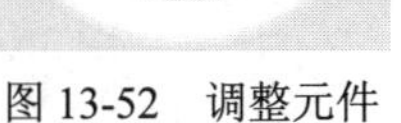

步骤 28 新建“图层 7”，在第 126 帧位置插入关键帧，将“镜头二场景 1”元件从“库”面板中拖入场景中，如图 13-56 所示。在第 245 帧位置插入帧，新建“图层 8”，在第 126 帧位置插入关键帧，将“镜头二人物 1”元件从“库”面板中拖入场景中，使用“任意变形工具”调整元件的大小和角度，如图 13-57 所示。

步骤 29 在第 140 帧位置插入关键帧，选择第 126 帧上的元件，使用“选择工具”调整元件的位置，并设置其“属性”面板中 Alpha 值为 0%，如图 13-58 所示，在第 126 帧位置创建传统补间动画，在第 170 帧位置插入关键帧，使用“任意变形工具”调整元件大小，如图 13-59 所示，在第 140 帧位置创建传统补间动画。

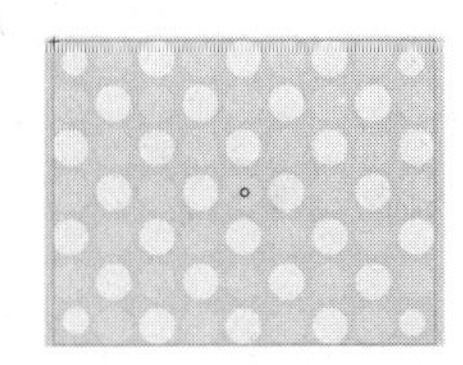

图 13-56 拖入元件

图 13-57 拖入元件

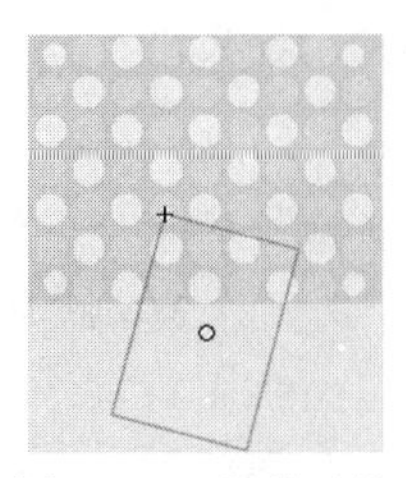

图 13-58 调整元件

图 13-59 调整元件

步骤 30 在第 180 帧位置插入关键帧，使用“任意变形工具”调整元件大小和角度，如图 13-60 所示。在第 170 帧位置创建传统补间动画，参照前面的方法，制作该层的其他动画，使元件在场景中旋转两周，“时间轴”面板如图 13-61 所示。

图 13-60 调整元件

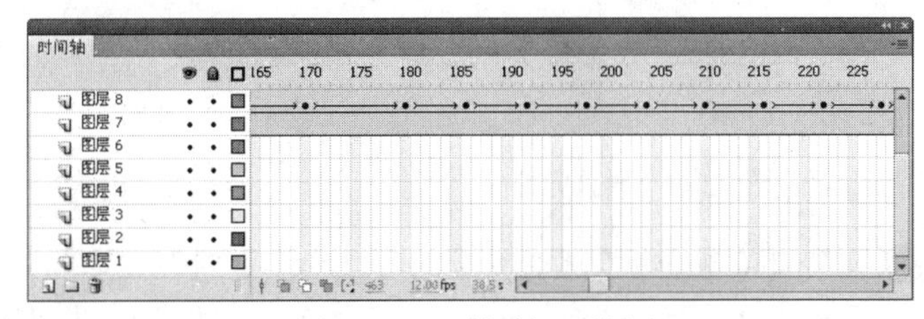

图 13-61 “时间轴”面板

步骤 31 在第 245 帧位置插入关键帧，使用“任意变形工具”，调整元件大小和角度，如图 13-62 所示。在第 228 帧位置创建传统补间动画，新建“图层 9”，在第 246 帧位置插入关键帧，将“镜头三场景 1”元件从“库”面板中拖入场景中，如图 13-63 所示。

步骤 32 在第 340 帧位置插入帧，新建“图层 10”，在第 246 帧位置插入关键帧，将“镜头三场景 2”元件从“库”面板中拖入场景中，如图 13-64 所示。新建“图层 11”，在第 246 帧位置插入关键帧，将“镜头三人物 1”元件从“库”面板中拖入场景中，如图 13-65 所示。

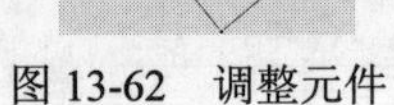

图 13-62　调整元件

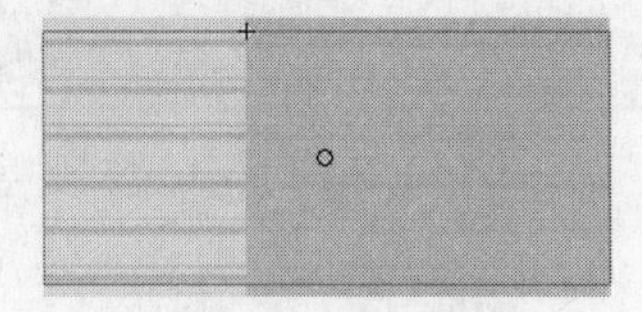

图 13-63　拖入元件

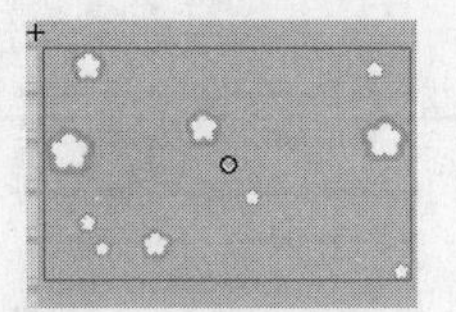

图 13-64　拖入元件

图 13-65　拖入元件

步骤 33 在第 250 帧位置插入关键帧，使用“选择工具”，向左调整该帧上的元件位置，如图 13-66 所示。在第 255 帧位置插入关键帧，使用“选择工具”向上调整该帧上的元件位置，如图 13-67 所示。

步骤 34 分别在第 246 帧和第 250 帧位置创建传统补间动画，采用相同的方法，制作该层的其他帧动画，“时间轴”面板如图 13-68 所示。

图 13-66　调整元件

图 13-67　调整元件

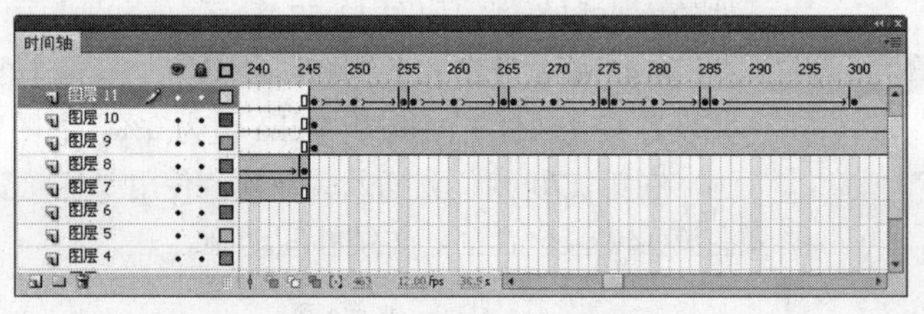

图 13-68　“时间轴”面板

步骤 35 在第 286 帧位置插入空白关键帧，将“光盘\源文件\第 13 章\素材\a18.png”导入场景中，按 F8 键，将图像转换成“名称”为“图像 19”的“图形”元件，如图 13-69 所示。在第 300 帧位置插入关键帧，选择第 286 帧上的元件，使用“任意变形工具”调整元件的大小和角度，如图 13-70 所示。

图 13-69　转换元件

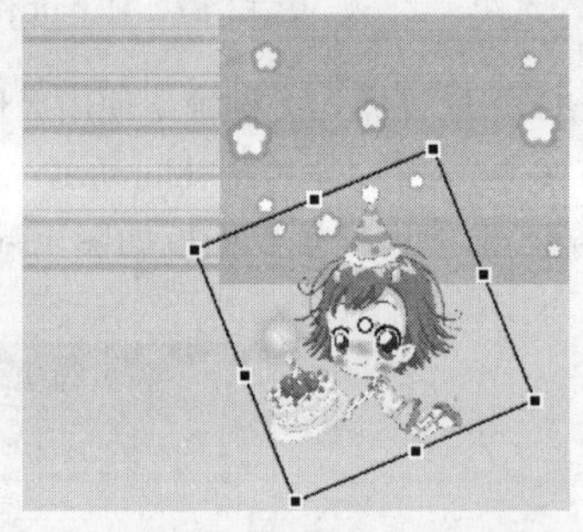

图 13-70　调整元件

步骤 36 在第 286 帧位置创建传统补间动画，新建“图层 12”，将“光盘\源文件\第 11 章\素材\a1 sound.mp3”导入“库”面板中，在第 1 帧位置单击，设置其“属性”面板中声音“名称”为 a1 sound，其他设置如图 13-71 所示。分别在“图层 9”、“图层 10”、“图层 11”和“图层 12”的第 463 帧位置插入帧，“时间轴”面板如图 13-72 所示。

图 13-71　“属性”面板

图 13-72　“时间轴”，效果

步骤 37 执行“修改>文档”命令，弹出“文档属性”对话框，将“背景颜色”设置为#FFFFFF。执行“文件>保存”命令，将动画保存为“光盘\源文件\第 13 章\生日 MTV.fla”，按 Ctrl+Enter 键测试影片，动画效果如图 13-73 所示。

图 13-73　预览动画效果

实例小结

本实例主要制作背景的相互交换动画和人物的出场景动画，通过本实例的学习，读者可以对生日 MTV 动画有更进一步的了解。

Example 实例 188　儿童生日 MTV

案例文件	光盘\源文件\第 13 章\儿童生日 MTV.fla
视频文件	光盘\视频\第 13 章\儿童生日 MTV.swf
难易程度	★★★☆☆
学习时间	25 分钟

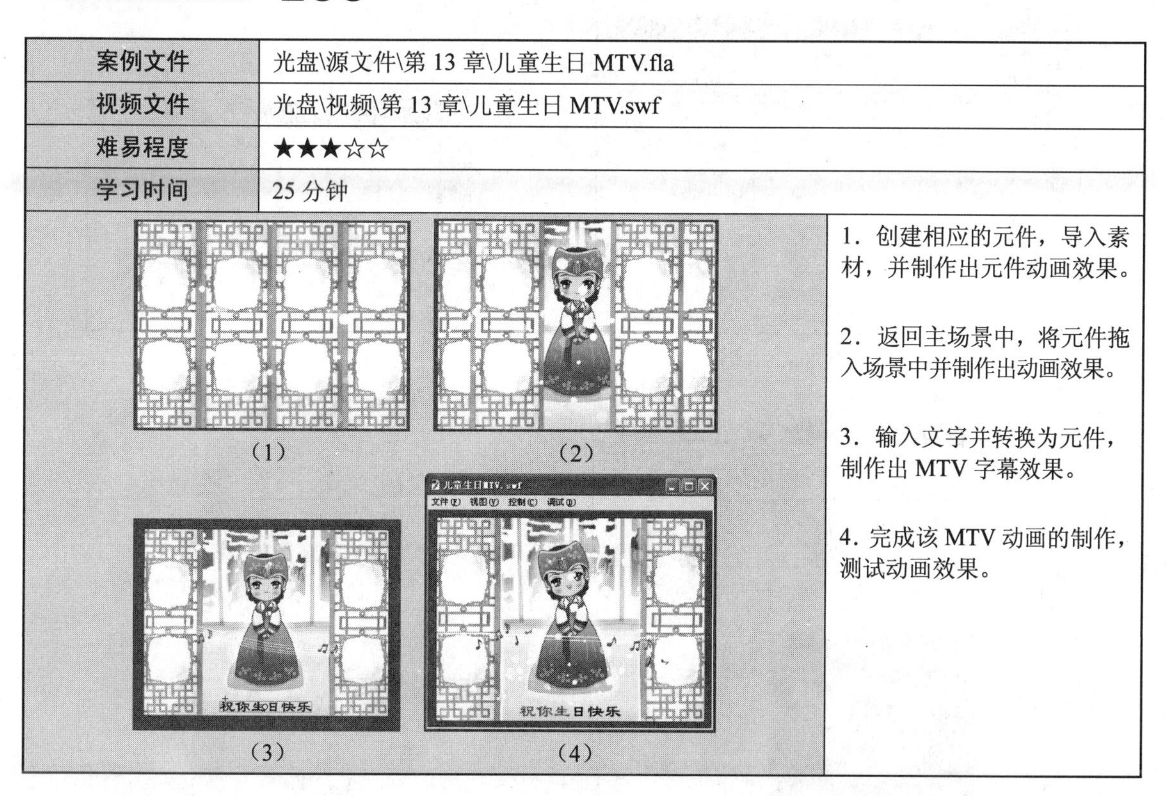

（1）　（2）　（3）　（4）

1. 创建相应的元件，导入素材，并制作出元件动画效果。

2. 返回主场景中，将元件拖入场景中并制作出动画效果。

3. 输入文字并转换为元件，制作出 MTV 字幕效果。

4. 完成该 MTV 动画的制作，测试动画效果。

Example 实例 189 摇篮曲 MTV

案例文件	光盘\源文件\第 13 章\摇篮曲 MTV.fla
视频文件	光盘\视频\第 13 章\摇篮曲 MTV.swf
难易程度	★★★☆☆
学习时间	35 分钟
实例要点	➢ “铅笔工具”的使用 ➢ 引导层的应用
实例目的	通过本实例的学习，了解引导层动画与淡入淡出动画的结合应用方法

操作步骤

步骤 1 新建一个 Flash 文档，如图 13-74 所示，单击“属性”面板的“编辑”按钮，弹出“文档设置”对话框，设置“尺寸”为 400 像素 × 300 像素，“背景颜色”为#666666，“帧频”为 12，如图 13-75 所示。

步骤 2 新建一个“名称”为“绒毛球动画”的“影片剪辑”元件，如图 13-76 所示。单击“铅笔工具”按钮，在场景中绘制线条，如图 13-77 所示。

步骤 3 在第 58 帧位置插入帧，新建“图层 2”，将“光盘\源文件\第 13 章\素材\l2.png”导入场景中，如图 13-78 所示。选中导入的图像，将其转换成“名称”为“绒毛球”的“图形”元件，如图 13-79 所示。

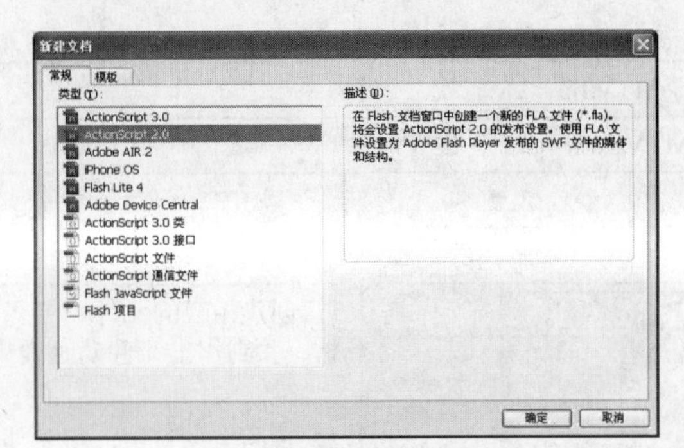

图 13-74 新建 Flash 文档

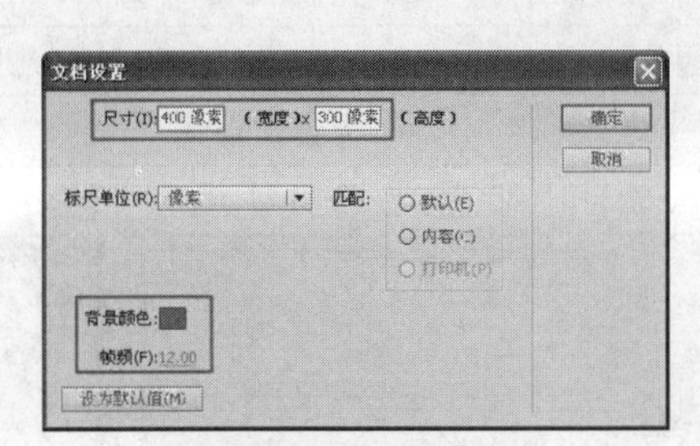

图 13-75 设置文档属性

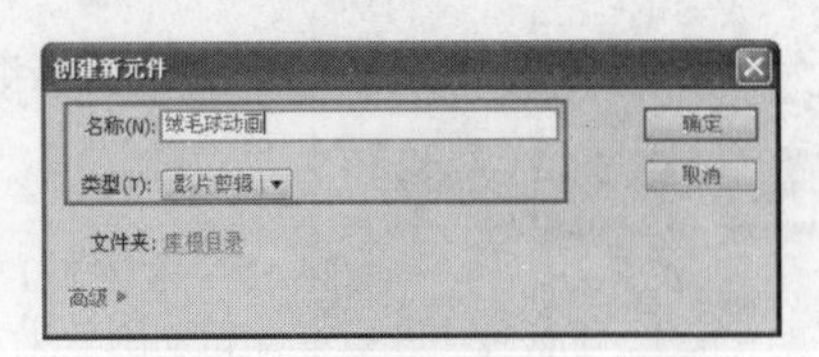

图 13-76 “创建新元件”对话框

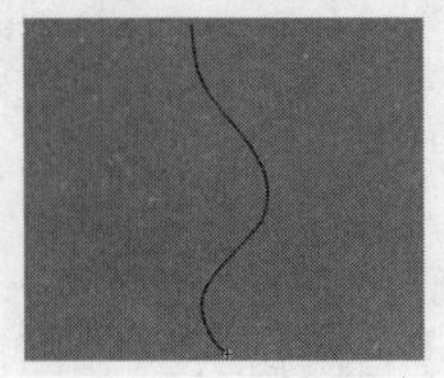

图 13-77 绘制线条

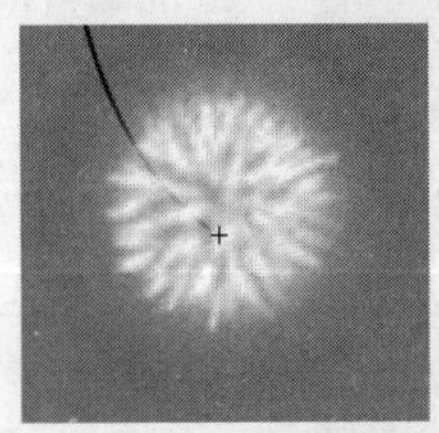

图 13-78 导入素材图像

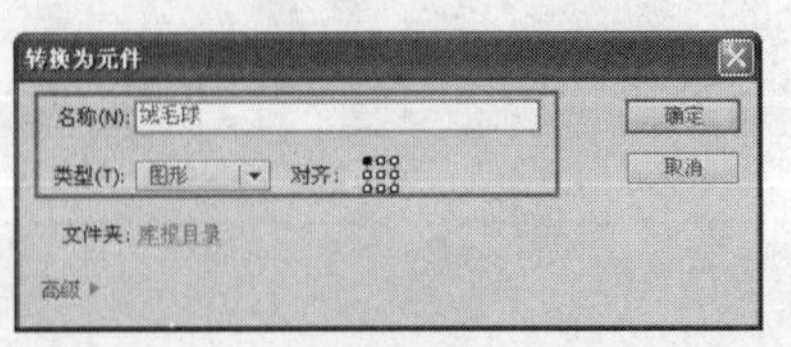

图 13-79 “转换为元件”对话框

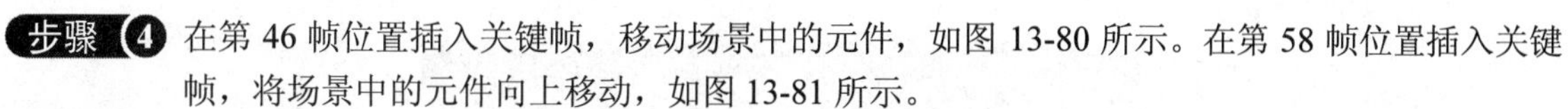

步骤 4 在第 46 帧位置插入关键帧，移动场景中的元件，如图 13-80 所示。在第 58 帧位置插入关键帧，将场景中的元件向上移动，如图 13-81 所示。

步骤 5 选中“图层 2”第 1 帧上的元件，设置其“属性”面板中 Alpha 值为 38%，元件效果如图 13-82 所示。选中第 58 帧上的元件，设置其“属性”面板中 Alpha 值为 0%，元件效果如图 13-83 所示，在第 1 帧、第 46 帧位置创建传统补间。

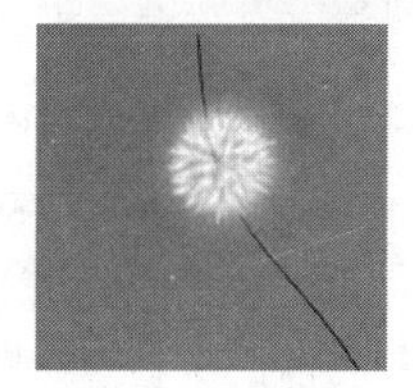

图 13-80 移动元件

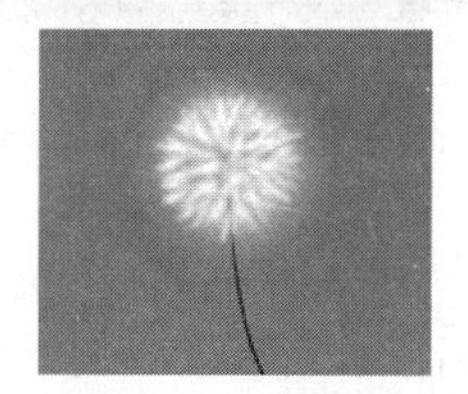

图 13-81 移动元件

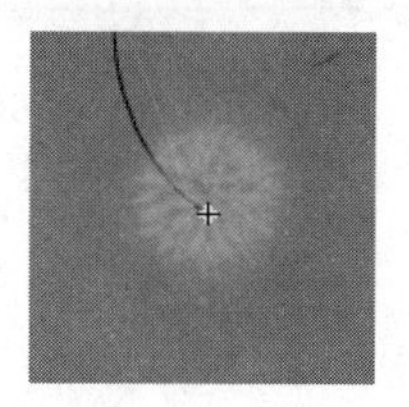

图 13-82 元件效果

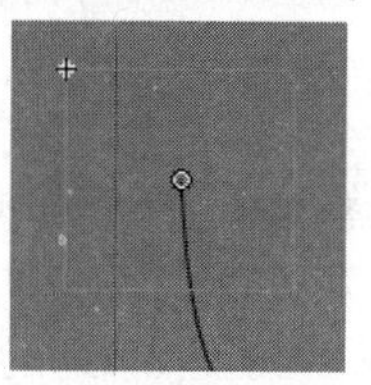

图 13-83 元件效果

步骤 6 将“图层 2”拖至“图层 1”的下方，在“图层 1”上单击右键，在弹出的菜单中选择“引导层”命令，如图 13-84 所示。将“图层 2”拖动“图层 1”上，如图 13-85 所示。

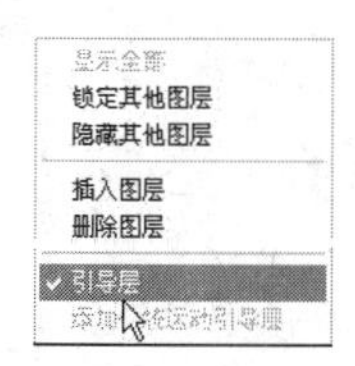

图 13-84 选择“引导层”命令

图 13-85 “时间轴”面板

技巧

直接将一个图层拖到另一图层上，即可实现两图层的关联。

步骤 7 新建一个“名称”为“遍天绒球”的“影片剪辑”元件，如图 13-86 所示。将“库”面板中“绒毛球动画”元件拖入场景中，按住 Shift 键使用“任意变形工具”将元件等比例缩小，执行“修改>变形>水平翻转”命令，将元件水平翻转，元件效果如图 13-87 所示。

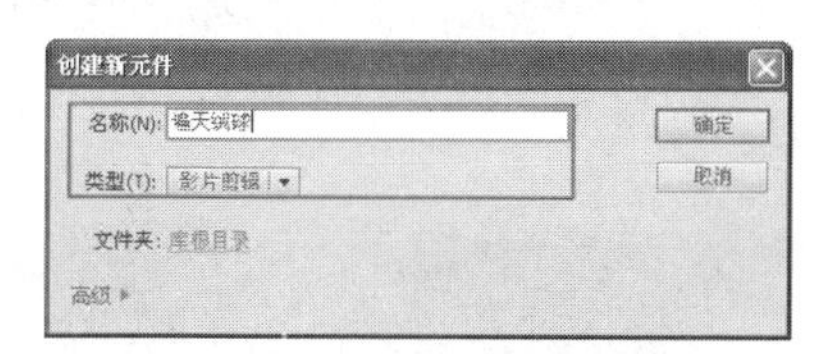

图 13-86 “创建新元件”对话框

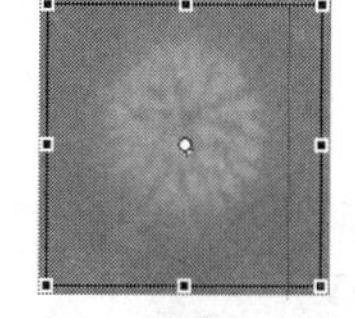

图 13-87 调整元件大小

步骤 8 在第 45 帧位置插入帧，新建“图层 2”，将“库”面板中“绒毛球动画”元件拖入场景中，按住 Shift 键使用“任意变形工具”将元件等比例缩小，并设置其“属性”面板中 Alpha 值为 71%，元件效果如图 13-88 所示。新建“图层 3”、“图层 4”、“图层 5”、“图层 6”、“图层 7”、“图层 8”、“图层 9”、“图层 10”，参照“图层 1”与“图层 2”的制作方法，完成新建图层的动画制作，场景效果如图 13-89 所示，“时间轴”面板如图 13-90 所示。

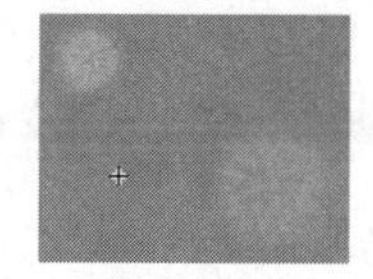

图 13-88 拖入元件

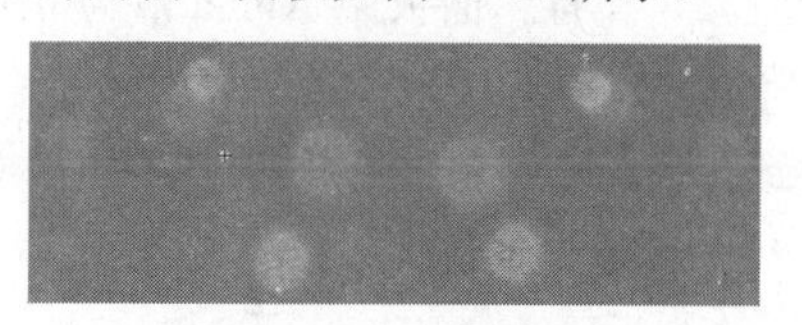

图 13-89 场景效果

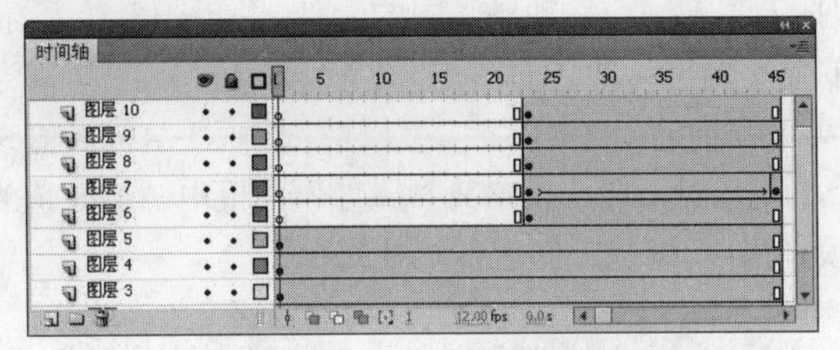

图 13-90 “时间轴”面板

步骤 9 新建“图层 11”，在“图层 11”第 45 帧位置插入关键帧，在 “动作”面板中输入“stop();”脚本语言。返回“场景 1”编辑状态，在第 123 帧位置插入关键帧，将“光盘\源文件\第 13 章\素材\l4.jpg”导入场景中，如图 13-91 所示。选中导入的图像，按 F8 键，将其转换成“名称”为“背景”的“图形”元件，如图 13-92 所示。

步骤 10 在第 135 帧位置插入关键帧，选中第 123 帧上的元件，设置其“属性”面板中 Alpha 值为 0%，元件效果如图 13-93 所示。在第 212 帧位置插入帧，在第 123 帧位置创建传统补间动画。新建“图层 2”，在第 110 帧位置插入关键帧，将“光盘\源文件\第 13 章\素材\l3.png”导入场景中，如图 13-94 所示。

图 13-91 导入素材图像

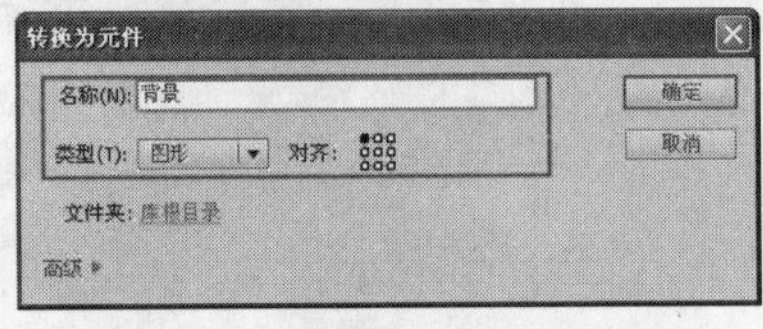

图 13-92 “转换为元件”对话框

图 13-93 元件效果

图 13-94 导入素材图像

步骤 11 选中刚刚导入的图像，按 F8 键，将其转换成“名称”为“孩童碎边背景”的“图形”元件，在第 139 帧位置插入关键帧，选中第 110 帧上的元件，设置其“属性”面板中 Alpha 值为 0%，元件效果如图 13-95 所示。在“图层 2”第 110 帧位置创建传统补间动画。新建“图层 3”，在“图层 3”第 47 帧位置插入关键帧，将“光盘\源文件\第 13 章\素材\l1.png”导入场景中，如图 13-96 所示。

步骤 12 选中导入的图像，按 F8 键，将其转换成“名称”为“孩童背景”的“图形”元件，并设置其“属性”面板中 Alpha 值为 0%，元件效果如图 13-97 所示。在第 72 帧位置插入关键帧，将场景中的元件向上移动，并设置其“属性”面板中 Alpha 值为 84%，元件效果如图 13-98 所示。

图 13-95 元件效果

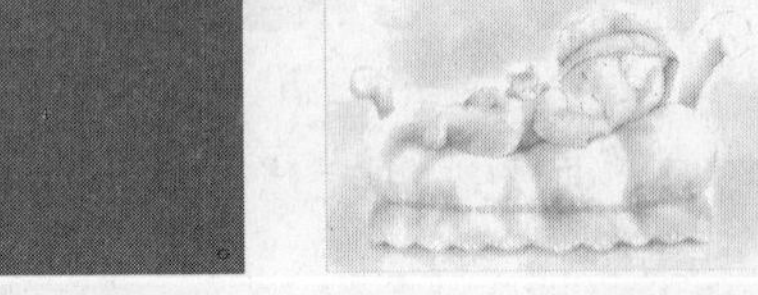

图 13-96 导入素材图像

图 13-97 元件效果

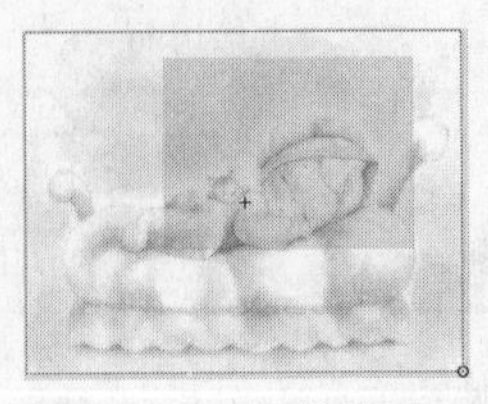

图 13-98 元件效果

步骤 13 选中第 107 帧上的元件，将其向上移动，在第 126 帧位置插入关键帧，将元件向上移动，并设置其“属性”面板中 Alpha 值为 0%，元件效果如图 13-99 所示。在“图层 3”第 47 帧、第 72 帧、第 107 帧位置创建传统补间动画。新建“图层 4”，参照“图层 3”的制作方法，完成“图层 4”的动画制作，场景效果如图 13-100 所示。“时间轴”面板如图 13-101 所示。

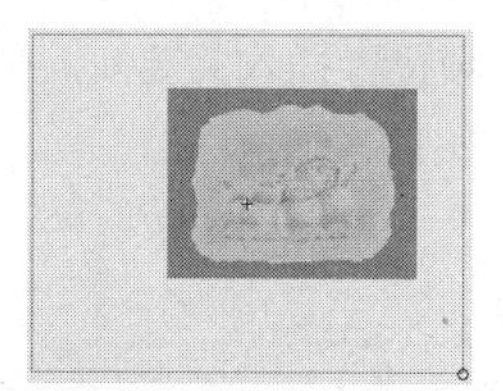
图 13-99 元件效果

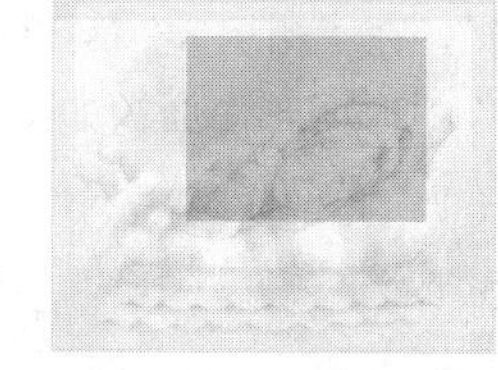
图 13-100 场景效果

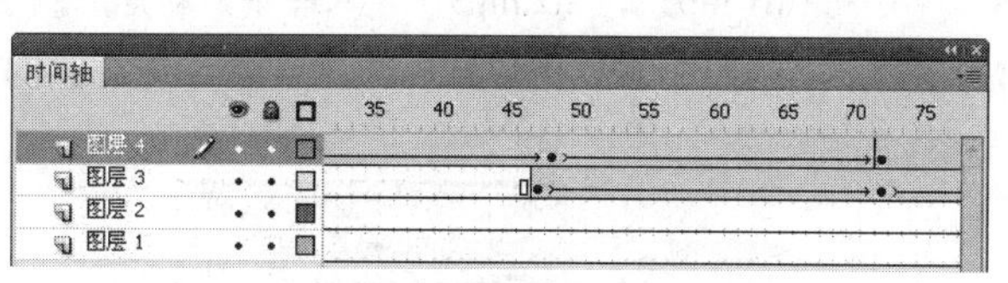

图 13-101 “时间轴”面板

步骤 14 新建“图层 5”，在“库”面板中将“遍天绒球”元件拖入场景中，如图 13-102 所示。分别在第 101 帧与第 120 帧位置插入关键帧，选中第 120 帧上的元件，按住 Shift 键使用“任意变形工具”将元件等比例缩小，元件效果如图 13-103 所示，在第 101 帧位置设置补间动画。

步骤 15 新建“图层 6”，使用“文本工具”在场景中输入如图 13-104 所示文本。两次执行“修改>分离”命令，将文字打散为图形，按 F8 键，将图形转换成“名称”为“文字 1”的“图形”元件，并设置其“属性”面板中 Alpha 值为 0%，元件效果如图 13-105 所示。

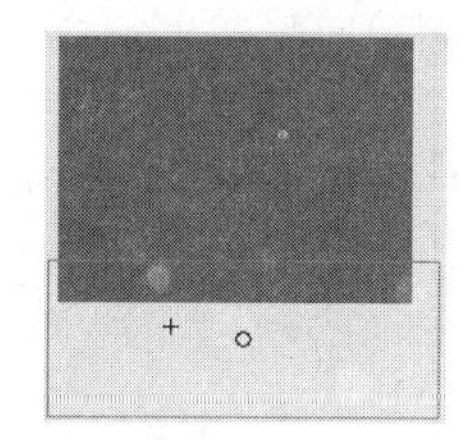
图 13-102 拖入元件

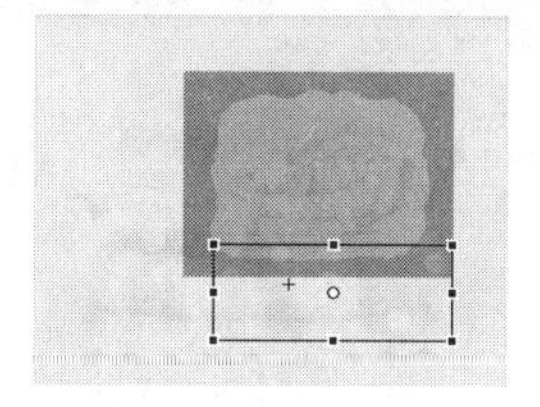
图 13-103 缩小元件

图 13-104 输入文字

图 13-105 元件效果

步骤 16 分别在“图层 6”第 26 帧与第 51 帧位置插入关键帧，选中第 26 帧上的元件，设置其“属性”面板中 Alpha 值为 41%，元件效果如图 13-106 所示。在第 52 帧位置插入空白关键帧，在第 1 帧与第 26 帧位置创建传统补间动画。采用相同的方法，在“图层 6”上插入相应的关键帧，在场景中输入文字，将文字打散为图形并转换元件，场景效果如图 13-107 所示，“时间轴”面板如图 13-108 所示。

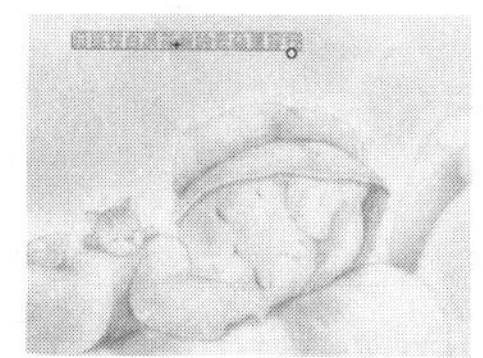
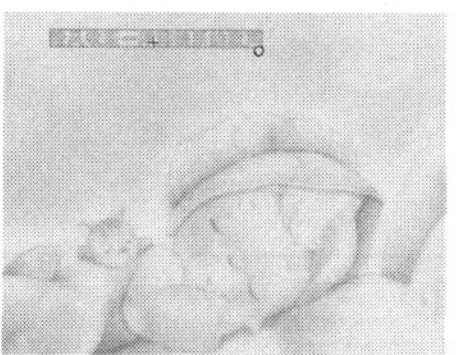

图 13-106 元件效果

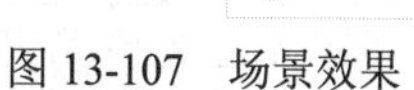
图 13-107 场景效果

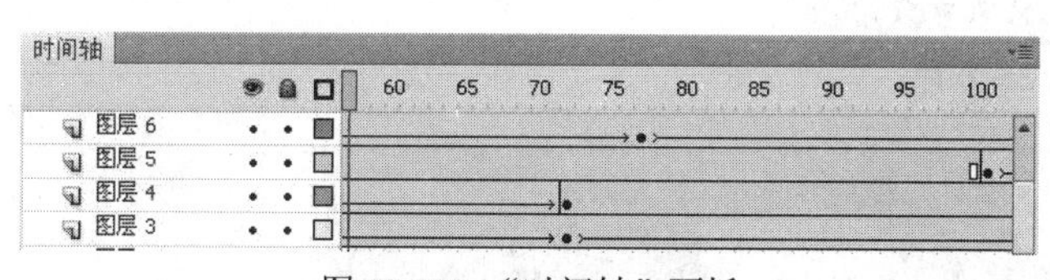

图 13-108 “时间轴”面板

步骤 17 新建“图层 7”，在第 204 帧位置插入关键帧，打开外部库“光盘\源文件\第 13 章\素材\按钮.fla”，将外部库中“回放按钮”元件拖入场景中，如图 13-109 所示。选中拖入的元件，在“动作”面板中输入如图 13-110 所示脚本语言。

步骤 18 在第 212 帧位置插入关键帧，选中第 204 帧上的元件，设置其“属性”面板中 Alpha 值为 0%，元件效果如图 13-111 所示。在第 204 帧中创建传统补间动画。将“光盘\源文件\第 13 章\素材

\ll1.mp3"、"ll2.mp3"导入库中，新建"图层 8"，在"图层 8"第 185 帧位置插入关键帧，在"属性"面板中设置声音"名称"为"ll2.mp3"，"时间轴"面板如图 13-112 所示。

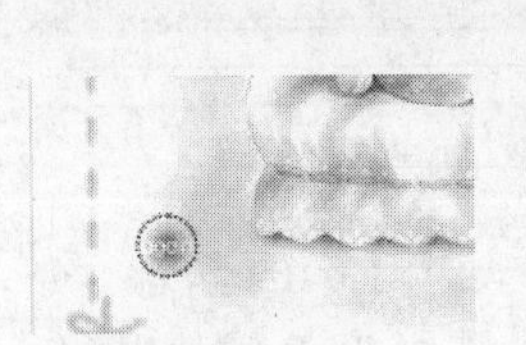
图 13-109　拖入元件

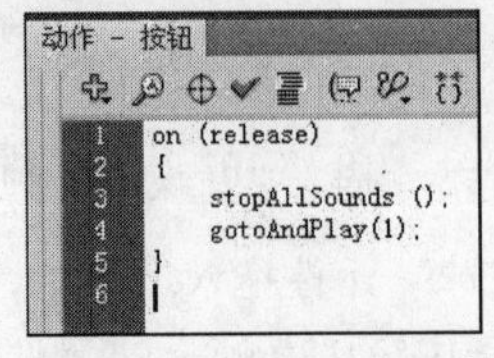

图 13-110　输入脚本语言

图 13-111　元件效果

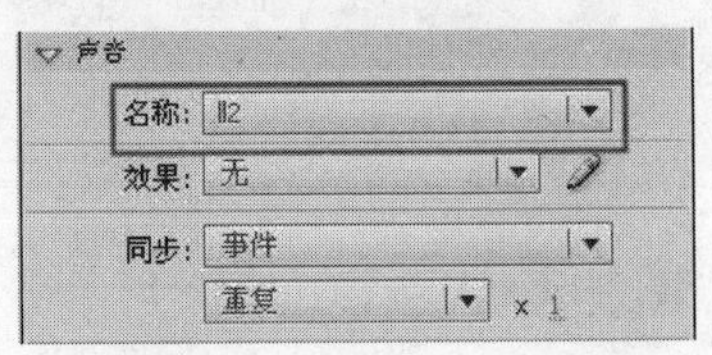

图 13-112　"时间轴"面板

步骤 19 新建"图层 9"，选中"图层 9"第 1 帧，在"属性"面板中设置声音"名称"为"ll1.mp3"，在第 212 帧位置插入关键帧，在"动作"面板中输入"stop();"脚本语言。执行"文件>保存"命令，将动画保存为"光盘\源文件\第 13 章\摇篮曲 MTV.fla"，按 Ctrl+Enter 键测试影片，动画效果如图 13-113 所示。

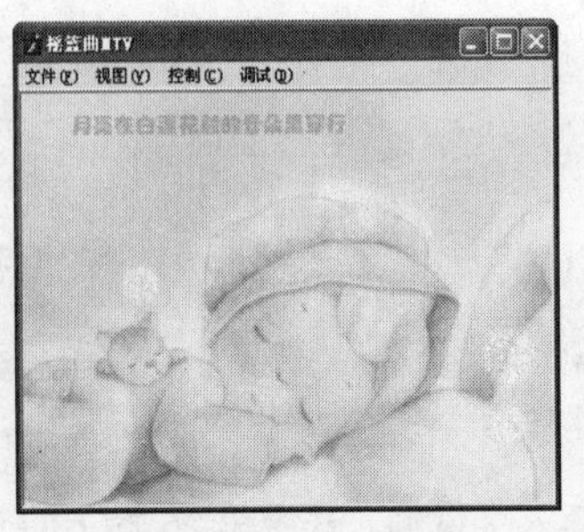

图 13-113　预览动画效果

实例小结

本实例主要制作卡通小孩的淡入淡出效果和一些文字的动画，并添加声音效果，制作出一种摇篮曲 MTV 动画效果。

Example 实例 190　冬季畅想 MTV

案例文件	光盘\源文件\第 13 章\冬季畅想 MTV.fla
视频文件	光盘\视频\第 13 章\冬季畅想 MTV.swf
难易程度	★★★☆☆
学习时间	25 分钟
（2）　（2）	1. 导入相应的素材图像，并转换为元件，制作相应的元件动画。 4. 返回主场景中，制作主场景转换动画效果和文字动画效果。 3. 制作主场景中其他动画效果。

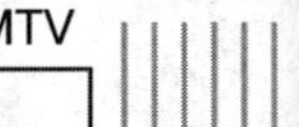

续表

（3）　　（4）

4. 在场景中添加声音，并输入相应的脚本语言，完成 MTV 的制作，测试动画效果。

Example 实例 191　樱花 MTV

案例文件	光盘\源文件\第 13 章\樱花 MTV.fla
视频文件	光盘\视频\第 13 章\樱花 MTV.swf
难易程度	★★★☆☆
学习时间	35 分钟
实例要点	➢ “颜色”面板的应用 ➢ 利用脚本控制动画的播放
实例目的	本实例将利用补间动画制作卡通人物的动态效果，使用“矩形工具”和“颜色”面板绘制闪烁的星星

操作步骤

步骤 1 新建一个 Flash 文档，如图 13-114 所示，单击“属性”面板的“编辑”按钮，弹出“文档设置”对话框，设置“尺寸”为 400 像素 × 300 像素，“背景颜色”为#666666，“帧频”为 12，如图 13-115 所示。

步骤 2 新建一个“名称”为“背景亮点”的“影片剪辑”元件，如图 13-116 所示。单击“椭圆工具”按钮，设置“笔触颜色”为无，“填充颜色”为#FFFFFF，按住 Shift 键在场景中绘制一个正圆，如图 13-117 所示。

步骤 3 在第 4 帧位置插入空白关键帧，设置“椭圆工具”“填充颜色”为 Alpha 值为 35%的#FFFFFF，绘制如图 13-118 所示的圆形。在第 5 帧位置插入帧，新建一个“名称”为“人物手动画”的“影片剪辑”元件，如图 13-119 所示。

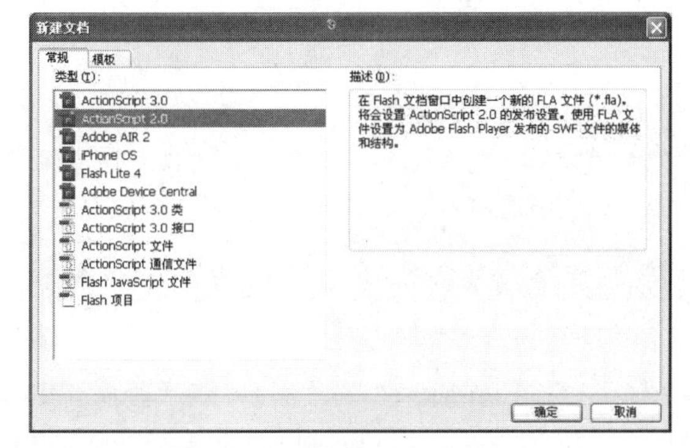

图 13-114　新建 Flash 文档

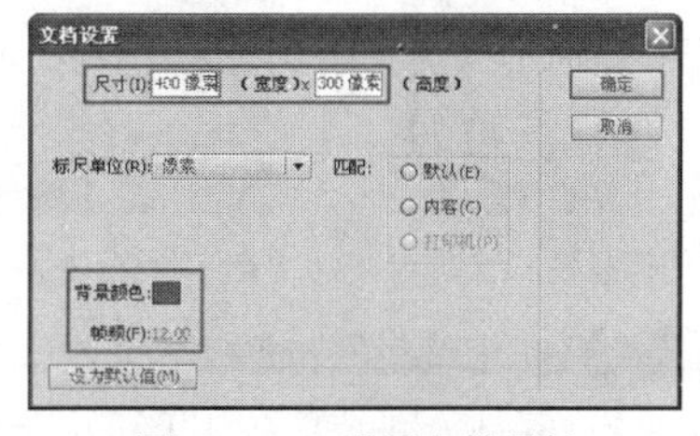

图 13-115　设置文档属性

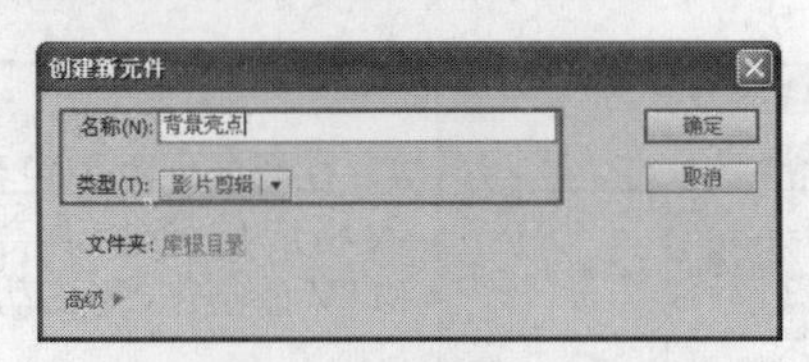

图 13-116 “创建新元件”对话框

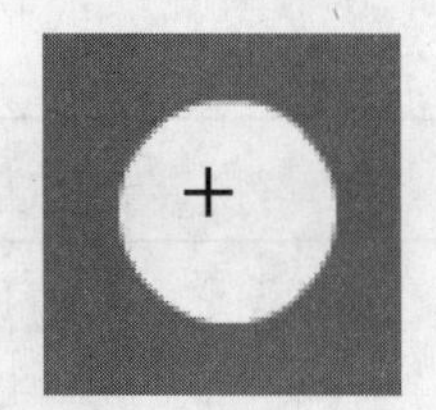
图 13-117 绘制正圆

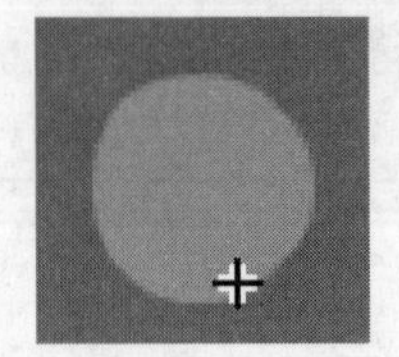
图 13-118 绘制正圆

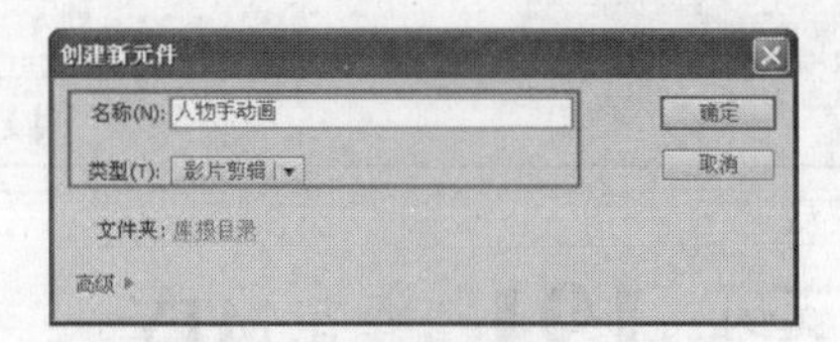

图 13-119 “创建新元件”对话框

步骤 4 将“光盘\源文件\第 13 章\素材\z2.png”导入场景中，如图 13-120 所示。在第 3 帧位置插入空白关键帧，将“光盘\源文件\第 13 章\素材\z3.png”导入场景中，在第 4 帧位置插入帧，如图 13-121 所示。

步骤 5 新建一个“名称”为“开场人物”的“影片剪辑”元件，将“光盘\源文件\第 13 章\素材\z1.png”导入场景中，如图 13-122 所示。新建“图层 2”，执行“窗口>库”命令，在打开的“库”面板中将“人物手动画”元件拖入场景中，如图 13-123 所示。

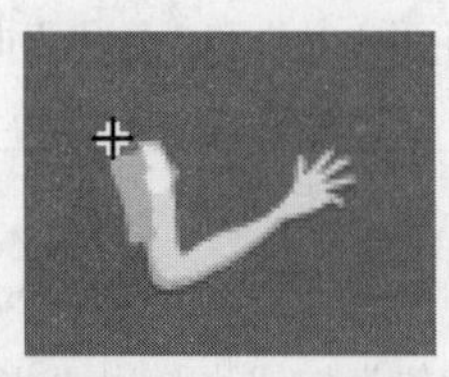
图 13-120 导入图像

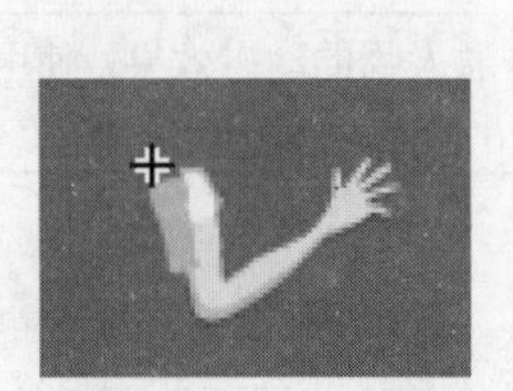
图 13-121 导入图像

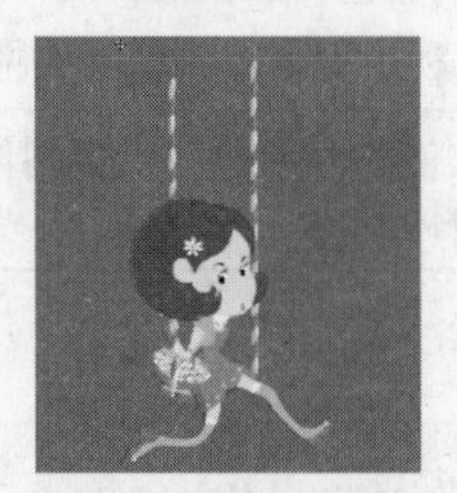
图 13-122 导入图像

图 13-123 拖入元件

步骤 6 新建一个“名称”为“人物荡秋千动画”的“影片剪辑”元件，在“库”面板中将“开场人物”元件拖入场景中，并使用“任意变形工具”旋转元件，如图 13-124 所示。分别在第 20 帧和第 40 帧位置插入关键帧，选中第 20 帧上的元件，使用“任意变形工具”旋转场景中的元件，元件效果如图 13-125 所示，在第 1 帧、第 20 帧位置创建传统补间。

步骤 7 新建一个“名称”为“星星光球”的“影片剪辑”元件，单击“矩形工具”按钮，在场景中绘制一个“笔触颜色”为无，“填充颜色”为#FFFFFF 的矩形，使用“任意变形工具”对刚刚绘制的矩形进行调整，图形效果如图 13-126 所示。采用相同的方法，绘制 3 个矩形，使用“任意变形工具”对矩形进行调整，场景效果如图 13-127 所示。

图 13-124 旋转元件

图 13-125 旋转元件

图 13-126 图形效果

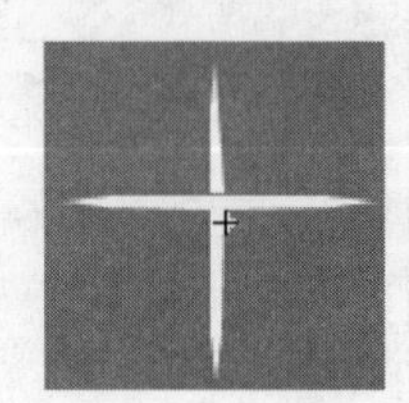
图 13-127 场景效果

步骤 8 打开“颜色”面板，设置“笔触颜色”为“无”，“填充颜色”的“类型”为“径向渐变”，设置从 Alpha 值为 100%的#FFFFFF 到 Alpha 值为 100%的#FFFFFF 到 Alpha 值为 0%的#FFFFFF 的渐变，“颜色”面板如图 13-128 所示。单击“工具箱”中的“颜料桶工具”按钮，对刚刚绘制的图形进行填充，图形效果如图 13-129 所示。

步骤 9 选中图形，按 F8 键，将其转换成“名称”为“星星”的“图形”元件，如图 13-130 所示。在第 22 帧位置插入关键帧，分别在第 2 帧和第 12 帧位置插入空白关键帧，将“库”面板中“星星”元件拖入第 12 帧场景中，按住 Shift 键使用“任意变形工具”将元件等比例放大，元件效果如图 13-131 所示，在第 13 帧位置插入空白关键帧。

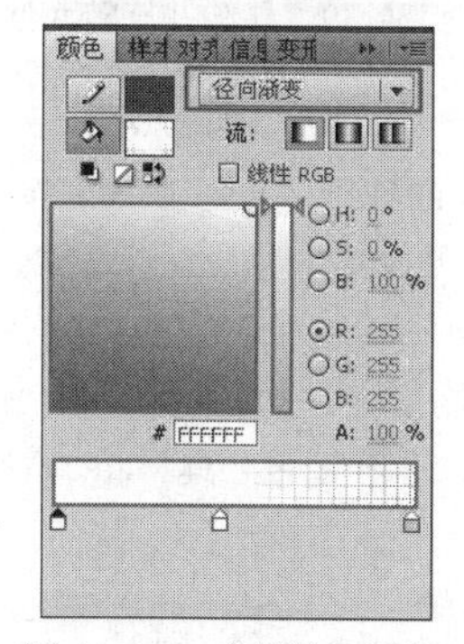

图 13-128 “颜色”面板

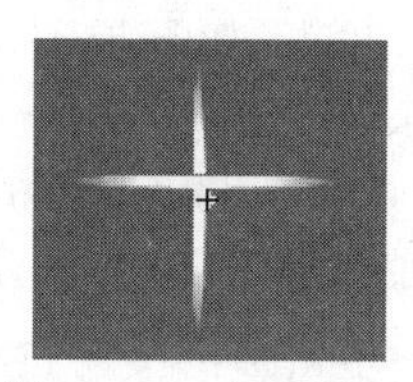
图 13-129 图形效果

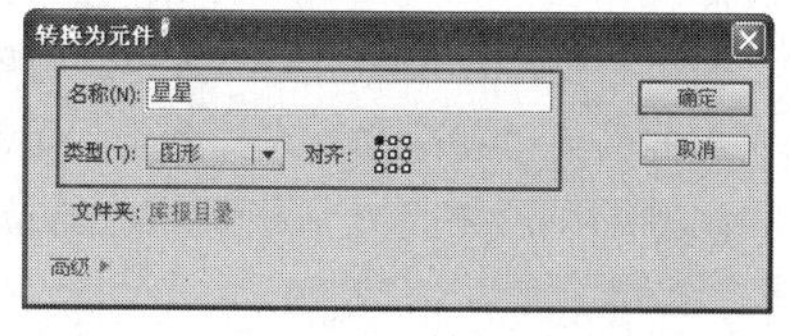

图 13-130 “转换为元件”对话框

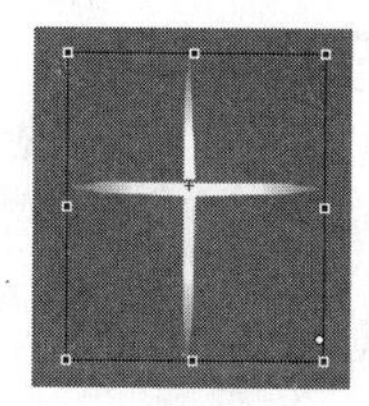
图 13-131 放大元件

步骤 10 新建“图层 2”，单击“椭圆工具”按钮，打开“颜色”面板，设置“笔触颜色”为“无”，“填充颜色”的“类型”为“径向渐变”，设置从 Alpha 值为 100%的#FFFFFF 到 Alpha 值为 100%的#FFFFFF 到 Alpha 值为 0%的#FFFFFF 的渐变，“颜色”面板如图 13-132 所示。按住 Shift 键，在场景中绘制一个正圆，如图 13-133 所示。

步骤 11 选中绘制的正圆，将其转换成“名称”为“渐变圆形”的“图形”元件，按住 Shift 键使用“任意变形工具”将元件等比例缩小，元件效果如图 13-134 所示。分别在第 12 帧和第 22 帧位置插入关键帧，按住 Shift 键使用“任意变形工具”将第 12 帧上的元件等比例缩小，元件效果如图 13-135 所示。分别在第 1 帧和第 12 帧位置创建传统补间动画。

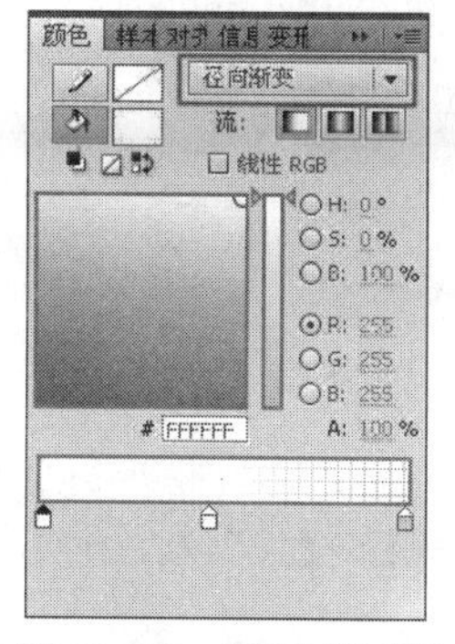

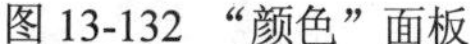
图 13-132 “颜色”面板

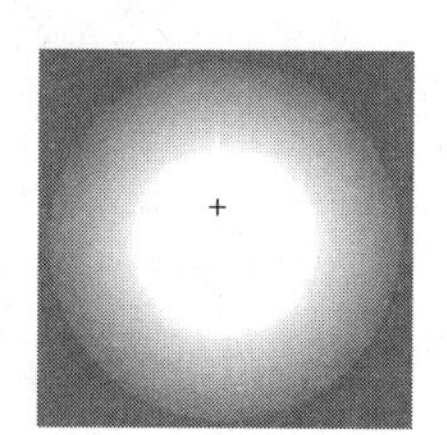
图 13-133 绘制正圆

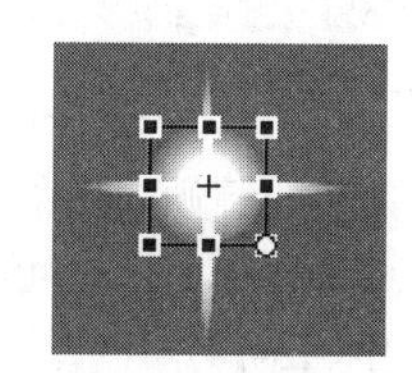
图 13-134 元件效果

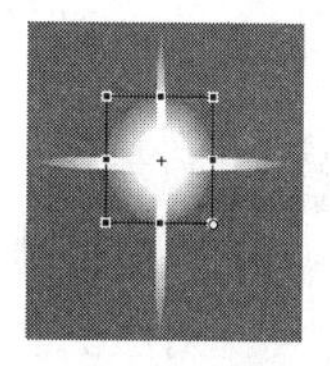
图 13-135 元件效果

步骤 12 新建一个“名称”为“花朵飞舞动画”的“影片剪辑”元件，将“光盘\源文件\第 13 章\素材\ z6.png”导入场景中，如图 13-136 所示。执行“修改>分离”命令，将图像分离为图形，使用“套索工具”选中左边的花朵图形，执行“编辑>剪切”命令，图形效果如图 13-137 所示。

步骤 13 按 F8 键，将图形转换成“名称”为“花朵 1”的“图形”元件，按住 Shift 键使用“任意变形工具”将场景中的元件等比例缩小，元件效果如图 13-138 所示。在第 23 帧位置插入关键帧，将场景中的元件向上移动，使用“任意变形工具”旋转元件，如图 13-139 所示。

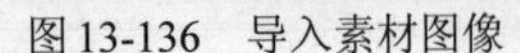
图 13-136　导入素材图像

图 13-137　图形效果

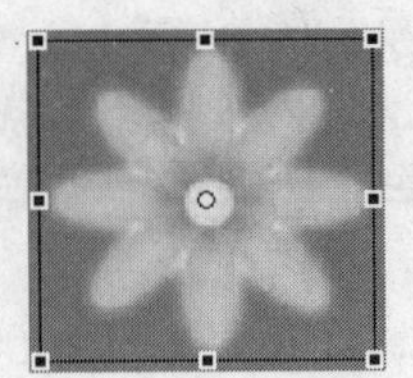
图 13-138　元件效果

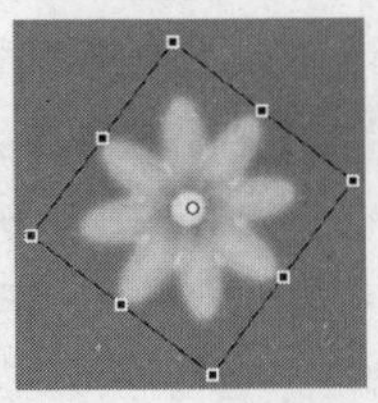
图 13-139　移动并旋转元件

步骤 14 在第 45 帧位置插入关键帧，将场景中的元件向上移动，使用“任意变形工具”旋转元件，如图 13-140 所示。分别选中第 1 帧和第 45 帧上的元件，设置其“属性”面板中 Alpha 值为 0%，元件效果如图 13-141 所示，分别在第 1 帧和第 23 帧位置创建传统补间动画。

步骤 15 新建“图层 2”，单击“铅笔工具”按钮，在场景中绘制如图 13-142 所示的线条。新建“图层 3”，执行“编辑>粘贴到当前位置”命令，将刚刚剪切的图形粘贴到场景中，按 F8 键，将图形转换成“名称”为“花朵 2”的“图形”元件，按住 Shift 键使用“任意变形工具”将场景中的元件等比例缩小，并将元件移到相应的位置，如图 13-143 所示。

图 13-140　移动并旋转元件

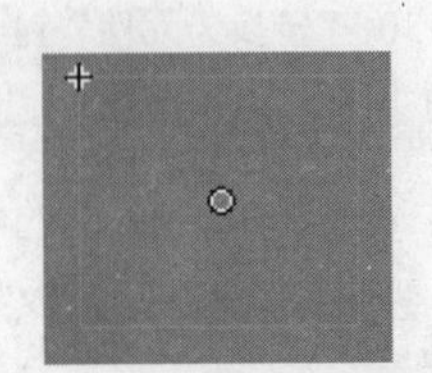
图 13-141　元件效果

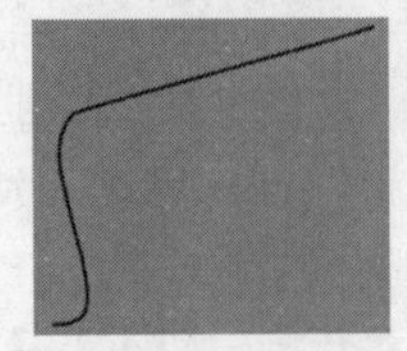
图 13-142　绘制线条

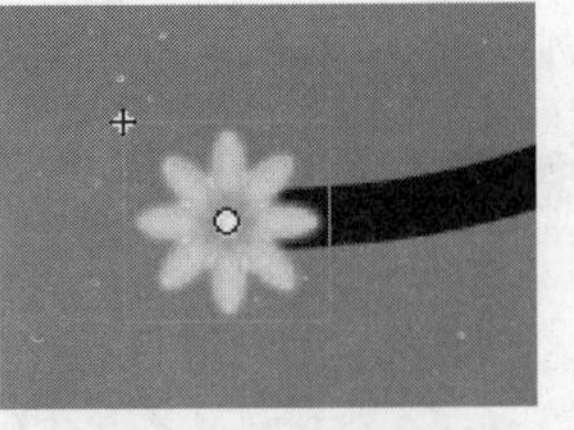
图 13-143　移动元件

步骤 16 选中元件，设置其“属性”面板中颜色“样式”为“高级”，设置对应的参数，如图 13-144 所示，元件效果如图 13-145 所示。

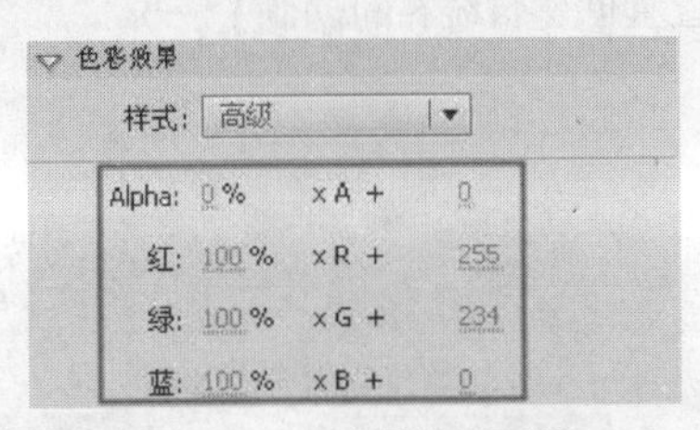

图 13-144 “属性”面板

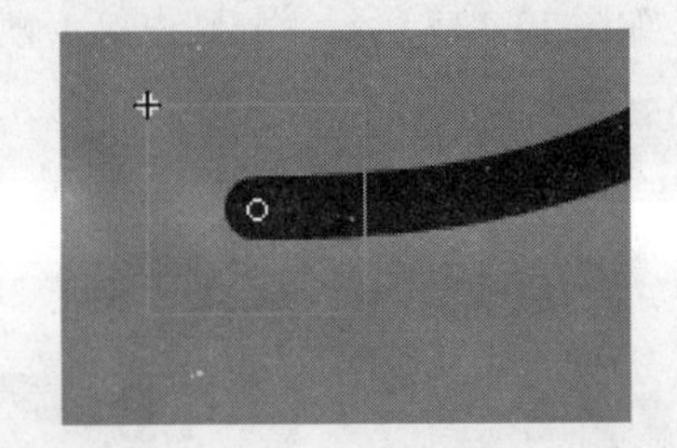
图 13-145　元件效果

步骤 17 在第 45 帧位置插入关键帧，将场景中的元件向上移动，如图 13-146 所示。在第 23 帧位置插入关键帧，使用“选择工具”将场景中的元件向左移动，设置颜色“样式”为“高级”，设置对应的参数，如图 13-147 所示。

步骤 18 元件效果如图 13-148 所示，分别在第 1 帧和第 23 帧位置创建传统补间动画。将“图层 3”拖至“图层 2”的下方，在“图层 2”上单击右键，在弹出的菜单中选择“引导层”命令，如图 13-149 所示。

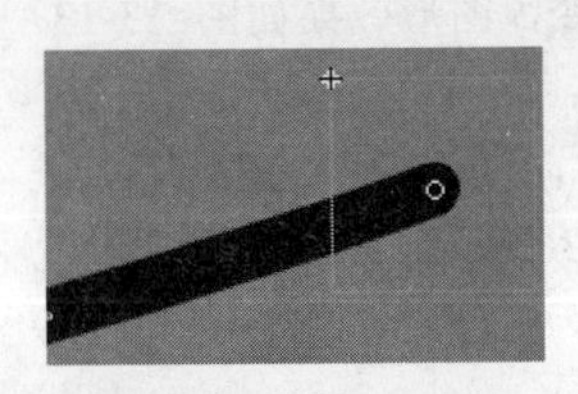
图 13-146　移动元件

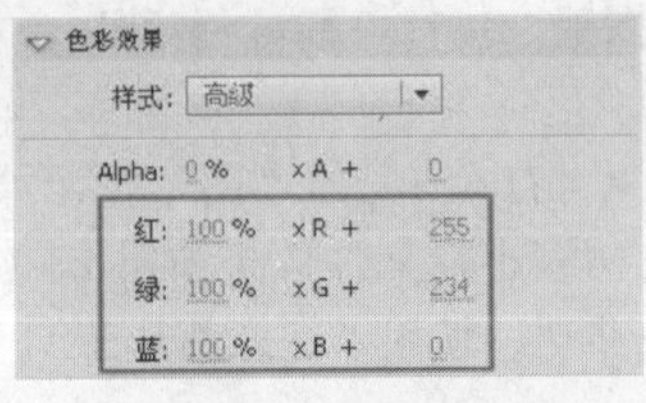

图 13-147 “属性”面板

图 13-148　元件效果

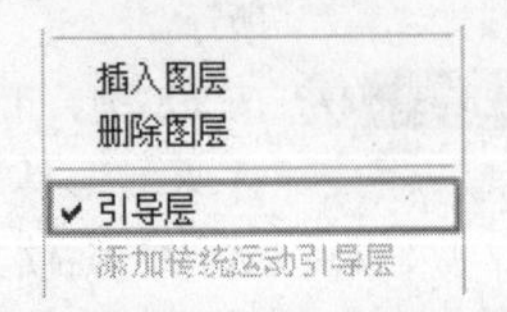

图 13-149　选择“引导层”命令

步骤 19 将“图层 3”拖到“图层 2”上，如图 13-150 所示，“时间轴”面板如图 13-151 所示。

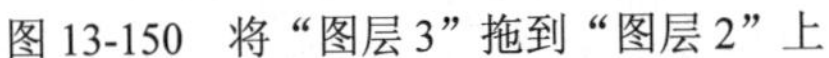
图 13-150　将“图层 3”拖到“图层 2”上

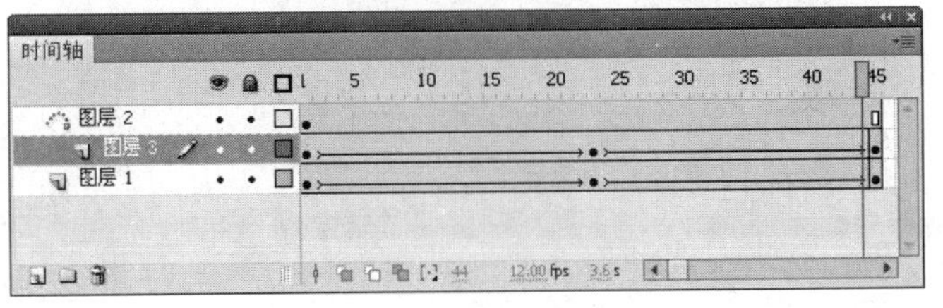

图 13-151　“时间轴”面板

步骤 20 参照前面的方法，制作其他元件，“库”面板如图 13-152 所示。新建一个“名称”为“遮罩文字”的“影片剪辑”元件，使用“文本工具”在场景中输入如图 13-153 所示文本。

步骤 21 选中刚刚输入的文字，两次执行“修改>分离”命令，将文字分离为图形，在第 40 帧位置插入帧，新建“图层 2”，使用“矩形工具”在场景中绘制矩形，如图 13-154 所示。在第 40 帧位置插入关键帧，使用“任意变形工具”将调整场景中的矩形，如图 13-155 所示，在第 1 帧位置创建补间形状动画。

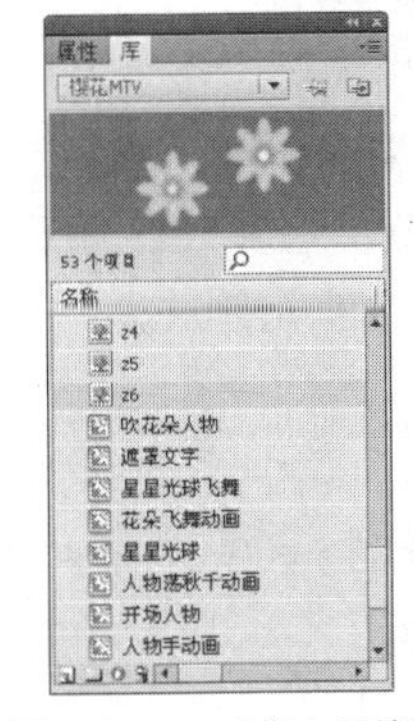

图 13-152　“库”面板

图 13-153　输入文字

图 13-154　绘制矩形

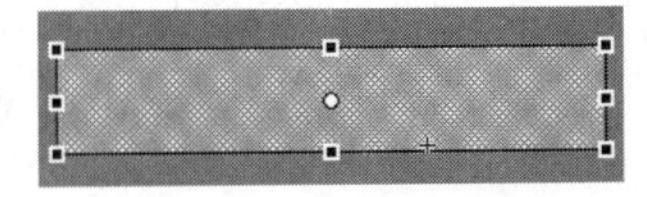

图 13-155　调整矩形

步骤 22 在“图层 2”上单击右键，在弹出的菜单中选择“遮罩层”命令，在“时间轴”面板中新建“图层 3”和“图层 4”，参照“图层 1”和“图层 2”的制作方法，完成新建图层的制作，场景效果如图 13-156 所示，“时间轴”面板如图 13-157 所示。

图 13-156　场景效果

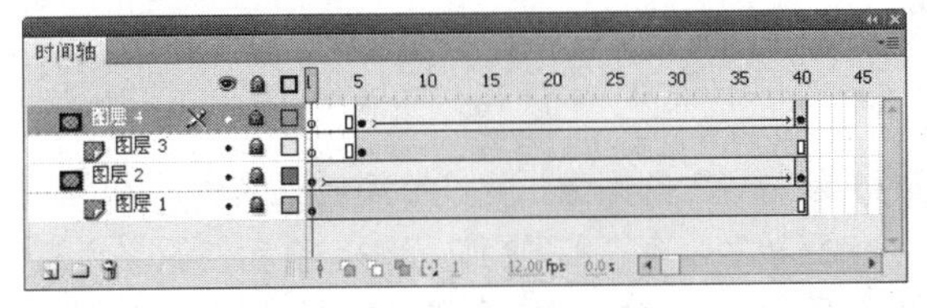

图 13-157　“时间轴”面板

步骤 23 新建“图层 5”，在第 40 帧位置插入关键帧，在“动作”面板中输入“stop();”脚本语言。新建“名称”为“吹花朵人物”的“影片剪辑”元件，将“库”面板中“z1.png”图像拖入场景中，如图 13-158 所示。新建“图层 2”，执行“文件>导入>打开外部库”命令，打开外部库“光盘\源文件\第 13 章\素材\人物的手.fla”，将“人物的手主键”元件拖入场景中，场景效果如图 13-159 所示。

步骤 24 返回“场景 1”编辑状态，将“光盘\源文件\第 13 章\素材\z4.jpg”导入场景中，使用“任意变形工具”调整图像的大小，图像效果如图 13-160 所示。在第 273 帧位置插入帧，新建“图层 2”，将“库”面板中“背景亮点”元件拖入场景中，如图 13-161 所示。

图 13-158 拖入图像　图 13-159 场景效果

图 13-160 图像效果

图 13-161 拖入元件

步骤 25 在“时间轴”面板中新建相应的图层，将“库”面板中的“星星光球”元件拖入场景中，场景效果如图 13-162 所示，“时间轴”面板如图 13-163 所示。

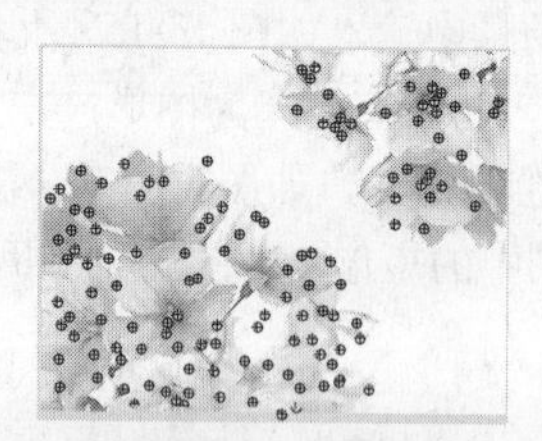

图 13-162 场景效果

图 13-163 “时间轴”面板

步骤 26 新建“图层 129”，在第 108 帧位置插入关键帧，将“库”面板中“人物荡秋千动画”元件拖入场景中，使用“任意变形工具”将元件缩小，如图 13-164 所示。在第 127 帧位置插入关键帧，移动场景中元件的位置，使用“任意变形工具”将场景中的元件放大，元件效果如图 13-165 所示。

步骤 27 在第 210 帧位置插入关键帧，选中场景中的元件，设置其“属性”面板中 Alpha 值为 0%，元件效果如图 13-166 所示。分别在第 108 帧和第 127 帧位置创建传统补间动画。新建“图层 130”，将“光盘\源文件\第 13 章\z5.png”导入场景中，如图 13-167 所示。

图 13-164 缩小元件

图 13-165 元件效果

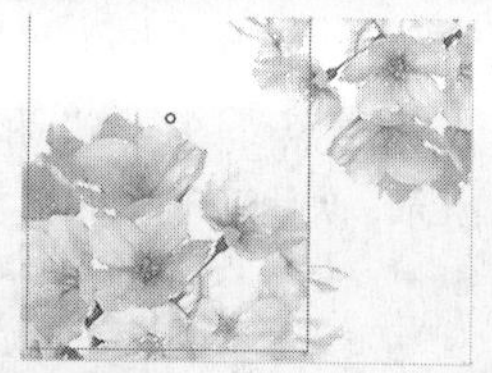

图 13-166 元件效果

图 13-167 导入素材图像

步骤 28 选中导入的图像，将其转换成“名称”为“阳光”的“图形”元件，执行“修改>变形>水平翻转”命令，水平翻转元件，将元件调整到相应的位置，元件效果如图 13-168 所示。分别在第 20 帧、第 100 帧和第 110 帧位置插入关键帧，分别选中第 1 帧和第 11 帧上的元件，依次设置其“属性”面板中 Alpha 值为 0%，元件效果如图 13-169 所示。分别在第 1 帧、第 20 帧和第 100 帧位置创建传统补间动画。

步骤 29 新建“图层 131”，在第 50 帧位置插入关键帧，使用“文本工具”在场景中输入如图 13-170 所示文本。两次执行“修改>分离”命令，将图像分离为图形，按 F8 键，将文字转换成“名称”为“何处”的“图形”元件，分别在第 65 帧、第 100 帧和第 110 帧位置插入关键帧，分别选中第 50 帧和第 110 帧上的元件，依次设置其“属性”面板中 Alpha 值为 0%，元件效果如图 13-171 所示。分别在第 50 帧、第 65 帧和第 100 帧位置创建传统补间动画。

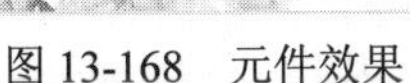
图 13-168　元件效果

图 13-169　元件效果

图 13-170　输入文字

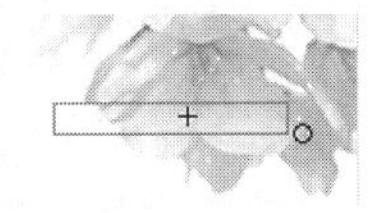
图 13-171　元件效果

步骤 30 在“时间轴”面板中新建相应的图层，参照前面图层的制作方法，完成新建图层动画的制作，场景效果如图 13-172 所示，“时间轴”面板如图 13-173 所示。

图 13-172　场景效果

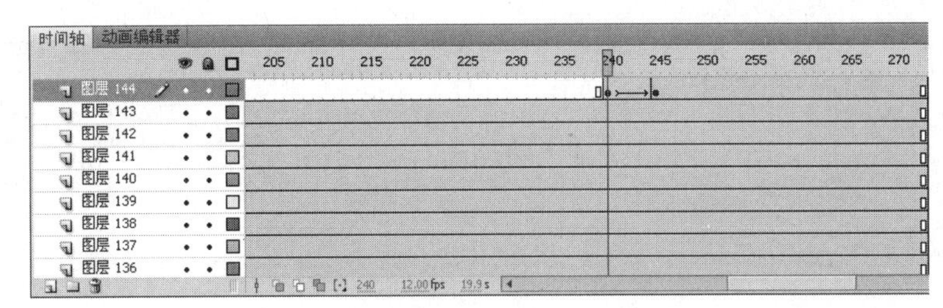

图 13-173 “时间轴”面板

步骤 31 新建“图层 145”，在第 260 帧位置插入关键帧，执行“文件>打开>打开外部库”命令，打开外部库“光盘\源文件\第 13 章\素材\按钮.fla”，将“回放按钮”元件拖入场景中，场景效果如图 13-174 所示。在第 265 帧位置插入关键帧，选中场景中的元件，在“动作”面板中输入如图 13-175 所示的脚本语言。

图 13-174　场景效果

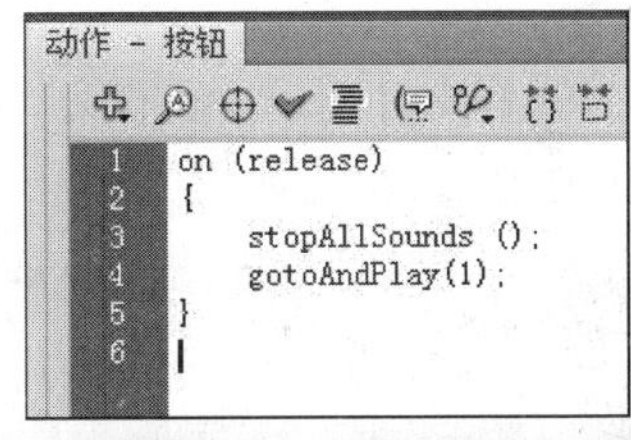

图 13-175　输入脚本语言

步骤 32 选中第 260 帧上的元件，设置其“属性”面板中 Alpha 值为 0%，元件效果如图 13-176 所示。在第 260 帧位置创建传统补间动画。将“光盘\源文件\第 13 章\素材\zz1.mp3、zz2.mp3 和 zz3.mp3”导入库中，新建“图层 146”，在第 109 帧位置插入关键帧，在“属性”面板中设置声音“名称”为“zz2.mp3”，如图 13-177 所示。

图 13-176　元件效果

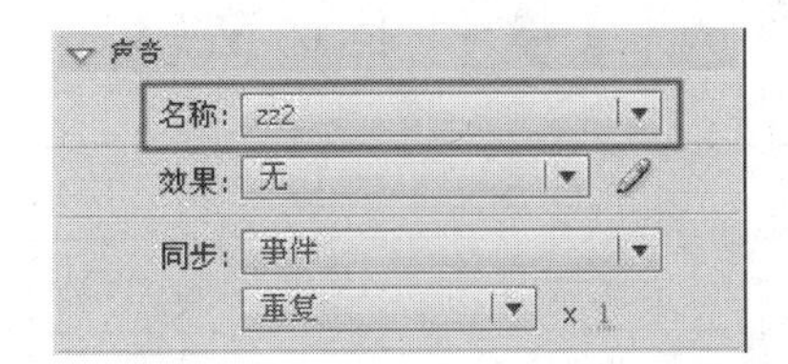

图 13-177 “属性”面板

步骤 33 在第 255 帧位置插入关键帧，在“属性”面板中设置声音“名称”为“zz3.mp3”。在“时间轴”面板中新建“图层 147”，在第 1 帧位置单击，在“属性”面板中设置声音“名称”为“zz1.mp3”，在第 273 帧位置插入关键帧，在“动作”面板中输入“stop();”脚本语言。执行“文件>保存”命令，将动画保存为“光盘\源文件\第 13 章\樱花 MTV.fla”，按 Ctrl+Enter 键测试影片，动画效果如图 13-178 所示。

图 13-178　预览动画效果

实例小结

本实例主要通过制作卡通人物动画、花朵飞舞动画和文字动画，制作出 MTV 效果。

Example 实例 192　想念你 MTV

案例文件	光盘\源文件\第 13 章\想念你 MTV.fla
视频文件	光盘\视频\第 13 章\想念你 MTV.swf
难易程度	★★★☆☆
学习时间	30 分钟

（1）

（2）

（3）

（4）

1．导入相应的图像素材并转换为元件，制作相应的元件动画效果。

2．制作主场景动画效果。

3．制作主场景其他动画效果，并为主场景添加文字动画和声音。

4．完成 MTV 动画的制作，测试动画效果。

Example 实例 193　回忆 MTV

案例文件	光盘\源文件\第 13 章\回忆 MTV.fla
视频文件	光盘\视频\第 13 章\回忆 MTV.swf
难易程度	★★★☆☆
学习时间	40 分钟
实例要点	➢ 设置“色彩效果” ➢ 引导层动画的制作
实例目的	通过本实例的学习，掌握如何使用简单的补间动画和引导层动画制作出唯美的 MTV 动画效果

步骤 1 新建一个 Flash 文档，如图 13-179 所示，单击“属性”面板的“编辑”按钮，弹出“文档设置”对话框，设置“尺寸”为 400 像素 × 300 像素，“背景颜色”为#666666，“帧频”为 12，如图 13-180 所示。

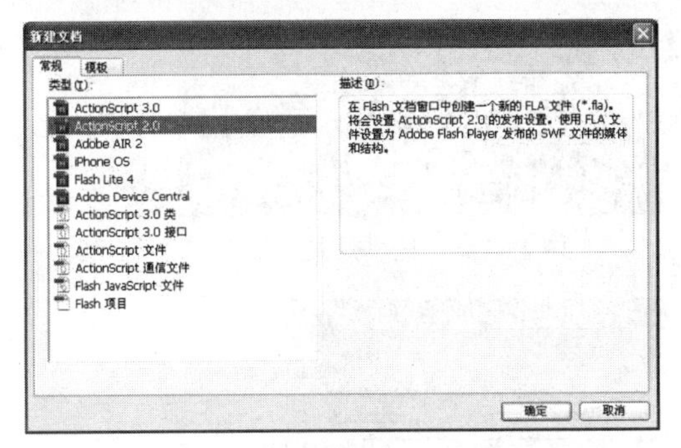

图 13-179　新建 Flash 文档

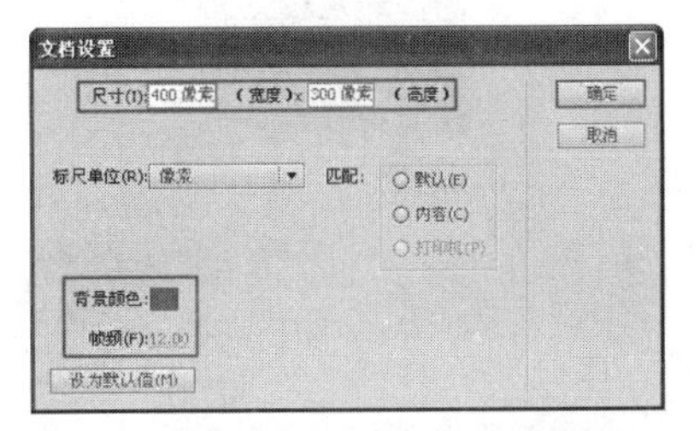

图 13-180　设置文档属性

步骤 2 新建一个“名称”为“喷泉光点”的“影片剪辑”元件，如图 13-181 所示。单击“椭圆工具”按钮，按住 Shift 键，在场景中绘制一个“笔触颜色”为“无”，“填充颜色”为#FFFFFF 的正圆，如图 13-182 所示。

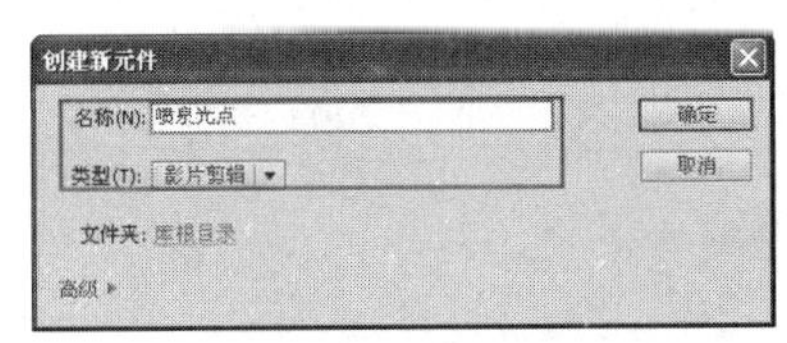

图 13-181　“创建新元件”对话框

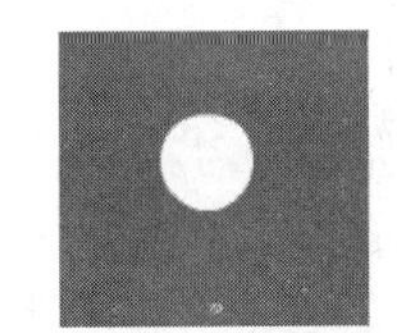

图 13-182　绘制正圆

步骤 3 分别在第 15 帧和第 30 帧位置插入关键帧，选中第 15 帧上的图形，按住 Shift 键使用“任意变形工具”将正圆等比例放大，如图 13-183 所示。分别在第 1 帧和第 15 帧位置创建补间形状动画，新建一个“名称”为“喷泉光点动画”的“影片剪辑”元件，如图 13-184 所示。

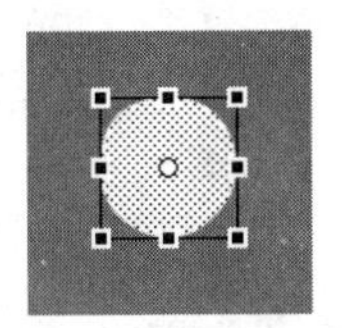

图 13-183　将正圆放大

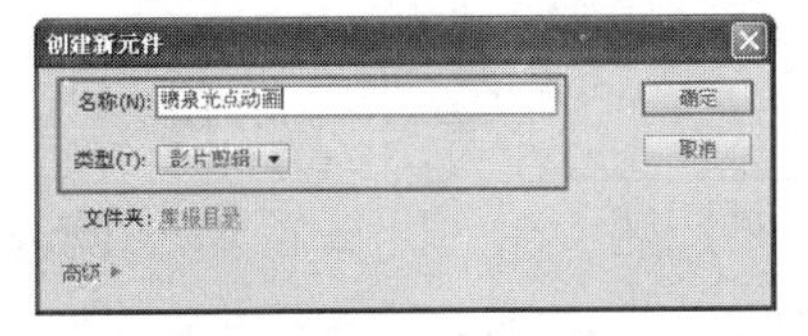

图 13-184　“创建新元件”对话框

步骤 4 执行“窗口>库”命令，将“库”面板中的“喷泉光点”元件拖入场景中，调整元件位置，“属性”面板如图 13-185 所示。在第 16 帧位置插入关键帧，将场景中的元件向左上方移动，“属性”面板如图 13-186 所示。

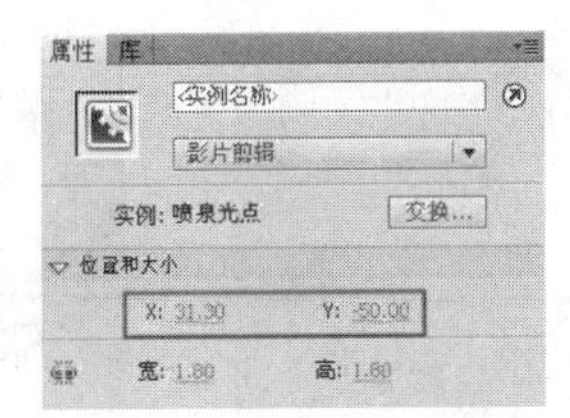

图 13-185　“属性”面板

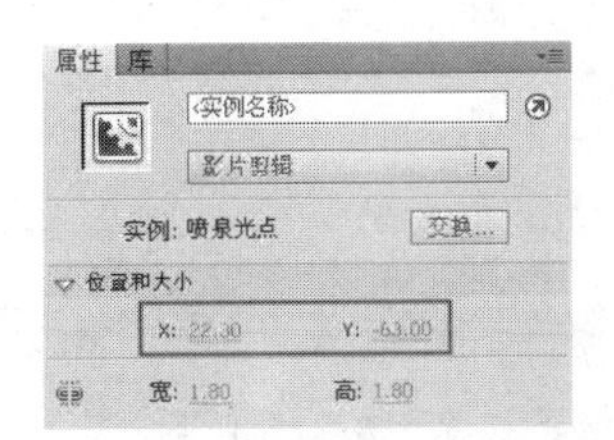

图 13-186　“属性”面板

步骤 5 分别在“时间轴”面板中第 34 帧和第 52 帧位置插入关键帧，移动场景中的元件，设置第 1 帧和第 52 帧上的元件“属性”面板中 Alpha 值为 0%，元件效果如图 13-187 所示。在第 233 帧位置插入帧，分别在第 1 帧、第 16 帧和第 34 帧位置创建传统补间动画，在“时间轴”面板中新建相应的图层，参照“图层 1”的制作方法，完成新建图层的动画制作，场景效果如图 13-188 所示，“时间轴”面板如图 13-189 所示。

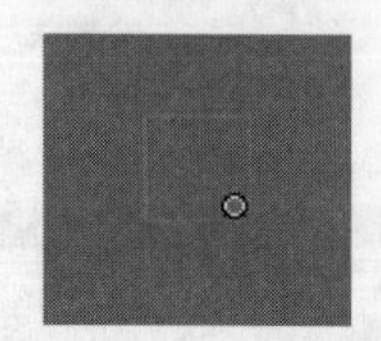
图 13-187 元件效果

图 13-188 场景效果

图 13-189 “时间轴”面板

步骤 6 新建一个“名称”为“蝴蝶动画合集”的“影片剪辑”元件，如图 13-190 所示。打开外部库“光盘\源文件\第 13 章\素材\蝴蝶动画.fla”，如图 13-191 所示。

步骤 7 将外部库中“蝴蝶动画”元件拖入场景中，如图 13-192 所示。使用“任意变形工具”将其缩小并旋转，如图 13-193 所示。

图 13-190 “创建新元件”对话框

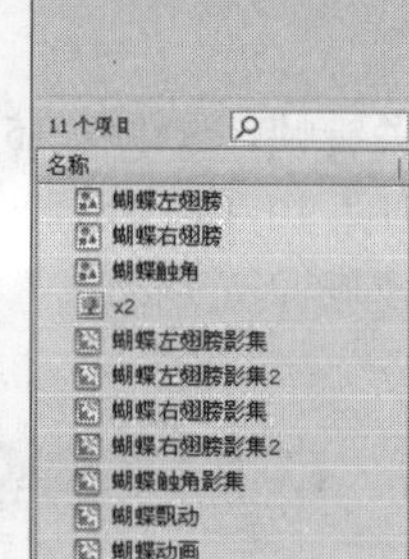

图 13-191 打开外部库

图 13-192 拖入元件

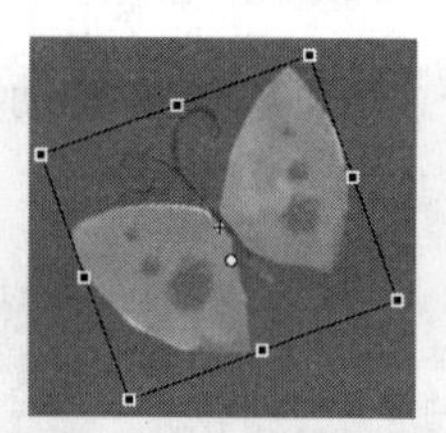
图 13-193 缩小并旋转元件

步骤 8 选中元件，设置“属性”面板中颜色样式为“高级”，如图 13-194 所示。设置对应的参数，如图 13-195 所示。

步骤 9 元件效果如图 13-196 所示，在“时间轴”面板中新建“图层 2”、“图层 3”、“图层 4”、“图层 5”和“图层 6”，将“蝴蝶动画”元件拖入场景中，为元件设置“高级”颜色样式，完成后的场景效果如图 13-197 所示。

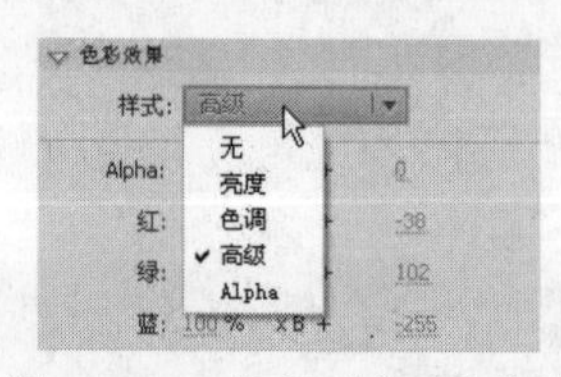

图 13-194 选择“高级”样式

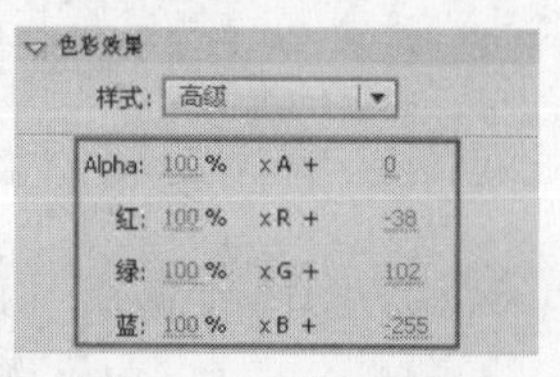

图 13-195 设置参数

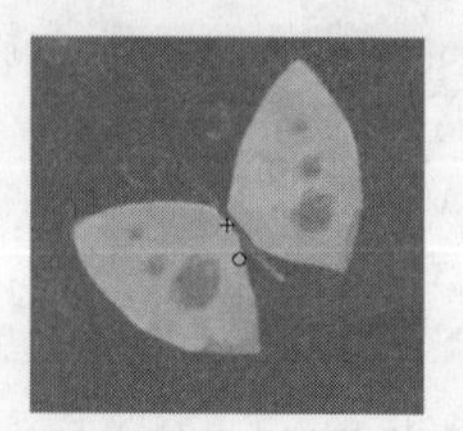
图 13-196 元件效果

图 13-197 场景效果

提示　不同颜色的“蝴蝶动画”元件效果，都是通过“色彩效果”区域中的“高级”样式的设置得到的。

步骤 10 新建一个“名称”为“女孩手中花”的“图形”元件，如图 13-198 所示。将“光盘\源文件\第 13 章\素材\X1.jpg”导入场景中，新建“图层 2”，将“光盘\源文件\第 13 章\素材\X2.png”导入场景中，场景效果如图 13-199 所示。

步骤 11 返回“场景 1”编辑状态，在“库”面板中将图像“X1.jpg”拖入场景中，如图 13-200 所示。在第 535 帧位置插入帧，新建“图层 2”，在“库”面板中将“蝴蝶动画”元件拖入场景中，使用“任意变形工具”旋转刚刚拖入的元件，元件效果如图 13-201 所示。

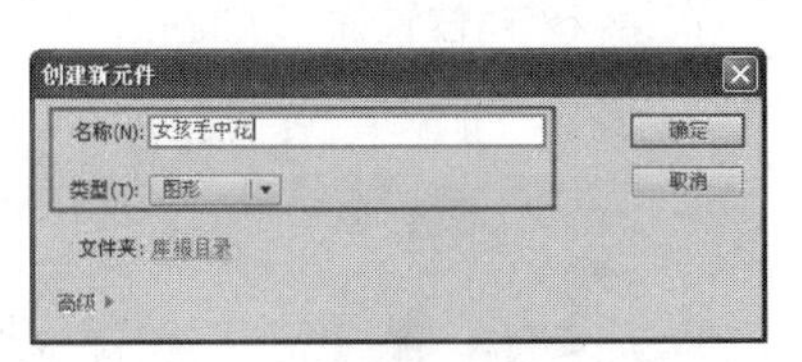

图 13-198 “创建新元件”对话框

图 13-199 场景效果

图 13-200 导入素材图像

图 13-201 拖入元件

步骤 12 在第 35 帧位置插入关键帧，使用“任意变形工具”旋转场景中的元件，调整元件的位置，元件效果如图 13-202 所示。在第 65 帧位置插入关键帧，使用“任意变形工具”旋转场景中的元件，调整元件的位置，元件效果如图 13-203 所示。

步骤 13 在第 110 帧位置插入关键帧，选中元件，将元件向左上移动，如图 13-204 所示。在第 130 帧位置插入空白关键帧，将“光盘\源文件\第 13 章\素材\x3.jpg”导入场景中，如图 13-205 所示。分别在第 1 帧、第 35 帧和第 65 帧位置创建传统补间动画。

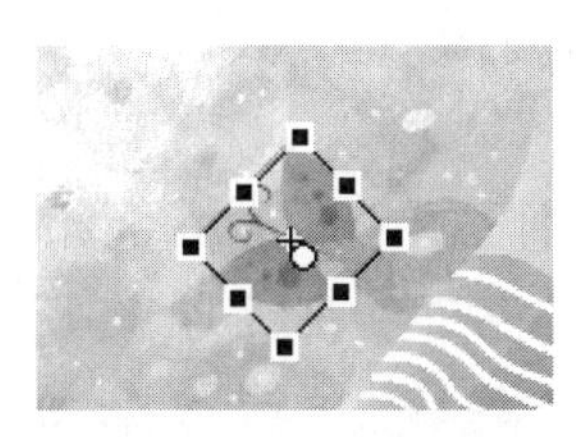
图 13-202 元件效果

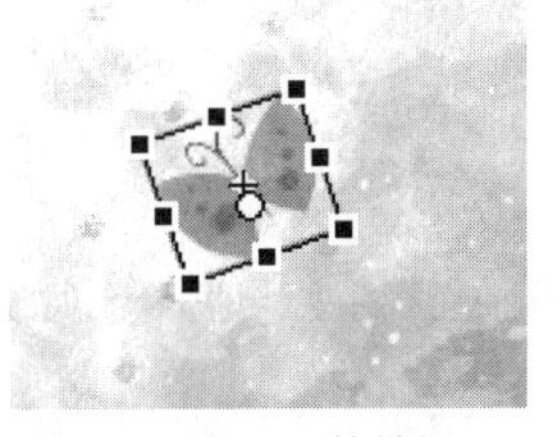
图 13-203 元件效果

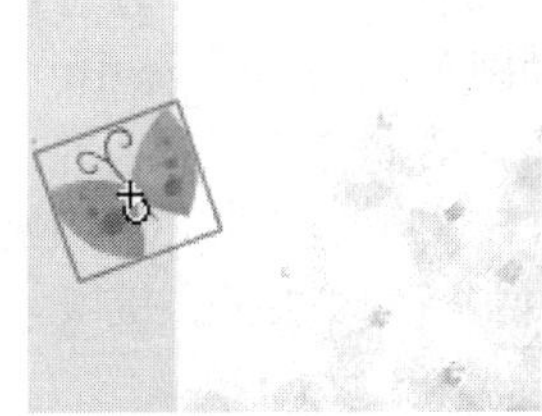
图 13-204 移动元件

图 13-205 导入图像

步骤 14 新建“图层 3”，在第 22 帧位置插入关键帧，将“库”面板中“蝴蝶动画”元件拖入场景中，使用“任意变形工具”调整元件的大小与位置，并将其旋转，元件效果如图 13-206 所示。选中元件，设置其“属性”面板中颜色“样式”为“高级”，设置对应的参数如图 13-207 所示。

步骤 15 在第 90 帧位置插入关键帧，使用“任意变形工具”旋转场景中的元件，并调整其位置，元件效果如图 13-208 所示。在第 130 帧位置插入关键帧，使用“任意变形工具”旋转场景中的元件，调整元件的位置，元件效果如图 13-209 所示。

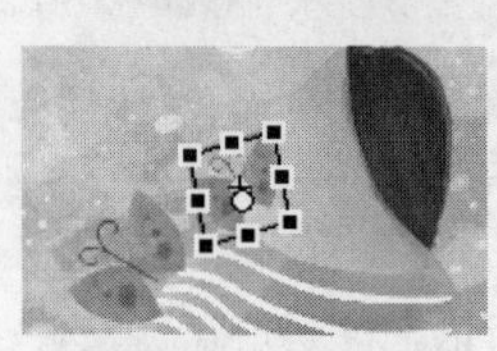

图 13-206　元件效果

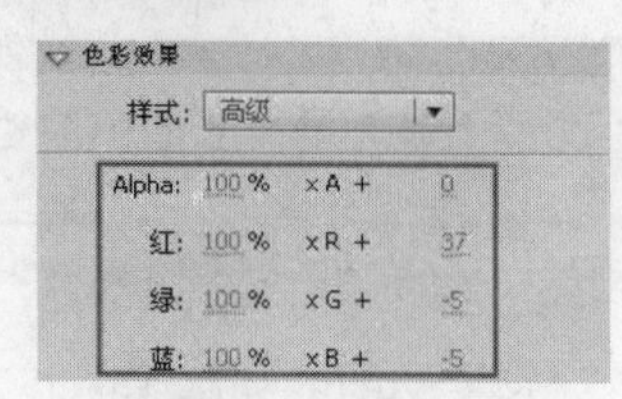

图 13-207　设置参数

图 13-208　元件效果

图 13-209　元件效果

步骤 16 在第 131 帧位置插入空白关键帧，在第 205 帧位置插入关键帧，将“库”面板中“女孩手中花”元件拖入场景中，如图 13-210 所示。在第 230 帧位置插入关键帧，选中第 205 帧上的元件，设置其“属性”面板中 Alpha 值为 0%，元件效果如图 13-211 所示。

步骤 17 在第 288 帧位置插入关键帧，按住 Shift 键使用“任意变形工具”将场景中的元件等比例缩小，并调整元件的位置，元件效果如图 13-212 所示。分别在第 22 帧、第 90 帧、第 205 帧和第 230 帧位置创建传统补间动画。新建“图层 4”，在第 45 帧位置插入关键帧，使用“铅笔工具”在场景中绘制如图 13-213 所示线条。

图 13-210　拖入元件

图 13-211　元件效果

图 13-212　缩小元件

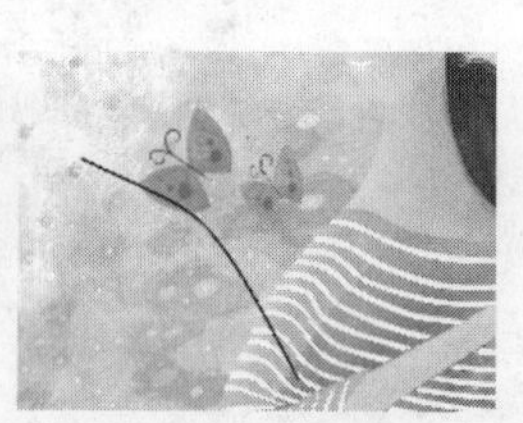
图 13-213　绘制线条

步骤 18 在第 131 帧位置插入空白关键帧，新建“图层 5”，使用“矩形工具”在场景中绘制一个“笔触颜色”为无，“填充颜色”为#FFFFFF 的矩形，如图 13-214 所示。使用“选择工具”选中刚刚绘制的矩形，按 F8 键，将图形转换成“名称”为“开场矩形”的“图形”元件，如图 13-215 所示。

图 13-214　绘制矩形

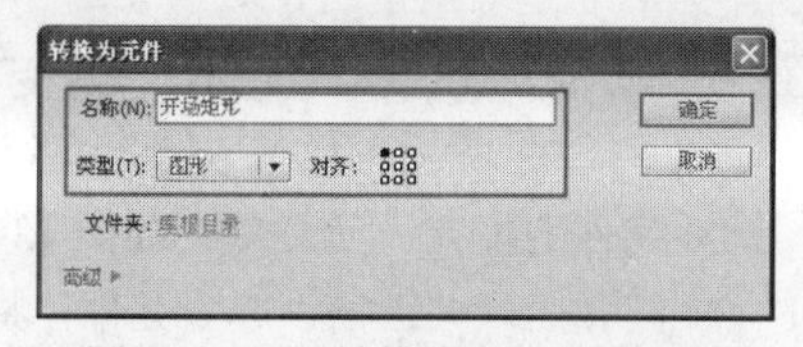

图 13-215　“转换为元件”对话框

步骤 19 在第 20 帧位置插入关键帧，选中场景中的元件，设置其“属性”面板中 Alpha 值为 0%，元件效果如图 13-216 所示。在第 21 帧位置插入空白关键帧，在第 45 帧位置插入关键帧，将“库”面板中“蝴蝶动画”元件拖入场景中，并设置其“属性”面板中颜色“样式”为“高级”，设置对应的参数，如图 13-217 所示。

步骤 20 元件效果如图 13-218 所示，在第 130 帧位置插入关键帧，将场景中的元件向左上移动，如图 13-219 所示。在第 131 帧位置插入空白关键帧，分别在第 1 帧与第 45 帧位置创建传统补间动画。

图 13-216　元件效果

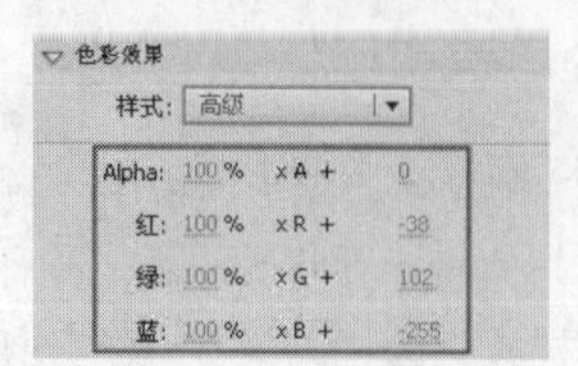

图 13-217　设置参数

图 13-218　元件效果

图 13-219　移动元件

步骤 21 将“图层 5”拖至“图层 4”的下方，在“图层 4”上单击右键，在弹出的菜单中选择“引导层”命令，如图 13-220 所示，时间轴面板如图 13-221 所示。

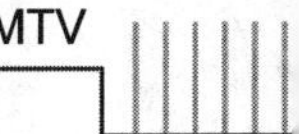

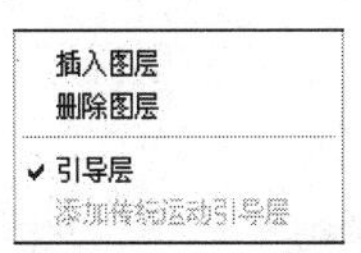

图 13-220 选择“引导层”选项

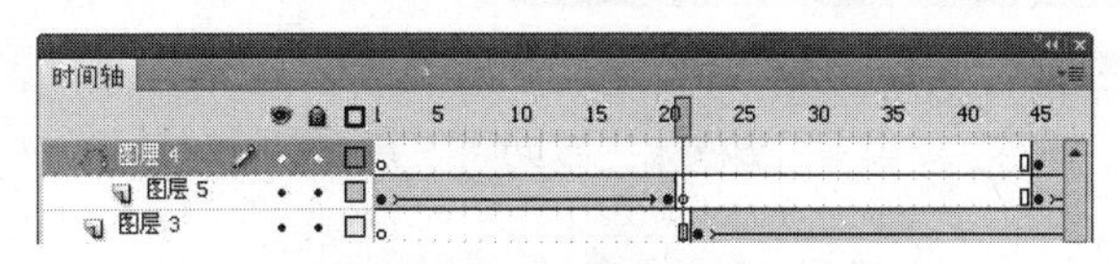

图 13-221 “时间轴”面板

步骤 22 新建“图层 6”，在第 130 帧位置插入关键帧，将“库”面板中“喷泉光点动画”元件拖入场景中，如图 13-222 所示。分别在第 205 帧和第 230 帧位置插入关键帧，选中第 230 帧上的元件，设置其“属性”面板中 Alpha 值为 0%，元件效果如图 13-223 所示，在第 231 帧位置插入空白关键帧。

步骤 23 在第 288 帧位置插入关键帧，使用“文本工具”在场景中输入如图 13-224 所示文本。选中输入的文字，将文字转换成“名称”为“结尾文字”的“图形”元件，在第 308 帧位置插入关键帧，选中第 288 帧上的元件，设置其“属性”面板中 Alpha 值为 0%，元件效果如图 13-225 所示。在第 205 帧和第 288 帧位置创建传统补间动画。

图 13-222 拖入元件

图 13-223 元件效果

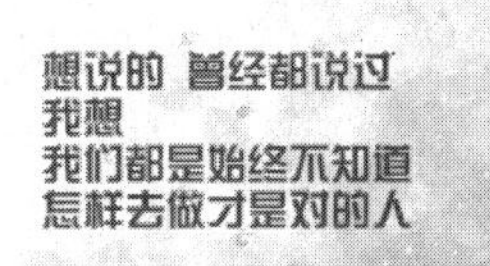

图 13-224 输入文字

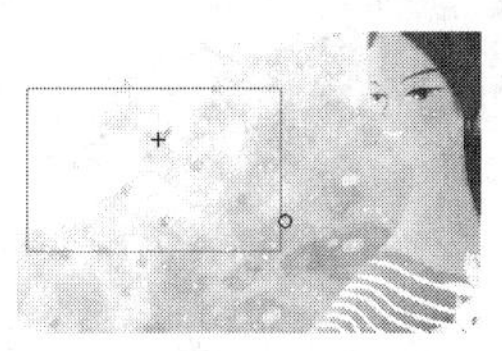

图 13-225 元件效果

步骤 24 新建“图层 7”、“图层 8”、“图层 9”、“图层 10”与“图层 11”，参照前面图层的制作方法，完成新建图层的动画制作，场景效果如图 13-226 所示，“时间轴”面板如图 13-227 所示。

图 13-226 场景效果

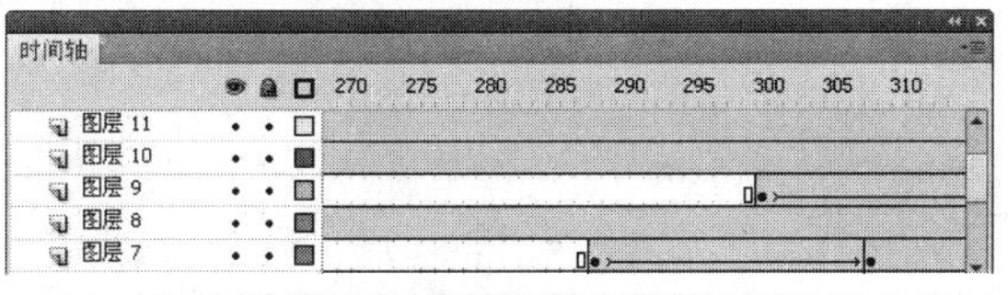

图 13-227 “时间轴”面板

步骤 25 新建“图层 12”，在第 308 帧位置插入关键帧，打开外部库“光盘\源文件\第 13 章\素材\按钮.fla”，将外部库中“回放按钮”元件拖入场景中，如图 13-228 所示。选中拖入的元件，在“动作”面板中输入如图 13-229 所示的脚本语言。

步骤 26 在第 320 帧位置插入关键帧，选中第 308 帧上的元件，设置其“属性”面板中 Alpha 值为 0%，元件效果如图 13-230 所示。在第 308 帧位置创建传统补间动画，将“光盘\源文件\第 13 章\素材\xx1.mp3”导入库中，如图 13-231 所示。

图 13-228 拖入元件

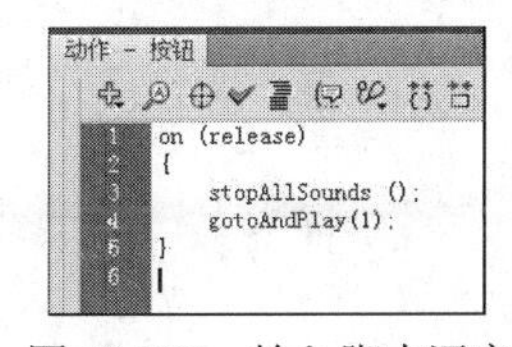

图 13-229 输入脚本语言

图 13-230 元件效果

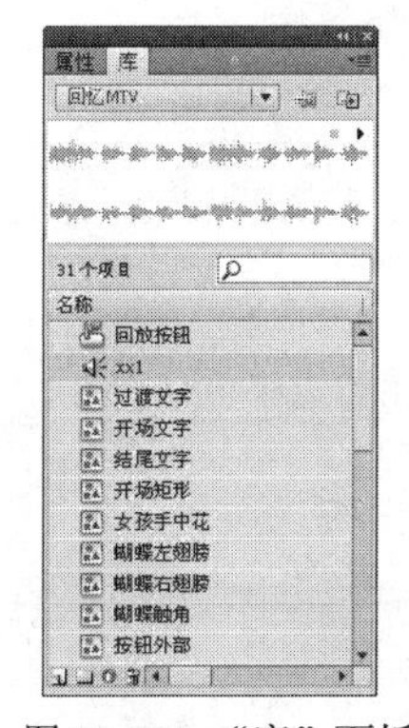

图 13-231 “库”面板

步骤 27 新建“图层 13”，在第 2 帧位置插入关键帧，在“属性”面板中设置声音“名称”为“XX1.mp3”，如图 13-232 所示，“时间轴”面板如图 13-233 所示。

图 13-232 “属性”面板

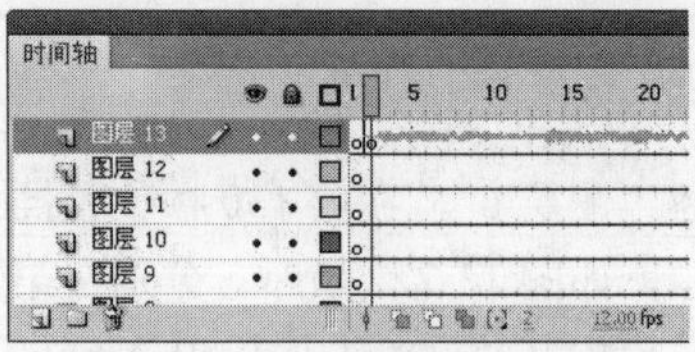

图 13-233 “时间轴”面板

提示

在“属性”面板中为关键帧添加声音之后，可以在“时间轴”面板中看到声波。

步骤 28 在第 535 帧位置插入关键帧，在“动作”面板中输入“stop();”脚本语言。

步骤 29 执行“文件>保存”命令，将动画保存为“光盘\源文件\第 13 章\回忆 MTV.fla”，按 Ctrl+Enter 键测试影片，动画效果如图 13-234 所示。

图 13-234 预览动画效果

实例小结

本实例通过制作蝴蝶飞入场景动画和文字淡入淡出动画，表现回忆 MTV 效果。

Example 实例 194 音乐场景 MTV

案例文件	光盘\源文件\第 13 章\音乐场景 MTV.fla
视频文件	光盘\视频\第 13 章\音乐场景 MTV.swf
难易程度	★★★☆☆
学习时间	25 分钟

（1）

（2）

（3）

（4）

1. 将外部库中的元件导入场景中，利用推镜头效果制作出场动画。
3. 利用推镜头效果制作过场动画。
2. 利用推镜头效果制作结尾动画。
4. 完成动画的制作，测试动画。

Example 实例 195　爱情 MTV

案例文件	光盘\源文件\第 13 章\爱情 MTV.fla
视频文件	光盘\视频\第 13 章\爱情 MTV.swf
难易程度	★★☆☆☆
学习时间	30 分钟
实例要点	➢ 应用逐帧动画制作出小鸡飞跑的动画 ➢ 为主场景添加声音并设置声音的同步模式
实例目的	通过本实例的学习，了解逐帧动画在 Flash MTV 制作中的应用，以及卡通 MTV 的表现方法

操作步骤

步骤 1 新建一个 Flash 文档，如图 13-235 所示，单击“属性”面板的“编辑”按钮，弹出“文档设置”对话框，设置“尺寸”为 240 像素 × 180 像素，“帧频”为 8，“背景颜色”值为#66CCCC，保持其他默认设置，如图 13-236 所示。

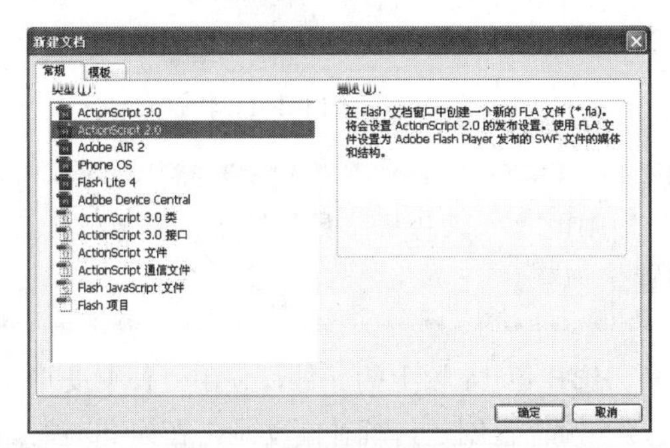
图 13-235　新建文档

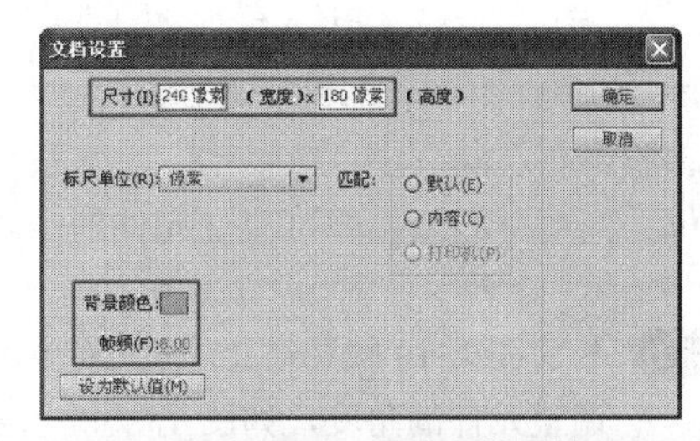
图 13-236　设置文档属性

步骤 2 新建一个“名称”为“头部”的“影片剪辑”元件，如图 13-237 所示，使用“椭圆工具”绘制出椭圆，使用“选择工具”调整椭圆形状，按 F8 键，将绘制的图形转换成一个“名称”为“图形 1”的“图形”元件，如图 13-238 所示。

图 13-237　新建元件

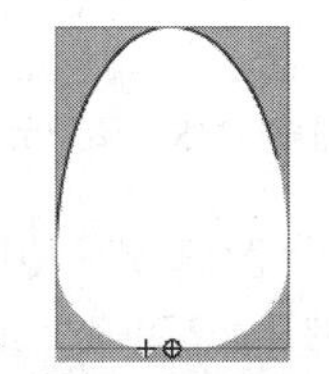
图 13-238　转换元件

> **提示** 也可以先新建“图形”元件，绘制图形，在“影片剪辑”元件中拖入“图形”元件，读者可根据个人习惯进行选择。

步骤 3 在第 10 帧位置插入帧，新建“图层 2”，使用“钢笔工具”绘制出如图 13-239 所示的图形，按 F8 键将绘制的图形转换成“名称”为“图形 2”的“图形”元件。新建“图层 3”，使用“钢笔工具”绘制图形，按 F8 键，将绘制的图形转换成“名称”为“图形 3”的“图形”元件，如图 13-240 所示。

步骤 4 新建“图层 4”，使用“椭圆工具”绘制出两个正圆，按 F8 键，将绘制的图形转换成“名称”为“图形 4”的“图形”元件，如图 13-241 所示。在第 6 帧位置插入关键帧，在第 5 帧位置插入空白关键帧，使用“线条工具”绘制三条直线，按 F8 键，将绘制的图形转换成“名称”为“图形 5”的“图形”元件，如图 13-242 所示。

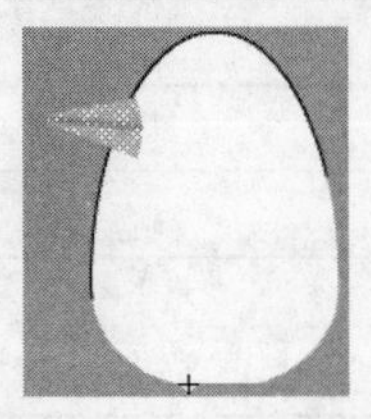
图 13-239　绘制图形

图 13-240　转换元件

图 13-241　绘制图形

图 13-242　转换元件

步骤 5 新建一个“名称”为“准备”的“影片剪辑”元件，如图 13-243 所示，使用 Flash 中的绘图工具绘制图形，按 F8 键，将刚刚绘制的图形转换成“名称”为“图形 6”，“类型”为“图形”的元件，调整元件的中心点，如图 13-244 所示。

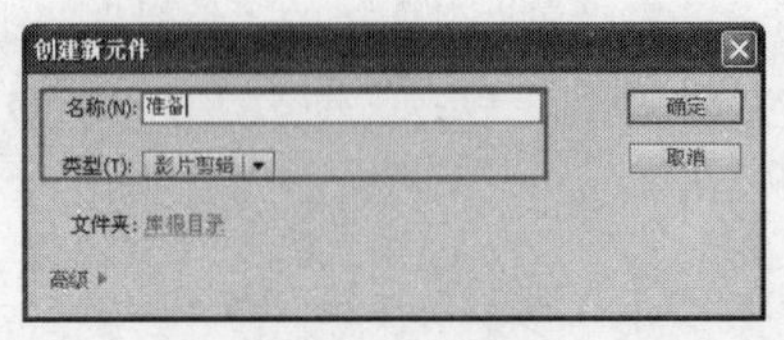

图 13-243　新建元件

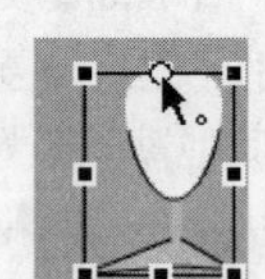
图 13-244　转换元件

> **提示** 调整中心点的方法：选中元件，单击“工具箱”中的“任意变形工具”按钮，显示出任意变形框，拖动中心点，即可改变元件的中心点位置。

步骤 6 分别在第 14 帧和第 15 帧位置插入关键帧，选择第 14 帧上的元件，使用“任意变形工具”，调整元件的角度，如图 13-245 所示。在第 1 帧位置创建传统补间动画，在第 30 帧位置插入帧，“时间轴”面板如图 13-246 所示。

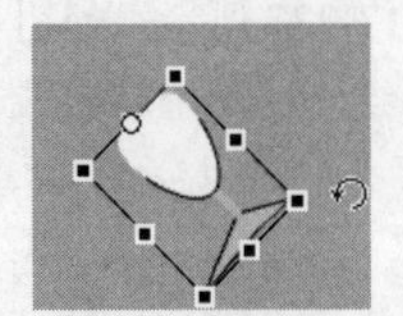
图 13-245　调整元件

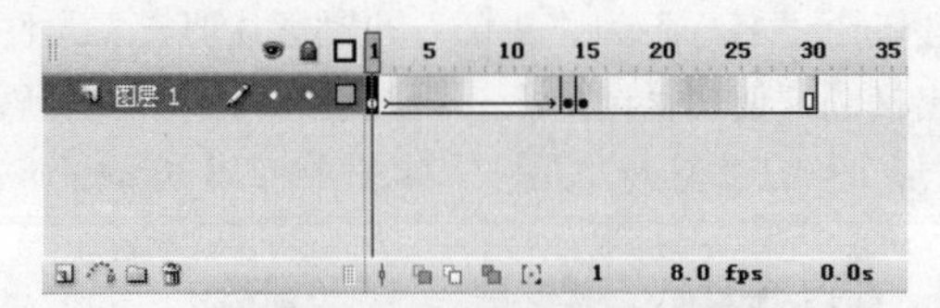

图 13-246　“时间轴”面板

步骤 7 新建“图层 2”，使用“钢笔工具”绘制图形，按 F8 键，将绘制的图形转换成“名称”为“图形 7”的“图形”元件，如图 13-247 所示。分别在第 18 帧和第 24 帧位置插入关键帧，选择第 18 帧上的元件，使用“任意变形工具”调整元件，如图 13-248 所示。

步骤 8 新建“图层 3”，将“图形 6”元件从“库”面板中拖入场景中，如图 13-249 所示。新建“图层 4”，打开“库”面板，将“头部”元件从“库”面板中拖入场景中，如图 13-250 所示。

图 13-247　转换元件

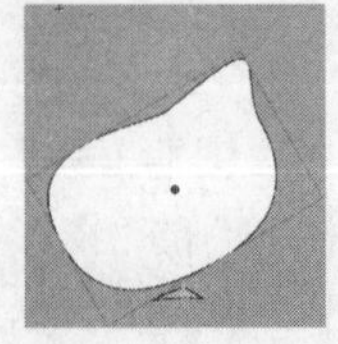
图 13-248　调整元件

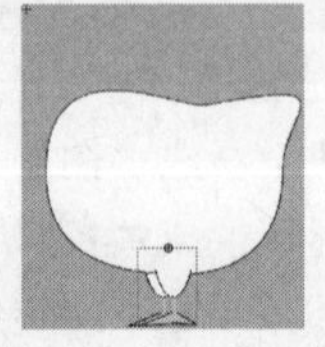
图 13-249　拖入元件

图 13-250　拖入元件

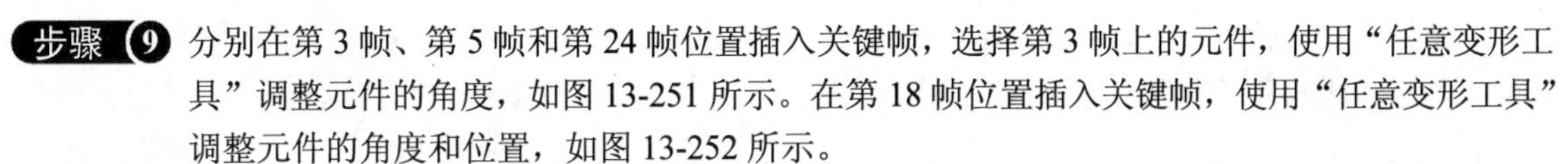

步骤 9 分别在第 3 帧、第 5 帧和第 24 帧位置插入关键帧，选择第 3 帧上的元件，使用“任意变形工具”调整元件的角度，如图 13-251 所示。在第 18 帧位置插入关键帧，使用“任意变形工具”调整元件的角度和位置，如图 13-252 所示。

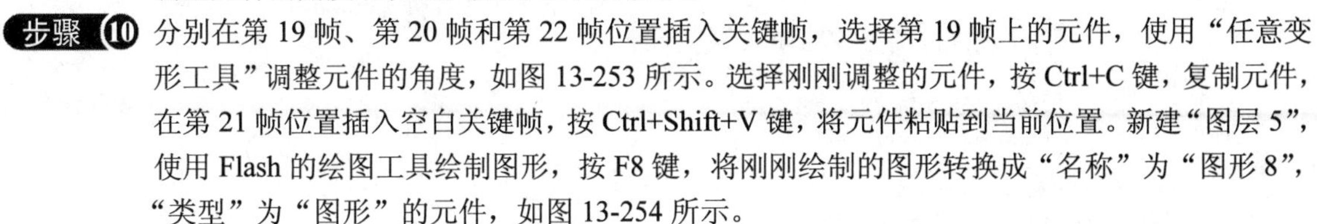

步骤 10 分别在第 19 帧、第 20 帧和第 22 帧位置插入关键帧，选择第 19 帧上的元件，使用“任意变形工具”调整元件的角度，如图 13-253 所示。选择刚刚调整的元件，按 Ctrl+C 键，复制元件，在第 21 帧位置插入空白关键帧，按 Ctrl+Shift+V 键，将元件粘贴到当前位置。新建“图层 5”，使用 Flash 的绘图工具绘制图形，按 F8 键，将刚刚绘制的图形转换成“名称”为“图形 8”，“类型”为“图形”的元件，如图 13-254 所示。

图 13-251　调整元件

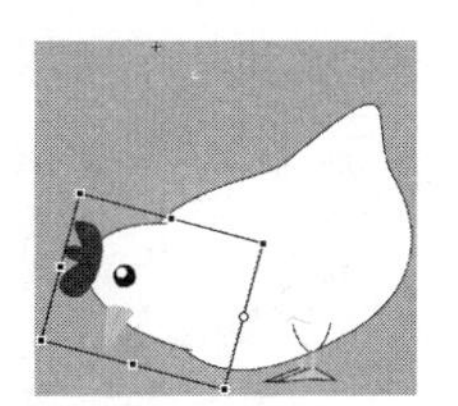

图 13-252　调整元件

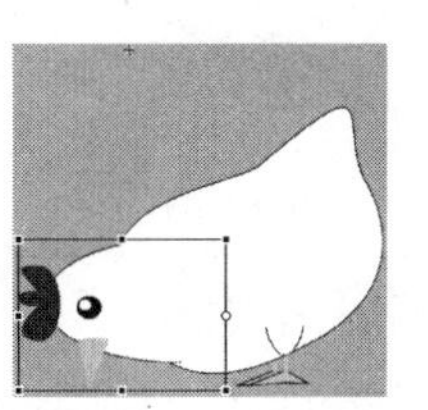

图 13-253　调整元件

图 13-254　转换元件

步骤 11 分别在第 18 帧和第 24 帧位置插入关键帧，选择第 18 帧上的元件，使用“任意变形工具”调整元件的角度和位置，如图 13-255 所示。新建“图层 6”，使用“钢笔工具”绘制图形，按 F8 键，将绘制的图形转换成“名称”为“图形 9”的“图形”元件，如图 13-256 所示。

步骤 12 分别在第 7 帧、第 9 帧、第 17 帧、第 18 帧和第 24 帧位置插入关键帧，选择第 18 帧上的元件，使用“任意变形工具”，调整元件的角度和位置，如图 13-257 所示。在第 6 帧位置插入关键帧，使用“任意变形工具”，调整元件形状，如图 13-258 所示。

图 13-255　调整元件

图 13-256　转换元件

图 13-257　调整元件

图 13-258　调整元件

步骤 13 选择刚刚调整的元件，按 Ctrl+C 键，复制元件，分别在第 8 帧和第 16 帧位置插入空白关键帧，按 Ctrl+Shift+V 键，将元件依次粘贴到这两帧位置。执行“插入>新建元件”命令，新建一个“名称”为“起跑”的“影片剪辑”元件，参照“准备”元件的制作方法，制作“起跑”元件，元件效果如图 13-259 所示。

第 1 帧

第 2 帧

第 3 帧

第 4 帧

图 13-259　元件效果

步骤 14 新建一个“名称”为“起飞”的“影片剪辑”元件，如图 13-260 所示。参照“准备”元件的制作方法，制作“起飞”元件，效果如图 13-261 所示。

步骤 15 使用“钢笔工具”绘制图形，按 F8 键，将绘制的图形转换成“名称”为“图形 10”的“图形”元件，如图 13-262 所示。在第 2 帧位置插入关键帧，使用“选择工具”选择“图形 9”

元件，使用“任意变形工具”调整元件形状，使用“钢笔工具”绘制的图形，按 F8 键，将绘制的图形转换成“名称”为“图形 11”的“图形”元件，如图 13-263 所示。

图 13-260　新建元件

图 13-261　元件效果

图 13-262　新建元件

图 13-263　元件效果

步骤 16 新建一个“名称”为“坠毁”的“影片剪辑”元件，如图 13-264 所示。参照“准备”元件的制作方法，制作“坠毁”元件，元件效果如图 13-265 所示。

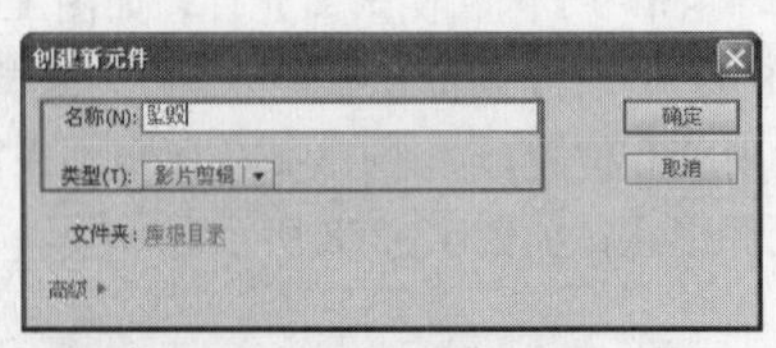

图 13-264　新建元件

图 13-265　元件效果

步骤 17 在第 3 帧位置插入关键帧，将该帧场景中的“图形 8”元件删除，如图 13-266 所示。在第 20 帧位置插入帧，新建“图层 2”，将“图形 9”元件从“库”面板中拖入场景中，如图 13-267 所示。

图 13-266　删除元件

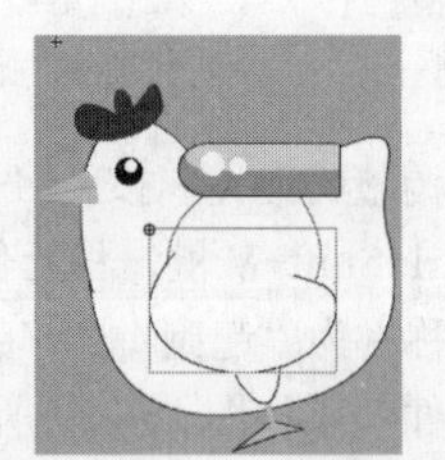

图 13-267　拖入元件

步骤 18 在第 2 帧位置插入关键帧，使用“选择工具”选择“图形 9”元件，使用“任意变形工具”调整元件形状，如图 13-268 所示。采用相同的方法，制作该层的其他帧动画效果，“时间轴”面板如图 13-269 所示。

图 13-268　调整元件

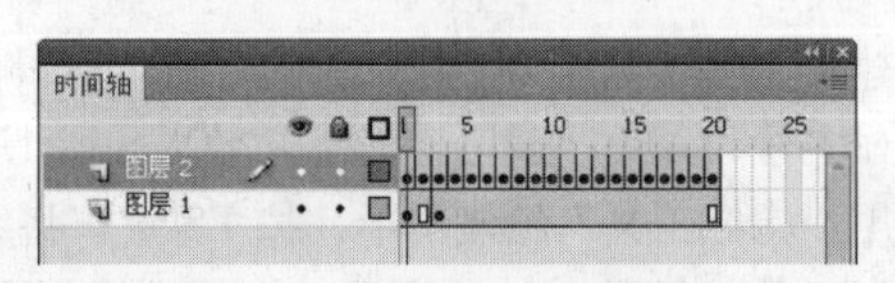

图 13-269　“时间轴”面板

步骤 19 新建“图层 3”，将“图形 10”元件从“库”面板中拖入场景中，如图 13-270 所示。在第 2 帧位置插入空白关键帧，打开“库”面板，将“图形 11”元件从“库”面板中拖入场景中，如图 13-271 所示。

图 13-270　拖入元件

图 13-271　拖入元件

步骤 20 采用相同的方法，制作该层的其他动画效果，如图 13-272 所示。新建“图层 4”，在第 2 帧位置插入关键帧，在“动作”面板中输入“stop();”脚本语言，“动作”面板如图 13-273 所示。

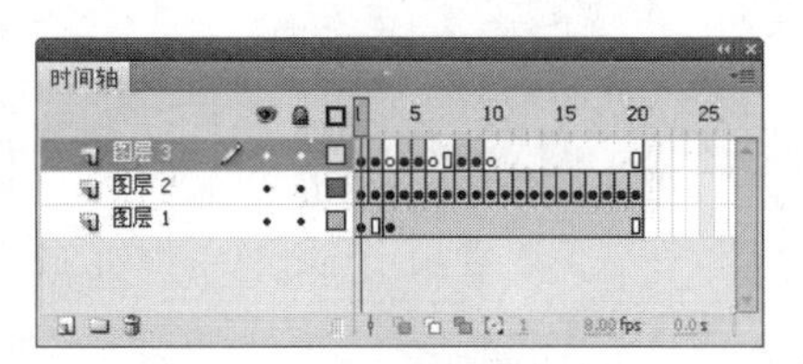

图 13-272　“时间轴”面板

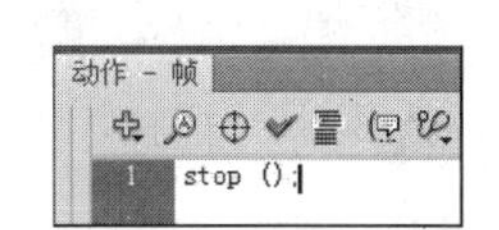

图 13-273　“动作”面板

步骤 21 新建一个“名称”为“草地动画”的“影片剪辑”元件，使用 Flash 的绘图工具，绘制图形，按 F8 键，将刚刚绘制的图形转换成“名称”为“草地”的“图形”元件，如图 13-274 所示。

图 13-274　转换元件

步骤 22 在第 5 帧位置插入关键帧，使用“选择工具”向左移动该帧上的元件，如图 13-275 所示。

图 13-275　调整元件位置

步骤 23 在第 1 帧位置创建传统补间动画，新建一个“名称”为“主场景动画”的“影片剪辑”元件，如图 13-276 所示。使用 Flash 的绘图工具绘制图形，按 F8 键，将绘制的图形转换成“名称”为“图形 12”的“图形”元件，如图 13-277 所示。

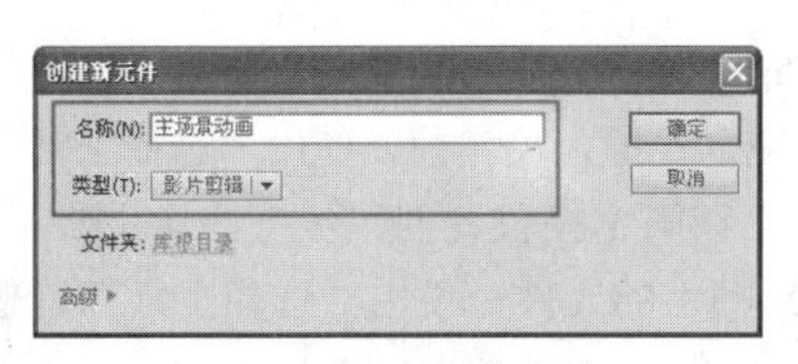

图 13-276　新建元件

图 13-277　转换元件

步骤 24 分别在第 89 帧和第 90 帧位置插入关键帧，选择第 89 帧上的元件，使用“选择工具”调整元件的位置，如图 13-278 所示。在第 130 帧位置插入帧，单新建“图层 2”，在第 25 帧位置插入关键帧，使用 Flash 的绘图工具绘制图形，如图 13-279 所示。

步骤 25 分别在第 89 帧和第 90 帧位置插入关键帧，选择第 89 帧上的元件，使用“选择工具”调整元件的位置，如图 13-280 所示。在第 26 帧位置插入关键帧，选择第 25 帧上的元件，使用“橡皮擦工具”擦除部分图形，如图 13-281 所示。

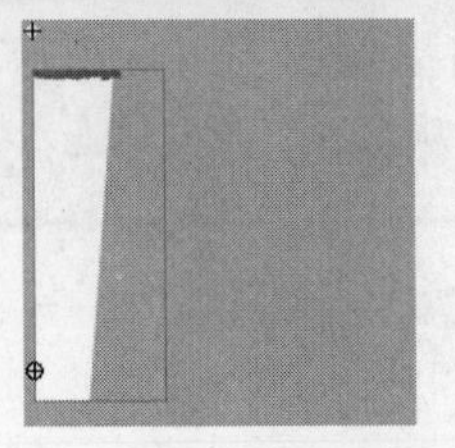

图 13-278　调整元件　图 13-279　绘制图形

图 13-280　调整图形

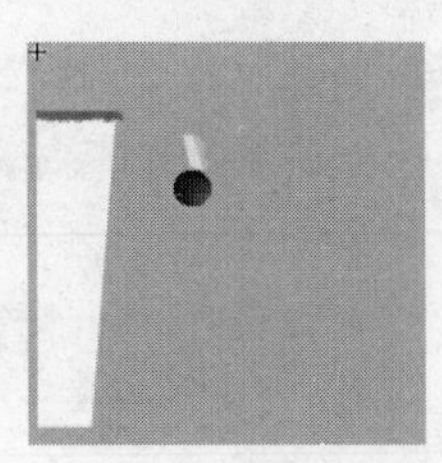

图 13-281　擦除图形

步骤 26 在第 29 帧至第 36 帧位置插入关键帧，使用“橡皮擦工具”，擦除各帧上的部分图形，如图 13-282 所示。

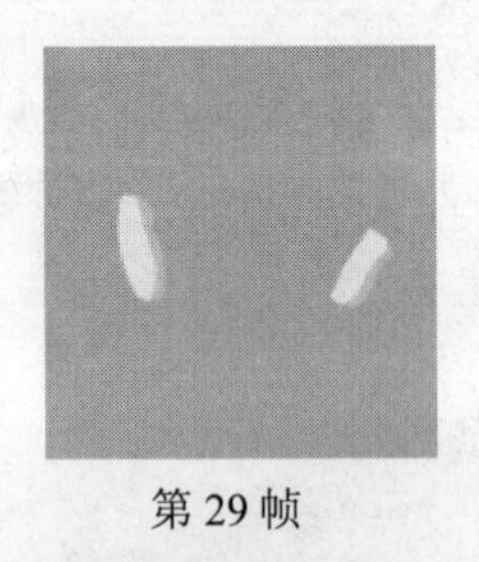

第 29 帧

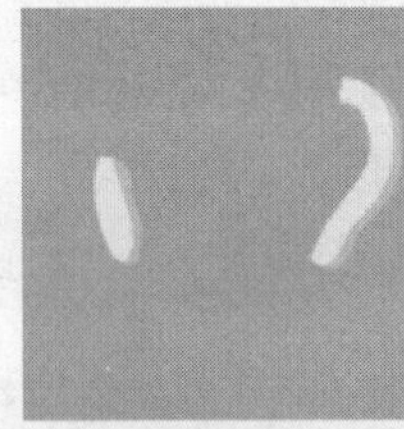

第 30 帧

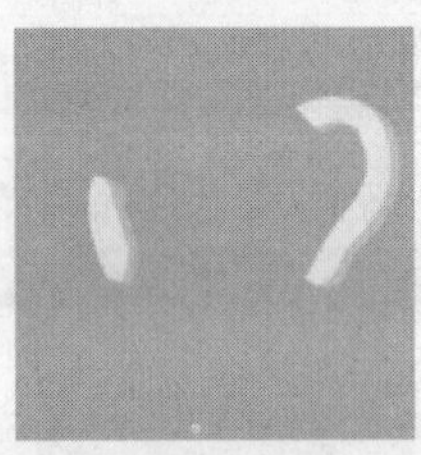

第 31 帧

第 32 帧

第 33 帧

第 34 帧

第 35 帧

第 36 帧

图 13-282　擦除图形

步骤 27 采用相同的方法，制作出该层其他动画，“时间轴”面板如图 13-283 所示。

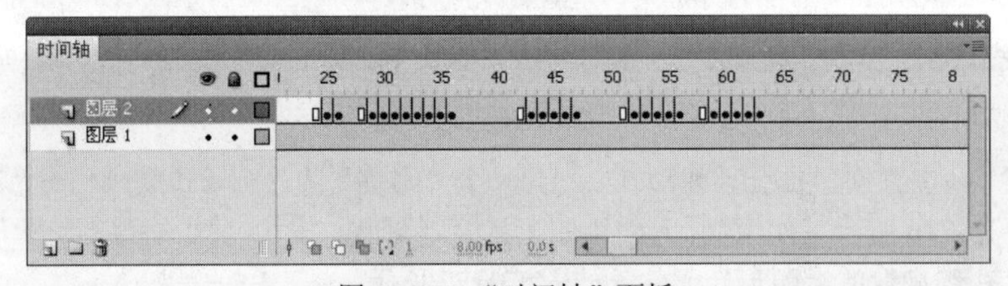

图 13-283　“时间轴”面板

步骤 28 新建“图层 3”，将“起跑”元件从“库”面板中拖入场景中，使用“任意变形工具”调整元件的大小，如图 13-284 所示。在第 8 帧位置插入关键帧，使用“选择工具”选择该帧上的元件，向右移动元件，如图 13-285 所示。在第 1 帧位置创建传统补间动画，分别在第 13 帧和第 15 帧位置插入关键帧，选择第 15 帧上的元件，使用“选择工具”调整元件的位置，如图 13-286 所示，在第 13 帧位置创建传统补间动画。

图 13-284　拖入元件

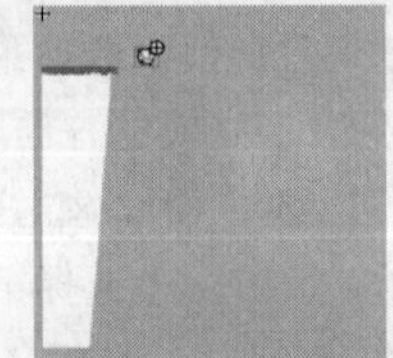

图 13-285　调整元件

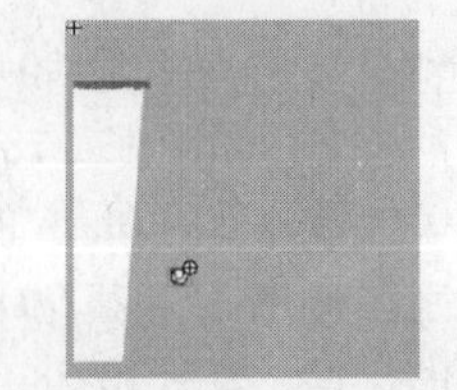

图 13-286　调整元件

步骤 29 在第 16 帧位置插入空白关键帧，将“起飞”元件从“库”面板中拖入场景中，使用“任意变形工具”调整元件的大小和角度，如图 13-287 所示。在第 24 帧位置插入关键帧，使用“任意变形工具”调整元件的角度，如图 13-288 所示。在第 16 帧位置创建传统补间动画，在第 25 帧位置插入关键帧，调整该帧上的元件位置，如图 13-289 所示。

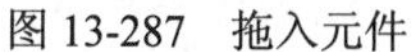
图 13-287 拖入元件

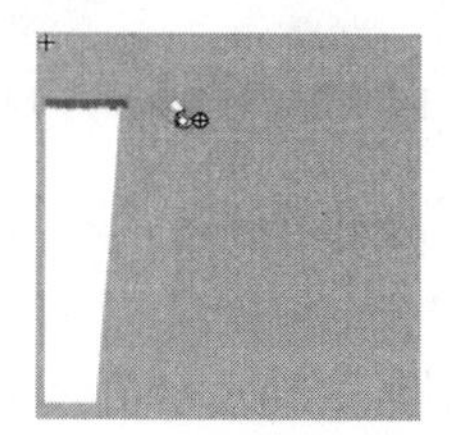
图 13-288 调整元件

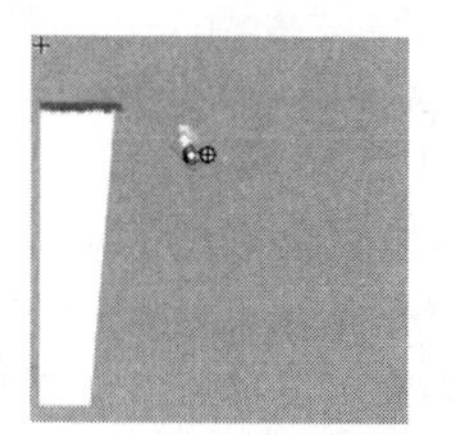
图 13-289 调整元件

步骤 30 采用相同的方法，制作该层的其他动画效果，元件效果如图 13-290 所示，“时间轴”面板如图 13-291 所示。

图 13-290 元件效果

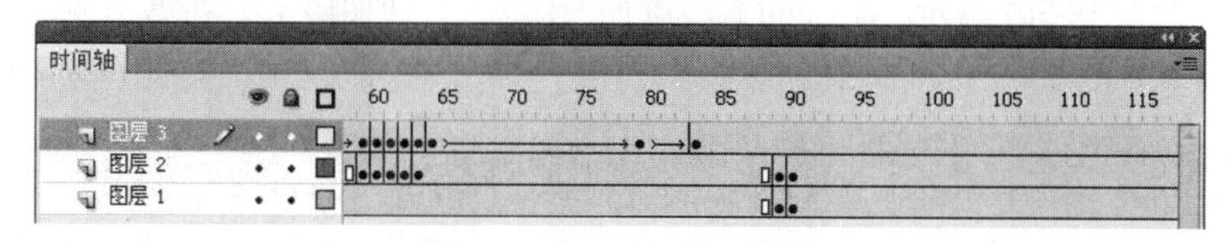

图 13-291 “时间轴”面板

步骤 31 在第 64 帧位置插入空白关键帧，将“坠落”元件从“库”面板中拖入场景中，使用“任意变形工具”调整元件的大小和角度，如图 13-292 所示。在第 79 帧位置插入关键帧，调整该帧上的元件位置，如图 13-293 所示。在第 64 帧位置创建传统补间动画，在第 79 帧位置插入关键帧，调整该帧上的元件位置，如图 13-294 所示，在第 79 帧位置创建传统补间动画。

图 13-292 拖入元件

图 13-293 调整元件

图 13-294 调整元件

步骤 32 新建“图层 4”，在第 89 帧位置插入关键帧，使用 Flash 的绘图工具绘制图形，按 F8 键，将绘制的图形转换成“名称”为“图形 13”的“图形”元件，如图 13-295 所示。在第 91 帧位置插入关键帧，使用“任意变形工具”，调整该帧上的元件形状，如图 13-296 所示。在第 92 帧位置插入空白关键帧，在第 89 帧位置创建传统补间动画。

步骤 33 新建“图层 5”，在第 130 帧位置插入关键帧，在“动作”面板中输入“stop();”脚本语言，如图 13-297 所示，返回“场景 1”编辑状态，打开“库”面板，将“准备”元件从“库”面板中拖入场景中，并使用“任意变形工具”调整元件的大小，如图 13-298 所示。

图 13-295　转换元件

图 13-296　调整元件

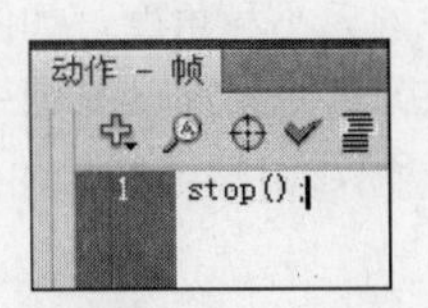

图 13-297　输入脚本

图 13-298　调整元件

步骤 34 分别在第 11 帧和第 14 帧位置插入关键帧，选择第 14 帧上的元件，使用“任意变形工具”，调整元件的大小，如图 13-299 所示。在第 30 帧位置插入帧，新建“图层 2”，在第 14 帧位置插入关键帧，打开“库”面板，将“草地”元件从“库”面板中拖入场景中，如图 13-300 所示。

图 13-299　调整元件

图 13-300　拖入元件

步骤 35 新建“图层 3”，在第 31 帧位置插入关键帧，将“草地动画”元件从“库”面板中拖入场景中，如图 13-301 所示。在第 60 帧位置插入帧，新建“图层 4”，在第 31 帧位置插入关键帧，打开“库”面板，将“起跑”元件从“库”面板中拖入场景中，如图 13-302 所示。

图 13-301　拖入元件

图 13-302　拖入元件

步骤 36 新建“图层 5”，在第 61 帧位置插入关键帧，将“主场景动画”元件从“库”面板中拖入场景中，如图 13-303 所示。在第 190 帧位置插入帧，新建“图层 6”，将“光盘\源文件\第 13 章\素材\b1 sound.mp3”导入“库”面板中，在第 1 帧位置单击，设置其“属性”面板中声音“名称”为 b1 sound，其他设置如图 13-304 所示。

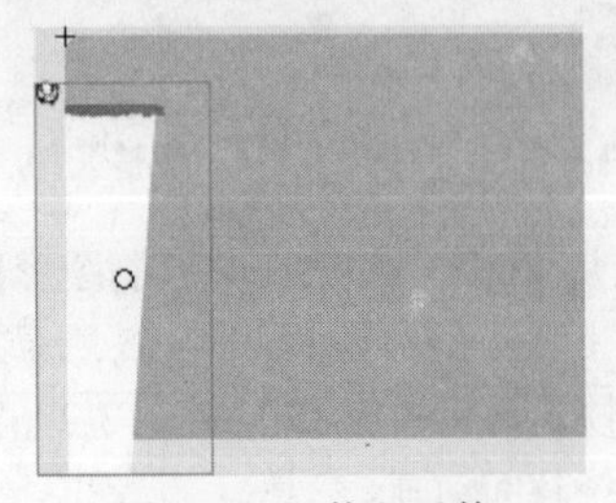
图 13-303　拖入元件

图 13-304　“属性”面板

步骤 37 执行“文件>保存”命令，将动画保存为“光盘\源文件\第 13 章\爱情 MTV 2.fla”，按 Ctrl+Enter 键测试影片，动画效果如图 13-305 所示。

图 13-305 预览动画效果

实例小结

本实例通过制作卡通小鸡奔跑动画和小鸡飞舞动画，制作一个爱情 MTV 动画。

Example 实例 196 儿童 MTV

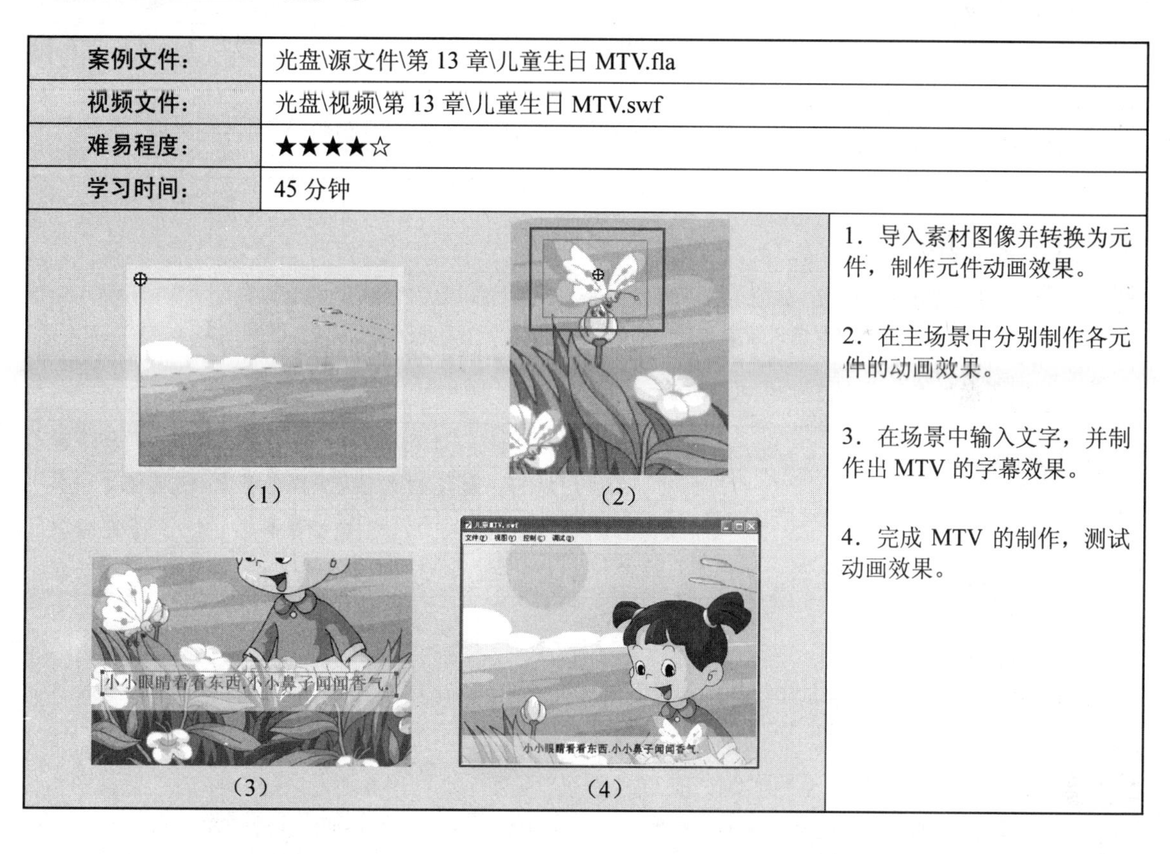

案例文件：	光盘\源文件\第 13 章\儿童生日 MTV.fla
视频文件：	光盘\视频\第 13 章\儿童生日 MTV.swf
难易程度：	★★★★☆
学习时间：	45 分钟

（1） （2） （3） （4）

1. 导入素材图像并转换为元件，制作元件动画效果。

2. 在主场景中分别制作各元件的动画效果。

3. 在场景中输入文字，并制作出 MTV 的字幕效果。

4. 完成 MTV 的制作，测试动画效果。

第14章 网站开发

■ 本章内容

- 休闲网站
- 冰淇淋网站
- 社区服务网站
- 广告展示网站

做网站最重要的是创意与技术的结合，Flash 软件可以实现其他网页制作软件无法达到的特殊效果，本章主要通过 4 个实例讲解在 Flash 中制作网站的方法。

Example 实例 197 休闲网站

案例文件	光盘\源文件\第 14 章\休闲网站.fla
视频文件	光盘\视频\第 14 章\休闲网站.swf
难易程度	★★★☆☆
学习时间	30 分钟
实例要点	➢ 使用“颜色”面板设置渐变 ➢ 为元件添加链接脚本
实例目的	本实例将为矩形填充图案的渐变效果，作为背景，并在网站中制作无边框的下拉导航，使整个 Flash 网站显得清新温和

操作步骤

步骤 1 新建一个 Flash 文档，如图 14-1 所示。单击“属性”面板的“编辑”按钮，弹出“文档设置”对话框，设置“尺寸”为 698 像素 × 316 像素，“背景颜色”为#666666，“帧频”为 24，如图 14-2 所示。

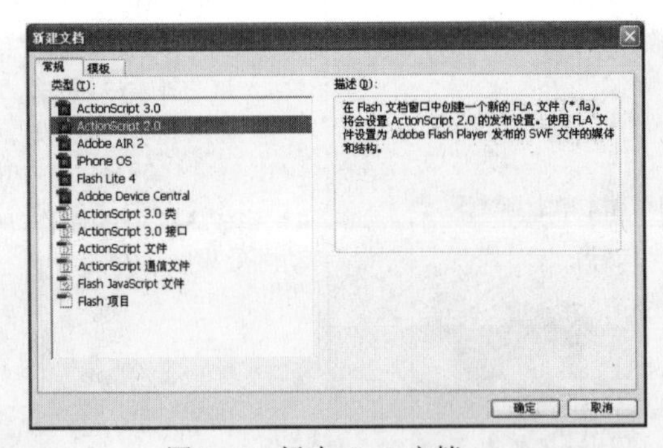

图 14-1 新建 Flash 文档

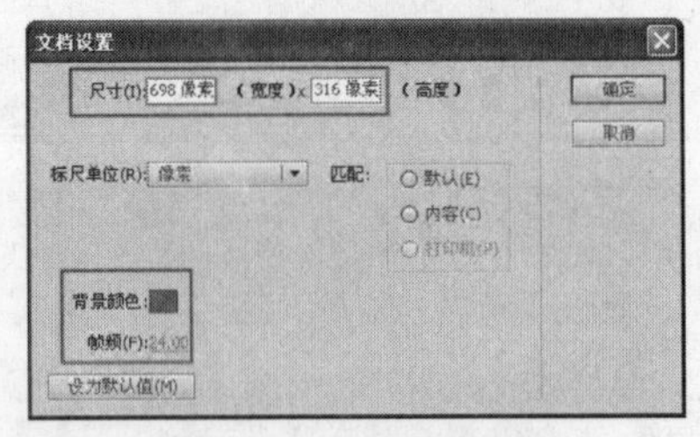

图 14-2 设置文档属性

步骤 2 新建一个“名称”为“导航按钮”的“按钮”元件，如图 14-3 所示。在“时间轴”面板中“点击”位置插入关键帧，使用“矩形工具”在场景中绘制矩形，如图 14-4 所示。

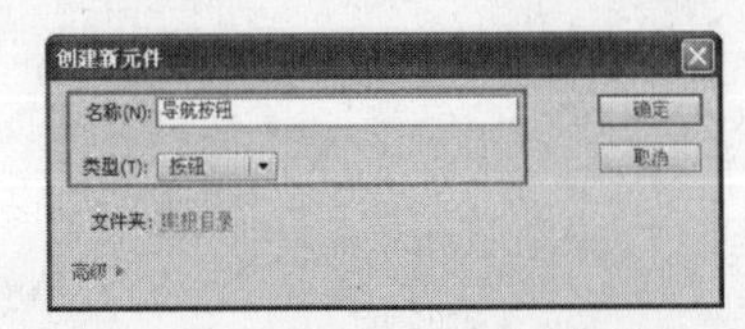

图 14-3 “创建新元件”对话框

图 14-4 绘制矩形

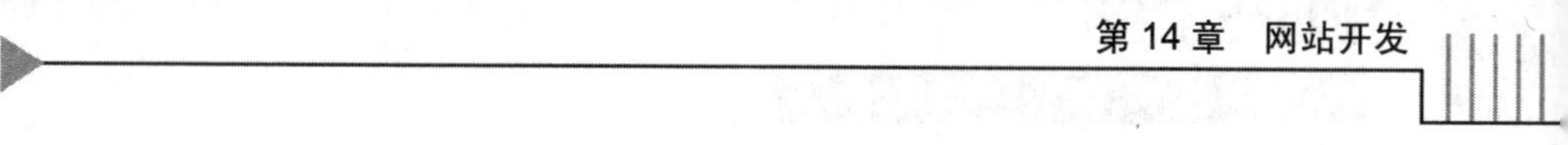

步骤 3 新建一个“名称”为“浮云 1”的“图形”元件，如图 14-5 所示。将“光盘\源文件\第 14 章\素材\z5.png”、“z6.png”导入场景中，如图 14-6 所示。

图 14-5 “创建新元件”对话框

图 14-6 导入素材图像

步骤 4 执行“窗口>库”命令，在打开的“库”面板中将图像“z5.png”拖入场景中，如图 14-7 所示。新建一个“名称”为“浮云动画”的“影片剪辑”元件，如图 14-8 所示。

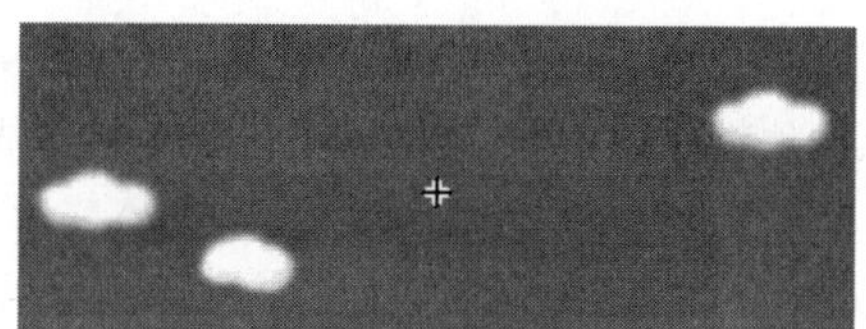

图 14-7 拖入图像

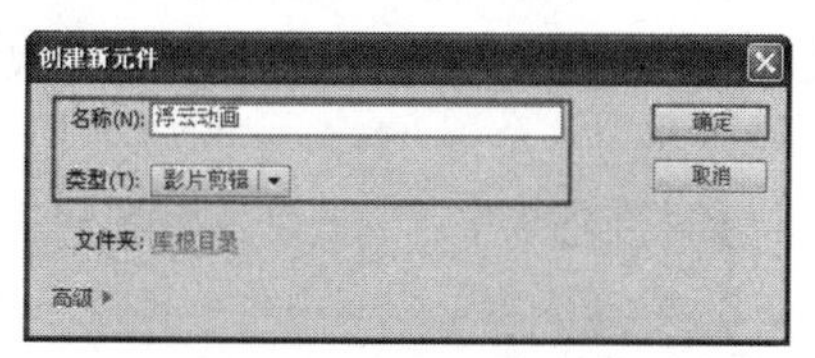

图 14-8 “创建新元件”对话框

步骤 5 在“库”面板中将“浮云 1”元件拖入场景中，确定元件位置，“属性”面板如图 14-9 所示。在第 840 帧位置插入关键帧，将场景中的元件向右移动，“属性”面板如图 14-10 所示。

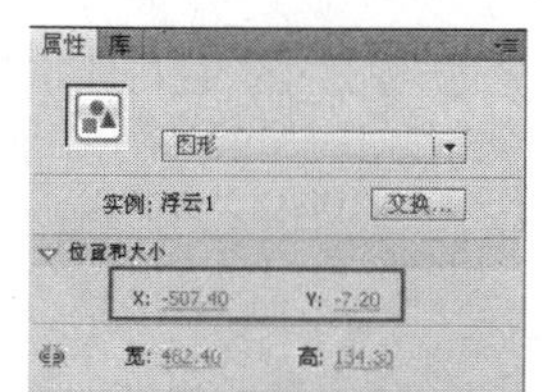

图 14-9 “属性”面板

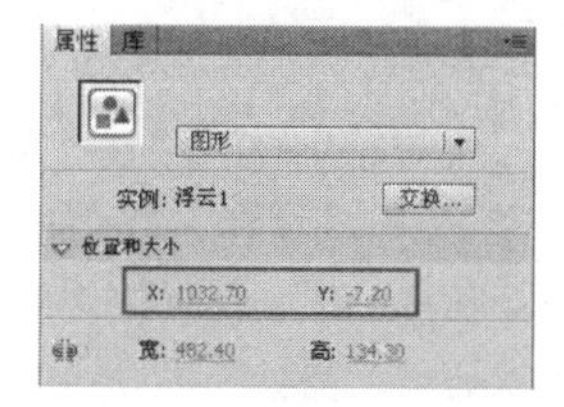

图 14-10 “属性”面板

步骤 6 在第 1 帧位置创建传统补间动画，新建“图层 2”，将“库”面板中的“浮云 1”元件拖入场景中，参照“图层 1”的制作方法，完成新建图层的动画制作，场景效果如图 14-11 所示。新建“图层 3”，在第 840 帧位置插入关键帧，在“动作”面板中输入“gotoAndPlay(381);”脚本语言。新建一个“名称”为“导航条动画”的“影片剪辑”元件，如图 14-12 所示。

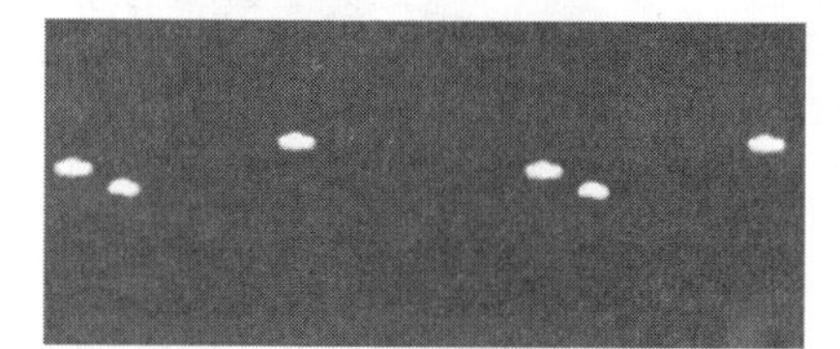

图 14-11 场景效果

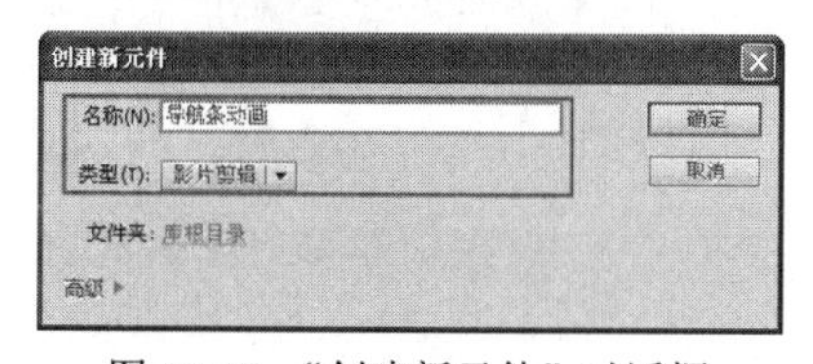

图 14-12 “创建新元件”对话框

步骤 7 在第 5 帧位置插入关键帧，单击“线条工具”按钮，设置其“属性”面板中“笔触颜色”为 #FFFFFF，“笔触”为 1，在场景中绘制线条，如图 14-13 所示。选中线条，按 F8 键，将文本转换成“名称”为“线条”的“图形”元件，如图 14-14 所示。

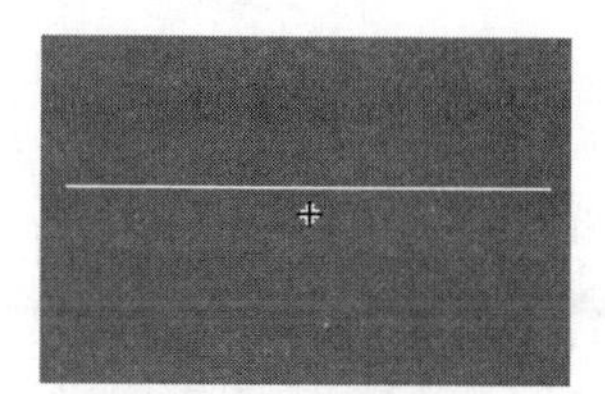

图 14-13 绘制线条

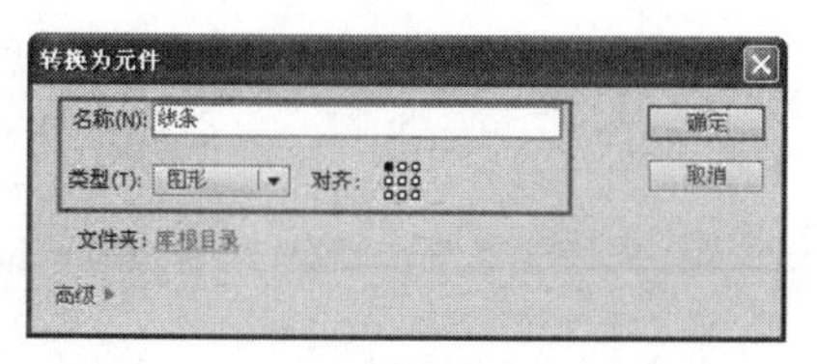

图 14-14 “转换为元件”对话框

步骤 8 选中场景中的元件，设置其“属性”面板中 Alpha 值为 0%，元件效果如图 14-15 所示。在第 9 帧位置插入关键帧，选中场景中的元件，将元件向下移动，并设置其“属性”面板中 Alpha 值为 20%，元件效果如图 14-16 所示。

图 14-15 元件效果

图 14-16 元件效果

步骤 9 在第 145 帧位置插入帧，在第 5 帧位置创建传统补间动画。新建“图层 2”，在第 9 帧位置插入关键帧，单击“线条工具”按钮，设置其“属性”面板中“笔触颜色”为#FFFFFF，“笔触”为 1，在场景中绘制线条，如图 14-17 所示。选中绘制的线条，按 F8 键将文本转换成“名称”为“竖向线条”的“图形”元件，并设置其“属性”面板中 Alpha 值为 20%，元件效果如图 14-18 所示。

图 14-17 绘制线条

图 14-18 元件效果

步骤 10 在第 18 帧位置插入关键帧，将场景中的元件向上移动，如图 14-19 所示。在第 9 帧位置添加传统补间动画。新建“图层 3”，使用“矩形工具”在场景中绘制矩形，如图 14-20 所示。

图 14-19 移动元件

图 14-20 绘制矩形

步骤 11 在“图层 3”上单击右键，选择“遮罩层”命令，如图 14-21 所示。新建“图层 4”、“图层 5”、“图层 6”、“图层 7”、“图层 8”、“图层 9”、“图层 10”与“图层 11”，参照“图层 2”与“图层 3”的制作方法，完成新建图层的制作，场景效果如图 14-22 所示，“时间轴”面板如图 14-23 所示。

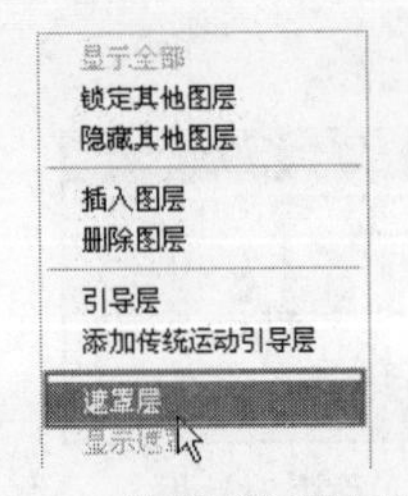

图 14-21 选择“遮罩层”命令

图 14-22 场景效果

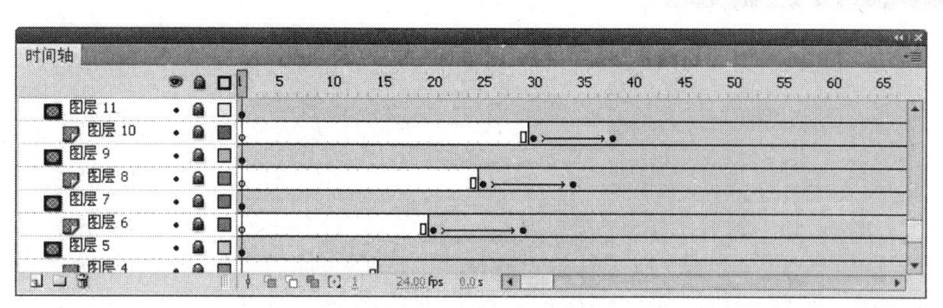

图 14-23　“时间轴”面板

提示

在图层上单击右键，在弹出的菜单中选择“遮罩层”命令，可将普通图层设置为遮罩层，执行“修改>时间轴>图层属性”命令，打开“图层属性”对话框，设置“类型”为“遮罩层”，也可以将普通图层设置为遮罩层。

步骤 12 新建“图层 12”，在第 10 帧位置插入关键帧，使用“文本工具”在场景中输入如图 14-24 所示文本。选中输入的文字，按 F8 键，将文本转换成“名称”为“首页”的“图形”元件，如图 14-25 所示。

图 14-24　输入文字

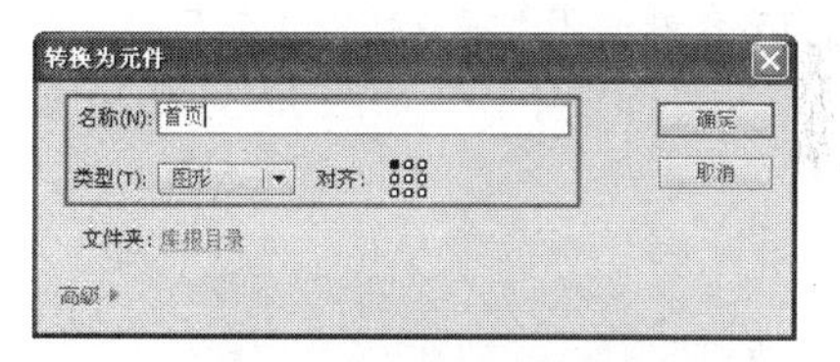

图 14-25　“转换为元件”对话框

步骤 13 在第 15 帧位置插入关键帧，将场景中的元件向下移动，如图 14-26 所示。选中第 10 帧上的元件，设置其“属性”面板中 Alpha 值为 0%，元件效果如图 14-27 所示，在第 10 帧位置创建传统补间动画。

图 14-26　移动元件

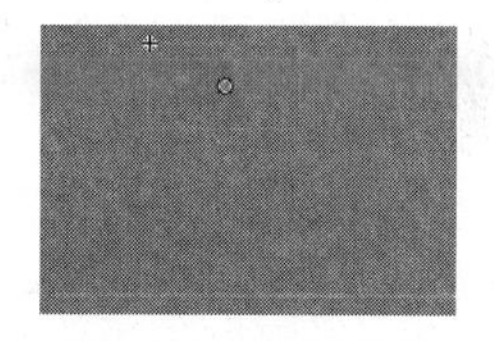

图 14-27　元件效果

步骤 14 在“时间轴”面板中新建“图层 13”、“图层 14”、“图层 15”、“图层 16”，参照前面图层的制作方法，完成新建图层的动画制作，场景效果如图 14-28 所示，“时间轴”面板如图 14-29 所示。

图 14-28　场景效果

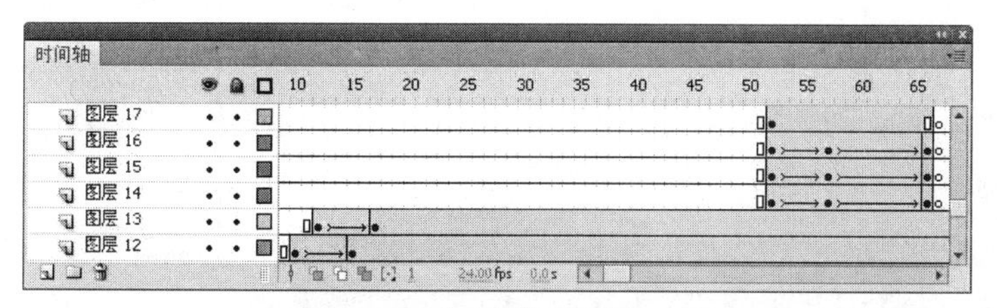

图 14-29　“时间轴”面板

步骤 15 新建“图层 17”，在第 52 帧位置插入关键帧，在“库”面板中将“导航按钮”元件拖入场景中，如图 14-30 所示。选中元件，在“动作”面板中输入如图 14-31 所示脚本语言，在第 67 帧位置插入空白关键帧。

图 14-30　拖入元件

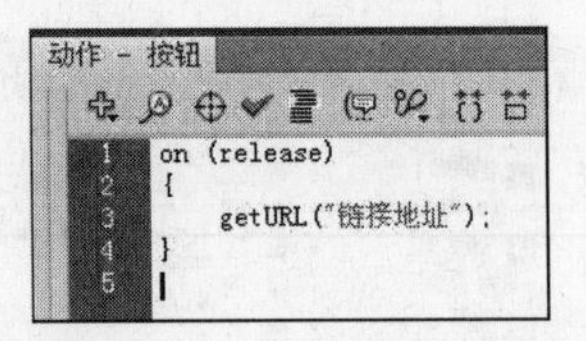

图 14-31　输入脚本语言

步骤 16 在“时间轴”面板中新建相应的图层，参照前面图层的制作方法，完成新建图层的动画制作，场景效果如图 14-32 所示，“时间轴”面板如图 14-33 所示。

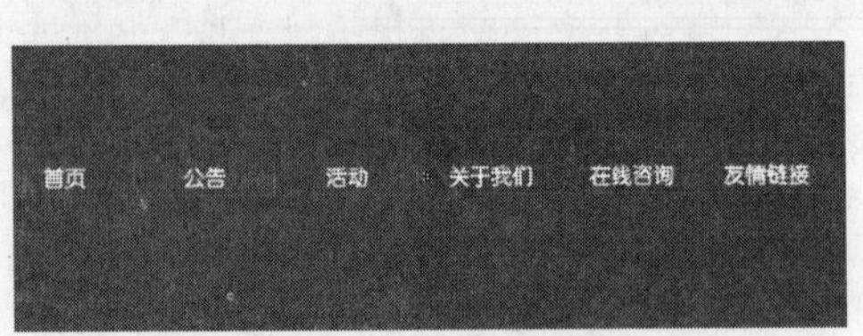

图 14-32　场景效果

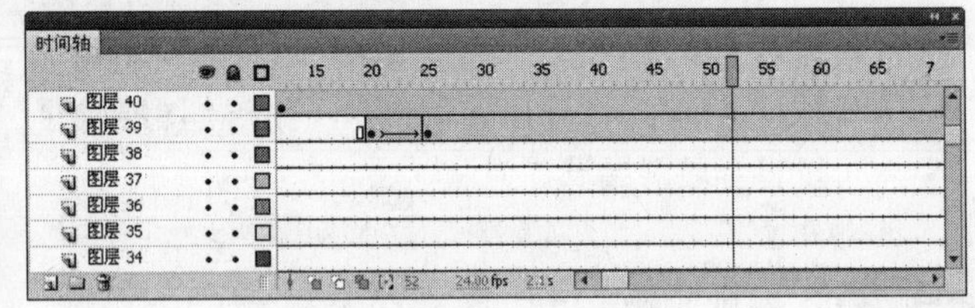

图 14-33　“时间轴”面板

步骤 17 新建“图层 40”，在第 12 帧位置插入关键帧，将“库”面板中“导航按钮”元件拖入场景中，按住 Shift 键使用“任意变形工具”将元件等比例放大，元件效果如图 14-34 所示。选中元件，在“动作”面板中输入如图 14-35 所示脚本语言。

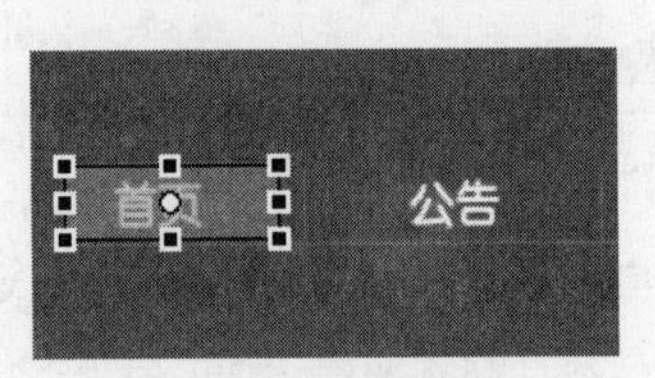

图 14-34　元件效果

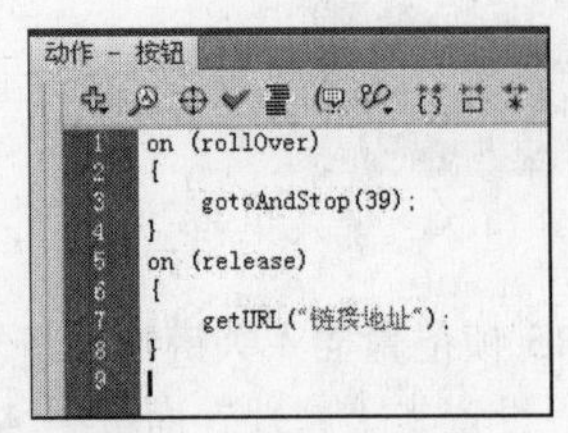

图 14-35　输入脚本语言

步骤 18 在“时间轴”面板中新建“图层 41”、“图层 42”、“图层 43”、“图层 44”与“图层 45”，分别在新建图层中相应位置插入关键帧，在“库”面板中将“导航按钮”元件拖入场景中，为相应的元件添加脚本语言，场景效果如图 14-36 所示。新建“图层 46”，分别在第 39 帧、第 66 帧、第 84 帧与第 101 帧位置插入关键帧，在“动作”面板中输入“stop();”脚本语言。返回“场景 1”编辑状态，单击“矩形工具”按钮，执行“窗口>颜色”命令，在打开的“颜色”面板中，设置“类型”为“位图”，单击“导入”按钮 导入... ，弹出“导入到库”对话框，如图 14-37 所示。

图 14-36　场景效果

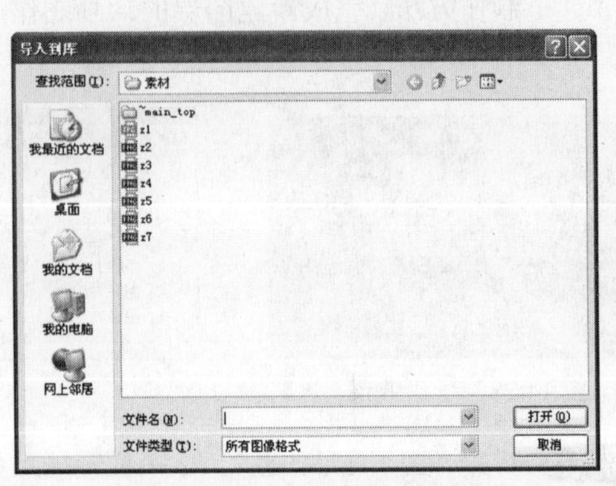

图 14-37　“导入到库”对话框

步骤 19 在“导入到库”对话框中，选择图像 z1.jpg，单击“打开”按钮，在“颜色”面板中选择刚刚导入的图像，如图 14-38 所示。在场景中绘制一个无轮廓的矩形，如图 14-39 所示。

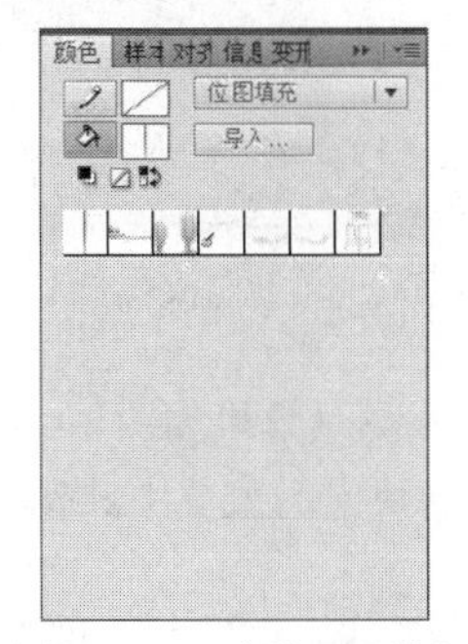

图 14-38　“颜色”面板

图 14-39　绘制矩形

> **提示** 为动画制作渐变背景效果时，可以在“颜色”面板中设置“类型”，从而绘制出不同的渐变效果。

步骤 20 在第 180 帧位置插入帧，新建“图层 2”，在第 63 帧位置插入关键帧，在“库”面板中将“浮云动画”元件拖入场景中，如图 14-40 所示。新建“图层 3”，在第 56 帧位置插入关键帧，将“光盘\源文件\第 14 章\素材\z3.png”导入场景中，如图 14-41 所示。

图 14-40　拖入元件

图 14-41　导入素材图像

步骤 21 选中导入的图像，执行“修改>分离”命令，将图像打散为图形；在第 63 帧位置插入关键帧，将场景中的图形向上移动，如图 14-42 所示。在第 56 帧位置创建传统补间动画，新建“图层 4”，在第 5 帧位置插入关键帧，将“光盘\源文件\第 14 章\素材\z2.png”导入场景中，如图 14-43 所示。

图 14-42　移动图形

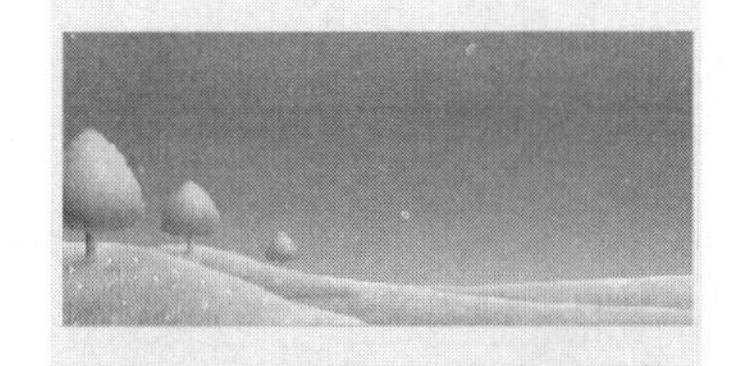

图 14-43　导入素材图像

步骤 22 选中导入的素材图像，按 F8 键，将图像转换成“名称”为“山坡小树”的“图形”元件，设置其“属性”面板中 Alpha 值为 50%，元件效果如图 14-44 所示。新建“图层 5”，在“图层 5”第 5 帧位置插入关键帧，单击“矩形工具”按钮，在“属性”面板中设置“笔触颜色”为无，“填充颜色”为 Alpha 值为 50%的#FFFFFF，在场景中绘制矩形，如图 14-45 所示。

图 14-44　元件效果

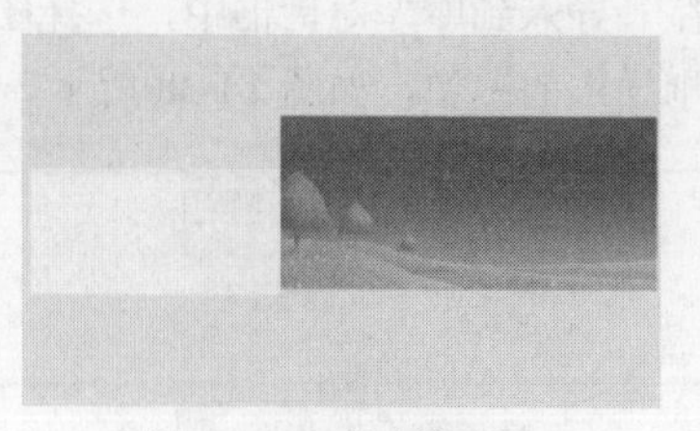

图 14-45　绘制矩形

步骤 23 在第 14 帧位置插入关键帧，将场景中的元件向左移动，场景效果如图 14-46 所示。在第 5 帧位置创建传统补间动画，在“图层 5”上单击右键，在弹出的菜单中选择“遮罩层”命令，如图 14-47 所示。

图 14-46　移动图形

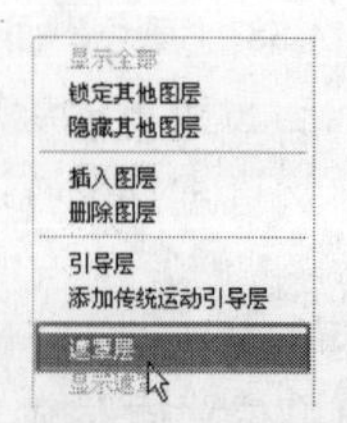

图 14-47　选择“遮罩层”命令

步骤 24 场景效果如图 14-48 所示，在“时间轴”面板中新建“图层 6”与“图层 7”，参照“图层 4”与“图层 5”的制作方法，完成新建图层的动画制作，场景效果如图 14-49 所示，“时间轴”面板如图 14-50 所示。

图 14-48　场景效果

图 14-49　场景效果

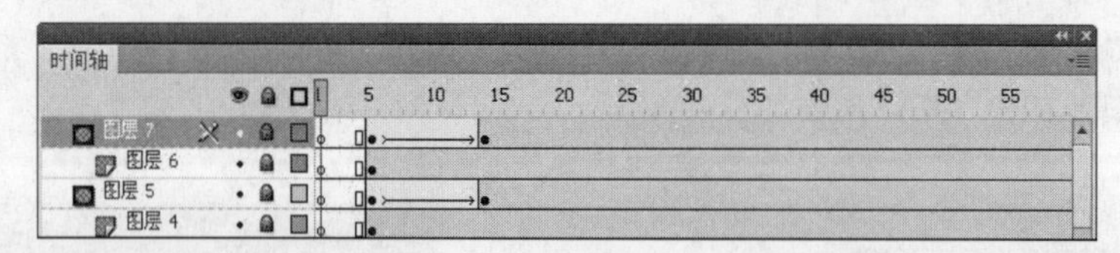

图 14-50　“时间轴”面板

步骤 25 新建“图层 8”，在第 21 帧位置插入关键帧，在“库”面板中将“山坡小树”元件拖入场景中，如图 14-51 所示。新建“图层 9”，在第 21 帧位置插入关键帧，单击“矩形工具”按钮，在“属性”面板中设置“轮廓颜色”为无，“填充颜色”为 Alpha 值为 50%的#FFFFFF，在场景中绘制矩形，如图 14-52 所示。

图 14-51　拖入元件

图 14-52　绘制矩形

步骤 26 在第 56 帧位置插入关键帧，使用“任意变形工具”将场景中的图形放大，如图 14-53 所示。在第 21 帧位置创建传统补间动画。在“图层 9”上单击右键，在弹出的菜单中选择“遮罩层”命令，场景效果如图 14-54 所示。

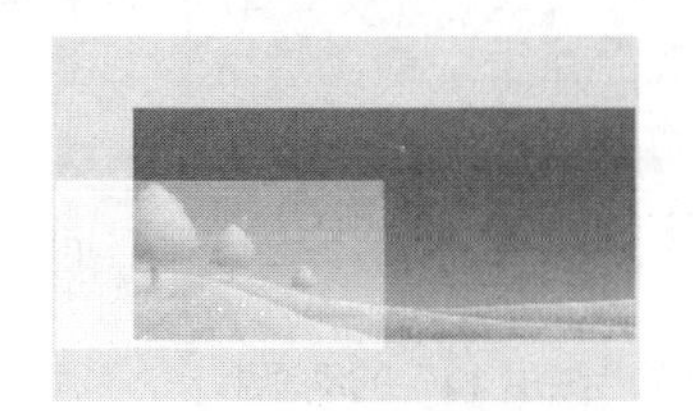

图 14-53 放大矩形

图 14-54 场景效果

步骤 27 在“时间轴”面板中新建“图层 10”与“图层 11”，参照“图层 8”与“图层 9”的制作方法，完成新建图层的动画制作，场景效果如图 14-55 所示，“时间轴”面板如图 14-56 所示。

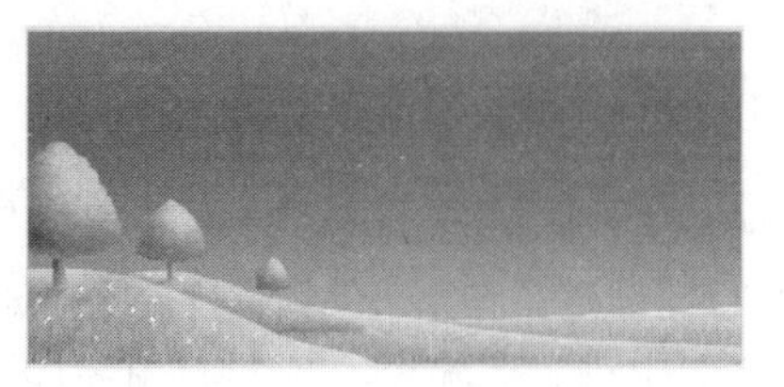

图 14-55 场景效果

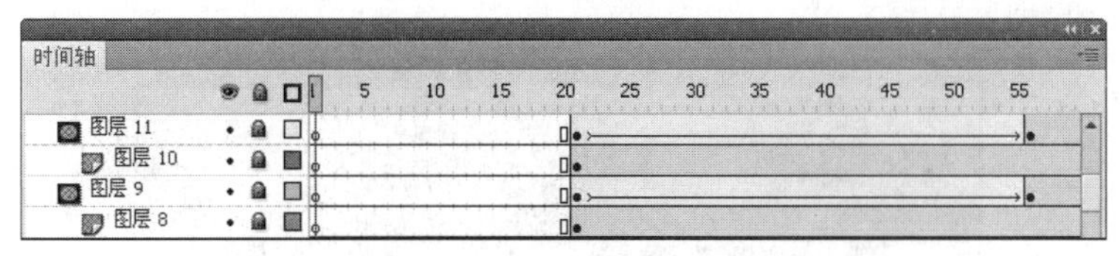

图 14-56 “时间轴”面板

步骤 28 新建“图层 12”，在第 56 帧位置插入关键帧，将“光盘\源文件\第 14 章\素材\z4.png”导入场景中，如图 14-57 所示。选择导入的图像，按 F8 键，将图像转换成“名称”为“椅子吉他”的“图形”元件，如图 14-58 所示。

图 14-57 导入素材图像

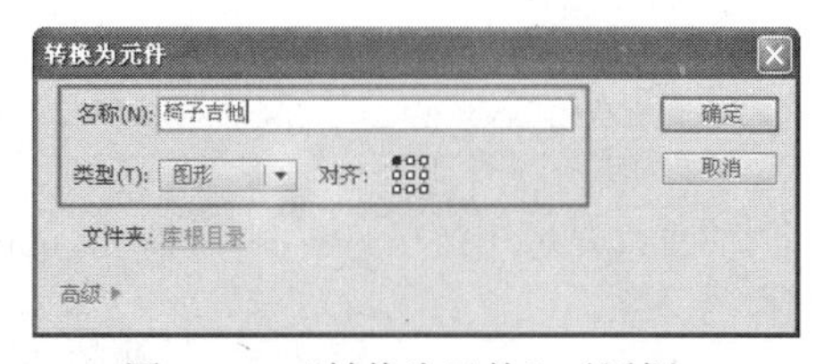

图 14-58 “转换为元件”对话框

步骤 29 在第 65 帧位置插入关键帧，选中元件，设置其“属性”面板中 Alpha 值为 0%，元件效果如图 14-59 所示。新建“图层 13”，在第 63 帧位置插入关键帧，将“光盘\源文件\第 14 章\素材\z7.png”导入场景中，如图 14-60 所示。

步骤 30 选中导入的图像，按 F8 键，将图像转换成“名称”为“高椅”的“图形”元件，如图 14-61 所示。在第 75 帧位置插入关键帧，选中第 63 帧上的元件，设置其“属性”面板中 Alpha 值为 0%，元件效果如图 14-62 所示。在第 63 帧位置设置补间动画。

图 14-59　元件效果

图 14-60　导入素材图像

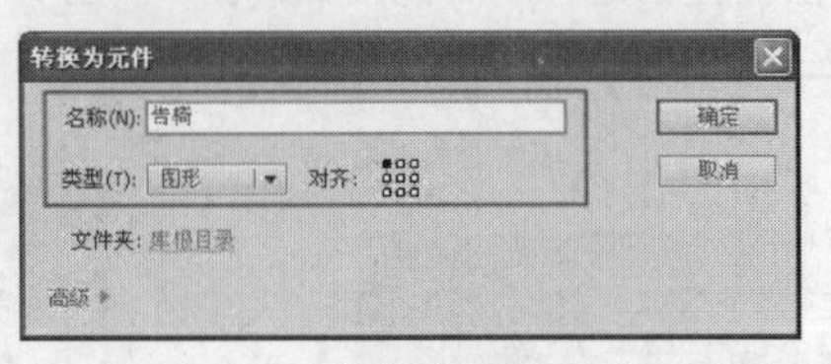

图 14-61　“转换为元件”对话框

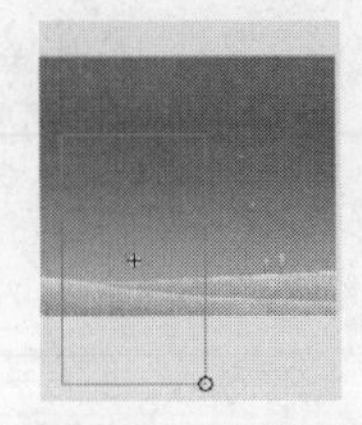
图 14-62　元件效果

步骤 31 新建“图层 14”，参照“图层 13”的制作方法，完成“图层 14”的动画制作，场景效果如图 14-63 所示。新建“图层 15”，在“库”面板中将“导航条动画”元件拖入场景中，如图 14-64 所示。

图 14-63　场景效果

图 14-64　拖入元件

步骤 32 新建“图层 16”，在第 180 帧位置插入关键帧，在“动作”面板中输入“stop();”脚本语言。执行“文件>保存”命令，将动画保存为“光盘\源文件\第 14 章\休闲网站.fla”，按 Ctrl+Enter 键测试影片，动画效果如图 14-65 所示。

图 14-65　预览动画效果

实例小结

本实例的重点是应用链接脚本制作网站的链接，通过本实例的学习，读者可了解链接脚本与网站制作的关系。

Example 实例 198　广告展示网站

案例文件	光盘\源文件\第 14 章\广告展示网站.fla
视频文件	光盘\视频\第 14 章\广告展示网站.swf
难易程度	★★☆☆☆

续表

学习时间	25 分钟
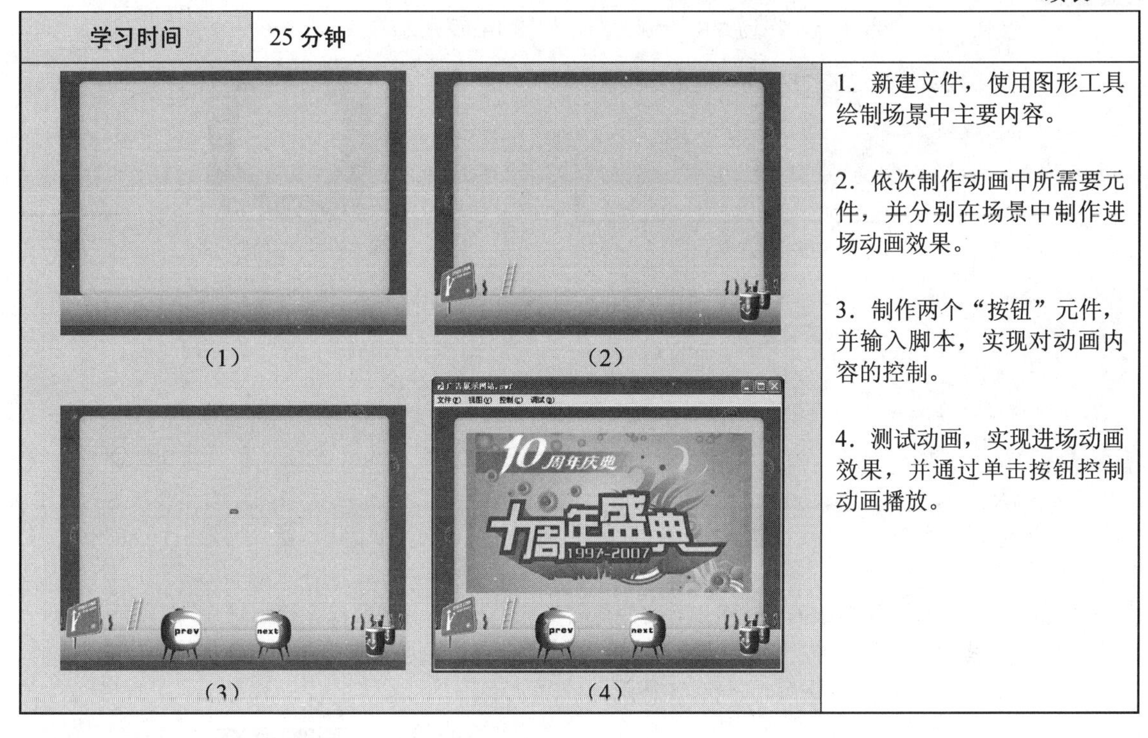	1. 新建文件，使用图形工具绘制场景中主要内容。 2. 依次制作动画中所需要元件，并分别在场景中制作进场动画效果。 3. 制作两个“按钮”元件，并输入脚本，实现对动画内容的控制。 4. 测试动画，实现进场动画效果，并通过单击按钮控制动画播放。

Example 实例 199 冰淇淋网站

案例文件	光盘\源文件\第 14 章\冰淇淋网站.fla
视频文件	光盘\视频\第 14 章\冰淇淋网站.swf
难易程度	★★★★☆
学习时间	45 分钟
实例要点	➢ 为元件添加“色彩效果” ➢ 添加遮罩图层
实例目的	本实例将为中间的广告语添加文字流光遮罩，并添加“按钮”元件

操作步骤

步骤 1 新建一个 Flash 文档，如图 14-66 所示。单击“属性”面板上的“编辑”按钮，弹出“文档设置”对话框设置“尺寸”为 970 像素 × 620 像素，“背景颜色”为#333333，“帧频”为 36，如图 14-67 所示。

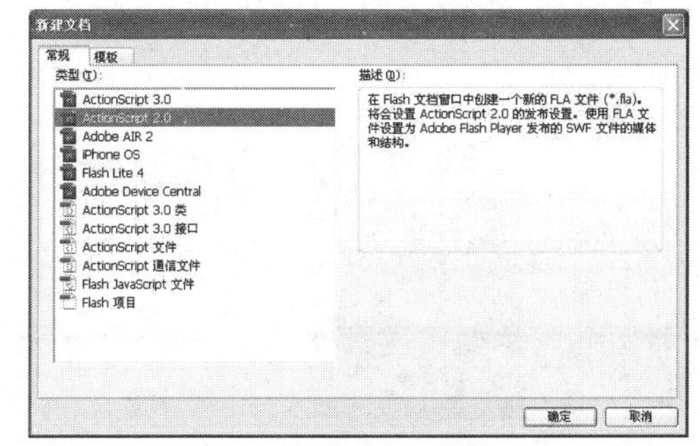

图 14-66　新建 Flash 文档

图 14-67　设置“文档属性”

步骤 2 新建一个“名称”为“动画控制”的“影片剪辑”元件，如图 14-68 所示。单击“椭圆工具”按钮，按住 Shift 键，在场景中绘制正圆，如图 14-69 所示。

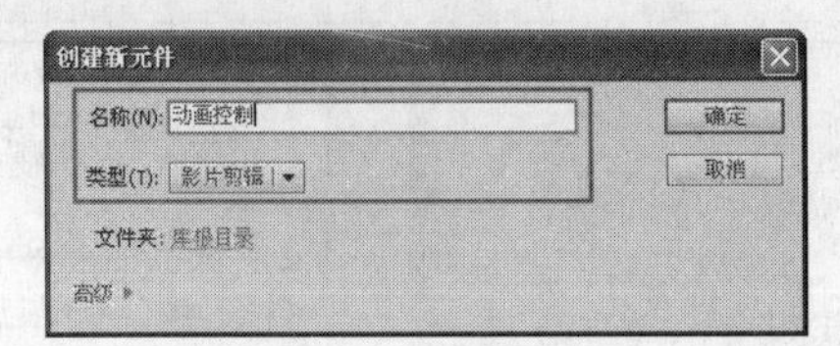

图 14-68 “新建元件”

图 14-69 绘制正圆

> **技巧** 在输入法为英文状态下，按键盘上的 O 快捷键，可以切换到“椭圆工具”的使用状态。

步骤 3 在第 9 帧位置插入帧，新建“图层 2”，在第 9 帧位置插入关键帧，在“动作”面板中输入“_parent.play();”脚本语言。新建一个“名称”为“女孩综合动画”的“影片剪辑”元件，如图 14-70 所示。将“光盘\源文件\第 14 章\素材\x6.png”导入场景中，如图 14-71 所示。

步骤 4 选中导入的素材图像，按 F8 键，将图像转换成“名称”为“红衣女孩远景”的“图形”元件，如图 14-72 所示。按住 Shift 键使用“任意变形工具”将场景中的元件等比例缩小，调整元件的位置，“属性”面板如图 14-73 所示。

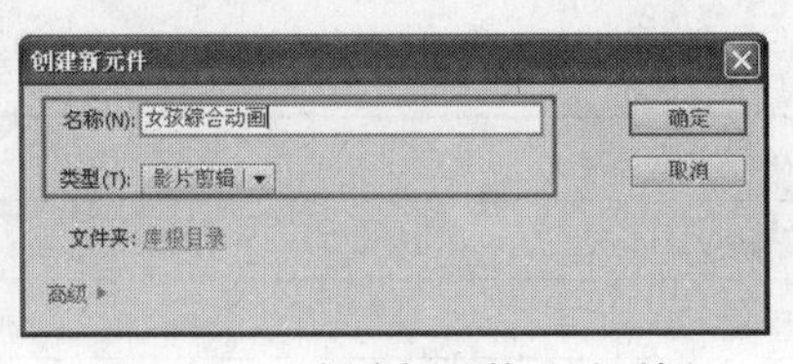

图 14-70 “创建新元件”对话框

图 14-71 导入素材图像

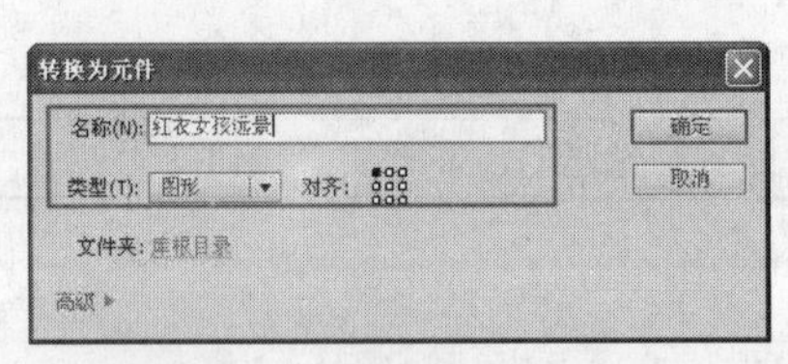

图 14-72 “转换为元件”对话框

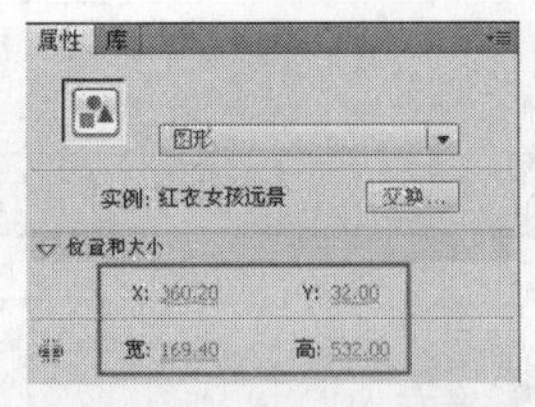

图 14-73 “属性”面板

步骤 5 选中场景中的元件，设置其“属性”面板中颜色“样式为”“高级”，如图 14-74 所示。设置“高级”样式对应的参数，如图 14-75 所示。

步骤 6 元件效果如图 14-76 所示，在第 4 帧位置插入关键帧，使用“任意变形工具”调整场景元件的大小与位置，“属性”面板如图 14-77 所示。

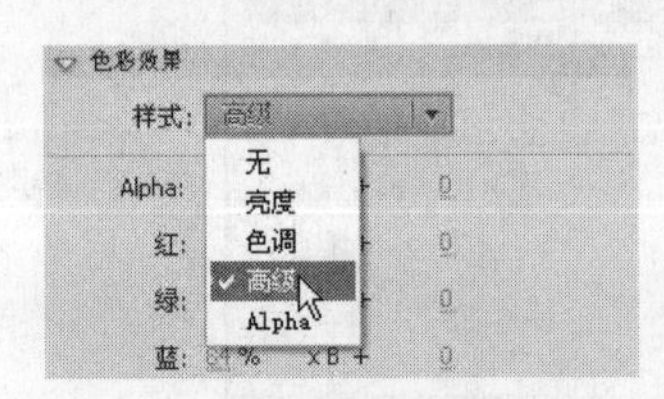

图 14-74 “属性”面板

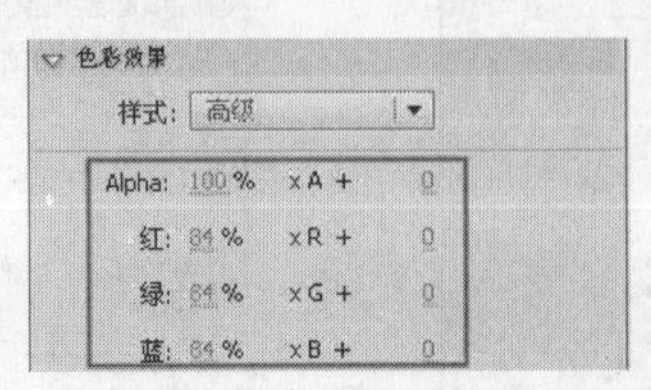

图 14-75 设置参数

图 14-76 元件效果

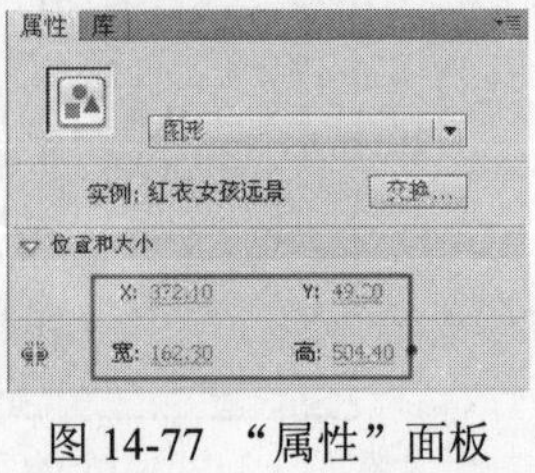

图 14-77 “属性”面板

步骤 7 分别在第 21 帧、第 43 帧、第 57 帧、第 75 帧、第 96 帧和第 109 帧位置插入关键帧，使用“任意变形工具”为每帧上的元件调整大小和位置，场景效果如图 14-78 所示。分别在第 4 帧、第 21 帧、第 43 帧、第 57 帧、第 75 帧和第 96 帧位置创建传统补间动画，新建“图层 2”，将“光盘\源文件\素材\第 14 章\x24.png”导入场景中，如图 14-79 所示。

步骤 8 选中导入的图像，按 F8 键，将图像转换成“名称”为“白衣女孩远景”的“图形”元件，如图 14-80 所示。按住 Shift 键使用“任意变形工具”将场景中的元件等比例缩小，元件效果如图 14-81 所示。

图 14-78　场景效果

图 14-79　导入素材图像

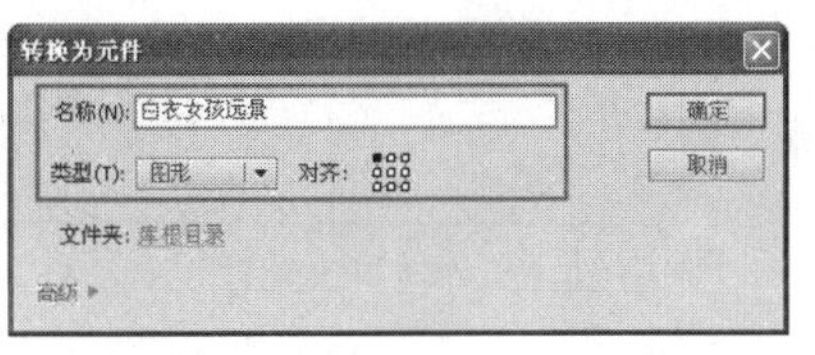

图 14-80　“转换为元件”对话框

图 14-81　缩小元件

步骤 9 选中场景中的元件，设置其“属性”面板中“高级”样式的参数，如图 14-82 所示，元件效果如图 14-83 所示。

步骤 10 在第 3 帧位置插入空白关键帧，将“光盘\源文件\第 14 章\素材\x4.png”导入场景中，如图 14-84 所示。选中导入的图像，按 F8 键，将图像转换成“名称”为“白衣女孩远景 2”的“图形”元件，如图 14-85 所示。

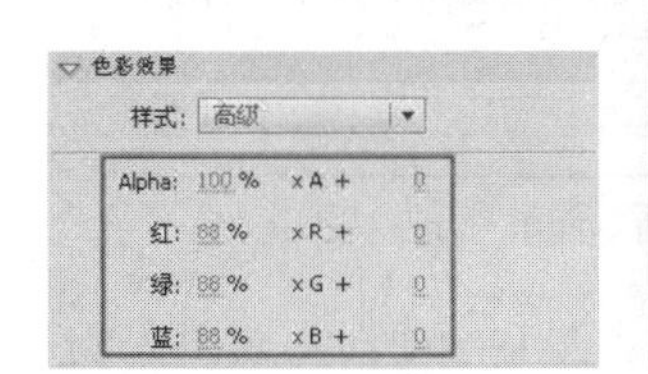

图 14-82　设置参数

图 14-83　元件效果

图 14-84　导入图像

图 14-85　“转换为元件”对话框

步骤 11 按住 Shift 键使用“任意变形工具”将场景中的元件等比例缩小，调整元件的位置，并设置其“属性”面板中“高级”样式的参数，如图 14-86 所示，元件效果如图 14-87 所示。

步骤 12 在第 19 帧位置插入关键帧，使用“任意变形工具”调整场景中元件的大小和位置，在第 20 帧位置插入空白关键帧，将“库”面板中的“白衣女孩元件”元件拖入场景中，使用“任意变形工具”调整刚刚拖入元件的大小和位置，并为元件添加“高级”颜色样式，元件效果如图 14-88 所示。在第 44 帧位置插入关键帧，在“库”面板中将“白衣女孩远景 2”元件拖入场景中，调整元件的大小和位置，并为元件添加“高级”颜色样式，元件效果如图 14-89 所示。

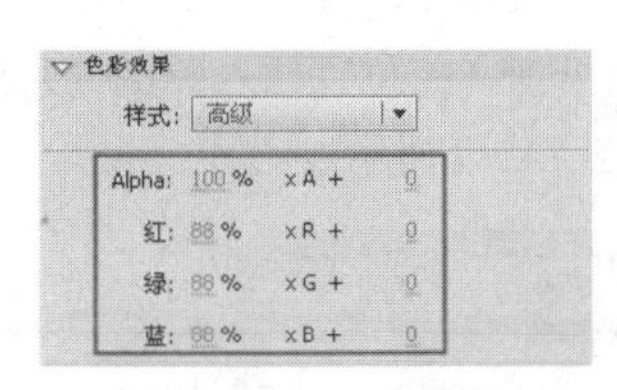

图 14-86　设置参数

图 14-87　元件效果

图 14-88　元件效果

图 14-89　元件效果

步骤 13 在第 52 帧位置插入关键帧，调整场景中元件的大小和位置，元件效果如图 14-90 所示。在第 53 帧位置插入空白关键帧，将“光盘\源文件\第 14 章\素材\x25.png”导入场景中，选中图形，将其转换成“名称”为“黄衣女孩远景”的“图形”元件，如图 14-91 所示。

步骤 14 使用“任意变形工具”调整场景中元件的大小和位置，并为元件添加“高级”颜色样式，元件效果如图 14-92 所示。分别在第 76 帧、第 97 帧和第 109 帧位置插入关键帧，调整每帧上的元件大小和位置，场景效果如图 14-93 所示。

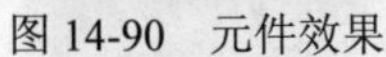
图 14-90 元件效果

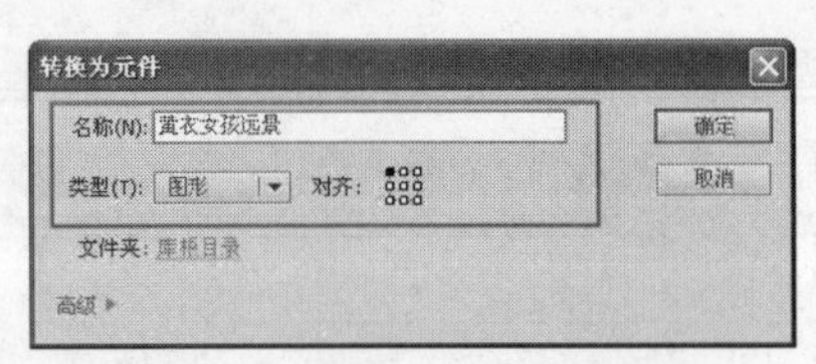

图 14-91 “转换为元件”对话框

图 14-92 元件效果

图 14-93 场景效果

步骤 15 在第 159 帧位置插入帧，分别在第 3 帧、第 44 帧、第 53 帧和第 97 帧位置创建传统补间动画。新建“图层 3”、“图层 4”和“图层 5”，参照“图层 1”和“图层 2”的制作方法，完成新建图层的动画制作，场景效果如图 14-94 所示，“时间轴”面板如图 14-95 所示。

图 14-94 场景效果

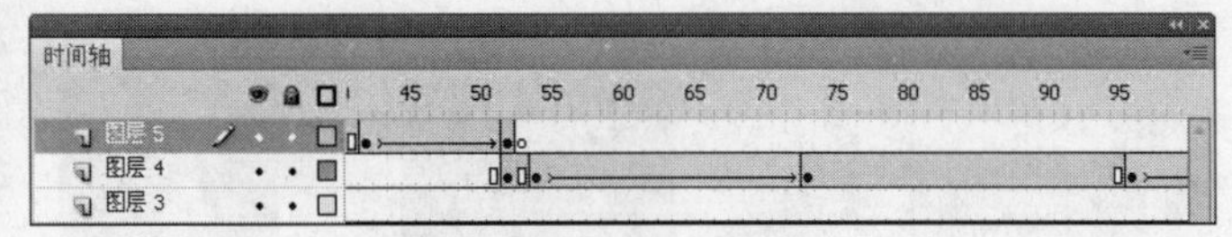

图 14-95 “时间轴”面板

步骤 16 新建“图层 6”，在“库”面板中将“动画控制”元件拖入场景中，如图 14-96 所示。使用“选择工具”选中刚刚拖入的元件，在“属性”面板中设置“实例名称”为 timead，如图 14-97 所示。

图 14-96 拖入元件

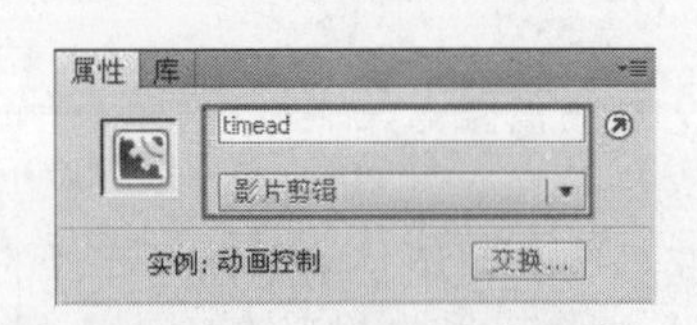

图 14-97 “属性”面板

步骤 17 在第 3 帧位置插入空白关键帧，在“图层 6”上插入相应的关键帧，在“库”面板中将“动画控制”元件拖入场景中，设置元件“实例名称”为 timead，“时间轴”面板如图 14-98 所示。新建“图层 7”，选中第 1 帧，在“动作”面板中输入“stop();”脚本语言。采用相同的方法，分别在第 30 帧、第 52 帧、第 83 帧、第 109 帧、第 140 帧和第 159 帧位置插入关键帧，打开“动作”面板，添加“stop();”脚本语言，“时间轴”面板如图 14-99 所示。

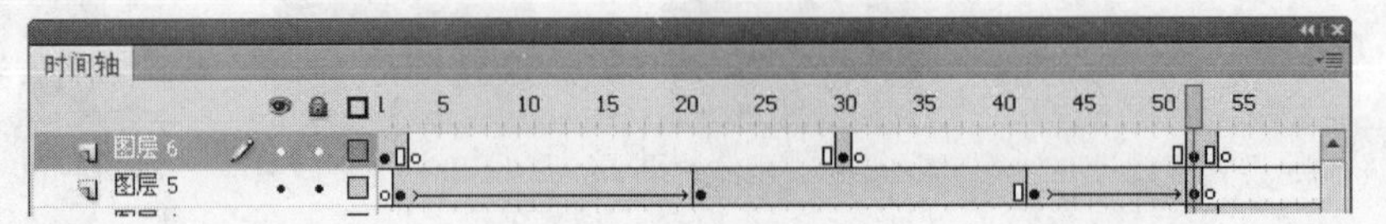

图 14-98 “时间轴”面板

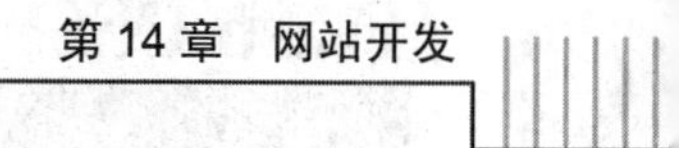

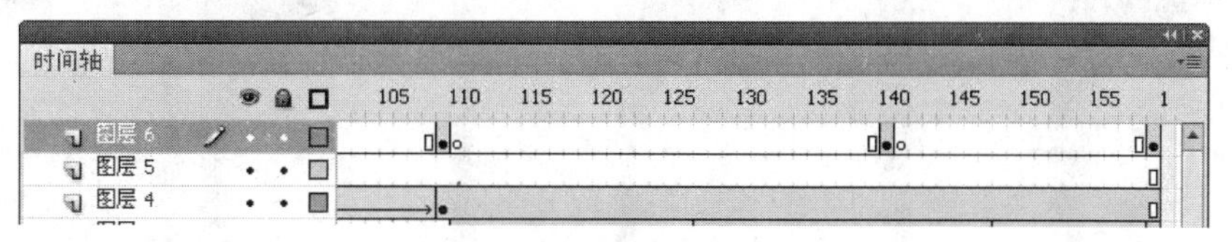

图 14-99 “时间轴”面板

步骤 18 新建一个“名称”为“文字遮罩”的“影片剪辑”元件，使用“文本工具”在场景中输入如图 14-100 所示文本。使用“选择工具”选中刚刚输入的文字，两次执行“修改>分离”命令，将文本打散为图形，按 F8 键，将图形转换成“名称”为“文字”，“类型”为“图形”的元件，如图 14-101 所示。

步骤 19 在第 90 帧位置插入帧，新建“图层 2”，单击“矩形工具”按钮，打开“颜色”面板，设置“笔触颜色”为“无”，“填充颜色”的“类型”为“线性渐变”，设置从 Alpha 值为 0%的#FFFFFF 到 Alpha 值为 100%的#FFFFFF 到 Alpha 值为 0%的#FFFFFF 的渐变，“颜色”面板如图 14-102 所示。在场景中绘制一个渐变矩形，并使用“任意变形工具”调整刚刚绘制的矩形，矩形效果如图 14-103 所示。

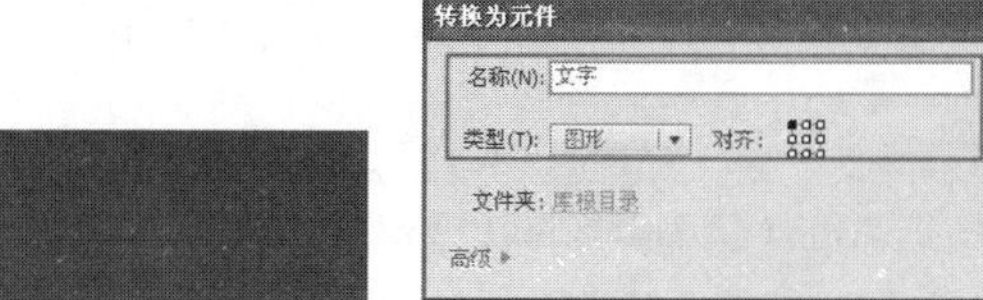

图 14-100　输入文字　　图 14-101 “转换为元件”对话框

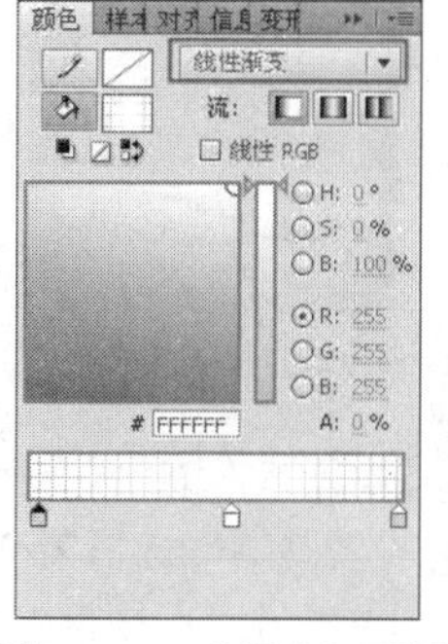

图 14-102 “颜色”面板

图 14-103　矩形效果

步骤 20 在第 90 帧位置插入关键帧，将场景中的图形向右移动，如图 14-104 所示。在第 1 帧位置创建传统补间动画。新建“图层 3”，在“库”面板中将“文字”元件拖入场景中，在“图层 3”上单击右键，在弹出的下拉菜单中选择“遮罩层”命令，如图 14-105 所示。

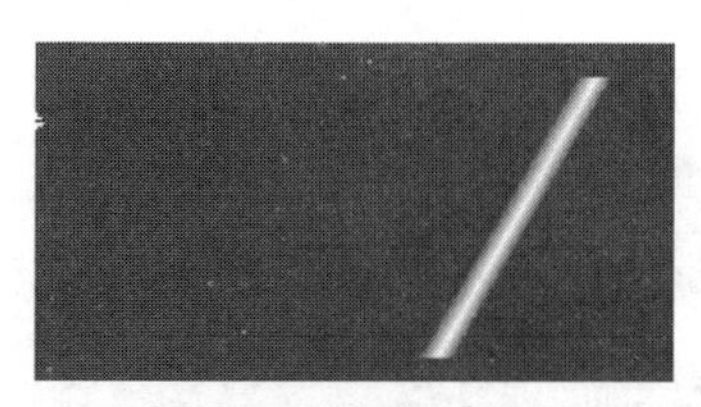

图 14-104　移动图形

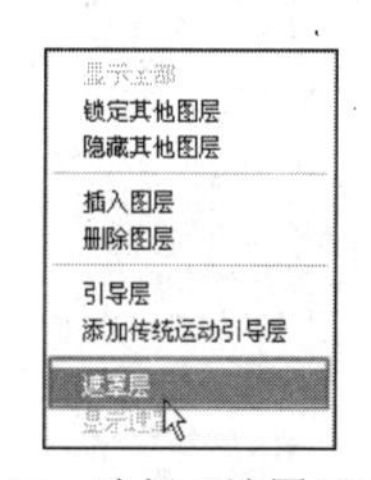

图 14-105　选择“遮罩层”命令

步骤 21 新建一个“名称”为“钟表动画”的“影片剪辑”元件，将“光盘\源文件\第 14 章\素材\x19.png”导入场景中，如图 14-106 所示。在第 225 帧位置插入帧，新建“图层 2”，使用“文本工具”按钮在场景中输入文字，如图 14-107 所示。

步骤 22 选中文字，两次执行“修改>分离”命令，将文字打散为图形，分别在第 11 帧和第 60 帧位置插入空白关键帧，使用“文本工具”在场景中输入文字，场景效果如图 14-108 所示。

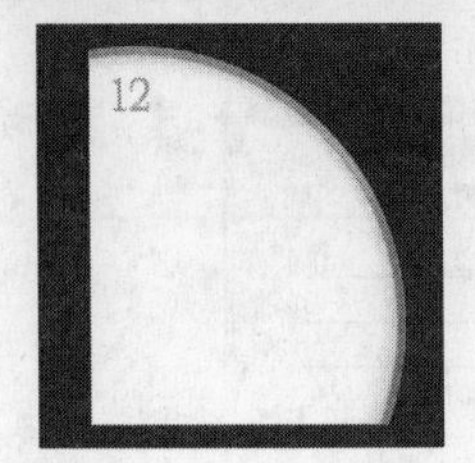

图 14-106 导入素材图像

图 14-107 输入文字

图 14-108 场景效果

步骤 23 新建“图层 3”，打开外部库“光盘\源文件\第 14 章\素材\钟表指针.fla”，将外部库中“时针”元件拖入场景中，使用“任意变形工具”对刚刚拖入的元件进行调整，元件效果如图 14-109 所示。在第 50 帧位置插入关键帧，使用“任意变形工具”旋转场景中的元件，如图 14-110 所示，在第 1 帧位置创建传统补间动画。

步骤 24 新建“图层 4”，将外部库中“分针”元件拖入场景中，如图 14-111 所示。在第 50 帧位置插入关键帧，在第 1 帧位置创建传统补间动画，在“属性”面板中设置“旋转”为“顺时针”2 次，如图 14-112 所示。

图 14-109 拖入元件

图 14-110 调整元件

图 14-111 拖入元件

图 14-112 “属性”面板

步骤 25 新建“图层 5”，打开“颜色”面板，设置“笔触颜色”为“无”，“填充颜色”的“类型”为“线性渐变”，设置从 Alpha 值为 0%的#FFFFEE 到 Alpha 值为 0%的#FFFFEE 的渐变，“颜色”面板如图 14-113 所示。在场景中绘制一个渐变矩形，如图 14-114 所示。

步骤 26 将“光盘\源文件\素材\x20.png”导入场景中，如图 14-115 所示。新建“图层 6”，在第 225 帧位置插入关键帧，在“动作”面板中输入“stop();”脚本语言。新建一个“名称”为“vip 按钮”的“按钮”元件，如图 14-116 所示。

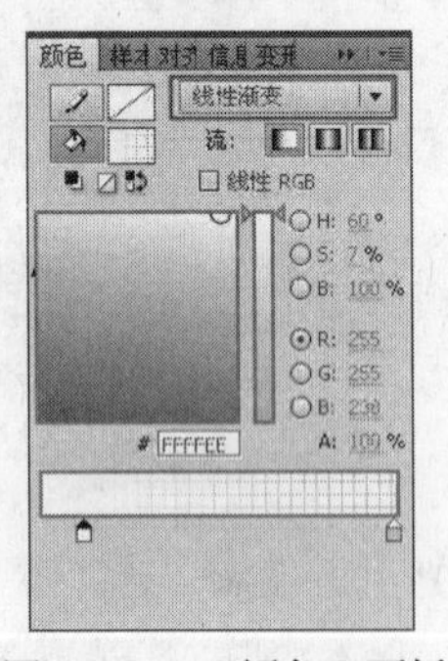

图 14-113 “颜色”面板

图 14-114 绘制矩形

图 14-115 导入素材图像

图 14-116 “创建新元件”对话框

步骤 27 单击 “矩形工具” 按钮，在“属性”面板中设置“笔触颜色”为“无”，“填充颜色”为#971E41，“矩形边角半径”为 10，在场景中绘制圆角矩形，如图 14-117 所示。在“指针经过”位置插入空白关键帧，单击 “矩形工具” 按钮，在“属性”面板中设置“笔触颜色”为#971E41，“填充颜色”为#FFFFFF，“矩形边角半径”为 10，在场景中绘制圆角矩形，如图 14-118 所示。

步骤 28 在“点击”位置插入帧，新建“图层 2”，使用“文本工具”在场景中输入如图 14-119 所示文本。在“指针经过”位置插入空白关键帧，使用“文本工具”输入如图 14-120 所示文本，在“点击”位置插入帧。

图 14-117　绘制圆角矩形

图 14-118　绘制圆角矩形

图 14-119　输入文字

图 14-120　输入文字

步骤 29 新建一个“名称”为“反应区”的“按钮”元件，在“点击”位置插入关键帧，使用“矩形工具”在场景中绘制矩形，如图 14-121 所示。新建一个“名称”为“导航动画”的“影片剪辑”元件，使用“文本工具”在场景中输入如图 14-122 所示文本。

图 14-121　绘制矩形

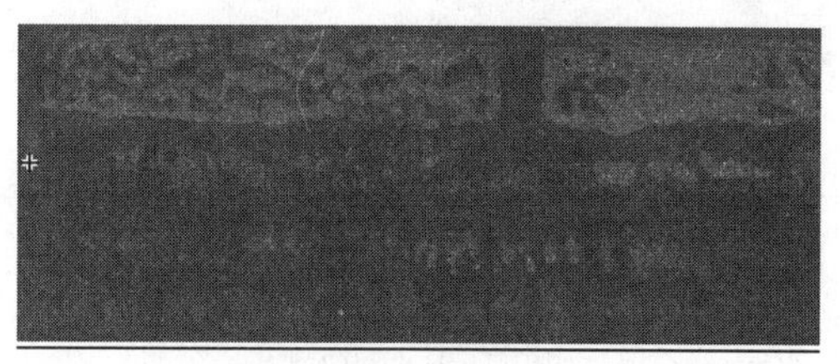

图 14-122　输入文本

步骤 30 单击“矩形工具”按钮，在“属性”面板中设置“笔触颜色”为“无”，“填充颜色”为#C3BDAB，在场景中绘制矩形，如图 14-123 所示。新建“图层 3”，在“库”面板中多次将“反应区”元件拖入场景中，并使用“任意变形工具”对“反应区”元件进行调整，将“VIP 按钮”元件拖入场景中，场景效果如图 14-124 所示。

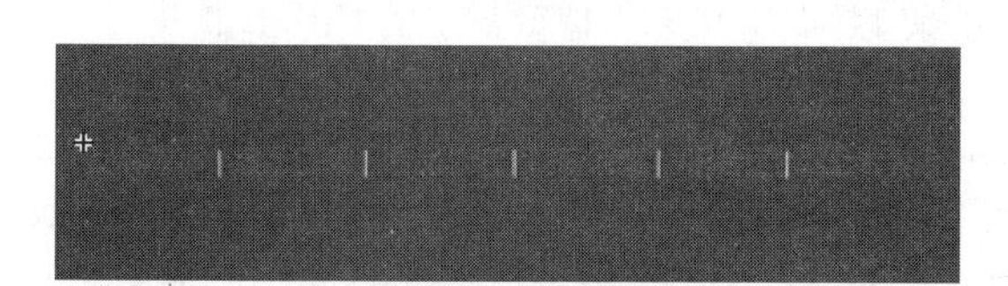

图 14-123　绘制矩形

图 14-124　场景效果

步骤 31 新建一个“名称”为“展示表”的“影片剪辑”元件，将“光盘\源文件\第 14 章\素材\x21.png”导入场景中，新建“图层 2”，在“库”面板中将“反应区”元件拖入场景中，使用“任意变形工具”调整元件的大小，场景效果如图 14-125 所示。选中“反应区”元件，在“动作”面板中输入如图 14-126 所示脚本语言。

图 14-125　场景效果

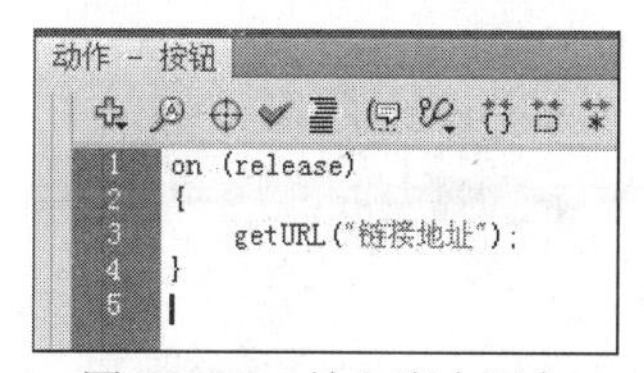

图 14-126　输入脚本语言

步骤 32 新建一个“名称”为“巧克力”的“影片剪辑”元件，将“光盘\源文件\第 14 章\素材\x13.jpg”导入场景中，如图 14-127 所示。新建“图层 2”，单击 “矩形工具”按钮，在“属性”面板中设置“笔触颜色”为“无”，“填充颜色”为#EE696F，“矩形边角半径”为 10，在场景中绘制圆角矩形，如图 14-128 所示。

步骤 33 新建“图层 3”，使用“文本工具”在场景中输入如图 14-129 所示文本。新建“图层 4”，将“库”面板中“反应区”元件拖入场景中，使用“任意变形工具”调整元件大小，元件效果如图 14-130 所示。

图 14-127 导入素材图像

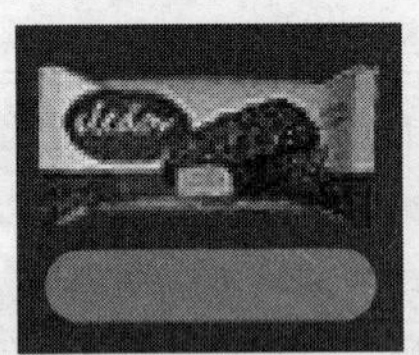

图 14-128 绘制圆角矩形

图 14-129 输入文字

图 14-130 元件效果

步骤 34 参照“巧克力”元件的制作方法，完成其他元件的制作，如图 14-131 所示。返回“场景 1”编辑状态，将“光盘\源文件\第 14 章\素材\x2.jpg”导入场景中，如图 14-132 所示。

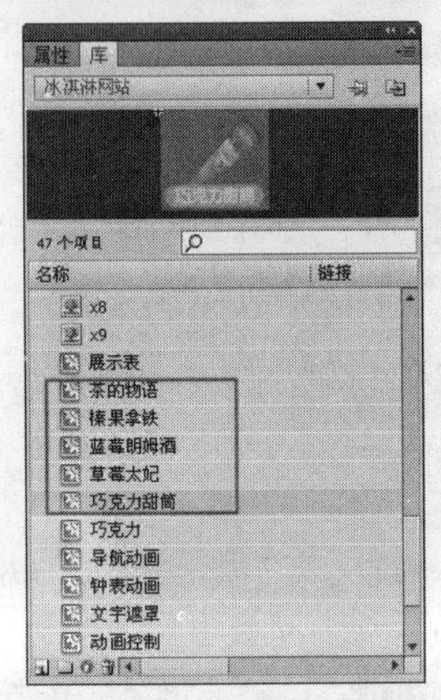

图 14-131 “库”面板图

14-132 导入素材图像

技巧 执行“编辑>编辑文档”命令，可以返回“场景 1”编辑状态，按键盘上的 Ctrl+E 快捷键，也可以返回“场景 1”编辑状态。

步骤 35 新建“图层 2”，将“光盘\源文件\第 14 章\素材\x13.jpg”导入场景中，如图 14-133 所示。新建“图层 3”，将“光盘\源文件\第 14 章\素材\x18.jpg”导入场景中，如图 14-134 所示。

步骤 36 新建“图层 4”，将“库”面板中“文字遮罩”元件拖入场景中，如图 14-135 所示。新建“图层 5”，将“光盘\源文件\第 14 章\素材\x22.jpg”导入场景中，如图 14-136 所示。

图 14-133 导入素材图像

图 14-134 导入素材图像

图 14-135　拖入元件

图 14-136　拖入元件

步骤 37 新建“图层 6”，将“库”面板中“女孩综合动画”元件拖入场景中，如图 14-137 所示。选中拖入的元件，在“属性”面板中设置其“实例名称”为 models，如图 14-138 所示。

图 14-137　拖入元件

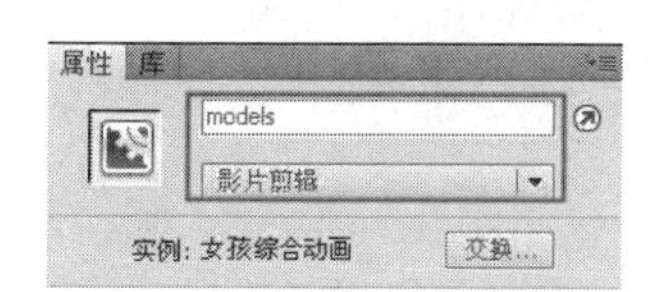

图 14-138　“属性”面板

步骤 38 新建“图层 6”，使用“矩形工具”在场景中绘制矩形，并使用“任意变形工具”旋转矩形，如图 14-139 所示。在“图层 6”上单击右键，在弹出的菜单中选择“遮罩层”命令，如图 14-140 所示。

图 14-139　绘制矩形

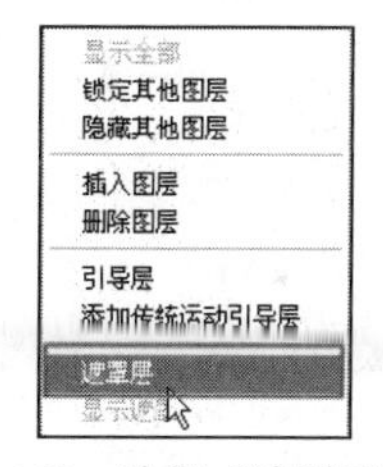

图 14-140　选择“遮罩层”命令

步骤 39 在“图层 4”上单击右键，在弹出的菜单中选择“属性”命令，在弹出的“图层属性”对话中设置“类型”为“被遮罩”，勾选“锁定”复选框，“图层属性”对话框如图 14-141 所示，完成后的“时间轴”面板如图 14-142 所示。

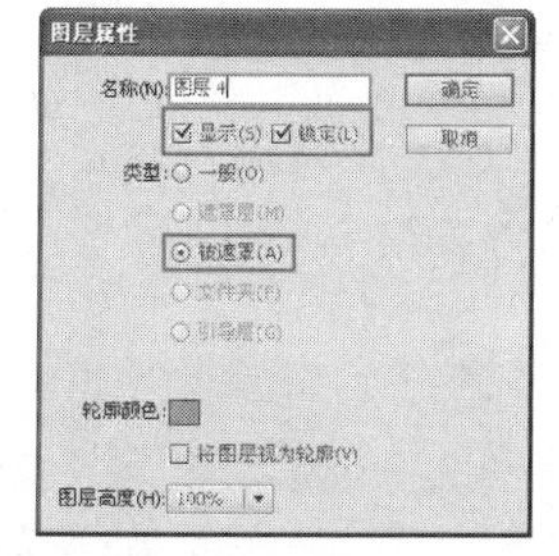

图 14-141　“图层属性”对话框

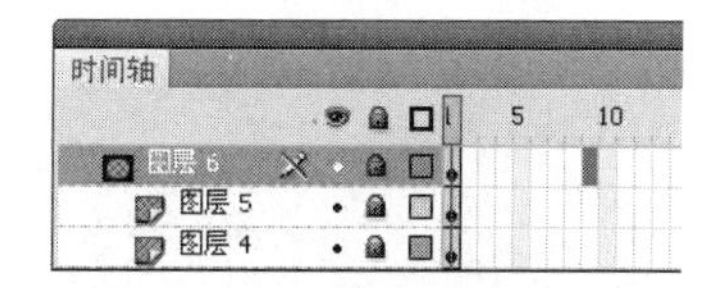

图 14-142　“时间轴”面板

步骤 40 采用“图层 4”的制作方法制作“图层 3”。新建“图层 7”，将“光盘\源文件\第 14 章\素材\x7.png”导入场景中，如图 14-143 所示。新建“图层 8”，将“光盘\源文件\第 14 章\素材\x9.png、x8.png”导入场景中，如图 14-144 所示。

图 14-143　导入素材图像

图 14-144　导入素材图像

步骤 41 新建“图层 9”，将“库”面板中“巧克力”元件拖入场景中，如图 14-145 所示。选中元件，在“属性”面板中设置其“实例名称”为 mc1，如图 14-146 所示。

图 14-145　拖入元件

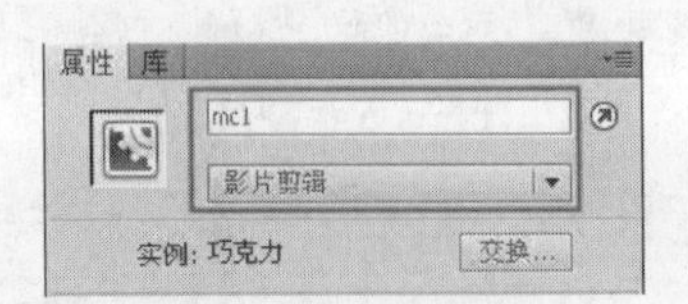

图 14-146 “属性”面板

步骤 42 在“时间轴”面板中新建“图层 10”、“图层 11”、“图层 12”、“图层 13”和“图层 14”，分别将“库”面板中的相应元件拖入场景中，并将元件“实例名称”分别设置为 mc2、mc3、mc4 、mc5 和 mc6，场景效果如图 14-147 所示。新建“图层 15”，使用“矩形工具”在场景中绘制矩形，如图 14-148 所示。

图 14-147　场景效果

图 14-148　绘制矩形

步骤 43 在“图层 15”上单击右键，在弹出的菜单中选择“遮罩层”命令，在“图层 13”上单击右键，在弹出的菜单中选择“属性”命令，在弹出的“图层属性”对话框中设置“类型”为“被遮罩”，勾选“锁定”复选框，“图层属性”对话框如图 14-149 所示。采用“图层 13”的制作方法，制作“图层 9”、“图层 10”、“图层 11”和“图层 12”，“时间轴”面板如图 14-150 所示。

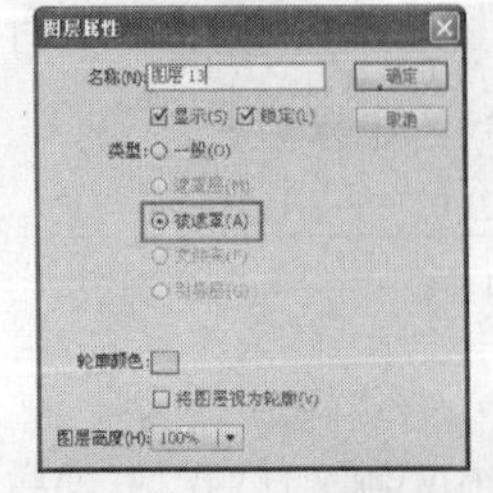

图 14-149 “图层属性”对话框

图 14-150 “时间轴”面板

步骤 44 新建“图层 16”，将“光盘\源文件\第 14 章\素材\x1.png”导入场景中，如图 14-151 所示。使用“选择工具”选中刚刚导入的图像，按 F8 键，将图形转换成“名称”为“左右按钮”的“按钮”元件，并设置其“属性”面板中“实例名称”为 btn2，如图 14-152 所示。

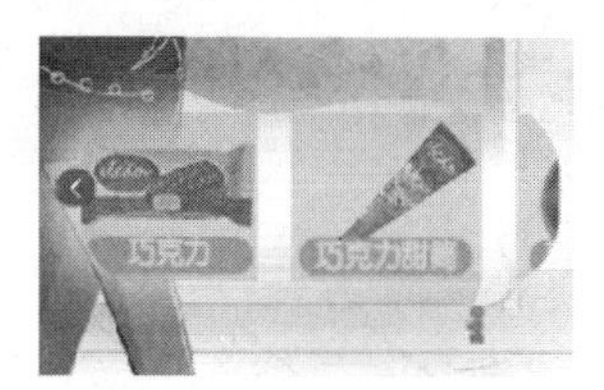

图 14-151 导入素材图像

图 14-152 “属性”面板

步骤 45 新建“图层 17”，在“库”面板中将“左右按钮”元件拖入场景中，执行“修改>变形>水平翻转”命令，水平翻转元件，元件效果如图 14-153 所示。在“属性”面板设置“实例名称”为 btn1，如图 14-154 所示。

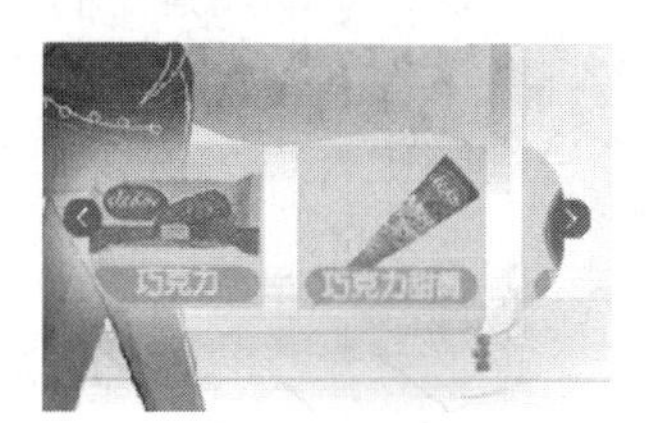

图 14-153 元件效果

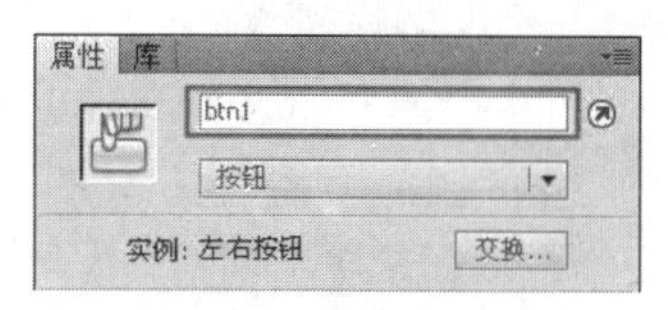

图 14-154 “属性”面板

步骤 46 在“时间轴”面板中新建“图层 18”、“图层 19”和“图层 20”，在“库”面板中分别将“导航动画”元件、“钟表动画”元件和“展示表”元件拖入到相应图层的场景中，场景效果如图 14-155 所示。新建“图层 21”，在第 1 帧位置单击，在“动作”面板中输入如图 14-156 所示的脚本语言。

图 14-155 场景效果

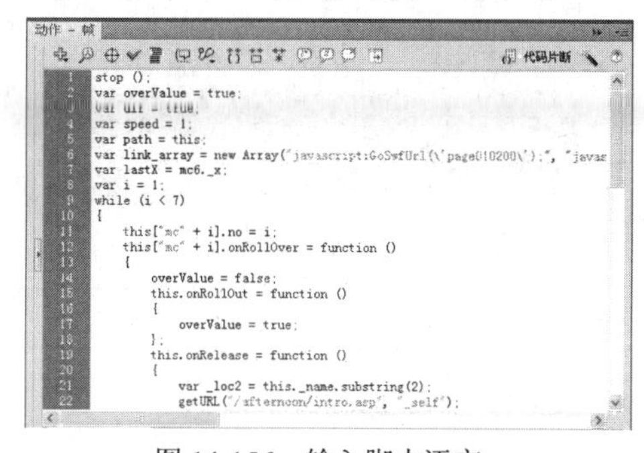

图 14-156 输入脚本语言

步骤 47 执行“文件>保存”命令，将动画保存为“光盘\源文件\第 14 章\冰淇淋网站.fla”，按 Ctrl+Enter 键测试影片，动画效果如图 14-157 所示。

图 14-157 预览动画效果

实例小结

本实例的重点是通过设置“按钮”元件的“指针经过”状态，实现当光标经过某个“按钮”元件时，即跳转至相应的影片剪辑的效果。

Example 实例 200 社区服务网站

案例文件	光盘\源文件\第 14 章\社区服务网站.fla
视频文件	光盘\视频\第 14 章\社区服务网站.swf
难易程度	★★★☆☆
学习时间	35 分钟

（1）

（2）

（3）

（4）

1．新建文件，导入位图，制作动画背景。

2．分别制作单个“影片剪辑”元件，并组合成为大的导航元件。制作动画中需要的文字飞舞效果元件。

3．将多个元件组合到场景中，并分别制作元件的出场动画效果。调整不同动画元件的播放位置，为动画添加控制脚本。

4．测试动画，光标移动到元件上时，将播放相应的“影片剪辑”元件。